HEYNE <

Arkadi und Boris Strugatzki

Werkausgabe – Erster Band

Herausgegeben von
Sascha Mamczak und Erik Simon

Arkadi und Boris

STRUGATZKI

Die bewohnte Insel

Ein Käfer
im Ameisenhaufen

Die Wellen ersticken
den Wind

WILHELM HEYNE VERLAG
MÜNCHEN

Titel der Originalausgaben
Обитаемый остров
Жук в муравейнике
Волны гасят ветер
Deutsche Übersetzung von Erika Pietraß (Die bewohnte Insel)
und Mike Noris (Ein Käfer im Ameisenhaufen,
Die Wellen ersticken den Wind)
Nach den ungekürzten und unzensierten Originalversionen
ergänzt von Erik Simon
Übersetzung des Vorworts, des Kommentars von Boris Strugatzki
sowie Nachdichtungen von Erik Simon
Textbearbeitung und Redaktion: Anna Doris Schüller

FSC
www.fsc.org
MIX
Papier aus verantwortungsvollen Quellen
Paper from responsible sources
FSC® C105338

Die für dieses Buch verwendeten Papiere sind FSC®-zertifiziert

4. Auflage

Deutsche Erstausgabe 05/2010

Printed in Germany
Umschlaggestaltung: Nele Schütz Design, München
Satz: Schaber Datentechnik, Austria
Herstellung: sam/BoD

ISBN 978-3-453-52630-2

www.heyne.de

INHALT

Vorwort
von Dmitry Glukhovsky
Seite 7

Die bewohnte Insel
Seite 17

Ein Käfer im Ameisenhaufen
Seite 427

Die Wellen ersticken den Wind
Seite 667

Anhang

BORIS STRUGATZKI
Die Maxim-Kammerer-Trilogie
Seite 869

ERIK SIMON
Eine Zukunft mit zwei Enden
Seite 885

Anmerkungen
Seite 897

Die wichtigsten Werke der Brüder Strugatzki
Seite 905

VORWORT

von Dmitry Glukhovsky

Ich bin mit Arkadi und Boris Strugatzki groß geworden.

Als Kind, als Mensch überhaupt – und auch als Autor. Ungefähr mit neun Jahren habe ich begonnen, ihre Bücher zu lesen. Ich habe sie alle gelesen, jedes viele Male, habe sie mir immer wieder vorgenommen – wenn es mir schlecht ging, wenn ich mich einsam fühlte, wenn mir langweilig war, wenn ich mit jemandem reden und von jemandem lernen wollte, der unendlich viel klüger und subtiler war.

Daran ist nichts Außergewöhnliches. Ich bin jetzt dreißig, und die Strugatzkis las jeder meiner Klassenkameraden, jeder meiner Kommilitonen; schon unsere Eltern hatten die Strugatzkis verschlungen; heute lesen die Strugatzkis die Fünftklässler und die Studenten an der Universität. Die Auflage ihrer Bücher allein in russischer Sprache nähert sich fünfzig Millionen, Übersetzungen sind in über dreißig Sprachen erschienen. Die Strugatzkis haben zahllose Fanclubs und Hunderte von Nachahmern; in den Welten, die sie in ihren Büchern erschaffen haben, sind Dutzende Romane anderer Autoren angesiedelt. Von den Büchern der Strugatzkis trennt man sich nicht – sie bleiben in dir, und du bleibst in ihnen, um gemeinsam mit ihren Helden zu leben, zu kämpfen, zu suchen, zu lieben.

Der Form nach sind Arkadi und Boris Strugatzki natürlich Science-Fiction-Autoren. Doch meiner Ansicht nach – und Millionen andere Bewunderer ihres Werks werden mir zustimmen – sind sie richtige Schriftsteller ohne Wenn und Aber. Facettenreiche, ernsthafte, subtile, ungewöhnliche und sehr kraftvolle Schriftsteller.

In Russland – wie wohl in der ganzen Welt – wird die Science Fiction traditionell zur Trivialliteratur gezählt. Die Kritik ignoriert Neuerscheinungen in diesem Genre, Science-Fiction-Romane gewinnen keine angesehenen Preise, man widmet ihnen keine Kolumnen in den Morgenzeitungen, und die Wochenblätter machen keine Interviews mit den Autoren. Vielleicht liegt das daran, dass man glaubt, die Anhänger dieses Genres wüssten sprachliche Feinheiten nicht zu schätzen, interessierten sich nicht für das tiefgründige Ausloten von Charakteren, könnten den Details der philosophischen Konstruktion eines Autors nicht folgen – was ein Science-Fiction-Leser vor allem verlange, seien Unterhaltung und Action.

Daran mag das eine oder andere stimmen, das eine oder andere ein Vorurteil sein, die sowjetische Science Fiction allerdings – nicht die neue russische, sondern eben die sowjetische – war ein in der Literaturwelt absolut einmaliges Phänomen. »Wir sind geboren, um das Märchen wahr zu machen«, heißt es in einem berühmten sowjetischen Lied, und der Science Fiction war in der UdSSR in diesem Zusammenhang eine wichtige Rolle zugedacht: Ihre Romane sollten dem »Homo sovieticus« seine glückliche Zukunft zeigen. Nachdem sie alle Kreise der Zensur und Abgleichungen durchlaufen hatten, waren die Science-Fiction-Bücher just jene Märchen, die der Staat vorgeblich wahr zu machen gedachte. In einem Land, in dem der Staat für alles verantwortlich ist und jedes gedruckte Buch absegnet, *muss* die Zukunft licht und glücklich sein. Denn jedes düstere Zukunftsszenario würde ja voraussetzen, dass schon heute Fehler möglich sind, dass die Grundlagen für die künftige Katastrophe schon heute gelegt werden – doch das System wollte als unfehlbar erscheinen.

Die sowjetische Science Fiction sollte nicht unterhalten und nicht warnen wie die westliche. Ganz im Gegenteil: Sie war berufen, die Richtung zu weisen, Versprechungen zu machen. Sie sollte Bilder von der Gesellschaft der Zukunft zeichnen als einer gerechten Ordnung, die aus lauter klugen, ehrlichen und gütigen Menschen besteht, uneigennützig, ausschließlich befasst mit Forschung und Schöpfertum.

Die ersten Bücher der Brüder Strugatzki passten genau in dieses Schema. »Der Weg zur Amalthea«, »Praktikanten«, »Mittag, 22. Jahrhundert« – das ist typisch sowjetisches Heldenpathos unter phantastischen Umständen, der Mensch im Konflikt mit den Naturgewalten. Diese Romane wurden um 1960 herum geschrieben: das Chruschtschowsche Tauwetter, die Verheißung, in absehbarer Zukunft den Kommunismus zu erreichen, die Vorahnung von Jurij Gagarins Weltraumflug – des ersten in der Geschichte der Menschheit – und das Nachdenken über seine Folgen. Es war die Periode der kommunistischen Romantik.

Dann jedoch lässt die Begeisterung allmählich nach. Anfang der 1960er Jahre sahen die Strugatzkis Stanley Kramers Film *Das letzte Ufer* nach dem gleichnamigen Roman von Nevil Shute, der von den Folgen eines Atomkriegs erzählt. In einem Interview hat Boris Strugatzki bekannt, dass der Film seinen Bruder und ihn damals tief beeindruckt hatte; ihr erster impulsiver Wunsch sei es gewesen, den Militärs, die das Land und die Welt in einen Rüstungswettlauf trieben, so richtig »die Fresse zu polieren«. Sie wollten einen eigenen postapokalyptischen Roman schreiben, doch für solche Literatur war in der UdSSR kein Platz. Ihre Idee konnten sie – sehr weit vom ursprünglichen Vorhaben entfernt – nur in »Der ferne Regenbogen« verwirklichen: Auf einem abgelegenen Planeten führen wissenschaftliche Experimente zu einer globalen Katastrophe; alle Erdenmenschen, die sich auf dem Planeten befinden, sind zum Untergang verurteilt.

Das kommunistische »Missionieren« der UdSSR in Ländern der Dritten Welt, in Afrika und Asien, während der 1960er Jahre fand seinen Widerhall in dem Roman »Es ist schwer, ein Gott zu sein«: Der Held versucht, einem Planeten, dessen Bewohner sich in einem finsteren Mittelalter befinden, die Zivilisation zu bringen – und nimmt selbst die örtlichen Sitten an. Die Strugatzkis fragen sowohl sich selbst als auch die Leser, ob man Zivilisationsprozesse wirklich beschleunigen kann. Soll man sich überhaupt in die Gesellschaftsordnung, in die Kultur und die Geschichte anderer Völker einmischen? Das war eine der ersten Gelegenheiten, bei der diese Frage »denen da oben« gestellt wurde.

1965 folgte ein scheinbar völlig unschuldiger Roman: »Der Montag fängt am Samstag an«. Ein Zaubermärchen über die Romantik der sowjetischen Wissenschaft, ein liebenswertes Buch, ohne jede Düsternis, geradezu utopisch. Ich habe es als Kind mit großem Vergnügen immer wieder gelesen, eben als Märchen. Erst viel später habe ich verstanden, dass die Strugatzkis, die eine immer engagiertere, immer *politischere* Position einnahmen, darin in Wahrheit von der Konfrontation der seriösen sowjetischen Wissenschaftler mit den wissenschaftlichen Scharlatanen erzählten – ein Reflex auf den bizarren »Krieg«, den Trofim Lyssenko, ein Günstling Stalins, gegen die Erkenntnisse der Genetik führte.

Mit jedem neuen Werk der Strugatzkis wird in dieser Zeit sichtbar, wie die Autoren immer weniger an die von ihnen und anderen erfundene »lichte Zukunft« glauben; wie ihnen klar wird, dass die Fehler im System niemals eine Verwirklichung der idealistischen Szenarien erlauben werden. Und so entwerfen sie 1965 zum ersten Mal ein beinahe antiutopisches Sujet – der Roman »Die gierigen Dinge des Jahrhunderts«. In diesem Zukunftsmodell gibt es keinen allgemeinen Wohlstand, nichts von der lichten, freien und gerechten idealkommunistischen Gesellschaft. Stattdessen: eine Konsumgesellschaft, leicht zugängliche Drogen, blindwütige Massenekstasen, eine Ideologie der Zerstreuung anstelle von Ideen und Geist. Scheinbar entlarven die Strugatzkis hier den Westen, und der Roman wird veröffentlicht – doch tatsächlich schildern sie, durchaus prophetisch, die Zukunft Russlands.

Schritt für Schritt wird die Prosa der Brüder Strugatzki erwachsener, härter. Die theoretischen moralischen Dilemmata, mit denen sich der glückliche Mensch der Zukunft konfrontiert sehen könnte, weichen den verkappten, aber klar erkennbaren Realien des sowjetischen Lebens. Die Themen der neuen Bücher sind die Geheimpolizei, die totale Bürokratie, die persönliche Freiheit.

»In Russland ist ein Dichter mehr als Dichter.« Dieser Vers Jewgeni Jewtuschenkos, der von der Mission und der Rolle des literarischen Talents in unserem über Jahrhunderte unfreien Land sprach, vom Recht und der Pflicht der schöpferischen Persönlichkeit, gegen die Verknöcherung des Systems, gegen Totalitarismus und Ungerechtigkeit zu kämpfen, dieser Vers kann in Bezug auf Arkadi und Boris Strugatzki umgeformt werden: »In der UdSSR ist ein Science-Fiction-Autor mehr als ein Science-Fiction-Autor.«

In einem Land, in dem jede Kritik an den Machthabern und den bestehenden politischen, sozialen, wirtschaftlichen und kulturellen Zuständen verboten ist, in dem jede »ernste« Literatur dazu verurteilt ist, das System zu verherrlichen, sind winzige Enthüllungen und Nadelstiche nur in der Phantastik möglich. Eben weil es dabei vorgeblich nicht um uns geht, nicht uns angeht. Eben weil es ein vermeintlich unernstes Genre ist.

Hat jemand, von dem Prophezeiungen über die Zukunft erwartet werden, das Recht, sich und andere zu belügen? Darf er auf die Gelegenheit verzichten, gegenüber denen, die ihm glauben und ihm aufmerksam zuhören, den wahren Stand der Dinge wenigstens anzudeuten?

»Das Märchen von der Troika«, 1968 erschienen, formal eine Fortsetzung zu »Der Montag fängt am Samstag an«, zeigt sich als unerwartet harte Satire, die die verknöcherte Sowjetbürokratie entlarvt, ja beinahe direkt Breschnew und seine Umgebung parodiert. »Die bewohnte Insel« aus dem Jahre 1969 schildert eine Welt, in der die Bevölkerung eines feudal-faschistischen Staates durch eine besondere Strahlung in einen zombiehaften Zustand versetzt wird (ist das nicht die reinste Allegorie auf das Propagandafernsehen?), während eine Minderheit, die auf die Strahlung nicht anspricht, teils das Land regiert, teils brutal verfolgt wird – mitsamt den Arbeitslagern und den todgeweihten Strafbataillonen …

Das System lief gegen die neuen Bücher der Strugatzkis Sturm. Ihre Texte wurden von der Zensur verstümmelt, man verlangte von ihnen, die Romane von noch so kleinen Anspielungen auf die UdSSR zu säubern, man mäkelte an den Handlungsorten, den Namen fiktiver Organisationen herum, man änderte den Handlungsverlauf. Das Redaktionskollegium der Zeitschrift *Angara,* die es als erste gewagt hatte, »Das Märchen von der Troika« zu drucken, wurde kollektiv entlassen, der Roman bis zur Perestroika nicht mehr gedruckt. Und das spätere Kultbuch »Picknick am Wegesrand«, nach dem Andrej Tarkowski seinen Film *Stalker* drehte, wartete ganze elf Jahre auf die Veröffentlichung.

Doch selbst in der von der Zensur kastrierten Form blieben die Romane der Brüder Strugatzki schärfer als alle – zumindest als die meisten – anderen Texte, deren Veröffentlichung erlaubt wurde. Jedes neue Buch traf zielsicher wieder einen Nerv der Gesellschaft und des Systems, rief in den Küchen von Millionen Wohnungen stürmische Diskussionen hervor, führte zu wütenden Verrissen in der staatlichen Presse. Allen war klar, dass sich in den Texten der Strugatzkis – ganz nach Puschkins Wort, wonach das Märchen Lüge ist, aber eine nützliche Lehre enthält – hinter den Abenteuern der Helden noch andere Bedeutungsschichten verbargen, dass ihre scheinbar phantastischen Romane mehr Wahrheit über das Leben in der Sowjetgesellschaft enthielten als Zeitungsartikel und Fernsehreportagen. Die Romane von Arkadi und Boris Strugatzki lösten Diskussionen in einem Land aus, in dem es keine geteilten Meinungen geben durfte, und es ist keine Übertreibung, wenn man ihren Einfluss auf das Denken der Menschen mit dem Einfluss solcher Titanen wie Alexander Solschenizyn gleichsetzt. Mit einem entscheidenden Unterschied: Während die Texte Solschenizyns über Jahrzehnte einem engen Kreis von dissidierenden Wagehälsen vorbehalten blieben, die einander handgefertigte Abschriften übergaben, erschienen und verkauften sich die Bücher der Strugatzkis weiterhin in atemberaubend hohen Auflagen. Denn sie gerieten nie ins Moralisieren, in trockene Didaktik, sie lehrten nicht, wie man leben, was man tun sollte, sie schnitten nur auf elegante Weise Themen an, die als tabu galten, zeigten, dass auch in einem Land, in dem man an nichts zweifeln darf, Zweifel unerlässlich ist. Jeder denkende Mensch in unserem Land mit seinem komplizierten Schicksal, mit dem ewigen Konflikt zwischen Individuum und System, zwischen Volk und Staat – und erst recht ein Mensch, der Macht über das Denken anderer hat – muss zweifeln. Er muss für die Freiheit einstehen, muss mutig genug sein, eine eigene Meinung zu haben und sie zu vertreten.

Es ist bemerkenswert, dass Boris Strugatzki 2009 – Arkadi, der ältere Bruder, starb 1991 – einen Briefwechsel mit dem Häftling Michail Chodorkowski begann, einst der an Geld und Einfluss reichste Geschäftsmann Russlands und nun der einzige – oder zumindest der bedeutendste – politische Gefangene. Chodorkowski, der nach offiziellen Angaben für Steuervergehen im Gefängnis sitzt, tatsächlich aber, weil er sich Wladimir Putin entgegenstellte, ist nach wie vor eine Schlüsselfigur der schwächlichen russischen Opposition. Der

Briefwechsel beginnt mit einer Prognose der Zukunft der Menschheit – Chodorkowski, den ehemaligen Erdölmagnaten, interessiert die Ansicht des Science-Fiction-Autors zu Energieversorgung, den begrenzten Ressourcen des Planeten und den Möglichkeiten neuer globaler Konflikte – und kommt dann zwangsläufig zum Zustand der gegenwärtigen russischen Gesellschaft. Und wieder werden Unfreiheit, die Konfrontation mit den Machthabern und das Schicksal Russlands für Boris Strugatzki zum aktuellen Thema; die Briefpartner sehen Parallelen zwischen der gegenwärtigen Situation und den Zuständen, als das Land noch UdSSR hieß. Die Härte der Strafe und die Unversöhnlichkeit der Machthaber gegenüber dem längst nicht mehr gefährlichen Chodorkowski sprechen dafür, dass man ihn nach wie vor als Bedrohung empfindet – und genau darum ist im Verhalten Boris Strugatzkis, der sowohl die Briefe des ehemaligen Oligarchen beantwortet als auch einer Publikation des Briefwechsels zugestimmt hat, eine öffentliche Stellungnahme zu sehen. Ein denkender Mensch hat eben in unserem Land die Pflicht, an allem zu zweifeln, ganz besonders an den Handlungen der Mächtigen.

Für diese Prinzipienfestigkeit, diesen Mut kann man die Strugatzkis achten und schätzen. Doch die Liebe, die ihnen die Leser in Russland entgegenbringen, erklärt sich dadurch noch nicht. Jedes Buch von Arkadi und Boris Strugatzki ist vor allem eine ungeheuer spannende Lektüre. Die Handlung fesselt von den ersten Seiten an und hält die Spannung bis zum Schluss. In die Protagonisten verliebt man sich – oder man beginnt sie zu hassen –, ganz als wären es lebendige Menschen. Die Welten der Strugatzkis sind von Anfang an glaubwürdig. Sie finden immer solche Helden, solche Umstände, eine solche Sprache, dass sich die moralischen, philosophischen, politischen Fragen, die sie als Schriftsteller umtreiben, ganz natürlich ergeben, ein absolut lebendiger, harmonischer Bestandteil des Erzählten sind.

Einmalig ist an ihren Büchern auch, dass sie einander ganz unähnlich sind. Die Strugatzkis entwickelten sich ständig weiter, allein im Laufe der 1960er Jahre haben sich ihr Stil und ihre Philosophie grundlegend verändert, ihre Könnerschaft nahm explosionsartig zu, und sie kehrten nur selten zu schon behandelten Themen zurück: von den naiv-romantischen »Praktikanten« hin zu dem bitteren, nachdenklichen Roman »Das Experiment« (der erst 1989 veröffentlicht werden konnte), in dem das, was in der UdSSR vorgeht, als Experiment an lebenden Menschen beschrieben wird, ein Experiment, von dem man nicht mehr weiß, wer es wann und zu welchem Zweck begonnen hat, das aber dennoch einfach weiterläuft, auch wenn die Experimentatoren das Interesse an den Versuchspersonen längst verloren und sie ihrem Schicksal überlassen haben, ja wenn diese Experimentatoren nicht vielleicht überhaupt ausgestorben sind.

Dieser Wille zur unablässigen Veränderung ist selten in der Literatur. Das Publikum erwartet schließlich, dass man die Werke, die gefallen haben, immer wiederholt, es stimmt mit dem Geldbeutel über das Einhalten der einmal eingeschlagenen Richtung ab, bestraft Abweichungen unerbittlich. Doch auch wenn in der UdSSR keine kommerziellen Mechanismen am Werke waren – alle, also auch die künstlerische Intelligenz, wurden vom Staat ernährt, und wer auf materielle Vorteile aus war, brauchte nur in die Partei einzutreten und die Subordination einzuhalten –, so ging es den Strugatzkis um etwas ganz anderes: Sie befanden sich selbst auf der Suche – nach Antworten auf die ständig wachsenden Fragen an das System, an die Menschheit, an den einzelnen Menschen.

Aus irgendeinem Grund glaubt man – ich sagte es bereits –, dass die Science Fiction keine richtige ernsthafte Literatur ist. Zugegeben, das trifft auf die zu reinen Unterhaltungszwecken geschriebene Science Fiction bestimmt zu, aber eines weiß ich: Im letzten Jahrhundert gab es in der sowjetischen Literatur nur sehr wenig, das sich mit der Science Fiction der Brüder Strugatzki messen konnte, was die Zuneigung der Leser, den Einfluss auf das kritische Denken, die Allgemeingültigkeit und die Tiefenwirkung angeht. Die Strugatzkis sind einer der wichtigsten Bestandteile im kulturellen Code des sowjetischen und russischen Menschen. Man braucht sie nur zu lesen, um zu verstehen, wie und wofür wir lebten, um sich klar zu machen, was wir heute sind.

Die Strugatzkis – das ist kraftvolle, talentierte, *ernsthafte* Literatur. Das ist wahre lebendige Klassik. Das sind galaktische Sterne von der Größenordnung eines Ray Bradbury oder eines Kurt Vonnegut, glauben Sie mir. Sie konnten sie bei sich auf der westlichen Hemisphäre nur nicht so gut sehen.

DIE BEWOHNTE INSEL

Erster Teil

Robinson

1

Maxim öffnete einen Spaltbreit die Luke, lehnte sich hinaus und blickte misstrauisch nach oben. Der Himmel hing hier tief und schien sonderbar schwer; er hatte nicht jene heitere Transparenz, die von der Unendlichkeit des Universums zeugt und von der Vielzahl seiner bewohnten Welten. Es war ein geradezu biblisches Firmament, still und undurchdringlich. Und gleichmäßig phosphoreszierend. Gewiss ruhte dieses Himmelsgewölbe auf den mächtigen Schultern eines hiesigen Atlas. Maxim suchte am Himmel nach dem Loch, das sein Raumschiff beim Durchbrechen geschlagen haben musste, doch es war keines da. Er entdeckte lediglich zwei große schwarze Kleckse, die allmählich zerliefen, wie Tuschetropfen in einem Wasserglas. Maxim stieß die Luke ganz auf und sprang hinaus in das hohe trockene Gras.

Die Luft war heiß und schwül. Es roch nach Staub und altem Eisen, nach zerdrücktem Grün, nach Leben. Nach Tod roch es auch, einem lange vergangenen, nicht mehr fassbaren … Das Gras reichte Maxim bis zum Gürtel; in der Nähe sah er die dunklen Umrisse verwilderten Gebüschs und trostlose, verkrüppelte Bäume. Es war beinahe hell – wie in einer lichten Mondnacht auf der Erde, doch es fehlten die Schatten und der zartblaue Schein des irdischen Mondlichts. Alles wirkte grau, staubig und öde. Das Schiff stand inmitten eines riesigen Talkessels mit sanft abfallenden Hängen; ringsum erhob sich das Gelände bis hinauf zum verschwommenen Horizont. Aber eines war merkwürdig: Ganz in der Nähe strömte breit und ruhig ein Fluss, und er floss nach Westen … einen der Abhänge hinauf.

Maxim ging um das Raumschiff herum und strich mit der Hand über die kühle, etwas feuchte Oberfläche. Die Spuren der Einschläge fand er exakt an den Stellen, wo er sie erwartet hatte: eine unangenehm tiefe Beule unter dem Indikatorring; sie war entstanden, als das Schiff erst jäh nach oben gerissen und dann zur Seite geworfen wurde. Dadurch fiel der Kyberpilot aus, und Maxim musste die Steuerung kurzerhand selbst übernehmen. Die Kerbe neben dem rechten Sensorenblock, einem der »Augen« seines Schiffs, entstand zehn Sekunden später, als das Schiff kopfüber nach unten stürzte und dann sozusagen auf einem Auge blind wurde. Wieder sah Maxim zum Himmel. Die schwarzen Flecken waren jetzt kaum noch zu sehen. Ein Meteoriteneinschlag in der Stratosphäre: ein Ereignis mit einer Wahrscheinlichkeit von null Komma null null … Aber jedes potenziell mögliche Ereignis, scheint es auch noch so unwahrscheinlich, muss wohl irgendwann einmal eintreten.

Maxim zwängte sich in die Kabine, schaltete die Steuerung auf automatische Reparatur und setzte das Expresslabor in Gang. Dann machte er sich auf den Weg zum Fluss. Sicher, dachte er bei sich, eine abenteuerliche Geschichte das Ganze – und dennoch irgendwie Routine, langweilig. Bei uns in der GFS sind sogar die Abenteuer alltäglich: Meteoritenattacke, Strahlenbeschuss, Havarie bei der Landung; Havarie bei der Landung, Meteoritenattacke, Strahlenbeschuss – das sind die Abenteuer dieses Metiers, physischer Nervenkitzel, nichts weiter.

Das trockene hohe Gras knisterte unter Maxims Füßen, stachlige Samen bohrten sich durch seine Shorts. Mit lautem

Surren schwirrte eine Wolke moskitoähnlicher Insekten heran, waberte vor seinem Gesicht und verschwand wieder. Erwachsene, ernstzunehmende Menschen, dachte Maxim, würden nie zur *Gruppe für Freie Suche* gehen. Sie befassen sich mit erwachsenen, ernstzunehmenden Dingen und wissen, dass all die unerforschten Planeten im Grunde ziemlich gleich sind. Ermüdend gleich. Gleich ermüdend. Sicher, wenn man zwanzig ist, nichts richtig kann und nicht einmal weiß, was man gerne können würde, wenn man das kostbarste Gut, die Zeit, noch nicht zu schätzen weiß und besondere Talente weder vorhanden noch zu erhoffen sind, wenn man mit seinen zwanzig Jahren immer noch Hände und Füße einsetzt anstatt seinen Kopf, und wenn man zudem noch so dumm ist zu glauben, auf fremden Planeten könne man ganz Phantastisches entdecken, etwas, das es auf der Erde nicht gibt, wenn, wenn, wenn – ja, dann, natürlich. Dann nimm den Katalog der GFS zur Hand, schlag eine beliebige Seite auf, tippe mit dem Finger auf eine beliebige Zeile und fliege los. Entdecke einen Planeten, benenne ihn nach deinem Namen und bestimme seine physikalischen Eigenschaften. Kämpfe mit Ungeheuern, sofern vorhanden. Tritt mit Fremden in Kontakt, falls solche zu finden. Oder spiele ein bisschen Robinson. Es ist auch nicht alles vergebens: Nein, man wird dir danken und sagen, du hättest einen großen Beitrag geleistet. Irgendein bedeutender Spezialist wird dich zum ausführlichen Gespräch einladen. Schüler, vor allem die weniger begabten und die aus den unteren Klassen, werden voller Ehrfurcht zu dir aufschauen. Triffst du aber den Lehrer, fragt er nur: »Du bist immer noch bei der GFS?«, und dann wechselt er rasch das Thema. Sein Gesicht wirkt schuldbewusst und traurig, denn die Verantwortung dafür, dass du noch immer bei der GFS bist, übernimmt er. Und dein Vater knurrt ratlos: »Hmmm ...«, und erwähnt unsicher eine freie Stelle im Labor. Und die Mutter meint: »Maxim, du konntest doch als Kind so schön zeichnen ...« Oleg schimpft: »Hör endlich auf damit. Du hast dich lange genug blamiert ...«, und Jenny säuselt: »Darf ich vorstellen, das ist mein Mann.« Und ja, alle haben sie Recht, alle, außer dir. Dann kehrst du zurück in die Zentrale der GFS und versuchst, die zwei anderen Trottel, die am Regal gegenüber in den Katalogen wühlen, möglichst nicht zu beachten. Und dann nimmst du den nächsten Band, schlägst ihn irgendwo auf und tippst mit dem Finger ...

Bevor er den Steilhang zum Fluss hinunterstieg, blickte Maxim noch einmal zurück. Hinter ihm richtete sich das niedergetretene Gras Halm um Halm wieder auf, und vor dem bleigrauen Himmel sah er die schwarzen Silhouetten der verkrüppelten Bäume. Da leuchtete ein kleiner runder Fleck – die offene Luke seines Schiffs. Alles war wie immer. Na gut, sagte er sich, von mir aus ... Vielleicht stoße ich ja hier auf eine Zivilisation. Mächtig sollte sie sein, alt und weise. Und menschlich ... Er kletterte die Böschung hinab zum Wasser.

Der Fluss war tatsächlich breit und floss langsam. Mit bloßem Auge konnte man sehen, wie er von Osten herab – und nach Westen wieder hinauffloss. (Allerdings gab es hier eine ganz enorme Lichtbrechung.) Das gegenüberliegende Ufer war flach und mit einem dichten Schilfgürtel bewachsen. Etwa einen Kilometer weiter flussaufwärts ragten eigenartige Pfeiler und schiefe Balken aus dem Wasser, verzogenes Gitterwerk sowie eine halb verfallene, von Pflanzen überwucherte Trägerkonstruktion. Die Zivilisation, dachte Maxim leidenschaftslos. Er spürte, dass es in der Umgebung viel Eisen gab, und noch etwas spürte er, etwas sehr Unangenehmes, Beklemmendes. Als er eine Handvoll Wasser schöpfte, begriff er: Das war Strahlung, starke, schädliche Strahlung. Der Fluss führte von Osten her radioaktive Substanzen mit sich. Maxim verstand gleich, dass ihm eine Zivilisation, die Flüsse verseuchte, wohl kaum von Nutzen sein konnte. Und die Expedition würde, wie alle anderen zuvor, als Fehlschlag enden. Es würde besser sein, keinen Kontakt aufzunehmen, die Standardanalysen abzuspulen, den Planeten zweimal unbemerkt zu umkreisen und sich dann aus dem Staub zu machen. Zurück auf der Erde würde er alle Erkenntnisse bei den erfahrenen, aber mürrischen Typen im Rat für galaktische Sicherheit abliefern und das Ganze so schnell wie möglich vergessen.

Angewidert schüttelte Maxim das Wasser von seinen Händen, trocknete sie im Ufersand und versank in Gedanken – düsteren Phantasien über die Bewohner dieses maroden Planeten. Irgendwo hinter den Wäldern lag sicher auch eine marode Stadt: verkommene Fabriken und altersschwache Atommeiler, die radioaktiv verseuchtes Wasser in den Fluss schwemmten; hässliche Wohnhäuser mit flachen Eisendächern; viele Mauern und wenig Fenster; verdreckte schmale Gassen, in denen sich Abfall und Unrat türmten und Haustierkadaver verwesten; ein großer Graben, der die Stadt umgab; Zugbrücken – obwohl, nein, das war vor dieser Zeit. Und die Menschen? Maxim konnte sich kein Bild von ihnen machen; er wusste nur, dass sie viele Kleidungsstücke übereinandertrugen, eingepackt waren in dicken, groben Stoff, und ihre Hälse in hohen, weißen Stehkragen steckten, die am Kinn scheuerten …

Aber da entdeckte Maxim Spuren.

Im Sand waren Abdrücke nackter Füße zu sehen. Jemand war die Böschung hinuntergeklettert und in den Fluss gestiegen. Eine schwere, plumpe Kreatur mit großen, breiten Füßen – sicher ein Humanoid, wenn auch mit sechs Zehen. Ächzend war er durch den tiefen Sand gestapft, mitsamt Kleidung und Stehkragen in das radioaktive Wasser marschiert, unter Prusten und Schnauben ans andere Ufer geschwommen und dort im Schilf wieder …

Als habe ein Blitz eingeschlagen, flammte plötzlich grellblaues Licht auf und erhellte die gesamte Umgebung. Dann ein ohrenbetäubender Knall und das Zischen und Knistern von Feuer. Maxim fuhr auf. Trockene Erde rieselte den Abhang herab. Etwas sauste gefährlich kreischend durch die Luft und ging mitten im Fluss nieder – ein Geschoss, das eine fauchende Fontäne aus Wasser und weißem Dampf emporschleuderte.

Maxim rannte den Hang hinauf. Er wusste schon, was geschehen war, wusste nur nicht, warum. Und so wunderte es ihn auch nicht, als er dort, wo eben noch das Schiff gestanden hatte, einen lodernden Feuerball erblickte, über dem eine gigantische, rußschwarze Rauchsäule in den phosphoreszierenden Himmel stieg. Das Schiff war explodiert. Seine Keramithülle stand in gleißenden helllila Flammen, und das trockene Gras ringsum brannte lichterloh. Auch die Büsche brannten, selbst an den verkrüppelten Bäumen züngelten qualmende Flammen.

Wütende, sengende Hitze schlug Maxim entgegen, und er hielt sich schützend die Hand vors Gesicht. Schritt um Schritt wich er zurück, ohne aber die tränenden Augen abzuwenden von diesem bizarr schönen Flammenmeer, aus dem purpurrote und grüne Funken sprühten, von diesem sinnlosen Toben entfesselter Energie.

Aber, das ist … wie ist das passiert?, fragte er sich fassungslos. Ist da vielleicht ein riesiger Affe gekommen und hat gesehen, ich bin nicht da … Kletterte hinein, hob das Deck hoch – nicht einmal ich weiß, wie das geht, aber er hat es geschafft. Muss ein sehr schlauer Affe gewesen sein, einer mit sechs Zehen – er hob also das Deck … Was ist denn bei Raumschiffen unter dem Deck? Egal, er jedenfalls fand die Akkumulatoren, nahm einen großen Felsbrocken und wumm! … Einen sehr großen Felsbrocken übrigens, mindestens drei Tonnen schwer, und den schlug er mit voller Wucht … Muss ein sehr starker Affe gewesen sein … Jedenfalls hat er mit seinem Felsbrocken mein Schiff erledigt. Zweimal in der Stratosphäre und jetzt das hier! Erstaunliche Geschichte, gab es sicher noch nie. Nur, was mache ich jetzt? Man wird mich natürlich bald vermissen, aber niemand wird auf die Idee kommen, dass es so etwas gibt: Das Schiff vernichtet, und der Pilot lebt. Was soll jetzt werden? Mama … Vater … der Lehrer …

Maxim wandte sich um und kehrte dem Feuer den Rücken zu. Raschen Schrittes ging er davon, immer am Fluss entlang. Ringsumher glühte alles im roten Schein des Feuers, und vor sich sah er, wie sein Schatten über die hohen Halme zuckte. Rechts ging nun die Wiese in einen lichten Wald über, aus dem ein fauliger Geruch herüberwehte. Das Gras war jetzt weich und etwas feucht. Maxim erschrak, als unmittelbar vor ihm zwei große Nachtvögel aufflogen und mit gellendem Kreischen dicht über das Wasser zogen bis ans andere Ufer. Einen Moment lang fürchtete er, dass ihn das Feuer einholen könnte. Um sich zu retten, bliebe ihm dann nichts anderes übrig, als durch den verseuchten Fluss zu schwimmen – eine furchtbare Vorstellung. Doch auf einmal verblasste der Feuerschein und erlosch wenig später ganz. Anscheinend hatten die Löschsysteme seines Schiffs jetzt den Ernst der Lage erkannt und ihre Aufgabe mit der nötigen Sorgfalt erfüllt. Lebhaft stellte sich Maxim die verrußten, angeschmolzenen Druckflaschen vor, wie sie albern inmitten von glühenden Trümmern standen, dicke Fontänen weißen Löschschaums versprühten und sehr zufrieden mit sich waren.

Ruhig, sagte er sich. Ruhe bewahren, nur nicht die Nerven verlieren. Ich habe Zeit. Jede Menge Zeit. Es kann sein, dass sie lange nach mir suchen werden: Das Schiff existiert nicht mehr, und mich zu finden ist unmöglich. Aber solange sie nicht wissen, was passiert ist, solange sie keine Gewissheit haben, werden sie Mama nichts sagen. Und in der Zwischenzeit wird mir hier schon etwas einfallen.

Maxim ging an einem kleinen Sumpf vorbei, schlug sich durch Gestrüpp und fand sich unverhofft auf einer Straße wieder – einer alten, rissigen Betonstraße, die in den Wald führte. Er folgte ihr zunächst in die andere Richtung, bis zum Fluss, wo sie abrupt endete. Am anderen Ufer ging sie weiter, war aber im fahlen Licht des Himmels kaum auszumachen. Maxim ging bis zur Abbruchkante vor und entdeckte dort, halb im Wasser, die verrostete und mit Ackerwinde überwucherte Trägerkonstruktion, die er schon aus der Ferne gesehen hatte. Offenbar hatte hier einmal eine Brücke gestanden, die später in den Fluss gesprengt worden war. Maxim setzte sich an die Abbruchkante und ließ die Beine herabbaumeln. Er horchte in sich hinein, stellte beruhigt fest, dass er von Panik weit entfernt war, und begann nachzudenken.

Das Wichtigste habe ich gefunden: eine Straße. Sie ist uralt, grob hingeschustert und in schlechtem Zustand, aber immerhin eine Straße. Und auf allen bewohnten Planeten führen die Straßen zu denen, die sie gebaut haben. Was fehlt mir? Zu essen brauche ich nichts. Ein bisschen Hunger habe ich zwar, doch das sind die niederen Instinkte, die kann ich unterdrücken. Wasser brauche ich frühestens in vierundzwanzig Stunden. Luft zum Atmen gibt es hier genug, wenn man einmal vom hohen Kohlendioxidgehalt und der radioaktiven Verschmutzung absieht. Im Augenblick fehlt es mir also an nichts Lebensnotwendigem. Was ich dagegen wirklich bräuchte, wäre ein kleiner, primitiver Nullsender mit Spiralgang. Kann man sich etwas Simpleres vorstellen als einen primitiven Nullsender? Höchstens einen primitiven Nullakkumulator … Maxim schloss die Augen und rief sich den Bauplan eines Positronenemitter-Senders ins Gedächtnis. Ganz einfach! Hätte er die Bauteile zur Hand, könnte er das Gerät auf der Stelle und mit verbundenen Augen zusammenbauen. Einige Male spielte er die Handgriffe durch, doch als er die Augen öffnete, war kein Sender da. Nichts war da. Robinson, dachte er, und dieser Gedanke faszinierte ihn. Maxim Crusoe. Ich habe tatsächlich gar nichts. Nur Shorts ohne Taschen und ein paar Turnschuhe. Dafür aber ist meine Insel bewohnt. Und da die Insel bewohnt ist, bleibt mir immer noch die Hoffnung, von irgendwoher einen primitiven Nullsender aufzutreiben. Maxim versuchte, sich auf diesen Gedanken zu konzentrieren, aber es gelang ihm nicht. Ständig hatte er das Bild seiner Mutter vor Augen, wie man ihr mitteilte: »Ihr Sohn ist verschollen.« Er sah das Gesicht, das seine Mutter dabei machte, und seinen Vater, wie er sich über die Wangen strich und hilflos um sich blickte. Er stellte sich vor, wie kalt und leer sie sich dabei fühlten ... Nein, sagte sich Maxim, daran darf ich jetzt nicht denken. An alles, nur nicht daran, sonst werde ich hier gar nichts fertig bringen. Ich verbiete mir, daran zu denken. Und ich befehle mir, *nicht* daran zu denken. Schluss. Er erhob sich, drehte dem Fluss den Rücken zu und folgte der Straße in die andere Richtung.

Hatten die Bäume anfangs nur vereinzelt und etwas entfernt vom Straßenrand gestanden, so rückte der Wald allmählich immer dichter an die Straße heran. Ein paar junge Bäumchen hatten sogar den Beton durchbrochen und wuchsen mitten auf der Fahrbahn. Die Straße musste jahrzehntealt sein, jedenfalls hatte man sie jahrzehntelang nicht mehr benutzt. Je länger Maxim marschierte, desto höher, dichter und finsterer wurde der Wald. An manchen Stellen schloss sich bereits das Blätterdach über seinem Kopf. Die unheimliche Stille darin wurde von noch unheimlicheren, kehligen Lauten durchbrochen, die – mal links, mal rechts – aus dem Dickicht kamen. Hatte sich dort nicht etwas bewegt? Ein Rascheln, ein Trappeln, und dann – wieder Stille. Etwa zwanzig Schritte vor ihm huschte eine dunkle, gebückte Gestalt über die Straße. Maxim lauschte – nichts, nur das Surren von Mücken. Ihm kam in den Sinn, dass womöglich niemand in der Nähe wohnte. Der traurige Zustand der Straße und die vollkommen verwilderte Umgebung ließen befürchten, dass es noch Tage dauern konnte, bis er auf zivilisierte Wesen stoßen würde. Als seine niederen Instinkte sich wieder meldeten, beruhigte sich Maxim mit dem Gedanken, dass es in den Wäldern sicher viele wilde Tiere gab. Er würde also nicht Hungers sterben, selbst wenn sich das hiesige Getier als wenig schmackhaft erweisen sollte. Die Jagd wäre dafür umso interessanter. Und weil er sich verboten hatte, an das zu denken, was ihm am meisten auf der Seele lag, rief er sich in Erinnerung, wie er mit Oleg und dem Förster Adolf auf der Jagd gewesen war, wie sie den Hirsch durch den Wald gehetzt hatten, drei Tage lang, ohne Waffen, Mensch gegen Tier, Vernunft gegen Instinkt, Geschick gegen rohe Kraft, wie sie ihn schließlich gestellt und am Geweih zu Boden gezerrt hatten ... Nun, vielleicht gibt es hier keine Hirsche, aber daran, dass es genießbares Wild gibt, besteht gar kein Zweifel. Wenn man sich nur für einen Moment ablenken lässt oder in Gedanken versinkt, fallen sofort die Mücken über einen her, fressen einen fast auf, und wer auf einem fremden Planeten selbst genießbar ist, verhungert bekanntlich nicht. Es wäre gar nicht so schlimm, sich hier zu verirren und sich das eine oder andere Jahr im Wald herumzutreiben. Ich würde mir einen Gefährten suchen, einen Wolf oder einen Bären, wir könnten zusammen auf die Jagd gehen, uns unterhalten. Gewiss, auf die Dauer würde das auch langweilig ... und dann der ganze Eisenschrott hier im Wald und diese stickige Luft. Und überhaupt, zuerst muss ich einen Nullsender zusammenbauen.

Maxim blieb stehen und horchte. Aus der Tiefe des Waldes drang ein monotones, dumpfes Dröhnen. Er erinnerte sich, dass er es schon früher gehört hatte, aber erst jetzt schenkte er ihm Aufmerksamkeit. Das war kein Tier und auch kein Wasserfall, sondern etwas Mechanisches, eine riesengroße, monströse Maschine. Sie schnaubte und brüllte, rasselte und verbreitete den Gestank von heißem Eisen. Und sie kam näher.

Geduckt, lautlos und ganz dicht am Straßenrand lief Maxim dem dröhnenden Geräusch entgegen. Dann stoppte er. Fast wäre er geradewegs auf eine Kreuzung gestürmt, denn die Straße, auf der er lief, wurde von einer zweiten im rechten Winkel gekreuzt. Sie stank, war verdreckt und von starken Spurrillen tief zerfurcht; der Betonbelag war aufgerissen und sehr, sehr radioaktiv. Maxim ging in die Hocke und blickte nach links, von wo das Brüllen des Motors und das metallische Rasseln zu hören waren. Der Boden unter den Füßen erzitterte. Es kam näher.

Und eine Minute später war es da: groß, heiß und stinkend, ein Monster aus vernietetem Metall, das sich mit seinen riesigen, dreckverschmierten Ketten durch die Straße fraß und dabei knirschend den Beton zermalmte. Es raste nicht, es rollte nicht einmal, sondern quälte sich die Straße entlang – verbeult, mit losen, scheppernden Eisenplatten, vollgepumpt mit Plutonium und Lanthanoiden, unbemannt, dumm und gefährlich. Fauchend donnerte es über die Kreuzung und verschwand langsam aus Maxims Sichtfeld. Das Rasseln der Ketten und das Dröhnen des Motors wurden allmählich leiser, doch waberte über der Kreuzung noch immer eine flimmernde Hitze und ein stechender, metallischer Gestank.

Maxim holte tief Luft und verscheuchte die Mücken. Er war fassungslos – nie in seinem Leben hatte er etwas so Absurdes und Erbärmliches gesehen. Na ja, dachte er, mit den Positronenemittern könnte es hier schwierig werden. Er blickte in die Richtung, in die das Monster verschwunden war, und bemerkte, dass die querende Straße eine Schneise durch den Wald schlug. Über ihr befand sich freier Himmel, kein geschlossenes Blätterdach. Vielleicht sollte ich hinterherlaufen?, fragte er sich. Es anhalten, den Reaktor abschalten … Er horchte: immer noch Krachen und lautes Maschinengetöse. Das Ungetüm schien im Wald zu toben wie ein Nilpferd im Morast. Kurze Zeit später wurde das Rumoren des Motors wieder lauter – der Koloss kam zurück. Abermals knirschender Beton, scheppperndes Eisen, rasselnde Ketten, das stinkende Ungetüm polterte erneut über die Kreuzung und verschwand in die Richtung, aus der es gekommen war. Nein, sagte sich Maxim, mit dem will ich nichts zu tun haben. Ich mag weder wütende Tiere noch monströse Maschinen. Er wartete, bis das Gefährt außer Sichtweite war, trat aus dem Gebüsch und überquerte mit wenigen großen Sätzen die zerwühlte, verstrahlte Kreuzung.

Eine Zeit lang setzte er seinen Weg im Laufschritt fort und atmete tief ein, um den giftigen Qualm des Eisenkolosses aus den Lungen zu pumpen. Danach verfiel er in Marschtempo und sann darüber nach, was ihm in den ersten beiden Stunden auf seiner bewohnten Insel begegnet war. Er versuchte, all die Ungereimtheiten und Zufälle zu einem schlüssigen Ganzen zusammenzufügen, aber das erwies sich als unmöglich. Denn das Bild, das dabei herauskam, trug eher märchenhafte als realistische Züge. Märchenhaft war zum Beispiel dieser Wald, der voll war von altem Eisen, wo unbekannte Fabelwesen mit beinahe menschlichen Stimmen einander zuriefen. Und wie im Märchen führte die alte, verlassene Straße gewiss zu einem verwunschenen Schloss. Unsichtbare, böse Zauberer versuchten, ihm, dem Menschen, der in dieses fremde Land gekommen war, Steine in den Weg zu legen. Schon im Landeanflug schleuderten sie ihm Meteoriten entgegen, und als das nichts half, steckten sie sein Schiff in Brand. Nun saß der Mensch in der Falle. Sogleich hetzten sie einen eisernen Drachen auf ihn, doch der erwies sich als zu alt und zu dumm. Sicher hatten die Zauberer ihren Fehlschlag längst bemerkt und rüsteten schon zu einem neuen Angriff, diesmal allerdings mit moderneren Waffen.

»Hört mal«, sagte Maxim, »ich habe gar nicht vor, eure Schlösser zu entzaubern und eure schlafenden Schönheiten zu wecken. Ich bin lediglich auf der Suche nach jemandem, der ein bisschen Grips im Kopf hat und mir mit den Positronenemittern weiterhilft.«

Die Zauberer aber stellten sich taub. Zuerst versperrten sie Maxim mit einem meterdicken, morschen Baumstamm den Weg, dann rissen sie die Betondecke auf, hoben eine gewaltige Grube aus und füllten sie mit fauligem, radioaktivem Schlamm. Als selbst das nichts half und auch die blutrünstigen Mückenschwärme ihre Stechattacken irgendwann einstellten, tauchten die Zauberer zum Ende der Nacht den Wald in dicken, eisigen Nebel. Maxim begann zu frieren und schlug einen Laufschritt an, um sich aufzuwärmen. Die ölige Nebelsuppe roch nach Fäulnis und feuchtem Metall; aber bald mischte sich Rauchgeruch hinein, und Maxim begriff, dass irgendwo in der Nähe ein Feuer brannte.

Der Tag brach an, und im fahlen Licht der Morgendämmerung entdeckte Maxim etwas abseits der Straße eine Feuerstelle. Daneben stand eine niedrige, mit Moos bewachsene Steinhütte; das Dach war eingestürzt, die Fenster unverglast. Menschen waren nirgendwo zu sehen, doch Maxim hatte das Gefühl, dass sie ganz in der Nähe waren und sicher bald zurückkehrten. Er sprang über den Straßengraben und ging, bis zu den Knöcheln im modrigen Laub versinkend, auf direktem Weg zur Feuerstelle.

Sehr zur Freude seiner niederen Instinkte, strahlte das Feuer eine wohlige, archaische Wärme ab. Alles war so einfach: Man hockte sich hin, wärmte sich die Hände am Feuer und wartete schweigend darauf, dass einem der Hausherr einen Teller heißer Suppe und ein Getränk reichte. Der Hausherr war zwar nicht da, aber über dem Feuer hing ein rußiger Kessel, in dem eine dicke, scharf riechende Suppe köchelte. Neben der Feuerstelle stand ein schmutziger, halbleerer Sack mit Tragegurten. Auf dem Boden, etwas weiter entfernt, lagen zwei Kittel aus grobem Stoff, zwei große Becher aus verbeultem Blech sowie ein paar sehr merkwürdige Gegenstände aus Eisen.

Maxim blieb eine Weile am Feuer sitzen, starrte in die Flammen und wärmte sich. Dann stand er auf und betrat das

Haus, vom dem jedoch wenig mehr übrig war als die vier steinernen Wände. Über dem brüchigen Gebälk, das früher einmal das Dach getragen hatte, graute der Morgenhimmel, und beim Begehen der verfaulten Bodenbretter fürchtete Maxim, jeden Moment einzubrechen. Aus den zum Teil freiliegenden, morschen Bodenbalken wuchsen Büschel himbeerfarbener Pilze. Sie waren giftig, aber gut durchgebraten würden sie sicher eine genießbare Mahlzeit ergeben. Der Gedanke ans Essen allerdings verging Maxim, als er im Halbdunkel einer Ecke ein Skelett entdeckte, dessen weiße Gebeine unter ausgeblichenen Stofffetzen hervorschauten. Maxim grauste es. Er wandte sich um, ging die zerfallenen Stufen hinab, formte die Hände zu einem Trichter und schrie aus vollem Halse »He-he, ihr Sechszehigen!« in den Wald. Sein Ruf verhallte irgendwo im Nebel zwischen den Bäumen. Niemand antwortete ihm. Nur ein paar Vögel tschilpten aufgebracht über seinem Kopf.

Maxim kehrte zur Kochstelle zurück, warf ein paar trockene Zweige ins Feuer und schaute in den Kessel. Die dicke Suppe brodelte. Er sah sich um, entdeckte eine Art Schöpflöffel, roch misstrauisch daran, wischte ihn sorgfältig am frischen Gras ab und prüfte noch einmal den Geruch. Vorsichtig schöpfte er den grauen Schaum von der Suppe und kippte ihn in die Glut. Er rührte um, nahm einen Löffel voll Suppe heraus, blies und probierte sie mit gespitzten Lippen. Gar nicht übel, dachte er, schmeckt so ähnlich wie Tachorg-Ledereintopf, nur schärfer. Maxim legte den Schöpflöffel beiseite, nahm den Kessel vorsichtig und mit beiden Händen vom Haken und stellte ihn im Gras ab. Er sah sich noch einmal um und rief: »Frühstück ist fertig!« Nach wie vor hatte er das Gefühl, dass der Herr des Hauses sich in unmittelbarer Nähe aufhielt, aber weder im nebelnassen Gebüsch noch auf der Straße regte sich etwas, und außer geschäftigem Vogelgezwitscher und dem Prasseln des Feuers war nichts zu hören.

»Dann eben nicht!«, sagte er laut. »Wie ihr wollt. Ich fange jedenfalls an.«

Maxim gewöhnte sich sehr schnell an den Geschmack. Entweder lag es an dem übergroßen Löffel oder an den niederen Instinkten – auf jeden Fall verging keine Minute, und Maxim hatte sich ein Drittel der Suppe einverleibt. Mit Bedauern rückte er den Kessel zur Seite, spürte dem fremden Geschmack im Mund ein wenig nach und säuberte dann den Schöpflöffel sorgfältig mit Gras. Aber er konnte sich nicht beherrschen, tauchte ihn nochmals ein und fischte sich vom Grund des Kessels noch ein paar von den leckeren, braunen Scheibchen heraus, die auf der Zunge zergingen und ihn an Seegurken erinnerten. Abermals säuberte er den Löffel und legte ihn quer über den Kessel. Jetzt war es an der Zeit, seiner Dankbarkeit Ausdruck zu verleihen.

Er sprang auf, brach sich einen frischen, dünnen Zweig ab und ging zurück ins Haus. Vorsichtig trat er auf die morschen Bodenbretter und bemühte sich dabei, nicht zu dem Skelett in der Ecke hinüberzusehen. Dann riss er die Pilze ab und spießte die größten der himbeerfarbenen Hüte auf den Zweig. Ein bisschen Salz und Pfeffer würden nicht schaden, dachte er, doch für die erste Kontaktaufnahme wird es auch ohne gehen. Ich hänge euch jetzt über das Feuer, bis die Giftstoffe verdampft sind, und dann werdet ihr ein vorzügliches Begrüßungsmahl abgeben. Ihr seid mein erster Beitrag zur Kultur dieser bewohnten Insel – mein zweiter werden dann die Positronenemitter sein.

Plötzlich wurde es im Haus dunkler, nur eine kleine Nuance, aber Maxim spürte sofort, dass man ihn beobachtete. Er unterdrückte den Impuls, sich umzudrehen, und zählte bis zehn, dann erhob er sich langsam, setzte ein Lächeln auf und wandte sich um.

Vor dem Fenster stand ein Mann mit langem, dunklem Gesicht, großen, schwermütigen Augen und hängenden Mundwinkeln. Der Fremde starrte Maxim an, weder zornig noch erfreut, eher gelangweilt, nicht wie einen Menschen aus einer anderen Welt, sondern wie ein lästiges Haustier, das an einem Ort herumlungert, an dem es nichts verloren hat. Einige Sekunden lang verharrten sie reglos, und Maxim spürte, wie die unsägliche Schwermut, die von diesem Gesicht ausging, wie eine Flutwelle ins Haus hereinschwappte und das Haus, den Wald, den Planeten und, ja, die ganze Welt in eine hoffnungslose Melancholie tauchte. Alles wurde grau, trostlos und beklagenswert. Alles war schon einmal da gewesen, würde noch endlose Male wiederkehren, und es gab keine Rettung vor dieser niederschmetternden Trostlosigkeit. Plötzlich aber wurde es noch dunkler im Haus, und Maxim wandte sich zur Tür.

Dort stand, mit gespreizten, stämmigen Beinen, ein rothaariger Kerl, dessen Schultern so breit waren, dass sie den gesamten Türrahmen ausfüllten. Der Mann war untersetzt und trug einen karierten, unglaublich hässlichen Overall. Ein wildes, rotblondes Gestrüpp von Haaren überwucherte sein Gesicht, und durch dieses Gestrüpp hindurch sah er Maxim mit kleinen, stechend blauen Augen an. Sein Blick war durchbohrend und alles andere als freundlich, aber trotzdem irgendwie heiter – möglicherweise im Kontrast zu der Melancholie, die noch immer zum Fenster hereinschaute. Es war offenbar nicht das erste Mal, dass der Rothaarige einem Fremdplanetarier begegnete, und es sah ganz so aus, als mache er mit seinen ungebetenen Gästen einfach kurzen Prozess, ohne Kontaktaufnahme und sonstiges Prozedere. Um seinen Hals trug er einen Lederriemen, und daran hing ein furchterregender Schießprügel, dessen Mündung er mit seiner schmutzigen Pranke genau auf Maxims Bauch gerichtet hielt. Es war klar, dass dieser grobschlächtige Kerl noch nie etwas vom Wert des menschlichen Lebens gehört hatte, ebenso wenig von der Menschenrechtsdeklaration, von den Errungenschaften des Humanismus oder vom Humanismus selbst. Und es wäre verlorene Zeit gewesen, ihm davon zu erzählen.

Maxim aber hatte keine Wahl. Er wedelte mit seinem Pilzspieß, lächelte noch ein wenig breiter und artikulierte laut und überdeutlich: »Friede! Freundschaft!« Der Melancholiker vor dem Fenster reagierte auf diese Losung, indem er eine lange, unverständliche Phrase von sich gab und das Kontaktfeld räumte; den Geräuschen nach zu urteilen, begann er gerade, trockenes Holz ins Feuer zu werfen. Jetzt sah Maxim, wie der wilde Bart des Rothaarigen in Bewegung geriet, und kurz darauf dröhnten aus dem roten Gestrüpp donnernde, rasselnde Laute, die Maxim lebhaft an den Eisendrachen auf der Kreuzung erinnerten.

»Ja!«, erwiderte Maxim und nickte eifrig. »Erde! Weltraum!« Er deutete mit seinem Pilzspieß zum Himmel, und der Rotbart blickte brav hinauf zu der nicht mehr vorhandenen Decke. »Maxim!«, setzte Maxim unbeirrt fort. »Maxim! Ich heiße Maxim!« Um den Sinn seiner Worte zu verdeutlichen, schlug er sich mit der Faust gegen die Brust wie ein wütender Gorilla. »Maxim!«

»Mach-sim!«, krakeelte der Rotbart mit eigenartigem Akzent und ließ eine Serie krachender, schnalzender Laute folgen, in denen das Wort »Mach-sim« mehrfach vorkam. Der Melancholiker vor dem Haus kommentierte diese Äußerungen mit den denkbar trübseligsten Lautfolgen. Dann quollen die blauen Augen des Rotbarts hervor, er öffnete den Mund, die gelben Zahnstummel wurden sichtbar – und er brach in dröhnendes Gelächter aus. Hatte der Melancholiker etwa einen Witz gemacht? Als der Lachanfall vorbei war, wischte sich der Rothaarige mit der freien Hand die Tränen aus den Augen, ließ seine Büchse sinken und gab Maxim einen Wink, der ihm bedeutete: »Los, komm schon!«

Maxim ließ sich nicht lange bitten. Er folgte dem Rotbart ins Freie und hielt ihm abermals den Pilzspieß unter die Nase.

Dieser nahm den Spieß, drehte ihn hin und her, schnupperte misstrauisch daran und warf ihn dann zu Boden.

»Nicht doch!«, protestierte Maxim. »Ihr werdet euch noch die Finger danach lecken.«

Er bückte sich und hob den Spieß auf. Der Rotbart ließ ihn gewähren, dann schlug er ihm ein paarmal mit der Pranke auf den Rücken und schob Maxim zur Feuerstelle. Dort drückte er ihn an den Schultern herab, bis er auf dem Boden saß. Dann setzte sich der Rotbart daneben und begann auf Maxim einzureden. Aber der hörte gar nicht zu und musterte stattdessen den Melancholiker, der ihnen gegenübersaß und einen großen, schmutzigen Lappen am Feuer trocknete. Einer seiner Füße war nackt, und es entging Maxims Aufmerksamkeit nicht, dass er fünf Zehen hatte – fünf, nicht sechs.

2

Gai saß auf dem Rand der Fensterbank, polierte mit dem Ärmel die Kokarde seines Baretts und sah zu, wie Korporal Waribobu die Reisepapiere für ihn ausschrieb. Der Korporal hatte den Kopf schief gelegt und die Augen aufgerissen, mit der Linken hielt er das Formular mit dem rotem Rand fest, und mit der Rechten malte er in Schönschrift seine Buchstaben darauf. Großartig macht er das, dachte Gai, nicht ganz ohne Neid. Dieser alte Tintenfisch: zwanzig Jahre in der Garde, und immer noch Schreiber. Aber warum er die Augen immer so aufreißt … der Stolz der Brigade … Gleich streckt er noch die Zunge heraus … Na bitte, da ist sie schon. Sogar sie ist voller Tinte. Bleib gesund, Waribobu, altes Tintenfass, wir werden uns nicht wiedersehen. Der Abschied fällt mir schwer. Gute Kameraden hatte ich hier, auch die Offiziere sind in

Ordnung, und der Dienst ist sinnvoll, ja sogar wichtig … Gai schniefte und blickte aus dem Fenster.

Draußen blies der Wind weißen Staub über die breite Straße, die mit alten Sechseckplatten gepflastert war und keinen Bürgersteig hatte. Gegenüber sah Gai die weißen, einförmigen und langgezogenen Gebäude der Administration und des technischen Personals. Und auf der Straße ging Frau Idoja, die mit der einen Hand ihr Gesicht vor dem umherfliegenden Staub schützte und mit der anderen den im Wind flatternden Rock festhielt. Frau Idoja war eine füllige, stattliche Dame, die dem Herrn Brigadegeneral zusammen mit ihren Kindern in diese gefährliche Gegend gefolgt war. Der Wachposten an der Kommandantur präsentierte ihr das Gewehr; es war ein Neuer, mit noch unzerknittertem Staubmantel und aufs Ohr gezogenem Barett. Dann sah Gai zwei Lastwagen mit Zöglingen vorbeifahren – wahrscheinlich zum Impfen. Richtig so, der da kriegt einen Hieb ins Kreuz, was lehnt er sich auch über die Bordwand, ist hier schließlich kein Boulevard …

»Wie schreibst du dich eigentlich?«, fragte Waribobu. »Gaal? Oder kann ich einfach Gal schreiben?«

»Nein«, sagte Gai. »Mein Familienname ist Gaal.«

»Schade«, sagte Waribobu und lutschte nachdenklich an seiner Feder. »Gal hätte gerade noch in die Zeile gepasst.«

Schreibe nur, Tintenfass, schreibe, dachte Gai. Musst nicht auch noch Zeilen sparen! So was nennt sich Korporal. Die Knöpfe stumpf vom Grünspan, ein feiner Korporal! Trägt zwei Medaillen und kann nicht einmal vernünftig schießen, das weiß jeder.

Die Tür wurde aufgerissen, und Rittmeister Toot stürmte herein, am Arm die goldene Binde des Diensthabenden. Gai sprang auf und knallte die Hacken zusammen. Waribobu aber erhob sich nur andeutungsweise, ja, er hörte nicht einmal auf zu schreiben, der alte Sargnagel! Und so was nennt sich Korporal.

»Aah«, näselte der Rittmeister und zog sich angewidert die Staubmaske vom Kopf. »Soldat Gaal. Ich weiß, ich weiß, Sie verlassen uns. Bedauerlich. Aber ich freue mich für Sie. Ich hoffe, Sie zeigen in der Hauptstadt ebenso viel Eifer wie hier.«

»Jawohl, Herr Rittmeister!«, rief Gai dienstfertig. Vor Begeisterung kribbelte ihm sogar die Nase. Er verehrte Rittmeister Toot; er war gebildet und hatte früher in einem Gymnasium unterrichtet. Wie sich zeigte, war Gai auch dem Herrn Rittmeister vorteilhaft aufgefallen.

»Sie können sich setzen«, murmelte Rittmeister Toot, während er an der Barriere vorbei zu seinem Tisch ging. Ohne Platz zu nehmen, sah er flüchtig einige Papiere durch und griff dann zum Telefon.

Taktvoll wandte sich Gai zum Fenster. Auf der Straße war noch alles unverändert. In geschlossener Formation sah er seine Korporalschaft zum Mittagessen marschieren. Er blickte ihr wehmütig nach: Sie war ihm zur zweiten Heimat geworden. Jetzt werden die Jungs die Kantine betreten, dachte er, dann erteilt Korporal Serembesch ihnen das Kommando zum Barett-Abnehmen, und aus dreißig Kehlen erschallt das »Dankeswort«; Töpfe dampfen, Schüsseln blinken, und der alte Doga erzählt zum hundertsten Mal seinen Lieblingswitz vom Soldaten und der Köchin. Gai verließ sie wirklich ungern. Zwar war der Dienst gefährlich und das Klima schädlich, und zu essen gab es immer dasselbe, Konserven – aber trotzdem … Hier wusste man wenigstens, dass man gebraucht wurde, dass es ohne einen nicht ging. Tapfer stellte man sich dem unheilvollen Ansturm von Süden entgegen – und bekam ihn auch zu spüren: Allein die vielen Freunde, die er hatte begraben müssen; hinter der Siedlung befand sich ein ganzes Wäldchen von Stangen mit verrosteten Helmen. Andererseits – die Hauptstadt. Dorthin wurde nicht jeder berufen, und wenn, dann sicher nicht zur Erholung. Es hieß, vom Palast der Väter würden sämtliche Exerzierplätze überwacht, jeder Appell beobachtet – na ja, vielleicht nicht jeder, doch ab und an hatten sie gewiss ein Auge darauf. Gai überlief es heiß. Er hatte sich plötzlich vorgestellt, dass man ihn beim Appell vortreten ließ, er beim zweiten Schritt ausrutschte und dem Kommandeur vor die Füße fiel; er sah die Maschinenpistole über das Pflaster scheppern, das Barett irgendwohin fliegen. Gai atmete tief durch und schaute verstohlen um sich. Gott bewahre ... Ja, die Hauptstadt! Dort entgeht ihnen nichts ... Na, wird schon nicht so schlimm werden, ich bin ja nicht der Einzige. Immerhin ist dort Rada, mein Schwesterchen, und Mama. Und der Onkel mit seinen alten Knochen, seinen vorzeitlichen Schädeln und den schrulligen Ideen. Ach meine Lieben, ich vermisse euch!

Gai blickte abermals aus dem Fenster und sah etwas, das ihn sehr erstaunte: Der Kommandantur näherten sich zwei Männer, von denen er den einen an seiner rotbärtigen Visage erkannte. Das war Sef, einer von den Schlimmsten, Feldwebel der hundertvierunddreißigsten Pionierabteilung, ein zum Tode Verurteilter, der sich sein Leben mit Trassensäuberung verdiente. Der andere sah abscheulich aus und schien eine wenig vertrauenerweckende Kreatur. Zuerst hielt ihn Gai für eine Missgeburt, einen der Entarteten, doch dann fiel ihm ein, dass Sef wohl kaum einen Entarteten zur Kommandantur schleppen würde. Der Bursche war halb nackt, jung, braungebrannt und kraftstrotzend wie ein Stier. Er war nur mit einer kurzen Hose aus einem seltsamen, glänzenden Stoff bekleidet. Sef trug zwar sein Gewehr bei sich, aber es hatte nicht den Anschein, als führe er den Fremden unter Androhung von Waffengewalt ab. Die beiden gingen nebeneinander, und der Halbnackte gestikulierte unbeholfen – offenbar versuchte er, Sef etwas zu erklären. Doch der keuchte nur und wirkte völlig benommen. Vielleicht ein Wilder, dachte Gai, als er den Unbekannten nochmals betrachtete. Nur – wie hat es ihn auf die Trasse verschlagen? Wurde er von Bären aufgezogen? So etwas hat es gegeben, und es sieht ganz so aus: Was der für Muskeln hat, sie quellen geradezu über vor Kraft …

Inzwischen waren die zwei Männer beim Wachposten angelangt. Sef wischte sich den Schweiß von der Stirn und begann, auf den Soldaten einzureden. Der Neue jedoch schien Sef nicht zu kennen und hielt ihm die Maschinenpistole vor die Brust. Offenbar forderte er ihn auf, den vorgeschriebenen Abstand einzuhalten. Jetzt mischte sich der Bursche ins Gespräch ein. Er fuchtelte wild mit den Händen, schnitt Grimassen und rollte mit seinen dunklen Augen wild hin und her. Na bitte, jetzt war auch der Wachposten sprachlos. Gleich würde er Alarm schlagen.

Gai drehte sich um. »Herr Rittmeister«, schnarrte er. »Gestatten zu melden: Der Feldwebel der Hundertvierunddreißigsten bringt jemanden, doch die Wache scheint ihn nicht passieren zu lassen. Möchten Sie ihn in Augenschein nehmen?«

Rittmeister Toot trat ans Fenster. Er runzelte die Stirn, stieß einen Flügel auf, lehnte sich hinaus, würgte am eindringenden Staub und rief: »Posten! Durchlassen!«

Während Gai das Fenster schloss, polterten Schritte durch den Flur. Kurz darauf betraten Sef und sein sonderbarer Begleiter die Amtsstube. Hinter den beiden drängte der Wachoffizier herein, gefolgt von zwei Mann aus seiner Schicht. Sef legte die Hände an die Hosennaht, räusperte sich, fixierte den Herrn Rittmeister mit seinen unverfrorenen blauen Augen und krächzte: »Es meldet der Feldwebel der hundertvierunddreißigsten Pionierabteilung, Zögling Sef. Dieser Mann wurde auf der Trasse aufgegriffen. Anscheinend ein Verrückter. Er frisst Giftpilze, plappert Kauderwelsch, versteht kein Wort und läuft, wie Sie zu sehen belieben, nackt herum.«

Während Sef redete, ließ der Festgenommene seine Blicke durch den Raum schweifen und bleckte seine ebenmäßigen, zuckerweißen Zähne. Den Anwesenden lächelte er eigenartig, ja beängstigend zu. Die Hände auf dem Rücken gefaltet, schritt Rittmeister Toot näher heran und musterte den Mann von Kopf bis Fuß.

»Wer sind Sie?«, fragte er.

Der Bursche grinste noch unheimlicher, hämmerte sich mit der Faust an die Brust und bellte so etwas wie »Mach-sim«. Der Wachoffizier brach in lautes Gelächter aus, seine Leute kicherten, und selbst der Herr Rittmeister verzog die Mundwinkel zu einem Grinsen. Gai begriff nicht gleich, weshalb, doch dann erinnerte er sich: »Mach-sim« bedeutete im Gaunerjargon »Messer abgekriegt«.

»Anscheinend einer Ihrer Leute«, wandte sich der Rittmeister an Sef.

Sef schüttelte den Kopf, und dabei stob aus seinem Bart eine Staubwolke. »Ausgeschlossen«, sagte er. »›Machsim‹ nennt er sich nur, die Gaunersprache versteht er jedoch nicht. Also ist er auch keiner von uns.«

»Sicher ein Entarteter«, mutmaßte der Wachoffizier, worauf ihn der Rittmeister mit einem eisigen Blick bedachte. »Er ist nackt!«, fügte der Wachoffizier eindringlich hinzu, zog sich jedoch bereits zur Tür zurück. »Gestatten Sie wegzutreten, Herr Rittmeister?«, schnarrte er.

»Gehen Sie«, sagte Rittmeister Toot. »Schicken Sie jemanden nach Herrn Stabsarzt Sogu. Wo haben Sie ihn gefasst?«, erkundigte er sich bei Sef.

Sef berichtete, seine Abteilung habe in dieser Nacht das Planquadrat 23/07 durchkämmt, vier Selbstfahrlafetten und eine Anlage mit unbekannter Funktion vernichtet sowie zwei Männer bei der Explosion verloren; alles sei normal verlaufen. Gegen sieben Uhr morgens habe sich dieser Unbekannte ihrer Feuerstelle im Wald genähert. Sie hätten ihn schon von fern bemerkt, aus dem Gebüsch beobachtet und im passenden Moment gefasst. Er, Sef, habe den Halbnackten anfangs für einen flüchtigen Sträfling gehalten, sei dann jedoch zu dem

Schluss gekommen, dass es sich keineswegs um einen Sträfling, sondern um einen Entarteten handelte. Er sei bereits entschlossen gewesen, ihn zu erschießen, habe es sich jedoch anders überlegt, weil … Sef zupfte verlegen an seinem Bart und schloss: »Weil mir klar wurde, dass dieses Subjekt kein Entarteter ist.«

»Wieso wurde Ihnen das klar?«, fragte der Rittmeister. Der Festgenommene stand währenddessen mit auf der Brust verschränkten Armen reglos da und sah ihn und Sef abwechselnd an.

Sef murmelte, das sei schwer zu erklären, versuchte es dann aber doch: »Erstens, dieser Mensch hatte und hat vor nichts Angst. Weiter: Er hat die Suppe vom Feuer genommen und genau ein Drittel gegessen, ganz kameradschaftlich, und vorher in den Wald gerufen, offenbar nach uns, weil er spürte, dass wir in der Nähe waren. Außerdem hat er uns Pilze angeboten. Sie waren zwar giftig, wir haben sie weggeworfen und auch ihn gehindert, sie zu essen, doch immerhin wollte er uns bewirten – wahrscheinlich aus Dankbarkeit. Des Weiteren: Entartete sind bekanntlich allen, selbst schwächlichen normalen Menschen physisch weit unterlegen. Dieser Fremde aber hat mich auf dem Weg hierher gejagt wie einen kleinen Jungen. Er ist durch einen Windbruch gelaufen, als wäre es ebenes Gelände, hat breite Gräben übersprungen und auf der anderen Seite gewartet, obendrein hat er mich ab und zu – vielleicht aus Übermut – ein paar Hundert Schritte weit getragen.«

Der Rittmeister, bis dahin gespannteste Aufmerksamkeit, drehte sich abrupt zu dem Festgenommenen um und schnauzte ihn auf Honti an: »Ihr Name? Dienstgrad? Auftrag?«

Gai war von der Überrumpelungstaktik begeistert, doch es war offensichtlich, dass der Kerl kein Wort Honti verstand. Er entblößte lediglich wieder seine blendend weißen Zähne und klopfte sich an die Brust: »Machsim!«, dann stippte er den Finger in die Seite des Zöglings: »Sef!« – und begann zu reden, langsam, mit großen Pausen, mal zur Decke, mal zum Fußboden deutend, oder mit den Händen wedelnd. Gai glaubte, einige bekannte Wörter herauszuhören, doch hatten sie weder einen Bezug zur Situation, noch ergaben sie für sich genommen irgendeinen Sinn. »Pett ...«, sagte der Festgenommene und dann:»Brabbel, brabbel, brabbel ... Furm.«

Nachdem der Fremde verstummt war, ließ sich Korporal Waribobu vernehmen. »Meines Erachtens ist das ein ganz gerissener Spion«, verkündete das alte Tintenfass. »Man sollte es dem Herrn Brigadegeneral melden.«

Doch der Herr Rittmeister beachtete ihn nicht. »Sie können gehen, Sef«, sagte er. »Sie haben Diensteifer bewiesen, das wird Ihnen angerechnet.«

»Ergebensten Dank, Herr Rittmeister«, rief Sef und wollte sich schon zum Gehen wenden, als der Verhaftete plötzlich aufschrie, sich über die Barriere beugte und einen Stapel ungebrauchter Formulare vom Tisch des Korporals raffte.

Waribobu erschrak zu Tode – ein feiner Korporal! –, tat dann einen Schritt zurück und warf seine Feder nach dem Wilden. Der aber fing sie geschickt im Fluge auf, lehnte sich an die Barriere und beschrieb damit gleich eines der Formulare. Dabei achtete er überhaupt nicht auf Gai und Sef, die ihn an den Schultern gepackt hielten.

»Loslassen!«, kommandierte Rittmeister Toot, und Gai gehorchte nur zu gern – denn diesen Riesenkerl bändigen zu wollen erschien ihm ebenso aussichtslos, wie einen Panzer durch bloßes Dagegenstemmen zu bremsen.

Der Herr Rittmeister und Sef stellten sich rechts und links neben den Gefangenen und inspizierten, was er zu Papier brachte.

»Sieht aus wie eine Skizze der Welt«, spekulierte Sef.

»Hm«, brummte der Rittmeister.

»Aber natürlich! Das in der Mitte ist das Weltlicht, und das hier ist die Welt. Und hier sind seiner Meinung nach wir.«

»Aber warum zeichnet er alles auf einer Ebene?«, fragte Rittmeister Toot ungläubig.

Sef zuckte mit den Schultern. »Kindliche Wahrnehmung … Infantilismus … Schauen Sie! Jetzt zeigt er, wie er hergekommen ist.«

»Ja, möglich. Ich habe von solcherart Wahnsinn gehört.«

Gai zwängte sich zwischen Sefs stacheligem Bartgestrüpp und der mächtigen, nackten Schulter des Verhafteten durch. Die Zeichnung schien ihm lächerlich. So stellten Schulanfänger die Welt dar: in der Mitte ein kleiner Kreis, das Weltlicht, um ihn herum als großer Kreis die Weltkugel, und auf diesem Kreis ein dicker Punkt, dem man nur noch Arme und Beine hinzuzufügen brauchte, schon hätte man: Das ist die Welt, und das bin ich. Und dieser arme Irre hatte nicht einmal einen richtigen Kreis zustande gebracht, bei ihm war es ein Oval. Ohne Zweifel ein Verrückter … Er strichelte noch eine Linie, die aus der Erde heraus zu dem Punkt führte. So, hieß das wohl, bin ich hierhergekommen. Dann griff er nach einem neuen Formular und skizzierte schnell in zwei diagonal entgegengesetzten Ecken je eine kleine Welt, verband auch sie mit einer punktierten Linie und fügte noch einige Schnörkel hinzu. Sef pfiff ratlos durch seine Zähne.

»Gestatten Sie wegzutreten?«, fragte er den Herrn Rittmeister.

Rittmeister Toot gestattete es nicht. »Sef … äh«, sagte er, »ich erinnere mich, Sie arbeiteten doch früher auf dem Gebiet der … äh …« Er tippte sich mit leicht gekrümmtem Zeigefinger an die Stirn.

»Jawohl!«, erwiderte Sef nach kurzem Zaudern.

Der Rittmeister schritt im Zimmer auf und ab. »Könnten Sie nicht … äh … Ihre Meinung hinsichtlich dieses Subjekts formulieren? Als Fachmann, wenn ich es so ausdrücken darf …«

»Dazu kann ich nichts sagen«, entgegnete Sef. »Laut Urteil ist es mir untersagt, meiner beruflichen Tätigkeit nachzugehen.«

»Ich verstehe«, sagte der Rittmeister. »Das ist alles richtig. Lobenswert. Jedoch ...«

Sef hatte die blauen Augen aufgerissen und stand stramm. Der Herr Rittmeister steckte in der Klemme. Gai konnte es ihm nachfühlen: Es handelte sich um einen ernstzunehmenden, staatsbedeutenden Vorfall. Womöglich würde sich der Wilde doch als Spion erweisen! Und der Herr Stabsarzt Sogu war, obzwar ein guter, ja glänzender Gardist, eben doch nur Stabsarzt. Wohingegen der rotbärtige Sef, bevor er zum Verbrecher wurde, als Kapazität auf seinem Gebiet galt. Aber jeder, sogar ein Verbrecher, und dazu einer, der sich seines Verbrechens bewusst geworden ist, will ja leben. Und den zum Tode Verurteilten gegenüber kennt das Gesetz keine Gnade: die kleinste Verfehlung und – Exekution. Auf der Stelle. So muss es sein, so ist die Zeit: Aus dem Erbarmen wird Grausamkeit, und nur in der Grausamkeit liegt wahres Erbarmen. Das Gesetz ist unerbittlich und doch weise.

»Na schön«, sagte der Herr Rittmeister. »Kann man nichts machen ... Aber als Mensch ...« Er blieb vor Sef stehen. »Begreifen Sie? Nicht als Fachmann, sondern als Mensch. Halten Sie ihn wirklich für verrückt?«

Sef zögerte. Dann sagte er: »Als Mensch? Hm, als Mensch – und irren ist schließlich menschlich. Also Folgendes: Ich vermute, es ist ein ausgeprägter Fall von Persönlichkeitsspaltung, mit Verdrängung und Ersetzung des eigentlichen Ich durch ein imaginäres. Als Mensch würde ich, nach meiner Lebenserfahrung, zu Phleopräparaten und Elektroschocks raten.«

Waribobu hatte heimlich mitgeschrieben, doch den Herrn Rittmeister konnte man nicht hinters Licht führen. Er nahm dem Korporal die Notizen weg und verstaute sie in einer Tasche seiner Uniformjacke. Mach-sim plapperte indessen erneut darauflos, mal an den Herrn Rittmeister, mal an Sef gewandt – er wollte etwas, der Ärmste, irgendetwas missfiel ihm –, da öffnete sich die Tür, und Stabsarzt Sogu kam herein, vom Essen wegbeordert, wie er sich deutlich anmerken ließ.

»Ich grüße Sie, Toot«, schnarrte er mürrisch. »Worum geht's? Sie sind gesund und munter, wie ich sehe, und das beruhigt mich ... Wer ist dieser Kerl?«

»Zöglinge haben ihn im Wald aufgegriffen«, erklärte der Rittmeister. »Ich glaube, er ist verrückt.«

»Ein Simulant ist das, kein Verrückter«, knurrte der Stabsarzt und bediente sich aus der Wasserkaraffe. »Schickt ihn zurück in den Busch. Soll er arbeiten.«

»Er gehört nicht zu uns«, widersprach der Rittmeister. »Und wir wissen nicht, woher er kommt. Vielleicht wurde er von den Entarteten entführt, hat bei ihnen den Verstand verloren und ist jetzt zu uns übergelaufen.«

»Sie haben Recht«, brummte Sogu. »Man muss schon wahnsinnig sein, um zu uns überzulaufen.« Er trat an den Verhafteten heran und wollte nach dessen Augenlidern fassen. Doch der setzte wieder dieses schaurige Grinsen auf und stieß Sogu leicht zurück. »Aber, aber«, brummte der Stabsarzt und packte ihn geschickt am Ohr. »Steh still!«

Mach-sim gehorchte. Der Herr Stabsarzt zog ihm die Lider hoch, befühlte Nacken und Hals, pfiff dabei voller Bewunderung, beugte und streckte die Arme, bückte sich dann ächzend, um auf die Kniescheiben des Burschen zu schlagen, kehrte schließlich zur Karaffe zurück und genehmigte sich noch ein Glas Wasser.

»Sodbrennen«, sagte er.

Gai blickte zu Sef hinüber. Der stand etwas abseits, hatte das Gewehr gegen sein Bein gelehnt und sah betont gleichgültig zur Wand. Der Stabsarzt trank noch ein Glas Wasser und ging dann zu seinem Patienten zurück. Noch einmal tastete er und klopfte ihn ab, kontrollierte seine Zähne und boxte ihm zweimal mit der Faust in den Leib. Danach holte er ein flaches Kästchen aus seiner Tasche, schloss das Kabel ans Stromnetz an und hielt es auf verschiedene Körperteile des Wilden.

»So …«, ächzte er, während er das Kabel einrollte. »Stumm ist er wohl auch noch?«

»Nein«, antwortete der Rittmeister. »Er redet, aber in irgendeiner Tiersprache. Uns versteht er nicht. Das hier hat er gezeichnet.«

Der Stabsarzt begutachtete die Bilder. »Aha«, sagte er. »Sehr amüsant …« Dann griff er sich den Stift des Korporals, dazu ein Formular und zeichnete eine Katze, wie Kinder das tun: aus Strichen und Kreisen. »Was sagst du dazu, Freundchen?«, fragte er den Irren und reichte ihm das Blatt.

Ohne eine Sekunde zu zögern, ließ dieser die Feder über das Papier kratzen und neben der Katze entstand ein merkwürdiges, dicht behaartes Tier mit einem furchterregenden, bösen Blick. Obwohl Gai nie so eines gesehen hatte, begriff er: Das war keine Kinderzeichnung. Sie war zu gut, einfach hervorragend. Vom bloßen Hinsehen bekam man Angst! Der Herr Stabsarzt streckte die Hand nach der Feder aus, der Verrückte aber wich zurück und zeichnete noch ein Tier – diesmal ein sehr merkwürdiges, mit faltiger Haut und einem dicken Schwanz anstelle einer Nase.

»Wunderbar«, rief Stabsarzt Sogu und schlug sich auf die Schenkel.

Und der Irre kam in Fahrt: Diesmal wurde es kein Lebewesen, sondern ein Apparat, ähnlich einer großen, durchsichtigen Granate. In die Granate setzte er einen Menschen, tippte auf ihn, pochte sich mit demselben Finger an die Brust und krächzte: »Machch-ssim.«

»Dieses Ding kann er am Fluss gesehen haben«, flüsterte Sef, der hinzugetreten war. »Wir haben so eins in der Nacht gesprengt. Diese Untiere …« Er schüttelte den Kopf.

Der Herr Stabsarzt tat, als bemerkte er ihn erst jetzt. »Ah, der Herr Professor!«, rief er übertrieben freudig. »Ich denke mir schon die ganze Zeit – hier stinkt's doch irgendwie. Wären Sie wohl so liebenswürdig, Kollege, Ihre weisen Ansichten aus der Ecke dort hinten zu äußern? Ich wäre Ihnen sehr verbunden.«

Waribobu kicherte, und der Herr Rittmeister sagte streng: »Stellen Sie sich neben die Tür, Sef, und vergessen Sie sich nicht.«

»Also gut«, fuhr der Stabsarzt fort. »Und was gedenken Sie mit ihm anzufangen, Toot?«

»Das hängt von Ihrer Diagnose ab, Sogu«, erwiderte der Rittmeister. »Ist er ein Simulant, übergebe ich ihn dem Staatsanwalt – der wird die Sache klären. Ist er allerdings verrückt ...«

»Er ist kein Simulant, Toot!«, verkündete der Stabsarzt energisch. »In der Staatsanwaltschaft hat er absolut nichts zu suchen. Aber ich kenne eine Stelle, die sich sehr für ihn interessieren dürfte. Wo ist der Brigadegeneral?«

»Auf der Trasse.«

»Ist auch nicht so wichtig. Diensthabender sind schließlich Sie, nicht wahr, Toot? Also schicken Sie diesen hochinteressanten Burschen an folgende Adresse ...« Der Stabsarzt lehnte sich gegen die Barriere und schrieb, das Blatt mit Schultern und Ellenbogen abschirmend, einige Zeilen auf die Rückseite der letzten Zeichnung.

»Und was ist das?«, fragte der Rittmeister.

»Das? Das ist eine Einrichtung, Toot, die uns für den Psychopathen sehr dankbar sein wird. Das garantiere ich Ihnen.«

Der Rittmeister starrte unschlüssig auf das Formular, ging dann in die entlegenste Ecke der Amtsstube und winkte den Herrn Stabsarzt zu sich. Einige Zeit redeten sie miteinander, halblaut, so dass man nur einzelne Wörter von Sogu verstehen konnte: »... Propagandaabteilung ... Schicken Sie ihn mit einem verlässlichen Mann ... So geheim nun auch wieder nicht ... Ich verbürge mich ... Befehlen Sie ihm zu vergessen ... Egal, dieser Anfänger kapiert sowieso nichts ...«

»Gut«, stimmte der Herr Rittmeister endlich zu. »Schreiben Sie Ihren Begleitbrief.« Dann rief er: »Korporal Waribobu!«

Waribobu erhob sich.

»Sind die Reisedokumente für den Soldaten Gaal fertig?«

»Jawohl.«

»Ergänzen Sie sie um den unter Bewachung stehenden Machsim. Soldat Gaal!«

Gai knallte die Absätze zusammen und nahm Haltung an. »Hier, Herr Rittmeister!«

»Ehe Sie sich bei Ihrer neuen Dienststelle in der Hauptstadt melden, überstellen Sie den Gefangenen an die auf diesem Zettel vermerkte Adresse. Nach Ausführung des Befehls übergeben Sie den Zettel dem diensthabenden Offizier am neuen Einsatzort. Die Adresse vergessen Sie. Das ist mein letzter Auftrag an Sie, Gaal, und Sie werden ihn erfüllen, wie es sich für einen tüchtigen Gardisten gehört.«

»Zu Befehl!«, rief Gai, von ungeheurer Begeisterung erfasst. Eine heiße Welle benebelnden Rausches überflutete ihn, riss ihn fort und trug ihn schier zum Himmel. Oh, diese süßen, diese unvergesslichen Minuten der Begeisterung; Minuten, die dein ganzes Wesen durchdringen; Minuten, da dir Flügel wachsen; Minuten sanfter Verachtung für alles Grobe, Materielle; Minuten, in denen du danach lechzt, durch einen Befehl mit dem Feuer vereint zu sein, ins Feuer geschleudert zu werden, Tausenden von Feinden, Millionen von Kugeln entgegen, mitten unter wilde Horden – und das ist nicht alles, es kommt noch besser, das Entzücken brennt und betört ... O Feuer! O Flamme! O Zorn! Und da ist es, da ... Da erhebt er sich, stark, schön und hochgewachsen, der Stolz der Brigade, unser Korporal Waribobu, eine feurige Fackel, ein Denkmal des Ruhms und der Treue, und er stimmt an, und wir singen mit, alle, wie ein Mann …

Gardisten, voran, alle Feinde bezwungen,
Voran, wider Festungen, in den Augen Glut!
Es funkeln die Orden, im Kampfe errungen,
So funkelt noch frisch auf den Schwertern das Blut …

Alle sangen: Der wunderbare Herr Rittmeister Toot, dieses Bild von einem Gardeoffizier, das vorbildlichste aller Vorbilder, für den man mit Freuden, sofort, unter den Klängen dieses Marsches, sein Leben, die Seele und alles gäbe … Der Herr Stabsarzt Sogu, ein barmherziger Bruder, wie er im Buche steht, rau, wie ein Soldat sein muss, und zärtlich wie Mutterhände … Und unser Korporal Waribobu, bis ins Mark einer von uns, dieser alte Haudegen, in Kämpfen ergraute Veteran. Oh, es blitzen die Knöpfe und Tressen an seiner abgetragenen, ehrenvollen Uniformjacke, für ihn zählt nur das Dienen, nichts als der Dienst … Seht ihr uns, Unbekannte Väter? Hebt die Gesichter empor und schaut uns an! Ihr seht doch alles, so seht auch, dass wir hier, im fernen, unheilvollen Grenzgebiet unseres Landes, voller Begeisterung auch unter Qualen für das Glück unserer Heimat zu sterben bereit sind!

Unsre Eisenfäuste bezwingen jede Schranke.
Die Unbekannten Väter bewahrn uns ihre Gunst.
Oh, wie heult der Feind! Doch an Gnade kein Gedanke.
Drum voran, Gardisten! Prächtige Jungs!

Kämpfende Gardisten, des Gesetzes Klingen!
Festen Schritts zerstampfen wir der Feinde Brut!
Wenn wir treu und tüchtig jeden Feind bezwingen,
Sind die Unbekannten Väter frohgemut!

Doch was ist das? *Er* singt nicht! Steht breitbeinig da, die Hände auf die Barriere gestützt, und wiegt sein idiotisches braunes Gesicht hin und her, seine Blicke wandern, und er grinst die ganze Zeit, bleckt seine Zähne … Wen fletschst du an, du Schuft? Oh, wie gern würde ich hingehen und mit voller Wucht dreinschlagen, die Eisenfaust in diesen abscheulichen weißen Rachen stoßen … Aber nein, das darf ich nicht, es wäre eines Gardesoldaten unwürdig; er ist doch nur ein Psychopath, ein bedauernswerter Krüppel, wahres Glück ist ihm unerreichbar, er ist blind, ein Nichts, ein erbärmlicher menschlicher Torso … Und dieser rothaarige Bandit krümmt sich dagegen in seiner Ecke vor unerträglichem Schmerz … Zuchthäusler, Verbrechervisage – am Schlafittchen pack ich dich, an deinem abscheulichen Bart! Steh auf, Mistkerl! Du hast strammzustehen, wenn die Gardisten ihren Marsch singen! Und dann eins übergezogen, und noch einmal, und auf das dreckige Maul, die gemeinen Augen … Da hast du, und da …

Dann schleuderte Gai den Zögling Sef beiseite und drehte sich, die Hacken zusammenschlagend, zum Herrn Rittmeister. Wie jedes Mal nach so einem Ausbruch begeisterter Erregung klangen ihm die Ohren, die Welt schwankte und verschwamm süß und mild vor seinen Augen.

Korporal Waribobu, die Hand gegen die Brust gepresst und vor lauter Anstrengung blau im Gesicht, hustete schwach. Der Herr Stabsarzt trank gierig Wasser, direkt aus der Karaffe, und nestelte dabei sein Taschentuch hervor. Er war purpurrot und schweißnass im Gesicht. Finster und abwesend stierte der Herr Rittmeister, als versuche er sich an etwas zu erinnern. Und auf der Schwelle wälzte sich, ein schmutziger Haufen karierter Lumpen, der rothaarige Sef. Das Gesicht zerschlagen, schluckte er glucksend Blut und stöhnte schwach durch seine Zähne. Mach-sim lachte nicht mehr. Seine Miene war jetzt starr wie bei einem normalen Menschen, der Mund stand halb offen, und sein Blick war auf Gai gerichtet.

»Soldat Gaal«, krächzte der Herr Rittmeister mit brüchiger Stimme. »Äh … Ich wollte Ihnen etwas sagen … Oder habe ich das schon? … Warten Sie, Sogu, lassen Sie mir wenigstens ein Schlückchen Wasser übrig.«

3

Maxim erwachte mit schwerem Kopf. Im Zimmer war es stickig; man hatte nachts wieder das Fenster geschlossen. Aber auch ein offenes Fenster hätte wenig genützt – die Stadt lag zu nahe, und über ihr hing, wie man am Tage deutlich sah, eine dicke, braune Dunstglocke. Und der Wind trug die widerlichen Abgase von der Stadt hierher; da halfen weder die Entfernung noch die fünfte Etage noch der Park. Jetzt wäre eine Ionendusche recht, dachte Maxim. Und dann nackt in die Natur hinaus – nicht in diesen halb verrotteten Park, sondern in eine irdische Landschaft, irgendwo bei Leningrad, in der Karelischen Landenge. Fünfzehn Kilometer in vollem Tempo um einen See laufen, durch den See schwimmen und dann zwanzig Minuten zwischen den glitschigen Unterwassersteinen umhertauchen, um die Lunge zu trainieren … Er sprang aus dem Bett, öffnete das Fenster, beugte sich in den Nieselregen hinaus, atmete die feuchte Luft tief ein und – musste husten, zu viel Dreck in der Luft, und die Regentropfen hinterließen einen metallischen Geschmack im Mund. Mit heulenden Motoren sausten Autos über die Schnellstraße. Unten vor dem Fenster glänzte das nasse Laub, und auf der hohen gemauerten Einfriedung glitzerten Scherben. Im Park kehrte eine Gestalt in langem, triefendem Umhang das herabgefallene Laub zusammen. Durch den Regenschleier hindurch konnte Maxim die Backsteingebäude einer am Stadtrand gelegenen Fabrik erkennen, und aus den beiden hohen Schornsteinen quollen wie immer dicke Schwaden giftigen Rauchs und sanken anschließend zu Boden.

Eine bedrückende, kranke Welt, unbehaglich und deprimierend – wie jene Amtsstube, in der Menschen mit hellen Knöpfen und schlechten Zähnen ohne erkennbaren Grund plötzlich zu singen begonnen hatten, ja, sich geradezu heiser schrien, und Gai, dieser angenehme, sympathische Bursche, aus heiterem Himmel über den rotbärtigen Sef herfiel und ihn brutal zusammenschlug. Und der hatte sich nicht einmal zur Wehr gesetzt! Eine unselige Welt. Der radioaktive Fluss, das absurde Eisengefährt, die verpestete Luft und diese schmuddeligen Reisenden in dem klobigen, dreistöckigen Metallkasten auf Rädern, der graublauen Rauch in die Luft ausstieß. Und was war das für eine hässliche Szene im Waggon, als ein paar nach Fuselöl stinkende Grobiane mit ihrem Gegröle und unflätigen Gesten eine ältere Frau zum Weinen brachten? Obwohl der Waggon voller Leute war, trat niemand für sie ein. Alle schauten weg, nur Gai sprang plötzlich auf, blass vor Zorn – oder auch vor Angst, schrie ihnen etwas zu, und sie verschwanden. Eine Welt voller Bosheit, Angst und Aggression. Alle hier waren entweder sehr gereizt oder niedergeschlagen, mal das eine, mal das andere. Selbst Gai, allem Anschein nach ein gutherziger Mensch, geriet mitunter in eine plötzliche, unerklärbare Wut, stritt heftig mit den anderen Passagieren, sah mich böse an und verfiel dann wieder unvermittelt in einen Zustand vollkommener Erschöpfung. Die übrigen Reisenden benahmen sich nicht besser. Stundenlang saßen oder lagen sie friedlich auf den Bänken, unterhielten sich leise, lächelten einander sogar zu. Auf einmal aber fauchte jemand seinen Nachbarn an, der fauchte böse zurück; die Umsitzenden, anstatt sie zu beruhigen, mischten sich ein, und schon hatte der Tumult den ganzen Waggon erfasst: Alle schrien sich gegenseitig an, drohten einander, schubsten sich herum, man packte sich am Kragen, Fäuste flogen, Kinder weinten lauthals und wurden wütend an den Ohren gezogen. Nach einiger Zeit beruhigte sich die Lage wieder. Man ließ voneinander ab, tauschte noch ein paar böse Blicke aus und wandte sich anderem zu. Manchmal allerdings führten diese Auseinandersetzungen zu bizarren Szenen: Augen traten aus den Höhlen, Gesichter bekamen flammend rote Flecken, Stimmen verzerrten sich zu gellendem Gekreisch, einer lachte laut und hysterisch, ein Zweiter sang, der Dritte streckte die zitternden Hände empor und betete – ein Irrenhaus. Und am Fenster zogen deprimierende Landschaften vorbei, graue, freudlose Felder, verrußte Bahnhöfe, armselige Siedlungen, allüberall Ruinen. Und spindeldürre, in Lumpen gekleidete Frauen sahen dem Zug mit eingefallenen, traurigen Augen nach …

Maxim trat vom Fenster zurück, stand noch eine Weile apathisch da und fühlte sich innerlich leer und völlig erschöpft. Aber dann riss er sich zusammen, machte Morgengymnastik, wobei er den klobigen Holztisch als Turngerät benutzte. So schnell geht man vor die Hunde, dachte er besorgt. Noch ein, zwei Tage halte ich das aus, dann muss ich hier weg, laufen, durch die Wälder streifen. Vielleicht setze ich mich ins Gebirge ab, die Berge hier sehen herrlich aus, wild. Allerdings sind sie ziemlich weit weg, in einer Nacht schaffe ich es nicht bis dorthin. Wie nannte Gai sie? Sartak. Ist das nun ein Eigenname, oder steht das Wort für Gebirge im Allgemeinen? Egal. Aber was soll ich überhaupt in den Bergen? Zehn Tage bin ich schon hier und noch keinen Schritt weitergekommen.

Maxim zwängte sich in die Duschkabine und rieb sich ein paar Minuten lang prustend ab. Dieser stramme, künstliche Regen war zwar etwas kühler, doch ansonsten genauso widerwärtig wie der Regen vor dem Fenster – hart und kalkig, zudem gechlort und durch rostige Rohre geschleust.

Er trocknete sich mit einem desinfizierten Handtuch ab, zog die Shorts an und kehrte in das kleine Zimmer zurück – unzufrieden mit sich und der ganzen Welt, mit dem trüben Morgen, diesem stickigen Planeten, seiner idiotischen Situation und dem entsetzlich fetten Frühstück, das er gleich würde essen müssen. Dann machte er sein Bett – ein hässliches Metallgestell mit Gitterrost, darauf eine gestreifte Matratze, so widerwärtig und schmierig, dass sie Maxim an einen alten, fettigen Pfannkuchen erinnerte.

Das Frühstück stand bereits auf dem Tisch, es dampfte und stank. Fischi machte schon wieder das Fenster zu.

»Guten Tag«, sagte Maxim zu ihr in der Landessprache. »Nicht nötig, das Fenster.«

»Guten Tag«, erwiderte sie und schob die zahlreichen Riegel vor. »Nötig. Es regnet. Ungesund.«

»Fischi«, sagte Maxim auf Russisch. Eigentlich hieß sie Nolu, doch Maxim hatte sie gleich zu Anfang »Fischi« getauft, wegen ihres Gesichtsausdrucks und ihres unerschütterlichen Gleichmuts.

Sie wandte sich zu ihm um und sah ihn an. Zum hundertsten Mal schon legte sie den Finger an ihre Nasenspitze und sagte: »Frau!«, danach deutete sie auf Maxim: »Mann!«, dann zeigte sie auf den über der Stuhllehne hängenden sackartigen Kittel, den Maxim hasste, und dozierte: »Kleidung. Muss sein!« Aus welchen Gründen auch immer, sie konnte keinen Mann in kurzen Hosen sehen. Für sie hatte sich ein Mann anzuziehen, und zwar vom Hals bis zu den Füßen.

Während er den Kittel anzog, richtete sie sein Bett, obwohl er ihr jedes Mal sagte, er mache das selbst. Sie schob den Tisch in die Zimmermitte, den Maxim immer wieder an die Wand rückte, und drehte entschlossen die Heizung auf, die er später wieder bis zum Anschlag zuschrauben würde. Und alle seine »nicht nötig« zerschellten an ihren nicht weniger stereotypen »muss sein«.

Nachdem er den einzigen, zerbrochenen Knopf seines Kittels geschlossen hatte, setzte er sich an den Tisch und stocherte mit der zweizinkigen Gabel lustlos in seinem Frühstück. Dabei führte er mit Fischi den üblichen Dialog.

»Ich will nicht. Nicht nötig.«

»Muss sein. Essen. Frühstück.«

»Ich will nicht Frühstück. Schmeckt nicht.«

»Frühstück muss sein. Schmeckt gut.«

»Fischi«, sagte Maxim eindringlich, »Sie sind ein mitleidloser Mensch. Kämen Sie zu mir auf die Erde, würde ich Himmel und Hölle in Bewegung setzen, um Ihnen etwas nach Ihrem Geschmack vorzusetzen.«

»Ich verstehe nicht«, sagte sie bedauernd, »was bedeutet ›Fischi‹?«

Während er angewidert auf einem fetten Bissen herumkaute, griff Maxim nach einem Blatt Papier und skizzierte einen Karpfen von vorne. Sie sah das Bild aufmerksam an und steckte es in die Tasche ihres Kittels. Alle Zeichnungen Maxims nahm sie an sich und trug sie irgendwohin. Maxim zeichnete viel und gern; in seiner Freizeit und nachts, wenn er nicht schlafen konnte, gab es nichts anderes zu tun. Er zeichnete Menschen und Tiere, Tabellen, Diagramme und anatomische Schnittbilder. Professor Megu zeichnete er so, dass er aussah wie ein Nilpferd, und er zeichnete Nilpferde, die aussahen wie Professor Megu. Er entwarf universelle Lincos-Tabellen, schematische Darstellungen von Maschinen und Diagramme historischer Abläufe. Auf diese Weise verschwanden Unmengen von Papier in Fischis Tasche, allerdings ohne jegliche Auswirkung auf die Prozedur der Kontaktaufnahme: Professor Megu, eben das Nilpferd, hatte seine eigenen Methoden, und er hatte nicht vor, sie aufgrund von Zeichnungen, Tabellen und Skizzen zu verändern.

Die universelle Lincos-Tabelle, die man zu Beginn jeder interplanetaren Kommunikation studieren sollte, interessierte das Nilpferd überhaupt nicht. In der Landessprache wurde Maxim nur von Fischi unterrichtet, und auch sie tat das nur, um ihm besser einschärfen zu können, dass er das Fenster zu schließen und nicht ohne Kittel herumzulaufen hätte. Es wurden keinerlei Experten zur Verbesserung der Verständigung hinzugezogen. Mit Maxim befasste sich ausschließlich das Nilpferd.

Immerhin stand dem Professor eine ziemlich leistungsstarke Analysetechnik zur Verfügung, eine Mentoskopanlage, auf deren Untersuchungsstuhl Maxim jeden Tag zwischen vierzehn und sechzehn Stunden zubrachte. Nilpferds Mentoskop gestattete es, tief in die Erinnerung einzudringen, und lieferte dabei eine außerordentlich hohe Auflösung. Möglich, dass man mit so einem Gerät auf Sprachkenntnisse verzichten konnte. Nilpferds Vorstellungen von der Nutzung des Mentoskops waren indes recht eigenartig. Er weigerte sich kategorisch, ja, sogar mit einer gewissen Entrüstung, Mentogramme von sich selbst zu demonstrieren, und seine Reaktionen auf Maxims Mentogramme waren ebenso sonderbar. Maxim hatte sich extra ein ganzes Programm von Erinnerungen zurechtgelegt, um den Einheimischen eine möglichst umfassende Vorstellung vom sozialen, wirtschaftlichen und kulturellen Leben auf der Erde zu vermitteln. Auf Mentogramme dieser Art reagierte Professor Megu jedoch ausgesprochen gelangweilt. Er verzog das Gesicht und brummte vor sich hin, entfernte sich zwischendurch, telefonierte oder setzte sich an den Tisch und nörgelte an seinem Assistenten herum; dabei wiederholte er immer wieder den Ausdruck »Massaraksch«. Sprengte aber Maxim auf dem Bildschirm einen Eisberg in die Luft, der ein Schiff eingeklemmt hatte, zerfetzte er mit dem Scorcher einen Panzerwolf oder entriss einem gigantischen Pseudokraken sein Expresslabor, war Nilpferd völlig fasziniert und wich keinen Meter vom Mentoskop. Er quietschte vor Vergnügen, schlug sich begeistert auf die

Schenkel und brüllte den erschöpften Assistenten an, der die Aufzeichnung der Bilder überwachte. Der Anblick einer Chromosphärenprotuberanz versetzte Megu geradezu in Ekstase, als hätte er nie im Leben etwas Derartiges gesehen. Sehr angetan zeigte er sich auch von den Liebesszenen, die Maxim größtenteils Spielfilmen entlehnte, um den Einheimischen einen Eindruck vom Gefühlsleben der Menschheit zu vermitteln.

Nilpferds abstruse Reaktionen auf die Mentogramme brachten Maxim auf trübe Gedanken: Vielleicht war dieser Mann gar kein Professor, sondern nur ein Mentoskop-Ingenieur, der das Material für die eigentliche Kontaktkommission aufbereitete. Das Treffen mit den entscheidenden Leuten stünde Maxim also noch bevor, und es wäre völlig ungewiss, wann es stattfände. So gesehen wäre Megu eine recht einfältige, kindische Person – wie ein kleiner Junge, der sich in »Krieg und Frieden« nur für die Schlachtenschilderungen interessierte. Dieser Gedanke aber war demütigend: Immerhin vertrat Maxim die Erde und hatte damit das Anrecht auf einen ernsthafteren Kontaktpartner.

Möglicherweise lag der Planet aber auch am Schnittpunkt ihm unbekannter interstellarer Trassen, und das Auftauchen von Fremdplanetariern war hier etwas Alltägliches. So alltäglich, dass man nicht für jeden einzelnen Neuankömmling hochrangige Spezialkommissionen einberief, sondern einfach die wichtigsten Informationen aus ihm herauszog und es dabei bewenden ließ. Für diese Möglichkeit sprach das routinierte Vorgehen der Leute mit den hellen Knöpfen, die ja offenbar keine Spezialisten waren und den Ankömmling ohne großes Brimborium zu der für ihn zuständigen Stelle geschickt hatten. Oder aber es waren früher einmal Nichthumanoide hier aufgetaucht, die einen so schlimmen Eindruck hinterlassen hatten, dass man nun allen Fremdplanetariern gehöriges Misstrauen entgegenbrachte. In diesem Fall wäre

Professor Nilpferds Theater mit dem Mentoskop nur ein Ablenkungsmanöver, eine Kontaktaufnahme zum Schein sozusagen, bis gewisse hohe Instanzen über sein Schicksal entschieden hätten.

So oder so sitze ich in der Tinte, dachte Maxim, während er den letzten Bissen hinunterwürgte. Ich muss schnellstens die Sprache lernen, dann werde ich bald wissen, woran ich bin.

»Gut«, lobte Fischi und räumte den Teller ab. »Gehen wir.«

Maxim seufzte und stand auf. Sie traten in den langen, schmutzig blauen Gang hinaus. Rechts und links reihten sich verschlossene Türen aneinander, genau solche wie die zu Maxims Zimmer. Nie hatte er hier jemanden getroffen, zweimal allerdings durch die Türen seltsame, erregte Stimmen gehört. Womöglich saßen dort auch Fremdplanetarier, die darauf warteten, dass über ihr Schicksal entschieden würde?

Mit langen Männerschritten und steif wie ein Stock ging Fischi ihm voraus, und Maxim hatte plötzlich Mitleid mit ihr. Anscheinend gab es hierzulande keine Kosmetikindustrie, und so musste sich die arme Fischi mit ihrem Äußeren abfinden. Mit diesen fettigen, farblosen Haaren, die unter der weißen Haube hervorschauten, den hässlich dürren Beinen und den großen, eckigen Schulterblättern, die sich deutlich unter dem Kittel abzeichneten, konnte sie sich unmöglich wohlfühlen – höchstens bei Fremdplanetariern, und auch da nur bei den nichthumanoiden. Der Assistent des Professors behandelte Fischi von oben herab, und Nilpferd beachtete sie gar nicht und sprach sie nie anders an als mit »Yyyj …« – sicher eine Variante des interkosmischen »Ey …« Maxim fiel ein, dass er sie allerdings auch nicht gerade vorbildlich behandelte, und verspürte Gewissensbisse. Er holte Fischi ein, streichelte ihr über die knochige Schulter und sagte: »Nolu ist prima Mädchen. Gut.«

Als sie ihm nun das hagere Gesicht zuwandte, ähnelte sie mehr denn je einem erstaunten Karpfen von vorn. Sie schob seine Hand zurück, zog die dünnen Brauen zusammen und erklärte in strengem Ton: »Maxim nicht gut. Mann. Frau. Geht nicht.«

Verlegen blieb Maxim wieder ein Stück zurück. So erreichten sie das Ende des Flurs. Fischi stieß eine Tür auf, und sie betraten einen großen hellen Raum – Maxim nannte ihn das Wartezimmer. Vor den Fenstern hingen geschmacklose Gitter aus dicken Eisenstäben; eine hohe, lederbezogene Tür führte in Nilpferds Labor, und neben der Türe hockten – warum auch immer – zwei großgewachsene Einheimische, die nicht reagierten, wenn man sie ansprach, und den Eindruck machten, als befänden sie sich in fortwährender Trance.

Wie immer begab sich Fischi sofort zu Nilpferd und ließ Maxim im Wartezimmer zurück. Und wie immer grüßte er die beiden an der Tür, bekam aber – wie immer – keine Antwort. Die Tür zum Labor blieb halb offen; so konnte Maxim die dröhnende, zornige Stimme Professor Megus hören und das helle Knacken des eingeschalteten Mentoskops. Er trat ans Fenster und betrachtete die trübe, regennasse Landschaft, sah die bewaldete, von der Autobahn zerschnittene Ebene, den hohen, im Nebel kaum zu erkennenden Metallturm. Doch bald wurde ihm langweilig. Und ohne abzuwarten, dass man ihn rief, ging er ins Labor.

Hier roch es wie gewohnt angenehm nach Ozon, die Synchronbildschirme flimmerten. Der abgekämpfte, kahlköpfige Assistent mit dem unaussprechlichen Namen, den Maxim immer »Stehlampe« nannte, tat so, als stellte er die Geräte ein; in Wirklichkeit aber lauschte er neugierig. Denn im Labor tobte ein Streit.

An Nilpferds Tisch, in Nilpferds Sessel saß ein unbekannter Mann mit quadratischem, schuppigem Gesicht und roten, verquollenen Augen. Nilpferd stand vor ihm, breitbeinig, die Hände in die Hüften gestemmt und leicht vornübergebeugt.

Er brüllte. Sein Hals war blau angelaufen, die Glatze leuchtete dunkelrot, und aus seinem Mund spritzte nach allen Seiten Spucke.

Maxim wollte keine Aufmerksamkeit erregen, schlich an seinen Platz und begrüßte halblaut den Assistenten. Stehlampe, ein nervöser und schreckhafter Typ, sprang entsetzt zur Seite und stolperte dabei über ein dickes Kabel. In letzter Sekunde fing Maxim ihn an den Schultern auf, aber Stehlampe verdrehte die Augen und klappte zusammen. Kein Tröpfchen Blut war mehr in seinem Gesicht. Was für ein seltsamer Mensch: Er hatte panische Angst vor Maxim. Schon eilte Fischi herbei, mit einem geöffneten Fläschchen in der Hand, das sie Stehlampe sofort unter die Nase hielt. Er erwachte langsam wieder zum Leben, und bevor er noch einmal das Bewusstsein verlieren konnte, lehnte Maxim ihn an einen Eisenschrank und entfernte sich.

Er ging zu seinem Platz, setzte sich auf den Stuhl der Mentoskopanlage und bemerkte plötzlich, dass der Unbekannte Professor Megu gar nicht mehr zuhörte, sondern ihn, Maxim, musterte. Maxim lächelte freundlich. Der Unbekannte neigte leicht den Kopf. In diesem Augenblick donnerte Nilpferd mit der Faust auf den Tisch und griff nach dem Telefon. Der Unbekannte nutzte die eingetretene Pause für einige Worte, von denen Maxim aber nur »muss sein« und »nicht nötig« verstand, nahm dann ein hellblaues Papier mit grünem Rand vom Tisch und wedelte damit vor Nilpferds Gesicht. Der winkte ärgerlich ab und blaffte gleich darauf ins Telefon. »Muss sein«, »nicht nötig« und das nicht entschlüsselbare »Massaraksch« sprudelten aus seinem Mund, außerdem verstand Maxim das Wort »Fenster«. Alles endete damit, dass Nilpferd wütend den Hörer hinwarf, den Unbekannten noch einige Male anschnauzte, ihn dabei von Kopf bis Fuß mit Spucke bespritzte, völlig außer sich aus dem Zimmer rannte und die Tür hinter sich zuschlug.

Der Fremde wischte sich mit einem Taschentuch das Gesicht ab, stand auf, öffnete eine große flache Schachtel, die auf dem Fensterbrett lag, und holte einige dunkle Kleidungsstücke heraus.

»Kommen Sie her«, wandte er sich an Maxim. »Ziehen Sie das an.«

Maxim blickte zu Fischi hinüber.

»Ziehen Sie es an«, sagte sie. »Muss sein.«

Maxim begriff: Das war die langersehnte Schicksalswende. Endlich hatte irgendwer irgendwo irgendetwas entschieden. Fischis Belehrungen vergessend, warf Maxim an Ort und Stelle den unförmigen Kittel ab und zog sich das neue Gewand an. Es war weder schön noch bequem, aber immerhin genauso wie das des Fremden. Man hätte sogar glauben können, dass dieser seine eigenen Wechselsachen geopfert hatte, denn die Ärmel der Jacke waren zu kurz, die Hose rutschte und hing hinten weit herunter. Den Anwesenden aber schien Maxims neuer Aufzug zu gefallen: Der Unbekannte nickte zufrieden mit dem Kopf; Fischi, deren Gesichtszüge sich in einem milden Lächeln entspannten – soweit das bei einem Karpfen möglich ist –, zupfte Maxims Jacke zurecht, und sogar Stehlampe, der sich hinter dem Pult verschanzt hatte, verzog den Mund zu einem Grinsen.

»Kommen Sie«, sagte der Fremde und ging zu der Tür, durch die Nilpferd soeben davongestürmt war.

»Auf Wiedersehen«, verabschiedete sich Maxim von Fischi. »Danke«, fügte er auf Russisch hinzu.

»Auf Wiedersehen«, erwiderte Fischi. »Maxim gut. Maxim groß. Muss sein.«

Sie war wohl gerührt. Vielleicht aber auch besorgt, weil der Anzug schlecht saß. Maxim winkte der bleichen Stehlampe zu und eilte dem Fremden hinterher.

Sie durchschritten mehrere Räume, in denen große, altertümliche Apparaturen standen, und fuhren dann in einem scheppernden Fahrstuhl hinunter ins Erdgeschoss. Dort fand sich Maxim in dem geräumigen, niedrigen Foyer wieder, in das ihn Gai vor einigen Tagen gebracht hatte. Wie damals mussten sie warten, bis diverse Papiere ausgefertigt waren: Ein ulkiger kleiner Mann mit lächerlichem Kopfputz kritzelte etwas auf rosa Formulare, der Unbekannte mit dem quadratischen Gesicht und den roten Augen kritzelte etwas auf grüne Formulare, und ein Mädchen mit Brille brachte violette Stempel auf den Formularen an; dann tauschte man Formulare und Stempel aus und kam dabei so durcheinander, dass man anfing, sich gegenseitig zu beschimpfen, und zum Telefon griff – bis schließlich der kleine Mann mit dem lächerlichen Hut zwei grüne und ein rosa Formular an sich nahm, Letzteres in zwei gleiche Teile riss, von denen er eins dem Mädchen gab, das die Formulare hatte. Der Fremde mit dem schuppigen Gesicht hingegen bekam zwei rosa Formulare ausgehändigt, eine dicke, dunkelblaue Karte sowie eine runde Prägemarke. Das reichte er eine Minute später einem großgewachsenen Mann mit hellen Knöpfen an der Ausgangstüre, nur zwanzig Schritte von dem kleinen Mann mit dem albernen Hut entfernt. Sie durften passieren, doch als sie schon draußen waren, schrie ihnen der großgewachsene Mann heiser etwas hinterher. Der rotäugige Fremde kehrte noch einmal zurück, und es stellte sich heraus, dass er vergessen hatte, das dunkelblaue Kärtchen einzustecken. Dann nahm er das dunkelblaue Kärtchen an sich und verstaute es mit einem tiefen Seufzer in seiner Innentasche. Nach dieser komplizierten Prozedur nahm Maxim, völlig verschwitzt, in einem unfassbar langen Automobil Platz, rechts neben dem Rotäugigen, der sehr verärgert war, schwer und heftig atmete und immer wieder Nilpferds Lieblingsspruch »Massaraksch!« wiederholte.

Das Auto rollte sanft an, schlängelte sich durch die blecherne Herde geparkter Wagen und fuhr über den großen

Asphaltplatz vor dem Gebäude, vorbei an einem riesigen Beet mit welken Blumen, dann ein Stück an der hohen gelben Mauer entlang, deren Oberseite mit Scherben übersät war, bog in die Auffahrt zur Hauptstraße ein und bremste dort scharf.

»Massaraksch!«, fauchte der Rotäugige und schaltete den Motor aus.

Auf der Straße wälzte sich eine endlose Kolonne vollkommen gleich aussehender Militärlaster vorwärts, deren Führerhäuser aus verbogenen Blechen zusammengenietet waren. Über ihren eisernen Aufbauten befanden sich merkwürdige rundliche Gebilde, die in festen Reihen angeordnet waren und metallisch glänzten. Die Lastwagen fuhren langsam und in gebührlichem Abstand, ihre Motoren tuckerten im Takt und verbreiteten bestialischen Gestank.

Maxim inspizierte die Beifahrertür, um herauszufinden, was wozu diente, und schloss das Seitenfenster. Ohne ihn dabei anzusehen, gab sein Nachbar einige Sätze von sich, von denen Maxim kein Wort verstand.

»Ich verstehe nicht«, sagte Maxim.

Der Rotäugige wandte sich verwundert zu ihm und stellte, der Intonation nach zu urteilen, eine Frage. Maxim schüttelte den Kopf.

»Ich verstehe nicht«, wiederholte er.

Der Rotäugige schien sich noch mehr zu wundern, griff in seine Seitentasche und zog eine flache, mit langen weißen Stäbchen gefüllte Schachtel hervor. Eines davon steckte er sich in den Mund, die übrigen reichte er Maxim. Maxim nahm die Schachtel aus Höflichkeit und betrachtete sie. Es war eine einfache Papierschachtel, und ihr Inhalt roch scharf nach getrockneten Pflanzen. Maxim nahm eines der Stäbchen, biss davon ab und kaute. Dann öffnete er hastig das Fenster, lehnte sich vornüber und spuckte aus. Das Zeug war ungenießbar.

»Nicht nötig«, sagte er, als er seinem Begleiter die Schachtel zurückgab. »Schmeckt nicht.«

Der Rotäugige starrte ihn mit offenem Mund an. Das weiße Stäbchen klebte in seinem Mundwinkel. Maxim tippte, den regionalen Gepflogenheiten entsprechend, an seine Nasenspitze und stellte sich vor: »Maxim.«

Der Rotäugige murmelte etwas, hielt plötzlich ein Flämmchen in der Hand, tauchte das Ende des Stäbchens hinein, und schon füllte sich der Innenraum des Wagens mit abscheulichem Qualm.

»Massaraksch!«, schrie Maxim empört und stieß die Tür auf. »Nicht nötig!«

Er wusste jetzt, was das für Stäbchen waren. Als er mit Gai hierhergefahren war, hatten fast alle Männer die Luft im Waggon mit solchem Qualm verpestet, dazu jedoch keine weißen Stäbchen benutzt, sondern längliche Holzgegenstände, die an altertümliche Kinderpfeifen erinnerten. Sie inhalierten auf diese Weise eine Droge – zweifellos eine sehr gesundheitsschädliche Angewohnheit. Damals im Zug hatte Maxim sich damit getröstet, dass auch der ihm so sympathische Gai diese Unsitte kategorisch ablehnte.

Der Fremde warf sein Drogenstäbchen aus dem Fenster und wedelte mit der flachen Hand vor seinem Gesicht, was auch immer das bedeuten mochte. Für alle Fälle wedelte auch Maxim mit der Hand vor seinem Gesicht und nannte noch einmal seinen Namen. Wie sich erwies, hieß der Rotäugige Fank, und damit war ihr Gespräch beendet. Etwa fünf Minuten lang tauschten sie freundliche Blicke aus, zeigten abwechselnd auf die Lastwagenkolonne und sagten »Massaraksch!«. Dann war die endlose Kolonne zu Ende und Fank bog in die große Chaussee ein.

Wahrscheinlich hatte er es sehr eilig – zumindest beschleunigte er den Wagen mit dröhnendem Motor, schaltete ein markerschütternd lautes, heulendes Gerät ein und raste wie ein Wahnsinniger über die Schnellstraße. Er überholte die Lastwagenkolonnen und scherte sich dabei weder um Verkehrsregeln noch um Maxims entsetztes Gesicht oder den millimeterknapp vorbeipfeifenden Gegenverkehr.

Als Nächstes überholten sie – am linken Randstreifen entlangschlingernd – einen breiten roten Kutschwagen, dessen Fahrer einsam und vom Regen völlig durchnässt war; passierten ein hölzernes Fuhrwerk mit eiernden Speichenrädern, das von einem seltsamen, urzeitlichen Tier gezogen wurde; trieben mit ihrer Sirene in Regenmäntel gehüllte Fußgänger in den Straßengraben und flogen unter dem tief hängenden Blätterdach einer ausladenden Allee hindurch. Fank erhöhte weiter die Geschwindigkeit, und immer lauter pfiff der Fahrtwind um die Karosserie. Aufgeschreckt vom Sirenengeheul flüchteten die Fahrzeuge vor ihnen auf den Randstreifen, um den Weg freizumachen. Maxim hatte den Eindruck, dass sich der Wagen nicht für dieses Tempo eignete und auf der Straße zu schwimmen begann; er bekam ein flaues Gefühl im Magen.

Endlich tauchten links und rechts der Straße Häuser auf. Sie hatten die Stadt erreicht, und Fank war gezwungen, langsamer zu fahren. Bei seiner Ankunft in der Stadt vor ein paar Tagen waren Maxim und Gai am Bahnhof in einen öffentlichen, völlig überfüllten Bus umgestiegen. Er war mit dem Kopf an die niedrige Decke gestoßen, ringsum wurde geflucht und geraucht, die Nachbarn traten ihm rücksichtslos auf die Füße und stießen ihm die Ellenbogen in die Seiten. Es war spät am Abend, die Fenster des Busses waren verdreckt und verstaubt. Zudem spiegelte sich in ihnen das trübe Licht der Innenbeleuchtung, und so hatte Maxim nichts von der Stadt zu sehen bekommen. Nun aber bekam er Gelegenheit dazu.

Die Straßen waren unverhältnismäßig eng und verstopft vom dichten Verkehr. Eingezwängt zwischen den unterschiedlichsten Fahrzeugen – Autos, Lastwagen, Kutschen und Fuhrwerken –, kam Fanks Wagen kaum voran. Direkt vor ihnen fuhr ein voluminöser Lastwagen, auf dessen Rückwand sich geschmacklose bunte Schriftzüge und grobe Darstellungen von Menschen und Tieren befanden. Links neben ihnen quälten sich im selben Tempo zwei identische Personenwagen voran, voll besetzt mit wild gestikulierenden Männern und Frauen – mit hübschen, attraktiven Frauen übrigens, nicht solchen wie Fischi. Noch weiter links rumpelte funkensprühend eine Art elektrischer Zug vorbei, vollgepfropft mit Passagieren, die in Trauben aus allen Türen zu quellen schienen. Rechter Hand befand sich ein Gehweg – ein einfacher Asphaltstreifen, der für den Verkehr gesperrt war und über den sich ein dichter Strom vorwiegend grau oder schwarz gekleideter Passanten wälzte. Diese überholten sich gegenseitig, stießen zusammen, wichen einander aus oder drängelten; liefen immerzu in geöffnete, hell erleuchtete Türen und mischten sich unter die Menschenmenge, die hinter den riesigen, beschlagenen Schaufenstern wimmelte. Zuweilen ballten sie sich zu großen Gruppen zusammen, bildeten Staus und Strudel und reckten die Hälse, um irgendwohin einen Blick zu erhaschen. Viele von diesen Menschen hatten bleiche, ausgemergelte Gesichter wie Fischi, fast alle waren hässlich, krankhaft dürr, linkisch und unbeholfen. Und dennoch machten sie einen zufriedenen Eindruck: Sie lachten viel, verhielten sich ungezwungen, ihre Augen leuchteten, und überall hörte man lebhafte, gut gelaunte Stimmen. Es scheint doch eine glückliche Welt zu sein, dachte Maxim. Die Straßen sind zwar schmutzig, aber nicht voller Unrat. Auch die Häuser strahlen Lebensfreude aus: Fast in sämtlichen Fenstern brennt Licht an diesem trüben Tag, und überall sieht man beleuchtete Reklameschilder. An elektrischem Strom kann es also nicht mangeln. Und was die eingefallenen Gesichter betrifft – kann man bei diesem Lärmpegel und einer solchen Luftverschmutzung anderes erwarten? Ihre Welt ist ärmlich, ungesund und missorganisiert – trotzdem aber hat man nicht das Gefühl, dass die Menschen unglücklich sind.

Doch plötzlich änderte sich etwas auf der Straße. Erregte Rufe erschallten. Ein Mann kletterte auf einen Laternenmast, hängte sich daran und brüllte etwas auf die Straße herab, dabei fuchtelte er wild mit der freien Hand. Die Menschen auf dem Gehweg fingen an zu singen. Sie blieben stehen, rissen sich die Kopfbedeckungen herunter, verdrehten die Augen und sangen, ja, schrien sich die Kehlen heiser. Dabei erhoben sie ihre schmalen Gesichter zu den riesigen bunten Schriftzügen, die quer über der Straße aufgeleuchtet waren.

»Massaraksch ...«, zischte Fank und sein Wagen kam ins Schleudern.

Maxim sah ihn an. Fank war totenbleich. Seine Züge hatten sich verzerrt. Kopfschüttelnd nahm er eine Hand vom Lenkrad und starrte auf seine Uhr. »Massaraksch ...«, stöhnte er, dann noch einige Worte, von denen Maxim nur »verstehe ich nicht« kannte.

Fank schaute über seine Schulter nach hinten, und sein Gesicht verkrampfte sich noch mehr. Maxim blickte sich ebenfalls um, entdeckte jedoch nichts Besonderes, nur einen grellgelben, geschlossenen Kastenwagen.

Das Geschrei auf der Straße war unerträglich geworden, doch Maxim achtete nicht weiter darauf. Fank verlor offensichtlich gerade das Bewusstsein, der Wagen aber fuhr weiter. Dann bremste der Laster vor ihnen, seine Bremslichter leuchteten auf, die beschmierte Rückwand rauschte heran, dann ein abscheuliches Knirschen, ein dumpfer Schlag, und die verbeulte Motorhaube von Fanks Wagen stand senkrecht nach oben.

»Fank!«, rief Maxim. »Fank! Nicht nötig!«

Fank war zusammengesunken, hatte Arme und Kopf auf das ovale Lenkrad gestützt und stöhnte laut. Ringsum kreischende Bremsen und wildes Hupen – der Verkehr kam zum

Erliegen. Maxim rüttelte Fank an der Schulter, ließ dann von ihm ab, öffnete die Tür, lehnte sich weit hinaus und schrie auf Russisch: »Hierher! Ihm ist schlecht!«

Neben ihrem Wagen sammelte sich nun eine laut singende Menge. Die Herandrängenden gestikulierten wild mit den Händen, ballten die emporgereckten Fäuste, und ihre nach oben verdrehten, blutunterlaufenen Augen schienen aus den Höhlen hervorzuquellen. Maxim wusste nicht, was er davon zu halten hatte. Regten sich die Leute über den Unfall auf? Gaben sie sich besinnungsloser Freude hin? Oder drohten sie jemandem? Es war sinnlos, ihnen etwas zuzurufen, denn man verstand sein eigenes Wort nicht, und so wandte sich Maxim wieder Fank zu. Der hatte sich inzwischen zurückgelehnt, den Kopf in den Nacken gelegt und massierte sich mit aller Kraft Schläfen, Wangen und Schädel. Auf seinen Lippen schäumte Speichel. Ihn müssen unerträgliche Schmerzen quälen, dachte Maxim, packte Fank fest an den Ellenbogen, spannte den eigenen Körper an und versuchte, den Schmerz zu sich überzuleiten. Er war nicht sicher, ob das bei einem außerirdischen Wesen gelingen würde. Er suchte nach Nervenkontakt, aber er fand keinen. Zudem nahm jetzt Fank seine Hände von den Schläfen und versuchte ihn wegzustoßen, obwohl er dazu viel zu schwach war. Dabei murmelte er weinerlich und verzweifelt vor sich hin. Maxim verstand nur: »Gehen Sie, gehen Sie …« Fank war ganz offensichtlich nicht mehr Herr seiner Sinne.

In dem Moment wurde die Fahrertür aufgerissen, und Maxim sah zwei erhitzte Gesichter unter schwarzen Baretten, die sich in den Innenraum schoben; Reihen metallener Knöpfe blitzten auf … Und im selben Moment packten andere, harte und kräftige Hände Maxim an der Schulter, an Arm und Hals und zerrten ihn von Fank weg aus dem Wagen. Maxim sträubte sich nicht, denn er fühlte sich weder aggressiv noch bösartig behandelt – im Gegenteil. Er wurde abgedrängt in die lärmende Menge und sah, wie zwei Barettträger den zusammengekrümmten Fank zu dem gelben Kastenwagen schleiften, während drei andere Uniformierte die tobenden Massen von ihm fernhielten. Gleich darauf schloss sich der Mob um den ramponierten Wagen und begann grölend daran zu zerren. Dann sah Maxim, wie die Karosse langsam hochgehoben und auf die Seite gewälzt wurde – schon lag sie mit träge kreisenden Rädern auf dem Dach. Ein paar Leute kletterten siegestrunken hinauf, alle sangen und schrien, erfasst von einer rasenden, fanatischen Euphorie.

Maxim wurde immer weiter abgedrängt, bis zu einer Hauswand, wo man ihn rücklings gegen eine nasse Schaufensterscheibe drückte. Er reckte den Hals und beobachtete über die Köpfe hinweg, wie sich der gelbe Kastenwagen in Bewegung setzte. Mit Sirenengeheul und einer Batterie gleißend heller Lichter auf dem Dach bahnte er sich einen Weg durch das Gewimmel von Menschen und Fahrzeugen und verschwand allmählich aus dem Blickfeld.

4

Am späten Abend hatte Maxim genug von dieser Stadt. Er wollte nirgendwo mehr hingehen, sich nichts mehr ansehen. Er hatte Hunger. Den ganzen Tag war er unterwegs gewesen, hatte ungewöhnlich viel zu sehen bekommen und kaum etwas verstanden, durch bloßes Zuhören einige neue Wörter gelernt und sich durch Schilder und Plakate ein paar der hiesigen Buchstaben erschlossen. Fanks Unfall wunderte und verwirrte ihn noch immer, aber er war froh, wieder sein eigener Herr zu sein. Er liebte seine Selbstständigkeit. Sie hatte ihm sehr gefehlt, als er in Nilpferds vierstöckigem Termitenbau mit schlechter Ventilation saß. Nach kurzem Überlegen beschloss er, für einige Zeit verlorenzugehen. Sicher, Höflichkeit war eine Zier und die Kontaktaufnahme von elementarer Wichtigkeit, aber er brauchte auch Informationen – und eine bessere Gelegenheit, sich selbst ein Bild zu machen, würde es nicht geben …

Die Stadt befremdete ihn. Alles schien sich hier auf dem Boden abzuspielen: Der gesamte Verkehr lief entweder auf oder unter der Erde ab; die gigantischen Räume zwischen und über den Häusern aber blieben leer und ungenutzt – verschenkt an Rauch, Regen und Nebel. Die Stadt war grau, farblos und voller Qualm. Sie war monoton – nicht, was ihre Gebäude betraf, es gab auch schöne darunter; nicht wegen des eintönigen Menschengewimmels auf den Straßen, der unendlichen Nässe oder dem nahezu flächendeckend verlegten Asphalt – nein, die Monotonie war überall und allgegenwärtig. Die Stadt wirkte auf Maxim wie ein riesiges Uhrwerk, in dem sich zwar kein Teilchen wiederholt, aber alle einem stets gleichen, monotonen Rhythmus folgen, sich in ihm bewegen, kreisen, ineinandergreifen und sich wieder lösen. Jede Veränderung dieses Rhythmus würde nur eins bedeuten: Störung, Bruch und Stillstand. Straßen mit hohen steinernen Gebäuden wechselten sich ab mit kleinen Gassen, in denen Holzhäuschen standen; die pulsierenden Menschenmassen mit der Leere weitläufiger Plätze; graue, braune und schwarze Anzüge unter eleganten Capes wechselten mit schäbiger Kleidung unter abgewetzten Mänteln – ebenfalls in grau, braun oder schwarz; der gleichmäßige, dumpfe Lärm wechselte sich ab mit plötzlich einsetzendem wilden und triumphierenden Hupen, mit Rufen und Gesang. All das hing irgendwie zusammen, war fest verzahnt und seit langem durch unbekannte Fäden miteinander verwoben und vorgegeben; nichts hatte an sich eine Bedeutung. Alle Leute sahen gleich aus und handelten gleich. Man musste nur aufpassen und verstehen, nach welchen Regeln die Straße überquert wurde, und schon verschwand man in der Menge und hätte sich ewig so weiterbewegen können, ohne die geringste Aufmerksamkeit zu erregen. Wahrscheinlich war diese Welt sehr kompliziert und wurde von unzähligen Gesetzen gesteuert; doch eins davon – und zwar das wichtigste – hatte Maxim schon für sich erkannt: Tu das, was alle tun, und genauso, wie sie es tun. Zum ersten Mal in seinem Leben wollte Maxim so sein wie alle anderen.

Manchmal sah er Leute, die sich nicht so verhielten wie die Menge, und diese Leute erregten heftigen Widerwillen in ihm: Sie drängten sich gegen den Strom, torkelten, klammerten sich an Passanten fest, stolperten und fielen. Es ging ein unerwarteter, widerlicher Geruch von ihnen aus; manche blieben einfach der Länge nach an einer Wand im Regen liegen. Die Passanten machten einen Bogen um sie und rührten sie nicht an.

Und Maxim verhielt sich wie alle anderen. Mit der Menge stürzte er in die großen öffentlichen Warenlager, die sich unter schmutzigen Glasdächern befanden, und mit der Menge verließ er sie wieder. Wie alle übrigen fuhr er unter die Erde, um sich in überfüllte, laut polternde Elektrozüge zu zwängen, fuhr irgendwohin und wurde dann wieder vom Menschenstrom bis an die Oberfläche getrieben, auf andere Straßen, die aber den vorherigen aufs Haar glichen. Wenn sich die Menschenströme teilten, entschied sich Maxim für einen und ließ sich mittragen.

Dann kam der Abend. Die Straßenlampen erglommen, aber sie hingen hoch und leuchteten nur schwach; ihr Schein verlor sich nahezu in der Dunkelheit. Auf den großen Straßen wurde es plötzlich noch enger. Maxim floh vor dem Gedränge und fand sich schließlich in einer halbleeren, halbdunklen Nebenstraße wieder. Hier nun wurde ihm klar, dass er für diesen Tag genug hatte, und er blieb stehen.

Er sah drei gold schimmernde Kugeln, eine flackernde blaue Schrift aus Leuchtstoffröhren und eine Tür, die in ein Souterrain führte. Er wusste schon, dass drei goldfarbene Kugeln auf einen Ort hinwiesen, an dem es zu essen gab. Also ging er die ausgetretenen Stufen hinunter und blickte von der Schwelle aus in einen kleinen, niedrigen Raum: Es standen etwa zehn leere Tischchen darin und ein gläsernes, vom Licht angestrahltes Büfett voller Flaschen mit bunt schimmernden Flüssigkeiten; auf dem Boden lag eine dicke Schicht sauberer Sägespäne. Die Gaststätte war fast leer. Nur hinter dem vernickelten Tresen neben dem Büfett hantierte langsam und gemächlich eine alte Frau, die einen weißen Kittel mit hochgekrempelten Ärmeln trug. Und etwas weiter, an einem runden Tischchen, saß ein kleiner, kräftiger Mann mit blassem, quadratischem Gesicht und dickem schwarzem Schnurrbart.

Hier war niemand, der schrie, umhereilte oder den Rauch von Drogen ausstieß. Maxim trat also ein, wählte einen Tisch in einer Nische, abseits vom Büfett, und setzte sich. Die Frau hinter der Theke blickte in seine Richtung und rief etwas mit lauter, heiserer Stimme. Der Schnurrbärtige beäugte Maxim ebenfalls, wandte sich dann ab, griff nach dem vor ihm stehenden hohen Glas, nippte an seinem durchsichtigen Inhalt und stellte es wieder vor sich hin. Irgendwo schlug eine Tür, und ein junges, hübsches Mädchen in weißer Spitzenschürze kam herein, blickte sich suchend um, trat zu Maxims Tisch, stützte ihre Finger darauf und schaute dann über seinen Kopf hinweg. Sie hatte reine, zarte Haut, einen leichten Flaum über der Oberlippe und wunderschöne graue Augen. Maxim tippte sich höflich mit dem Finger an die Nasenspitze und sagte: »Maxim.«

Nun warf ihm das Mädchen einen verwunderten Blick zu, so als hätte sie ihn gerade erst bemerkt. Sie war so hübsch, dass Maxim sie unwillkürlich anlächeln musste. Da begann auch sie zu lächeln, wies auf ihre Nase und erwiderte: »Rada.«

»Gut«, sagte Maxim. »Abendessen.«

Sie nickte und stellte eine Frage. Maxim nickte auch, für alle Fälle. Lächelnd blickte er ihr nach – sie war leicht und schlank. Es tat wohl, daran erinnert zu werden, dass auch auf dieser Welt schöne Menschen lebten.

Die alte Frau gab einen langen mürrischen Satz von sich und bückte sich hinter dem Tresen nieder. Maxim fiel auf, dass Tresen, Schranken und Absperrungen hier anscheinend sehr beliebt waren, denn es gab sie überall, so als läge immer eine gewisse Aggression in der Luft, als müsse man sich schützen … In dem Augenblick bemerkte er, dass ihn der Schnurrbärtige unfreundlich, ja, geradezu feindselig anstarrte. Genau betrachtet, war er Maxim ohnehin unangenehm; er erinnerte ihn an einen Wolf und an einen Affen zugleich. Aber das war nicht von Belang, wen interessierte das …

Rada kam zurück und brachte einen Teller mit dampfendem Fleisch- und Gemüsebrei, dazu einen mächtigen Glaskrug voll schäumender Flüssigkeit.

»Gut«, sagte Maxim und tippte einladend auf den Stuhl neben sich. Er wünschte sich sehr, dass Rada sich neben ihn setzte und ihm etwas erzählte, während er aß. Er würde ihrer Stimme lauschen, und sie würde spüren, wie sehr sie ihm gefiel und wie wohl ihm neben ihr war.

Aber sie lächelte nur und schüttelte den Kopf. Sie sagte etwas – Maxim verstand das Wort »sitzen« – und kehrte zurück zum Tresen. Schade, dachte Maxim. Er griff nach der zweizinkigen Gabel, aß etwas von seinem Brei und versuchte, aus den dreißig ihm geläufigen Wörtern einen Satz zu bilden, aus dem Freundschaft sprach, Sympathie und der Wunsch nach Gesellschaft.

Rada lehnte, die Arme verschränkt, rücklings am Tresen und sah zu Maxim herüber. Trafen sich ihre Blicke, lächelten sie einander zu. Aber Radas Lächeln wurde von Mal zu Mal verhaltener und unsicherer. Maxim wunderte sich; in ihm mischten sich jetzt die unterschiedlichsten Gefühle. Das Mädchen anzuschauen, war ihm angenehm, andererseits aber spürte er in sich eine wachsende Unruhe. Das Essen fand er unverhofft wohlschmeckend und nahrhaft, spürte aber gleichzeitig den feindseligen Blick des schnurrbärtigen Mannes und registrierte die unverhohlene Verärgerung der alten Frau hinter dem Tresen. Er nippte am Glas. Bier war darin, kalt und frisch, vielleicht ein bisschen zu stark, etwas für Kenner.

Der Schnurrbärtige sagte etwas, und Rada ging an seinen Tisch. Zwischen den beiden entspann sich in gedämpftem Ton ein Gespräch, das Maxim unangenehm und böse vorkam. Gerade jetzt aber belästigte ihn eine Fliege, dunkelblau, riesengroß und frech. Sie fiel von allen Seiten über ihn her, summte und brummte, als mache sie ihm eine Liebeserklärung. Sie war hartnäckig und geschwätzig und wollte nicht wegfliegen, sondern hier sein, bei ihm, auf seinem Teller, darauf herumspazieren, naschen … Es endete damit, dass Maxim eine falsche Bewegung machte und die Fliege in das Bier stürzte. Angewidert stellte er das Glas auf einen anderen Tisch und aß dann sein Ragout zu Ende. Rada trat zu ihm und fragte etwas. Sie lächelte nicht mehr und blickte zur Seite.

»Ja«, antwortete Maxim für alle Fälle. »Rada ist gut.«

Sie sah ihn erschrocken an, ging zur Theke und brachte ihm auf ihrem Tablett ein Gläschen mit einem braunen Getränk.

»Schmeckt«, sagte Maxim und sah sie besorgt und zärtlich zugleich an. »Was ist schlecht? Rada, setzen Sie sich hier. Sprechen. Sprechen muss sein. Fortgehen nicht nötig.«

Auf diese sorgfältig durchdachte Rede reagierte das Mädchen unerwartet betroffen. Es schien, als finge sie gleich an zu weinen, ihre Lippen zitterten; dann flüsterte sie ein paar Worte und lief aus dem Raum. Die alte Frau hinter der Theke schimpfte entrüstet. Irgendetwas mache ich falsch, dachte Maxim beunruhigt. Aber er konnte sich nicht vorstellen, was.

Er begriff nur eins: Weder der schnurrbärtige Mann noch die alte Frau wollten, dass Rada mit ihm zusammensaß und sprach. Aber da die beiden ganz offensichtlich keine Vertreter der hiesigen Administration oder Polizei waren, und er, Maxim, sicherlich keine Gesetze verletzt hatte, brauchte er sich um deren Meinung nicht zu kümmern.

Der Schnurrbärtige knurrte mürrisch, leise, doch eindeutig unfreundlich, leerte in einem Zug sein Glas, holte einen dicken, schwarzpolierten Spazierstock unter dem Tisch hervor, stand auf und kam langsam heran. Er setzte sich, legte den Stock auf Maxims Tisch und stieß, ohne sein Gegenüber anzusehen, aber zweifellos an seine Adresse, eine mit vielen »Massaraksch« gespickte Rede aus – sie schien Maxim ebenso schwarz und poliert wie sein scheußlicher Stock; in ihr schwangen Drohung, Provokation und Feindschaft. Aber alles, was er sagte, wirkte seltsam phrasenhaft, wohl durch die Gleichgültigkeit in seiner Intonation, die Gleichgültigkeit auf seinem Gesicht und die Leere in seinen farblosen, glasigen Augen.

»Ich verstehe nicht«, sagte Maxim verärgert.

Da wandte ihm der Schnauzbärtige langsam sein bleiches Gesicht zu. Er schien durch Maxim hindurchzublicken und stellte ihm dann langsam und akzentuiert eine Frage. Im nächsten Augenblick aber zückte er aus seinem Stock ein langes blitzendes Messer mit schmaler Klinge. Maxim war sprachlos und wusste nicht, was er tun oder sagen sollte. So nahm er nur die Gabel vom Tisch und drehte sie hin und her. Die Wirkung auf den Angreifer war verblüffend: Ohne aufzustehen, wich der Mann zurück, warf dabei seinen Stuhl um und fiel mit vorgestreckter Waffe zu Boden, dabei sträubte sich sein Bart ein wenig und entblößte die großen gelben Zähne. Die Frau hinter der Theke kreischte ohrenbetäubend. Maxim fuhr hoch. Der Schnauzbart stand auf einmal dicht neben ihm, und im selben Augenblick erschien Rada. Sie stellte sich zwischen die beiden Männer und schrie laut und hell zuerst den Bärtigen an, dann Maxim. Der aber begriff nun gar nichts mehr. Der Schnauzbart dagegen grinste widerwärtig, nahm seinen Stock, steckte das Messer hinein und ging zum Ausgang. In der Tür wandte er sich um, zischte noch ein paar Worte und verschwand.

Blass, mit bebenden Lippen, hob Rada den Stuhl auf. Sie tupfte mit einer Serviette die vergossene braune Flüssigkeit vom Tisch, räumte das schmutzige Geschirr ab, brachte es weg, kehrte zurück und sagte etwas. Maxim antwortete »ja«, doch es nützte nichts. Rada wiederholte ihren Satz, mit Verärgerung in der Stimme, aber Maxim spürte, dass sie weniger verärgert als vielmehr erschrocken war. »Nein«, entgegnete er nun. Da begann die Frau hinter der Theke ein fürchterliches Gezeter, ihre Wangen zitterten, so dass er schließlich bekannte: »Ich verstehe nicht.«

Unablässig keifend, rannte die Frau hinterm Schanktisch hervor, stürzte zu Maxim, baute sich vor ihm auf, stemmte die Arme in die Hüften und schrie ihn an; dann zerrte sie an seinen Sachen und durchwühlte seine Taschen. Maxim war so überrascht, dass er sich nicht einmal wehrte. Er bekräftigte nur immer wieder »nicht nötig« und sah ratlos zu Rada. Die alte Frau stieß ihn vor die Brust und hastete, als habe sie gerade eine endgültige, schreckliche Entscheidung getroffen, erneut hinter den Tresen und griff nach dem Telefonhörer.

»Fank!«, rief Maxim eindringlich. »Fank schlecht. Gehen. Schlecht.«

Daraufhin entspannte sich die Situation unverhofft. Rada sagte etwas zu der Frau, die warf den Hörer auf, murmelte noch etwas vor sich hin und beruhigte sich. Rada führte Maxim an seinen Platz zurück, brachte ihm ein neues Glas Bier und setzte sich zu seiner großen Freude neben ihn. Einige Zeit schien alles gut – Maxim war erleichtert, Rada stellte Fragen, Maxim antwortete, zufrieden strahlend, »ich verstehe nicht«, und die alte Frau brummte in einiger Entfernung vor sich hin. Maxim kratzte all seine Sprachkenntnisse zusammen und bildete noch einen Satz: »Regen geht massaraksch Nebel schlecht.« Rada schüttelte sich vor Lachen. Dann aber kam ein junges, recht hübsches Mädchen herein, begrüßte die Anwesenden und ging kurz mit Rada hinaus. Als Rada wenig später wieder hereinkam, hatte sie ihre Schürze abgelegt und einen glänzenden roten Mantel mit Kapuze übergezogen; in der Hand trug sie eine große karierte Tasche.

»Gehen wir«, sagte sie, und Maxim sprang auf.

Doch so schnell ließ man sie hier nicht weg. Die Frau fing erneut an zu zetern. Wieder missfiel ihr das eine und verlangte sie das andere. Jetzt fuchtelte sie mit einem Stift und einem Blatt Papier herum. Einige Zeit stritt Rada mit ihr, dann aber trat das andere Mädchen hinzu und gab der Frau Recht. Anscheinend handelte es sich um eine Selbstverständlichkeit, denn Rada gab schließlich nach. Dann wandten sich alle drei an Maxim; erst der Reihe nach, dann im Chor stellten sie ihm ein und dieselbe Frage. Maxim verstand kein Wort und breitete hilflos die Arme aus. Da hieß Rada die anderen still sein, tippte ihm leicht gegen die Brust und fragte: »Mak Sim?«

»Maxim«, berichtigte er.

»Mak? Sim?«

»Maxim. Mak – nicht nötig. Sim – nicht nötig. Maxim.«

Das Mädchen führte den Zeigefinger an ihre Nase und erläuterte: »Rada Gaal. Maxim …«

Endlich begriff er. Sie wollten seinen Familiennamen wissen. Das war merkwürdig, weit mehr jedoch wunderte ihn etwas anderes.

»Gaal?«, fragte er. »Gai Gaal?«

Stille. Die drei schienen höchst erstaunt.

»Gai Gaal«, wiederholte Maxim erfreut. »Gai guter Mensch.«

Es wurde laut. Alle redeten gleichzeitig. Rada zupfte Maxim am Anzug und wollte etwas wissen. Offenbar interessierte sie, woher er Gai kannte. »Gai«, »Gai«, »Gai«, blitzte es immer wieder aus dem Strom der unverständlichen Worte. Die Frage nach Maxims Familiennamen war vergessen.

»Massaraksch!«, platzte schließlich die alte Frau heraus und lachte, und die Mädchen lachten auch. Rada reichte Maxim ihre karierte Tasche, hakte sich bei ihm ein, und sie gingen hinaus in den Regen.

Sie liefen bis zum Ende der schlecht beleuchteten Straße und bogen dann in eine noch dunklere ein. Sie war schmutzig und mit großen Kopfsteinen ungleichmäßig gepflastert, rechts und links duckten sich windschiefe Holzhäuser. Sie schwenkten noch ein zweites und drittes Mal in leere, krumme Gässchen ein. Niemand begegnete ihnen, aber hinter den Gardinen, in den trüben Fenstern leuchteten bunte Lampenschirme, ab und zu drang gedämpfte Musik heran, sangen unangenehme Stimmen im Chor.

Anfangs plauderte Rada lebhaft, wobei sie oft den Namen Gai wiederholte und Maxim jedes Mal bekräftigte, Gai sei gut. Auf Russisch ergänzte er freilich, man dürfe Menschen nicht ins Gesicht schlagen; das sei furchtbar, und er, Maxim, verstehe das nicht. In dem Maße aber, wie die Gassen enger, dunkler und morastiger wurden, stockte der Redefluss des Mädchens zusehends. Zuweilen blieb sie stehen und starrte in die Dunkelheit. Erst glaubte Maxim, sie suche einen möglichst trockenen Pfad. Bald aber begriff er, dass Rada nach etwas anderem Ausschau hielt, denn Pfützen bemerkte sie gar nicht. Er musste sie immer wieder sacht zu den festen Stellen ziehen, und wo es keine gab, fasste er sie unter die Arme und trug sie über den Schlamm. Ihr gefiel das, sie hielt ganz still, vergaß das Vergnügen jedoch schnell wieder – denn Rada hatte Angst.

Je weiter sie sich von der Gaststätte entfernten, desto mehr fürchtete sie sich. Zunächst versuchte Maxim noch, Nervenkontakt zu ihr zu finden, ihr etwas von seinem Mut und seiner Sicherheit weiterzugeben. Doch wie schon bei Fank – es gelang nicht. Sie verließen das Elendsviertel und gingen auf einem ungepflasterten, durch und durch morastigen Weg weiter. Zur rechten Seite wurde er von einem scheinbar endlosen Zaun begrenzt, der oben mit rostigem Stacheldraht abschloss; zur Linken sah man nichts als stockfinstere Wildnis. Rada verlor jetzt allen Mut. Fast weinte sie. Um ihre Stimmung wenigstens ein bisschen aufzuhellen, fing Maxim lauthals an zu singen, die lustigsten Lieder, die er kannte, eins nach dem anderen. Es half, aber nicht lange. Nur bis zum Ende des Zauns, dem nun wieder Häuser folgten, langgezogene, gelbe, zweistöckige Häuser mit dunklen Fenstern. Von ihnen ging ein sonderbarer Geruch aus, der an erkaltendes Metall, organisches Schmiermittel und etwas Qualmendes erinnerte. Hier und da brannte trüb eine Laterne, und ein Stück entfernt, unter einem abseits stehenden Torbogen, waren düstere, nasse Gestalten zu sehen.

Rada blieb stehen.

Sie krallte ihre Finger in Maxims Hand und flüsterte ihm, immer wieder stockend, etwas zu. Sie war voller Angst: ihret- und mehr noch seinetwegen. Wispernd zog sie ihn rückwärts, und er fügte sich, weil er dachte, es würde ihr guttun.

Dann aber begriff er, dass sie aus blinder Verzweiflung handelte, und blieb stehen.

»Kommen Sie«, redete er ihr sanft zu. »Kommen Sie, Rada. Nicht schlecht. Gut.«

Sie gehorchte wie ein Kind, und er führte sie, obwohl er den Weg nicht kannte. Plötzlich wurde ihm klar, dass sie die durchnässten Gestalten unter dem Torbogen fürchtete. Das wunderte ihn, denn die Männer wirkten weder furchterregend noch gefährlich – normale Hiesige, die sich wegen des Regens zusammengekauert hatten und vor Feuchtigkeit und Kälte zitterten. Erst standen sie zu zweit da, dann kamen noch ein dritter und ein vierter hinzu, jeweils mit glimmenden Drogenstäbchen.

Maxim ging die leere Straße entlang, vorbei an den gelben Häusern, direkt auf die vier Gestalten zu. Rada schmiegte sich immer enger an ihn, und Maxim legte ihr den Arm um die Schultern. Womöglich irrte er, und sie zitterte nicht aus Angst, sondern vor Kälte? Die Männer hatten wirklich nichts Gefährliches an sich. Er ging an ihnen vorüber – an gekrümmten, frierenden Gestalten mit langen Gesichtern, die ihre Hände tief in die Taschen gesteckt hatten und mit den Füßen aufstampften, um sich zu wärmen. Bedauernswerte Menschen, vom Rauschmittel vergiftet, und sie schienen ihn und Rada zu übersehen, ja, hoben nicht einmal den Blick. Dabei standen sie so nahe, dass er ihren ungesunden, unregelmäßigen Atem hörten konnte. Maxim hoffte, wenigstens jetzt, unter dem Bogen, würde sich Rada beruhigen – aber da, plötzlich, tauchten aus dem Nichts vier weitere Männer auf und versperrten ihnen den Weg. Sie waren ebenso nass und bemitleidenswert, doch einer von ihnen hielt einen langen, dicken Spazierstock in der Hand, und Maxim erkannte ihn.

Unter dem alten Torbogen schaukelte eine Glühlampe im Wind, Schimmel bedeckte die rissigen Wände, der Zement unter den Füßen war geborsten und schmutzig geworden von Abertausenden Schuhen und Autoreifen. Nun hallten von hinten schwere Schritte. Maxim drehte sich um – die vier anderen kamen näher. Keuchend spuckten sie im Gehen ihre ekligen Stäbchen aus, nahmen nicht einmal die Hände aus den Taschen. Rada schrie gepresst auf, ließ Maxim los – und plötzlich wurde es eng. Er fand sich an die Wand gedrängt, dicht umschlossen von den Kerlen; sie hielten immer noch die Hände in den Taschen und berührten ihn nicht, sahen ihn auch nicht an, sondern standen nur da und ließen ihm keine Möglichkeit sich zu bewegen. Über sie hinweg sah er, dass zwei von ihnen Rada gepackt hatten, der Schnauzbärtige schlenderte auf sie zu, wechselte gemächlich den Stock in die linke Hand und schlug mit der rechten – ebenso gemächlich – dem Mädchen ins Gesicht.

Das war so schockierend, so brutal, dass Maxim sein Gefühl für die Realität verlor. Etwas in seiner Wahrnehmung verschob sich. Die Männer verschwanden, und nur zwei Menschen blieben: er und Rada.

Anstelle der anderen Männer sah Maxim unheimliche, gefährliche Tiere durch den Schlamm stampfen, plump und furchterregend. Die Stadt existierte nicht mehr, ebenso wenig das Tor oder die Glühbirne. Maxim sah sich am Rande unzugänglicher Berge, im Land Oz-auf-Pandora, und da war eine Höhle – eine gemeine Falle nackter, gefleckter Affen. In die Höhle schien gleichgültig ein blasser gelber Mond, und es hieß kämpfen, kämpfen, um zu überleben … Und Maxim kämpfte, wie seinerzeit auf der Pandora.

Gehorsam bremste die Zeit ihren Lauf. Die Sekunden dehnten sich endlos, und in jeder einzelnen konnte Maxim gleichzeitig Schläge austeilen, sich bewegen und alle Gegner im Blick behalten. Sie waren schwerfällig, diese Affen, an Wild gewöhnt. Bestimmt merkten sie noch nicht, dass sie sich den Falschen ausgesucht hatten, dass es für sie jetzt am besten wäre davonzulaufen. Stattdessen versuchten sie zu kämpfen …

Maxim ergriff eins der Tiere am Unterkiefer, bog mit einem Ruck den gefügigen Kopf nach hinten und schlug seine Handkante gegen den blassen, pulsierenden Hals, wandte sich gleich darauf dem nächsten Tier zu, packte es, bog den Kopf nach hinten und schlug zu, und wieder: packte, bog, schlug – in einer Wolke stinkenden Raubtieratems, in der widerhallenden Stille der Höhle, dem gelben Halbdunkel, in dem ihm die Augen tränten. Und die schmutzigen gebogenen Krallen rissen an seinem Nacken und glitten ab, gelbe Hauer hieben ihm tief in die Schulter, aber vergebens. Neben ihm war niemand mehr, doch das Leittier rannte mit seinem Knüppel zum Höhlenausgang, denn wie alle Leittiere verfügte es über das schnellste Reaktionsvermögen und begriff als Erstes, was vor sich ging. Maxim bedauerte das Leittier flüchtig – wegen der Langsamkeit seiner Reaktion. Denn während sich für ihn die Sekunden streckten, setzte der Leitaffe kaum seine Füße. Der Mensch jedoch schlüpfte zwischen den Sekunden hindurch, holte ihn ein und streckte ihn im Laufen nieder. Dann blieb er stehen, und die Zeit floss wieder normal. Die Höhle wurde zum Torbogen, der Mond zur Glühbirne, und Oz-auf-Pandora wurde zu einer seltsamen Stadt auf einem seltsamen Planeten, seltsamer noch als die Pandora.

Maxim senkte die zittrigen Arme und schöpfte Atem. Eine seiner Schultern blutete. Rada nahm seine Hand und fuhr damit schluchzend über ihr feuchtes Gesicht. Er blickte um sich: Ihm zu Füßen regte sich der schnauzbärtige Anführer mühsam. Die übrigen Männer lagen wie Säcke auf dem schmutzigen Zement. Mechanisch zählte er sie – sechs, einschließlich des Schnauzbarts – und überlegte kurz, dass es zweien geglückt war zu entwischen. Radas Berührung tat ihm unsagbar wohl. Und er wusste, er hatte gehandelt, wie er hatte handeln müssen, getan, was er hatte tun müssen – kein bisschen mehr, kein bisschen weniger. Die Entkommenen ließ er ziehen, obwohl er sie hätte einholen können – noch jetzt hörte er ihre panischen Schritte am Ende des Tunnels. Von denen, die am Boden lagen, würden einige sterben, andere waren bereits tot. Und jetzt wusste er: Sie waren Menschen, nicht Affen oder Panzerwölfe, wenn auch ihr Atem stank, ihre Berührungen schmutzig, die Absichten viehisch und abscheulich waren. Trotz allem empfand er Bedauern und fühlte Verlust. Ihm war, als habe er gerade etwas von seiner Reinheit verloren, ein entscheidendes Stückchen Seele des früheren Maxim. Er wusste, sein früheres Ich war jetzt für immer verschwunden, und das war bitter – weckte aber auch einen bis dahin ungekannten Stolz …

»Gehen wir, Maxim«, sagte Rada leise.

Und er folgte ihr gehorsam.

»Er ist Ihnen entwischt …«

Kurz gesagt, er ist Ihnen entwischt.

Ich konnte nichts machen … Sie wissen selbst, wie das ist …

Zum Teufel, Fank! Sie sollten überhaupt nichts »machen« – es hätte genügt, einen Chauffeur mitzunehmen.

Ich weiß, ich bin schuld. Aber wer konnte erwarten …

Lassen wir das. Was haben Sie unternommen?

Gleich nach meiner Freilassung telefonierte ich mit Megu. Der weiß nichts. Falls er dorthin zurückkehren sollte, gibt mir Megu sofort Bescheid. Außerdem lasse ich alle Irrenanstalten überwachen. Er kommt nicht weit, das ist einfach nicht möglich, er fällt zu sehr auf.

Weiter.

Ich habe meine Leute bei der Polizei alarmiert. Ihnen befohlen, sämtliche Fälle von Ordnungsverstößen zu untersuchen, bis hin zu Verkehrsdelikten. Er hat keine Papiere. Also habe ich angewiesen, mich über alle Festgenommenen ohne Papiere zu informieren. Ihm bleibt keine Chance zu verschwinden, selbst wenn er das möchte. Meines Erachtens ist es eine Sache von zwei, drei Tagen … Ganz einfach.

Einfach … Was konnte einfacher sein, als ins Auto zu steigen, zum Fernsehzentrum zu fahren und den Mann herzubringen. Aber nicht einmal das haben Sie fertiggebracht.

Verzeihung. Aber so ein Zusammentreffen von Umständen …

Lassen wir die Umstände, hatte ich gesagt. Wirkt er denn tatsächlich wie ein Verrückter?

Schwer zu sagen ... Eher wie ein Wilder. Wie ein sorgfältig gewaschener, gepflegter Bergbewohner. Doch ich kann mir auch eine Situation vorstellen, in der er wie geistesgestört wirkt. Und dann dieses ewige, idiotische Lächeln und das dumme Lallen anstelle normaler Sprache. Er ist überhaupt irgendwie blöde.

Verstehe. Ich billige Ihre Maßnahmen. Folgendes noch, Fank: Setzen Sie sich mit den Illegalen in Verbindung.

Was?

Wenn Sie ihn in den nächsten Tagen nicht finden, stößt er auf jeden Fall zum Untergrund.

Ich begreife nicht, was ein Wilder dort soll.

Im Untergrund sind viele Wilde. Und stellen Sie keine dummen Fragen, sondern tun Sie, was ich sage. Entkommt er Ihnen noch einmal, sind Sie entlassen.

Ein zweites Mal passiert mir das nicht.

Freut mich für Sie ... Was noch?

Ein interessantes Gerücht über »Wasserblase«.

Über »Wasserblase«? Was denn?

Verzeihung, Wanderer ... Wenn Sie erlauben, flüstere ich Ihnen das lieber ins Ohr ...

Zweiter Teil

Gardist

5

Rittmeister Tschatschu beendete seine Unterweisung und befahl: »Korporal Gaal, Sie bleiben. Die Übrigen können gehn.«

Nachdem die Kommandanten im Gänsemarsch und dicht auf Vordermann den Raum verlassen hatten, sah der Rittmeister Gai eine Zeit lang an. Dabei wippte er mit seinem Stuhl und pfiff das alte Soldatenlied »Gib Ruhe, Alte«. Rittmeister Tschatschu war ganz anders als Rittmeister Toot: untersetzt, kahlköpfig, mit sehr dunklem Teint und wesentlich älter als Toot. In jüngerer Vergangenheit hatte er als Kriegsoffizier an acht Seekonflikten teilgenommen; er trug das Flammende Kreuz und drei Medaillen »Für Kampfeseifer«. Geradezu legendär wurde sein Zweikampf mit einem weißen Submarine: Sein Panzer hatte einen Volltreffer erhalten und war in Brand geraten; Tschatschu aber hatte weitergeschossen, bis er wegen seiner furchtbaren Verbrennungen das Bewusstsein verlor. Man erzählte sich, an seinem Körper gebe es keine heile Stelle mehr – überall fremde, verpflanzte Haut, und an der linken Hand fehlten ihm drei Finger. Er war bis zur Grobheit aufrichtig, eben ein richtiger Kämpfer. Im Gegensatz zu dem reservierten Rittmeister Toot erachtete er es auch nie für nötig, seine Stimmung zu verbergen – weder vor Untergebenen noch vor seinen Vorgesetzten. War er fröhlich, wusste das die ganze Brigade, hatte er aber schlechte Laune und pfiff »Gib Ruhe, Alte«, dann …

Gai blickte Rittmeister Tschatschu vorschriftsmäßig in die Augen. Bei dem Gedanken, dass er diesen vortrefflichen Menschen verärgert haben sollte, verzweifelte er fast. Hastig besann er sich auf seine Verfehlungen und die seiner Gardisten. Doch er konnte sich an nichts erinnern, das nicht längst erledigt gewesen wäre – weggewischt mit einer Geste der verstümmelten Hand und Tschatschus heiserem, griesgrämigem »Na schön, was soll's, ist eben die Garde …«.

Der Rittmeister hörte auf zu pfeifen, wippte auch nicht mehr mit dem Stuhl.

»Ich mag weder Geschwätz noch Geschreibsel, Korporal«, sagte er. »Entweder du empfiehlst den Anwärter Sim, oder du empfiehlst ihn nicht. Was denn nun?«

»Jawohl, Herr Rittmeister. Ich empfehle ihn«, antwortete Gai eilfertig. »Aber …«

»Ohne ›aber‹, Korporal! Empfiehlst du ihn oder nicht?«

»Jawohl. Ich empfehle ihn.«

»Wie soll ich dann diese beiden Schreiben verstehen?« Der Rittmeister zog rasch zwei zusammengelegte Blätter aus seiner Brusttasche, hielt sie mit der versehrten Hand fest und faltete sie mit der unversehrten auf dem Tisch auseinander. »Hier steht: ›Ich empfehle genannten Mak Sim als ergeben und fähig …‹, das ist klar, ›zur Bestätigung im hohen Rang eines Anwärters der Kämpfenden Garde.‹ Und jetzt dein zweiter Schrieb, Korporal: ›In Verbindung mit Obengesagtem betrachte ich es als meine Pflicht, die Aufmerksamkeit der Truppenführung auf die Notwendigkeit einer sorgfältigen Überprüfung des genannten Anwärters der Kämpfenden Garde, M. Sim, zu lenken.‹ Massaraksch! Was willst du eigentlich, Korporal?«

»Herr Rittmeister«, antwortete Gai erregt, »ich bin in einer sehr schwierigen Situation! Ich kenne den Anwärter Sim als befähigten und den Aufgaben der Garde ergebenen Bürger. Und ich bin sicher, er wird uns großen Nutzen bringen. Aber ich weiß gar nichts über seine Vergangenheit! Er kennt sie ja nicht einmal selbst. Wenn man bedenkt, dass in der Garde nur Platz ist für kristallklare …«

»Ja, ja«, unterbrach ihn Tschatschu ungeduldig. »Kristallklar, ohne Wenn und Aber ergeben, bis zum letzten Tropfen, mit ganzer Seele … Machen wir's kurz, Korporal: Du nimmst jetzt eins dieser Blätter und zerreißt es. Du musst schließlich eine Meinung haben! Und ich kann nicht mit beiden zum Brigadegeneral gehen. Entweder ja oder nein. Wir sind in der Garde, nicht an der Philosophischen Fakultät, Korporal! Zwei Minuten Bedenkzeit.«

Der Herr Rittmeister holte einen dicken Aktenordner aus dem Regal und warf ihn angewidert vor sich auf den Tisch. Gai blickte bedrückt auf die Uhr; es fiel ihm sehr schwer, seine Wahl zu treffen. Vor der Truppenführung zu verheimlichen, dass man einen Anwärter nur ungenügend kannte, war unehrenhaft und eines Gardisten unwürdig, selbst im Falle Maxims. Andererseits war es aber ebenso unehrenhaft und eines Gardisten unwürdig, sich vor der Verantwortung zu drücken und die Entscheidung auf den Herrn Rittmeister abzuwälzen, der den Anwärter nur zweimal gesehen hatte, und auch das nur im Glied … Also gut, noch einmal. Was sprach für Maxim: Er hat sich die Aufgaben der Garde mit großem Eifer zu Herzen genommen, welche da sind: die Kriegsfolgen zu beseitigen und die Agenten eines potenziellen Aggressors zu vernichten. Er hat nicht nur die Musterung im Departement für soziale Gesundheit einwandfrei durchlaufen, sondern auch die Überprüfung bestanden, zu der ihn Rittmeister Toot und Stabsarzt Sogu in irgendeine geheime Institution geschickt hatten. (Allerdings konnte man sich da bloß auf Maxims eigene Aussage verlassen; die entsprechenden Papiere hatte er verloren. Doch ließe man ihn sonst frei herumlaufen?) Er war mutig und ein geborener Kämpfer und ganz allein mit Rattenfängers Bande fertiggeworden. Er war sympathisch, im Umgang schlicht, gutmütig, absolut uneigennützig, und überhaupt: ein Mensch mit ungewöhnlichen Fähigkeiten. Was sprach gegen ihn? Keiner wusste, wer er war und woher er kam. Entweder hatte er seine Vergangenheit vergessen, oder er wollte sie nicht preisgeben. Und er besaß keinerlei Dokumente. Aber machte ihn das so verdächtig? Die Regierung kontrollierte lediglich die Grenzen und das zentrale Gebiet; zwei Drittel des Landes aber steckten bis zum heutigen Tag in Anarchie. Dort herrschten Hunger und Seuchen; die Menschen flohen – und alle ohne Papiere, ja, die jungen Menschen wussten nicht einmal, was das ist. Wie viele von ihnen waren krank, ohne Gedächtnis, sogar degeneriert … Hauptsache, Maxim war kein Entarteter.

»Nun, Korporal?«, ließ sich der Rittmeister vernehmen.

»Jawohl, Herr Rittmeister!«, erwiderte Gai. In seiner Stimme schwang Resignation mit. »Gestatten …«

Er nahm den Bericht mit der Bitte, Maxim zu überprüfen, und zerriss ihn langsam.

»R-richtig entschieden«, schnarrte der Herr Rittmeister. »So macht man das bei der Garde! Papiere, Tinte, Überprüfungen – unsere Prüfung ist der Kampf. Wenn wir in unsere Maschinen steigen und in die Zone der Atomfallen hineinrollen, sehen wir sofort, wer zu uns gehört und wer nicht.«

»Jawohl«, stimmte Gai zu, allerdings ohne rechte Überzeugung. Er verstand den alten Haudegen, wusste aber auch, dass der Kriegsveteran und Held von acht Seekonflikten hier irrte: Natürlich, Kampf war Kampf – aber auch die Reinheit zählte. Bei Maxim jedoch war das ohne Bedeutung, denn gerade er war ja rein.

»Massaraksch!«, rief der Herr Rittmeister. »Das Gesundheitsdepartement hat ihn durchgelassen; alles Übrige ist unsere Sache.« Nach diesem rätselhaften Satz blickte er Gai böse an und fügte hinzu: »Ein Gardist vertraut seinem Freund restlos. Vertraut er ihm aber nicht, dann ist es kein Freund, und er sollte ihn zum Teufel jagen. Ich habe mich über dich gewundert, Korporal. Na, genug davon. Abmarsch in deine Gruppe, es bleibt wenig Zeit … Während der Operation besehe ich mir deinen Anwärter selbst.«

Gai schlug die Hacken zusammen und ging hinaus. Hinter der Tür erlaubte er sich ein Lächeln: Nun hatte der alte Haudegen die Verantwortung doch noch auf sich genommen. Gutes war eben immer gut! Jetzt konnte er Maxim reinen Gewissens als seinen Freund betrachten. Mak Sim. Sein richtiger Familienname war unaussprechlich. Entweder hatte er ihn im Fieber erfunden, oder er entstammte wirklich diesem Bergvolk. Wie hieß gleich dessen alter Herrscher? Saremtschitschakbeschmussaraji … Gai betrat den Platz und hielt Ausschau nach seiner Gruppe. Der unermüdliche Pandi hetzte die Jungs gerade durch das oberste Fenster einer zweistöckigen Hausattrappe. Sie waren schweißnass, und das war schlecht, denn bis zum Beginn der Operation hatten sie nur noch eine Stunde.

»Einstellen!«, schrie Gai noch von fern.

»Einstellen!«, brüllte auch Pandi. »Antreten!«

Die Gruppe formierte sich schnell. Pandi befahl: »Stillgestanden!« Im Exerzierschritt marschierte er zu Gai und meldete: »Herr Korporal, Truppe befasst mit dem Überwinden der Sturmbahn.«

»Treten Sie ins Glied!«, sagte Gai und versuchte, einen Ausdruck von Missbilligung in seine Intonation zu legen, wie das Korporal Serembesch hervorragend konnte. Die Hände auf dem Rücken verschränkt, ging er vor der Truppe auf und ab und musterte die bekannten Gesichter.

Ihre Augen waren grau, hell- oder dunkelblau und leicht aufgerissen; darin spiegelte sich die Bereitschaft, jedweden Befehl auszuführen. Die Truppe achtete auf jede seiner Bewegungen, und Gai dachte, wie nah und lieb sie ihm waren, diese zwölf baumstarken Jungs: rechts die sechs Soldaten der Garde, links die sechs Anwärter – alle in gut sitzenden schwarzen Overalls, die Knöpfe poliert, dazu glänzende Stiefel mit kurzem Schaft. Alle hatten ihr Barett forsch auf die rechte Braue gezogen … Nein, nicht alle. Mitten in der Linie, auf der Seite der Anwärter, ragte wie ein Turm der Anwärter Mak Sim heraus, ein sehr fähiger Bursche, sein Liebling – so traurig es für einen Kommandanten auch war, jemanden vorzuziehen. Allerdings … hmm … dass er seine seltsamen braunen Augen nicht aufsperrte, schön, er würde es noch lernen … jedoch … hmm …

Gai trat zu Maxim und schloss den obersten Knopf seines Overalls. Dann stellte er sich auf Zehenspitzen und richtete ihm das Barett. Gut. Aber nun zog Mak, obwohl im Glied, schon wieder die Mundwinkel bis zu den Ohren! Na meinetwegen, dachte Gai. Wird er sich noch abgewöhnen. Er ist ja erst Anwärter, dazu der Neueste in der Gruppe …

Um den Anschein von Gerechtigkeit zu wahren, richtete Gai, obwohl unnötig, die Gürtelschnalle bei Maxims Nachbarn. Dann ging er drei Schritte zurück und kommandierte: »Rührt euch!« Die Männer stellten das rechte Bein ein wenig vor und legten die Arme auf den Rücken.

»Gardisten«, begann Gai, »wir rücken heute im Kompanieverband zu einer regulären Operation aus, um ein Agentennest des potenziellen Gegners auszuheben. Die Operation verläuft nach Plan dreiunddreißig. Die Herren Soldaten werden sich zweifelsohne ihrer in diesem Plan festgelegten Aufgaben erinnern. Den Herren Anwärtern aber, die vergessen, ihre Knöpfe zu schließen, rufe ich das Wesentliche noch einmal ins Gedächtnis: Die Gruppe bekommt einen Hauseingang zugewiesen. Sie teilt sich in vier Trupps: in drei Dreiertrupps und die äußere Reserve. Die Dreiertrupps, bestehend aus je zwei Soldaten und einem Anwärter, kontrollieren der

Reihe nach und möglichst unauffällig die Wohnungen. Haben sie eine Wohnung betreten, handeln sie folgendermaßen: Der Kandidat bewacht den Eingang, der zweite Soldat besetzt, ohne sich durch das Geringste ablenken zu lassen, die Hintertür, der Truppführer durchsucht die Räume. Die Reserve – drei Anwärter und der Gruppenführer, im gegebenen Fall also ich – bleibt unten im Treppenhaus, um erstens niemanden während der Operation herauszulassen und um zweitens sofort den Trupp zu unterstützen, der Hilfe braucht. Die konkrete Zusammensetzung der Trupps und der Reserve ist Ihnen bekannt ... Achtung!« Er trat noch einen Schritt zurück. »In Dreiertrupps und Reserve – antreten!«

Alle Männer nahmen ihren Platz ein. Niemand irrte sich dabei, niemand verhedderte seine Maschinenpistole, rutschte aus oder verlor das Barett, wie das bei früheren Übungen passiert war. Rechts außen ragte Maxim aus der Reserve hervor und grinste wieder breit. Jäh kam Gai der Gedanke: Womöglich betrachtete Mak alles nur als unterhaltsames Spiel? Doch nein, so war es natürlich nicht – weil es so nicht sein konnte. Schuld an diesem Eindruck war bloß das idiotische Lächeln.

»Nicht übel«, brummte Gai, Korporal Serembesch nachahmend, und blickte wohlwollend Pandi an: ein Mordskerl, der Alte, hatte die Jungs gedrillt. »Achtung!«, rief er. »Gruppe – antreten!«

Wieder kurze Bewegung, herrlich exakt und makellos, und die Gruppe stand in Linie. Gai war erstaunt, mehr noch, er war begeistert. Einfach hervorragend! Er legte die Hände wieder auf den Rücken und schritt auf und ab.

»Gardisten!«, sagte er. »Wir sind die Stütze und die einzige Hoffnung des Staates in dieser schweren Zeit. Nur auf uns können sich die Unbekannten Väter bei ihrem großen Werk verlassen – bedenkenlos verlassen!« Das war die Wahrheit, die reine Wahrheit, und in ihr lagen Zauber und Hingabe. »Das Chaos, das der verbrecherische Krieg hervorgebracht hat, ist kaum vorüber, seine Folgen sind noch immer zu spüren. Gardisten, Brüder! Wir haben nur eine Aufgabe: alles mit der Wurzel auszurotten, was uns ins Chaos zurückzieht. Der Feind an unseren Grenzen schläft nicht, er hat wiederholt und erfolglos versucht, uns in einen neuen Krieg zu Lande und zur See hineinzuziehen, und nur dank der Tapferkeit und Standhaftigkeit der Soldaten, der Armee, kann unser Land in Frieden und Ruhe leben. Doch auch die größten Anstrengungen der Armee werden nicht zum Ziel führen, wenn wir den Feind im Inneren nicht besiegen. Diesen zu vernichten, ist unsere und allein unsere Aufgabe, Gardisten. Dafür bringen wir viele Opfer. Wir stören die Ruhe unserer Mütter, Brüder und Kinder, bringen den rechtschaffenen Arbeiter, Beamten, Händler und Industriellen um seine verdiente Erholung. Sie wissen, was uns zwingt, in ihre Wohnungen einzudringen, und sie empfangen uns als ihre Freunde, als ihre Beschützer. Macht euch das klar und lasst euch bei der Erfüllung eurer Aufgabe nicht vom edlen Eifer hinreißen. Freund ist Freund, und Feind ist Feind … Noch Fragen?«

»Nein!«, schrie es aus zwölf Kehlen.

»Stillgestanden! Dreißig Minuten Pause und Überprüfen der Ausrüstung! Wegtreten!«

Die Gruppe zerstreute sich; zu zweit und zu dritt gingen die Gardisten zur Kaserne. Gai folgte ihnen langsam. Er verspürte eine angenehme innere Leere. In einiger Entfernung wartete Maxim und lächelte schon im Voraus.

»Los, spielen wir ›Wörter‹«, schlug er vor.

Gai stöhnte innerlich auf. Zurechtweisen sollte er Mak, zurechtweisen! Wo gab es denn so etwas: ein Anwärter, ein unerfahrener Milchbart, der eine halbe Stunde vor Operationsbeginn seinen Korporal mit Vertraulichkeiten belästigte!

»Dazu ist jetzt nicht die Zeit«, sagte er so kühl wie möglich.

»Bist du aufgeregt?«, fragte Maxim mitfühlend.

Gai blieb stehen und verdrehte die Augen. Was sollte er nur tun! Es war einfach unmöglich, diesem gutmütigen, naiven Riesenkerl böse zu sein, ihn zurechtzuweisen, zumal er der Retter seiner Schwester war und – wozu es verheimlichen – ihn beim Exerzieren in jeder Hinsicht weit übertraf … Gai sah sich um und sagte: »Hör zu, Mak, du bringst mich in eine unangenehme Situation. Hier in der Kaserne bin ich dein Vorgesetzter. Ich befehle, du hast dich unterzuordnen. Ich hab dir hundertmal …«

»Aber ich will mich ja unterordnen, befiehl doch!«, unterbrach ihn Maxim. »Ich weiß, was Disziplin heißt. Befiehl!«

»Das tat ich bereits. Befass dich mit deiner Ausrüstung.«

»Entschuldige, Gai, so hast du es vorhin nicht ausgedrückt. Du hast Pause und Herrichten der Ausrüstung befohlen. Schon vergessen? Meine Ausrüstung ist fertig, und jetzt mache ich Pause. Komm, spielen wir, ich weiß ein tolles Wort.«

»Mak, versteh doch: Ein Untergebener darf sich erstens nur in der vorgeschriebenen Form an seinen Vorgesetzten wenden und zweitens ausschließlich in dienstlicher Angelegenheit.«

»Ja, ich weiß, Paragraf neun. Aber jetzt ist kein Dienst. Wir machen Pause.«

»Wie kommst du darauf, dass ich Pause mache?«, fragte Gai. Sie standen hinter der Attrappe eines Bretterzauns mit Stacheldraht, und Gott sei Dank sah sie hier niemand. Keiner würde bemerken, dass sich dieser Riese mit der Schulter gegen den Zaun fläzte und drauf und dran war, seinen Korporal am Knopf zu fassen. »Ich erhole mich einzig und allein zu Hause, aber selbst dort gestatte ich keinem Untergebenen … Hör zu, lass meinen Knopf los und mach deinen zu …«

Maxim kam der Aufforderung nach und sagte: »Im Dienst ist es so, zu Hause anders. Warum?«

»Komm, reden wir nicht davon. Ich habe es satt, dir immer wieder dasselbe zu erklären. Übrigens, wann lässt du endlich dieses Lächeln im Glied?«

»Laut Vorschrift ist es nicht verboten«, entgegnete Maxim prompt. »Und was ›immer wieder dasselbe erklären‹ betrifft, so Folgendes: Sei nicht böse, Gai, ich weiß, du bist kein Sager … kein Sprecher …«

»Kein was?«

»Du bist kein Mensch, der gut reden kann.«

»Kein Redner?«

»Redner … Ja, kein Redner. Aber das ist jetzt nicht wichtig. Du hast heute zu uns gesprochen, und deine Worte waren gut und richtig. Aber: Als du mir zu Hause von den Aufgaben der Garde und der Situation im Land erzählt hast, war das viel interessanter, es war ganz deins, deine Worte. Hier sagst du zum siebten Mal dasselbe, und nie mit eigenen Worten. Es klingt sehr richtig, sehr gleichmäßig, aber auch sehr langweilig … Was meinst du? Bist du mir böse?«

Gai war nicht böse. Das heißt, eine kleine Nadel piekte schon in seine Eigenliebe: Bis zu diesem Moment hatte er geglaubt, ebenso gut und überzeugend zu reden wie Korporal Serembesch oder gar der Herr Rittmeister Toot. Genau genommen hatten sich die beiden im Laufe der drei Jahre auch ständig wiederholt. Doch war das nicht verwunderlich und erst recht keine Schande, denn in den drei Jahren hatte sich nichts entscheidend verändert – weder bei der inneren noch bei der äußeren Lage.

»Und wo steht in der Vorschrift«, fragte Gai ironisch lächelnd, »dass ein Untergebener seinen Vorgesetzten kritisieren soll?«

»Dort steht das Gegenteil«, bekannte Maxim seufzend. »Meiner Meinung nach ist das falsch. Wenn du dich mit Ballistik befasst, befolgst du doch auch meinen Rat, und irrst du dich in den Berechnungen, akzeptierst du meine Bemerkungen.«

»Ja, zu Hause«, sagte Gai eindringlich. »Da darf man alles.«

»Und wenn du uns beim Schießen falsche Zieleinstellungen vorgibst? Die Windkorrektur verkehrt berechnest? Was dann?«

»Dann darfst du es trotzdem auf keinen Fall«, entgegnete Gai bestimmt.

»Wir sollen falsch schießen?«, wunderte sich Maxim.

»Man schießt wie befohlen.« Gais Stimme klang streng. »Was du in diesen zehn Minuten gesagt hast, Mak, reicht für fünfzig Tage Bau. Verstehst du?«

»Nein … Und im Kampf?«

»Was – ›im Kampf‹?«

»Wenn du da eine falsche Zieleinstellung vorgibst. Was dann?«

»Hm«, brummte Gai, der noch nie im Ernstfall kommandiert hatte. Ihm fiel plötzlich wieder ein, wie sich Korporal Bachtu bei einer kriegerischen Aufklärung in der Karte geirrt und die ganze Truppe ins konzentrierte Feuer der Nachbarkompanie gejagt hatte. Bachtu selbst und die Hälfte der Jungs waren dabei ums Leben gekommen; dabei hatten sie alle gewusst, dass er einen Fehler machte, aber keiner hatte daran gedacht, ihn zu berichtigen.

Mein Gott, das wäre uns nie in den Sinn gekommen, begriff Gai auf einmal. Maxim dagegen versteht das nicht. Nicht nur, dass er es nicht versteht – denn da gibt es nichts zu verstehen –, er akzeptiert es einfach nicht! Wie oft schon hat er Dinge, die an sich völlig selbstverständlich sind, abgelehnt, und man konnte ihn in keiner Weise überzeugen. Im Gegenteil, man begann selbst zu zweifeln, der Kopf drehte sich wie ein Kreisel, war ganz wirr … Nein, er ist kein gewöhnlicher Mensch. Er ist besonders und ohne Beispiel. In einem Monat hat er die Sprache gelernt, Lesen und Schreiben in zwei Tagen. An zwei weiteren Tagen hat er all meine Bücher gelesen. Die Mathematik und Mechanik kennt er besser als die Herren

Lehrer; dabei werden wir von richtigen Spezialisten unterrichtet. Oder nehmen wir Onkelchen Kaan …

In letzter Zeit richtete der Alte seine Monologe am Tisch ausschließlich an Maxim. Mehr noch: Einige Male ließ er sogar durchblicken, Maxim sei in diesen Zeiten wohl der einzige Mensch, der echtes Interesse und die rechten Fähigkeiten für fossile Tiere mitbringe. Onkelchen Kaan zeichnete ein paar scheußliche Tiere auf ein Blatt Papier, Maxim zeichnete noch scheußlichere hinzu, und dann stritten sie, welches davon älter sei, welches von welchem abstamme und warum es sich so und nicht anders verhalte, Fachbücher aus Onkelchens Bibliothek wurden gewälzt … Es kam vor, dass Maxim den Alten nicht mehr zu Wort kommen ließ, auch, dass Onkel Kaan sich heiser schrie, die Zeichnungen in Fetzen riss und mit den Füßen darauf trampelte, oder er schimpfte Maxim einen Ignoranten, schlimmer noch als der Dummkopf Schapschu. Dann aber fuhr er sich plötzlich mit beiden Händen durch den spärlichen grauen Haarkranz und murmelte mit erstauntem Lächeln: »Kühn, Massaraksch, sehr kühn. Sie haben Phantasie, junger Mann!« Bei alldem verstanden Gai und Rada keine Silbe von dem, worum es ging. Besonders haftete Gai ein Abend im Gedächtnis, an dem Maxim behauptete, einige der vorzeitlichen Geschöpfe seien auf den Hinterbeinen gegangen. Der Alte war sprachlos: Maxims These löste auf sehr einleuchtende und natürliche Weise eine alte, noch aus der Vorkriegszeit stammende wissenschaftliche Streitfrage.

In Mathematik kennt er sich aus, ebenso in Mechanik, die Militärchemie beherrscht er ausgezeichnet, die Paläontologie – wer weiß heutzutage davon überhaupt noch etwas? – ist ihm gleichermaßen vertraut. Er malt wie ein Maler, singt wie ein Sänger. Und gutherzig ist er, übernatürlich gutherzig. Er allein gegen acht Banditen, und er hat sie geschlagen, mit bloßen Händen. Ein anderer an seiner Stelle würde einherstolzieren wie ein Gockel und auf alle anderen pfeifen. Er aber quälte sich, lag nächtelang wach. Lob und Dank bekümmerten ihn, und einmal brach er gar in Zorn aus, wurde blass und schrie, es sei unehrenhaft, für Mord zu loben. Gott, und was für ein Problem es war, ihn in die Garde zu kriegen! Alles versteht er, ist mit allem einverstanden, er will ja hinein – aber, sagt er, dort muss man schießen. Auf Menschen. Ich erkläre ihm: auf Entartete, nicht auf Menschen, auf den Abschaum, schlimmer noch als Banditen … Gott sei Dank, wir konnten uns darauf einigen, dass er zunächst einmal nur den Gegner entwaffnet, bis er sich ans Schießen gewöhnt hat. Lachhaft ist das, aber auch irgendwie beängstigend. Nein, nicht ohne Grund sagt er immerzu, er käme aus einer anderen Welt. Und ich kenne sie – Onkelchen hat sogar ein Buch darüber: »Das Nebelland Sartak«. In den Alabasterbergen, heißt es da, liegt das Tal Sartak, in dem glückliche Menschen wohnen. Der Beschreibung nach sind alle wie Maxim. Und das Erstaunliche: Verlässt einer von ihnen sein Tal, vergisst er sofort, woher er stammt und was früher mit ihm war. Er weiß nur noch, er kommt aus einer anderen Welt. Onkelchen meint ja, so ein Tal gäbe es überhaupt nicht, das sei alles Erfindung, es existiere nur ein Gebirgsrücken Sartak, und im Krieg, sagt er, habe man diesen Bergrücken dermaßen mit Superbomben zerhackt, dass die ortsansässigen Gebirgler nie mehr eine Erinnerung haben werden …

»Warum bist du so still?«, fragte Maxim. »Machst du dir meinetwegen Gedanken?«

Gai wandte den Blick ab. »Folgendes«, sagte er. »Ich bitte dich um eins: Lass dir im Interesse der Disziplin niemals anmerken, dass du mehr weißt als ich. Achte auf die anderen, und benimm dich wie sie.«

»Ich werde mir Mühe geben«, antwortete Maxim bedrückt. Er dachte ein wenig nach und fügte hinzu: »Schwer, sich daran zu gewöhnen. Bei uns ist alles anders.«

»Was macht deine Verletzung?«, fragte Gai, um das Thema zu wechseln.

»Meine Wunden heilen schnell«, murmelte Maxim zerstreut. »Hör mal, Gai, lass uns nach der Operation gleich nach Hause fahren! Was schaust du denn so? Ich habe große Sehnsucht nach Rada. Du nicht? Wir bringen die Jungs zur Kaserne und brausen dann mit dem Lastwagen hin. Und dem Chauffeur geben wir frei.«

Gai holte tief Luft, aber da schallte aus dem silbrigen Lautsprecherkasten fast direkt über ihren Köpfen die Stimme des diensthabenden Brigadeoffiziers: »Sechste Kompanie, auf dem Platz antreten! Achtung, sechste Kompanie ...«

Gai raunzte nur: »Anwärter Sim! Gespräch beenden! Marsch zum Antreten!«

Maxim stürmte los, Gai aber hielt ihn noch am Lauf seiner Maschinenpistole zurück. »Ich bitte dich«, sagte er. »Wie alle! Benimm dich wie alle! Heute beobachtet dich der Herr Rittmeister persönlich.«

Drei Minuten später stand die Kompanie. Es wurde schon dunkel, und über dem Platz flammten die Strahler auf. Hinter den Männern brummten monoton die Lastwagenmotoren, und wie stets vor einer Operation schritt der Herr Brigadegeneral in Begleitung des Herrn Rittmeisters Tschatschu schweigend die Reihen ab und musterte jeden einzelnen Gardisten. Er schritt ruhig, hatte die Augen zusammengekniffen und die Mundwinkel freundlich nach oben gezogen. Ohne ein Wort zu sagen, nickte er dann dem Herrn Rittmeister zu und entfernte sich. Rittmeister Tschatschu hinkte, die verkrüppelte Hand schwenkend, vor die Truppe und wandte den Männern sein dunkles, nahezu schwarzes Gesicht zu.

»Gardisten!«, krächzte er mit einer Stimme, die Gai eine Gänsehaut verursachte. »Vor uns liegt eine wichtige Transaktion. Wir werden sie zuverlässig ausführen. Achtung ... Kompanie! Aufsitzen! Korporal Gaal, zu mir!«

Nachdem Gai herbeigelaufen war und Haltung angenommen hatte, sagte der Rittmeister leise: »Ihre Gruppe hat einen Spezialauftrag. Am Ankunftsort den Wagen nicht verlassen! Das Kommando übernehme ich.«

6

Die Stoßdämpfer des Lastwagens waren erbärmlich, was man auf dem holprigen Kopfsteinpflaster umso mehr zu spüren bekam. Die Maschinenpistole zwischen den Knien, hielt Anwärter Maxim Korporal Gaal vorsorglich am Gurtkoppel fest: Einem so um seine Autorität besorgten Korporal stünde es schließlich schlecht zu Gesicht, über die Bänke zu segeln wie etwa der Anwärter Soisa. Gai hatte nichts gegen die Fürsorge seines Untergebenen, vielleicht aber hatte er sie auch gar nicht bemerkt. Seit dem Gespräch mit dem Rittmeister schien er sehr besorgt zu sein, und Maxim war froh, dass sie laut Einsatzplan zusammenblieben und er – falls nötig – würde helfen können.

Die Lastwagen passierten das Zentraltheater und fuhren dann einige Zeit am Ufer des stinkenden Kanals »Neues Leben« entlang, bogen in die lange, zu dieser Stunde leere Fabrikstraße und bewegten sich kreuz und quer durch die gewundenen Gässchen einer Arbeitervorstadt, in der Maxim noch nie gewesen war. Dabei hatte es ihn schon in viele Ecken der Stadt verschlagen, und er kannte sich dort mittlerweile gut aus. Überhaupt hatte er in diesen etwas mehr als vierzig Tagen eine Menge gelernt und konnte endlich seine Lage einschätzen: Sie war weit weniger tröstlich und sehr viel merkwürdiger, als er bislang geglaubt hatte.

Er hockte noch über der Lesefibel, als Gai unbedingt von ihm wissen wollte, woher er, Maxim, käme. Zeichnungen halfen nicht; die besah sich Gai nur mit eigenartigem Lächeln und wiederholte: »Woher kommst du?« Da deutete Maxim gereizt zur Decke und sagte: »Vom Himmel.« Zu seiner Verwunderung fand Gai diese Erklärung völlig normal und überschüttete ihn mit Fragen. Viele seiner Worte deutete Maxim als Planetennamen des hiesigen Systems, doch dann zeigte ihm Gai eine Weltkarte in Merkatorprojektion, und es stellte sich heraus, dass er keine Planeten, sondern Staaten auf der gegenüberliegenden Seite der Welt meinte. Maxim zuckte mit den Schultern, verwendete jede ihm bekannte Verneinung und machte sich daran, die Karte zu studieren, so dass das Gespräch fürs Erste abbrach.

Am übernächsten Abend sahen Maxim und Rada fern. Gezeigt wurde etwas Seltsames: eine Art Film ohne Anfang und Ende, ohne fassbares Sujet, aber mit einer Unmenge von Mitwirkenden – ziemlich abstoßenden Personen, die, vom menschlichen Standpunkt aus betrachtet, brutal handelten. Rada schaute interessiert zu, schrie manchmal auf, brach sogar zweimal in Tränen aus und packte Maxim am Ärmel. Ihm jedoch wurde das Spektakel schnell langweilig, und er wollte bei den Klängen der tragisch-düstren Musik schon einnicken, als plötzlich etwas Vertrautes über den Bildschirm flimmerte. Er rieb sich die Augen. Tatsächlich, es war die Pandora; ein finsterer Tachorg wälzte sich durch den Dschungel, knickte die Bäume um, und auf einmal stand Oleg da, eine Lockpfeife in der Hand, ernst und konzentriert; langsam wich er zurück, stolperte über ein Knorrholz und flog rückwärts in den Sumpf. Verwundert begriff Maxim, dass er da sein eigenes Mentogramm sah, dann noch eins und ein weiteres, ohne Kommentar, stets von ein und derselben Musik untermalt. Dann verschwand die Pandora und überließ die Szene einem mageren Blinden, der an einer dicht mit Spinnweben bedeckten Zimmerdecke entlangkroch. »Was ist das?«, fragte Maxim und wies auf den Bildschirm. »Eine Sendung«, antwortete

Rada ungeduldig. »Interessant. Sieh hin!« Er aber fand darin noch immer keinen Sinn und dachte sich, dass hier womöglich die Erinnerungen verschiedener Interplanetarier an ihre Heimat gezeigt wurden. Doch bald verwarf er den Gedanken, denn die Bilder waren zu scheußlich, zu monoton: isolierte stickige Kämmerchen, endlose Korridore voller Möbel, die sich plötzlich in gigantische Dornen verwandelten, Wendeltreppen im undurchdringlichen Dunkel enger Schächte, vergitterte Keller; darin wimmelte es von stumpfsinnig hantierenden Körpern, zwischen denen, wie bei Hieronymus Bosch, starre, groteske Gesichter hervorblickten – es ähnelte eher einem Fieberwahn als der wirklichen Welt. Verglichen mit diesen Visionen, waren Maxims Mentogramme geradezu realistisch, wenn auch sein Temperament dieses Reale bisweilen zu romantischem Naturalismus verklärte. Derartige Sendungen wiederholten sich nahezu jeden Tag, sie hießen »Wunderreise«, und Maxim begriff nie ganz ihren Sinn. Fragte er danach, zuckten Gai und Rada die Schultern und antworteten: »Eine Sendung. Damit es interessant ist. Eine Wunderreise. Ein Märchen. Sieh nur hin, sieh hin. Mal kann man lachen, mal macht es Angst.« Und in Maxim regten sich ernsthafte Zweifel, ob Professor Nilpferds Untersuchungen wirklich der Kontaktaufnahme dienten, ja, ob es sich dabei überhaupt um Untersuchungen handelte.

Zehn Tage später sah sich Maxim indirekt in seinem Zweifel bestätigt: Gai standen die Aufnahmeprüfungen für das Fernstudium zum ersten Offiziersrang bevor, und er war dabei, Mathematik und Mechanik zu lernen. Die Schemata und Formeln des Grundkurses in Ballistik befremdeten Maxim. Als er nachfragte, verstand ihn Gai zunächst nicht, erläuterte ihm aber dann, nachsichtig lächelnd, die Kosmografie seiner Welt. Wie sich herausstellte, war die bewohnte Insel weder Kugel noch Geoid: Sie war überhaupt kein Planet.

Die bewohnte Insel war die Welt schlechthin – und zwar die einzige im Universum. Unter den Füßen ihrer Bewohner lag eine feste Oberfläche, und über ihren Köpfen dehnte sich eine riesenhafte, wenn auch endliche Gasblase aus. Diese war von unbekannter Zusammensetzung, und ihre physikalischen Eigenschaften waren noch nicht völlig geklärt. Der Theorie zufolge nahm die Dichte des Gases zum Mittelpunkt der Blase hin rapide zu, so dass dort geheimnisvolle Prozesse stattfanden, die ihrerseits die regelmäßigen Helligkeitsschwankungen des sogenannten Weltlichts bedingten, insbesondere den Tag-Nacht-Rhythmus. Außer diesen schnell aufeinanderfolgenden Zustandswandlungen erlebte das Weltlicht auch längerfristige, die den Wechsel der Jahreszeiten und entsprechende Temperaturschwankungen nach sich zogen. Die Schwerkraft wirkte vom Mittelpunkt der Weltsphäre, das heißt der Blase, senkrecht auf ihre Oberfläche. Kurzum: Die bewohnte Insel lag auf der inneren Oberfläche einer gewaltigen Blase, und diese wiederum befand sich in einer endlosen festen Substanz, die den Rest des Universums ausfüllte.

Überrascht und verwirrt, wollte Maxim zu streiten beginnen, merkte aber bald, dass Gai und er einander noch weniger verstanden als ein überzeugter Kopernikaner und ein leidenschaftlicher Anhänger des Ptolemäus. Nein, das Wesentliche waren die erstaunlichen atmosphärischen Eigenschaften dieses Planeten. Erstens hob die ungewöhnlich starke Lichtbrechung den Horizont an und suggerierte damit den hiesigen Menschen, ihr Planet sei weder flach noch rund, sondern hohl. »Stellen Sie sich ans Meeresufer«, empfahlen die Schulbücher, »und verfolgen Sie die Bewegung eines Schiffs, das den Hafen verlässt. Zuerst wird es wie auf einer Ebene schwimmen, aber je weiter es sich entfernt, desto höher steigt es empor, bis es in der dunstigen Atmosphäre verschwindet, die den übrigen Teil der Welt verhüllt.« Diese Atmosphäre war unwahrscheinlich dicht und phosphoreszierte Tag und Nacht, so dass niemand je den Sternenhimmel sah. Die Tage, an denen man die Sonne gesehen hatte, waren in den Chroniken verzeichnet und bildeten die Grundlage zahlloser Versuche, eine Theorie des Weltlichts zu entwickeln.

Maxim saß also in einer riesigen Falle. Um als Fremdplanetarier wirklichen Kontakt herstellen zu können, musste er die in Jahrtausenden gewachsenen, nun selbstverständlichen Vorstellungen buchstäblich umkrempeln. Dem verbreiteten Fluch »Massaraksch« nach zu urteilen, war das bereits versucht worden, denn er bedeutete wörtlich: »die Welt mit der Innenseite nach außen«. Außerdem hatte Gai eine weitere, rein mathematische Theorie erwähnt, die die Welt anders betrachtete: Sie war in alter Zeit entstanden und wurde anfangs von der offiziellen Religion verfolgt, hatte auch ihre Märtyrer. Durch die Arbeiten genialer Wissenschaftler erhielt sie im vergangenen Jahrhundert ihre mathematische Begründung, blieb aber weiterhin abstrakt – bis sie, wie die meisten Theorien, doch noch praktische Anwendung fand – in jüngster Vergangenheit, bei der Entwicklung der ballistischen Raketen.

Mit diesen neuen Erkenntnissen überdachte Maxim noch einmal seine Lage und begriff, dass er all die Zeit als verrückt gegolten hatte und seine Mentogramme nicht ohne Grund in die schizoide »Wunderreise« aufgenommen worden waren. Wollte er nicht zu Nilpferd zurück, musste er von seiner außerplanetarischen Herkunft einstweilen schweigen. Das aber bedeutete, dass ihm die bewohnte Insel nicht würde helfen können und er nur auf sich selbst vertrauen durfte; den Nullsender musste er auf unbestimmte Zeit vertagen. Er würde hier für lange – Massaraksch! –, womöglich für immer festsitzen. Diese Hoffnungslosigkeit machte ihn schier verrückt. Aber dann riss er sich doch wieder zusammen und zwang sich, logisch zu denken. Mutter machte gewiss eine schwere Zeit durch; es musste schrecklich für sie sein – und allein das nahm ihm jede Freude an der Logik. Verflucht sollte sie sein, diese zurückgebliebene, abgekapselte Welt! Überhaupt gab es nur zwei Wege: Erstens, dem Unmöglichen nachzutrauern und sich ohnmächtig zu grämen oder, zweitens, sich zusammenzureißen und zu leben. Wirklich zu leben, wie er es immer wollte: Freunde haben, Ziele anstreben, sich raufen, siegen, verlieren, Nackenschläge einstecken, sich revanchieren – einerlei, was, nur nicht in Verzweiflung die Hände ringen. Er hörte auf, über das Weltall zu sprechen, und fragte Gai nach der Geschichte und der sozialen Struktur seiner bewohnten Insel.

Aber Gai wusste wenig darüber. Er kannte die Geschichte seines Landes nur bruchstückhaft und besaß keinerlei Fachliteratur. Und auch in der Stadtbibliothek war nichts zu finden. Man konnte aber davon ausgehen, dass das Land, in dem sich Maxim befand, vor dem letzten, verheerenden Krieg bedeutend größer gewesen war. Anscheinend war es von einer kleinen Gruppe unfähiger Finanzleute und degenerierter Aristokraten regiert worden, die das Volk in die Armut getrieben hatten. Der Staatsapparat war durch Korruption zersetzt worden, und am Ende hatten sich die Machthaber auf einen großen, von den Nachbarn provozierten Kolonialkrieg eingelassen. Der Krieg erfasste den ganzen Planeten. Millionen und Abermillionen kamen ums Leben, Tausende von Städten wurden zerstört, kleinere Staaten hinweggefegt. Nicht nur im Land, sondern auf dem ganzen Planeten brach das Chaos aus. Es begannen Zeiten von bitterem Hunger und Epidemien. Es kam zu Volksaufständen, die die Unterdrücker mit Atomwaffen beantworteten. Das Land und die Welt näherten sich dem Untergang. Gerettet wurde die Situation von den Unbekannten Vätern – dem Anschein nach eine anonyme Gruppe von jungen Generalstabsoffizieren. Mit nur zwei Divisionen von Soldaten, die nicht im atomaren Fleischwolf landen wollten, hatten sie geputscht und die Macht übernommen. Das war vor vierundzwanzig Jahren, und seitdem hatte sich die Lage stabilisiert. Es wurde kein Frieden geschlossen, aber der Krieg endete allmählich von selbst. Die anonymen Machthaber handelten entschlossen und stellten die Ordnung wieder halbwegs her, brachten mit harten Maßnahmen die Wirtschaft in Gang – zumindest in den zentralen Regionen – und machten das Land zu dem, was es jetzt war. Der Lebensstandard wuchs, der Alltag verlief friedlich, die gesellschaftliche Moral wurde hoch geachtet wie nie zuvor. Alles schien wieder in Ordnung. Maxim war klar, dass die politischen Verhältnisse im Land weit entfernt waren vom Idealen und es sich im Grunde um eine Militärdiktatur handelte. Dennoch erfreuten sich die Unbekannten Väter offensichtlich großer Popularität – in allen Schichten der Gesellschaft. Was aber die Wirtschaft anbetraf, so entbehrte dieses Ansehen jeglicher Grundlage: Immerhin lag das halbe Land noch in Trümmern, die Militärausgaben waren gigantisch, die überwiegende Mehrheit der Bevölkerung lebte mehr als bescheiden. Das Ansehen gründete sich anscheinend darauf, dass die Militärjunta die Gier der Industriellen zügelte, was ihr die Sympathien der Arbeiter einbrachte. Andererseits hielt sie die Arbeiter nieder, was ihr die Wertschätzung der Industriellen sicherte. Freilich reimte sich Maxim das nur zusammen; Gai empfand schon die Fragestellung als seltsam. Ein Begriff wie »Klasse« existierte für ihn nicht, und Widersprüche zwischen einzelnen sozialen Gruppen schienen ihm undenkbar.

Die außenpolitische Lage des Landes war weiterhin äußerst prekär. Im Norden grenzte es an zwei große Staaten – Honti und Pandea, ehemalige Provinzen oder Kolonien. Über die Staaten selbst war nichts bekannt, doch jeder wusste, dass sie die aggressivsten Absichten hatten, unaufhörlich Diversanten und Spione entsandten, Grenzzwischenfälle provozierten und den Krieg vorbereiteten. Dessen Ziel war Gai unklar; er hatte sich auch nie Gedanken darüber gemacht. Im Norden waren

Feinde, und gegen ihre Agenten kämpfte er auf Leben und Tod – das reichte.

Hinter den Grenzwäldern im Süden lag, ausgebrannt von Kernexplosionen, eine Wüste. Sie erstreckte sich über die Fläche einer ganzen Reihe ehemaliger Staaten, die im Krieg eine zentrale Rolle gespielt hatten. Was auf diesen Millionen von Quadratkilometern vor sich ging, war unbekannt, und es interessierte auch niemanden. Denn man hatte ununterbrochen und alle Hände voll mit den Angriffen großer Horden halbwilder Missgeburten zu tun, von denen es in den Wäldern hinter dem Fluss Blaue Schlange nur so wimmelte. Insofern hielt man die Südgrenze für die problematischste. Das Leben dort war hart, und genau dort setzte man die Elite der Kämpfenden Garde ein. Gai hatte drei Jahre im Süden gedient und erzählte haarsträubende Geschichten darüber.

Es war möglich, dass sich südlich der radioaktiv verseuchten Wüste – sozusagen am anderen Ende des einzigen Kontinents des Saraksch – weitere Staaten erhalten hatten, aber sie ließen nichts von sich hören. Dafür brachte sich das sogenannte Inselimperium immer wieder unangenehm in Erinnerung. Es erstreckte sich auf zwei große Archipele in der Antarktiszone, und der Weltozean gehörte ihm. Seine mächtige Flotte von Unterwasserschiffen kreuzte im radioaktiven Meer des Planeten – schneeweiß gestrichen und ausgerüstet mit modernster Vernichtungstechnik. An Bord waren Banden speziell abgerichteter Kopfjäger. Diese weißen Submarines, unheimlich wie Phantome, hielten die Uferbezirke in Atem. Sie schossen ohne jeden Anlass und setzten Landetrupps von Piraten ab. Auch dieser weißen Bedrohung bot die Garde kühn die Stirn.

Das Bild von Chaos und Zerstörung erschütterte Maxim: Der Planet war ein Grab, in dem normales, sinnvolles Leben kaum noch möglich war und jeden Moment ganz versiegen konnte.

Er hörte Radas grauenvolle und dennoch ruhig vorgetragene Schilderungen, zum Beispiel, wie ihre Mutter vom Tod des Vaters erfahren hatte: Als Arzt und Epidemiologe hatte er sich geweigert, ein von der Pest heimgesuchtes Gebiet zu verlassen. Der Staat aber verfügte damals weder über die Zeit noch über die Möglichkeiten, die Pest ordnungsgemäß zu bekämpfen, und so hatte man einfach eine Bombe auf den verseuchten Bezirk geworfen. Rada erzählte, wie vor etwa zehn Jahren Aufständische auf die Hauptstadt vorgerückt waren. Während der Evakuierung wurde ihre Großmutter väterlicherseits beim Ansturm auf einen Zug von der Menge totgetrampelt. Zehn Tage später starb ihr kleiner Bruder an der Ruhr. Um den kleinen Gai und den völlig hilflosen Onkel Kaan zu ernähren, hatte sie, Rada, nach dem Tod der Mutter achtzehn Stunden täglich als Geschirrwäscherin in einer Versandstation, später als Putzfrau in einem Luxuslokal für Spekulanten gearbeitet. Später nahm sie an »Frauenrennen mit Wettmöglichkeit« teil, saß kurze Zeit im Gefängnis, verlor ihre Arbeit und musste ein paar Monate betteln.

Von Onkelchen Kaan, einem seinerzeit bedeutenden Wissenschaftler, hörte Maxim, wie man im ersten Kriegsjahr die Akademie der Wissenschaften aufgelöst und ein Bataillon der Akademie Seiner Kaiserlichen Majestät zusammengestellt hatte. Wie in den Hungerzeiten der Begründer der Evolutionstheorie den Verstand verloren und sich erhängt hatte; wie sie aus dem von Tapeten abgekratzten Leim Suppe kochten; wie eine ausgehungerte Menschenmenge im Zoologischen Museum alles kurz und klein geschlagen und die in Spiritus aufbewahrten Präparate verschlungen hatte …

Und er hörte Gais unbedarfte Erzählungen über den Bau der Raketenabwehrtürme an der südlichen Grenze: darüber, wie des Nachts die Menschenfresser zu den Bauplätzen schleichen und Zöglinge ebenso wie wachhabende Gardisten entführen; wie im Dunkeln, lautlosen Gespenstern gleich, Vampire angreifen, erbarmungslos und brutal, teils Mensch, teils Bär, teils Hund. Er hörte, wie sehr Gai das Raketenabwehrsystem lobte, das unter unglaublichen Entbehrungen in den letzten Kriegsjahren errichtet worden war. Im Grunde genommen, sagte Gai, hätte damals das RAS die Kampfhandlungen beendet, indem es nämlich auch den Luftraum über dem Land geschützt hatte. Auch heute noch sei das RAS die einzige Garantie gegen die Aggressionen aus dem Norden. Und dann kämen diese Mistkerle, diese Verbrecher und organisierten Angriffe auf die Abwehrtürme – korrupte Subjekte, vom schmutzigen Geld Hontis und Pandeas bestochen, Frauen- und Kindermörder, Entartete, ja, Entartete, Dreckskerle, schlimmer noch als Rattenfänger. Gais erhitztes Gesicht war jetzt von Hass verzerrt. »Das ist die Hauptsache«, rief er und hieb mit der Faust auf den Tisch, »darum bin ich zur Garde gegangen. Nicht in eine Fabrik, nicht aufs Feld, nicht ins Büro – zur Kämpfenden Garde, von der alles abhängt!«

Maxim hörte gebannt zu – wie bei einem schrecklichen, unwirklichen Märchen, das umso schrecklicher war, weil es der Realität entsprang, vieles immer noch existierte und sich dies Schreckliche, Unwirkliche jederzeit wiederholen konnte. Lächerlich, nahezu beschämend schienen ihm seine eigenen Misshelligkeiten, winzig wurden auf einmal seine Probleme – der Kontakt, der Nullsender, das Händeringen, was hatte das schon zu bedeuten …

Der Lastwagen bog scharf in eine schmale Straße mit hohen Wohnblöcken ein, und Pandi sagte: »Da wären wir.« Die Passanten auf dem Gehweg wichen hastig zurück und schützten ihr Gesicht vor dem Scheinwerferlicht. Der LKW bremste. Über dem Fahrerhaus schob sich nun eine lange Teleskopantenne heraus.

»Ab-sitz-en!«, brüllten die Führer der zweiten und dritten Gruppe gleichzeitig, und die Gardisten sprangen über die Bordwände.

»Erste Gruppe sitzen bleiben!«, kommandierte Gai.

Pandi und Maxim, die schon aufgesprungen waren, setzten sich wieder.

»In Dreiertrupps antreten!«, schrien die Kommandanten auf dem Gehweg. »Zweite Gruppe, vorwärts!« – »Dritte Gruppe, mir nach!«

Beschlagene Stiefel polterten über den Asphalt. Eine Frau kreischte begeistert: »Seht hierher! Die Kämpfende Garde!«

»Es lebe die Kämpfende Garde!«

»Hurra!«, brüllten die bleichen Menschen und pressten sich an die Gemäuer, um nicht zu stören. Es schien, als hätten sie auf die Gardisten gewartet und freuten sich nun über sie wie über ihre besten Freunde.

Rechts von Maxim saß Anwärter Soisa, lang wie eine Bohnenstange, mit weißblondem Flaum auf den Wangen – fast noch ein Kind. Er drückte Maxim seinen spitzen Ellenbogen in die Seite und zwinkerte ihm fröhlich zu. Maxim lächelte zurück. Die Gruppen waren schon in den Hauseingängen verschwunden, nun standen nur noch die Kommandanten davor: bestimmt, zuverlässig, mit unbewegten Gesichtern unter den schief aufs Ohr gezogenen Baretten. Die Tür der Fahrerkabine schlug zu, und Rittmeister Tschatschus Stimme schnarrte: »Erste Gruppe, absitzen! Antreten!«

Maxim schwang sich über die Bordwand. Als die Gruppe stand, wollte Gai Meldung erstatten, aber der Rittmeister hielt ihn mit einer Handbewegung zurück, trat dicht vor die Reihe und befahl: »Helme auf!«

Die Soldaten schienen nur auf dieses Kommando gewartet zu haben; die Anwärter dagegen waren noch nicht fertig. Der Rittmeister wartete, klopfte ungeduldig mit dem Absatz, bis auch Soisa seinen Kinnriemen gerichtet hatte. Dann kommandierte er: »Rechtsum! Im Laufschritt vorwärts!« Er selbst lief, trotz seiner Unbeholfenheit, gewandt voran und schwenkte seine verkrüppelte Hand. Er führte die Männer durch den dunklen Torbogen in einen Hof, der finster und eng war wie ein Brunnen, bog dann in einen anderen, ebenfalls finsteren und dazu übelriechenden Torweg und blieb unter einem trüben Lämpchen vor einer Tür mit abblätternder Farbe stehen.

»Achtung!«, krächzte er. »Trupp eins und Anwärter Sim folgen mir. Die Übrigen warten. Korporal Gaal, auf Pfiff schicken Sie einen Dreiertrupp nach oben, vierte Etage! Keinen herauslassen, lebend ergreifen, schießen nur im äußersten Fall! Trupp eins und Anwärter Sim, mir nach!«

Er öffnete die Tür und verschwand. Maxim stürzte ihm nach, an Pandi vorbei. Hinter der Tür begann eine steile Steintreppe mit klebrigem Eisengeländer, schmal und schmutzig; das Treppenhaus war von schwächlichem, fahlem Licht erhellt. Drei Stufen auf einmal nehmend, rannte der Rittmeister hinauf. Als Maxim ihn einholte, sah er in seiner Hand die Pistole. Da nahm auch er, in vollem Lauf, seine Maschinenpistole vom Hals. Ihm wurde übel bei dem Gedanken, jetzt womöglich auf Menschen schießen zu müssen, doch er verdrängte ihn schnell – es waren ja keine Menschen, sondern Tiere, schlimmer als der schnurrbärtige Rattenfänger oder die gefleckten Affen. Der eklige Schmutz unter den Füßen, das matte Licht und die bespuckten Wände stützten und verstärkten diese Ansicht noch.

Erster Stock. Küchengeruch, im Spalt einer halboffenen Tür das erschrockene Gesicht einer alten Frau. Mauzend bringt sich eine aufgescheuchte Katze in Sicherheit. Zweiter Stock. Irgendein Tölpel hat einen Eimer voll Spülwasser auf das Treppenpodest gestellt. Der Rittmeister stößt ihn um, das Spülwasser schwappt die Treppe hinunter. »Massaraksch!«, flucht Pandi von unten. Ein Junge und ein Mädchen drücken sich, eng umschlungen, in eine dunkle Ecke, ihre Gesichter spiegeln Freude und Erschrecken wider. »Weg mit euch, runter!«, schnarrt der Rittmeister ohne anzuhalten. Dritter

Stock. Eine hässliche braune Tür, deren Ölfarbe abbröckelt, daran ein zerkratztes Blechschild: »Gobbi. Zahnarzt. Sprechzeit durchgehend.« Von drinnen ein langgezogener Schrei. Der Rittmeister steht und röchelt: »Das Schloss!« Über sein schwarzes Gesicht rinnt Schweiß. Maxim begreift nicht. Pandi, inzwischen keuchend zu ihnen gestoßen, schiebt ihn beiseite, setzt die Mündung der Maschinenpistole unter den Türgriff und feuert. Funken sprühen, Holzsplitter fliegen. Als Antwort knallen Schüsse hinter der Tür, gedämpft durch einen Schrei. Wieder prasseln Späne. Etwas Hartes, Heißes surrt widerlich pfeifend über Maxims Kopf hinweg. Der Rittmeister reißt die Tür auf. Dunkelheit, gelbfeurige Blitze hinter Rauchschwaden. »Mir nach!«, schreit der Rittmeister heiser und wirft sich, den Kopf vorgereckt, den Blitzen entgegen. Maxim und Pandi wollen ihm nach, doch die Tür ist schmal, Pandi wird eingequetscht und schreit kurz auf. Im Flur ist es drückend schwül, überall Pulverrauch. Gefahr von links. Maxims Arm schnellt vor, packt einen heißen Lauf, drückt die Waffe nach oben. Leise, aber sehr klar knacken ausgerenkte Gelenke, ein großer weicher Körper fällt willenlos zu Boden. Vor ihnen, im Qualm, die Stimme des Rittmeisters: »Nicht schießen! Lebend fassen!« Maxim wirft die Maschinenpistole fort und stürmt in ein großes, hell erleuchtetes Zimmer. Viele Bücher und Bilder; keiner, auf den man schießen müsste. Auf dem Fußboden krümmen sich zwei Männer. Einer, schon ganz heiser, schreit unentwegt. In einem Sessel liegt, den Kopf zurückgeworfen, eine ohnmächtige Frau – das Gesicht weiß, geradezu durchsichtig. Der Raum scheint angefüllt mit Schmerzen. Der Rittmeister steht über dem Schreienden und blickt sich um. Er steckt die Pistole ein. Maxim erhält einen heftigen Stoß: Es ist Pandi, der an ihm vorbeistürzt, und hinter ihm her schleifen Gardisten den schweren Körper dessen, der geschossen hat. Anwärter Soisa, schweißnass vor Aufregung, reicht Maxim die weggeworfene Maschinenpistole. Der Rittmeister wendet ihm sein schreckliches schwarzes Gesicht zu. »Wo ist der andere?«, krächzt er. Im selben Moment löst sich der blaue Vorhang, und ein hagerer Mann tritt hervor, in weißem Kittel, voll mit Flecken. Er geht langsam, wie blind, auf den Rittmeister zu, hebt wie in Zeitlupe zwei riesige Pistolen auf die Höhe seiner vor Schmerz glasigen Augen. »He!«, schreit Soisa …

Maxim blieb keine Zeit, sich umzudrehen. Mit voller Kraft sprang er von der Seite her auf den Mann zu, doch der schaffte es trotzdem, einmal abzudrücken. Maxim sengte es das Gesicht, Pulvergeruch drang ihm in den Mund; dann aber krallten sich seine Finger um die fremden Handgelenke, und die Pistolen polterten zu Boden. Der Mann sank in die Knie, ließ den Kopf herabhängen und fiel, als Maxim seine Hände losließ, weich auf das Gesicht.

»Na, na, na«, murmelte Tschatschu mit einem seltsamen Ausdruck in der Stimme. »Legt ihn hierher!«, sagte er zu Pandi. »Und du« – das galt dem bleichen, schweißnassen Soisa – »lauf runter und teil den Gruppenführern mit, wo ich bin. Sie sollen melden, wie es bei ihnen steht.« Soisa schlug die Hacken zusammen und rannte zur Tür. »Ja. Schick mir Gaal«, fuhr der Rittmeister fort. »Brüll nicht, Mistkerl!«, schrie er den stöhnenden Mann an und stieß ihn mit der Stiefelspitze ein wenig in die Seite. »Ach, zwecklos. Plärrender Dreck … Abschaum. Durchsuchen!«, befahl er Pandi. »Legt sie alle in eine Reihe. Gleich hier, auf dem Fußboden. Das Weibsstück auch, fläzt im einzigen Sessel …«

Maxim ging zu der Frau, hob sie vorsichtig hoch und trug sie auf das Bett. Er war verwirrt. So etwas hatte er hier nicht erwartet. Aber was hatte er erwartet? Er wusste es nicht mehr – etwa gelbe, vor Hass gefletschte Zähne, ein bösartiges Gejaule, ein Kampf auf Leben und Tod? Er konnte seine Empfindungen mit nichts vergleichen, erinnerte sich dann aber, wie er einmal einen Tachorg erschossen hatte: Da lag dieses riesige, angsteinflößende und, wie es hieß, erbarmungslose Tier mit zerschmettertem Rückgrat in einer tiefen Grube und weinte kläglich, gab etwas von sich in seiner Todespein, was sich beinahe anhörte wie einzelne Worte …

»Anwärter Sim!«, schrie der Rittmeister. »Ich habe befohlen: auf den Fußboden!«

Tschatschus unheimliche, durchsichtige Augen musterten Maxim. In seinen verkrampften Lippen zuckte es, und Maxim begriff, dass nicht er hier über Recht und Unrecht entscheiden konnte; er war noch ein Fremder, kannte weder ihren Hass noch ihre Liebe. Er nahm die Frau wieder auf und legte sie neben den massigen Mann, der beim Hereinkommen im Flur geschossen hatte. Pandi und ein zweiter Gardist kontrollierten indessen sehr sorgfältig die Taschen der Festgenommenen. Alle fünf Personen waren ohne Bewusstsein.

Der Rittmeister setzte sich in den Sessel, warf sein Barett auf den Tisch, steckte sich ein Stäbchen an und winkte Maxim mit dem Finger zu sich. Der trat näher, nahm Haltung an.

»Warum hast du die MP weggeworfen?«, fragte Tschatschu leise.

»Sie hatten befohlen, nicht zu schießen.«

»Herr Rittmeister.«

»Jawohl. Sie hatten befohlen, nicht zu schießen, Herr Rittmeister.«

Tschatschu kniff die Augen zusammen und blies den Rauch zur Decke hoch.

»Das heißt, wenn ich befohlen hätte, nicht zu sprechen, hättest du dir die Zunge abgebissen?«

Maxim schwieg. Das Gespräch gefiel ihm nicht, doch er entsann sich noch gut an Gais Instruktionen.

»Was ist dein Vater?«, fragte der Rittmeister weiter.

»Kernphysiker, Herr Rittmeister.«

»Lebt er noch?«

»Jawohl, Herr Rittmeister.«

Tschatschu nahm das Stäbchen aus dem Mund und starrte Maxim an.

»Wo ist er?«

Maxim wurde klar, dass er sich verplappert hatte. Er musste das wieder geradebiegen.

»Ich weiß nicht, Herr Rittmeister. Genauer gesagt, ich erinnere mich nicht.«

»Aber daran, dass er Kernphysiker ist, erinnerst du dich … Woran noch?«

»Ich weiß nicht, Herr Rittmeister. Ich erinnere mich an vieles, doch Korporal Gaal meint, es sei nur Einbildung.«

Im Flur hallten eilige Schritte. Gai kam herein und stand vor dem Rittmeister stramm.

»Kümmere dich um diese Halbtoten, Korporal«, sagte Tschatschu. »Reichen die Handschellen?«

Gai blickte über die Schulter zu den Verhafteten.

»Wenn Sie gestatten, Herr Rittmeister, holen wir noch ein Paar von der zweiten Gruppe.«

»Ausführung.«

Gai lief hinaus. Durch den Flur stampften wieder Stiefel; die Gruppenführer erschienen und meldeten, die Operation verlaufe erfolgreich, zwei Verdächtige seien bereits festgenommen, und die Einwohner leisteten, wie immer, aktive Hilfe. Der Rittmeister ordnete an, schnellstmöglich zum Ende zu kommen und das Losungswort »Prellstein« an den Stab zu geben. Nachdem die Gruppenführer gegangen waren, rauchte er ein neues Stäbchen und sah schweigend zu, wie die Gardisten die Bücher aus den Regalen nahmen, sie durchblätterten und auf das Bett warfen.

»Pandi«, murmelte er dann, »kümmere dich um die Bilder. Mit dem da sei vorsichtig, beschädige es nicht, das behalte ich.« Er drehte sich wieder zu Maxim. »Wie findest du es?«, fragte er.

Maxim blickte genauer hin: Dämmerung, erhabene, horizontlose Meeresweite, das Ufer und eine Frau, die aus dem Wasser steigt. Wind. Kühle. Die Frau friert.

»Ein gutes Bild, Herr Rittmeister«, sagte er.

»Erkennst du die Gegend?«

»Nein. Dieses Meer habe ich nie gesehen.«

»Und welches hast du gesehen?«

»Ein ganz anderes, Herr Rittmeister. Doch es war Einbildung.«

»Unsinn. Dieses war es. Nur hattest du nicht den Blick vom Ufer, sondern von der Kommandobrücke, unter dir war ein weißes Deck zu sehen und hinten, am Heck, noch eine Brücke, aber niedriger. Und am Ufer stand nicht dieses Weib, sondern ein Panzer, und du hast unter seinen Turm gezielt. Weißt du Grünschnabel, was es bedeutet, wenn eine Granate unter den Turm trifft? Massaraksch«, zischte er und zerdrückte den Stummel auf dem Tisch.

»Ich verstehe nicht«, entgegnete Maxim kalt. »Nie im Leben habe ich auf etwas gezielt.«

»Wie kannst du das wissen? Du erinnerst dich doch nicht, Anwärter Sim.«

»Ich erinnere mich, nicht gezielt zu haben.«

»Herr Rittmeister.«

»Ich erinnere mich, nicht gezielt zu haben, Herr Rittmeister. Und ich weiß nicht, wovon Sie sprechen.«

Gai kam zurück, in Begleitung zweier Anwärter. Sie legten den Verhafteten die schweren Handschellen an.

»Sind doch auch Menschen«, krächzte plötzlich der Rittmeister. »Haben Frauen und Kinder. Haben jemanden geliebt, jemand hat sie geliebt.«

Augenscheinlich wollte er Maxim verhöhnen, der aber erwiderte offen: »Ja, Herr Rittmeister. Wie sich zeigt, sind es auch Menschen.«

»Hast du das nicht erwartet?«

»Nein, Herr Rittmeister.« Aus den Augenwinkeln sah er, dass Gai ihn erschrocken anschaute. Doch ihm war schon ganz schlecht vom Lügen, und er fuhr fort: »Ich dachte, es sind tatsächlich Missgeburten. Etwas wie nackte gefleckte … Tiere.«

»Nackter gefleckter Dummkopf!«, schnauzte der Rittmeister in wichtigem Ton. »Hinterwäldler! Bist hier nicht im Busch. Hier sind sie wie Menschen. Liebe, gute Menschen, denen bei starker Erregung fürchterlich das Köpfchen schmerzt … Tut dir der Kopf weh, wenn du aufgeregt bist?«, fragte er unvermittelt.

»Mir tut nie etwas weh, Herr Rittmeister«, antwortete Maxim. »Und Ihnen?«

»Waas?«

»Sie wirken so gereizt«, sagte Maxim, »dass ich dachte …«

»Herr Rittmeister«, rief Gai mit schriller Stimme. »Gestatten zu melden. Die Gefangenen sind bei Bewusstsein.«

Der Rittmeister warf ihm einen Blick zu und grinste. »Reg dich nicht auf, Korporal. Dein Freund hat sich heute als Gardist bewährt. Wäre er nicht, hätte Rittmeister Tschatschu jetzt eine Kugel in der Rübe.« Er griff sich ein drittes Stäbchen, hob die Augen zur Decke und stieß eine dicke Rauchfahne aus. »Hast einen guten Riecher, Korporal. Auf der Stelle könnte ich diesen Burschen zum Soldaten ernennen! Massaraksch, zum Offizier würde ich ihn befördern. Er hat Brigadegeneralsallüren, stellt Offizieren gern Fragen. Ich verstehe dich gut, Korporal; dein Bericht war begründet. So dass wir … mit der Beförderung zum Offizier warten.« Tschatschu stand auf, ging mit schweren Schritten um den Tisch herum und baute sich vor Maxim auf. »Nicht mal Soldat wird er vorerst. Er ist ein guter Kämpfer, doch ein Grünschnabel, ein Hinterwäldler. Erst mal erziehen wir ihn … Achtung!«, brüllte er plötzlich. »Korporal Gaal, die Verhafteten abführen! Soldat Pandi und Anwärter Sim nehmen mein Bild und alles Papierne und bringen es zu mir in den Wagen!«

Er drehte sich um und verließ das Zimmer. Gai warf Maxim vorwurfsvolle Blicke zu, sagte aber nichts. Mit Fußtritten und Faustschlägen brachten die Gardisten die Festgenommenen auf die Beine und führten sie ab. Sie leisteten keinen Widerstand, schienen aus Watte; sie taumelten, und ihre Knie knickten ein. Der massige Mann, der im Flur geschossen hatte, stöhnte laut und fluchte dann flüsternd. Die Frau bewegte still die Lippen. In ihren Augen lag ein seltsames Glitzern.

»He, Mak«, sagte Pandi, »hol die Decke da vom Bett und wickle die Bücher rein. Sollte sie nicht reichen, nimmst du noch das Laken. Wenn alles zusammengepackt ist, bringst du es runter, ich trage das Bild. Und vergiss deine MP nicht, du Hohlkopf. Wunderst dich wohl, weshalb der Herr Rittmeister geknurrt hat? Hattest die MP hingeworfen! Man darf seine Waffe nicht aus der Hand geben. Noch dazu im Kampf. Ach je, du Dörfler ...«

»Lass das Gefasel, Pandi«, unterbrach Gai ihn ärgerlich. »Schnapp dir das Bild und geh!«

In der Tür drehte sich Gai noch einmal zu Maxim um und tippte sich mit dem Finger gegen die Stirn. Dann verschwand er. Einige Zeit hörte man noch, wie Pandi beim Hinuntersteigen lauthals »Gib Ruhe, Alte« sang. Maxim seufzte, legte die Maschinenpistole auf den Tisch und ging zu den Bücherhaufen, die sich auf Bett und Fußboden türmten. Mit einem Mal wurde ihm bewusst, dass er noch nirgendwo so viele Bücher gesehen hatte wie hier, höchstens in der Bibliothek. In den Buchhandlungen standen auch sehr viele, aber immer die gleichen – laufende Meter derselben Bände.

Hier aber waren alle Titel verschieden. Es gab alte Bücher mit vergilbten Seiten; einige waren angesengt, andere, zu Maxims Verwunderung, spürbar radioaktiv. Doch er hatte keine Zeit, sie gründlich durchzusehen und las nur die Titel. Ja, hier standen weder Bücher wie »Kolizu Felsch oder Der tollkühne Brigadegeneral und seine Heldentaten« noch Romane wie »Liebe und Hingabe des Zauberers« oder voluminöse Poeme wie »Flammendes Frauenherz«, auch keine Aufklärungsbroschüren wie »Grundlagen der Sozialhygiene«. Maxim entdeckte viele ernsthafte Werke: »Evolutionstheorie«, »Probleme der Arbeiterbewegung«, »Finanzpolitik und wirtschaftliche Gesundheit des Staates«, »Hunger – Stimulus oder Hemmnis«, dazu »Kritiken«, »Lehrgänge«, »Grundlagen« und weitere Termini, die er nicht kannte. Hier gab es Sammlungen mittelalterlicher hontischer Dichtung, Märchen und Balladen von Völkern, die Maxim nicht kannte, die vierbändigen Gesammelten Werke eines gewissen T. Kuur und viel Belletristik: »Sturm und Gras«, »Der Mann, der das Weltlicht war«, »Inseln ohne Blau« und viele Bücher in unbekannten Sprachen, weitere Bücher über Mathematik, Physik, Biologie, dann wieder Belletristik …

Er packte die beiden Bündel und verharrte ein paar Sekunden. Sein Blick wanderte durch das Zimmer: leere, umgestürzte Regale, dunkle Flecken, wo früher Bilder hingen, die Bilder aus den Rahmen gerissen, zertreten, aber keinerlei Anzeichen zahnärztlicher Technik. Er nahm die Bücher und ging zur Tür, entsann sich dann aber seiner Maschinenpistole und kehrte noch einmal um. Auf dem Tisch lagen unter Glas zwei Fotografien. Eine zeigte die durchsichtige Frau, sie hielt einen etwa vierjährigen Jungen mit staunend aufgerissenem Mund auf den Knien und war jung, zufrieden, stolz. Das andere war eine eindrucksvolle Gebirgsaufnahme, mit dunklen Baumgruppen, einem alten, halb zerfallenen Turm. Maxim hing sich seine Waffe um und ging zurück zu den Bündeln.

7

Morgens nach dem Frühstück trat die Brigade auf dem Exerzierplatz an, zwecks Befehlsausgabe und Ausrücken zu den Übungen. Für Maxim war das die qualvollste Prozedur des Tages, wenn man von den Abendappellen einmal absah. Die Befehlsausgabe endete jedes Mal mit geradezu paroxystischer Ekstase: blind, sinnlos und unnatürlich, ohne jeden Grund und für jeden Außenstehenden ganz und gar unangenehm. Maxim unterdrückte seinen unwillkürlichen Abscheu gegen diesen Irrsinn, der die gesamte Brigade vom Kommandeur bis zum Anwärter erfasste. Er sagte sich, er sei wohl einfach nicht imstande, die Begeisterung nachzufühlen, die die Gardisten für die Tätigkeit der Brigadekanzlei aufbrachten. Er schalt sich für seinen Skeptizismus, den er als Fremder an den Tag legte, versuchte, selbst Begeisterung zu empfinden und redete sich ein, unter den schweren Bedingungen, die im Land herrschten, zeugten solche Ausbrüche von Massenenthusiasmus von der Geschlossenheit der Leute, von ihrer Einmütigkeit und Bereitschaft, sich ganz der gemeinsamen Sache zu widmen. Und dennoch: Es fiel ihm schwer.

Von klein auf war Maxim zu Zurückhaltung und Selbstironie erzogen worden, zum Abscheu vor großen Worten im Allgemeinen und vor feierlichen Chorgesängen im Besonderen. Und so war er fast böse auf seine Kameraden – eigentlich liebe, aufrechte und großartige Jungs –, wenn sie, nachdem man den Befehl verlesen hatte, Anwärter A werde wegen eines Streits mit dem Soldaten B mit drei Tagen Arrest bestraft, plötzlich ihre Gutmütigkeit und ihren Humor vergaßen, die Mäuler aufrissen und begeistert »Hurra« schrien, um dann mit Tränen in den Augen den »Marsch der Kämpfenden Garde« zu singen, zweimal, dreimal, mitunter auch viermal. Sogar die Köche aus der Brigadeküche stürzten dann herbei und grölten enthusiastisch mit, ungestüm Messer und

Schöpfkellen schwenkend, zum Glück außerhalb des Glieds. Da Maxim in dieser Welt wie alle sein sollte, sang auch er und versuchte, seinen Humor zu vergessen. Es gelang ihm auch, war aber widerwärtig, denn statt Begeisterung fühlte er nur Verlegenheit.

Diesmal brach die Euphorie nach dem Befehl Nummer 127 aus – der Beförderung des Soldaten Dimba zum Korporal, nach dem Befehl 128 – einem Dank an den Anwärter Sim für seine Tapferkeit während der Operation, und nach Befehl Nummer 129, der die Renovierung der Kaserne der vierten Kompanie ankündigte. Der Brigadeadjutant hatte kaum die entsprechenden Unterlagen in seiner Ledermappe verstaut, da riss sich der General das Barett vom Kopf, sog die Lungen voll Luft und kreischte in heiserem Falsett: »Gardisten ... Voran! Alle Feinde ...« Und es ging los! Heute war es besonders peinlich. Tränen kullerten über Rittmeister Tschatschus dunkle Wangen, die Gardisten brüllten wie Stiere und schlugen mit den Gewehrkolben auf den massiven Koppelschlössern den Takt. Um nichts zu sehen und zu hören, schloss Maxim fest die Augen; er schrie mit, wie ein angestochener Tachorg, und seine Stimme übertönte alle anderen, zumindest schien es ihm so. »Voran, ohne Furcht«, sang er. Was für ein idiotischer Text! Bestimmt von irgendeinem Korporal verfasst. Man musste seine Sache sehr lieben, um mit solchen Phrasen in den Kampf zu ziehen. Maxim öffnete die Augen. Ein dichter Schwarm schwarzer Vögel schoss lautlos über den Platz. »Dein diamantner Panzer schützt dich nicht, o Feind ...«

Dann endete alles so plötzlich, wie es begonnen hatte. Der Brigadegeneral blickte aus glanzlosen Augen auf die Reihen, erinnerte sich wieder, wo er war, und kommandierte mit noch weinerlicher, brüchiger Stimme: »Die Herren Offiziere führen die Kompanien zu den Übungen.« Die Jungs schüttelten sich ein wenig und sahen einander verdutzt an. Anscheinend begriffen sie nichts, und Rittmeister Tschatschu musste zweimal »Richt' euch!« rufen, ehe die Reihen standen. Dann marschierte die Kompanie zur Kaserne, und der Rittmeister befahl: »Erste Gruppe Eskorte! Die anderen Übungen nach Dienstplan! Wegtreten!«

Die Kompanie ging auseinander. Gai formierte seine Gruppe und gab die Positionen bekannt. Anwärter Maxim hatte sich mit Soldat Pandi ins Vernehmungszimmer zu begeben. In aller Eile erklärte Gai ihm, was er zu tun habe: sich rechts, beziehungsweise hinter dem Verhafteten zu postieren und selbst den kleinsten Versuch, sich vom Fleck zu rühren, mit Gewalt zu verhindern. Sie würden unmittelbar dem Brigadekommandeur unterstellt sein, verantwortlich sei Soldat Pandi. Kurz: Achte auf Pandis Beispiel.

»Ich hätte dich niemals dazu eingeteilt. Es kommt dir als Anwärter gar nicht zu. Aber der Herr Rittmeister hat es befohlen. Halt die Ohren steif, Mak! Ganz versteh ich den Herrn Rittmeister nicht. Vielleicht will er dich möglichst schnell befördern – du hast ihm während der Aktion sehr gefallen. Gestern bei der Auswertung mit den Gruppenführern hat er mehrfach von dir gesprochen und dich durch diesen Befehl ausgezeichnet. Oder aber er prüft dich. Warum – weiß ich nicht. Vielleicht ist mein Bericht schuld, vielleicht aber auch dein dummes Gerede.« Besorgt musterte er Maxim. »Putz nochmal die Stiefel, schnall das Koppel straff und zieh die Paradehandschuhe an. Ach, du hast ja keine, für Anwärter sind sie nicht vorgesehen. Gut, dann lauf zur Kleiderkammer. Und mach schnell, in dreißig Minuten rücken wir aus.«

In der Kleiderkammer traf Maxim auf Pandi, der seine beschädigte Kokarde umtauschte.

»Da, Korporal!«, sagte Pandi zum Verwalter der Kleiderkammer und klopfte Maxim auf die Schulter. »Schau ihn dir an! Den neunten Tag ist er in der Garde – und schon ein

Dank. Ins Vernehmungszimmer soll er, zusammen mit mir. Kommst doch bestimmt wegen weißer Handschuhe? Gib ihm möglichst gute, Korporal, er hat sie verdient. Der Bursche ist ein Ass!«

Der Korporal brummte unzufrieden, kroch zwischen die Regale, die vollgestopft waren mit Kleidung und Ausrüstungsgegenständen, warf mehrere Paare weißer Zwirnhandschuhe vor Maxim auf den Tisch und knurrte geringschätzig: »Ein Ass! Ja, bei den Verrückten hier, da seid ihr Asse. Wenn einem vor Schmerzen die Eingeweide zerreißen, steckt man ihn leicht in den Sack. Da wäre sogar mein Großvater ein Ass, ohne Arme und Beine.«

Pandi war beleidigt.

»Dein Großvater hätte sich flugs davongemacht, ohne Arme und Beine«, entgegnete er, »wenn er plötzlich in zwei Pistolenläufe geschaut hätte. Ich dachte schon, jetzt ist es aus mit dem Herrn Rittmeister.«

»Aus«, äffte der Korporal ihn nach. »Rollt ihr erst mal zur Südgrenze. Und dann, in einem halben Jahr, werden wir sehen, wer sich flugs davongemacht hat.«

Sie verließen die Kleiderkammer. Dann fragte Maxim so ehrerbietig er konnte (denn der alte Pandi mochte es, wenn man ihm Respekt zollte): »Herr Pandi, warum haben die Entarteten solche Schmerzen? Und alle gleichzeitig! Wie kommt das?«

»Vor Angst«, antwortete Pandi und senkte wichtigtuerisch die Stimme. »Sind eben entartet, verstehst du? Musst mehr lesen, Mak! Es gibt eine Broschüre: ›Die Entarteten. Ihr Wesen und ihre Herkunft‹. Lies sie durch und merke es dir gut, sonst bist und bleibst du ein Dummkopf. Tapferkeit alleine reicht nicht weit.« Er schwieg eine Weile. »Wenn wir erregt, wütend oder erschrocken sind, so ist das nicht weiter tragisch. Denn uns bricht schlimmstenfalls der Schweiß aus, oder die Knie schlottern. Aber der Organismus der Entarteten ist unnormal, eben entartet. Hat so einer Angst oder ist wütend auf jemanden, bekommt er furchtbare Schmerzen, im Kopf, aber auch im ganzen Körper. Bis zur Ohnmacht. Verstanden? Daran erkennen wir sie und können sie ergreifen. Nehmen sie hopp. Deine Handschuhe sind schön, würden mir genau passen. Was meinst du?«

»Mir sind sie etwas eng, Herr Pandi«, klagte Maxim. »Tauschen wir: Sie bekommen diese und geben mir Ihre abgetragenen.«

Pandi war sehr zufrieden. Maxim ebenso. Plötzlich kam ihm Fank in den Sinn, wie er sich im Auto krümmte, in Krämpfen wälzte. Und wie ihn die Gardepatrouille verhaftete. Nur – worüber konnte Fank so erschrocken gewesen sein? Oder auf wen wütend? Er hatte sich doch gar nicht aufgeregt, ruhig seinen Wagen gelenkt, vor sich hin gepfiffen. Irgendetwas wollte er gern. Wahrscheinlich rauchen. Er hatte sich noch umgedreht und die Streife entdeckt. Oder war das hinterher? Ja, er hatte es sehr eilig gehabt, aber der Möbelwagen hatte ihm den Weg versperrt. Vielleicht war er deshalb verärgert? Unsinn, was reime ich mir hier zusammen. Es gibt schließlich alle möglichen Arten von Anfällen. Und festgenommen wurde er wegen des Unfalls. Trotzdem wüsste ich gern, wohin er mich bringen wollte und wer er ist. Wenn ich ihn nur finden könnte.

Maxim putzte und polierte seine Stiefel, brachte vor einem großen Spiegel seine Uniform in Ordnung, hängte sich die Maschinenpistole um, blickte noch einmal in den Spiegel – und da befahl Gai anzutreten.

Pedantisch musterte er alle, prüfte noch einmal, ob sie ihre Pflichten kannten, und lief dann in die Schreibstube der Kompanie. Die Gardisten spielten inzwischen »Seife«: Es wurden drei Geschichten erzählt, die Maxim nicht verstand, weil er einige Wendungen nicht kannte, und dann rückten ihm die Jungs auf die Pelle. Er solle beichten, woher er seine Kraft habe – in ihrer Gruppe ein schon gewohnter Scherz. Dann baten sie ihn, ein paar Münzen zwischen den Fingern zu Tütchen zu drehen, zum Andenken … Nun aber kam, von Gai begleitet, Rittmeister Tschatschu aus der Schreibstube. Er besah sich die Männer ebenfalls sehr genau, trat dann beiseite und sagte zu Gai: »Übernimm die Gruppe, Korporal«. Und sie marschierten los.

Beim Hauptquartier angekommen, forderte der Rittmeister den Soldaten Pandi und den Anwärter Sim auf, ihm zu folgen. Gai und die anderen gingen weiter. In Begleitung des Rittmeisters und Pandis betrat Maxim einen verrauchten, nicht allzu großen Raum mit dicht verhängten Fenstern. Es roch nach Tabak und Kölnischwasser. In der hinteren Hälfte stand ein riesiger leerer Tisch und um ihn herum gepolsterte Stühle. An der Wand hing ein altes, nachgedunkeltes Schlachtengemälde: Pferde, enge Uniformen, blanke Säbel, viele Schwaden weißen Rauchs. Rechts neben der Tür, zehn Schritt vom Tisch entfernt, sah Maxim einen eisernen Hocker, dessen einziger Fuß mit mächtigen Schrauben fest im Boden verankert war.

»Plätze einnehmen!«, kommandierte Tschatschu, ging zum Tisch und setzte sich.

Pandi dirigierte Maxim sorgfältig rechts hinter den Hocker, bezog selbst links davon Posten und flüsterte: »Stillgestanden.« Beide erstarrten. Der Rittmeister hatte die Beine übereinandergeschlagen, rauchte und blickte sie gleichgültig an. Sehr gleichgültig, geradezu desinteressiert. Maxim spürte aber deutlich, dass ihn der Rittmeister aufmerksam beobachtete – nur ihn.

Die Tür hinter Pandi öffnete sich, und im selben Moment tat dieser zwei Schritte vorwärts, einen Schritt nach rechts und machte eine Linkswendung. Maxim zog es auch schon herum, doch dann besann er sich, denn er stand ja gar nicht im Weg. So riss er nur die Augen etwas weiter auf. Dieses

Spiel der Erwachsenen steckte doch tatsächlich an – obwohl es primitiv war und, bedachte man die Notlage der bewohnten Insel, vollkommen fehl am Platz.

Der Rittmeister erhob sich, drückte seine Zigarette im Aschenbecher aus und begrüßte mit leichtem Zusammenschlagen der Hacken den Brigadegeneral, einen Unbekannten in Zivil und den Brigadeadjutanten, der eine dicke Mappe unter dem Arm trug. Alle drei gingen nun zum Tisch. Der Brigadegeneral nahm in der Mitte Platz. Er schaute mürrisch und unzufrieden drein, schob einen Finger hinter den steifen Kragen und drehte einige Male den Kopf hin und her, um den Kragen zu lockern. Der Zivilist, ein unscheinbares Männlein mit einem gelblichen, schlaffen und schlecht rasierten Gesicht, ließ sich lautlos neben ihm nieder. Der Adjutant blieb stehen, öffnete seine Mappe und blätterte in den Papieren. Einige reichte er dem General.

Pandi hatte kurze Zeit wie unentschlossen verharrt; nun kehrte er mit ebenso exakten Bewegungen an seinen Platz zurück. Am Tisch unterhielt man sich leise. »Kommst du heute zur Versammlung, Tschatschu?«, fragte der Brigadegeneral. »Ich habe zu tun!«, entgegnete der Rittmeister und zündete sich noch eine Zigarette an. »Wirst es bereuen. Es gibt eine Diskussion.« – »Das haben sie sich zu spät überlegt. Ich hab meine Meinung bereits dargelegt.« – »Nicht auf die beste Weise«, mischte sich der Zivilist behutsam ein. »Außerdem: Ändern sich die Umstände, ändern sich auch die Meinungen.« – »Nicht bei uns in der Garde«, sagte der Rittmeister schroff. »In der Tat, meine Herren«, näselte der Brigadegeneral, »wir sollten uns heute aber trotzdem bei der Versammlung treffen.« – »Ich habe gehört, sie hätten frische Seepilze besorgt«, murmelte der Adjutant, während er weiter in seinen Papieren wühlte. »Zum Bier – wäre das nichts, Rittmeister?«, fiel der Zivilist ein. Doch Tschatschu lehnte ab: »Nein, Herrschaften. Ich habe nur eine Meinung, und die kennen Sie. Was aber das Bier betrifft ...« Das Übrige verstand Maxim nicht. Auf einmal lachten alle los, und der Rittmeister lehnte sich zufrieden auf seinem Stuhl zurück. Dann hörte der Adjutant auf zu blättern, beugte sich zum Brigadegeneral und flüsterte ihm etwas zu. Dieser nickte. Der Adjutant setzte sich und sagte wie zu dem Eisenschemel: »Nole Renadu.«

Pandi stieß die Tür auf, lehnte sich hinaus und wiederholte laut: »Nole Renadu.«

Eine Bewegung im Gang, und ein älterer, gut gekleideter, doch etwas zerknitterter und zerzauster Mann trat mit unsicherem Schritt ins Zimmer. Pandi nahm ihn am Ellenbogen und drückte ihn auf den Hocker. Die Tür fiel ins Schloss. Der Mann hustete laut, stützte die Arme auf die Knie und hob stolz den Kopf.

»So ...«, begann der Brigadegeneral, während er die Akten studierte. Dann, plötzlich, überstürzten sich seine Worte: »Nole Renadu, sechsundfünfzig, Hausbesitzer, Angehöriger der Stadtverwaltung, Klubmitglied im ›Veteran‹, Mitgliedsnummer soundso ...« (Der Zivilist hielt die Hand vor den Mund und gähnte, zog eine bunte Zeitschrift aus der Tasche, legte sie sich auf die Knie und begann darin zu blättern.) »... Festgenommen dann und dann, dort und dort ... bei der Durchsuchung wurden konfisziert ... So ... Was haben Sie in der Trompeterstraße acht gemacht?«

»Ich bin der Besitzer des Hauses«, antwortete Renadu würdevoll. »Ich hatte eine Unterredung mit meinem Verwalter.«

»Seine Papiere sind überprüft?«, wandte sich der Brigadegeneral an den Adjutanten.

»Jawohl. Alles in Ordnung.«

»So ...«, fuhr der General fort. »Sagen Sie, Herr Renadu, ist Ihnen jemand von den Verhafteten bekannt?«

»Nein.« Renadu schüttelte energisch den Kopf. »Wieso? Übrigens, der Familienname von dem einen, Ketschef. Ich glaube, in meinem Haus wohnt ein gewisser Ketschef. Aber genau weiß ich es nicht. Vielleicht irre ich mich, vielleicht wohnt er nicht in diesem Haus. Ich hab nämlich noch zwei, eins davon …«

»Verzeihung«, unterbrach ihn der Zivilist, ohne die Augen von der Zeitschrift zu heben. »Haben Sie vielleicht darauf geachtet, worüber sich die anderen Zelleninsassen unterhielten?«

»Äh«, sagte Renadu langsam. »Ich muss gestehen. Sie haben dort … äh … Insekten, so dass wir hauptsächlich über sie … In einer Ecke wurde zwar geflüstert, aber ich habe nicht zugehört. Und außerdem, diese Leute sind mir äußerst unangenehm. Ich bin Veteran. Lieber hätte ich mit Insekten zu tun, hähä …«

»Natürlich«, stimmte der Brigadegeneral zu. »Gut. Um Entschuldigung bitten wir Sie nicht, Herr Renadu. Hier sind Ihre Papiere, Sie sind frei. Den Eskortenführer!«, sagte er lauter.

Pandi öffnete die Tür. »Eskortenführer, zum Brigadegeneral!«

»Von Entschuldigung ist keine Rede«, tat sich Renadu wichtig. »Schuld bin nur ich, ich allein. Nicht einmal ich, sondern das verfluchte Erbgut. Erlauben Sie?«, fragte er Maxim und zeigte auf den Tisch, wo seine Dokumente lagen.

»Sitzen bleiben!«, sagte Pandi halblaut.

Gai kam herein. Der Brigadegeneral übergab ihm die Papiere und befahl, Herrn Renadu das beschlagnahmte Eigentum auszuhändigen. Dann war der Hausbesitzer entlassen.

»In der Privont Aiju«, sagte der Zivilist nachdenklich, »ist es üblich, von jedem Entarteten – ich meine die legalen – bei der Verhaftung eine Gebühr einzuziehen, als freiwillige Spende zugunsten der Garde.«

»Bei uns ist das nicht üblich«, erwiderte der General kalt. »Ich glaube, das ist ungesetzlich. Den Nächsten«, befahl er.

»Rasche Mussai«, sagte der Adjutant zu dem eisernen Schemel.

»Rasche Mussai«, echote Pandi durch die offene Tür.

Rasche Mussai war ein dürrer, verhärmter Mann in abgetragenem Hausmantel und mit nur einem Pantoffel. Kaum hatte er sich gesetzt, lief der Brigadegeneral rot an und brüllte: »Versteckst du dich, Dreckskerl?!«, worauf Rasche Mussai ebenso wortreich wie verworren erklärte, dass er sich ganz und gar nicht verstecke, aber eine kranke Frau habe und drei Kinder und seine Miete nicht zahlen könne, dass man ihn schon zweimal festgenommen und dann wieder laufen gelassen habe, dass er als Möbeltischler in einer Fabrik arbeite und unschuldig sei. Maxim dachte, der Angeklagte würde freigesprochen. Aber da erhob sich der Brigadegeneral und verkündete, Rasche Mussai, zweiundvierzig Jahre alt, verheiratet und das dritte Mal festgenommen, werde wegen Verstoßes gegen den Ausweisungsbeschluss nach dem Gesetz über die Vorbeugehaft zu sieben Jahren Zwangsarbeit mit anschließendem Aufenthaltsverbot in den zentralen Bezirken verurteilt. Etwa eine Minute brauchte der Gefangene, um das Gehörte zu begreifen, dann folgte eine furchtbare Szene. Der erschütterte Möbeltischler weinte, flehte zusammenhanglos um Vergebung, versuchte auf die Knie zu fallen, schrie und wimmerte weiter, während Pandi ihn in den Flur schleppte. Und wieder spürte Maxim Rittmeister Tschatschus Blick auf sich ruhen.

»Kiwi Popschu«, verlangte der Adjutant.

Man stieß einen breitschultrigen jungen Mann herein, dessen Gesicht von einer Hautkrankheit entstellt war. Der Bursche erwies sich als Wohnungsdieb – ein auf frischer Tat ertappter Wiederholungstäter. Er verhielt sich frech und unterwürfig zugleich. Mal beschwor er die Herren Vorgesetzten, ihn nicht eines grausamen Todes sterben zu lassen, kicherte dann wieder hysterisch, machte spitze Bemerkungen und erzählte Geschichten aus seinem Leben, die alle begannen: »Da gehe ich in ein Haus …« Niemanden ließ er zu Wort kommen. Nach mehreren erfolglosen Versuchen, ihm eine Frage zu stellen, lehnte sich der Brigadegeneral zurück und blickte die Herren zur Rechten und zur Linken entrüstet an. Rittmeister Tschatschu sagte lässig: »Anwärter Sim, stopf dem Kerl das Maul.«

Maxim hatte keine Ahnung, wie man ein Maul stopft, also packte er Kiwi Popschu einfach an der Schulter und rüttelte ihn. Kiefer klappten aufeinander, der Bursche biss sich auf die Zunge und verstummte. Der Zivilist, der den Verhafteten interessiert beobachtet hatte, meinte: »Den nehme ich, der kann uns nützen.«

»Sehr gut«, stimmte der Brigadegeneral zu und ließ Kiwi Popschu zurück in die Zelle bringen.

Als der Gefangene fort war, sagte der Adjutant: »Das war das Pack. Jetzt kommt die Gruppe.«

»Beginnen Sie mit dem Anführer«, riet der Zivilist. »Wie hieß er gleich – Ketschef?«

Der Adjutant warf einen Blick in seine Akten und sagte zu dem Eisenhocker: »Gel Ketschef.«

Man führte einen Bekannten herein: den Mann im weißen Kittel. Er trug Handschellen und hielt deshalb die Fäuste vorgestreckt. Seine Augen waren gerötet, das Gesicht aufgequollen. Er setzte sich und starrte auf das Bild über dem Brigadegeneral.

»Sie heißen Gel Ketschef?«, fragte dieser.

»Ja.«

»Zahnarzt?«

»War ich.«

»In welchem Verhältnis stehen Sie zu dem Zahnarzt Gobbi?«

»Ich habe seine Praxis gekauft.«

»Warum praktizieren Sie nicht?«

»Weil ich mein Sprechzimmer verkauft habe.«

»Warum?«

»Ein Engpass«, antwortete Ketschef.

»Was für eine Beziehung haben Sie zu Ordi Tader?«

»Sie ist meine Frau.«

»Kinder?«

»Hatten wir. Einen Sohn.«

»Wo ist er?«

»Ich weiß nicht.«

»Was taten Sie während des Krieges?«

»Ich habe gekämpft.«

»Wo? Welche Funktion?«

»Im Südwesten. Anfangs als Leiter des Feldlazaretts, später als Kommandeur einer Infanteriekompanie.«

»Verwundungen? Orden?«

»Beides.«

»Weshalb haben Sie sich zu staatsfeindlicher Tätigkeit entschlossen?«

»Weil die Weltgeschichte nie zuvor einen abscheulicheren Staat hervorgebracht hat«, sagte Ketschef. »Weil ich meine Frau und mein Kind geliebt habe. Weil ihr meine Freunde ermordet und mein Volk geschändet habt. Weil ich euch immer gehasst habe. Reicht das?«

»Es reicht«, erwiderte der Brigadegeneral ruhig. »Es ist mehr als genug. Verraten Sie uns lieber, wie viel Ihnen Honti zahlt – oder bezahlt Sie Pandea?«

Der Mann im weißen Kittel lachte auf. Es klang unheimlich: So könnte ein Toter lachen.

»Lassen Sie die Komödie, Brigadegeneral. Was soll das …«

»Sie sind der Leiter der Gruppe?«

»Ja. War ich.«

»Welche Mitglieder Ihrer Organisation können Sie nennen?«

»Keins.«

»Sind Sie sicher?«, fragte plötzlich der Zivilist.

»Ja.«

»Sehen Sie, Ketschef«, fuhr der Zivilist sanft fort. »Sie befinden sich in einer äußerst schwierigen Situation. Über Ihre Gruppe wissen wir alles. Sogar einiges über deren Verbindungen. Diese Informationen hat uns jemand zugespielt, und jetzt hängt es ganz allein von uns ab, welchen Namen dieser Jemand bekommt – Ketschef oder einen anderen ...«

Ketschef hatte den Kopf gesenkt und schwieg.

»Sie!«, krächzte Rittmeister Tschatschu. »Sie, ein ehemaliger Offizier! Verstehen Sie, was wir Ihnen anbieten? Nicht das Leben, Massaraksch: die Ehre!«

Ketschef lachte wieder, hüstelte, gab aber kein Wort von sich. Maxim spürte: Dieser Mann fürchtete nichts. Weder den Tod noch die Schande. Denn beides lag hinter ihm. Er war bereits tot und entehrt. Der Brigadegeneral zuckte mit den Schultern. Dann erhob er sich und verkündete, Gel Ketschef, fünfzig Jahre alt, verheiratet, Zahnarzt, werde entsprechend dem Gesetz über sozialen Gesundheitsschutz zur Liquidation verurteilt. Die Vollstreckung erfolge binnen achtundvierzig Stunden, Begnadigung sei möglich, falls der Verurteilte sich einverstanden erkläre auszusagen.

Nachdem man Ketschef abgeführt hatte, wandte sich der Brigadegeneral unzufrieden an den Zivilen: »Ich verstehe dich nicht. Er hat doch bereitwillig geredet. Ein typischer Schwätzer, wie es bei euch so schön heißt. Ich versteh's nicht ...« Der Zivilist grinste. »Deshalb befehligst du ja auch eine Brigade, mein Bester, ich hingegen ... eben bei uns.« – »Trotzdem«, nuschelte der Brigadegeneral gekränkt. »Ein Anführer einer Gruppe, der philosophiert, ich versteh's nicht.« – »Aber mein Bester«, begann der Zivilist noch einmal, »hast du je einen philosophierenden Toten gesehen?« – »Unsinn ...« – »Nein, im Ernst.« – »Du etwa?«, fragte der Brigadegeneral. »Ja, gerade erst«, sagte der Zivile gewichtig. »Und nicht zum ersten

Mal … ›Ich lebe, er ist tot – worüber sollen wir reden?‹ So steht's, glaube ich, bei Werbliban?« In diesem Moment sprang Rittmeister Tschatschu auf, trat dicht an Maxim heran und fauchte von unten herauf: »Wie stehst du denn da, Anwärter! Wohin guckst du? Stillgestanden! Augen geradeaus! Den Blick fest!« Schwer atmend musterte er Maxim einige Sekunden, und seine Pupillen weiteten und verengten sich vor Wut. Dann kehrte er an seinen Platz zurück und griff nach einer Zigarette.

»So«, ließ sich der Adjutant vernehmen. »Bleiben Ordi Tader, Memo Gramenu und noch zwei, die sich geweigert haben, ihre Namen zu nennen.«

»Beginnen wir mit denen«, schlug der Zivilist vor. »Ruft sie herein.«

»Nummer dreiundsiebzig-dreizehn«, sagte der Adjutant.

Nummer dreiundsiebzig-dreizehn kam herein und setzte sich auf den Eisenhocker. Trotz einer Armprothese trug auch dieser Mann Handschellen. Er war hager, sehnig und hatte unnormal dicke, zerbissene und angeschwollene Lippen.

»Ihr Name?«, fragte der Brigadegeneral.

»Welcher?«, erwiderte der Einarmige munter.

Maxim zuckte zusammen; er war sicher gewesen, der Häftling würde schweigen.

»Sie haben mehrere? Dann nennen Sie den jetzigen.«

»Mein jetziger Name ist dreiundsiebzig-dreizehn.«

»Aha … Was haben Sie in Ketschefs Wohnung gemacht?«

»Bin in Ohnmacht gefallen. Zu Ihrer Information: Ich kann das sehr gut. Soll ich's zeigen?«

»Bemühen Sie sich nicht«, mischte sich der Zivile ein. Er war wütend. »Sie werden Ihr Talent noch brauchen.«

Der Einarmige brach in Gelächter aus, laut, schallend, wie ein Junge. Maxim wurde mit Entsetzen klar, dass das Lachen echt war. Die Männer am Tisch saßen da wie versteinert.

»Massaraksch!«, rief der Gefangene schließlich und wischte sich mit der Schulter die Tränen weg. »Das ist ja eine Drohung! Freilich, Sie sind noch ein junger Mann. Nach dem Umsturz habt ihr alle Archive verbrannt, und jetzt wisst ihr nicht einmal, wie kleinkariert ihr geworden seid. Es war ein schwerer Fehler, die alten Kader zu liquidieren: Sie hätten euch beigebracht, eure Arbeit gelassen auszuüben. Sie haben zu viele Emotionen. Sie hassen zu sehr. Aber seine Arbeit sollte man möglichst nüchtern erledigen, nach Vorschrift – für Geld. Das beeindruckt Untersuchungsgefangene ungeheuer. Es ist furchtbar, wenn man nicht vom Feind, sondern von einem Beamten gefoltert wird. Sehen Sie sich meinen linken Arm an. Den hat mir der gute alte Geheimdienst noch in der Vorkriegszeit gekappt, in drei Etappen – und jede mit umfangreichem Schriftwechsel. Die Folterknechte hatten eine schwere, undankbare Aufgabe. Sie haben gelangweilt an meinem Arm herumgesägt und dabei über ihre miserablen Gehälter geflucht. Und da bekam ich Angst und habe nur mit großer Willensanstrengung nicht geredet. Aber jetzt ... Ich sehe ja, wie Sie mich hassen. Sie mich, und ich Sie. Das ist gut. Aber Sie hassen mich noch nicht mal zwanzig Jahre, ich Sie hingegen schon mehr als dreißig. Ich hab Sie schon gehasst, da sind Sie noch unterm Tisch herumgelaufen und haben die Katzen gequält, junger Mann.«

»Klar«, sagte der Zivilist. »Ein alter Hase. Ein Freund der Arbeiter. Ich dachte, euch hätten sie schon alle erledigt.«

»Darauf brauchen Sie nicht zu hoffen«, entgegnete der Einarmige. »Sie sollten die Welt kennen, in der Sie leben. Sonst bilden Sie sich noch allesamt ein, die alte Geschichte sei vorbei und eine neue begonnen worden. Was für ein Unwissen! Es gibt wirklich nichts, worüber man mit Ihnen reden könnte.«

»Ich glaube, es reicht«, wandte sich der Brigadegeneral an den Zivilen.

Der schrieb schnell etwas auf seine Zeitschrift und gab es dem Brigadegeneral zu lesen. Der wunderte sich, trommelte mit den Fingern gegen sein Kinn und blickte den Zivilisten zweifelnd an. Dieser lächelte. Da zuckte der Brigadegeneral mit den Schultern, dachte kurz nach und fragte den Rittmeister: »Zeuge Tschatschu, wie verhielt sich der Angeklagte bei der Verhaftung?«

»Er wälzte sich auf dem Fußboden«, antwortete der Rittmeister finster.

»Das heißt, Widerstand leistete er nicht ... Soso ...« Der Brigadegeneral überlegte noch eine Weile, stand dann auf und gab das Urteil bekannt: »Der Angeklagte dreiundsiebzig-dreizehn wird zum Tode verurteilt, ohne konkreten Vollstreckungstermin. Bis zur Hinrichtung verbleibt er in einem Erziehungslager.«

In Rittmeister Tschatschus Gesicht spiegelten sich Verachtung, Unverständnis. Und der Einarmige lachte leise, als man ihn hinausbrachte, und schüttelte den Kopf, als wollte er sagen: »Nein, so was!«

Nun kam Nummer dreiundsiebzig-vierzehn. Es war der Mann, der sich schreiend auf dem Fußboden gewälzt hatte. Er trat zwar herausfordernd auf, hatte aber große Angst. Schon von der Schwelle aus verkündete er, dass er nicht zu antworten gedenke und keinerlei Nachsicht wünsche. Er schwieg tatsächlich und reagierte auf keine einzige Frage, nicht einmal auf die des Zivilisten, ob er schlecht behandelt worden sei. Das Verhör endete damit, dass der Brigadegeneral den Zivilisten ansah und etwas fragte. Der Zivilist nickte. »Ja, zu mir.« Er wirkte sehr zufrieden.

Danach blätterte der Brigadegeneral die verbliebenen Akten durch und sagte: »Kommen Sie, meine Herren, gehen wir essen. Es ist unmöglich ...«

Das Gericht entfernte sich. Maxim und Pandi erhielten die Erlaubnis, bequem zu stehen. Als auch der Rittmeister gegangen war, schimpfte Pandi: »Hast du diese Monster gesehen? Schlimmer noch als Schlangen, bei Gott. Und die Hauptsache: Hätten sie keine Kopfschmerzen – wie sollte man sie als Entartete erkennen? Man mag gar nicht dran denken.«

Maxim schwieg. Er wollte nicht reden. Sein Weltbild, gestern noch logisch und klar, verschwamm allmählich und verlor die Konturen. Übrigens brauchte Pandi keine Antwort. Er streifte seine Handschuhe ab, um sie nicht zu beschmutzen, zog eine Tüte Fruchtbonbons aus der Tasche, bot auch Maxim welche an und erklärte ihm, warum er gerade diesen Dienst nicht ausstehen könne. Denn erstens fürchte er, sich bei den Entarteten anzustecken, und zweitens seien einige von ihnen, etwa dieser Einarm, dermaßen frech, dass er sich enorm beherrschen müsse, damit er ihm keine überbrate. Einmal habe er sich lange zusammengerissen, dann aber losgedroschen – fast hätte man ihn zum Anwärter degradiert. Der Rittmeister habe sich vor ihn gestellt und ihn nur für zwanzig Tage eingebuchtet, danach noch vierzig Tage Ausgangssperre.

Maxim kaute seine Fruchtbonbons, hörte mit halbem Ohr zu und sagte nichts. Hass, dachte er. Diese hassen jene, jene hassen diese. Warum? Der abscheulichste Staat. Warum? Wie kommt er darauf? Das Volk geschändet. Aber inwiefern? Was kann das bedeuten? Und dieser Zivilist. Unmöglich, dass er mit Folter droht. Die gab es früher, im Mittelalter. Obwohl, wenn man an den Faschismus denkt. Vielleicht ist das ein faschistischer Staat? Massaraksch, aber was ist denn Faschismus? Aggression, Rassentheorie ... Hilter, oder wie hieß der ... nein ... Hilmer ... Ja, und die Theorie von der Überlegenheit einer Rasse, Massenmord, Streben nach Weltherrschaft. Lüge, zum Prinzip der Politik erhoben, staatliche Lüge – das habe ich mir gemerkt, das hat mich am meisten entsetzt. Aber hier, glaube ich, gibt es so etwas nicht. Gai ein Faschist? Und Rada? Nein, das ist etwas anderes – Kriegsfolgen, eine Verrohung der Sitten aufgrund der schlimmen Lage im Land. Die Mehrheit ist bestrebt, den Widerstand der Minderheit zu unterdrücken. Todesstrafe, Zwangsarbeit. Mir ist das zuwider, aber was sollen sie tun? Und worin besteht eigentlich der Widerstand? Ja, sie hassen die bestehende Ordnung. Doch was tun sie konkret? Darüber ist kein Wort gefallen. Seltsam ... Als ob sich die Richter vorher mit den Angeklagten abgesprochen hätten und diese einverstanden wären. Ja, sieht ganz danach aus. Die Angeklagten versuchen, das Raketenabwehrsystem zu zerstören; den Richtern ist das wohlbekannt, und die Angeklagten wissen, dass es den Richtern bekannt ist. Alle bleiben bei ihren Überzeugungen, es gibt nichts zu bereden; die bereits bestehenden Verhältnisse werden nur noch offiziell bestätigt. Der eine wird liquidiert, der andere zur »Erziehung« geschickt, der dritte ... den dritten nimmt sich, warum auch immer, der Zivilist. Man müsste den Zusammenhang kennen zwischen den Kopfschmerzen und der Neigung zum Widerstand. Warum wollen nur die Entarteten das Raketenabwehrsystem zerstören? Und nicht einmal alle von ihnen?

»Herr Pandi«, fragte er, »wissen Sie, ob die Hontianer alle entartet sind?«

Pandi grübelte. »Wie soll ich sagen, hm ... Du musst verstehen«, begann er schließlich, »unsere Ausbildung befasst sich vor allem mit den städtischen Entarteten und den Wilden, die im Süden hausen. Was in Honti los ist oder sonst wo, lernt man wahrscheinlich bei der Armee. Vor allem musst du dir merken, dass Honti der schlimmste äußere Feind unseres Staates ist. Vor dem Krieg war es uns untertan, und jetzt rächt es sich grausam. Und die Entarteten sind der innere Feind. Das wär's. Klar?«

»Mehr oder weniger«, erwiderte Maxim. Sofort wurde er von Pandi gerügt: Das sei in der Garde keine Antwort, in der Garde heiße es »jawohl« oder »nein«; »mehr oder weniger« sei zivil. Der Schwester des Korporals könne Maxim so antworten, hier aber sei er im Dienst, hier sei es nicht gestattet.

Vermutlich hätte er noch lange weiter geredet, das Thema war ergiebig und lag ihm am Herzen, und der Zuhörer gab sich aufmerksam und respektvoll – aber da kehrten die Herren Offiziere zurück. Pandi verstummte mitten im Wort, flüsterte: »Stillgestanden!« und nahm ordnungsgemäß zwischen Tisch und eisernem Hocker Haltung an. Auch Maxim erstarrte.

Die Offiziere waren bester Laune. Rittmeister Tschatschu erzählte laut und mit leicht verächtlichem Gesicht, wie sie im Jahre vierundachtzig rohen Teig direkt auf der glühend heißen Panzerung backten und sich danach die Finger leckten. Der Brigadegeneral und der Zivilist wandten ein, Kampfgeist sei zwar gut und schön, aber auch die Küche der Garde müsse Niveau haben, und je weniger Konserven sie verwende, desto besser. Die Augen halb geschlossen, fing der Adjutant auf einmal an, auswendig aus irgendeinem Kochbuch zu zitieren; die anderen lauschten ihm lange und fast ergriffen. Endlich blieb der Adjutant stecken, räusperte sich.

Der Brigadegeneral seufzte. »Ja, meine Herren … Bringen wir's zu Ende.«

Hüstelnd öffnete der Adjutant seine Mappe, kramte in den Akten und sagte gepresst: »Ordi Tader.«

Die Frau war auch heute nahezu durchsichtig weiß, so als sei sie noch immer bewusstlos. Kaum aber streckte Pandi den Arm aus, um sie am Ellenbogen zu fassen und auf ihren Platz zu drücken, wich sie so heftig zurück wie vor einer Natter. Man konnte meinen, sie würde ihn jeden Augenblick schlagen. Doch ihre Hände waren gefesselt, und so fauchte sie nur: »Rühr mich nicht an, du Schwein!«, ging um Pandi herum und setzte sich.

Der Brigadegeneral stellte die üblichen Fragen. Sie antwortete nicht. Der Zivilist erinnerte sie an ihr Kind, an ihren Mann – sie schwieg. Sie hielt sich kerzengerade. Ihr Gesicht konnte Maxim nicht sehen, nur ihren angespannten, mageren Hals, die wirren hellen Haare. Und plötzlich sagte sie mit ruhiger tiefer Stimme: »Ihr alle seid verdummte Idioten. Mörder. Ihr werdet alle sterben. Du, Brigadegeneral – ich kenne dich nicht, sehe dich zum ersten und letzten Mal. Du wirst einen furchtbaren Tod haben. Nicht von meiner Hand, leider, aber er wird furchtbar sein. Und du, Bluthund vom Geheimdienst. Zwei von deiner Sorte habe ich selbst erledigt. Ich würde auch dich töten und würde dich kriegen, wenn nicht diese Dreckskerle hinter mir stünden.« Sie holte tief Luft. »Und du, Schwarzvisage, Kanonenfutter, fällst uns auch noch in die Hände. Doch du stirbst einfach. Gel hat danebengeschossen, aber ich kenne Leute, die treffen. Ihr alle hier werdet verrecken, lange bevor wir eure verfluchten Türme plattmachen. Und das ist gut so. Ich bete zu Gott, dass ihr eure Türme nicht überlebt, denn dann kämt ihr ja zur Vernunft und würdet denen, die nach uns kommen, leidtun, womöglich ließen sie euch laufen.«

Sie unterbrachen sie nicht, hörten aufmerksam zu. Sie schienen bereit, ihr stundenlang zuzuhören, doch da stand sie auf und machte einen Schritt zum Tisch hin. Pandi packte sie an der Schulter und schleuderte sie auf den Schemel zurück. Dann spuckte sie so kräftig aus, wie sie konnte, verfehlte aber die Offiziere, fiel in sich zusammen und brach in Tränen aus. Einige Zeit beobachteten die Männer, wie sie weinte. Dann erhob sich der Brigadegeneral und verurteilte sie zum Tod binnen achtundvierzig Stunden. Pandi griff sie am Ellenbogen und stieß sie hinaus, und der Zivilist rieb sich die Hände und grinste: »Das war ein Fang! Ausgezeichnete V-Leute.« Und der Brigadegeneral erwiderte: »Bedank dich beim Rittmeister.« Und Tschatschu krächzte nur: »Singvögel«, und alle verstummten.

Dann ließ der Adjutant Memo Gramenu bringen. Mit ihm wurde nicht lange gefackelt: Er war derjenige gewesen, der im

Flur geschossen hatte. Bewaffneter Widerstand bei der Festnahme – da war alles klar; man stellte ihm nicht einmal Fragen. Massig und krumm hockte er da, und während der Brigadegeneral das Todesurteil verlas, blickte er gleichgültig zur Decke. Er streichelte mit der linken Hand seine rechte, deren ausgerenkte Finger mit einem Lappen umwickelt waren. Maxim glaubte ihm eine widernatürliche Ruhe anzumerken, nüchterne Selbstsicherheit und Gleichgültigkeit dem gegenüber, was hier geschah, aber er war sich nicht ganz sicher.

Sie hatten Gramenu noch nicht abgeführt, da verstaute der Adjutant schon erleichtert die Akten in seiner Mappe, unterhielt sich der Brigadegeneral mit dem Zivilisten über die Beförderungsordnung, und Rittmeister Tschatschu kam zu Pandi und Maxim und befahl ihnen wegzutreten. In seinen farblosen Augen konnte Maxim eindeutig Spott und Drohung erkennen, aber das war ihm im Moment egal. Voller Mitgefühl und ihn selbst befremdender Neugier dachte er an denjenigen, dem es bevorstand, die Frau zu töten. Denn das war etwas ganz Ungeheuerliches, Furchtbares. Doch irgendwen würde es in den nächsten achtundvierzig Stunden treffen.

8

Gai zog seinen Pyjama an, hängte die Uniform in den Schrank und drehte sich zu Maxim um. Einen Stiefel in der Hand, den anderen noch am Fuß, saß Anwärter Sim auf der Liege, die Rada ihm in einer freien Ecke aufgestellt hatte; seine Augen starrten zur Wand, der Mund stand halb offen. Gai schlich sich von der Seite an und wollte dem Freund gegen die Nase schnipsen. Aber wie immer traf er nicht, denn im letzten Moment wandte Mak den Kopf.

»Woran denkst du?«, versuchte Gai ihn zu necken. »Leidest wohl, weil Rada nicht da ist? Hast eben Pech, Bruderherz, heute hat sie Tagschicht.«

Mak lächelte schwach und befasste sich mit seinem zweiten Stiefel. »Wieso – nicht da?«, murmelte er zerstreut. »Erzähl keine Märchen ...« Er hielt wieder inne. »Gai«, fuhr er fort, »du hast immer gesagt, sie arbeiten für Geld ...«

»Wer? Die Entarteten?«

»Ja. Du hast es oft gesagt – mir und auch den Jungs. Hast sie ›bezahlte Agenten der Hontianer‹ genannt. Auch der Rittmeister behauptet das, jeden Tag, immer wieder.«

»Was denn sonst?«, entgegnete Gai. Er vermutete, dass Mak abermals über die Monotonie ihrer Argumente klagte. »Du bist komisch, Mak. Wie können wir es mit anderen Worten erzählen, wenn alles beim Alten bleibt? Die Entarteten sind nach wie vor entartet. Früher erhielten sie Geld vom Feind, und jetzt ist es ebenso. Im vergangenen Jahr beispielsweise hat man eine Gruppe im Randgebiet geschnappt – der ganze Keller lag voller Geld. Wie sollten ehrliche Menschen zu solchem Reichtum kommen? Sind weder Industrielle noch Bankiers ... Und jetzt hat nicht einmal ein Bankier so viel Geld, wenn er ein echter Patriot ist.«

Mak stellte die Stiefel ordentlich an die Wand, stand auf und öffnete seinen Overall. »Gai«, begann er wieder, »hast du mal erlebt, dass man etwas über jemand erzählt und du diesen Menschen anschaust und fühlst: Es kann nicht stimmen. Es ist ein Fehler, ein Missverständnis?«

»Das kommt vor.« Gais Gesicht verfinsterte sich. »Wenn du allerdings die Entarteten ...«

»Ja. Die meine ich. Ich habe sie mir heute angesehen: normale Menschen! Verschieden natürlich – manche besser, andere schlechter, einige mutig, andere feige –, keineswegs aber Tiere, wie ich dachte und wie ihr alle denkt. Warte, unterbrich mich nicht. Ich weiß nicht, ob sie euch wirklich schaden, das heißt, anscheinend tun sie es. Aber ich glaube nicht, dass sie gekauft sind.«

Gais Miene wurde noch düsterer. »Was heißt, du glaubst es nicht? Schön, mich nimmst du vielleicht nicht ernst, ich bin nur ein kleines Licht. Aber den Herrn Rittmeister? Und den Brigadegeneral? Das Radio? Wie kann man den Unbekannten Vätern nicht glauben? Sie lügen nie.«

Maxim streifte den Overall ab, trat ans Fenster und blickte hinaus, die Stirn gegen die Scheibe gedrückt und beide Hände am Rahmen. »Wieso denn unbedingt lügen?«, sagte er halblaut. »Und wenn sie irren?«

»Irren?«, wiederholte Gai befremdet und starrte auf Maks nackten Rücken. »Wer irrt? Die Väter? Du hast Ideen ... Die Väter irren sich nie!«

»Möglich«, sagte Mak und drehte sich um. »Aber wir reden jetzt nicht von ihnen. Es geht um die Entarteten. Du, zum Beispiel, würdest doch für deine Sache sterben, wenn es sein muss?«

»Natürlich«, antwortete Gai. »Du doch auch.«

»Ja. Würden wir. Für die Sache. Aber nicht für die Gardistenverpflegung oder für Geld. Eine Milliarde eurer Scheinchen könntet ihr mir hinblättern – ich würde dafür nicht in den Tod gehen! Du etwa?«

»Natürlich nicht.« Gai seufzte. Dieser Mak ist seltsam, dachte er. Immer denkt er sich was Neues aus.

»Und?«

»Was – und?«

»Versteh doch!« Mak wurde ungeduldig. »Du bist nicht bereit, für Geld zu sterben. Ich bin nicht bereit, für Geld zu sterben. Aber die Entarteten sollen es sein? So ein Blödsinn!«

»Das sind doch Entartete!«, sagte Gai eindringlich. »Deshalb sind sie ja entartet! Für sie ist Geld das Höchste. Nichts ist ihnen heilig. Sie erdrosseln sogar Kinder – das hat es schon gegeben. Was kann einer, der das Raketenabwehrsystem vernichten will, für ein Mensch sein! Kaltblütige Mörder sind das!«

»Ich weiß nicht, ich weiß nicht«, erwiderte Mak. »Sie sind heute verhört worden. Hätten sie ihre Komplizen verraten, wären sie mit dem Leben davongekommen, hätten nur Zwangsarbeit gekriegt. Aber sie haben keine Namen genannt. Folglich sind sie ihnen mehr wert als Geld? Mehr als das Leben?«

»Das müsste sich erst herausstellen«, murmelte Gai. »Laut Gesetz sind sie alle zum Tode verurteilt. Ohne jede Verhandlung. Du hast ja gesehen, wie das vor sich geht.«

Er blickte den Freund an. Mak schien unschlüssig, verwirrt. Er hat ein gutes Herz, dachte Gai, aber nicht die leiseste Ahnung, und er begreift nicht, dass Härte gegen den Feind nottut. Ihn anschnauzen sollte man, mit der Faust auf den Tisch schlagen, damit er den Mund hält, nicht zu viel redet und auf Ältere hört, solange er sich damit nicht auskennt. Er ist schließlich kein ungebildeter Tölpel; wenn man es ihm vernünftig erklärt, wird er es verstehen.

»Nein«, beharrte Mak eigensinnig. »Gegen Bezahlung hasst man nicht. Sie aber hassen, hassen uns so sehr, ich wusste gar nicht, dass Menschen so hassen können. Du hasst sie weniger als sie dich. Und ich wüsste gern: warum?«

»Hör zu«, sagte Gai, »ich erkläre es dir noch einmal. Erstens sind sie Entartete. Sie hassen überhaupt alle normalen Menschen. Sind von Natur aus bösartig wie Ratten. Und zweitens: Wir stören sie. Sie würden gern ihren Geschäften nachgehen, Geld einstecken, herrlich und in Freuden leben. Wir aber rufen: ›Stopp! Hände hinter den Kopf!‹ Sollen sie uns dafür lieben?«

»Wenn sie alle böse wie Ratten sind, wieso ist es dann dieser Hausbesitzer nicht? Warum hat man ihn laufen lassen, wenn sie doch alle gekauft sind?«

Gai lachte. »Der Hausbesitzer ist ein Feigling. Davon gibt es auch genügend. Sie hassen uns, aber sie haben Angst. Für solche Leute ist es vorteilhafter, sich mit uns gutzustellen; es sind nützliche, sozusagen legale Entartete. Zudem ist er Hausbesitzer, ein reicher Mann, den kauft man nicht so leicht. Das ist etwas anderes als dieser Zahnarzt. Du bist putzig wie ein Kind, Mak. Die Menschen sind nicht alle gleich, und die Entarteten auch nicht …«

»Das weiß ich«, unterbrach ihn Mak ungeduldig. »Was aber den Zahnarzt betrifft: Ich wette meinen Kopf, dass dieser Mann nicht bestechlich ist! Beweisen kann ich's dir nicht, aber das fühle ich. Er ist ein sehr tapferer, guter Mensch …«

»Ein Entarteter!«

»Einverstanden. Er ist ein tapferer, guter Entarteter. Ich habe seine Bibliothek gesehen. Er ist sehr belesen. Weiß tausendmal mehr als du oder der Rittmeister. Warum ist er gegen uns? Wenn alles so ist, wie du behauptest – wie kann es dann sein, dass dieser gebildete, kulturvolle Mensch es nicht weiß? Weshalb schreit er uns an der Schwelle zum Grab ins Gesicht, er sei für das Volk und gegen uns?«

»Ein gebildeter Entarteter ist ein Entarteter hoch zwei«, dozierte Gai. »Seiner Natur entsprechend hasst er uns, und die Bildung hilft ihm, diesen Hass zu begründen und zu verbreiten. Bildung, mein Freund, ist nicht immer ein Segen. Wie bei der Maschinenpistole kommt es drauf an, in wessen Händen sie liegt.«

»Bildung ist immer ein Segen«, entgegnete Mak überzeugt.

»Da irrst du. Mir wäre es lieber, die Hontianer wären alle ungebildet. Dann könnten wir wenigstens wie Menschen leben und müssten nicht ständig mit einem atomaren Angriff rechnen. Im Handumdrehen hätten wir sie befriedet.«

»Ja«, sagte Mak mit einer merkwürdigen Betonung. »Befrieden – das können wir. Brutalität ist uns nicht abzusprechen.«

»Wieder redest du wie ein Kind. Nicht wir sind brutal – die Zeit ist brutal. Wir kämen gern mit freundlichen Worten und ohne Blutvergießen aus. Es wäre auch billiger. Aber was sollen wir tun? Wenn man sie auf keine andere Weise umstimmen kann.«

»Also haben die Entarteten eine Überzeugung?«, parierte Mak. »Eine echte Überzeugung? Ist aber ein kluger Mensch von seinem Recht überzeugt, was soll ihm dann das Geld der Hontianer?«

Nun reichte es Gai. Er wollte gerade, als letztes Mittel, den Kodex der Väter anführen und diesen dummen, endlosen Streit damit beenden, da unterbrach sich Mak selbst, winkte ab und rief: »Rada! Genug geschlafen! Die Gardisten haben Hunger und sehnen sich nach weiblicher Gesellschaft!«

Zu Gais großer Verwunderung erklang hinter dem Wandschirm Radas Stimme: »Ich bin längst wach. Ihr habt herumgeschrien, meine Herren Gardisten, als wärt ihr auf eurem Übungsplatz.«

»Warum bist du zu Hause!«, fuhr Gai sie an.

Rada trat hinter dem Schirm hervor, schloss im Gehen die Knöpfe ihres Hauskleids.

»Ich bin entlassen«, erklärte sie. »Mutter Täj hat eine Erbschaft gemacht, ihr Etablissement geschlossen und zieht jetzt aufs Land. Aber sie hat mich schon weiterempfohlen für eine gute Stelle. Mak, warum hast du deine Sachen überall verstreut? Räum sie in den Schrank! Ich hatte euch doch gebeten, nicht mit Stiefeln ins Zimmer zu kommen! Wo sind denn deine Stiefel, Gai? Deckt den Tisch, wir essen gleich. Mak, du hast abgenommen. Was machen sie dort mit dir?«

»Los, los«, rief Gai. »Rede nicht so viel, bring lieber das Essen.«

Sie streckte ihm die Zunge heraus und verließ das Zimmer. Gai blickte zu Mak hinüber. Der sah dem Mädchen nach, wie immer mit viel Zuneigung.

»Na, ist sie hübsch?«, frotzelte Gai – und erschrak: Maks Miene war auf einmal wie versteinert. »Was hast du?«

»Hör zu«, sagte Mak. »Alles darf man. Wahrscheinlich sogar foltern – das wisst ihr besser als ich. Aber Frauen erschießen, sie quälen …« Er nahm seine Stiefel und ging hinaus.

Gai hüstelte, fuhr sich mit beiden Händen durch die Haare und begann, den Tisch zu decken. Das Gespräch wirkte unangenehm in ihm nach. Sehr zwiespältig. Sicher, Mak war noch jung und nicht von dieser Welt. Aber er hatte wieder ganz erstaunliche Dinge gesagt. Er war Logiker, das war's, ein hervorragender Logiker. Gerade hatte er zum Beispiel blanken Unsinn geredet – aber wie folgerichtig der aufgebaut war! Ohne Maks Geschwätz wäre er, Gai, gar nicht auf diesen eigentlich sehr einfachen Gedanken gekommen: Entscheidend an den Entarteten ist – sie sind entartet! Nimm ihnen diese Eigenschaft, und alle übrigen Anschuldigungen gegen sie – Verrat, Menschenfresserei und so weiter – werden plötzlich nichtig. Ja, der springende Punkt ist ihre Entartung, und dass sie alles Normale hassen. Das genügt, das ›Gold der Hontianer‹ ist gar nicht so wichtig. Aber was sind die Hontianer – auch Entartete? Das wurde uns nicht gesagt. Wären sie jedoch keine, müssten unsere Entarteten sie hassen, ebenso wie uns. Massaraksch! Diese verfluchte Logik …

Als Mak zurückkam, fiel Gai über ihn her: »Woher wusstest du, dass Rada zu Hause ist?«

»Wie – woher? Das war doch klar …«

»Wenn es dir klar war, warum hast du mich nicht darauf hingewiesen? Und warum, Massaraksch, hältst du dein Mundwerk nicht, wenn Fremde dabei sind? Dreiunddreißigmal Massaraksch.«

Mak wurde jetzt auch böse.

»Wer ist hier fremd, Massaraksch? Rada? Sie steht mir näher als ihr alle mit eurem Rittmeister!«

»Massaraksch! Was besagt die Vorschrift zum Dienstgeheimnis?«

»Massaraksch und Massaraksch! Was willst du von mir? Ich wusste doch nicht, dass du nicht wusstest, dass sie hier ist. Ich dachte, du erlaubst dir einen Scherz mit mir. Außerdem, was für Geheimnisse haben wir schon ausgeplaudert …«

»Alles, was den Dienst betrifft.«

»Zum Teufel mit diesem Dienst, den ihr vor der eigenen Schwester geheim halten müsst! Und überhaupt vor allen, Massaraksch! In jedem Winkel steckt ein Geheimnis, man darf sich nicht mehr drehen, den Mund nicht aufmachen!«

»Nun schreist du mich auch noch an! Ich bring dir was bei, du Esel, und du schreist mich an!«

Aber Mak hatte sich schon wieder beruhigt. Plötzlich stand er neben Gai, der nicht einmal Zeit hatte, sich zu regen: Schon packten ihn starke Hände an den Hüften, das Zimmer drehte sich vor seinen Augen, und die Decke rückte näher. Gai stöhnte gepresst auf, als Mak ihn auf gestreckten Armen zum Fenster trug. »Na, wohin jetzt mit dir und deinen Geheimnissen?«, fragte er. »Da raus?«

»Lass diese dummen Späße, Massaraksch!«, schrie Gai und ruderte krampfhaft mit den Armen, um Halt zu finden.

»Durch das Fenster willst du nicht? Gut, dann bleib …«

Gai wurde zum Wandschirm getragen und auf Radas Bett geworfen. Er setzte sich auf, zupfte seinen Pyjama zurecht und knurrte: »Kraftprotz.« Auch er war nicht mehr böse. Auf wen hätte er auch böse sein sollen – doch höchstens auf die Entarteten.

Sie deckten den Tisch. Dann kam Rada mit einem Topf Suppe, gefolgt von Onkelchen Kaan und seinem Heiligtum: seinem Flachmann, der, wie er beteuerte, das einzig wirksame Mittel gegen Erkältungen und Alterswehwehchen darstellte. Sie setzten sich zum Essen. Der Onkel trank ein Gläschen, schniefte laut und fing an, über seinen Widersacher herzuziehen, den Kollegen Schapschu. Der hatte wieder einmal einen Artikel über die Funktion eines bestimmten Knochens bei einer bestimmten Ureidechse geschrieben, und dabei beruhte der gesamte Artikel auf Unsinn, nichts als Unsinn und war nur etwas für Ignoranten.

Für Onkel Kaan gab es eigentlich nur Ignoranten. Die Kollegen von der Fakultät: Stümper – einige eifrig, andere faul. Die Assistenten: seit ihrer Geburt Strohköpfe, sollten lieber Vieh hüten in den Bergen – ob sie aber damit zurechtkämen, das sei ebenfalls mehr als ungewiss. Und was die Studenten anging, so schien die heutige Jugend ohnehin wie ausgewechselt: Es studierten nur die allergrößten Idioten, die kein Unternehmer an seine Drehbank ließe und kein Kommandeur je als Soldaten aufnähme. Das Schicksal der Wissenschaft von den fossilen Tieren war also besiegelt. Gai allerdings bedauerte es nicht allzu sehr. Gott mit ihnen, diesen Fossilien – danach stand einem jetzt wahrhaftig nicht der Sinn; überhaupt war ungewiss, wozu und wem dieses Fach je nützen würde. Rada aber, die den Onkel sehr gern hatte, entrüstete sich jedes Mal genauso wie er über die Dummheit seines Kollegen Schapschu und war bekümmert, dass die Universitätsleitung die für Expeditionen nötigen Mittel verweigerte.

Doch heute sprach man von etwas anderem. Rada hatte, Massaraksch!, hinter ihrem Schirm alles gehört und fragte nun den Onkel, worin sich die Entarteten von normalen Menschen unterschieden. Gai warf Mak einen drohenden Blick zu und bat die Schwester, ihren Lieben nicht den Appetit zu verderben und stattdessen die entsprechende Literatur zu lesen. Onkelchen Kaan jedoch verkündete, diese Literatur sei für die dümmsten Dummköpfe geschrieben, denn die Herrschaften aus der Abteilung Volksbildung hielten alle anderen für ebensolche Analphabeten, wie sie es selbst waren. Die Frage der Entarteten sei aber ganz und gar nicht so einfach und belanglos, wie sie immer dargestellt werde – und das nur, um eine bestimmte öffentliche Meinung zu erzeugen. Sie alle hätten nun die Wahl, sich entweder wie kultivierte Menschen zu benehmen oder wie die tapferen, doch leider ziemlich ungebildeten Offiziere in den Kasernen. Mak schlug vor, der Abwechslung halber einmal kultiviert zu sein. Der Onkel trank noch ein Gläschen und erläuterte dann eine zurzeit in wissenschaftlichen Kreisen verbreitete Theorie, nach der die Entarteten nichts anderes seien als eine neue, durch radioaktive Strahlung entstandene biologische Gattung.

»Die Entarteten sind ohne jeden Zweifel gefährlich«, der Onkel hob den Zeigefinger, »und zwar noch viel gefährlicher, als das in deinen billigen Broschüren dargestellt wird, Gai. Die Entarteten sind aber nicht in sozialer oder politischer Hinsicht gefährlich; denn sie kämpfen nicht gegen ein bestimmtes Volk. Sie kämpfen gegen alle Völker, gegen alle Nationalitäten und Rassen gleichzeitig. Sie kämpfen um ihren Platz in der Welt, um die Existenz ihrer Spezies. Dieser Kampf ist unabhängig von den sozialen Gegebenheiten, und enden wird er erst, wenn entweder der letzte Mensch oder der letzte Mutant den Schauplatz der biologischen Geschichte verlässt. ›Gold der Hontianer‹ – so ein Quatsch!«, schrie der Professor aufgebracht. »›Diversionen gegen das Raketenabwehrsystem‹ – alles Blödsinn! Schaut nach Süden, meine Herren! Nach Süden! Hinter die Blaue Schlange! Dort droht die wirkliche Gefahr. Von da werden, sich immer weiter vermehrend, Kolonnen menschenähnlicher Ungeheuer über uns hereinbrechen, um uns zu zertreten und auszulöschen. Du bist ein Blinder, Gai. Auch deine Kommandeure sind blind. Es gilt, die Zivilisation zu retten. Nicht irgendein Volk, nicht unsere Mütter und Kinder – die gesamte Menschheit!«

Gai hielt ihm zornig entgegen, das Schicksal der Menschheit interessiere ihn wenig. Er glaube nicht an solche Hirngespinste, und fände sich eine Möglichkeit, die wilden Entarteten auf Honti zu hetzen, damit sie seine Heimat verschonten, so würde er dem sein ganzes Leben widmen. Der Professor nannte Gai nun, abermals aufbrausend, einen verblendeten Blinden. Die Unbekannten Väter seien wirklich Helden über alle Maßen: Sie müssten einen sehr ungleichen Kampf führen, wenn die gesamte Exekutive so erbärmlich sei und dermaßen mit Blindheit geschlagen wie Gai … Gai widersprach lieber nicht. Seiner Meinung nach hatte Onkelchen Kaan keine Ahnung von Politik und wurde seinen Fossilen immer ähnlicher. Nun fiel Mak ins Gespräch ein und wollte von dem Entarteten erzählen, der schon vor dem Krieg gegen die Obrigkeit gekämpft hatte. Aber Gai schnitt ihm das Wort ab, damit er kein Dienstgeheimnis ausplauderte. Dann bat er Rada, das Hauptgericht zu bringen, und Mak, den Fernseher einzuschalten. »Heute wurde schon zu viel geredet«, sagte er. »Gönnt einem Soldaten beim Ausgang ein wenig Entspannung.«

Aber Gais Phantasie war geweckt; im Fernsehen lief Unsinn, und so begann er, von den wilden Entarteten zu erzählen. Er wusste ja manches über sie – schließlich hatte er, Gott sei Dank!, drei Jahre gegen sie gekämpft und nicht im Hinterland gehockt wie gewisse Philosophen … Rada war wegen des Onkels gekränkt und schimpfte Gai einen Angeber. Der Onkel und Mak hingegen ergriffen, wer weiß, warum, für ihn Partei und baten ihn weiterzureden. Gai aber stellte sich stur: Kein Wort würde er mehr sagen. Zum einen war er tatsächlich ein wenig beleidigt, zum anderen konnte er sich trotz aller Mühe an nichts erinnern, womit er die dummen Ideen des alten Säufers hätte widerlegen können. Die Entarteten des Südens waren in der Tat grausame, absolut gnadenlose Wesen und würden ohne Zweifel bei der ersten Gelegenheit die ganze Menschheit ausrotten; vielleicht hätten sie sogar Spaß dabei. Dann aber kam Gai die Idee, dem Onkel eine These aufzutischen, die er einmal von Sef, dem Ältesten der 134. Todeskandidaten-Gruppe, gehört hatte. Nach Auffassung der Rotvisage rührten die zunehmenden Aktivitäten der Missgeburten daher, dass auch ihnen die radioaktive Wüste zu schaffen machte und sie nicht mehr wussten, wo sie bleiben sollten. Der einzige Ausweg für sie schien der gewaltsame Vorstoß nach Norden zu sein, in die nichtradioaktiven Gebiete des Landes.

»Wer hat das behauptet?«, fragte der Onkel verächtlich. »Von welchem Vollidioten stammt dieser vollkommen primitive Gedanke?«

Gai sah ihn schadenfroh an und antwortete gewichtig: »Das ist die Meinung eines gewissen Allu Sef, Träger des Kaiserlichen Forschungspreises, eines der bedeutendsten Psychiater unseres Landes.«

»Und wo hast du ihn getroffen?«, erkundigte sich von oben herab der Onkel. »In der Kompanieküche?«

Gai wollte schon herausplatzen, woher er Sef kannte, biss sich aber rechtzeitig auf die Zunge. Er setzte eine bedeutende Miene auf, schaute zum Fernseher und lauschte dann sehr aufmerksam dem Wetterbericht.

In dem Moment aber, Massaraksch!, mischte sich schon wieder Mak ein. »Ich kann«, sagte er, »die Missgeburten im Süden als neue menschliche Rasse akzeptieren. Aber wo ist die Verbindung zwischen ihnen und dem Hausbesitzer Renadu, zum Beispiel? Renadu zählt auch als Entarteter, gehört aber sicher nicht zur neuen, sondern zur uralten Art von Menschen.« Darüber hatte Gai nie nachgedacht, und er war froh, dass jetzt der Onkel in die Bresche sprang: Onkelchen Kaan erklärte, dass die städtischen, »getarnten« Entarteten nichts anderes seien als zufällig heil davongekommene Exemplare dieser neuen Gattung, die ansonsten in den zentralen Gebieten fast völlig vernichtet wurde. Er entsinne sich noch an diese Gräuel. Man hatte die missgebildeten Säuglinge gleich nach ihrer Geburt getötet, manchmal auch die Mütter. Und nur diejenigen hätten überlebt, deren neue Artmerkmale äußerlich nicht erkennbar gewesen seien. Onkel Kaan trank sein fünftes Glas leer, kam in Fahrt und entwickelte einen genauen Plan für die umfassende, totale medizinische Überprüfung der Bevölkerung. Diese müsse früher oder später unweigerlich durchgeführt werden – lieber früher als später. Und keine legalen Entarteten! Keine Nachsicht! Das Unkraut müsse schonungslos ausgerottet werden.

Damit beendeten sie ihr Essen. Rada spülte das Geschirr. Der Onkel, der keine Einwände erwartete, sah sich siegesgewiss um, verschloss den Flachmann, steckte ihn ein und murmelte, er gehe jetzt, um diesem Nichtskönner Schapschu eine Antwort zu schreiben. Aus irgendeinem Grund nahm er sein Glas mit. Gai sah ihm hinterher – die abgewetzte Jacke, die alten, geflickten Hosen, die gestopften Socken und abgetragenen Pantoffeln, und der Alte tat ihm leid. Verfluchter Krieg! Früher gehörte dem Onkel eine große Wohnung, er hatte eine Frau, einen Sohn, ein Dienstmädchen, besaß kostbares Geschirr, Geld, sogar einen Landsitz – und jetzt? Ein verstaubtes Arbeitszimmer voller Bücher, in dem er auch schlief und wohnte, schäbige Kleider. Er war einsam, vergessen … Gai schob sich den Sessel näher zum Fernseher, räkelte sich und blickte schläfrig auf den Bildschirm. Mak saß noch einige Zeit neben ihm, war dann aber plötzlich verschwunden – vollkommen lautlos, wie nur er es konnte. Schon befand er sich in der anderen Ecke des Zimmers und stöberte in Gais kleiner Bibliothek. Er griff sich ein Lehrbuch heraus und blätterte darin, im Stehen, die Schulter gegen den Kleiderschrank gelehnt. Jetzt setzte sich Rada zu ihrem Bruder, begann zu stricken und verfolgte mit halbem Auge das Fernsehprogramm. Im Haus wurde es ruhig und friedlich. Gai nickte ein.

Er träumte unsinniges Zeug: In einem eisernen Tunnel fing er zwei Entartete, verhörte sie und merkte plötzlich, dass einer von ihnen Mak war. Der andere sagte, mild und gutherzig lächelnd: »Du hast die ganze Zeit geirrt, Gai. Du gehörst zu uns. Der Rittmeister ist ein professioneller Mörder, ohne Patriotismus, ohne wahre Treue. Er tötet gern, so wie du gern Garnelensuppe isst.« Und Gai drückten Zweifel, er fühlte, gleich würde er alles verstehen. Noch eine Sekunde, und keine einzige Frage wäre mehr offen. Diese ungewohnte Empfindung quälte ihn so sehr, dass sein Herzschlag aussetzte und er erwachte.

Rada und Mak plauderten leise über Nichtigkeiten – das Baden im Meer, den Sand, die Muscheln. Gai aber hörte nicht zu. Ihm war plötzlich der Gedanke gekommen, er könne tatsächlich zu Zweifeln fähig sein, zum Schwanken, zur Unsicherheit. Im Traum hatte er gezweifelt. Bedeutete das nun, dass er auch in Wirklichkeit unter diesen Umständen unsicher wäre? Einige Zeit versuchte er, sich des Traumes in allen Einzelheiten zu erinnern, aber er entglitt ihm, wie Seife aus nassen Händen. Am Ende erschien er ihm ganz und gar unwahrscheinlich, und Gai dachte erleichtert, es seien wohl doch nur Hirngespinste gewesen. Als Rada sah, dass er nicht schlief, fragte sie ihn, was er für besser halte, Meer oder Fluss, und Gai antwortete militärisch knapp, im Stil des alten Doga: »Am besten ist ein gutes Schwitzbad.«

Im Fernsehen lief jetzt *Ornamente*. Es war langweilig. Gai schlug vor, Bier zu trinken. Rada ging in die Küche und holte zwei Flaschen aus dem Kühlschrank. Sie sprachen über dies und jenes, wobei sich herausstellte, dass Mak in der vergangenen halben Stunde ein komplettes Lehrbuch der Geopolitik durchgearbeitet hatte. Rada war begeistert. Gai aber wollte es nicht glauben. Er behauptete, in dieser Zeit hätte man das Buch durchblättern, bestenfalls den Text überfliegen können – allerdings rein mechanisch und ohne etwas zu verstehen oder sich gar etwas zu merken. Mak schlug eine Prüfung vor, und Gai erklärte sich bereit. Sie schlossen folgende Wette: Der Verlierer sollte zu Onkelchen Kaan gehen und ihm sagen,

Kollege Schapschu sei ein kluger Mann und ein hervorragender Wissenschaftler. Gai öffnete das Lehrbuch, fand am Ende eines Kapitels Kontrollfragen und begann: »Worin besteht die moralische Größe der Nordexpansion unseres Staates?« Mak antwortete mit eigenen Worten, blieb jedoch sehr nahe am Text und fügte hinzu, von moralischer Größe könne seiner Meinung nach keine Rede sein, entscheidend sei die Aggressivität der Regimes in Honti und Pandea. Gai fuhr sich mit beiden Händen durch die Haare, feuchtete einen Finger an und überschlug einige Seiten. »Wie hoch ist die mittlere Getreideernte in den nordwestlichen Gebieten?« Mak lachte und sagte, Daten über die nordwestlichen Gebiete gebe es nicht. Es war unmöglich, ihm eine Falle zu stellen. Rada jubelte und streckte dem Bruder die Zunge heraus. »Welcher spezifische demografische Druck besteht im Mündungsgebiet der Blauen Schlange?«, fragte Gai. Mak nannte die Zahl, auch die Toleranzquote, und versäumte nicht hinzuzufügen, dass er die Bezeichnung »demografischer Druck« vage finde. Jedenfalls begreife er nicht, weshalb sie eingeführt worden sei. Gai begann ihm zu erklären, dass »demografischer Druck« die Maßeinheit für die Aggressivität sei, doch da fiel ihm Rada ins Wort: Er lenke ab und wolle sich wohl vor der weiteren Prüfung drücken, weil er am Verlieren sei.

Gai hatte tatsächlich überhaupt keine Lust, zu Onkel Kaan zu gehen. Und um Zeit zu gewinnen, fing er einen Streit mit Rada an. Mak hörte eine Weile zu und sagte dann ganz unvermittelt, Rada dürfe keinesfalls wieder als Kellnerin arbeiten – sie müsse studieren. Froh über den Themenwechsel, rief Gai, er habe das schon tausendmal gesagt und ihr vorgeschlagen, sich um Aufnahme in das Frauenkorps der Garde zu bemühen, wo man einen wahrhaft nützlichen Menschen aus ihr machen werde. Weiter kamen sie in diesem Gespräch nicht; Mak schüttelte nur den Kopf, und Rada äußerte sich, wie auch schon früher, sehr respektlos über das Frauenkorps.

Gai aber wollte nicht streiten; er warf das Lehrbuch hin, holte die Gitarre aus dem Schrank und begann sie zu stimmen. Sofort schoben Rada und Mak den Tisch beiseite und stellten sich einander gegenüber. Gai schlug kräftige Akkorde an, klopfte den Takt und sah zu, wie sie tanzten. Ein schönes Paar, dachte er, doch es gab keinen Platz, wo sie hätten zusammenleben können. Heirateten sie, müsste Gai in die Kaserne ziehen, was aber nicht so schlimm wäre, denn viele Korporale wohnten dort. Doch Mak wirkte überhaupt nicht heiratslustig. Er behandelte Rada eher wie einen guten Freund, wenn auch zartfühlender, achtungsvoller. Rada hingegen war ganz sicher in ihn verliebt. Wie ihre Augen glänzten! In so einen Burschen musste man sich wohl einfach verlieben. Sogar die alte Madam Go, die schon weit über sechzig war, hatte es erwischt: Kam Mak den Flur entlang, öffnete sie die Tür, steckte ihren Schädel heraus und grinste über das ganze Gesicht. In der Tat, Mak war im ganzen Haus beliebt. Auch die Jungs mochten ihn. Nur der Herr Rittmeister behandelte ihn seltsam, obwohl auch er nicht leugnete, dass der Bursche ein Teufelskerl war.

Die beiden tanzten bis zum Umfallen. Dann ließ sich Mak Gais Gitarre geben, stimmte sie auf seine merkwürdige Weise und fing an, diese eigenartigen Gebirgslieder zu singen. So viele Lieder – und kein einziges war ihnen bekannt. Jedes Mal etwas Neues. Und seltsam: Obwohl sie nichts verstanden, war ihnen vom bloßen Zuhören mal zum Weinen und mal zum Lachen zumute. Einige Melodien hatten sich Rada schon eingeprägt, und sie versuchte jetzt mitzusummen. Besonders gefiel ihr ein Scherzlied (Mak hatte es übersetzt) von einem Mädchen, das auf einem Berg sitzt und auf seinen Freund wartet. Der aber kann einfach nicht zu ihr gelangen, denn erst hindert ihn das eine, dann das andere … Spiel und Gesang übertönten das Läuten an der Haustür. Gleich darauf klopfte es, und ins Zimmer stürmte der Bursche des Herrn Rittmeisters Tschatschu.

»Herr Korporal, gestatten zu melden!«, schnarrte der Gardist und schielte zu Rada.

Mak unterbrach sein Gitarrenspiel. Gai sagte: »Melden Sie!«

»Befehl vom Herrn Rittmeister: Sie und Anwärter Sim haben sofort in der Schreibstube der Kompanie zu erscheinen. Das Auto wartet unten.«

Gai sprang auf. »Wegtreten!«, rief er. »Gehen Sie zum Wagen, wir kommen nach. Zieh dich schnell an!«, drängte er Maxim.

Rada nahm die Gitarre in die Arme, behutsam wie einen Säugling, und stellte sich ans Fenster, das Gesicht abgewandt.

Gai und Mak zogen sich eilig an.

»Was meinst du, worum es geht?«, fragte Mak.

»Was weiß ich«, brummte Gai. »Vielleicht Probealarm.«

»Mir gefällt das nicht«, sagte Mak.

Gai sah ihn an. Dann schaltete er das Radio ein, vielleicht war dort etwas zu erfahren. Aber wie immer um diese Zeit brachte man »Müßige Gespräche tatkräftiger Frauen«. Inzwischen hatten sie auch das Koppel umgeschnallt, und Gai murmelte: »Rada, wir gehen.«

»Geht«, erwiderte sie, ohne sich umzudrehen.

»Los, Mak!« Gai stülpte sich das Barett auf.

»Ruft an«, bat Rada. »Wenn es länger dauert, ruft unbedingt an.« Sie blickte immer noch aus dem Fenster.

Der Bursche des Rittmeisters öffnete Gai beflissen die Wagentür. Dann stiegen sie ein und fuhren los. Es bestand tatsächlich Grund zur Eile, denn der Fahrer raste mit eingeschalteter Sirene los und fuhr auf der Reservespur. Gai bedauerte, dass der Abend so geendet hatte; es war einer dieser seltenen, sehr schönen Abende zu Hause gewesen, gemütlich, sorglos. Aber so war das Gardistenleben. Nur ein paar Minuten nach der Flasche Bier, dem Pyjama und den Liedern zur Gitarre kann es heißen: Panzer besteigen, schießen! So war das wunderbare Leben der Gardisten, und es war das beste von allen möglichen. Sie brauchten weder Freundinnen noch Ehefrauen, und Mak tat gut daran, Rada nicht zu heiraten, obwohl sie natürlich zu bedauern war. Macht nichts, dachte er, würde sie eben warten. Wenn sie ihn liebte, wartete sie.

Der Wagen rollte auf den Platz und bremste vor dem Kasernentor. Gai stieg schnell aus und lief die Stufen hinauf. Vor der Tür zur Schreibstube blieb er stehen, überprüfte den Sitz seines Baretts und der Gürtelschnalle, brachte Maxims Äußeres in Ordnung (Massaraksch! Immer stand ihm dieser Kragenknopf offen!) und klopfte. »Herein!«, krächzte die vertraute Stimme. Gai erstattete Meldung. Rittmeister Tschatschu saß in Mantel und Mütze an seinem Tisch, trank Kaffee und rauchte, die Granathülse vor ihm war voller Zigarettenstummel. Seitlich lagen zwei Maschinenpistolen. Der Rittmeister erhob sich langsam, stützte beide Hände schwer auf den Tisch, sah Mak an und sagte: »Anwärter Sim. Du hast dich als hervorragender Kämpfer und treuer Kamerad bewährt, so dass ich beim Brigadekommandeur um deine vorzeitige Beförderung zum Ordentlichen Soldaten der Kämpfenden Garde nachgesucht habe. Deine Feuertaufe hast du erfolgreich bestanden. Bleibt die letzte Prüfung – durch Blut.«

Gai hatte nicht erwartet, dass dies so bald geschehen würde, und sein Herz hüpfte vor Freude. Der Herr Rittmeister war ein Mordskerl! Ein alter Haudegen! Und er, Gai, dumm, wie er war, hatte geglaubt, Rittmeister Tschatschu versuche Mak hereinzulegen. Gai warf dem Freund einen Blick zu, und seine Begeisterung wurde sogleich gedämpft: Maks starres Gesicht und seine aufgerissenen Augen entsprachen zwar ganz und gar der Vorschrift, doch gerade in dieser Situation hätte er sie nicht so streng zu befolgen brauchen.

»Ich übergebe dir hier den Befehl, Anwärter Sim.« Der Rittmeister reichte Mak einen Bogen Papier. »Den ersten schriftlichen Befehl an dich persönlich. Ich hoffe, es ist nicht der letzte. Lies ihn durch und unterschreib.«

Mak überflog das Schreiben. Wieder stockte Gai das Herz – aber nicht vor Freude, sondern in der Vorahnung von etwas Ungutem. Maks Miene war noch immer ungerührt, und alles schien in Ordnung zu sein, doch er hatte ein wenig gezögert, ehe er den Stift nahm und unterschrieb. Rittmeister Tschatschu sah die Unterschrift kurz an und legte das Blatt in seine Tasche.

»Korporal Gaal!« Er reichte Gai einen verschlossenen Umschlag vom Tisch. »Geh zur Arrestzelle und bring uns die Verurteilten. Nimm die MP mit … nein, diese dort, die am Rand liegt.«

Gai hängte sich die Maschinenpistole über die Schulter, machte kehrt und wandte sich zur Tür. Er hörte noch, wie der Rittmeister zu Mak sagte: »Macht nichts, Anwärter, keine Bange! Schlimm ist's nur beim ersten Mal.«

Im Laufschritt überquerte Gai den Platz, händigte dem wachhabenden Offizier im Brigadegefängnis das Kuvert aus, unterschrieb an der vorgesehenen Stelle und erhielt seinerseits alle nötigen Bescheinigungen. Dann brachte man ihm die Verurteilten. Es waren zwei der ehemaligen Verschwörer – der dicke Mann, dem Mak die Finger ausgerenkt hatte, und die Frau. Massaraksch, das fehlte gerade! Die Frau hätte es nicht zu sein brauchen, das war nichts für Mak. Gai führte die Gefangenen hinaus auf den Platz und trieb sie zur Kaserne. Der Mann setzte mühsam einen Fuß vor den anderen, sein Arm schlenkerte. Die Frau hingegen hielt sich steif wie ein Stock, hatte die Hände in den Jackentaschen vergraben und schien weder etwas zu hören noch zu sehen. Massaraksch, warum sollte sie nichts für Mak sein? Dieses Weib war genauso ein Scheusal wie der Mann. Weshalb sollten sie ihr irgendwelche Sonderrechte zubilligen? Und weshalb, Massaraksch, sollte der Anwärter Sim Sonderrechte genießen? Mochte er sich dran gewöhnen, Massaraksch und Massaraksch.

Der Herr Rittmeister und Mak saßen bereits im Wagen. Der Herr Rittmeister hinterm Steuer, Mak, die Maschinenpistole zwischen den Knien, auf dem Rücksitz. Gai öffnete die Tür, und die Verurteilten krochen hinein. »Auf den Boden!«, befahl er. Gehorsam ließen sie sich auf dem Eisenboden nieder. Gai nahm Mak gegenüber Platz. Er versuchte, einen Blick von ihm zu erhaschen, doch Mak sah die Verurteilten an. Nein, er starrte auf die Frau, die mit angezogenen Knien in sich zusammengesunken schien. Ohne sich umzudrehen, fragte der Rittmeister: »Fertig?«, und der Wagen setzte sich in Bewegung.

Unterwegs wurde nicht gesprochen. Rittmeister Tschatschu fuhr sehr schnell – wohl, um die Sache erledigt zu haben, bevor es dämmerte. Wozu auch trödeln. Nach wie vor hielt Mak seine Augen auf die Frau gerichtet, so als wollte er, dass ihre Blicke sich träfen. Und Gai suchte noch immer nach Maks Blick. Die Verurteilten rutschten, sich gegenseitig stützend, auf dem Boden hin und her, der Dicke begann ein Gespräch mit der Frau, doch Gai schrie ihn an. Sie verließen jetzt die Stadt, passierten den südlichen Sicherheitsposten und bogen gleich darauf in einen halb zugewachsenen Feldweg, der zu den Rosa Höhlen führte. Gai kannte ihn, er kannte ihn sogar sehr gut ... Das Auto rumpelte, man konnte sich kaum halten. Mak hob seinen Blick nach wie vor nicht, und diese Halbtoten gingen Gai allmählich auf die Nerven: griffen ihm immerfort an die Knie, um die Stöße abzufangen. Schließlich konnte er sich nicht mehr zurückhalten und hieb diesem dicken Kerl seinen Stiefel in die Rippen. Doch auch das half nicht; der Kerl versuchte, sich weiter festzuhalten. Sie fuhren noch eine Kurve, dann bremste der Wagen scharf und rollte langsam in einen Steinbruch. Der Herr Rittmeister schaltete den Motor aus und befahl: »Aussteigen!«

Es war schon etwa sechs Uhr abends, im Gelände sammelte sich Abenddunst, die verwitterten Felsen schimmerten rosig. Früher hatte man hier Marmor gewonnen. Doch wer brauchte den jetzt noch …

Bald würde es so weit sein. Mak war noch immer der ideale Soldat: keine überflüssige Bewegung, das Gesicht starr und gleichgültig, die Augen in Erwartung der Befehle auf den Vorgesetzten gerichtet. Der dicke Gefangene hielt sich wacker, würdevoll. Scherereien würde es mit ihm wohl nicht geben. Das Weib aber verlor zu guter Letzt doch noch die Fassung. Krampfhaft presste sie immer wieder die Fäuste gegeneinander, drückte sie an die Brust und ließ sie wieder sinken. Ganz ohne Hysterie wird es nicht abgehen, dachte Gai, aber zur Exekution werden wir sie wohl trotzdem nicht schleifen müssen.

Der Herr Rittmeister steckte sich eine Zigarette an, schaute zum Himmel und wies Mak an: »Führe sie diesen Pfad entlang. Bei den Höhlen siehst du dann schon, wohin du sie stellen musst. Hinterher prüfst du auf jeden Fall, ob sie tot sind. Notfalls erledigst du sie mit einem Kontrollschuss. Weißt du, was das ist?«

»Jawohl!«, antwortete Mak mit ungerührter Stimme.

»Du lügst, du weißt es nicht. In den Kopf musst du treffen. Und nun los, Anwärter! Zurückkommen wirst du als Ordentlicher Soldat.«

In diesem Moment ließ sich die Frau vernehmen: »Wenn wenigstens einer von euch ein Mensch ist … sagt es meiner Mutter … Entensiedlung Nummer zwei … ganz in der Nähe … Sie heißt …«

»Erniedrige dich nicht!«, hörte man den tiefen Bass des dicken Mannes.

»Sie heißt Illi Tader …«

»Du sollst dich nicht erniedrigen!« Der Untersetzte hob die Stimme. Ohne auszuholen, schlug ihm Rittmeister Tschatschu mit der Faust ins Gesicht. Der Gefangene verstummte, griff sich an die Wange und blickte den Rittmeister hasserfüllt an.

»Los, Anwärter!«, wiederholte dieser.

Mak wandte sich den Verurteilten zu, machte eine Bewegung mit seiner Maschinenpistole, und die beiden betraten den Pfad. Die Frau drehte sich noch einmal um und rief: »Entensiedlung zwei, Illi Tader!«

Mak folgte ihnen langsam, die Maschinenpistole im Anschlag. Der Rittmeister öffnete die Wagentür, setzte sich seitlich auf den Fahrersitz und streckte die Beine aus.

»Na, dann warten wir ein Viertelstündchen.«

»Jawohl, Herr Rittmeister«, antwortete Gai mechanisch.

Er folgte Mak mit den Augen, bis die Gruppe hinter einem Felsvorsprung verschwunden war. Auf dem Rückweg kaufen wir eine Flasche Schnaps, dachte er. Soll er sich betrinken. Man sagt, das hilft.

»Du darfst rauchen, Korporal«, krächzte der Rittmeister.

»Danke, Herr Rittmeister, ich rauche nicht.«

Rittmeister Tschatschu spuckte weit aus. »Fürchtest du nicht, dein Freund könnte dich enttäuschen?«

»Nein, überhaupt nicht«, erwiderte Gai unsicher. »Obwohl es mir, wenn Sie erlauben, sehr leidtut, dass ihm die Frau zufiel. Er ist ein Gebirgler, und bei denen …«

»Er ist so wenig Gebirgler wie du und ich«, unterbrach ihn Rittmeister Tschatschu. »Und hier geht es auch nicht um Frauen. Übrigens, warten wir ab. Womit wart ihr beschäftigt, als ich euch holen ließ?«

»Wir haben gesungen, Herr Rittmeister.«

»Und was habt ihr gesungen?«

»Gebirgslieder, Herr Rittmeister. Er kennt viele.«

Rittmeister Tschatschu stieg aus und ging auf dem Pfad hin und her. Er sagte nichts mehr. Nach etwa zehn Minuten fing er an, den »Marsch« zu pfeifen. Gai wartete auf die

Schüsse, doch sie fielen nicht. Langsam wurde er unruhig. Mak zu entkommen war unvorstellbar, ihn zu entwaffnen ebenso. Warum also schoss er nicht? Vielleicht hatte er die Gefangenen weiter geführt als bis zur üblichen Stelle? Dort stank es, die Gräber für die Hingerichteten waren flach, und Mak hatte einen sehr gut entwickelten Geruchssinn. Der brachte es fertig, einzig und allein vor Ekel noch fünf Kilometer weiter zu gehen.

»So …« Der Herr Rittmeister blieb stehen. »Das war's, Korporal Gaal! Ich fürchte, deinen Freund sehen wir nicht wieder. Und du bist vermutlich die längste Zeit Korporal gewesen.«

Gai sah ihn verwundert an. Der Rittmeister grinste.

»Was glotzt du denn wie das Schwein auf den Schinken? Dein Freund ist geflohen, desertiert! Er ist ein Feigling und Verräter! Klar, Soldat Gaal?«

Gai war bestürzt. Weniger wegen Rittmeister Tschatschus Worten als durch seinen Ton. Der Herr Rittmeister war begeistert. Der Herr Rittmeister triumphierte. Der Herr Rittmeister strahlte, als hätte er das große Los gezogen. Unwillkürlich glitt Gais Blick in die Tiefe des Steinbruchs. Und da sah er Mak. Er kehrte zurück. Allein. Die Maschinenpistole baumelte am Riemen in seiner Hand.

»Massaraksch!« Der Rittmeister hatte Mak jetzt auch entdeckt und schien verwirrt.

Schweigend verfolgten sie, wie Mak über das Geröll balancierte und langsam näher kam, sahen seine ruhigen, gutmütigen Gesichtszüge, die seltsamen Augen – und in Gais Kopf kreiste alles: Schüsse waren nicht zu hören gewesen. Hatte Mak die Verurteilten etwa erwürgt oder mit dem Kolben erschlagen, er, eine Frau? Nein, Unsinn. Doch Schüsse hatte es nicht gegeben. Fünf Schritte vor ihnen blieb Mak stehen, blickte Rittmeister Tschatschu ins Gesicht und warf ihm die Maschinenpistole vor die Füße.

»Leben Sie wohl, Herr Rittmeister«, sagte er. »Diese unglücklichen Menschen habe ich laufen lassen, und jetzt gehe ich auch. Hier ist Ihre Waffe, die Uniform.« Während er das Koppel löste, wandte er sich an Gai: »Das ist eine schmutzige Sache, Gai. Sie haben uns betrogen.«

Er zog die Stiefel und den Overall aus, rollte alles zu einem Bündel zusammen und war jetzt so, wie Gai ihn zum ersten Mal gesehen hatte: an der Südgrenze, fast nackt, nur mit kurzen, silbrig glänzenden Shorts bekleidet, jetzt sogar barfuß. Er ging zum Wagen und legte das Bündel auf die Kühlerhaube. Gai erschrak. Dann sah er zu Rittmeister Tschatschu hinüber und erschrak noch mehr.

»Herr Rittmeister!«, rief er. »Er ist verrückt! Er hat wieder …«

»Anwärter Sim!«, blaffte der Rittmeister, die Hand an der Pistolentasche. »Steigen Sie in den Wagen! Sie sind verhaftet.«

»Nein«, entgegnete Mak. »Sie irren. Ich bin frei. Ich bin hier, um Gai zu holen. Gai, komm! Sie haben dich reingelegt. Sie sind nicht anständig. Früher habe ich's geahnt, jetzt bin ich sicher.«

Gai schüttelte den Kopf. Er wollte etwas erklären, doch er fand weder Worte noch hatte er Zeit dazu. Der Rittmeister zog die Pistole. »Anwärter Sim! In den Wagen!«, schnauzte er.

»Kommst du?«, fragte Mak.

Wieder schüttelte Gai den Kopf. Er starrte auf die Waffe in Rittmeister Tschatschus Hand und dachte nur eins: Gleich würde Mak erschossen. Und er wusste nicht, was er tun sollte.

»Na gut«, lenkte Mak ein. »Ich finde dich. Ich bringe Licht in diese Angelegenheit und finde dich. Dein Platz ist nicht hier. Gib Rada einen Kuss!«

Er drehte sich um und ging davon, über die Steine, barfuß, und ebenso leicht wie zuvor in seinen Stiefeln. Gai zitterte am ganzen Leib und blickte stumm auf Maks breiten Rücken; er wartete auf den Schuss, das schwarze kleine Loch unter dem linken Schulterblatt.

»Anwärter Sim!« Die Stimme des Rittmeisters klang unbeteiligt. »Ich befehle Ihnen umzukehren. Andernfalls schieße ich.«

Mak hielt an, drehte sich noch einmal um.

»Schießen?«, sagte er. »Auf mich? Warum? Aber das ist jetzt unwichtig. Geben Sie mir Ihre Waffe.«

Der Herr Rittmeister zielte aus der Hüfte und richtete langsam die Mündung auf Mak.

»Ich zähle bis drei. Setz dich ins Auto, Anwärter! Eins ...«

»Nun geben Sie mir schon die Pistole.« Mak näherte sich mit ausgestreckter Hand dem Rittmeister.

»Zwei!«, krächzte der Rittmeister.

»Nicht!«, schrie Gai.

Der Herr Rittmeister schoss. Mak stand schon nahe. Die Kugel traf ihn in die Schulter, und er fuhr zurück, als sei er auf ein Hindernis gestoßen.

»Narr!«, sagte Mak. »Geben Sie Ihre Waffe her, Sie dummer, böser Narr!«

Er blieb nicht stehen, sondern kam, die Hand nach der Pistole ausgestreckt, immer näher, und aus dem Loch in seiner Schulter quoll plötzlich Blut. Der Herr Rittmeister gab einen merkwürdigen Laut von sich, wich zurück und schoss dreimal, schnell nacheinander, direkt in die breite, braune Brust. Mak wurde nach hinten geschleudert, fiel auf den Rücken, sprang wieder auf, stürzte noch einmal, erhob sich halb – und der Rittmeister, dem vor Erregung die Knie eingeknickt waren und der halb am Boden saß, traf ihn mit noch drei Kugeln. Mak wälzte sich auf den Bauch. Dann lag er starr.

Vor Gais Augen verschwamm alles, die Füße trugen ihn nicht mehr, und er sank auf das Trittbrett des Wagens. In seinen Ohren hallte das abscheuliche laute Knirschen, mit dem die Kugeln in den Körper dieses merkwürdigen, ihm aber so lieben Menschen eingedrungen waren. Kurze Zeit später kam er wieder zur Besinnung, blieb aber noch eine Weile sitzen, da er noch nicht riskieren wollte, sich auf die Beine zu stellen.

Maks gebräunter Körper lag zwischen weißrosa Steinen und war selbst reglos wie ein Stein. Rittmeister Tschatschu hockte noch an derselben Stelle, hielt die Pistole im Anschlag und rauchte gierig, tief inhalierend. Gai beachtete er nicht. Als ihm die Glut die Lippen versengte, warf er den Stummel weg und machte zwei Schritte auf den Toten zu. Der zweite geriet schon sehr kurz – er konnte sich nicht entschließen, näher an den Toten heranzutreten. Aus zehn Schritt Entfernung feuerte er den Kontrollschuss, traf aber nicht; Gai sah, wie neben Maks Kopf Steinstaub aufgewirbelt wurde.

»Massaraksch!«, fauchte der Rittmeister und nestelte an seiner Pistolentasche.

Er brauchte lange, um die Waffe einzustecken, konnte den Knopf einfach nicht schließen. Dann kam er zu Gai, packte ihn mit der verkrüppelten Hand an der Uniform und zog ihn mit einem Ruck hoch. Heftig atmete er ihm ins Gesicht und lallte wie ein Betrunkener: »Schön. Du bleibst Korporal. Doch in der Garde hast du nichts mehr zu suchen. Du beantragst deine Versetzung in die Armee. Steig ein.«

»Irgendetwas stinkt hier ...«

»Irgendetwas stinkt hier«, sagte der Papa.

»Wirklich?«, sagte der Schwiegervater. »Ich rieche nichts.«

»Es stinkt, es stinkt«, sagte der Schwager angewidert. »Nach irgendwas Verfaultem. Wie auf dem Müllplatz.«

»Dann schimmeln vielleicht die Wände«, entschied der Papa.

»Gestern habe ich den neuen Panzer gesehen«, sagte der Onkel. »Einen ›Vampir‹. Ideale Abdichtung. Thermische Schranke bis tausend Grad.«

»Sie haben wahrscheinlich schon unter dem seligen Kaiser geschimmelt«, sagte der Papa, »und nach dem Umsturz wurden sie nicht renoviert.«

»Hat er es bestätigt?«, wollte der Vetter vom Onkel wissen.

»Hat er«, sagte der Onkel.

»Und wann geht er in Serie?«, fragte der Vetter.

»Ist er schon«, sagte der Schwiegervater. »Zehn Stück pro Tag.«

»Mit euren Panzern stehen wir bald ohne Hosen da«, sagte der Schwager mürrisch.

»Lieber ohne Hosen als ohne Panzer«, entgegnete der Onkel.

»Du bist Oberst gewesen«, antwortete ihm der Schwager bärbeißig, »und bist es geblieben. Willst immerzu mit Panzern spielen …«

»Irgendwie tut mir ein Zahn weh«, sagte der Papa nachdenklich. »Wanderer, ist es denn so schwer, eine schmerzlose Behandlung für Zähne zu erfinden?«

»Ich kann darüber nachdenken«, sagte der Wanderer.

»Denk lieber über die schweren Systeme nach«, sagte der Vetter verärgert.

»Ich kann auch über die schweren Systeme nachdenken«, meinte der Wanderer.

»Lasst uns heute einmal nicht über schwere Systeme reden«, schlug der Papa vor. »Lasst uns annehmen, es sei nicht der richtige Zeitpunkt dafür.«

»Ich finde, es ist sehr wohl der richtige Zeitpunkt dafür«, widersprach der Vetter. »Pandea hat noch eine Division an die Grenze zu Honti verlegt.«

»Und was geht dich das an?«, knurrte der Schwager.

»Viel geht mich das an«, antwortete der Vetter. »Ich habe nämlich darüber nachgedacht. Ich halte es durchaus für möglich, dass sich die Pandeaner in Honti einmischen und dort im Handumdrehen ihren Mann an die Spitze bringen. Dann haben wir eine vereinigte Front von fünfzig Millionen gegen unsere vierzig.«

»Ich würde eine Menge darum geben, dass sie sich in Honti einmischen«, sagte der Schwager. »Ihr denkt immer, wer das schafft, hat einen Vorteil. Aber ich sage: Wer Honti anrührt, hat verloren.«

»Kommt darauf an, wie man es anrührt«, sagte der Schwiegervater leise. »Wenn man es vorsichtig macht, mit wenig Truppen und ohne dort stecken zu bleiben – anrühren und sich sofort zurückziehen, wenn sie aufhören, sich zu streiten … Und man müsste vor den Pandeanern da sein …«

»Was wollen wir eigentlich?«, fragte der Onkel. »Hontianer, die auf unserer Seite sind, vereinigte Hontianer ohne Bürgerkrieg oder tote Hontianer – ohne Invasion ist das alles nicht zu haben. Wir sollten uns auf eine Invasion einigen; alles Weitere sind dann schon Einzelheiten. Für jede Variante haben wir unseren Plan schon fertig.«

»Du willst uns partout ohne Hosen dastehen lassen«, sagte der Schwager. »Wenn es nach dir geht – ohne Hosen, Hauptsache mit Orden. Was bringt dir ein vereinigtes Honti, wenn du ein gespaltenes Pandea haben kannst?«

»Spekulatives Geschwätz«, bemerkte der Vetter, ohne sich direkt an jemanden zu wenden.

»Das ist nicht lustig«, sagte der Schwager. »Unrealistische Varianten bringe ich hier nicht vor. Wenn ich etwas sage, habe ich dafür Gründe.«

»Du kannst kaum ernsthafte Gründe haben«, sagte der Schwiegervater sanft. »Dich lockt ja nur, dass die Lösung so

einfach scheint, und ich kann dich verstehen. Aber das Nordproblem ist mit einem geringen Einsatz von Mitteln nicht zu lösen. Dort hilft weder Putsch noch Umsturz. Dein Vorgänger hat Honti gespalten, und jetzt müssen wir es wieder vereinigen. Putsch, Gegenputsch – wenn wir nicht aufpassen, treiben wir es in die Revolution. Bei denen ist es nicht wie bei uns …«

»Und du, Schlaukopf, warum sagst du nichts?«, fragte der Papa. »Du bist doch bei uns der Schlaukopf.«

»Wenn die Väter sprechen, halten kluge Kinder den Mund«, antwortete der Schlaukopf lächelnd.

»Nun sag schon, sag.«

»Ich bin kein Politiker«, wandte der Schlaukopf ein. Alle lachten, der Onkel verschluckte sich sogar. Schlaukopf fuhr fort: »Wirklich, meine Herren, da gibt es nichts zu lachen. Ich bin bloß ein hoch spezialisierter Fachmann. Und als solcher kann ich nur mitteilen, dass meinen Informationen zufolge die Stimmung im Offizierskorps der Armee zum Krieg neigt.«

»Ach so?«, sagte der Papa und musterte ihn eindringlich. »Du also auch?«

»Entschuldige, Papa«, sagte der Schlaukopf hitzig. »Aber jetzt ist, glaube ich, ein sehr günstiger Zeitpunkt für eine Invasion: Die Umrüstung der Armee ist fast abgeschlossen.«

»Gut, gut«, lenkte der Papa ein. »Wir werden nachher darüber reden.«

»Es ist ganz und gar unnötig, nachher darüber zu reden«, entgegnete der Schwiegervater. »Wir sind hier unter uns, und ein Fachmann ist verpflichtet, seine Ansicht zu äußern. Zu dem Zweck wurde er schließlich in den Kreis aufgenommen.«

»Apropos Fachleute«, sagte der Papa. »Warum sehe ich den Hampelmann nicht?«

»Der Hampelmann inspiziert gerade den Verteidigungsgürtel in den Bergen«, sagte der Onkel. »Aber seine Meinung ist sowieso bekannt. Er hat Angst um die Armee, als wäre es seine eigene.«

»Ja«, sagte der Papa. »Mit dem Gebirge ist nicht zu spaßen. Vetter, warst du das, der mir erzählt hat, in der Garde sei ein Spion aus den Bergen entdeckt worden? Ja, meine Herren, Norden hin, Norden her, aber im Osten warten die Berge und hinter den Bergen der Ozean. Mit dem Norden werden wir irgendwie fertig. Aber wenn ihr Krieg führen wollt – bitte, dann führen wir eben Krieg, obwohl ... Wie lange kommen wir hin, Wanderer?«

»Etwa zehn Tage«, sagte der Wanderer.

»Also schön, dann können wir fünf, sechs Tage Krieg führen.«

»Der Plan für die Tiefeninvasion«, sagte der Onkel, »sieht die Zerschlagung Hontis binnen acht Tagen vor.«

»Guter Plan«, stimmte der Papa zu. »In Ordnung, beschließen wir's ... Du scheinst dagegen zu sein, Wanderer?«

»Mich geht das nichts an«, sagte der.

»Gut«, beschied der Papa. »Sei ruhig dagegen. Was ist, Schwager, schließen wir uns der Mehrheit an?«

»Ach!«, sagte der Schwager erbost. »Macht doch, was ihr wollt ... Und er hatte Angst vor einer Revolution ...«

»Papa!«, triumphierte der Schwiegervater. »Ich wusste, dass du auf unserer Seite stehst!«

»Klar doch!«, sagte der Papa. »Was sollte ich auch ohne euch machen? Ich erinnere mich, früher besaß ich im Generalgouvernement Honti Bergwerke, Kupfer. Was wohl aus denen geworden ist? Ja, Schlaukopf! Jetzt werden wir die öffentliche Meinung organisieren müssen. Du hast dir sicher schon etwas ausgedacht, bist ja unser Schlaukopf.«

»Natürlich, Papa. Alle Vorkehrungen sind bereits getroffen.«

»Irgendein Attentat? Oder ein Überfall auf die Türme? Geh gleich los und bereite mir bis zum Abend die Unterlagen vor. Wir diskutieren inzwischen den Zeitplan.«

Als der Schlaukopf die Tür hinter sich geschlossen hatte, sagte der Papa: »Du wolltest uns etwas über Wasserblase mitteilen, Wanderer?«

Dritter Teil

Terrorist

9

Der Mann, der ihn begleitete, sagte leise: »Warten Sie hier«, ging dann alleine weiter und verschwand hinter Büschen und Bäumen. Maxim setzte sich auf einen Baumstumpf inmitten der kleinen Lichtung, steckte die Hände tief in die Taschen seiner Segeltuchhose und wartete. Es war ein alter, verwilderter Wald, dem das Unterholz die Luft zum Atmen nahm. Es war feucht, und von den morschen Baumstämmen her roch es faul und modrig. Maxim schauderte. Ihm war übel. Wie gern säße er jetzt in der Sonne, wärmte sich die Schulter … Nicht weit weg, hinter den Sträuchern, war jemand, aber Maxim beachtete ihn nicht. Er wurde belauert, seit er die Siedlung verlassen hatte. Aber es machte ihm nichts aus; es wäre seltsam gewesen, wenn sie ihm sofort vertraut hätten.

Ein kleines Mädchen trat auf die Wiese; sie trug eine geflickte, viel zu große Bluse und hielt ein Körbchen in der Hand. Langsam ging sie an Maxim vorüber, starrte ihn neugierig an und ließ ihn auch dann nicht aus den Augen, als sie immer wieder stolperte und im Gras hängen blieb. Dann war sie verschwunden. Jetzt sprang ein kleines Tier, das aussah wie ein Eichhörnchen, aus dem Gebüsch, sauste an einem Baum empor, äugte herunter, erschrak und verschwand. Ringsum war wieder Stille, nur in der Ferne tuckerte unregelmäßig eine Maschine – sie schnitt Schilf auf dem See.

Der Unbekannte steckte noch immer hinter den Sträuchern. Maxim spürte seine feindseligen Blicke im Rücken, was unangenehm war, doch er musste sich daran gewöhnen. Denn es würde so bleiben. Die bewohnte Insel war ihm feindlich gesonnen; sie schoss auf ihn, verfolgte ihn und glaubte ihm nicht. Maxim nickte ein. In letzter Zeit passierte das oft, in den unpassendsten Augenblicken. Er schlummerte, erwachte und schlief wieder ein. Er kämpfte gar nicht erst dagegen an, denn sein Körper nahm sich so die Ruhe, die er brauchte. Es würde vorbeigehen, er durfte sich nur nicht wehren.

Das Laub raschelte. Der Begleitposten war zurück und forderte Maxim auf, ihm zu folgen. Maxim stand auf, die Hände noch immer in den Hosentaschen, und ging dem Mann nach. Er blickte auf dessen Füße, die in weichen, feuchten Stiefeln steckten. Sie gelangten tiefer in den Wald. In Kreisen und komplizierten Schlaufen näherten sie sich allmählich einem Unterschlupf, zu dem es auf geradem Weg nur ein Katzensprung gewesen wäre. Jetzt glaubte der Posten offenbar, Maxim genug verwirrt zu haben, und durchquerte geradewegs einen Windbruch. Offensichtlich war er ein Städter, denn er veranstaltete dabei solchen Lärm, dass Maxim nicht einmal mehr den Verfolger hören konnte.

Am Ende des Windbruchs sah man hinter Bäumen eine kleine Wiese; darauf stand ein schiefes Blockhaus mit vernagelten Fenstern. Das Gras stand hoch, wie unberührt, aber Maxim bemerkte, dass hier Menschen gegangen waren, früher schon, aber auch noch vor kurzem. Bemüht, Spuren zu vermeiden, hatten sie den Weg zum Haus jedes Mal etwas anders genommen. Maxims Führer öffnete eine quietschende Tür, dann traten sie in eine dunkle, muffige Diele. Der Mann, der ihnen gefolgt war, blieb draußen. »Kommen Sie, vorsichtig …«, raunte der Begleiter, als er die Falltür zum Keller hob; in der Dunkelheit sah er schlecht. Maxim kletterte die hölzerne Stiege hinab.

Im Keller war es warm und trocken. An einem Holztisch saßen ein paar Leute, die ihre Augen komisch aufrissen, um Maxim besser sehen zu können. Es roch nach ausgeblasener Kerze. Anscheinend wollten die Leute nicht, dass Maxim ihre Gesichter sah. Zwei von ihnen kannte Maxim bereits: Ordi, die Tochter der alten Illi Tader, und den dicken Memo Gramenu. Letzterer kauerte, ein Maschinengewehr auf den Knien, direkt neben der Stiege. Über ihm schloss sich nun polternd die Luke. Dann sagte jemand: »Wer sind Sie? Erzählen Sie von sich.«

»Darf ich mich setzen?«, fragte Maxim.

»Ja, natürlich. Folgen Sie meiner Stimme, dann stoßen Sie auf eine Bank.«

Maxim setzte sich an den Tisch und warf einen Blick auf seine Nachbarn. Es waren vier. Im Dunkeln wirkten sie grau und flach, wie auf einem alten Foto. Rechts neben Maxim saß Ordi; der Sprecher, ein stämmiger, breitschultriger Mann, saß ihm gegenüber. Er ähnelte unangenehm Rittmeister Tschatschu.

»Erzählen Sie«, wiederholte er.

Maxim seufzte. Es war ihm zuwider, gleich mit einer Lüge zu beginnen, aber es musste sein.

»Über meine Vergangenheit weiß ich nichts«, sagte er. »Man hat mir gesagt, ich sei ein Gebirgler. Vielleicht stimmt es. Ich erinnere mich nicht … Ich heiße Maxim, mit Familiennamen Kammerer. Bei der Garde nannte man mich Mak Sim. Mein Gedächtnis reicht bis zu dem Moment, da man mich im Wald an der Blauen Schlange aufgriff.«

Von nun an konnte er bei der Wahrheit bleiben, und das war leichter. Er versuchte, sich kurz zu fassen, gleichzeitig aber nichts Wichtiges zu verschweigen.

»… Ich habe sie so weit wie möglich in den Steinbruch geführt, sie aufgefordert zu fliehen und bin dann langsam zurückgekehrt. Anschließend hat Rittmeister Tschatschu auf mich geschossen. In der Nacht kam ich wieder zu mir, kroch aus dem Steinbruch heraus und gelangte wenig später zu einer Weide. Mehrere Tage lang versteckte ich mich tagsüber im Gebüsch und schlief. Nachts schlich ich mich zu den Kühen und trank ihre Milch. Dann ging es mir besser. Ich bekam von den Hirten ein paar alte Sachen, schlug mich zur Entensiedlung durch und suchte dort Illi Tader auf. Den Rest wissen Sie.«

Eine Zeit lang schwiegen alle. Dann meldete sich ein Mann mit schulterlangem Haar zu Wort, seinem Äußeren nach kam er vom Lande: »Ich verstehe nicht, dass er keine Erinnerung an sein früheres Leben hat. Ich denke, das gibt es nicht. Soll der Doktor was dazu sagen.«

»Das gibt's«, erwiderte der Doktor lakonisch. Er war ein magerer Mann, fast ausgemergelt, und drehte eine Pfeife in den Händen. Anscheinend hätte er gerne geraucht.

»Warum sind Sie nicht mit den Verurteilten geflohen?«, fragte der Breitschultrige.

»Gai war noch dort«, sagte Maxim. »Ich hatte gehofft, Gai würde mitkommen.« Er verstummte. Wieder sah er Gais bleiches, verwirrtes Gesicht und die hassprühenden Augen des Rittmeisters, spürte die heißen Stöße in Brust und Bauch, das Gefühl von Ohnmacht und tiefer Kränkung. »Es war dumm von mir«, gab er zu. »Aber damals wusste ich das nicht.«

»Haben Sie an Operationen teilgenommen?«, tönte aus dem Hintergrund die Stimme des massigen Memo.

»Das habe ich bereits erzählt.«

»Wiederholen Sie es!«

»Ich war an dieser einen Operation beteiligt, bei der Ketschef, Ordi, Sie und noch zwei andere, die ihre Namen nicht nennen wollten, festgenommen wurden. Der eine trug eine Handprothese und ist schon lange Revolutionär, ein Profi.«

»Wie erklären Sie sich die Eile des Rittmeisters? Ehe ein Anwärter das Recht auf die Blutprobe erwirbt, muss er an mindestens drei Aktionen teilgenommen haben.«

»Davon weiß ich nichts. Ich weiß nur, er hat mir nicht getraut. Ich begreife selbst nicht, warum er gerade mich zur Urteilsvollstreckung auswählte.«

»Wieso hat er eigentlich auf Sie geschossen?«

»Vermutlich vor Schreck. Ich wollte ihm die Pistole abnehmen.«

»Ich verstehe das nicht«, murrte der Langhaarige. »Schön, er hat Ihnen nicht getraut. Und um Sie zu prüfen, hat er Sie losgeschickt, um die Verurteilten hinzurichten.«

»Moment, Förster«, unterbrach ihn Memo. »Das alles ist doch nur leeres Gerede. Ich an Ihrer Stelle, Doktor, würde ihn untersuchen. Ich glaube nicht recht an die Geschichte mit dem Rittmeister.«

»Im Dunkeln kann ich ihn nicht untersuchen.« Der Doktor sagte es gereizt.

»Zünden Sie das Licht wieder an«, riet Maxim. »Ich sehe Sie sowieso.«

Kurze Zeit schwiegen alle.

»Was heißt, Sie sehen uns?«, fragte der Breitschultrige.

Maxim zuckte mit den Achseln. »Ich sehe eben.«

»Blödsinn!« Memo schien verärgert. »Was mache ich denn gerade – wenn Sie mich sehen?«

Maxim wandte sich um. »Sie haben Ihre MP auf mich gerichtet, das heißt, Sie denken, auf mich, in Wahrheit aber auf den Doktor. Sie sind Memo Gramenu, ich kenne Sie. Auf Ihrer rechten Wange ist eine Schramme, die hatten Sie früher nicht.«

»Nyktalopie«, murmelte der Doktor. »Machen wir Licht. Ist doch unsinnig: Er sieht uns, und wir sehen ihn nicht.« Er tastete nach den Streichhölzern und versuchte, sie anzuzünden. Doch eins nach dem anderen brach ab.

»Ja«, pflichtete Memo ihm bei. »Ist sowieso Quatsch. Hier kommt er entweder als einer von uns raus oder gar nicht.«

»Gestatten Sie …« Maxim streckte die Hand aus, ließ sich vom Doktor die Hölzer geben und zündete die Kerze an.

Die Umsitzenden zwinkerten oder hielten die Hände vor die Augen.

Der Doktor begann sofort zu rauchen. »Ziehen Sie sich aus«, forderte er Maxim auf. In seiner Pfeife knisterte es.

Maxim streifte das Hemd aus Segeltuch über den Kopf. Alle starrten auf seine Brust. Der Doktor kam hinter dem Tisch hervor, trat dicht heran und drehte Maxim hin und her, befühlte ihn mit kräftigen, kühlen Fingern. Es war still. Dann sagte der Langhaarige, und in seiner Stimme schwang Bedauern: »Hübscher Junge. Mein Sohn war … auch …«

Niemand antwortete ihm. Dann stand er langsam auf, suchte in der Ecke nach etwas und hob schließlich mühsam eine große Korbflasche auf den Tisch. Dazu stellte er drei Becher.

»Wir können abwechselnd trinken«, erklärte er. »Wenn jemand hungrig ist, es gibt Käse. Und Zwiebeln …«

»Warten Sie, Förster«, unterbrach ihn der Breitschultrige ärgerlich. »Und rücken Sie Ihre Flasche beiseite, ich sehe nichts … Na, was ist, Doktor?«

Der Doktor tastete noch einmal Maxims Körper ab, stieß eine Rauchwolke aus und setzte sich auf seinen Platz.

»Schenk ein, Förster«, knurrte er. »Darauf muss man trinken.« Und an Maxim gewandt: »Ziehen Sie sich an! Und grinsen Sie nicht wie eine Vogelscheuche. Ich habe ein paar Fragen an Sie.«

Maxim zog sich an. Der Doktor nahm einen Schluck und verzog das Gesicht.

»Wann, sagten Sie, wurde auf Sie geschossen?«

»Vor siebenundvierzig Tagen.«

»Und womit?«

»Mit einer Pistole. Einer Armeepistole.«

Der Doktor trank noch einmal, verzog wieder das Gesicht und drehte sich zu dem Breitschultrigen. »Ich wette meinen Kopf, dass tatsächlich auf ihn geschossen wurde, mit einer Armeepistole, und zwar aus sehr kurzer Entfernung. Allerdings nicht vor siebenundvierzig Tagen, sondern vor mindestens hundertsiebenundvierzig. Wo sind die Kugeln?«, fragte er Maxim plötzlich.

»Rausgewachsen. Ich habe sie weggeworfen.«

»Hören Sie, äh … Mak! Sie lügen. Gestehen Sie: Wie hat man Sie so hergerichtet?«

Maxim biss sich auf die Lippe. »Es ist die Wahrheit. Sie wissen nur nicht, wie schnell bei uns die Wunden heilen. Ich lüge nicht.« Er verstummte. »Übrigens können Sie das leicht nachprüfen. Schneiden Sie mir in die Hand. Wenn der Schnitt nicht zu tief ist, schließe ich ihn in zehn, fünfzehn Minuten.«

»Das stimmt«, pflichtete ihm Ordi bei. »Ich habe es selbst gesehen. Er hat sich beim Kartoffelschälen den Finger verletzt. Eine halbe Stunde später war nur noch eine weiße Schramme zu sehen, am nächsten Tag überhaupt nichts mehr. Er ist bestimmt ein Gebirgler. Gel hat mir erzählt, wie sie in den Bergen heilen – sie besprechen die Wunden.«

»Ach, das Heilen in den Bergen …« Der Doktor hüllte sich wieder in Rauch. »Schön, gehen wir davon aus! Ein Schnitt in den Finger ist zwar etwas anderes als sieben Kugeln aus nächster Nähe, aber gut, nehmen wir es mal an. Dass die Wunden so schnell verheilt sind, ist nicht das Erstaunlichste. Ich möchte für etwas anderes eine Erklärung: Im Körper des jungen Mannes sind sieben Einschüsse. Stammen sie wirklich von Pistolenkugeln, hätten mindestens vier von ihnen – und zwar jede für sich allein! – seinen Tod herbeiführen müssen.«

Der Förster stöhnte auf und faltete die Hände.

»Wieso, zum Teufel?«, fragte der Breitschultrige.

»Glauben Sie mir«, ereiferte sich der Doktor. »Eine Kugel ins Herz, eine ins Rückgrat und zwei in die Leber. Plus der starke Blutverlust. Plus die unvermeidliche Sepsis. Plus das Fehlen jeglicher Spur von qualifizierter ärztlicher Hilfe. Massaraksch, schon die Kugel ins Herz hätte genügt.«

»Was meinen Sie dazu?«, wandte sich der Breitschultrige wieder an Maxim.

»Er irrt«, erwiderte dieser. »Seine Diagnose ist richtig, und trotzdem irrt er. Für uns sind diese Wunden nicht tödlich. Der Rittmeister hätte mich in den Kopf treffen müssen, doch er hat es nicht ... Verstehen Sie, Doktor, Sie können sich gar nicht vorstellen, was das für widerstandsfähige Organe sind – Herz und Leber. Die sind ja voller Blut ...«

»Hm«, sagte der Doktor.

»Eins ist sicher«, meldete sich der Breitschultrige. »Eine so plumpe Legende würden Sie uns wohl kaum auftischen. Sie wissen doch, dass wir Ärzte haben.«

Sie schwiegen. Maxim wartete geduldig. Würde ich es denn glauben?, überlegte er. Wahrscheinlich ja. Aber ich bin, wie es aussieht, sowieso viel zu vertrauensselig für diese Welt. Wenn auch schon etwas skeptischer als früher. Dieser Memo zum Beispiel gefällt mir nicht. Er hat ständig vor etwas Angst. Sitzt mit dem Maschinengewehr inmitten seiner eigenen Leute und hat Angst. Merkwürdig. Vielleicht fürchtet er mich. Denkt, ich könnte ihm die Waffe abnehmen und ihm wieder die Finger ausrenken. Gar nicht so abwegig. Auf mich soll niemand mehr schießen, dachte er, es war zu schlimm. Er erinnerte sich an die eisige Nacht im Steinbruch, an den toten, phosphoreszierenden Himmel und die kalte klebrige Lache, in der er gelegen hatte. Nein, es reichte. Von jetzt an würde lieber er schießen.

»Ich glaube ihm.« Das war Ordi. »Zwar passt in seiner Geschichte nichts zueinander, doch liegt das einfach daran, dass er ein ungewöhnlicher Mensch ist. Solche Sachen erfindet man nicht – es wäre gar zu ungeschickt. Könnte ich sie nicht glauben, würde ich ihn sofort erschießen. Er türmt ja eine Ungereimtheit auf die andere. Solche Provokateure gibt es nicht. Vielleicht ist er verrückt. Gut möglich. Aber er ist kein Spitzel. Ich stimme für ihn.«

»Danke, Amsel«, erwiderte der Breitschultrige. »Rede vorerst nicht weiter. Hat das Volksgesundheitsdepartement Sie untersucht?«, fragte er Maxim.

»Ja.«

»Wurden Sie für tauglich befunden?«

»Selbstverständlich.«

»Ohne Einschränkung?«

»Auf meiner Karte stand nur ›tauglich‹.«

»Was denken Sie über die Kämpfende Garde?«

»Jetzt denke ich, sie ist eine kopflose Waffe in jemandes Händen, am ehesten dieser berüchtigten Unbekannten Väter. Doch ich verstehe vieles noch nicht.«

»Und was denken Sie über die Unbekannten Väter?«

»Sie stehen wohl an der Spitze einer Militärdiktatur. Was ich über sie weiß, ist sehr widersprüchlich. Ihre Ziele sind vielleicht sogar lobenswert, aber die Mittel …« Maxim schüttelte den Kopf.

»Was denken Sie über die Entarteten?«

»Dieser Terminus scheint mir unzutreffend. Ich nehme an, sie sind Verschwörer. Meine Vorstellungen über ihre Absichten sind auch nur verschwommen. Aber die ›Entarteten‹, die mir bisher begegnet sind, haben mir gefallen. Sie wirkten ehrlich und, wie soll ich es ausdrücken … nicht verdummt, sondern handelten bewusst.«

»So«, brummte der Breitschultrige. »Haben Sie manchmal diese Schmerzen?«

»Im Kopf? Nein, habe ich nicht.«

»Warum fragst du?«, mischte sich der Förster ein. »Hätte er welche, würde er nicht hier sitzen.«

»Ich will ja gerade herauskriegen, weshalb er hier sitzt«, entgegnete der Breitschultrige. »Warum sind Sie zu uns gekommen? Um mit uns zu kämpfen?«

Maxim schüttelte den Kopf.

»So würde ich es nicht nennen, das wäre gelogen. Ich möchte wissen und verstehen, was vor sich geht. Im Moment bin ich aber eher auf Ihrer Seite als auf der Seite der anderen. Doch auch über Sie weiß ich zu wenig.«

Die Versammelten blickten einander an.

»So läuft es bei uns aber nicht, mein Lieber«, sagte der Förster. »Bei uns gilt Folgendes: Entweder du gehörst zu uns, dann hier, nimm deine Waffe und geh kämpfen. Oder du gehörst nicht zu uns, dann werden wir dich ... du verstehst ... ins Gehirn, oder?«

Erneutes Schweigen. Der Doktor seufzte schwer und klopfte seine Pfeife an der Bank aus. »Ein seltener und schwieriger Fall«, erklärte er. »Ich schlage vor, dass er uns Fragen stellt. Sie haben doch Fragen, nicht wahr, Mak?«

»Deswegen bin ich hier«, bestätigte Maxim.

»Er hat viele Fragen.« Ordi lächelte. »Mutter ließ er keine Ruhe damit. Auch zu mir kam er ständig.«

»Fragen Sie«, sagte der Breitschultrige. »Sie, Doktor, werden antworten. Wir anderen hören zu.«

»Wer sind die Unbekannten Väter, und was wollen sie?«, begann Maxim.

Die Verschwörer wurden unruhig. So etwas hatten sie nicht erwartet.

»Die Unbekannten Väter« – der Doktor überlegte – »sind eine anonyme Gruppe von perfiden Intriganten – sozusagen die Reste der Putschistenpartei, die nach einem zwanzigjährigen Machtkampf zwischen Militärs, Finanziers und Politikern übrig geblieben sind. Sie verfolgen zwei Ziele: Erstens, an der Macht bleiben. Zweitens, durch diese Macht ein Maximum an Befriedigung für sich selbst erzielen – ebendarum wollen sie an der Macht bleiben. Es gibt aber auch weniger üble Leute unter ihnen, die ihre Befriedigung aus dem Bewusstsein ziehen, Wohltäter des Volkes zu sein. Doch die meisten sind raffgierig, Sybariten, Sadisten, und allesamt sind sie machthungrig ... Genügt das?«

»Nein«, entgegnete Maxim. »Sie haben mir ja nur gesagt, dass es Tyrannen sind, was ich ohnehin vermutete. Worin besteht ihr ökonomisches Programm? Ihre Ideologie? Was ist ihre Basis? Auf wen stützen sie sich?«

Die vier warfen einander Blicke zu. Der Förster starrte Maxim mit offenem Mund an.

»Ihr ökonomisches Programm ...«, sagte der Doktor. »Sie verlangen zu viel von uns. Wir sind keine Theoretiker, wir sind Praktiker. Aber worauf sie sich stützen, kann ich Ihnen sagen. Auf Bajonette. Auf Unwissenheit. Auf die völlige Erschöpfung der Nation. Eine gerechte Gesellschaft werden sie nicht schaffen, sie denken nicht einmal daran. Sie haben kein ökonomisches Programm, nichts haben sie außer Bajonetten, und sie wollen nichts als die Macht. Für uns ist das Wichtigste, dass sie uns vernichten wollen. Eigentlich kämpfen wir um unser Leben.« Der Doktor begann nervös seine Pfeife zu stopfen.

»Ich wollte niemanden kränken«, sagte Maxim. »Ich möchte es nur verstehen. Tyrannei, Machtgier ... An sich hat das noch nicht viel zu besagen.« Gern hätte er dem Doktor die Grundlagen der Theorie historischer Gesetzmäßigkeiten erläutert, doch ihm fehlten die Worte. Ohnedies musste er manchmal ins Russische wechseln. »Lassen wir's dabei bewenden. Doch Sie haben gesagt: eine gerechte Gesellschaft. Was ist das? Und was wollen Sie? Wonach streben Sie, außer der Erhaltung Ihres Lebens? Und wer sind Sie?«

In der Pfeife des Doktors knisterte es; stinkender Qualm füllte den Keller.

»Lasst mich mal«, hakte plötzlich der Förster ein. »Ich erkläre es ihm. Folgendes, guter Mann. Ich weiß nicht, wie es bei euch in den Bergen ist, aber bei uns hier wollen die Leute leben. Was soll das – ›außer‹, sagt er, ›der Erhaltung Ihres Lebens‹. Vielleicht brauche ich ja nichts weiter. Du meinst, das ist zu wenig? Hat sich ja ein Held gefunden! Leb du erst mal im Keller, wenn du ein Haus hast, eine Frau, Familie. Wenn sich alle von dir lossagen. Hör bloß auf!«

»Warten Sie, Förster«, unterbrach ihn der Breitschultrige.

»Nein, er soll warten! Das ist mir der Richtige: ›Gesellschaft‹ will er, irgendeine ›Basis‹ …«

»Moment«, sagte nun der Doktor. »Sei nicht böse. Sieh mal, der Mann versteht doch nichts … Sehen Sie«, wandte er sich an Maxim, »unsere Bewegung ist sehr heterogen. Ein einheitliches politisches Programm haben wir nicht, können wir auch nicht haben. Wir alle töten, weil man uns tötet. Das muss man verstehen, und Sie werden es verstehen. Wir alle sind Todeskandidaten mit geringen Überlebenschancen. Und so wird alle Politik bei uns von der Biologie verdrängt. Hauptsache, überleben. Da ist einem nicht nach ›Basis‹ zumute. Sollten Sie also mit einem sozialen Programm hier erschienen sein, werden Sie nichts erreichen.«

»Worum geht es eigentlich?«, fragte Maxim.

»Man betrachtet uns als Entartete. Woher das kommt, weiß inzwischen keiner mehr. Doch zurzeit nützt es den Unbekannten Vätern, uns zu verfolgen: Es lenkt das Volk von den inneren Problemen ab, von der Korruption der Finanziers, die durch Rüstungsaufträge und beim Bau der Türme Geld scheffeln. Wenn es uns nicht gäbe, müssten uns die Unbekannten Väter wohl erfinden.«

»Das ist immerhin etwas«, erwiderte Maxim. »Wieder einmal steckt das Geld hinter allem. Und die Väter dienen ihm. Wem noch?«

»Die Väter dienen niemandem. Sie selber sind das Geld. Sie sind alles. Und dabei sind sie, nebenbei bemerkt, auch wieder nichts, weil sie anonym bleiben und sich ständig gegenseitig auffressen … Mit Wildschwein müsste er reden können.« Der Doktor sah den Breitschultrigen an. »Sie würden eine gemeinsame Sprache finden.«

»Gut. Über die Väter unterhalte ich mich mit Wildschwein. Jetzt aber …«

»Mit Wildschwein können Sie sich nicht mehr unterhalten.« Memos Stimme klang boshaft. »Er wurde erschossen.«

»Das ist der Einarmige«, erläuterte Ordi. »Sie müssen sich an ihn erinnern.«

»Ich erinnere mich«, sagte Maxim. »Er wurde nicht erschossen. Sie haben ihn zur Zwangsarbeit verurteilt.«

Der Breitschultrige blickte auf. »Nicht möglich. Wildschwein? Zur Zwangsarbeit?«

»Ja. Gel Ketschef zum Tode, Wildschwein zur Zwangsarbeit, und einen anderen, der seinen Namen nicht nannte, griff sich der Zivilist. Anscheinend für die Abwehr.«

Wieder schwiegen sie. Der Doktor trank einen Schluck aus seinem Becher. Der Breitschultrige hatte den Kopf in die Hände gestützt. Bekümmert seufzend und voller Mitgefühl, blickte der Förster Ordi an. Die Lippen zusammengepresst, starrte sie auf den Tisch; sie litt, und Maxim bereute, dass er das Thema angeschnitten hatte. Leid breitete sich aus; nur Memo in seiner Ecke empfand weniger Schmerz als Furcht. So einem darf man kein Maschinengewehr geben, dachte Maxim flüchtig. Er wird uns noch alle erschießen.

»Nun gut«, murmelte der Breitschultrige. »Haben Sie weitere Fragen?«

»Ich habe noch viele Fragen«, antwortete Maxim langsam. »Doch ich fürchte, sie sind alle mehr oder weniger taktlos.«

»Dann stellen sie eben taktlose.«

»Also die letzte: Welche Rolle spielen die Raketenabwehrtürme? Inwiefern stören sie Sie?«

Alle lachten unangenehm.

»So ein Esel, aber eine ›Basis‹ will er«, murrte der Förster.

»Das ist keine Raketenabwehr«, begann der Doktor. »Es ist unser Fluch. Sie haben eine Strahlung entwickelt, mit deren Hilfe sie den Begriff des ›Entartet-Seins‹ in die Welt setzten und verbreiteten. Die meisten Leute – auch Sie beispielsweise – bemerken diese Strahlung gar nicht. Eine kleine Gruppe von Menschen aber macht durch Besonderheiten ihres Organismus bei der Bestrahlung höllische Schmerzen durch. Manchen von uns, sehr wenigen, ist dieser Schmerz erträglich, andere halten ihn kaum aus und schreien, wieder andere verlieren das Bewusstsein, und einige kommen um den Verstand und sterben. Die Türme sind keine Raketenabwehr – so etwas existiert gar nicht und wird auch nicht gebraucht, weil weder Honti noch Pandea über ballistische Raketen oder eine Luftwaffe verfügen. Und überhaupt haben die andere Sorgen: Dort tobt schon im vierten Jahr ein Bürgerkrieg. Die Türme sind also Emitter. Zweimal täglich werden sie überall im Land eingeschaltet, und dann fängt man uns, wenn wir vor Schmerzen hilflos daliegen. Hinzu kommen die Anlagen mit lokaler Wirkung auf den Streifenwagen, plus Selbstfahremitter, plus die unregelmäßigen Strahlenschübe bei Nacht. Wir können uns nirgendwo verbergen, Schutzschirme gibt es nicht. Wir werden verrückt, erschießen uns, stellen vor Verzweiflung Dummheiten an, sterben aus.«

Der Doktor verstummte, griff nach dem Becher und trank ihn in einem Zug leer. Dann rauchte er, grimmig dreinschauend, seine Pfeife an. In seinem Gesicht zuckte es.

»Früher lebten wir gut, waren glücklich«, sagte der Förster traurig. »Diese Dreckskerle«, ergänzte er nach kurzem Schweigen.

»Es ist zwecklos, ihm das zu erzählen«, meldete sich plötzlich Memo zu Wort. »Er kennt es ja nicht. Er hat keine Ahnung, was es bedeutet, Tag für Tag die Strahlung zu erwarten.«

»Gut«, erklärte der Breitschultrige. »Wenn er keine Ahnung hat, brauchen wir nicht weiter darüber zu reden. Amsel hat sich für ihn ausgesprochen. Wer ist noch für ihn – oder dagegen?«

Der Förster öffnete seinen Mund, doch Ordi kam ihm zuvor: »Ich will noch erklären, warum ich für ihn bin. Erstens glaube ich ihm. Das habe ich bereits gesagt und ist vielleicht nicht so wichtig, weil es nur mich betrifft. Aber der Mann verfügt zudem über Fähigkeiten, die uns allen nützen könnten. Er ist in der Lage, nicht nur die eigenen, sondern auch fremde Wunden zu heilen. Viel besser als Sie, Doktor – nehmen Sie es nicht persönlich.«

»Was bin ich schon für ein Arzt«, erwiderte der Doktor. »Ich habe bloß Gerichtsmedizin …«

»Aber das ist nicht alles«, fuhr Ordi fort. »Er kann einem den Schmerz nehmen.«

»Wie denn?«, fragte der Förster.

»Ich weiß nicht, wie er es macht. Er massiert die Schläfen, flüstert, und der Schmerz vergeht. Zweimal hat es mich bei meiner Mutter erwischt, und beide Male hat er mir geholfen. Beim ersten Mal weniger, doch immerhin habe ich nicht wie sonst das Bewusstsein verloren. Beim zweiten Mal waren die Schmerzen ganz weg.«

Augenblicklich veränderte sich alles. Waren sie eben noch Richter, die, wie ihnen schien, über sein Leben zu entscheiden hatten, verwandelten sie sich nun in zerquälte, dem Untergang geweihte Menschen, die auf einmal Hoffnung spürten. Sie sahen ihn an, als erwarteten sie, dass er gleich den Alb von ihnen nähme, der sie seit vielen Jahren jeden Tag und jede Nacht peinigte. Auch gut, dachte Maxim. Wenigstens soll ich hier nicht töten, sondern heilen. Aber aus irgendeinem Grund machte ihn dieser Gedanke nicht froh. Die Türme, dachte er. Was für eine Teufelei. Darauf muss man erst einmal kommen. Man muss wahnsinnig sein, ein Sadist, um so etwas zu erfinden.

»Können Sie es wirklich?«, fragte der Doktor.

»Was?«

»Den Schmerz nehmen.«

»Ja.«

»Wie?«

»Das kann ich nicht erklären. Mir fehlen die Worte, und Ihnen die Kenntnisse. Ich verstehe nur nicht: Haben Sie denn keine Medikamente, irgendwelche schmerzstillenden Präparate?«

»Dagegen hilft keine Medizin. Höchstens in tödlicher Dosis.«

»Hören Sie«, sagte Maxim. »Ich bin natürlich bereit, Ihnen zu helfen. Zumindest werde ich mich bemühen. Aber das ist keine Lösung. Man muss nach einem massenwirksamen Mittel suchen. Haben Sie Chemiker?«

»Wir haben alles.« Der Breitschultrige seufzte. »Doch diese Aufgabe ist zu schwer, Mak. Wäre es anders, ließe sich der Generalstaatsanwalt nicht, genau wie wir, von Schmerzen zermartern. Er würde sich als Erster die Arznei besorgen. So aber betrinkt er sich vor jeder regulären Emission und schwitzt im heißen Bad.«

»Der Generalstaatsanwalt ist ein Entarteter?«, fragte Maxim verblüfft.

»Es wird erzählt«, erwiderte der Breitschultrige trocken. »Aber wir sind vom Thema abgekommen. Amsel, bist du fertig? Wer möchte noch etwas sagen?«

»Moment mal, General«, ließ sich der Förster vernehmen. »Was ergibt sich? Es ergibt sich, dass er unser Wohltäter ist? Du kannst also auch mir die Schmerzen nehmen? Dann ist dieser Mensch nicht mit Gold zu bezahlen, ich lasse ihn aus dem Keller nicht mehr raus. Ich habe doch, wie ihr wisst, Schmerzen, die nicht auszuhalten sind. Womöglich kann er ein Pülverchen dagegen erfinden? Tust du doch, oder? Nein, meine Herren, Genossen, so einen Mann müssen wir hüten.«

»Das heißt, du bist für ihn«, präzisierte der Breitschultrige, den sie den General nannten.

»Ja. So sehr, dass ich, wenn ihn einer anrührt ...«

»Verstanden. Sie, Doktor?«

»Ich war sowieso für ihn«, murmelte der Doktor, während er seine Pfeife paffte. »Ich habe den gleichen Eindruck wie Amsel. Er gehört noch nicht zu uns, wird aber einer der Unsrigen werden, anders ist es undenkbar. Zu denen passt er jedenfalls nicht. Er ist viel zu klug.«

»Gut«, sagte der General. »Sie, Klaue?«

»Dafür«, knurrte Memo. »Ein nützlicher Mensch.«

»Nun«, fasste der General zusammen, »ich schließe mich dieser Meinung an. Ich freue mich für Sie, Mak. Sie sind ein sympathischer Bursche, und es hätte mir leidgetan, Sie zu liquidieren.« Er blickte auf die Uhr. »Essen wir. Bald ist Emission, da wird uns Mak seine Kunst zeigen. Geben Sie ihm Bier, Förster, und bringen Sie Ihren vielgerühmten Käse auf den Tisch ... Klaue, Sie lösen den Grünen ab – er hat seit heute früh nichts gegessen.«

10

Das letzte Treffen vor der Operation fand im Schloss des Doppelköpfigen Pferdes statt. So nannten sie die gras- und efeubewachsene Ruine eines Museums, das im Krieg zerstört worden war – ein abgeschiedener, wilder Ort, der etwas außerhalb lag. Von den Bürgern der Stadt wurde er wegen des nahe gelegenen Malariasumpfes gemieden, und bei den Ortsansässigen galt er als Zufluchtsstätte von Banditen und Dieben. Maxim und Ordi kamen zu Fuß, der Grüne und der Förster mit dem Motorrad. Memo-Klaue und der General erwarteten sie bereits in einem alten Kanalisationsrohr, das direkt zum Sumpf führte. Der General rauchte, und Memo versuchte wie rasend, sich mit einem Aromastäbchen der Mücken zu erwehren.

»Hast du's bei dir?«, fragte er den Förster.

»Sicher«, erwiderte der und zog eine Tube Insektenschutz aus der Tasche.

Als sich alle eingerieben hatten, eröffnete der General die Beratung. Memo faltete die Karte auseinander und wiederholte noch einmal den Ablaufplan der Operation, obwohl ihn längst alle auswendig kannten: Kurz vor ein Uhr nachts robbt die Gruppe von vier Seiten gleichzeitig zu den Drahtsperren und legt die gestreckten Ladungen. Der Förster und Memo gehen allein – sie kommen von Norden und Westen. Der General und Ordi kriechen zusammen von Osten heran, Maxim und der Grüne von Süden. Die Explosionen erfolgen um Punkt ein Uhr, und gleich darauf stürmen der General, der Grüne, Memo und der Förster durch die Breschen, laufen bis zum Schutzbunker und belegen ihn mit Granaten. Sobald das Feuer aus dem Bunker aufhört oder schwächer wird, rennen Maxim und Ordi mit Magnetminen zum Turm und bereiten seine Sprengung vor, werfen aber vorsichtshalber zunächst noch je zwei Granaten in den Bunker. Sie stellen die Zünder ein, nehmen die Verwundeten – nur die Verwundeten! – und fliehen in östlicher Richtung durch den Wald zum Feldweg, wo an der Grenzmarkierung der Junge mit dem Motorrad wartet. Die Schwerverletzten werden mit dem Fahrzeug befördert, Leichtverwundete und Unversehrte gehen zu Fuß. Treffpunkt ist das Häuschen des Försters. Dort wartet man höchstens zwei Stunden; danach ist es auf die übliche Weise zu verlassen. Noch Fragen? Nein? Das war's.

Der General warf den Zigarettenstummel fort, griff in seine Brusttasche und holte ein Röhrchen mit gelben Tabletten hervor.

»Achtung«, sagte er. »Laut Stabsbeschluss wird die Operation ein wenig verändert. Ihr Beginn ist jetzt zweiundzwanzig Uhr …«

»Massaraksch!«, knurrte Memo. »Eine schöne Bescherung!«

»Unterbrechen Sie mich nicht.« Der General sah ihn streng an. »Pünktlich zehn Uhr beginnt die Abendemission. Einige Sekunden vorher schluckt jeder von uns zwei solche Tabletten. Weiter verläuft alles nach dem alten Plan, mit einer Ausnahme: Amsel wirft die Granaten mit mir zusammen. Die Minen hat Mak, alle. Er sprengt den Turm allein.«

»Was denn, wie denn …« Der Förster starrte auf die Karte. »Ich verstehe das nicht. Um zehn ist doch Bestrahlung. Wenn ich mich hinlege, dann – entschuldigt! – steh ich nicht wieder auf, wie ein Stein werde ich da liegen. Nicht mal hochprügeln werdet ihr mich können, entschuldigt schon …«

»Moment!«, unterbrach ihn der General. »Ich wiederhole noch einmal: Zehn Sekunden vor zehn schluckt jeder zwei dieser Schmerztabletten. Verstehen Sie, Förster? Sie nehmen Schmerztabletten. Und um zehn …«

»Solche Pillen kenne ich.« Der Förster blieb skeptisch. »Zwei Minuten ist dir leichter, und danach verknotest du dich erst recht. Kennen wir, haben wir alles probiert.«

»Das ist ein neues Mittel«, sagte der General geduldig. »Es wirkt bis zu fünf Minuten. In der Zeit schaffen wir es, zum Bunker zu laufen und die Granaten zu werfen. Das Übrige besorgt Mak.«

Schweigen. Sie überlegten. Der Förster, etwas schwer von Begriff, kratzte sich am Kopf und biss sich auf die Unterlippe. Seiner Miene war abzulesen, wie es in ihm arbeitete, dann aber hörte er plötzlich mit dem Kratzen auf, blickte mit aufleuchtenden Augen in die Runde und schlug sich auf die Knie. Jetzt hatte er es verstanden. Der Förster war ein großartiger, herzensguter Mensch. Von Kopf bis Fuß hatte ihn das Leben gebeutelt, und trotzdem kannte er es noch immer nicht. Er brauchte nichts und hatte keine Wünsche, er wollte nur, dass man ihn endlich in Ruhe ließe und er zurückkehren könnte zu seiner Familie. Den Krieg hatte er vom ersten bis zum letzten Tag im Schützengraben verbracht und mehr noch als die Atomraketen seinen Korporal gefürchtet: ein ebenso einfacher Kerl wie er, aber gemein und niederträchtig, ein richtiges Schwein. Maxim hatte der Förster ins Herz geschlossen; er war ihm unendlich dankbar, dass er seine alte Fistel am Unterschenkel kuriert hatte, und glaubte seitdem fest daran, solange Maxim in der Nähe sei, könne ihm nichts Böses geschehen. Einen ganzen Monat lang hatte Maxim nun in seinem Keller übernachtet, und jedes Mal, wenn sie sich schlafen legten, erzählte ihm der Förster ein Märchen, immer dasselbe, doch mit unterschiedlicher Pointe: ›Es lebte einmal eine Kröte im Sumpf, die war unglaublich dumm, und diese dumme Kröte hatte die Angewohnheit …‹ Maxim konnte sich den Förster gar nicht in blutige Händel verstrickt vorstellen, obwohl man ihm gesagt hatte, er sei ein gewandter, ja, unerbittlicher Kämpfer.

»Der neue Plan hat folgende Vorteile«, fuhr der General fort. »Erstens: Um diese Zeit erwartet man uns nicht. Das Überraschungsmoment. Zweitens ist die frühere Version alt, und es besteht die Gefahr, dass sie dem Gegner bekannt wurde. Jetzt aber können wir ihn überrumpeln, die Wahrscheinlichkeit eines Erfolges ist größer.«

Der Grüne nickte die ganze Zeit über zustimmend. Sein Habichtgesicht strahlte vor Schadenfreude, seine geschickten langen Finger krümmten und streckten sich. Er liebte Überraschungen, das Risiko. Seine Vergangenheit war finster: Von Dieben ernährt, erzogen und geprügelt, war er selbst zum Dieb und Betrüger geworden, ins Gefängnis geraten und ausgebrochen – unerwartet und frech, wie alles, was er tat. Er hatte versucht, zu seiner Bande zurückzukehren, doch die Zeiten waren andere. Die ehemaligen Freunde duldeten keine

Entarteten mehr und wollten ihn denunzieren, er entkam und floh, versteckte sich in den Dörfern, bis ihn Gel Ketschef fand. Der Grüne war klug, ein Fantast. Die Erde dachte er sich flach, den Himmel starr, und dank seiner Unwissenheit, die sich mit ungezügelter Einbildungskraft paarte, war er der einzige Mensch auf der bewohnten Insel, der in Maxim anscheinend weder einen Bergbewohner (»Ich kenne diese Gebirgler, in allen Spielarten kenn ich sie«) noch eine Laune der Natur vermutete (»Von Natur sind wir alle gleich, ob wir nun im Knast sind oder in Freiheit«), sondern tatsächlich einen Ankömmling aus nicht vorstellbaren Räumen, etwa aus der Himmelsfeste. Offen hatte er darüber nie gesprochen, wohl aber darauf angespielt. Er behandelte Maxim mit einer Hochachtung, die sich zu Liebedienerei steigerte. »Du wirst unser Chef«, sagte er häufig, »und unter dir werde ich mich entwickeln …« Wie und wohin er sich entwickeln wollte, blieb im Ungewissen, eins jedoch war klar: Der Grüne liebte das Wagnis und verabscheute die Arbeit. Maxim störte zudem seine wilde, ursprüngliche Grausamkeit; er war ein gefleckter Affe, wenn auch gezähmt und abgerichtet auf Panzerwölfe.

»Mir gefällt das nicht«, sagte Memo düster. »Es ist ein Abenteuer. Ohne Vorbereitung, ohne Test … Nein, mir gefällt es nicht.«

Ihm gefiel nie etwas, diesem Memo Gramenu, genannt »Todesklaue«. Nie war er zufrieden, ewig hatte er Angst. Seine Vergangenheit wurde geheim gehalten, weil er früher ein hohes Tier im Untergrund gewesen war. Dann aber geriet er in die Fänge der Spionageabwehr und überlebte nur durch ein Wunder: Seine Zellengenossen organisierten die Flucht und schleppten Memo, durch die Folterungen völlig verunstaltet, mit. Den Gesetzen des Untergrundes entsprechend, entfernte man ihn aus dem Stab, obwohl er keinerlei Anlass zu Verdächtigungen bot. Er wurde Gel Ketschef zur Seite gestellt, beteiligte sich an zwei Überfällen auf Raketenabwehrtürme, vernichtete mehrere Streifenwagen, spürte einen Brigadekommandeur der Garde auf, erschoss ihn eigenhändig und war überhaupt als Mann von fanatischer Kühnheit sowie als ausgezeichneter Maschinengewehrschütze bekannt. Man wollte ihn schon zum Gruppenleiter einer Stadt im Südwesten ernennen, als Gels Truppe aufflog. Man misstraute Klaue zwar nicht, er wurde sogar Leiter einer neuen Gruppe, aber offenbar störten ihn die schiefen Blicke, die ihm ständig zugeworfen wurden. Tatsächlich gab es solche Blicke nicht, aber es hätte sie durchaus geben können, denn im Untergrund wurde es nicht gern gesehen, wenn einer zu viel Glück hatte. Memo hatte hohe Ansprüche an andere; er war schweigsam, beherrschte die Kunst der Konspiration und verlangte, dass all ihre Regeln – selbst unwichtige – bedingungslos eingehalten würden. Plaudereien über allgemeine Themen mied er, befasste sich nur mit den Belangen der Gruppe und erreichte, dass sie alles hatten: Waffen, Verpflegung, Geld, ein verlässliches Netz von Anlaufstellen und sogar ein Motorrad. Dass er Maxim nicht mochte, spürte man; warum, wusste Maxim nicht. Doch er wollte ihn auch nicht fragen, denn Memo war kein Mensch, den man gern ins Vertrauen zog. Vielleicht konnte er Maxim nicht verzeihen, dass er spürte, dass Memo Angst hatte. Denn allen anderen wäre es nicht im Traum eingefallen, dass Klaue, der mit jedem Stabsmitglied ungezwungen redete und einer der Initiatoren des Untergrunds und Terrorist bis ins Mark war, sich vor irgendetwas fürchten könnte.

»Die Gründe des Stabs sind mir unbegreiflich«, fuhr Memo fort, während er angewidert seinen Hals noch einmal mit dem Mückenmittel einrieb. »Ich kenne diesen Plan seit hundert Jahren. Hundertmal wollte man ihn verwirklichen, und hundertmal nahm man Abstand davon, weil die Operation im Prinzip den sicheren Tod bedeutet. Sind nun die Emitter ausgeschaltet, haben wir wenigstens die Chance, nach einem Fehlschlag zu entkommen und an anderer Stelle zuzuschlagen. So aber sind wir geliefert: Ein Fehlschlag, und wir sind alle tot.«

»Das ist nicht ganz richtig, Klaue«, widersprach Ordi. »Jetzt haben wir Mak. Wenn etwas schiefläuft, kann er uns rausholen, möglicherweise sogar allein den Turm sprengen.«

Ordi saß ganz entspannt da, den Blick in die Ferne, auf den Sumpf gerichtet, und rauchte. Sie wunderte sich über nichts, war ruhig wie immer und schien zu allem bereit. Ihre Gegenwart machte die anderen beklommen, denn Ordi sah in den anderen nichts weiter als mehr oder weniger geeignete Vernichtungswerkzeuge. Man wusste alles über sie, weder in Ordis Vergangenheit noch gegenwärtig oder in Zukunft gab es dunkle Flecken. Sie stammte aus einer Intellektuellenfamilie, der Vater war im Krieg gefallen, die Mutter arbeitete als Lehrerin in der Entensiedlung. Auch Ordi war Lehrerin gewesen, bevor man sie als Entartete aus der Schule jagte. Sie versteckte sich, versuchte nach Honti zu fliehen und traf an der Grenze Gel, der Waffen ins Land schmuggelte. Durch ihn wurde sie Terroristin. Anfangs hatte sie rein ideelle Motive: Sie kämpfte für eine gerechte Gesellschaft, in der jeder frei war, zu tun und zu denken, was er für richtig hielt. Aber dann, vor sieben Jahren, kam die Spionageabwehr ihr auf die Spur und nahm ihr Kind als Geisel – Ordi und ihr Mann sollten sich stellen. Der Stab verbot es, weil sie zu viel wussten. Über ihr Kind hörte sie nichts mehr und betrachtete es als gestorben, obwohl sie tief im Innern nicht an seinen Tod glaubte. Und seitdem trieb Ordi der Hass. Vor allem der Hass, erst dann der ziemlich verblasste Traum von einer gerechten Gesellschaft. Den Verlust ihres Mannes ertrug sie erstaunlich gefasst, obwohl sie ihn sehr geliebt hatte. Anscheinend war ihr schon lange vor der Verhaftung klargeworden, dass es nicht gut war, sich an irgendetwas auf der Welt zu fest zu binden. Jetzt verhielt sie sich wie damals Gel vor Gericht: wie eine lebende Tote, eine extrem gefährliche lebende Tote.

»Mak ist neu«, murrte Memo. »Wer verbürgt sich dafür, dass er nicht die Nerven verliert, wenn er allein ist? Lächerlich, sich auf ihn zu verlassen. Und albern, einen gut durchdachten Plan nur deshalb umzustoßen, weil wir diesen Neuling haben. Ich sagte bereits und wiederhole: Es ist ein Abenteuer.«

»Ach, hör auf, Klaue«, sagte der Grüne. »So ist eben unsere Arbeit. Wenn ihr mich fragt, ist alles ein Abenteuer, ob nun nach dem alten oder nach dem neuen Plan. Ohne Risiko geht es nicht, aber mit den Pillen ist das Risiko kleiner. Die am Turm werden nicht schlecht staunen, wenn wir um zehn über sie herfallen. Da trinken sie wahrscheinlich Schnaps und grölen Lieder – aber dann tauchen wir auf, und sie haben nicht mal ihre MPs geladen und liegen besoffen rum … Nein, mir gefällt's. Hab ich Recht, Mak?«

»Ich finde auch, ähhh …«, begann der Förster. »Also, ich denke, wenn dieser Plan sogar mich überrascht, dann erst recht die Gardisten. Der Grüne hat's richtig gesagt: Verdattert werden sie sein. Und wir haben fünf Minuten zusätzlich, in denen wir uns nicht zu quälen brauchen, und eh wir's uns versehen, jagt Mak den Turm in die Luft, und dann ist alles gut. Ja, sogar sehr gut!«, rief er plötzlich, ganz beseelt von der neuen Idee. »Noch niemand vor uns hat Türme gesprengt, alle haben nur herumgeprahlt, und jetzt werden wir die Ersten sein. Und wie viel Zeit es kosten wird, bis sie den Turm repariert haben! Wenigstens einen Monat können wir wie Menschen leben, ohne die teuflischen Anfälle.«

»Ich fürchte, Sie haben mich nicht verstanden, Klaue«, warf der General nun ein. »Der Plan wurde kaum verändert, wir greifen nur unerwartet an, verstärken die Attacke durch Amsel und verändern den Rückzug ein wenig.«

»Und falls du fürchtest, Mak könnte uns nicht alle rausholen«, sagte Ordi langsam, den Blick noch immer auf den Sumpf geheftet, »dann vergiss nicht, dass er einen, im Höchstfall zwei wird schleppen müssen. Und er ist ein kräftiger Bursche.«

Der General sah sie an. »Ja. Das ist richtig.«

Der General war in Ordi verliebt. Doch außer Maxim bemerkte das niemand. Es war eine alte, hoffnungslose Liebe, die sicher schon zu Gels Zeiten begonnen hatte und nun hoffnungsloser war denn je. Der General war kein General. Vor dem Krieg hatte er am Fließband gearbeitet; dann besuchte er die Unteroffiziersschule, diente bei der Infanterie und war am Ende des Krieges Rittmeister. Den Rittmeister Tschatschu kannte er gut und hatte mit ihm noch ein Hühnchen zu rupfen. Gleich nach Kriegsende hatte es Missstände in einem der Regimenter gegeben, und seitdem suchte und jagte er ihn, bislang allerdings erfolglos. Er war Mitglied im Stab der Untergrundbewegung, beteiligte sich aber auch an praktischen Operationen. Es gefiel ihm, in der Illegalität zu agieren; er galt als tapferer Kämpfer und erfahrener Kommandeur. Über das, was nach dem Sieg kommen sollte, hatte er aber nur vage Vorstellungen, ja, überhaupt glaubte er nicht an einen Sieg. Er war ein geborener Soldat und passte sich mühelos neuen Gegebenheiten an; nie dachte er weiter als zehn, zwanzig Tage im Voraus. Eigene Ideen hatte der General nicht, manches hatte er von dem Einarmigen übernommen, anderes von Ketschef, wieder anderes hatte man ihm im Stab beigebracht. Entscheidend in seinem Bewusstsein aber blieb, was man ihm in der Unteroffiziersschule eingebläut hatte. Theoretisierte er, bot er einen merkwürdigen Mischmasch von Anschauungen: Die Macht der Reichen müsse gebrochen werden (das entsprach Wildschweins Meinung, der anscheinend so etwas wie ein Sozialist oder Kommunist war), an die Spitze des Staates gehörten Ingenieure und Techniker (das kam von Ketschef), die Städte sollte man einebnen, der Mensch wieder in Einklang mit der Natur leben (irgendein Romantiker aus dem Stab), und all dies könne man nur erreichen durch den unbedingten Gehorsam gegenüber den vorgesetzten Kommandeuren und möglichst wenig Gerede über abstraktes Zeug. Zweimal war Maxim mit ihm aneinandergeraten. Er konnte nicht begreifen, weshalb man einen Turm zerstören und dabei tapfere Kameraden, Zeit, Geld und Waffen verlieren sollte, wenn er ja doch zehn, zwanzig Tage später wieder aufgebaut und alles wie vorher sein würde – mit dem einzigen Unterschied, dass sich die Einwohner der umliegenden Dörfer nun mit eigenen Augen davon überzeugt hatten, dass die Entarteten miese, skrupellose Verbrecher waren. Trotz aller Mühe gelang es dem General nicht, Maxim vom Sinn dieser subversiven Angriffe zu überzeugen. Entweder verheimlichte er etwas, oder er verstand den Sinn selbst nicht. Jedenfalls wiederholte er ständig ein und dasselbe: Befehle werden nicht diskutiert; jeder Überfall auf einen Turm ist ein Schlag gegen den Feind; man soll die Leute nicht von den Angriffen zurückhalten, sonst gärt der Hass in ihnen, und es lohnt sich für sie überhaupt nicht mehr zu leben. »Man muss die Zentrale finden«, beharrte Maxim. »Da hinein muss man treffen, mit allen Kräften gleichzeitig! Was habt ihr im Stab für Leute, dass sie so elementare Dinge nicht verstehen!« – »Der Stab weiß, was er tut.« Der General reckte gewichtig das Kinn und zog die Brauen hoch. »In unserer Situation geht Disziplin über alles, lass den bäuerischen Eigensinn, Mak! Alles zu seiner Zeit, du wirst deine Zentrale kriegen, wenn du bis dahin noch lebst.« Im Allgemeinen aber schätzte der General Maxim sehr und nahm seine Dienste gern in Anspruch, wenn ihn die Strahlen im Keller des Försters quälten.

»Ich bin trotzdem dagegen«, sagte Memo stur. »Wenn wir nun unter Beschuss geraten? Oder es in fünf Minuten nicht schaffen, sondern sechs brauchen? Ein wahnwitziger Plan, er war immer wahnwitzig.«

»Wir verwenden zum ersten Mal gestreckte Ladungen.« Der General löste mühsam seinen Blick von Ordi. »Würden wir uns für die bisherige Durchbruchsstrategie entscheiden, wäre das Schicksal der Operation in drei, vier Minuten besiegelt. Überrumpeln wir aber die Wache, haben wir eine oder zwei Minuten mehr Reserve.«

»Zwei Minuten sind viel«, sagte der Förster. »In zwei Minuten zerquetsche ich alle mit bloßen Händen. Ich muss nur an sie rankommen.«

»Rankommen ... Das wär was ...« Der Grüne dehnte die Worte, in seiner Stimme lagen Drohung und Verträumtheit. »Hab ich Recht, Mak?«

Nun drängte auch der General. »Willst du noch etwas sagen, Mak?«

»Das habe ich bereits getan«, erwiderte Maxim. »Der neue Plan ist besser als der alte, aber trotzdem schlecht. Lasst mich alles allein machen. Versucht es.«

»Fangen wir nicht wieder davon an.« Der General wurde ärgerlich. »Diese Sache ist ausdiskutiert. Hast du noch vernünftige Vorschläge?«

»Nein.« Maxim bedauerte schon, sich überhaupt am Gespräch beteiligt zu haben.

»Woher sind die neuen Tabletten?«, meldete sich plötzlich Memo.

»Die Tabletten gab es schon vorher«, antwortete der General, »aber Mak hat es geschafft, sie ein wenig zu verbessern.«

»Aha, Mak ... War es also seine Idee?«

Klaue sagte das in einem Ton, der alle peinlich berührte; denn man konnte ihn so verstehen: Ein Neuer, der noch nicht einmal richtig zu ihnen gehörte und von der gegnerischen Seite übergelaufen war – roch das nicht nach Hinterhalt? Solche Fälle gab's ...

»Nein!«, entgegnete der General scharf. »Es ist eine Idee des Stabs. Und jetzt füge dich gefälligst, Klaue.«

»Ich füge mich.« Memo zuckte mit den Schultern und schnitt eine Grimasse. »Ich bin dagegen, doch ich füge mich. Was bleibt mir auch anderes übrig.«

Bekümmert blickte Maxim in die Runde. Da saßen sie vor ihm und waren so verschieden – nicht im Traum wären sie unter normalen Umständen zusammengekommen: der frühere Landwirt, der ehemalige Kriminelle, die ehemalige Lehrerin. Was sie vorhatten, war sinnlos. In wenigen Stunden würden einige von ihnen tot sein, und nichts würde sich verändert haben. Diejenigen, die überlebten, würden vielleicht eine Atempause gewinnen vor den nächsten Qualen; aber sie würden verwundet sein, von der Flucht entkräftet, sich in stickigen Löchern verstecken müssen, man würde sie mit Hunden jagen ... Und danach würde alles wieder von vorn beginnen. Mit ihnen gemeinsame Sache zu machen war dumm, doch sie jetzt im Stich zu lassen, wäre gemein; also musste er sich für die Dummheit entscheiden. Vielleicht ging es auf diesem Planeten gar nicht anders. Vielleicht führte der Weg, etwas zu tun, nur durch Dummheit, sinnloses Blutvergießen oder Niedertracht. Erbärmlich war der Mensch hier, dumm und gemein. Aber was konnte man anderes erwarten in dieser erbärmlichen, dummen, gemeinen Welt? Man musste sich nur vor Augen halten, dass Dummheit die Folge von Unfähigkeit war, und die Unfähigkeit von der Unwissenheit herrührte und von der Unkenntnis des richtigen Wegs. Unter tausend möglichen Wegen musste es doch einen richtigen geben! Einen bin ich schon gegangen, dachte Maxim, und er war falsch. Nun gehe ich diesen, und schon jetzt ist abzusehen, dass auch er in die Irre führt. Möglich, dass ich noch öfter auf falsche Wege und in Sackgassen gerate. Aber vor wem muss ich mich eigentlich rechtfertigen, überlegte er. Und wozu? Sie gefallen mir, ich kann ihnen helfen – das ist alles, was ich im Moment wissen muss.

»Wir trennen uns jetzt«, sagte der General. »Klaue geht mit dem Förster, Mak mit dem Grünen, Amsel mit mir. Treff ist Punkt neun am Gemarkungsstein. Lauft quer durch den Wald, auf keinen Fall die Straßen entlang. Die Zweiergruppen bleiben zusammen, jeder ist für den anderen verantwortlich. Geht. Zuerst Mak und der Grüne.« Er sammelte die umherliegenden Kippen auf ein Blatt Papier, knüllte es zusammen und steckte es ein.

Der Förster strich sich über die Knie. »Die Knochen tun weh«, murmelte er. »Es gibt Regen. Wird eine günstige Nacht, schön dunkel ...«

11

Vom Waldrand bis zum Draht mussten sie kriechen. Der Grüne robbte voran, schleifte den Stab mit der gestreckten Ladung über das Gras und fluchte leise über die Dornen, die ihm die Hände zerstachen. Maxim kroch hinterher, den Sack mit den Magnetminen fest an sich gepresst. Der Himmel war wolkenverhangen, es nieselte. Nach ein paar Minuten waren sie bis auf die Haut durchnässt. Durch den Regen hindurch konnten sie nichts erkennen. Der Grüne orientierte sich am Kompass und irrte kein einziges Mal – war erfahren, dieser Grüne. Dann roch es scharf nach feuchtem Rost, und Maxim sah einen dreireihigen Draht vor sich, dahinter etwas verschwommen den Koloss des Gitterturms, und, als er den Kopf hob, erkannte er am Fuß des Turms einen niedrigen, quaderförmigen Bau: den Schutzbunker, in dem drei Gardisten mit einem Maschinengewehr saßen. Durch das Rauschen des Regens klangen undeutlich Stimmen, ein Streichholz wurde drinnen angezündet, und sein schwacher gelber Schein erhellte eine lange Schießscharte.

Der Grüne schob, leise fluchend, den Stab unter dem Draht durch. »Fertig«, flüsterte er. »Zurück!« Sie zogen sich auf zehn Schritt Entfernung zurück und warteten. Der Grüne hielt die Zündschnur in der Hand und blickte auf die Leuchtzeiger seiner Uhr. Er zitterte, seine Zähne schlugen aufeinander, und er atmete schwer. Auch Maxim fing an zu zittern. Er steckte seine Hand in den Sack und tastete nach den Minen; sie waren rau und kalt. Der Regen fiel jetzt dichter, sein Prasseln schluckte alle anderen Geräusche. Der Grüne stellte sich jetzt auf alle viere, brabbelte ununterbrochen vor sich hin – betete oder fluchte vielleicht. »Jetzt, ihr Schweine!«, rief er plötzlich laut und riss seine rechte Hand hoch. Das Zündhütchen knallte leise, es folgte ein Zischen, und vor ihnen schoss eine rote Flamme aus dem Boden. Weiter links brach eine zweite breite Feuerbahn auf, die Ohren dröhnten, heißer, feuchter Sand rieselte herab, vermischt mit Büscheln schwelenden Grases und glühenden Klümpchen. Der Grüne warf sich nach vorn, schrie mit einer seltsamen Stimme auf, und dann wurde es hell wie am Tage, heller noch: blendend hell. Maxim kniff die Augen zusammen und fühlte, wie es in ihm kalt wurde, und wie ein Blitz durchfuhr ihn der Gedanke »Alles ist aus«. Aber es folgten keine Schüsse; die im Schutzbunker blieben ruhig. Nichts war zu hören außer dem Rauschen und Zischen.

Als Maxim die Augen wieder öffnete, sah er den Bunker in grelles Licht getaucht, einen breiten Durchbruch im Drahtwall und Menschen, sehr klein und verloren auf der riesigen leeren Fläche, auf der der Turm stand. Die Menschen rannten auf den Schutzbunker zu, schweigend, lautlos. Sie stolperten, fielen, sprangen wieder auf und liefen weiter. Jemand begann kläglich zu stöhnen: der Grüne. Er lief nicht, sondern saß direkt hinter dem Draht auf der Erde, hielt den Kopf in den Händen und schwankte mit dem Oberkörper hin und her. Maxim stürzte zu ihm, zerrte ihm die Hände vom Gesicht, sah hervorgequollene Augen und Speichel auf den Lippen. Und noch immer keine Schüsse. Eine Ewigkeit war vergangen, aber der Bunker schwieg.

Und dann, plötzlich, grölten die Stimmen los, und Maxim hörte das bekannte Marschlied der Soldaten …

Maxim warf den Grünen über die Schulter und kramte mit der freien Hand in seiner Tasche. Er war froh, dass der General Vorsicht genug besessen hatte, auch ihm, Maxim, für alle Fälle ein paar Schmerztabletten zuzustecken. Er drückte die verkrampften Kiefer des Grünen auseinander und schob ihm die Pillen tief in den röchelnden Rachen. Dann griff er die Maschinenpistole und drehte sich zum Bunker, um festzustellen, woher das Licht kam, warum es so hell war; denn so hell durfte es gar nicht sein. Noch immer schoss niemand, die Menschen rannten weiter, einer war schon fast am Bunker, ein anderer etwas weiter zurück, und der dritte, weiter rechts, stolperte plötzlich in vollem Lauf und fiel kopfüber hin. »Oh, wie heult der Feind …«, grölten sie im Bunker. Das Licht strahlte von oben, aus etwa zehn Metern Höhe – wahrscheinlich vom Turm, den man jetzt nicht sehen konnte. Fünf oder sechs grelle, weißblaue Scheiben waren dort oben; Maxim riss die Maschinenpistole hoch, drückte auf den Abzug, und die selbst gebaute Waffe – klein, unbequem und ungewohnt in seinen Händen – ratterte los. Wie als Antwort flammten rote Blitze aus der Schießscharte des Bunkers. Doch dann, er hatte noch keine der leuchtenden Scheiben getroffen, wurde ihm plötzlich die Maschinenpistole aus der Hand entrissen; der Grüne stürmte mit ihr davon, fiel jedoch gleich wieder hin – auf ebener Fläche.

Maxim ließ sich zu Boden fallen und robbte zurück zu seinem Sack. Hinter ihm knatterten die Maschinenpistolen, dröhnte laut und furchterregend ein Maschinengewehr, schlug – endlich! – eine Granate ein, eine weitere, dann zwei auf einmal. Das Maschinengewehr verstummte, nur die Maschinenpistolen belferten weiter; gleich darauf wieder Explosionen, jemand heulte unmenschlich auf – und Stille. Maxim packte den Sack und lief los.

Über dem Bunker stieg eine Rauchsäule auf, der Geruch von Brand und Pulver breitete sich aus. Ringsum war es hell und leer, einsam schleppte sich eine rußschwarze Gestalt, gekrümmt und an die Wand gestützt, dicht am Bunker entlang, erreichte mit Mühe die Schießscharte, schleuderte etwas hinein und sank nieder. Rotes Feuer flammte auf, ein Knall – und wieder wurde es still.

Maxim stieß gegen eine Unebenheit und wäre fast gefallen. Nach einigen Schritten stolperte er wieder; erst jetzt merkte er, dass im Gras versteckt kurze dicke Pflöcke aus dem Boden ragten. So war das also … So also war das hier. Hätte der General ihn allein gehen lassen, hätte er sich schnell beide Beine zerschmettert und läge jetzt tot auf diesen hinterhältigen Stutzen. Ein Angeber war er, ein Ignorant. Der Turm war schon ganz nah. Er lief auf ihn zu und blickte dabei immer vor seine Füße. Er war allein. An die anderen wollte er nicht denken.

Er rannte bis zu einem der mächtigen Eisenpfeiler und warf den Sack ab. Am liebsten hätte er die schwere raue Scheibe gleich an das feuchte Metall geheftet, aber da war ja noch der Schutzbunker. Dessen eiserne Tür stand halb offen, träge züngelten die Flammen heraus, auf den Stufen lag ein Gardist, tot – hier war alles vorbei. Maxim ging um den Bunker herum und stieß auf den General. Er saß an die Betonwand gelehnt, starrte irr vor sich hin, und Maxim begriff, dass die Wirkungsdauer der Tabletten überschritten war. Er blickte sich um, hob den General auf die Schulter und trug ihn vom Turm fort. Etwa zwanzig Schritte entfernt lag Ordi im Gras, eine Granate in der Hand. Ihr Gesicht wies nach unten, aber Maxim wusste, dass sie tot war. Er suchte weiter und fand den Förster, ebenfalls tot. Auch den Grünen hatten sie erschossen – es gab also keinen, zu dem man den noch lebenden General hätte legen können.

Maxim ging über das Feld, folgte seinem vielfachen schwarzen Schatten und war wie betäubt von all dem Tod, obwohl er noch vor einer Minute gemeint hatte, auf ihn vorbereitet zu sein. Er konnte es nicht erwarten, zurückzukehren und den Turm zu sprengen, das zu vollenden, was die anderen begonnen hatten. Doch vorher musste er wissen, was mit Klaue war. Er fand ihn direkt neben dem Drahtwall. Memo war verwundet, sicher hatte er versucht davonzukriechen und war bis zum Zaun gekommen, als er bewusstlos zusammenbrach. Maxim legte den General neben ihn auf den Boden und wandte sich wieder zum Turm. Es berührte ihn merkwürdig, diese unglückseligen zweihundert Meter jetzt ruhig, ohne etwas befürchten zu müssen, zurücklegen zu können.

Er machte sich daran, die Minen an den Stützpfeilern zu befestigen, sicherheitshalber jeweils zwei. Zeit hatte er, doch er beeilte sich trotzdem: Der General war am Verbluten, und auch Memo blutete stark, und irgendwo rasten schon Lastwagen mit Gardisten die Chaussee entlang. Gai war alarmiert worden und wurde jetzt neben Pandi über das Kopfsteinpflaster geschüttelt. Auch in den umliegenden Dörfern waren die Leute erwacht: Männer griffen nach Äxten und Flinten, Kinder weinten, und Frauen verfluchten die blutrünstigen Spione, deretwegen man weder Schlaf noch Ruhe fand. Maxim konnte geradezu spüren, wie die schwarze, verregnete Nacht um ihn herum langsam zum Leben erwachte, sich regte, wie sie bedrohlich wurde und gefährlich.

Die Zeitzünder waren auf fünf Minuten eingestellt, er schaltete sie der Reihe nach ein und wollte zum General und Memo laufen. Aber etwas hielt ihn zurück, er blieb stehen, blickte umher und begriff: Ordi. Im Laufschritt rannte er zu ihr, aufmerksam auf den Weg schauend, um nicht zu stolpern, warf sich ihren leichten Körper über die Schulter und kehrte, wieder im Laufschritt und mit zu Boden gerichtetem Blick zurück zum Drahtwall, zum nördlichen Durchgang, wo der General und Memo lagen. Nun brauchten sie nicht mehr lange zu leiden. Maxim blieb neben ihnen stehen und drehte sich um.

Und da erfüllte sich der sinnlose Traum der Untergrundkämpfer. In schneller Folge krepierten die Minen, der Fuß des Turms wurde vom Rauch verhüllt. Dann erloschen die grellen Lichter, undurchdringliche Dunkelheit breitete sich aus, es knirschte, donnerte, die Erde bebte, wurde mit Getöse emporgeschleudert, dann bebte sie wieder.

Maxim schaute auf die Uhr. Siebzehn Minuten nach zehn. Seine Augen hatten sich an die Dunkelheit gewöhnt, er konnte wieder den zerrissenen Draht erkennen, und er sah auch den Turm. Mit gespreizten, von den Explosionen verunstalteten Stützen lag er nun seitlich des Bunkers, wo es immer noch brannte.

»Wer ist da?«, röchelte der General und begann sich zu regen.

»Ich«, sagte Maxim. Er beugte sich hinab. »Wir müssen weg. Wo hat es Sie erwischt? Können Sie gehen?«

»Warte«, erwiderte der General. »Was ist mit dem Turm?«

»Der ist erledigt«, sagte Maxim. Ordi lag noch immer über seiner Schulter, und er wusste nicht, wie er es ihm beibringen sollte.

»Nicht möglich.« Der General erhob sich leicht. »Massaraksch! Tatsächlich?« Er lachte und legte sich wieder hin. »Hör mal, Mak, ich kapiere überhaupt nichts ... Wie spät ist es?«

»Zwanzig nach zehn.«

»Also stimmt es. Wir haben ihn gesprengt. Bist ein toller Kerl, Mak. Warte mal, wer ist neben mir?«

»Klaue«, antwortete Maxim.

»Er atmet«, stellte der General fest. »Warte mal, und wer ist noch am Leben? Wen hast du da?«

»Ordi«, sagte Maxim mühsam.

Einige Sekunden schwieg der General.

»Ordi«, wiederholte er unsicher und stand schwankend auf. »Ordi«, sagte er noch einmal und legte ihr die Hand an die Wange.

Eine Zeit lang schwiegen sie. Dann fragte Memo heiser: »Wie spät ist es?«

»Zweiundzwanzig nach«, antwortete Maxim.

»Wo sind wir?«

»Wir müssen weg«, drängte Maxim.

Der General drehte sich um und stieg durch das Loch im Draht. Er wankte stark. Maxim bückte sich, lud sich den schweren Memo auf die andere Schulter und ging hinterher. Er holte den General ein. Der blieb stehen.

»Nur die Verwundeten«, sagte er.

»Ich schaffe das«, entgegnete Maxim.

»Befolge den Befehl! Nur Verwundete!«

Der General streckte die Hände aus und hob, stöhnend vor Schmerz, Ordis Körper von Maxims Schulter. Er konnte ihn nicht halten und legte ihn sofort wieder auf die Erde.

»Nur Verwundete«, flüsterte er mit merkwürdiger Stimme. »Im Laufschritt – Marsch!«

»Wo sind wir?«, fragte Memo. »Wer ist alles hier? Wo sind wir?«

»Halten Sie sich an meinem Gürtel fest«, sagte Maxim zum General und lief los.

Memo schrie kurz auf, dann wurde sein Körper schlaff. Sein Kopf baumelte, die Arme baumelten, und die Beine schlugen Maxim beim Laufen in den Rücken. Der General folgte ihnen auf den Fersen, er atmete laut und pfeifend und umklammerte Maxims Gürtel.

Sie erreichten den Wald. Bäume versperrten den Weg, feuchte Zweige schlugen ihnen ins Gesicht. Maxim musste immer wieder ausweichen, Baumstümpfe überspringen. Es war schwerer, als er gedacht hatte. Er war nicht mehr derselbe, auch die Luft war nicht die gewohnte – überhaupt: Nichts stimmte mehr, alles war falsch, unnötig und sinnlos. Sie hinterließen zerknickte Sträucher, eine Blutspur und ihren Geruch. Alle Wege sind längst abgeriegelt, dachte Maxim, die Hunde werden schon an den Leinen zerren, und Rittmeister Tschatschu läuft, die Pistole in der Hand, klumpfüßig über den Asphalt und krächzt Kommandos; er wird der Erste sein, der über den Straßengraben setzt und in den Wald läuft. Hinter ihnen lagen dieser idiotische, nun gesprengte Turm und die verkohlten Gardisten … aber auch drei tote, fast schon steife Kameraden. Die beiden anderen waren verwundet, halbtot, hatten kaum eine Chance – und all das wegen eines Turms, eines dummen, sinnlosen, schmutzigen, rostigen Turms, eines von Tausenden. Nie mehr erlaube ich jemandem, eine solche Dummheit zu begehen. Nein, werde ich sagen, ich hab es gesehen. Wie viel Blut – und das alles für einen Haufen unnützen, verrosteten Eisens. Ein junges Leben für verrostetes Eisen, und ein altes Leben für die erbärmliche Hoffnung, ein paar Tage wie Menschen zu leben, und eine erschossene Liebe. Wenn ihr nichts wollt als leben, werde ich sagen, warum sterbt ihr dann einfach so … so billig? Massaraksch, ich lasse nicht zu, dass sie sterben, sie werden leben, ich bringe ihnen bei zu leben! Was für ein Idiot ich war, wie konnte ich mich auf so etwas einlassen, wie konnte ich das erlauben?

Schnell bog er auf den Waldweg, Memo noch immer auf der Schulter. Den General hatte er unter den Achseln gefasst und schleifte ihn mit. Er blickte um sich und sah, wie der Junge vom Gemarkungsstein her auf ihn zulief; er war durchnässt, ängstlich und roch nach Schweiß.

»Sind das alle?«, fragte er entsetzt, und für dieses Entsetzen war ihm Maxim dankbar.

Sie schleppten die Verwundeten zum Motorrad und zwängten Memo in den Beiwagen. Den General setzten sie auf den

Rücksitz, der Junge band ihn mit einem Riemen an sich fest. Noch war es ruhig im Wald, aber Maxim wusste, dass das nichts zu bedeuteten hatte.

»Vorwärts«, sagte er, »nicht anhalten! Schlag dich durch.«

»Ich weiß Bescheid«, erwiderte der Junge. »Was wird aus dir?«

»Ich versuche, sie abzulenken. Keine Sorge, mich kriegen sie nicht.«

»Aber es ist hoffnungslos«, murmelte der Junge traurig, riss am Starter, und das Motorrad fing an zu knattern. »Habt ihr den Turm wenigstens gesprengt?«, schrie er.

»Ja«, sagte Maxim, und der Junge raste davon.

Nachdem Maxim einige Sekunden lang reglos dagestanden hatte, lief er in den Wald zurück. Auf der ersten besten Lichtung riss er sich die Jacke vom Leib und schleuderte sie in die Büsche. Danach kehrte er auf den Weg zurück und rannte, so schnell er konnte, einige Zeit in Richtung Stadt. Dann blieb er stehen, löste die restlichen Granaten vom Gürtel und verteilte sie gut sichtbar auf dem Weg. Schon zwängte er sich durch die Sträucher auf der anderen Seite, wobei er so viele Zweige wie möglich knickte, und warf sein Taschentuch dahinter. Dann erst machte er sich quer durch den Wald davon, wechselte in den gleichmäßigen Schritt eines Jägers, in dem er nun zehn oder fünfzehn Kilometer zurückzulegen hatte.

Er dachte an nichts, achtete nur darauf, dass er nicht zu stark von südwestlicher Richtung abkam und seine Füße sicher setzte. Zwei Wege kreuzte er, das erste Mal einen einsamen Feldweg, beim zweiten Mal die Elfte Chaussee. Auch hier war niemand zu sehen, doch hörte er nun erstmals Hunde bellen. Welche es waren, konnte er nicht feststellen, aber für alle Fälle schlug er einen großen Haken; anderthalb Stunden später fand er sich zwischen den Lagerhallen des städtischen Rangierbahnhofs wieder.

Hier brannten Lichter, pfiffen Lokomotiven, eilten Menschen hin und her. Vermutlich wussten sie von nichts, doch laufen durfte Maxim jetzt nicht mehr: Man hätte ihn für einen Dieb halten können. Er ging zunächst langsam, sprang dann, als ein Güterzug schwerfällig an ihm vorbei in Richtung Stadt rollte, auf einen Flachwagen voll Sand, wühlte sich hinein und fuhr so bis zum Betonwerk. Dort ließ er sich hinuntergleiten, klopfte seine Sachen sauber, beschmierte die Hände mit ein wenig Heizöl und überlegte, was weiter zu tun sei.

Die einzige Anlaufstelle in der Nähe war das Haus des Försters, aber sich dahin durchzuschlagen, wäre sinnlos. Es gab noch die Möglichkeit, in der Entensiedlung zu übernachten, aber nein, das war gefährlich, diese Adresse kannte Rittmeister Tschatschu. Außerdem schreckte Maxim der Gedanke, jetzt vor die alte Illi zu treten und ihr vom Tod der Tochter zu berichten. Er konnte nirgendwohin. Er ging in eine kleine, heruntergekommene Arbeiterkneipe, die nachts geöffnet hatte, aß Würstchen und trank Bier. Alle hier waren schmutzig und erschöpft wie er – Arbeiter nach der Schicht, die ihre letzte Straßenbahn verpasst hatten. An die Wand gelehnt, döste Maxim ein und träumte von Rada. Und er dachte im Traum, Gai sei jetzt sicher bei der Großfahndung, was gut war. Denn Rada, die ihn liebte, würde ihn aufnehmen, er könnte sich waschen und umziehen: Sein Zivilanzug müsste noch dort sein, der, den Fank ihm gegeben hatte. Am Morgen könnte er dann in den Osten fahren, wo die zweite ihm bekannte Anlaufstelle lag. Er wachte auf, warf eine zerknüllte Banknote auf den Tisch und ging hinaus.

Es war nicht weit, und unterwegs drohte keine Gefahr. Er traf niemanden auf der Straße, nur unmittelbar vor dem Haus sah er den Hausmeister. Er saß auf seinem Schemel im Treppenaufgang und schlief. Maxim schlich vorbei, stieg die Treppe hinauf und klingelte, so wie er immer geklingelt hatte. Hinter der Tür war es still, dann knarrte etwas. Schritte kamen näher, und die Tür wurde geöffnet. Rada.

Sie schrie nur deshalb nicht, weil ihr der Atem stockte und sie die Hand vor den Mund presste. Maxim umarmte sie, drückte sie an sich und küsste sie auf die Stirn. Er hatte das Gefühl, als sei er nach Hause zurückgekehrt, wo man lange schon aufgegeben hatte, auf ihn zu warten. Er schloss die Tür hinter sich, und sie gingen leise ins Zimmer. Hier war alles unverändert, nur seine Liege fehlte. Rada brach in Tränen aus. Auf dem Bett saß Gai im Nachthemd und starrte Maxim aus erschrockenen, nahezu irr staunenden Augen an. Einige Minuten verstrichen: Maxim und Gai sahen einander an, und Rada weinte.

»Massaraksch!«, fiepte Gai schließlich hilflos. »Du lebst? Bist nicht tot?«

»Grüß dich, altes Haus«, sagte Maxim. »Schade, dass du hier bist. Ich wollte dich nicht reinreißen. Wenn du willst, gehe ich gleich wieder.«

Im selben Moment umklammerte Rada fest seinen Arm.

»Nein!« Ihre Stimme klang gepresst. »Auf keinen Fall. Du gehst nirgendwohin. Soll er's nur versuchen, dann gehe ich auch, ohne mich umzusehen.«

Gai warf die Bettdecke von sich, stellte die Füße auf den Boden und trat dicht an Maxim heran. Er berührte ihn an den Schultern, an den Händen; er beschmierte sich mit Heizöl und wischte sich über die Stirn, die nun auch schmutzig war.

»Ich begreife überhaupt nichts«, sagte er kläglich. »Du lebst. Woher kommst du? Rada, hör auf zu heulen. Bist du verwundet? Du siehst schlimm aus. Da ist Blut.«

»Das ist nicht von mir.«

»Ich begreife überhaupt nichts«, wiederholte Gai. »Mensch, du lebst! Rada, mach Wasser heiß! Weck den Alten, er soll Schnaps rausrücken.«

»Leise«, bat Maxim. »Macht nicht solchen Lärm, ich werde gesucht.«

»Von wem? Weshalb? So ein Blödsinn. Rada, lass ihn sich umziehen! Mak, setz dich endlich! Oder willst du dich lieber hinlegen? Wie ist das gekommen? Wieso lebst du?«

Maxim setzte sich vorsichtig auf den Rand des Stuhls und legte die Hände auf die Knie, um nichts zu beschmutzen. Während er die beiden ansah, sie zum letzten Mal als Freunde ansah, sagte er, vielleicht sogar mit einer gewissen Neugier auf das, was nun geschehen würde: »Ich bin doch jetzt ein Verbrecher, ein Staatsfeind. Eben habe ich einen Turm gesprengt.«

Er wunderte sich nicht, dass sie ihn gleich verstanden hatten und augenblicklich wussten, von welchem Turm die Rede war. Sie stellten keine Fragen. Rada presste nur die Hände zusammen, ohne den Blick von ihm zu wenden, und Gai räusperte sich, fuhr sich mit einer vertrauten Geste durch die Haare und murmelte verdrossen, den Blick abgewandt: »Dummkopf! Willst dich also rächen. Aber an wem? Ach, du bist und bleibst ein Irrer. Ein kleines Kind. Schön. Du hast nichts gesagt, und wir haben nichts gehört. In Ordnung. Ich will nichts wissen. Rada, geh und mach Wasser heiß. Und sei nicht so laut, weck die Leute nicht auf«, und zu Maxim gewandt: »Zieh dich aus, bist ja schwarz wie der Teufel, wo treibst du dich bloß rum!«

Maxim stand auf und fing an sich auszuziehen. Er warf das nasse schmutzige Hemd auf den Boden (Gai sah die Narben von den Schüssen und schluckte) und streifte angewidert die unvorstellbar schlammigen Stiefel und Hosen ab. Alle Sachen waren voller schwarzer Flecken, und sie nicht mehr am Körper tragen zu müssen, war eine Erleichterung.

»Jetzt geht es mir besser«, sagte er und setzte sich wieder. »Danke, Gai. Ich bleibe nicht lange, nur bis zum Morgen, dann verschwinde ich.«

»Hat der Hausmeister dich gesehen?«, fragte Gai düster.

»Er hat geschlafen.«

»Geschlafen«, wiederholte Gai zweifelnd. »Weißt du, er ... Aber vielleicht hat er wirklich geschlafen. Irgendwann muss er ja mal ...«

»Warum bist du zu Hause?«, erkundigte sich Maxim.

»Beurlaubt.«

»Wieso gibt es jetzt Urlaub? Die ganze Garde ist doch sicher im Wald.«

»Ich bin kein Gardist mehr.« Gai lächelte schief. »Sie haben mich gefeuert, Mak. Haben mich zum einfachen Armeekorporal gemacht, der den Dorftrotteln beibringt, welches das rechte und welches das linke Bein ist. Und haben sie's endlich begriffen – dann ab an die hontianische Grenze, in die Schützengräben. So steht's bei mir, Mak.«

»Meinetwegen?«, fragte Maxim leise.

»Wie soll ich sagen. Im Prinzip, ja.«

Ihre Blicke trafen sich, und Gai wandte die Augen ab. Maxim fiel plötzlich ein, dass Gai, wenn er ihn jetzt verriete, wahrscheinlich in die Garde zurückkönnte und auch sein Offiziers-Fernstudium wieder aufnehmen dürfte. Und weiter dachte er, dass ihm noch vor zwei Monaten ein solcher Gedanke nicht gekommen wäre. Ihm wurde unbehaglich. Am liebsten wäre er gegangen, sofort, auf der Stelle, doch da erschien Rada und rief ihn ins Badezimmer. Während er sich wusch, bereitete sie ihm etwas zu essen und wärmte den Tee. Gai saß immer noch auf seinem Platz, den Kopf in die Hände gestützt, und auf seinem Gesicht lag Schwermut. Er stellte keine Fragen. Sicher fürchtete er, entsetzliche Antworten zu hören, die seine letzte Abwehrkraft zerstören, den letzten Faden zerreißen könnten, der ihn noch mit Maxim verband. Auch Rada fragte nichts – ihr war nicht danach zumute. Sie ließ kein Auge von ihm, hielt fest seine Hand und schluchzte ab und zu vor Angst, der geliebte Mensch könnte wieder verschwinden. Verschwinden und nie mehr zurückkommen. Da schob Maxim, weil wenig Zeit blieb, die nur halb ausgetrunkene Tasse Tee beiseite und fing an zu erzählen.

Davon, wie ihm die Mutter der Terroristin half, wie er mit den Entarteten zusammentraf, wer sie wirklich waren, warum sie Entartete hießen und was die Türme darstellten – diese abscheuliche, teuflische Erfindung. Davon, was in der Nacht geschehen war, wie die Menschen in das Maschinengewehrfeuer gelaufen waren und einer nach dem anderen umgekommen war, wie dieser scheußliche Haufen feuchten Eisens zusammenstürzte und wie er, Maxim, die tote Frau wegtrug, der man das Kind genommen und den Mann gemordet hatte.

Rada hörte aufmerksam zu. Auch Gai zeigte schließlich Interesse und stellte sogar Fragen. Aber sie waren boshaft, dumm und grausam. Und Maxim wurde klar, dass Gai ihm kein Wort glaubte, dass Gais Bewusstsein das alles von sich stieß wie Fett das Wasser. Dass es ihm unangenehm war, diese Dinge zu hören, und er sich nur mit Mühe zurückhielt, Maxim über den Mund zu fahren. Und als Maxim geendet hatte, lächelte er verkrampft.

»Da haben sie dich schön um den Finger gewickelt!«

Maxim sah Rada an, doch sie blickte beiseite, kaute an ihrer Lippe und flüsterte unschlüssig: »Ich weiß nicht. Vielleicht gab es einen solchen Turm, aber verstehst du, Mak, was du erzählst, kann einfach nicht sein. Das sind doch Raketenabwehrtürme.«

Sie sagte es stockend, offensichtlich bemüht, ihm nicht wehzutun, sah ihn jetzt an und streichelte seine Schulter. Gai aber geriet plötzlich in Wut. Er rief, das alles sei doch Unsinn, Maxim könne sich gar nicht vorstellen, wie viele solcher Türme im Land stünden, wie viele jährlich, ja täglich hinzukämen – würde man etwa in diesem armen Land Milliarden und Abermilliarden einzig dafür ausgeben, um zweimal am Tag ein klägliches Häufchen von Entarteten zu ärgern?!

»Was allein die Sicherungsmaßnahmen kosten«, ergänzte er nach einer Pause.

»Darüber habe ich auch nachgedacht«, pflichtete ihm Maxim bei. »Vermutlich ist das alles wirklich nicht so einfach. Doch das Geld der Hontianer hat nichts damit zu tun. Und dann, ich habe es ja selbst gesehen: Kaum war der Turm umgefallen, ging es ihnen besser. Was aber die Luftabwehr betrifft, versteh, Gai, dafür sind es zu viele Türme. Um den Luftraum abzuschirmen, bräuchte man erheblich weniger. Außerdem, wozu Luftschutz an der Südgrenze? Besitzen die Wilden etwa Raketen?«

»Sie besitzen alles Mögliche«, entgegnete Gai böse. »Du weißt nichts und glaubst jedem. Entschuldige, Mak, aber wärst du nicht du ... Wir alle sind viel zu vertrauensselig«, fügte er bitter hinzu.

Maxim wollte nicht weiter streiten, er wollte überhaupt nicht mehr über diese Dinge reden. Er fragte, wie es ihnen ginge, wo Rada jetzt arbeite, warum sie nicht studiere, was der Onkel und die Nachbarn machten. Rada lebte auf und fing an zu erzählen, hielt dann aber wieder inne, räumte das schmutzige Geschirr ab und trug es in die Küche. Gai fuhr sich mit beiden Händen durch die Haare, starrte zum dunklen Fenster, fasste sich dann aber ein Herz und begann ein ernstes Gespräch von Mann zu Mann.

»Du bedeutest uns sehr viel«, sagte er. »Mir, und auch Rada, obwohl du ein unruhiger Geist bist und bei uns deinetwegen alles aus dem Gleis geraten ist. Aber ich meine Folgendes: Du bedeutest Rada nicht nur viel, verstehst du ... Nicht einfach so, sondern, wie soll ich sagen ... Du gefällst ihr, und die ganze letzte Zeit hat sie geweint; in der ersten Woche war sie sogar krank. Sie ist ein gutes Mädchen, häuslich, sie gefällt vielen, was nicht verwunderlich ist. Ich weiß nicht, wie du zu ihr stehst, aber was kann ich dir raten? Lass diese Dummheiten sein, das ist nichts für dich. Du hast keine Ahnung davon, das macht dich nur verrückt. Du wirst noch selbst umkommen, zerstörst Unschuldigen das Leben – das bringt nichts! Fahre lieber zurück in deine Berge und such deine Leute. Wenn dein Gehirn sich nicht erinnern kann, wird dir das Herz den Weg weisen. Dort wird dich niemand verfolgen, du richtest dich ein, bringst Ordnung in dein Leben, kommst her und holst Rada, und es wird euch gutgehen. Vielleicht haben wir bis dahin schon die Hontianer erledigt. Dann gibt es endlich Frieden, und wir können wie Menschen leben.«

Maxim hörte ihm zu und dachte, wäre er ein Gebirgler, würde er es wahrscheinlich genau so machen: nach Hause zurückkehren, mit seiner jungen Frau still vor sich hin leben, alles Schwierige und Schreckliche vergessen. Nein, nichts würde er vergessen, sondern die Verteidigung organisieren, so dass die Handlanger der Unbekannten Väter nicht einmal ihre Nase in die Berge zu stecken wagten. Kämen aber Gardisten, würde er die Schwelle seines Hauses bis zum letzten Blutstropfen verteidigen. Doch er war kein Gebirgler. In den Bergen hatte er nichts verloren, sein Platz war hier, und er hatte nicht vor, das alles zu dulden … Aber Rada? Tja nun, wenn sie ihn wirklich liebte, würde, ja, müsste sie ihn verstehen. Er wollte jetzt nicht daran denken, wollte nicht an die Liebe denken, jetzt war nicht die Zeit zu lieben.

Er versank kurze Zeit in Gedanken und merkte daher nicht sofort, dass sich im Haus etwas veränderte. Jemand schlich den Flur entlang, wisperte hinter der Wand. Dann folgte Getöse, Rada schrie verzweifelt: »Mak!«, und verstummte, als hielte man ihr den Mund zu. Er sprang auf und stürzte zum Fenster, aber da wurde schon die Tür aufgestoßen. Rada stand auf der Schwelle, totenbleich im Gesicht. Es roch vertraut nach Kaserne, die beschlagenen Stiefel polterten laut. Rada wurde hineingedrängt, die schwarzuniformierten Gardisten schoben sich hinter ihr her ins Zimmer, und Pandi richtete mit wild verzerrtem Gesicht die Maschinenpistole auf Maxim.

Rittmeister Tschatschu aber, schlau und gerissen wie immer, stand neben Rada, umklammerte ihre Schulter und drückte ihr die Pistolenmündung in die Seite.

»Keine Bewegung!«, blaffte er sie an. »Wenn du dich rührst, schieße ich!«

Maxim erstarrte. Er konnte nichts tun. Er brauchte mindestens zwei Zehntelsekunden, bestenfalls anderthalb, doch diesem Mörder genügte eine.

»Hände vor!«, raunzte Tschatschu. »Korporal, die Handschellen! Doppelte! Beweg dich, Massaraksch!«

Pandi, den Maxim während der Übungen mehr als einmal über die Schulter geschleudert hatte, kam vorsichtig näher und löste eine schwere Kette von seinem Gürtel. Sein Gesicht wurde ängstlich.

»Sieh dich vor«, warnte er Maxim. »Wenn was ist, wird der Herr Rittmeister sofort … äh … deine Liebste …«

Er schloss die stählernen Spangen um Maxims Handgelenke, kauerte nieder und fesselte ihm die Füße. Maxim schmunzelte insgeheim. Er wusste jetzt, was er tun würde. Aber den Rittmeister hatte er unterschätzt. Tschatschu ließ Rada nicht los. Sie musste mit ihnen die Treppe hinuntergehen, mit in den Lastwagen steigen, und nicht eine Sekunde wandte er die Pistole von ihr. Danach stieß man Gai hinein, der ebenfalls verhaftet worden war. Bis zum Morgengrauen blieb noch viel Zeit. Nach wie vor nieselte es, und regenverhangene Lichter erhellten dürftig die nasse Straße. Lärmend verteilten sich die Gardisten auf die Bänke im Lastwagen, riesige, tropfnasse Hunde zerrten an den Leinen und sperrten, da man sie zurückhielt, nervös und leise winselnd den Rachen auf. Und im Treppenhaus stand, den Rücken an den Pfeiler gelehnt und die Hände auf dem Bauch gefaltet, der Hausmeister. Er döste.

12

Der Generalstaatsanwalt lehnte sich im Sessel zurück, steckte sich ein paar getrocknete Beeren in den Mund, zerkaute sie und trank einen Schluck Heilwasser nach. Er schloss die müden Augen, drückte die Finger darauf und lauschte. Im Umkreis von mehreren Hundert Metern war alles ruhig. Der Justizpalast war leer, nächtlicher Regen trommelte monoton an die Fenster. Weder heulten Sirenen noch quietschten Bremsen, niemand klopfte, und auch die Fahrstühle summten nicht. Kein Mensch weit und breit. Nur im Vorzimmer, hinter der hohen Tür, schmachtete in Erwartung von Befehlen und still wie eine Maus der diensthabende Referent. Der Staatsanwalt öffnete langsam die Augen. Durch verschwimmende bunte Flecken fiel sein Blick auf den Besuchersessel, eine Spezialanfertigung. Den nehme ich mit, überlegte er. Den Tisch auch, habe mich dran gewöhnt. Ich gehe ungern von hier weg, hab das Plätzchen so schön angewärmt. Aber warum soll ich eigentlich? Der Mensch ist seltsam: Sieht er eine Treppe vor sich, will er unbedingt auf ihre höchste Stufe. Da oben ist es kalt, scharfe Winde wehen, die der Gesundheit ganz und gar nicht zuträglich sind, der Sturz hinunter kann tödlich enden, die Stufen sind glatt und voller Gefahren. Du weißt das alles sehr gut und steigst trotzdem hoch, arbeitest dich immer höher, bis dir die Zunge zum Halse heraushängt. Die Umstände mögen dagegen sprechen, aber du kletterst. Man mag dir abraten – du kletterst. Du kletterst gegen den Widerstand deiner Feinde, wider den eigenen Instinkt, den gesunden Menschenverstand, gegen ungute Vorahnungen, du steigst, steigst, steigst. Wer nicht steigt, fällt, so ist das. Doch wer steigt, fällt auch.

Das Surren des Haustelefons unterbrach seine Gedanken. Er nahm den Hörer ab und kniff verärgert die Brauen zusammen: »Was ist? Ich bin beschäftigt.«

»Jemand, der sich ›Wanderer‹ nennt, ist auf Ihrer persönlichen Leitung, Exzellenz. Er möchte Sie dringend sprechen«, säuselte der Referent.

»Der Wanderer?« Der Staatsanwalt lebte auf. »Verbinden Sie mich.«

Im Hörer knackte es. Wieder das Säuseln des Referenten: »Exzellenz hören.«

Noch ein Knacken, und dann der bekannte, harte, pandeanische Akzent: »Schlaukopf? Grüße dich. Bist du sehr beschäftigt?«

»Für dich nicht.«

»Ich muss dich sprechen.«

»Wann?«

»Gleich, wenn es dir recht ist.«

»Ich stehe zu deiner Verfügung«, sagte der Staatsanwalt. »Komm her.«

»Ich bin in zehn, fünfzehn Minuten bei dir. Warte auf mich.«

Der Staatsanwalt legte den Hörer auf und saß einige Zeit reglos und mit eingekniffener Unterlippe da. Ist er also zurück, dachte er, und wieder wie ein Blitz aus heiterem Himmel. Massaraksch, wie viel Geld mich dieser Mensch schon gekostet hat! Mehr als alle anderen zusammen, dabei weiß ich über ihn immer noch genauso wenig wie alle Übrigen. Ein gefährlicher Typ. Unberechenbar. Hat mir die Stimmung verdorben. Erbost überflog der Staatsanwalt die Papiere, die er auf dem Tisch ausgebreitet hatte, schob sie nachlässig zu einem Haufen zusammen und legte sie ins Fach. Wie lange hat er sich eigentlich nicht blicken lassen? Zwei Monate. Wie immer. Verschwindet irgendwohin, lässt zwei Monate nichts von sich hören und dann, bitte schön, wie der Geist aus der Flasche. Nein, mit diesem Geist muss etwas passieren, so kann man nicht arbeiten. Na gut, aber was will er von mir? Was ist in diesen zwei Monaten überhaupt passiert?

Den »Fuchs« haben sie abgesägt, aber das wird ihn kaum interessieren, den Fuchs konnte er sowieso nicht leiden, hat ihn verachtet. Aber eigentlich verachtet er ja alle. In seinem Bereich war nichts, und wegen Banalitäten käme er auch nicht zu mir, da ginge er zum Papa oder zum Schwiegervater. Vielleicht hat er etwas Interessantes herausgefunden und will mich als Verbündeten? Geb's Gott, geb's Gott. Ich an seiner Stelle würde mich allerdings mit niemandem zusammentun. Der Prozess? Unsinn, was hat er mit dem Prozess zu schaffen. Ach, was soll das Rätseln, ergreifen wir lieber die notwendigen Maßnahmen.

Er öffnete das Geheimfach und schaltete alle Fonografen und geheimen Kameras ein. Diese Szene bewahren wir für die Nachwelt. Wo bleibst du, Wanderer? Vor Aufregung brach ihm der Schweiß aus, er zitterte, und um sich zu beruhigen, kaute er noch ein paar Beeren. Dann schloss er die Augen und zählte. Als er bei siebenhundert angelangt war, sprang die Tür auf, und dieser lange Kerl trat ein. Den Referenten schob er einfach beiseite, dieser Spaßvogel … dieser eiskalte Typ, die Hoffnung der Unbekannten Väter. Er wurde gehasst und vergöttert, hing in jeder Sekunde am seidenen Faden, fiel jedoch nie. Hager war er und gebeugt, er hatte eine Glatze, grüne Augen und riesige, abstehende Ohren. Und ewig diese hässliche knielange Jacke. Ein Zauberer, ein Anführer und Macher, einer, der Milliarden verschlang. Der Staatsanwalt erhob sich, um ihn zu empfangen. Bei diesem Mann musste er sich nicht verstellen oder sich dumme Floskeln abringen.

»Grüß dich, Wanderer«, sagte er. »Kommst du, um zu prahlen?«

»Warum sollte ich«, erwiderte der Wanderer, während er sich in den Besuchersessel fallen ließ und seine Knie plump in die Höhe schnellten. »Massaraksch, immer vergesse ich die Tücke dieses Möbels. Wann lässt du es endlich bleiben, deine Gäste zu foppen?«

»Besucher müssen sich unbehaglich fühlen«, belehrte ihn der Staatsanwalt. »Sie müssen lächerlich wirken. Was habe ich sonst für Spaß an ihnen? Jetzt, beispielsweise, sehe ich dich an und werde richtig fröhlich.«

»Ja, ich weiß, du bist ein heiterer Mensch«, sagte der Wanderer. »Allerdings ist dein Humor ziemlich anspruchslos. Du darfst dich übrigens setzen.«

Der Staatsanwalt merkte erst jetzt, dass er immer noch stand. Wie jedes Mal, hatte der Wanderer die Rechnung schnell beglichen. Der Staatsanwalt machte es sich so bequem wie möglich und nippte an seinem Heilwasser.

»Also?«, fragte er.

Der Wanderer begann ohne Umschweife. »In deinen Klauen«, sagte er, »befindet sich ein Mann, den ich brauche. Ein gewisser Mak Sim. Du hast ihn zur Umerziehung geschickt, erinnerst du dich?«

»Nein«, antwortete der Staatsanwalt aufrichtig. Er spürte einige Enttäuschung. »Wann habe ich ihn verschickt? Weswegen?«

»Vor kurzem. Wegen des gesprengten Turms.«

»Ja, ich erinnere mich. Und?«

»Das ist alles«, sagte der Wanderer. »Ich brauche ihn.«

»Moment«, entgegnete ihm der Staatsanwalt verärgert. »Den Prozess habe ich gar nicht geführt. Und an jeden Verurteilten kann ich mich nicht erinnern.«

»Ich dachte, das wären alles deine Leute.«

»Da war nur einer von mir dabei, die anderen waren echt ... Wie, sagst du, heißt er?«

»Mak Sim.«

»Mak Sim«, wiederholte der Staatsanwalt. »Ah! Dieser Spion aus den Bergen. Natürlich. Da gab es eine merkwürdige Geschichte: Man hat ihn erschossen, und trotzdem lebt er.«

»Ja, so war es wohl.«

»Ein außergewöhnlicher Kraftbolzen. Ja, mir wurde davon berichtet. Wozu brauchst du ihn?«

»Er ist ein Mutant«, sagte der Wanderer. »Hat äußerst interessante Mentogramme. Ich brauche ihn für meine Arbeit.«

»Willst du ihn obduzieren?«

»Möglich. Meine Leute beobachten ihn seit langem, schon, als man ihn noch im Spezialstudio brauchte. Aber dann ist er entwischt.«

Der Staatsanwalt stopfte sich enttäuscht den Mund voll mit Beeren und nuschelte: »Einverstanden. Und wie läuft es sonst bei dir?«

»Gut, wie immer«, antwortete der Wanderer. »Wie ich gehört habe, bei dir ebenso. Hast dem Hampelmann das Wasser abgegraben. Gratuliere. Wann kriege ich also meinen Mak?«

»Morgen depeschiere ich. Man wird ihn dir in fünf bis sieben Tagen bringen.«

»Umsonst?«, fragte der Wanderer.

»Eine Gefälligkeit«, entgegnete der Staatsanwalt. »Was könntest du mir denn bieten?«

»Den ersten Schutzhelm.«

Der Staatsanwalt grinste. »Und das Weltlicht als Zugabe. Übrigens: Ich brauche nicht den ersten Schutzhelm, sondern den einzigen. Stimmt es, dass deine Bande beauftragt wurde, einen Emitter für gebündelte Strahlung zu konstruieren?«

»Möglich«, sagte der Wanderer.

»Hör mal, wofür, zum Teufel, noch so etwas? Haben wir nicht genug Unannehmlichkeiten? Du solltest die Sache ein bisschen bremsen.«

Der Wanderer grinste. »Hast du Angst, Schlaukopf?«

»Ja«, gab der Staatsanwalt zu. »Du nicht? Oder glaubst du, der Onkel wird dich immer lieben? Mit deinem eigenen Strahler wird er dich …«

Der Wanderer grinste wieder. »Du hast mich überzeugt. Abgemacht.« Er stand auf. »Ich geh jetzt zum Papa. Soll ich ihm was ausrichten?«

»Der Papa ist schlecht auf mich zu sprechen«, antwortete der Staatsanwalt, »ist mir verflucht unangenehm.«

»Gut.« Der Wanderer wandte sich zur Tür. »Ich werde es ihm ausrichten.«

»Spaß beiseite, aber wenn du ein Wörtchen für mich einlegen könntest …«

»Bist eben ein Schlaukopf«, sagte der Wanderer im Tonfall des Papas. »Ich werd's versuchen.«

»Ist er wenigstens mit dem Prozess zufrieden?«

»Woher soll ich das wissen? Bin doch gerade erst angekommen.«

»Versuch es herauszubringen. Und wegen deines … wie sagtest du? Ich notiere mir den Namen.«

»Mak Sim.«

»Was also ihn betrifft, leite ich morgen das Nötige ein.«

»Bleib gesund.« Der Wanderer ging.

Der Staatsanwalt blickte ihm finster nach. Eine Position hat der Mann! Ist zu beneiden! Die gesamte Abwehr liegt allein bei ihm. Ja, die Reue kommt spät, aber vielleicht hätte man sich mit ihm anfreunden sollen. Nur, wie macht man das bei so einem? Er braucht ja niemanden, ist ohnehin der Wichtigste, und wir anderen sind seine Vasallen. Alle beten ihn an. Wenn man dem an die Gurgel könnte – das wär's! Und dann kommt er wegen so einer Lappalie, einen Sträfling braucht er, bitte schön. Der ist was wert, man bedenke, seine Mentogramme sind interessant. Allerdings ist dieser Gefangene ein Gebirgler, und der Papa spricht in letzter Zeit ziemlich oft über die Berge. Womöglich lohnt es, sich damit zu befassen. Was auch immer mit dem Krieg wird – Papa bleibt Papa. Massaraksch, arbeiten kann ich heute sowieso nicht mehr.

Er nahm den Hörer und rief ins Telefon: »Koh, was für Material haben Sie über den Verurteilten Sim?« Er entsann sich auf einmal. »Sie hatten doch Verschiedenes über ihn zusammengetragen.«

»Jawohl, Exzellenz«, säuselte der Referent. »Ich hatte die Ehre, die Aufmerksamkeit Eurer Exzellenz …«

»Bringen Sie's her. Und noch etwas Wasser.«

Er legte den Hörer auf, und im selben Moment erschien, kaum wahrnehmbar, wie ein Schatten, der Referent in der Tür. Plötzlich lag eine dicke Mappe vor dem Staatsanwalt; leises Klirren, Wasser gluckste, und auf dem Tisch stand ein volles Glas. Der Staatsanwalt nahm einen Schluck und betrachtete die Mappe.

»Exzerpt aus dem Vorgang Mak Sim (Maxim Kammerer). Verfasser: Referent Koh.«

Recht umfangreich, und dann »Exzerpt«. Der Staatsanwalt öffnete die Mappe und entnahm ihr den ersten Stoß zusammengehefteter Blätter.

Aussagen des Rittmeisters Toot. Aussagen des Angeklagten Gaal. Skizze eines Grenzbezirks hinter der Blauen Schlange. »Andere Kleider trug er nicht. Seine Sprache klang menschlich, doch völlig unverständlich. Der Versuch, mit ihm auf Honti zu reden, brachte kein Ergebnis.« Diese Rittmeister der Grenztruppen! Ein hontianischer Spion an der Südgrenze! »Die Zeichnungen, die der Verhaftete uns vorlegte, schienen mir erstaunlich und kunstvoll.« Nun, hinter der Blauen Schlange gibt es viel Erstaunliches. Leider. Selbst die Begleitumstände, unter denen dieser Sim aufgetaucht ist, heben sich nicht allzu sehr von den übrigen Verhältnissen dort ab. Obwohl freilich … Aber wir werden sehen.

Der Staatsanwalt legte den Packen beiseite, schob sich zwei besonders große Beeren in den Mund und griff nach dem nächsten Blatt. »Gutachten einer Expertenkommission aus Mitarbeitern des Instituts für Textilien und Kleidung. Wir, die

Endunterzeichner ...«, hm, aha, »... analysierten mit allen uns zur Verfügung stehenden Labormethoden das Kleidungsstück, welches uns vom Departement für Justiz zugeschickt worden war ...«, so ein Blödsinn, »und kamen zu folgendem Ergebnis: 1. Der genannte Gegenstand stellt eine kurze Hose der Größe 4/2 dar, die sowohl von Männern als auch von Frauen getragen werden kann. 2. Der Schnitt der Hose ist keinem der bei uns üblichen Standards zuzuordnen und kann, genau genommen, auch nicht als Schnitt bezeichnet werden, weil die Hose nicht genäht, sondern auf eine Art hergestellt wurde, die uns unbekannt ist. 3. Die Hose besteht aus weichem, elastischem Stoff von silbriger Farbe, der, genau genommen, nicht als Stoff bezeichnet werden kann, weil er selbst bei mikroskopischer Untersuchung keine Struktur aufweist. Das Material ist nicht brennbar, wasserundurchlässig und überaus reißfest. Seine chemische Analyse ...« Merkwürdige Hose. Der Staatsanwalt nahm einen gut gespitzten Bleistift und kritzelte an den Rand: »Für den Referenten: Warum geben Sie keine Zusatzinformationen? Wessen Hose? Woher?« So ... Und das Fazit? Formeln, wieder Formeln. Massaraksch, noch mehr Formeln. Aha! »... Die Technologie ist sowohl bei uns als auch in den anderen zivilisierten Staaten unbekannt (Vorkriegsstand).«

Der Staatsanwalt legte das Blatt zur Seite. Eine Hose, na, von mir aus. Hose bleibt Hose. Was noch? »Protokoll der medizinischen Untersuchung.« Interessant. So einen Blutdruck hat er? Oho, das ist eine Lunge! Und da? Narben von vier tödlichen Verwundungen. Ist ja geradezu mystisch. Aha. »Siehe die Aussagen des Zeugen Tschatschu und des Angeklagten Gaal.« Sieben Kugeln! Hm, hier ist ein gewisser Widerspruch: Tschatschu sagt aus, er habe sich mit der Waffe in Todesgefahr verteidigt, und dieser Gaal behauptet, Sim wollte dem Rittmeister die Pistole nur abnehmen. Na, ist nicht meine Sache. Zwei Kugeln in die Leber – das ist zu viel für einen normalen Menschen. So, dreht Münzen zu Tütchen, rennt mit einem Mann auf den Schultern herum. Aha, das habe ich schon gelesen. Ich erinnere mich, an dieser Stelle dachte ich, dass der Bursche außergewöhnlich stark ist und solche Typen für gewöhnlich dumm sind. Und habe nicht weitergelesen. Was haben wir hier? Ah, ein alter Bekannter. »Auszug aus einem Bericht des Agenten Nummer 711: Sieht sogar in einer Regennacht (kann lesen) und bei absoluter Dunkelheit deutlich (erkennt Gegenstände, sogar den Gesichtsausdruck auf eine Entfernung von bis zu zehn Metern), hat eine außerordentlich feine Nase und sensible Zunge (unterschied fünfzig Meter entfernte Gruppenmitglieder nur nach ihrem Geruch, erriet anlässlich einer Wette verschiedene Getränke in fest verschlossenen Gefäßen), orientiert sich ohne Kompass nach den Himmelsrichtungen, bestimmt mit großer Genauigkeit ohne Uhr die Zeit. Folgendes geschah: Einen Fisch, den wir gekauft und gekocht hatten, verbot er uns zu essen mit der Begründung, der Fisch sei radioaktiv. Als wir dies mit dem Radiometer überprüften, stellten wir tatsächlich Radioaktivität fest. Ich weise noch darauf hin, dass er diesen Fisch aß und behauptete, ihm schade er nicht, und er blieb wirklich gesund, obwohl die Radioaktivität das Dreifache der zulässigen Norm überstieg (fast 77 Einheiten).«

Der Staatsanwalt lehnte sich im Sessel zurück. Nein, das war zu viel. Womöglich ist der Bursche auch unsterblich? Selbstredend muss das den Wanderer interessieren! Was gibt es noch? Hier haben wir ein ernstzunehmendes Dokument: »Gutachten einer Sonderkommission des Departements für Volksgesundheit. Material: Mak Sim. Reaktion auf weiße Strahlung: negativ. Einwände gegen den Dienst in den Spezialeinheiten: keine.« Aha, das war, als er sich für die Garde bewarb. Die weißen Strahlen, Massaraksch. Diese Henker, hol sie der Teufel! Und das also ist ihre Expertise für die Beweisaufnahme. »Keinerlei Reaktion auf weiße Strahlung verschiedener Intensität, bis hin zur maximalen. Reaktion auf A-Strahlung: null in beiderlei Hinsicht. Reaktion auf B-Strahlung: null. Anmerkung: Wir halten es für unsere Pflicht hinzuzufügen, dass das vorliegende Material (Mak Sim, etwa zwanzig Jahre alt) in Anbetracht möglicher genetischer Folgen eine Gefahr bedeutet. Es empfiehlt sich eine totale Sterilisation oder Vernichtung.« Oho! Die spaßen nicht! Wer sitzt zurzeit eigentlich dort? Ah, der Bastler. Ja, weiß Gott, der ist kein Witzbold. Da fällt mir ein, Hengst hat über diese Sache neulich einen guten Witz erzählt. Massaraksch, ich hab ihn vergessen. Wie schön, dass kein Mensch hier ist. Essen wir also noch ein Beerchen und trinken etwas Heilwasser dazu, scheußliches Zeug, aber man sagt, es hilft. Also gut. Wie weiter?

Oh, da ist er also auch schon gewesen! Na, so was. Bestimmt wieder eine Null-Reaktion. »... Selbst unter forcierter Belastung machte der Untersuchungsgefangene Sim keine Aussagen. Gemäß Paragraf 12, der sichtbare physische Schädigungen an noch in öffentlichen Gerichtsverhandlungen Vorzuführenden untersagt, wurde angewandt: A. tiefstmögliche Punktur mit Durchdringung der Nervenganglien (Reaktion paradox, der Untersuchte schläft ein). B. Chemobehandlung der Nervenknoten mit Alkaloiden und Laugen (Reaktion analog). C. Lichtkammer (keine Reaktion, der Untersuchte zeigt Verwunderung). D. dampfthermische Kammer (Gewichtsverlust ohne unangenehme Empfindungen). Damit mussten wir die forcierten Methoden einstellen.« Brrr ... das ist ein Schrieb! Der Wanderer hat Recht: Er ist ein Mutant. Normale Menschen halten das nicht aus. Es soll ja positive Mutationen geben, wenn auch selten. Das wäre die Erklärung, nicht für die Hose, allerdings. Hosen mutieren ja nicht, soviel ich weiß.

Er nahm das nächste Blatt. Es war uninteressant: die Aussage des Direktors vom Spezialstudio. Eine idiotische Einrichtung! Zeichnen die Fantastereien aller möglichen Psychopathen auf, zum Spaß des hochverehrten Publikums. Ich weiß noch, Kalu der Spitzbube hatte sich das ausgedacht, aber der war selber ein bisschen … Dass dieses Studio überhaupt noch existiert. Den Spitzbuben gibt es längst nicht mehr, aber seine Wahnsinnsidee blüht weiter. Aus den Darlegungen des Direktors folgt, dass Sim ein Musterobjekt war und es äußerst wünschenswert wäre, ihn zurückzubekommen. Stop, stop, stop! Was ist das? »Gemäß Weisung Nummer soundso vom Soundsovielten dem Departement für Spezialuntersuchungen überstellt.« Und die Weisung ist von Fank unterzeichnet. Dem Staatsanwalt ging ein Licht auf. Fank, Wanderer, hier hast du, nein, ziehen wir keine voreiligen Schlüsse. Um sich zu beruhigen, zählte er bis dreißig und griff nach dem nächsten Bogen, besser gesagt, einem dicken Packen Papier. »Auszug aus dem Protokoll der ethnolinguistischen Spezialkommission zur Überprüfung der Theorie von der Gebirgsherkunft M. Sims.«

Zerstreut begann er zu lesen, dachte dabei noch an Fank und den Wanderer, und dann, ganz unerwartet, begann ihn das Papier zu interessieren. Es war eine Studie, in der alle Hinweise, Aussagen und Augenzeugenberichte, die in dieser oder jener Hinsicht die Frage nach der Herkunft Mak Sims berührten, zusammengetragen und ausgewertet waren: anthropologische, ethnografische, linguistische Daten und ihre Analyse, Untersuchungsergebnisse von Fonogrammen, Mentogrammen und Zeichnungen des Gefangenen. Alles das las sich wie ein Roman, trotz der knappen, vorsichtig formulierten Schlüsse. Die Kommission zählte Mak Sim zu keiner der bisher bekannten ethnischen Gruppen, die den Kontinent bewohnten. (Gesondert wurde die Meinung des namhaften Paläanthropologen Schapschu angeführt, der im Schädelbau des Häftlings große Ähnlichkeit, jedoch keine Identität mit dem fossilen Schädel des sogenannten Altmenschen, der vor mehr als hundertfünfzigtausend Jahren den Archipel bewohnte, entdeckt haben wollte.) Die Kommission betonte, der Untersuchungsgefangene sei zum gegebenen Zeitpunkt psychisch normal, räumte aber ein, er könne in jüngster Vergangenheit an einer Erscheinungsform von Amnesie in Verbindung mit intensiver Verdrängung des wirklichkeitsgetreuen Gedächtnisses durch Fantasmen gelitten haben. Sie unternahm eine linguistische Analyse der Fonogramme, die im Archiv des Spezialstudios aufbewahrt werden, und kam zu dem Schluss, dass die ursprüngliche Sprache des zu Beurteilenden keiner Gruppe der bekannten lebenden oder toten Sprachen zugeordnet werden könne. In diesem Zusammenhang hielt man es für möglich, dass sie ein Phantasieprodukt (eine sogenannte Fischsprache) gewesen sei. Dies umso mehr, als er sich zum gegenwärtigen Zeitpunkt, wie er ausdrücklich behaupte, nicht mehr an sie erinnere. Die Kommission wagt keine eindeutige Einschätzung, neigt aber zu der Annahme, es in der Person M. Sims mit einem Mutanten bisher unbekannten Typs zu tun zu haben. Kluge Köpfe haben die guten Einfälle gleichzeitig, dachte der Staatsanwalt neidisch und überflog schnell das »Votum separatum des Kommissionsmitglieds Professor Porromowarrui«. Der Professor, seiner Herkunft nach selbst Gebirgler, erinnerte an die Existenz des legendenumwobenen Landes Sartak im Innern der Berge, das vom Stamm der Vogelfänger bewohnt werde. Der Stamm sei bis zum heutigen Tag nicht ins Blickfeld der Ethnografie gerückt. Die zivilisierten Bergbewohner jedoch schrieben ihm magische Kräfte und die Fähigkeit zu, ohne Hilfe eines Apparates zu fliegen. Die Vogelfänger, so werde erzählt, seien von außerordentlich hohem Wuchs, verfügten über gewaltige physische Kraft und Ausdauer, und ihr Teint schimmere goldbraun. Alles das stimme auffällig mit den physischen Besonderheiten M. Sims überein. Der Staatsanwalt fuhr mit seinem Bleistift über die Ausführungen des Professor Poor … und so weiter, legte ihn dann aus der Hand und sagte laut: »In dieses Bild könnte auch die Hose passen … die nicht brennbare Hose.«

Er aß noch eine Beere und griff nach dem nächsten Bogen. »Auszug aus dem Stenogramm des Gerichtsprozesses«. Hm, wozu denn das? »*Staatsanwalt:* Sie leugnen nicht, ein gebildeter Mensch zu sein? *Angeklagter:* Ich habe Bildung, doch von Geschichte, Soziologie und Ökonomie verstehe ich sehr wenig. *Staatsanwalt:* Keine falsche Bescheidenheit! Kennen Sie dieses Buch? *Angeklagter:* Ja. *Staatsanwalt:* Haben Sie es gelesen? *Angeklagter:* Selbstverständlich. *Staatsanwalt:* Zu welchem Zweck haben Sie sich in Untersuchungshaft mit der Lektüre der Monografie ›Tensorrechnung und moderne Physik‹ befasst? *Angeklagter:* Ich verstehe nicht ganz … zum Vergnügen, zum Zweck der Unterhaltung, wenn's recht ist. Es gibt dort sehr lustige Passagen. *Staatsanwalt:* Ich denke, dem Gericht ist klar, dass nur ein überaus gebildeter Mensch eine so spezielle Abhandlung zum Vergnügen und zur Unterhaltung liest.« Was ist das für ein Unsinn? Warum ist es bei den Unterlagen? Und weiter? Massaraksch, immer noch der Prozess. »*Verteidiger:* Ist Ihnen bekannt, welche Mittel die Unbekannten Väter zur Überwindung der Kinderkriminalität aufwenden? *Angeklagter:* Ich verstehe nicht ganz. Was ist ›Kinderkriminalität‹? Verbrechen an Kindern? *Verteidiger:* Nein. Verbrechen, die von Kindern verübt werden. *Angeklagter:* Das verstehe ich nicht. Kinder können doch keine Verbrechen verüben.« Hm, komisch. Und was steht da zum Schluss? »*Verteidiger:* Ich hoffe, es ist mir gelungen, dem Gericht die Naivität meines Mandanten zu beweisen, die hinsichtlich alltäglicher Lebensfragen bis zum Idiotismus reicht. Mein Mandant ist gegen den Staat vorgegangen, ohne von ihm die geringste Vorstellung zu haben. Begriffe wie Kinderkriminalität, Wohltätigkeit, Sozialbeihilfe sind ihm fremd.« Der Generalstaatsanwalt lächelte und legte das Blatt beiseite. Alles klar. Wirklich, ein merkwürdiges Zusammentreffen: Mathematik und

Physik zum Vergnügen, aber elementare Dinge nicht wissen. Wie ein verschrobener Professor aus einem schlechten Roman.

Er sah noch einige Seiten durch. Ich begreife nicht, Mak, weshalb du dich so an dieses Weibchen klammerst, wie heißt sie doch? Rada Gaal. Euch verbindet keine Liebesbeziehung, du bist ihr zu nichts verpflichtet, und ihr beide habt keine Gemeinsamkeiten: Dieser Dummkopf von einem Staatsanwalt versucht ganz vergeblich, ihr Verbindungen zum Untergrund zu unterstellen. Aber ich habe den Eindruck, wenn es um sie geht, kann man dich zu allem bringen. Eine sehr nützliche Eigenschaft – für uns. Für dich hingegen ist das ziemlich unbequem. Jedenfalls laufen alle Aussagen darauf hinaus, dass du, Bruderherz, ein Sklave deines Wortes bist, überhaupt alles andere als flexibel. Ein Politiker würde nie aus dir. Muss auch nicht. Hm, Fotos. So also siehst du aus. Ein angenehmes Gesicht, wirklich, sehr angenehm. Etwas merkwürdige Augen. Wo hat man dich fotografiert? Auf der Anklagebank. Sieh mal an, frisch, munter, die Augen klar, ungezwungene Pose. Wo hat man dir nur beigebracht, so zwanglos zu sitzen, überhaupt, dich so zu halten; die Anklagebank ist wie mein Sessel, da sitzt man nicht ungezwungen. Interessanter Bursche. Übrigens ist das alles dummes Zeug, weil's nicht darum geht.

Der Staatsanwalt stand vom Schreibtisch auf und ging im Zimmer auf und ab. Ihm war, als kitzle ihn etwas in seinem Gehirn, etwas erregte ihn, stachelte ihn an … Aber was war es? Ich habe etwas in dieser Mappe gefunden, etwas Wichtiges, etwas sehr Wichtiges. Fank? Ja, das ist von Bedeutung, weil der Wanderer Fank nur bei den allerwichtigsten Fällen einsetzt. Aber Fank ist nur die Bestätigung für etwas anderes. Aber wofür, die Hose? Unsinn … Ah! Das ist es. Ja, ja, das fehlt in der Mappe. Er nahm den Hörer.

»Koh! Wie war das mit dem Überfall auf den Geleitzug?«

»Er ereignete sich vor vierzehn Tagen«, sprudelte der Referent sofort heraus, als lese er einen vorbereiteten Text.

»Achtzehn Uhr dreiunddreißig erfolgte auf die Polizeifahrzeuge, die die Verurteilten der Vorgänge 6981 bis 6984 vom Gericht zum Stadtgefängnis überführten, ein bewaffneter Überfall. Der Angriff wurde abgewehrt, einer der Täter wurde während des Schusswechsels schwer verwundet und starb, ohne das Bewusstsein wiedererlangt zu haben. Die Leiche wurde nicht identifiziert, die Untersuchung eingestellt.«

»Wer steckt dahinter?«

»Das konnte nicht geklärt werden. Der offizielle Untergrund hat mit der Sache nichts zu tun.«

»Vermutungen?«

»Möglicherweise waren es Terroristen, die versuchten, den Verurteilten Dek Pottu, genannt ›General‹, zu befreien; er ist bekannt für seine engen Kontakte zum linken Flügel.«

Der Staatsanwalt warf den Hörer auf. Es konnte natürlich so sein. Oder aber ganz anders. Blättern wir noch einmal durch. Die Südgrenze, dieser Schwachkopf von einem Rittmeister, die Hose, läuft mit einem Mann auf den Schultern, der radioaktive Fisch, siebenundsiebzig Einheiten, Reaktion auf die A-Strahlung, Chemobeeinflussung der Nervenganglien, stopp! Die Reaktion auf die A-Strahlung: »Die Reaktion auf die A-Strahlung: null in beiderlei Hinsicht.« Null. In beiderlei Hinsicht. Der Staatsanwalt presste sich die Faust auf das wild klopfende Herz. Ich Idiot! *Null in beiderlei Hinsicht!*

Er griff noch einmal zum Telefon: »Koh! Bereiten Sie sofort alles für einen Sonderkurier mit Eskorte vor. Einen Sonderwaggon, Richtung Süden. Oder nein! Meine Elektrodraisine. Massaraksch!« Er fasste in das Geheimfach und schaltete die Aufzeichnungsapparaturen aus. »Handeln Sie!«

Die linke Hand noch immer auf der Brust, zog er einen seiner Briefbögen aus der Schreibmappe und fing an, schnell, und doch gut leserlich zu schreiben. »Staatsangelegenheit. Streng geheim. An den Generalkommandeur des Sonderbezirks Süd. Unter spezielle persönliche Verantwortung zum dringenden strikten Vollzug. Der Strafgefangene Mak Sim, Nummer 6983, ist dem Überbringer dieses Schreibens unverzüglich zu übergeben. Vom Moment der Übergabe an ist der Zögling Mak Sim als vermisst zu betrachten, worüber entsprechende Dokumente in die Archive zu geben sind. Der Generalstaatsanwalt.«

Er nahm einen zweiten Bogen. »Anweisung. Hiermit befehle ich allen Dienstgraden der militärischen, zivilen und Eisenbahnverwaltung, dem Inhaber dieses Schreibens, einem Sonderkurier der Generalstaatsanwaltschaft und seinem Geleitschutz, Unterstützung der Kategorie EXTRA zu gewähren. Der Generalstaatsanwalt.«

Er trank sein Glas aus, schenkte nach und begann, langsam und jedes Wort bedenkend, auf einem dritten Blatt: »Lieber Wanderer! Eine dumme Geschichte! Wie ich soeben erfahren habe, ist das dich interessierende Material verschollen, wie das ja oft passiert im südlichen Dschungel.«

Vierter Teil

Sträfling

13

Vom ersten Schuss barst eine der Ketten, und zum ersten Mal seit über zwanzig Jahren geriet der eiserne Drache aus seiner eingefahrenen Spur. Er durchpflügte den Beton, brach in das Dickicht ein und drehte sich langsam auf der Stelle, schob die zitternden Bäume beiseite und stemmte die breite Front gegen das knickende Buschwerk. Und als der Drache ihnen sein mächtiges Heck mit dem Eisenblech und den rostigen Nieten zuwandte, jagte ihm Sef eine Sprengladung in den Motor, sehr sorgfältig und genau, um nur, Gott behüte, den Reaktor nicht zu treffen. Der Drache ächzte eisern, stieß glühende Rauchschwaden aus der Kupplung und blieb stehen – für immer. Etwas aber schien in seinem gepanzerten Inneren noch zu leben: Alarmsysteme schalteten sich ein und wieder aus, fauchten und spien Schaum. Er bebte schwach, scharrte mühsam mit der einen verbliebenen Kette, hob und senkte furchtbar, wenn auch vergebens, wie das Hinterteil einer zerquetschten Wespe, das lädierte Gitterrohr der Raketenstartrampe. Einige Sekunden verfolgte Sef diese Agonie, dann machte er kehrt und ging in den Wald. Den Granatwerfer schleifte er am Riemen hinter sich her. Maxim und Wildschwein folgten ihm und gelangten auf eine stille Wiese, die Sef sich wohl schon auf dem Herweg gemerkt hatte. Sie ließen sich ins Gras fallen, und Sef sagte: »Rauchen wir eine.«

Er drehte dem Einarmigen eine Zigarette, gab ihm Feuer und steckte auch sich eine an. Maxim lag auf dem Bauch, das Kinn in die Hände gestützt, und beobachtete noch immer, wie hinter den vereinzelt stehenden Bäumen der Eisendrache starb, die letzten Zahnräder kläglich kreischten und den zerfetzten Eingeweiden pfeifend radioaktiver Dampf entströmte.

»So macht man das, nur so«, dozierte Sef. »Versuchst du's anders, reiß ich dir die Ohren ab.«

»Warum?«, fragte Maxim. »Ich wollte ihn zum Stehen bringen.«

»Die Granate hätte quer in die Rakete einschlagen können, und dann wär's aus gewesen mit uns«, antwortete Sef.

»Ich habe auf die Kette gezielt.«

»Ins Heck muss man zielen.« Sef tat einen Lungenzug. »Und überhaupt, dräng dich nicht vor, solange du neu bist. Es sei denn, ich bitte dich darum. Klar?«

»Klar«, sagte Maxim.

Sefs Finessen interessierten ihn nicht. Der ganze Sef interessierte ihn nicht. Ihn interessierte Wildschwein. Doch Wildschwein schwieg wie immer gleichgültig; die künstliche Hand hatte er auf dem abgewetzten Futteral des Minensuchgeräts abgelegt. Alles war wie immer. Und alles war anders, als Maxim es sich wünschte.

Als die neu angekommenen Zöglinge vor einer Woche bei den Baracken antreten mussten, war Sef gleich auf Maxim zugesteuert und hatte ihn in seine Pioniergruppe 134 geholt. Maxim war froh darüber gewesen. Er hatte den feuerroten Bart und die stämmige Gestalt gleich wiedererkannt, und es tat ihm gut, dass man auch ihn in diesem stinkenden karierten Haufen, wo jeder auf jeden pfiff und sich keiner für den anderen interessierte, gefunden hatte. Zudem hatte Maxim guten Grund zu der Annahme, dass Sef, der seinerzeit berühmte Psychiater Allu Sef, der intelligent, gebildet und ganz anders war als das halbkriminelle Gesindel im Gefängniswaggon, als politischer Gefangener hier war und Verbindungen zum Untergrund unterhielt. Und als Sef ihm in der Baracke einen Schlafplatz neben dem des einarmigen Wildschwein zuwies, betrachtete Maxim die Sache als besiegelt. Doch das erwies sich bald als Irrtum. Wildschwein wollte keine Gespräche. Nach Maxims eilig geflüstertem Bericht über das Ende der Gruppe, den gesprengten Turm und den Prozess gähnte er und murmelte: »Da gibt's noch ganz andere Sachen«, und drehte Maxim den Rücken zu. Der fühlte sich betrogen. Und dann kroch auch noch Sef zu ihm auf die Pritsche. »Hab ich mich jetzt vollgefressen!«, stöhnte er zufrieden und versuchte ohne jede Einleitung, frech, primitiv und aufdringlich, von Maxim Namen und Anlaufstellen zu erfahren. Vielleicht war er irgendwann ein namhafter Wissenschaftler und ein gebildeter, intelligenter Mensch gewesen. Vielleicht, ja, bestimmt hatte er auch Verbindung zum Untergrund gehabt – nun aber erweckte er den Eindruck eines gewöhnlichen, herausgefutterten Spitzels, der sich aus Langeweile vor dem Schlafen einen dummen, naiven Neuankömmling vorknöpfte. Nur mit Mühe konnte Maxim sich seiner erwehren, und als Sef schließlich laut zu schnarchen begann, lag er noch lange wach und dachte darüber nach, wie oft ihn hier schon Menschen und Umstände in die Irre geführt hatten.

Die Nerven gingen ihm durch. Er erinnerte sich an den Prozess, der offensichtlich schon vorbereitet worden war, bevor die Gruppe den Befehl erhielt, den Turm zu stürmen; und an die schriftlichen Denunziationen irgendeines Lumpen, der alles über die Gruppe wusste und womöglich eins ihrer Mitglieder war; und an den Film, der während des Angriffs vom Turm aus gedreht worden war, und an seine Scham, als er sich selbst auf dem Bildschirm erkannte, wie er mit der Maschinenpistole auf die Scheinwerfer, beziehungsweise die Jupiterlampen feuerte, die dieses furchtbare Spektakel erhellten. In der fest verriegelten Baracke war es widerlich schwül, die Zöglinge redeten im Schlaf, man wurde von Ungeziefer geplagt, und in einem entlegenen Winkel spielten Privilegierte beim Schein einer selbst gezogenen Kerze Karten und schrien einander heiser an.

Und am nächsten Tag wurde Maxim auch vom Wald verraten. Keinen Schritt konnte man tun, ohne auf Eisen zu stoßen: totes, durch und durch verrostetes Eisen. Verborgenes Eisen, das jederzeit bereit war zu morden; Eisen, das sich heimlich regte und auf einen zielte – oder Eisen, das blind und ohne Verstand die Reste der Straßen aufriss. Erde und Gras rochen nach Rost, in den Bodensenken blinkten radioaktive Pfützen, die Vögel sangen nicht, sondern schrien heiser, als ahnten sie ihren Tod voraus. Andere Tiere fehlten gänzlich, und es fehlte auch die Waldesstille – ununterbrochen, bald rechts, bald links, krachten und dröhnten Detonationen. Im Geäst ballte sich graublauer Qualm, und der Wind trug das Heulen altersschwacher Motoren heran.

Und so ging es Tag für Tag und Nacht für Nacht. Tags begaben sie sich in den Wald, der kein Wald war, sondern ein ehemals befestigtes Gebiet, vollgepfropft mit automatischem Kampfgerät, Panzerwagen, Flammen- und Gaswerfern, Selbstfahrkanonen und Raketen auf Kettenfahrzeugen. Das alles war in mehr als zwanzig Jahren nicht etwa abgestorben, sondern lebte sein unnützes, mechanisches Leben weiter: zielte noch immer, richtete sein Geschütz nach wie vor, spie Blei, Feuer und Tod und musste zerstört und gesprengt werden, um die Trasse frei zu bekommen für den Bau neuer Emittertürme. Und nachts fuhr Wildschwein fort zu schweigen, und Sef bedrängte Maxim wieder und wieder mit seinen Fragen, bisweilen direkt und geradezu dumm, ein andermal erstaunlich geschickt und spitzfindig. Und dann waren da noch das schlechte Essen und die merkwürdigen Lieder der Zwangsarbeiter; die Gardisten schlugen einem ins Gesicht, und zweimal täglich, während der Strahlenschübe, krümmten sich die Zöglinge im Wald und in den Baracken vor Schmerzen, und im Wind schaukelten erhängte Flüchtlinge.

Tag – Nacht, Tag – Nacht …

»Weshalb wollten Sie ihn anhalten?«, fragte Wildschwein plötzlich.

Maxim setzte sich auf. Es war die erste Frage, die der Einarmige an ihn richtete.

»Um zu sehen, wie er funktioniert.«

»Wollen Sie fliehen?«

Maxim heftete seinen Blick auf Sef. »Nein, nicht deshalb. Aber immerhin ist es ein Panzer, ein Kampffahrzeug.«

»Und wozu brauchen Sie ihn?« Wildschwein redete, als gäbe es den rothaarigen Spitzel nicht.

»Keine Ahnung!«, stieß Maxim hervor. »Darüber müsste ich noch nachdenken. Sind hier viele von dieser Sorte?«

»Ja«, mischte sich der rothaarige Störenfried ins Gespräch. »Panzer gibt's genug, und an Dummköpfen hat's auch nie gefehlt.« Er gähnte. »Wie oft das schon versucht wurde! Kriechen hinein, fummeln und fummeln, und dann geben sie auf. Einer dieser Idioten, so einer wie du, hat sich sogar in die Luft gejagt.«

»Ich würde mich nicht in die Luft jagen«, sagte Maxim kühl. »Dieses Fahrzeug ist unkompliziert.«

»Wozu brauchen Sie's denn nun?«, fragte der Einarmige. Er lag auf dem Rücken und rauchte, die Zigarette eingeklemmt zwischen die künstlichen Finger. »Nehmen wir an, Sie setzen es in Gang. Was weiter?«

»Durchbruch über die Brücke.« Sef lachte auf.

»Warum nicht?«, entgegnete Maxim. Er wusste nicht recht, wie er sich verhalten sollte. Der Rothaarige war anscheinend doch kein Spitzel. Massaraksch, was wollten sie denn plötzlich von ihm?

»Sie kommen nicht bis zur Brücke«, sagte Wildschwein. »Bis dahin hat man Sie dreiunddreißigmal erschossen. Schaffen Sie's aber doch, ist die Brücke wahrscheinlich hochgezogen.«

»Dann durch den Fluss.«

»Der ist radioaktiv.« Sef spie aus. »Wäre er für Menschen zugänglich, bräuchte man keinen Panzer. An jeder x-beliebigen Stelle könnte man durchschwimmen, die Ufer sind nicht bewacht.« Er spuckte noch einmal aus. »Übrigens wären sie es dann. Also spiel nicht den wilden Mann, mein Junge. Bist für lange hier, pass dich an! Tust du es, wird was draus. Hörst du aber nicht auf die Älteren, kannst du noch heute das Weltlicht erblicken.«

»Fliehen ist leicht«, widersprach Maxim. »Fliehen könnte ich auf der Stelle.«

»Schau einer an!« Sef mimte Bewunderung.

»... und wenn Sie vorhaben, hier weiter Konspiration zu spielen ...« Maxim wandte sich demonstrativ an Wildschwein, doch Sef unterbrach ihn erneut.

»Ich beabsichtige, die heutige Norm zu schaffen.« Er stand auf. »Andernfalls kriegen wir nichts zu fressen. Also los!«

Während er watschelnd zwischen den Bäumen verschwand, fragte Maxim den Einarmigen: »Ist das etwa ein Politischer?«

Wildschwein warf ihm einen hastigen Blick zu. »Wie kommen Sie denn darauf?«

Sie folgten Sef, bemüht, in seine Fußstapfen zu treten. Maxim ging als Letzter.

»Weswegen ist er eigentlich hier?«

»Er hat die Straße falsch überquert«, erwiderte Wildschwein, und wieder verlor Maxim die Lust zu reden.

Sie hatten noch keine hundert Schritte getan, als Sef »Halt!« kommandierte, und die Arbeit begann. »Hinlegen!«, schrie er wenig später. Sie warfen sich flach auf den Boden. Ein dicker

Baum brach, gedehnt knirschend, vor ihnen um. Aus seiner Mitte heraus schob sich ein langes, dünnes Geschützrohr, das hin und her schwenkte, als nähme es Maß; dann folgte ein Surren, ein Knall, und aus der schwarzen Mündung stieg träge ein gelbes Rauchwölkchen auf. »Vergammelt«, sagte Sef lakonisch, stand als Erster auf und klopfte seine Hose ab. Den Baum mit der Kanone sprengten sie. Es folgte ein Minenfeld, dann eine Hügelfalle mit einem Maschinengewehr, das nicht vergammelt war, sondern sie lange an die Erde presste und so laut feuerte, dass es im ganzen Wald zu hören war. Danach gerieten sie in einen wahren Dschungel aus Stacheldraht, aus dem sie kaum mehr herausfanden, und als es ihnen schließlich gelang, kam plötzlich Feuer von oben, so dass es Explosionen gab und zu brennen begann. Maxim begriff überhaupt nichts, der Einarmige schwieg und lag ruhig mit dem Gesicht nach unten, Sef aber schoss mit dem Granatwerfer in die Luft und brüllte plötzlich: »Im Laufschritt, mir nach!« Sie rannten davon, und dort, wo sie noch kurz zuvor gewesen waren, züngelten hohe Flammen. Sef fluchte fürchterlich; Wildschwein aber lachte vor sich hin. Sie drangen in ein wildes Dickicht, hörten ein Pfeifen und Fauchen, und durch das Astwerk quoll grünliches, widerlich stinkendes Gas. Wieder mussten sie fort, sich durch Gebüsch zwängen, wieder fluchte Sef, und dem Einarmigen wurde übel.

Schließlich wurde Sef müde und verkündete eine Pause. Sie fachten ein Feuer an, und Maxim – als Jüngster – kochte das Essen: Konservensuppe in dem ihm längst bekannten Kochgeschirr. Sef und der Einarmige lagen schmutzig und zerschunden neben ihm und rauchten.

Wildschwein wirkte mitgenommen, er war alt, für ihn war es hier am schwersten.

»Unbegreiflich, wie wir es geschafft haben, bei so einer Menge Technik pro Quadratmeter den Krieg zu verlieren«, sagte Maxim.

»Wie kommst du darauf, dass wir ihn verloren haben?«, erkundigte sich Sef träge.

»Gewonnen haben wir ja nicht«, sagte Maxim. »Sieger leben anders.«

»In einem modernen Krieg gibt es keine Sieger«, bemerkte der Einarmige. »Sie haben natürlich Recht. Wir haben den Krieg verloren. Alle haben diesen Krieg verloren. Gewonnen haben nur die Unbekannten Väter.«

»Die Unbekannten Väter haben es auch nicht leicht«. Maxim rührte die Suppe um.

»Ja«, sagte Sef ernst. »Schlaflose Nächte und quälende Gedanken an das Schicksal des Volkes. Müde und gütig, sehen sie alles, verstehen alles ... Massaraksch, wie lange habe ich keine Zeitungen mehr gelesen, habe schon vergessen, wie's weitergeht.«

»Treu und gütig«, berichtigte ihn der Einarmige. »Sich ganz dem Fortschritt und dem Kampf gegen das Chaos widmend.«

»Solche Gespräche bin ich nicht mehr gewöhnt«, murrte Sef. »Hier heißt's ›Halt's Maul, Zögling!‹ oder ›Ich zähle bis eins‹. He, Bürschchen, wie heißt du doch?«

»Maxim.«

»Ja, richtig. Rühre, Mak, rühre. Pass auf, dass sie nicht anbrennt!«

Maxim rührte. Und dann meinte Sef, es sei nun genug, er könne nicht länger warten. Schweigend löffelten sie ihre Suppe. Maxim spürte, dass sich irgendetwas verändert hatte, und es würde noch heute ausgesprochen werden ... Doch nach dem Essen legte sich Wildschwein wieder hin und blickte zum Himmel, und Sef griff, unverständlich murmelnd, nach dem Kochgeschirr und wischte es mit einer Brotrinde aus.

»Man müsste sich etwas schießen«, sagte er. »Mein Wanst ist leer, als hätte ich keinen Krümel darin. Nur Appetit hab ich gekriegt.«

Maxim wurde verlegen, und er versuchte, ein Gespräch über die Jagd in dieser Gegend anzufangen, doch die anderen gingen nicht darauf ein. Der Einarmige lag mit geschlossenen Augen da und schlief anscheinend; Sef, der sich Maxims Überlegungen zu Ende angehört hatte, brummte nur: »Was kann's hier für Jagd geben. Ist doch alles verseucht, radioaktiv«, und dann wälzte auch er sich auf den Rücken.

Maxim nahm das Kochgeschirr und ging zum Bach, der in der Nähe vorbeifloss. Das Wasser war klar, schien sauber und wohlschmeckend, so dass Maxim davon trinken wollte. Er schöpfte eine Handvoll und bemerkte, dass der Bach spürbar radioaktiv war; das Kochgeschirr würde er hier nicht auswaschen können, und trinken sollte er von dem Wasser besser auch nicht. Maxim hockte sich hin, legte das Kochgeschirr ins Gras und fing an zu grübeln.

Als Erstes kam ihm Rada in den Sinn, wie sie nach den Mahlzeiten das Geschirr gespült und nicht zugelassen hatte, dass er ihr half: Das sei Frauensache, hatte sie gesagt. Ihm fiel ein, dass sie ihn liebte, und das machte ihn stolz, denn bislang hatte noch keine Frau ihn geliebt. Er hätte Rada jetzt gern gesehen, war aber zugleich erleichtert, dass sie nicht da war. An diesen Ort gehörten nicht einmal die schlimmsten Männer; zwanzigtausend Reinigungskyber müsste man herschicken, vielleicht sogar alle Wälder mitsamt ihrem Inhalt vernichten und neue ziehen, die licht waren oder, wenn es sein musste, auch düster – aber sauber und von einer natürlichen Finsternis.

Dann erinnerte er sich, dass man ihn für immer in diese Wälder geschickt hatte. Er wunderte sich über die Naivität derjenigen, die ihn hierher verbannt hatten und glaubten, er würde, ohne je sein Ehrenwort gegeben zu haben, freiwillig dahinvegetieren und ihnen noch dazu helfen, eine Linie von Emittertürmen zu errichten. Im Sträflingswaggon hatte jemand erzählt, die Wälder würden Hunderte von Kilometern nach Süden reichen, und auf Militärtechnik träfe man sogar noch in der Wüste. Nein, danke, hier bleibe ich nicht. Massaraksch, gestern hab ich diese Türme gesprengt, und heute werde ich für sie das Gelände säubern? Ich habe genug von diesen Dummheiten.

Wildschwein glaubt mir nicht. Sef glaubt er, mir aber nicht. Ich wiederum misstraue Sef, wahrscheinlich zu Unrecht. Sicher bin ich in Wildschweins Augen ebenso aufdringlich und verdächtig, wie Sef es für mich ist. Na schön, Wildschwein glaubt mir nicht, also bin ich wieder allein. Ich könnte darauf hoffen, den General oder Klaue zu treffen, aber das ist zu unwahrscheinlich: Es heißt, es gibt hier über eine Million Zöglinge, und das Gebiet ist riesig. Nein, mit so einem Zusammentreffen ist nicht zu rechnen. Ich könnte versuchen, eine eigene Gruppe zusammenzubringen, aber seien wir ehrlich, Massaraksch, dafür eigne ich mich nicht. Vorerst jedenfalls nicht, bin viel zu vertrauensselig. Klären wir daher zuerst die Aufgabe. Was will ich?

Einige Minuten lang führte er sich die Aufgabe vor Augen und fand Folgendes heraus: Man musste die Unbekannten Väter stürzen. Wenn sie Militärs sind, sollen sie doch in der Armee dienen, sind sie Finanzleute, sollen sie sich mit den Finanzen befassen, was immer das heißen mag. Eine demokratische Regierung einsetzen – er hatte eine ungefähre Vorstellung, was das war, und wusste, dass diese Republik zunächst bürgerlich-demokratisch sein würde. Das löste nicht alle Probleme, aber erlaubte, die Gesetzlosigkeit einzudämmen und die sinnlosen Ausgaben für die Türme und die Kriegsvorbereitungen zu streichen. Er musste sich freilich eingestehen, dass er nur vom ersten Punkt seines Programms eine genaue Vorstellung hatte: vom Sturz der Tyrannei. Was danach käme, war ihm noch völlig unklar. Zudem konnte er nicht sicher sein, ob die breite Masse der Bevölkerung seine Idee, die Tyrannei zu stürzen, gutheißen würde. Die Unbekannten Väter waren zwar offensichtlich Lügner und Halunken, aber im Volk zweifellos sehr beliebt. Was soll's, dachte er, schauen wir nicht zu weit voraus. Lassen wir es beim ersten Punkt und sehen uns an, welche Hürden noch zu nehmen sind, bis ich den Unbekannten Vätern an die Gurgel kann. Erstens die Streitkräfte: die hervorragend dressierte Garde und die Armee, von der ich allerdings nur weiß, dass in irgendeiner ihrer Strafkompanien (sonderbare Bezeichnung!) mein Freund Gai dient. Zweitens – und noch wichtiger: die Anonymität der Unbekannten Väter. Wer sind sie, wo soll man sie suchen? Wo kommen sie her, wo halten sie sich auf, wie wird man einer von ihnen? Er versuchte sich zu erinnern, wie es auf der Erde zur Zeit der Revolutionen und Diktaturen gewesen war. Massaraksch! Ich weiß nur noch die Schlüsseldaten, die wichtigsten Namen und die grobe Kräfteverteilung, aber ich brauche Details, Analogien, Präzedenzfälle. Zum Beispiel der Faschismus. Wie war das doch gleich? Ich weiß noch, wie schrecklich es war, darüber zu lesen und zu hören. Da war irgendein Hilmer, widerlich, eine blutsaugende Spinne. Halt, das war also keine anonyme Regierung. Hm, nicht viel, was ich noch weiß. Aber das ist ja so lange her, und es war so abscheulich, und wer konnte denn wissen, dass ich in so eine Bredouille gerate? Die Leute vom Galaktischen Sicherheitsdienst oder vom Institut für Experimentalgeschichte müssten hier sein – die würden gleich sehen, was los ist. Vielleicht sollte ich versuchen, einen Sender zu bauen? Er lachte traurig bei der Erinnerung, dass er hier schon einmal an einen Sender gedacht hatte, in dieser Gegend, sogar ganz in der Nähe. Nein, ich muss wohl allein zurechtkommen. Na schön. Gegen eine Armee hilft nur ein Mittel: eine Armee. Gegen Anonymität und Geheimnisse: die Aufklärung. Alles ganz einfach.

Auf jeden Fall muss ich von hier weg. Zuerst versuche ich, eine Gruppe aufzubauen, doch wenn es nicht gelingt, gehe ich allein. Und einen Panzer brauche ich. Waffen gibt es hier ja genug – für hundert Armeen würden sie reichen. Haben in den zwanzig Jahren mächtig gelitten und sind zudem automatisch, aber ich werde sie schon herrichten. Traut mir Wildschwein wirklich nicht?, dachte er fast verzweifelt, griff dann nach dem Kochgeschirr und lief zurück zum Feuer.

Sef und Wildschwein schliefen nicht, sie lagen Kopf an Kopf und stritten leise, aber heftig. Als Sef Maxim erblickte, sagte er schnell: »Schluss jetzt!«, und erhob sich. Den gewaltigen roten Bart vorgereckt und die Augen aufgerissen, brüllte er los: »Wo treibst du dich rum, Massaraksch? Wer hat dir erlaubt wegzurennen? Arbeiten müssen wir, sonst geben sie uns nichts zu fressen, dreiunddreißigmal Massaraksch!«

Und da geriet Maxim in Wut. Bestimmt zum ersten Mal im Leben fuhr er einen Menschen an, so laut er konnte: »Hol Sie der Teufel, Sef! Können Sie an nichts anderes denken als ans Essen? Den ganzen Tag hör ich von Ihnen: fressen, fressen, fressen! Ich gebe Ihnen meine Konserven, wenn es Sie so quält!«

Er warf das Kochgeschirr ins Gras, nahm seinen Rucksack und setzte ihn auf. Sef war von seinem Wutausbruch wie vor den Kopf geschlagen, setzte sich hin und blickte ihn verdutzt an. Dann gluckste er, schniefte und – brach in Gelächter aus. Der Einarmige stimmte ein, doch war das nur zu sehen, nicht zu hören. Zuletzt lachte auch Maxim, wenn auch ein wenig verlegen.

»Massaraksch!«, röchelte Sef schließlich. »Der hat ein Organ. Nein, Freundchen«, wandte er sich an Wildschwein, »denk an meine Worte. Aber eigentlich hatte ich gesagt: Schluss jetzt. Aufstehn!«, schrie er auf einmal los, »vorwärts, wenn ihr heute abend, ähm, fressen wollt ...«

Und damit hatte es sich. Sie grölten noch ein wenig und lachten; dann wurden sie ernst und gingen weiter. Verbissen entschärfte Maxim Minen, brach Zwillings-MGs aus ihren Nestern, schraubte Sprengköpfe von Fliegerabwehrraketen, die aus offenen Luken ragten, und wieder gab es ringsum Feuer, zischte Tränengas, rochen sie den furchtbaren Kadavergestank umherliegender Tiere, die von den Automaten erschossen worden waren. Sie wurden noch schmutziger, noch zerlumpter, noch grimmiger, und Sef trieb Maxim heiser an: »Vorwärts, vorwärts! Willst du fressen, dann vorwärts!«. Und Wildschwein war nun ganz und gar erschöpft und schleppte sich weit hinter ihnen voran, auf seinen Minensucher gestützt wie auf einen Krückstock.

Nach diesen Stunden hatte Maxim endgültig genug von Sef, und er freute sich geradezu, als der Rotbart plötzlich aufheulte und mit Getöse in die Erde einbrach. Er wischte sich mit einem schmutzigen Ärmel den Schweiß von der schmutzigen Stirn, trat näher und stand am Rand einer im Gras verborgenen Spalte. Sie war sehr tief und stockfinster, nichts war zu erkennen. Es drang nur ein Geruch von Kälte und Feuchtigkeit herauf, und man hörte Knirschen, Klirren und unverständliches Schimpfen. Hinkend kam Wildschwein dazu, blickte ebenfalls in die Tiefe und fragte: »Ist er dort? Was macht er da?«

»Sef!« Maxim bückte sich. »Wo sind Sie, Sef?«

Aus der Spalte klang es dumpf: »Kommt runter! Springt, es ist ganz weich.«

Maxim sah den Einarmigen an. Der schüttelte den Kopf.

»Das ist nichts für mich. Springen Sie, ich lasse Ihnen nachher ein Seil runter.«

»Wer da?«, schrie Sef auf einmal. »Ich schieße, Massaraksch!«

Maxim schob die Beine in die Spalte, stieß sich ab und sprang. Fast im selben Augenblick versank er bis zu den Knien in einer mürben Masse und fiel auf sein Hinterteil. Sef war irgendwo in der Nähe. Maxim schloss die Augen und blieb einige Sekunden sitzen, um sich an die Dunkelheit zu gewöhnen.

»Komm her, Mak, hier ist jemand«, dröhnte Sef. »Wildschwein! Spring!«

Wildschwein entgegnete, er sei müde wie ein Hund und würde sich oben gerne ein wenig ausruhen.

»Wie du willst«, sagte Sef. »Aber wenn du mich fragst, ist das die Festung. Wirst es bereuen.«

Die Antwort des Einarmigen klang undeutlich, seine Stimme schwach – sicher war ihm wieder übel und ganz und gar nicht nach der Festung zumute. Maxim öffnete die Augen und blickte sich um. Er saß auf einem Erdhaufen inmitten eines langen Gangs mit unebenen Zementwänden. Das Loch in der Decke diente entweder der Ventilation, oder es stammte von einem Einschuss. Etwa zwanzig Schritte entfernt stand Sef. Auch er sah sich um, wobei er mit der Taschenlampe in alle Richtungen leuchtete.

»Was ist das hier?«, fragte Maxim.

»Weiß ich's?«, erwiderte Sef streitsüchtig. »Vielleicht ein Unterstand. Oder tatsächlich die Festung. Hast du von ihr gehört?«

»Nein.« Maxim rutschte den Erdhaufen hinab.

»Also nicht.« Sef schien zerstreut. Er leuchtete immer noch mit der Taschenlampe die Wände ab. »Was weißt du überhaupt. Massaraksch, eben war da jemand.«

»Ein Mensch?«

»Keine Ahnung. Er schlich an der Wand entlang und verschwand. Was aber die Festung betrifft, mein Freund – das ist eine Sache, mit der wir an einem Tag unsere ganze Arbeit schaffen könnten. Aha, Spuren ...«

Er kauerte sich nieder. Maxim hockte sich daneben und sah eine Reihe von Abdrücken im Staub neben der Wand.

»Sie sehen merkwürdig aus«, sagte er.

»Stimmt, mein Freund.« Sef sah sich wieder um. »Solche Spuren habe ich noch nie gesehen.«

»Als wäre jemand auf Fäusten gegangen«, überlegte Maxim. Er ballte eine Hand und drückte sie neben die Spur.

»So ähnlich«, stimmte Sef anerkennend zu. Er richtete den Lichtkegel in die Tiefe des Gangs. Etwas blinkte schwach, reflektierte – wahrscheinlich eine Biegung oder Sackgasse. »Sehen wir's uns an?«

»Leise«, sagte Maxim. »Keinen Ton, und bewegen Sie sich nicht.«

Die Stille hier unter der Erde war so dicht wie feuchte Watte, und dennoch war der Gang nicht unbelebt. Da vorne stand jemand – Maxim konnte nicht genau sagen, wo und wie weit entfernt, aber da, klein und an die Mauer gepresst, war etwas, das einen schwachen, unbekannten Geruch verbreitete, sie beobachtete und ihre Anwesenheit missbilligte. Das Wesen war etwas ganz und gar Fremdes und seine Absichten unbekannt.

»Müssen wir unbedingt dorthin?«, fragte Maxim.

»Ich würde gern.«

»Weshalb?«

»Ich muss mir das ansehen, womöglich ist es die Festung. Hätten wir die gefunden, mein Freund, würde alles anders. Ich glaube nicht an sie, aber da man davon erzählt. Wer weiß. Vielleicht lügen doch nicht alle.«

»Da ist jemand«, flüsterte Maxim. »Ich begreife nur nicht, wer.«

»Ja? Hm, wenn es die Festung ist, leben hier, nach der Legende, entweder die Überreste ihrer Garnison … Sitzen da, verstehst du, und wissen nicht, dass die Kämpfe zu Ende sind, hatten mitten im Krieg ihre Neutralität erklärt, sich verbarrikadiert und verkündet, sie würden den ganzen Kontinent in die Luft sprengen, falls man zu ihnen vordränge.«

»Können sie das?«

»Wenn es die Festung ist, können sie alles. Es gibt ja oben immer noch ständig Schüsse und Detonationen, gut möglich, dass sie denken, der Krieg sei noch nicht vorbei. Irgendein Prinz hat hier kommandiert oder ein Herzog. Wäre gut, ihn zu treffen und mit ihm zu reden.«

Maxim lauschte wieder.

»Nein«, sagte er mit Bestimmtheit. »Das ist weder Prinz noch Herzog. Ein Tier vielleicht, nein, auch kein Tier. Oder?«

»Was – ›oder‹?«

»Sie haben gesagt, entweder die Überreste der Garnison, oder …?«

»Ach so, das andere ist Unsinn, ein Ammenmärchen. Gehen wir und sehen nach.«

Sef lud den Granatwerfer, brachte ihn in Anschlag und tappte, mit der Taschenlampe leuchtend, vorwärts. Maxim hielt sich neben ihm. Einige Minuten bewegten sie sich den Gang entlang, dann stießen sie auf eine Wand und gingen nach rechts.

»Sie machen zu viel Lärm«, beklagte sich Maxim. »Da vorn passiert was, aber Sie schnaufen …«

»Was denn, soll ich die Luft anhalten?« Prompt zeigte Sef seine Krallen.

»Ihre Lampe stört mich auch.«

»Wieso? Es ist dunkel!«

»Ich sehe im Dunkeln«, sagte Maxim, »aber wegen Ihrer Funzel kann ich nichts erkennen. Lassen Sie mich vorgehen, und bleiben Sie hier. Sonst erfahren wir gar nichts.«

»Wie du willst.« Sefs Stimme klang ungewohnt unsicher.

Maxim kniff wieder die Augen zusammen, erholte sich von dem matten, flackernden Licht und glitt gebückt an der Mauer entlang, bemüht, jedes Geräusch zu vermeiden. Der Unbekannte konnte nicht weit sein, und mit jedem Schritt kam Maxim ihm näher. Der Gang nahm kein Ende. Rechts zeigten sich jetzt Türen, alle aus Eisen und ausnahmslos verschlossen. Von vorn zog es ein wenig. Die Luft war feucht, roch nach Moder und etwas Unbekanntem, Lebendigem und Warmem.

Hinten rührte Sef sich vorsichtig; es war ihm nicht geheuer, und er hatte Angst zurückzubleiben. Maxim schmunzelte, als ihm das bewusst wurde; buchstäblich für eine Sekunde war er abgelenkt – und in dieser Sekunde verschwand das Wesen. Maxim verharrte erstaunt. Eben noch war es vor ihm gewesen, wenige Schritte entfernt. Und jetzt schien es sich in Luft aufgelöst zu haben. Aber da erschien es plötzlich hinter seinem Rücken, ganz nahe.

»Sef!«, rief Maxim.

»Ja!«, tönte dumpf die Antwort.

Maxim stellte sich vor, wie der Unbekannte zwischen ihnen den Kopf in Richtung der Stimmen dreht.

»Er steht zwischen uns«, sagte Maxim. »Kommen Sie nicht auf die Idee zu schießen.«

»Gut.« Sef schwieg kurze Zeit. »Ich sehe nichts. Wie ist er?«

»Ich weiß nicht«, antwortete Maxim. »Weich.«

»Ein Tier?«

»Wohl nicht.«

»Du hast doch behauptet, du siehst im Dunkeln.«

»Aber nicht mit den Augen«, sagte Maxim. »Seien Sie still!«

»Nicht mit den Augen«, murmelte Sef und verstummte.

Der Unbekannte blieb noch eine Weile an derselben Stelle, dann durchquerte er den Gang, verschwand wieder und tauchte nach einiger Zeit plötzlich vor ihnen auf. Er ist auch neugierig, dachte Maxim. Er gab sich viel Mühe, Sympathie für dieses Wesen zu empfinden, doch etwas störte – sicher die unangenehme Verbindung von nichttierischem Intellekt mit halbtierischem Äußeren. Er tat wieder einen Schritt. Der Unbekannte wich zurück, hielt gleichbleibenden Abstand.

»Wie steht's?«, fragte Sef.

»Unverändert«, antwortete Maxim. »Möglich, dass er uns irgendwohin führt oder lockt.«

»Werden wir mit ihm fertig?«

»Er wird uns nicht angreifen«, sagte Maxim. »Für ihn ist es auch interessant.«

Er verstummte, weil der Unbekannte wieder entwischt war, und bemerkte plötzlich, dass der Gang endete. Maxim befand sich in einem großen, tiefdunklen Raum und konnte fast nichts erkennen. Doch er spürte Metall und Glas, Rostgeruch – und Hochspannungsstrom. Einige Sekunden lang stand er reglos da und streckte, nachdem er herausgefunden hatte, wo der Schalter war, die Hand danach aus. Doch in dem Moment erschien das Wesen wieder. Und nicht allein. Mit ihm war ein zweites gekommen, ähnlich, aber nicht gleich. Sie standen an derselben Wand wie Maxim, er hörte ihren Atem – hastig und feucht. Er erstarrte, hoffte, sie würden näher herankommen, aber sie taten es nicht. Und dann drückte er, nachdem er mit aller Kraft die Pupillen zusammengezogen hatte, auf die Taste des Schalters.

Offenbar war die Leitung nicht in Ordnung, denn die Lampen flammten nur für den Bruchteil einer Sekunde auf, irgendwo knallten Sicherungen durch, und das Licht erlosch wieder. Immerhin aber hatte Maxim gesehen, dass die Wesen klein waren, etwa wie große Hunde. Sie standen auf allen vieren, hatten ein dunkles Fell und riesige, schwere Köpfe. Ihre Augen hatte Maxim so schnell nicht erkannt. Die Wesen waren im Nu verschwunden, als hätte es sie nie gegeben.

»Was ist los bei dir?«, fragte Sef beunruhigt. »Was war das für ein Blitz?«

»Ich hatte das Licht eingeschaltet. Kommen Sie her.«

»Und wo ist er? Hast du ihn gesehen?«

»Nur kurz. Sie ähneln doch eher Tieren. Hunde mit großen Köpfen.«

Über die Wand hüpfte der Widerschein der Taschenlampe. Sef redete im Gehen.

»Ah, Hunde. Die kenne ich, solche hausen im Wald. Lebend habe ich sie nie gesehen, aber schon oft erlegt.«

»Nein«, sagte Maxim zweifelnd. »Tiere sind das nicht.«

»Es sind Tiere.« Sefs Stimme hallte dumpf vom hohen Gewölbe dieses unterirdischen Raums wider. »Wir haben uns umsonst gefürchtet. Ich dachte schon, Vampire. Massaraksch! Das ist wirklich die Festung.«

Er blieb mitten im Raum stehen. Der Lichtkegel wanderte über Wände, Reihen von Skalenscheiben, Schalttafeln. Glas leuchtete auf, Nickel, verblichener Kunststoff.

»Ich gratuliere, Mak. Wir beide haben sie gefunden. Zu Unrecht hab ich nicht dran geglaubt, zu Unrecht. Und was ist das? Aha, das Elektronenhirn, alles steht hier unter Strom. Ach, der Schmied müsste her. Hör mal, verstehst du was davon?«

»Wovon?« Maxim trat heran.

»Von dieser Mechanik. Hier ist das Steuerpult! Wenn wir das beherrschen, gehört uns die ganze Region. Die ganze Technik oben wird von hier dirigiert. Ach, wenn man damit klarkäme, Massaraksch!«

Maxim nahm ihm die Taschenlampe aus der Hand, hielt sie so, dass sie den ganzen Raum erhellte, und blickte sich um. Überall war Staub, gewiss schon viele Jahre, und auf dem Tisch in der Ecke lag ein auseinandergefaltetes, vermodertes Stück Papier; darauf stand ein schwarzbekleckerter Teller mit einer Gabel. Maxim ging an den Pulten entlang, berührte Stellschrauben, versuchte den Elektronenrechner einzuschalten, zog an einem Hebel, aber der blieb gleich in seiner Hand …

»Nein«, murmelte er dann. »Von hier kann man kaum etwas Nennenswertes steuern. Erstens ist alles viel zu primitiv – wie in einer Beobachtungsstation oder einem Kontrollpunkt, so behelfsmäßig. Auch der Rechner ist schwach, würde für keine zehn Panzer reichen. Und dann ist alles verfallen, nicht mal anrühren darf man es. Strom fließt zwar, aber die

Spannung liegt unterhalb der Norm. Wahrscheinlich ist der Reaktor hinüber. Nein, Sef, das ist alles nicht so einfach, wie Sie meinen.«

Plötzlich sah Maxim die langen Röhren, die aus der Wand hervorstanden und in einer Augenmuschel aus Gummi zusammenliefen, anscheinend ein Okular. Er zog einen Aluminiumstuhl heran, setzte sich und führte sein Gesicht zur Muschel. Zu seinem Erstaunen war die Optik in einem hervorragenden Zustand. Noch mehr aber wunderte ihn, was er zu sehen bekam. Er hatte eine ihm gänzlich unbekannte Landschaft im Blickfeld: weißlich-gelbe Wüste, Sanddünen, das Skelett einer metallenen Anlage. Starker Wind wehte, der Sand trieb in Schwaden über die Dünen, der unklare Horizont wölbte sich zu einer Schale.

»Schauen Sie mal«, sagte er zu Sef. »Wo ist das?«

Sef lehnte den Granatwerfer ans Pult, trat heran und sah durch das Okular.

»Merkwürdig«, sagte er nach kurzem Schweigen. »Das ist die Wüste. Die ist vierhundert Kilometer entfernt, mein Freund.« Er rückte vom Okular ab und sah Maxim an. »Wie viel Mühe sie in das alles investiert haben. Diese Lumpen! Und was kam dabei heraus? Der Wind streicht über den Sand. Und was war das für eine schöne Gegend! Als Junge war ich einmal dort, zur Erholung. Vor dem Krieg.« Er stand auf. »Fort von hier, zum Teufel«, sagte er bitter und griff nach der Lampe. »Wir zwei kapieren hier sowieso nichts. Müssen wir halt warten, bis sie den Schmied schnappen und einbuchten. Aber wahrscheinlich werden sie ihn nicht einbuchten, sondern erschießen. Was ist, gehen wir?«

»Ja.« Maxim musterte noch einmal die seltsamen Abdrücke auf dem Boden. »Das hier interessiert mich entschieden mehr«, bekannte er.

»Völlig umsonst«, winkte Sef ab. »Wahrscheinlich laufen hier alle möglichen Viecher rum.«

Er lud den Granatwerfer auf seinen Rücken und wandte sich zum Ausgang. Maxim folgte ihm, drehte sich aber mehrmals nach den Spuren um.

»Ich habe Hunger«, knurrte Sef.

Sie tappten den Gang entlang. Maxim schlug vor, eine der Türen aufzubrechen, aber Sef hielt das für zwecklos.

»Mit dieser Sache muss man sich ernsthaft befassen«, sagte er. »Was sollen wir Zeit vertrödeln, wir haben die Norm noch nicht geschafft. Hierher muss man jemanden bringen, der was davon versteht.«

»An Ihrer Stelle würde ich nicht zu sehr auf diese ›Festung‹ zählen«, wandte Maxim ein. »Erstens ist alles verrottet, und zweitens ist sie schon besetzt.«

»Von wem? Ach, du meinst die Hunde? Bist auch so einer. Andere faseln von Vampiren, und du …«

Sef verstummte. Durch den Gang gellte ein kehliger Schrei, der dann als vielfaches Echo von den Wänden zurückhallte und wieder verklang. Sofort antwortete aus der Ferne eine gleiche Stimme. Die Töne waren vertraut, doch Maxim konnte sich nicht entsinnen, wo er sie schon gehört hatte.

»Sie also schreien nachts so!«, staunte Sef. »Und wir dachten, es sind Vögel.«

»Klingt merkwürdig«, sagte Maxim.

»Merkwürdig? Ich weiß nicht«, widersprach Sef. »Eher schaurig. Wenn dieses Gebrüll in der Nacht durch den Wald schallt, rutscht einem das Herz in die Hose. Und was für Märchen darüber erzählt werden. Es gab einen Kriminellen, der sich brüstete, ihre Sprache zu verstehen. Er hat sie übersetzt.«

»Und was hat er übersetzt?«, fragte Maxim.

»Ach, dummes Zeug. Was ist das schon für eine Sprache.«

»Wo ist der Kriminelle?«

»Den haben sie aufgegessen«, sagte Sef. »Er war bei den Bauleuten. Sein Trupp hat sich im Wald verirrt, dann bekamen die Jungs Hunger, und da, na ja …«

Sie bogen nach links ein. Weit vor ihnen schimmerte der blasse Lichtfleck. Sef schaltete die Lampe aus und steckte sie in die Tasche. Er schritt jetzt voran, und als er unverhofft stehen blieb, wäre Maxim fast gegen ihn gestoßen.

»Massaraksch!«, knurrte Sef.

Mitten im Gang lag ein menschliches Skelett. Sef nahm den Granatwerfer von der Schulter und blickte sich um.

»Das war vorhin noch nicht hier«, brummte er.

»Ja«, stimmte Maxim zu. »Man hat es gerade erst hierhergelegt.«

Aus dem tiefen unterirdischen Gewölbe hinter ihnen erschallte plötzlich ein ganzer Chor von langgezogenen Kehllauten. Mit den widerhallenden Echos hörte es sich an, als heulten Tausende von Stimmen gleichzeitig, als skandierten sie alle ein eigentümliches, viersilbiges Wort. Maxim glaubte Hohn herauszuhören, Spott oder Provokation. Dann verstummte der Chor so abrupt, wie er eingesetzt hatte. Sef atmete geräuschvoll aus und ließ den Granatwerfer sinken. Maxim sah sich das Skelett genauer an.

»Ich denke, das ist ein Fingerzeig«, sagte er.

»Das denke ich auch«, murmelte Sef. »Schnell weg!«

Sie hasteten bis zu dem Spalt in der Decke, stiegen auf den Erdhaufen und sahen über sich Wildschweins beunruhigtes Gesicht. Bäuchlings lag er am Rand des Durchbruchs und hatte ein Seil mit einer Schlinge herabgelassen.

»Was ist los bei euch?«, fragte er. »Habt ihr so geschrien?«

»Wir erzählen es dir gleich«, erwiderte Sef. »Hast du das Seil gesichert?«

Sie kletterten nach oben. Sef drehte für sich und den Einarmigen eine Zigarette, rauchte sie an und schwieg eine Weile; anscheinend wollte er sich erst eine Meinung über das Geschehene bilden.

»In Ordnung«, begann er endlich, »kurz gesagt, Folgendes: Das ist die Festung. Schalttafeln, Elektronenhirn und so weiter. Alles in jämmerlichem Zustand, aber wenigstens unter Strom. Wir werden es nutzen, müssen nur Leute finden, die etwas davon verstehen. Weiter.« Er zog an der Zigarette und stieß eine Rauchwolke aus, wie ein beschädigter Gaswerfer. »Also weiter. Allem Anschein nach leben dort die Hunde. Erinnerst du dich, ich hab dir von ihnen erzählt. Solche mit einem Kopf wie ein Bär. Sie waren es, die so geschrien haben. Vielleicht aber auch nicht, weil ... Wie soll ich's dir erklären ... Während sich Mak und ich dort umschauten, hat jemand ein menschliches Gerippe in den Gang gelegt. Das ist alles.«

Wildschwein blickte erst ihn, dann Maxim an.

»Mutanten?«, fragte er.

»Möglich«, räumte Sef ein. »Ich habe gar niemand zu Gesicht bekommen, doch Mak meint, er hätte Hunde gesehen, nur nicht mit den Augen. Womit hast du sie eigentlich gesehen, Mak?«

»Auch mit den Augen«, sagte Maxim. »Ich möchte hinzufügen, dass außer diesen Hunden niemand dort war. Ich würde es wissen. Und eure Hunde sind nicht das, wofür ihr sie haltet. Das sind keine Tiere.«

Wildschwein erwiderte nichts. Er stand auf, wickelte das Seil auf, knüpfte es sich an den Gürtel und setzte sich wieder neben Sef.

»Weiß der Teufel«, brabbelte der. »Womöglich sind es tatsächlich keine Tiere. Hier ist alles denkbar, hier im Süden.«

»Vielleicht sind die Hunde Mutanten?«, rätselte Maxim.

»Nein«, widersprach Sef. »Mutanten sind einfach sehr missgestaltete Menschen. Kinder gewöhnlicher Leute. Mutanten! Weißt du überhaupt, was das bedeutet?«

»Ich weiß es«, sagte Maxim. »Aber die Frage ist doch, wie weit Mutation gehen kann.«

Für ein paar Minuten versanken sie in Gedanken. Dann meldete sich Sef zu Wort: »Da du schon alles weißt, müssen wir ja nichts mehr sagen. Genug geschwatzt. Auf!« Er erhob sich. »Es bleibt nicht mehr viel zu tun, aber die Zeit drängt. Und meine Lust zu fressen« – er zwinkerte Maxim zu – »ist geradezu pathologisch. Weißt du, was das bedeutet, ›pathologisch‹?«

»Ja«, sagte Maxim, und sie machten sich auf den Weg.

Eigentlich hätten sie noch das südwestliche Viertel des Quadrats säubern müssen, aber es kam nicht dazu. Denn hier hatte sich vor einiger Zeit eine gewaltige Explosion ereignet: Vom alten Wald fanden sich nur noch umgestürzte, halb verfaulte Baumstämme und verkohlte Stümpfe, und dazwischen wuchsen schon vereinzelt junge Bäume. Die Erde war schwarz versengt und mit Rostsplittern gespickt. Nach so einer Detonation funktionierte keine Technik mehr … Und Maxim ahnte, dass Sef sie nicht zum Arbeiten hierhergeführt hatte.

Aus dem Gebüsch kroch ihnen auf einmal ein behaarter Mann in schmutzigem Häftlingskittel entgegen. Maxim erkannte ihn: Es war Sefs ehemaliger Partner, der erste Mensch, den er auf diesem Planeten getroffen hatte, der wandelnde Weltschmerz.

»Wartet«, sagte Wildschwein. »Ich will mit ihm reden.«

Sef befahl Maxim, sich zu setzen, hockte sich neben ihn, wechselte die Schuhe und summte ein Liedchen der Kriminellen in seinen Bart: »Ich bin ein flotter Junge, mich kennt der ganze Kiez.« Wildschwein ging zu der traurigen Gestalt, beide zogen sich hinter die Sträucher zurück und flüsterten miteinander. Maxim konnte sie zwar ausgezeichnet hören, nicht aber verstehen, weil sie einen Jargon sprachen. Lediglich das Wort »Post«, das sie mehrfach wiederholten, war ihm geläufig. Bald aber hörte er nicht mehr zu. Er fühlte sich erschöpft und schmutzig. Es hatte heute zu viel sinnlose Nervenanspannung und unnütze Arbeit gegeben. Zu lange hatte er allen möglichen Dreck eingeatmet und zu viel Röntgenstrahlung abbekommen. Und an diesem ganzen Tag hatte er nichts Richtiges geleistet, nichts, was wirklich notwendig gewesen wäre. Und so hatte er gar keine Lust, in die Baracke zurückzukehren.

Dann verschwand der wandelnde Weltschmerz, und Wildschwein kehrte zurück. Er setzte sich vor Maxim auf einen Baumstumpf und sagte: »Unterhalten wir uns.«

»Alles in Ordnung?«, fragte Sef.

»Ja«, antwortete Wildschwein.

»Hab ich dir doch gesagt!« Sef hielt seine durchlöcherte Schuhsohle gegen das Licht. »Hab eben ein Gespür für solche Leute.«

»Also, Mak«, begann Wildschwein. »Wir haben Sie überprüft – soweit das in unserer Situation möglich ist. Der General bürgt für Sie. Ab heute unterstehen Sie mir.«

»Sehr erfreut.« Maxim lächelte schief. Er hätte gern hinzugefügt: Für Sie hat sich der General nicht verbürgt, ergänzte aber nur: »Ich höre.«

»Der General hat uns informiert, dass Ihnen weder Kernstrahlung noch die Emitter etwas ausmachen. Ist das richtig?«

»Ja.«

»Das heißt, Sie könnten zu jedem beliebigen Zeitpunkt durch die Blaue Schlange schwimmen, ohne dass es Ihnen schadet?«

»Ich habe schon gesagt, meinetwegen kann ich sofort von hier fliehen.«

»Wir sind nicht daran interessiert, dass Sie fliehen. Wenn ich Sie richtig verstanden habe, sind auch die Patrouillenwagen keine Gefahr für Sie?«

»Sie meinen die mobilen Emitter? Nein, die machen mir nichts aus.«

»Sehr gut.« Wildschwein schien zufrieden. »Damit steht Ihre Aufgabe für die folgenden Wochen fest. Sie werden Kurier. Sobald ich Ihnen den entsprechenden Befehl erteile, durchschwimmen Sie den Fluss und geben vom nächsten Postamt Telegramme auf. Den Text bekommen Sie von mir. Klar?«

»Ja, klar.« Maxim dehnte die Worte. »Doch ich hätte noch gern etwas anderes geklärt.«

Wildschwein verzog keine Miene. Er war ein hagerer, sehniger, zum Krüppel geschlagener alter Mann. Und ein unerbittlicher Kämpfer – von Kindesbeinen an. Eines jener furchtbaren, wenn auch Bewunderung hervorrufenden Wesen auf diesem Planeten, auf dem ein Menschenleben gar nichts zählte. Wildschwein kannte nichts als den Kampf, besaß nichts als den Kampf, hielt sich von allem fern außer dem Kampf – und in seinen aufmerksamen, zusammengekniffenen Augen konnte Maxim wie in einem Buch sein Schicksal für die kommenden Jahre herauslesen.

»Ja?«, sagte Wildschwein.

»Verständigen wir uns besser gleich.« Maxims Stimme klang fest. »Ich möchte nicht blindlings handeln. Ich habe nicht vor, mich mit Dingen zu beschäftigen, die meiner Meinung nach sinnlos und unnötig sind.«

»Zum Beispiel?«, fragte Wildschwein.

»Ich weiß, was Disziplin heißt. Und ich weiß, dass ohne Disziplin nichts aus unserer Arbeit wird. Doch ich meine, Disziplin muss auf Vernunft beruhen; der Untergebene muss sicher sein, dass ein Befehl vernünftig ist. Sie befehlen mir, Kurier zu sein. Ich bin dazu bereit, ich könnte mehr leisten, doch wenn es nötig ist, werde ich Kurier. Aber ich muss sicher sein, dass die Telegramme, die ich abschicke, nicht dazu führen, dass ohnedies unglückliche Menschen sinnlos sterben.«

Sef wollte sich gerade aufregen, als Wildschwein und Maxim ihm mit der gleichen Bewegung Einhalt geboten.

»Man hat mir befohlen, einen Turm zu sprengen«, fuhr Maxim fort. »Weshalb das nötig war, wurde mir nicht gesagt. Ich habe den Befehl ausgeführt, obwohl ich wusste, dass es ein dummes, tödliches Unterfangen war. Ich habe drei Kameraden verloren – und dann erwies sich das alles als eine Falle der Staatsanwaltschaft. Ich sage dazu: Schluss! Ich will keine weiteren Türme angreifen. Mehr noch, ich werde Operationen dieser Art mit allen Mitteln verhindern ...«

»So ein Dummkopf!«, entfuhr es Sef. »Rotznase.«

»Inwiefern?«, fragte Maxim.

»Warten Sie, Sef«, sagte der Einarmige. Immer noch sah er Maxim unverwandt an. »Mit anderen Worten, Mak, Sie wollen alle Pläne des Stabs kennen?«

»Ja. Ich will nicht blindlings arbeiten.«

»Du bist frech, Bruderherz«, erklärte Sef. »Mir fehlen die Worte, um zu beschreiben, wie unverschämt du bist. Aber trotzdem, er gefällt mir, Wildschwein. Und ich habe ein gutes Auge dafür.«

»Sie verlangen zu viel Vertrauen«, sagte Wildschwein kalt. »Das muss man sich erst mit niederen Arbeiten verdienen.«

»Und diese niederen Arbeiten bestehen darin, dass man idiotische Türme sprengt?«, fragte Maxim. »Ich bin zwar erst ein paar Monate im Untergrund, doch in dieser ganzen Zeit höre ich immer nur eins: Türme, Türme, Türme. Aber ich will keine Türme mehr sprengen, das ist sinnlos! Ich will gegen die Tyrannei angehen, gegen Hunger, Verfall, Korruption, Lüge. Ich verstehe, dass die Türme Sie quälen, körperlich, meine ich. Doch selbst was die Türme angeht, verhalten Sie sich töricht. Es liegt doch auf der Hand, dass sie nur Relaisstationen sind. Also muss man die Zentrale vernichten, und nicht jeden Turm einzeln.«

Wildschwein und Sef redeten gleichzeitig drauflos.

»Woher wissen Sie von der Zentrale?«, fragte Wildschwein.

»Wo willst du die Zentrale finden?«, fragte Sef.

»Dass es eine Zentrale geben muss, begreift doch jeder leidlich gebildete Ingenieur.« Geringschätzig verzog Maxim den Mund. »Wie man sie aber findet – gerade das ist die Aufgabe, mit der wir uns befassen müssen. Nicht in Maschinengewehrfeuer laufen, nicht umsonst Menschen in den Tod schicken. Die Zentrale suchen, das ist die Aufgabe.«

»Erstens wissen wir das auch ohne dich«, regte sich Sef auf. »Und zweitens, Massaraksch, ist niemand umsonst gefallen. Jeder leidlich gebildete Ingenieur, du rotzige Rotznase, begreift, dass wir das Relaissystem dadurch zerstören, dass wir einige Türme vernichten. So können wir einen ganzen Bezirk befreien! Aber dafür müssen wir Türme beseitigen. Und wir lernen es – verstehst du das etwa nicht? Und wenn du noch einmal behauptest, Massaraksch, unsere Jungs sterben umsonst ...«

»Moment«, unterbrach ihn Maxim. »Fassen Sie mich nicht an! Einen Bezirk befreien. Gut, und weiter?«

»Jede Rotznase kommt her und behauptet, wir sterben umsonst«, murrte Sef.

»Und weiter?«, wiederholte Maxim hartnäckig. »Die Gardisten installieren neue Emitter, und aus ist's mit euch.«

»Teufel nochmal!«, fluchte Sef. »In der Zeit läuft doch die Bevölkerung dieses Bezirks zu uns über. Da wird es ihnen schwerfallen, sich einzumischen. Zehn sogenannte Missgeburten sind eins, zehntausend wütende Bauern etwas anderes.«

»Sef! Sef!«, mahnte Wildschwein.

Sef wehrte ungeduldig ab. »... Zehntausend wütende Bauern, die kapiert haben und nicht wieder vergessen werden, dass man sie zwanzig Jahre lang schamlos zum Narren gehalten hat.«

Der Einarmige winkte ab und drehte sich zur Seite.

»Warten Sie, warten Sie«, sagte Maxim. »Was erzählen Sie da? Warum sollten diese Leute das auf einmal verstehen? Sie halten das doch alles für Raketenabwehr. In Stücke werden sie Sie reißen!«

»Und wofür hältst du es?« Sef lächelte seltsam.

»Ich weiß, was los ist«, sagte Maxim. »Man hat es mir erzählt.«

»Wer?«

»Der Doktor und der General. Wieso – ist das ein Geheimnis?«

»Vielleicht lassen wir dieses Thema?«, fragte Wildschwein leise.

»Warum?«, wandte Sef ebenfalls sehr leise ein. »Warum sollen wir es lassen, Wildschwein? Du weißt, wie ich darüber denke. Du weißt, weshalb ich hier hocke und bis zum Ende meines Lebens hier hocken werde. Und ich kenne deine Meinung. Also, warum sollen wir nicht darüber reden? Wir sind einer Meinung, dass man es eigentlich an allen Straßenkreuzungen hinausschreien müsste. Aber wenn wir es dann tun könnten, erinnern wir uns plötzlich unserer Disziplin und lassen es bleiben. So spielen wir diesen Opportunisten, Liberalen und Aufklärern immer wieder in die Hände – all diesen verhinderten Vätern ... Nun sitzt dieser Junge vor uns. Du siehst doch, wie er ist. Sollen etwa auch solche nicht Bescheid wissen?«

»Vielleicht dürfen gerade sie es nicht«, antwortete, noch immer sehr leise, der Einarmige.

Maxim, der kein Wort begriff, blickte von einem zum anderen. Sie schienen auf einmal nicht mehr sie selbst zu sein – wirkten gedrückt, niedergeschlagen. Nichts an Wildschwein erinnerte mehr an den stahlharten Kerl, an dem sich viele Staatsanwälte und Feldgerichte die Zähne ausgebissen hatten. Und auch das unverhohlen Vulgäre des Rotbarts war verschwunden; Sef wirkte stattdessen traurig, gekränkt, verzweifelt, gebrochen. Es machte den Eindruck, als wäre ihnen etwas eingefallen, das sie hätten vergessen sollen, und das sie sich auch ehrlich bemüht hatten zu vergessen.

»Ich erzähl's ihm«, sagte Sef. Er bat weder um Rat noch um Erlaubnis. Er teilte seinen Entschluss einfach mit.

Wildschwein schwieg, und Sef fing an.

Was er erzählte, war ungeheuerlich – nicht nur an sich, sondern auch, weil es keinen Platz ließ für Zweifel. Sef sprach leise, ruhig und klug, in korrekter Sprache und sich höflich unterbrechend, wenn Wildschwein eine kurze Bemerkung machte. Und während Sef redete, bemühte sich Maxim, wenigstens eine Unzulänglichkeit in diesem Weltsystem zu finden, aber es gelang ihm nicht. Das neue Bild, das sich ihm bot, war zwar primitiv, aber wohlgeordnet und hoffnungslos logisch; es erklärte alle bislang bekannten Fakten und ließ keine Frage offen. Es war die größte und furchtbarste Entdeckung, die Maxim seit seiner Ankunft auf der bewohnten Insel machte …

Die Strahlen, die von den Türmen ausgingen, galten nicht den Entarteten, sondern beeinflussten das Nervensystem jedes menschlichen Wesens auf dem Planeten. Ihr physiologischer Wirkungsmechanismus war noch unbekannt, aber man wusste, wie sie sich auf den Bestrahlten auswirkten: Sein Gehirn verlor die Fähigkeit, die Realität kritisch zu analysieren. Der denkende Mensch verwandelte sich in einen gläubigen Menschen – so gläubig, dass es an Verzückung, Raserei und Fanatismus grenzte. Und von diesem Glauben ließ er sich auch dann nicht abbringen, wenn alle Tatsachen dagegensprachen. Befand sich jemand im Strahlenfeld, konnte man ihm mit den einfachsten Mitteln etwas suggerieren, und er nahm es als die reine und einzige Wahrheit an, war bereit, dafür zu leben, zu leiden und zu sterben.

Und dieses Strahlenfeld bestand immer – nicht wahrnehmbar, aber allgegenwärtig und alles durchdringend. Es wurde von dem gigantischen Netz der Türme, die über das ganze Land verteilt waren, aufrechterhalten. Wie ein riesiger Staubsauger entzog es Millionen von Menschen jegliche Zweifel darüber, was in den Zeitungen und Broschüren stand, was man im Radio oder im Fernsehen hörte, was die Lehrer an den Schulen und die Offiziere in den Kasernen bestätigten, was in Neonschrift als Losung quer über der Straße hing oder was in der Kirche von der Kanzel herab verkündet wurde. Die Unbekannten Väter lenkten den Willen und die Kräfte der Massen, wohin und wie es ihnen beliebte. Sie konnten die Massen dazu bringen, sie zu vergöttern, und brachten sie dazu. Sie konnten unbändigen Hass auf die äußeren und inneren Feinde schüren, und schürten ihn. Hatten sie den Wunsch, Millionen an die Kanonen und Maschinengewehre zu jagen, so würden Millionen begeistert in den Tod ziehen. Sie konnten Millionen von Menschen dazu bringen, einander in wessen Namen auch immer zu töten, oder, wenn ihnen der Sinn danach stand, eine Epidemie von Selbstmorden hervorrufen. Sie konnten alles tun.

Und zweimal täglich, um zehn Uhr morgens und um zehn Uhr abends, schaltete man diese riesigen Staubsauger auf volle Leistung. In dieser halben Stunde verloren die Menschen ganz und gar ihr Menschsein. Alle verborgenen Spannungen, die sich durch das Missverhältnis zwischen dem Suggerierten und der Realität in ihrem Unterbewusstsein aufgebaut hatten, brachen aus ihnen heraus – in einem Anfall von glühender Begeisterung und einer verzückten Ekstase von Unterwerfung und Sklaverei. Die starken Strahlenschläge unterdrückten die Reflexe und Instinkte der Menschen und ersetzten sie durch das ungeheuerliche Gefüge von Ehrfurcht und Pflichtgefühl gegenüber den Unbekannten Vätern. Der Bestrahlte verlor jegliche Fähigkeit, seine Vernunft zu gebrauchen, und handelte wie ein Roboter.

Gefährlich für die Unbekannten Väter waren nur die Menschen, die aufgrund physiologischer Besonderheiten gegen die Suggestionen immun waren. Man nannte sie »entartet«. Das ständige Feld zeigte bei ihnen keinerlei Wirkung; die Schübe riefen lediglich unerträgliche Schmerzen hervor. Es gab nicht viele Entartete – etwa ein Prozent der Bevölkerung –, aber sie waren die einzig Wachen in einem Reich von Schlafwandlern. Und nur sie waren in der Lage, die Situation nüchtern zu beurteilen, die Realität als solche wahrzunehmen, diese Welt zu beeinflussen, sie zu verändern und zu lenken. Und das Schändlichste war, dass die führende Elite, die man die Unbekannten Väter nannte, sich aus ebendiesem Kreis der Entarteten rekrutierte. Alle Unbekannten Väter waren »entartet« – aber längst nicht alle Entarteten waren Unbekannte Väter. Die, die nicht zu dieser Elite gehören konnten oder wollten, oder die nicht wussten, dass es eine solche gab – machthungrige, revolutionäre oder träge und resignierte Entartete –, erklärte man zu Feinden des militanten Staates. Und entsprechend wurde mit ihnen verfahren.

Maxim war so entsetzt und verzweifelt, als hätte er plötzlich entdeckt, dass seine bewohnte Insel von Marionetten anstelle von Menschen bevölkert war. Es gab keine Hoffnung. Sefs Plan, ein größeres Gebiet zu erobern, war ein Abenteuer. Sie hatten eine immense Maschinerie vor sich; sie war einerseits zu simpel, um sich weiterzuentwickeln, andererseits aber zu groß, um sie mit minimalen Mitteln zerstören zu können. Es gab in diesem Staat keine Macht, die in der Lage gewesen wäre, ein Volk zu befreien, das gar nicht ahnte, dass es unfrei – oder, wie Wildschwein es ausdrückte, aus dem Lauf der Geschichte herausgefallen war. Und die Maschinerie war in ihrem Kern unverletzbar, resistent gegen alle kleinen Störungen. Wurden Teile von ihr vernichtet, regenerierte sie sich sofort. Auf Reize reagierte sie eindeutig und augenblicklich, ohne sich um das Schicksal der einzelnen Elemente zu scheren. Hoffen ließ nur der Gedanke, dass das System ein Steuerpult besitzen musste, eine Zentrale, ein Gehirn. Theoretisch konnte man es zerstören, dann geriete es aus dem Gleichgewicht und es käme der Moment, in dem man versuchen könnte, diese Welt auf einen anderen Weg und auf das Gleis der Geschichte zurückzulenken. Doch der Standort der Zentrale war streng geheim und – wer sollte sie zerstören? Das war etwas anderes als der Angriff auf einen Turm. Eine solche Operation erforderte immense Mittel und eine ganze Armee strahlenunempfindlicher Mitstreiter. Oder einfache, leicht zu beschaffende Schutzmittel. Doch nichts dergleichen war vorhanden. Nicht einmal in Aussicht. Es gab zwar einige Hunderttausend Entartete, aber sie waren zersplittert, getrennt, verfolgt. Viele von ihnen waren zudem sogenannte Legale. Und selbst wenn es gelänge, die Entarteten zu vereinen und zu bewaffnen – die Unbekannten Väter zerschlügen den kleinen Trupp unverzüglich mit ihren mobilen Emittern.

Sef hatte längst aufgehört zu reden. Doch Maxim saß noch immer mit gesenktem Kopf da und bohrte mit einem Stock in der trockenen schwarzen Erde. Dann räusperte sich Sef und sagte verlegen: »Ja, Kumpel. So sieht's aus.«

Anscheinend bereute er schon, dass er davon angefangen hatte.

»Worauf hofft ihr?«, fragte Maxim.

Sef und Wildschwein schwiegen. Maxim hob den Kopf und sah sie an, dann murmelte er: »Entschuldigt, ich ... Das ist alles so ... entschuldigt.«

»Wir müssen kämpfen.« Wildschweins Stimme klang ruhig. »Wir kämpfen, und wir werden kämpfen. Sef hat Ihnen eine der Strategien des Stabs genannt. Es gibt noch andere, ebenso anfechtbare, und kein einziges Mal in der Praxis erprobt. Verstehen Sie, bei uns ist alles erst im Werden. Eine in sich schlüssige Theorie bekommt man nicht in zwanzig Jahren hin, so aus dem Nichts.«

»Diese Strahlung«, begann Maxim langsam, »wirkt sie gleichmäßig auf alle Völker Ihrer Welt?«

Wildschwein und Sef sahen einander an.

»Ich verstehe nicht«, sagte Wildschwein.

»Ich meine Folgendes: Gibt es ein Volk, in dem wenigstens ein paar Tausend Menschen wie ich sind?«

»Kaum«, antwortete Sef. »Höchstens bei diesen … bei den Mutanten. Massaraksch, nimm's mir nicht übel, Mak, doch du bist ja offensichtlich auch ein Mutant. Eine geglückte Mutation, wie sie pro Million einmal passiert.«

»Ich nehm's nicht übel«, sagte Maxim. »Die Mutanten leben also dort, hinter den Wäldern?«

»Ja.« Wildschwein blickte ihn unverwandt an.

»Was ist da eigentlich?«

»Der Wald, und dann Wüste.«

»Und Mutanten?«

»Ja. Halbe Tiere. Verrückte Wilde. Aber bitte, Mak, hören Sie auf damit.«

»Haben Sie schon einmal welche gesehen?«

»Nur tote«, sagte Wildschwein. »Zuweilen fängt man sie im Wald, und dann erhängt man sie vor den Baracken, um die Stimmung zu heben.«

»Weshalb?«

»Weil sie so einen schönen Hals haben«, raunzte Sef. »Dummkopf! Das sind Tiere! Unheilbar, und gefährlicher als jedes Tier. Ich habe sie gesehen, nicht mal im Traum stellst du dir so etwas vor.«

»Und warum zieht man die Türme bis dorthin?«, fragte Maxim. »Will man sie zähmen?«

»Hören Sie auf«, wiederholte der Einarmige. »Es ist hoffnungslos. Sie hassen uns. Aber machen Sie, was Sie wollen. Wir halten keinen.«

Sie schwiegen. Dann hörten sie aus der Ferne, hinter ihrem Rücken, ein bekanntes rasselndes Getöse. Sef setzte sich auf.

»Ein Panzer«, sagte er nachdenklich. »Erledigen wir ihn? Weit ist es nicht, im achtzehnten Quadrat. Nein, verschieben wir's auf morgen.«

Maxim traf seine Entscheidung schnell. »Ich nehme ihn mir vor. Geht, ich hole euch ein.«

Sef sah ihn zweifelnd an. »Wirst du das schaffen? Womöglich fliegst du in die Luft.«

»Mak«, warnte Wildschwein. »Überlegen Sie sich das.«

Sef musterte Maxim, und dann grinste er. »Also deshalb brauchst du einen Panzer. Der Junge ist ein Fuchs! Nein, mich legst du nicht aufs Kreuz. Gut, hau ab, das Abendessen heb ich dir auf. Wenn du's dir anders überlegst, komm. Und denk dran, viele Selbstfahrlafetten sind vermint. Sei vorsichtig, wenn du darin herumkramst. Gehen wir, Wildschwein. Er holt uns ein.«

Wildschwein wollte noch etwas sagen, aber Maxim war schon aufgestanden und lief auf die Schneise zu. Er mochte nicht mehr reden. Er beeilte sich und blickte nicht zurück. Den Granatwerfer hielt er unter dem Arm. Jetzt, da er sich dazu entschlossen hatte, war ihm leichter. Und entscheidend für sein Vorhaben waren sein Können und seine Erfahrung.

14

Gegen Morgen steuerte Maxim den Panzer auf die Chaussee und wendete ihn mit dem Bug nach Süden. Er hätte jetzt losfahren können, kletterte aber noch einmal aus der Kabine hinaus, sprang auf den zermalmten Beton und setzte sich an den Rand des Straßengrabens. Seine beschmierten Hände säuberte er im Gras. Der rostige Koloss tuckerte friedlich neben ihm; die scharfe Raketenspitze war in den trüben Himmel gerichtet.

Maxim hatte die Nacht durchgearbeitet, doch er spürte keine Müdigkeit. Das Fahrzeug war solide gebaut und befand sich in gutem Zustand. Es war nicht vermint und besaß sogar eine Handsteuerung. Sollte sich tatsächlich jemand mit so einem Gefährt in die Luft gesprengt haben, konnten nur Reaktorverschleiß oder technischer Unverstand die Ursache gewesen sein. Zwar kam der Reaktor nur auf ein Fünftel der normalen Leistung, und das Fahrwerk war schon ziemlich abgenutzt, aber Maxim war zufrieden – gestern hatte er nicht einmal darauf zu hoffen gewagt.

Es war gegen sechs Uhr morgens und bereits hell. Um diese Zeit ließ man die Sträflinge zu karierten Kolonnen antreten, hastig frühstücken und trieb sie dann hinaus zur Arbeit. Maxims Abwesenheit war mittlerweile gewiss bemerkt worden. Gut möglich, dass er jetzt als flüchtig galt und schon verurteilt war. Vielleicht hatte Sef auch eine Ausrede gefunden – Mak hat sich den Fuß verstaucht, ist verwundet oder sonst etwas.

Im Wald wurde es still. Die »Hunde«, deren gegenseitiges Geschrei die ganze Nacht über zu hören gewesen war, hatten sich beruhigt. Sicher waren sie in das unterirdische Gewölbe gekrochen und rieben sich kichernd die Pfoten bei dem Gedanken, wie sie gestern die Zweibeiner erschreckt hatten. Mit diesen »Hunden« würde man sich gründlich befassen müssen; vorerst allerdings war anderes wichtiger. Ob sie die Strahlung wahrnahmen? Merkwürdige Wesen. Als er nachts am Triebwerk herumbastelte, saßen zwei von ihnen geduldig hinter den Sträuchern und beobachteten ihn heimlich. Dann kam ein dritter hinzu und kletterte gar auf einen Baum, um besser sehen zu können. Maxim hatte sich aus der Luke gelehnt und ihm zugewunken, und um ihn zu necken, wiederholte er, so gut er konnte, das viersilbige Wort, das der Chor skandiert hatte. Der auf dem Baum wurde furchtbar wütend, sein Fell sträubte sich, die Augen funkelten, und er stieß kehlige Beleidigungen aus. Die beiden hinter den Sträuchern schockierte das offenbar so sehr, dass sie augenblicklich verschwanden und nicht mehr zurückkehrten. Der »Rohrspatz« aber konnte sich nicht beruhigen und kam noch lange nicht herunter. Er fauchte und spuckte, gab sich den Anschein, als wollte er angreifen, und bleckte seine weit auseinanderstehenden weißen Zähne. Erst gegen Morgen trollte er sich – er hatte wohl begriffen, dass Maxim nicht beabsichtigte, sich ehrlich mit ihm zu schlagen. Vernunftbegabt im menschlichen Sinne waren die »Hunde« wohl nicht, immerhin aber recht drollig und bestimmt eine organisierte Macht, da sie eine ganze Garnison mit dem Herzogprinzen an der Spitze aus der Festung verdrängt hatten. Wie wenig Informationen man hier doch hatte, immer nur Gerüchte und Legenden. Wie gern hätte sich Maxim jetzt gewaschen; er war voller Rost, zudem leckte der Reaktor, und die Strahlung brannte auf seiner Haut. Sollten Sef und der Einarmige mitfahren, müsste er ihn verkleiden, am besten mit drei oder vier Platten aus der Panzerung der Bordwände.

Tief im Wald knallte es und hallte als Echo wider: Die Pioniertrupps der Todeskandidaten begannen ihren Arbeitstag. Wie sinnlos das war. Noch ein Knall, ein Maschinengewehr knatterte und verstummte. Jetzt wurde es ganz hell, ein klarer Tag kündigte sich an, mit einem wolkenlosen, wie Milch schimmernden, weißen Himmel. Der Beton auf der Chaussee glänzte vom Tau; um den Panzer herum aber war alles trocken, er verstrahlte ungesunde Wärme.

Aus den Sträuchern, die bis an die Straße herangewachsen waren, traten auf einmal Sef und Wildschwein heraus. Als sie den Panzer sahen, gingen sie schneller. Maxim stand auf und lief ihnen entgegen.

»Du lebst!«, stellte Sef anstelle eines Grußes fest. »Ich hab's mir gedacht. Deinen Brei, Bruder, hab ich, äh … Es war nichts da, worin ich ihn hätte tragen können. Aber dein Brot ist hier, hau rein.«

»Danke«, sagte Maxim und nahm den Brotkanten.

Wildschwein stand auf den Minensucher gestützt und blickte ihn an.

»Schluck runter und hau ab!«, fuhr Sef fort. »Da ist einer gekommen, um dich zu holen, Bruder. Ich glaube, sie wollen dich wieder verhören.«

»Wer?« Maxim hörte auf zu kauen.

»Er hat sich uns nicht vorgestellt«, knurrte Sef. »So ein Schwätzer – Orden vom Kopf bis zu den Zehen. Er schrie rum, dass man es im ganzen Lager hören konnte, wollte wissen, warum du nicht da bist, hätte mich fast abgeknallt. Ich aber hab nur große Augen gemacht und gemeldet: So und so, ist im Minenfeld den Heldentod gestorben.«

Er ging um den Panzer herum, murmelte: »Scheußliches Ding«, setzte sich an den Straßenrand und drehte eine Zigarette.

»Eigenartig.« Maxim biss nachdenklich von seinem Brotkanten ab. »Aber warum? Zur Nachuntersuchung?«

»Vielleicht ist es Fank?«, fragte Wildschwein leise.

»Fank? Mittelgroß, das Gesicht quadratisch, schuppige Haut?«

»Von wegen!«, unterbrach ihn Sef. »Lang wie eine Bohnenstange, saudumm und voller Pickel – Garde eben.«

»Dann ist es nicht Fank«, sagte Maxim.

»Vielleicht hat Fank ihn geschickt?«, fragte Wildschwein.

Maxim zuckte mit den Schultern und schob die letzte Rinde in den Mund. »Keine Ahnung. Früher dachte ich, Fank stünde mit dem Untergrund in Verbindung, aber jetzt weiß ich nicht mehr, was von ihm zu halten ist.«

»Dann sollten Sie wirklich besser abfahren«, riet Wildschwein, »obwohl ich, um ehrlich zu sein, nicht weiß, was schlimmer ist – die Mutanten oder diese Gardecharge.«

»Klar, mag er abzwitschern«, meldete sich Sef. »Dein Kurier wird er ohnehin nicht, und so liefert er uns wenigstens Informationen über den Süden – wenn sie ihm dort nicht die Haut abziehen.«

»Und Sie kommen nicht mit.« Maxims Worte klangen wie eine Feststellung.

Wildschwein schüttelte den Kopf. »Nein. Viel Glück.«

»Schmeiß die Rakete weg«, sagte Sef. »Sonst jagst du dich noch in die Luft. Und Folgendes: Du hast zwei Sperrposten vor dir. An denen kommst du leicht vorbei, darfst nur nicht anhalten. Sie sind nach Süden hin ausgerichtet. Dann allerdings wird es schwieriger: grauenvolle Strahlung, nichts zu fressen, Mutanten. Und dann nur noch Sand, kein Wasser.«

»Danke«, erwiderte Maxim. »Auf Wiedersehn.«

Er sprang auf die Raupenkette, öffnete die Luke und kroch in das aufgeheizte Halbdunkel. Seine Hände lagen schon auf den Hebeln, als ihm einfiel, dass noch eine Frage offen war. Er beugte sich hinaus.

»Warum verheimlicht man eigentlich vor den einfachen Mitgliedern des Untergrunds den wahren Zweck der Türme?«

Während Sef das Gesicht verzog und ausspuckte, antwortete Wildschwein niedergeschlagen: »Weil die Mehrheit im Stab darauf hofft, irgendwann einmal selbst an die Macht zu kommen und die Türme in der alten Weise weiterzunutzen, nur eben für andere Ziele.«

»Und was für ›andere Ziele‹?«, fragte Maxim finster.

Einige Sekunden blickten sie einander in die Augen. Sef hatte sich abgewandt und leckte das Papier für seine nächste Zigarette. Da sagte Maxim: »Ich wünsche euch, dass ihr überlebt.« Er wandte sich wieder den Hebeln zu, und der Panzer dröhnte, rasselte und rollte auf knirschenden Ketten vorwärts.

Es machte wirklich keinen Spaß, ihn zu fahren. Einen Sitz gab es nicht, und der Haufen aus Zweigen und Gras, den Maxim in der Nacht aufgeschichtet hatte, rutschte schnell auseinander. Die Sicht war schlecht, schneller fahren konnte er auch nicht – schon bei dreißig Stundenkilometern stotterte das Triebwerk, und das Schmieröl brannte. Doch der atomare Schlitten war noch immer außerordentlich geländegängig.

Ob Weg oder querfeldein – dem Panzer war es gleich, Sträucher und Rillen bemerkte er überhaupt nicht, umgestürzte Bäume quetschte er zu Krümeln und junge, durch die Betonritzen wachsende Bäumchen überrollte er mit Leichtigkeit. Ebenso wälzte er sich durch tiefe, mit schwarzem Wasser gefüllte Gruben und ließ gewaltige Fontänen hochspritzen. Auch die Richtung hielt er wunderbar. Es war allerdings schwer, sie zu ändern.

In der Kabine war es schmutzig und stickig, und die Chaussee verlief ziemlich gerade, so dass Maxim schließlich das Gas auf Handbetrieb feststellte, hinauskletterte und sich an den Lukenrand unter dem Tragrost der Rakete setzte. Der Panzer drängte vorwärts, als sei dies sein ureigener, von einem alten Programm vorgegebener Kurs. Er hatte etwas Schlichtes, Genügsames an sich, und Maxim, der Fahrzeuge mochte, klopfte ihm anerkennend auf die Panzerung.

So ließ es sich leben. Rechts und links glitt der Wald vorüber, das Triebwerk brummte gleichmäßig, die Strahlung spürte man hier oben kaum, und die recht saubere Luft kühlte angenehm die erhitzte Haut. Maxim sah zu der schwankenden Rakete hoch. Er sollte sie wirklich abwerfen. Es war unnötiger Ballast. Gefährlich war sie zwar nicht, sie würde nicht mehr explodieren, das hatte er in der Nacht überprüft. Aber sie wog sicher an die zehn Tonnen – warum also sollte er sie mitschleppen? Während sich der Panzer weiterwälzte, ging Maxim auf der Tragfläche herum und suchte den Befestigungsmechanismus. Als er ihn fand, stellte er fest, dass er völlig verrostet war, und hatte große Mühe, ihn in Gang zu bringen. Unterdessen rollte der Panzer an zwei Kurven in den Wald hinein und riss, wütend aufheulend, die Bäume nieder, so dass Maxim an die Hebel rannte, um den Koloss wieder auf Kurs zu bringen. Zu guter Letzt funktionierte der Mechanismus. Die Rakete senkte sich, krachte auf den Beton und rollte schwerfällig in den Straßengraben. Der Panzer machte einen

Satz und fuhr nun sehr viel leichter. Und in dem Moment sah Maxim den ersten Sicherungsposten.

Am Waldrand standen zwei große Zelte und ein Kastenwagen, eine Gulaschkanone dampfte. Zwei Gardisten mit freiem Oberkörper wuschen sich; sie begossen einander mit Wasser aus der Feldflasche. Mitten auf der Fahrbahn stand eine Wache in schwarzem Umhang und blickte Maxim entgegen. Rechts neben der Chaussee standen zwei Pfähle, die durch einen Querbalken verbunden waren, und von diesem Querbalken hing etwas herab, etwas Weißes, Langes, das fast die Erde berührte. Maxim glitt in die Kabine hinunter, damit man nicht seinen karierten Kittel sehen konnte, und schob nur den Kopf aus der Luke. Der Posten musterte den Panzer verdutzt und ging zur Seite, sah sich dann hilflos nach dem Kastenwagen um. Die beiden Halbnackten hörten auf sich zu waschen und starrten ebenfalls herüber. Der Lärm der Raupenketten lockte noch mehr Männer aus den Zelten und dem Wagen; einer von ihnen trug eine Uniform mit Offiziersschnüren. Sie alle schienen sehr erstaunt, wenn auch nicht beunruhigt. Der Offizier deutete auf den Panzer, sagte etwas, und alle lachten. Als Maxim auf gleicher Höhe wie der Posten war, schrie der ihm etwas zu, unhörbar, weil das Triebwerk so dröhnte, und Maxim rief zur Antwort: »Alles in Ordnung, bleib, wo du bist!« Der Posten verstand auch nichts, schien aber zufrieden. Nachdem er den Panzer vorbeigelassen hatte, stellte er sich wieder mitten auf dem Weg in Positur.

Es war gut gelaufen.

Maxim wandte den Kopf und sah jetzt ganz aus der Nähe, was von dem Querbalken herabhing. Eine Sekunde starrte er es an, dann setzte er sich, kniff die Augen zusammen und griff, ohne jede Notwendigkeit, nach den Hebeln. Ich hätte nicht hinschauen sollen, dachte er. Der Teufel hat mich geritten, dass ich mich umdrehen musste. So wäre ich gefahren und gefahren und hätte nichts davon gewusst. Er zwang sich, die Augen zu öffnen. Nein, überlegte er dann, ich muss hinsehen, muss mich daran gewöhnen, es kennenlernen. Sich abzuwenden ist sinnlos; ich habe überhaupt nicht das Recht mich abzuwenden, da ich mir diese Sache nun einmal vorgenommen habe. Bestimmt war es ein Mutant. Der Tod kann Menschen nicht dermaßen verunstalten. Das Leben verunstaltet sie. Es wird auch mich verderben. Man kann dem nicht entgehen, Widerstand hat keinen Zweck. Ich muss mich dran gewöhnen. Vielleicht liegen Hunderte Kilometer Weg vor mir, die von Galgen gesäumt sind.

Als er sich das nächste Mal aus der Luke lehnte und zurückblickte, war der Kontrollposten nicht mehr zu sehen, auch der einsame Galgen war verschwunden. Schön wäre es, jetzt nach Hause zu fahren, träumte Maxim. Immer weiter zu fahren und zu fahren – und dann: zu Hause, Mama, Vater, die Jungs. Ankommen, aufwachen, sich waschen und ihnen dann den Albtraum von der bewohnten Insel erzählen. Er versuchte, sich die Erde vorzustellen, doch es gelang ihm nicht. Da war nur der seltsame Gedanke, dass es dort saubere, heitere Städte gab und viele gute und kluge Menschen, die einander alle vertrauten, kein Rost, kein Gestank, weder Strahlung noch schwarze Uniformen, keine rohen, viehischen Gesichter, unheimliche Legenden, vermischt mit einer noch unheimlicheren Wahrheit. Nichts von alledem. Und plötzlich dachte er, dass all dies ja auch auf der Erde hätte geschehen können, und dann wäre er jetzt so wie alle anderen ringsum – unwissend, betrogen, unterwürfig und ergeben. Du warst doch so erpicht auf eine richtige Aufgabe, dachte er. Bitte sehr, da hast du sie. Sie ist schwer und schmutzig, aber du wirst anderswo kaum eine finden, die so wichtig ist wie diese.

Vor ihm auf der Chaussee erschien ein Gefährt, das langsam in dieselbe Richtung kroch – nach Süden. Es war ein kleiner Raupenschlepper, der einen Hänger mit metallenem Gitterbalken zog. In der offenen Kabine saß ein Mann im

Sträflingskittel und rauchte Pfeife; er warf einen gleichmütigen Blick auf den Panzer und Maxim und wandte sich ab. Was ist das für ein Trägerbalken?, grübelte Maxim. Diese Konturen … Dann fiel es ihm wie Schuppen von den Augen, dass es sich um ein Bauteil für einen Turm handelte. Es jetzt in den Straßengraben schieben, dachte er, und zweimal drüberrollen. Er starrte immer noch hin. Sein Gesichtsausdruck gefiel dem Sträfling anscheinend gar nicht, denn der bremste jäh und stellte einen Fuß auf die Raupenkette, bereit, nötigenfalls abzuspringen. Maxim drehte sich nach vorn.

Etwa zehn Minuten später entdeckte er den zweiten Kontrollpunkt. Es war der äußerste, südlichste Posten der karierten Sklaven, die ja vielleicht gar keine Sklaven waren, sondern die freiesten Menschen im Land. Maxim sah zwei mobile Häuschen mit blitzenden Zinkdächern und eine flache, künstliche Anhöhe, auf der ein niedriger Bunker mit schmalen, dunkel erscheinenden Schießscharten stand. Oberhalb des Bunkers waren schon die unteren Segmente eines Turms zu erkennen, und ringsum lagen Eisenträger herum, standen Kranwagen und Traktoren. Den Wald hatte man rechts und links der Chaussee auf einige Hundert Meter gerodet, an einer Stelle dieses offenen Geländes hantierten Menschen in karierter Kleidung. Hinter den Häuschen sah Maxim eine langgezogene Baracke, wie es sie auch im Lager gegeben hatte. Davor trockneten an Wäscheleinen graue Lumpen. Etwas weiter entfernt erhob sich neben der Chaussee ein hölzerner Wachtturm. Auf seiner Plattform patrouillierte ein Posten in grauer Armeeuniform und einem tief ins Gesicht gezogenen Helm. Dort stand auch, auf einem Dreifuß, ein Maschinengewehr. Unter dem Turm lungerten ein paar Soldaten; sie rauchten und schienen fast umzukommen vor Mücken und Langeweile.

Die passiere ich auch ohne Mühe, dachte Maxim. Ist ja am Ende der Welt, da pfeift man auf alles. Doch er irrte. Die

Soldaten verloren ihr Interesse an den Mücken und musterten den Panzer. Ein hagerer Soldat, der Maxim an irgendjemanden erinnerte, rückte seinen Helm zurecht, trat mitten auf die Fahrbahn und hob den Arm. Das kannst du dir sparen, fuhr es Maxim durch den Kopf, das nützt dir nichts. Ich will hier durch, und ich komme hier durch. Er glitt hinab zu den Hebeln, machte es sich, so gut er konnte, bequem und stellte den Fuß auf das Gaspedal. Der Soldat auf der Chaussee stand noch immer mit erhobenem Arm da. Gleich gebe ich Gas, beschloss Maxim, lasse den Motor kräftig aufheulen, und dann wird er schon zur Seite springen. Falls er aber nicht springt – er verspürte ungewohnte Härte –, was soll's: Krieg ist Krieg.

Da aber erkannte er plötzlich den Soldaten. Es war Gai. Abgemagert, hohlwangig, unrasiert, in einem sackigen Armeeoverall.

»Gai«, murmelte Maxim. »Menschenskind. Was mache ich jetzt?«

Er nahm den Fuß vom Gaspedal und kuppelte aus; der Panzer rollte langsamer, blieb stehen. Gai senkte den Arm und kam langsam heran. Vor Freude begann Maxim zu lachen. Wie es sich fügte! Er trat die Kupplung und war bereit.

»He!«, schrie Gai im Befehlston und schlug mit dem Kolben gegen die Panzerung. »Wer da?«

Maxim schwieg und schmunzelte nur in sich hinein.

»Ist da jemand?« Gais Stimme klang nun unsicher.

Gleich darauf polterten seine beschlagenen Absätze über die Panzerung, er öffnete die Luke und zwängte sich in die Kabine. Als er Maxim erblickte, sperrte er den Mund auf, aber Maxim bekam ihn am Overall zu fassen, zog ihn zu sich herunter, warf ihn auf die Zweige zu seinen Füßen und hielt ihn nieder. Der Panzer heulte fürchterlich los und stürzte vorwärts. Ich ruiniere das Triebwerk, dachte Maxim. Gai zuckte und wand sich. Der Helm war ihm ins Gesicht gerutscht, er sah nichts, strampelte aufs Geratewohl und versuchte, die Maschinenpistole unter sich hervorzuzerren. Dann auf einmal ein Dröhnen und Prasseln; anscheinend schoss man ihnen mit dem Maschinengewehr und MPs hinterher. Das war nicht gefährlich, aber unangenehm, und Maxim wartete ungeduldig darauf, dass die Wand des Waldes endlich näher rückte, immer näher ... näher ...

Die ersten Sträucher. Etwas Kariertes schreckte vom Weg zurück. Dann Bäume ringsum, und auf die Panzerung hagelten keine Kugeln mehr. Die Chaussee vor ihnen war auf viele Hundert Kilometer frei.

Gai gelang es schließlich, seine Waffe hervorzuziehen, doch im selben Moment zog Maxim ihm den Helm vom Kopf. Er sah Gais schweißnasses Gesicht und die gefletschten Zähne; aber allmählich wichen Angst, Wut und Mordlust aus seinem Gesicht. Als sich nun zuerst Verwirrung, dann Erstaunen und zuletzt Freude darin widerspiegelte, begann Maxim zu lachen. Gai bewegte die Lippen, anscheinend murmelte er: »Massaraksch!« Maxim ließ die Hebel los und umarmte den Freund, schweißnass, wie er war, dünn und stopplig, und drückte ihn im Überschwang der Gefühle fest an sich. Dann ließ er ihn los, umklammerte seine Schultern und sagte: »Gai, Menschenskind, wie ich mich freue!«, doch er verstand kaum seine eigenen Worte. Er blickte durch den Sehschlitz: Die Chaussee war immer noch gerade; daher stellte er das Handgas wieder fest und kroch nach oben. Gai zerrte er mit sich.

»Massaraksch!«, knurrte Gai. Er war ziemlich mitgenommen. »Schon wieder du!«

»Freust du dich gar nicht? Ich freue mich wahnsinnig!« Maxim begriff erst jetzt, wie wenig Lust er gehabt hatte, allein in den Süden zu fahren.

»Was hat das zu bedeuten?«, schimpfte Gai. Seine Freude war längst verflogen, und er sah sich beunruhigt nach allen Seiten um. »Wohin? Weshalb?!«

»In den Süden«, erwiderte Maxim. »Ich habe genug von deinem gastfreundlichen Vaterland!«

»Flucht?«

»Ja.«

»Du bist verrückt! Man hat dir das Leben geschenkt!«

»Wer hat mir das Leben geschenkt? Das ist mein Leben! Es gehört mir!«

Sie mussten schreien, um einander zu hören, und unwillkürlich ergab sich anstelle eines freundschaftlichen Gesprächs ein Streit. Maxim sprang in die Kabine hinunter und verringerte die Drehzahl.

Der Panzer fuhr jetzt langsamer, aber das Heulen und Rasseln war dafür weniger laut. Als Maxim wieder nach oben kletterte, fand er Gai finster und entschlossen vor.

»Ich bin verpflichtet, dich zurückzubringen«, erklärte er.

»Ich hingegen habe die Pflicht, dich von hier fortzubringen«, sagte Maxim.

»Ich verstehe nicht, was du willst. Du bist verrückt! Von hier kann man nicht fliehen, du musst zurück. Massaraksch, zurück kannst du auch nicht, sie erschießen dich. Im Süden aber fressen sie uns auf. Versink in der Erde mit deinem Irrsinn! Du hängst mir an wie Falschgeld.«

»Warte, schrei nicht so«, bat Maxim. »Lass es mich dir erklären.«

»Ich will nichts hören. Halt den Panzer an!«

»Nun warte doch«, redete Maxim auf ihn ein. »Ich erzähl's dir.«

Doch Gai wünschte nicht, dass man ihm etwas erzählte, Gai forderte, dieses ungesetzlich entwendete Fahrzeug unverzüglich zu stoppen und in die Zone zurückzuführen. Zweimal, dreimal, ein viertes Mal nannte er Maxim einen Holzkopf. Sein »Massaraksch« übertönte den Motorenlärm. Die Lage, Massaraksch, sei grauenhaft. Sie sei ausweglos, Massaraksch. Vor ihnen, Massaraksch, liege der sichere Tod, hinter ihnen auch, Massaraksch. Maxim sei immer ein hirnverbrannter Irrer gewesen, Massaraksch, doch dieser neue Unfug, Massaraksch, dürfte wohl sein letzter sein, Massaraksch und Massaraksch.

Maxim unterbrach ihn nicht. Ihm war eingefallen, dass das Strahlenfeld des letzten Turms hier irgendwo enden musste, sie es wahrscheinlich schon hinter sich gelassen hatten. Der letzte Sicherungsposten lag bestimmt am Rand des äußersten Feldes. Sollte sich Gai ruhig aussprechen, Worte zählten nicht auf der bewohnten Insel. Schimpfe nur, schimpf, ich hol dich raus, hast da nichts mehr zu suchen. Mit einem muss man ja anfangen, und du wirst der Erste sein. Ich will nicht, dass du eine Marionette bleibst, selbst wenn dir das gefällt.

Nachdem Gai ihn ausreichend beschimpft hatte, sprang er in die Kabine und hantierte dort herum. Offenbar hatte er vor, das Fahrzeug zum Stehen zu bringen, aber es gelang ihm nicht. Dann kam er wieder zum Vorschein, nunmehr im Helm, schweigsam und sehr geschäftig. Er wollte abspringen und zu Fuß zurückgehen. Er war furchtbar zornig. Doch nun hielt Maxim ihn an den Hosen fest, zog ihn neben sich und begann, ihm ihre Situation zu erläutern.

Er redete mehr als eine Stunde auf ihn ein, unterbrach sich nur manchmal, damit er den Panzer in den Kurven neu ausrichten konnte. Maxim redete, und Gai hörte zu. Anfangs hatte er noch versucht, sich davonzustehlen, die Erzählung zu unterbrechen oder sich die Ohren zuzuhalten, aber Maxim hatte geredet und geredet, wieder und wieder dasselbe gesagt, erläutert, kommentiert. Und jetzt endlich hörte Gai ihm zu, wurde nachdenklich, ließ den Kopf hängen, fuhr sich mit beiden Händen unter den Helm und wühlte in seinen Haaren. Dann aber ging er plötzlich in die Offensive und fragte Maxim, woher er das alles wisse, wer es beweisen könne, und wie man so etwas überhaupt glauben könne, wo es ganz offensichtlich frei erfunden sei. Aber Maxim schlug ihn mit

Fakten, und als diese nicht reichten, schwor er, die Wahrheit zu sagen, und als auch das nicht half, bezeichnete er Gai als Ignoranten, als Marionette und Roboter. Der Panzer indes fuhr immer weiter nach Süden, drang tiefer und tiefer in das Land der Mutanten.

»Na schön«, schloss Maxim wütend. »Gleich überprüfen wir das. Nach meiner Rechnung haben wir längst das Strahlenfeld verlassen, und es ist jetzt etwa zehn vor zehn. Was tut ihr alle um zehn?«

»Punkt zehn Uhr nehmen wir Aufstellung«, sagte Gai finster.

»Genau. Ihr stellt euch in Reih und Glied und geratet vor Begeisterung geradezu außer euch. Du entsinnst dich?«

»Diese Begeisterung tragen wir im Herzen«, erklärte Gai.

»Nein, sie trichtern sie euch in eure leeren Schädel ein«, widersprach Maxim. »Aber lassen wir das, wir werden sehen, was für Begeisterung du im Herzen trägst. Wie spät ist es?«

»Sieben vor«, antwortete Gai, noch immer finster.

Einige Zeit fuhren sie schweigend.

»Na?«, meldete sich Maxim.

Gai blickte auf seine Uhr und stimmte unsicher an: »Gardisten, voran, alle Feinde bezwungen …«

Maxim musterte ihn belustigt. Gai kam aus dem Takt und verwechselte die Wörter.

»Hör auf, mich anzustarren«, knurrte er ärgerlich. »Das stört. Und überhaupt, wie soll man singen – außerhalb des Glieds?«

»Keine Ausflüchte!«, sagte Maxim. »Du hast außerhalb des Glieds mitunter genauso gegrölt wie im Glied. Angst konnte man kriegen vor dir und Onkel Kaan. Einer schreit ›Gardisten, voran …‹, der andere leiert ›Ruhm den Vätern …‹. Und das vor Rada. Na, wo bleibt deine Begeisterung, wo deine Liebe zu den Vätern?«

»Untersteh dich!«, brauste Gai auf. »Wage nicht, so über die Unbekannten Väter zu reden. Selbst wenn deine Geschichten wahr sein sollten, können sie nur bedeuten, dass man die Väter hintergangen hat.«

»Wer hat sie denn hintergangen?«

»Na … Da könnten viele …«

»Also sind die Väter gar nicht allmächtig? Sie wissen gar nicht alles?«

»Über dieses Thema will ich nicht sprechen«, erklärte Gai.

Dann ließ er den Kopf hängen und krümmte sich zusammen. Sein Gesicht war noch mehr eingefallen, der Blick getrübt, seine Unterlippe hing herab. Maxim erinnerte sich plötzlich an Zwiebel-Fischta und den Schönen Ketri aus dem Gefangenenwaggon – sie waren rauschgiftsüchtig gewesen, unglückselige Menschen, gewöhnt an die stärksten Drogen. Ohne ihren »Stoff« litten sie furchtbar, konnten weder essen noch trinken und hockten tagelang genau so herum, wie jetzt Gai: mit glanzlosen Augen und hängender Lippe.

»Tut dir etwas weh?«, fragte er.

»Nein.« Gais Stimme klang matt.

»Weshalb guckst du dann so düster?«

»Bloß so, irgendwie …« Gai lockerte seinen Kragen und drehte den Hals. »Mir ist schlecht. Ich lege mich hin, in Ordnung?«

Ohne die Antwort abzuwarten, verschwand er in der Luke und warf sich auf die Zweige, die Beine angezogen. So ist das also, dachte Maxim. Gar nicht so einfach, wie ich geglaubt habe. Er wurde unruhig. Gai hat seinen Strahlenstoß nicht bekommen, das Feld haben wir vor fast zwei Stunden verlassen. Er hat sein ganzes Leben darin verbracht – womöglich schadet es ihm, darauf zu verzichten? Wenn er nun krank wird? Das fehlte noch, so ein Mist. Er blickte in Gais bleiches Gesicht, und seine Angst wuchs. Schließlich hielt er es nicht mehr aus, sprang in die Kabine hinunter, stoppte das Triebwerk, schleppte Gai nach draußen und legte ihn ins Gras neben der Chaussee.

Gai schlief. Er brabbelte im Traum und zuckte heftig. Dann übermannte ihn Schüttelfrost, er krümmte sich, kroch ganz in sich zusammen und steckte sich die Fäuste in die Achselhöhlen, als sollte ihm davon warm werden. Maxim bettete Gais Kopf auf seine Knie, drückte die Finger gegen seine Schläfen und versuchte, sich zu sammeln. Er hatte lange keine Psychomassage gemacht, doch er wusste, dass es darauf ankam, völlig abzuschalten, sich zu konzentrieren und das Nervensystem des Kranken in das eigene, gesunde einzubeziehen. So saß er zehn oder fünfzehn Minuten. Als er wieder zu sich kam, merkte er, dass es Gai besser ging: Sein Gesicht war leicht gerötet, er atmete gleichmäßig und fror nicht mehr. Maxim bereitete ihm ein Kissen aus Gras, blieb noch eine Weile neben ihm sitzen und verjagte die Mücken. Doch dann fiel ihm ein, dass sie noch weit zu fahren hatten und der Reaktor undicht war. Für Gai stellte das eine Gefahr dar, also musste er etwas dagegen unternehmen. Er stand auf und ging zum Panzer zurück.

Es kostete ihn einige Mühe, die Bordpanzerungsplatten von den verrosteten Nieten zu lösen und sie dann an der Keramikwand zu befestigen, die den Reaktor und das Triebwerk von der Fahrerkabine trennte. Als er sich die letzte vornahm, spürte er auf einmal Fremde in der Nähe. Vorsichtig beugte er sich aus der Luke – und erstarrte.

Zehn Schritte vor ihm standen drei Gestalten. Er identifizierte sie nicht gleich als Menschen, aber sie waren bekleidet. Zwei von ihnen trugen eine lange, dünne Stange auf den Schultern, von der, den blutigen Kopf nach unten, ein kleines, hirschähnliches Huftier hing. Und am Hals des Dritten baumelte, quer über seiner Hühnerbrust, ein klobiges Gewehr ungewöhnlichen Typs. Mutanten, dachte Maxim. Das sind sie also, die Mutanten. Erzählungen und Legenden, die er gehört hatte, tauchten aus seiner Erinnerung auf und wurden sehr glaubhaft: Sie ziehen einem bei lebendigem Leibe die Haut ab, sind Menschenfresser, Wilde, Tiere. Er biss die Zähne zusammen, sprang hinaus auf die Panzerung und erhob sich zu voller Größe. Der mit dem Gewehr trippelte komisch auf seinen kurzen Säbelbeinen, rührte sich aber nicht von der Stelle. Er reckte nur eine Hand mit zwei langen, vielgliedrigen Fingern in die Luft, fiepte laut und krächzte: »Willst du essen?«

Maxim öffnete die verklebten Lippen: »Ja.«

»Schießt du auch nicht?«, wollte der Besitzer des Gewehrs wissen.

»Nein.« Maxim lächelte. »Auf keinen Fall.«

15

Gai saß an einem grob gezimmerten Tisch und reinigte seine Maschinenpistole. Es war Vormittag, etwa Viertel nach zehn, und die Welt um ihn herum wirkte grau, karg und farblos. Sie ließ keinen Platz für Freude oder eine andere, lebendige Gemütsregung – alles war matt und krank. Er hatte keine Lust zu denken, wollte weder etwas sehen noch hören, nicht einmal schlafen, nur den Kopf auf den Tisch legen, die Arme sinken lassen und sterben. Sterben und Schluss.

Das Zimmer war klein und besaß nur ein einziges Fenster ohne Glasscheibe; es ging auf die riesige, rötlich-graue Wüste hinaus, die gestrüppüberwuchert und von Ruinen übersät war. Die ausgeblichenen Tapeten hatten sich stellenweise von den Wänden gelöst; das Parkett war geborsten und in einer Ecke verkohlt. Von den früheren Bewohnern zeugte nur noch eine große Fotografie unter gesprungenem Glas, auf der bei genauerem Hinsehen ein älterer Herr mit albernem Backenbart und einem lächerlichen Hut, der an einen Blechteller erinnerte, zu erkennen war.

Hätten doch seine Augen all das nicht gesehen! Könnte er doch jetzt nur aufheulen oder verrecken wie der letzte räudige Hund! Aber Maxim hat befohlen: »Waffe reinigen! Jedes Mal«, hatte er gesagt und mit dem Finger hart auf den Tisch geklopft, »jedes Mal, wenn du anfängst durchzudrehen, setzt du dich hin und reinigst deine MP.« Also musste er es tun. Maxim war Maxim. Ohne ihn hätte Gai sich längst zum Sterben hingelegt. Er hatte Maxim gebeten: »Lass mich nicht allein, wenn es mich packt, bleib bei mir, hilf mir.« Aber nein, Maxim hatte entgegnet, Gai müsse sich jetzt selbst helfen. Es sei nicht lebensgefährlich und würde auf jeden Fall vorbeigehen. Aber er müsse sich eben überwinden und versuchen, damit fertigzuwerden.

Gut, dachte Gai müde, versuche ich eben damit fertigzuwerden. Maxim ist Maxim. Kein Mensch, kein Schöpfer, kein Gott – eben Maxim. Er hatte noch gesagt: »Werde wütend! Wenn es dich wieder erwischt, denke daran, woher du es hast, wer es dir angetan hat und warum. Und dann werde wütend, sammle Hass in dir an! Du wirst ihn bald brauchen: bist nicht allein, von deiner Sorte gibt's vierzig Millionen, die verdummt wurden, verstrahlt und vergiftet.« Das war schwer zu glauben, Massaraksch. Sein ganzes Leben lang hatte Gai in der Truppe verbracht, immer hatten sie gewusst, wo es langging, es war alles so einfach, alle waren zusammen gewesen. Und es hatte gutgetan, einer von Millionen zu sein, so zu sein wie alle. Aber nein, da musste Maxim kommen, ihn für sich einnehmen und ihm die Karriere verpfuschen, ihn buchstäblich am Kragen aus dem Glied zerren und in dieses neue Dasein verfrachten, wo er das Ziel nicht verstand und auch nicht, wovon sie leben sollten, wo man, Massaraksch und Massaraksch, über alles selbst nachdenken musste! Früher hatte er keine Ahnung gehabt, was es heißt, selbst nachzudenken! Es hatte Befehle gegeben, und dann hieß es darüber nachdenken, wie man sie am besten ausführte. Doch dann hatte Maxim ihn am Kragen gepackt, ihn mit dem Gesicht in die andere Richtung gedreht – zum Vertrauten, zum Nest, zum Allerteuersten – und gesagt: Das ist Müll, Geschmeiß, Gemeinheit, Lüge. Du schaust hin – und tatsächlich, da gibt es wenig Gutes. Dir wird übel, wenn du an deine Vergangenheit denkst. An die Jungs zurückzudenken ist auch zum Kotzen, und erst Rittmeister Tschatschu! Wütend schob Gai das Schloss an seinen Platz und ließ es einrasten. Wieder übermannte ihn Kraftlosigkeit und Apathie. Sein Wille reichte schon nicht mehr aus, um das Magazin einzusetzen. Schlimm stand es, ach, schlimm.

Quietschend öffnete sich die verzogene Tür, und ein kleines, eifriges Gesicht schaute herein. Man hätte es sogar hübsch nennen können, wären nicht der kahle Schädel und die entzündeten, wimpernlosen Lider gewesen. Es war Tanga, die Tochter der Nachbarn.

»Onkel Mak befiehlt, Sie sollen zum Platz kommen. Alle sind schon versammelt, nur auf Sie warten sie noch.«

Gai warf ihr einen finsteren Blick zu. Ein gebrechlicher kleiner Körper in einem Kleid aus grobem Sackleinen, braungefleckte Strohhalmärmchen, krumme Beine, in den Knien geschwollen – er spürte Brechreiz, und zugleich schämte er sich seines Widerwillens. Sie war ein Kind, und wer trug schließlich die Schuld?! Er wandte die Augen ab.

»Ich komme nicht. Sag, dass ich mich nicht gut fühle. Ich bin krank.«

Die Tür knarzte, und als er wieder hochsah, war das Mädchen verschwunden. Verdrossen warf er die Maschinenpistole auf die Pritsche, trat ans Fenster und lehnte sich hinaus. Er sah, wie die Kleine in schnellem Tempo durch einen Hohlweg zwischen Mauerresten wirbelte – die frühere Straße. Ein dicker Knirps heftete sich ihr an die Fersen, humpelte ein paar

Schrittchen, plumpste hin, hob den Kopf, blieb ein wenig liegen und plärrte dann in furchtbarem Bass los. Aus den Ruinen stürzte die Mutter zu ihm. Gai fuhr zurück, schüttelte den Kopf und ging wieder zum Tisch. Nein, daran kann ich mich nicht gewöhnen, verflucht soll ich sein. Aber käme mir derjenige vor die Flinte, der dafür verantwortlich ist – ich schösse nicht daneben. Trotzdem, warum finde ich mich nicht damit ab? Ich habe in diesem einen Monat Dinge gesehen, die für hundert Albträume reichen.

Die Mutanten lebten in kleinen Gemeinschaften. Manche nomadisierten – ernährten sich von der Jagd, suchten einen besseren Ort oder gar den Weg nach Norden. Dabei mussten sie allerdings die Maschinengewehre der Gardisten umgehen und die entsetzlichen Regionen, in denen sie den Verstand verloren oder auf der Stelle an schrecklichen Kopfschmerzen starben. Andere hatten sich auf Farmen und Gehöften niedergelassen, die nach den Explosionen noch standen. Eine Atombombe war direkt über der Stadt explodiert, zwei andere in der Umgebung – dort befand sich jetzt ein riesiges, kilometerlanges Feld einer grell glänzenden Schlacke. Die sesshaften Mutanten bauten dürftigen, degenerierten Weizen an, bestellten seltsame Gärten, in denen die Tomaten klein waren wie Beeren und die Beeren groß wie Tomaten, und züchteten grausiges Vieh, das man nicht anschauen mochte, geschweige denn essen. Sie waren ein bedauernswertes Volk, diese Missgeburten des Südens, über die man allen möglichen Unsinn faselte, über die auch er, Gai, alles Mögliche erzählt hatte. In Wirklichkeit waren es stille, kränkelnde und völlig entstellte Karikaturen von Menschen. Normal sahen nur die Greise aus, doch von ihnen gab es nur noch wenige, und sie siechten dahin, würden bald sterben. Ihre Nachkommen wirkten erst recht wie Todeskandidaten. Kinder wurden viele geboren, aber fast alle starben schon bei der Geburt oder als Säuglinge. Die am Leben blieben, waren schwach, fürchterlich missgestalt und immerzu von unbekannten Gebrechen gequält, dabei aber sehr lieb, folgsam und klug. Was sollte er es leugnen: Die Mutanten waren keine schlechten Menschen. Sie waren gutmütig, gastfreundlich, auf Eintracht und Frieden bedacht. Nur ansehen durfte man sie nicht! Sogar Maxim hatte es anfangs geschüttelt, dann freilich hatte er sich daran gewöhnt. Ihm fiel das leicht, er hatte sich unter Kontrolle.

Gai setzte das Magazin ein, stützte die Wange auf die Faust und versank in Gedanken. Ja, Maxim …

Diesmal hat er sich allerdings etwas völlig Absurdes vorgenommen. Er will die Mutanten sammeln, bewaffnen und mit ihnen die Garde zurückdrängen, fürs Erste bis hinter die Blaue Schlange. Ein Witz, wahrhaftig! Sie stehen kaum auf ihren Beinen; viele sterben schon bei geringfügiger Anstrengung: Da hebt einer einen Sack voll Korn und fällt tot um. Er aber will sie gegen die Garde führen. Unausgebildet sind sie, schwach und fügsam – was sollen sie ausrichten? Selbst wenn er ihre Aufklärer einbezöge, brauchte es gegen diese ganze Armee – von Maxim mal abgesehen – nur einen Rittmeister, und wäre Maxim dabei, einen Rittmeister mit Kompanie. Anscheinend weiß Maxim das auch. Und trotzdem ist er einen geschlagenen Monat durch den Wald gelaufen, von Siedlung zu Siedlung, von Gemeinschaft zu Gemeinschaft, um die alten und geachteten Leute, auf die man hört, zu agitieren. Ist gerannt und hat mich überallhin mitgeschleppt, kennt keine Ruhe. Die Alten wollen nicht recht und lassen auch ihre Aufklärer nicht ziehen. Und nun soll ich zu dieser Versammlung, aber ich gehe nicht.

Langsam hellte sich die Welt wieder auf. Ihm wurde schon nicht mehr ganz so schlecht, wenn er umher sah, das Blut pulsierte schneller durch die Adern, und er hatte die vage Hoffnung, die Versammlung könne scheitern, Maxim käme herein und würde sagen: Schluss, hier haben wir nichts mehr zu schaffen. Und dass sie weiterführen nach Süden, in die

Wüste, wo, wie es hieß, zwar auch missgebildete Mutanten lebten, diese aber nicht so unheimlich wären, sondern menschenähnlicher und nicht so krank. Man sagte, sie lebten dort in einer Art Staat, sogar eine Armee gäbe es. Vielleicht könnte man mit ihnen einig werden. Es hieß aber auch, dass dort alles strahlte, dass Bombe auf Bombe gefallen sei – mit Absicht und nur, um das Gebiet radioaktiv zu verseuchen. Angeblich hatte es solche speziellen Bomben gegeben.

Bei dem Gedanken an Radioaktivität griff Gai in seinen Rucksack, zog eine Schachtel mit gelben Tabletten heraus und warf sich zwei davon in den Mund. Sie schmeckten so entsetzlich bitter, dass er eine Grimasse schnitt – scheußliches Zeug, aber notwendig, denn alles hier war verseucht. In der Wüste würde er sie wohl handvollweise lutschen müssen. Dank an den Herzogprinzen: Ohne seine Pillen wäre er, Gai, erledigt. Der Herzogprinz war ein Mordskerl, verlor nie den Kopf, verzweifelte nie an dieser Hölle, sondern half und heilte, machte Krankenbesuche und hatte sogar eine Medikamentenfabrik errichtet. Außerdem hatte er erzählt, das Land der Unbekannten Väter sei nur ein Stück, ein kleiner Zipfel des früheren Imperiums, und auch die Hauptstadt sei damals eine andere gewesen. Sie liege dreihundert Kilometer weiter südlich, und noch heute gebe es dort beeindruckende Ruinen.

Die Tür sprang auf, und Maxim stürmte ins Zimmer – in kurzer Hose, flink, braungebrannt und offensichtlich ziemlich verärgert. Gai schmollte und blickte zum Fenster hinaus.

»Jetzt spiel mir nichts vor«, sagte Maxim. »Los, gehen wir.«

»Ich will nicht«, erwiderte Gai. »Hol doch alle der Teufel! Sie widern mich an, ich kann nicht.«

»Unsinn!«, schnitt ihm Maxim das Wort ab. »Wunderbare Menschen sind das. Sie schätzen dich. Benimm dich nicht wie ein Kleinkind.«

»Von wegen ›schätzen‹«, murrte Gai.

»Und wie sie dich schätzen! Erst neulich hat der Herzogprinz darum gebeten, dass du hierbleibst. ›Ich‹, hat er gesagt, ›sterbe bald, und es braucht einen richtigen Mann, um mich zu ersetzen.‹«

»Na ja, ersetzen ...«, knurrte Gai, spürte aber, wie sich seine Stimmung unwillkürlich besserte.

»Boschku hat mich auch angesprochen. Er hat Hemmungen, sich direkt an dich zu wenden. ›Gai sollte bei uns bleiben‹, meinte er, ›er könnte uns unterrichten und beschützen, er würde gute Jungs ausbilden.‹ Du weißt, wie Boschku redet?«

Gai errötete beinahe vor Freude, räusperte sich und murmelte – wobei er noch immer düster aus dem Fenster starrte: »Also schön. Soll ich die MP mitnehmen?«

»Nimm sie mit«, riet Maxim. »Kann alles Mögliche passieren.«

Gai klemmte sich die Maschinenpistole unter den Arm, und sie verließen das Zimmer – er voran, Maxim dicht hinter ihm. Sie stiegen die morsche Treppe hinunter, wichen den Kindern aus, die vor der Tür im Staub spielten, und gingen die Straße entlang zum Platz. Ach, »Straße«, »Platz« – davon existierten nur noch die Namen ... So viele Menschen waren auf einen Schlag umgekommen. Es hieß, früher sei hier eine große, schöne Stadt gewesen mit Museen, einem Theater, einem Zirkus, mit Hunderennen. Die Kirchen sollen besonders schön gewesen sein; aus aller Welt seien Leute gekommen, um sie anzusehen. Und jetzt – nichts als Müll. Man begreift nicht einmal, was sich früher wo befand. Anstelle des Zirkus gibt es einen Sumpf mit Krokodilen. In der ehemaligen U-Bahn leben jetzt Vampire, und nachts ist es gefährlich, durch die Stadt zu gehen. Diese Schweine! Sie haben das Land zugrunde gerichtet. Und nicht genug, dass sie die Menschen verstümmelt und niedergemetzelt haben – sie mussten auch noch Viecher aussetzen, die es hier nie zuvor gegeben hat. Und nicht nur hier.

Wie der Herzogprinz berichtete, lebten bis zum Krieg Tiere im Wald, die Hunden ähnelten – er hatte zwar vergessen, wie sie hießen, aber es waren intelligente, gutmütige Tiere. Sie verstanden alles, und sie zu dressieren war das reinste Vergnügen. Dann aber fing man an, sie für Kriegszwecke abzurichten: sich mit Minen unter Panzer zu legen, Verwundete wegzuschleppen, Behälter mit biologischen Kampfstoffen zum Gegner zu bringen und so weiter. Dann fand sich ein schlauer Bursche, der ihre Sprache entschlüsselte. Denn sie hatten tatsächlich eine Sprache, noch dazu eine ziemlich komplizierte. Sie ahmten gerne nach, und ihr Kehlkopf war so beschaffen, dass man einige von ihnen sogar die menschliche Sprache lehren konnte – nicht alles natürlich, doch fünfzig bis siebzig Wörter behielten sie. Auf jeden Fall waren es wundersame Tiere. Man sagt, sie seien ausgestorben. Wir hätten mit ihnen befreundet sein sollen, hätten voneinander lernen und uns gegenseitig helfen können. Aber nein, man brachte ihnen bei zu kämpfen, militärische Informationen des Gegners auszukundschaften. Und dann begann der Krieg, und man scherte sich nicht mehr um sie, überhaupt scherte man sich um gar nichts mehr. Schon tauchten die Vampire auf – ebenfalls Mutanten, aber keine menschlichen, sondern tierische und äußerst gefährlich. Für das Sondergebiet Süd wurde sogar ein Befehl ausgegeben, wie sie bekämpft werden sollten. Aber der Herzogprinz sagt gerade heraus: Mit uns allen hier geht's zu Ende, nur die Vampire werden überleben.

Gai fiel ein, wie Boschku und seine Jäger einmal einen Hirsch im Wald erlegt hatten, der auch von den Vampiren verfolgt worden war, so dass sie sich schließlich um die Beute schlugen. Aber was waren die Mutanten schon für Kämpfer: Jeder schoss einmal aus seiner uralten Flinte; dann warfen sie die Waffen weg, setzten sich hin und bedeckten ihre Augen mit den Händen, um das Sterben nicht mit ansehen zu müssen. Sogar Maxim war fassungslos. Das heißt, nicht fassungslos, aber auch er wollte nicht Hand anlegen. Also hatte ich allein in die Bresche zu springen. Als das Magazin leer war, nahm ich den Kolben. Gut, dass es nur sechs Vampire waren. Zwei haben wir erledigt, einer ist entwischt, und die übrigen drei, die verwundet und bewusstlos waren, fesselten wir, um sie am Morgen ins Dorf zu bringen und dort hinzurichten. In der Nacht aber bemerke ich, wie Maxim leise aufsteht und sich zu ihnen schleicht. Kauert eine Weile neben ihnen und kuriert sie, indem er ihnen die Hände auflegt. Dann bindet er sie los, und sie – nicht dumm – rennen so schnell sie können davon. Ich frage ihn: »Was machst du, Mak? Warum?« – »Weiß ich selbst nicht«, antwortet er, »ich fühle aber, dass man sie nicht hinrichten darf. Weder Menschen darf man hinrichten«, sagt er, »noch diese hier. Das sind keine Hunde – aber auch keine Vampire.«

Aber es geht ja nicht nur um die Vampire! Was es hier für Fledermäuse gibt! Die, zum Beispiel, die dem »Hexenmeister« dienen. Fliegendes Grauen ist das – keine Maus! Und wer trippelt nachts durch die Dörfer und stiehlt die Kinder? Dabei betritt er nicht einmal das Haus: Die Kinder kommen von allein, im Schlaf, zu ihm heraus. Zugegeben, das kann dummes Geschwätz sein, aber einiges habe ich auch schon gesehen. Ich weiß noch wie heute, wie der Herzogprinz uns den nächstgelegenen Einstieg zur Festung zeigen wollte. Wir gehen also hin. Vor uns liegt eine friedliche grüne Lichtung, darauf ein kleiner Hügel und darunter die Höhle. Als wir genauer hinsehen – Herr im Himmel! Die Wiese vor dem Schacht ist mit verendeten Vampiren übersät, mindestens zwanzig Stück. Aber nicht etwa verstümmelt oder verwundet; kein Tropfen Blut hängt am Gras. Und das Erstaunlichste: Maxim untersucht sie und meint, sie sind nicht tot, nur starr, als hätte sie jemand hypnotisiert. Wer denn?, fragt sich. Nein, diese Gegend ist schrecklich! Menschen können hier nur am Tage herumlaufen, und auch das nur mit äußerster Vorsicht. Ohne Maxim hätte ich längst das Weite gesucht, nur eine Staubwolke wäre von mir geblieben. Aber, ganz ehrlich: Wohin sollte ich gehen? Ringsum gibt es Wälder voller Ungetier, der Panzer liegt im Sumpf. Soll ich zurück zu meinen Kameraden? Es scheint am natürlichsten, sich zu den eigenen Leuten durchzuschlagen. Doch was sind das schon für »eigene« Leute! Genau betrachtet, sind sie auch nur Missgeburten oder Marionetten, da hat Maxim Recht. Was sind das für Menschen, wenn man sie lenken kann wie Maschinen? Nein, das ist nichts mehr für mich, es ist abscheulich.

Sie hatten den Platz erreicht – eine große, öde Fläche mit einem halb zerschmolzenen schwarzen Denkmal in der Mitte. Dann gingen sie auf das unversehrte Häuschen zu, in dem für gewöhnlich die Ältesten zusammentrafen, um Gerüchte auszutauschen, über die Aussaat und die Jagd zu beraten oder einfach ein bisschen zusammenzusitzen, zu dösen und den Erzählungen des Herzogprinzen über frühere Zeiten zu lauschen.

In einem großen, sauberen Zimmer warteten bereits die anderen. Keinen von ihnen mochte man ansehen. Sogar der Herzogprinz, der kein Mutant war, hatte ein Gesicht voller Brandnarben und war völlig entstellt. Maxim und Gai traten ein, grüßten und setzten sich in den Kreis, direkt auf den Fußboden. Boschku, der neben der Kochstelle hockte, nahm einen Kessel vom Feuer und schenkte jedem von ihnen einen guten, starken, wenn auch ungesüßten Tee ein. Gais Tasse war besonders schön, aus unbezahlbarem Königsporzellan. Er stellte sie vor sich hin, stützte den Kolben seiner MP zwischen die Knie, lehnte die Stirn gegen den gekerbten Lauf und schloss die Augen, um niemanden ansehen zu müssen.

Der Herzogprinz eröffnete die Versammlung. Er war weder Herzog noch Prinz, sondern der ehemalige Chefchirurg der

Festung. Als man diese seinerzeit mit Atombomben belegte, revoltierte die Garnison und hisste die weiße Flagge. So kam es, dass die eigenen Leute just über der weißen Flagge eine Kernsynthesebombe zündeten. Den richtigen Prinzen, ihren Kommandeur, rissen die Soldaten in Stücke, gerieten in Fahrt und erschlugen alle Offiziere dazu. Dann aber fiel ihnen ein, dass nun niemand mehr da war, um das Kommando zu übernehmen. Eine Truppenführung aber brauchten sie, denn der Krieg ging ja weiter, der Gegner würde angreifen, aber auch die eigenen Leute würden sie attackieren. Doch von den Soldaten kannte sich niemand in der Festung aus, so dass sie zu einer einzigen, gigantischen Falle wurde. Dann explodierten die bakteriologischen Bomben – das ganze Arsenal –, und eine Seuche brach aus. Kurz, die Hälfte der Soldaten floh in alle Himmelsrichtungen, von den Übrigen starben drei Viertel. Den Rest scharte der Chefchirurg um sich – ihn hatte man während des Aufruhrs verschont: Immerhin war er Arzt. Irgendwann fing man an, ihn den Prinzen oder den Herzog zu nennen, anfangs aus Spaß, später gewöhnte man sich daran, und Maxim sagte, um keine Frage offenzulassen: Herzogprinz.

»Freunde«, begann der Herzogprinz. »Wir haben heute Vorschläge unseres Freundes Mak zu erörtern. Sehr wichtige Vorschläge. Wie wichtig sie sind, könnt ihr daran ermessen, dass Hexenmeister selbst gekommen ist und vielleicht auch mit uns sprechen wird.«

Gai hob den Kopf. Tatsächlich: Den Rücken gegen die Wand gelehnt, saß Hexenmeister höchstselbst in einer Ecke. Sah man ihn an, überlief es einen eiskalt, doch ihn nicht anzusehen war unmöglich. Ein bemerkenswerter Mensch! Selbst Maxim schaute gewissermaßen zu ihm auf; einmal hatte er zu Gai gesagt: »Hexenmeister, Bruderherz, das ist jemand!« Hexenmeister war klein von Wuchs, untersetzt, gepflegt, hatte kurze, kräftige Arme und Beine und wirkte insgesamt nicht ganz so hässlich wie die anderen. Zumindest war er keine Missgeburt. Dichtes, kräftiges Haar bedeckte seinen riesigen Schädel wie ein silbriger Pelz, und sein kleiner Mund war seltsam geformt – so als pfiffe Hexenmeister immerzu durch die Zähne. Sein Gesicht wirkte trotz der Tränensäcke hager, und in den großen schmalen Augen saßen die Pupillen vertikal – wie bei einer Schlange. Hexenmeister sprach wenig, ging selten unter Menschen und wohnte allein in einem entlegenen Keller am Stadtrand. Wegen seiner außergewöhnlichen Fähigkeiten genoss er jedoch große Autorität. Erstens hielt man ihn für sehr klug – Hexenmeister wusste alles, obwohl er nicht älter war als zwanzig und die Stadt nie verlassen hatte. Gab es Probleme, trug man sie ihm demütig vor, um seinen Rat einzuholen. Meistens antwortete er nicht, was bedeutete, dass die Sache unwichtig war: Entscheide, wie du willst, es wird richtig verlaufen. Ging es aber um Lebenswichtiges – das Wetter, beispielsweise, oder die Frage, was wann zu säen sei –, äußerte er stets seine Meinung, und er hatte sich noch nie geirrt. Nur die Ältesten durften zu ihm, und sie schwiegen darüber, was sie dort erlebten. Man munkelte, dass Hexenmeister, selbst wenn er einen Rat gab, den Mund nicht öffnete, sondern die Leute nur ansah – und ihnen selbst klarwurde, was zu tun sei. Zweitens besaß er Macht über die Tierwelt. Niemals beanspruchte er Speisen oder Kleidung von der Gemeinschaft – mit allem versorgten ihn die Tiere, sowohl höher entwickelte als auch Frösche und Insekten. Seine wichtigsten Dienstboten aber waren die großen Fledermäuse, mit denen er sich, wie es hieß, verständigen konnte, so dass sie ihm gehorchten. Weiterhin wurde erzählt, er wisse Unerklärbares – Dinge, die zu begreifen unmöglich sei. Aber was Hexenmeister darüber sagte, schien Gai nur eine Ansammlung von Worten zu sein: schwarze Ödnis vor dem Aufflammen des Weltlichts; tote, eisige Wüste nach seinem Erlöschen; Endlosigkeit mit vielen Weltlichtern. Keiner wusste, was das bedeutete, Maxim aber wiegte den Kopf und brummte begeistert: »Was für ein Intellekt!«

Hexenmeister sah niemanden an. Der Nachtvogel auf seiner Schulter trat, blind und plump, von einem Bein aufs andere. Und von Zeit zu Zeit holte Hexenmeister Bröckchen aus der Tasche und schob sie ihm in den Schnabel; der Vogel erstarrte für einen Augenblick, reckte dann den Hals und schluckte.

»Es sind sehr wichtige Vorschläge«, fuhr der Herzogprinz fort, »und deshalb bitte ich euch, aufmerksam zuzuhören. Du, Boschku, koche recht starken Tee, mein Freund, denn wie ich sehe, nicken manche von euch schon ein. Das aber wollen wir verhindern. Nehmt alle Kraft zusammen, womöglich entscheidet sich jetzt euer Schicksal.«

Die Versammelten raunten zustimmend. Einen Glotzäugigen zerrten sie an den Ohren von der Wand weg, wo er es sich zum Schlafen bequem gemacht hatte, und setzten ihn in die erste Reihe. »Aber ich wollte doch gar nicht …«, murmelte er, »das war nur so, ich meine, man sollte sich kurz fassen, sonst habe ich, ehe es zum Ende kommt, den Anfang schon wieder vergessen.«

»Gut«, stimmte der Herzogprinz zu. »Also kurz: Die Soldaten drängen uns nach Süden, in die Wüste. Sie kennen kein Pardon und lassen nicht mit sich reden. Aus den Familien, die sich nach Norden durchzuschlagen versuchten, ist keiner zurückgekehrt. Wir müssen annehmen, dass alle umgekommen sind. Das heißt, in zehn, fünfzehn Jahren werden wir endgültig in die Wüste abgedrängt sein und dort, ohne Wasser und etwas zu essen, sterben. Man erzählt, dass dort auch Menschen leben. Ich glaube nicht daran, doch viele der verehrten Ältesten glauben es und versichern, die Wüstenbewohner seien genauso grausam und blutrünstig wie die Soldaten. Wir hingegen lieben den Frieden und können nicht kämpfen. Viele von uns werden sterben und den endgültigen Untergang wohl nicht mehr erleben. Aber jetzt führen wir das Volk und sind verpflichtet, nicht nur an uns, sondern auch an unsere Kinder zu denken. Boschku«, unterbrach er sich, »bitte reiche dem verehrten Bäcker etwas Tee. Mir scheint, er ist eingeschlafen.«

Man weckte den Bäcker, drückte ihm eine heiße Tasse in die fleckige Hand. Er verbrühte sich, schimpfte, und der Herzogprinz fuhr fort: »Unser Freund Mak zeigt einen Ausweg. Er kam von der Seite der Soldaten. Er hasst sie und sagt, dass wir von ihnen keine Gnade erwarten dürfen; sie alle wurden von ihren Tyrannen verdummt und sind besessen von dem Wunsch, uns zu vernichten. Anfangs wollte Mak uns bewaffnen und in den Kampf führen, doch er musste sich überzeugen, dass wir zu schwach dafür sind. Nun hat er beschlossen, zu den Wüstenbewohnern vorzudringen – auch er glaubt an sie – und sie dafür zu gewinnen, mit ihm gegen die Soldaten ins Feld zu ziehen. Was wird nun von uns verlangt? Wir sollen das Vorhaben billigen, die Wüstenbewohner durch unser Gebiet passieren lassen und sie, solange der Krieg andauert, mit Lebensmitteln versorgen. Zudem bittet unser Freund Mak, ihm zu erlauben, alle unsere Aufklärer, sofern sie dies wünschen, zu versammeln, damit er sie kämpfen lehrt und hinter die Blaue Schlange bringt, um dort den Aufstand zu beginnen. So steht es, kurz gesagt. Wir müssen uns jetzt entscheiden, und ich bitte um Wortmeldungen.«

Gai sah Maxim von der Seite an. Maxim saß mit untergeschlagenen Beinen da – groß, braungebrannt und unverrückbar wie ein Fels. Fast wirke er wie ein riesiger Akkumulator, der sich jeden Moment entladen konnte. Er starrte in den hintersten Winkel, zu Hexenmeister, spürte aber sofort Gais Blick und wandte ihm das Gesicht zu. Und auf einmal wurde Gai bewusst, dass Maxim nicht mehr derselbe war wie früher. Lange schon vermisste er das vertraute, strahlende Lächeln von früher; er sang keine Gebirgslieder mehr, und seine Augen, die einst zärtlich oder auf gutmütige Weise spöttisch gestrahlt hatten, waren hart geworden – und so starr, als gehörten sie nicht Maxim, sondern Rittmeister Tschatschu. Ebenso hatte Mak aufgehört, wie ein lustiger neugieriger Hund in allen Ecken herumzuschnüffeln. Er war zurückhaltend geworden, streng, beharrlich, sehr erwachsen und konzentriert, als ziele er auf einen ihm allein sichtbaren Punkt. Er hatte sich sehr verändert, seit man ihm ein ganzes Magazin aus einer schweren Armeepistole verpasst hatte. Früher empfand er Mitleid mit allen und jedem, jetzt aber dauerte ihn niemand. Vielleicht musste es so sein. Und trotzdem, eine fürchterliche Sache hatte er sich da ausgedacht! Ein Gemetzel würde das werden, ein unvorstellbares Blutbad.

»Irgendwie habe ich's nicht verstanden«, meldete sich eine kahlköpfige Missgeburt, der Kleidung nach kein Hiesiger. »Was will er eigentlich? Dass die Barbaren aus der Wüste zu uns kommen? Die werden uns doch alle ermorden, ich kenne sie! Sie werden alle erschlagen, keinen einzigen am Leben lassen!«

»Sie kommen entweder in friedlicher Absicht«, erläuterte Mak, »oder überhaupt nicht.«

»Lieber überhaupt nicht«, erwiderte der Glatzkopf. »Mit den Barbaren sollte man sich nicht einlassen. Da wäre es besser, gleich in die Maschinengewehre der Soldaten zu laufen. Man würde wenigstens wie von eigener Hand sterben; mein Vater war Soldat.«

»Das stimmt natürlich«, begann Boschku nachdenklich. »Aber andererseits wäre es ja auch möglich, dass die Barbaren die Soldaten vertreiben und uns nicht anrühren. Dann ginge es uns allen besser.«

»Warum sollen sie uns nicht anrühren?«, widersprach der Glotzäugige. »Seit jeher rühren alle uns an, und jetzt plötzlich nicht?«

»Er wird es doch mit ihnen besprechen«, erklärte Boschku. »So in etwa: Rührt die Waldbewohner nicht an oder bleibt, wo ihr seid.«

»Wer? Wer wird das besprechen?« Der Bäcker drehte sich um.

»Na, Mak. Mak wird eine Absprache mit ihnen treffen.«

»Ach, Mak. Nun, wenn Mak es tut, lassen sie uns vielleicht in Frieden.«

»Möchtest du Tee?«, fragte Boschku. »Schläfst ja ein, Bäcker.«

»Verschon mich mit deinem Tee!«

»Trink doch, wenigstens ein Tässchen. Ist doch nicht schwer.«

Der Glotzäugige stand abrupt auf. »Ich gehe«, sagte er. »Das hier führt zu nichts! Sie bringen Mak um, und uns verschonen sie erst recht nicht. Wozu auch? So oder so ist's bald aus mit uns. In meiner Gemeinschaft werden seit zwei Jahren keine Kinder mehr geboren. Bis ich sterbe, möchte ich in Ruhe leben, das genügt mir. Entscheidet, wie ihr denkt, mir ist alles gleich.«

Gekrümmt und unbeholfen stolperte er hinaus und fiel fast über die Schwelle.

»Ja, Mak.« Blutegel wiegte den Kopf. »Verzeih, aber wir glauben niemandem. Wie kann man den Barbaren trauen? Sie leben in der Wüste, kauen Sand, trinken Sand, grässliche Gestalten, wie aus Eisendraht geflochten, können weder lachen noch weinen. Was sind wir schon für sie? Moos unter den Füßen! Nehmen wir an, sie kommen und besiegen die Soldaten. Dann lassen sie sich hier nieder – und brennen uns den Wald ab. Denn was sollen sie damit? Sie lieben die Wüste. Jedenfalls wäre auch das für uns das Ende. Nein, ich traue dem nicht, ich glaub's nicht, Mak. Dein Vorhaben bringt nichts.«

»Stimmt«, pflichtete ihm der Bäcker bei. »Wir brauchen das nicht, Mak. Lass uns in Ruhe sterben, schone uns. Du hasst die Soldaten, willst sie vernichten, aber was haben wir damit zu tun? Wir hassen niemanden. Hab Erbarmen. Mit uns hatte noch nie jemand Mitleid. Und obwohl du ein guter Mensch bist, hast du auch keins. Ich habe doch Recht, was, Mak?«

Gai blickte wieder zu Maxim hinüber und wandte verwirrt die Augen ab.

Denn Maxim wurde rot. Er wurde so rot, dass ihm die Tränen rollten, senkte den Kopf und bedeckte das Gesicht mit einer Hand.

»Das stimmt nicht«, sagte er. »Ich bedaure euch. Aber eben nicht nur euch. Ich …«

»Nein, Mak«, fiel ihm der Bäcker ins Wort. »Du sollst *nur uns* bemitleiden. Wir sind die allerunglücklichsten Menschen der Welt, und du weißt das. Vergiss deinen Hass. Habe Mitleid, sonst nichts.«

»Wieso sollte er Mitleid haben«, ließ sich Haselnussstrauch vernehmen, der bis zu den Augen mit schmutzigen Binden umwickelt war. »Er ist doch selbst Soldat. Wann hätten denn je Soldaten mit uns gefühlt? Der Soldat ist noch nicht geboren, der sich erbarmen würde.«

»Aber, aber, meine Lieben!«, unterbrach ihn streng der Herzogprinz. »Mak ist unser Freund. Er will uns Gutes, unsere Feinde vernichten.«

»Doch heraus kommt dabei Folgendes«, meldete sich der kahlköpfige Fremde. »Sogar wenn wir annehmen, dass die Barbaren stärker sind als die Soldaten und diese schlagen, ihre verfluchten Türme zerstören und den gesamten Norden erobern. Sollen sie. Uns ist's darum nicht leid. Sollen sie sich gegenseitig abschlachten. Aber: Was nützt uns das? Mit uns ist es dann endgültig vorbei, denn dann haben wir im Süden Barbaren und im Norden Barbaren, und über uns auch. Nur – sie brauchen uns nicht, und deshalb werden sie uns alle umbringen. Das ist die eine Variante. Jetzt nehmen wir an, die Soldaten wehren den Angriff der Barbaren ab und werfen sie zurück. Dann rollt dieser ganze Krieg über uns hinweg nach Süden. Was dann? Ebenfalls Ende: im Norden Soldaten, im Süden Soldaten und über uns auch. Und die Soldaten kennen wir.«

Die Versammelten lärmten und redeten durcheinander. Der Kahlkopf habe es richtig dargelegt, alles stimme … Er aber war noch nicht fertig.

»Lasst mich doch ausreden!«, rief er aufgebracht. »Was macht ihr für einen Lärm? Das ist ja nicht alles! Es gibt noch die Möglichkeit, dass sich Soldaten und Barbaren gegenseitig abschlachten. Dann, scheint es, könnten wir leben. Doch nein, es klappt wieder nicht. Wegen der Vampire! Solange die Soldaten da sind, verstecken sie sich. Sie fürchten die Kugeln, denn die Soldaten haben Befehl, auf die Vampire zu schießen. Sind aber die Soldaten nicht mehr am Leben, besteht für uns keine Rettung. Die Vampire fressen uns mit Haut und Haaren auf.«

Dieser Gedanke traf die Anwesenden wie ein Blitz.

»Recht hat er«, tönten Stimmen. »Wie schlau sie aber auch sind, dort, in ihren Sümpfen … Ja, Brüder, die Vampire haben wir vergessen. Aber sie schlafen nicht, sie warten, bis ihre Zeit gekommen ist. Soll's laufen, wie es läuft, Mak, wir brauchen das nicht. Zwanzig Jahre lang haben wir mehr schlecht als recht gelebt und werden noch zwanzig durchhalten, vielleicht länger.«

»Auch die Aufklärer haltet von ihm fern!«, begann der Kahle noch einmal. »Selbst wenn sie es anders wollen. Ihnen ist alles gleich, sie wohnen ja nicht einmal zu Hause. Sechsfinger steckt Tag und Nacht drüben, plündert dort und trinkt – es ist eine Schande! Sie haben's gut, brauchen die verfluchten Türme nicht zu fürchten, denn sie kriegen keine Schmerzen. Doch was wird aus der Gemeinschaft? Das Wild zieht nach Norden. Wer anders kann es uns von dort zutreiben als die Aufklärer? Gebt sie ihm nicht! Nehmt sie lieber an die Kandare, sie sind schon außer Rand und Band! Verüben dort Morde, entführen Soldaten und quälen sie, als wären das keine Menschen. Lasst sie nicht gehen! Sie schlagen noch ganz über die Stränge.«

»Nicht fortlassen, nicht fortlassen«, bekräftigte die Menge. »Was sollen wir ohne sie machen? Wir haben sie geboren und großgezogen, sie mit Essen und Trinken versorgt, das müssen sie doch fühlen; aber nein, sie schauen weg und tun einfach, was sie wollen.«

Der Glatzköpfige beruhigte sich endlich, sank auf seinen Platz und schlürfte gierig den kalt gewordenen Tee. Auch die anderen wurden still, saßen reglos da und waren bemüht, Maxim nicht anzusehen.

Boschku nickte verzagt. »Wie unglückselig aber auch unser Leben ist! Nirgendwoher kommt Rettung. Was haben wir nur getan, und wem?«

»Unsere Geburt war sinnlos, daran liegt's«, sagte Haselnussstrauch. »Gedankenlos hat man uns in die Welt gesetzt, zur Unzeit.« Er hielt seine leere Tasse hoch. »Auch wir zeugen ohne Notwendigkeit. Für den Untergang. Ja, ja, für den Untergang.«

»Das Gleichgewicht«, krächzte plötzlich jemand laut. »Ich habe es Ihnen bereits gesagt, Mak. Aber Sie wollten mich nicht verstehen.«

Es war nicht festzustellen, woher diese Stimme kam. Alle schwiegen, die Augen leidvoll niedergeschlagen. Nur der Vogel auf Hexenmeisters Schulter trippelte hin und her und klappte seinen gelben Schnabel auf und zu. Hexenmeister selbst bewegte sich nicht, hielt die Lider geschlossen und die trockenen schmalen Lippen zusammengepresst.

»Ich hoffe, nun begreifen Sie!« Es schien, als führe der Vogel fort. »Sie wollen dieses Gleichgewicht stören. Schön, das wäre möglich, es liegt in Ihrer Macht. Aber man fragt sich: wozu? Bittet Sie jemand darum? Sie haben richtig entschieden, als Sie sich an die Ärmsten und Unglücklichsten wandten, an Menschen, die im Gleichgewicht der Kräfte die schwächste Position haben. Aber nicht einmal sie möchten dieses Gleichgewicht stören. Wer oder was leitet Sie also?«

Der Vogel plusterte sich auf und steckte den Kopf unter den Flügel, die Stimme aber dröhnte weiter, und nun wurde Gai bewusst, dass Hexenmeister sprach, ohne den Mund zu öffnen oder auch nur einen Muskel im Gesicht zu verziehen. Es war unheimlich, nicht nur für Gai, sondern für alle Anwesenden, sogar für den Herzogprinzen. Einzig Mak musterte Hexenmeister finster und sogar herausfordernd.

»Die Ungeduld des alarmierten Gewissens!«, deklamierte Hexenmeister. »Ihr Gewissen ist verwöhnt durch Ihre ständige Aufmerksamkeit! Es stöhnt schon beim kleinsten Mangel, und Ihr Verstand beugt sich ihm ehrfürchtig, statt es zornig in seine Schranken zu weisen. Kaum empört es sich über eine bestehende Ordnung der Dinge, sucht er gehorsam und eilfertig Wege, um diese Ordnung zu verändern. Doch die Ordnung folgt ihren eigenen Gesetzen; und diese resultieren aus den Bestrebungen riesiger Menschenmassen. Will man also die Ordnung ändern, muss man bei den Bestrebungen anfangen. Folglich haben wir auf der einen Seite die Bestrebungen der Massen, andererseits aber Ihr Gewissen, das Ihre Bestrebungen widerspiegelt. Ihr Gewissen drängt Sie, die Dinge umzuordnen – was bedeutet, die Gesetzmäßigkeiten einer Ordnung zu verletzen, die aus dem Streben der Masse entstanden sind; das aber heißt, die Bestrebungen von Millionen nach dem Bild und der Analogie Ihres eigenen Trachtens zu wandeln. Das ist lächerlich und antihistorisch. Ihr vom Gewissen umnebelter, betäubter Verstand hat seine Fähigkeit verloren, das reale Wohl der Menge von einem imaginären, durch Ihr Gewissen diktierten Wohl zu unterscheiden. Seinen Verstand jedoch muss man klar halten. Wenn Sie das nicht wollen oder nicht können – umso schlimmer für Sie! Und nicht nur für Sie. Sie werden einwenden, in der Welt, aus der Sie kamen, könne man ohne reines Gewissen nicht leben. Dann hören Sie auf zu leben! Das wäre kein schlechter Ausweg – sowohl für Sie als auch für andere.«

Hexenmeister verstummte, und alle Köpfe drehten sich zu Maxim. Gai hatte nicht recht fassen können, was diese Rede bedeutete. Wahrscheinlich war sie der Nachhall eines alten Streits, und bestimmt hielt Hexenmeister Maxim für einen klugen, aber launischen Menschen, der eher seinen Grillen folgte als der Notwendigkeit. Das kränkte. Maxim war zwar ein merkwürdiger Mensch, aber er schonte sich nie, wollte allen immer Gutes tun – nicht aus einer Laune heraus, sondern aus tiefster Überzeugung. Freilich, die vierzig Millionen, die durch die Strahlen verdummt waren, wünschten keinerlei Veränderung. Aber sie wurden an der Nase herumgeführt. Das war ungerecht.

»Ich kann Ihnen nicht zustimmen«, widersprach Maxim kalt. »Brennt das Gewissen, stellt es dadurch Aufgaben, die der Verstand zu erfüllen hat. Das Gewissen zeigt Ideale, der Verstand sucht Wege zu ihnen. Das ist ja gerade seine Aufgabe! Ohne Gewissen würde er nur für sich arbeiten, leerlaufen. Was aber den Widerspruch zwischen meinem Streben und dem der Masse angeht – es gibt ein eindeutiges Leitbild: geistige und physische Freiheit des Menschen. In dieser Welt sind sich die Massen dieses Ziels noch nicht bewusst, und der Weg dorthin ist schwer. Aber irgendwann muss man beginnen. Gerade Menschen mit einem aufmerksamen Gewissen sollten die Massen wachrütteln, sie nicht in einem viehischen Zustand schlafen lassen, sondern zum Kampf gegen die Unterdrückung führen. Selbst wenn die Massen diese Unterdrückung nicht empfinden.«

»Richtig«, Hexenmeister stimmte unerwarteterweise bereitwillig zu, »das Gewissen zeigt tatsächlich Ideale. Aber sie heißen eben deshalb Ideale, weil sie in krassem Missverhältnis zur Realität stehen. Und darum sucht der Verstand, der kalte, ruhige Verstand, wenn er ans Werk geht, Mittel, um diese Ideale zu erreichen. Wenn sich dann zeigt, dass sich diese Mittel nicht in den Rahmen der Ideale fügen, muss man diesen Rahmen erweitern und das Gewissen ein wenig dehnen, korrigieren, anpassen. Nur das will ich sagen, nur das wiederhole ich: Man darf sein Gewissen nicht zu sehr hätscheln, sondern muss es so oft wie möglich dem rauen Wind der Realität aussetzen, ohne Furcht, dass es Flecken oder eine harte Kruste bekommen könnte. Aber das wissen Sie selbst. Sie haben nur noch nicht gelernt, die Dinge bei ihren Namen zu nennen. Aber auch das werden Sie lernen. Jetzt hat Ihnen Ihr Gewissen die Aufgabe gestellt, die Tyrannei der Unbekannten Väter zu stürzen. Der Verstand hat die Situation analysiert und vorgeschlagen: Weil es keine Möglichkeit gibt, die Gewaltherrschaft von innen zu beenden, zerschlagen wir sie von außen, hetzen die Barbaren auf sie. Mögen sie dabei die Waldbewohner zertreten, mögen sich in der Blauen Schlange die Leichen dammhoch türmen, soll doch ein großer Krieg kommen, der, vielleicht!, zum Sturz der Despoten führt – das alles dient schließlich einem edlen Ideal. Also gut, hat das Gewissen stirnrunzelnd zugestimmt, muss ich für die edle Sache eben ein bisschen verrohen.«

»Massaraksch!«, zischte Maxim, tiefrot im Gesicht und böse, wie Gai ihn nie gesehen hatte. »Ja, Massaraksch! Ja! Alles ist genau so, wie Sie es sagen. Was bleibt mir anderes übrig? Jenseits der Blauen Schlange sind die Menschen wandelnde Holzklötze. Vierzig Millionen Sklaven.«

»Richtig, richtig«, pflichtete Hexenmeister bei. »Eine andere Sache aber ist, dass Ihr Plan als solcher nichts taugt. Die Barbaren werden an den Türmen scheitern und zurückweichen, und unsere Aufklärer sind ohnehin zu nichts Ernsthaftem in der Lage. Mit Ihrem Plan könnten Sie sich genauso gut mit dem Inselimperium verbünden ... Aber darum geht es nicht. Ich fürchte, Sie kommen überhaupt zu spät, Mak. Sie hätten vor fünfzig Jahren herkommen sollen, als es noch keine Türme gab und keinen Krieg, als noch Hoffnung bestand, seine Ideale an Millionen weiterzugeben. Jetzt gibt es diese Hoffnung nicht mehr, jetzt ist das Zeitalter der Türme gekommen. Es sei denn, Sie schleppen diese Millionen einzeln hierher, wie Sie den Jungen mit der MP hergeschleppt haben. Glauben Sie jetzt nicht, ich wollte Ihnen etwas ausreden. Ich sehe deutlich, Sie sind stark, Sie sind eine Kraft, Maxim. Und allein Ihre Anwesenheit in unserer kleinen Welt bedeutet schon eine Störung ihres Gleichgewichts. Also handeln Sie! Doch möge Ihr Gewissen Sie nicht daran hindern, klar zu denken, und möge Ihr Verstand sich nicht scheuen, es nötigenfalls beiseitezuschieben. Außerdem rate ich Ihnen, an Folgendes zu denken: Wie es in Ihrer Welt ist, weiß ich nicht, bei uns aber bleibt keine Kraft lange ohne einen Herren. Es wird sich jemand finden, der versucht, Sie willfährig zu machen, zu unterwerfen – unbemerkt oder unter einem passenden Vorwand. Das war's, was ich sagen wollte.«

Hexenmeister erhob sich unerwartet gewandt, und der Vogel auf seiner Schulter setzte sich und spreizte die Flügel. Dann ging er mit leichtem, gleitendem Schritt an der Wand entlang und verschwand hinter der Tür. Und sofort folgten ihm die Versammelten: ächzend, stöhnend, schwer atmend, ohne von dem Gesagten viel verstanden zu haben, doch augenscheinlich froh, dass alles beim Alten blieb. Dass Hexenmeister ein gefahrvolles Unterfangen verhindert, also Mitleid mit ihnen gezeigt hatte und nicht zuließ, dass man sie kränkte. Dass sie nun weiterleben konnten wie bisher, zumal noch eine Ewigkeit vor ihnen lag, zehn Jahre etwa, womöglich mehr. Als Letzter verschwand Boschku mit seinem leeren Teekessel. Nur Gai, Maxim und der Herzogprinz blieben im Zimmer, und in einer Ecke, von der geistigen Anstrengung ermattet und in tiefem Schlaf, der Bäcker. Gais Kopf war verwirrt, seine

Seele auch. Begriffen hatte er nur eins: die Unseligkeit seines Lebens. In der ersten Hälfte war er eine Marionette gewesen, ein Hampelmann in jemandes Händen, und den Rest musste er anscheinend als heimatloser Vagabund zubringen, ohne Freunde, ohne Zukunft.

»Sind Sie jetzt sehr niedergeschlagen, Mak?«, fragte der Herzogprinz schuldbewusst.

»Nein, nein, nicht sehr«, antwortete Maxim. »Eher umgekehrt: Ich bin erleichtert. Hexenmeister hat Recht, mein Gewissen ist noch nicht bereit für solche Unternehmungen. Wahrscheinlich muss ich noch länger umherziehen, mich umschauen. Das Gewissen trainieren.« Er lachte unangenehm. »Was würden Sie mir raten, Herzogprinz?«

Der Alte stand ächzend auf, rieb sich die mittlerweile taub gewordenen Hüften und wanderte durch das Zimmer.

»Erstens rate ich Ihnen, nicht in die Wüste zu gehen«, begann er. »Sogar wenn es Barbaren gibt, finden Sie dort nicht, was Sie brauchen. Vielleicht lohnt es sich aber tatsächlich, Kontakt zu den Inselbewohnern zu knüpfen, wie Hexenmeister vorgeschlagen hat – obwohl ich, ehrlich gesagt, nicht weiß, wie das zu bewerkstelligen wäre. Wahrscheinlich müsste man zum Meer vordringen und dort beginnen – sofern das Inselimperium nicht auch ein Mythos ist und man zudem nicht weiß, ob seine Bewohner überhaupt mit Ihnen reden wollen. Am besten fände ich, Sie würden in den Norden zurückkehren und dort im Alleingang handeln. Bedenken Sie, was Hexenmeister gesagt hat: Sie sind stark, Sie sind eine Kraft, und jeder wird versuchen, diese Kraft für seine Zwecke zu nutzen. Die Geschichte unseres Reichs kennt nicht wenige Fälle, in denen es starke und mutige Einzelgänger bis auf den Thron geschafft haben. Wenn auch gerade sie es waren, die dann die grausamsten Traditionen der Tyrannei begründet haben. Aber das betrifft Sie ja nicht, Sie sind nicht so und werden es kaum werden. Wenn ich Sie recht verstehe, ist auf einen Aufstand der Massen nicht zu hoffen, also kommt ein Bürgerkrieg – wie auch der Krieg überhaupt – nicht infrage. Sie sollten allein handeln, als Diversant. Es ist richtig, was Sie sagen: Das System der Türme muss über eine Zentrale verfügen. Und wer sie beherrscht, hält die Macht im Norden in den Händen. Das sollten Sie sich gut merken.«

»Ich fürchte, das ist nichts für mich«, sagte Maxim zögernd. »Ich kann nicht erklären, warum, aber ich weiß es. Ich will diese Zentrale nicht beherrschen. In einem allerdings haben Sie Recht: Mir bleibt weder hier noch in der Wüste etwas zu tun. Die Wüste ist zu weit entfernt, und hier gibt es niemanden, auf den ich mich stützen könnte. Ich muss noch viel kennenlernen: Pandea, Honti, die Berge, das Inselimperium. Haben Sie von den weißen Submarines gehört? Nein? Aber ich habe davon gehört, auch Gai. Und wir kennen einen, der sie gesehen und gegen sie gekämpft hat. Das heißt: Sie können kämpfen. Also gut.« Maxim sprang auf. »Wir wollen keine Zeit verlieren. Danke, Herzogprinz. Sie haben uns sehr geholfen. Gehen wir, Gai.«

Sie traten auf den Platz hinaus und blieben vor dem angeschmolzenen Denkmal stehen. Traurig sah Gai sich um. Die gelben Ruinen flirrten vor Hitze, es war dunstig und schwül, es stank, und doch mochte er diese Welt nicht verlassen. Sie war schrecklich, aber schon so vertraut. Er hatte keine Lust, sich wieder durch die Wälder zu schleppen und sich all den dunklen Zufällen auszusetzen, die einen dort auf Schritt und Tritt erwarteten. Lieber würde er in sein winziges Zimmer zurückkehren, mit der kahlköpfigen Tanga spielen, ihr endlich das versprochene Pfeifchen aus einer leeren Patronenhülse basteln … Jawohl, Massaraksch, für das arme Mädchen wäre ihm ein Schuss in die Luft nicht zu schade.

»Wohin wollen Sie jetzt gehen?«, fragte der Herzogprinz, wobei er sein Gesicht mit dem abgetragenen, verblichenen Hut gegen den Staub schützte.

»Nach Westen«, antwortete Maxim. »Zum Meer. Ist das weit von hier?«

»Dreihundert Kilometer.« Der Herzogprinz wurde nachdenklich. »Und man muss durch stark verseuchte Gebiete. Hören Sie, vielleicht machen wir es so ...« Dann verstummte er plötzlich und schwieg. Gai trat schon ungeduldig von einem Bein aufs andere. Maxim aber hatte es nicht eilig, er wartete. »Ach, wozu brauch ich es«, sagte schließlich der Herzogprinz. »Um ehrlich zu sein, habe ich es für mich bewahrt. Ich dachte, wenn es ganz schlimm kommt, wenn die Nerven versagen, setze ich mich rein und fliege nach Hause, selbst wenn man mich dort erschießt. Aber was soll es jetzt noch, es ist zu spät.«

»Ein Flugzeug?« Maxim blickte den Herzogprinz voller Hoffnung an.

»Ja. Der ›Bergadler‹. Sagt Ihnen dieser Name etwas? Nein, natürlich nicht. Und Ihnen, junger Mann? Auch nicht. Seinerzeit war das der berühmteste Bomber, meine Herren. Seiner Kaiserlichen Hoheit Prinz Kirnus persönlicher Vier-Goldbanner-Leibbomber ›Bergadler‹. Ich erinnere mich, die Soldaten mussten das auswendig lernen. ›Soldat Sowieso, nenne den persönlichen Bomber Seiner Kaiserlichen Hoheit!‹ Und er sagte es auf, ja, diesen Bomber habe ich. Erst wollte ich damit die Verwundeten evakuieren, doch es waren zu viele. Dann, als sie alle tot waren ... Ach, was soll ich's erzählen. Nehmen Sie ihn, mein Freund. Fliegen Sie. Der Treibstoff reicht für halb um die Welt.«

»Danke«, sagte Maxim. »Danke, Herzogprinz. Ich werde Sie nie vergessen.«

»Was heißt, mich ...«, murmelte der Alte. »Wenn Sie etwas erreichen, mein Freund, dann vergessen Sie diese Leute hier nicht.«

»Ich erreiche etwas«, versprach Maxim. »Ich schaffe es, Massaraksch! Es muss klappen, Gewissen hin, Gewissen her. Und ich vergesse nie jemanden.«

16

Gai war noch nie mit einem Flugzeug geflogen, und es war überhaupt das erste Mal, dass er eines sah. Polizeihubschrauber oder die Flugplattformen des Stabs waren ihm öfter vor Augen gekommen. Einmal hatte er sogar an einer Razzia aus der Luft teilgenommen; seine Gruppe war einfach in einen Hubschrauber verfrachtet und an der Chaussee wieder abgesetzt worden. Dort drängte ein Haufen Sträflinge, die wegen der schlechten Verpflegung rebellierten, in Richtung Brücke. Dieser Flug war Gai in sehr unangenehmer Erinnerung geblieben, denn der Hubschrauber war sehr niedrig geflogen und hatte sie dermaßen durchgeschüttelt, dass sich ihnen fast die Eingeweide umstülpten. Hinzu kamen das ohrenbetäubende Getöse des Rotors, der Benzingestank und das Maschinenöl, das von überallher spritzte.

Aber das hier war etwas ganz anderes.

Der »Bergadler«, Leibbomber Seiner Kaiserlichen Hoheit, versetzte Gai in Erstaunen. Es war ein ungeheures Vehikel, und er konnte sich beim besten Willen nicht vorstellen, dass es überhaupt in die Luft aufsteigen könnte. Der schmale Rumpf, verziert mit zahlreichen goldenen Emblemen, war lang wie eine Straße. Ehrfurchtgebietend und majestätisch breiteten sich die mächtigen Tragflächen aus, unter denen eine ganze Brigade hätte Unterschlupf finden können. Sie waren dachhoch, und dennoch berührten die Blätter der sechs riesigen Propeller beinahe die Erde. Der Bomber stand auf drei Rädern, jedes davon mehr als fünf Meter hoch, zwei Räder trugen den Bug, das dritte stützte das Heck. Wie ein silbernes Band ragte eine leichte Aluminiumleiter hinauf in die schwindelerregende Höhe der gläsern glänzenden Pilotenkabine. Ja, es war ein würdiges Symbol des alten Imperiums, ein Symbol großer Vergangenheit, ein Symbol der Macht über den ganzen Kontinent. Gai hatte den Kopf in den

Nacken geworfen, seine Knie wurden weich, er zitterte vor Ehrfurcht – und war wie vor den Kopf geschlagen, als Mak plötzlich sagte: »Das ist 'ne Kiste, Massaraksch! Entschuldigen Sie, Herzogprinz, ist mir so rausgerutscht.«

»Ein anderes habe ich nicht«, erwiderte der Herzogprinz trocken. »Aber es ist der beste Bomber der Welt. Seinerzeit hat Seine Kaiserliche Hoheit mit ihm ...«

»Ja, ja, selbstverständlich«, stimmte Maxim eilig zu. »Ich war nur so überrascht.«

Oben in der Kabine kannte Gais Entzücken keine Grenzen. Nicht nur, dass sie rundherum verglast war – hinzu kamen die vielen ihm unbekannten Instrumente, erstaunlich bequeme und weiche Sessel, mysteriöse Hebel und Schalter, Bündel verschiedenfarbiger Kabel, und merkwürdige Helme, wie er sie nie zuvor gesehen hatte, lagen für sie bereit. Der Herzogprinz gab Maxim hastig ein paar Instruktionen, wobei er auf die Instrumente zeigte und die Hebel bewegte. Zerstreut murmelte Mak: »Ja, schon klar, schon klar ...« Gai hatten sie in einen Sessel gesetzt und ihm die Maschinenpistole auf die Knie gelegt, damit sie, Gott behüte, ja keine Schramme abbekäme. So saß er da, machte große Augen und schaute überwältigt von einer Seite der Kabine zur anderen.

Der Bomber stand in einem alten, heruntergekommenen Hangar am Waldrand; davor erstreckte sich ein großes und vollkommen ebenes graugrünes Feld – ohne den kleinsten Hügel, den kleinsten Busch; dahinter, etwa fünf Kilometer entfernt, begann wieder Wald. Und über all dem lag der weiße Himmel, der vom Pilotensitz aus ganz nahe schien, nur einen Steinwurf entfernt. Gai war sehr aufgeregt und hatte später fast keine Erinnerung mehr an den Abschied vom Herzogprinzen. Der Alte sagte wohl etwas, und Maxim sagte etwas, sie lachten auch, der Herzogprinz vergoss ein paar Tränen, das Türchen schlug zu. Gai bemerkte plötzlich, dass er schon mit einem breiten Gurt angeschnallt war, und sah, wie Maxim im Nachbarsessel flink und sicher ein paar Hebel und Tasten bediente.

Die Messgeräte leuchteten auf, es knallte, rumorte, knatterte, die Kabine bebte, und lautes Dröhnen erfüllte alles ringsum. Der Herzogprinz, klein, weit unten inmitten der niedergedrückten Sträucher und des sich wellenden Grases, griff mit beiden Händen nach seinem Hut und wich zurück. Gai drehte sich um. Die riesigen Propellerblätter waren verschwunden, zu trüben Kreisen verschmolzen, und auf einmal geriet das große Feld dort unten in Bewegung und glitt ihnen entgegen, schneller und schneller. Fort war der Herzogprinz, fort der Hangar – es gab nur noch das Feld, das ungestüm auf sie zuraste, erbarmungsloses Rütteln, Donnern und Tosen ... Als Gai mühsam den Kopf wandte, merkte er entsetzt, dass die gigantischen Flügel gleichmäßig schlingerten und jeden Augenblick abzubrechen drohten – aber plötzlich hörte das Rütteln auf, das Feld stürzte in die Tiefe, und ein watteweiches Gefühl durchflutete Gai vom Kopf bis zu den Füßen. Und dann war das Feld schon nicht mehr zu sehen, auch der Wald war weg, verwandelt in eine schwarzgrüne Bürste, eine endlose Flickendecke, und diese Decke blieb langsam zurück. Und da begriff Gai, dass er flog.

Begeistert blickte er zu Maxim hinüber. Mak hatte den linken Arm lässig auf die Seitenlehne gestützt und bewegte mit der rechten Hand sacht den größten und wohl wichtigsten Hebel. Seine Augen waren zusammengekniffen, die Lippen geschürzt, so als pfiffe er. Ja, er war ein großer Mensch. Groß und unerreichbar. Wahrscheinlich kann er alles, überlegte Gai. Er steuert diese komplizierte Maschine, obwohl er sie heute zum ersten Mal im Leben sieht. Das ist ja schließlich kein Panzer oder Lastwagen, sondern ein Flugzeug – einer der legendären Bomber. Ich wusste nicht mal, dass es sie noch gibt. Er aber geht damit um wie mit einem Spielzeug, als hätte er sein Lebtag nichts anderes getan, als durch die Luft zu fliegen. Unbegreiflich! Einerseits scheint vieles hier für ihn neu zu sein, andererseits aber kann er sich augenblicklich darauf einstellen und das Nötige tun. Und das nicht nur bei Maschinen. Nicht nur sie erkennen in ihm sofort ihren Meister. Hätte er es gewollt, wäre auch Rittmeister Tschatschu Arm in Arm mit ihm gegangen. Hexenmeister, den man vor Angst kaum anzusehen wagt, betrachtet ihn als seinesgleichen. Und der Herzogprinz, Oberst, Chefchirurg – ein Aristokrat, kann man sagen, hat sofort etwas Hoheitsvolles in ihm gespürt. Hat ihm so ein Flugzeug anvertraut, sogar geschenkt. Und ich wollte ihm Rada geben. Was ist sie schon für ihn? Eine flüchtige Schwärmerei. Braucht er etwa Rada? Eine Gräfin müsste es sein oder eine Prinzessin. Aber mit mir hat er sich angefreundet, ausgerechnet. Würde er jetzt verlangen, dass ich mich hinunterstürzte – schon möglich, dass ich spränge. Weil er es ist, Maxim! Und was ich durch ihn schon alles gesehen und kennengelernt habe, so viel sieht und erfährt man sonst im Leben nicht. Und es wird noch mehr werden, und wie viel ich noch von ihm lernen kann.

Maxim fühlte Gais Blicke auf sich ruhen, spürte seine Begeisterung und Ergebenheit. Er wandte ihm das Gesicht zu, lächelte breit, so wie früher, und Gai konnte sich nur mühsam zurückhalten, Maxims mächtige braungebrannte Pranke zu packen, sie an sich zu drücken und dankbar zu küssen. O mein Gebieter, mein Schild und mein Stolz, befiehl – ich stehe vor dir, bin hier, bin bereit. Ich schleudre mich ins Feuer, lass mich eins werden mit der Flamme. Tausenden von Feinden, weit aufgerissenen Rachen, Millionen von Kugeln entgegen. Wo sind sie, wo sind deine Gegner? Wo sind diese abscheulichen Schwachköpfe in ihren grässlichen schwarzen Uniformen? Wo ist dieser boshafte Winzling von Offizier, der gewagt hat, die Hand gegen dich zu erheben? O du schwarzer Schurke, ich zerfetze dich mit meinen Nägeln, ich beiße dir die Kehle durch – aber nicht jetzt, nein. Mein Herrscher befiehlt, er möchte etwas von mir. Mak, Mak, ich beschwöre dich, schenk mir dein Lächeln wieder, warum lächelst du nicht mehr? Ja, ja, ich bin dumm, ich verstehe dich nicht, ich höre dich nicht, hier ist es so laut, deine gehorsame Maschine dröhnt. Ach, darum geht es, Massaraksch, was bin ich für ein Idiot, ja, natürlich, der Helm. Ja, ja, sofort. Ich begreife, hier ist der Helm, wie im Panzer. Ich höre, Herrlicher! Befiehl! Nein, nein, ich will nicht zur Besinnung kommen! Mir geschieht nichts Schlimmes, ich bin nur ganz der Deine, möchte sterben für dich, befiehl! Ja, ich werde schweigen, ich halte den Mund. Es zerreißt mir die Lunge, doch ich werde still sein, da du es sagst. Ein Turm? Was für ein Turm? Ah, ja, ich sehe ihn. Diese schwarzen Verbrecher, diese gemeinen Menschenfresser, Kindermörder, überall haben sie diese Türme hingesetzt, aber wir werden sie hinwegfegen, sie mit ehernem Stiefel und in den Augen Glut zertreten. Steure dein gehorsames Flugzeug zu dem schändlichen Turm und gib mir eine Bombe, ich springe mit ihr ab, ich werde ihn nicht verfehlen, du wirst sehen! Eine Bombe gib mir, eine Bombe! Ins Feuer! Oh! Oooh!

… Gai atmete schwer und zerrte am Kragen seines Overalls. Seine Ohren klangen, die Welt vor den Augen schwankte und verschwamm. Noch lag sie im Nebel, aber er löste sich rasch auf. Nur die Muskeln schmerzten noch, und es kratzte unangenehm im Hals. Dann sah Gai Maxims Gesicht, es war dunkel, finster, fast brutal. Die Erinnerung an etwas Wonnevolles tauchte in ihm auf und verflog im selben Augenblick wieder. Dafür hatte Gai jetzt das große Bedürfnis, die Hacken zusammenzuschlagen und strammzustehen. Aber er begriff, dass das unpassend war, und auch, dass Maxim sich ärgerte.

»Habe ich was angestellt?«, fragte er schuldbewusst und blickte sich zaghaft um.

»*Ich* habe was angestellt«, antwortete Maxim. »Ich hatte diesen Mist ganz vergessen.«

»Was denn?«

Maxim drehte sich wieder zum Steuerpult, legte die Hand auf einen Hebel und sah nach vorn.

»Die Türme«, sagte er schließlich.

»Was für Türme?«

»Ich habe zu weit nach Norden gehalten«, knurrte Maxim. »Wir sind in einen Strahlenstoß geraten.«

Gai wurde verlegen. »Hab ich die Hymne gegrölt?«

»Schlimmer«, erwiderte Maxim. »Aber lassen wir das. Von nun an passen wir besser auf.«

Gai wandte sich voller Scham ab, versuchte sich zu erinnern, was er getan hatte, und betrachtete die Welt, die unter ihm lag. Türme waren nicht mehr zu sehen, ebenso wenig der Hangar und das Feld, von dem aus sie aufgestiegen waren. Die Flickendecke rutschte langsam unter ihnen weg, und dann kam ein Fluss, eine trübe, metallisch blinkende Schlange, die weiter vorne ganz im Nebel verschwand. Und irgendwo dort musste das Meer wie eine Wand zum Himmel emporragen … Was habe ich nur zusammengeschwatzt?, dachte Gai. Großen Blödsinn wahrscheinlich, denn Maxim ist sehr verstimmt und beunruhigt. Massaraksch, womöglich sind meine Angewohnheiten aus der Gardistenzeit wieder hervorgebrochen, und ich habe ihn gekränkt? Wo ist nur dieser verfluchte Turm! Die Gelegenheit wäre günstig, eine Bombe darauf zu werfen.

Plötzlich schlingerte das Flugzeug. Gai biss sich auf die Zunge, und Maxim umklammerte den Hebel jetzt mit beiden Händen. Irgendetwas stimmte nicht, etwas war geschehen. Beklommen blickte Gai nach hinten und registrierte erleichtert, dass der Flügel noch an seinem Platz war und auch die Propeller sich noch drehten. Dann aber sah er hoch und bemerkte, dass sich im fahlweißen Himmel über ihnen langsam rußschwarze Flecken verteilten. Wie Tusche im Wasser …

»Was ist das?«, fragte er.

»Weiß nicht«, sagte Maxim. »Merkwürdige Sache.« Er fügte noch zwei Wörter hinzu, die Gai nicht verstand, und erklärte dann zögerlich: »Eine Attacke von Himmelsgestein. Aber das ist Unsinn, so etwas gibt es nicht. Die Wahrscheinlichkeit liegt bei null Komma null null … Ja, ziehe ich es denn an?«

Er wiederholte die unverständlichen Wörter und verstummte.

Gai wollte fragen, was Himmelsgestein ist, doch da bemerkte er aus dem Augenwinkel heraus eine seltsame Bewegung rechts unten. Er schaute genauer hin. Über der schmutziggrünen Decke des Waldes schwoll langsam und schwerfällig eine gelbliche Blase an. Er begriff nicht sofort, dass es Rauch war; dann blitzte es in ihrem Inneren, ein langer schwarzer Gegenstand glitt daraus empor, und in derselben Sekunde krümmte sich unheimlich der Horizont, stand wie eine Mauer vor ihnen, und Gai musste sich an den Armlehnen festhalten. Die Maschinenpistole rutschte ihm von den Knien und polterte über den Fußboden. »Massaraksch!«, hörte er Maxims Stimme in den Kopfhörern. »Gott im Himmel! Ich Idiot!« Der Horizont richtete sich wieder aus. Gai suchte nach dem gelben Qualm, konnte ihn aber nirgends entdecken. Er blickte nach vorn und sah plötzlich, wie direkt vor ihnen eine Fontäne verschiedenfarbiger Funken aufspritzte. Wieder blähte sich eine gelbe Wolke, blitzte Feuer, wieder stieg ein langer schwarzer Gegenstand in die Höhe und barst zu einer blendend weißen Kugel. Gai schlug die Hände vor die Augen. Die weiße Kugel verblasste, bekam schwarze Flecken und wurde zu einem gigantischen Klecks. Der Boden unter ihren Füßen stürzte fort. Gai riss den Mund auf und rang nach Luft, für einen Moment schien ihm, als stülpte sich sein Magen um. In der Kabine war es dunkel geworden, schwarze Rauchschwaden schwebten auf sie zu und seitlich vorbei. Wieder änderte sich der Horizont, nun lag der

Wald zur Linken. Gai schloss die Augen und krümmte sich in Erwartung eines Schlags, eines Schmerzes, des Todes. Er bekam keine Luft mehr, alles ringsum ruckte und wankte. »Massaraksch«, schrie Maxim in den Kopfhörern. »Dreiunddreißigmal Massaraksch.« Und da hämmerte es kurz und heftig gegen die Bordwand, so, als feuerte man aus einem Maschinengewehr auf sie, ein eisiger Luftzug traf Gai hart ins Gesicht, sein Helm verrutschte. Er kauerte sich zusammen und versuchte, den Kopf vor dem Dröhnen und dem Gegenwind zu schützen. Aus, dachte er, es ist aus. Sie schießen auf uns. Gleich holen sie uns runter, und wir verbrennen. Aber nichts geschah. Der Bomber schüttelte sich noch ein paarmal, fiel in einige Luftlöcher, aus denen er wieder auftauchte – und dann verstummten plötzlich die Triebwerke. Es wurde unheimlich still. Nur das Heulen des Windes war zu hören, der durch die Einschusslöcher drang.

Gai wartete ein wenig und hob dann vorsichtig den Kopf, bemüht, das Gesicht nicht der Zugluft auszusetzen. Maxim war an seinem Platz. Den Körper gespannt, hielt er noch immer mit beiden Händen den Hebel fest und starrte auf die Armaturen, dann wieder nach vorn. Unter seiner braunen Haut zeichneten sich die Muskeln ab. Der Bomber flog jetzt seltsam, mit unnatürlich emporgerecktem Bug. Die Motoren schwiegen. Gai sah nach hinten und erstarrte.

Ein Flügel brannte.

»Feuer!«, schrie er und versuchte aufzuspringen. Doch der Gurt hielt ihn fest.

»Sitz ruhig!«, sagte Maxim durch die Zähne. Er wandte sich nicht um.

Gai riss sich zusammen und starrte geradeaus. Sie hatten schon sehr an Höhe verloren. Schwarze und grüne Flecken flimmerten vor seinen Augen. Und vorn erhob sich bereits die schimmernde, stahlgraue Oberfläche des Meeres. Zerschellen werden wir!, durchfuhr es ihn, und sein Herz stockte.

Verfluchter Herzogprinz mit seinem verfluchten Bomber, Massaraksch! Auch so ein Überbleibsel des Imperiums. Und dabei könnten wir so schön ruhig und sorglos dahinwandern. Stattdessen werden wir gleich verbrennen. Und wenn wir nicht verbrennen, dann bersten wir, und bersten wir nicht, dann versinken wir im Meer. Maxim ist das gleich, er wird sowieso wieder auferstehen, aber für mich ist es das Ende. Ich will nicht.

»Zapple nicht so«, sagte Maxim. »Halt dich fest. Gleich …«

Der Wald unter ihnen war plötzlich fort. Gai sah die gekräuselte Wasserfläche direkt auf sich zurasen und kniff die Augen zusammen.

Ein Stoß. Dann ein Knirschen. Furchterregendes Zischen. Noch ein Stoß. Und noch einer. Alles ist aus. Vorbei. Aus und vorbei … Gai schreit auf vor Entsetzen. Eine gewaltige Kraft packt ihn und versucht, ihn aus dem Sessel zu reißen, zusammen mit dem Gurt, schleudert ihn dann aber enttäuscht zurück, und alles ringsum zerspringt und bricht, Brandgeruch breitet sich aus, warmes Wasser sprüht … Dann endlich Stille. Wenig später Rieseln und Plätschern. Etwas prasselt, zischt. Langsam hebt und senkt sich der Boden. Jetzt kann man wohl wieder die Augen öffnen und sich ansehen, wie es da ist, im Jenseits …

Gai schlug die Augen auf und erblickte Maxim, der, über ihn gebeugt, seinen Gurt löste. »Kannst du schwimmen?«

Aha, wir sind also am Leben.

»Kann ich«, antwortete Gai.

»Dann los.«

Gai stand vorsichtig auf. Er erwartete heftige Schmerzen in seinem gemarterten, zerquälten Körper, aber der erwies sich als völlig unversehrt. Der Bomber schaukelte sacht im Wasser. Sein linker Flügel fehlte, der rechte baumelte noch an einem durchlöcherten Stück Metall. In gerader Linie vor dem

Bug war das Ufer – offensichtlich hatte sich das Flugzeug um hundertachtzig Grad gedreht.

Maxim nahm die Maschinenpistole, warf sie sich über die Schulter und stieß die Luke auf. Im selben Augenblick flutete Wasser herein, es stank fürchterlich nach Benzin, und der Boden unter den Füßen kippte langsam in Schieflage.

»Vorwärts!«, kommandierte Maxim, und Gai, der sich neben ihm seinen Weg bahnte, sprang gehorsam in die Wellen.

Er versank bis über den Kopf, tauchte auf, prustete und paddelte auf die Küste zu. Sie war nahe, ein fester, begehbarer Strand und ohne Gefahr zu erreichen. Maxim hielt sich in der Nähe, zerteilte lautlos das Wasser. Massaraksch, auch schwimmen konnte er wie ein Fisch, als wäre er im Meer geboren. Gai keuchte und strampelte aus aller Kraft mit Armen und Beinen. Sein Overall und die Stiefel behinderten ihn, und er war froh, als er mit dem Fuß auf sandigen Grund stieß. Bis zum Ufer blieb zwar noch ein ganzes Stück, aber er stellte sich mit beiden Füßen auf den Grund und ging den Weg dorthin zu Fuß – mit vorgestreckten Armen, durch schmutziges, ölbeflecktes Wasser. Maxim schwamm weiter, er überholte ihn und betrat als Erster den glatten, ebenmäßigen Sand. Er stand schon breitbeinig da und sah zum Himmel, als Gai auf ihn zu wankte. Dort oben zerflossen die schwarzen Flecken …

»Wir haben Glück gehabt«, sagte Maxim. »Etwa zehn Stück haben sie hochgejagt.«

»Was ist?« Gai schnippte gegen seine Ohren, um das Wasser herauszuschütteln.

»Raketen. Die hatte ich ganz vergessen. Wie viele Jahre haben sie gewartet, dass wir über sie hinwegfliegen – jetzt war es so weit. Wieso habe ich bloß nicht daran gedacht!«

Gai fiel ein, dass auch er es hätte wissen müssen. Schon vor zwei Stunden hätte er Mak warnen sollen: Wir können nicht drüberfliegen, der Wald ist voller Raketenschächte … Nein,

Herzogprinz, vielen Dank natürlich, aber Sie sollten besser allein mit Ihrem Bomber fliegen. Er sah auf das Meer hinaus. Der »Bergadler« war fast versunken, nur sein lädiertes, mehrstöckiges Heck ragte noch aus dem Wasser heraus.

»Na gut«, sagte Gai. »Wie ich sehe, kommen wir nicht bis zum Inselimperium. Was machen wir jetzt?«

»Zunächst einmal nehmen wir unsere Medizin ein. Nimm«, antwortete Maxim.

»Weshalb?«, fragte Gai. Er mochte die Pillen vom Herzogprinzen überhaupt nicht.

»Das Wasser ist hochgradig verseucht«, erklärte Maxim. »Meine Haut brennt. Gib gleich jedem von uns vier oder fünf Stück.«

Hastig holte Gai eines der Röhrchen heraus, schüttete sich zehn von den gelben Kügelchen in die Hand, und jeder von ihnen schluckte fünf.

»Und jetzt los«, befahl Maxim. »Nimm deine MP.«

Gai griff nach seiner Maschinenpistole, spuckte das beißend Bittere aus, das sich in seinem Mund gesammelt hatte, und ging hinter Maxim am Ufer entlang. Sie sanken im Sand ein, und es war heiß, so heiß, dass der Overall im Nu trocknete; nur in den Stiefeln gluckste noch das Wasser. Maxim schritt schnell und sicher voraus, als wüsste er genau, wohin sie zu gehen hätten – dabei war nichts weiter zu sehen als das Meer zur Linken, der weite Strand zur rechten und vor ihnen vereinzelte Dünen, hinter denen immer wieder zerzauste Spitzen von Waldbäumen hervorlugten.

Sie legten etwa drei Kilometer zurück, und die ganze Zeit über grübelte Gai, wohin sie gingen und wo sie sich überhaupt befanden. Fragen wollte er nicht, er wollte es selbst herausfinden. Aber auch nachdem er sich alle Details ins Gedächtnis gerufen hatte, erriet er nur, dass irgendwo vor ihnen das Mündungsgebiet der Blauen Schlange lag und sie sich nach Norden bewegten – und er verstand bis jetzt weder wohin noch wozu. Vom Nachdenken hatte er bald genug. Seine Waffe umklammernd, fiel er in leichten Trab, hatte Mak schnell eingeholt und fragte geradeheraus, was sie für Pläne hätten.

Maxim antwortete bereitwillig, sie hätten keine konkreten Pläne und könnten nur auf Zufälle und Gelegenheiten warten. Zudem bliebe die Hoffnung, dass ein weißes Submarine sich dem Ufer näherte und sie es eher erreichten als die Gardisten. Da es jedoch ein sehr zweifelhaftes Vergnügen sei, im heißen trockenen Sand auf diesen Moment zu warten, müssten sie versuchen, den Kurort zu erreichen, der ganz in der Nähe liegen müsse. Die Stadt sei natürlich längst zerstört, aber die Brunnen würden sicher noch funktionieren, und sie hätten ein Dach über dem Kopf. Sie würden im Kurort übernachten und dann weitersehen. Möglich, dass sie viele Dutzend Tage an dieser Küste verbringen müssten.

Vorsichtig wandte Gai ein, der Plan erscheine ihm etwas merkwürdig. Mak stimmte ihm zu und fragte ihn seinerseits, ob nicht er, Gai, einen anderen, besseren wüsste? Gai verneinte, vergaß aber nicht, Mak vor den Panzerpatrouillen der Garde zu warnen, die, soweit er wisse, die Küste entlang weit nach Süden vordrangen. Maxims Miene verfinsterte sich. Er knurrte, das sei schlecht, und sie dürften sich keinesfalls überrumpeln lassen; dann befragte er ihn detailliert nach der Taktik der Patrouillen. Als Gai ihm berichtete, dass die Panzer weniger das Ufer als vielmehr das Meer kontrollierten und man sich in den Dünen leicht vor ihnen verbergen konnte, beruhigte sich Mak und pfiff sogar einen kleinen Marsch vor sich hin, den Gai noch nicht kannte.

Im Takt dieses Marsches stapften sie weitere zwei Kilometer. Inzwischen überlegte Gai, was sie tun konnten, würden sie tatsächlich von einer Streife bemerkt. Dann legte er seinen Plan Maxim dar.

»Wenn sie uns entdecken«, begann er, »erzählen wir ihnen, die Missgeburten hätten mich entführt, du hättest sie verfolgt und mich ihnen wieder abgejagt. Dann wären wir durch den Wald geirrt und seien schließlich hier gelandet.«

»Und was nützt uns das?« Maxim schien nicht sonderlich begeistert.

»Das nützt uns«, antwortete Gai verärgert, »dass sie uns wenigstens nicht an Ort und Stelle erschießen.«

»Nein«, sagte Maxim bestimmt. »Erschießen lasse ich mich nicht mehr, und auch dich wird keiner erschießen.«

»Und wenn sie einen Panzer haben?«

»Ja, na und? Pah, ein Panzer ...«

Maxim schwieg kurze Zeit und fügte dann nachdenklich hinzu: »Weißt du, es wäre gar nicht schlecht, einen Panzer zu kapern.«

Offensichtlich gefiel ihm dieser Gedanke.

»Ausgezeichnete Idee, Gai«, fuhr Maxim fort. »So machen wir's. Wir nehmen ihnen einen Panzer weg. Sobald sie auftauchen, ballerst du mit der MP in die Luft, ich lege die Hände auf den Rücken, und du treibst mich direkt zu ihnen. Der Rest ist meine Sache. Aber halte dich im Hintergrund, komm mir nicht in die Quere, und gib vor allem keinen Schuss mehr ab.«

Gai fing Feuer und schlug gleich vor, auf den Dünen weiterzugehen, damit man sie schon von fern sehen könnte. Sie kletterten nach oben.

Und erblickten sofort ein weißes Submarine.

Hinter den Dünen lag eine kleine flache Bucht, und das Unterseeboot ragte etwa hundert Meter vom Ufer entfernt aus dem Wasser. Einem Submarine ähnelte es allerdings gar nicht, noch weniger war es weiß. Gai vermutete zunächst, es handle sich um den Kadaver eines riesigen zweihöckrigen Tieres oder um einen bizarren Felsen. Maxim aber begriff gleich, was sie da vor sich hatten und meinte, das Submarine liege sicher schon einige Jahre dort, verlassen und in den Grund gesunken.

So war es auch. Als sie die Bucht erreichten und zum Wasser hinunterstiegen, sah Gai die Rostflecken, sowohl am langen Rumpf als auch an den Aufbauten. Die weiße Farbe war abgeblättert und der Geschützstand seitlich weggekippt, so dass die Kanonenmündung auf das Wasser wies. In der Panzerung klafften schwarze Löcher mit rußigen Rändern. Dort lebte sicher nichts mehr.

»Ist das ein weißes Submarine?«, fragte Maxim. »Hast du schon mal welche gesehen?«

»Meiner Meinung nach ist es eins«, antwortete Gai. »An der Küste habe ich nie gedient, aber uns wurden Fotos gezeigt und Mentogramme. Man hat sie uns auch beschrieben. Sogar einen Mentofilm gab es – ›Panzer bei der Küstenverteidigung‹. Es ist eins. Man kann es sich so vorstellen: Es wurde bei Sturm in die Bucht getrieben, ist dort gestrandet, und dann kam eine Patrouille. Siehst du, wie sie es zerschossen haben? Das ist keine Außenhaut mehr, das ist ein Sieb.«

»Sieht ganz so aus«, murmelte Maxim, während er es eingehend betrachtete. »Schauen wir's uns an?«

Gai wurde verlegen. »Wir könnten, natürlich«, sagte er unsicher.

»Was ist?«

»Wie soll ich's dir erklären?«

Wirklich, wie sollte er es erklären? Einmal nachts, in der dunklen Kaserne, hatte Korporal Serembesch, der alte Haudegen, erzählt, auf den weißen Submarines befänden sich keine gewöhnlichen Seeleute: Es seien Tote, die entweder eine zweite Dienstzeit ableisteten, oder im Dienst so feige gewesen waren, dass sie vor lauter Angst gestorben seien und jetzt auf diese Weise ihren Dienst zu Ende bringen mussten. Meeresdämonen durchstöberten den Meeresgrund, um die Ertrunkenen aufzulesen und Mannschaften aus ihnen zusammenzustellen. Aber so etwas konnte er Mak nicht erzählen; der würde nur lachen, obwohl es da gar nichts zu lachen gab. Soldat Leptu, zum Beispiel, ein degradierter Offizier, hatte einmal im Rausch erzählt: »Ist alles Unsinn, Jungs: All eure Missgeburten, die Mutanten, die radioaktive Strahlung – all das überlebt man, damit wird man fertig. Aber betet zu Gott, dass es euch nicht auf ein weißes Submarine verschlägt. Besser gleich absaufen, Jungs, als so eins auch nur mit der Hand zu berühren. Und glaubt mir, ich weiß es.« Sie hatten keine Ahnung, warum Leptu degradiert worden war, doch zuvor hatte er ein Küstenschutzboot befehligt …

»Weißt du«, begann Gai eindringlich, »es gibt manchen Aberglauben, alle möglichen Legenden. Ich will sie dir nicht erzählen, aber Rittmeister Tschatschu hat einmal erwähnt, die Submarines seien verseucht und es sei strikt verboten, an Bord zu gehen. Es existiert sogar ein solcher Befehl. Es heißt, abgeschossene Submarines würden …«

»In Ordnung.« Maxim ließ ihn nicht ausreden. »Du bleibst hier, und ich gehe. Mal sehen, was das für eine Seuche ist.«

Gai öffnete den Mund, doch ehe er ein Wort sagen konnte, war Maxim ins Wasser gesprungen und untergetaucht. Er blieb verschwunden; Gai stockte schon der Atem vom langen Warten, als der schwarzhaarige Schopf endlich wieder zum Vorschein kam – vor der abgeblätterten Bordwand, genau unter einem Einschussloch. Gewandt und mühelos, wie eine Fliege die Wand, erklomm Maxim das schiefe Deck, schwang sich im Nu auf den Bugaufbau – und verschwand. Gai schnappte nach Luft, trat von einem Fuß auf den anderen und ging dann am Wasser hin und her, ohne die Augen von dem Unterseeboot abzuwenden.

Es war still, nicht einmal Wellen gab es in dieser leblosen Bucht, nur einen leeren weißen Himmel, unbelebte weiße Dünen – alles heiß, trocken und starr. Hasserfüllt musterte

Gai den verrosteten Kadaver. Dass wir aber auch so ein Pech haben: Andere dienen Jahre und bekommen kein einziges Submarine zu Gesicht; wir aber brauchen nur vom Himmel zu fallen, ein Stündchen zu marschieren – und schon haben wir eins vor der Nase. Hervorragend. Wie konnte ich mich nur auf so etwas einlassen? Nur wegen Maxim. Für ihn ist alles immer einfach, als hätte man nichts zu bedenken oder zu fürchten. Vielleicht hatte ich auch deshalb keine Angst, weil ich mir das Submarine in voller Funktion ausgemalt hatte, weiß, schnittig, auf Deck Matrosen, ebenfalls in weiß. Stattdessen nun diese eiserne Leiche. Auch die Gegend hier ist tot, kein Lüftchen regt sich. Dabei war es vorhin windig, ich erinnere mich genau: Als wir gingen, blies mir eine erfrischende Brise entgegen. Gai blickte beklommen umher, setzte sich dann in den Sand, legte die Maschinenpistole neben sich und begann, langsam seinen rechten Stiefel abzustreifen. So eine Stille aber auch! Was, wenn nun Mak nicht mehr zurückkehrte? Wenn dieses eiserne Aas ihn verschluckte und nicht einmal mehr sein Geist da wäre … Nur nichts herbeischreien, toi, toi, toi …

Plötzlich zuckte er zusammen, der Stiefel fiel ihm aus der Hand, denn er hörte einen langgezogenen, unheimlichen Ton … Er klang, als kratzten Teufel mit schartigen Messern über eine sündige Seele. O Gott! Aber nein, es war nur die verrostete Luke gewesen, die sich quietschend geöffnet hatte … Also nein, wahrhaftig, sogar der Schweiß ist mir ausgebrochen. Maxim hat die Luke geöffnet, also wird er gleich herausklettern … Nein, er kommt doch nicht …

Einige Minuten lang reckte Gai den Hals, spitzte die Ohren und spähte zu dem Submarine hinüber. Stille. Die gleiche schauerliche Stille wie zuvor, ja, noch schauerlicher als vor dem Rostgeheul. Womöglich war die Luke nicht geöffnet, sondern zugeschlagen worden? Oder sie war von selbst zugefallen? Angststarren Auges sah Gai folgendes Bild vor sich:

Eine schwere Eisentür fällt hinter Maxim ins Schloss, wie von selbst, und dann schiebt sich ein schwerer Riegel davor. Gai leckte sich über die trockenen Lippen, schluckte, obwohl er kein Tröpfchen Speichel mehr im Mund hatte, und schrie: »He, Mak!« Aber es war gar kein Schrei, sondern nur ein Fiepen. Gott, wäre wenigstens ein Laut zu hören! »He, he!«, rief er verzweifelt. »E-e …«, gaben die Dünen finster zurück, und wieder wurde alles still.

Absolut still. Zum Schreien hatte Gai keine Kraft mehr.

Ohne den Blick von dem Submarine zu wenden, tastete Gai nach der MP, entsicherte sie mit zitternden Fingern und jagte einen Schuss in die Bucht. Es knallte kurz und kraftlos, wie durch Watte. Aus der glatten Wasseroberfläche spritzten kleine Fontänen hoch, Kreise liefen auseinander. Gai hob den Lauf etwas höher und drückte noch einmal ab. Dann hörte er etwas: Die Kugeln hämmerten auf Metall, Querschläger kreischten, das Echo hallte. Und – nichts. Absolut nichts. Kein Laut, als wäre er allein, schon immer allein gewesen. Als hätte es ihn auf rätselhafte Weise hierherverschlagen, als wäre er im Fieberwahn an diesen unbelebten Ort geraten und könnte nun nicht mehr aufwachen und zur Besinnung kommen. Und müsste für immer allein hierbleiben.

Vollkommen außer sich vor Angst, ging Gai – so wie er war, mit einem Stiefel – ins Wasser, anfangs langsam, dann immer schneller, schließlich rannte er, zog die Beine nach oben, bis zum Gürtel schon im Wasser, schluchzte laut und schimpfte vor sich hin. Der rostige Koloss rückte näher. Mal schleppte sich Gai vorwärts, das Wasser mit den Armen vor sich wegschaufelnd, mal stürzte er sich ins Wasser und schwamm. Er erreichte das Schiff, versuchte hochzuklettern, schaffte es aber nicht, schwamm dann um das Heck herum, klammerte sich an den Leinen fest und zog sich auf Deck. Dabei stieß er immer wieder gegen die rostige Bordwand, so dass die Haut an Armen und Beinen aufriss und abschürfte.

Tränenüberströmt hielt er inne. Ihm war völlig klar, dass dies sein Ende bedeutete. »He – he!«, rief er. Dann versagte ihm die Stimme.

Stille.

Das Deck war leer. An den durchlöcherten, rostigen Wänden klebten trockene Wasserpflanzen – was aussah, als sei das Metall von filzigem Haar überzogen. Der Bugaufbau hing wie ein großer Pilz über Gais Kopf, und seitlich klaffte ein breiter Riss in der Panzerung. Gai lief zur Rückseite des Aufbaus und entdeckte die noch feuchten Eisenbügel, die nach oben zur Luke führten. Er warf sich die Maschinenpistole über die Schulter und stieg hinauf. Es dauerte lange; eine halbe Ewigkeit stieg er in dieser bedrückenden Stille seinem unvermeidlichen, ewigen Tod entgegen. Er kletterte bis ganz nach oben und verharrte dort auf allen vieren. Das Ungeheuer erwartete ihn schon – mit weit offenem, wohl seit hundert Jahren nicht mehr geschlossenem Schlund, dessen Scharniere schon wieder Rost angesetzt hatten: Bitte näher zu treten! Gai kroch zur Luke und blickte ins Dunkel hinab. In seinem Kopf drehte sich alles, ihm wurde übel. Aus dem eisernen Rachen quoll die Stille wie eine kompakte Masse hervor – Jahr um Jahr angestaute, modrige Stille. Plötzlich stellte Gai sich vor, wie dort, in dieser gelben, der Fäulnis anheimgefallenen Welt, und von der tonnenschweren Stille fast erdrückt, sein Freund Mak kämpfte, allein gegen alle, wie er mit letzter Kraft um sein Leben rang, wie er rief: »Gai! Gai!« Und wie die Stille lächelnd seinen Ruf verschluckte und sich wieder auf ihn wälzte, ihn unter sich erdrückte, würgte, zerquetschte. Gai konnte es nicht mehr ertragen und kletterte in die Luke.

Er weinte, schluchzte, beeilte sich, verlor aber dann den Halt und stürzte polternd einige Meter in die Tiefe. Er fand sich in einem eisernen Schacht wieder – trübe beleuchtet von ein paar verstaubten Lämpchen. Auf dem Boden lag feiner Sand, der sich im Laufe der Jahre angesammelt hatte. Gai sprang auf – noch immer war er in Eile, noch immer hatte er große Angst, zu spät zu kommen – und lief aufs Geratewohl los. »Ich bin hier, Mak! Ich komme …«

»Was schreist du denn?«, fragte Maxim verärgert, der wie aus dem Nichts auf einmal vor ihm stand. »Was ist passiert? Hast du dir in den Finger geschnitten?«

Gai blieb stehen und senkte die Arme. Er war einer Ohnmacht nahe und musste sich gegen das Schott stützen. Sein Herz hämmerte wild, wie Trommelwirbel dröhnten die Schläge in seinen Ohren, und die Stimme versagte ihm den Dienst. Maxim sah ihn einige Zeit verwundert an und schien dann zu verstehen. Er zwängte sich in den Gang – wieder quietschte durchdringend die Tür – und trat zu ihm, packte ihn bei den Schultern, schüttelte ihn, drückte ihn an sich und umarmte ihn. Einige Sekunden lang lag Gai in seligem Vergessen an seiner Brust, bis er allmählich zu sich kam.

»Ich dachte … man hätte dich hier … dass du hier … dass man dich …«

»Schon gut, schon gut«, beruhigte ihn Maxim sanft. »Es ist meine Schuld, ich hätte dich gleich rufen sollen. Aber hier gibt es so seltsame Dinge, verstehst du.«

Gai machte sich frei, wischte sich mit seinem nassen Ärmel über die Nase, fuhr sich mit der nassen Hand übers Gesicht – und schämte sich.

»Du kommst und kommst nicht«, sagte er böse, mit niedergeschlagenem Blick. »Ich rufe, schieße. War es wirklich so schwer zu antworten?«

»Massaraksch, ich habe nichts gehört«, erwiderte Maxim schuldbewusst. »Weißt du, es gibt ein großartiges Radio hier. Ich habe gar nicht gewusst, dass man so leistungsstarke bei euch baut.«

»Radio, Radio …«, brabbelte Gai und schob sich durch die halbgeöffnete Tür. »Du amüsierst dich, während ich deinetwegen fast um den Verstand komme. Was ist das hier?«

Gai stand jetzt in einem ziemlich großen Raum. Auf dem Boden lag ein vermoderter Teppich, an der Decke hingen drei halbrunde Leuchten, von denen aber nur eine brannte. In der Mitte stand ein runder Tisch, um ihn herum einige Sessel. An den Wänden waren merkwürdige gerahmte Fotos und Bilder zu sehen; die Reste einer Samttapete hingen in Fetzen herab. In einer Ecke knackte und heulte ein großer Rundfunkempfänger – etwas Derartiges hatte Gai noch nie gesehen.

»Das hier ist der Gemeinschaftsraum«, antwortete Maxim. »Schau dich um, hier gibt's einiges zu sehen.«

»Und die Besatzung?«, fragte Gai.

»Keiner da. Weder Lebende noch Tote. Die unteren Räume sind alle unter Wasser. Ich vermute, sie liegen dort.«

Gai blickte ihn erstaunt an. Maxim hatte sich abgewandt, er schien niedergeschlagen.

»Ich muss dir etwas sagen«, begann er. »Es war wahrscheinlich besser für uns, dass wir es nicht bis zum Inselimperium geschafft haben. Sieh dich mal um.«

Er setzte sich ans Radio und betätigte die Feinregler. Gai wusste nicht, womit er beginnen sollte, und ging schließlich zur Wand hinüber und betrachtete die Fotos. Einige Zeit konnte er mit ihnen gar nichts anfangen. Dann verstand er: Es waren Röntgenaufnahmen. Die Zähne gebleckt, grinsten ihn Schädel an, unscharf, einer wie der andere. Auf jeder Aufnahme prangte eine unleserliche Unterschrift – wie auf einem Autogramm. Die Mitglieder der Mannschaft? Berühmtheiten? Gai zuckte mit den Schultern. Onkel Kaan würde sich damit vielleicht auskennen, aber unsereins, als einfacher Mensch?

In der hinteren Ecke hing ein großes Plakat, sehr malerisch und schön, ein Dreifarbdruck … freilich etwas angeschimmelt … Es zeigte das blaue Meer, aus dessen Wellen – einen Fuß schon auf dem schwarzen Ufer – ein stattlicher Mann trat; er trug eine unbekannte Uniform, war sehr muskulös und hatte einen unproportional kleinen Kopf, der zur Hälfte aus dem mächtigen Hals bestand. In der einen Hand hielt er eine Papierrolle mit unverständlichem Text, mit der anderen stieß er eine brennende Fackel ins Festland, an der sich eine Stadt entzündete. Missgeburten der hässlichsten Sorte krümmten sich in den Flammen; ein weiteres Dutzend von ihnen lief auf allen vieren davon. Auf dem oberen Teil des Plakats prangte ein großer schnörkeliger Schriftzug. Die Buchstaben waren vertraut, die Worte aber unaussprechlich.

Je länger Gai das Plakat betrachtete, desto weniger gefiel es ihm. Es erinnerte ihn an ein anderes, das früher in der Kaserne gehangen hatte: Ein schwarzer Supergardist, ebenfalls mit sehr kleinem Kopf und gewaltigen Muskeln, schnitt einer abscheulichen orangefarbenen Schlange, die aus dem Meer tauchte, mit einer riesengroßen Schere den Kopf ab. Auf der einen Klinge stand »Kämpfende Garde«, auf der anderen »Unsere ruhmreiche Armee«. Soso, sagte Gai zu sich, während er einen letzten Blick auf das Plakat warf. Das werden wir noch sehen. Wir werden sehen, wer wem Zunder gibt, Massaraksch!

Er wandte sich von dem Plakat ab, drehte sich um und blieb wie versteinert stehen: Von dem hübschen lackierten Regal gegenüber starrten ihn die glasigen Augen eines bekannten Gesichts an: Dunkelblonde Ponyfransen über den Augenbrauen, auffällige Narbe auf der rechten Wange, quadratische Gesichtsform – das war Rittmeister Pudurasch, ein Nationalheld. Er war Befehlshaber einer Kompanie in der Brigade der Toten-doch-Unvergessenen gewesen; er hatte elf weiße Submarines versenkt und war in ungleichem Kampf gefallen. Sein Porträt, geschmückt mit einem Kranz Strohblumen, hing in jeder Kaserne, seine Büste zierte jeden Appellplatz. Und hier nun – geschrumpft, die Haut gelb und leblos – war sein Kopf, aber warum? Gai wich zurück, ja, der Kopf war echt. Und daneben stand noch einer: ein fremdes, spitzes Gesicht. Und noch einer. Ein weiterer. Massaraksch, wie viele es waren!

»Mak!«, stöhnte Gai. »Hast du das gesehen?«

»Ja«, antwortete Maxim.

»Das sind Köpfe!«, stotterte Gai. »Richtige Köpfe.«

»Sieh dir die Alben auf dem Tisch an.«

Mühsam löste Gai seinen Blick von der schaurigen Sammlung, drehte sich um und trat zögerlich an den Tisch. Im Radio schrie jemand in einer fremden Sprache, Musik ertönte, und dann sprach wieder jemand mit einer sich einschmeichelnden, samtweichen, ausdrucksvollen Stimme.

Gai nahm das erstbeste Album und schlug den festen Lederdeckel auf. Ein Porträt. Ein merkwürdiges langes Gesicht mit weichem Backenbart von den Wangen bis zu den Schultern, die Haare über der Stirn wegrasiert, eine Hakennase, ungewöhnlicher Schnitt der Augen. Ein unangenehmes Gesicht, man konnte sich nicht vorstellen, dass es lächelte. Eine unbekannte Uniform, darauf in zwei Reihen Medaillen und Abzeichen. War bestimmt ein hohes Tier. Gai blätterte weiter. Derselbe Kerl inmitten anderer, ebensolcher, auf der Kommandobrücke eines weißen Submarine. Auch hier schaut er finster, die anderen dagegen grinsen breit. Unscharf im Hintergrund eine Art Strandpromenade, Gebäude, verschwommene Silhouetten von Palmen oder Kakteen. Nächste Seite. Gai stockte der Atem: ein brennender »Drache« mit schief gerutschtem Turm; aus der offenen Luke hängt der Körper eines Panzergardisten, zwei andere liegen abseits übereinander, und auf ihnen steht breitbeinig dieser Kerl, eine Pistole in der gesenkten Hand und auf dem Kopf eine Kappe, die nach vorne spitz zuläuft. Vom »Drachen« steigt dichter schwarzer Rauch auf. Gai erkannte die Gegend sofort: Es war dieses Ufer, mit seinem Sandstrand und den Dünen dahinter. Gai war innerlich aufs Äußerste angespannt, als er das Blatt wendete – nicht ohne Grund. Nun sah er eine Gruppe Mutanten, etwa zwanzig Personen und alle nackt – ein ganzer Haufen Missgeburten, mit einer Leine gefesselt. Einige Piraten mit Spitzhauben auf den Köpfen und schwelenden Fackeln, daneben wieder dieser Kerl; offensichtlich erteilt er einen Befehl, die rechte Hand hat er ausgestreckt, die linke liegt auf dem Griff eines Dolches. Wie unheimlich diese Missgeburten waren, man traute sich kaum hinzusehen. Aber es kam noch schlimmer.

Dieselben Mutanten, schon verkohlt. Der Typ steht abseits, mit dem Rücken zu den Leichen, und riecht an einer Blume, während er sich anscheinend mit jemandem unterhält.

Ein riesiger Baum im Wald, behängt mit toten Körpern. Manche hängen an den Armen, andere an den Beinen. Diesmal sind es keine Missgeburten – einer trägt den karierten Overall eines Zöglings, ein anderer eine schwarze Gardistenjacke.

Ein Greis, an einen Pfahl gebunden. Das Gesicht verzerrt, er schreit, hat die Augen zusammengekniffen. Auch hier wieder dieser Kerl – sorgsam überprüft er eine medizinische Spritze.

Und noch mehr erhängte, brennende, versengte Mutanten, Sträflinge, Gardisten, Fischer, Bauern, Männer, Frauen, Greise, Kinder. Ein ganzer Strand voll kleiner Kinder und der Kerl, wie er hinter einem schweren MG hockt. Sie schleifen Frauen … wieder der Kerl mit der Spritze, die untere Gesichtshälfte von einer weißen Maske verdeckt … ein Haufen abgeschnittener Köpfe, der Kerl stochert mit einem Spazierstock in dem Haufen. Hier lächelt er … Eine Panoramaaufnahme: das Ufer, vier brennende Panzer auf den Dünen, im Vordergrund zwei kleine schwarze Gestalten mit erhobenen Armen. Es reichte. Gai schlug das Album zu und schleuderte es von sich. Einige Sekunden saß er still, dann warf er fluchend alle Alben auf den Boden.

»Mit denen willst du dich einigen?!«, schrie er Maxim an, der ihm den Rücken zuwandte. »Die willst du zu uns bringen? Diesen Henker?« Er stürzte zu den Alben und trampelte mit dem Fuß darauf.

Maxim schaltete das Radio ab.

»Spiel nicht verrückt«, sagte er. »Ich will überhaupt nichts mehr. Und du hast keinen Grund, mich anzubrüllen. Ihr seid selbst schuld, habt eure Chancen verschlafen, Massaraksch, habt alles ruiniert, ausgeraubt, seid verroht wie Vieh! Was soll man jetzt mit euch machen?« Er stand plötzlich vor Gai, packte ihn am Schlafittchen. »Was soll ich jetzt mit euch tun?«, fauchte er. »Was? Was? Du weißt es nicht? Rede doch!«

Gai schwieg und versuchte zaghaft, sich aus dem Griff zu lösen. Maxim ließ ihn los.

»Ich kann's dir sagen«, fuhr er düster fort. »Keinen darf man hierherbringen. Überall sind Bestien. Die müsste man jagen.« Er hob eins der Alben vom Boden auf und schlug heftig die Seiten um. »Was für eine Welt habt ihr versaut!«, sagte er. »Was für eine Welt! Sieh her!«

Gai schielte über Maks Arm. Diesmal erblickte er keine Gräuel, sondern Landschaftsaufnahmen aus verschiedenen Gegenden. Farbfotos von erstaunlicher Schärfe und Schönheit: blaue Buchten, gesäumt von üppigem Grün, strahlend weiße Städte am Meer, ein Wasserfall in einer Bergschlucht, eine erstklassige Autobahn mit einem Strom verschiedenfarbener Wagen, irgendwelche alten Schlösser, Schneegipfel über den Wolken, jemand, der auf Skiern fröhlich hangabwärts gleitet, lachende Mädchen, die in der Brandung spielen.

»Wo ist das alles geblieben?«, fragte Maxim. »Was habt ihr damit gemacht, ihr verfluchten Kinder von verfluchten Vätern? In Stücke geschlagen, verkommen lassen, gegen Eisen eingetauscht, Menschenskind …« Er legte das Album auf den Tisch. »Gehen wir.«

Wütend stemmte er sich gegen die Tür, stieß sie weit auf – sie knarzte und kreischte – und stürmte durch den Gang.

Auf Deck fragte er: »Hast du Hunger?«

»Hm, ja«, antwortete Gai.

»Gut«, sagte Maxim. »Gleich werden wir essen. Schwimmen wir los.«

Gai erreichte als Erster das Ufer, streifte sofort seinen Stiefel ab, zog sich aus und breitete die Sachen zum Trocknen auf den Sand. Maxim blieb noch im Wasser, und Gai beobachtete ihn besorgt: Allzu tief tauchte sein Freund, zu lange blieb er unter Wasser. Das durfte man nicht, es war gefährlich, wie konnte ihm die Atemluft reichen? Endlich kam Mak heraus: Er zog einen großen, wuchtigen Fisch an den Kiemen hinter sich her. Der guckte verdattert, als könne er nicht fassen, dass ihn jemand mit bloßen Händen gefangen hatte. Maxim schleuderte ihn auf den Sand. »Ich denke, der ist richtig, wenig radioaktiv. Bestimmt auch ein Mutant. Schluck deine Tabletten, ich mache ihn inzwischen zurecht. Man kann ihn roh essen, ich bring's dir bei – Sashimi heißt das. Kennst du nicht? Gib mal das Messer her.«

Dann, als sie sich satt gegessen hatten – nichts dran auszusetzen, war durchaus genießbar – und nackt im heißen Sand lagen, fragte Maxim nach langem Schweigen: »Wenn wir einer Patrouille in die Arme gelaufen wären und uns ergeben hätten, wohin hätten sie uns gebracht?«

»Wie – ›wohin‹? Dich dahin, wo du deine Strafe zu verbüßen hast, mich an meinen Dienstort … Wieso?«

»Ist das sicher?«

»Sicherer geht's nicht. Die entsprechende Instruktion stammt vom Generalkommandeur persönlich. Warum fragst du?«

»Jetzt gehen wir die Gardisten suchen«, sagte Maxim.

»Um einen Panzer zu kapern?«

»Nein. Wir nehmen deine Legende: Du wurdest von Missgeburten geraubt, und der Zögling hat dich gerettet.«

»Wir ergeben uns?« Gai setzte sich auf. »Wie denn das? Ich auch? Ich soll zurück unter die Strahlen?«

Maxim schwieg.

»Dann werde ich ja wieder zur Marionette«, flüsterte Gai hilflos.

»Nein«, sagte Maxim. »Das heißt ja, natürlich, aber es wird nicht mehr so sein wie früher. Du wirst zwar ein bisschen zur Marionette, aber jetzt wirst du an etwas anderes, an das Richtige glauben. Das ist natürlich auch nicht besonders gut, aber schon besser, viel besser ...«

»Aber warum?«, schrie Gai verzweifelt. »Warum ist das nötig?«

Maxim fuhr sich mit der Hand übers Gesicht. »Siehst du, Gai, mein Freund ... Es ist Krieg! Entweder haben wir Honti überfallen, oder Honti hat uns angegriffen, ich weiß es nicht. Aber mit einem Wort: Es ist Krieg.«

Entsetzt starrte Gai ihn an. Krieg ... ein Atomkrieg, andere gibt es ja nicht mehr ... Rada ... Gott, aber weshalb denn? Wieder alles von vorn, wieder Hunger, Leid, Flüchtlinge ...

»Wir müssen jetzt dort hin«, fuhr Maxim fort. »Die Mobilmachung ist bereits verkündet, alle sind zu den Waffen gerufen. Sogar die Zöglinge wurden amnestiert. Jetzt heißt es ab ins Glied. Und wir beide, Gai, sollten zusammen sein. Du bist ja bei einer Strafeinheit. Es wäre schön, wenn ich dir unterstellt würde.«

Gai hörte kaum zu. Die Finger in die Haare gekrallt, wiegte er sich hin und her und wiederholte immer wieder: »Weshalb. Weshalb. Verflucht sollt ihr sein! Dreiunddreißigmal verflucht.«

Maxim rüttelte ihn an der Schulter. »Nimm dich zusammen«, sagte er streng. »Lass dich nicht gehen! Wir müssen jetzt kämpfen, zum Zusammenklappen bleibt keine Zeit.« Er erhob sich und wischte sich wieder über das Gesicht. »Freilich, eure verdammten Türme. Aber Krieg, ein Atomkrieg! Massaraksch, aber auch die Türme werden ihnen nicht helfen ...«

»Beeilen Sie sich, Fank, beeilen Sie sich!«

Beeilen Sie sich, Fank, beeilen Sie sich! Ich komme zu spät.

Zu Befehl. Rada Gaal … Sie wurde dem Kompetenzbereich des Herrn Generalstaatsanwalt entzogen und befindet sich in unserer Hand.

Wo?

Bei uns, in der Villa »Kristallschwan«. Ich erachte es als meine Pflicht, noch einmal meine Zweifel am Sinn dieser Aktion auszudrücken. Diese Frau wird uns kaum helfen können, mit Mak fertigzuwerden. Solche wie sie vergisst man leicht, und selbst wenn er …

Sie meinen, Schlaukopf sei dümmer als Sie?

Nein, aber …

Weiß Schlaukopf, wer die Frau entführt hat?

Ich fürchte, ja.

Schön, soll er's wissen … Das wäre dazu wohl alles. Was weiter?

Sandi Tschitschaku hat den Hampelmann getroffen. Der Hampelmann ist offenbar bereit, ihn mit dem Onkel zusammenzubringen, sofern …

Stop. Was für ein Tschitschaku? Der Breitstirnige Tschik?

Ja.

Der Untergrund interessiert mich im Moment nicht. Was Mak betrifft, war das alles? Dann Folgendes: Dieser verfluchte Krieg hat alle Pläne durcheinandergebracht. Ich verreise jetzt und komme in dreißig, vierzig Tagen wieder. In dieser Zeit, Fank, müssen Sie den Fall Mak abschließen. Bei meiner Rückkehr hat der Mann hier zu sein, in diesem Haus. Übertragen Sie ihm eine Funktion, soll er arbeiten. Beschneiden Sie seine Freiheiten nicht, aber geben Sie ihm zu verstehen – sehr, sehr dezent –, dass Radas Schicksal an seinem Verhalten hängt. Verhindern Sie um jeden Preis, dass sich die beiden sehen. Zeigen Sie ihm das Institut, erzählen Sie, woran wir arbeiten, selbstredend in vernünftigen Grenzen. Erzählen Sie auch von mir, schildern Sie mich als klugen, gütigen, gerechten Menschen und bedeutenden Wissenschaftler. Geben Sie ihm meine Artikel, außer den streng geheimen. Deuten Sie an, ich stünde in Opposition zur Regierung. Er darf nicht den geringsten Wunsch verspüren, das Institut zu verlassen. Das ist meinerseits alles. Haben Sie Fragen?

Ja. Wie steht es mit Bewachung?

Lassen wir. Sie wäre zwecklos.

Beschatten?

Nur äußerst vorsichtig. Oder lieber gar nicht. Verschrecken Sie ihn nicht. Hauptsache: Er darf keine Lust bekommen, das Institut zu verlassen. Massaraksch, in so einer Zeit muss ich verreisen. War das jetzt alles?

Eine letzte Frage, verzeihen Sie, Wanderer.

Ja?

Wer ist er eigentlich? Wozu brauchen Sie ihn?

Der Wanderer stand auf, trat ans Fenster und sagte, ohne sich umzuwenden: *Ich fürchte ihn, Fank. Dieser Mensch ist sehr, sehr, sehr gefährlich.*

17

Zweihundert Kilometer vor der hontianischen Grenze steckte der Militärzug auf dem Abstellgleis einer schmutzigen, tristen Station fest. So lief der frischgebackene Untersoldat Sef, nachdem er sich mit dem Wachposten gütlich geeinigt hatte, schnell zum Hydranten, um Wasser für das Kochen zu holen, und kehrte mit einem Kofferradio zurück. Er berichtete, auf der Station herrsche das reine Chaos, man verlade zwei Brigaden gleichzeitig, die Generale schnauzten einander an und seien nicht bei der Sache. So habe er, Sef, sich unter all die umherwimmelnden Ordonnanzen, Offiziersburschen und Adjutanten gemischt und einem von ihnen das Radio abgeknöpft.

Im beheizten Güterwagen reagierte man auf diese Nachricht mit einem deftigen, patriotischen Gelächter. Alle vierzig Mann scharten sich sogleich um Sef und versuchten, einen Platz zu ergattern, fluchten und schlugen, wenn gedrängelt wurde, einander ins Gesicht, beschwerten sich übereinander, bis Maxim schließlich raunzte: »Ruhe, ihr Dreckskerle!« Da wurden sie still. Sef schaltete das Radio ein und suchte nacheinander alle Sender.

Bald erfuhren sie sehr interessante Dinge. Erstens stellte sich heraus, dass der Krieg noch gar nicht angefangen hatte. Der Sender »Die Stimme der Väter«, der die ganze letzte Woche hindurch über blutige Schlachten auf dem eigenen Territorium lamentiert hatte, hatte schlichtweg gelogen. Keinerlei blutige Schlachten waren geschlagen worden. Die »Hontianische Patriotische Liga« posaunte entsetzt in die Welt hinaus, diese Banditen und Usurpatoren – die sogenannten Unbekannten Väter – nähmen die niederträchtige Provokation ihrer Knechte, der berüchtigten »Gerechtigkeitsunion von Honti« zum Vorwand, ihre gepanzerten Horden an der Grenze zum leidgeprüften Honti zu konzentrieren. Die »Gerechtigkeitsunion« ihrerseits belegte die »Hontianischen Patrioten« – diese bezahlten Agenten der Unbekannten Väter – ebenfalls mit den schlimmsten Beschimpfungen. Sie schilderte ausführlich, wie man die von den vorangegangenen Kämpfen ermatteten Einheiten mit überlegenen Kräften über die Grenze gedrängt und ihnen die Möglichkeit verwehrt hatte zurückzukehren. Dies wiederum diene den sogenannten Unbekannten Vätern als Vorwand für eine barbarische Invasion, die man nun jede Minute erwarten müsse. Sowohl die »Liga« als auch die »Union« hielten es dabei in fast übereinstimmenden Formulierungen und Phrasen für ihre Pflicht, den unverschämten Aggressor zu warnen, dass der Gegenschlag vernichtend sein werde, und spielten vage auf gewisse Atomfallen an.

Der pandeische Rundfunk hingegen beschrieb die Lage in ruhigen Tönen und erklärte unumwunden, dem Staat Pandea sei jedwede Entwicklung dieses Konflikts recht. Die privaten Stationen in Honti und Pandea unterhielten ihre Zuhörer mit fröhlicher Musik und frivolen Quizsendungen, und die beiden Regierungssender der Unbekannten Väter übertrugen ununterbrochen Reportagen von Hasskundgebungen im Wechsel mit Soldatenmärschen. Sef erwischte auch fremdsprachige Sendungen, die aber nur er verstand. So teilte er den anderen mit, dass das Fürstentum Ondol offensichtlich noch existiere, mehr noch – dass es seine räuberischen Angriffe auf die Insel Hazzalg fortsetze. (Außer Sef hatte keiner im Waggon je von diesem Fürstentum oder von der genannten Insel gehört.) Vor allem aber konnten sie über den Empfänger die wechselseitigen, unvorstellbar groben Beschimpfungen der Befehlshaber verschiedener Truppenteile und -verbände mithören, die sobald wie möglich über die zwei völlig ramponierten Eisenbahnlinien ins Hauptaufmarschgebiet vordringen wollten.

»Wieder sind wir nicht zum Krieg bereit, Massaraksch«, sagte Sef und schaltete das Radio aus. Damit war die Diskussion eröffnet.

Man widersprach ihm. Nach Ansicht der meisten rückte mit ihnen eine gewaltige Streitmacht vor, und die Hontianer würden schnell erledigt sein. Für die Kriminellen war das Wichtigste, die Grenze zu überschreiten: Dann sei wieder jeder sein eigener Herr, und sie könnten jede eroberte Stadt drei Tage lang plündern. Die Politischen, also die Entarteten, sahen die Lage düsterer; sie erwarteten von der Zukunft nichts Gutes und erklärten ohne Umschweife, man führe sie zur Schlachtbank: Sie sollten mit ihrem eigenen Körper die Atomminen auslösen, keiner von ihnen werde überleben, und es sei am allerbesten, sich in Frontnähe gut zu verstecken, damit sie niemand finde. Die Standpunkte der Streitenden waren so gegensätzlich, dass kein echtes Gespräch zustande kam und der Disput bald in den immer gleichen Beschimpfungen über die gemeinen Schweine endete, die ihnen schon den zweiten Tag nichts zu fressen gegeben und den ihnen zugeteilten Schnaps selbst gesoffen hatten. Darüber würden die Soldaten der Strafeinheit nun die ganze Nacht schimpfen, so dass sich Sef und Maxim von der Menge entfernten und sich auf ihre Pritschen legten, die aus ungehobelten Brettern schief zusammengenagelt waren.

Sef war hungrig und wütend, er wollte schlafen, aber Maxim hinderte ihn daran. »Schlafen kannst du später«, sagte er streng. »Morgen sind wir vielleicht schon an der Front, und bis jetzt haben wir noch über nichts gesprochen.« Sef brummte in seinen Bart, dass es nichts zu bereden gäbe, der Morgen sei klüger als der Abend. Maxim habe doch selbst Augen im Kopf und müsse sehen, in welcher Lage sie sich befänden – mit diesen Kerlen sei unmöglich etwas anzufangen. Maxim wandte ein, davon sei vorerst auch keine Rede, doch habe er immer noch nicht begriffen, weshalb dieser Krieg angezettelt worden sei und wem er nütze, und Sef solle doch bitte schön nicht schlafen, wenn man sich mit ihm unterhalte, sondern seine Meinung äußern.

Sef jedoch hatte dazu keine Lust. Wie käme er denn dazu? Er müsse sehr dringend etwas fressen und hätte es wohl mit einem Milchbart zu tun, der nicht die einfachsten Schlüsse ziehen könne und noch dazu auf Revolution aus sei. Dann knurrte er, gähnte und kratzte sich, wickelte seine Fußlappen neu, schimpfte wieder, und wurde dann – ermuntert, angespornt und getrieben – endlich gesprächig und legte Mak seine Auffassung über die Gründe des Krieges dar.

Seiner Meinung nach gab es mindestens drei, wobei diese sich entweder zu gleichen Teilen auswirkten, oder einer die anderen dominierte. Womöglich existierte sogar noch ein vierter, der aber ihm, Sef, bisher nicht eingefallen sei. In erster Linie ginge es um die Ökonomie, denn jeder wisse: Ist die Wirtschaft räudig, fängt man am besten einen Krieg an, um allen auf einmal das Maul zu stopfen. Wildschwein, der den Einfluss der Ökonomie auf die Politik von vorne bis hinten studiert hatte, habe diesen Krieg schon vor fünf Jahren vorausgesagt. Die Türme seien das eine – Mangel etwas ganz anderes: Einem Hungrigen könne man nicht lange einreden, er sei satt; das verkrafte seine Psyche nicht. Und ein verrücktes Volk zu regieren mache wenig Spaß, zumal Verrückte unempfänglich seien gegen die Strahlung. Der zweite mögliche Grund sei ideologischer Natur. Die Staatsideologie im Land der Väter fuße auf einer äußeren Bedrohung. Anfangs sei das einfach nur eine Lüge gewesen, um Disziplin in die Nachkriegsanarchie zu bringen. Dann aber hätten sich diejenigen von der Macht zurückgezogen, die diese Lüge erfunden hatten, ihre Nachfolger aber glaubten nun tatsächlich, Honti wolle ihre Reichtümer plündern. Und wenn man bedenke, dass Honti eine ehemalige Provinz des alten Reiches sei, die sich in schweren Zeiten für unabhängig erklärt hatte, kämen noch kolonialistische Aspekte hinzu: die Dreckskerle wieder zurück ins Reich zu holen und sie vorher hart zu bestrafen. Und schließlich sei noch ein innenpolitischer Grund denkbar. Es gebe schon viele Jahre Streit zwischen dem Departement für Volksgesundheit und den Militärs. Im Prinzip ginge es darum, wer wen schlucke. Das Volksgesundheitsdepartement sei eine unersättliche, ja, unheimliche Organisation. Wenn sich die Kriegshandlungen nun aber einigermaßen erfolgreich entwickelten, könnten die Herren Generale diesen Verein mühelos an die Kandare nehmen. Käme bei dem Krieg jedoch nichts Gescheites heraus, gerieten die Generale unter Druck. Insofern könne man letztlich auch nicht ausschließen, dass dieser ganze Krieg eine ausgeklügelte Provokation des Departements für Volksgesundheit sei. Übrigens sähe es sowieso danach aus – wenn man von dem Durcheinander ausgehe, das hier überall herrsche, und auch davon, dass sie schon seit einer Woche alles Mögliche in die Welt hinaustrompeteten, die Kämpfe aber, wie sich zeigte, noch nicht einmal begonnen hatten. Vielleicht, Massaraksch, auch gar nicht beginnen würden.

Als Sef an diesem Punkt angelangt war, polterten und ruckten die Puffer, und der Wagen erzitterte. Von draußen waren Schreie, Pfiffe und Hufgetrappel zu hören, und dann setzte sich der Zug mit der Panzer-Strafbrigade in Bewegung. »Und wieder gab's kein Fressen, keinen Schnaps …«, grölten die Kriminellen.

»Gut«, setzte Maxim das Gespräch fort. »Das klingt alles sehr glaubhaft. Aber wie stellst du dir den Verlauf des Krieges vor, wenn er nun doch beginnt? Was passiert dann?«

Sef raunzte aggressiv, er sei ja wohl kein General, erklärte dann aber trotzdem, wie sich die Dinge für ihn darstellten: »Den Hontianern ist es gelungen, sich in der kurzen Atempause zwischen Welt- und Bürgerkrieg durch einen mächtigen Atomminengürtel gegen ihre einstige Kolonialmacht abzugrenzen. Außerdem verfügen sie zweifellos über Atomartillerie, und ihre Machthaber waren klug genug, diese Reichtümer nicht während des Bürgerkriegs zu verpulvern, sondern für uns aufzusparen. Demzufolge wird sich unsere Invasion etwa folgendermaßen abspielen: An die Spitze des Marsches stellen sie drei oder vier Strafbrigaden der Panzertruppen, lassen reguläre Armee-Einheiten nachdrängen, und hinter den Armisten folgen die Sperrabteilungen der Gardisten mit schweren Panzern, auf denen Emitter installiert sind. Entartete wie ich stürmen vorwärts, um den Strahlenschlägen zu entgehen; die Kriminellen und die Armee drängen in der ihnen suggerierten Kampfbegeisterung nach vorne. Abweichler von dieser Norm, und die wird es zweifellos geben, fallen im Feuer der Mistkerle von der Garde. Wenn die Hontianer keine Idioten sind, werden sie aus weitreichenden Geschützen die Sperreinheiten beschießen. Doch man muss wohl eher davon ausgehen, dass sie Idioten sind und daher damit beschäftigt sein werden, sich gegenseitig umzubringen: Die Liga stürzt sich in den Kriegswirren auf die Union, und die Union geht der Liga an die Gurgel. Inzwischen aber dringen unsere tapferen Heere tief in das feindliche Gebiet ein. Und dann, Mak, beginnt das Allerinteressanteste, das du und ich aber leider nicht mehr erleben werden: Unser glorreicher Panzerstrom beginnt, sich über das Land zu verteilen, verliert dabei seine Geschlossenheit und verlässt unausweichlich den Wirkungsbereich der Emitter. Wenn du, was Gai betrifft, die Wahrheit gesagt hast, dann kriegen diese ›versprengten Soldaten‹ unverzüglich ihren Strahlen-Katzenjammer, der umso stärker sein wird, als die Gardisten während des Durchbruchs nach Honti sicher nicht mit Strahlenstößen sparen werden, um die Soldaten kräftig anzutreiben … Massaraksch!«, rief Sef. »Ich sehe geradezu, wie sich diese Kretins aus den Panzern herauswinden, zu Boden sinken und darum bitten, sie zu erschießen. Und die guten Hontianer, erst recht ihre Soldaten, durch den Krieg vollkommen verroht, werden es ihnen kaum abschlagen … Das wird ein beispielloses Blutbad, Mak!«

Der Zug fuhr jetzt schneller, der Waggon schaukelte heftig. In der Ecke gegenüber saßen die Kriminellen über einem Würfelspiel; die Lampe unter der Decke schlenkerte, und auf einer der unteren Schlafpritschen brabbelte jemand monoton – wahrscheinlich betete er.

Es stank nach Schweiß, Schmutz und Latrine, der Tabakrauch brannte in den Augen.

»Ich denke, dass man das im Generalstab berücksichtigt«, fuhr Sef fort, »und deshalb wird es keine forcierten Angriffe geben. Es wird ein träger Stellungskrieg. Aber bei all ihrer Dummheit werden die Hontianer irgendwann begreifen, was los ist, und Jagd auf die Emitter machen … Nein, ich weiß auch nicht, was wird«, schloss er. »Ich weiß nicht mal, ob sie uns morgen früh zu fressen geben. Fürchte, sie geben uns wieder nichts, weshalb sollten sie auch …«

Sie schwiegen. Dann fragte Maxim: »Bist du sicher, dass wir richtig handeln? Dass hier unser Platz ist?«

»Befehl vom Stab«, knurrte Sef.

»Befehl, schön und gut«, wandte Maxim ein, »aber wir haben auch Köpfe auf den Schultern. Möglicherweise wäre es richtiger gewesen, mit Wildschwein zusammen abzuhauen. Vielleicht wären wir in der Hauptstadt nützlicher.«

»Vielleicht«, murmelte Sef. »Vielleicht auch nicht. Du hast doch gehört, Wildschwein rechnet mit Atombombenabwürfen. Dabei werden viele Türme fallen und freie Regionen entstehen. Wenn es aber nicht zu Bombardements kommt? Keiner weiß Genaues, Mak. Ich kann mir gut vorstellen, was für ein Durcheinander jetzt im Stab herrscht. Die Rechten wittern Morgenluft: Jeden Moment können in der Regierung Köpfe rollen, und dann wird dieses ganze Gesindel auf die frei gewordenen Plätze drängen.« Er versank in Gedanken, zauste sich den Bart. »Wildschwein hat von Atombomben gefaselt, aber ich glaube, er ist nicht ihretwegen in der Hauptstadt. Ich kenne ihn, er will diesen Elitaristen schon lange an den Kragen. Gut möglich, dass auch im Stab die Köpfe rollen.«

»Auch dort geht es also drunter und drüber«, sagte Maxim langsam. »Auch sie sind nicht vorbereitet.«

»Wie könnten sie?«, erwiderte Sef. »Die einen träumen davon, die Türme zu vernichten, andere wollen sie behalten. Der Untergrund ist keine politische Partei – ein Mischmasch ist das, Salat mit Seepilzen!«

»Ja, ich weiß«, sagte Maxim, »ein einziger Salat …«

Der Untergrund war nicht nur keine Partei, er war nicht einmal ein Bündnis von Parteien. Die Umstände hatten den Stab in zwei unversöhnliche Lager gespalten: in die absoluten Gegner der Türme und in die absoluten Befürworter. Alle diese Leute standen mehr oder weniger in Opposition zur bestehenden Ordnung, aber, Massaraksch, wie unterschiedlich waren ihre Beweggründe!

Da gab es die Biologisten, denen es völlig gleich war, wer sich an der Macht befand – der Papa; der Spross einer Familie großer Geldleute; der Anführer eines Clans von Bankiers und Industriellen oder eine demokratische Union der Werktätigen. Sie wollten allein, dass die verfluchten Türme verschwänden und sie endlich wieder wie Menschen leben könnten, das heißt, wie früher, in der Vorkriegszeit. Dann gab es die Aristokraten – Überreste der privilegierten Klassen des alten Reichs. Sie bildeten sich immer noch ein, es läge hier ein langanhaltendes Missverständnis vor, und das Volk sei dem legitimen Erben des Kaiserthrons – einem trostlosen, groben Kerl, der soff und an Nasenbluten litt – bis heute treu. Nur diese gemeinen Türme, eine verbrecherische Erfindung von eidbrüchigen Professoren der Kaiserlichen Akademie der Wissenschaften, hinderten das gute, einfache Volk daran, seine aufrichtige Ergebenheit für den legitimen Herrscher zum Ausdruck zu bringen. Und dann gab es noch die Revolutionäre, die ebenfalls für die bedingungslose Zerstörung der Türme eintraten – hiesige Kommunisten und Sozialisten, wie zum Beispiel Wildschein. Sie waren in der Theorie beschlagen und von den Klassenkämpfen der Vorkriegszeit kampfgestählt; für sie war die Zerstörung der Türme nur eine notwendige Voraussetzung für die Rückkehr zum natürlichen Verlauf der Geschichte, das Fanal für eine Reihe von Revolutionen, an deren Ende eine gerechte Gesellschaftsordnung stehen sollte. Ihnen hatten sich auch die aufrührerisch gestimmten Intellektuellen wie Sef oder der tote Gel Ketschef angeschlossen – ehrliche Menschen, die das System der Türme für widerwärtig und gefährlich hielten und glaubten, es werde die Menschheit in eine Sackgasse führen.

Zum anderen Lager des Untergrunds zählten die Elitaristen, die Liberalen und die Aufklärer. Sie alle waren für die Beibehaltung der Türme. Die Elitaristen – der äußerste rechte Flügel des Untergrunds – waren, wie Sef es ausdrückte, eine Bande von Machtgierigen, die es in die Regierung drängte und die dabei bisher keinen Erfolg gehabt hatten: Ein gewisser Kalu der Spitzbube, früher ein prominenter Führer dieser faschistischen Gruppierung, hatte es mittlerweile bis ins Departement für Propaganda geschafft. Die Politbanditen waren bereit, mit aller Gewalt und ohne Bedenken bei der Wahl ihrer Mittel gegen jede Regierung zu kämpfen, der sie nicht selbst angehörten. Die Liberalen waren eigentlich gegen die Türme und gegen die Unbekannten Väter; am meisten jedoch fürchteten sie einen Bürgerkrieg. Sie waren patriotisch, sorgten sich um Ruhm und Macht des Staates und befürchteten daher, die Vernichtung der Türme werde ins Chaos führen, zur Schändung der Heiligtümer und zum irreparablen Zerfall der Nation. Was nun die Aufklärer anging, so waren das zweifellos ehrliche, aufrichtige und kluge Leute. Sie hassten die Tyrannei der Unbekannten Väter, waren kategorisch gegen die Verwendung der Türme zum Betrug an den Massen, hielten sie aber für ein machtvolles Werkzeug zur Erziehung des Volkes. Der heutige Mensch sei von Natur aus ein Wilder, sagten sie, ein Tier. Ihn mit klassischen Methoden zu erziehen, würde viele Jahrhunderte dauern. Ziel der Aufklärer war es daher, das Tier im Menschen auszubrennen, seine animalischen Instinkte abzutöten, ihn das Gute und die Nächstenliebe zu lehren und ihm den Hass auf Unwissenheit, Lüge und Gleichgültigkeit einzuflößen. Diese edle Aufgabe, so die Aufklärer, könne man mit Hilfe der Türme im Laufe einer einzigen Generation bewältigen.

Kommunisten gab es nur wenige – fast alle waren im Krieg oder während des Umsturzes umgebracht worden. Die Aristokraten nahm niemand ernst; die Liberalen wiederum waren zu passiv und wussten oft selbst nicht, was sie wollten. Die einflussreichsten Gruppierungen mit den meisten Anhängern stellten daher die Biologisten, die Elitaristen und die Aufklärer dar. Sie hatten allerdings nahezu nichts gemeinsam. So bestand der Untergrund aus den unterschiedlichsten Gruppierungen, die zwar allesamt für parlamentarische Regierungsformen eintraten, aber weder über ein einheitliches Programm noch über eine einheitliche Führung, eine einheitliche Strategie oder Taktik verfügten.

»Ja, ein Salat«, wiederholte Maxim. »Traurig. Ich hatte gehofft, ihr würdet trotz allem den Krieg irgendwie nutzen – die Schwierigkeiten, die mögliche revolutionäre Situation.«

»Der Untergrund hat doch überhaupt keine Ahnung.« Sefs Gesicht wurde finster. »Woher soll der Untergrund denn wissen, was das bedeutet – Krieg mit Emittern im Nacken?«

»Keinen Heller seid ihr wert!« Maxim konnte sich nicht mehr beherrschen.

Jetzt brauste auch Sef auf. »He, du!«, schimpfte er. »Mal sachte, ja! Wer bist du denn, dass du unseren Wert bestimmen dürftest? Woher kommst du, Massaraksch, dass du dieses und jenes von uns forderst? Du willst einen Kampfauftrag? Bitte sehr: Alles sehen, überleben, zurückkehren, Bericht erstatten. Das erscheint dir zu einfach? Wunderbar. Umso besser für uns. Und jetzt Schluss damit. Ich will schlafen.«

Er drehte Maxim den Rücken zu und herrschte plötzlich die Würfelspieler an: »He, ihr Totengräber! Schlafenszeit! Los, auf die Pritschen!«

Maxim legte sich auf den Rücken, schob die Hände unter den Kopf und starrte an die niedrige Decke des Waggons; dort kroch irgendetwas. Leise und böse beschimpften sich die »Totengräber«, die jetzt schlafen gingen. Der Nachbar zur Linken stöhnte und winselte im Schlaf. Er war todgeweiht und schlief wohl zum letzten Mal in seinem Leben. Auch alle anderen, die da schnarchten, schnauften und sich hin und her wälzten, verbrachten vermutlich ihre allerletzte Nacht. Die Welt war fahlgelb, stickig und hoffnungslos. Die Räder polterten, die Lokomotive heulte, Brandgeruch drang durch das kleine, vergitterte Fenster, und dahinter glitt ein trostloses Land ohne Hoffnung dahin, ein Land von Sklaven, Verdammten und von wandelnden Marionetten.

Alles hier ist morsch, dachte Maxim. Kein einziger lebendiger Mensch. Kein klarer Kopf. Wieder bin ich reingefallen, weil ich auf jemanden, auf irgendetwas gebaut habe. Hier darf man auf nichts hoffen. Auf keinen Menschen sich verlassen. Nur auf sich selbst. Doch was bin ich allein? Soweit ich die Geschichte kenne, kann einer allein absolut nichts erreichen. Vielleicht hat Hexenmeister Recht? Vielleicht sollte ich mich raushalten? Ruhig und ohne Gefühl, von der Höhe meines Wissens um die unausbleibliche Zukunft zusehen, wie es siedet, brodelt und zerschmilzt. Wie sich die naiven, linkischen, ungeschickten Kämpfer erheben, um kurz danach zu fallen. Beobachten, wie der Krieg sie zu Damaszener Klingen schmiedet und zur Härtung in Ströme blutigen Drecks taucht. Zusehen, wie es Leichen auf die Schmiedeschlacke hagelt? Nein, ich kann das nicht. Schon in solchen Kategorien zu denken, ist widerwärtig. Grauenhafte Sache – dieses festgefügte Gleichgewicht der Kräfte. Aber Hexenmeister hat auch gesagt, ich sei stark, eine Kraft in diesem Gleichgewicht. Und da es einen konkreten Feind gibt, findet diese Kraft jetzt ihren Angriffspunkt … Nein, die werden mich hier plattmachen, durchfuhr es ihn plötzlich. Bestimmt. Aber nicht morgen!, sagte er sich entschieden. Erst, wenn ich als Kraft in Erscheinung getreten bin, nicht vorher. Und auch das wollen wir erst mal sehen. Das Zentrum, dachte er, die Zentrale. Die muss man suchen, darauf die Organisation lenken. Und ich werde es tun. Ich werde ihnen beibringen, sich mit den wichtigen Dingen zu befassen. Auch dir, mein Freund, bringe ich das bei. Wie er schnarcht. Schnarch nur, schnarch, morgen hole ich dich hier raus. Aber Schluss jetzt, ich muss schlafen. Wann werde ich endlich wieder wie ein Mensch schlafen? In einem schönen großen Zimmer, auf frischen Laken. Was ist das hier für eine Sitte, so häufig ein und dasselbe Laken zu benutzen? Ja, ein frisches Laken, und vor dem Einschlafen ein gutes Buch lesen, dann die Trennwand zum Garten aufschieben, das Licht löschen. Am Morgen mit Vater frühstücken und ihm von diesem Waggon erzählen. Mama darf davon natürlich nichts hören. Mama, denk dran, ich lebe. Alles in Ordnung, auch morgen wird mir nichts passieren. Und der Zug fährt und fährt, hat schon lange nicht gehalten. Offenbar ist jetzt doch irgendwem irgendwo klargeworden, dass ohne uns der Krieg nicht anfängt. Wie mag es wohl Gai gehen, in seinem Korporalswagen? Wahrscheinlich elend, dort sind ja alle ganz kriegsbegeistert. An Rada habe ich lange nicht gedacht. Ich werde jetzt an Rada denken. Nein. Jetzt ist nicht die Zeit dafür. Gut, Maxim, mein Freund, armes Kanonenfutter, schlaf jetzt. Er erteilte sich diesen Befehl und schlief auf der Stelle ein.

Im Traum sah er die Sonne, den Mond, die Sterne. Alle auf einmal, so ein seltsamer Traum war das.

Ihm war nur kurze Ruhe vergönnt. Der Zug hielt, quietschend rollte die schwere Tür zur Seite, und eine kräftige Stimme schnauzte: »Vierte Kompanie, raustreten!« Die Uhr zeigte fünf Uhr morgens, es tagte, war neblig, feiner Regen sprühte. Krampfhaft gähnend und von Kälteschauern geschüttelt, kletterten die Männer der Strafbrigade träge aus dem Waggon. Die Korporale standen schon bereit. Ungeduldig und wütend packten sie die Männer an den Beinen, zerrten sie auf den Boden, brieten den besonders phlegmatischen eins über und brüllten: »Abteilungsweise antreten! … Wohin willst du, du Vieh? Aus welchem Zug …? He, du mit der Fresse, wie oft soll man's dir noch sagen …? Was ist denn mit euch da? Lausige Bande!«

Irgendwie fanden die Abteilungen dann zusammen und nahmen vor den Waggons Aufstellung. Ein armes Würstchen, das sich im Nebel verirrt hatte, lief umher und suchte seinen Zug – von allen Seiten schrie man auf ihn ein. Und Sef, unausgeschlafen und schlecht gelaunt, krächzte mürrisch, aber vernehmlich: »Nur zu, nur zu, stellt uns auf, wir fechten euch heute richtig was aus!« Ein Korporal, der gerade vorbeilief, versetzte ihm eine Ohrfeige, woraufhin Maxim seinen Fuß vorstreckte – und schon lag der Korporal im Dreck. Die Männer lachten laut und voller Genugtuung los. »Brigade, stillgestanden!«, brüllte ein Unsichtbarer. Mit sich überschlagenden Stimmen trugen die Bataillonskommandeure das Kommando weiter. Dann griffen es die Kompaniechefs auf. Die Zugführer aber hasteten immerzu hin und her, denn keiner stand still: Die Strafsoldaten hatten die Hände in die Ärmel gesteckt, waren vor Kälte ganz in sich zusammengekrochen und tänzelten auf der Stelle, und die Glücklichen, die mit Reichtümern gesegnet waren, rauchten. In den Reihen wurde gemunkelt, dass man ihnen heute bestimmt wieder nichts zu fressen gebe und sie sich doch einfach zum Teufel scheren sollten mit ihrem Krieg. »Brigade, rührt euch!«, schrie nun Sef laut. »Zur Pause wegtreten!« Die Mannschaften wollten schon auseinanderlaufen, als die Korporale abermals hin und her hetzten, und man auf einmal glänzende schwarze Mäntel sah: An den Waggons entlang kamen Gardisten gerannt, in auseinandergezogener Reihe, die Maschinenpistolen im Anschlag. Erschrockenes Schweigen folgte, die Mannschaften nahmen hastig Aufstellung, richteten sich aus. Jemand von den Strafsoldaten faltete nach alter Gewohnheit sogar die Hände hinter dem Kopf und stellte sich breitbeinig hin.

Eine eiserne Stimme tönte leise, aber gut vernehmbar aus dem Nebel: »Wenn einer von euch Saukerlen das Maul aufreißt, wird geschossen.« Alle erstarrten. Die Minuten zogen sich, schleppten sich dahin, voller Anspannung und böser Erwartung. Der Dunst lichtete sich nun etwas, ließ ein schäbiges Bahnhofsgebäude, feuchte Schienen und Telegrafenmasten erkennen. Rechts, vor der Front der Brigade, hob sich dunkel eine kleine Gruppe von Männern ab. Sie sprachen leise miteinander, dann bellte jemand gereizt: »Befehl ausführen!«

Maxim schielte nach hinten. Dort standen reglos die Gardisten, starrten misstrauisch und hasserfüllt unter ihren Kapuzen hervor.

Aus dem Grüppchen löste sich eine plumpe Figur im Tarnanzug. Es war der Befehlshaber der Strafbrigade, Ex-Oberst der Panzertruppen Anipsu, degradiert und in Haft genommen wegen Schwarzhandels mit staatlichem Kraftstoff.

Er stellte sich vor die Soldaten, fuchtelte mit seinem Stock, riss den Kopf herum und begann seine Rede: »Soldaten! Nein – ich habe mich nicht versprochen: Ich wende mich an euch als Soldaten, obwohl wir alle – ich inbegriffen – noch immer den Abschaum der Gesellschaft bilden. Seid dankbar, dass man euch erlaubt, an den heutigen Kämpfen teilzunehmen. In einigen Stunden werdet ihr fast alle krepiert sein, und das ist gut so. Diejenigen aber, die davonkommen, erwartet ein herrliches Leben: Verpflegung nach Soldatensatz, Schnaps und so weiter. Gleich werden wir Stellung beziehen, und ihr steigt in eure Fahrzeuge. Verlangt wird eine Kleinigkeit – etwa hundertfünfzig Kilometer auf den Ketten vorzudringen. Zu Panzerschützen taugt ihr wie Flaschen zum Hammer, das wisst ihr selbst, aber dafür ist alles, was ihr bekommt, euer. Nehmt es. Das sage ich euch, euer Kampfgefährte Anipsu. Einen Weg zurück gibt es nicht, nur einen nach vorn. Weicht einer zurück, vernichte ich ihn auf der Stelle. Das betrifft vor allem die Fahrer. Es gibt keine Fragen. Brigade! Rechts – um! Nach vorn – aufschließen! … He, ihr Stöcke, ihr Tausendfüßler! Aufschließen war befohlen! Korporale, Massaraksch! Wo guckt ihr denn hin? Eine Herde ist das … Zu Viererreihen ordnen! Korporale, ordnet diese Schweine in Viererreihen! Massaraksch …«

Mit Hilfe der Gardisten gelang es den Korporalen, die Brigade zu einem Marschblock zu formieren. Wieder erscholl das Kommando »Stillgestanden!«. Maxim stand nun dicht beim Brigadekommandeur. Der Ex-Oberst war vollkommen betrunken. Auf seinen Stock gestützt, schwankte er hin und her, wackelte mit dem Kopf und wischte sich immer wieder mit der Faust über seine brutale Visage. Die Bataillonskommandeure, ebenfalls völlig betrunken, hielten sich hinter seinem Rücken – einer kicherte wie blöde, ein anderer versuchte mit stumpfsinniger Hartnäckigkeit, sich eine Zigarette anzustecken, und der dritte griff immerzu nach seiner Pistolentasche und stierte mit blutunterlaufenen Augen in die Reihen. In der Kolonne schnupperte man neidisch dem Geruch des Alkohols hinterher, beifällige Bemerkungen wurden laut. »Los, los …«, knurrte Sef. »Wir fechten's euch schon aus.« Ärgerlich boxte Maxim ihm mit dem Ellenbogen in die Seite.

»Halt den Mund«, presste er durch die Zähne. »Es reicht jetzt.«

Unterdessen traten zwei Männer auf den Oberst zu – ein Rittmeister mit Pfeife im Mund und ein massiger Ziviler in Hut und langem Mantel, den Kragen hochgeschlagen. Der Zivilist kam Maxim irgendwie bekannt vor, und er musterte ihn genauer. Gerade sagte der Mann etwas halblaut zum Oberst. »Hä?«, fragte der und sah den Dicken mit trübem Blick an. Wieder sagte der Zivilist etwas und wies mit dem Daumen über die Schulter auf die Strafbrigade. Der Rittmeister paffte derweil gleichgültig seine Pfeife. »Wozu das?«, bellte der

Oberst. Der Zivilist holte ein Schreiben hervor, aber der Oberst schob es mit einer Handbewegung weg. »Geb ich nicht raus«, murrte er. »Alle hier müssen krepieren wie ein Mann.« Der Dicke ließ nicht locker. »Darauf pfeif ich!«, schrie der Oberst. »Auch auf euer Departement pfeif ich. Alle werden krepieren. Hab ich Recht?«, fragte er den Rittmeister, der ihm nicht widersprach. Da packte der Zivilist den Oberst am Uniformärmel und zog ihn zu sich heran; dabei plumpste dieser mitsamt seinem Stock beinahe in den Dreck. Der kichernde Bataillonskommandeur lachte daraufhin laut und blöde los. Das Gesicht des Obersten verfärbte sich dunkel; zornig griff er in seine Pistolentasche und zerrte eine große Armeepistole hervor. »Ich zähle bis zehn!«, schrie er den Zivilisten an. »Eins ... zwei ...« Der Dicke spuckte aus und schritt an der Kolonne vorbei davon; den Männern blickte er dabei ins Gesicht. Der Oberst jedoch zählte weiter, und als er bei zehn angelangt war, eröffnete er das Feuer. Da endlich wachte der Rittmeister auf und überredete den Oberst, seine Waffe wegzustecken. »Alle müssen krepieren«, schrie der Oberst. »Zusammen mit mir ... Brigade! Hört auf mein Kommando! Im Gleichschritt – marsch!«

Und die Brigade setzte sich in Bewegung. In einer aufgeweichten, kettenzerfahrenen Spur stiegen die Strafsoldaten rutschend und sich aneinander festhaltend zu einem morastigen Talweg hinab. Sie bogen ein und entfernten sich allmählich von der Bahnlinie; dann stießen die Zugführer hinzu. Gai ging neben Mak. Er war blass und schwieg lange, obwohl Sef ihn sofort gefragt hatte, was man so höre. Der Talweg wurde allmählich breiter, Strauchwerk zeichnete sich ab, dann ein Wäldchen. Am Wegrand stand, die Ketten in den Schlamm gewühlt, ein riesiger, klobiger Panzer: uraltes Modell, völlig anders als die Patrouillenpanzer des Küstenschutzes, mit kleinem quadratischem Turm und winziger Kanone. Neben ihm hantierten düster dreinschauende Männer in ölverschmierten Jacken. Die Strafsoldaten trotteten ungeordnet vorwärts, hatten ihre Hände in den Taschen und die steifen Kragen hochgeschlagen. Viele schielten verstohlen zur Seite – gab es keine Möglichkeit zu verschwinden? Die Büsche waren verlockend, aber auf den Hängen über dem Talweg wachten alle zwei-, dreihundert Schritt die schwarzen Gardisten mit ihren Maschinenpistolen. Von vorne schoben sich durch große Pfützen drei Tankwagen heran. Ihre Fahrer blickten finster drein und würdigten die Strafsoldaten keines Blickes. Der Regen nahm zu, die Stimmung verschlechterte sich. Sie gingen schweigend weiter, gefügig wie Vieh, und blickten immer seltener um sich.

»Hör mal, Zugführer«, murmelte Sef, »gibt man uns wirklich nichts zu fressen?«

Gai holte einen Brotkanten aus der Tasche und drückte ihn Sef in die Hand.

»Das ist alles«, sagte er. »Bis zum Grabe.«

Sef ließ das Brot in seinem Bart verschwinden, und sofort begannen seine Kiefer zu mahlen. Ein Wahnsinn ist das, dachte Maxim. Alle wissen, dass sie in den sicheren Tod gehen, und trotzdem gehen sie. Heißt das, sie hoffen noch auf etwas? Hat vielleicht jeder einen Plan? Aber nein, sie wissen ja nichts von der Strahlung ... Jeder denkt, irgendwo da vorne biege ich ab, springe aus dem Panzer und werfe mich auf die Erde, sollen doch die anderen Idioten vorstürmen. Und was die Strahlung betrifft, so müsste man Flugblätter schreiben, es auf öffentlichen Plätzen hinausschreien, es über den Rundfunk verbreiten. Freilich laufen die Radios nur auf zwei Frequenzen – egal, dann nutzen wir eben die Sendepausen. Überhaupt sollte man die Leute nicht mehr gegen die Türme einsetzen, sondern für die Konterpropaganda. Aber das kommt alles noch, später ... Jetzt darf ich mich nicht ablenken lassen, muss auf alles achten, die kleinste Spalte suchen. Am Bahnhof waren keine Panzer und keine Kanonen, sondern nur die

Schützen der Garde. Das habe ich zu bedenken. Der Talweg ist erfreulich tief, und die Bewachung zieht man bestimmt ab, sobald wir durch sind. Doch nein, die Wachen haben damit gar nichts zu tun – sobald die Emitter eingeschaltet sind, werden alle vorwärtsstürmen. Deutlich sah er das Bild vor sich, wie die Emitter sich in die Reihen bohrten und die Panzer der Strafsoldaten aufheulend voranstürzten. Ihnen nach strömten Scharen von Armisten … Sie werden den gesamten Frontstreifen bestrahlen, dachte er. Die Tiefe dieses Streifens lässt sich schwer bestimmen, der Wirkungsradius der Emitter ist ja nicht bekannt. Zwei, drei Kilometer dürften es sein. Auf einer Breite von zwei oder drei Kilometern bleibt also kein einziger Mensch mit klarem Kopf. Außer mir. Nein, es sind nicht nur zwei, drei Kilometer. Es sind mehr. Sämtliche stationären Anlagen, die Türme – alles werden sie einschalten, und das auf maximale Leistung. Der ganze Grenzbezirk verliert den Verstand. Massaraksch, was mache ich nur mit Sef, der hält das doch nicht aus. Maxim sah zu ihm hinüber; der Bart des weltberühmten Arztes bewegte sich gemächlich, er kaute noch immer den Brotkanten … Macht nichts, Sef wird es aushalten. Schlimmstenfalls muss ich ihm helfen, obwohl ich fürchte, dass dafür keine Zeit bleibt. Dazu noch Gai – ihn darf ich überhaupt nicht aus den Augen lassen. Ich muss mich anstrengen. Aber was soll's. Letzten Endes werde ich in diesem trüben Chaos sowieso der Anführer sein, und niemand wird mich aufhalten können, es auch nicht wollen …

Sie ließen das Wäldchen hinter sich und hörten auf einmal ununterbrochenes Lautsprechergemurmel, das Knattern von Auspuffen und Gezeter. Auf einem nach Norden hin sanft ansteigenden, grasbewachsenen Hang standen drei Reihen Panzer. Zwischen ihnen patrouillierten Soldaten, ballten sich graublau die Abgaswolken.

»Da sind ja unsere Särge!«, rief jemand in den vorderen Reihen laut und fröhlich.

»Sieh dir an, was sie uns geben«, sagte Gai. »Vorkriegspanzer, Reichsplunder, Konservenbüchsen. Hör mal, Mak, müssen wir wirklich hier verrecken? Denn das ist der sichere Tod.«

»Wie weit ist es von hier bis zur Grenze?«, fragte Maxim. »Und was ist überhaupt hinter dem Hügel?«

»Eine Ebene«, antwortete Gai. »Flach wie ein Tisch. Etwa drei Kilometer entfernt liegt die Grenze, dahinter wieder Hügel, sie ziehen sich.«

»Kein Fluss?«

»Nein.«

»Schluchten?«

»N-nein, ich erinnere mich nicht. Weshalb?«

Maxim griff nach seiner Hand und drückte sie fest.

»Verlier nicht den Mut, Gai. Alles wird gut.«

Voll verzweifelter Hoffnung blickte ihn Gai an. Seine Augen waren eingesunken, die Jochbeine traten hervor. »Meinst du wirklich?«, flüsterte er. »Ich sehe allerdings keinen Ausweg. Die Waffe haben sie mir weggenommen, in den Panzern sind nur Übungsgranaten, und die Maschinengewehre fehlen. Vor uns liegt der Tod und hinter uns auch.«

»Aha«, bemerkte Sef hämisch und stocherte in seinen Zähnen. »Machst dir wohl in die Hosen? Das ist was anderes, als Sträflingen aufs Maul zu schlagen.«

Die Kolonne zwängte sich in eine der Lücken zwischen den Panzerreihen und stoppte. Es wurde schwierig, sich zu unterhalten. Direkt auf dem Boden hatte man riesige Lautsprecher aufgestellt, aus denen ein sonorer Bass vom Tonband verkündete: »Dort, hinter dem Hang der Talsenke, wartet der tückische Feind. Nur vorwärts, vorwärts. Die Hebel anziehen – und vorwärts. Gegen den Feind … Dort, hinter dem Hang der Talsenke, wartet der tückische Feind. Nur vorwärts, vorwärts. Die Hebel anziehen – und vorwärts …« Mitten im Wort brach die Stimme, und der Oberst brüllte los. Er stand auf dem Kühler seines Geländewagens, die Bataillonsführer hielten ihn an den Beinen fest.

»Soldaten!«, brüllte der Oberst. »Genug die Zunge gewetzt. Vor euch stehen die Panzer. An die Maschinen! Vor allem die Fahrer, auf die anderen pfeif ich. Jeder aber, der zurückbleibt ...« Er holte seine Pistole hervor und zeigte sie hoch. »Klar, ihr verlausten Schweine? Meine Herren Kompanieführer, bringen Sie die Besatzungen zu den Panzern!«

Sie drängten durcheinander. Der Oberst, der auf dem Kühler hin und her schwankte, grölte noch immer, war aber nicht mehr zu hören, weil die Lautsprecher wieder vom Feind faselten, der auf sie warte ... Alle Strafsoldaten stürzten nun zur dritten Panzerreihe, wo es zu einer Prügelei kam. Beschlagene Stiefel wirbelten durch die Luft; die graue Menge wimmelte um die Panzer. Einige setzten sich nun ruckelnd in Bewegung, und die Soldaten, die noch darauf herumkletterten, stürzten hinunter. Der Oberst war vor Anstrengung blau angelaufen und gab über die Köpfe hinweg einen Schuss ab. Sofort liefen aus dem Wald in schwarzer Kette die Gardisten herbei.

»Gehen wir.« Maxim nahm Gai und Sef fest bei den Schultern und führte sie im Laufschritt zu einem Panzer am äußersten Rand der ersten Reihe; er war voller Flecken, dunkel und ließ das Rohr kraftlos hängen.

»Warte«, stammelte Gai verwirrt und blickte sich um. »Wir gehören doch zur vierten Kompanie, die steht da hinten, in der zweiten Linie.«

»Komm schon, los, komm!« Maxim wurde ärgerlich. »Vielleicht willst du auch noch den Zug befehligen?«

»Einmal Soldat, immer Soldat«, knurrte Sef.

Plötzlich packte jemand Maxim hinten am Gürtel. Ohne hinzusehen, versuchte er, sich wieder loszureißen, aber es gelang ihm nicht. Er drehte sich um. Mit einer Hand an ihn geklammert, mit der anderen die blutige Nase wischend, humpelte das vierte Besatzungsmitglied hinter ihm her: der Fahrer, ein Krimineller mit dem Spitznamen »Haken«.

»Ach«, sagte Maxim. »Dich hatte ich ganz vergessen. Los, los, nicht zurückbleiben.«

Er ärgerte sich, dass er in dem ganzen Durcheinander seinen vierten Mann vergessen hatte, dem laut Plan eine nicht unbedeutende Rolle zukam. Doch nun knatterten die Maschinenpistolen der Garde los, sprangen pfeifend Kugeln über die Panzerungen. Sie duckten sich und rannten weiter. Hinter ihrem Panzer blieben sie stehen.

»Hört auf mein Kommando!«, befahl Maxim. »Haken, wirf den Motor an. Sef, in den Turm! Gai, überprüfe die unteren Luken. Aber sorgsam, sonst reiß ich dir den Kopf ab!«

Er ging um den Panzer herum und untersuchte die Ketten. In der Nähe wurde geschossen und gebrüllt, die Lautsprecher brabbelten monoton, aber Maxim hatte den festen Vorsatz, sich durch nichts ablenken zu lassen. Gerade schärfte er sich ein: »Lautsprecher – Gai – nicht vergessen«. Die Ketten waren mehr oder weniger in Ordnung, aber die Antriebsräder machten ihm Sorge. Was soll's, dachte er, wird schon gehen, lange will ich ja nicht mit ihm fahren. Gai kroch geschickt unter dem Panzer hervor, schmutzig und mit zerschundenen Händen.

»Die Luken sind eingerostet!«, rief er. »Ich habe sie nicht zugemacht, sollen sie offen bleiben. Richtig so?«

»Dort, hinter dem Hang der Talsenke, wartet der tückische Feind!«, mahnte die Tonbandstimme. »Nur vorwärts, vorwärts. Hebel anziehen …«

Maxim packte Gai am Kragen und zog ihn zu sich heran.

»Liebst du mich wie einen Bruder?«, fragte er und blickte seinem Freund fest in die Augen. »Vertraust du mir?«

»Ja«, antwortete Gai.

»Höre nur auf mich. Gehorche sonst niemandem. Alles, was sie sagen, ist Lüge. Ich bin dein Freund, ich allein. Merk dir das. Ich befehle: Merk dir das.«

Gai, ganz verwirrt, nickte ein paarmal und wiederholte leise: »Ja, ja. Ja. Nur du. Sonst niemand.«

»Mak!«, schrie ihnen jemand direkt in die Ohren.

Maxim wandte sich um. Vor ihm stand der Zivilist im langen Regenmantel, jetzt allerdings ohne Hut. Massaraksch … quadratisches Gesicht, auf dem sich die Haut schälte, rote, verquollene Augen … Fank! Eine blutige Schramme auf der Wange, die Lippe zerschlagen …

»Massaraksch!« Fank versuchte, den Lärm zu übertönen. »Sind Sie taub geworden, oder was? Erkennen Sie mich?«

»Fank!«, sagte Maxim. »Woher kommen Sie denn?«

Fank wischte sich das Blut von der Lippe. »Verschwinden wir!«, rief er. »Schnell!«

»Wohin?«

»Fort, zum Teufel! Los!«

Er packte Maxim am Overall und zerrte ihn weg. Maxim aber schob seine Hand zurück.

»Sie bringen uns um!«, schrie er. »Die Gardisten!«

Fank schüttelte den Kopf. »Ich habe einen Passierschein für Sie!« Und er ergänzte, weil Maxim sich nicht rührte: »Ich suche Sie im ganzen Land. Habe Sie kaum gefunden. Kommen Sie, schnell!«

»Ich bin nicht allein«, schrie Maxim.

»Ich verstehe nicht!«

»Ich bin nicht allein!«, wiederholte Maxim noch lauter. »Wir sind zu dritt. Allein gehe ich nicht!«

»Reden Sie keinen Blödsinn! Was soll dieser idiotische Edelmut? Sind Sie lebensmüde?« Fank schluckte, griff sich an die Kehle, und seine Worte erstarben im Husten.

Maxim sah um sich. Gai ließ kein Auge von ihm – bleich, mit zitternden Lippen, an seinen Ärmel geklammert; er hatte alles gehört.

Zwei Gardisten trieben mit Kolbenhieben einen blutbeschmierten Strafsoldaten in den Nachbarpanzer.

»Es ist *ein* Passierschein!« Fanks Stimme überschlug sich. »Einer!« Er hob einen Finger.

Maxim schüttelte den Kopf.

»Wir sind zu dritt!« Er zeigte drei Finger. »Ohne sie gehe ich nirgendwohin.«

Jetzt schob sich Sefs mächtiger Bart wie ein Reisigbesen aus der Seitenluke. Fank fuhr sich mit der Zunge über die Lippen. Offenbar wusste er nicht, was er tun sollte.

»Wer sind Sie?«, rief Maxim. »Wozu brauchen Sie mich?«

Fank warf ihm einen flüchtigen Blick zu und musterte Gai. »Soll der hier mit?«, fauchte er.

»Ja. Und dieser auch!«

Fanks Augen wurden wild. Er griff unter seinen Mantel, zog eine Pistole hervor und richtete ihren Lauf auf Gai. Mit aller Kraft schlug Maxim seine Hand nach oben, und die Pistole flog hoch in die Luft. Maxim, der selbst noch nicht begriffen hatte, was geschehen war, schaute ihr verstohlen hinterher. Fank krümmte sich und barg die verletzte Hand in seiner Achselhöhle. Und da schlug Gai ihm, knapp und präzise, so wie er es in den Übungen gelernt hatte, gegen den Hals, und Fank stürzte nieder, das Gesicht nach unten. Neben ihnen standen plötzlich Gardisten, verschwitzt, zähnefletschend und nahezu ausgezehrt von ihrer Wut.

»In den Panzer!«, herrschte Maxim Gai an, bückte sich und packte Fank unter den Armen.

Fank war schwer und passte nur mit Mühe durch die Luke. Als Maxim ihm hinterherkletterte, bekam er wie zum Abschied noch einen Kolbenschlag versetzt. Im Panzer war es so kalt und dunkel wie in einer Gruft. Es roch intensiv nach Diesel.

Sef zerrte Fank von der Luke weg und legte ihn auf den Fußboden. »Was ist das für einer?«, murrte er.

Bevor Maxim antworten konnte, hatte Haken, der den Starter lange und vergeblich gequält hatte, endlich den Motor in Gang gebracht. Alles ringsum ruckelte und dröhnte. Maxim winkte ab, kletterte in den Turm und lehnte sich hinaus. Zwischen den Panzern sah man jetzt nur noch Gardisten. Alle Motoren liefen, es herrschte ein Höllenlärm, und eine stickige, dicke Abgaswolke verdunkelte den Hang. Einige Panzer waren bereits losgefahren, da und dort ragten Köpfe aus den Türmen. Ein Strafsoldat, der sich aus dem benachbarten Fahrzeug beugte, machte Maxim Zeichen und verzog dabei sein angeschwollenes Gesicht, das voller blauer Flecken war, zu einer Grimasse. Dann verschwand er plötzlich, die Motoren heulten mit doppelter Kraft auf, und rasselnd stürmten alle Panzer gleichzeitig den Hang hinan.

Maxim spürte, wie er um den Leib gefasst und hinuntergezogen wurde. Er bückte sich und sah in Gais weit aufgerissene, irr starrende Augen – wie damals im Bomber. Gai hängte sich an ihn, murmelte ununterbrochen vor sich hin. Sein Gesicht war abstoßend und hatte nichts mehr von seiner Jungenhaftigkeit, dem naiven Mut; Maxim las darin nur Wahnsinn und die Bereitschaft zu töten. Es geht los, dachte er voll Abscheu und versuchte, den armen Gai von sich wegzuschieben. Es geht los … Sie haben die Emitter eingeschaltet …

Ruckelnd und vibrierend wühlte sich der Panzer zum Kamm hinauf. Unter seinen Ketten flogen dicke Grasklumpen hervor. Hinter ihnen war durch die dunkle Rauchwolke nichts mehr zu erkennen; vor ihnen breitete sich eine graue lehmige Ebene aus, schimmerten in der Ferne die flachen Hügel auf hontianischer Seite, und die Panzerlawine rollte mit gleichbleibender Geschwindigkeit auf sie zu. Reihen gab es nicht mehr, alle Fahrzeuge rasten um die Wette, stießen einander an, drehten sinnlos ihre Türme. Einer der Panzer verlor in voller Fahrt eine Kette, kreiste dann auf der Stelle und kippte um. Nun riss auch die zweite Kette und flog wie eine schwere glänzende Schlange durch die Luft; die Triebräder aber rotierten weiter. Dann sprangen aus den unteren Luken zwei graue Gestalten heraus und liefen, die Arme schwenkend, vorwärts, vorwärts, nur vorwärts gegen den tückischen Feind ... Auf einmal blitzte es. Durch das Rasseln und Tosen brach mit einem hellen Knall ein Kanonenschuss, und gleich darauf feuerten auch die anderen Panzer: Lange rote Zungen schnellten aus ihren Rohren. Dann verharrten die Panzer auf der Stelle, stießen dichten schwarzen Qualm aus, und eine Minute später waren sie in einer gelbschwarzen Wolke verschwunden. Maxim schaute zu. Ihm fehlte die Kraft, den Blick von diesem schrecklich absurden, aber grandiosen Schauspiel abzuwenden. Dabei löste er immer wieder geduldig Gais Hände, die ihn wie ein Schraubstock festhielten. Und Gai? Zerrte, rief, beschwor, dürstete danach, ihn, Maxim, mit eigener Brust gegen alle Gefahren abzuschirmen ... Menschen, Marionetten, Tiere ... Menschen.

Dann besann sich Maxim. Es war an der Zeit, die Steuerung zu übernehmen. Er ließ sich hinuntergleiten, klopfte im Vorübergehen Gai auf die Schulter, klammerte sich an einen Metallbügel und sah sich in dem engen, ruckelnden Kasten um. Fast erstickte er am Gasolingestank. Jetzt entdeckte er Fanks totenbleiches Gesicht mit den verdrehten Augen und Sef, der sich unter dem Granatenbehälter zusammengekrümmt hatte. Er stieß Gai, der ihn wieder bedrängte, zurück und kroch durch zum Fahrer.

Haken hatte die Hebel angezogen und gab Vollgas. Er sang und grölte so laut, dass er das Getöse des Panzers übertönte und Maxim sogar die Worte seines »Dankesliedes« verstehen konnte. Maxim musste ihn jetzt irgendwie zur Ruhe bringen, seinen Platz einnehmen und in all dem Qualm ein geeignetes Versteck finden – einen Hohlweg, eine tiefe Furche oder einen Hügel, wo sie vor den Atomexplosionen Deckung fänden. Aber es lief nicht nach Plan. Kaum hatte Maxim versucht, die verkrampften Fäuste des Fahrers von den Hebeln zu lösen, als sich der ergebene Gai von der Seite heranschlich und Haken, der seinem Gebieter nicht gehorcht hatte, einen gewaltigen Schraubenschlüssel quer über die Schläfe hieb. Haken rutschte in sich zusammen und gab die Hebel frei. Wütend schleuderte Maxim Gai beiseite, aber es war zu spät. Es blieb keine Zeit für Entsetzen oder Mitleid; er zerrte den Leichnam fort, setzte sich und griff nach dem Steuer.

Durch die Kontrollluke war fast nichts zu sehen – nur ein kleiner Ausschnitt des spärlich mit Gras bewachsenen Lehmbodens und, weiter entfernt, ein dichter dunkler Schleier, der von einem Brand herrührte. Unmöglich, in diesem Rauch etwas auszumachen. Es blieb nur eins: die Geschwindigkeit zu drosseln und so lange vorsichtig weiterzufahren, bis der Panzer die Hügel erreichte. Aber auch das war gefährlich, denn die Atomminen konnten auch vorher explodieren, und dann würden sie erblinden, verbrennen ... Gai drängte sich mal von rechts, mal von links an ihn heran, schaute ihn an und lauerte auf Befehle.

»Macht nichts, mein Freund ...«, brummte Maxim, als er ihn mit den Ellenbogen zurückschob. »Das geht vorbei ... Alles geht vorbei, alles ... Hab noch ein wenig Geduld ...«

Gai sah, dass Mak etwas sagte, und weinte vor Kummer, dass er wieder, genau wie damals im Bomber, kein einziges Wort verstand.

Der Panzer fuhr jetzt durch dichte schwarze Rauchschwaden. Links brannte ein Soldat. Gleich darauf musste Maxim scharf ausweichen, um nicht über einen von Ketten schon fast zerquetschten Toten zu fahren. Ein schiefer Grenzpfahl tauchte aus dem Qualm auf und verschwand wieder, dann folgten niedergerissene, zerfetzte Drahtsperren. Aus einem fast unsichtbaren Graben reckte sich kurz ein Mann in einem seltsamen weißen Helm, schüttelte wütend seine erhobenen Fäuste und verschwand wieder, als hätte ihn die Erde verschluckt. Der Schleier vor ihnen lichtete sich nun ein wenig, und Maxim sah die runden braunen Hügel schon ganz nahe – und davor das schlammverschmierte Heck eines Panzers, der sich schräg zur allgemeinen Bewegungsrichtung vorwärtsschleppte, und einen weiteren Panzer, der brannte. Maxim lenkte nach links und steuerte auf eine strauchbewachsene Mulde zwischen zwei höheren Hügeln zu. Doch ehe er sie erreichte, sprühte ihm Feuer entgegen und der ganze Panzer schepperte und vibrierte unter einem furchtbaren Schlag. Maxim war so verwirrt, dass er Vollgas gab; die Büsche und die fahlweiße Rauchwolke darüber schnellten ihm entgegen. Jetzt tauchten weiß schimmernde Helme vor ihm auf, hassverzerrte Gesichter und erhobene Fäuste. Und plötzlich hörte er, wie unter den Ketten Eisen krachte und zerbrach. Maxim biss die Zähne zusammen, wendete scharf nach rechts, nur fort von dieser Stelle. Er umfuhr einen Hügel über die Flanke, wobei sie Schlagseite bekamen und fast umgekippt wären; dann erreichte er endlich eine schmale, mit jungen Bäumchen bewachsene Senke. Hier hielt er an. Er klappte die vordere Luke auf, lehnte sich bis zum Gürtel hinaus und sah sich um. Der Ort schien geeignet: Von allen Seiten war der Panzer von hohen braunen Hängen umgeben. Maxim würgte das Triebwerk ab – und hörte, wie Gai in heiserem Falsett eine selbst erdachte Ode zu Ehren des mächtigen, über alles geliebten Mak kreischte, plump gereimt und voller Ergebenheit – ein Hund hätte dieses Lied dichten können, wäre er der menschlichen Sprache mächtig.

»Sei still!«, befahl Maxim. »Hol diese Leute raus und lege sie neben den Panzer … Halt, ich bin noch nicht fertig. Sei vorsichtig, es sind meine geliebten Freunde, unsere geliebten Freunde.«

»Und wohin willst du?«, fragte Gai entsetzt.

»Ich bleibe hier, in der Nähe.«

»Geh nicht fort«, jammerte Gai. »Oder erlaube, dass ich mitkomme.«

»Du gehorchst mir nicht«, sagte Maxim streng. »Tu, was ich verlangt habe. Vorsichtig. Denk dran, es sind unsere Freunde.«

Gai klagte laut, doch Maxim hörte schon nicht mehr hin. Er kletterte hinaus und lief auf einen der Hügel zu. Nach wie vor drängten die Panzer nach vorn, angestrengt heulten ihre Triebwerke, rasselten die Ketten, donnerten hin und wieder die Kanonen. Hoch am Himmel pfiff eine Granate vorbei. Gebückt lief Maxim den Hügel hinauf, kauerte dort zwischen den Sträuchern nieder und gratulierte sich noch einmal zu der gelungenen Wahl dieses Standorts.

Unten, nur einen Steinwurf von ihm entfernt, lag zwischen zwei Hügeln eine breite Passage, durch die sich eine lange Kolonne von Panzern schob; sie kamen aus der rauchbedeckten Ebene, bogen in die Passage ein und fuhren, dicht gedrängt und Kette an Kette, hintereinander her. Die Panzer waren flach, fast wie plattgedrückt, und wuchtig, hatten mächtige niedrige Türme und lange Kanonen. Das war keine Strafbrigade mehr, das war die reguläre Armee. Verblüfft, fast wie betäubt, beobachtete Maxim dieses Schauspiel; es kam ihm schaurig und unwirklich vor – wie ein Historienfilm. Die Luft schwang und zitterte vom Krachen und Heulen, der Hügel bebte unter seinen Füßen wie ein erschrecktes Tier, und doch schien es ihm, als bewegten sich die Panzer in einem düstren und drohenden Schweigen. Er wusste, dass dort, unter den Panzerplatten, verrückt gewordene Soldaten vor Begeisterung grölten, doch da alle Luken fest verschlossen waren, wirkten die Fahrzeuge wie hermetische Barren unbeseelten Metalls. Nachdem die letzten Fahrzeuge verschwunden waren, drehte sich Maxim um und blickte zurück zu seinem eigenen Panzer, der sich zwischen den Bäumen zur Seite geneigt hatte. Er wirkte wie ein ärmliches Blechspielzeug, wie eine hinfällige Parodie auf das echte Kriegsgerät, das er gerade beobachtet hatte. Ja, dort unten zog eine Macht vorbei, um auf eine andere, noch schrecklichere Macht zu treffen. Bei dem Gedanken an diese andere Macht sprang Maxim auf und hastete hinunter in das kleine Wäldchen.

Als er um den Panzer gebogen war, blieb er stehen.

Da lagen sie nebeneinander: Fank, der mit seinem bläulichweißen Gesicht einem Toten ähnelte; Sef, vor Schmerz gekrümmt und stöhnend, die schmutzig-fahlen Finger in den roten Schopf gekrallt, und der heiter lächelnde Haken mit den leblosen Augen einer Puppe. Der Befehl war präzise ausgeführt worden. Doch dort, etwas weiter entfernt, lag auch Gai auf dem Boden – zerschunden und blutbesudelt, das gekränkte, starre Gesicht vom Himmel abgekehrt und die Arme ausgebreitet. Um ihn herum war das Gras zerdrückt und niedergetreten, ein weißer Helm darauf plattgequetscht und mit dunklen Flecken übersät, und aus den zerknickten Sträuchern ragten Füße in Stiefeln.

»Massaraksch …«, murmelte Maxim, schaudernd bei dem Gedanken, dass hier vor wenigen Minuten zwei knurrende, heulende Hunde auf Leben und Tod aneinandergeraten waren, jeder zum Ruhme seines Herrn …

Und in dem Moment antwortete die andere Macht mit einem Gegenschlag.

Er traf Maxim in die Augen. Er schrie auf vor Schmerz, kniff mit aller Kraft die Lider zusammen – und stürzte auf Gai, von dem er wusste, dass er nicht mehr lebte, und den er dennoch mit seinem Körper zu schützen versuchte. Es war ein Reflex; er hatte nichts gedacht, nichts empfunden, nur den Schmerz gespürt und das eigene Fallen. Und dann schaltete sich sein Gehirn aus.

Als er wieder zu sich kam, war er schweißüberströmt, seine Kehle trocken, und sein Kopf dröhnte, als hätte man einen Knüppel darauf zerschlagen. Vermutlich hatte alles nur kurze Zeit gedauert, wenige Sekunden, aber ringsum hatte sich alles verändert. Die Welt war flammend rot, zugeschüttet mit Blättern und abgerissenen Zweigen, erfüllt von glühender Luft. Vom feurigen Himmel regnete es mit der Wurzel ausgerissene Sträucher, brennende Zweige und trockene, heiße Erdklumpen. Es herrschte eine unnatürliche, klingende Stille. Lebende und Tote waren nach allen Seiten verstreut. Gai lag, unter Blättern begraben, das Gesicht nach unten, in zehn Schritt Entfernung. Neben ihm saß Sef, eine Hand noch immer am Kopf, die andere vor den Augen. Fank war den Hang hinabgerollt, in einer Furche steckengeblieben und wälzte sich darin herum, rieb sein Gesicht an der Erde. Auch der Panzer war hinuntergedrückt und umgedreht worden. Und rücklings an die Kette gelehnt, lächelte immer noch heiter der tote Haken …

Maxim sprang auf, befreite sich von den vielen Zweigen, die auf ihm lagen, und rannte zu Gai. Er packte ihn, riss ihn an sich, blickte ihm in die glasigen Pupillen, schmiegte seine Wange an die seine und verfluchte dreimal diese Welt, in der er so einsam war, so hilflos, und wo die Toten für immer starben, weil es nichts gab und man keine Möglichkeit hatte, sie wieder zum Leben zu erwecken. Er weinte wohl auch, trommelte mit seinen Fäusten auf die Erde, trat auf dem weißen Helm herum – bis Sef einen langgezogenen Schmerzensschrei von sich gab, und er wieder zu sich kam. Ohne sich umzusehen und nichts fühlend außer Hass und Mordlust, schleppte er sich wieder den Hang hinauf zu seinem Beobachtungsstand.

Auch hier hatte sich alles verändert. Die Sträucher waren verschwunden, der Lehm gesintert – er qualmte und knackte, und der Nordhang des Hügels brannte. Noch weiter im Norden verschmolz der tiefrote Himmel mit einer dichten Wand aus schwarzbraunem Rauch, und über dieser Wand stiegen grell orangefarbene, ölig-fettige Wolken auf, die sichtlich anschwollen. Tausende und Abertausende von Tonnen glühender Asche – bis in ihre Atome hinein verbrannte, eingeäscherte Lebenshoffnungen – strebten zu der vom Schlag geborstenen Himmelsfeste hinauf. Und in diese höllische, von unglückseligen Dummköpfen für unglückselige Dummköpfe bereitete Feuerstätte zog von Süden, wie in ein Ofenloch, ein leichter feuchter Wind.

Maxim blickte hinab zu der Passage zwischen den Hügeln. Sie war leer. Der kettenzerwühlte, vom Atomschlag verbrannte Lehm schwelte noch, und Tausende von Flämmchen – glühende Blätter und abgerissene, brennende Äste – tanzten darauf. Die Ebene im Süden wirkte jetzt weit und öde. Sie war nicht mehr geschwärzt von den Abgasen, sondern rot unter dem roten Himmel und gesprenkelt von reglosen schwarzen Schächtelchen – den Panzern der Strafbrigade. Und auf dieser Ebene näherte sich nun eine dünne, durchbrochene Linie von seltsamen Fahrzeugen.

Sie ähnelten Panzern, trugen aber anstelle von Geschütztürmen hohe Gitterkegel mit rundlichen, matt schimmernden Gebilden an der Spitze. Sie bewegten sich schnell vorwärts und federten weich über die Unebenheiten. Sie waren weder schwarz wie die Panzer der Strafsoldaten noch graugrün wie die Armeepanzer, sondern gelb – leuchtend, fröhlich gelb, wie die Streifenwagen der Garde. Die rechte Flanke der Kolonne war schon hinter den Hügeln verschwunden, so dass Maxim insgesamt nur acht Emitter zählte. Die Fahrzeuge machten einen dreisten, unverschämten Eindruck: als fühlten sie sich als die Herren der Lage. Sie fuhren zwar in den Kampf, hielten aber weder Tarnung noch Deckung für notwendig. Stattdessen stellten sie die grelle Farbe, den hässlichen, fünf Meter hohen Buckel und das Fehlen jeglicher Kriegsausrüstung demonstrativ zur Schau. Wer ein solches Fahrzeug steuerte, wähnte sich in vollkommener Sicherheit. Aber darüber dachten sie gewiss nicht nach, sondern jagten einfach vorwärts. Mit ihren Strahlenpeitschen trieben sie die eiserne Herde vor sich her, die jetzt durch ein Inferno rollte, und vermutlich wussten sie nicht einmal von den Strahlen, wie sie auch nichts davon wussten, dass diese auch sie selbst trafen … Maxim bemerkte, dass der äußere linke Emitter in die Passage einschwenkte, und schritt ihm entgegen, den Hügel hinab.

Er ging hoch aufgerichtet. Ihm war klar, dass er die schwarzen Treiber würde gewaltsam aus ihren Eisenkisten reißen müssen, und er wollte es tun. Nie im Leben hatte er etwas so gewollt, wie nun diese Verbrecher in die Finger zu bekommen. Als er unten angelangt war, rollte das gelbe Fahrzeug direkt auf ihn zu und fixierte ihn aus den Periskopen. Der Gitterkegel schaukelte heftig, aber nicht im selben Rhythmus wie der Unterbau. Jetzt erkannte Maxim, dass sich auf der Spitze des Emitters eine silbrige Kugel wiegte, dicht gespickt mit langen blanken Nadeln.

Sie dachten gar nicht daran zu halten. Maxim machte ihnen den Weg frei und ließ sie vorbeifahren. Dann lief er ein paar Meter nebenher und sprang auf die Panzerung.

Fünfter Teil

Erdenmensch

18

Der Generalstaatsanwalt hatte einen leichten Schlaf, und das Summen des Telefons weckte ihn sofort. Ohne die Augen zu öffnen, griff er nach dem Hörer und sagte heiser: »Ich höre.«

Als bäte er um Entschuldigung, säuselte der Referent: »Es ist sieben Uhr, Eure Exzellenz.«

»Ja.« Der Staatsanwalt hielt die Augen noch immer geschlossen. »Ja. Danke.«

Er schaltete das Licht ein, schlug die Decke zurück und setzte sich auf. Einige Zeit saß er so, den Blick auf seine dürren bleichen Beine geheftet, und dachte traurig und erstaunt darüber nach, dass er, obwohl er nun schon auf die sechzig zuging, sich keines Tages entsinnen konnte, an dem man ihn hätte ausschlafen lassen. Immer hatte ihn jemand geweckt. Als er Rittmeister war, war es dieses Rindvieh von Offiziersbursche, der ihn nach den Besäufnissen aus dem Schlaf riss. Als er Vorsitzender des Sondergerichts war, trieb ihn dieser Dummkopf von Sekretär mit seinen nicht unterschriebenen Urteilen aus dem Bett. Als Gymnasiast wurde er von seiner Mutter geweckt, damit er zum Unterricht ging, und das war die scheußlichste Zeit, das schlimmste Erwachen. Und immer hatte es geheißen: Es muss sein! Es muss sein, Euer Wohlgeboren. Es muss sein, Herr Vorsitzender. Es muss sein, Söhnchen. Und jetzt mahnte er sich selbst mit diesem »Es muss sein«. Er stand auf, warf sich den Morgenmantel über, netzte das Gesicht mit einer Handvoll Kölnischwasser und setzte sein Gebiss ein. Dann sah er in den Spiegel, rieb sich die Wangen, verzog gehässig das Gesicht und begab sich in sein Arbeitszimmer.

Die warme Milch stand schon auf dem Tisch, und unter der gestärkten Serviette stand ein kleines Schälchen mit Salzgebäck. Beides war Medizin für ihn, doch bevor er sie nahm, trat er an den Safe, öffnete ihn, holte eine grüne Mappe heraus und legte sie neben sein Frühstück. Während er das knusprige Gebäck aß und die Milch dazu trank, sah er die Mappe genau durch – bis er sich davon überzeugt hatte, dass sie seit dem Vorabend von niemandem geöffnet worden war. Wie viel sich verändert hat, fuhr es ihm durch den Kopf. Nur drei Monate sind vergangen, und wie hat sich alles verändert. Unwillkürlich starrte er zu dem gelben Telefon hinüber, konnte sekundenlang den Blick nicht lösen. Das Telefon schwieg, es war leuchtend und schön wie ein buntes Spielzeug – und angsteinflößend wie eine tickende Bombe, die sich nicht entschärfen ließ …

Krampfhaft und mit beiden Händen umklammerte der Staatsanwalt die grüne Mappe und schloss die Augen. Er spürte, wie die Angst in ihm hochstieg, und wollte sie schnell bezwingen. Nein, so ging das nicht: Er musste jetzt absolute Ruhe bewahren, kühl und nüchtern überlegen. Eine Wahl habe ich ohnehin nicht. Also muss ich's riskieren. Ein Risiko, was soll's. Das gab es immer und wird es immer geben, nur minimal muss man es halten. Und das werde ich tun. Ja, Massaraksch, minimal werde ich's halten! Sie sind nicht davon überzeugt, Schlaukopf? Ach, Sie zweifeln? Sie zweifeln ständig, Schlaukopf, das steckt eben in Ihnen, Sie Prachtexemplar … Versuchen wir, Ihre Zweifel zu zerstreuen. Haben Sie von einem gewissen Maxim Kammerer gehört? Tatsächlich,

Sie haben? Aber das kommt Ihnen nur so vor, Sie haben nie von ihm gehört, jetzt ist es das erste Mal. Und jetzt, bitte sehr, folgen Sie meinen Ausführungen und bilden Sie sich ein objektives, unvoreingenommenes Urteil über ihn. Ihre sachliche Meinung bedeutet mir sehr viel, Schlaukopf, wissen Sie, von ihr hängt nun ab, ob meine Haut heil und ganz bleibt. Meine blasse, blaugeäderte, mir ach so teure Haut.

Er aß das letzte Gebäck und trank in einem Zug die Milch aus.

Dann sagte er laut: »Fangen wir an.«

Er schlug die Mappe auf. Die Vergangenheit dieses Menschen liegt im Dunkeln. Natürlich ist das kein sonderlich guter Anfang für eine Bekanntschaft. Aber wir beide wissen ja zum Glück nicht nur, wie man von der Vergangenheit auf die Gegenwart, sondern auch, wie man von der Gegenwart auf die Vergangenheit schließt. Und wenn wir etwas über die Vergangenheit unseres Mak wissen müssen, dann rekonstruieren wir sie eben aus der Gegenwart. Extrapolation nennt man das. Unser Mak beginnt seine Gegenwart damit, dass er aus dem Straflager flieht. Ganz plötzlich. Unerwartet. Genau in dem Augenblick, da der Wanderer und ich die Hände nach ihm ausstrecken. Hier, der panische Bericht des Generalkommandanten – das klassische Gezeter eines Idioten, der Unsinn verzapft hat und jetzt seine Strafe fürchtet. Er sei vollkommen unschuldig, habe immer nach Vorschrift gehandelt und nicht gewusst, dass das Objekt sich freiwillig zu den Pionieren, den Todeskandidaten, gemeldet hätte. Das Objekt aber habe es getan und sei im Minenfeld umgekommen. Er hat es nicht gewusst. Der Wanderer und ich haben es auch nicht gewusst. Aber man hätte es wissen müssen. Das Objekt ist unberechenbar, von ihm hatten Sie Derartiges zu erwarten, Herr Schlaukopf. Ja, damals war ich verblüfft, inzwischen aber wissen wir, was sich ereignet hat: Jemand hatte unserem Mak die Funktion der Türme erklärt, so dass er beschloss, das Land der

Unbekannten Väter zu verlassen und sich in Richtung Süden davonzumachen, nicht aber, ohne vorher seinen Tod vorzutäuschen. Der Staatsanwalt senkte den Kopf auf die Arme und wischte sich kraftlos über die Stirn. Damit hat alles angefangen. Das war der erste in der Serie meiner Fehler: Ich habe geglaubt, er sei tot. Wie auch nicht? Welcher normale Mensch flieht schon in den Süden! Jeder hätte es geglaubt. Aber der Wanderer tat es nicht.

Der Staatsanwalt griff zum nächsten Bericht. Ach, dieser Wanderer! Dieses Genie … So hätte ich mich verhalten sollen, so wie er. Ich jedoch war mir sicher, dass Mak umgekommen ist. Süden bleibt nun mal Süden. Aber der Wanderer überschwemmte das ganze Flussgebiet mit seinen Agenten. Ach, der dicke Fank. Seinerzeit habe ich ihn nicht erwischt, ihn nicht an die Kandare nehmen können; der kahle Fettwanst ist mager geworden, während er durch das Land hetzte, schnüffelte und suchte. Sein »Huhn« ist an der Sechsten Trasse am Fieber verreckt; »Tapa das Hähnchen« haben die Bergbewohner geschnappt, und dann ist die Fünfundfünfzig – keine Ahnung, wer dahintersteckt – den Piraten an der Küste ins Netz gegangen. Vorher allerdings hatte sie noch melden können, dass Mak dort gewesen war, sich dann einer Patrouille gestellt hatte und in seine Kolonne zurückgeführt worden war.

So handeln Leute mit Köpfchen: Sie glauben nichts und schonen niemanden. Auch ich hätte mich so verhalten sollen – alle anderen Dinge liegen lassen und mich nur Mak widmen, denn ich hatte ja schon damals begriffen, was der für eine Kraft besitzt. Stattdessen habe ich mich mit Hampelmann angelegt und verloren, und dann habe ich mich auf diesen idiotischen Krieg eingelassen und auch verloren. Und jetzt würde ich wieder den Kürzeren ziehen, doch nun habe ich Glück: Mak ist in der Stadt aufgetaucht, in der Höhle des Löwen, Wanderer, und ich habe früher davon erfahren als der

Wanderer selbst. Ja, Wanderer, du Knorpelohr, jetzt hast du verspielt. Dass du aber auch gerade jetzt verreisen musstest! Und weißt du, es stört mich überhaupt nicht, dass ich wieder keine Ahnung habe, weshalb und wohin du gefahren bist. Du bist weg, und das ist gut so. Du hast dich natürlich bei allem auf Fank verlassen – und Fank hat dir auch Mak hierhergebracht –, aber jetzt liegt er unglücklicherweise bewusstlos im Palasthospital, von seinen Kriegsabenteuern zur Strecke gebracht. Und Fank scheint eine wichtige Person zu sein, denn nur solche kommen ins Palasthospital! Jetzt mache ich aber keinen Fehler mehr, jetzt bleibt er dort, solange es mir nützt. Du bist nicht da, Fank ist nicht da, aber unser Mak ist da, und das trifft sich ausgezeichnet …

Der Staatsanwalt spürte Freude in sich aufsteigen, verdrängte sie jedoch sofort. Wieder diese Emotionen, Massaraksch. Ruhig, Schlaukopf, ruhig. Du lernst einen neuen Menschen kennen, und der heißt Mak. Du musst sehr objektiv sein, umso mehr, als dieser neue Mak dem alten überhaupt nicht mehr gleicht. Er ist erwachsen geworden und weiß nun, was man unter Finanzen und Kinderkriminalität versteht. Klüger ist er jetzt, härter. Er hat es bis in den Stab des Untergrunds geschafft (Referenzen: Memo Gramenu und Allu Sef) und seine Mitstreiter wie ein Blitz aus heiterem Himmel mit dem Vorschlag überrascht, Gegenpropaganda zu betreiben. Der Stab hat aufgeheult, denn das bedeutete, dem gesamten Untergrund die wahre Funktion der Türme zu enthüllen, doch Mak hat sie überzeugt. Er hat ihnen Angst gemacht, sie verwirrt; dann haben sie seinen Vorschlag angenommen und ihn mit der Ausarbeitung beauftragt. Schnell und sicher hat er die Situation analysiert. Und sie haben verstanden, mit wem sie zu tun haben. Oder haben es gespürt. Da, die letzte Meldung: Die Fraktion der Aufklärer hat ihn zur Erörterung eines Umerziehungsprogramms hinzugebeten, und er war gern dazu bereit. Hatte gleich eine Menge Ideen. Nicht wer weiß wie großartige, aber darum geht es auch nicht, die Umerziehung ist sowieso Quatsch. Wichtig ist, dass er jetzt kein Terrorist mehr ist, nichts in die Luft sprengen und keinen umbringen will. Wichtig ist, dass er sich mit politischer Tätigkeit befasst, sich Autorität im Stab erwirbt, Reden hält, kritisiert, aufwärtsstrebt, dass er Einfälle hat und sie verwirklichen will – und das ist genau das, was wir brauchen, Herr Schlaukopf!

Der Staatsanwalt lehnte sich im Sessel zurück.

Und da ist noch etwas, was wir brauchen. Ein Bericht über seine Lebensweise: Er arbeitet jetzt viel, sowohl im Labor als auch zu Hause, sehnt sich aber immer noch nach diesem Mädchen, Rada Gaal. Er treibt Sport, hat fast keine Freunde, raucht nicht, trinkt kaum und isst mäßig. Andererseits verrät seine Lebensweise eine klare Neigung zum Luxus. Er kennt seinen Wert: Den Dienstwagen, der ihm in seiner Position zusteht, hat er als etwas Selbstverständliches angenommen und obendrein noch Leistung und äußere Form bemängelt. Auch mit der Zweizimmerwohnung ist er unzufrieden, hält sie für zu eng und bar jeglichen Komforts. Sein Zuhause hat er mit echten Bildern und Antiquitäten ausgestattet und dafür fast seinen gesamten Vorschuss aufgebraucht. Und so weiter. Gutes Material, sehr gutes Material. Übrigens, über wie viel Geld verfügt er zurzeit? Aha, Bereichsleiter im Laboratorium für chemische Synthese. Haben ihm keine schlechte Funktion gegeben. Und sicherlich eine noch bessere in Aussicht gestellt. Ich wüsste gern, was sie ihm gesagt haben, wozu ihn der Wanderer braucht. Fank weiß das, dieses fette Schwein, aber er wird es nicht sagen, eher verreckt er. Wüsste man doch nur, könnte man ihm doch nur aus der Nase ziehen, was er weiß! Mit welcher Freude würde ich ihn anschließend umlegen. Wie er mir das Leben vergällt hat, dieser Dreckskerl. Auch diese Rada hat er mir weggenommen. Dabei käme sie mir jetzt so gut zupass. Rada … Was sie für eine Waffe wäre gegen den reinen, ehrlichen und tapferen Mak! Aber vielleicht ist es gar nicht so schlecht. Denn nicht ich halte schließlich deine Liebste hinter Schloss und Riegel, Mak. Da steckt allein der Wanderer dahinter, sind alles seine Intrigen. Dieser elende Erpresser …

Der Staatsanwalt zuckte zusammen: Leise klingelte das gelbe Telefon. Es klingelte nur, weiter nichts. Leise, sogar melodisch. Erwachte für den Bruchteil einer Sekunde zum Leben und erstarrte wieder, als hätte es sich nur in Erinnerung rufen wollen. Ohne es aus den Augen zu lassen, fuhr sich der Staatsanwalt mit zitternden Fingern über die Stirn. Nein, das war eine Fehlverbindung. Natürlich, eine Fehlverbindung. Es kann ja alles Mögliche passieren – ein Telefon ist ein komplizierter Apparat, irgendein Funke konnte übergesprungen sein. Er wischte sich die Finger am Morgenmantel ab. Und im selben Moment klingelte das Telefon los – wie ein Schuss aus nächster Nähe, wie ein Messer an der Kehle, ein Sturz vom Dach auf den Asphalt. Der Staatsanwalt nahm den Hörer ab. Er wollte es nicht, bemerkte nicht einmal, dass er es tat, ja, bildete sich sogar ein, es nicht zu tun, sondern auf Zehenspitzen schnell ins Schlafzimmer zu laufen, sich anzukleiden, den Wagen aus der Garage zu fahren und so schnell es ging davonzujagen … Aber wohin?

»Generalstaatsanwalt.« Er räusperte sich heiser.

»Schlaukopf? Hier ist der Papa.«

Jetzt … Jetzt also … Gleich würde es heißen: Wir erwarten dich in einer Stunde …

»Ich habe deine Stimme erkannt«, murmelte er kraftlos. »Grüß dich, Papa.«

»Hast du den Bericht gelesen?«

»Nein.«

Nicht? Dann komm her, wir tragen ihn dir vor …

»Aus!«, sagte der Papa. »Wir haben's mit dem Krieg versaut.«

Der Staatsanwalt schluckte. Er musste irgendetwas sagen. Ganz schnell etwas sagen, am besten einen Witz machen. Ein dezentes Witzchen. Gott, verhilf mir zu einem Witz!

»Du schweigst? Und was hatte ich dir gesagt? Lass die Finger davon. Halte dich an die Zivilisten – die Zivilisten, nicht ans Militär. Ach, Schlaukopf ...«

»Du bist der Papa«, presste der Staatsanwalt hervor. »Kinder sind nun mal ihren Eltern gegenüber ungehorsam.«

Der Papa kicherte. »Kinder ... Und wo steht geschrieben: ›Wenn dein Kind dir den Gehorsam verweigert ...‹ Wie heißt es weiter, weißt du's nicht, Schlaukopf?«

Gott, mein Gott! »Tilge es vom Antlitz der Erde.« So hatte er es damals auch gesagt: »Tilge es vom Antlitz der Erde«, und der Wanderer hatte die schwere schwarze Pistole vom Tisch genommen und zweimal abgedrückt, und das Kind hatte nach seiner durchschossenen Glatze gegriffen und war auf den Teppich gestürzt.

»Hast du dein Gedächtnis verloren?«, meldete sich der Papa. »Ach, Schlaukopf, was wirst du jetzt tun?«

»Ich habe mich geirrt«, krächzte der Staatsanwalt. »Ein Irrtum ... Nur wegen Hampelmann ...«

»Hast dich geirrt ... Na gut, denke darüber nach, Schlaukopf. Überlege. Ich ruf nochmal an.«

Schluss. Weg war er. Und keine Ahnung, wo man ihn erreichen könnte, weinen, ihn anflehen. Aber das wäre dumm. Das hat noch keinem geholfen. Gut, warte ... Wart's nur ab, du Schwein! Mit voller Wucht schlug er seine offene Hand auf die Tischkante, damit sie blutete und schmerzte, damit sie aufhörte zu zittern ... Es half ein wenig. Dann aber bückte er sich, öffnete mit der anderen Hand die unterste Schublade, zog den Flachmann heraus, öffnete den Stöpsel mit den Zähnen und nahm ein paar Schluck. Ihm wurde heiß. So ... Ruhig ... Wir werden ja sehen. Es ist wie beim Wettlauf: Wer ist schneller? Den Schlaukopf kriegt ihr nicht so einfach, er wird euch noch zu schaffen machen. So schnell zitiert man ihn nicht zu sich. Wenn das ginge, hätten sie es längst getan. Macht nichts, dass der Papa angerufen hat. Das tut er ja immer. Mir bleibt noch Zeit. Zwei Tage, drei Tage, vier. »Du hast noch Zeit!«, schrie er sich an. »Spiel nicht verrückt!« Er sprang auf und hastete im Kreis durch sein Arbeitszimmer.

Ich habe euren Meister. Ich habe Mak. Einen Menschen, der die Strahlen nicht fürchtet. Für den es keine Barrieren gibt. Der die Dinge umordnen will. Der uns hasst. Ein unbeschriebenes Blatt und folglich allen Verführungen offen. Einer, der mir glauben und mich noch treffen wollen wird. Er möchte es ja jetzt schon. Meine Agenten haben ihm gegenüber mehrfach betont, dass der Generalstaatsanwalt gut und gerecht ist, ein echter Kenner der Gesetze und ein wahrer Hüter des Rechts; dass die Väter ihm nicht grün sind und ihn nur dulden, weil sie einander misstrauen. Meine Agenten haben mich ihm gezeigt, heimlich, unter günstigen Umständen. Und mein Gesicht hat ihm gefallen. Die Hauptsache aber ist: Unter dem Siegel strengster Verschwiegenheit haben sie ihm bedeutet, dass ich weiß, wo die Zentrale ist. Er hat sich hervorragend im Griff – doch in diesem Moment, meinten die Agenten, hat er sich verraten. Über so einen Mann verfüge ich! Einen, der unbedingt die Zentrale einnehmen möchte – und es tun könnte, er als Einziger. Das heißt, bis jetzt habe ich ihn noch nicht, aber die Netze sind geworfen, der Köder ist geschluckt. Und heute ziehe ich die Angel ein. Oder ich bin erledigt … erledigt … erledigt …

Jäh fuhr er herum und starrte entsetzt auf das gelbe Telefon.

Seine Phantasie ließ sich nicht länger zügeln. Wieder sah er dies kleine Zimmer, bespannt mit violettem Samt – stickig, säuerlich riechend, fensterlos. Darin ein kahler, schäbiger Tisch und fünf vergoldete Stühle … Wir, alle anderen, standen: ich, der Wanderer mit den Augen eines begierigen Mörders und dieser kahlköpfige Henker – ein Tölpel, ein Schwätzer. Der Henker wusste, wo die Zentrale liegt, er hatte so viele Menschen zugrunde gerichtet, um es zu erfahren, und dann – eine Plaudertasche, ein Trunkenbold, ein Angeber. Als ob man über so etwas mit irgendjemandem reden dürfte. Zumal mit Verwandten, besonders mit solchen Verwandten. Und dann noch Chef des Departements für Volksgesundheit, Auge und Ohr der Unbekannten Väter, Schild und Streitaxt der Nation. Der Papa hatte die Augen zusammengekniffen und gesagt: »Tilge es vom Antlitz der Erde!«, und der Wanderer hatte zweimal aus nächster Nähe geschossen. »Wieder habt ihr die Tapeten bespritzt«, hatte der Schwiegervater mürrisch geknurrt. Und sie stritten weiter darüber, warum es im Zimmer stinkt. Ich aber hatte Knie aus Watte und dachte: Wissen sie es, oder wissen sie es nicht? Der Wanderer fletschte die Zähne wie ein hungriges Raubtier und starrte mich an, als erriete er es. Einen Dreck hat er erraten. Jetzt verstehe ich, warum er immer so bemüht war, dass nur ja niemand das Geheimnis der Zentrale erfährt. Er hat die ganze Zeit gewusst, wo sie liegt, und nur auf eine Gelegenheit gewartet, um sie in seine Gewalt zu bringen. Aber du kommst zu spät, Wanderer, du kommst zu spät. Auch du, Papa, kommst zu spät. Ebenso wie du, Schwiegervater. Und von dir, Hampelmann, ist erst gar nicht die Rede.

Er zog den Vorhang zurück und lehnte die Stirn an das kühle Glas. Seine Angst hatte er fast erstickt, und um sie endgültig zu besiegen, stellte er sich vor, wie Mak gewaltsam den Maschinenraum der Zentrale stürmte.

Aber das hätte auch Wasserblase mit seiner Leibwache tun können, mit dieser Bande aus Brüdern und Cousins, Neffen, dicken Freunden und Protegés, diesem grässlichen Pack, das noch nie von einem Gesetz gehört hatte und immer nur der einen Regel gefolgt war: Schieße immer als Erster … Man musste schon der Wanderer sein, um die Hand gegen Wasserblase zu erheben! Noch am selben Abend hatten sie ihn am Tor zu seiner Villa überfallen, seinen Wagen durchlöchert, den Fahrer und die Sekretärin getötet und waren dann auf rätselhafte Weise selbst umgekommen, alle vierundzwanzig Mann, mit zwei Maschinengewehren … Ja, Wasserblase wäre auch in der Lage gewesen, in den Maschinenraum vorzudringen, aber dann wäre er steckengeblieben. Er hätte es nicht weiter geschafft, weil dahinter die Depressionsstrahlenschranke liegt. Inzwischen sind es vielleicht sogar zwei Strahlenschranken – aber schon eine würde reichen, denn niemand kann sie überwinden. Ein Entarteter verlöre vor Schmerz das Bewusstsein, und jeder normale Bürger sänke auf die Knie und finge an, in Todessehnsucht zu wimmern. Nur Mak dringt weiter vor und legt seine Hand an die Generatoren. Zuallererst wird er die Zentrale und das gesamte System der Türme auf Depression schalten. Und dann geht er vollkommen ungehindert hoch zum Rundfunkstudio und legt ein Band mit einer vorbereiteten Rede ein, zur zyklischen Wiedergabe. Das ganze Land, von der hontianischen Grenze bis zu den Regionen jenseits des Flusses ist depressiv. Millionen von Schwachköpfen liegen herum, tränenüberströmt und unfähig, auch nur einen Finger zu rühren. Aus den Lautsprechern schallt es ohrenbetäubend, dass die Unbekannten Väter Verbrecher sind, dass sie so und so heißen und sich dort und dort befinden. Tötet sie, rettet das Land – das sage ich euch, Mak Sim, der lebendige Gott dieser Welt (oder der legitime Erbe des Kaiserthrons, oder der große Diktator – was ihm eben besser gefällt). Auf, zu den Waffen, meine Garde. Zu den Waffen, meine Armee. Zu den Waffen, meine Untertanen. In der Zwischenzeit begibt sich Maxim zurück in den Maschinenraum und stellt die Generatoren um: auf erhöhte Aufmerksamkeit. Schon lauscht das ganze Land mit gespitzten Ohren und ist bemüht, kein einziges Wort zu verpassen. Sie wiederholen das Gehörte, um es auswendig zu lernen. Die

Lautsprecher dröhnen, die Türme strahlen, und das noch eine weitere Stunde. Dann aber stellt Mak die Emitter auf Begeisterung ein, dreißig Minuten Begeisterung, und dann ist Schluss der Sendung. Und wenn ich wieder zu mir komme (Massaraksch! – anderthalb Stunden lang höllische Schmerzen, aber das muss ich durchstehen!), dann gibt es schon keinen Papa mehr, ja, überhaupt keinen mehr von denen. Dann sind da nur noch Mak, der große Gott Mak, und sein treuer Berater, der ehemalige Generalstaatsanwalt und jetzige Regierungschef des großen Mak. Ach, Gott mit ihr, mit dieser Regierung, einfach leben werde ich, nichts wird mir mehr drohen, und dann sehen wir weiter. Mak gehört nicht zu denen, die nützliche Freunde im Stich lassen, er lässt nicht einmal unnütze Freunde im Stich, und ich werde ein sehr nützlicher Freund sein. Oh, was für ein nützlicher Freund ich ihm sein werde!

Er unterbrach sich und trat wieder an den Tisch, warf einen Blick auf das gelbe Telefon, schmunzelte, hob dann den Hörer vom grünen Telefon ab und wählte die Nummer des Stellvertretenden Leiters des Departements für spezielle Untersuchungen.

»Kaulquappe? Guten Morgen, hier Schlaukopf. Wie geht's? Was macht der Magen? … Na, wunderbar … Der Wanderer ist noch nicht zurück? … Aha. Na gut … Man hat mich eben von oben angerufen und aufgefordert, euch ein bisschen zu inspizieren … Nein, nein, ich denke, eine reine Formalität, ich verstehe sowieso nichts von eurem Kram. Bereite aber schon mal einen Bericht vor … einen Entwurf für das Inspektionsgutachten und so weiter. Und sorge dafür, dass alle an ihren Plätzen sind, wenn ich komme, nicht wie beim vorigen Mal … Hm … Gegen elf, wahrscheinlich … Richte es so ein, dass ich um zwölf wieder gehen kann, mit allen Unterlagen … Na, bis nachher. Gehen wir leiden … Du leidest doch auch? Oder habt ihr womöglich längst ein Schutzmittel und versteckt es nur vor der Obrigkeit? Na, na, war ein Scherz … Bis dann.«

Er legte den Hörer auf und sah auf die Uhr. Viertel vor zehn. Laut seufzend schleppte er sich ins Badezimmer. Wieder dieser Albtraum … ein halbstündiger Alb, gegen den es keinen Schutz gab. Keine Rettung. Der einem die Freude am Leben raubte. Was für ein Jammer: Den Wanderer würde man verschonen müssen.

Die Wanne war bereits voll mit heißem Wasser. Der Staatsanwalt legte seinen Morgenmantel ab, zog das Nachthemd aus und schob sich eine Schmerztablette unter die Zunge. So verlief nun das ganze Leben. Ein Vierundzwanzigstel davon war die Hölle. Mehr als vier Prozent. Die Vorladungen in den Palast nicht mitgerechnet. Na, die würden ja bald wegfallen. Die vier Prozent aber bleiben. Übrigens, das werden wir noch sehen! Wenn alles geregelt ist, befasse ich mich selbst mit dem Wanderer. Dann stieg er in die Wanne, machte es sich bequem und entspannte sich. Gerade wollte er sich ausmalen, wie er sich den Wanderer vorknöpfen würde … Aber er kam nicht mehr dazu. Der bekannte Schmerz schlug in seinen Scheitel ein, schob sich die Wirbelsäule hinunter, krallte sich in jede Zelle, in jeden Nerv und begann daran zu reißen – systematisch, grausam, im Takt seines rasenden Herzens.

Als alles vorbei war, lag er noch ein wenig in matter Erschöpfung. Die Höllenqualen hatten auch ihren Vorteil – jede halbe Stunde Albdruck schenkte ihm ein paar Minuten paradiesischer Wonne. Dann stieg er aus dem Wasser, trocknete sich vor dem Spiegel ab und nahm durch die halbgeöffnete Tür seine frische Wäsche vom Kammerdiener entgegen. Er zog sich an, kehrte ins Arbeitszimmer zurück, trank noch ein Glas warme Milch, diesmal mit Mineralwasser vermischt, und aß dann einen klebrigen Brei mit Baumhonig. Er saß kurze Zeit still, um endgültig zu sich zu kommen, rief dann den Referenten vom Tagesdienst an und trug ihm auf, den Wagen vorfahren zu lassen.

Zum Departement für spezielle Untersuchungen führte eine von üppigen, künstlich anmutenden Bäumen gesäumte Regierungsstraße, die um diese Tageszeit völlig leer war. Ohne an den Ampeln zu halten, raste der Chauffeur dahin; ab und zu schaltete er die durchdringende basstiefe Sirene ein. Drei Minuten vor elf rollten sie vor das hohe Eisentor des Departements. Ein Gardist in Paradeuniform trat zu ihnen, bückte sich, erkannte den Staatsanwalt und salutierte. Sogleich tat sich das Tor auf und gab den Blick auf einen üppigen Garten frei, auf weiße und gelbe Wohnblöcke und, dahinter, den gigantischen Glasbau des Instituts, der die Form eines Parallelepipeds hatte. Langsam fuhren sie die Straße entlang, die mit strengen Warnhinweisen zur Geschwindigkeitskontrolle gesäumt war, vorbei an einem Kinderspielplatz, dem Flachbau einer Schwimmhalle und einer fröhlich bunten Klubgaststätte. Ringsum: Grün, Wolken von Grün, dazu die wunderbarste reine Luft und, Massaraksch, ein erstaunlicher Duft; nirgendwo sonst gab es den, weder im Wald noch auf dem Feld. Dieser Wanderer! Das alles hat er sich ausgedacht. Höllische Gelder sind dafür verpulvert worden, aber wie sehr man ihn hier liebt. So muss man leben, so sich einrichten! Unsummen hat es gekostet, der Schwager war damals sehr unzufrieden, ja, ist es jetzt noch. Ein Risiko? Natürlich. Der Wanderer hat etwas riskiert, aber dafür ist sein Departement jetzt auch *sein* Departement: Hier verrät ihn keiner, stellt ihm niemand Fallen. Fünfhundert Menschen arbeiten hier für ihn, hauptsächlich junge Leute. Sie lesen keine Zeitungen, hören kein Radio – sie haben keine Zeit dafür ... Sehen Sie, diese wichtigen wissenschaftlichen Untersuchungen ... Strahlung ist hier gar nicht nötig, schießt am Ziel vorbei, genauer gesagt, sie trifft ein ganz anderes. Ja, Wanderer, ich an deiner Stelle würde mir mit den Schutzhelmen noch viel Zeit lassen. Womöglich tust du das auch? Wahrscheinlich. Aber, was viel wichtiger ist: Wie kriegt man dich zu fassen? Wenn sich bloß ein zweiter Wanderer fände … Doch ein zweites Köpfchen wie deins gibt es nirgends auf der Welt. Und das weiß er, hält ein wachsames Auge auf jeden mehr oder weniger talentierten Menschen. Nimmt ihn von klein auf unter seine Fittiche, ist nett zu ihm, entfremdet ihn seinen Eltern – und die Eltern, diese Dummköpfe, sind auch noch bis an ihr Lebensende froh darüber; und siehe da, schon hat sich ein weiterer Soldat in seine Front eingereiht … Ach, wie gut, dass der Wanderer jetzt nicht da ist, was ist das für ein Glück!

Der Wagen hielt, der Referent riss die Tür auf. Der Staatsanwalt stieg aus und ging die Stufen zum verglasten Vestibül hinauf. Kaulquappe und seine Lakaien erwarteten ihn schon. Der Staatsanwalt drückte, gebührende Langeweile im Gesicht, Kaulquappe schlaff die Hand, warf einen Blick auf die Lakaien und gestattete ihnen, ihn zum Lift zu geleiten. Sie betraten ihn nach Protokoll: zuerst der Herr Generalstaatsanwalt, nach ihm der Herr Stellvertretende Departementsleiter, danach der Lakai des Generalstaatsanwalts und der ranghöchste Lakai des Herrn Stellvertretenden Leiters. Die Übrigen verblieben im Vestibül. In Kaulquappes Arbeitszimmer begab man sich ebenfalls förmlich: zuerst der Herr Staatsanwalt und hinter ihm Kaulquappe. Den Lakai des Herrn Generalstaatsanwalts und den Oberlakai Kaulquappes ließen sie hinter der Tür zur Anmeldung zurück. Der Staatsanwalt ließ sich sogleich matt in einen Sessel sinken; Kaulquappe hingegen wurde unruhig, drückte auf den Knöpfen an seiner Tischkante herum und befahl – als nun eine ganze Horde von Sekretären im Zimmer erschien –, Tee zu servieren.

Um sich zu erheitern, beobachtete der Staatsanwalt Kaulquappe ein wenig. Kaulquappe machte den Eindruck, als habe er etwas verbrochen: Er vermied, seinem Gast in die Augen zu sehen, fuhr sich über die Haare und rieb sich krampfhaft die Hände; außerdem hüstelte er unnatürlich und machte andauernd sinnlose, hektische Bewegungen. So war Kaulquappe immer. Sein Aussehen und sein Verhalten waren sein Kapital. Ständig weckte er den Verdacht, kein reines Gewissen zu haben, und zog damit ununterbrochen sorgfältigste Überprüfungen auf sich. Das Departement für soziale Gesundheit studierte jede Stunde seines Lebens. Da sein Leben aber makellos war und jede neue Überprüfung diese unerwartete Tatsache bestätigte, kletterte Kaulquappe ungewöhnlich schnell auf der Karriereleiter nach oben.

Der Staatsanwalt wusste das alles sehr gut: Er hatte Kaulquappe schon dreimal auf die allergründlichste Weise überprüft. Und doch ertappte er sich – während er ihm zusah und sich über ihn amüsierte – bei dem Gedanken, dass Kaulquappe, dieser gerissene Kerl, bestimmt wisse, wo sich der Wanderer befand, und habe nun schreckliche Angst, man könnte ihm dieses Wissen entlocken. Der Staatsanwalt beherrschte sich nicht länger.

»Gruß vom Wanderer«, sagte er lässig, wobei er mit den Fingern auf die Armlehne trommelte.

Kaulquappe schaute kurz zu ihm hinüber, senkte aber sofort wieder den Blick. »Hm, ja …« Er biss sich auf die Lippe. »Hm, gleich bringt man den Tee …«

»Er hat darum gebeten, dass du ihn anrufst.« Der Staatsanwalt tat noch lässiger.

»Was? Ah, gut … Der Tee wird heute einmalig. Die neue Sekretärin ist geradezu darauf spezialisiert. Das heißt also … ähm … wo soll ich ihn denn anrufen?«

»Ich verstehe nicht«, sagte der Staatsanwalt.

»Ich meine, dass … äh … wenn ich ihn anrufen soll, muss ich doch … ähm … seine Nummer wissen. Er hinterlässt doch nie seine Nummer.« Rot angelaufen vor lauter Qual, hantierte Kaulquappe herum, klopfte mit den Händen auf den Tisch und fand schließlich einen Bleistift. »Wo soll ich anrufen?«

Der Staatsanwalt gab auf. »War nur Spaß.«

»Was … äh … wieso …« Kaulquappes Miene verriet nun in schneller Abfolge die verdächtigsten Emotionen. »Ah! Ein Spaß?« Er lachte gekünstelt. »Da hast du mich ja pfiffig … So ein Spaß! Und ich dachte schon … Ha-ha-ha … Ach, da ist ja auch schon das Teechen!«

Der Staatsanwalt nahm aus den sehr gepflegten Händen der sehr gepflegten Sekretärin ein Glas starken heißen Tee entgegen und sagte: »Schön, jetzt hatten wir unseren Spaß. Aber meine Zeit ist knapp. Wo hast du den Schrieb?«

Nach vielen überflüssigen Bewegungen zog Kaulquappe den Entwurf des Inspektionsprotokolls hervor und gab ihn dem Staatsanwalt. Urteilte man danach, wie er sich wand und krümmte, strotzte das Schriftstück von Falschinformationen, diente dem Ziel, die Inspektoren in die Irre zu führen, und war überhaupt in rein subversiver Absicht verfasst worden.

»So …« Der Staatsanwalt lutschte an einem Stück Zucker. »Was hast du hier … Protokoll der Revision … Laboratorium für Interferenz … Laboratorium für Spektraluntersuchungen … Laboratorium für Integralemission … Ich begreife kein Wort, so ein Kauderwelsch! Wie findest du dich in diesem Kram zurecht?«

»Ich … äh … weißt du, ich werde ja auch nicht draus klug. Ich bin doch von der Ausbildung her … äh … Verwalter, meine Aufgabe … ähm … ist die allgemeine Leitung.«

Kaulquappe verbarg seine Augen, biss sich auf die Lippen, wühlte in seinen Haaren – und schon war sonnenklar, dass es sich hier mitnichten um einen Verwalter handelte, sondern um einen hontianischen Spion der höchsten Qualifikation … Was für ein Typ!

Der Staatsanwalt wandte sich wieder dem Protokoll zu. Er machte eine tiefgründige Bemerkung zur Überziehung der Mittel durch die Gruppe für Leistungssteigerung und fragte, wer Soi Barutu sei – etwa ein Verwandter des bekannten Propaganda-Schriftstellers Moru Barutu? Er kritisierte das linsenlose Refraktometer, das horrende Summen verschlungen, aber noch immer keine Anwendung gefunden habe, und wertete die Ergebnisse des Sektors für die Erforschung und Optimierung von Strahlen aus. Dabei merkte er an, dass er keine wesentlichen Fortschritte erkennen könne (Gott sei Dank, ergänzte er in Gedanken), und dass diese seine Meinung unbedingt in die Reinschrift des Protokolls aufzunehmen wäre.

Den Abschnitt, der die Arbeit des Sektors Strahlenschutz betraf, überflog er noch flüchtiger. »Ihr tretet auf der Stelle«, erklärte er. »Hinsichtlich des physikalischen Schutzes habt ihr überhaupt nichts erreicht, und was den physiologischen Schutz angeht – noch weniger. Überhaupt ist physiologische Abwehr nicht das, was wir brauchen – warum sollte sich wohl jemand auseinanderschnippeln lassen? Was für ein Unsinn! Die Chemiker hingegen sind tüchtig, haben eine weitere Minute rausgeschunden. Im vorigen Jahr eine, im vorvorigen anderthalb. Was folgt daraus? Es folgt, dass ich, wenn ich eine Pille schlucke, mich statt dreißig Minuten nur noch zweiundzwanzig quäle. Nicht schlecht. Fast dreißig Prozent. Notiere meine Meinung: Das Tempo für die Arbeiten am physikalischen Schutz erhöhen, die Mitarbeiter der Abteilung für chemischen Schutz fördern und motivieren. Das war's.«

Er warf Kaulquappe die Blätter hin.

»Lass das sauber abtippen, auch meine Einschätzung. Und nun führe mich pro forma, na, sagen wir … äh … bei den Physikern war ich letztes Mal. Bring mich also zu den Chemikern, ich sehe mir an, wie es so bei ihnen ist.«

Kaulquappe sprang auf und hämmerte wieder auf seine Knöpfe. Der Staatsanwalt erhob sich mit dem Ausdruck äußerster Erschöpfung.

In Begleitung von Kaulquappe und dem Tagesreferenten schlenderte er durch die Labors der Abteilung für chemischen

Schutz, bedachte die Leute, die einen Streifen auf dem Kittelärmel trugen, mit höflichem Lächeln, klopfte den Streifenlosen auf die Schulter und verharrte bei den Mitarbeitern mit zwei Streifen – drückte ihnen die Hand, nickte mit dem Kopf, als verstünde er, worüber sie sprachen, und erkundigte sich, ob es Beanstandungen gebe.

Beanstandungen gab es keine. Alle im Labor waren am Arbeiten oder gaben sich den Anschein – das wusste man bei ihnen nie so genau. An den Geräten blinkten Lämpchen, in den Gefäßen brodelten Flüssigkeiten, es stank, und irgendwo quälte man Tiere. Die Räume waren hell, sauber und geräumig. Die Menschen wirkten ruhig und wohlgenährt, Enthusiasmus zeigten sie aber nicht. Sie begegneten dem Inspektor korrekt, aber ohne Zuneigung – auf jeden Fall ließen sie die geziemende Unterwürfigkeit vermissen.

Und fast in jedem Raum – ob Büro oder Labor – hing ein Porträt des Wanderers: über dem Arbeitsplatz, neben Tabellen und Grafiken, an der Wand zwischen den Fenstern, über der Tür, manchmal sogar unter Glas auf dem Tisch. Es waren Fotografien, Bleistift- und Kohlezeichnungen, und eins der Bilder war sogar in Öl. Man sah den Wanderer beim Ballspiel, den Wanderer, wie er eine Vorlesung hielt oder wie er in einen Apfel biss. Mal sah man den Wanderer streng, mal nachdenklich, dann müde oder wütend – und schließlich einen Wanderer, der aus vollem Halse lachte. Diese Bastarde hatten sogar Cartoons auf ihn gezeichnet und sie an die auffälligsten Stellen geheftet. Der Staatsanwalt versuchte sich vorzustellen, dass er ins Arbeitszimmer des Unterjustizrates Filtik träte und dort eine Karikatur auf sich entdeckte. Massaraksch, das war unvorstellbar, unmöglich!

Während er lächelte, auf Schultern klopfte und Hände drückte, dachte er die ganze Zeit, dass er seit vorigem Jahr nun schon das zweite Mal hier war, und alles anscheinend unverändert vorfand, er aber früher nie auf diese Details geachtet hatte. Und nun achtete er darauf. Warum erst jetzt? … Ah, deswegen: Vor ein oder zwei Jahren war der Wanderer zwar formal einer von ihnen gewesen, de facto aber hatte er weder Einfluss auf die Politik noch einen Platz darin oder eigene Ziele gehabt. Seit jener Zeit aber hatte er viel erreicht. Die gesamtstaatliche Operation zur Unschädlichmachung von ausländischen Spionen – das war sein Verdienst. Der Staatsanwalt hatte diese Prozesse selbst geführt und erschüttert feststellen müssen, dass er es hier nicht mit den üblichen Spionen der Entarteten zu tun hatte, die man nicht ernstzunehmen brauchte, sondern mit ausgekochten Aufklärern, die vom Inselimperium eingeschleust worden waren, um wissenschaftliche und ökonomische Informationen zu sammeln. Der Wanderer hatte sie alle gestellt, bis auf den letzten; seitdem war er der unangefochtene Chef der besonderen Abwehr.

Weiter: Es war der Wanderer, der die Verschwörung der glatzköpfigen Wasserblase aufdeckte – einer unheimlichen Figur, die fest im Sattel gesessen und mit aller Kraft versucht hatte, dem Wanderer als Chef der Abwehr das Wasser abzugraben – und ihm dabei sehr gefährlich wurde. Doch der Wanderer brachte ihn zur Strecke, allein, hat keinem anderen vertraut. Er ist immer offen aufgetreten, hat sich nie versteckt, nur im Alleingang gehandelt – keine Koalitionen, keine Pakte, keine Bündnisse. Drei Chefs des Militärdepartements hat er nacheinander gestürzt – es blieb ihnen nicht einmal die Zeit, »piep« zu sagen, so schnell wurden sie nach oben zitiert und entlassen –, bis er erreichte, dass Hampelmann auf den Posten kam – Hampelmann, der panische Angst hat vorm Krieg. Und vor einem Jahr hat er das Projekt »Gold« vereitelt, das vom Reichsverband für Industrie und Finanzen vorgelegt worden war. Damals schien es, als würde man den Wanderer jeden Augenblick davonjagen, denn den Papa hatte die Vorlage begeistert. Aber irgendwie konnte der Wanderer ihm schließlich doch beweisen, dass der Nutzen des Projekts nur von kurzer Dauer sein würde: Nach zehn Jahren würde eine Massenepidemie des Wahnsinns ausbrechen, gefolgt vom vollständigen Ruin. Stets hat er es geschafft, sie zu überzeugen, obwohl kein anderer sie je von etwas überzeugen konnte; nur dem Wanderer ist das gelungen. Und es liegt auch auf der Hand, warum: Er hat sich nie vor irgendetwas gefürchtet. Freilich, er hat sich lange in seinem Arbeitszimmer vergraben, letztlich aber seinen wahren Wert erkannt. Er hat begriffen, dass wir ihn alle brauchen, wer auch immer wir sind und wie auch immer wir uns gegenseitig anfeinden. Denn nur er ist in der Lage, einen Schutz gegen die Strahlen zu entwickeln, er allein kann uns von diesen Qualen erlösen.

Und diese weiß bekittelten Rotznasen zeichnen Karikaturen auf ihn!

Der Referent riss die nächste Tür auf, und der Staatsanwalt erblickte seinen Mak. Im weißen Kittel, einen Streifen auf dem Ärmel, hockte er auf dem Fensterbrett und sah hinaus. Würde sich irgendein Justizrat erlauben, während der Dienstzeit auf dem Fensterbrett zu sitzen und Däumchen zu drehen, könnte man ihn ruhigen Gewissens als Nichtstuer und Saboteur abschieben. Im gegebenen Fall aber, Massaraksch, durfte man nichts sagen. Denn, packst du ihn am Schlafittchen, antwortet er glatt: »Erlauben Sie! Ich mache gerade ein Gedankenexperiment. Gehen Sie und stören Sie nicht!«

Der große Mak drehte also Däumchen. Er warf den Eintretenden einen flüchtigen Blick zu und wollte gerade wieder zum Fenster hinausblicken, als er sich noch einmal umwandte und sie genauer betrachtete. Er hat mich erkannt, durchfuhr es den Staatsanwalt. Du hast mich erkannt, mein kluges Kerlchen. Er lächelte Mak höflich zu, klopfte dem jungen Laboranten, der den Rechner bediente, auf die Schulter, blieb mitten im Zimmer stehen und schaute sich um.

»Nun, meine Herren«, fragte er in den Raum zwischen Mak und Kaulquappe hinein, »was tut sich hier?«

»Herr Sim« – Kaulquappe lief rot an, zwinkerte und rieb sich die Hände – »erläutern Sie dem Herrn Inspektor, womit Sie – äh …«

»Ich kenne Sie doch«, sagte der große Mak und stand auf einmal zwei Schritte neben dem Staatsanwalt. »Entschuldigen Sie, wenn ich nicht irre, sind Sie der Generalstaatsanwalt?«

Ja, man hatte es nicht leicht mit ihm, denn mit einem Schlag war der sorgfältig durchdachte Plan zum Teufel: Mak dachte gar nicht daran, etwas zu verbergen; er hatte keine Angst, war einfach nur neugierig. Dabei sah er, groß wie er war, auf den Generalstaatsanwalt herab wie auf ein merkwürdiges, exotisches Tier …

Der Staatsanwalt musste improvisieren. »Ja.« Er zeigte sich kühl, verwundert und hörte auf zu lächeln. »Soweit mir bekannt ist, bin ich tatsächlich der Generalstaatsanwalt, obwohl ich nicht verstehe.« Er runzelte die Stirn und blickte Mak aufmerksam an. Der grinste breit. »Ja, natürlich!«, rief der Staatsanwalt aus. »Mak Sim. Maxim Kammerer! Aber, entschuldigen Sie, man hat mir doch gemeldet, Sie seien im Straflager umgekommen. Massaraksch, wie kommen Sie hierher?«

»Eine lange Geschichte.« Mak winkte ab. »Übrigens bin auch ich erstaunt, Sie hier zu sehen. Ich hätte nicht vermutet, dass unsere Arbeit das Justizdepartement interessiert.«

»Ihre Arbeit interessiert Leute, von denen man es am wenigsten erwartet«, erwiderte der Staatsanwalt. Er fasste Mak am Arm, führte ihn etwas weiter weg zu einem Fenster und fragte flüsternd: »Wann können Sie uns die Pillen geben? Ich meine die richtigen, für alle dreißig Minuten.«

»Sind Sie denn auch …?«, fragte Mak. »Ach, ja, natürlich …«

Der Staatsanwalt schüttelte leidvoll den Kopf und verdrehte seufzend die Augen.

»Unser Segen und unser Fluch«, sagte er. »Das Glück unseres Staates und der Kummer seiner Regierenden. Massaraksch, ich bin schrecklich froh, dass Sie am Leben sind, Mak! Ich muss gestehen, dass Ihr Fall einer der wenigen in meiner Laufbahn war, die ein bitteres Gefühl der Unzufriedenheit in mir hinterließen. Nein, nein, versuchen Sie nicht, das zu bestreiten: Nach den Buchstaben des Gesetzes waren Sie schuldig, von dieser Seite her ist alles in Ordnung. Sie haben einen Turm angegriffen, wohl sogar einen Gardisten getötet – dafür streichelt einem niemand über den Kopf. Und doch … Ich gestehe, meine Hand hat gezittert, als ich Ihr Urteil unterschrieb, wie wenn ich ein Kind hätte verurteilen müssen, nehmen Sie's mir nicht übel. Und letzten Endes war das Ganze doch unser Einfall gewesen, nicht Ihrer, und die Verantwortung liegt …«

»Ich nehm's Ihnen nicht übel«, unterbrach ihn Mak. »Und Sie sind nicht weit von der Wahrheit entfernt, der Unfug mit diesem Turm war wirklich kindisch. Gott sei Dank hat man uns damals nicht erschossen.«

»Das war alles, was ich tun konnte«, sagte der Staatsanwalt. »Ich erinnere mich, ich war sehr betroffen, als ich von Ihrem Tod erfuhr …« Dann lachte er und drückte freundschaftlich Maks Arm. »Ich bin sehr froh, dass es so gut ausgegangen ist. Und sehr froh, Ihre Bekanntschaft zu machen.« Er sah auf die Uhr. »Hören Sie, Mak, weshalb sind Sie hier? Nein, nein, ich habe nicht vor, Sie festzunehmen, das ist nicht meine Sache, soll sich jetzt die Militärkommandantur mit Ihnen befassen. Doch was machen Sie hier, in diesem Institut? Sind Sie Chemiker? Noch dazu …« Er wies auf den Streifen.

»Ich bin von allem ein bisschen«, antwortete Mak. »Ein bisschen Chemiker, ein bisschen Physiker …«

»Ein bisschen im Untergrund.« Der Staatsanwalt lachte gutmütig.

»Ein kleines bisschen«, entgegnete Mak entschieden.

»Ein bisschen Zauberer ...«, sagte der Staatsanwalt.

Mak musterte ihn aufmerksam.

»Ein bisschen Fantast«, fuhr der Staatsanwalt fort, »ein bisschen Abenteurer ...«

»Das sind keine Fachgebiete«, wandte Mak ein, »sondern Eigenschaften jedes anständigen Wissenschaftlers, wenn Sie erlauben.«

»Und jedes anständigen Politikers«, fügte der Staatsanwalt hinzu.

»Eine ungewöhnliche Wortverbindung«, parierte Mak.

Der Staatsanwalt warf ihm einen fragenden Blick zu, begriff dann und lachte erneut.

»Ja, die politische Tätigkeit hat ihre Besonderheiten. Politik ist die Kunst, mit sehr schmutzigem Wasser etwas sauber zu waschen. Lassen Sie sich nicht auf Politik ein, Mak, sinken Sie nicht so tief, bleiben Sie bei Ihrer Chemie.« Er sah auf die Uhr und sagte verdrossen: »Verdammt, ich habe jetzt gar keine Zeit, und würde doch so gern mit Ihnen plaudern. Ich habe mir Ihre Akte angesehen; Sie sind eine sehr interessante Persönlichkeit, aber auch sicher sehr beschäftigt ...«

»Ja«, stimmte Mak zu, »aber sicher nicht so beschäftigt wie der Generalstaatsanwalt.«

»Aha«, erwiderte der Staatsanwalt und lächelte. »Und dabei will Ihre Obrigkeit uns immerzu einreden, Sie würden Tag und Nacht arbeiten. Das kann ich zum Beispiel von mir nicht behaupten. Ein Generalstaatsanwalt hat mitunter freie Abende. Sie werden sich wundern, aber ich habe eine Menge Fragen an Sie, Mak. Ehrlich gesagt, wollte ich mich schon damals mit Ihnen unterhalten, nach dem Prozess. Aber die Akten, wissen Sie, diese endlosen Akten ...«

»Ich stehe zu Ihrer Verfügung«, sagte Mak. »Umso mehr, als auch ich Fragen an Sie habe.«

Na, na, wies ihn der Staatsanwalt im Stillen zurecht. Nicht so offenherzig, wir sind hier nicht allein. Laut aber erwiderte er hocherfreut: »Wunderbar! Soweit es in meinen Kräften steht … Doch jetzt, ich bitte um Entschuldigung, jetzt muss ich eilen.«

Dann drückte er die riesige Pranke – die Pranke seines Mak! Er hatte ihn gefangen, jawohl! Er zappelte schon an seiner Angel! Herrlich hat er mitgespielt, dachte er. Zweifellos möchte er mich treffen – und jetzt ziehe ich die Leine. Der Staatsanwalt blieb in der Tür stehen, schnippte mit den Fingern und wandte sich um.

»Verzeihen Sie, Mak, was machen Sie heute Abend? Mir fällt gerade ein, dass ich freihabe …«

»Heute?«, fragte Mak. »Ehrlich gesagt, ich wollte …«

»Kommen Sie zu zweit!«, rief der Staatsanwalt. »Das ist sogar noch besser. Ich mache Sie mit meiner Frau bekannt, und es wird ein reizender Abend. Ist Ihnen acht Uhr recht? Ich schicke Ihnen den Wagen. Abgemacht?«

»Abgemacht.«

Abgemacht, frohlockte der Staatsanwalt, während er durch die letzten Labors der Abteilung lief, lächelte, auf Schultern klopfte, Hände drückte. Abgemacht, dachte er, während er in Kaulquappes Arbeitszimmer das Protokoll unterschrieb. Abgemacht, Massaraksch, abgemacht, klang es auf dem Heimweg triumphierend in ihm nach.

Er gab dem Chauffeur entsprechende Instruktionen. Er befahl dem Referenten, das Departement zu informieren, dass der Herr Staatsanwalt beschäftigt sei. Er befahl ihm, niemanden zu empfangen, das Telefon abzuschalten und sich selbst zum Teufel zu scheren – aber bitte so, dass er die ganze Zeit über für ihn zu erreichen sei. Er bestellte seine Frau zu sich, küsste sie auf den Hals, wobei ihm flüchtig bewusst wurde, dass sie sich an die zehn Tage nicht gesehen hatten, und bat sie, ein Abendessen herzurichten, ein gutes, leichtes, delikates

Abendessen für vier Personen, bei Tisch recht liebenswürdig zu sein und sich darauf einzustellen, einen sehr interessanten Mann kennenzulernen. Und sie solle viele verschiedene Weine besorgen – von den besten Sorten.

Danach verschanzte er sich in seinem Arbeitszimmer, nahm sich wieder die grüne Mappe vor und dachte ein weiteres Mal alles durch, von Anfang an. Nur einmal wurde er gestört: als ein Kurier aus dem Militärdepartement den letzten Frontbericht brachte. Die Front war zusammengebrochen. Irgendjemand hatte die Hontianer auf die gelben Fahrzeuge aufmerksam gemacht, so dass sie in der vergangenen Nacht nahezu 95 % der Emitterpanzer mit Atomgranaten abgeschossen und vernichtet hatten. Über das Schicksal der durchgebrochenen Truppen liefen keine Nachrichten mehr ein. Das war das Ende. Das Ende des Krieges. Das Ende von General Schekagu und General Odu, vom Bebrillten, von Teekessel, Wolke und anderen, Unbedeutenderen. Gut möglich, dass es das Ende des Onkels war. Und selbstredend wäre es das Ende des Schlaukopfs – wenn er kein Schlaukopf wäre …

Er ließ den Bericht in einem Glas Wasser aufweichen und lief im Kreis durch sein Arbeitszimmer. Er war ungeheuer erleichtert. Zumindest wusste er jetzt genau, wann man ihn nach oben beordern würde. Als Erster wäre der Schwiegervater dran; dann würden sie mindestens einen Tag brauchen, um ihre Wahl zwischen Hampelmann und Zahn zu treffen. Dann dürften sie mit dem Bebrillten und Wolke beschäftigt sein. Also noch ein Tag. Teekessel erledigen sie nebenbei; General Schekagu hingegen würde sie allein mindestens zwei Tage kosten. Und danach, erst danach … Aber dann würde es für sie kein »Danach« mehr geben.

Er blieb in seinem Arbeitszimmer, bis sein Gast eintraf.

Dieser machte den allerbesten Eindruck. Er war großartig. Er war so großartig, dass die Frau des Staatsanwalts bei Maks Erscheinen gleich zwanzig Jahre jünger wurde. Sie war eine

Dame der Gesellschaft (im scheußlichsten Sinne des Wortes). Sie war kalt, und ihr Mann nahm sie schon seit ewigen Zeiten nicht mehr als weibliches Wesen wahr, sondern als alten Kampfgefährten. Aber kaum hatte sie Mak gesehen, wirkte sie nicht nur zwanzig Jahre jünger, sondern verhielt sich auch vollkommen natürlich, ja, hätte sich nicht natürlicher verhalten können, hätte sie gewusst, welche Rolle dieser Gast in ihrem Schicksal spielen sollte …

»Aber warum sind Sie allein?«, fragte sie verwundert. »Mein Mann hatte von einem Abendessen für vier gesprochen …«

»In der Tat«, bestätigte der Staatsanwalt. »Ich hatte Sie so verstanden, dass Sie mit Ihrem Mädchen kämen. Ich erinnere mich an sie. Ihretwegen wäre sie fast ins Unglück geraten.«

»Sie ist ins Unglück geraten«, sagte Mak ruhig. »Aber darüber reden wir später, wenn Sie erlauben. Wohin soll ich mich setzen?«

Sie speisten lange, tranken ein wenig, waren heiter und lachten viel. Der Staatsanwalt erzählte den neuesten Klatsch. Seine Frau kolportierte gut gelaunt ein paar schlüpfrige Witze, und Mak beschrieb in humorigem Ton seinen Flug mit dem Bomber. Während der Staatsanwalt über diese Schilderung lachte, dachte er entsetzt, was wohl jetzt mit ihm wäre, wenn auch nur eine Rakete ihr Ziel getroffen hätte.

Als sie mit dem Essen fertig waren, entschuldigte sich die Frau des Staatsanwalts und schlug den Männern vor zu beweisen, dass sie in der Lage seien, zumindest eine Stunde ohne die Gesellschaft einer Dame auszukommen. Der Staatsanwalt nahm die Herausforderung an, fasste Mak am Arm und führte ihn in sein Arbeitszimmer, um mit ihm einen Wein zu trinken, wie ihn nur etwa dreißig Leute im Land kosten durften.

Sie machten es sich in einer gemütlichen Ecke bequem, saßen in weichen Sesseln an einem niedrigen Tisch, nippten an dem Wein und sahen einander an. Mak war sehr ernst. Dieser kluge Bursche ahnte offensichtlich, worüber sie reden würden. Und so entschloss sich der Staatsanwalt plötzlich, auf seinen ursprünglichen Gesprächsplan zu verzichten, der spitzfindig war und zermürbend, sich auf halbe Anspielungen stützte sowie auf allmähliche gegenseitige Offenbarungen. Radas Schicksal, die Intrige des Wanderers, die Ränke der Unbekannten Väter – alles das war jetzt ohne Bedeutung. Mit erstaunlicher, ja, fast verzweifelter Klarheit begriff er, dass all seine Meisterschaft in derartigen Gesprächen bei diesem Menschen überflüssig war. Mak würde entweder einverstanden sein, oder er würde ablehnen. Das war sehr einfach, wie auch die Tatsache, dass der Staatsanwalt entweder weiterleben oder in ein paar Tagen zermalmt sein würde.

Ihm zitterten die Finger, schnell stellte er sein Glas auf den Tisch und begann ohne Umschweife: »Ich weiß, Mak, dass Sie im Untergrund kämpfen, Mitglied des Stabes und ein aktiver Gegner der herrschenden Ordnung sind. Außerdem sind Sie ein geflohener Sträfling und der Mörder einer Panzerbesatzung der Spezialabteilung … Nun zu mir. Ich bin der Generalstaatsanwalt, eine Vertrauensperson der Regierung, in die höchsten Staatsgeheimnisse eingeweiht – und ebenfalls ein Feind der bestehenden Ordnung. Ich biete Ihnen den Sturz der Unbekannten Väter an. Wenn ich sage ›Ihnen‹, dann meine ich Sie und nur Sie: Ihre Organisation betrifft das nicht. Ich bitte Sie zu verstehen, dass die Einmischung des Untergrunds die Sache nur verdirbt. Ich schlage Ihnen ein Komplott vor, das auf der Kenntnis des wichtigsten Staatsgeheimnisses basiert. Ich werde Ihnen dieses Geheimnis mitteilen. Einzig wir beide dürfen es wissen. Erfährt es ein Dritter, werden wir umgehend liquidiert. Bedenken Sie, dass es im Untergrund und seinem Stab von Spitzeln wimmelt. Kommen Sie also nicht auf die Idee, sich jemandem anzuvertrauen, insbesondere nicht Ihren nahen Freunden.«

In einem Zug leerte er sein Glas, ohne zu schmecken, was er da trank.

»Ich weiß, wo die Zentrale liegt. Sie sind der einzige Mensch, der in der Lage ist, sich dieser Zentrale zu bemächtigen. Ich biete Ihnen dafür, wie auch für die nächstfolgenden Schritte, einen ausgearbeiteten Plan an. Sie verwirklichen diesen Plan und stellen sich an die Spitze des Staates. Ich bleibe als Ihr politischer und ökonomischer Berater bei Ihnen, weil Sie von diesen Dingen nichts verstehen. Ihr politisches Programm ist mir in groben Zügen bekannt: die Verwendung der Zentrale zur Umerziehung des Volkes im Sinne von Humanität und Moral, und darauf aufbauend die Errichtung einer gerechten Gesellschaftsordnung in baldiger Zukunft. Ich habe keine Einwände. Ich bin schon deshalb einverstanden, weil nichts schlimmer sein könnte als die gegenwärtige Situation. Das war's. Ich habe alles gesagt. Jetzt haben Sie das Wort.«

Mak schwieg. Er drehte das teure Glas mit dem kostbaren Wein in der Hand und schwieg. Der Staatsanwalt wartete. Er hatte das Gespür für seinen Körper verloren. Ihm schien, als sei er gar nicht da, als schwebe er irgendwo in der Himmelsleere, sehe hinunter und erblicke dort eine gemütliche, gedämpft beleuchtete Zimmerecke, den schweigenden Mak und daneben, in einem Sessel, etwas Totes, Erstarrtes, Stummes …

Dann fragte Mak: »Wie groß ist meine Chance, die Eroberung der Zentrale zu überleben?«

»Fünfzig zu fünfzig«, antwortete der Staatsanwalt.

Genauer gesagt: Er glaubte es zu antworten, denn Mak runzelte die Stirn und wiederholte seine Frage, diesmal lauter.

»Fünfzig zu fünfzig.« Die Stimme des Staatsanwalts klang heiser. »Vielleicht mehr. Ich weiß es nicht.«

Wieder schwieg Mak lange.

»Gut«, sagte er endlich. »Wo befindet sich die Zentrale?«

19

Gegen Mittag klingelte das Telefon. Maxim nahm den Hörer ab. Die Stimme des Staatsanwalts sagte: »Bitte Herrn Sim.«

»Am Apparat«, erwiderte Maxim. »Guten Tag.«

Er spürte sofort, dass etwas Schlimmes geschehen war.

»Er ist zurück«, sagte der Staatsanwalt. »Handeln Sie sofort. Ist das möglich?«

»Ja«, presste Maxim durch die Zähne. »Aber Sie hatten mir etwas versprochen …«

»Ich habe noch nichts erreicht«, erwiderte der Staatsanwalt. In seinen Worten lag Panik. »Und jetzt ist es zu spät. Handeln Sie unverzüglich, Sie dürfen keine Minute warten. Hören Sie, Mak?«

»Gut«, stimmte Maxim zu. »War das Ihrerseits alles?«

»Er ist schon unterwegs. In dreißig, vierzig Minuten dürfte er bei Ihnen eintreffen.«

»Verstanden. Ist das jetzt alles?«

»Ja. Los, Mak, los. Gott mit Ihnen.«

Maxim warf den Hörer auf und überlegte einige Sekunden. Massaraksch, alles geht drunter und drüber. Aber ich werde schon noch Zeit finden zum Nachdenken. Er griff wieder nach dem Telefon.

»Professor Allu Sef, bitte.«

»Ich höre!«, bellte Sef.

»Hier ist Mak.«

»Massaraksch, ich hatte doch gebeten, mich heute in Ruhe zu lassen.«

»Halt die Luft an und hör zu. Fahr sofort runter in die Empfangshalle und warte dort auf mich.«

»Massaraksch, ich bin beschäftigt!«

Maxim knirschte mit den Zähnen und schielte zum Laboranten hinüber. Der arbeitete fleißig an seinem Rechner.

»Sef«, begann Maxim noch einmal. »Fahr sofort in die Halle. Verstehst du? Sofort!« Er unterbrach die Verbindung und wählte Wildschweins Nummer. Er hatte Glück: Wildschwein war zu Hause. »Hier Mak. Gehen Sie hinaus auf die Straße und warten Sie dort auf mich, ich habe eine dringende Angelegenheit.«

»Gut«, sagte Wildschwein. »Ich komme.«

Nachdem Maxim den Hörer aufgelegt hatte, griff er in eins der Schreibtischfächer und zog die erstbeste Akte heraus, blätterte darin und überlegte fieberhaft, ob er an alles gedacht hatte. Der Wagen steht in der Garage, die Bombe liegt im Kofferraum, der Benzintank ist gefüllt. Eine Waffe habe ich nicht – was soll's, ich brauche keine. Die Papiere stecken in meiner Tasche, Wildschwein wartet. Sehr gut, dass mir Wildschwein eingefallen ist. Freilich, er kann ablehnen. Aber nein, das wird er nicht tun. Ich würde es auch nicht. Das wär's … Anscheinend alles.

Er wandte sich an den Laboranten: »Ich muss weg. Sag, dass ich im Departement für Bauwesen bin. In ein, zwei Stunden komme ich zurück. Bis dann.«

Er klemmte sich die Akte unter den Arm, verließ das Labor und lief die Treppe hinunter. Sef rannte bereits in der Halle hin und her. Als er Maxim erblickte, blieb er stehen, verschränkte die Hände auf dem Rücken und zog eine Grimasse.

»Welcher Satan, Massaraksch …«, rief er von fern.

Ohne sich aufzuhalten, zog Maxim ihn zum Ausgang.

»Was ist los?« Sef sträubte sich. »Wohin? Weshalb?«

Maxim schob ihn durch die Tür und zerrte ihn auf dem Asphaltweg um die Ecke zu den Garagen. Ringsum war alles leer, nur ein Rasenmäher puffte und knatterte auf einem entfernten Wiesenstück.

»Wohin schleppst du mich denn?«, schrie Sef.

»Sei still«, sagte Maxim. »Und hör zu. Sammle sofort alle von uns. Alle, an die du rankommst. Zum Teufel mit deiner

Fragerei! Hör zu! Alle, an die du rankommst! Mit Waffen! Gegenüber vom Tor steht ein Pavillon, kennst du den? Verschanzt euch dort und wartet. In etwa dreißig Minuten … Hörst du zu, Sef?«

»Und weiter?«, fragte Sef ungeduldig.

»In etwa dreißig Minuten wird der Wanderer zum Tor fahren …«

»Er ist zurück?«

»Unterbrich mich nicht. Ungefähr in dreißig Minuten wird der Wanderer auf das Tor zufahren. Wenn nicht, ist's gut. Dann bleibt ihr einfach sitzen und wartet auf mich. Kommt er aber – erschießt ihn!«

»Bist du übergeschnappt?« Sef blieb stehen. Maxim ging weiter, und Sef lief ihm fluchend nach. »Wir werden doch alle abgeknallt, Massaraksch! Die Wache! Ringsum sind lauter Spitzel.«

»Tut, was in euren Kräften steht«, sagte Maxim. »Der Wanderer muss beseitigt werden.«

Sie waren vor der Garage angelangt. Er lehnte sich mit ganzer Kraft gegen den Riegel und schob die Tür auf.

»So eine Schnapsidee«, murrte Sef. »Weshalb? Warum den Wanderer? Ist doch ein recht anständiger Kerl, hier mögen ihn alle …«

»Wie du willst«, entgegnete Maxim kalt. Er öffnete den Kofferraum, fühlte durch das Ölpapier den Zeitzündermechanismus und schlug die Haube wieder zu. »Mehr kann ich dir jetzt nicht erklären. Wir haben eine Chance. Eine einzige.« Er setzte sich ans Steuer und steckte den Schlüssel ins Zündschloss. »Und noch was: Erledigt ihr diesen anständigen Kerl nicht, erledigt er mich. Dir bleibt wenig Zeit. Handle, Sef.«

Er warf den Motor an und fuhr im Rückwärtsgang langsam aus der Garage.

Sef stand an der Tür. Zum ersten Mal sah Maxim ihn so: verblüfft, fassungslos, erschrocken. »Leb wohl, Sef«, flüsterte er für alle Fälle vor sich hin.

Der Wagen rollte zum Tor. Unbewegten Gesichts und ohne Eile notierte der Gardist die Nummer, öffnete den Kofferraum, schaute hinein, schloss ihn wieder, kehrte zu Maxim zurück und fragte streng: »Was führen Sie mit sich?«

»Ein Refraktometer.« Maxim hielt ihm seinen Passierschein und die Ausfuhrerlaubnis hin.

»Refraktometer RL-7, Inventarnummer …«, brabbelte der Gardist. »Ich schreib's gleich auf.«

In aller Ruhe kramte er in seiner Tasche nach dem Notizbuch.

»Bitte etwas schneller, ich habe es eilig«, bat Maxim.

»Wer hat die Genehmigung unterschrieben?«

»Weiß ich nicht, wahrscheinlich der Verwaltungschef.«

»Sie wissen es nicht. Hätte er leserlich unterschrieben, wäre alles in Ordnung.«

Endlich öffnete er das Tor. Maxim lenkte seinen Wagen auf die Straße und holte aus ihm heraus, was er hergab. Misslingt es, dachte er, und bleibe ich am Leben, muss ich verschwinden. Verfluchter Wanderer, er hat's gespürt, dieser Hundesohn, ist zurückgekehrt. Und was mache ich, wenn's gelingt? Nichts ist vorbereitet, Schlaukopf hat weder einen Grundriss des Palastes noch Fotografien der Väter besorgen können. Die Jungs stehen nicht bereit, wir haben keinen Aktionsplan. Verdammter Wanderer! Drei Tage hätte ich noch zum Ausarbeiten des Plans gehabt. Wahrscheinlich muss ich es so machen: der Palast, die Väter, Telegraf und Telefon, die Bahnhöfe, eine Eildepesche an die Straflager – der General soll all unsere Leute sammeln und herkommen. Massaraksch, ich habe keine Ahnung, wie man die Macht ergreift. Und dann ist da ja noch die Garde, die Armee und der Stab, Massaraksch! Die werden doch sofort aktiv! Mit ihnen muss man anfangen. Nun, das ist Wildschweins Sache, er wird sich gern damit befassen, kennt sich ja aus. Aber irgendwo in der Ferne gibt's noch die weißen Submarines. Massaraksch, es ist doch noch Krieg!

Er schaltete das Radio ein. Über einen schmissigen Marsch hinweg schrie ein Sprecher mit absichtlich heiserer Stimme: »... wieder und wieder ist vor der ganzen Welt die unendliche Weisheit der Unbekannten Väter demonstriert worden – diesmal ihre militärische Weisheit! Als sei von neuem das strategische Genie Gabellus und des Eisernen Kriegers erwacht! Als hätten sich von neuem die ruhmreichen Schatten unserer kriegerischen, unbesiegbaren Ahnen erhoben und an der Spitze unserer Panzerkolonnen in den Kampf gestürzt! Die hontianischen Provokateure und Kriegstreiber haben solch eine Niederlage erlitten, dass sie fortan niemals mehr wagen werden, die Nase über ihre Grenze zu stecken oder die Hand nach unserem heiligen Land auszustrecken! Armadas von Bombenflugzeugen, Raketen und Lenkgeschossen haben die hontianischen Möchtegernkrieger auf unsere Städte gehetzt, doch hat nicht die Strategie brutaler Gewalt und gierigen Drucks gesiegt, sondern unsere weise Strategie der genauesten Berechnung und ständigen Bereitschaft zur Abwehr des Feindes. Nein, nicht vergebens haben wir Entbehrungen erduldet, als wir die letzten Groschen für die Stärkung der Verteidigung, für die Schaffung des undurchdringlichen Panzers der Raketenabwehr ausgegeben haben! ›Unser RAS hat auf der Welt nicht seinesgleichen‹, erklärte erst vor einem halben Jahr der Feldmarschall im Ruhestand, der zweifache Träger des Goldbannerordens Isa Petrozu. Alter Kämpfer, du hattest Recht. Keine einzige Bombe, keine Rakete, kein Geschoss sind auf das heilige Land der Unbekannten Väter gefallen! ›Das unüberwindliche Netz der Stahltürme ist nicht nur ein unbezwingbarer Schild, es ist ein Symbol des Genies und übermenschlichen Scharfsinns derjenigen, denen wir alles verdanken – unserer Unbekannten Väter‹, schreibt in der heutigen Ausgabe ...«

Maxim schaltete das Radio aus. Ja, der Krieg ist wohl zu Ende. Aber wer weiß, was sie sich sonst noch alles überlegen.

Maxim verließ die Hauptstraße, bog in eine schmale Gasse zwischen zwei hohen Wolkenkratzern aus rosafarbenem Stein ein und holperte über das Kopfsteinpflaster zu einem baufälligen, über die Jahre schwarz gewordenen Häuschen. Wildschwein wartete schon; an einen Laternenmast gelehnt, rauchte er eine Zigarette. Als der Wagen hielt, warf er den Stummel weg, zwängte sich durch die kleine Autotür und setzte sich neben Maxim. Er war ruhig und beherrscht, wie immer.

»Guten Tag, Mak«, sagte er. »Was ist passiert?«

Maxim wendete und fuhr wieder auf die Hauptstraße. »Wissen Sie, was eine thermische Bombe ist?«, fragte er.

»Ich habe davon gehört«, erwiderte Wildschwein.

»Gut. Hatten Sie irgendwann mit Synchronzündern zu tun?«

»Gestern zum Beispiel.«

»Ausgezeichnet.«

Einige Zeit fuhren sie schweigend. Hier war viel Verkehr, und Maxim musste sich konzentrieren, um sich zwischen riesigen Lastwagen und alten, stinkenden Autobussen hindurchzulavieren, keinen Wagen zu streifen und sich von keinem streifen zu lassen, grünes Licht zu erwischen, und dann wieder grünes Licht zu erwischen, um zumindest die klägliche Geschwindigkeit zu halten, in der sie vorankamen. Schließlich schoss ihr Wagen auf die Waldchaussee hinaus – auf jene ihm gut bekannte, rechts und links von riesigen Bäumen gesäumte Autobahn.

Komisch, dachte Maxim plötzlich. Genau auf dieser Straße bin ich in die hiesige Welt gekommen, genauer gesagt, der arme Fank hat mich hineinchauffiert, und ich habe nichts begriffen und geglaubt, er sei Spezialist für Fremde aus dem All. Nun rolle ich auf derselben Straße vielleicht wieder aus dieser Welt hinaus – womöglich sogar aus aller Welt – und nehme zudem einen wertvollen Menschen mit. Er warf einen Blick auf Wildschwein. Dessen Gesicht war ruhig, er saß still, den Ellenbogen seiner Prothese ans Fenster gestützt, und wartete, bis ihm das Nötige erklärt würde. Wahrscheinlich wunderte er sich, wahrscheinlich war er aufgeregt, doch er ließ es sich nicht anmerken, und Maxim fühlte Stolz, dass so ein Mensch ihm vertraute, sich ohne Bedenken auf ihn verließ.

»Ich bin Ihnen sehr dankbar, Wildschwein«, sagte er.

»Tatsächlich?« Wildschwein drehte ihm sein hageres, gelbliches Gesicht zu.

»Wissen Sie noch, einmal, bei einer Sitzung des Stabes, haben Sie mich beiseitegenommen und mir ein paar wertvolle Ratschläge gegeben.«

»Ich erinnere mich.«

»Dafür bin ich Ihnen dankbar. Ich habe Ihren Rat beherzigt.«

»Ja, das ist mir nicht entgangen. Sie haben mich damit sogar ein bisschen enttäuscht.«

»Aber Sie hatten damals Recht«, sagte Maxim. »Ich habe auf Sie gehört und dadurch nun die Möglichkeit, in die Zentrale vorzudringen.«

Wildschwein zuckte zusammen. »Jetzt?«, fragte er schnell.

»Ja. Wir müssen uns beeilen, ich konnte nichts vorbereiten. Möglich, dass man mich tötet und dann alles vergebens war. Für den Fall habe ich Sie mitgenommen.«

»Ich höre.«

»Ich gehe in das Gebäude, Sie bleiben im Wagen. Nach einiger Zeit wird es Alarm geben, eventuell sogar eine Schießerei. Das hat Sie nicht zu interessieren, Sie warten weiterhin im Wagen. Sie warten …« Maxim überschlug es in Gedanken. »Sie warten zwanzig Minuten. Erhalten Sie in dieser Zeit einen Strahlenschub, ist alles glatt gelaufen. Und Sie können glücklich lächelnd in Ohnmacht fallen. Wenn aber nicht – dann steigen Sie aus. Im Kofferraum liegt eine Bombe mit Synchronzünder, der auf zehn Minuten eingestellt ist.

Legen Sie sie aufs Pflaster, schalten Sie den Zünder ein und fahren Sie los. Panik wird ausbrechen, große Panik. Versuchen Sie, diese Panik so gut wie möglich zu nutzen.«

Wildschwein dachte kurz nach.

»Gestatten Sie mir, jemanden anzurufen?«, fragte er.

»Nein«, antwortete Maxim.

»Schauen Sie«, erklärte Wildschwein, »wenn Sie nicht umkommen, brauchen Sie Leute, die bereit sind zu kämpfen. Tötet man Sie aber, brauche ich diese Leute. Sie haben mich doch für den Fall mitgenommen, dass man Sie tötet. Allein kann ich nur einen Anfang machen, und die Zeit wird knapp sein, so dass die anderen beizeiten benachrichtigt werden sollten. Genau das will ich tun.«

»Reden Sie vom Stab?«, fragte Maxim feindselig.

»Ganz und gar nicht. Ich habe meine eigene Gruppe.«

Maxim schwieg. Der fünfstöckige graue Bau mit der Steinmauer davor war schon zu sehen. Maxim kannte ihn gut … Irgendwo dort huschte Fischi durch die Gänge, brüllte und geiferte aufgebracht das Nilpferd. Dort war die Zentrale. Der Kreis schloss sich.

»Einverstanden«, murmelte Maxim. »Am Eingang ist ein Münzfernsprecher. Wenn ich das Gebäude betreten habe – nicht früher! –, können Sie aussteigen und telefonieren.«

»Gut«, sagte Wildschwein.

Sie näherten sich der Autobahnausfahrt. Maxim erinnerte sich plötzlich an Rada und versuchte sich auszumalen, was mit ihr würde, wenn er nicht zurückkehrte. Schlecht würde es ihr ergehen. Vielleicht aber auch nicht. Vielleicht würde man sie, im Gegenteil, auch freilassen. Dennoch wäre sie allein. Gai nicht da, ich nicht da. Armes Mädchen …

»Haben Sie Familie?«, fragte er Wildschwein.

»Ja. Meine Frau.«

Maxim biss sich auf die Lippe. »Verzeihen Sie, dass es sich so unglücklich gefügt hat«, bat er.

»Das macht nichts.« Wildschweins Stimme klang ruhig. »Ich habe mich verabschiedet. Ich verabschiede mich immer, wenn ich das Haus verlasse. Das hier ist also die Zentrale? Wer hätte das gedacht.«

Maxim hielt auf dem Parkplatz, nachdem er das Auto zwischen einen klapprigen Kleinwagen und eine Luxuslimousine der Regierung gezwängt hatte.

»Das war's«, seufzte er. »Wünschen Sie mir Erfolg.«

»Von ganzem Herzen«, erwiderte Wildschwein. Seine Stimme brach, und er räusperte sich. »Dass ich diesen Tag noch erlebe ...«

Maxim lehnte die Wange gegen das Steuer. »Schön wäre es, diesen Tag zu überleben«, sagte er. »Den Abend zu sehen ...«

Wildschwein sah ihn besorgt an.

»Ich habe keine Lust zu gehen«, erklärte Maxim. »Gar keine Lust. Übrigens, Wildschwein, merken Sie sich und erzählen Sie auch Ihren Freunden, dass Sie nicht auf der inneren Oberfläche einer Kugel leben. Sie leben auf ihrer äußeren Oberfläche. Und es gibt eine Vielzahl solcher Kugeln auf der Welt. Auf einigen lebt man wesentlich schlechter als bei Ihnen, auf anderen sehr viel besser. Nirgendwo aber lebt man dümmer. Sie glauben mir nicht? Ach, scheren Sie sich zum Teufel ... Ich muss los.«

Er stieß die Tür auf und stieg aus, überquerte den asphaltierten Parkplatz und ging, Stufe für Stufe, die steinerne Treppe hinauf. In seiner Tasche befand sich ein Passierschein für den Eingang, ausgestellt vom Generalstaatsanwalt, ein Passierschein für den Inneren Bereich, den der Staatsanwalt irgendwo für ihn gestohlen hatte, sowie eine einfache rosa Karte – als Ersatz für einen weiteren Passierschein, den der Staatsanwalt weder hatte ausstellen noch für ihn stehlen können. Es war heiß, der Himmel glänzte wie Aluminium. Dieser undurchdringliche Himmel der bewohnten Insel ... Die steinernen Stufen sengten durch die Schuhsohlen, aber vielleicht schien es ihm auch nur so. Es war töricht, das ganze Unterfangen stümperhaft. Warum, zum Teufel, soll ich es tun, wenn sie es nicht anständig vorbereitet haben? Womöglich sitzt dort nicht ein Offizier, sondern zwei. Oder es warten drei Offiziere in dem Raum, die MPs im Anschlag. Rittmeister Tschatschu hatte mit einer Pistole geschossen, das Kaliber ist das Gleiche, nur werden es mehr Kugeln sein. Und ich bin nicht mehr der Alte … Sie hat mich tüchtig gebeutelt, meine bewohnte Insel. Entkommen lassen sie mich diesmal nicht. Ich bin ein Schwachkopf, war einer und bin einer geblieben. Habe mich vom Herrn Staatsanwalt kaufen, mich an seine Angel locken lassen. Wieso hat er mir vertraut? Unbegreiflich. Schön wäre es, jetzt in die Berge zu verschwinden und reine Gebirgsluft einzuatmen. Bin noch nicht dazugekommen. Dabei liebe ich die Berge … Er ist doch ein kluger, argwöhnischer Mensch – und überantwortet mir so mir nichts, dir nichts das Allerheiligste, das Größte und Wichtigste in seiner Welt – aber nein, es ist abscheulich, ekelerregend und niederträchtig. Verflucht soll es sein, dieses Allerheiligste, Massaraksch, und noch einmal Massaraksch, und dreiunddreißigmal Massaraksch!

Er öffnete die Glastür und hielt dem Gardisten den ersten Passierschein hin. Dann ging er durch die Halle – vorbei an dem Mädchen mit der Brille, das noch immer am Stempeln war, und vorbei am Empfangschef mit dem lächerlichen Kopfputz, der sich am Telefon noch immer mit jemandem stritt. Bevor er in den Gang einbog, zeigte er einem anderen Gardisten den Passierschein für den Inneren Bereich. Der Gardist nickte ihm zu – sie waren schon, konnte man sagen, Bekannte, denn in den letzten drei Tagen hatte Maxim sich täglich hier gezeigt.

Weiter.

Er ging einen langen Flur ohne Türen entlang und bog dann nach links. Hier war er erst zum zweiten Mal. Das erste

Mal – vorgestern, aus Versehen. (»Wohin wollen Sie eigentlich, mein Herr?« – »Ich will eigentlich ins Zimmer sechzehn, Korporal.« – »Sie sind hier falsch, mein Herr. Sie müssen den nächsten Gang entlang.« – »Bitte um Verzeihung, Korporal, entschuldigen Sie. Tatsächlich …«)

Jetzt reichte er dem Korporal seinen Passierschein für den Innenbereich und warf einen Blick auf die zwei baumstarken Gardisten mit Maschinenpistolen, die unbeweglich zu beiden Seiten der gegenüberliegenden Tür standen. Dann schielte er zu der Tür, durch die er zu gehen hatte: »Abteilung für Sondertransporte«. Der Korporal studierte aufmerksam den Passierschein, drückte dann, die Augen immer noch auf den Schein gerichtet, einen Knopf in der Wand, und hinter der Tür ertönte ein Klingelzeichen. Sicher macht sich jetzt der Offizier bereit, der dort neben dem grünen Vorhang sitzt. Oder zwei Offiziere. Vielleicht sogar drei … Und warten darauf, dass ich hereinkomme. Erschrecke ich oder weiche zurück, stehen gleich der Korporal und die Gardisten vor mir, die die Tür ohne Schildchen bewachen. Und hinter dieser Tür hockt sicher ein ganzer Haufen von Soldaten …

Der Korporal gab ihm den Passierschein zurück. »Bitte. Halten Sie Ihre Papiere bereit.«

Maxim zog seine rosafarbene Pappe hervor, öffnete die Tür und trat ein.

Massaraksch!

So war das also.

Nicht ein Zimmer, sondern drei. In einer Flucht. Und erst ganz am Ende die grüne Portiere. Bis zu diesem Vorhang ein Teppichläufer. Mindestens dreißig Meter.

Und nicht zwei Offiziere, nicht drei Offiziere: Sechs!

Zwei Feldgraue im ersten Zimmer. Ihre Maschinenpistolen zielen auf ihn.

Zwei im Schwarz der Garde im zweiten Zimmer. Sie haben noch nicht auf ihn angelegt, sind aber dazu bereit.

Zwei Zivilisten neben dem grünen Vorhang. Einer hat den Kopf weggedreht und schaut irgendwohin zur Seite.

Los, Mak!

Und dann stürmte er vor. Es wurde eine Art Dreisprung aus dem Stand. Er konnte noch denken: Wenn nur keine Sehne reißt … Heftig schlug die Luft gegen sein Gesicht.

Dann die grüne Portiere. Der Zivilist zur Linken sieht zur Seite, sein Hals ist ungeschützt. Die Handkante.

Der rechte blinzelt wohl gerade. Seine Lider sind unbeweglich und halb geschlossen. Von oben auf den Scheitel – und in den Lift.

Dunkel. Wo ist der Knopf? Massaraksch, wo ist der Knopf?

Langsam und dumpf hämmerte ein Maschinengewehr, gleich darauf ein zweites. Nichts zu mäkeln, ausgezeichnete Reaktion. »Tat-tat-tat … tat-tat-tat … tat-tat-tat …« Aber bis jetzt schießen sie nur gegen die Tür, dahin, wo sie mich gesehen haben. Sie haben noch nicht begriffen, was passiert ist. Handeln im Reflex.

Der Knopf!

Hinter dem Vorhang gleitet langsam und schräg ein Schatten zu Boden – einer der Zivilisten.

Massaraksch, da ist er ja, an der sichtbarsten Stelle!

Maxim drückte auf den Knopf, und die Kabine sank rasch hinab – ein Schnelllift. Jetzt fing das Bein an zu schmerzen. Doch eine Zerrung? Aber das ist im Moment unwichtig. Massaraksch, ich bin ja schon durch!

Der Lift hielt. Maxim sprang hinaus, und gleich darauf krachte und klirrte es im Schacht. Späne flogen. Von oben feuerten sie aus drei Läufen auf das Dach der Kabine. Gut, gut, schießt nur … Gleich wird ihnen klar, dass sie nicht schießen, sondern den Lift heraufholen und dann selbst hinunterfahren müssen. Das haben sie vergessen, haben den Kopf verloren …

Er blickte um sich. Massaraksch, wieder war es anders. Nicht ein Eingang, sondern drei. Drei völlig gleiche Tunnel … Aha, das sind einfach Reservegeneratoren. Einer ist in Betrieb, zwei werden gewartet. Welcher ist jetzt eingeschaltet? Anscheinend dieser.

Er rannte in den mittleren Tunnel. Hinter seinem Rücken rumorte der Fahrstuhl. Nein, nein, schon zu spät. Nicht das notwendige Tempo, ihr schafft es nicht … Obwohl, der Tunnel ist lang, und der Fuß tut weh. Da, eine Kurve, nun kriegt ihr mich sicher nicht mehr. Maxim lief bis zu den Generatoren, die unter einer Stahlplatte brummten, blieb stehen, ließ die Arme sinken und verharrte einige Sekunden. So, drei Viertel der Sache sind erledigt, sogar sieben Achtel. Nur noch ein Klacks, die Hälfte eines Vierunddreißigstels … Jetzt werden sie im Lift hinunterrasen und in den Tunnel stürmen, aber sie haben bestimmt von nichts eine Ahnung. Und dann wird die Depressionsstrahlung sie zurücktreiben. Was kann jetzt noch passieren? Dass sie eine Gasgranate in den Gang werfen. Kaum, woher sollten sie die haben. Alarm ist bestimmt schon ausgelöst. Die Väter könnten natürlich die Depressionsbarriere ausschalten. Aber dazu werden sie sich nicht entschließen und auch nicht mehr dazu kommen: Sie müssten sich erst zusammensetzen, alle fünf, müssten ihre fünf Schlüssel zusammenlegen und herausfinden, ob das Ganze nicht doch ein böser Streich eines der ihren ist oder eine Provokation. Nein wirklich, wer in aller Welt kann durch die Strahlenschranke hierher vordringen? Der Wanderer, sofern er heimlich einen Schutz entwickelt hat? Aber die sechs mit ihren Maschinenpistolen würden ihn aufhalten. Ansonsten käme keiner infrage. Na bitte, und während sie sich zanken und versuchen, Klarheit zu gewinnen, bin ich hier fertig.

Hinter der Tunnelbiegung hämmerten im Dunkeln die Maschinenpistolen. Ist erlaubt. Habe nichts dagegen … Maxim beugte sich über die Verteileranlage, nahm vorsichtig das Schutzgehäuse ab und schleuderte es in eine Ecke. Hm, ein ganz primitives Ding. Gut, dass ich nicht vergessen habe, über die hiesige Elektronik nachzulesen. Er steckte die Finger in die Schaltung. Aber wenn ich das vergessen hätte? Oder der Wanderer vorgestern zurückgekehrt wäre? Meine Herren! Massaraksch, was man hier für elektrische Schläge abbekommt. Ja, dann wäre es mir wohl so ergangen wie einem Embryomechaniker, der sich schnellstens schlaumachen muss über … Ja, worüber? Über einen Dampfkessel? Nein, würde ein Embryomechaniker kapieren. Über ein Kamelgespann? Ja, über ein Kamelgespann! Also, du Embryomechaniker, würdest du damit zurechtkommen? Wohl kaum … Massaraksch, warum haben sie hier nichts isoliert. Aha, da bist du ja … Und nun, mit Gott, wie der Herr Generalstaatsanwalt sagt …

Direkt vor dem Verteiler setzte er sich auf den Fußboden und fuhr sich mit dem Handrücken über die Stirn. Es war getan. Ein mächtiges Depressionsfeld senkte sich auf das ganze Land, vom Gebiet jenseits des Flusses bis zur hontianischen Grenze, vom Ozean bis zum Alabasterkamm.

Die Maschinenpistolen hinter der Biegung waren verstummt: Die Herren Offiziere befanden sich in Depression. Werde mir gleich ansehen, wie das ist, Offiziere in Depression …

Der Herr Staatsanwalt wird sich zum ersten Mal in seinem Leben über einen Strahlenschlag freuen. Aber ansehen wollte ich ihn nicht …

Und die Unbekannten Väter, die nicht rechtzeitig begriffen haben, was vor sich geht, krümmen sich jetzt vor Schmerz und haben alle Hufe von sich gestreckt, wie Rittmeister Tschatschu es zu nennen pflegte. Der liegt jetzt übrigens auch in tiefster Depression, und dieser Gedanke entzückt mich geradezu.

Sef und die Jungs haben sicher auch alle Hufe von sich gestreckt. Entschuldigt, Jungs, es muss sein.

Der Wanderer! Wie schön: Auch der schreckliche Wanderer liegt jetzt da, hat seine riesigen Ohren auf den Fußboden gebreitet ... die größten Ohren im ganzen Land. Aber vielleicht haben sie ihn ja auch schon erschossen. Das wäre noch besser.

Und Rada, meine arme kleine Rada, ist auch in Depression. Macht nichts, mein Mädchen, das tut bestimmt nicht weh und geht ja auch schnell vorüber.

Wildschwein ...

Er sprang auf. Wie viel Zeit war vergangen? Er stürzte durch den Tunnel zurück. Wildschwein hat sicher auch alle viere von sich gestreckt, aber wenn er die Schießerei vorhin gehört hatte, konnte er die Nerven verloren haben. Das war natürlich sehr unwahrscheinlich, denn Wildschwein hatte gute Nerven, aber wer weiß!

Er lief zum Lift und opferte noch eine Sekunde, um sich die Herren Offiziere in Depression anzusehen. Der Anblick war erschütternd: Alle drei hatten ihre Maschinenpistolen hingeworfen und weinten, ohne Kraft, auch nur die Tränen abzuwischen. Gut, dachte Maxim, weint ein bisschen, das ist gut, weint um meinen Gai, um Amsel, um Gel, um meinen Förster. Vermutlich habt ihr seit eurer Kindheit nicht mehr geweint, und mit Sicherheit nie um die, die ihr umgebracht habt. Also weint wenigstens vor eurem Tod.

Der Lift brachte ihn im Nu hinauf. Die Zimmerflucht war voller Menschen: Offiziere, Soldaten, Korporale, Gardisten, Zivile – alle bewaffnet, und alle lagen und saßen traurig herum, einige weinten laut, einer murmelte vor sich hin, schüttelte den Kopf und schlug sich mit der Faust gegen die Brust. Und dort hatte sich jemand erschossen ... Massaraksch, die Schwarzen Strahlen waren verheerend, nicht umsonst hatten die Väter sie nur für den Notfall vorgesehen.

Er lief ins Vestibül, sprang über sich kraftlos regende Gestalten hinweg und rannte die Steinstufen hinunter. Neben seinem Wagen blieb er stehen und atmete erleichtert auf. Wildschwein hatte die Nerven behalten: Er lag, die Augen geschlossen und halb zur Seite gekippt, auf dem vorderen Sitz.

Maxim holte die Bombe aus dem Kofferraum, streifte das Ölpapier ab, klemmte sie vorsichtig unter den Arm und kehrte ohne Eile zum Lift zurück. Sorgsam überprüfte er den Zünder, schaltete das Uhrwerk ein, legte die Bombe in die Kabine und drückte den Knopf. Die Kabine glitt hinunter; sie trug ein Flammenmeer mit sich in die Unterwelt, das in zehn Minuten explodieren würde. Genauer gesagt, in neun Minuten und einigen Sekunden …

Im Wagen richtete Maxim Wildschwein vorsichtig auf, setzte sich ans Steuer und fuhr den Wagen vom Parkplatz. Das graue Gebäude ragte drohend über ihm empor – schwer, plump und dem Untergang geweiht, voller Menschen, die zum Tode verurteilt und nicht mehr in der Lage waren, sich zu bewegen oder auch nur zu begreifen, was geschah.

Das ist das Nest, dachte Maxim, das schreckliche Schlangennest – vollgestopft mit Abschaum, mit eigens und sorgfältig ausgesuchtem, erlesenem Abschaum. Hier, an diesem Ort, hat man ihn konzentriert, damit er sein abscheuliches Werk verrichte – per Radio, im Fernsehen, über die Strahlentürme. Alle dort sind Feinde, und keiner von ihnen würde auch nur eine Sekunde zögern, mich, Wildschwein, Sef, Rada oder meine anderen Freunde, mir lieben Menschen, zu verraten, mit Kugeln zu durchsieben, zu kreuzigen … Und doch ist es gut, dass ich mich erst jetzt an sie erinnere. Vorher hätte mich dieser Gedanke gehindert, hätte ich Fischi vor mir gesehen, den einzigen Menschen in diesem zum Untergang verdammten Schlangennest … Ja, aber auch sie, Fischi … Was – Fischi? Was weiß ich denn über sie? Dass sie mich sprechen gelehrt und mein Bett gemacht hat? Lass Fischi aus dem Spiel, du weißt sehr wohl, dass es nicht nur um sie geht, wies er sich zurecht. Die Sache ist die: Mit dem heutigen Tag trittst du zum entschlossenen Kampf an, zu einem Kampf auf Leben und Tod, wie alle ihn hier kämpfen. Und du kämpfst gegen Schwachköpfe: gegen bösartige Schwachköpfe, die von Strahlen verdummt wurden; gegen hinterhältige, ignorante und habsüchtige Schwachköpfe, die diese Strahlen angeordnet haben; gegen wohlmeinende Schwachköpfe, die mit Hilfe der Strahlen aus bösartigen, vom Satan besessenen Marionetten weichherzige, gute Marionetten machen wollen. Und sie alle werden versuchen, dich und deine Freunde umzubringen und deine Sache zu verderben. Weil – das merke dir und vergiss es nie! –, weil man auf diesem Planeten kein anderes Mittel kennt, die Andersdenkenden zu überzeugen … Hexenmeister hat gesagt: Möge dein Gewissen dich nicht hindern, klar zu denken, und möge dein Verstand lernen, sofern nötig, lauter zu sein als das Gewissen. Recht hatte er. Es ist eine bittere Wahrheit, eine furchtbare Wahrheit. Was ich eben getan habe, nennt man hier eine Heldentat. Und Wildschwein darf diesen Tag erleben. Der Förster, Amsel, der Grüne und Gel Ketschef haben an diesen Tag geglaubt wie an ein schönes Märchen, ebenso mein Gai und noch …zig, ja Hunderte, Tausende von Menschen, die ich nie gesehen habe. Und trotzdem ist mir unwohl dabei. Wenn ich möchte, dass sie mir auch künftig vertrauen und mir folgen, darf ich nie jemandem erzählen, dass ich meine größte Heldentat nicht in dem Moment beging, als ich durch den Kugelregen lief, sondern jetzt, wo ich noch Zeit hätte zurückzukehren und die Bombe zu entschärfen; aber stattdessen trete ich aufs Gas und fahre immer weiter weg von diesem verfluchten Ort …

Er raste dieselbe Autobahn entlang, auf der Fank und er vor einem halben Jahr in der Luxuslimousine gefahren waren – vorbei an der endlosen Kolonne von Panzerspähwagen. Fank hatte es eilig gehabt, um ihn eigenhändig dem Wanderer übergeben zu können. Jetzt war klar, warum. Hat der Wanderer schon damals gewusst, dass ich unempfindlich gegen die Strahlung bin, nichts verstehe und er mich nach seiner Pfeife tanzen lassen kann? Er hat es gewusst, er wusste es, der Dreckskerl! Er ist wirklich ein Satan und der schrecklichste Mensch in diesem Land, vielleicht sogar auf dem ganzen Planeten. Er weiß alles, hat der Generalstaatsanwalt gesagt und sich ängstlich umgesehen. Nein, nicht alles ... Du hast den Wanderer überrumpelt, Mak. Du hast gegen den Satan gewonnen. Und jetzt bring ihn zur Strecke, solange es nicht zu spät ist! Aber möglicherweise haben sie ihn auch schon erledigt, am Eingang zu seiner eigenen Höhle ... Ach, ich glaub's nicht, ich glaub's nicht. Die Jungs sind ihm nicht gewachsen, Wasserblase hatte vierundzwanzig Verwandte mit Maschinengewehren. Massaraksch! Ich weiß nicht, wie man eine Revolution macht. Ich habe nichts vorbereitet, um Telegraf, Telefon und Brücken in meine Gewalt zu bringen, ich habe fast keine Leute; die einfachen Untergrundkämpfer kennen mich nicht, und der Stab wird gegen mich sein. Ich habe es nicht einmal geschafft, den General im Lager zu benachrichtigen, damit er sich darauf einstellt, die Politischen zusammentrommelt und mit einem Militärzug hierherschickt. Aber komme, was wolle: Den Wanderer muss ich erledigen. Ihn erledigen und mich ein paar Stunden halten, bis Armee und Garde vom Strahlenentzug niedergedrückt werden. Niemand von ihnen ahnt ja von diesem Zustand, wahrscheinlich nicht einmal der Wanderer. Woher sollte er es wissen? Im ganzen Land habe nur ich einmal jemanden – den armen Gai – aus dem Emissionsfeld hinausgebracht.

Die Chaussee war voller Autos. Alle standen quer, schräg oder im Straßengraben. Die von der Depression niedergeschmetterten Fahrer und Passagiere saßen mit hängenden Köpfen auf den Trittbrettern, waren kraftlos von ihren Sitzen gesunken, wälzten sich an den Straßenrändern. Das alles hinderte Maxim. Er musste immer wieder bremsen, ausweichen – und so bemerkte er nicht gleich, dass ihm aus der Stadt ein flacher, grellgelber Regierungswagen entgegenkam, der ebenfalls ständig ausweichen musste, dabei seine Geschwindigkeit aber fast nicht verringerte.

Sie begegneten sich auf einem verhältnismäßig freien Stück der Chaussee und rasten aneinander vorbei; fast hätten sie sich gestreift. Maxim erkannte einen kahlen Schädel und gewaltige Segelohren, und bekam ein flaues Gefühl, weil nun wieder alles durcheinandergeriet. Der Wanderer! Massaraksch! Das ganze Land liegt in Depression, alle Entarteten sind besinnungslos, und dieses Scheusal, dieser Teufel hat sich wieder herausgewunden! Also hat er trotz allem einen Schutz erfunden. Und ich habe keine Waffe. Maxim sah in den Rückspiegel: Der lange gelbe Wagen wendete. Was hilft's – muss ich eben ohne Waffe auskommen. Und was den Wanderer betrifft, so werden mich bestimmt keine Gewissensbisse quälen. Maxim drückte aufs Gaspedal. Tempo, Tempo. Los, mein Guter, schneller. Die niedrige gelbe Motorhaube glitt heran, wurde größer, schon konnte er die starren grünen Augen über dem Lenkrad erkennen ... Jetzt, Mak!

Maxim spreizte die Beine, stützte sich ab, hielt einen Arm schützend vor Wildschwein und trat mit aller Kraft auf die Bremse.

Ohrenbetäubendes Heulen und Kreischen ... Dann krachte die gelbe Kühlerhaube auf seinen Kofferraum, schob sich wie eine Ziehharmonika nach oben. Glas splitterte. Maxim stieß mit dem Fuß die Tür auf und ließ sich hinausfallen, spürte furchtbare Schmerzen in der Ferse, dem lädierten Knie, seinem Arm – und hatte es sogleich vergessen, denn der Wanderer stand schon vor ihm. Unmöglich, aber es war so. Dieser Satan, dieser Satan – lang, hager, gefährlich, mit zum Schlag erhobener Hand.

Maxim stürzte sich auf ihn, legte seine ganze Kraft in diesen Sprung, aber – daneben! Dann ein fürchterlicher Schlag gegen den Hinterkopf … Die Welt schwankte, kippte fast um, dann aber doch nicht … Und wieder stand der Wanderer vor ihm, wieder sah er den kahlen Schädel, die aufmerksamen grünen Augen, die zum Parieren des Schlags bereite Hand. Stopp, halt, er trifft daneben … He! Wohin guckt er denn? Na, so kriegst du mich nicht … Mit versteinerter Miene starrte der Wanderer über Maxims Kopf hinweg. Und schon griff Maxim ihn an, diesmal erfolgreich. Der lange Kerl knickte ein und sank langsam auf den Asphalt. Da schöpfte Maxim tief Atem und drehte sich um.

Den grauen Kubus der Zentrale konnte man von hier aus gut erkennen, aber es war kein Kubus mehr: Vor Maxims Augen stürzte er in sich zusammen. Zitternde, glutheiße Luft stieg über ihm auf, Dampf, Rauch. Und dann zuckte etwas gleißend Weißes, dessen Hitze Maxim bis hierher spüren konnte, fröhlich und beängstigend zugleich aus den langen vertikalen Rissen und Fensterlöchern …. Gut, das war also erledigt. Triumphierend wandte sich Maxim dem Wanderer zu. Der Teufel lag auf der Seite, hatte die langen Arme über dem Bauch gekreuzt und die Augen geschlossen. Vorsichtig trat Maxim näher. Wildschwein lehnte sich aus dem verbeulten Wagen heraus, zappelte und hantierte, um ins Freie zu gelangen. Maxim blieb neben dem Wanderer stehen, beugte sich hinab und überlegte, wie er zuschlagen müsste, um ihn sofort zu töten. Massaraksch, die verfluchte Hand wollte sich nicht gegen einen Liegenden erheben. Und da öffnete der Wanderer einen Spaltbreit die Augen und krächzte auf Deutsch: »Dummkopf! Rotznase!«

Maxim verstand ihn nicht gleich. Und als er ihn verstand, wurden ihm die Knie weich, und vor den Augen sah er schwarz …

Dummkopf …

Rotznase …

Dummkopf …

Rotznase …

Dann hörte er aus der grauen widerhallenden Leere heraus klar und deutlich Wildschweins Stimme: »Gehen Sie zur Seite, Mak, ich habe eine Pistole.«

Ohne hinzusehen, hielt Maxim ihn am Arm fest.

Mühsam setzte sich der Wanderer auf, die Arme noch immer auf den Leib gepresst. »Rotznase«, zischte er erschöpft. »Stehen Sie nicht da wie ein Ölgötze. Suchen Sie einen Wagen, bisschen flott. So stehen Sie doch nicht herum, bewegen Sie sich!«

Dumpf, wie durch Watte hindurch, schaute sich Maxim um. Die Chaussee belebte sich. Die Zentrale existierte nicht mehr – sie war zu einer Lache geschmolzenen Metalls geworden, zu Dampf, Gestank. Die Türme funktionierten nicht mehr, die Marionetten hörten auf, Marionetten zu sein. Die Menschen kamen zu sich, sahen erstaunt und finster um sich, traten neben ihren Autos von einem Fuß auf den anderen und versuchten zu verstehen, was mit ihnen geschehen war, wie sie hierherkamen und was jetzt zu tun sei.

»Wer sind Sie?«, fragte Wildschwein.

»Geht Sie nichts an«, keuchte der Wanderer auf Deutsch. Er hatte Schmerzen, stöhnte und rang nach Luft.

»Ich verstehe nicht.« Wildschwein hob den Lauf seiner Pistole.

»Kammerer«, sagte der Wanderer. »Stopfen Sie Ihrem Terroristen das Maul und suchen Sie einen Wagen.«

»Was für einen Wagen?«, fragte Maxim hilflos.

»Massaraksch«, ächzte der Wanderer. Irgendwie schaffte er es aufzustehen; nach wie vor gekrümmt und eine Faust gegen den Leib gestemmt, ging er mit unsicheren Schritten zu Maxims Auto und zwängte sich hinein. »Steigen Sie ein, schnell!«, sagte er ärgerlich, bereits hinter dem Lenkrad sitzend. Dann blickte er über die Schulter zurück, auf die von Flammen rot gefärbte Rauchsäule. »Was haben Sie da reingeworfen?« Seine Stimme klang hoffnungslos.

»Eine thermische Bombe.«

»In den Keller oder die Vorhalle?«

»In den Keller.«

Der Wanderer stöhnte auf, saß eine Weile mit gesenktem Kopf da und ließ schließlich den Motor an. Der Wagen ruckelte und klirrte.

»Jetzt steigen Sie doch endlich ein!«, brüllte der Wanderer.

»Wer ist das?«, fragte Wildschwein. »Ein Hontianer?«

Maxim verneinte, öffnete mit einem Ruck die hintere Tür, die sich verklemmt hatte, und murmelte: »Steigen Sie ein.«

Er selbst ging um den Wagen herum und setzte sich neben den Wanderer. Das Auto ruckte, irgendetwas quietschte, barst; aber dann rollte es, plump schlingernd, die Chaussee entlang. Die nicht mehr schließenden Türen klapperten, und der Auspuff knallte laut.

»Was beabsichtigen Sie jetzt zu tun?«, fragte der Wanderer.

»Moment«, bat Maxim. »Sagen Sie mir wenigstens: Wer sind Sie?«

»Ich bin Mitarbeiter des Galaktischen Sicherheitsdienstes«, antwortete der Wanderer. Es klang bitter. »Schon fünf Jahre sitze ich hier. Wir bereiten die Rettung dieses unglückseligen Planeten vor. Sorgfältig, behutsam, unter Berücksichtigung aller möglichen Folgen. Aller, verstehen Sie? Und wer sind Sie? Wer sind Sie, dass Sie Ihre Nase in fremde Angelegenheiten stecken, unsere Pläne durcheinanderbringen, schießen und sprengen – wer sind Sie?«

»Ich habe doch nicht gewusst ...«, begann Maxim zaghaft. »Woher hätte ich wissen sollen ...«

»Ja, natürlich, Sie haben nichts gewusst. Aber Sie wussten, dass eigenmächtige Einmischung verboten ist, immerhin gehören Sie zur *Gruppe für Freie Suche* … Sie hätten es wissen müssen. Auf der Erde verliert die Mutter seinetwegen den Verstand, pausenlos rufen irgendwelche Mädchen an, der Vater vernachlässigt seine Arbeit … Was wollten Sie denn als Nächstes tun?«

»Sie erschießen«, sagte Maxim.

»Was?!«

Der Wagen geriet ins Schleudern.

»Ja«, fuhr Maxim fort. »Was sollte ich denn machen? Man hatte mir erzählt, Sie seien der schlimmste Halunke hier, und …« Er lachte auf. »Und daran war nicht schwer zu glauben …«

Der Wanderer schielte zu ihm herüber. »Na gut. Und weiter?«

»Dann hätte die Revolution beginnen sollen.«

»Wieso denn das?«

»Die Zentrale ist doch zerstört und die Strahlung beseitigt.«

»Na und?«

»Jetzt werden sie schnell begreifen, dass man sie unterdrückt, dass ihr Leben elend ist, und sie werden sich erheben.«

»Wohin denn erheben?«, fragte der Wanderer missmutig. »Und wer wird sich erheben? Die Unbekannten Väter sind gesund und munter, die Garde ist heil und unversehrt, die Armee vollständig mobilisiert, im Land herrscht Kriegszustand. Worauf haben Sie denn gehofft?«

Maxim biss sich auf die Lippe. Er könnte diesem missmutigen Untier jetzt natürlich seine Pläne, Zukunftsvorstellungen und so weiter darlegen, doch was hätte das für einen Sinn? Da nun einmal nichts vorbereitet war, es sich einfach so ergeben hatte … »Worauf ich gehofft habe, ist nicht wichtig, es geht darum, was sie jetzt daraus machen.« Er zeigte über die Schulter auf Wildschwein. »Dieser Mann, beispielsweise … Meine Sache war, es ihnen zu ermöglichen.«

»Ihre Sache …«, murmelte der Wanderer. »Ihre Sache wäre gewesen, im Eckchen zu sitzen und zu warten, bis ich Sie dort wieder raushole …«

»Ja, natürlich«, sagte Maxim. »Nächstes Mal werde ich das berücksichtigen …«

»Sie fliegen noch heute zurück zur Erde«, sagte der Wanderer entschieden.

»Ich denke gar nicht dran«, widersprach Maxim.

»Sie fliegen heute zur Erde!«, wiederholte der Wanderer mit erhobener Stimme. »Auf diesem Planeten habe ich auch ohne Sie Sorgen genug. Nehmen Sie Ihre Rada und schwirren Sie ab.«

»Rada ist bei Ihnen?«, fragte Maxim schnell.

»Ja. Schon lange. Frisch und gesund, keine Sorge.«

»Danke dafür, danke«, sagte Maxim. »Vielen Dank.«

Der Wagen fuhr in die Stadt hinein. Auf der Hauptstraße hupte, brummte und qualmte es – ein fürchterlicher Stau. Der Wanderer bog in eine Gasse und fuhr durch die Elendsviertel der Stadt. Hier schien alles leblos. An den Ecken standen Militärpolizisten wie die Salzsäulen: die Hände auf dem Rücken, das Gesicht unterm Stahlhelm. Man hatte schnell auf die Ereignisse reagiert – Generalalarm, und alle befanden sich auf ihrem Platz, gleich nachdem sie aus der Depression erwacht waren. Vielleicht hätte ich nicht so eilig sprengen, sondern mich an den Plan des Staatsanwalts halten sollen?, überlegte Maxim. Nein, nein, Massaraksch! Soll alles laufen, wie es läuft. Er soll mich nicht zu Unrecht tadeln. Sie müssen sich jetzt selbst über alles klarwerden, und sie werden das schaffen, sobald es in ihren Köpfen dämmert. Der Wanderer steuerte wieder auf die Hauptstraße zurück.

Wildschwein klopfte ihm mit dem Pistolenlauf dezent auf die Schulter. »Seien Sie so freundlich, und setzen Sie mich bitte ab. Dort. Wo die Leute stehen …«

An einem Zeitungskiosk lehnten, die Hände tief in den Taschen ihrer langen grauen Regenmäntel, fünf Männer. Außer ihnen war niemand auf den Gehwegen – offenbar hatte der Depressionsstoß die Menschen verstört, und nun verbargen sie sich.

»Was haben Sie vor?«, fragte der Wanderer, während er abbremste.

»Frische Luft schnappen«, antwortete Wildschwein. »Heute ist selten schönes Wetter.«

»Er gehört zu uns«, erklärte Maxim ihm. (Der Wanderer bleckte furchterregend die Zähne.) »In seiner Gegenwart können Sie über alles sprechen.«

Das Auto hielt am Straßenrand. Die Männer in den Regenmänteln begaben sich vorsichtshalber hinter den Kiosk. Man konnte sehen, wie sie von dort hervorlugten.

»Zu uns?« Wildschwein zog eine Braue hoch. »Wer ist das – wir?«

Maxim warf dem Wanderer einen verlegenen Blick zu. Der aber dachte nicht daran, ihm zu helfen.

»Ist schon gut«, sagte Wildschwein. »Ich glaube Ihnen. Wir werden uns zunächst mit dem Stab befassen. Mit ihm muss man anfangen, denke ich. Sie wissen, wovon ich rede – dort gibt es Leute, die man aus dem Weg räumen muss, solange sie die Bewegung noch nicht unter Kontrolle haben.«

»Ein richtiger Gedanke«, knurrte plötzlich der Wanderer. »Übrigens, scheint mir, kenne ich Sie. Sie sind Tik Fesku, genannt ›Wildschwein‹. Stimmt's?«

»Richtig«, sagte Wildschwein höflich. Dann wandte er sich an Maxim. »Und Sie übernehmen die Väter. Das ist eine schwere Aufgabe, aber wie für Sie geschaffen. Wo sind Sie zu finden?«

»Warten Sie, Wildschwein«, hielt Maxim ihn zurück. »Fast hätte ich's vergessen: In wenigen Stunden versinkt das ganze Land im Strahlenentzug. Viele Tage lang werden alle absolut hilflos sein.«

»Alle?«, fragte Wildschwein zweifelnd.

»Alle, außer den Entarteten. Diese Zeit, diese Tage müssen Sie nutzen.«

Wildschwein dachte nach.

»Wenn dem so ist, sehr gut«, sagte er. »Aber wir werden uns ja gerade mit den Entarteten befassen. Trotzdem, wo also kann man Sie erreichen?«

Maxim kam nicht zum Antworten.

»Über die alte Telefonnummer«, mischte sich der Wanderer ein. »Und am gewohnten Platz. Und Folgendes: Gründen Sie Ihr Komitee. Stellen Sie wieder die Organisation her, die im Kaiserreich bestanden hat. Ein paar von Ihren Leuten arbeiten bei mir im Institut. Massaraksch!«, schimpfte er auf einmal. »Weder Zeit haben wir, noch die nötigen Leute greifbar. Der Teufel sollte Sie holen, Maxim!«

»Hauptsache, dass es die Zentrale nicht mehr gibt.« Wildschwein hatte Maxim die Hand auf die Schulter gelegt. »Sie sind ein Mordskerl, Mak. Danke.« Er drückte Maxims Schulter und kletterte ungelenk, mit Hilfe seiner Prothese, aus dem Wagen. Dann brach es plötzlich aus ihm heraus. »Mein Gott«, seufzte er und verharrte einen Moment mit geschlossenen Augen. »Gibt es sie wirklich nicht mehr? Das ist ja ... das ist ...«

»Schließen Sie die Tür«, sagte der Wanderer. »Fester, fester ...«

Aus dem Stand raste das Auto davon. Maxim drehte sich um. Wildschwein stand inmitten der fünf grauen Mäntel und redete, wobei er mit der Pistole, die er in der gesunden Hand hielt, herumfuchtelte. Die Leute standen unbeweglich. Sie begriffen noch nicht oder konnten es nicht glauben.

Die Straße war jetzt leer. Dicht neben dem Gehsteig rollten ihnen Schützenpanzerwagen voller Gardisten entgegen, und weit vorn, dort, wo die Abzweigung zum Institut lag, versperrten bereits Fahrzeuge den Weg, liefen schwarze Gestalten hin und her. Und plötzlich leuchtete in der Kolonne der Schützenpanzerwagen ein grellgelbes Patrouillenfahrzeug mit langer Teleskopantenne …

»Massaraksch«, murmelte Maxim. »Diese Dinger habe ich ganz vergessen!«

»Du hast vieles vergessen«, sagte der Wanderer. »Du hast die mobilen Emitter vergessen, hast das Inselimperium vergessen und die Wirtschaft. Weißt du, dass im Land Inflation herrscht? Weißt du überhaupt, was Inflation ist? Ist dir bekannt, dass Hunger droht, dass der Boden nichts hergibt? Und dass wir es nicht geschafft haben, Getreide- und Medikamentenvorräte anzulegen? Weißt du, dass der Strahlenentzug in zwanzig Prozent der Fälle zum Wahnsinn führt?« Er wischte sich mit der Faust über die mächtige kahle Stirn. »Wir brauchen Ärzte, zwölftausend Ärzte. Wir brauchen Eiweißsynthetisatoren. Müssen fürs Erste unbedingt hundert Millionen Hektar des verseuchten Bodens deaktivieren, die Degeneration der Biosphäre aufhalten. Massaraksch, wir brauchen wenigstens einen Erdenmenschen auf den Inseln, in der Admiralität dieses Schurken. Keiner konnte sich bisher dort halten. Keiner hat es geschafft, auch nur zurückzukehren und zusammenhängend zu berichten, was sich dort tut …«

Maxim schwieg. Sie fuhren an die Wagen heran, die die Durchfahrt versperrten. Ein untersetzter, dunkelgesichtiger Offizier, der auf eine merkwürdig bekannte Art gestikulierte, kam zu ihnen herüber und verlangte krächzend die Dokumente. Verärgert und ungeduldig hielt ihm der Wanderer eine blanke Metallmarke unter die Nase. Der Offizier salutierte mürrisch und warf einen Blick auf Maxim. Es war der

Herr Rittmeister … nein, inzwischen bereits Brigadegeneral der Garde Tschatschu. Er riss die Augen auf.

»Gehört dieser Mann zu Ihnen, Exzellenz?«, fragte er.

»Ja. Befehlen Sie unverzüglich, mich durchzulassen.«

»Verzeihung, Exzellenz, aber dieser Mann …«

»Sofort durchlassen!«, schnauzte ihn der Wanderer an.

Brigadegeneral Tschatschu salutierte noch einmal verdrossen, machte kehrt und winkte den Soldaten. Einer der Lastwagen fuhr zur Seite, und der Wanderer steuerte den Wagen eilig durch die entstehende Lücke.

»So läuft das«, sagte er. »Sie sind bereit, waren es immer. Du aber dachtest – eins, zwei, und schon erledigt. Den Wanderer erschießen, die Unbekannten Väter hängen, Feiglinge und Faschisten aus dem Stab jagen – und Schluss mit der Revolution.«

»So habe ich nie gedacht«, widersprach Maxim. Er war sehr unglücklich, ja, niedergeschmettert, und fühlte sich hilflos und furchtbar dumm.

Der Wanderer blickte ihn von der Seite an und lächelte schief. »Na schön, schön«, sagte er. »Ich bin einfach wütend. Nicht auf dich – auf mich selbst. *Ich* bin für alles verantwortlich, was hier geschieht, und es ist meine Schuld, dass es so gekommen ist. Ich hab dich einfach nicht gekriegt.« Wieder lächelte er. »Flinke Jungs seid ihr da in der GFS …«

»Nein«, wehrte Maxim ab. »Machen Sie sich nicht solche Vorwürfe. Ich tue das ja auch nicht. Verzeihung, wie heißen Sie?«

»Nennen Sie mich Rudolf.«

»Ja, also … Ich quäle mich nicht mit Selbstvorwürfen. Und habe das auch nicht vor. Ich habe vor zu arbeiten, die Revolution durchzuführen.«

»Hab lieber vor, nach Hause zu fliegen«, riet ihm der Wanderer.

»Ich bin hier zu Hause«, rief Maxim ungeduldig. »Reden wir nicht mehr davon. Mich interessieren die mobilen Emitter. Was tun wir mit ihnen?«

»Mit ihnen muss man gar nichts tun«, erwiderte der Wanderer. »Überleg lieber, was wir mit der Inflation machen.«

»Ich frage nach den Emittern«, beharrte Maxim.

Der Wanderer seufzte. »Sie werden von Akkumulatoren gespeist«, erklärte er. »Und diese kann man nur bei mir im Institut laden. In drei Tagen sind sie leer. Aber in einem Monat dürfte eine Invasion beginnen ... Normalerweise können wir die Submarines vom Kurs abbringen, so dass nur einzelne bis zur Küste durchkommen. Diesmal aber rüsten sie eine ganze Armada. Ich hatte auf die Depressionsstrahlung gebaut, aber jetzt müssen wir sie einfach versenken.« Er verstummte. »Du bist also zu Hause. Gut, nehmen wir's mal an. Womit willst du dich jetzt konkret befassen?«

Sie fuhren am Departement vor. Das schwere Tor war fest verschlossen. In der Steinmauer klafften schwarze Schießscharten, die Maxim dort früher nicht gesehen hatte. Das Departement ähnelte jetzt einer Festung, die bereit war zum Kampf. Neben dem kleinen Pavillon standen drei Gestalten, und Sefs roter Bart leuchtete vor dem Grün wie eine exotische Blume.

»Ich weiß nicht«, sagte Maxim. »Ich werde tun, was erfahrene Leute von mir verlangen. Wenn nötig, befasse ich mich mit der Inflation. Wenn es sein muss, versenke ich Submarines. Meine wichtigste Aufgabe aber weiß ich sicher: Solange ich lebe, wird es hier niemandem mehr gelingen, eine Zentrale zu errichten. Auch nicht mit der allerbesten Absicht ...«

Der Wanderer schwieg. Das Tor war ganz nahe. Sef zwängte sich durch die Hecke und trat auf den Weg. Über seiner Schulter hing eine Maschinenpistole. Schon aus dieser Entfernung konnte man sehen, dass er wütend war und nicht verstand, was vor sich ging. Gleich würde er unter furchtbaren Flüchen eine Erklärung fordern – warum man ihn, Massaraksch, bei der Arbeit gestört und ihm den Kopf mit dem Wanderer vernebelt hatte, um ihn dann wie ein kleines Kind zwischen Blümchen herumsitzen zu lassen – und das nun schon seit zwei Stunden.

EIN KÄFER IM AMEISENHAUFEN

Ein Mann stand am Tor,
die Tiere davor.
Er nahm sein Gewehr,
und sie lebten nicht mehr.

Verse eines kleinen Jungen

1. JUNI '78

Maxim Kammerer, Mitarbeiter der KomKon 2

Um 13:17 Uhr rief mich Seine Exzellenz zu sich. Er blickte nicht auf, und ich sah nur seinen kahlen Schädel, bedeckt von blassen Sommersprossen, wie man sie bei alten Männern häufig findet. Wenn Seine Exzellenz mich so empfing, dann bedeutete das tiefste Verstimmung und Besorgnis – wenn auch nicht meinetwegen.

»Nimm Platz.«

Ich setzte mich.

»Du musst jemanden ausfindig machen«, sagte er, verstummte dann aber plötzlich und schwieg eine Weile. Mürrisch zog er die Stirn in Falten. Fast hätte man meinen können, ihm gefielen die eigenen Worte nicht – ihre Form vielleicht oder der Inhalt? Seine Exzellenz legte nämlich größten Wert auf absolut exakte Formulierungen.

»Wen denn?«, fragte ich, um ihn aus seiner Erstarrung zu befreien.

»Lew Wjatscheslawowitsch Abalkin. Progressor. Hat gestern die Polarbasis auf dem Saraksch in Richtung Erde verlassen. Auf der Erde bislang nicht registriert. Du musst ihn finden.«

Er verstummte erneut, hob den Kopf und blickte mich zum ersten Mal an. Seine Exzellenz hatte große, fast unnatürlich grüne Augen. Er tat sich sichtlich schwer, und ich begriff: Die Sache war wirklich ernst.

Ein Progressor, der sich nach seiner Rückkehr auf die Erde nicht registrieren ließ, beging zwar eine Ordnungswidrigkeit, aber für unsere Kommission, noch dazu für Seine Exzellenz persönlich, konnte das unmöglich von Interesse sein. Und dennoch befand er sich offensichtlich in einer so schwierigen Lage, dass ich glaubte, gleich werde er sich im Sessel zurücklehnen und nahezu etwas erleichtert sagen: »In Ordnung. Entschuldige. Ich kümmere mich selbst darum.« So etwas kam, wenn auch selten, vor.

»Wir haben Grund anzunehmen«, sagte Seine Exzellenz, »dass sich Abalkin versteckt hält.«

Fünfzehn Jahre früher – und ich hätte ungeduldig und brennend vor Neugier gefragt: »Vor wem?« Aber seitdem waren so viele Jahre vergangen und mit ihnen auch die Zeit der ungeduldigen Fragen.

»Finde ihn und gib mir sofort Nachricht«, fuhr Seine Exzellenz fort. »Keine physischen Kontakte. Überhaupt keinerlei Kontakt. Finden, beobachten, benachrichtigen. Das ist alles.«

Ich wollte mich schon verabschieden und nickte kurz, um ihm zu zeigen, dass ich alles verstanden hatte, aber Seine Exzellenz schaute mich so durchdringend an, dass ich es für besser hielt, seinen Befehl noch einmal betont langsam und exakt zu wiederholen.

»Ich soll ihn ausfindig machen, unter Beobachtung nehmen und Sie benachrichtigen. Auf keinen Fall versuchen, ihn festzunehmen, ihm nicht unter die Augen kommen und mich schon gar nicht auf Gespräche einlassen.«

»In Ordnung«, sagte er, »und jetzt noch Folgendes.«

Er griff in das Seitenfach seines Tisches, wo Mitarbeiter für gewöhnlich die Daten-Kristallothek aufbewahren, und holte etwas Voluminöses heraus, dessen Bezeichnung mir nicht gleich einfiel, beziehungsweise nur auf Honti: »sakurrapia«. Wörtlich übersetzt bedeutet es »Behältnis für Dokumente«. Erst als Seine Exzellenz es vor sich auf den Tisch legte und seine knochigen Finger darüber verschränkte, erinnerte ich mich wieder und rief: »Eine Aktenmappe!«

»Lass dich nicht ablenken«, sagte Seine Exzellenz streng. »Hör genau zu. Niemand in der Kommission weiß, dass ich mich für Abalkin interessiere. Und es darf auf keinen Fall jemand erfahren. Folglich wirst du alleine arbeiten. Keine Gehilfen. Deine gesamte Gruppe wird Claudius unterstellt. Du wirst mir berichten und nur mir. Ohne jede Ausnahme.«

Das hatte es noch nicht gegeben. Ich war sprachlos. Eine solche Geheimhaltungsstufe hatte ich auf der Erde bisher gar nicht für möglich gehalten. Deswegen erlaubte ich mir die ziemlich dumme Frage: »Was heißt ›ohne Ausnahme‹?«

»In diesem Fall heißt es einfach ›ohne Ausnahme‹. Es gibt zwar noch ein paar Personen, die informiert sind, aber da du nie mit ihnen zusammentreffen wirst, kannst du davon ausgehen, dass nur wir beide davon wissen. Bei deinen Nachforschungen wirst du natürlich mit vielen Leuten sprechen müssen, aber erfinde bitte jedes Mal eine Geschichte dazu, eine Legende. Und um diese Geschichten kümmere dich bitte selbst. Direkt, das heißt ohne eine Legende, darfst du ausschließlich mit mir sprechen.«

»Jawohl, Exzellenz«, sagte ich willig.

»Du wirst«, fuhr er fort, »mit seinen Kontaktpersonen beginnen. Alles, was wir über seine Kontaktpersonen wissen, findest du hier.« Er klopfte mit dem Finger auf die Mappe. »Es ist nicht allzu viel, aber für den Anfang reicht es. Nimm.«

Er überreichte sie mir. Es war das erste Mal, dass ich auf der Erde eine solche Mappe in Händen hielt. Die Deckel waren aus mattem Kunststoff und wurden von einem Metallschloss zusammengehalten. Auf der oberen Seite gab es eine karminrote Prägung: *Lew Wjatscheslawowitsch Abalkin*. Und darunter: *07*.

»Exzellenz«, sagte ich, »warum in dieser Form?«

»Weil das Material in anderer Form nicht existiert«, erwiderte er kühl. »Übrigens: Das Anfertigen einer Kristallkopie ist nicht erlaubt. Weiter hast du keine Fragen?«

Das war natürlich keine Einladung zum Fragenstellen. Eher war es eine kleine Stichelei, denn es war klar, dass ich in diesem Stadium eine Menge Fragen hatte. Aber solange ich mich nicht mit der Mappe vertraut gemacht hatte, war es sinnlos, sie zu stellen. Dennoch erlaubte ich mir zwei.

»Termin?«

»Fünf Tage. Nicht länger.«

Das war unmöglich zu schaffen, dachte ich.

»Kann ich sicher sein, dass er sich auf der Erde befindet?«

»Ja.«

Ich stand auf, um zu gehen, doch er hielt mich zurück und schaute mich eindringlich an. Die Pupillen seiner grünen Augen verengten und weiteten sich wie bei einer Katze. Er sah natürlich, dass ich mit dem Auftrag nicht zufrieden war, dass er mir nicht nur merkwürdig, sondern geradezu unsinnig vorkam. Doch aus irgendeinem Grund war es ihm nicht möglich, mir mehr darüber zu sagen. Er konnte mich aber auch nicht einfach so gehen lassen, ohne ein Wort. Also sagte er: »Weißt du noch: Auf einem Planeten namens Saraksch war ein gewisser Sikorsky alias ›der Wanderer‹ hinter einem flinken Milchbart her, der Mak hieß ...«

Ich erinnerte mich natürlich.

»Also«, sagte ›der Wanderer‹ alias Seine Exzellenz. »Sikorsky hat es damals nicht rechtzeitig geschafft. Aber uns beiden muss es gelingen. Denn der Planet heißt diesmal nicht Saraksch, sondern Erde. Und Lew Abalkin ist kein Milchbart.«

»Sie sprechen in Rätseln, Chef«, sagte ich, um die in mir aufkeimende Unruhe zu verbergen.

»Geh an die Arbeit«, erwiderte er.

1. JUNI '78
Einiges über Lew Abalkin, Progressor

Andrej und Sandro hatten auf mich gewartet. Als ich ihnen mitteilte, sie seien ab sofort Claudius unterstellt, waren sie entsetzt. Sie wollten sogar bockig werden. Ich aber war noch immer getrieben von Unruhe und fuhr die beiden so an, dass sie schließlich zutiefst beleidigt abzogen. Beim Hinausgehen sahen sie die Mappe mit misstrauischen, fast bestürzten Blicken an, was in mir sogleich die nächste Sorge weckte: Wo sollte ich dieses monströse »Behältnis für Dokumente« aufbewahren?

Ich setzte mich an den Schreibtisch, legte die Mappe vor mich hin und sah automatisch auf den Registrator: Sieben Mitteilungen in den fünfzehn Minuten, die ich bei Seiner Exzellenz gewesen war. Sofort stellte ich sämtliche Dienstverbindungen auf Claudius um – was ich, wie ich zugeben muss, nicht sonderlich bedauerte. Dann befasste ich mich mit der Mappe.

Wie erwartet, enthielt sie nichts weiter als Papiere. Zweihundertdreiundsiebzig durchnummerierte Blätter von unterschiedlicher Farbe, unterschiedlicher Beschaffenheit, unterschiedlichem Format und unterschiedlichem Erhaltungsgrad. Seit fast zwanzig Jahren hatte ich nicht mehr mit Papier zu tun gehabt, und mein erster Impuls war, den ganzen Stapel in den Translator zu stecken; aber ich hielt rechtzeitig inne. Papier, hm ... gut, dann eben Papier.

Die Blätter wurden von einer Metallvorrichtung mit Magnetverschluss fest zusammengehalten, daher bemerkte ich nicht sofort die Funkkarte, die unter der oberen Klemme steckte; es war ein Funkspruch darauf, den Seine Exzellenz heute Mittag erhalten hatte – sechzehn Minuten bevor er mich zu sich beordert hatte. Der Text lautete:

01.06.–13:01 turm an wanderer.
auf ihre anfrage vom 01.06.–07:11 betreffend tristan teile ich mit: am 31.05.–19:34 traf hier eine information vom kommandanten der basis saraksch 2 ein. zitat: ausfall von huron (abalkin, chiffrierer im stab der flottengruppe z des inselimperiums). am 28.05. flog tristan (loffenfeld, arzt der basis im außendienst) zur reihenuntersuchung hurons. heute am 29.05.–17:13 erschien mit tristans flugboot huron in der basis. nach seinen worten wurde tristan unter unbekannten umständen von der spionageabwehr des stabes z gefasst und getötet. beim versuch, tristans körper zu retten und zur basis zu bringen, enttarnte sich huron. tristans körper konnte er nicht retten. beim gewaltsamen durchbruch wurde huron nicht verletzt, befindet sich jedoch am rande eines psychischen zusammenbruchs. auf seine nachdrückliche bitte hin wird er mit linientransfer 611 zur erde geschickt. ende des zitats.
auskunft: 611 kam am 30.05.–22:32 auf der erde an. abalkin hat keine verbindung mit der komkon aufgenommen, auf der erde ist er bis heute 12:53 nicht registriert, auf den zwischenstationen der linie 611 (pandora, kurort) ist er bis zum selben zeitpunkt ebenfalls nicht registriert.
turm.

Die Progressoren … Also, ehrlich gesagt: Ich mag Progressoren nicht – obwohl ich ja selbst einer der ersten gewesen bin. Und das zu einer Zeit, als der Begriff noch ausschließlich in theoretischen Abhandlungen verwendet wurde. Meine Einstellung den Progressoren gegenüber ist aber nichts Ungewöhnliches, denn die überwiegende Mehrheit der Erdbewohner kann nicht verstehen, dass es in manchen Situationen keine Kompromisse geben kann: er oder ich – und keine Zeit herauszufinden, wer im Recht ist. Für einen normalen Erdenmenschen klingt das barbarisch, und ich kann ihn verstehen.

Ich war ja selbst ein solcher, bevor ich auf den Saraksch geriet. Ich erinnere mich noch genau an dieses Weltbild, dem zufolge jedes vernunftbegabte Wesen a priori als dem Menschen ethisch gleichwertig angesehen wird. Dadurch ist die Fragestellung, ob das Wesen besser oder schlechter ist als man selbst, von vorneherein obsolet, selbst wenn seine Ethik und Moral sich von der unseren unterscheidet …

Eine theoretische Vorbereitung oder auch die Konditionierung am Modell sind hier nicht ausreichend – man muss die Schattenzone der Moral selbst durchschreiten und die Dinge mit eigenen Augen sehen, sich gehörig die Finger verbrennen und eine Menge abscheulicher Erinnerungen ansammeln, bis man es endlich begreift. Das heißt, nicht nur begreift, sondern bis man den eigentlich sehr trivialen Gedanken in seinem Weltbild verankert, dass es im Universum auch intelligente Wesen gibt, die wesentlich und weitaus schlechter sind als man selbst – wer immer man auch sein mag. Und erst dann wird man in der Lage sein, Freund und Feind zu unterscheiden und in kritischen Situationen augenblicklich Entscheidungen zu treffen. Man wird den Mut haben, sofort zu handeln und erst später darüber nachzudenken.

Und das ist, meiner Meinung nach, was einen Progressor ausmacht: Es ist die Fähigkeit, entschlossen zwischen Freund und Feind zu unterscheiden. Weil er das kann, begegnet man ihm auf der Erde mit ängstlicher Bewunderung, mit bewundernder Angst, und auf Schritt und Tritt mit abfälligem Argwohn. Das kann man nicht ändern; man muss es hinnehmen – wir ebenso gut wie sie. Denn entweder gibt es Progressoren, oder die Erde muss aufhören, in außerirdischen Angelegenheiten mitzumischen. Aber zum Glück haben wir in der KomKon 2 recht selten mit Progressoren zu tun.

Aufmerksam las ich den Funkspruch ein zweites Mal durch. Seltsam. Seine Exzellenz interessierte sich also hauptsächlich für diesen Tristan alias Loffenfeld. Und um etwas über ihn in

Erfahrung zu bringen, war er heute in aller Frühe aufgestanden und hatte sich nicht gescheut, unseren »Turm« aus dem Bett zu scheuchen, der, wie wir alle wissen, immer erst schlafen geht, wenn die Hähne krähen.

Und noch etwas Sonderbares: Man könnte meinen, Seine Exzellenz hätte im Voraus gewusst, was »Turm« antworten würde. Denn um die Suche nach Abalkin zu beschließen und die Mappe mit seinen Papieren für mich vorzubereiten, hatte er nur fünfzehn Minuten gebraucht. Es sah fast so aus, als hätte die Mappe schon vorher bei ihm bereitgelegen …

Und das Seltsamste: Abalkin war sicher der letzte Mensch gewesen, der Tristan oder zumindest seine Leiche gesehen hatte. Wenn aber Seine Exzellenz Abalkin suchen ließ, weil er ihn als Zeugen im Fall Tristan brauchte, wozu dann dieses mysteriöse Gleichnis vom Wanderer und dem Milchbart?

Selbstverständlich hatte ich dazu schon die verschiedensten Versionen – zwanzig, wenn nicht mehr –, von denen folgende besonders hervorstach: Huron-Abalkin war von der Spionageabwehr des Inselimperiums angeworben und »umgedreht« worden; dann brachte er Tristan-Loffenfeld um. Seitdem hält er sich auf der Erde versteckt und plant, den Weltrat zu unterwandern.

Ich las den Funkspruch noch einmal und legte ihn dann beiseite. Also gut. Blatt Nr. 1. Abalkin, Lew Wjatscheslawowitsch. Codenummer soundso. Genetischer Code soundso. Geboren am 6. Oktober '38. Erziehung in der Internatsschule 241, Syktywkar. Lehrer: Fedossejew, Sergej Pawlowitsch. Ausbildung an der Progressoren-Schule Nr. 3 (Europa). Ausbilder: Horn, Ernst Julius. Berufliche Neigungen: Tierpsychologie, Theater, Ethnolinguistik. Berufliche Indikationen: Tierpsychologie, theoretische Xenologie. Arbeit: Februar '58 bis September '58, Diplompraktikum, Planet Saraksch, Kontaktversuch mit der Rasse der Kopfler in ihrer natürlichen Umwelt.

Ich stutzte. Na, so was! Womöglich kannte ich diesen Abalkin sogar ... Richtig, ich erinnerte mich: Es war '58, eine ganze Truppe war auf dem Saraksch angekommen – Komow, Rowlingson, Martha ... und dieser etwas mürrische Bursche: der Praktikant. Seine Exzellenz (damals »der Wanderer«) hatte mir befohlen, alles stehen- und liegenzulassen und die Gruppe über die Blaue Schlange in die Festung zu bringen, getarnt als Expedition des Wissenschaftsdepartements. Abalkin war dürr, sehr blass und hatte lange schwarze Haare wie ein Indianer. Ja, genau! Und alle, außer natürlich Komow, hatten ihn »den Heuler« genannt. Nicht etwa, weil er immer geheult hätte, sondern weil er eine Stimme hatte, die heulte wie ein Tachorg. Wie klein die Welt doch ist! Gut, schauen wir nach, was dann aus ihm geworden ist.

März '60 bis Juli '62, Planet Saraksch: Leitung und Ausführung der Operation »Mensch und Kopfler«. Juli '62 bis Juni '63, Planet Pandora: Leitung und Ausführung der Operation »Kopfler im Weltraum«. Juni '63 bis September '63, Planet Esperanza: Teilnahme an der Operation »Tote Welt« (gemeinsam mit dem Kopfler Wepl). September '63 bis August '64, Planet Pandora: Umschulungskursus. August '64 bis November '66, Planet Giganda: erster selbstständiger Infiltrationsversuch, zunächst als Unterbuchhalter einer Jagdhundezucht, dann als Hundeführer des Marschalls Nagon-Gigh, schließlich Jägermeister des Herzogs von Alay (siehe Blatt Nr. 66).

Ich sah mir Blatt Nr. 66 an – nicht mehr als ein Fetzen Papier, irgendwo hastig herausgerissen und zerknittert vom Zusammenknüllen. Darauf stand in flüchtiger, schwungvoller Schrift: »Rudi! Damit du dir keine Sorgen machst: Auf der Giganda hat das Schicksal zwei von unseren Mehrlingen zusammengeführt. Ich versichere dir, dass es reiner Zufall war und ohne Folgen bleibt. Wenn du's nicht glaubst, schau in 07 und 11. Maßnahmen wurden bereits ergriffen.« Dann eine unleserliche, verschnörkelte Unterschrift. Das Wort »reiner« war dreimal unterstrichen. Auf der Rückseite des Papiers stand ein gedruckter Text in arabischer Schrift.

Was war davon zu halten? Ich wusste es nicht; nachdenklich kehrte ich zu Blatt Nr. 1 zurück.

November '66 bis September '67, Planet Pandora: Umschulungskursus. September '67 bis Dezember '70, Planet Saraksch: Infiltration in die Republik Honti als Untergrundkämpfer der Union, Kontaktaufnahme mit dem Geheimdienst des Inselimperiums (erste Etappe der Operation »Stab«). Dezember '70, Planet Saraksch, Inselimperium: Häftling im Konzentrationslager (bis März '71 ohne Kontakt), Übersetzer in der Lagerkommandantur, Soldat bei den Pioniertruppen, Obersoldat der Küstenwache, Übersetzer im Stab einer Abteilung der Küstenwache, Übersetzer und Chiffrierer beim Flaggschiff der 2. Unterseeflotte der Gruppe Z, Chiffrierer im Stab der Flottengruppe Z. Beobachtende Ärzte: '38 bis '53 – Lekanowa, Jadwiga Michailowna; '53 bis '60 – Grăsescu Romuald; seit '60 – Loffenfeld, Kurt.

Ende. Mehr stand nicht auf dem Blatt Nr. 1. Das heißt, auf der Rückseite hatte jemand über das ganze Blatt verwischte braune Streifen gezogen, wie mit Gouache; sie ähnelten einem stilisierten kyrillischen »she«.*

Nun denn, Lew Abalkin, genannt »der Heuler« – jetzt weiß ich schon ein wenig mehr über dich und kann mit der Suche beginnen. Ich weiß, wer dein Lehrer ist. Ich weiß, wer dich an der Progressoren-Schule betreut hat. Ich kenne deine beobachtenden Ärzte. Aber was ich nicht weiß: Wer braucht ei-

* Der Buchstabe *she* bezeichnet im Russischen ein stimmhaftes Sch (wie das zweite G in »Garage«), zum Beispiel im Wort »Shuk« = »Käfer«. In der stilisierten Form, von der die Rede ist, besteht er aus drei senkrechten Strichen, von einem waagerechten gekreuzt. – *Anm. d. Übers.*

gentlich dieses Blatt Nr. 1, und wozu? Wenn jemand wissen wollte, wer Lew Abalkin ist, könnte er das Informatorium anrufen (ich rief das GGI an), den Namen oder die Codenummer eingeben (ich gab die Codenummer ein) und nach … eins und zwei und drei und … vier Sekunden alles erfahren, was ihm an Informationen über eine fremde Person rechtmäßig zusteht.

Bitte sehr: Abalkin, Lew, und so weiter, Codenummer, genetischer Code, geboren am Soundsovielten, Eltern (übrigens, warum waren auf Blatt Nr. 1 die Eltern nicht angegeben?): Abalkina, Stella Wladimirowna, und Zjurupa, Wjatscheslaw Borissowitsch, die Internatsschule in Syktywkar, der Lehrer, die Progressoren-Schule, der Ausbilder … Stimmt alles. Weiter. Progressor, Arbeit seit '60: Planet Saraksch. Hm. Nicht viel. Nur die offiziellen Daten. Es scheint, als habe sich Abalkin nicht mehr die Mühe machen wollen, seine Angaben weiterhin an den GGI-Dienst zu melden. Und was steht da? »Adresse auf der Erde: nicht registriert.«

Ich tippte eine neue Anfrage ein: »Unter welchen Adressen ist Codenummer soundso auf der Erde registriert gewesen?« Nach zwei Sekunden kam die Antwort: »Die letzte Adresse Abalkins auf der Erde ist die Progressoren-Schule Nr. 3 (Europa).« Auch ein interessanter Hinweis. Denn entweder ist Abalkin seit achtzehn Jahren kein einziges Mal auf der Erde gewesen, oder er ist äußerst menschenscheu, lässt sich nie auf der Erde registrieren und mag keine Angaben über sich machen. Beides ist natürlich denkbar, scheint mir aber doch ziemlich ungewöhnlich.

Das GGI speichert bekanntlich nur die Daten, die eine Person über sich mitteilen möchte. Was aber enthält das Blatt Nr. 1? Ich kann darauf nichts finden, was sich für Abalkin zu verheimlichen lohnte. Sicher, alles ist sehr detailliert aufgeführt, aber es fiele doch niemandem ein, sich wegen solcher Einzelheiten ans GGI zu wenden. Frage bei der KomKon 1 nach, schon erhältst du alle Informationen. Und was sie bei der KomKon nicht wissen, erfährt man, wenn man sich unter die Progressoren mischt – auf der Pandora zum Beispiel, wo sie rekonditioniert werden oder sich am Diamantenen Strand erholen, am Fuß der großartigsten Sanddünen im bewohnten Universum.

Egal, ist nicht so wichtig. Was ich allerdings noch immer nicht verstehe, ist, wozu man das Blatt Nr. 1 überhaupt braucht, noch dazu so ausführlich? Und wenn es schon so ausführlich ist, warum steht dann kein Wort über die Eltern darin? Stopp. Wahrscheinlich geht mich das wieder nichts an.

Warum aber hat sich Abalkin nach der Rückkehr auf die Erde nicht bei der KomKon gemeldet? Der psychische Zusammenbruch vielleicht? Ekel vor der eigenen Arbeit? Also: Ein Progressor am Rande eines psychischen Zusammenbruchs kehrt auf den Heimatplaneten zurück, den er seit mindestens achtzehn Jahren nicht mehr betreten hat. Wohin wendet er sich? Sicher nicht an seine Mutter, meine ich, das wäre in seinem Zustand unangebracht. Zudem sieht mir Abalkin nicht wie ein Waschlappen aus. Der Lehrer? Oder der Ausbilder? Möglich. Sogar wahrscheinlich. Sich ausweinen. Das kenne ich aus eigener Erfahrung. Wobei der Lehrer eher infrage kommt als der Ausbilder. Denn der Ausbilder ist ja doch in gewisser Weise ein Kollege; wir indes ekeln uns vor unserer Arbeit. Stopp. Stopp! Was ist denn mit mir los? Ich schaute auf die Uhr. Für zwei Dokumente hatte ich vierunddreißig Minuten gebraucht. Dabei hatte ich sie nicht einmal durchgearbeitet, sondern nur angesehen. Ich zwang mich zur Konzentration; aber dann wurde mir bewusst, dass ich gar keine Lust hatte darüber nachzudenken, *wie* ich Abalkin finden sollte. Es interessierte mich viel mehr, *warum* er so dringend gefunden werden musste. Ich ärgerte mich also maßlos über Seine Exzellenz, obwohl er mir sicher sämtliche Erklärungen gegeben hätte, wenn sie mir bei der Suche von Nutzen gewesen wären. Hatte er mir also nicht erklärt, *warum* Abalkin gefunden werden musste, dann stand das *Warum* offensichtlich in keinerlei Beziehung zum *Wie*.

Und dann wurde mir noch etwas klar. Das heißt, ich hatte so ein Gefühl, einen Verdacht: dass nämlich diese ganze Mappe, all das viele Papier, das ganze vergilbte Geschreibsel mir nichts weiter bringen würde, außer vielleicht ein paar Namen – und eine Unmenge neuer Fragen, die aber alle nicht das Geringste damit zu tun hätten, *wie* ich Abalkin finden sollte.

1. JUNI '78
Kurz zum Inhalt der Mappe

Um 14:23 Uhr war ich mit der Inhaltsübersicht fertig.

Der größte Teil bestand aus Dokumenten, die Abalkin selbst geschrieben hatte.

Zum Beispiel sein Bericht über die Teilnahme an der Operation »Tote Welt« auf dem Planeten Esperanza: sechsundsiebzig Seiten in großer, deutlicher Schrift, fast ohne Korrekturen. Ich überflog die Seiten. Abalkin schildert darin, wie er zusammen mit dem Kopfler Wepl auf der Suche nach etwas (mir entging, nach was) eine verlassene Stadt durchquert und als einer der Ersten Kontakt aufgenommen hatte zu den wenigen, dort noch verbliebenen Eingeborenen.

Vor etwa fünfzehn Jahren war die Esperanza und ihr grausames Schicksal auf der Erde in aller Munde gewesen, und sie war es noch immer – als unheilvolle Warnung für alle bewohnten Welten des Universums und als Zeugnis für den jüngsten und massivsten Eingriff der *Wanderer* in die Geschicke anderer Zivilisationen. Es gilt jetzt als sicher, dass die Bewohner der Esperanza im Verlauf der letzten einhundert

Jahre die Kontrolle über ihre technologische Entwicklung verloren und das ökologische Gleichgewicht dabei unwiederbringlich zerstörten. Die Natur wurde vernichtet. Industriemüll und Abfallprodukte von irren, verzweifelten Experimenten, mit denen man die Lage zu verbessern versuchte, führten zu einer so starken Verschmutzung des Planeten, dass seine Bewohner von einem ganzen Komplex genetischer Krankheiten befallen wurden. Völlige Verrohung und das Aussterben der Menschheit waren unvermeidlich; die genetischen Strukturen waren verrückt geworden. Soviel ich weiß, hat man den Prozess dieser genetischen Entgleisung bis heute nicht verstanden; zumindest ist es noch keinem unserer Biologen gelungen, ihn im Modell darzustellen. Symptomatisch für die verrückt spielenden Genstrukturen war eine rapide, zeitlich nichtlineare Beschleunigung des Entwicklungstempos jedes komplexen Organismus. Der Mensch beispielsweise entwickelte sich bis zum Alter von zwölf Jahren im Allgemeinen normal, wurde dann aber sehr schnell erwachsen und noch viel schneller alt. Mit sechzehn sah er aus wie fünfunddreißig, und mit neunzehn starb er in der Regel an Altersschwäche.

Eine solche Zivilisation hatte keinerlei historische Perspektive. Aber dann erschienen die *Wanderer*. Soweit uns bekannt ist, war es das erste Mal, dass sie sich in die Geschicke einer fremden Welt einmischten. Als gesichert gilt, dass sie nahezu die gesamte Bevölkerung der Esperanza durch interspatiale Tunnel evakuieren und so anscheinend retten konnten. (Wohin aber diese Milliarden von kranken, bedauernswerten Menschen evakuiert wurden, wo sie sich jetzt befinden und was aus ihnen geworden ist – wissen wir nicht und werden es wohl auch lange nicht erfahren.)

Abalkin hatte nur am Anfang der Operation »Tote Welt« teilgenommen und dabei eine recht bescheidene Rolle gespielt. Aber er war der erste und bisher einzige irdische Progressor, der partnerschaftlich mit einem Wesen zusammengearbeitet hat, das einer vernunftbegabten nichthumanoiden Rasse angehörte.

Beim Überfliegen des Berichtes sah ich, dass Abalkin viele Namen darin erwähnte, hatte aber den Eindruck, dass für meinen Auftrag allein Wepl von Bedeutung war. Ich wusste, dass sich gerade eine ganze Gesandtschaft von Kopflern auf der Erde aufhielt; vielleicht lohnte es sich herauszufinden, ob dieser Wepl darunter war? Abalkin schrieb mit so viel Wärme über ihn, dass ich ein Zusammentreffen mit dem alten Freund nicht ausschloss. Mir war schon aufgefallen, dass Abalkin eine besondere Beziehung zu diesen »kleinen Brüdern« besaß: Den Kopflern hatte er mehrere Jahre seines Lebens gewidmet, auf der Giganda war er Hundeführer geworden … und überhaupt.

In der Mappe befand sich noch ein Bericht über eine Operation Abalkins auf der Giganda. Die Operation war meiner Ansicht nach aber kaum der Rede wert: Der Jägermeister Seiner Hoheit des Herzogs von Alay hatte einem armen Verwandten eine Anstellung als Bankkurier verschafft. Der Jägermeister war Lew Abalkin, der arme Verwandte ein gewisser Kornej Jašmaa. Für meine Zwecke aber schien das Material nutzlos. Soweit ich beim flüchtigen Durchsehen feststellen konnte, kam außer Kornej Jašmaa kein einziger irdischer Name vor. Es tauchten gewisse Soggas und Nagon-Gighs auf, Stallmeister, Durchlauchten, Panzermeister, Konferenzdirektoren und Hofdamen. Ich notierte mir diesen Kornej, obwohl klar war, dass ich ihn wahrscheinlich nicht brauchen würde. Der zweite Arbeitsbericht Lew Abalkins umfasste vierundzwanzig Seiten; weitere fanden sich in der Mappe nicht. Das schien mir merkwürdig; daher nahm ich mir vor, zu gegebener Zeit darüber nachzudenken, warum sich von all den vielen Berichten eines professionellen Progressors nur zwei in der Mappe 07 befanden und – warum gerade diese?

Beide Berichte waren im Stil »Laborant« verfasst und ähnelten einem Schulaufsatz der Art »Wie ich meine Ferien bei den Großeltern verbrachte«. Es macht Spaß, solche Berichte zu schreiben – sie zu lesen aber ist eine ziemliche Tortur. Die Psychologen (die sich in den Stäben festgesetzt haben) verlangen, weniger objektive Angaben über Ereignisse und Tatsachen in die Berichte aufzunehmen, als vielmehr rein subjektive Empfindungen, persönliche Eindrücke und den Bewusstseinsstrom des Verfassers. Dieser wählt den Berichtsstil (»Laborant«, »General«, »Künstler«) jedoch nicht selbst, sondern er wird ihm aus bestimmten psychologischen (und geheimen) Erwägungen heraus vorgeschrieben … Fürwahr: Es gibt Lügen, es gibt schamlose Lügen und es gibt die Statistik. Aber, Freunde, lasst uns dabei die Psychologie nicht vergessen!

Ich bin kein Psychologe, jedenfalls nicht von Beruf – aber vielleicht war es trotzdem möglich, den Berichten etwas Nützliches über die Persönlichkeit Lew Abalkins zu entnehmen?

Während ich also den Inhalt der Mappe durchsah, stieß ich immer wieder auf ähnliche, ja, identische Dokumente, die mir rätselhaft waren: blaue Blätter mit grünem Rand aus relativ starkem Papier; in die linke obere Ecke war jeweils ein Monogramm eingeprägt, das einen chinesischen Drachen (oder war es ein Pterodaktylus?) darstellte. Auf jedem der Blätter stand mit Füller oder Filzstift, manchmal auch mit einem Elektrodenstift aus dem Labor, immer aber in der mir schon bekannten schwungvollen Handschrift: »Tristan 777«. Darunter das Datum und dieselbe verschnörkelte Unterschrift. Den Daten nach zu urteilen, waren seit dem Jahr '60 ungefähr alle drei Monate Blätter in die Mappe gelegt worden; sie machten jetzt etwa ein Viertel ihres Inhalts aus.

Weitere zweiundzwanzig Seiten nahm die Korrespondenz Abalkins mit seiner Führung ein. Und diese Korrespondenz gab meinen Gedanken eine neue Richtung.

Im Oktober '63 schickt Abalkin einen Bericht an die KomKon 1, in welchem er – in zunächst moderatem Ton – sein Befremden äußert, dass man die Operation »Kopfler im Weltraum« eingestellt habe, ohne ihn vorher zu konsultieren. Die Operation sei sehr erfolgreich gewesen und habe zahlreiche Perspektiven geboten.

Ich weiß nicht, welche Antwort er auf seinen Bericht erhalten hat, aber im November desselben Jahres schreibt er einen verzweifelten Brief an Komow und bittet ihn, die Operation »Kopfler im Weltraum« wiederaufzunehmen. Einen weiteren, nun schon sehr barschen Brief schreibt er an die KomKon: Er protestiert heftig dagegen, dass man ihn, Abalkin, auf einen Umschulungskursus schickt. (All das erledigt er aus irgendeinem Grund schriftlich und nicht in der üblichen Form.)

Wie die darauf folgenden Ereignisse zeigen, bleibt seine Korrespondenz ohne jede Wirkung: Abalkin wird zur Arbeit auf die Giganda beordert. Drei Jahre später, im November '66, schreibt er von der Pandora aus erneut an die KomKon und bittet darum, ihn zur Fortführung seiner Arbeit mit den Kopflern auf den Saraksch zu entsenden. Diesmal kommt man seiner Bitte nach und schickt ihn zurück auf den Saraksch – allerdings nicht an die Blaue Schlange, sondern als Untergrundkämpfer der Union nach Honti.

Während seines Umschulungskurses schreibt Abalkin noch zweimal, im Februar und im August '67, an die KomKon (an Bader und schließlich an Gorbowski persönlich) und weist darauf hin, wie unzweckmäßig es sei, ihn, einen Spezialisten für die Rasse der Kopfler, als Residenten einzusetzen. Der Ton seiner Briefe wird schärfer; den Brief an Gorbowski etwa kann ich nur als beleidigend bezeichnen. Ich wüsste zu gern, wie Leonid Andrejewitsch, diese Seele von Mensch, auf eine solche Eruption von Wut, Verachtung und Empörung reagiert hat.

Schon Resident in Honti, schickt Abalkin im Oktober '67 seinen letzten Brief an Komow; es ist ein detailliertes Konzept mit dem Ziel, den Kontakt mit den Kopflern voranzutreiben – durch den Austausch ständiger Missionen, die Beteiligung der Kopfler an tierpsychologischen Arbeiten auf der Erde u.v.a. Ich habe die Entwicklung in diesem Bereich nicht speziell verfolgt, habe aber den Eindruck, dass Abalkins Plan inzwischen umgesetzt wird. Wenn dem so ist, ergibt sich daraus eine paradoxe Situation: Der Plan wird verwirklicht, sein Initiator aber sitzt als Resident entweder in Honti oder im Inselimperium.

Abschließend betrachtet, hinterließ die Korrespondenz bei mir ein ungutes, ja, beklemmendes Gefühl. Gut, ich bin kein Spezialist für die Kopfler-Problematik und kann darüber schwerlich urteilen. Und es mag durchaus sein, dass Abalkins Plan trivial war und so große Worte wie »Initiator« hier völlig fehl am Platz sind. Aber es geht nicht allein darum! Der Junge ist der geborene Tierpsychologe. »Berufliche Neigungen: Tierpsychologie, Theater, Ethnolinguistik. Berufliche Angaben: Tierpsychologie, theoretische Xenologie …«

Trotzdem machen sie aus ihm einen Progressor. Es gibt zwar auch eine ganze Reihe von Progressoren, die sich intensiv mit Tierpsychologie befassen – etwa wenn sie mit den Leonidanern oder eben mit den Kopflern arbeiten. Aber nein, man zwingt den Jungen, als Resident und Mitglied einer Kampftruppe mit Humanoiden zu arbeiten. Und das, obwohl er sich fünf Jahre lang unüberhörbar bei der KomKon beschwert. Fünf Jahre lang brüllt er: »Was macht ihr mit mir?« Und dann wundern sie sich, wenn er psychisch zusammenbricht!

Gewiss, für den Beruf des Progressors ist eine eiserne, beinahe militärische Disziplin unerlässlich. Ein Progressor kann niemals tun, was er will, sondern nur, was ihm die KomKon befiehlt. Das ist sein Beruf. Und wahrscheinlich hat der Resident Abalkin für die KomKon einen viel größeren Wert als der Tierpsychologe Abalkin. Aber dennoch wurde irgendwo in dieser Geschichte der Bogen überspannt, und es wäre gut, einmal mit Gorbowski oder mit Komow darüber zu reden. Was immer Abalkin angestellt haben mag (und etwas angestellt hat er offenbar) – ich bin auf seiner Seite.

Aber all das hat ganz sicher nichts mit meinem Auftrag zu tun …

Weiterhin fiel mir auf, dass in der Mappe einige Seiten fehlten: drei nummerierte Seiten nach Abalkins erstem Bericht, zwei Seiten nach dem zweiten Bericht und wieder zwei Seiten nach seinem letzten Brief an Komow. Aber ich beschloss, dem keine Bedeutung beizumessen.

1. JUNI '78

So gut wie alles über die möglichen Kontakte Lew Abalkins

Als Nächstes erstellte ich eine Liste von Personen, mit denen Abalkin auf der Erde vielleicht Kontakt aufnehmen würde. Es waren lediglich achtzehn Namen; von praktischem Interesse schienen mir davon aber nur sechs zu sein. Ich ordnete sie nach der Wahrscheinlichkeit, wie ich annahm, dass Abalkin sie aufsuchen würde. Es ergab sich folgendes Bild:

der Lehrer, Sergej Pawlowitsch Fedossejew
die Mutter, Stella Wladimirowna Abalkina
der Vater, Wjatscheslaw Borissowitsch Zjurupa
der Betreuer, Ernst Julius Horn
der beobachtende Arzt an der Progressoren-Schule,
 Romuald Grăsescu

die beobachtende Ärztin der Internatsschule, Jadwiga Michailowna Lekanowa.

In der zweiten Gruppe verblieben Kornej Jašmaa, der Kopfler Wepl, Jakob Vanderhoeze und fünf weitere Personen, hauptsächlich Progressoren. Leute wie Gorbowski, Bader und Komow hatte ich eher pro forma notiert: Befragen konnte ich sie nicht, schon allein deshalb, weil sie auf keinerlei Legende hereingefallen wären. Und Klartext sprechen durfte ich nicht – nicht einmal dann, wenn sie sich in dieser Angelegenheit selbst an mich gewandt hätten.

Innerhalb von zehn Minuten lieferte mir das Informatorium folgende, allerdings wenig ermutigende Daten:

Die Eltern Lew Abalkins existierten nicht – zumindest nicht im üblichen Sinne. Vielleicht gab es sie auch überhaupt nicht: Vor etwa vierzig Jahren waren Stella Wladimirowna und Wjatscheslaw Borissowitsch als Mitglieder der Gruppe »Jormala« mit dem Raumschiff »Finsternis« in das Schwarze Loch EN 200 056 eingedrungen. Eine Verbindung zu ihnen gab es nicht und konnte es nach den gegenwärtigen Vorstellungen auch nicht geben. Lew Abalkin erwies sich als ihr postumes Kind – wobei das Wort »postum« in diesem Zusammenhang nicht ganz korrekt ist. Denn es ist durchaus möglich, dass die Eltern noch leben und nach unserer Zeitrechnung noch Millionen Jahre leben werden. Aus der Sicht eines Erdenmenschen aber sind sie tot. Stella Wladimirowna und Wjatscheslaw Borissowitsch hatten keine Kinder, hinterließen jedoch, wie viele andere Ehepaare in vergleichbarer Situation, eine befruchtete Eizelle im Institut des Lebens. Als feststand, dass das Eindringen in das Schwarze Loch gelungen war und sie nicht wieder zurückkehren würden, aktivierte man die Zelle. Zur Welt kam Lew Abalkin, der postume Sohn lebender Eltern. Zumindest verstand ich jetzt, warum auf Blatt Nr. 1 Abalkins Eltern keine Erwähnung fanden.

Ernst Julius Horn, Abalkins Betreuer an der Progressoren-Schule, lebte nicht mehr. Er war '72 auf der Venus bei einer Besteigung des Pik Strogow ums Leben gekommen.

Der Arzt Romuald Grăsescu hielt sich auf einem Planeten Namens Lu auf und war, wie es schien, für Abalkin völlig außer Reichweite. Ich hatte bisher nie von diesem Planeten gehört; da aber Grăsescu als Progressor arbeitete, war anzunehmen, dass es sich um einen bewohnten Planeten handelte. Der alte Mann (hundertsechzehn Jahre) hatte jedoch beim GGI seine letzte Privatanschrift hinterlegt und – was sehr interessant war – eine Notiz hinzugefügt: »Unter dieser Adresse sind meine Enkelin und ihr Mann zu erreichen, die all meine Schützlinge jederzeit gerne empfangen.« Die Schützlinge hatten ihren Alten anscheinend ins Herz geschlossen und ihn des Öfteren besucht; das musste ich im Auge behalten.

Mit den übrigen beiden hatte ich Glück.

Sergej Pawlowitsch Fedossejew, Abalkins Lehrer, erfreute sich bester Gesundheit und lebte am Ufer des Ajatsker Sees auf einem Gehöft mit dem leicht bedrohlichen Namen Komariki – »Mückenau«. Auch er war schon über hundert Jahre alt und entweder sehr bescheiden oder höchst verschlossen, denn er teilte nichts über sich mit als die Adresse. Alle weiteren Daten waren offizieller Natur: die und die Ausbildung, Archäologe, Lehrer. Mehr nicht. Der Apfel fällt nicht weit vom Stamm, sagt man, denn genauso hat es auch sein Schüler Lew Abalkin gehalten. Als ich eine Zusatzanfrage an das GGI richtete, stellte sich zudem heraus, dass Sergej Pawlowitsch der Verfasser von über dreißig Artikeln zur Archäologie war, dass er an acht archäologischen Expeditionen in Nordwestasien und an drei eurasischen Lehrerkonferenzen teilgenommen hatte. Außerdem hatte er auf seinem Gehöft »Mückenau« ein Privatmuseum für das Paläolithikum des Nördlichen Urals eingerichtet, das im ganzen Bezirk bekannt war. All dies aber hatte Sergej Pawlowitsch nicht ans GGI weitergegeben … Ich nahm mir vor, so bald wie möglich Kontakt zu ihm aufzunehmen.

Jadwiga Michailowna Lekanowa bescherte mir ihrerseits eine kleine Überraschung. Kinderärzte wechseln bekanntlich selten den Beruf; daher hatte ich sie mir als eine alte Dame vorgestellt, die rüstig, aber gebeugt unter der Last ihrer ungeheuren Erfahrung (der wertvollsten überhaupt) über das Gelände der alten Schule in Syktywkar trippelt. Doch weit gefehlt: Eine Zeit lang hatte sie zwar tatsächlich als Kinderärztin in Syktywkar gearbeitet, sich dann aber zur Ethnologin ausbilden lassen. Damit aber nicht genug: Jadwiga Lekanowa befasste sich mit Xenologie, Pathoxenologie, vergleichender Psychologie und Levelometrie. Und in all diesen nicht sonderlich eng miteinander verknüpften Wissenschaften war sie offensichtlich sehr erfolgreich: Sie hatte eine große Anzahl von Artikeln veröffentlicht und verantwortungsvolle Ämter bekleidet. Im Laufe der letzten 25 Jahre war sie in sechs verschiedenen Instituten und Organisationen tätig gewesen. Jetzt arbeitete sie im mobilen Institut für irdische Ethnologie im Amazonasbecken. Eine Adresse besaß sie nicht; Interessenten wurde empfohlen, sie über die Niederlassung des Instituts in Manáus zu kontaktieren. Nun, wenigstens etwas – wenn es auch sehr unwahrscheinlich war, dass sich Abalkin in seiner jetzigen Verfassung zu Lekanowa in die noch immer urtümliche Wildnis schleppen würde.

Es war also klar, dass ich mit dem Lehrer anfangen musste. Ich klemmte mir die Mappe unter den Arm, stieg in die Maschine und flog zum Ajatsker See.

1. JUNI '78
Lew Abalkins Lehrer

Entgegen meinen Befürchtungen stand das Gehöft »Mückenau« an einem hohen Abhang über dem Wasser, war heftigen Winden ausgesetzt, und Mücken gab es dort auch nicht. Der Hausherr empfing mich sehr freundlich und ohne jede Verwunderung. Wir gingen auf die Veranda und setzten uns in Korbsessel, die um ein kleines antikes Tischchen herumgruppiert waren; darauf standen eine Schüssel mit frischen Himbeeren, ein Krug mit Milch und einige Gläser.

Ich entschuldigte mich für mein plötzliches Erscheinen, was Fedossejew mit einem stillen Kopfnicken quittierte. Auf seinem Gesicht lag ein Ausdruck ruhiger Erwartung, beinahe Gleichgültigkeit. Überhaupt zeigte seine Miene kaum eine Regung – wie bei den meisten Menschen dieses Alters, die sich mit ihren über hundert Jahren einen klaren Geist und einen gesunden Körper bewahrt haben. Sein Gesicht war eckig, sonnengebräunt und fast faltenlos; die dichten, buschigen Augenbrauen standen über den Augen vor wie eine Sonnenblende. Sonderbar, die rechte Braue war pechschwarz, die linke hingegen weiß – wirklich weiß, nicht grau.

Ich stellte mich ausführlich vor, das heißt, ich erzählte meine Legende: Ich war Journalist, von Beruf Tierpsychologe, und sammelte zurzeit Material für ein Buch, das ich über die Kontakte des Menschen mit den Kopflern schreiben wollte, und so weiter und so fort. Sie wissen sicher, sagte ich, dass Ihr Schüler Lew Abalkin bei diesen Kontakten eine herausragende Rolle gespielt hat. Ich habe ihn früher einmal kennengelernt. Doch das ist lange her, und wir haben uns später aus den Augen verloren. Für das Buch habe ich nun versucht, ihn ausfindig zu machen, doch die KomKon sagte mir, Lew Wjatscheslawowitsch sei nicht auf der Erde und der Zeitpunkt seiner Rückkehr ungewiss. Bis dahin möchte ich jedoch möglichst viel über seine Kindheit erfahren: Wie alles begann, warum es sich so und nicht anders entwickelte. In erster Linie ist es die Psychologie des Forschers, die mich interessiert. Sein Ausbilder lebt leider nicht mehr, und seine Freunde kenne ich nicht; deshalb habe ich Sie, seinen Lehrer, aufgesucht, um etwas über ihn zu erfahren. Ich für meinen Teil bin überzeugt, dass bei einem Menschen alles in der Kindheit seinen Ausgang nimmt, und zwar in der frühesten Kindheit …

Offen gestanden, hatte ich die ganze Zeit über gehofft, Fedossejew würde mich – am besten gleich zu Beginn meiner Lügengeschichte – unterbrechen und rufen: »Was für ein Zufall, erst gestern war Lew bei mir!« Doch ich wurde nicht unterbrochen und musste alles bis zu Ende erzählen. Mit dem intelligentesten Gesichtsausdruck legte ich meine hastig zusammengezimmerten Ansichten dar: dass sich die schöpferische Persönlichkeit in der Kindheit herausbilde und nicht etwa in der Pubertät, auch nicht in der Jugend oder im Erwachsenenalter. Dass sie sich wirklich herausbilde und nicht einfach nur angelegt werde oder zu keimen beginne. Aber damit nicht genug: Als ich schließlich alles gesagt und mich völlig verausgabt hatte, schwieg der Alte noch eine ganze Minute. Und dann fragte er plötzlich, wer oder was eigentlich diese Kopfler seien.

Ich war wirklich sehr überrascht. Lew Abalkin hatte sich also seinem ehemaligen Lehrer gegenüber nicht seiner Erfolge gerühmt! Ich finde, man muss schon in höchstem Maße menschenscheu und verschlossen sein, wenn man nicht einmal vor seinem *Lehrer* mit dem, was man erreicht hat, prahlt.

Bereitwillig erklärte ich, dass es sich bei den Kopflern um eine vernunftbegabte kynoide Rasse handelte, die infolge von Strahlenmutationen auf dem Planeten Saraksch entstanden sei.

»Kynoiden? Hunde?«

»Ja. Intelligente Hundeartige. Sie haben übergroße Köpfe, daher der Name Kopfler.«

»Also befasst sich Ljowa mit Hundeartigen. Hat erreicht, was er wollte …«

Ich warf ein, dass ich nicht wüsste, womit sich Ljowa zurzeit befasste; vor zwanzig Jahren jedoch hätte er sich mit den Kopflern beschäftigt, und das mit großem Erfolg.

»Er mag Tiere sehr gern«, sagte Sergej Pawlowitsch. »Ich war immer der Überzeugung, er solle Tierpsychologe werden. Als die Lenkungskommission ihn dann der Progressoren-Schule zuteilte, habe ich protestiert, so gut ich konnte, aber sie haben nicht auf mich gehört. Damals war alles viel komplizierter. Vielleicht, wenn ich nicht protestiert hätte …«

Er verstummte und schenkte mir Milch ein. Ein sehr, sehr zurückhaltender Mensch. Keinerlei Ausrufe, kein: »Ljowa! Ja, klar! Das war ein prima Junge!« Aber es konnte natürlich auch sein, dass Ljowa kein prima Junge gewesen war …

»Was wollen Sie also konkret von mir wissen?«, erkundigte sich Sergej Pawlowitsch.

»Alles!«, antwortete ich, »wie er war, was ihn interessierte. Welche Freunde er hatte. Seine Erfolge in der Schule. Alles, was Ihnen in Erinnerung geblieben ist.«

»Gut«, sagte Sergej Pawlowitsch ohne jeden Enthusiasmus. »Ich will es versuchen.«

Lew Abalkin war ein sehr verschlossener Junge. Schon seit frühester Kindheit. Seine Verschlossenheit fiel sofort ins Auge. Sie schien nicht von mangelndem Selbstvertrauen oder einem Minderwertigkeitsgefühl herzurühren, sondern von der Tatsache, dass er immerzu mit etwas anderem beschäftigt war, als wollte er keine Zeit auf seine Mitmenschen verschwenden und sei zutiefst von seiner eigenen Welt in Anspruch genommen. Diese Welt schien nur aus ihm selbst und allem Lebendigen ringsum zu bestehen – mit Ausnahme von

Menschen. Dieses Phänomen sei bei kleinen Kindern gar nicht so selten, sagte Fedossejew, nur sei Abalkin darin *besonders talentiert* gewesen. Etwas anderes aber war seiner Meinung nach viel erstaunlicher: Bei all seiner Verschlossenheit war Abalkin immer mit großer Begeisterung bei Wettbewerben oder im Schultheater aufgetreten. Allerdings hatte er es kategorisch abgelehnt, in Stücken mitzuspielen, und trat nur solo auf. Meist trug er etwas vor, sang voller Hingabe ein Lied – mit einem für ihn ganz ungewöhnlichen Leuchten in den Augen. Auf der Bühne blühte er geradezu auf. Kam er aber später zurück in den Saal, wurde er sofort wieder er selbst: ausweichend, schweigsam, unzugänglich. Und das nicht nur dem Lehrer, sondern auch allen Kindern gegenüber. Es gelang allerdings nie, die Ursache dafür herauszufinden. Man konnte nur vermuten, dass seine Begabung im Umgang mit der belebten Natur alle anderen Seelenregungen derart überwog, dass ihn die Kinder in seiner Umgebung, wie überhaupt alle Menschen, einfach nicht interessierten. In Wirklichkeit war alles sicher wesentlich komplizierter – seine Verschlossenheit und das Versunkensein in der eigenen Welt waren wohl die Folge Tausender kleiner Ereignisse, die dem Blick des Lehrers verborgen blieben. Der Lehrer erinnerte sich nur an eine Begebenheit: Nach einem Platzregen ging Lew die Wege im Park entlang, sammelte die hervorgekrochenen Regenwürmer auf und warf sie zurück ins Gras. Die anderen Kinder fanden das ulkig und lachten; es waren aber auch solche darunter, die ihn grausam auslachten. Ohne ein Wort darüber zu verlieren, gesellte sich der Lehrer zu Lew und begann, mit ihm gemeinsam Regenwürmer zu sammeln …

»Aber ich fürchte«, sagte Fedossejew, »dass ich nicht sehr überzeugend war. Er hat mir sicher nicht geglaubt, dass mich das Schicksal der Regenwürmer tatsächlich interessierte. Lew aber besaß noch eine weitere bemerkenswerte Eigenschaft:

absolute Ehrlichkeit. Ich kann mich an keinen einzigen Fall erinnern, wo er gelogen hätte. Nicht einmal in dem Alter, wo Kinder oft und ohne jeden Grund lügen – einzig und allein, weil es ihnen Spaß macht. Lew aber log nicht, mehr noch: Er verachtete Lügner. Auch wenn sie nur zum Spaß logen. Vielleicht hat er einmal voller Entsetzen erkennen müssen, dass Menschen manchmal die Unwahrheit sagen. Aber auch diesen Moment in seinem Leben habe ich nicht mitbekommen. All das wird Ihnen jedoch kaum weiterhelfen. Sie möchten sicher lieber wissen, wie sich bei ihm der künftige Tierpsychologe bemerkbar machte.«

Und Sergej Pawlowitsch fing an zu erzählen.

Das hatte ich mir nun selbst eingebrockt. Also lauschte ich mit dem aufmerksamsten Gesichtsausdruck, warf ab und zu ein »Aha« oder »Ach so?« ein und erlaubte mir einmal sogar den Ausruf: »Ja, ja! Das ist genau, was ich brauche!«

Manchmal verabscheue ich meinen Beruf.

Dann fragte ich: »Freunde hatte er also kaum?«

»Freunde hatte er überhaupt keine«, sagte Sergej Pawlowitsch. »Und ich habe ihn nicht mehr gesehen, seit er die Schule verlassen hat. Die anderen Kinder aus seiner Gruppe haben mir aber erzählt, dass er sich mit ihnen auch nicht trifft. Sie reden nicht gern darüber, aber so viel ich verstanden habe, weicht er Begegnungen einfach aus.«

Plötzlich rief er: »Aber warum interessieren Sie sich ausgerechnet für Lew? Ich habe hundertzweiundsiebzig Menschen auf das Leben vorbereitet. Warum suchen Sie von all diesen Schülern gerade ihn? Bitte verstehen Sie, ich betrachte ihn nicht als meinen Schüler. Ich kann es nicht. Er ist mein Misserfolg, mein einziger Misserfolg! Seit dem ersten Tag, zehn Jahre lang, habe ich ununterbrochen versucht, Kontakt zu ihm zu finden, eine wenn auch nur zarte Verbindung zu ihm zu knüpfen. Ich habe über ihn zehnmal mehr nachgedacht als über jeden anderen meiner Schüler. Ich habe alles versucht, wirklich alles, aber was ich auch unternahm, es wendete sich zum Schlechten.«

»Sergej Pawlowitsch!«, entgegnete ich. »Was sagen Sie denn da? Abalkin ist ein großer Experte, ein Wissenschaftler von Rang, ich bin ihm selbst begegnet …«

»Und wie haben Sie ihn gefunden?«

»Ein bemerkenswerter Bursche und leidenschaftlicher Forscher. Es war auf der ersten Expedition zu den Kopflern. Alle schätzten ihn. Komow selbst setzte hohe Erwartungen in ihn. Und er hat diese Erwartungen, wohlgemerkt, erfüllt!«

»Ich habe herrliche Himbeeren«, sagte er. »Die frühesten in der ganzen Region. Probieren Sie, bitte …«

Ich stockte kurz und nahm dann die Schüssel mit den Himbeeren entgegen.

»Kopfler«, sagte er ein wenig bitter, »mag sein, mag sein. Ich weiß ja selbst, dass er begabt ist. Nur ist das nicht im Geringsten mein Verdienst.«

Eine Zeit lang aßen wir schweigend Himbeeren mit Milch. Ich hatte das Gefühl, gleich werde er das Gespräch auf mich lenken. Es schien, dass er nicht länger über Lew Abalkin sprechen wollte, und die Höflichkeit verlangte, nun ein wenig über mich zu reden.

Ich kam ihm zuvor: »Ich bin Ihnen sehr dankbar, Sergej Pawlowitsch. Sie haben mir viele interessante Informationen gegeben. Es ist nur schade, dass Lew keine Freunde hatte. Ich hoffte doch sehr, mit einem von ihnen sprechen zu können.«

»Wenn Sie möchten, kann ich Ihnen die Namen seiner Mitschüler nennen«. Dann schwieg er einen Augenblick und sagte: »Nein, versuchen Sie, Maja Glumowa ausfindig zu machen.«

Sein Gesicht hatte plötzlich einen sonderbaren Ausdruck angenommen. Was war ihm wohl gerade eingefallen, welche Assoziationen hatte er im Zusammenhang mit diesem Namen? Ich wusste es nicht, war mir aber sicher, dass sie sehr,

sehr unangenehm waren. Er bekam sogar dunkelrote Flecken im Gesicht.

»Eine Schulfreundin?«, erkundigte ich mich, um ihm aus der Verlegenheit zu helfen.

»Nein«, sagte er, »das heißt, sie war natürlich an unserer Schule. Maja Glumowa. Ich glaube, sie ist später Historikerin geworden.«

1. JUNI '78

Kleiner Zwischenfall mit Jadwiga Michailowna

Um 19:23 Uhr war ich wieder zu Hause und startete meine Suche nach Maja Glumowa, der Historikerin. Es vergingen keine fünf Minuten, und mir lagen alle Informationen über sie vor.

Maja Toivowna Glumowa war drei Jahre jünger als Lew Abalkin. Nach dem Schulabschluss hatte sie bei der KomKon 1 einen Kursus für Versorgungspersonal absolviert und anschließend an der Operation »Arche« teilgenommen, die später traurigen Ruhm erlangte. Danach war Maja Glumowa an die Historische Fakultät der Sorbonne gegangen, wo sie sich zunächst auf die Anfangsepoche der Ersten wissenschaftlich-technischen Revolution spezialisierte, dann aber zur Geschichte der frühen Raumforschung überwechselte. Sie hatte einen Sohn, Toivo Glumow, elf Jahre alt; über den Ehemann teilte sie nichts mit. Zurzeit – ein Wunder! – arbeitete sie in der Spezialsammlung des Museums für Außerirdische Kulturen, das drei Straßen von uns entfernt am Platz der Sterne lag. Und sie wohnte ganz in der Nähe – in der Allee der Weißfichten.

Ich rief sie sofort an. Auf dem Bildschirm erschien jedoch ein Kind mit blonden Haaren, sehr hellen, nordischen Augen und ernstem Gesicht; es hatte viele Sommersprossen und eine Stupsnase, auf der sich die Haut schälte. Kein Zweifel, das war Toivo Glumow junior. Er sah mich an und erklärte, die Mama sei nicht zu Hause. Sie hätte längst da sein wollen, dann aber angerufen und gesagt, dass sie erst morgen früh, nach der Arbeit käme. Ob er ihr etwas ausrichten solle? Ich sagte, das sei nicht nötig, und verabschiedete mich.

Ich musste also bis zum Morgen warten. Und am Morgen würde sie lange versuchen sich zu erinnern, wer dieser Lew Abalkin war, und wenn es ihr dann schließlich einfiele, würde sie kurz seufzen und sagen, sie habe nun schon seit fünfundzwanzig Jahren nichts mehr von ihm gehört.

Nun gut. Von den wichtigsten Namen auf meiner Liste war noch einer übrig, und in den setzte ich keine besonderen Hoffnungen. Normalerweise treffen sich Menschen nach fünfundzwanzig Jahren Abwesenheit gern mit ihren Eltern, sehr oft mit ihrem Lehrer, nicht selten auch mit Schulfreunden. Aber in den wenigsten Fällen wird sie das Gedächtnis zu ihrem ehemaligen Schularzt führen. Vor allem, wenn sich dieser auf der anderen Seite des Planeten auf einer Expedition durch die Wildnis befindet; und wenn man bedenkt, dass die Null-Verbindung laut Auskunft schon den zweiten Tag nicht zuverlässig funktioniert wegen Fluktuationen des Neutrinofeldes.

Aber was blieb mir anderes übrig? In Manáus war es jetzt Tag, und wenn ich überhaupt anrufen wollte, dann sollte ich es jetzt sofort tun.

Ich hatte Glück: Jadwiga Michailowna Lekanowa hielt sich gerade in der Funkzentrale auf, und ich konnte direkt mit ihr sprechen. Sie hatte ein rundes, glänzendes und sonnengebräuntes Gesicht, einen dunkelroten Schimmer auf den Wangen, kokette Grübchen, strahlend blaue Augen und einen üppigen, silbern glänzenden Haarschopf. Sie sprach mit tiefer, samtiger Stimme und hatte einen nicht näher bestimmbaren, aber sehr sympathischen Sprachfehler. Während sie redete, kam mir in den Sinn, dass sie vor nicht allzu langer Zeit sicher noch jedem Mann den Kopf verdreht hatte.

Ich bat um Verzeihung, stellte mich kurz vor und erzählte ihr meine Legende. Während sie sich zu erinnern versuchte, zog sie ihre dichten, seidigen Augenbrauen zusammen und blinzelte.

»Lew Abalkin? … Ljowa Abalkin … Verzeihung, wie heißen Sie?«

»Maxim Kammerer.«

»Verzeihung, Maxim, ich habe Sie nicht ganz verstanden. Vertreten Sie sich selbst oder eine Organisation?«

»Wie soll ich das am besten erklären … Ich habe mit einem Verlag gesprochen, er war interessiert.«

»Aber sind Sie selbst nur Journalist oder doch irgendwo beschäftigt? Das ist schließlich kein Beruf – Journalist …«

Ich stimmte ihr kichernd zu und überlegte dabei fieberhaft, was ich antworten sollte.

»Sehen Sie, Jadwiga Michailowna, das ist schwer in Worte zu fassen. Von Beruf bin ich … na ja, vielleicht Progressor, obwohl es ja diesen Beruf, als ich mit der Arbeit anfing, noch gar nicht gab. Bis vor kurzem war ich Mitarbeiter der KomKon, und in gewissem Sinne stehe ich auch jetzt noch mit ihr in Verbindung.«

»Sie haben sich selbstständig gemacht?« Jadwiga Michailowna lächelte nach wie vor, aber jetzt fehlte etwas in ihrem Lächeln – etwas sehr Wichtiges … Natürliches …

»Wissen Sie, Maxim«, sagte sie, »ich werde mich gern mit Ihnen über Lew Abalkin unterhalten, aber wenn es Ihnen recht ist, etwas später. Sagen wir, ich rufe Sie an, in einer Stunde oder anderthalb.«

Sie lächelte noch immer, und plötzlich wurde mir klar, was es war, das in ihrem Lächeln fehlte: Wohlwollen, das ganz natürliche Wohlwollen.

»Gewiss doch«, sagte ich. »Wann es für Sie am besten passt.«

»Entschuldigen Sie bitte.«

»Nicht doch, ich muss mich entschuldigen.«

Sie notierte sich die Nummer meines Kanals, und wir verabschiedeten uns. Seltsam, dieses Gespräch. Als hätte sie von irgendwoher erfahren, dass ich log. Ich kratzte mich am Ohr … meine Ohren glühten! Verfluchter Beruf … »Und es begann die spannendste aller Jagden – die Jagd auf den Menschen …« O tempora, o mores! Wie oft sie sich doch geirrt haben, die Klassiker! Gut, warten wir. Es wird sich, denke ich, nicht vermeiden lassen, nach Manáus zu fliegen. Ich fragte die Nachrichten ab. Die Null-Verbindung war immer noch instabil; deshalb bestellte ich einen Stratoplan. Dann schlug ich die Mappe auf und begann Lew Abalkins Bericht über die Operation »Tote Welt« zu lesen.

Ich schaffte fünf Seiten, dann klopfte es an der Tür, und über die Schwelle trat Seine Exzellenz. Ich stand auf.

Selten sieht man Seine Exzellenz anderswo als hinter seinem Schreibtisch. Daher vergisst man ständig, wie riesig und dürr er ist. Der makellos weiße Leinenanzug hing an ihm herunter wie von einem Kleiderbügel. Und überhaupt hatte er etwas von einem Stelzenläufer im Zirkus an sich, wobei seine Bewegungen jedoch geschmeidig waren.

»Nimm Platz«, sagte er, knickte in der Mitte ein und setzte sich in den Sessel, der vor mir stand.

Schnell setzte auch ich mich.

»Berichte«, befahl er.

Ich gehorchte seinem Befehl und berichtete.

»Ist das alles?«, fragte er mit einem unangenehmem Ausdruck.

»Bis jetzt, ja.«

»Das ist schlecht«, sagte er.

»Ja, Exzellenz, es ist schlecht«, sagte ich.

»Schlecht! Der Ausbilder ist tot. Und die Schulfreunde? Wie ich sehe, hast du sie nicht mal in Betracht gezogen! Und seine Freunde in der Progressoren-Schule?«

»Leider hatte er keine Freunde, Exzellenz. Jedenfalls nicht im Internat, und was die Progressoren-Schule angeht ...«

»Erspare mir deine Überlegungen. Überprüfe einfach alles. Und lass dich nicht ablenken. Was zum Beispiel hat diese Kinderärztin mit der Sache zu tun?«

»Ich bemühe mich, alles zu überprüfen«, sagte ich und wurde allmählich ärgerlich.

»Du hast keine Zeit, im Stratoplan herumzufliegen. Befass dich lieber mit den Archiven statt mit Flugreisen.«

»Mit den Archiven befasse ich mich auch noch. Ich gedenke mich sogar mit diesem Kopfler zu befassen, Wepl. Aber ich hatte eine bestimmte Reihenfolge vorgesehen und halte die Kinderärztin keineswegs für völlige Zeitverschwendung.«

»Schweig«, sagte er, »und gib mir deine Liste.«

Er nahm die Liste und sah sie lange und sehr genau an. Ich war mir aber sicher, dass er den Blick auf eine bestimmte Zeile geheftet hatte und diese unablässig ansah.

Dann gab er mir das Blatt zurück und sagte: »Wepl – o. k. Deine Legende gefällt mir. Doch alles Weitere ist schlecht. Du hast dir weismachen lassen, dass Abalkin keine Freunde hatte. Das stimmt aber nicht. Tristan ist sein Freund gewesen, obwohl du in der Akte nichts darüber findest. Such. Und diese Glumowa ... auch gut. Wenn es zwischen den beiden eine Liebesverbindung gab, ist das eine Chance. Aber die Lekanowa lass sein. Das bringt nichts.«

»Aber sie wird ohnehin anrufen!«

»Wird sie nicht«, sagte er.

Ich sah ihn an. Seine grünen Augen schauten ruhig, ohne zu zwinkern, und ich begriff, dass er Recht hatte: Die Lekanowa würde nicht anrufen.

»Verzeihen Sie, Exzellenz«, sagte ich, »meinen Sie nicht, ich könnte dreimal so gut arbeiten, wenn ich wüsste, worum es geht?«

Ich war ganz sicher, er würde antworten: Nein, meine ich nicht. Meine Frage war also rein rhetorisch. Ich wollte ihm nur zeigen, dass mir die Heimlichtuerei um Lew Abalkin nicht entgangen war und dass sie mich störte.

Aber er sagte etwas anderes.

»Ich weiß nicht. Ich glaube, es würde nichts nützen. Vorläufig kann ich dir sowieso nichts sagen. Und ich will es auch nicht.«

»Ein Persönlichkeitsgeheimnis?«, fragte ich.

»Ja«, sagte er. »Ein Persönlichkeitsgeheimnis.«

Aus dem Bericht Lew Abalkins

Gegen zehn Uhr hat sich die Marschordnung nun endgültig herausgebildet. Wir gehen in der Mitte der Straße: Voran, auf der Mittellinie, geht Wepl, links hinter ihm, ich. Normalerweise gehen wir dicht an den Häuserwänden entlang. Aber das mussten wir aufgeben, weil wir die Fußwege nicht benutzen können. Sie sind begraben unter herabgefallenem Putz, zerschlagenen Ziegeln, Scherben von Fensterglas und durchgerostetem Dachblech. Schon zweimal sind ohne ersichtlichen Grund Brocken aus Simsen herausgebrochen und uns beinahe auf den Kopf gefallen.

Das Wetter ändert sich nicht. Der Himmel ist nach wie vor wolkenverhangen. Feuchter warmer Wind weht in Böen heran, treibt undefinierbaren Müll über die geborstene Straßendecke und kräuselt das stinkende Wasser in den schwarzen stehenden Pfützen. Mückenschwärme fallen uns an, zerstieben und fallen uns wieder an. Sturmwellen von Mücken. Ganze Wolken von Mücken. Sehr viele Ratten. Sie rascheln in den Müllhaufen, rennen in kleinen, schmutzig rötlichen Scharen von Eingang zu Eingang und türmen sich in den leeren Fensteröffnungen. Rätselhaft, wovon sie sich in dieser Steinwüste ernähren. Von den Schlangen vielleicht? Schlangen gibt es auch sehr viele, besonders in der Nähe der Gullis, wo sie sich sammeln und zu verschlungenen, sich bewegenden Knäueln werden. Wovon die Schlangen sich hier ernähren, ist auch rätselhaft. Vielleicht von den Ratten? Die Schlangen sind übrigens träge, gar nicht aggressiv, aber auch nicht ängstlich. Sie kümmern sich um ihre eigene Sache, und sonst um nichts und niemand.

Die Stadt ist gewiss schon seit langem verlassen. Der Mann, dem wir am Stadtrand begegnet sind, war ein Verrückter und nur zufällig hierhergeraten.

Eine Mitteilung der Gruppe Rem Sheltuchins: Er ist bisher noch niemandem begegnet, aber völlig begeistert von der Müllhalde. Er schwört, den Index der hiesigen Zivilisation bald bis auf die zweite Stelle genau bestimmen zu können. Ich versuche mir diese Müllhalde vorzustellen – gigantisch, ohne Anfang und Ende, die halbe Welt unter sich begrabend. Ich bekomme schlechte Laune und höre jetzt auf, darüber nachzudenken.

Der Mimikry-Anzug funktioniert nicht. Die Tarnfarbe, die ständig an die Umgebung angepasst sein soll, nimmt er erst mit fünf Minuten Verspätung an, manchmal gar nicht. Stattdessen erscheinen darauf leuchtende Flecken in den schönsten Spektralfarben. Wahrscheinlich gibt es etwas hier in der Atmosphäre, das den exakt regulierten Chemismus dieses Materials irritiert. Die Experten der Kommission für Tarntechnik sehen keine Möglichkeit, die Funktion des Mimikry-Anzugs über Fernsteuerung wiederherzustellen. Sie gaben mir Hinweise, wie ich die Regulierung an Ort und Stelle durchführen sollte. Ich bin diesen Hinweisen gefolgt mit dem Ergebnis, dass mein Anzug jetzt endgültig falsch eingestellt ist.

Eine Mitteilung der Gruppe Espadas. Sie sind bei der Landung im Nebel offenbar ein paar Kilometer vom Ziel abgekommen: Weder die bestellten Felder noch die Siedlungen, die vom Orbit her ausgemacht wurden, sind zu sehen. In Sicht ist stattdessen der Ozean. Und das Ufer, das von einem kilometerbreiten Streifen schwarzen Schorfs bedeckt ist, der offenbar aus erstarrtem Schweröl besteht. Ich bekomme wieder schlechte Laune.

Die Experten protestieren vehement gegen Espadas Entschluss, die Tarnung ganz abzuschalten. Ein kleiner Skandal im Äther. Klein, aber laut.

Wepl bemerkt mürrisch: »Die berühmte menschliche Technik! Lächerlich …«

Wepl trägt keinen Anzug und auch nicht den schweren Helm mit den Umsetzern, obwohl all das speziell für ihn vorbereitet wurde. Er hat es abgelehnt, wie üblich ohne Angabe von Gründen.

Er läuft die halb verwischte Mittellinie der Hauptstraße entlang, wobei er leicht schaukelt und mit den Hinterbeinen ein wenig nach außen schlenkert, wie man es mitunter auch bei unseren Hunden sieht. Wepl ist kräftig und schwer, hat ein zottiges Fell und einen sehr großen runden Kopf, der wie immer nach links gedreht ist, so dass er mit dem rechten Auge geradeaus sieht und mit dem linken quasi zu mir schielt. Die Schlangen beachtet er nicht, ebenso wenig die Mücken. Die Ratten hingegen interessieren ihn – freilich nur als Marschverpflegung. Im Moment ist er allerdings satt.

Mir scheint, Wepl hat sich seine Meinung über diese Stadt schon gebildet, vielleicht auch schon über den ganzen Planeten. Gleichgültig hat er darauf verzichtet, eine wie durch ein Wunder erhalten gebliebene Villa im siebten Viertel zu besichtigen. Sie war sauber, elegant – und schien völlig fehl am Platz zwischen all den von der Zeit zerfressenen und von wilden Ranken überwucherten Gebäuden. Nur kurz und voller Abscheu schnupperte er an den riesigen Rädern eines gepanzerten Militärwagens, der noch immer stark nach Benzin stank und in den Trümmern einer umgestürzten Wand halb begraben war. Und ohne jede Neugier sah Wepl dem verrückten Tanz eines Eingeborenen zu, der in wehenden bunten Stofffetzen auf uns zusprang, mit seinen Schellen klingelte und Grimassen schnitt. All die sonderbaren Dinge, die uns bisher begegnet waren, schienen Wepl nicht zu interessieren. Er hat nicht versucht, sie aus dem Gesamtbild der Katastrophe herauszulösen, obwohl er anfangs, auf den ersten Kilometern unseres Wegs, erregt schien, nach etwas suchte, jeden Augenblick die Marschordnung durchbrach, Witterung aufnahm, schnaufte, spuckte und dabei etwas Unverständliches in seiner Sprache murmelte.

»Hier ist etwas Neues«, sagte ich.

Aber was könnte es sein? Es sieht aus wie die Kabine einer Ionendusche: ein etwa zwei Meter hoher Zylinder aus durchscheinendem, bernsteinartigem Material und mit etwa einem Meter Durchmesser. Die ovale Tür, so hoch wie der ganze Zylinder, steht offen. Ursprünglich hatte die Kabine wohl senkrecht gestanden, bis man seitlich darunter eine Ladung Sprengstoff anbrachte … Dadurch wurde ein Teil der Unterseite zusammen mit der daran haftenden Schicht Asphalt und lehmiger Erde angehoben, so dass die Kabine jetzt ziemlich schräg steht. Ansonsten hat sie nicht gelitten. Es war allerdings auch nichts darin, was hätte Schaden nehmen können – sie ist so leer wie ein leeres Glas.

»Ein Glas«, sagt Vanderhoeze. »Ein Glas mit einer Tür.«

»Eine Ionendusche«, sage ich, »aber ohne Apparatur. Oder zum Beispiel die Kabine eines Verkehrspostens. Ganz ähnliche habe ich auf dem Saraksch gesehen, nur dass sie dort aus

Blech und Glas sind – in der Umgangssprache heißen sie dort übrigens tatsächlich ›Glas‹.«

»Und der Posten bewacht den Verkehr?«, erkundigt sich Vanderhoeze interessiert.

»Er regelt ihn auf einer Kreuzung.«

»Bis zur Kreuzung ist es aber weit, meinst du nicht?«, sagt Vanderhoeze.

»Dann ist es eine Ionendusche.«

Ich diktiere ihm eine Meldung. Er nimmt sie entgegen und erkundigt sich: »Gibt es noch Fragen?«

»Zwei Fragen liegen nahe: Wozu hat man dieses Ding hier aufgestellt, und wen hat es gestört? Achtet darauf: Es gibt keinerlei Kabel oder Leitungen. Wepl, hast du Fragen?«

Wepl scheint die Kabine mehr als gleichgültig zu sein: Er hat ihr den Hintern zugedreht und kratzt sich.

»Mein Volk kennt solche Gegenstände nicht«, sagt er überheblich, »und es interessiert sich auch nicht dafür.« Dann fängt er wieder an, sich demonstrativ zu kratzen.

»Ich habe weiter nichts«, sage ich zu Vanderhoeze.

Wepl steht auf und macht sich auf den Weg.

Sein Volk, bitte sehr, interessiert sich nicht dafür, denke ich, während ich links hinter ihm hergehe. Ich möchte gern lächeln, darf es aber auf keinen Fall tun. Denn Wepl kann so ein Lächeln nicht ausstehen. Es ist erstaunlich, wie genau er sogar feinste Nuancen der menschlichen Mimik erkennt und versteht. Woher mögen die Kopfler solch eine Einfühlungsgabe haben? Schließlich fehlt ihren Physiognomien (oder Schnauzen?) die Mimik fast völlig – zumindest für das menschliche Auge. Jeder gewöhnliche Hofhund hat eine viel reichere Mimik. Aber mit dem menschlichen Lächeln kennt Wepl sich bestens aus. Überhaupt verstehen sich die Kopfler auf die Menschen hundertmal besser als die Menschen auf die Kopfler. Und ich weiß auch, warum: Wir haben Hemmungen. Kopfler sind vernunftbegabt, und es ist uns peinlich, sie zu untersuchen. Sie hingegen empfinden so eine Peinlichkeit nicht. Als wir bei ihnen in der Festung wohnten, sie uns Schutz, ein Zuhause, zu essen und zu trinken gaben, wie oft habe ich da plötzlich entdeckt, dass ich wieder einmal Gegenstand eines Experiments geworden war! Auch Martha beklagte sich bei Komow darüber, ebenso Rowlingson. Nur Komow klagte nie – ich glaube, weil er dafür einfach zu stolz war. Und der Tarasconer ist am Ende schlicht davongelaufen; lebt jetzt glücklich auf der Pandora und befasst sich mit seinen monströsen Tachorgen. Warum hat Wepl sich derart für die Pandora interessiert? Mit allen nur erdenklichen Mitteln hat er versucht, den Abflug von dort hinauszuzögern. Ich muss bald einmal überprüfen, ob es stimmt, dass eine Gruppe von Kopflern um ein Transportmittel für die Übersiedlung auf die Pandora gebeten hat.

»Wepl«, sage ich, »würdest du gern auf der Pandora leben?«

»Nein. Ich muss bei dir sein.«

Er muss. Das ganze Unglück ist, dass Wepls Sprache nur einen Modus kennt. Es gibt nicht den geringsten Unterschied zwischen »sollen«, »müssen«, »wollen« und »können«. Und wenn Wepl in meiner Sprache spricht, benutzt er diese Begriffe mehr oder weniger aufs Geratewohl. Man weiß nie genau, was er meint. Vielleicht hat er gerade sagen wollen, dass er mich liebt, dass es ihm nur mit mir gutgeht und er immer mit mir zusammen sein möchte. Vielleicht aber auch, dass es seine Pflicht ist, bei mir zu sein, dass er den Auftrag dazu hat und seine Pflicht ehrlich zu tun gedenkt. Dabei aber täte er nichts lieber, als durch den orangefarbenen Dschungel zu pirschen, jedes Geräusch einzufangen und jeden Geruch zu genießen, wovon es auf der Pandora mehr als genug gibt.

Vorne rechts löst sich von einem schmutzig weißen Balkon im zweiten Stock eine Schicht Putz und stürzt krachend auf das Trottoir. Die Ratten fiepen aufgeregt. Eine Wolke von

Mücken schießt aus einem Müllhaufen empor und schwirrt in der Luft.

Wie ein gemustertes Metallband gleitet eine riesige Schlange über die Straße, rollt sich vor Wepl zusammen wie eine Spirale und hebt drohend den rhombischen Kopf. Wepl aber bleibt nicht einmal stehen. Er schlägt nur einmal kurz, ja, beiläufig mit der Vorderpfote zu – und der rhombische Kopf fliegt im hohen Bogen auf den Gehsteig. Wepl jedoch trottet schon weiter und schenkt dem sich windenden, kopflosen Körper hinter sich keine Beachtung mehr.

Und meine Kollegen hatten Angst, mich allein mit Wepl loszuschicken … einem erstklassigen Kämpfer, klug, mit einem unglaublichen Gespür für Gefahr und absolut furchtlos. Kein Mensch könnte furchtloser sein … Aber. Es geht natürlich nicht ohne ein gewisses Aber. Wenn nötig, werde ich für Wepl wie für einen Erdenmenschen kämpfen, wie für mich selbst. Und Wepl? Ich weiß nicht … Sicher, auf dem Saraksch haben sie für mich gekämpft, getötet und sind gestorben, um mich zu schützen. Aber aus irgendeinem Grund kam es mir damals so vor, dass sie nicht für mich, ihren Freund, kämpften, sondern für ein abstraktes und ihnen sehr wichtiges Prinzip. Ich bin schon seit fünf Jahren mit Wepl befreundet; er hatte noch nicht einmal die Haut zwischen den Zehen verloren, als wir uns kennenlernten. Ich habe ihm die Sprache beigebracht und gezeigt, wie man die Versorgungslinie benutzt. Ich habe keinen Schritt von ihm getan, als er an diesen sonderbaren Krankheiten litt, von denen unsere Ärzte bis heute nichts begreifen. Ich habe seine schlechten Manieren erduldet, mich mit seinen unverblümten Äußerungen abgefunden und ihm Dinge verziehen, die ich sonst niemandem auf der Welt verzeihe. Aber ich weiß immer noch nicht, was ich ihm bedeute.

Ein Anruf vom Schiff. Vanderhoeze teilt mit, dass Rem Sheltuchin auf seiner Müllhalde ein Gewehr gefunden hat.

Eine ziemlich belanglose Information. Vanderhoeze mag es einfach nicht, wenn ich schweige, und macht sich Sorgen, wenn er lange nichts von mir hört. Wir reden eine Weile über Belangloses.

Währenddessen verschwindet Wepl im nächsten Hauseingang. Man hört Rumoren, Fiepen, Knirschen, Kauen. Dann taucht Wepl in der Tür auf, kaut noch ein paarmal kräftig und spuckt Rattenschwänze aus.

Jedes Mal, wenn ich auf Empfang bin und mit anderen spreche, führt sich Wepl auf wie ein Hund: Entweder er frisst, kratzt sich, oder er sucht nach Flöhen. Er weiß genau, dass ich das nicht leiden kann – und macht es doch so auffällig, als wolle er sich dafür rächen, dass ich mich mit etwas anderem beschäftige als mit ihm. Jetzt entschuldigt er sich bei mir und sagt, es schmecke so gut, und er habe sich nicht beherrschen können. Ich bleibe eine Weile reserviert.

Es fällt leichter Nieselregen; vor uns verschwindet die Straße im grauen Nebel. Wir passieren das siebzehnte Viertel (die Querstraße ist mit Steinen gepflastert), gehen vorbei an einem durchgerosteten Lkw mit platten Reifen und einem gut erhaltenen, mit Granit verkleideten Gebäude, dessen Fenstergitter im Erdgeschoss mit Figuren verziert sind. Links von uns beginnt ein Park, der von der Straße durch eine niedrige Steinmauer abgetrennt ist.

Als wir gerade an einem schiefen Torbogen vorbeigehen, springt aus dem feuchten, dichten Gebüsch ein großer, kunterbunt angezogener und sehr skurriler Mensch hervor; mit einem Satz, geräuschvoll und mit Schellenklang, landet er auf der Mauer.

Er ist dürr wie ein Gerippe, hat ein gelbes Gesicht mit eingefallenen Wangen und einen gläsernen Blick. Feuchte, rötliche Haarsträhnen stehen nach allen Seiten ab. Die Arme sind wie bei einem Hampelmann in ständiger Bewegung; sie wirken, als seien sie aus Gummi oder mit zu vielen Gelenken versehen. Die Füße sind riesig. Die knochigen Beine zappeln unentwegt und tanzen auf der Stelle, so dass welkes Laub und durchnässte Mörtelbrocken nach allen Seiten fliegen.

Der Mann steckt von Kopf bis Fuß in einer Art buntkariertem Trikot: rot, gelb, blau und grün. Unablässig klingeln die Schellen, die überall auf Ärmeln und Hosenbeinen aufgenäht sind. In einem komplizierten Rhythmus schnippt er schnell und laut mit den knotigen Fingern. Ein Hanswurst. Ein Clown. Seine Faxen könnten durchaus komisch sein, wenn sie nicht so unheimlich wirkten in dieser toten Stadt, diesem grauen Nieselregen, vor einem verwilderten Park, der schon längst zu Wald geworden ist. Das ist ein Verrückter. Noch ein Verrückter.

Im ersten Moment scheint mir, es sei derselbe Mann wie der, den wir am Stadtrand trafen. Aber der trug bunte Bänder und eine Narrenkappe mit einem Glöckchen; er war auch erheblich kleiner und nicht so abgemagert. Sie sind bloß beide bunt gescheckt und beide verrückt. Wirklich merkwürdig, fast unglaublich, dass die ersten beiden Eingeborenen, die wir auf diesem Planeten treffen, verrückte Clowns sind.

»Das ist nicht gefährlich«, sagt Wepl.

»Wir müssen ihm helfen«, antworte ich.

»Wie du willst. Er wird uns hinderlich sein.«

Ich weiß selbst, dass er uns hinderlich sein wird, aber ich kann es nicht ändern. Ich nähere mich langsam dem tänzelnden Hanswurst, während ich im Handschuh das Saugutensil mit dem Beruhigungsmittel vorbereite.

»Gefahr von hinten!«, sagt Wepl plötzlich.

Ich drehe mich blitzschnell um, entdecke auf der anderen Straßenseite aber nichts Besonderes: ein einstöckiges Haus mit Resten eines giftig lila Anstrichs, davor falsche Säulen, ohne eine einzige heile Glasscheibe, dafür aber eine übergroße Türöffnung voller Finsternis. Ein Haus wie jedes andere, scheint mir. Wepl jedoch betrachtet es in der Pose allerhöchster Aufmerksamkeit: Er hat sich auf die Pfoten gesetzt, den Kopf tief geneigt und die kleinen dreieckigen Ohren gespitzt. Mir läuft es kalt den Rücken hinunter: Seit wir losmarschiert sind, hat Wepl diese Haltung kein einziges Mal eingenommen. Hinter uns klingeln verzweifelt die Glöckchen, doch plötzlich wird es still. Nur der Regen ist noch zu hören.

»In welchem Fenster?«, frage ich.

»Weiß ich nicht.« Wepl wendet den schweren Kopf langsam von rechts nach links. »In keinem Fenster. Wenn du willst, schauen wir nach? Aber es ist schon schwächer.« Der schwere Kopf hebt sich langsam. »Vorbei. Wie immer.«

»Was?«

»Wie zu Anfang.«

»Gibt es Gefahr?«

»Gefahr gab es von Anfang an. Aber gering. Gerade war sie groß. Jetzt ist es wieder wie am Anfang.«

»Menschen? Ein Tier?«

»Eine große, furchtbare Bosheit. Unbegreiflich.«

Ich blicke mich nach dem Park um. Der verrückte Hanswurst ist verschwunden, und im dichten nassen Grün kann man nichts erkennen.

Vanderhoeze ist sehr beunruhigt. Ich diktiere eine Meldung. Er befürchtet, dass es sich um einen Hinterhalt gehandelt hat und der Hanswurst mich ablenken sollte. Er versteht nicht, dass, wäre es ein Hinterhalt gewesen, dieser sicher geglückt wäre. Denn der Hanswurst hatte mich tatsächlich so abgelenkt, dass ich außer ihm nichts mehr sah und hörte; und doch hatte uns niemand angegriffen. Vanderhoeze schlägt vor, uns Verstärkung zu schicken, aber ich lehne ab. Unser Auftrag ist unbedeutend, und höchstwahrscheinlich werden wir selbst bald von der Route genommen und jemand anderem zur Verstärkung geschickt, Espada zum Beispiel.

Eine Mitteilung von der Gruppe Espadas: Man hat auf ihn geschossen, mit Leuchtspurmunition. Anscheinend Warnschüsse.

Espada rückt weiter vor. Wir auch. Vanderhoeze ist aufs Äußerste beunruhigt, seine Stimme klingt kläglich.

Mit dem Kapitän hatten wir also diesmal kein Glück. Espadas Kapitän ist Progressor; bei Sheltuchin ist der Kapitän Progressor. Und wir? Haben Vanderhoeze. Alles hat seine Berechtigung, gewiss: Espada ist die Kontaktgruppe, Rem der Hauptlieferant für Informationen, während Wepl und ich ein ungefährliches Gebiet zu Fuß auskundschaften. Eine Hilfstruppe. Wenn aber etwas passiert – und irgendetwas passiert immer –, dann sind wir uns selbst überlassen. Denn letzten Endes ist der gute alte Vanderhoeze bloß ein Sternenflieger, sehr erfahren zwar, aber die Instruktion 06/3 ist ihm in Fleisch und Blut übergegangen: »Werden auf einem Planeten Anzeichen für intelligentes Leben festgestellt, ist nach Beseitigung aller Spuren des Aufenthaltes *unverzüglich* zu starten …« Und hier nun – Warnschüsse, eine ganz offensichtliche Ablehnung der Kontaktaufnahme. Aber niemand denkt daran, unverzüglich zu starten, im Gegenteil: Man rückt weiter vor und tut auch sonst, was man will …

Der Regen hört auf. Über den nassen Asphalt springen Frösche. Jetzt also ist mir klar, wovon sich die Schlangen ernähren. Aber wovon ernähren sich die Frösche? Von den Mücken.

Die Häuser werden immer höher, luxuriöser; aber es ist ein verkommener, verschimmelter Luxus. Dann eine sehr lange Kolonne von Lastwagen unterschiedlichen Typs, am linken Straßenrand geparkt. Hier war offenbar Linksverkehr üblich. Viele LKW sind offen; auf den Ladeflächen türmt sich Hausrat. Sieht aus, als hätte es hier eine Massenevakuierung gegeben; unklar nur, warum sie Richtung Stadtzentrum gefahren sind. Vielleicht zum Hafen?

Wepl bleibt plötzlich stehen. Aus dem dichten Fell auf seinem Kopf richten sich die dreieckigen Ohren auf. Wir stehen kurz vor einer Kreuzung. Die Kreuzung ist leer, die Straße dahinter auch, soweit man das durch den grauen Dunstschleier sehen kann.

»Es stinkt«, sagt Wepl. Und nach einer kurzen Pause: »Tiere.« Und nach einer erneuten Pause: »Viele. Sie kommen hierher. Von links.«

Jetzt rieche ich auch etwas, aber es ist nur der nasse Rost der Lastwagen. Und plötzlich: tausendfüßiges Trappeln und Trommeln, Winseln, Heulen, Schnaufen und Keuchen. Tausende Füße. Tausende Kehlen. Ein Rudel. Ich sehe mich nach einem Hauseingang um, wo wir warten könnten, bis es vorübergezogen ist.

»Mist«, sagt Wepl, »Hunde.«

Im selben Augenblick kommen sie aus der linken Seitengasse herausgeschossen. Hunderte, Tausende von Hunden. Ein dichter, grau-gelb-schwarzgemusterter Strom, trappelnd, keuchend und nach nassem Hundefell stinkend. Die Spitze ist schon in der rechten Seitengasse verschwunden, und der Strom fließt und fließt, als sich ein paar Hunde aus dem Rudel lösen und direkt auf uns zu kommen – große, dürre Tiere, denen das verrottete Fell in Fetzen herabhängt. Sie haben kleine, trübe und unruhige Augen, ihre Zähne sind gelb und geifernd. Mit dünnem, klagendem Gekläff traben sie heran, die höckrigen Leiber gekrümmt, die zuckenden Schwänze eingezogen. Aber sie kommen nicht auf geradem Weg heran, sondern in einem seltsamen, schlingernden Bogen.

»Ins Haus!«, schreit Vanderhoeze. »Was steht ihr da noch herum? Ins Haus!«

Ich bitte ihn, nicht so einen Lärm zu machen, und greife in meinem Anzug nach dem Scorcher.

Wepl sagt: »Nicht nötig. Ich mache das selbst.«

Langsam, in seinem typischen schaukelnden Gang, geht er auf die Hunde zu. Er nimmt keine Kampfhaltung ein. Er geht einfach.

»Wepl«, sage ich. »Wir sollten uns besser von ihnen fernhalten.«

»Lass mich«, antwortet Wepl und geht weiter.

Ich weiß nicht, was er vorhat, gehe langsam die Wagenkolonne entlang in dieselbe Richtung wie er und halte den Scorcher dabei mit dem Lauf nach unten in der gesenkten Hand. Ich muss das Schussfeld vergrößern für den Fall, dass der schmutzig gelbe Strom als Ganzes zu uns umschwenkt. Wepl geht immer weiter, die Hunde indes sind stehen geblieben. Sie weichen zurück, wenden Wepl ihre Flanken zu, krümmen den Rücken noch mehr und klemmen den Schwanz nun vollends zwischen die Beine. Als Wepl sich bis auf zehn Schritte genähert hat, stürzen sie plötzlich mit einem panischem Winseln davon und verschmelzen augenblicklich mit dem Rudel.

Wepl aber geht immer weiter. Mitten auf der Straße, langsam, schaukelnd, als wäre die Kreuzung vor ihm vollkommen leer. Ich aber presse jetzt die Zähne zusammen, hebe den Scorcher höher und wechsle auf die Straßenmitte. Gehe hinter Wepl her. Der schmutzig gelbe Strom ist schon ganz nahe.

Von dem unerträglichen Gestank (oder vor Angst?) ist mir ganz übel. Ich versuche geradeaus zu sehen und denke: zwei Schüsse nach links und sofort einer nach rechts, zwei links und sofort rechts …

Da ertönt über der Kreuzung ein verzweifeltes Jaulen. Das Rudel reißt auseinander, die Hunde drängeln, beißen sich, treten, steigen übereinander, heulen, kläffen und treiben fort von der Kreuzung und machen die Straße frei.

Sekunden später ist in der rechten Seitenstraße kein Hund mehr zu sehen; stattdessen drängt sich in der Sackgasse links eine gigantische Masse an behaarten Leibern, Pfoten und gebleckten Zähnen. Über dieser Masse steigt weißlicher, stinkender Dunst auf, und ein tausendstimmiges Heulen vor Verzweiflung und tödlichem Entsetzen legt sich wie eine Glocke über meine Ohren; darinnen jault, tost und kreischt es.

Wir überqueren die Kreuzung, die übersät ist mit Fetzen schmutzigen Fells, und die heulende Meute bleibt hinter uns zurück. Jetzt zwinge ich mich stehen zu bleiben und zurückzublicken. Die Mitte der Kreuzung ist noch immer leer. Das Rudel hat die Richtung geändert und strömt jetzt zu beiden Seiten der Wagenkolonne die Hauptstraße entlang auf den Stadtrand zu. Das Winseln und Jaulen verebbt allmählich, noch eine Minute, und alles ist wie zuvor: Man hört nur noch das geschäftige, tausendfüßige Trappeln, das Trommeln, Schnaufen und Keuchen. Ich atme auf und stecke den Scorcher zurück ins Holster. Ich hatte wirklich Angst.

Vanderhoeze ist empört über unser waghalsiges, kindisches Manöver und erteilt uns eine Rüge. Beiden. Wepl ist normalerweise überaus empfindlich gegen Vorwürfe aller Art, aber diesmal protestiert er aus irgendeinem Grund nicht. Er brummt nur: »Sag ihm, dass es dabei keinerlei Risiko gab.« Und dann: »Fast keins …« Ich diktiere Vanderhoeze die Meldung über den Zwischenfall. Ich habe nicht verstanden, was auf der Kreuzung vor sich ging, und Vanderhoeze versteht es erst recht nicht. Ich weiche seinen Fragen aus und betone, dass sich das Rudel jetzt auf das Schiff zubewegt.

»Wenn sie bis zu euch vordringen, schreckt sie mit Feuer ab«, schließe ich.

Vanderhoeze betont noch einmal, wie unzufrieden er mit uns ist, und erlaubt uns dann weiterzugehen. Ich sehe ihn dabei direkt vor mir – wie immer wird er sich mit den Fingern durch die linke Seite seines Backenbartes fahren und dann die rechte Seite zurechtstreichen; anschließend lehnt er sich im Sessel zurück und verfolgt dann aufs Neue die Rundumbildschirme, sehr wachsam – und gefasst auf die nächste Unannehmlichkeit.

Wir erreichen das Ende des zweiundzwanzigsten Viertels, und mir fällt auf, dass jegliches Leben von der Straße verschwunden ist – nicht eine Ratte, nicht eine Schlange, ja nicht einmal Frösche sind zu sehen. Vielleicht haben sie sich wegen der Hunde versteckt, denke ich. Aber ich weiß, dass das nicht stimmt: Es liegt an Wepl.

Im vierten Jahr unserer Bekanntschaft stellte sich plötzlich heraus, dass Wepl recht gut Englisch spricht. Ungefähr zur selben Zeit fand ich heraus, dass er Musik komponiert – zwar keine Symphonien, aber kleine Lieder und Melodien, die für das menschliche Ohr durchaus hübsch klingen. Und nun noch etwas …

Er schielt mit einem gelben Auge zu mir herüber. »Wie hast du das mit dem Feuer erraten?«, erkundigt er sich.

Ich horche auf. Ich habe also etwas mit dem Feuer erraten? Wann war das wohl?

»Kommt darauf an, was für ein Feuer«, sage ich aufs Geratewohl.

»Verstehst du nicht, wovon ich spreche? Oder willst du nicht darüber sprechen?«

Feuer, Feuer, überlege ich hastig. Ich habe das Gefühl, vielleicht gleich etwas ganz Wichtiges zu erfahren. Wenn ich nichts übereile. Wenn ich die richtigen Antworten gebe. Wann habe ich denn etwas von Feuer gesagt? Ja! Genau, »schreckt sie mit Feuer ab«.

»Jedes Kind weiß, dass Tiere sich vor Feuer fürchten«, sage ich. »Deshalb bin ich auch darauf gekommen. War es denn in diesem Fall so schwer, das zu erraten?«

»Ich finde schon«, brummt Wepl. »Früher bist du jedenfalls nicht darauf gekommen.«

Er schweigt und hört auf zu schielen. Ende des Gesprächs. Wie klug er doch ist. Ihm ist klar, dass ich entweder nicht verstehe, worum es geht, oder aber nicht darüber sprechen möchte, wenn uns andere hören. In beiden Fällen aber ist es besser, das Gespräch zu beenden. So, so, er meint also, ich hätte das mit dem Feuer erraten. In Wahrheit habe ich gar nichts erraten, sondern bloß zu Vanderhoeze gesagt: »Schreckt sie mit Feuer ab.« Wepl aber hat daraus gefolgert, ich hätte etwas erraten ... Feuer, Feuer ... Wepl hatte natürlich kein Feuer bei sich ... Oder doch? Ja, doch! Nur ich habe es nicht gesehen! Aber die Hunde sahen es. So war das also! Oh, dieser Wepl ...

»Und du ... Du hast die Hunde angesengt, nicht wahr?«, frage ich ein wenig einschmeichelnd.

»Das Feuer sengt«, erwidert Wepl trocken.

»Und das kann jeder Kopfler?«

»Kopfler nennen uns nur die Erdenmenschen. Bei den Missgeburten des Südens heißen wir Vampire. Und an der Mündung der Blauen Schlange nennen sie uns Blender. Und auf dem Archipel – ›zsehu‹. Im Russischen gibt es dazu keine Entsprechung. Es bedeutet, ›der unter der Erde wohnt und mit der Kraft seines Geistes zu unterwerfen und zu töten vermag‹.«

»Verstehe«, sage ich.

Nur fünf Jahre habe ich also gebraucht, um herauszufinden, dass mein engster Freund, vor dem ich nie etwas verborgen habe, die Fähigkeit besitzt, mit der Kraft seines Geistes zu unterwerfen und zu töten. Hoffentlich nur Hunde, denke ich, aber – wer weiß. Fünf Jahre Freundschaft! Zum Teufel, warum kränkt mich das eigentlich so?

Wepl bemerkt den bitteren Unterton in meiner Stimme sofort, deutet ihn aber auf seine Weise: »Sei nicht neidisch«, sagt er. »Ihr besitzt dafür sehr vieles, was wir nicht haben und auch niemals haben werden. Eure Maschinen und eure Wissenschaft zum Beispiel.«

Wir kommen zu einem Platz und bleiben sofort stehen, als wir dort, links hinter der Ecke, eine Kanone entdecken: tief, wie zu Boden geduckt; ein langer Lauf mit dem schweren

Aufsatz einer Mündungsbremse; ein niedriger, breiter Schild, mit Tarnstreifen im Zickzack bemalt; gespreizte Rohrholme; dicke Räder mit Gummireifen. Aus dieser Stellung ist so mancher Schuss abgefeuert worden … vor langer, sehr langer Zeit. Die ringsum verstreuten leeren Hülsen sind von grünem und rotem Rost völlig zerfressen, die Sporen der Holme haben den Asphalt bis zum Erdboden aufgerissen und versinken jetzt in dichtem Gras; am linken ist sogar ein kleines Bäumchen gewachsen. Der durchgerostete Verschluss ist zur Seite geschwenkt, das Visier fehlt völlig, und hinter der Stellung sind angefaulte, halb zerfallene, leere Munitionskisten zu sehen – allesamt leer. Hier ist bis zur letzten Granate geschossen worden.

Ich schaue über den Schild und sehe, wohin geschossen wurde. Genauer gesagt, entdecke ich zuerst große, vom Efeu überwucherte Einschüsse an der Hauswand gegenüber. Erst danach fällt mir am Fuß dieses Hauses ein kleiner, schmutzig gelber Pavillon mit flachem Dach auf, der hier völlig deplatziert wirkt. Jetzt wird mir klar, dass nicht das Haus, sondern der Pavillon beschossen wurde – aus nur fünfzig Meter Abstand, fast auf Tuchfühlung. Die klaffenden Löcher in der Hauswand dahinter sind bloß Fehlschüsse, obwohl es fast unmöglich scheint, aus so geringer Distanz das Ziel zu verfehlen. Die Fehlschüsse sind allerdings nicht allzu zahlreich, und man kann nur über die Standfestigkeit dieser Anlage staunen, die so viele Treffer erhalten und sich trotzdem nicht in einen Schutthaufen verwandelt hat.

Anfangs schien mir, als sei der Pavillon durch die schweren Einschläge der Geschosse verrückt und nach hinten geschoben worden, denn er steht halb auf dem Trottoir und mit einer Ecke fast in die Hauswand gedrückt. Aber so ist es nicht.

Die Geschosse haben runde Löcher mit versengten, rußigen Rändern in die gelbe Fassade geschlagen und sind dann drinnen explodiert. Dadurch wurden die breiten Türflügel des

Eingangs nach außen gedrückt und scheinen jetzt an unsichtbaren letzten Fädchen zu hängen. Im Pavillon war Feuer ausgebrochen, und alles, was sich dort befand, verbrannte. Flammenzungen haben über dem Eingang und über den Einschusslöchern schwarze Spuren hinterlassen.

Aber der Pavillon steht natürlich genau dort, wo ihn die Bauherren – aus welchem Grund auch immer – von Anfang an errichtet hatten: wo er den Fußweg versperrt und einen Teil der Fahrbahn blockiert, was den Verkehr zweifellos behindert haben muss.

Alles, was hier geschah, liegt viele Jahre zurück; längst sind die Gerüche von Brand und Schüssen verschwunden. Geblieben jedoch – und noch immer bedrückend – ist die Atmosphäre des Hasses, der Wut und der Raserei, die den Artilleristen damals die Hand führten.

Ich mache mich ans Diktieren der nächsten Meldung. Wepl sitzt ein wenig entfernt von mir, schielt zu mir herüber, verzieht verächtlich seine Mundwinkel und knurrt demonstrativ laut: »Menschen – wie sollte es da einen Zweifel geben. Natürlich waren es Menschen. Eisen und Feuer, Trümmer und Ruinen, es ist immer dasselbe.« Anscheinend spürt auch er die bedrückende Atmosphäre, und sicher noch viel intensiver als ich. Gewiss wird er sich an seine Heimat erinnern: Wälder voll mit tödlichem Kriegsgerät, zu Asche verbrannte Flächen, in denen nur noch verkohlte radioaktive Baumstämme stehen, wo sogar die Erde von Hass, Angst und Tod getränkt ist.

Hier auf diesem Platz gibt es für uns nichts mehr zu tun. Wir würden nur immer neue Hypothesen entwickeln oder in unserer Phantasie Bilder zeichnen – eines schrecklicher als das andere. Wir gehen weiter, und mir kommt ein Gedanke: Gerät eine Zivilisation in die globale Katastrophe, werden alle Scheußlichkeiten an die Oberfläche gespült – all der Bodensatz, der sich über Jahrhunderte in den Genen des Soziums angesammelt hat. Die Gräuel und Abscheulichkeiten können unterschiedlichste Formen annehmen, anhand derer man beurteilen kann, wie unglücklich die gegebene Zivilisation vor dem Kataklysmus war. Aber man wird kaum etwas über den Kataklysmus selbst sagen können; denn ganz gleich, ob es sich um eine globale Seuche, einen Weltkrieg oder eine geologische Katastrophe handelt – alle Kataklysmen fördern das Böse zutage: Hass, animalischen Egoismus und Grausamkeit, die gerechtfertigt scheinen, aber nicht im Geringsten gerechtfertigt sind …

Eine Mitteilung von Espada: Er hat Kontakt aufgenommen. Befehl von Komow: Alle Gruppen sollen ihre Translatoren zur Aufnahme linguistischer Informationen bereithalten. Ich taste hinter meinem Rücken nach dem tragbaren Übersetzungsgerät und schalte es ein.

2. JUNI '78

Maja Glumowa, die Freundin Lew Abalkins

Ich meldete Maja Toivowna meinen Besuch nicht an, sondern ging um neun Uhr morgens direkt zum Platz der Sterne.

Es hatte ein wenig geregnet, und der große Museumswürfel aus unpoliertem Marmor glänzte feucht in der Sonne. Schon von weitem sah ich vor dem Haupteingang eine kleine, buntgemischte Menschenmenge, und als ich näher kam, hörte ich unzufriedene und enttäuschte Ausrufe. Das Museum war seit gestern für die Besucher geschlossen, weil eine neue Ausstellung vorbereitet wurde. Die Menschenmenge bestand hauptsächlich aus Touristen; besonders verärgert aber waren ein paar Wissenschaftler, die gerade an diesem Morgen mit den Exponaten hatten arbeiten wollen. Die neue Ausstellung war ihnen gleichgültig; sie waren der Meinung, man hätte sie rechtzeitig über die Änderung informieren müssen. Jetzt würde der Tag unnütz verstreichen ... Verschlimmert wurde das Durcheinander durch die Reinigungskyber, die man anscheinend noch nicht umprogrammiert hatte: Nun irrten sie ziellos durch die Menge, gerieten den Leuten zwischen die Beine, wichen hektisch wütenden Fußtritten aus und gaben jede Minute Anlass zu schadenfrohem Gelächter, wenn sie wieder unsinnigerweise versuchten, durch die geschlossenen Türen zu gehen.

Jetzt wusste ich, was vorgefallen war, und wollte mich nicht weiter damit aufhalten. Da ich schon des Öfteren im Museum zu tun gehabt hatte, wusste ich, wo der Diensteingang lag. Ich ging also um das Gebäude herum und folgte einer kleinen, schattigen Allee, bis ich zur Pforte kam; sie lag ganz versteckt hinter einer dichten Wand von Rankenpflanzen. Die Tür war breit und niedrig und bestand aus Kunststoff mit Eichenmaserung. Sie war ebenfalls verschlossen. An der Schwelle lief ein Reinigungskyber hin und her und schien hoffnungslos niedergeschlagen: Über Nacht hatte sich der Ärmste fast völlig entladen und jetzt kaum eine Chance, sich im Schatten wieder mit Energie aufzuladen.

Ich schob ihn mit dem Fuß beiseite und klopfte ärgerlich an die Tür. Von innen ließ sich eine Grabesstimme vernehmen: »Das Museum für Außerirdische Kulturen ist zwecks der Umgestaltung der zentralen Räume für eine neue Ausstellung geschlossen. Haben Sie bitte Verständnis und kommen Sie in einer Woche wieder.«

»Massaraksch!«, sagte ich laut und blickte mich ein wenig ratlos um.

Es war niemand zu sehen, nur der Kyber piepste bekümmert zu meinen Füßen. Offensichtlich interessierte er sich für meine Schuhe.

Ich schob ihn beiseite und klopfte jetzt mit der Faust gegen die Tür.

»Das Museum für Außerirdische Kulturen …«, setzte die Grabesstimme an, verstummte dann aber plötzlich.

Die Tür öffnete sich.

»Na also«, sagte ich und trat ein.

Der Kyber blieb auf der Schwelle.

»Was ist?«, sagte ich zu ihm, »komm rein.«

Aber er wich zurück, als könnte er sich nicht entscheiden, und in dem Moment schlug die Tür wieder zu.

In den Gängen hing kein besonders starker, dafür aber sehr eigenartiger Geruch. Schon vor längerer Zeit hatte ich festgestellt, dass jedes Museum anders roch. Besonders intensiv war er in den zoologischen Museen, aber auch hier roch es streng. Nach außerirdischen Kulturen vermutlich …

Ich schaute in einen der Räume hinein und entdeckte dort zwei noch sehr junge Mädchen, die Molekularlötkolben in ihren Händen hielten. Sie hantierten damit im Innern einer Konstruktion, die an eine gigantische Rolle Stacheldraht erinnerte. Ich erkundigte mich, wo ich Maja Toivowna finden könne, bekam detaillierte Hinweise und machte mich auf die Suche. Sie führte durch die vielen Gänge und Säle der Spezialabteilung »Objekte der materiellen Kultur mit ungeklärter Bestimmung«, wo mir niemand begegnete. Anscheinend hielten sich die meisten Mitarbeiter in den zentralen Räumen auf und befassten sich dort mit der neuen Ausstellung. Hier dagegen war nichts und niemand – außer Objekten, deren Funktion bislang nicht geklärt werden konnte. Von solchen Objekten allerdings bekam ich mehr als genug zu sehen, und am Ende war ich überzeugt, dass ihre Bestimmung wohl auch in Zukunft und bis in alle Ewigkeit, Amen, ungeklärt bleiben würde.

Maja Toivowna fand ich in ihrem Arbeitszimmer. Als ich eintrat, blickte sie zu mir auf – eine bildhübsche und, wie mir schien, liebenswerte Frau mit schönem, kastanienbraunem Haar, großen grauen Augen und der Andeutung einer Stupsnase; über der rechten Braue hatte sie ein kleines schwarzes Muttermal. Sie trug eine ärmellose blaue Bluse mit schwarz-weißen Streifen und hatte kräftige Arme und Hände mit langen, schlanken Fingern. Eine bezaubernde Frau.

Ein wenig zerstreut blickte sie mich an – nicht einmal mich, sondern durch mich hindurch schaute sie und schwieg. Der Tisch war leer, nur ihre Hände lagen darauf, als hätte sie sie vor sich hingelegt und dann vergessen.

»Verzeihen Sie bitte«, sagte ich. »Ich heiße Maxim Kammerer.«

»Ja. Ich höre.«

Ihre Stimme klang ebenfalls zerstreut. Zudem sagte sie nicht die Wahrheit: Sie hatte weder ein Ohr für mich, noch sah sie mich überhaupt. Ich kam ihr an diesem Tag offensichtlich ungelegen. Jeder halbwegs höfliche Mensch hätte sich an meiner Stelle entschuldigt und wäre unauffällig wieder gegangen. Aber ich konnte es mir nicht erlauben, höflich zu sein. Ich war Mitarbeiter der KomKon 2 im Dienst. Daher machte ich keine Anstalten, mich zu entschuldigen oder gar zu gehen, sondern setzte mich in einen der Sessel, nahm einen einfältigen, arglos-freundlichen Gesichtsausdruck an und fragte: »Was ist denn heute hier los? Niemanden lassen sie ins Museum …«

Sie schien ein wenig überrascht. »So? Sie lassen niemanden ins Museum?«

»Ja, das sage ich doch! Mit Mühe und Not bin ich durch den Diensteingang hereingekommen.«

»Ach so … Verzeihung. Wer sind Sie? Kann ich Ihnen weiterhelfen?«

Ich wiederholte, ich sei Maxim Kammerer, und erzählte ihr meine Legende.

Und da geschah etwas ganz Erstaunliches: Kaum hatte ich den Namen Lew Abalkin ausgesprochen, wich die Zerstreutheit von ihrem Gesicht. Sie war auf einmal hellwach und hing förmlich an meinen Lippen. Sie sagte jedoch kein Wort und hörte mich bis zu Ende an. Dann hob sie langsam ihre Hände vom Tisch, verschränkte die schlanken Finger und legte ihr Kinn darauf.

»Haben Sie ihn selbst gekannt?«, fragte sie.

Ich erzählte ihr von der Expedition ins Mündungsgebiet der Blauen Schlange.

»Und über all das werden Sie schreiben?«

»Selbstverständlich«, sagte ich. »Aber es wird nicht reichen.«

»Nicht reichen – wofür?«, fragte sie.

Ihr Gesicht hatte einen seltsamen Ausdruck angenommen – so, als könnte sie nur mit großer Mühe ihr Lachen zurückhalten. Sogar ihre Augen hatten zu funkeln begonnen.

»Verstehen Sie«, begann ich noch einmal, »ich möchte zeigen, wie sich Abalkin zu einer Kapazität auf seinem Gebiet entwickelt hat. Im Grenzbereich von Tierpsychologie und Soziopsychologie hat er etwas in der Art …«

»Aber er ist doch gar keine Kapazität auf seinem Gebiet geworden«, sagte sie. »Die haben einen Progressor aus ihm gemacht. Die haben ihn doch … Die …«

Nein, Maja Glumowa hatte nicht ihr Lachen zurückhalten wollen, sondern ihre Tränen. Und jetzt hielt sie sie nicht mehr zurück. Sie verbarg ihr Gesicht in den Händen und begann zu weinen. Oh Gott, wenn eine Frau weint, ist das schrecklich genug, aber hier verstand ich nicht einmal, warum. Sie weinte heftig, selbstvergessen, wie ein Kind, und zitterte dabei am ganzen Körper. Und ich saß da wie ein Trottel und wusste nicht, was ich tun sollte. In solchen Fällen bringt man meist ein Glas Wasser, aber in diesem Zimmer gab es weder ein Glas noch Wasser noch etwas anderes, was ich ihr stattdessen hätte geben können – nur Regale voller Objekte ungeklärter Funktion …

Sie aber weinte und weinte; die Tränen flossen in Rinnsalen zwischen ihren Fingern hindurch und fielen auf den Tisch. Sie verbarg noch immer ihr Gesicht in den Händen und schluchzte heftig, fing dann aber plötzlich an zu sprechen – konfus und stockend, als würde sie laut denken, und unterbrach sich dabei immer wieder selbst.

… Er hatte sie geschlagen – und wie! Sie brauchte nur aufzumucken, und schon setzte es was. Ihm war egal, dass sie ein Mädchen und drei Jahre jünger war als er – sie gehörte ihm, basta. Sie war ihm wie ein Ding, das er besaß; sie war sein persönliches Eigentum. Und das wurde sie sofort, fast noch am selben Tag, als er sie zum ersten Mal gesehen hatte. Da war sie fünf, er acht. Er lief im Kreise herum und schrie seinen eigenen Abzählreim: »Ein Mann stand am Tor, die Tiere davor, er nahm sein Gewehr, und sie lebten nicht mehr!« Zehnmal, zwanzigmal hintereinander. Sie musste lachen, und dann verprügelte er sie zum ersten Mal …

… Es war schön – sein Eigentum zu sein, denn er liebte sie. Er liebte nie jemand anderen. Nur sie. Alle Übrigen waren ihm gleichgültig. Sie begriffen nichts und konnten nichts begreifen. Er jedoch trat auf der Bühne auf, sang Lieder und trug Gedichte vor – für sie. So sagte er es auch: »Das war für dich, hat es dir gefallen?« Er machte beim Hochsprung mit – für sie. Er tauchte zweiunddreißig Meter tief – für sie. Und nachts schrieb er Gedichte – für sie. Er wusste diese Sache, die ihm gehörte, sehr zu schätzen, und er war immer bemüht, ihrer würdig zu sein. Niemand wusste etwas davon. Er konnte es immer so einrichten, dass es keiner mitbekam. Bis zum letzten Jahr, als sein Lehrer es erfuhr …

… Ihm gehörten noch viele andere Dinge. Der ganze Wald rings um das Internat war eine sehr große Sache, die ihm gehörte. Jeder Vogel in diesem Wald, jedes Eichhörnchen, jeder Frosch. Er befahl über die Schlangen, er begann und beendete Kriege zwischen den Ameisenhaufen, er konnte Hirsche heilen, und sie alle gehörten ihm, außer einem alten Elch namens Rex, den er als ebenbürtig anerkannte, doch später bekam er Streit mit ihm und vertrieb ihn aus dem Wald …

… Wie dumm sie gewesen war! Alles war so gut gewesen, aber dann, als sie herangewachsen war, setzte sie sich in den Kopf, sich von ihm zu befreien. Sagte ihm ins Gesicht, dass sie keine Lust mehr hatte, sein Eigentum zu sein. Er verprügelte sie, aber sie blieb stur, bestand auf ihrem Willen, so dumm, so verdammt dumm war sie damals. Da verprügelte er sie wieder, brutal, gnadenlos, ebenso wie er seine Wölfe prügelte, wenn sie versuchten, ihm den Gehorsam zu verweigern. Aber sie war kein Wolf; sie war unnachgiebiger, sturer als alle seine Wölfe zusammen. Und da zog er sein Messer aus dem Gürtel; er selbst hatte es aus einem Knochen gefertigt, den er im Wald gefunden hatte, und mit dem Lächeln eines Wahnsinnigen schlitzte er sich langsam den Arm auf, von der Hand bis zum Ellenbogen. Er stand vor ihr, mit diesem wie irren Lächeln, das Blut sprudelte aus seinem Arm wie Wasser aus dem Hahn, und er fragte: »Und jetzt?« Und noch ehe er zusammenbrach, wusste sie, dass er Recht hatte. Dass er immer Recht gehabt hatte, von Anfang an. Aber sie in ihrer unfassbaren Dummheit hatte es nicht einsehen wollen …

… Nachdem sie aus den Ferien zurückgekommen war, in seinem letzten Jahr im Internat, war es aus zwischen ihnen. Irgendetwas war geschehen. Wahrscheinlich hatten sie ihn schon im Griff. Oder sie hatten alles erfahren und furchtbare Angst bekommen, diese Idioten. Verdammte, intelligente Kretins. Er wandte sich von ihr ab und blickte durch sie hindurch. Und schaute sie nie wieder an. Sie existierte nicht mehr für ihn, wie all die anderen. Er hatte die Sache, die ihm gehörte, verloren und sich mit diesem Verlust abgefunden.

Und als er sich ihrer wieder erinnerte, war alles anders. Das Leben hatte für immer aufgehört, der geheimnisvolle Wald zu sein, wo er Herr und Gebieter war – und sie das Wertvollste, das er besaß. Sie hatten damit angefangen, ihn umzuformen; er war schon fast Progressor, schon auf halbem Wege in eine andere Welt, eine Welt, in der einer den anderen quält und verrät. Er hatte sich für diesen Weg entschieden, ging ihn festen Schrittes und erwies sich als guter Schüler, war fleißig und begabt. Er schrieb ihr, sie antwortete nicht. Er rief sie an, sie nahm nicht ab. Dabei hätte er weder schreiben noch anrufen sollen, sondern selber kommen, sie verprügeln, wie damals, und dann wäre vielleicht alles wieder geworden wie früher. Aber er war schon kein Gebieter mehr. Er war jetzt nur noch ein Mann wie all die vielen ringsumher, und er schrieb ihr auch nicht länger …

… Sein letzter Brief, wie immer von Hand geschrieben – denn er akzeptierte nur handgeschriebene Briefe, weder Kristall- noch Magnetaufzeichnungen –, war just von dort gekommen: aus dem Gebiet jenseits der Blauen Schlange. »Ein Mann stand am Tor, die Tiere davor«, schrieb er, »er nahm sein Gewehr, und sie lebten nicht mehr.« Weiter stand nichts in seinem letzten Brief …

Sie sprach wie im Fieber, schluchzte und schnäuzte sich die Nase in zerknüllte Labortücher, und plötzlich begriff ich – und eine Sekunde später sagte sie es selbst: Sie hatte sich am gestrigen Tag mit ihm getroffen. Zur selben Zeit, als ich sie angerufen und mit Toivo gesprochen hatte, während ich mit Jadwiga telefonierte, und während ich mich mit Seiner Exzellenz unterhielt, während ich mich zu Hause in den Bericht über die Operation »Tote Welt« vertiefte – diese ganze Zeit war sie mit ihm zusammen gewesen, hatte ihn angeschaut, ihm zugehört. Aber irgendetwas schien zwischen ihnen vorgefallen zu sein, weswegen sie sich jetzt bei einem Unbekannten ausweinte.

2. JUNI '78
Maja Glumowa und der Journalist Kammerer

Sie verstummte, als sei sie zur Besinnung gekommen, und auch ich kam wieder zu mir – nur ein paar Sekunden früher. Denn ich war im Dienst. Ich hatte zu arbeiten, hatte Pflichten. Und besaß Pflichtgefühl. Jeder muss seine Pflicht erfüllen. Diese stumpfen, abgedroschenen Phrasen. Nach alldem, was ich gehört hatte, hätte ich auf die Pflicht pfeifen und etwas tun müssen, um dieser unglücklichen Frau aus ihrer Verzweiflung herauszuhelfen. Vielleicht war das meine Pflicht?

Aber ich wusste, dass dem nicht so war. Und zwar aus vielen Gründen. Zum einen, weil ich gar nicht weiß, wie ich jemandem aus seiner Verzweiflung heraushelfen könnte. Ich hätte nicht einmal gewusst, wie und womit beginnen. Deshalb wäre ich am liebsten aufgestanden, hätte mich entschuldigt und wäre gegangen. Aber auch das konnte ich nicht tun, weil ich ja unbedingt herausfinden musste, wo sie sich getroffen hatten und wo sich Abalkin jetzt aufhielt.

Plötzlich fragte sie noch einmal: »*Wer* sind Sie?«

Maria Glumowa sprach mit tonloser, spröder Stimme; ihre Augen waren zwar getrocknet und glänzten wieder, wirkten aber ganz krank.

Bevor ich eingetreten war, hatte sie alleine in ihrem Büro gesessen, obwohl sich eine Menge Kollegen und wohl auch viele Freunde um sie herum aufhielten. Vielleicht war sogar jemand zu ihr gekommen und hatte das Gespräch gesucht. Aber Maja Glumowa war für sich geblieben, weil niemand hier etwas wusste von dem Menschen, der sie in eine so tiefe Verzweiflung gestürzt hatte, in so brennende Enttäuschung, der so viele Gefühle in ihr ausgelöst hatte in dieser Nacht. Sie hatten sich angestaut, keinen Weg nach außen gefunden, und da war ich erschienen und hatte Lew Abalkins Namen genannt – so, als hätte ich mit einem Skalpell ein Geschwür geöffnet. Alles brach aus ihr heraus; sie fühlte sich eine Zeit lang sehr erleichtert, konnte sich ausschreien, ausweinen und von ihrem Schmerz befreien. Dann aber kehrte ihr Verstand zurück, und ich erschien ihr nicht mehr als derjenige, der Heilung brachte, sondern als der, der ich in Wirklichkeit war: ein fremder, unbeteiligter Mensch, der zufällig vorbeigekommen war. Und jetzt wurde ihr plötzlich klar, dass ich nicht gar so zufällig gekommen sein konnte, denn solche Zufälle gibt es nicht. Es ist einfach nicht möglich, dass, nachdem man sich vor zwanzig Jahren von seinem Geliebten trennte, man zwanzig Jahre lang nichts von ihm hört, zwanzig Jahre lang niemand seinen Namen nennt, und man ihn dann, nach zwanzig Jahren, wieder trifft, eine Nacht mit ihm verbringt, die schrecklich ist und bitter, schrecklicher und bitterer als jede Trennung, und dass dann, am Morgen darauf, zum ersten Mal nach zwanzig Jahren, plötzlich jemand seinen Namen ausspricht – ein fremder, unbeteiligter Mensch, der zufällig vorbeigekommen ist …

»Wer … sind Sie?«, fragte sie wieder mit tonloser Stimme.

»Ich heiße Maxim Kammerer«, antwortete ich zum dritten Mal und versuchte, dabei einen besonders verwirrten und ratlosen Eindruck zu machen. »Ich bin so etwas wie ein Journalist. Aber um Himmels willen: Ich komme offenbar sehr ungelegen. Wissen Sie, ich sammle Material zu einem Buch über Lew Abalkin.«

»Was tun Sie hier?«

Sie glaubte mir nicht. Vielleicht fühlte sie, dass ich kein Material über Lew Abalkin suchte, sondern ihn selbst. Ich musste mich darauf einstellen. Und das ziemlich schnell. Und selbstverständlich stellte ich mich darauf ein:

»In welchem Sinne?«, erkundigte sich der Journalist Kammerer verblüfft und ein wenig beunruhigt.

»Haben Sie hier einen Auftrag?«

Der Journalist Kammerer tat jetzt sehr erstaunt. »Einen … Auftrag? Äh … Ich verstehe nicht ganz …« Der Journalist Kammerer wirkte ziemlich erbärmlich. Kein Zweifel, auf solch eine Begegnung war er nicht vorbereitet gewesen, war, ohne es zu wollen, in eine dumme Situation geraten und hatte nicht die leiseste Ahnung, wie er wieder herauskommen sollte. Nichts auf der Welt wollte der Journalist Kammerer jetzt lieber als davonlaufen. »Maja Toivowna, ich bin doch … Um Himmels willen, denken Sie bloß nicht … Nehmen Sie an, ich hätte gar nichts gehört. Ich habe schon alles vergessen. Ich bin überhaupt nicht hier gewesen! … Aber wenn ich Ihnen irgendwie helfen kann …«

Der Journalist Kammerer stotterte, faselte sinnloses Zeug und war vor Verlegenheit ganz rot geworden. Er saß nicht mehr, sondern stand in gespannter, höchst unbequemer Haltung über den Tisch gebeugt und versuchte, Maja Toivowna aufmunternd am Ellenbogen zu fassen. Er war wohl recht widerlich anzuschauen und etwas dümmlich, aber ganz gewiss war er völlig harmlos.

»Ich habe, wissen Sie, so eine Arbeitsmethode …«, murmelte er in einem lausigen Versuch, sich zu rechtfertigen. »Vielleicht ist sie umstritten, ich weiß nicht, aber früher ist es mir immer gelungen. Ich beginne an der Peripherie: Kollegen, Freunde, die Lehrer, versteht sich … Ausbilder … Und erst danach, völlig gewappnet sozusagen, wende ich mich dem eigentlichen Objekt der Untersuchung zu. Ich habe mich bei der KomKon erkundigt und erfahren, dass Abalkin jeden Tag auf die Erde zurückkehren muss. Mit dem Lehrer habe ich schon gesprochen. Mit der Ärztin. Dann habe ich beschlossen, mit Ihnen … Aber der Zeitpunkt war ungünstig. Entschuldigen Sie bitte vielmals. Ich bin nicht blind, ich sehe, dass hier ein unglückliches Zusammentreffen von Umständen …«

Und so gelang es ihm, diesem dümmlichen, tölpelhaften Journalisten Kammerer, Maja Glumowa zu beruhigen. Sie lehnte sich im Sessel zurück und hielt die Hand vors Gesicht. Der Verdacht war zerstreut, die Scham war erwacht, und Erschöpfung kam über sie.

»Ja«, sagte sie. »Ein Zusammentreffen von Umständen ...«

Jetzt war es an dem Journalisten Kammerer, kehrtzumachen und sich auf Zehenspitzen zu entfernen. Aber so einer war er nicht, der Journalist Kammerer. Er konnte eine so niedergeschlagene, gequälte Frau nicht einfach sich selbst überlassen. Sie brauchte Hilfe und Beistand.

»Selbstverständlich, ein Zusammentreffen und weiter nichts ...«, murmelte er. »Schon vergessen, und nichts ist gewesen. Später, irgendwann, wenn es Ihnen recht ist ... passt ... wäre ich Ihnen sehr verbunden, versteht sich ... Gewiss, das passiert mir nicht zum ersten Mal, dass ich zu Beginn mit dem eigentlichen Objekt spreche, und dann erst ... Maja Toivowna, soll ich vielleicht jemanden rufen? Ich werde sofort ...«

Sie schwieg.

»Ist wohl auch nicht nötig, Sie haben Recht. Wozu auch? Ich bleibe noch eine Weile hier bei Ihnen ... für alle Fälle.«

Sie nahm endlich die Hand von den Augen. »Sie brauchen nicht bei mir zu bleiben«, sagte sie müde. »Gehen Sie lieber zu Ihrem Untersuchungsobjekt ...«

»Kommt nicht infrage!«, protestierte der Journalist Kammerer. »Das hat Zeit. Das Objekt, hm, das Objekt ... Aber ich möchte Sie nicht allein lassen. Ich habe jede Menge Zeit ...« Er schaute mit leichter Unruhe auf die Uhr. »Das Objekt läuft mir nicht mehr davon! Jetzt werde ich ihn finden. Und überhaupt wird er momentan wohl kaum zu Hause sein. Ich kenne doch die Progressoren auf Urlaub. Sicher schlendert er durch die Stadt und hängt sentimentalen Erinnerungen nach.«

»Er ist nicht in der Stadt«, sagte Maja Toivowna, noch immer beherrscht. »Sie brauchen zwei Stunden Flug bis zu ihm.«

»Zwei Stunden Flug?« Der Journalist Kammerer war unangenehm überrascht. »Verzeihung, aber ich hatte den Eindruck …«

»Er ist auf den Waldaihöhen! Kurort ›Ossinuschka‹! Am Welje-See. Und denken Sie daran, dass der Null-Transport nicht funktioniert!«

»Hm!«, ließ sich der Journalist Kammerer laut vernehmen. Eine zweistündige Flugreise war in seinem heutigen Tagesplan gewiss nicht vorgesehen. Man konnte sogar vermuten, dass er überhaupt gegen Flugreisen war.

»Zwei Stunden«, murmelte er. »Aha, irgendwie hatte ich mir das ganz anders vorgestellt. Entschuldigen Sie bitte, Maja Toivowna, aber vielleicht ist er irgendwie von hier aus zu erreichen?«

»Ja, wahrscheinlich«, sagte Maja Toivowna mit nun schon fast erloschener Stimme. »Ich weiß aber seine Nummer nicht. Hören Sie, Kammerer, lassen Sie mich allein. Ich kann Ihnen im Moment ja doch nicht weiterhelfen.«

Erst jetzt erkannte der Journalist Kammerer vollends die Peinlichkeit seiner Lage. Er sprang auf und stürzte zur Tür. Hielt inne, kehrte noch einmal zum Tisch zurück. Murmelte unverständliche Entschuldigungen. Stürzte wieder zur Tür und warf dabei einen Sessel um. Hob ihn unter weiterem, sich entschuldigendem Gemurmel wieder auf und stellte ihn mit übergroßer Vorsicht an seinen Platz, als wäre er aus Kristall und Porzellan. Dann ging er unter zahlreichen Verbeugungen rückwärts zur Tür, schob sie mit dem Hintern auf und verschwand schließlich draußen im Gang.

Ich schloss vorsichtig die Tür, blieb noch eine Weile stehen und rieb mir mit dem Handrücken über die verkrampften Gesichtsmuskeln. Aus Scham und Ekel vor mir selbst war mir übel.

2. JUNI ’78
»Ossinuschka«. Doktor Goannek

Vom Ostufer aus erschien »Ossinuschka« wie eine verstreute Ansammlung weißer und roter Dächer, die im rotgrünen Dickicht der Ebereschen versanken. Es gab einen schmalen Streifen Strand sowie einen hölzernen Bootssteg, an den die vielen bunten Boote immer wieder anstießen. Auf dem ganzen sonnenüberfluteten Hang war kein Mensch zu sehen; nur auf dem Bootssteg selbst saß ein Mann in weißer Kleidung, mit herabhängenden nackten Beinen, vielleicht ein Angler; er saß ganz still, fast unbeweglich.

Ich zog mich aus, warf meine Kleidungsstücke auf den Sitz und ließ mich leise ins Wasser gleiten. Es war sehr schön, das Wasser des Welje-Sees, klar und süß, das Schwimmen ein reines Vergnügen.

Als ich den Bootssteg hochgeklettert war und auf einem Bein über die sonnenwarmen Bretter hüpfte, um Wasser aus dem Ohr zu schütteln, wandte der weiß angezogene Mann endlich seine Aufmerksamkeit von dem Schwimmer ab und sah mich über die Schulter hinweg an. Interessiert erkundigte er sich: »Und so kommen Sie den ganzen Weg von Moskau hierher – bloß mit einer Badehose?«

Wieder hatte ich es mit einem etwa Hundertjährigen zu tun. Er war fast so hager wie seine Angelrute aus Bambus, sein Gesicht jedoch nicht gelblich, sondern eher braun, fast schwarz. Vielleicht lag das aber auch an dem Kontrast zu seiner makellos weißen Kleidung. Seine blauen Augen waren eher klein, wirkten aber sehr jung und fröhlich. Die strahlend weiße Mütze mit der großen Sonnenblende bedeckte seinen sicherlich kahlen Kopf und ließ ihn wie einen pensionierten Jockey aussehen oder wie einen Jungen aus einem Buch von Mark Twain, der die Sonntagsschule schwänzt.

»Es soll hier sehr viele Fische geben«, sagte ich und hockte mich neben ihn.

»Schwindel«, erwiderte er kurz und in harschem Ton.

»Man sagt, hier könne man seine Zeit sehr angenehm verbringen«, sagte ich.

»Kommt drauf an, wer man ist.«

»Es soll auch ein beliebter Kurort sein.«

»War es«, sagte er.

Jetzt fiel mir nichts mehr ein. Wir schwiegen.

»Vor drei Jahren, junger Mann«, erklärte er in belehrendem Ton, »war hier ein beliebter Kurort. Oder, wie sich mein Urenkel Brjatscheslaw ausdrückt, ›drei Jahre zurück‹. Jetzt aber gibt es hier keine Erholung mehr ohne eisiges Wasser, ohne Mückenschwärme, ohne ungegartes, rohes Essen und dichten Urwald. ›Starrender Fels mein Aufenthalt‹, sehen Sie – wie Taimyr- und Baffinland … Raumfahrer?«, fragte er plötzlich. »Progressor? Ethnologe?«

»War ich«, antwortete ich nicht ohne Schadenfreude.

»Und ich bin Arzt«, sagte er prompt. »Ich nehme an, Sie brauchen mich nicht? In den letzten drei Jahren hat mich hier kaum jemand gebraucht. Sicher, die Erfahrung lehrt, dass ein Patient selten allein kommt. Gestern zum Beispiel bin ich gebraucht worden. Warum also nicht auch heute? Sind Sie sicher, dass Sie mich nicht brauchen?«

»Nur als angenehmen Gesprächspartner«, sagte ich aufrichtig.

»Na, wenigstens dafür schönen Dank«, erwiderte er. »Dann kommen Sie, gehen wir Tee trinken.«

Doktor Goannek bewohnte eine geräumige Blockhütte neben dem medizinischen Pavillon, die mit allem Notwendigen ausgestattet war: einer Außentreppe mit Geländer, geschnitzten Fensterrahmen, einem Wetterhahn, einem russischen Ultraschallofen mit automatischer Temperaturregelung, integrierter Wanne und Doppelliege sowie einem zweistöckigen Keller, der an die Versorgungslinie angeschlossen war. Hinter dem Haus befand sich inmitten hoher Brennnesseln eine Null-T-Kabine, geschickt getarnt als Abort aus Holz.

Doktor Goanneks Tee bestand aus kalter Rübensuppe, Hirsebrei und Kürbis sowie aus schäumendem Kwass mit Rosinen. Tee als solchen gab es nicht: Nach seiner festen Überzeugung verursachte der Genuss von starkem Tee die Bildung von Steinen, und dünnen Tee hielt er für kulinarischen Nonsens.

Doktor Goannek war schon sehr lange in »Ossinuschka«; vor zwölf Jahren hatte er die hiesige Praxis übernommen. Kennengelernt hatte er »Ossinuschka« als gewöhnlichen Kurort, wie es sie zu Tausenden gab, und dann seinen sensationellen Aufstieg miterlebt – als es in der Kurortkunde hieß, nur die gemäßigte Zone garantiere optimale Erholung. Und er hatte »Ossinuschka« auch jetzt nicht verlassen, da sich der Kurort, wie es schien, in hoffnungslosem Niedergang befand.

Die diesjährige Saison hatte wie immer im April begonnen und bisher nur drei Leute nach »Ossinuschka« gelockt. Mitte Mai kam ein Ehepaar – zwei vollkommen gesunde Umweltreiniger, die aus dem Nordatlantik anreisten, wo sie eine Unmenge radioaktiven Mülls beseitigt hatten. Das Paar – ein Bantu-Afrikaner und eine Malayin – hatte die Hemisphären verwechselt und geglaubt, es könne hier im Mai Ski laufen. Nachdem es einige Tage durch die umliegenden Wälder gewandert war, machte es sich eines Nachts mit unbekanntem Ziel davon und schickte erst eine Woche später ein Telegramm von den Falkland-Inseln, mit entsprechenden Entschuldigungen.

Und dann war gestern früh ganz unverhofft noch ein sonderbarer junger Mann in »Ossinuschka« aufgetaucht. Wieso sonderbar? Zum einen war unklar, wie er hierhergekommen war, denn er hatte weder Land- noch Wasserfahrzeug dabei.

Das wusste Doktor Goannek wegen seiner Schlaflosigkeit und seines guten Gehörs ganz genau. Zu Fuß aber war er auch nicht gekommen – er sah nicht nach einem Wanderer aus; solche Touristen erkannte Doktor Goannek zuverlässig am Geruch. Blieb nur der Null-Transport. Der aber funktionierte seit einigen Tagen nicht aufgrund von Fluktuationen des Neutrinofeldes, was wiederum bedeutete, dass man per Null-Transport nur rein zufällig in »Ossinuschka« landen konnte. Dann allerdings bliebe zu erklären, warum sich der junge Mann so auf Doktor Goannek stürzte, als hätte der ihm sein Leben lang gefehlt?

Der letzte Punkt kam dem Touristen Kammerer ein wenig seltsam vor, doch Doktor Goannek lieferte die entsprechende Erläuterung augenblicklich nach: Der junge Mann hatte nicht nach Doktor Goannek persönlich gesucht, sondern überhaupt nach einen Arzt, und das so schnell wie möglich. Er klagte über nervöse Erschöpfung, und die hatte er in der Tat, und zwar in einem so hohen Maße, dass ein erfahrener Arzt wie Doktor Goannek sie mit bloßem Auge erkennen konnte. Die nachfolgende, eingehende Untersuchung ergab zum Glück keinerlei pathologischen Befund. Es war großartig, wie heilsam sich die erfreuliche Diagnose auf den jungen Mann auswirkte. Er blühte förmlich auf und empfing, als wäre nichts gewesen, schon nach zwei, drei Stunden wieder Gäste, beziehungsweise handelte es sich dabei weniger um Gäste, als vielmehr um eine junge Dame. Nein, diese war auf ganz gewöhnliche Weise gekommen – mit einem Standard-Gleiter. Und das war auch richtig so: Für einen jungen Mann gibt es prinzipiell keine heilsamere Therapie als eine bezaubernde junge Frau. In seiner jahrelangen praktischen Tätigkeit hatte Doktor Goannek oft genug solche Fälle erlebt. Zum Beispiel … Doktor Goannek führte Beispiel Nummer eins an. Oder sagen wir … Es folgte Beispiel Nummer zwei. Die beste Psychotherapie für junge Frauen sei dementsprechend … Und Doktor

Goannek präsentierte die Beispiele Nummer drei, vier und fünf.

Sofort beeilte sich auch der Tourist Kammerer, mit einem Beispiel aus eigener Erfahrung aufzuwarten und erzählte, wie er sich als Progressor seinerzeit auch einmal am Rande eines Nervenzusammenbruchs befunden hatte. Doch dieses armselige, untaugliche Beispiel wies Doktor Goannek empört zurück. Bei den Progressoren nämlich lag die Sache ganz anders – viel komplizierter, doch in gewissem Sinne auch wieder einfacher. Jedenfalls hätte sich Doktor Goannek nie erlaubt, ohne Konsultation eines Spezialisten irgendwelche psychotherapeutischen Mittel bei dem jungen Mann anzuwenden, wenn dieser ein Progressor gewesen wäre.

Aber das war er natürlich nicht und hätte es auch schwerlich werden können: Von seiner nervlichen Konstitution her war der junge Mann dafür kaum geeignet. Nein, das war kein Progressor, sondern ein Schauspieler oder Maler, der gerade einen schwerwiegenden Misserfolg oder eine tiefgreifende Schaffenskrise erlebt hatte. Und es war gewiss nicht das erste und auch nicht das zweite Mal, dass Doktor Goannek in seiner langjährigen Praxis einen solchen Fall erlebte. Da war zum Beispiel … Und Doktor Goannek begann wieder, Fälle auszubreiten, einer schöner als der andere, wobei er die echten Namen selbstverständlich gegen alle möglichen XYs, Betas oder Alphas austauschte.

Der Tourist Kammerer, vormals Progressor und von Natur aus ein wenig grob, unterbrach diese lehrreichen Darlegungen recht unhöflich, indem er erklärte, um keinen Preis mit einem halbverrückten Künstler im selben Kurort wohnen zu wollen. Das war eine unbedachte Bemerkung, und man verwies den Touristen Kammerer sofort in seine Schranken. Zunächst wurde das Wort »halbverrückt« analysiert, nach Strich und Faden kritisiert und schließlich als medizinisch nicht zutreffend und zudem vulgär vom Tisch gefegt. Erst danach erklärte Doktor Goannek mit ungewöhnlich giftigem Unterton in der Stimme, dass der erwähnte, »halbverrückte« Künstler offenbar in der Vorahnung, der ehemalige Progressor Kammerer komme nach »Ossinuschka«, weit entfernt davon war, mit diesem denselben Kurort teilen zu wollen. Denn schon am Morgen war er mit dem erstbesten Gleiter abgereist und hatte es dabei so eilig gehabt, dass er sich nicht einmal von Doktor Goannek hatte verabschieden können.

Der ehemalige Progressor Kammerer blieb völlig unempfindlich gegen das Gift, das der Doktor versprühte, und fasste alles wörtlich auf. Er äußerte seine volle Zufriedenheit, dass der Kurort jetzt frei sei von nervös erschöpften Kunstschaffenden und man sich ungestört und nach eigenem Geschmack einen passenden Platz für den Aufenthalt aussuchen könne.

»Wo hat denn dieser Neurastheniker gewohnt?«, fragte er geradeheraus und erläuterte: »Nicht, dass ich womöglich dorthin gehe.«

Dieses Gespräch fand bereits auf der Außentreppe mit dem Ziergeländer statt. Doktor Goannek war ein wenig schockiert und wies daher bloß schweigend auf eine malerische Hütte mit der großen, in blauer Schrift gemalten Zahl sechs. Sie stand ein wenig abseits von den übrigen Gebäuden unmittelbar am Abhang.

»Hervorragend«, erklärte der Tourist Kammerer. »Da gehen wir also nicht hin. Stattdessen gehen wir beide erst einmal dorthin … Mir gefällt, dass da die Ebereschen noch dichter zusammenstehen.«

Zweifellos hatte der leutselige Doktor Goannek anfangs die Absicht gehabt, sich als Führer und Ratgeber für den Kurort anzubieten und sich, sollte dies abgelehnt werden, notfalls auch aufzudrängen. Doch der Tourist und ehemalige Progressor Kammerer kam ihm jetzt allzu ruppig und ungehobelt vor.

»Selbstverständlich«, sagte er trocken. »Ich empfehle Ihnen, diesen Pfad dort entlangzugehen. Dann finden Sie das Haus Nummer zwölf.«

»Was? Und Sie?«

»Entschuldigen Sie mich bitte. Wissen Sie, nach dem Tee ruhe ich mich immer ein wenig in der Hängematte aus.«

Zweifellos hätte ein einziger, bittender Blick genügt, und Doktor Goannek hätte nachgegeben, wäre seiner Gewohnheit um der Gastfreundschaft willen untreu geworden. Deshalb beeilte sich der ruppige, vulgäre Kammerer, dem Ganzen noch etwas hinzuzusetzen.

»Ja, ja, das verdammte Alter«, ließ er sich mitfühlend vernehmen, und der Fall war erledigt.

Innerlich kochte Doktor Goannek vor Wut und Empörung, doch er begab sich schweigend zu seiner Hängematte. Ich aber tauchte im Dickicht der Ebereschen unter und lief schräg über den Abhang zur Hütte des Neurasthenikers.

2. JUNI '78

In der Hütte Nummer sechs

Mir war klar, dass sich Lew Abalkin wohl nie wieder in »Ossinuschka« blicken lassen und ich im Haus Nummer sechs daher nichts finden würde, was mir von Nutzen sein könnte. Zwei Dinge aber waren mir noch immer unklar: Wie war Lew Abalkin nach »Ossinuschka« gekommen und wozu? Von seinem Standpunkt aus betrachtet – wenn er sich wirklich versteckt hielt –, wäre es weitaus logischer und gefahrloser gewesen, sich an einen Arzt in einer Großstadt zu wenden. Etwa in Moskau, wohin es von hier aus zehn Minuten Flug waren, oder in Waldai, ganze zwei Flugminuten entfernt.

Höchstwahrscheinlich aber war er einfach zufällig hierhergeraten: Entweder er hatte die Warnung vor dem Neutrinosturm nicht beachtet, oder es war ihm gleichgültig gewesen, wo er ankam. Er hatte einen Arzt gebraucht, dringend. Wozu?

Und noch etwas war seltsam. Konnte es sein, dass sich ein erfahrener, hundertjähriger Arzt derart irrte, dass er einen gestandenen Progressor als ungeeignet für diesen Beruf betrachtete? Wohl kaum. Zumal die Frage nach der beruflichen Orientierung Abalkins nicht zum ersten Mal auftauchte. Der Fall schien mir beispiellos zu sein: Einen Menschen entgegen seiner beruflichen Neigungen zum Progressor zu machen, ist eine Sache. Etwas ganz anderes aber ist es, jemanden zum Progressor zu machen, dessen nervliche Konstitution dafür vollkommen ungeeignet ist. Dafür müsste man den Verantwortlichen seines Amtes entheben, und das nicht nur zeitweilig, sondern für immer. Denn hier ging es nicht mehr um die Verschwendung menschlicher Energie, sondern darum, dass Menschen starben, um Tote. Tristan war bereits umgekommen. Und ich dachte, dass ich später, wenn ich Lew Abalkin gefunden hatte, unbedingt die Leute ausfindig machen musste, die die Schuld daran trugen.

Wie erwartet, war die Tür zu Lew Abalkins zeitweiligem Domizil nicht verschlossen. Der kleine Vorraum war leer, nur auf einem niedrigen runden Tischchen, das unter einer Gaslampe stand, befand sich ein Pandabärchen aus Plüsch, nickte wichtig mit dem Kopf und ließ seine rubinroten Äuglein funkeln.

Ich warf einen Blick nach rechts ins Schlafzimmer. Hier war offenbar seit mehreren Jahren niemand mehr gewesen – nicht einmal die Lichtautomatik war eingeschaltet. In der Ecke über dem flüchtig zugedeckten Bett hingen vertrocknete Spinnen inmitten eines dunklen Geflechts von unzähligen Spinnweben.

Ich ging am Tischchen vorbei in die Küche; sie war benutzt worden. Auf einem Klapptisch fanden sich schmutzige Teller; das Fenster der Versorgungslinie stand offen, und in der Empfangsnische lag ein nicht abgeholtes Bündel Bananen. Bei sich im Stab Z hatte sich Lew Abalkin anscheinend an die Dienste eines Burschen gewöhnt; oder aber, auch das war möglich, er wusste nicht, wie der Reinigungskyber in Gang gesetzt wird.

Die Küche hatte mich ein wenig auf das vorbereitet, was mich im Wohnzimmer erwartete – wenn auch in bescheidenem Maße, denn der ganze Fußboden war mit Fetzen zerrissenen Papiers übersät, die breite Liege verwüstet. Die bunten Kissen lagen kreuz und quer, eins sogar auf dem Boden in der entferntesten Zimmerecke. Der Sessel war umgekippt, auf dem Tisch standen Schüsseln mit angetrockneten Speisen, schmutzige Teller und eine angebrochene Flasche Wein. Eine weitere Flasche war an die Wand gerollt und hatte eine klebrige Spur auf dem Teppich hinterlassen. Ich konnte allerdings nur ein Glas mit einem Rest Wein entdecken; weil aber der Vorhang herabgerissen war und nur noch an ein paar Fäden hing, nahm ich an, das zweite Glas müsse durch das offen stehende Fenster nach draußen geflogen sein.

Nicht nur auf dem Boden lagen Papierfetzen oder zerknülltes Papier: Die Schnipsel waren auch in die Schüsseln mit dem Essen geraten, wobei Schüsseln und Teller ein wenig beiseite geschoben waren. Und auf dem freien Platz lag ein ganzer Stapel weißes, glänzendes Papier; ein paar Bögen davon fanden sich zudem auf der Liege.

Vorsichtig machte ich ein paar Schritte und trat sogleich auf etwas Spitzes, das sich in meine Fußsohle bohrte. Es war ein Stück Bernstein, das aussah wie ein Backenzahn mit zwei Wurzeln. In der Mitte war er durchbohrt. Ich ging in die Hocke, schaute mich um und entdeckte noch ein paar weitere

Stücke und schließlich, unter dem Tisch, direkt neben der Liege, eine zerrissene Bernsteinkette.

Immer noch auf dem Boden hockend, hob ich einen Papierfetzen auf und strich ihn auf dem Teppich glatt. Es war die Hälfte von einem Blatt gewöhnlichen Schreibpapiers; darauf hatte jemand mit Kugelschreiber ein Gesicht gezeichnet, das Gesicht eines Kindes. Ein pausbäckiger Junge von vielleicht zwölf Jahren, meinem Empfinden nach ein Petzer. Die Zeichnung war mit ein paar sicheren, exakten Strichen ausgeführt. Eine sehr, sehr gute Zeichnung. Und plötzlich kam mir in den Sinn, dass ich mich vielleicht irrte, dass es gar nicht Lew Abalkin, sondern tatsächlich ein professioneller Künstler in einer Schaffenskrise gewesen war, der dieses ganze Chaos hinterlassen hatte.

Ich sammelte die verstreuten Papierfetzen ein, hob den Sessel auf und setzte mich.

Ich sah mir die Blätter an. Wieder erschien mir das alles sehr merkwürdig. Jemand hatte schnell und mit sicherer Hand Gesichter auf die Blätter gezeichnet, vorwiegend von Kindern. Aber auch Tiere, anscheinend irdische, sowie Bauwerke, Landschaften und, wie mir schien, sogar Wolken. Es gab zudem ein paar schematische Darstellungen und eine Art Geländeskizze, die durchaus von einem professionellen Topografen hätte stammen können: Gehölze, Bäche, Sümpfe, Wegkreuzungen, und, inmitten der einfachen topografischen Zeichen – winzige menschliche Figuren, sitzend, liegend und laufend, sowie winzige Abbildungen von Hirschen, Elchen, Wölfen und Hunden. Manche dieser Figuren waren, wer weiß warum, durchgestrichen.

Das alles war sehr mysteriös und passte so gar nicht zu dem Chaos im Zimmer oder zu dem Bild eines Stabsoffiziers des Inselimperiums, der die Rekonditionierung noch nicht durchlaufen hatte. Auf einem der Blätter entdeckte ich ein hervorragend gezeichnetes Porträt Maja Glumowas. Was mich daran besonders erstaunte, war der sehr gekonnt eingefangene Ausdruck von Verwirrung beziehungsweise Befremden in dem lächelnden und fröhlichen Gesicht. Es war auch eine Karikatur des Lehrers Sergej Pawlowitsch Fedossejew dabei – eine meisterhafte Karikatur: Sicher war Sergej Pawlowitsch vor fünfundzwanzig Jahren genau so gewesen. Als ich die Karikatur ansah, wurde mir auch klar, welche Gebäude auf den vorherigen Zeichnungen abgebildet gewesen waren; so hatte vor fünfundzwanzig Jahren die typische Architektur der eurasischen Internatsschulen ausgesehen. Und all das war schnell, sicher und exakt gezeichnet und anschließend sofort zerrissen, zusammengeknüllt und weggeworfen worden.

Ich legte die Papiere beiseite und sah mich noch einmal im Wohnzimmer um. Ich entdeckte einen blauen Lappen, der unter dem Tisch lag, und hob ihn auf. Es war das zusammengeknüllte, zerfetzte Taschentuch einer Frau. Mir fiel sofort die Erzählung von Akutagawa ein, und ich stellte mir vor, wie Maja Toivowna dort auf dem Sessel vor Lew Abalkin saß, ihn ansah und ihm zuhörte. Und auf ihrem Gesicht lag ein Lächeln, hinter dem der Ausdruck von Verwirrung oder Befremden nur als schwacher Schatten durchschimmerte, während ihre Hände unter dem Tisch erbarmungslos am Taschentuch zerrten und rissen.

Ich sah Maja Glumowa deutlich vor mir, konnte mir aber einfach nicht vorstellen, was sie da gesehen und gehört hatte. Es hing mit diesen Zeichnungen zusammen. Wären sie nicht gewesen, hätte ich mir auf dieser übel zugerichteten Liege ohne Mühe einen gewöhnlichen Offizier des Imperiums vorstellen können: frisch aus der Kaserne, wie er seinen verdienten Urlaub genießt. Aber die Zeichnungen waren da, und dahinter verbarg sich irgendetwas sehr Wichtiges, sehr Kompliziertes und sehr Düsteres.

Hier aber blieb mir nichts mehr zu tun. Ich streckte die Hand nach dem Videofon aus und wählte die Nummer Seiner Exzellenz.

2. JUNI '78

Eine unerwartete Reaktion Seiner Exzellenz

Er hörte mir bis zum Ende und ohne mich ein einziges Mal zu unterbrechen zu. Das war ein schlechtes Zeichen. Ich versuchte, mich mit dem Gedanken zu trösten, dass seine Unzufriedenheit vielleicht nicht mit mir zusammenhing, sondern mit anderen, mir unbekannten Umständen. Als er mich aber bis zu Ende angehört hatte, sagte er finster: »Bei der Glumowa hast du fast nichts erreicht.«

»Ich war an die Legende gebunden«, antwortete ich trocken.

Er widersprach nicht. »Was gedenkst du als Nächstes zu tun?«, fragte er.

»Ich glaube, hierher wird er nicht wieder zurückkommen.«

»Das glaube ich auch. Und zu Maja Glumowa?«

»Schwer zu sagen. Das heißt, eigentlich kann ich gar nichts sagen; ich verstehe es nicht. Aber die Möglichkeit besteht natürlich.«

»Wie ist deine Meinung: Wozu hat er sich überhaupt mit ihr getroffen?«

»Das ist es eben, was ich nicht verstehe, Exzellenz. Es sieht ganz so aus, als hätten sie sich geliebt und sich ihren Erinnerungen hingegeben. Nur war die Liebe nicht ganz das, was man sonst darunter versteht, und die Erinnerungen waren nicht einfach nur Erinnerungen. Sonst wäre Maja Glumowa nicht in einem solchen Zustand gewesen. Gewiss, wenn er sich wie ein Schwein hat volllaufen lassen, ist er vielleicht ausfallend geworden, hat sie gekränkt oder verletzt. Vor allem, wenn man bedenkt, was für eine seltsame Beziehung die beiden als Kinder hatten.«

»Übertreib nicht«, knurrte Seine Exzellenz. »Sie sind längst keine Kinder mehr. Stellen wir die Frage so: Wenn er sie wieder anruft oder zu ihr kommt, wird sie dann mit ihm sprechen, ihn empfangen?«

»Ich weiß nicht«, sagte ich. »Aber wahrscheinlich schon. Er bedeutet ihr immer noch sehr viel. Sie wäre niemals so verzweifelt gewesen wegen eines Menschen, der ihr gleichgültig ist.«

»Das ist Lyrik«, knurrte Seine Exzellenz und schnauzte mich plötzlich an: »Du hättest herausfinden müssen, warum er sie zu sich bestellt hat! Worüber sie gesprochen haben! Was er zu ihr gesagt hat!«

Jetzt wurde ich wütend. »Nichts davon konnte ich herausfinden«, sagte ich. »Sie war hysterisch. Und als sie zu sich kam, saß ein Idiot von einem Journalisten vor ihr mit einem zolldicken Fell.«

Er unterbrach mich. »Du musst dich noch einmal mit ihr treffen.«

»Nur, wenn ich meine Legende ändern darf!«

»Was schlägst du vor?«

»Zum Beispiel: Ich bin von der KomKon. Auf einem bestimmten Planeten ist ein Unglück geschehen. Lew Abalkin war Augenzeuge. Aber das Unglück hat ihn so sehr erschüttert, dass er auf die Erde geflohen ist und jetzt niemanden sehen will. Er ist psychisch angeschlagen, beinahe krank. Wir suchen ihn, um zu erfahren, was sich dort ereignet hat.«

Seine Exzellenz schwieg, mein Vorschlag gefiel ihm nicht; er sah unzufrieden aus. Ich betrachtete eine Zeit lang die Glatze mit den Sommersprossen, die den Bildschirm fast vollständig ausfüllte, um dann, etwas zurückhaltender, zu erläutern: »Verstehen Sie, Exzellenz, ich kann jetzt nicht mehr so lügen wie am Anfang. Sie war schon darauf gekommen, dass ich nicht zufällig bei ihr auftauchte. Ich konnte sie, wie es scheint, vom Gegenteil überzeugen. Wenn ich aber noch einmal in derselben Rolle auftauche, widerspricht das nun wirklich dem gesunden Menschenverstand! Entweder sie glaubt, dass ich Journalist bin – dann hätte sie nichts mit mir zu besprechen und würde mich gleich zum Teufel jagen. Oder sie glaubt es nicht, und dann schickt sie mich erst recht zum Teufel. Ich zumindest würde das tun. Als Vertreter der KomKon aber habe ich das Recht, Fragen zu stellen, und ich werde mir natürlich Mühe geben, so zu fragen, dass sie mir antwortet.«

Ich glaube, das klang recht logisch. Zudem fiel mir im Moment keine bessere Vorgehensweise ein. In der Rolle des blöden Journalisten würde ich jedenfalls nicht wieder bei ihr auftauchen. Letzten Endes aber weiß Seine Exzellenz am besten, was wichtiger ist: den Mann zu finden oder das Fahndungsgeheimnis zu wahren.

Ohne aufzuschauen, fragte er: »Warum warst du heute Morgen im Museum?«

Ich war überrascht. »Was heißt – warum? Ich wollte mit Maja Glumowa sprechen.«

Er hob langsam den Kopf, und ich sah seine Augen. Die Pupillen weiteten sich über die ganze Iris aus. Ich zuckte buchstäblich zurück. Kein Zweifel, ich hatte gerade etwas ganz Fürchterliches gesagt. Wie ein Schuljunge begann ich zu stottern: »Aber sie arbeitet doch da. Wo sollte ich mich denn sonst mit ihr unterhalten? Zu Hause war sie nicht zu erreichen.«

»Die Glumowa arbeitet im Museum für Außerirdische Kulturen?«, fragte er, die Worte sehr deutlich artikulierend.

»Ja, aber was ist denn …?«

»In der Spezialabteilung für Objekte ungeklärter Bestimmung …«, sagte er leise. War es eine Frage oder eine Feststellung? Mir lief es kalt den Rücken hinunter, als ich sah, wie sich sein linker Mundwinkel nach unten und nach links verzog.

»Ja«, flüsterte ich.

Seine Augen verschwanden; die Glatze füllte wieder den ganzen Bildschirm aus.

»Exzellenz …«

»Schweig!«, schnauzte er. Und dann schwiegen wir beide sehr lange.

»So«, sagte er schließlich mit normaler Stimme. »Du fährst jetzt nach Hause. Bleibst dort und gehst nicht außer Haus. Es kann sein, dass ich dich von einer Minute auf die andere brauche. Wahrscheinlich nachts. Wie lange wirst du unterwegs sein?«

»Zweieinhalb Stunden.«

»Warum so lange?«

»Ich muss noch über den See schwimmen.«

»Gut. Wenn du zu Hause bist, erstatte Meldung. Beeil dich.«

Und der Bildschirm wurde dunkel.

Aus dem Bericht Lew Abalkins

Der Regen wird wieder stärker, der Nebel immer dichter, so dass von der Straßenmitte aus die Häuser rechts und links kaum noch zu sehen sind. Die Experten geraten in Panik – sie befürchten, bald könnten die bio-optischen Umsetzer versagen. Ich beruhige sie. Kaum sind sie beruhigt, fordern sie mich auf, den Nebelscheinwerfer einzuschalten. Nachdrücklich. Also tue ich ihnen den Gefallen. Gerade wollen sie triumphieren, als sich Wepl mitten auf der Straße auf seinen Schwanz setzt und verkündet, er werde keinen weiteren Schritt mehr tun, solange dieser blöde Regenbogen nicht verschwinde, der ihm Schmerzen in den Ohren und Kribbeln zwischen den Zehen verursache. Er, Wepl, könne auch ohne die unsinnigen Scheinwerfer bestens sehen. Und wenn die Experten nichts sähen, dann bräuchten sie auch nichts zu sehen. Sie sollten sich lieber mit Nützlichem befassen, zum Beispiel damit, bis zu seiner, Wepls, Rückkehr Haferbrei mit Bohnen zuzubereiten. Ausbruch der Empörung. Im Allgemeinen fürchten sich die Experten vor Wepl. Jeder Erdenmensch, der mit einem Kopfler Bekanntschaft schließt, beginnt früher oder später, sich vor ihm zu fürchten. Aber gleichzeitig, so paradox es auch ist, ist derselbe Erdenmensch nicht in der Lage, in einem Kopfler etwas anderes zu sehen als einen großen sprechenden Hund (Zirkus, Wunder der Tierpsychologie und so ...).

Einer der Experten ist so unvorsichtig, Wepl zu drohen, er bekäme kein Mittagessen, wenn er störrisch bliebe. Wepls Stimme wird lauter. Er sagt, er, Wepl, sei sein Leben lang sehr gut, ja bestens, ohne Experten ausgekommen. Mehr noch, wir würden uns hier immer gerade dann am wohlsten fühlen, wenn von Experten weder etwas zu sehen noch zu hören sei. Was aber den Experten anginge, der es anscheinend auf seinen, Wepls, Haferbrei mit Bohnen abgesehen habe ... Und so weiter und so fort.

Ich stehe im Regen, der immer stärker und stärker wird, höre mir dieses Experten-Bohnen-Gefasel an und schaffe es nicht, aus einer Art tiefen Betäubung, einem Schlaf zu erwachen. Mir ist, als sähe ich mir eine besonders dumme Theatervorstellung an, die weder Anfang noch Ende hat, wo alle handelnden Personen ihre Rollen vergessen haben und einfach sagen, was ihnen in den Sinn kommt, in der vergeblichen Hoffnung, alles werde irgendwie wieder ins Lot kommen. Diese Vorstellung wird speziell für mich gegeben, um mich möglichst lange auf meinem Platz zu halten, damit ich mich keinen Schritt fortbewege. In der Zwischenzeit aber sorgt jemand hinter den Kulissen eilig dafür, dass ich endgültig begreife: Es hat alles keinen Sinn, da kann man nichts machen, nur wieder nach Hause gehen ...

Mit großer Anstrengung reiße ich mich zusammen und schalte den verdammten Scheinwerfer aus. Wepl bricht eine lange, sorgsam durchdachte Schimpftirade mitten im Wort ab und geht vorwärts, als sei nichts gewesen. Ich folge ihm und höre, wie Vanderhoeze an Bord für Ordnung sorgt: »Eine Schande! Die Einsatzgruppe zu stören! Ich lasse sofort die Kabine räumen! Jage euch raus! ... Zustände!«

»Macht dir das Spaß?«, frage ich Wepl leise.

Er schielt mit dem kugeligen Auge herüber.

»Ziemlich intrigant«, sage ich. »Ihr Kopfler seid überhaupt alle Intriganten und Streithammel ...«

»Es ist feucht«, sagt Wepl unpassenderweise. »Und jede Menge Frösche. Man weiß nicht, wohin man den Fuß setzen soll ... Wieder Lastwagen«, teilt er mit.

Aus dem Nebel dringt deutlich und streng der Gestank von nassem rostigem Eisen zu uns, und eine Minute später stehen wir inmitten einer riesigen, ungeordneten Ansammlung unterschiedlichster Autos.

Da stehen offene Lastwagen und geschlossene Lastwagen mit Kofferaufbau, riesige Tieflader, winzige, tropfenförmige Sportwagen, aber auch grässliche Konstruktionen mit Autosteuerung und acht mannshohen Rädern. Sie stehen mitten auf der Straße, auf den Fußwegen, kreuz und quer, die Stoßstangen ineinandergerammt, manche hängen halb übereinander – und sind so verrostet, dass sie beim geringsten Stoß gewiss auseinanderfallen werden. Hunderte Autos. Schnell voranzukommen ist unmöglich; wir müssen um sie herumgehen, über sie drüberklettern, uns zwischen ihnen hindurchzwängen. Alle Wagen sind zudem mit Hausrat beladen, und auch der ist längst bis zur Unkenntlichkeit verfault, verrottet und verrostet ...

Irgendwo, ganz am Rande meiner Wahrnehmung, plappern noch die zurechtgewiesenen Experten, tönt Vanderhoeze mir aufgeregt ins Ohr; aber ich habe gerade keine Zeit für sie: Fluchend ziehe ich meinen Fuß aus dem stinkenden Morast halbverwester Lumpen und breche gleich danach, wieder fluchend, in riesige Kisten ein, wo nackte, rosige Rattenjunge inmitten von Bergen vergammelten Papiers verzweifelt vor sich hin fiepen. Dann breche ich, wieder fluchend, mit der Schulter durch eine verfaulte Holzwand und stehe auf einmal im Freien, im Regen, mitten in einer Pfütze, und die Frösche springen erschrocken zur Seite. Ich gehe weiter. Unter den Füßen knirscht und klirrt zerbrochenes Glas; Dosen (oder was ist das?) rollen zur Seite. Ein Stück vernickeltes Eisen zerfällt zu Staub, als ich versuche, meine Hand darauf zu stützen. Und einmal bricht plötzlich die Wand eines Kastenwagens, so groß wie ein Interkontinental-Container, von selbst in der Mitte durch. Mit fauligem Schmatzen quellen Ströme von undefinierbarem Müll hervor. Darüber hängen dicke, widerlich stinkende Dunstwolken …

Aber dann, ganz plötzlich, hört das chaotische Labyrinth auf.

Ringsumher stehen zwar noch immer Autos, Hunderte von Autos, jetzt aber relativ geordnet, zu beiden Seiten der Fahrbahn und auf dem Fußweg aufgereiht, wobei die Mitte der Straße wieder völlig frei ist.

Ich schaue Wepl an. Der schüttelt sich wütend, kratzt sich mit allen vier Pfoten zugleich, leckt sich den Rücken, spuckt, flucht … und fängt wieder an, sich zu schütteln, zu kratzen und zu lecken.

Vanderhoeze erkundigt sich besorgt, warum wir abseits der Marschroute gingen und was das für ein Warenlager gewesen sei. Ich erkläre, dass es gar kein Warenlager gewesen sei. Wir haben eine Diskussion zum Thema: Wenn das Spuren einer Evakuierung sind, warum ist die Bevölkerung dann vom Stadtrand zum Zentrum hin evakuiert worden?

»Zurück gehe ich auf diesem Weg aber nicht«, erklärt Wepl, hebt seine Pfote und zerdrückt mit einem wütenden Schlag einen vorbeihüpfenden Frosch auf der Fahrbahn.

Um zwei Uhr nachmittags verbreitet der Stab die erste zusammenfassende Meldung. Es hat hier eine ökologische Katastrophe gegeben; zugrunde gegangen ist die Zivilisation aber infolge einer anderen, bislang unbekannten Ursache. Die gesamte Bevölkerung verschwand quasi binnen einer Stunde, aber sie hat sich weder in einem Krieg vernichtet noch ist sie in den Weltraum geflüchtet – die Technik ist nicht dementsprechend. Und überhaupt: Der Planet ist kein Friedhof, sondern eine einzige Müllkippe. Die traurigen Reste der eingeborenen Bevölkerung fristen ihr Dasein auf dem Lande, bearbeiten mehr schlecht als recht den Boden, haben keinerlei kulturelle Tradition, können aber hervorragend mit automatischen Gewehren umgehen. Das Fazit für Wepl und mich: Die Stadt ist absolut leer. Mir erscheint diese Folgerung aber zweifelhaft. Wepl auch.

Die Straße wird breiter. Häuser und Wagenreihen auf beiden Seiten der Straße verschwinden nun völlig im Nebel, und ich habe das Gefühl, als sei vor mir ein offener, freier Platz. Noch ein paar Schritte, und vor uns taucht eine gedrungene quadratische Silhouette aus dem Nebel auf. Es ist wieder ein Panzerwagen – genauso einer wie der, den wir unter der umgestürzten Wand gesehen haben. Aber dieser hier ist unter dem eigenen Gewicht zusammengesackt, fast schon in den Asphalt hineingewachsen. Alle Luken stehen weit offen. Zwei kurze MG-Läufe – einst bedrohlich jedem entgegengereckt, der auf den Platz trat – sind abgesackt und hängen schlaff und trostlos in der Öffnung; rostige Tropfen rinnen heraus auf den schiefen Schutzschild. Im Vorbeigehen gebe ich der offenen Seitentür einen Tritt, aber sie ist festgerostet.

Vor mir sehe ich nichts. Der Nebel auf dem Platz ist sehr sonderbar – unnatürlich dicht, als läge er schon seit vielen, vielen Jahren hier und sei mit der Zeit abgestanden, wie Milch geronnen, durch die eigene Schwere abgesunken.

»Unter die Füße!«, kommandiert Wepl plötzlich.

Ich sehe nach unten und sehe nichts. Stattdessen wird mir plötzlich klar, dass unter unseren Füßen kein Asphalt mehr ist, sondern etwas Weiches, Federndes und Klebriges, wie ein dicker nasser Teppich. Ich hocke mich hin.

»Du kannst deinen Scheinwerfer einschalten«, knurrt Wepl.

Aber ich sehe auch ohne den Scheinwerfer, dass der Asphalt hier nahezu lückenlos mit einer dicken, unappetitlichen Schicht überzogen ist – einer feuchten Masse, wie zusammengepresst, auf der in den verschiedensten Farben dicker Schimmel wächst. Ich ziehe das Messer heraus, hebe eine Lage dieser Schicht ab und stoße auf einen Lappen oder das Stück eines Gurts. Darunter schaut in trübem Grün etwas Rundes heraus (ein Knopf oder eine Schnalle?), und ein paar Drahtfedern beginnen sich langsam zu strecken …

»Alle sind sie hier gegangen«, sagt Wepl in einem merkwürdigen Tonfall.

Ich stehe auf und gehe weiter über das Weiche, Glitschige. Ich versuche, meine Phantasie im Zaum zu halten, aber es gelingt mir nicht. Alle sind sie hier gegangen, auf genau diesem Weg, haben ihre Sportwagen und Laster, die sie nicht mehr brauchten, stehen lassen. Hunderttausende, Millionen sind von der Hauptstraße auf diesen Platz geströmt, um den Panzerwagen herum, bestückt mit bedrohlichen, aber machtlosen Maschinengewehren. Haben im Gehen das wenige fallen lassen, was sie hatten mitnehmen wollen. Sind gestolpert und gestürzt, ohne wieder aufstehen zu können. Und alles, was zu Boden fiel, wurde von Millionen Füßen zertreten, wieder und wieder zertreten. Und ich weiß nicht, warum, doch mir scheint, als wäre das alles in der Nacht passiert – Massen von Menschen, erhellt von einem unwirklichen, toten Licht, eine Stille wie im Traum …

»Eine Grube«, sagt Wepl.

Ich habe den Scheinwerfer eingeschaltet. Keine Spur von einer Grube. So weit der Lichtstrahl reicht, ist auf dem großen, ebenen Platz nur das Leuchten des lumineszierenden Schimmels zu sehen – zahllose trübe Feuerchen … Zwei

Schritte voraus aber erkenne ich ein dunkles, etwa zwanzig mal vierzig Zentimeter großes Rechteck blanken Asphalts. Es schimmert schwarz und feucht und sieht aus, als sei es aus dem verschimmelten Teppich akkurat herausgeschnitten.

»Stufen!«, sagt Wepl wie verzweifelt. »Mit Löchern! Tief! Ich sehe kein …«

Ich bekomme eine Gänsehaut. Noch nie habe ich Wepl mit einer so sonderbaren Stimme sprechen hören. Ich sehe nicht hin, aber lege die Hand auf seinen großen Kopf mit der hohen Stirn und spüre das nervöse Zucken des dreieckigen Ohrs. Der furchtlose Wepl ist erschrocken. Der furchtlose Wepl schmiegt sich an mein Bein, genauso wie sich seine Vorfahren an die Beine ihrer Herren geschmiegt haben, wenn sie vor der Höhle etwas Unbekanntes oder Gefährliches witterten …

»Da ist kein Boden«, sagt er verzweifelt. »Das verstehe ich nicht. Es gibt immer einen Boden. Sie sind alle dort hineingegangen, aber da ist kein Boden, und niemand ist zurückgekehrt. Müssen wir dort hinein?«

Ich hocke mich wieder hin, umarme ihn. »Ich sehe hier keine Grube«, sage ich in der Kopflersprache. »Ich sehe nur ein ebenes, rechteckiges Stück Asphalt.«

Wepl atmet schwer, seine Muskeln sind angespannt, und er drückt sich immer enger an mich. »Du kannst es nicht sehen«, sagt er. »Es sind vier Treppen mit löchrigen Stufen. Abgetreten. Glänzend. Immer tiefer und tiefer. Und nirgendwohin. Ich will nicht da hinunter. Befiehl es nicht.«

»Wepl«, sage ich. »Was ist denn mit dir los? Wie könnte ich dir etwas befehlen?«

»Bitte mich nicht«, sagt er, »ruf nicht, fordere mich nicht auf.«

»Wir gehen jetzt von hier weg«, antworte ich.

»Ja, und zwar schnell!«

Ich diktiere eine Meldung. Vanderhoeze hat meine Leitung gleich zum Stab weitergeschaltet, und als ich fertig bin, weiß schon die ganze Expedition Bescheid. Großes Durcheinander, Geschrei. Hypothesen werden aufgestellt, Maßnahmen vorgeschlagen. Viel Lärm. Wepl kommt allmählich zu sich: Er schielt mit dem gelben Auge herüber und leckt sich in einem fort. Schließlich schaltet sich Komow selbst ein. Das Geschrei hört auf. Wir bekommen den Befehl, weiter vorzudringen, und folgen ihm bereitwillig.

Wir machen einen Bogen um das unheimliche Rechteck, überqueren den Platz, passieren einen zweiten Panzerwagen, der die Hauptstraße auf der gegenüberliegenden Seite blockiert, und stehen erneut zwischen zwei Kolonnen verlassener Fahrzeuge. Wepl läuft munter voraus. Er ist wieder ganz der Alte – energiegeladen, streitsüchtig und hochmütig. Insgeheim muss ich lächeln. Mir an seiner Stelle wäre es schrecklich peinlich, wenn ich mich auf dem Platz nicht im Griff gehabt und einen solch panischen Anfall bekommen hätte, ja, mich gefürchtet hätte wie ein Kind … Nicht aber Wepl. Er quält sich deswegen ganz und gar nicht. Ja, er hat sich gefürchtet und es nicht verbergen können, aber er sieht darin nichts Beschämendes, nichts Peinliches.

Jetzt beginnt er laut zu überlegen: »Sie sind alle unter die Erde gegangen. Wenn es da einen Boden gäbe, würde ich denken, sie lebten jetzt alle unter der Erde, sehr tief, unhörbar. Aber da ist kein Boden! Und ich verstehe nicht, wo sie dort leben sollten. Ich begreife nicht, warum es da keinen Boden gibt und wie das sein kann.«

»Versuch es zu erklären«, sage ich zu ihm. »Das ist sehr wichtig.«

Aber Wepl kann es nicht erklären. Er wiederholt nur, wie unheimlich, ja furchterregend es sei. Die Planeten sind rund, versucht er zu erläutern, und dieser Planet hier ist auch rund, ich habe es selbst gesehen, aber auf diesem Platz ist er nicht rund. Dort ist er wie ein Teller. Und in dem Teller ist ein Loch. Das Loch führt von dem einen Leerraum, wo wir uns befinden, direkt in einen anderen, wo wir nicht sind.

»Aber warum habe ich dieses Loch nicht gesehen?«

»Weil es zugeklebt ist. Du kannst es nicht sehen. Für solche wie dich ist es zugeklebt, nicht aber für solche wie mich …«

Dann, plötzlich, wittert er wieder Gefahr – eine gewöhnliche und nicht besonders große. Lange war sie verschwunden. Jetzt ist sie wieder da.

Eine Minute später bricht von der Fassade eines Hauses rechts von uns der Balkon im zweiten Stock ab und stürzt hinunter. Sofort frage ich Wepl, ob sich jetzt die Gefahr verringert habe. Er antwortet umgehend: Ja, ein wenig, aber nicht sehr. Ich will ihn fragen, von welcher Seite uns die Gefahr jetzt droht, als mich plötzlich im Rücken ein starker Luftschwall trifft. In meinen Ohren pfeift es. Wepl sträubt sich das Fell.

Es ist, als wehe ein Orkan durch die Straße – ein heißer, mit dem Geruch von Eisen versetzter Orkan. Zu beiden Seiten der Straße stürzen krachend Balkons und Simse herab. Von einem langen niedrigen Haus löst sich das Dach; alt und löchrig, wie es ist, fliegt es – langsam kreisend und in Stücke brechend – auf das Pflaster und verschwindet in einer gelben Staubwolke.

»Was geht da bei euch vor?«, schreit Vanderhoeze.

»Irgendein Luftzug«, antworte ich.

Ein neuer Windstoß lässt mich wider Willen vorwärtslaufen. Das ist irgendwie demütigend.

»Abalkin! Wepl!«, brüllt Komow. »Haltet euch in der Mitte! Bleibt weg von den Häusern. Ich blase gerade den Platz durch; es kann bei euch zu Einstürzen kommen …«

Und ein dritter, kurzer und heißer Orkan braust die Hauptstraße entlang – just in dem Moment, als Wepl versucht, sich gegen den Wind zu drehen. Schon wird er von den Füßen gerissen und schlittert – welche Erniedrigung! – in Gesellschaft einer unvorsichtigen Ratte über die Fahrbahn.

»Ist es jetzt vorbei?«, fragt er gereizt, als sich der Orkan legt; er versucht nicht einmal, wieder auf die Füße zu kommen.

»Vorbei«, sagt Komow. »Ihr könnt weitergehen.«

»Vielen, vielen Dank«, zischt Wepl giftig.

Im Äther kichert jemand, der sich nicht beherrschen kann. Anscheinend Vanderhoeze.

»Ich bitte um Entschuldigung«, sagt Komow. »Aber ich musste den Nebel auflösen.«

Als Antwort stößt Wepl den längsten und ausgefeiltesten Fluch der Kopflersprache aus; dann steht er auf, schüttelt sich ausgiebig und erstarrt in unbequemer Haltung.

»Lew«, sagt er. »Keine Gefahr mehr. Gar keine. Weggeweht.«

»Wenigstens etwas«, antworte ich.

Eine Nachricht von Espada, in der er uns eine äußerst emotionale Beschreibung des Obersten Gatta'uchs liefert. Ich sehe ihn wie lebendig vor mir: einen schrecklich schmutzigen, stinkenden Greis voller Ausschlag und Grinden. Er sieht aus, als sei er zweihundert, behauptet aber, er sei einundzwanzig. In einem fort krächzt er, hustet, spuckt aus und schnäuzt sich. Auf den Knien hält er ein automatisches Gewehr und ballert damit von Zeit zu Zeit über Espadas Kopf hinweg ins Blaue. Er hat keine Lust, auf Fragen zu antworten, stellt aber unablässig selbst welche; die Antworten hört er betont unaufmerksam an und erklärt jede zweite lauthals zur Lüge.

Die Hauptstraße mündet in den nächsten Platz. Nein, es ist weniger ein Platz als vielmehr eine halbrunde Parkanlage. Sie liegt auf der rechten Seite; dahinter erstreckt sich ein langes Gebäude mit einer gebogenen, gelb gestrichenen Fassade mit falschen Säulen darauf. Auch das Gebüsch der Parkanlage ist gelb, so als sei schon Herbst. Deshalb bemerke ich nicht gleich, dass in der Mitte dieses Halbrunds ein weiteres »Glas« steht.

Es ist hell und glänzt wie neu, als wäre es erst heute Morgen zwischen den gelben Büschen aufgestellt worden. Ein Zylinder, zwei Meter hoch und etwa einen im Durchmesser, aus einem halbdurchsichtigen, bernsteinartigen Material. Er steht senkrecht, und die ovale Tür ist fest verschlossen.

Bei Vanderhoeze an Bord flammt Enthusiasmus auf, Wepl aber demonstriert aufs Neue seine Gleichgültigkeit, ja, Verachtung gegenüber Gegenständen, für die sich »sein Volk nicht interessiert«: Er beginnt sich augenblicklich zu kratzen und wendet dem »Glas« dabei sein Hinterteil zu.

Ich gehe einmal um das »Glas« herum, entdecke einen kleinen Vorsprung an der ovalen Tür, nehme ihn zwischen zwei Finger, ziehe die Tür einen Spalt weit auf und schaue hinein. Ein Blick reicht aus. Was ich sehe, ist entsetzlich. Abstoßend. Ungeheuerlich. Das gesamte Innere des »Glases« ist mit langen, ekelhaften und in unzähligen Gelenken eingeknickten Gliedmaßen ausgefüllt. Scheren, einen halben Meter groß, sind vorgestreckt und übersät mit Dornen. Stumpf und finster, werde ich aus einer Doppelreihe trüber, mattgrüner Augen angestarrt: eine gigantische Krebsspinne von der Pandora, in ihrer ganzen Pracht …

Nicht die Angst ließ mich reagieren, sondern der rettende Reflex auf etwas vollkommen Unvorhergesehenes. Ehe ich wusste, wie mir geschah, stemmte ich mich schon aus ganzer Kraft mit der Schulter gegen die zugeschlagene Tür und mit den Füßen in den Erdboden, schweißnass von Kopf bis Fuß und am ganzen Leibe zitternd.

Aber Wepl ist schon bei mir, bereit zu sofortigem, entschlossenem Kampf: Er wippt auf seinen federnden Beinen hin und her, wiegt erwartungsvoll den großen Kopf, und seine blendend weißen Zähne glitzern in den Winkeln seiner Schnauze.

Alles das dauert nur ein paar Sekunden, dann fragt er streitlustig: »Was ist los? Wer hat dir was getan?«

Ich taste nach dem Griff des Scorchers und zwinge mich, die verdammte Tür loszulassen. Langsam gehe ich rückwärts, den Scorcher im Anschlag. Wepl folgt mir und wird dabei immer ärgerlicher.

»Ich habe dich etwas gefragt!«, ruft er entrüstet.

»Was denn«, presse ich zwischen den Zähnen hervor, »witterst du immer noch nichts?«

»Wo? Etwa in der Kabine da? Dort ist nichts!«

Vanderhoeze und seine Experten reden aufgeregt auf mich ein. Ich höre nicht auf sie. Ich weiß selbst, dass ich die Tür mit einem Balken verkeilen könnte, falls sich einer findet, oder gleich die ganze Kabine mit dem Scorcher verbrennen ... Ich gehe noch weiter zurück, und lasse dabei kein Auge von der Tür des »Glases«.

»In der Kabine ist nichts!«, wiederholt Wepl hartnäckig. »Nichts und niemand. Und das seit vielen, vielen Jahren. Soll ich die Tür öffnen und dir beweisen, dass dort nichts ist?«

»Nein«, sage ich und bringe nur mit Mühe meine Stimme unter Kontrolle. »Wir gehen jetzt hier weg.«

»Ich mache nur die Tür auf ...«

»Wepl«, sage ich. »Du irrst.«

»Wir irren uns nie. Ich gehe. Du wirst sehen.«

»Du irrst dich!«, herrsche ich ihn an. »Wenn du jetzt nicht mit mir kommst, dann heißt das, dass du nicht mein Freund bist und ich dir vollkommen gleichgültig bin!«

Ich mache auf dem Absatz kehrt und gehe. Den Scorcher, entsichert und auf Dauerentladung eingestellt, behalte in der Hand. Mein Rücken ist so groß, so breit wie die ganze Straße – und völlig ungeschützt.

Mit äußerst unzufriedenem, mürrischem Ausdruck tappt Wepl links hinter mir her. Er knurrt und sucht Streit. Als wir etwa zweihundert Schritt von der Kabine entfernt sind, ich mich beruhigt habe und nach Wegen suche, mich mit ihm auszusöhnen, verschwindet Wepl plötzlich. Ich höre, wie seine Krallen über den Asphalt wetzen, und da ist er auch schon bei der Kabine – zu spät, ihm hinterherzustürzen, ihn an den Hinterpfoten zu packen und ihn wegzuzerren. Mein Scorcher ist hier völlig nutzlos; der verdammte Kopfler aber öffnet die Tür einen Spaltbreit und blickt lange, endlos lange ins Innere des »Glases« …

Ohne auch nur einen einzigen Laut von sich gegeben zu haben, schließt er die Tür und kommt zurück. Ein gedemütigter, vernichteter Wepl. Ein Wepl, der seine komplette Untauglichkeit vorbehaltlos eingesteht und deshalb in Zukunft jedwede Behandlung zu dulden bereit ist. Er kehrt zurück, setzt sich zu meinen Füßen und senkt den Kopf. Wir schweigen. Ich vermeide es, ihn anzusehen. Ich schaue auf das »Glas« und merke, wie Rinnsale von Schweiß auf meinen Schläfen trocknen, wie die Haut spannt, das quälende Zittern in den Muskeln aufhört und von einem dumpfen, ziehenden Schmerz abgelöst wird. Am liebsten würde ich jetzt zischen: »Du Mistvieh, Idiot!«, und ihm dann mit ganzer Kraft eine Ohrfeige auf seinen dummen, sturen und hirnlosen Kopf versetzen. Aber ich sage nur: »Wir haben Glück gehabt. Aus irgendeinem Grund greifen sie hier nicht an.«

Eine Mitteilung vom Stab. Man geht davon aus, dass es sich bei »Wepls Rechteck« um den Eingang zu einem interspatialen Tunnel handelt, durch den die ganze Bevölkerung des Planeten evakuiert worden ist. Vermutlich von den *Wanderern …*

Wir gehen durch einen ungewohnt leeren Stadtteil – keinerlei Getier, sogar die Mücken sind verschwunden. Mir gefällt das nicht, aber Wepl kann nichts Beunruhigendes entdecken.

»Diesmal seid ihr zu spät gekommen«, knurrt er.

»Ja, sieht so aus«, stimme ich zu.

Es ist das erste Mal seit dem Zwischenfall mit der Krebsspinne, dass Wepl etwas sagt. Anscheinend möchte er lieber über etwas reden, was nicht damit zusammenhängt – ein Wunsch, der bei Wepl recht selten ist.

»Die *Wanderer*«, brummt er. »Andauernd höre ich: die *Wanderer*, die *Wanderer* … Wisst ihr denn gar nichts über sie?«

»Sehr wenig. Wir wissen, dass es eine Superzivilisation ist, dass sie weitaus mächtiger sind als wir. Wir nehmen an, dass es sich nicht um Humanoide handelt. Und wahrscheinlich haben sie schon vor sehr langer Zeit unsere ganze Galaxis erschlossen. Außerdem nehmen wir an, dass sie kein Zuhause haben – in unserem oder in eurem Sinne des Wortes. Deshalb nennen wir sie auch die *Wanderer*.«

»Wollt ihr ihnen begegnen?«

»Ja, wie soll ich es sagen … Komow würde alles dafür geben. Ich dagegen würde es vorziehen, ihnen nicht zu begegnen.«

»Fürchtest du sie?«

Ich habe keine Lust, über diese Frage zu sprechen. Schon gar nicht jetzt.

»Siehst du, Wepl«, sage ich, »das ist eine lange Geschichte. Du solltest dich besser wieder ein bisschen hier umsehen. Mir scheint, du bist ein wenig unaufmerksam geworden.«

»Ich sehe mich um. Alles ist ruhig.«

»Hast du bemerkt, dass alles Getier verschwunden ist?«

»Das liegt daran, dass hier des Öfteren Menschen sind«, sagt Wepl.

»Ach so? Da hast du mich aber beruhigt.«

»Jetzt sind keine da. Fast keine.«

Das zweiundvierzigste Viertel geht zu Ende, und wir kommen an eine Kreuzung. Plötzlich sagt Wepl: »Hinter der Ecke steht ein Mensch. Allein.«

Es ist ein gebrechlicher alter Mann mit einem schwarzen, fersenlangen Mantel und einer Pelzmütze, deren Ohrenklappen unter dem struppigen, schmutzigen Bart zusammengebunden sind. Er trägt Handschuhe in leuchtend fröhlichem Gelb und alberne Stoffschuhe. Er bewegt sich nur mit großer Mühe, kann kaum einen Fuß vor den anderen setzen. Es sind noch zwanzig Meter bis zu ihm, doch selbst aus dieser Entfernung ist zu hören, wie er schwer und pfeifend atmet und immer wieder vor Anstrengung stöhnt.

Er belädt gerade ein Wägelchen, das auf hohen schmalen Rädern steht und aussieht wie ein Kinderwagen: Zuerst schleppt er sich durch ein zerbrochenes Schaufenster, verschwindet dort für längere Zeit und kommt dann langsam wieder heraus. Dabei stützt er einen Arm gegen die Wand und drückt mit dem anderen, gekrümmten Arm immer zwei oder drei Dosen mit grellen Etiketten an die Brust. Jedes Mal, wenn er es bis zu seinem Wägelchen geschafft hat, lässt er sich erschöpft auf einen kleinen dreibeinigen Klappstuhl sinken, sitzt eine Zeit lang unbeweglich da und beginnt dann, ebenso langsam wie vorsichtig, die Dosen aus dem gekrümmten Arm in den Wagen zu legen. Hat er es geschafft, ruht er sich wieder aus, als schliefe er im Sitzen. Danach steht er mit wackligen Beinen auf und geht erneut zum Schaufenster.

Wir stehen hinter der Ecke und geben uns keine Mühe, uns zu verstecken; wir wissen, dass der Alte um sich herum weder etwas sieht noch hört. Wepls Worten zufolge ist er hier ganz allein, ringsum ist niemand, allenfalls sehr weit weg. Ich habe keine Lust, mit dem Alten Kontakt aufzunehmen, werde es aber offensichtlich tun müssen – und sei es, um ihm beim Einsammeln der Dosen zu helfen. Aber ich habe Angst, ihn zu erschrecken. Ich bitte Vanderhoeze, ihn Espada zu zeigen, soll Espada feststellen, was er für einer ist – »Zauberer«, »Soldat« oder »Mensch«.

Der Alte hat nun zum zehnten Mal seine Dosen abgeladen und ruht sich wieder aus, zusammengesunken auf dem dreibeinigen Stühlchen. Sein Kopf zittert ein bisschen und sinkt dann immer tiefer auf die Brust. Anscheinend schläft er gerade ein.

»Ich habe bisher nichts dergleichen gesehen«, erklärt Espada. »Sprechen Sie mit ihm, Lew.«

»Er ist wirklich sehr alt«, sagt Vanderhoeze zweifelnd.

»Gleich wird er sterben«, knurrt Wepl.

»Eben«, sage ich. »Insbesondere wenn ich in diesem merkwürdigen, regenbogenfarbenen Anzug vor ihm auftauche …«

Ich habe noch nicht zu Ende gesprochen, da kippt der Alte nach vorn und fällt seitwärts auf die Straße.

»Schon vorbei«, sagt Wepl. »Wir können hingehen und ihn uns ansehen, wenn es dich interessiert.«

Der Alte ist tot; er atmet nicht, und es ist kein Puls mehr zu spüren. Alles deutet auf einen Infarkt und vollkommene physische Erschöpfung hin. Nicht vom Hunger – er war einfach sehr, sehr alt und hinfällig. Ich knie mich neben ihn und betrachte sein grünlich-weißes, hageres Gesicht, die buschigen grauen Augenbrauen, den leicht geöffneten, zahnlosen Mund, die eingefallenen Wangen. Ein sehr menschliches, irdisches Gesicht. Der erste normale Mensch in dieser Stadt – tot. Und ich kann nichts tun, denn ich habe nur die Feldausrüstung bei mir.

Ich spritze ihm zwei Ampullen Nekrophag und sage Vanderhoeze, dass er Ärzte herschicken soll. Ich will mich nicht länger hier aufhalten. Das wäre sinnlos. Er wird nicht mehr sprechen, und wenn, dann nicht sehr bald. Bevor ich gehe, bleibe ich noch eine Minute lang bei ihm stehen, betrachte das halb mit Konservendosen gefüllte Wägelchen, den umgekippten Klappstuhl, und denke, dass der Alte dieses Stühlchen sicherlich immer mitgeschleppt und sich alle paar Minuten zum Ausruhen daraufgesetzt hat.

Gegen sechs Uhr abends beginnt es zu dämmern. Nach meinen Berechnungen haben wir bis zum Ende unserer Route noch zwei Stunden Weg vor uns, und ich schlage Wepl vor, eine Pause zu machen und etwas zu essen. Erholung hat Wepl nicht nötig; doch er lässt sich die Gelegenheit, etwas zwischen die Zähne zu bekommen, natürlich nicht entgehen.

Wir setzen uns auf den Rand eines großen, ausgetrockneten Springbrunnens, der sich am Fuße eines geflügelten, steinernen Fabelwesens befindet. Ich öffne die Proviantpakete, wir essen. Ringsumher sehen wir den matten Widerschein der Häusermauern, es ist totenstill. Mir fällt ein, dass jetzt auf Dutzenden der zurückgelegten Kilometer unserer Marschroute keine tödliche Leere mehr herrscht, sondern Menschen am Werk sind. Ein angenehmer Gedanke.

Beim Essen spricht Wepl nie. Ist er jedoch satt, plaudert er gern.

»Dieser Alte«, sagt er, während er sich sorgfältig die Pfote ableckt, »ob sie ihn wirklich wieder lebendig gemacht haben?«

»Ja.«

»Er lebt wieder, geht, spricht?«

»Sprechen wird er wohl kaum, und gehen erst recht nicht, aber er lebt.«

»Schade«, brummt Wepl.

»Schade?«

»Ja. Schade, dass er nicht sprechen kann. Es wäre interessant zu erfahren, was *dort* ist ...«

»Wo?«

»Dort, wo er war, als er nicht mehr lebte.«

Ich lache. »Du meinst, dass dort etwas ist?«

»Muss es ja. Ich muss schließlich irgendwo hingeraten, wenn ich nicht mehr da bin.«

»Wohin gerät der elektrische Strom, wenn man ihn ausschaltet?«, frage ich.

»Das habe ich auch nie begreifen können«, gesteht Wepl. »Aber dein Argument ist ungenau. Ja, ich weiß nicht, wohin der elektrische Strom gerät, wenn man ihn ausschaltet. Aber ich weiß ebenso wenig, wo er herkommt, wenn man ihn einschaltet. Wo ich jedoch hergekommen bin – das weiß und begreife ich.«

»Aber wo warst du, als es dich noch nicht gab?«, frage ich listig.

Aber für Wepl ist das kein Problem. »Ich war im Blut meiner Eltern. Und vorher im Blut der Eltern meiner Eltern.«

»Also wirst du, wenn es dich nicht mehr gibt, im Blut deiner Kinder sein …«

»Und wenn ich keine Kinder habe?«

»Dann wirst du in der Erde sein, im Gras, in den Bäumen.«

»Das stimmt nicht! Im Gras und in den Bäumen wird mein Körper sein. Aber wo bin dann ich selbst?«

»Im Blut deiner Eltern warst auch nicht du selbst, sondern dein Körper. Schließlich kannst du dich nicht daran erinnern, wie es im Blut deiner Eltern gewesen ist.«

»Wieso kann ich mich nicht erinnern?«, wundert sich Wepl. »An sehr vieles erinnere ich mich!«

»Ja, richtig«, murmele ich und gebe mich geschlagen, »ihr habt ja ein Erbgedächtnis.«

»Nennen kann man es, wie man will«, brummt Wepl. »Aber ich begreife wirklich nicht, wohin ich gerate, wenn ich jetzt auf der Stelle sterbe. Ich habe ja keine Kinder.«

Ich beschließe, die Diskussion abzubrechen. Mir ist klar, dass ich Wepl niemals werde begreiflich machen können, dass dort nichts ist. Deshalb packe ich schweigend das Proviantpaket zusammen, lege es in den Rucksack und setze mich bequem hin, strecke die Beine aus.

Wepl hat auch die zweite Pfote sorgfältig abgeleckt, das Fell auf seinen Backen in Ordnung gebracht und nimmt die Unterhaltung wieder auf.

»Ich wundere mich über dich, Lew«, sagt er. »Über euch alle. Habt ihr es wirklich noch nicht satt hier?«

»Wir arbeiten hier«, antworte ich träge.

»Wozu Arbeit ohne Sinn tun?«

»Warum denn ohne Sinn? Du siehst doch, wie viel wir an einem einzigen Tag erfahren haben.«

»Eben deshalb frage ich ja: Wozu wollt ihr etwas erfahren, was keinen Sinn hat? Was wollt ihr damit anfangen? In einem fort und ständig erfahrt ihr etwas, aber ihr fangt ja doch nichts damit an.«

»Zum Beispiel?«, frage ich.

Wepl ist groß im Diskutieren. Gerade hat er einen Sieg über mich errungen, und jetzt versucht er es offenbar ein zweites Mal.

»Zum Beispiel die Grube ohne Boden, die ich vorhin gefunden habe. Wer kann eine Grube ohne Boden gebrauchen und wozu?«

»Es ist eigentlich keine Grube«, sage ich. »Eher die Tür zu einer anderen Welt.«

»Könnt ihr durch diese Tür gehen?«, erkundigt sich Wepl.

»Nein«, gebe ich zu. »Können wir nicht.«

»Wozu braucht ihr dann eine Tür, durch die ihr sowieso nicht gehen könnt?«

»Heute können wir es nicht, aber morgen werden wir es vielleicht können.«

»Morgen?«

»Im weiteren Sinne. Übermorgen. In einem Jahr …«

»Eine andere Welt, eine andere Welt«, knurrt Wepl. »Habt ihr etwa nicht genug Platz auf dieser?«

»Wie soll ich sagen … Vielleicht ist es ja unserer Phantasie zu eng hier.«

»Klar doch!«, bemerkt Wepl giftig. »Und kaum seid ihr in der anderen Welt angekommen, schon fangt ihr an, sie nach dem Bild eurer eigenen umzumodeln. Und natürlich wird es eurer Phantasie dann wieder zu eng, und ihr sucht euch noch irgendeine Welt und fangt wieder an, sie umzumodeln …«

Plötzlich hält er in seiner Philippika inne, und im selben Moment spüre ich die Anwesenheit eines Fremden. Ganz nahe. Zwei Schritte weiter. Dort, am Sockel des Fabelwesens.

Es scheint ein ganz normaler Eingeborener zu sein, wohl einer aus der Kategorie »Menschen« – ein kräftiger, stattlicher Mann in Leinenhosen und mit einer Windjacke auf dem bloßen Oberkörper; an einem Riemen um den Hals trägt er ein automatisches Gewehr. Eine ungekämmte Haarsträhne fällt ihm ins Gesicht; Wangen und Kinn sind glatt rasiert. Er steht völlig reglos am Sockel; nur seine Augen wandern ruhig von mir zu Wepl und zurück. Anscheinend sieht er in der Dunkelheit nicht schlechter als wir. Ich verstehe nicht, wie er lautlos und unbemerkt so nah an uns herankommen konnte.

Ich fasse mit der Hand vorsichtig hinter den Rücken und schalte den Lingar meines Translators ein.

»Komm her und setz dich, wir sind Freunde«, sage ich, indem ich nur die Lippen bewege.

Mit einer halben Sekunde Verzögerung dringen aus dem Lingar die entsprechenden, sogar recht angenehmen Kehllaute.

Der Unbekannte zuckt zusammen und weicht einen Schritt zurück.

»Hab keine Angst«, sage ich. »Wie heißt du? Ich heiße Lew und er Wepl. Wir sind keine Feinde. Wir wollen mit dir sprechen.«

Nein, das wird nichts. Der Unbekannte weicht noch einen Schritt zurück und verschwindet schon halb hinter dem Sockel. Sein Gesicht ist noch immer ausdruckslos, und es ist nicht einmal klar, ob er versteht, was man ihm sagt.

Aber ich gebe nicht auf. »Wir haben gutes Essen. Vielleicht bist du hungrig oder willst trinken? Setz dich zu uns, ich gebe dir gern etwas ab.«

Mir ist plötzlich eingefallen, dass dem Eingeborenen dieses »wir« und »zu uns« seltsam vorkommen muss, und ich bin eilends zur ersten Person übergegangen. Aber auch das hilft nicht. Der Eingeborene verschwindet nun ganz hinter dem Sockel und ist jetzt weder zu sehen noch zu hören.

»Er geht«, knurrt Wepl.

Und gleich sehe ich den Eingeborenen wieder: Er überquert mit langen, geräuschlosen und gleichsam schwebenden Schritten die Straße, betritt den gegenüberliegenden Gehweg, und ohne sich auch nur ein einziges Mal umzusehen, verschwindet er um die Ecke.

2. JUNI '78

Lew Abalkin von Angesicht zu Angesicht

Gegen 18 Uhr überfielen mich Andrej und Sandro ohne Voranmeldung. Ich ließ die Mappe im Schreibtisch verschwinden und erklärte ihnen streng, dass ich keinerlei dienstliche Gespräche dulden könne, da sie ab jetzt nicht mehr mir, sondern Claudius unterstellt seien. Außerdem sei ich beschäftigt.

Sie fingen an zu jammern und zu bitten – sie seien gar nicht in dienstlicher Angelegenheit gekommen, würden mich sehr vermissen, und so gehe es einfach nicht ... Alles, was recht ist, aber jammern können sie, und ich ließ mich erweichen. Die Bar wurde geöffnet, und wir unterhielten uns eine Zeit lang angeregt über meine Kakteen. Dann aber fiel mir plötzlich und ganz zufällig auf, dass wir schon nicht mehr von den Kakteen sprachen, sondern von Claudius, was sogar eine gewisse Berechtigung hatte. Denn Claudius erinnerte mit seinen Pickeln und seiner Kratzbürstigkeit sogar mich an einen Kaktus. Aber ehe ich mich versah, hatten die zwei Spitzel einen außerordentlich geschickten und zwanglosen Übergang zu dem Fall mit den Bioreaktoren und »Kapitän Nemo« gefunden.

Ich ließ mir nichts anmerken, sondern die beiden in Fahrt kommen, und dann, auf dem Höhepunkt, als sie schon glaubten, sie hätten ihren Chef so weit, bat ich sie zu gehen. Ich hätte sie sogar hinausgeworfen, denn ich war ziemlich wütend, sowohl auf sie als auch auf mich selbst. Aber in dem Moment kam, wiederum ohne Voranmeldung, Aljonna. Das ist Schicksal, dachte ich, und ging in die Küche. Es war ohnehin Zeit für das Abendessen, und selbst den jungen Spitzeln ist bekannt, dass in Gegenwart Dritter über unsere Angelegenheiten nicht gesprochen wird.

Das Abendessen wurde sehr nett. Die Spitzel vergaßen alles um sich herum und plusterten sich auf, um Aljonna zu imponieren. Nachdem Aljonna sie abblitzen ließ, plusterte ich mich auf – um die Sache in Gang zu halten. Am Ende der Hahnenparade gab es nun die große Diskussion, was man jetzt noch unternehmen könne. Sandro forderte, wir sollten zu den »Oktopoden« aufbrechen, und zwar sofort, weil die besten Stücke dort gleich zu Anfang kämen. Andrej dagegen ereiferte sich wie ein echter Musikkritiker gegen die »Oktopoden«; seine Theorie über die moderne Musik war frisch und originell und lief schließlich darauf hinaus, dass heute Nacht die beste Gelegenheit sei, seine neue Jacht (»Weislieb«) unter Segeln auszuprobieren. Ich für meinen Teil war für Rätselraten oder, im äußersten Notfall, für Pfänderspiele. Aljonna hingegen, die mitbekommen hatte, dass ich an diesem Abend nirgendwo mehr hinginge und zudem beschäftigt war, bekam schlechte Laune und fing an zu schimpfen und zu randalieren: »Zum Teufel mit den ›Oktopoden‹!«, rief sie. »Über den Jordan damit! Bim-Bom-Bramseljam! Wir wollen Krach machen!« Und so weiter.

Als die Diskussion in vollem Gange war, läutete das Videofon. Es war 19:33 Uhr. Andrej, der dem Apparat am nächsten saß, drückte mit dem Finger auf eine Taste. Der Bildschirm wurde hell, zeigte aber kein Bild. Zu hören war auch nichts, weil Sandro gerade aus Leibeskräften brüllte: »Eilande, Eilande, Eilande!«, und mit grotesken Verrenkungen versuchte, den unnachahmlichen B. Tuareg nachzumachen, und Aljonna konterte mit dem »Lied ohne Worte« von Glière (oder vielleicht auch nicht von Glière).

»Psst!«, zischte ich, als ich mich zum Videofon durchkämpfte.

Es wurde etwas leiser, doch der Apparat blieb stumm; nur der leere Bildschirm leuchtete. Das war wohl kaum Seine Exzellenz, und ich beruhigte mich.

»Warten Sie, ich nehme den Apparat mit ins andere Zimmer«, sagte ich in das bläuliche Licht hinein.

Im Arbeitszimmer stellte ich das Videofon auf den Tisch, ließ mich in den Sessel fallen und sagte: »Also, hier ist es nicht so laut. Ich möchte Sie übrigens darauf hinweisen, dass ich Sie nicht sehen kann.«

»Verzeihung, ich habe vergessen ...«, sagte eine tiefe Männerstimme; dann erschien auf dem Bildschirm ein Gesicht – schmal, bleich, mit tiefen Falten von den Nasenflügeln bis zum Kinn, niedrige breite Stirn, tiefliegende große Augen, schwarzes glattes und schulterlanges Haar.

Merkwürdig, ich erkannte ihn sofort, begriff aber dennoch nicht gleich, wer er war.

»Guten Tag, Mak«, sagte er. »Erkennen Sie mich?«

Ich brauchte ein paar Sekunden, um zu mir zu kommen. Ich war darauf nicht vorbereitet gewesen.

»Verzeihen Sie«, sagte ich gedehnt und überlegte fieberhaft, wie ich mich verhalten sollte.

»Lew Abalkin«, half er mir auf die Sprünge. »Erinnern Sie sich? Saraksch. Die Blaue Schlange ...«

»Mein Gott!«, schrie der Journalist Kammerer, vormals Mak Sim. »Ljowa! Und mir hat man gesagt, dass Sie momentan nicht auf der Erde sind und niemand weiß, wann Sie wiederkommen. Oder sind Sie noch dort?«

Er lächelte. »Nein, ich bin schon hier. Aber anscheinend störe ich?«

»Nein, Sie können mich gar nicht stören!«, sagte der Journalist Kammerer eindringlich. Nicht der Journalist Kammerer, der Maja Glumowa besucht hatte, sondern eher der, der bei dem Lehrer gewesen war. »Ich brauche Sie! Ich schreibe doch ein Buch über die Kopfler!«

»Ja, ich weiß«, unterbrach er mich. »Deshalb rufe ich Sie auch an. Aber, Mak, ich habe doch schon lange nichts mehr mit den Kopflern zu tun.«

»Das ist gar nicht wichtig«, widersprach der Journalist Kammerer. »Wichtig ist, dass Sie der Erste waren, der mit ihnen zu tun hatte.«

»Der Erste waren ja wohl Sie.«

»Nein. Ich habe sie nur entdeckt; das war alles. Außerdem habe ich den Teil über mich selbst schon geschrieben. Auch über die neuesten Arbeiten Komows habe ich das Material beisammen. Sie sehen, Prolog und Epilog sind da, fehlt nur noch eine Kleinigkeit – der Hauptteil ... Hören Sie, Ljowa, wir müssen uns unbedingt treffen. Bleiben Sie lange auf der Erde?«

»Nicht sehr lange«, sagte er. »Aber wir sollten uns wirklich unbedingt treffen. Heute wäre mir allerdings nicht so recht.«

»Heute würde es mir auch nicht passen«, beeilte sich der Journalist Kammerer zu sagen. »Aber wie wäre es morgen?«

Eine Zeit lang musterte er mich schweigend. Mir fiel plötzlich auf, dass es mir partout nicht gelingen wollte, die Farbe seiner Augen zu erkennen – sie lagen gar zu tief.

»Erstaunlich«, ließ er sich schließlich vernehmen. »Sie haben sich gar nicht verändert. Und ich?«

»Ehrlich?«, vergewisserte sich der Journalist Kammerer, um überhaupt etwas zu sagen.

Lew Abalkin lächelte erneut.

»Ja«, sagte er. »Zwanzig Jahre ist es her. Und wissen Sie, Mak, ich erinnere mich dieser Zeit als der glücklichsten in meinem Leben. Alles lag noch vor mir, alles fing gerade erst an. Und wissen Sie, mir fällt diese Zeit gerade jetzt wieder ein, und ich denke: Was hatte ich für ein Glück, dass ich unter der Leitung solcher Leute wie Komow und Ihnen begonnen habe, Mak ...«

»Na, Lew, übertreiben Sie nicht«, sagte der Journalist Kammerer. »Warum denn ich?«

»Was heißt – warum ich? Komow war der Leiter, Rowlingson und ich standen auf Abruf bereit, aber die ganze Koordination haben doch Sie erledigt!«

Der Journalist Kammerer riss die Augen auf. Ich auch, aber ich wurde darüber hinaus auch noch misstrauisch.

»Lew, mein Lieber«, sagte der Journalist Kammerer. »Sie haben, unerfahren wie Sie waren, die damaligen Unterstellungsverhältnisse anscheinend überhaupt nicht durchschaut. Das Einzige, was ich seinerzeit für euch getan habe, war die Gewährleistung von Sicherheit, Transportmitteln und Proviant ... und auch das nur ...«

»Und Sie haben Ideen geliefert!«, warf Lew Abalkin ein.

»Was für Ideen?«

»Die Idee, eine Expedition über die Blaue Schlange zu schicken. Die kam doch von Ihnen?«

»Nur insofern, als ich die Mitteil...«

»Richtig! Das wäre das Erste. Und die Idee, dass Progressoren mit den Kopflern arbeiten sollten und keine Tierpsychologen – war das Zweite!«

»Langsam, Lew! Das war Komows Idee! Und überhaupt wart ihr mir damals alle egal, weil ich zu dieser Zeit einen Aufstand in Pandea hatte! Die erste großangelegte Landeoperation des Inselimperiums! Gerade Ihnen muss doch klar sein, was ... Nein, ehrlich gesagt, ich habe euch damals keinen Gedanken widmen können. Sef hat sich um euch gekümmert, Sef, nicht ich! Erinnern Sie sich an den rothaarigen Eingeborenen?«

Lew Abalkin lachte, und man sah seine gleichmäßigen weißen Zähne aufblitzen.

»Da gibt es nichts zu lachen!«, sagte der Journalist Kammerer verärgert. »Sie bringen mich in eine ganz blöde Lage! So ein dummes Zeug! Nein, nein, Freunde, ich habe mich, wie es scheint, gerade zur rechten Zeit an dieses Buch gemacht. Was für idiotische Legenden sich aber auch um diese Sache ranken!«

»Schon gut, ich lasse es«, sagte Abalkin. »Wir setzen die Diskussion fort, wenn wir uns treffen.«

»Genau«, antwortete der Journalist Kammerer. »Nur wird es da keine Diskussion geben. Da ist nichts zu diskutieren. Sagen wir …« Der Journalist Kammerer trommelte kurz auf den Tasten seines Tischkalenders herum. »… morgen Punkt zehn bei mir. Oder passt es Ihnen vielleicht besser …«

»Lieber bei mir«, schlug Lew Abalkin vor.

»Dann diktieren Sie die Adresse«, kommandierte der Journalist Kammerer. Er war noch immer in Fahrt.

»Kurort ›Ossinuschka‹«, sagte Lew Abalkin. »Bungalow Nummer sechs.«

2. JUNI '78

Einige Vermutungen über die Absichten Lew Abalkins

Sandro und Andrej schickte ich weg – ganz offiziell. Ich setzte eine dienstliche Miene auf und sprach in dienstlichem Ton, was mir mühelos gelang, weil ich ohnehin alleine sein und in Ruhe nachdenken wollte.

Aljonna, die meine Stimmung augenblicklich erfasst hatte, wurde sofort still und versprach ohne Widerrede, mein Arbeitszimmer nicht mehr zu betreten und mir jede Störung vom Leib zu halten. Soviel ich weiß, hat sie aber eine völlig falsche Vorstellung von meiner Arbeit. So ist sie zum Beispiel überzeugt, meine Arbeit sei gefährlich. Anderes, Grundsätzliches jedoch hat sie verstanden und verinnerlicht. Wenn ich zum Beispiel plötzlich zu tun habe, bedeutet das nicht, dass ich eine unverhoffte Eingebung hatte oder eine geniale Idee, sondern nur, dass es eine dringende Aufgabe gibt, die ich dringend bearbeiten muss.

Ich zog sie ein bisschen am Ohr, schloss mich dann im Arbeitszimmer ein und überließ es ihr, das Wohnzimmer aufzuräumen …

Wie hatte Abalkin meine Nummer erfahren? Das war einfach. Ich hatte sie dem Lehrer gegeben. Außerdem konnte ihm Maja Glumowa von mir erzählt haben. Entweder hatte er also ein weiteres Mal mit Maja Glumowa gesprochen oder sich doch noch entschlossen, seinen Lehrer zu besuchen – nach zwanzig Jahren, in denen er sich nicht gemeldet hatte. Und nun wollte er ihn auf einmal besuchen. Warum?

Und weswegen hatte er mich angerufen? Aus einer sentimentalen Laune heraus? Die Erinnerungen an die erste richtige Arbeit. Die Jugendzeit, die glücklichste Zeit seines Lebens. Hm. Zweifelhaft … Oder der selbstlose Wunsch, den Journalisten (und Erstentdecker der geliebten Kopfler) bei der Arbeit zu unterstützen, gepaart, sagen wir, mit gesundem Ehrgeiz? Unsinn. Warum nennt er mir dann eine falsche Adresse? Aber vielleicht ist sie nicht falsch? Das aber wiederum hieße, dass er sich gar nicht verbirgt und Seine Exzellenz sich täuscht … Hm, tatsächlich, woraus folgt eigentlich, dass sich Lew Abalkin verborgen hält?

Schnell ließ ich mir vom Informatorium die Nummer geben und rief »Ossinuschka« an, Bungalow Nummer sechs. Wie zu erwarten, meldete sich niemand.

Gut, lassen wir das vorerst. Was war die Hauptsache in unserem Gespräch? Übrigens, einmal hätte ich mich fast verplappert. Sich dafür die Zunge abzubeißen wäre noch zu wenig gewesen. »Gerade Ihnen muss doch klar sein, was …« – »… eine Landung der Flottengruppe Z bedeutet!« – »Interessant, woher wissen Sie, Mak, etwas über die Flottengruppe Z, und vor allem: Wie kommen Sie eigentlich darauf, dass ich etwas darüber weiß?« Natürlich hätte er nichts dergleichen gesagt, aber sich sein Teil gedacht und alles durchschaut. Und nach einem solchen Fehltritt, einer solchen Blamage wäre mir wirklich nichts anderes übriggeblieben, als mich in die Journalistik zurückzuziehen … Gut, hoffen wir, dass er nichts gemerkt hat. Es gab ja auch nicht sonderlich viel Zeit, jedes meiner Worte zu analysieren und zu bewerten. Abalkin hatte, das war offensichtlich, ein bestimmtes Ziel, und alles, was damit nicht in Zusammenhang stand, dürfte er wohl überhört haben …

Aber was wollte er erreichen? Warum hat er versucht, mir seine eigenen Verdienste zuzuschreiben und die Verdienste Komows noch dazu? Und vor allem: ganz unvermittelt, aus dem Nichts heraus, kaum dass er gegrüßt hatte. Fast könnte man meinen, ich brächte tatsächlich Gerüchte in Umlauf, wonach alle grundlegenden Erkenntnisse bezüglich der Kopfler einzig von mir stammten und ich mir alle Verdienste selbst zuschriebe. Und nun hätte er davon erfahren und gäbe mir zu verstehen, ich sei ein Lump. Sein Lächeln jedenfalls war zweideutig. Aber nein, das ist doch Unsinn! Dass gerade ich es war, der die Kopfler entdeckt hat, weiß heute nur ein kleiner Kreis von Spezialisten, und auch die haben es sicher längst vergessen, weil es belanglos ist.

Dummes Zeug, Blödsinn. Natürlich. Doch der Fakt bleibt: Soeben hat mich Lew Abalkin angerufen und mir mitgeteilt, dass seiner Meinung nach ich, der Journalist Kammerer, Begründer und Koryphäe der modernen Wissenschaft von den

Kopflern bin … Weiter enthielt unser Gespräch nichts Wesentliches. Alles Übrige waren höfliche Phrasen. Am Schluss war da allerdings noch die (höchstwahrscheinlich) falsche Adresse.

Noch eine zweite Version liegt nahe. Es war ihm ganz egal, worüber wir sprachen. Er konnte sich erlauben, jeglichen Unsinn zu reden, weil er nur deshalb angerufen hatte, um mich zu sehen. Der Lehrer oder Maja Glumowa haben ihm gesagt: Ein gewisser Maxim Kammerer interessiert sich für dich. Aha, denkt der untergetauchte Lew. Wie sonderbar! Kaum bin ich auf der Erde, schon interessiert sich Maxim Kammerer für mich. Aber den kenne ich doch von früher. Was ist das, ein Zufall? Lew Abalkin aber glaubt nicht an Zufälle. Er denkt: Dann wollen wir diesen Mann doch mal anrufen und sehen, ob es sich tatsächlich um Maxim Kammerer handelt, den man früher immer Mak Sim nannte. Und wenn er es ist, wollen wir mal sehen, wie er sich verhält …

Ja, genau! So war es gewesen. Er ruft an und schaltet für alle Fälle das Bild ab. Für den Fall nämlich, dass ich *nicht* Maxim Kammerer bin. Er sieht mich. Sicher nicht ohne Verwunderung, dafür aber mit deutlicher Erleichterung, stellt er fest, dass der ganz normale, gewöhnliche Maxim Kammerer Besuch hat, eine kleine Party, ausgelassener Lärm, ganz und gar nichts Verdächtiges. Na, dann wechseln wir ein paar nichtssagende Phrasen, verabreden uns mit ihm und verschwinden wieder …

Aber! Das war noch nicht die ganze Wahrheit, und es konnte auch nicht alles stimmen. Es gab da zwei kleine Haken. Erstens. Weshalb musste er überhaupt mit mir sprechen? Er hätte mich doch per Videofon sehen und hören können, sich überzeugen, dass ich Maxim Kammerer bin, und dann in aller Ruhe abschalten. Falsch verbunden, ein Zufall. Fertig.

Zweitens. Ich habe bemerkt, dass er sich nicht nur mit mir unterhielt, sondern auch meine Reaktionen verfolgte. Wollte sich vergewissern, dass ich tatsächlich ich bin und dass ich auf ganz bestimmte Art und Weise auf seine Worte reagiere. Er redet eindeutig Unsinn und beobachtet dann aufmerksam, was ich darauf sage ... Auch sonderbar, denn auf offenkundigen Unsinn reagieren alle Leute gleich. Entweder ist also in meinen Überlegungen ein Fehler, oder ... Oder aus Abalkins Sicht ist dieser Unsinn gar nicht unsinnig. Zum Beispiel, wenn Abalkin aus irgendwelchen, mir unbekannten Gründen glauben sollte, ich hätte bei der Erforschung der Kopfler tatsächlich eine so große Rolle gespielt. Er ruft mich an, um diese Annahme zu überprüfen, und erkennt anhand meiner Reaktion, dass seine Annahme falsch ist.

Durchaus logisch, aber auch irgendwie seltsam, denn: Was haben die Kopfler damit zu tun? Betrachten wir es einmal allgemein – dann haben die Kopfler in Abalkins Leben sicher eine fundamentale Rolle gespielt. Stopp!

Wenn man mich bäte, aus der Biografie dieses Menschen das Wesentliche in Kürze darzulegen, würde ich gewiss sagen: Es hat ihm Spaß gemacht und er wollte nichts lieber tun, als mit den Kopflern zu arbeiten; er hatte bereits sehr erfolgreich mit den Kopflern gearbeitet, aber man hat ihn aus unerfindlichen Gründen nicht weiter mit ihnen arbeiten lassen ... Zum Teufel, wäre es da verwunderlich, dass ihm der Geduldsfaden reißt, er auf seinen Stab Z pfeift und auf die KomKon, auf die Disziplin? Auf alles pfeift und zur Erde zurückkehrt, um ein für alle Mal zu klären, warum man ihn nicht die Arbeit tun lässt, die er liebt, und wer, das heißt welche Person, ihn sein Leben lang daran hindert? Wen er zur Rechenschaft ziehen kann für das Scheitern seiner lang gehegten Pläne, für die fünfzehn Jahre, die er an eine schwere, ungeliebte Arbeit verschwenden musste – fünfzehn Jahre, in denen er nicht verstand, was vor sich ging und warum. Und dann also ist er zurückgekehrt!

Ist zurückgekehrt und sofort auf meinen Namen gestoßen. Hat sich erinnert, dass im Grunde ich bei seiner ersten Arbeit mit den Kopflern Pate gestanden hatte, und herausfinden wollen, ob ich nicht vielleicht auch beteiligt gewesen war an dieser unerhörten Sache, dass man einen Menschen von der Arbeit fernhält, die er am liebsten macht. Und so hat er mit Hilfe eines einfachen Tricks herausgefunden, dass ich nichts damit zu tun hatte: dass ich in der Zeit mit der Abwehr von Landeoperationen beschäftigt und über die Arbeit mit den Kopflern gar nicht im Bilde war.

So zum Beispiel ließ sich das Videofongespräch erklären. Aber nur dieses Gespräch und weiter nichts. Weder die seltsame Geschichte mit Tristan noch die seltsame Sache mit Maja Glumowa, und schon gar nicht, warum sich Lew Abalkin zurzeit versteckt hielt. Denn wäre meine Hypothese richtig, müsste Abalkin, im Gegenteil, jetzt durch die KomKon ziehen und wild auf alle einschlagen, die ihm geschadet haben – wie man es von einem unbeherrschten Mann mit den Nerven eines Künstlers erwartet. Und doch war meine Hypothese einleuchtend, es ergaben sich einige praktische Fragen daraus, und ich beschloss, sie Seiner Exzellenz zu stellen. Vorher jedoch galt es, Sergej Pawlowitsch Fedossejew anzurufen.

Ich schaute auf die Uhr: 21.51. Hoffentlich hatte sich der Alte noch nicht schlafen gelegt.

Doch Fedossejew war noch wach; etwas befremdet, als könnte er mich nicht erkennen, schaute er vom Bildschirm auf den Journalisten Kammerer. Der Journalist Kammerer erging sich in Entschuldigungen, dass er zur Unzeit anrief. Die Entschuldigungen wurden angenommen, doch der Ausdruck des Befremdens wich nicht von seinem Gesicht.

»Ich habe wirklich nur ein, zwei Fragen an Sie, Sergej Pawlowitsch«, sagte der Journalist Kammerer fürsorglich. »Sie haben sich doch mit Abalkin getroffen?«

»Ja. Ich habe ihm Ihre Nummer gegeben.«

»Entschuldigen Sie, Sergej Pawlowitsch … Er hat mich gerade angerufen und sehr merkwürdige Dinge gesagt …« Der

Journalist Kammerer hatte Mühe, die richtigen Worte zu finden. »Ich hatte den Eindruck … Ich weiß, es ist wahrscheinlich Unsinn, aber es könnte doch sein, … dass … er Sie vielleicht missverstanden hat …«

Der Alte horchte auf. »Was meinen Sie?«, fragte er.

»Sie haben ihm doch sicher von mir erzählt … Ich meine, von unserem Gespräch.«

»Natürlich. Aber ich verstehe Sie nicht, sollte ich es etwa nicht erzählen?«

»Doch, doch, das ist es nicht. Aber er hat Sie anscheinend falsch verstanden. Sehen Sie, wir haben einander fünfzehn Jahre lang nicht gesehen. Und da, kaum dass er Guten Tag gesagt hat, fängt er an, mich mit beißendem Sarkasmus dafür zu loben, dass ich … Kurzum, er hat mich beschuldigt, seine führende Rolle, seine Verdienste bei der Arbeit mit den Kopflern für mich selbst zu beanspruchen! Ich kann Ihnen nur versichern, dass es dazu keinen, nicht den geringsten Anlass gibt … Verstehen Sie, ich befasse mich nur als Journalist mit dieser Sache, ich bringe es an die Öffentlichkeit, nichts anderes habe ich im Sinn.«

»Erlauben Sie, junger Mann, erlauben Sie!« Der Alte hob die Hand. »Beruhigen Sie sich bitte. Selbstverständlich habe ich ihm nichts dergleichen gesagt. Schon allein deshalb nicht, weil ich von dieser Sache gar nichts verstehe.«

»Nun … vielleicht haben Sie etwas nicht ganz exakt formuliert …«

»Erlauben Sie, ich habe überhaupt nichts dergleichen formuliert! Ich habe ihm gesagt, dass ein gewisser Kammerer ein Buch über ihn schreibt und sich um Material an mich gewandt hat. Der Journalist hat die und die Videonummer. Ruf ihn an. Schluss. Das ist alles, was ich ihm gesagt habe.«

»Also dann begreife ich es nicht«, sagte der Journalist Kammerer nahezu verzweifelt. »Ich dachte erst, er hätte Sie irgendwie falsch verstanden, aber wenn das nicht so ist … Dann ist es etwas Krankhaftes, eine Manie vielleicht. Es kann ja sein, dass sich diese Progressoren bei ihrer Arbeit ganz manierlich betragen, aber auf der Erde schlagen sie manchmal total über die Stränge. Vielleicht gehen ihnen die Nerven durch …«

Der Alte zog die Brauen zusammen. »Nun ja, wissen Sie … Es ist vielleicht schon möglich, dass Ljowa mich nicht ganz richtig verstanden hat, oder, genauer gesagt, dass er etwas überhört hat. Es war nämlich ein Gespräch zwischen Tür und Angel. Ich war in Eile, es wehte ein starker Wind, die Kiefern rauschten laut, und Sie sind mir erst in letzter Minute eingefallen.«

»Nicht doch, ich will nichts dergleichen sagen …« Der Journalist Kammerer machte einen Rückzieher. »Vielleicht war ich es, der Lew nicht ganz verstanden hat. Wissen Sie, mich hat sein Anblick geradezu erschüttert: Er hat sich sehr verändert, ist irgendwie feindselig geworden, böse … Hatten Sie nicht auch den Eindruck, Sergej Pawlowitsch?«

Ja, Sergej Pawlowitsch hatte auch den Eindruck. Und dann, von der kaum verhohlenen Kränkung des treuherzigen und mitteilsamen Journalisten Kammerer genötigt und angestachelt, erzählte der Alte nach und nach, wie sein Gespräch mit Abalkin verlaufen war. Zwischendurch verlor er immer wieder den Faden, schämte sich für seinen Schüler oder, wie es schien, auch für manch eigenen Gedanken.

Gegen 17 Uhr verließ S. P. Fedossejew mit dem Gleiter sein Gehöft »Mückenau« und nahm Kurs auf Swerdlowsk, wo er an der Sitzung irgendeines Klubs teilnehmen wollte. Nach fünfzehn Minuten wurde er von einem plötzlich aus dem Nichts aufgetauchten Gleiter angegriffen und zur Landung in einem wilden Kiefernwald gezwungen. Der Pilot des Gleiters war Lew Abalkin. Auf einer Lichtung, umgeben von rauschenden Kiefern, fand zwischen den beiden eine kurze Unterredung statt, die Lew Abalkin nach demselben, mir schon bekannten Schema gestaltete.

Kaum dass er guten Tag gesagt hatte, überschüttete er seinen alten Lehrer mit sarkastischer Dankbarkeit, ohne ihn auch nur ein einziges Mal zu Wort kommen zu lassen oder Zeit für eine Umarmung zu verschwenden. Gehässig dankte er dem armen Sergej Pawlowitsch für seine Bemühungen, die er angeblich unternommen hatte, um die Kommission für Berufslenkung zu überzeugen, den Abiturienten Abalkin auf die Progressoren-Schule zu schicken – und nicht ans Institut für Tierpsychologie, wo der Abiturient aus Dummheit und Unerfahrenheit hatte studieren wollen. Diese Bemühungen seien von glänzendem Erfolg gekrönt worden und hätten das weitere Leben Lew Abalkins sorgenfrei und glücklich gemacht.

Für diese unverschämte Verdrehung der Tatsachen verabreichte der erschütterte alte Mann seinem ehemaligen Schüler eine Ohrfeige, woraufhin dieser verstummte und seinem Lehrer aufmerksam zuhörte. Fedossejew legte ihm in Ruhe dar, dass es in Wirklichkeit genau umgekehrt gewesen war. Kein anderer als er, S. P. Fedossejew, hatte Lew Abalkin für die Tierpsychologie vorgesehen, schon mit dem Institut Absprachen getroffen und der Kommission die entsprechenden Empfehlungen vorgelegt. Kein anderer als er, S. P. Fedossejew, war, nachdem er von der aus seiner Sicht widersinnigen Entscheidung der Kommission erfahren hatte, mit mündlichem und schriftlichem Protest bis zum regionalen Rat für Volksbildung gegangen. Und kein anderer als er, S. P. Fedossejew, war schließlich in den Eurasischen Sektor bestellt und wie ein kleiner Junge gemaßregelt worden, weil er versucht hatte, eine Entscheidung der Berufslenkungskommission unqualifizierterweise zu desavouieren. (»Sie haben mir dort die Gutachten von vier Experten vorgelegt und schwarz auf weiß bewiesen, dass ich ein alter Trottel bin und der Vorsitzende der Lenkungskommission Dr. Serafimowitsch Recht hat.«)

An diesem Punkt angekommen, verstummte der Alte.

»Und was hat er darauf gesagt?«, fragte der Journalist Kammerer.

Der Alte kaute bekümmert auf seiner Lippe. »Dieser dumme Junge hat mir die Hand geküsst und ist dann zu seinem Gleiter gestürzt.«

Wir schwiegen eine Weile. Dann fügte er hinzu: »Und da fielen Sie mir ein. Ehrlich gesagt, hatte ich den Eindruck, dass er es gar nicht recht beachtet hat. Vielleicht hätte ich ihm ausführlicher von Ihnen erzählen sollen, aber mir war nicht danach. Ich weiß nicht, warum, aber mir schien, als würde ich ihn nie wiedersehen …«

2. JUNI '78
Ein kurzes Gespräch

Seine Exzellenz war zu Hause. Er trug einen strengen schwarzen Kimono, saß hinter seinem Schreibtisch und widmete sich seiner Lieblingsbeschäftigung: Er betrachtete unter der Lupe eine der hässlichen kleinen Statuetten, die er sammelte.

»Exzellenz«, sagte ich, »ich muss wissen, ob Lew Abalkin auf der Erde mit noch jemandem Kontakt aufgenommen hat.«

»Hat er«, sagte Seine Exzellenz und blickte mich, wie mir schien, interessiert an.

»Darf ich erfahren, mit wem?«

»Darfst du. Mit mir.«

Ich war sprachlos. Seine Exzellenz wartete einen Moment und befahl dann: »Berichte.«

Ich berichtete: die beiden Gespräche wörtlich, meine Schlussfolgerungen in Kurzfassung, und am Ende fügte ich hinzu, dass meiner Meinung nach für die nächste Zeit Begegnungen

Abalkins mit Komow, Rowlingson und Gorjatschow zu erwarten seien sowie mit weiteren Personen, die auf die eine oder andere Weise in Beziehung zu seiner Arbeit mit den Kopflern gestanden hatten. Und auch ein Treffen mit diesem Doktor Serafimowitsch – dem damaligen Vorsitzenden der Kommission für Berufslenkung. Da Seine Exzellenz schwieg und nicht den Kopf senkte, erlaubte ich mir eine Frage: »Darf ich erfahren, worüber er mit Ihnen gesprochen hat? Ich bin sehr erstaunt, dass er sich überhaupt bei Ihnen gemeldet hat.«

»Du bist sehr erstaunt … Ich auch. Aber es hat kein Gespräch zwischen uns gegeben. Er hat dasselbe gemacht wie bei dir: das Bild nicht eingeschaltet. Hat mich ein wenig angesehen, wahrscheinlich erkannt und dann die Verbindung unterbrochen.«

»Warum glauben Sie, dass er es war?«

»Weil er mich über einen Kanal angerufen hat, der nur einem einzigen Menschen bekannt ist.«

»Dann hat vielleicht dieser Mensch …«

»Nein, das ist ausgeschlossen … Und was deine Hypothese angeht, so trifft sie nicht zu. Aus Lew Abalkin ist ein hervorragender Resident geworden, er liebt diese Arbeit und würde sie um keinen Preis gegen eine andere eintauschen.«

»Obwohl nach dem Typus der nervlichen Konstitution eine Arbeit als Progressor für ihn…«

»Das fällt nicht in deine Kompetenz«, sagte Seine Exzellenz scharf. »Lass dich nicht ablenken. Zur Sache. Den Befehl, Abalkin ausfindig zu machen und unter Beobachtung zu nehmen, hebe ich auf. Folge ihm auf seiner Spur. Ich will wissen, wo er sich aufhält, mit wem er sich trifft und worüber er spricht.«

»Verstanden. Und wenn er mir trotzdem einmal begegnet?«

»Dann lässt du dir ein Interview für dein Buch geben. Und berichtest mir anschließend. Nicht mehr und nicht weniger.«

2. JUNI '78

Etliches über Geheimnisse

Gegen 23:30 Uhr duschte ich mich kurz, warf einen Blick ins Schlafzimmer und sah, dass Aljonna tief und fest schlief. Dann kehrte ich ins Arbeitszimmer zurück.

Ich beschloss, mit Wepl zu beginnen. Da er bekanntlich kein Erdenmensch war und nicht einmal ein Humanoid, brauchte ich meine ganze Erfahrung und – in aller Bescheidenheit gesagt – sämtliche Raffinesse beim Umgang mit Informationskanälen, um an die Daten zu kommen, die ich schließlich erhielt. Am Rande möchte ich bemerken, dass die große Mehrheit der Menschen auf unserem Planeten keine Ahnung von den Möglichkeiten dieses achten (oder nun schon neunten?) Weltwunders hat – des Großen Gesamtplanetaren Informatoriums – GGI. Und es ist durchaus möglich, dass auch ich – bei all meiner Erfahrung und Raffinesse – nicht für mich in Anspruch nehmen kann, sein unermessliches Gedächtnis vollständig ausschöpfen zu können.

Ich gab elf Anfragen ein – drei davon erwiesen sich als überflüssig – und erhielt im Ergebnis folgende Informationen über den Kopfler Wepl.

Sein vollständiger Name war Wepl-Itrtsch. Seit dem Jahre '75 bis zum heutigen Tag war er Mitglied der Ständigen Mission des Volkes der Kopfler auf der Erde. Nach den Funktionen zu urteilen, die er im Verhältnis zur irdischen Administration ausübte, war er eine Art Übersetzungsreferent der Mission. Seine tatsächliche Position aber war unbekannt, denn die Verhältnisse innerhalb des Kollektivs der Ständigen Mission blieben für die Erdenmenschen ein Buch mit sieben Siegeln. Bestimmte Daten ließen zudem darauf schließen, dass Wepl einer Art Familienzelle innerhalb der Mission vorstand – einen Überblick über die Größe und Zusammensetzung dieser Zelle gab es jedoch bis dato nicht. Dennoch schienen diese Strukturen bei der Entscheidung von wichtigen diplomatischen Fragen eine große Rolle zu spielen.

Überhaupt hatte sich über Wepl und die Mission sehr viel Datenmaterial angesammelt. Einige der Daten waren verblüffend, aber mit der Zeit gerieten sie entweder in Widerspruch zu neuen Daten oder wurden gänzlich widerlegt. Es sah fast so aus, als müsse unsere Xenologie vor diesem Rätsel ratlos die Achseln zucken. Und viele sehr gute Xenologen schlossen sich der Meinung Rowlingsons an, der schon zehn Jahre zuvor in einer schwachen Minute gesagt hatte: »Ich glaube, die führen uns einfach an der Nase herum!«

Das alles aber ging mich wenig an. Ich durfte später nur nicht die Worte Rowlingsons vergessen.

Die Mission befand sich am Fluss Thelon in Kanada, nordwestlich von Baker Lake. Die Kopfler hatten hier volle Bewegungsfreiheit und nutzten sie ausgiebig, obwohl sie kein anderes Transportmittel als Null-T akzeptierten. Die Residenz der Mission war streng nach einem Entwurf errichtet worden, den die Kopfler selbst vorgelegt hatten. Von der Idee aber, dort einzuziehen, hatten sie höflich Abstand genommen und sich stattdessen in der Umgebung in selbst gebauten unterirdischen Räumen oder, schlicht gesagt, in Erdlöchern eingerichtet. Telekommunikation lehnten sie ab. Daher waren die Bemühungen unserer Ingenieure, Videogeräte zu entwickeln, die speziell auf die Bedürfnisse der Kopfler abgestimmt waren (Gehör, Sehen, Handhabung), vergeblich gewesen. Die Kopfler akzeptierten ausschließlich persönliche Kontakte. Ich würde also nach Baker Lake fliegen müssen.

Nachdem ich die Informationen über Wepl beisammen hatte, beschloss ich, noch Doktor Serafimowitsch ausfindig zu machen – was mir ohne Mühe gelang, das heißt, es gelang mir, Informationen über ihn zu finden. Der Doktor der Pädagogik, ständiges Mitglied des Eurasischen Rates für Volksbildung, Mitglied des Weltrates für Pädagogik Valerij Markowitsch Serafimowitsch war schon vor zwei Jahrzehnten im Alter von einhundertachtzehn Jahren verstorben. Schade.

Dann nahm ich mir Kornej Jašmaa vor. Der Progressor Kornej Janowitsch Jašmaa hatte schon seit zwei Jahren als Adresse die Villa »Jans Lager« angegeben, die etwa zehn Kilometer nördlich von Antonow in der Wolgasteppe liegt. Er hatte ein umfangreiches Curriculum, aus dem hervorging, dass seine gesamte berufliche Tätigkeit mit dem Planeten Giganda in Verbindung stand. Er war nicht nur für die praktische Arbeit ein wichtiger Mann, sondern auch ein außergewöhnlicher Theoretiker auf dem Gebiet der experimentellen Geschichte. Alle Einzelheiten seiner Laufbahn waren jedoch augenblicklich aus meinem Kopf gelöscht, als ich auf folgende, an und für sich unauffällige Informationen stieß.

Die erste: Kornej Janowitsch Jašmaa war ein postumer Sohn.

Die zweite: Kornej Janowitsch Jašmaa war am 6. Oktober '38 geboren. Die Eltern Kornej Jašmaas waren keine Mitglieder der Gruppe »Jormala«, sondern ein Ehepaar, das während des Experiments »Spiegel« tragisch ums Leben gekommen war.

Ich traute meinem eigenen Gedächtnis nicht und schlug in der Mappe nach. Es stimmte. Und da war auch noch die Notiz auf der Rückseite des arabischen Textes: »... hat das Schicksal zwei von unseren Mehrlingen zusammengeführt. Ich versichere dir, es ist reiner Zufall ...« Ein Zufall. Nun, dort auf der Giganda mochte sich wirklich ein Zufall ereignet haben: Lew Abalkin, ein postumer Sohn, geboren am 6. Oktober '38, traf Kornej Jašmaa, einen postumen Sohn, geboren am 6. Oktober '38. Aber hier bei mir – ist es da auch ein Zufall? »Mehrlinge« – von unterschiedlichen Eltern. »Wenn du's nicht glaubst, schau in 07 und 11.« In Ordnung. »07« liegt vor mir. Also gibt es irgendwo in unserer Abteilung auch noch 11. Und es ist logischerweise anzunehmen, dass es auch 01, 02 und so weiter gibt ... Apropos: Minuspunkt für mich, dass mir diese sonderbare Chiffre nicht gleich aufgefallen ist: 07. Bei uns werden die Fälle (freilich nicht in Mappen, sondern in Kristallaufzeichnungen) normalerweise entweder mit phantastischen Wortkombinationen oder Namen von Gegenständen bezeichnet.

Was war das übrigens für ein Experiment »Spiegel«? Noch nie davon gehört. Fast schon automatisch tippte ich die entsprechende Anfrage an das GGI. Die Antwort versetzte mich in Erstaunen: »Information nur für Spezialisten, weisen Sie bitte Ihre Zulassung vor.« Ich gab meinen Code ein und wiederholte die Anfrage. Diesmal erschien die Antwort mit ein paar Sekunden Verzögerung: »Information nur für Spezialisten, weisen Sie bitte Ihre Zulassung vor.« Ich lehnte mich im Sessel zurück. Unglaublich! Zum ersten Mal in meiner beruflichen Laufbahn erwies sich die Zulassung der KomKon 2 als unzureichend, um eine Information vom GGI zu bekommen.

Und in dem Moment wurde mir klar, dass ich die Grenzen meiner Kompetenz überschritten hatte. Plötzlich verstand ich, dass vor mir ein großes, düsteres Geheimnis lag und dass das Schicksal Abalkins mit all seinen Rätseln und Ungereimtheiten nicht nur auf ein persönliches Geheimnis Abalkins hinauslief, sondern dass es mit den Schicksalen vieler anderer Menschen verflochten war. Und ich wagte nicht, an diese Schicksale zu rühren, weder als Mitarbeiter der KomKon noch als Mensch.

Es hatte nichts damit zu tun, dass mir das GGI Informationen über das Experiment »Spiegel« verweigerte. Ich war überzeugt, dass das Experiment mit dem Geheimnis nicht das Geringste zu tun hatte. Die Weigerung des GGI war einfach wie eine Ohrfeige – eine Ohrfeige in eine bestimmte Richtung, die mich zwang zurückzuschauen. Und sie klärte in gewisser Weise meinen Blick. Auf einmal sah ich alles im Zusammenhang: das seltsame Verhalten Jadwiga Lekanowas, die ungewöhnliche Geheimhaltungsstufe, das ungewohnte »Behältnis für Dokumente«, die sonderbare Chiffre, die Weigerung Seiner Exzellenz, mich vollständig in den Fall einzuweihen, und sogar seine anfängliche Anweisung, keinerlei Kontakt mit Abalkin aufzunehmen ... Und jetzt noch diese unglaubliche Übereinstimmung von Daten und Umständen, unter denen Lew Abalkin und Kornej Jašmaa zur Welt gekommen waren.

Es gab ein Geheimnis, und Lew Abalkin war nur ein Teil davon. Ich verstand jetzt, warum Seine Exzellenz diesen Fall gerade mir übertragen hatte. Es gab zwar gewiss Leute, die in dieses Geheimnis eingeweiht waren, doch eigneten sie sich anscheinend nicht für die Fahndung. Und es gab genügend Leute, die für die Fahndung genauso geeignet waren wie ich, vielleicht sogar besser, aber Seine Exzellenz wusste, dass die Fahndung früher oder später zu dem Geheimnis führen würde. Und da war es wichtig, einen Menschen auszusuchen, der genug Feingefühl besaß, um rechtzeitig haltzumachen. Für den Fall, dass das Geheimnis im Laufe der Fahndung gelüftet werden sollte, war es wichtig, dass Seine Exzellenz diesem Menschen vertraute wie sich selbst.

Darüber hinaus war das Geheimnis Lew Abalkins auch noch ein Persönlichkeitsgeheimnis! Sehr schlecht. Das dunkelste Geheimnis, das sich nur denken ließ – nicht einmal die Person selbst durfte etwas davon ahnen. Das einfachste Beispiel: die Information über eine unheilbare Krankheit der Person. Ein kompliziertes Beispiel: das Geheimnis um eine aus Unwissenheit begangene Tat, die nicht wiedergutzumachende Folgen hatte, siehe König Ödipus ...

Nun denn, Seine Exzellenz hatte richtig gewählt. Ich mag keine Geheimnisse. Ich finde, dass in der heutigen Zeit und auf unserem Planeten alle Geheimnisse etwas Schmutziges haben. Ich gebe zu, dass viele durchaus aufsehenerregend sind und unsere Phantasie anfachen können, aber mir persönlich ist es unangenehm, in Geheimnisse eingeweiht zu werden. Und noch unangenehmer ist es mir, Außenstehende, die nichts damit zu tun haben und nichts dafür können, in Geheimnisse einzuweihen. In der KomKon 2 steht die Mehrheit der Mitarbeiter auf demselben Standpunkt, und das ist sicherlich auch der Grund, weshalb bei uns nur sehr selten etwas nach außen dringt. Meine Abscheu vor Geheimnissen aber übersteigt wohl doch das übliche Maß. Ich gebe mir sogar Mühe, nicht die übliche Wendung »ein Geheimnis lüften« zu benutzen, sondern sage für gewöhnlich »ein Geheimnis ausgraben«. Dabei komme ich mir vor wie ein Umweltreiniger, ein Müllmann im wahrsten Sinne des Wortes.

So wie jetzt zum Beispiel.

Aus dem Bericht Lew Abalkins

In der Dunkelheit wird die Stadt flach wie ein alter Kupferstich. Ein trüber Widerschein des Schimmels zeigt sich in den schwarzen Fensteröffnungen. Auf den wenigen gepflasterten Freiflächen und auf dem Rasen aber schimmern kleine leblose Regenbögen – über Nacht haben sich dort die Kelche unbekannter, leuchtender Blumen geöffnet. In der Luft liegt ein nicht sehr starker, aber aromatischer Geruch, und hinter den Dächern steigt langsam der erste Mond auf. Er steht jetzt über der Hauptstraße – wie eine große gezähnte Sichel – und taucht die Stadt in ein unangenehmes orangefarbenes Licht.

Bei Wepl erregt der Mond eine unerklärliche Abscheu. Alle paar Minuten sieht er ihn mit furchtbar bösem Blick an und klappt dabei wie krampfhaft seine Schnauze auf und zu, als habe er das Verlangen zu jaulen, beherrsche sich aber. Das ist umso seltsamer, als auf seinem Heimatplaneten Saraksch der Mond infolge der Lichtbrechung in der Atmosphäre völlig unsichtbar ist. Und gegenüber dem Erdenmond hat sich Wepl, soweit ich weiß, immer völlig gleichgültig verhalten.

Dann bemerken wir zwei Kinder.

Hand in Hand und ganz leise gehen sie den Fußweg entlang, als wollten sie sich in der Dunkelheit verbergen. Sie gehen in dieselbe Richtung wie Wepl und ich. Der Kleidung nach zu urteilen, sind es Jungen. Der eine ist größer, etwa acht Jahre alt, der andere noch klein, vielleicht vier oder fünf. Anscheinend sind sie gerade erst aus einer Seitenstraße eingebogen, sonst hätte ich sie von weitem gesehen. Sie scheinen schon sehr lange unterwegs zu sein, seit Stunden, sehen sehr müde aus und können kaum einen Fuß vor den anderen setzen. Der Kleine geht schon gar nicht mehr, sondern schleppt sich an der Hand des Älteren weiter. An einem breiten Trageriemen baumelt dem Älteren eine flache Tasche von der Schulter herab, er rückt sie andauernd zurecht, aber sie schlägt ihm dennoch gegen die Knie.

Der Translator übersetzt mit trockener, leidenschaftsloser Stimme: »Müde, die Beine tun weh. Geh, hab ich dir gesagt. Geh. Böser Mensch. Bist selber ein böser, schlechter Mensch. Schlange mit Rattenohren. Bist selber ein verfaulter Rattenschwanz.« So. Jetzt sind sie stehen geblieben. Der Jüngere windet seine Hand aus der des Älteren und setzt sich hin. Der Ältere zerrt ihn am Kragen hoch, aber der Jüngere setzt sich wieder, und da gibt ihm der Ältere eine Ohrfeige. Aus dem Translator strömt ein Schwall von »Ratten«, »Schlangen«, »stinkenden Tieren« und sonstiger Fauna. Dann beginnt der Jüngere laut zu weinen, was den Translator aus dem Konzept bringt; er verstummt. Zeit, sich einzumischen.

»Guten Tag, Kinder«, sage ich nur mit den Lippen.

Ich bin dicht an sie herangekommen, aber erst jetzt bemerken sie mich. Der Kleine hört augenblicklich auf zu weinen und schaut mich erstaunt an. Der Ältere schaut auch, aber unter den Augenbrauen hervor, feindselig, die Lippen fest zusammengepresst. Ich gehe vor ihm in die Hocke und sage: »Hab keine Angst. Ich bin gut. Ich tu dir nichts.«

Ich weiß, dass die Lingare keine Intonation wiedergeben, und deshalb bemühe ich mich, einfache beruhigende Worte zu finden.

»Ich heiße Lew«, sage ich. »Ich sehe, ihr seid müde. Soll ich euch helfen?«

Der Ältere antwortet nicht. Er schaut noch immer sehr misstrauisch unter den Brauen hervor und ist vorsichtig. Der Kleine aber interessiert sich plötzlich für Wepl und wendet kein Auge von ihm – man sieht, dass er gleichzeitig ängstlich und neugierig ist. Wepl sitzt ein Stück abseits, macht einen durch und durch gutmütigen Eindruck und hält den Kopf mit der hohen Stirn abgewandt.

»Ihr seid müde«, sage ich. »Ihr wollt essen und trinken. Gleich gebe ich euch was Feines.«

Da bricht es aus dem Älteren heraus. Sie sind überhaupt nicht müde, und sie brauchen nichts Feines. Gleich wird er diese Schlange mit Rattenohren zur Vernunft bringen, und sie werden weitergehen. Und wer sie nicht lässt, kriegt eine Kugel in den Wanst. So ist das.

Sehr gut. Niemand denkt daran, sie nicht zu lassen. Aber wo wollen sie hin?

Sie gehen dahin, wo sie hin müssen.

Aber trotzdem, wohin? Womöglich haben wir denselben Weg? Dann könnte man die Schlange mit Rattenohren auf den Schultern tragen.

Am Ende renkt sich alles ein. Es werden vier Tafeln Schokolade gegessen und zwei Flaschen Tonisator getrunken. In die kleinen Münder wird je eine halbe Tube Fruchtmasse ausgedrückt. Aufmerksam untersuchen die Kinder meinen Regenbogenanzug, und Wepl lässt sich (nach kurzer und sehr energischer Diskussion) einmal (nur einmal!) streicheln (aber keinesfalls am Kopf, nur am Rücken). Bei Vanderhoeze an Bord schluchzt alles vor Rührung, und man hört ein vielstimmiges kindliches Lispeln.

Es stellt sich Folgendes heraus.

Die Jungen sind Brüder; der Ältere heißt Ijadrudan, der Kleine Pritulatan. Sie haben ziemlich weit von hier (wo, lässt sich nicht genau feststellen) zusammen mit dem Vater in einem großen weißen Haus mit einem Bassin im Hof gewohnt. Bis vor kurzem wohnten bei ihnen noch zwei Tanten und ein Bruder – der älteste von ihnen, achtzehn Jahre alt –, aber sie sind alle gestorben. Anschließend hat der Vater die beiden nicht mehr mitgenommen, wenn er aus dem Haus ging, um Essen zu beschaffen; vorher waren sie immer mit der ganzen Familie unterwegs. Ringsumher gab es viel zu essen – dort, dort und dort auch (wo, lässt sich nicht genau feststellen). Wenn er allein fortging, befahl der Vater jedes Mal: Falls er bis zum Abend nicht zurückkehre, müssten die beiden Kinder das *Buch* nehmen, auf die breite Straße hinausgehen und immer geradeaus gehen, bis sie zu einem schönen gläsernen Haus kämen, das im Dunkeln leuchte. Aber in das Haus hineingehen dürften sie nicht. Sie sollten sich daneben setzen und warten, bis Leute kämen und sie dorthin führten, wo Papi, Mami und alle anderen sind. Warum nachts? Weil nachts keine schlechten Menschen auf der Straße sind. Sie sind nur am Tage da. Nein, wir haben nie welche gesehen, aber viele Male gehört, wie sie mit den Glöckchen klingeln, Musik machen und uns aus dem Haus locken wollen. Da haben der Vater und der große Bruder ihre Gewehre genommen und ihnen eine Kugel in den Wanst gejagt … Nein, sonst kennen sie niemanden und haben niemanden gesehen. Einmal allerdings, vor langer Zeit, sind unbekannte Leute mit Gewehren zu ihnen ins Haus gekommen und haben sich den ganzen Tag mit dem Vater und dem großen Bruder gestritten.

Dann haben sich auch noch Mami und die beiden Tanten eingemischt. Sie haben alle laut geschrien, aber der Vater hat am Ende den Streit gewonnen, die Leute sind gegangen und nie wiedergekommen.

Der kleine Pritulatan schläft auf der Stelle ein, sobald ich ihn auf den Arm genommen habe. Ijadrudan hingegen lehnt jegliche Hilfe ab. Er hat mir nur erlaubt, seine Tasche mit dem *Buch* geschickter anzubringen, und geht jetzt betont selbstständig neben mir, die Hände in den Taschen. Wepl läuft voraus, ohne sich am Gespräch zu beteiligen. Mit seiner ganzen Haltung demonstriert er eine völlige Gleichgültigkeit gegenüber dem Geschehen. In Wirklichkeit aber beschäftigt ihn genauso wie uns alle der Gedanke, das Ziel der beiden Jungen – ein großes leuchtendes Gebäude – könnte just das Objekt »Fleck 96« sein.

Was in dem *Buch* steht, vermag Ijadrudan nicht wiederzugeben. Aber die Erwachsenen trugen dort jeden Tag alles ein, was sich ereignete. Wie Pritulatan von einer giftigen Ameise gebissen worden war. Wie plötzlich das Wasser aus dem Bassin abzufließen begann, der Vater es aber aufhielt. Wie die Tante gestorben war – sie hatte gerade eine Konservendose geöffnet, die Mami schaut hin, und die Tante ist schon tot. Ijadrudan hat das *Buch* nicht gelesen, er liest schlecht und ungern; ihm fehlt die Begabung. Pritulatan hingegen ist sehr begabt, aber noch klein und begreift nichts. Nein, langweilig war ihnen nie. Wie kann man sich langweilen in einem Haus mit fünfhundertundsieben Zimmern? Und in jedem Zimmer gab es eine Menge wundersamer Dinge, sogar solche, von denen nicht einmal der Vater sagen konnte, wozu sie dienten. Bloß Gewehre haben wir dort nicht gefunden. Gewehre sind jetzt rar. Vielleicht hätten wir im Nebenhaus eins finden können, aber der Vater hat uns strengstens verboten, nach draußen zu gehen. Er hat gesagt, das wäre nicht gut für uns. Aber wenn wir zu dem leuchtenden Haus gingen und die guten Menschen, die dort auf uns warten, uns mit zur Mami nähmen, könnten wir schießen, so viel wir wollten ... Aber vielleicht führst du uns zur Mami? Du bist ein guter Mensch, aber warum hast du kein Gewehr? Der Vater hat uns gesagt, dass alle guten Menschen ein Gewehr haben.

»Nein«, sage ich. »Ich kann dich nicht zur Mami führen. Ich bin fremd hier und würde selbst gern den guten Menschen begegnen.«

»Schade«, sagt Ijadrudan.

Wir kommen auf einen Platz. Das Objekt »Fleck 96« sieht aus der Nähe aus wie eine überdimensionale, altertümliche Schatulle aus blauem Kristall – randvoll mit funkelnden Edelsteinen und Halbedelsteinen. Aus ihrem Inneren dringt ein gleichmäßiges weißblaues Licht, das ringsum alles erhellt – den vom dichten Unkraut geborstenen Asphalt ebenso wie die toten Häuserfronten, von denen der Platz gesäumt wird. Die Wände dieses ungewöhnlichen Gebäudes sind vollkommen durchsichtig; drinnen glitzert und changiert ein fröhliches Chaos von Rot, Gold, Grün und Gelb, so dass man nicht gleich den Eingang bemerkt, zu dem ein paar flache Stufen hinführen und der breit und einladend offen steht.

»Spielzeug!«, flüstert Pritulatan andächtig, fängt an zu zappeln und will hinunter.

Erst jetzt sehe ich, dass die Schatulle gar nicht mit Kostbarkeiten gefüllt ist, sondern mit buntem Spielzeug, mit Hunderten und Tausenden bunter, überaus plumper Spielsachen: riesigen Puppen in grellen Farben, hässlichen Holzautos und einer Unmenge bunten Kleinkrams, der aus dieser Entfernung nicht zu erkennen ist.

Der kleine begabte Pritulatan fängt an zu quengeln und zu betteln, dass wir alle in dieses Zauberhaus hineingehen sollen. Es macht nichts, dass der Papi es verboten hat; wir schauen nur mal ganz kurz hinein, nehmen das Lastauto da, und dann warten wir gleich auf die guten Menschen … Ijadrudan versucht, ihn zum Schweigen zu bringen, zuerst mit Worten, und dann, als das nicht hilft, indem er ihm das Ohr verdreht. Aus dem Gequengel wird augenblicklich lautes Weinen. Der Translator verteilt auch weiterhin ungerührt Säcke voller »Schlangen mit Rattenohren« in die Umgebung; an Bord schreit Vanderhoeze aufgebracht, wir sollten den Kleinen beruhigen und trösten, bis alle, den begabten Pritulatan eingeschlossen, auf einmal verstummen.

An der nächsten Ecke steht der bewaffnete Eingeborene von vorhin; seine Hände liegen auf dem Gewehr, das ihm quer über die Brust hängt. Federnd und lautlos kommt er über den blau schimmernden Asphalt direkt auf die Kinder zu. Wepl und mich schaut er nicht einmal an. Er nimmt den still gewordenen Pritulatan bei der linken Hand, Ijadrudan, dessen Miene sich aufgehellt hat, bei der rechten, und führt sie fort, über den Platz geradewegs zu dem leuchtenden Gebäude – zur Mami, zum Papi, zu der unbegrenzten Möglichkeit zu schießen.

Ich blicke ihnen nach. Alles scheint genauso abzulaufen wie geplant, und doch macht eine Kleinigkeit, irgendeine wichtige Kleinigkeit das Bild zunichte. Ein Wermutstropfen …

»Hast du's erkannt?«, fragt Wepl.

»Was denn?«, antworte ich gereizt, weil es mir einfach nicht gelingt, diese Kleinigkeit zu entdecken, die das ganze Bild verdirbt.

»Lösch das Licht in diesem Gebäude und schieß ein Dutzend Mal mit einer Kanone drauf.«

Ich höre ihn kaum, denn plötzlich begreife ich, was da stört. Der Eingeborene geht mit den Kindern an den Händen, und ich sehe, wie das Gewehr im Takt der Schritte vor seiner Brust hin und her schwingt – wie ein Pendel von links nach rechts, von rechts nach links. Aber es dürfte nicht so pendeln. So heftig kann ein schweres automatisches Gewehr von mindestens fünfzehn Pfund nicht hin und her schaukeln. Nur ein Spielzeuggewehr schaukelt so – eins aus Holz oder Plastik. Dieser »gute Mensch« hat ein falsches Gewehr …

Es gelingt mir nicht, den Gedanken zu Ende zu denken. Ein Spielzeuggewehr bei einem Eingeborenen. Die Eingeborenen sind Scharfschützen. Vielleicht ist das Spielzeuggewehr aus diesem Spielzeugpavillon … Lösch in diesem Pavillon das Licht und schieß ein Dutzend Mal mit einer Kanone drauf … Das ist ja genauso ein Pavillon … Nein, ich bringe keinen dieser Gedanken zu Ende.

Links krachen Ziegel herab, zersplittert auf dem Trottoir ein hölzerner Rahmen. Über die hässliche Fassade eines fünfstöckigen Hauses, des dritten von der Ecke, gleitet an den dunklen Fensteröffnungen vorbei ein breiter gelber Schatten – so leicht, so schwerelos; kaum zu glauben, dass hinter ihm her Schichten von Putz und Ziegelbrocken von der Fassade stürzen. Vanderhoeze schreit etwas. Furchterregend, zweistimmig kreischen auf dem Platz die Kinder. Der Schatten aber ist schon auf dem Asphalt – unverändert schwerelos, halb durchsichtig, riesig. Der rasende Lauf von Dutzenden von Beinen ist kaum auszumachen, und inmitten dieses Gewirrs hebt und senkt sich der dunkle Gliederkörper – vor sich hoch erhoben, glänzend, wie lackiert, die Greifscheren … Der Scorcher landet wie von selbst in meiner Hand. Wie ein automatischer Entfernungsmesser bin ich mit nichts anderem beschäftigt, als die Entfernung zwischen der Krebsspinne und den kleinen Gestalten der Kinder zu messen, die schräg über den Platz davonstürzen. (Irgendwo ist da auch noch der Eingeborene mit seinem falschen Gewehr, er läuft ebenfalls so schnell er kann und bleibt dabei etwas hinter den Kindern zurück; aber ich achte nicht auf ihn.) Der Abstand verringert sich rapide, alles ist klar, und als mich die Krebsspinne passiert, schieße ich.

In diesem Augenblick sind es zwanzig Meter bis zu ihr. Ich habe noch nicht allzu oft mit dem Scorcher geschossen und bin überwältigt von dem Ergebnis. Der rotviolette Blitz blendet mich für einen Moment, doch ich sehe noch, wie die Krebsspinne geradezu explodiert. Augenblicklich. Ganz und gar, von den Scheren bis zum Ende der Hinterbeine. Wie ein überhitzter Dampfkessel. Es ertönt ein kurzer Donner, kommt als Echo zurück und rollt über den Platz. An Stelle des Ungeheuers breitet sich nun eine dichte, nahezu steife Wolke weißen Dampfes aus.

Alles ist vorüber. Die Dampfwolke zerstiebt langsam und mit leisem Zischen. Die panischen Schreie und das Trappeln der Füße verstummen in einer dunklen Seitenstraße, und die kostbare Pavillon-Schatulle steht leuchtend, als wäre nichts gewesen, noch immer in ihrer ganzen Pracht mitten auf dem Platz …

»Gott, was für ein grässliches Vieh«, murmle ich. »Wie kommen die hierher – hundert Parsek von der Pandora entfernt … Und du, hast du wieder nichts gemerkt?«

Wepl kommt nicht zum Antworten. Es ertönt ein Gewehrschuss, das Echo rollt über den Platz, und gleich darauf folgt ein zweiter. Ganz in der Nähe. Anscheinend hinter der Ecke. Wohl in der Straße, in die alle hineingerannt sind.

»Wepl, halte dich links, bleib auf gleicher Höhe!«, kommandiere ich schon im Laufen.

Ich verstehe nicht, was dort in der Seitenstraße vor sich geht. Vielleicht hat noch eine Krebsspinne die Kinder angefallen. Dann war es doch kein Spielzeuggewehr? Aber da treten aus dem Dunkel der Seitenstraße drei Männer, bleiben stehen und versperren uns den Weg. Zwei von ihnen sind mit richtigen automatischen Gewehren bewaffnet, und die beiden Läufe sind direkt auf mich gerichtet.

Im bläulich weißen Licht ist alles sehr gut zu sehen: Ein hochgewachsener alter Mann steht da; er trägt eine graue

Uniform mit funkelnden Knöpfen. Rechts und links von ihm halten zwei kräftige Burschen ihre Gewehre im Anschlag; die beiden stehen einen halben Schritt hinter ihm, tragen ebenfalls graue Uniformen und Gürtelriemen mit Patronentaschen.

»Sehr gefährlich«, sagt Wepl in der schnalzenden Sprache der Kopfler. »Ich wiederhole: sehr!«

Ich verlangsame das Laufen auf normales Schritttempo und zwinge mich, den Scorcher im Halfter verschwinden zu lassen. Vor dem Alten bleibe ich stehen und frage: »Was ist mit den Kindern?«

Die Gewehrmündungen sind genau auf meinen Bauch gerichtet. Die Burschen haben finstere, erbarmungslose Gesichter.

»Mit den Kindern ist alles in Ordnung«, antwortet der Alte.

Seine Augen sind hell, beinahe fröhlich, und sein Gesicht hat nichts von der Düsternis der bewaffneten Burschen; es ist das gewöhnliche, faltige Gesicht eines alten Mannes. Aber vielleicht kommt es mir nur so vor? Vielleicht liegt es daran, dass er statt eines Gewehrs einen blankpolierten Stab in der Hand hält, mit dem er sich leicht und leger gegen den Schaft eines seiner hohen Stiefel klopft.

»Auf wen haben Sie geschossen?«, frage ich.

»Auf den schlechten Menschen«, übersetzt der Translator die Antwort.

»Dann gehören Sie zu den guten Menschen mit den Gewehren?«, frage ich.

Der Alte zieht die Brauen hoch. »Gute Menschen? Was soll das heißen?«

Ich wiederhole, was mir Ijadrudan erklärt hat.

Der Alte nickt.

»Alles klar. Ja, wir sind diese guten Menschen.«

Er mustert mich von Kopf bis Fuß. »Aber bei euch läuft es, wie ich sehe, ganz gut. Eine kleine Übersetzungsmaschine auf dem Rücken. Wir hatten so was seinerzeit auch, aber groß, über mehrere Zimmer ... Aber so eine Handfeuerwaffe hat es bei uns nie gegeben. Geschickt haben Sie diesen schlechten Menschen erledigt! Wie mit einer Kanone. Sind Sie schon länger hier?«

»Seit gestern«, sage ich.

»Wir haben unsere Flugmaschinen leider nicht wieder in Gang bekommen. Niemand da, der es machen könnte.« Abermals mustert er mich unverhohlen. »Ja, ihr seid tüchtig. Aber bei uns hier ist, wie Sie sehen, alles zusammengebrochen. Wie habt ihr es geschafft? Habt ihr sie geschlagen? Oder ein Mittel gegen sie gefunden?«

»Ja, zusammengebrochen ist bei Ihnen wirklich alles«, sage ich vorsichtig. »Einen Tag bin ich schon hier, aber trotzdem begreife ich nichts ...«

Mir ist klar, dass er mich für jemand anderen hält. Fürs Erste kann das sogar besser sein. Ich muss nur vorsichtig sein, ganz vorsichtig ...

»Ich sehe, dass Sie nichts begreifen«, sagt der Alte. »Aber das ist ziemlich sonderbar. Hat sich bei euch etwa nichts von alldem ereignet?«

»Nein«, antworte ich. »So etwas hat sich bei uns nicht ereignet.«

Der Alte stößt plötzlich einen langen Satz aus, auf den der Translator reagiert: »Sprache nicht codiert.«

»Ich verstehe nicht«, sage ich.

»Sie verstehen nicht. Und ich dachte, ich beherrsche die Sprache von Transmontanien recht gut.«

»Ich bin nicht von dort«, entgegne ich. »Und bin nie dort gewesen.«

»Woher sind Sie dann?«

Ich fasse einen Entschluss.

»Das ist jetzt nicht wichtig«, sage ich. »Sprechen wir nicht von uns. Bei uns ist alles in Ordnung. Wir brauchen keine Hilfe. Sprechen wir von Ihnen. Ich habe bisher wenig verstanden, aber eins ist offensichtlich: Sie brauchen Hilfe. Was für welche? Was brauchen Sie am Nötigsten? Und: Was geht hier bei Ihnen vor? Darüber sollten wir jetzt sprechen. Und lassen Sie uns irgendwo hinsetzen, ich bin schon den ganzen Tag auf den Beinen. Gibt es hier einen Ort, wo wir uns in Ruhe unterhalten können?«

Er schweigt eine Zeit lang und sieht mich aufmerksam an.

»Sie wollen also nicht sagen, wo Sie herkommen«, sagt er schließlich. »Nun, das ist Ihr gutes Recht. Sie sind stärker. Aber es ist dumm. Ich weiß auch so, dass Sie vom Nördlichen Archipel kommen. Ihr seid nur deshalb verschont geblieben, weil sie euch nicht bemerkt haben. Euer Glück. Aber ich wüsste gern, wo ihr die letzten vierzig Jahre wart, während sie uns hier bei lebendigem Leibe verfaulen ließen? Habt euch ein schönes Leben gemacht. Verflucht sollt ihr sein!«

»Ihr seid nicht die Einzigen, die ein Unglück erlebt haben«, entgegne ich ganz aufrichtig. »Jetzt wart ihr eben an der Reihe …«

»Das freut uns«, sagt er. »Aber kommen Sie mit, wir setzen und unterhalten uns.«

Wir betreten das Haus auf der gegenüberliegenden Seite, gehen nach oben in den ersten Stock und stehen in einem schmuddeligen Zimmer, in dem nichts steht als ein Tisch in der Mitte, ein riesiger Diwan an der Wand und zwei Schemel am Fenster. Die Fenster gehen auf den Platz hinaus, und das Zimmer ist von dem weißblauen Licht des Pavillons erhellt. Auf dem Diwan schläft jemand, bis zum Hals mit einem glänzenden Mantel zugedeckt. Auf dem Tisch stehen Konservendosen und eine große Flasche aus Metall.

Kaum dass er im Zimmer ist, sorgt der Alte für Ordnung. Er scheucht den Schlafenden auf und jagt ihn aus dem Haus. Einer der finsteren jungen Männer erhält den Befehl, Posten zu beziehen, und setzt sich auf einen Schemel am Fenster, wo er die ganze Zeit über sitzen bleibt, ohne den Platz aus den

Augen zu lassen. Der zweite junge Mann macht sich geschickt ans Öffnen der Konservendosen. Danach geht er zur Tür und lehnt sich mit der Schulter an den Türrahmen.

Man bietet mir einen Platz auf dem Diwan an, klemmt mich mit dem Tisch ein und umstellt mich mit Konservendosen. In der Metallflasche befindet sich gewöhnliches, recht sauberes Wasser, wenngleich mit einem Beigeschmack von Eisen. Wepl wird auch nicht vergessen. Der Soldat, den der Alte vom Diwan vertrieben hat, stellt eine offene Konservendose vor ihn auf den Fußboden. Wepl protestiert nicht, isst aber auch nichts davon, sondern geht zur Tür und setzt sich vorsorglich neben den Posten. Eifrig kratzt er sich, schnauft und leckt sich – er gibt sich alle Mühe, den gewöhnlichen Hund zu spielen.

Unterdessen nimmt der Alte den zweiten Schemel, setzt sich mir gegenüber, und das Gespräch beginnt.

Zuerst einmal stellt sich der Alte vor. Natürlich erweist er sich als Gatta'uch, und zwar nicht schlechthin als Gatta'uch, sondern als Gatta'uch-Okambomon, was mit »Regent des gesamten Territoriums und der angrenzenden Bezirke« zu übersetzen wäre. Ihm unterstehen die Stadt, der Hafen und ein Dutzend Stämme, die im Umkreis von fünfzig Kilometern leben. Über die Vorgänge jenseits dieser Grenze hat er keine klare Vorstellung, nimmt aber an, dass es dort ähnlich aussieht. Die Gesamtbevölkerung seines Gebiets beträgt gegenwärtig etwa fünftausend Menschen. Es gibt dort weder Industrie noch eine planmäßige Landwirtschaft. In der Vorstadt allerdings befindet sich ein Laboratorium – seinerzeit eins der besten der Welt. Geleitet wird es bis zum heutigen Tage von Dra'udan persönlich (»Seltsam, dass Sie nie von ihm gehört haben. Er hat auch Glück gehabt – ist langlebig wie ich.«). Aber in den letzten vierzig Jahren ist es ihnen trotzdem nicht gelungen, etwas zu erreichen. Und sie werden es offensichtlich auch nicht mehr schaffen.

»Und deshalb«, kommt der Alte zum Schluss, »wollen wir nicht lange darum herumreden und nicht feilschen. Ich habe eine Bedingung: Wenn es eine Heilung gibt, dann für alle. Ohne Ausnahme. Wenn ihr diese Bedingung akzeptiert, könnt ihr alle weiteren selbst stellen. Welche auch immer. Ich akzeptiere sie ohne Vorbehalte. Wenn aber nicht, dann lasst euch lieber nicht mehr hier blicken. Wir werden natürlich alle krepieren, aber auch ihr werdet keine Ruhe haben, solange noch einer von uns am Leben ist.«

Ich schweige. Ich warte auf einen Hinweis vom Stab. Irgendeinen wenigstens! Aber dort begreifen sie anscheinend auch nichts.

»Ich möchte Sie daran erinnern«, sage ich schließlich, »dass ich nach wie vor nicht verstehe, was hier vor sich geht.«

»Dann fragen Sie!«, ruft der Alte heftig.

»Sie haben von Heilung gesprochen. Gab oder gibt es hier eine Epidemie?«

Das Gesicht des Alten wird zu Stein. Er schaut mir lange in die Augen, stützt sich dann müde auf den Tisch und reibt sich mit den Fingern die Stirn. »Ich habe Ihnen doch schon gesagt: Wir wollen nicht darum herumreden. Wir haben nicht die Absicht zu feilschen. Sagen Sie klar und deutlich: Habt ihr ein Allheilmittel? Wenn ja, dann diktiert die Bedingungen. Wenn nicht, dann haben wir nichts zu bereden.«

»So kommen wir nicht weiter«, sage ich. »Gehen Sie davon aus, dass ich absolut nichts weiß. Dass ich diese vierzig Jahre verschlafen habe, zum Beispiel. Ich weiß nicht, was für eine Krankheit ihr habt, weiß nicht, welche Medizin ihr braucht ...«

»Und von der Invasion wissen Sie auch nichts?«, sagt der Alte mit geschlossenen Augen.

»Fast nichts.«

»Und von der Allgemeinen Wegführung wissen Sie nichts?«

»Fast nichts. Ich weiß, dass alle fortgegangen sind. Ich weiß, dass irgendwie Besucher aus dem Kosmos damit zu tun haben. Mehr nicht.«

»Beß-uch-err aus dem Kos-mos«, wiederholt der Alte mühevoll auf russisch.

»Menschen vom Mond ... Menschen vom Himmel«, sage ich.

Er bleckt seine gelben Zähne. »Nicht vom Himmel und nicht vom Mond. Aus dem Erdinnern!«, sagt er. »Etwas wissen Sie also doch.«

»Ich bin durch die Stadt gegangen und habe vieles gesehen.«

»Und bei euch dort ist überhaupt nichts geschehen? Gar nichts?«

»Nein, nichts dergleichen«, sage ich bestimmt.

»Und ihr habt nichts gemerkt? Habt den Untergang der Menschheit nicht bemerkt? Hören Sie auf zu lügen! Was wollen Sie mit diesen Lügen erreichen?«

»Lew!«, wispert unter meinem Helm Komows Stimme. »Spiel ihm die Variante ›Kretin‹ vor!«

»Ich bin Befehlsempfänger!«, erkläre ich streng. »Ich weiß nur das, was ich zu wissen habe! Ich tue nur das, was mir befohlen wird! Wenn ich den Befehl erhalte zu lügen, dann lüge ich, aber jetzt habe ich keinen solchen Befehl.«

»Und wie lautet Ihr Befehl?«

»Eine Aufklärung in Ihrem Bezirk durchführen und alle Umstände melden.«

»Was für ein dummes Zeug!«, sagt der Alte müde und angewidert. »Nun gut. Wie Sie wollen. Aus irgendeinem Grunde möchten Sie sich von mir erzählen lassen, was allgemein bekannt ist ... Schön. Hören Sie zu.«

Es stellt sich heraus, dass eine Rasse widerlicher Nichtmenschen an allem schuld ist. Diese haben sich zunächst in den Tiefen des Planeten entwickelt, vermehrt – und dann, vor vierzig Jahren, eine Invasion gegen die hiesige Menschheit unternommen. Die Invasion begann mit einer beispiellosen Pandemie, die die Nichtmenschen über den ganzen Planeten brachten. Den Erreger der Pandemie zu finden, ist bis heute nicht gelungen. Die Krankheit äußert sich so: Mit zwölf Jahren beginnen völlig normale Kinder auf einmal rapide zu altern. Das Entwicklungstempo des menschlichen Organismus nimmt ab diesem kritischen Alter in geometrischer Progression zu. Sechzehnjährige Jungen und Mädchen sehen aus wie vierzig; mit achtzehn setzt das Greisenalter ein, und den zwanzigsten Geburtstag überleben die wenigsten.

Die Pandemie wütete schon drei Jahre, als die Nichtmenschen zum ersten Mal ihre Existenz kundtaten. Sie schlugen allen Regierungen vor, die Bevölkerung »in die Nachbarwelt«, das heißt, zu sich ins Erdinnere, umzusiedeln. Sie versprachen, dass dort in der Nachbarwelt die Pandemie von selbst verschwände. Und da strömten Millionen und Abermillionen verängstigter Menschen in spezielle, tiefe Brunnen, aus denen seither niemand mehr zurückkehrte. So ist vor vierzig Jahren die hiesige Zivilisation untergegangen.

Natürlich haben es nicht alle geglaubt. Nicht alle haben sich ängstigen lassen. Ganze Familien und Familiengruppen sind geblieben, ganze Religionsgemeinschaften. Unter den furchtbaren Bedingungen der Pandemie kämpften sie ihren aussichtslosen Kampf ums Dasein und um das Recht, so zu leben, wie ihre Vorfahren gelebt hatten. Doch die Nichtmenschen ließen auch diesen erbärmlichen Bruchteil von einem Prozent der ehemaligen Bevölkerung nicht in Frieden. Sie machten regelrecht Jagd auf die Kinder, auf diese letzte Hoffnung der Menschheit. Sie überschwemmten den Planeten mit »schlechten Menschen«. Anfangs waren es Imitationen von Menschen, die aussahen wie lustige, angemalte Onkels; sie klingelten mit ihren Schellen und sangen fröhliche Lieder. Und die Kinder folgten ihnen voller Freude und verschwanden für immer in den bernsteinfarbenen »Gläsern«. Zur gleichen Zeit tauchten auf den großen Plätzen der Stadt die Spielzeugläden auf, die nachts leuchteten – das Kind ging hinein und verschwand spurlos.

»Wir haben getan, was wir konnten. Wir haben uns bewaffnet – die verlassenen Arsenale waren voll mit Waffen. Wir haben unsere Kinder die ›schlechten Menschen‹ fürchten gelehrt und dann auch, sie mit dem Gewehr zu vernichten. Wir haben die Kabinen in die Luft gejagt und die Spielzeugläden unter Beschuss genommen, bis wir begriffen, dass es klüger ist, Wachposten in der Nähe aufzustellen und unvorsichtige Kinder auf der Schwelle abzufangen. Aber das war nur der Anfang …«

Mit unerschöpflicher Erfindungsgabe schickten die Nichtmenschen immer neue Typen von Kinderjägern an die Oberfläche. Es erschienen die »Ungeheuer«, die mit den Gewehren fast nicht getroffen werden konnten, wenn sie die Kinder angriffen. Es erschienen bunte Riesenschmetterlinge, die auf das Kind hinunterfielen, es umschlangen und zusammen mit ihm verschwanden. Diese Schmetterlinge waren kugelfest. Und schließlich die neueste Entwicklung: Dreckskerle, die sich nicht im Mindesten von einem gewöhnlichen Soldaten unterscheiden lassen. Sie nehmen das nichtsahnende Kind einfach bei der Hand und führen es weg. Manche von ihnen können sogar sprechen.

»Wir wissen, dass wir praktisch keine Überlebenschance haben. Die Pandemie hört nicht auf, obwohl wir uns das anfangs erhofft hatten. Nur einen von hunderttausend verschont die Krankheit. Mich zum Beispiel und Dra'udan … und noch einen Jungen – er ist vor meinen Augen groß geworden, er ist jetzt achtzehn und sieht aus wie achtzehn. Wenn Sie das alles nicht gewusst haben, dann sollen Sie es jetzt wissen. Wenn Sie es wussten, dann vergessen Sie nicht, dass wir uns über unsere Lage völlig im Klaren sind. Und wir sind bereit, jede von euren Bedingungen anzunehmen – für euch zu arbeiten, uns euch unterzuordnen. Jede Bedingung außer einer. Wenn es eine Heilung gibt, dann für alle. Keinerlei Elite, keinerlei Auserwählte!«

Der Alte verstummt, greift nach dem Wasserbecher und trinkt hastig. Der Soldat an der Tür tritt von einem Fuß auf den anderen und gähnt, wobei er die Hand vor den Mund hält. Er sieht wie fünfundzwanzig aus. Und wirklich? Dreizehn? Fünfzehn? Ein Halbwüchsiger ...

Ich sitze bewegungslos da und bemühe mich, mein regloses Gesicht zu bewahren. Im Unterbewusstsein habe ich etwas Derartiges erwartet, doch was ich gerade von diesem Augenzeugen und Betroffenen gehört habe, will mir einfach nicht in den Kopf. Die Fakten, die er dargelegt hat, rufen keinen Zweifel hervor, aber es ist wie im Traum: Jedes Element für sich genommen ist sinnvoll, aber alles zusammen genommen wirkt völlig absurd. Vielleicht liegt es daran, dass mir die Version von den *Wanderern*, die bei uns auf der Erde vorbehaltlos geteilt wird, in Fleisch und Blut übergegangen ist.

»Woher wissen Sie, dass es Nichtmenschen sind?«, frage ich. »Haben Sie sie gesehen? Mit eigenen Augen?«

Der Alte krächzt. Sein Gesicht nimmt einen furchterregenden Ausdruck an.

»Die Hälfte meines sinnlosen Lebens würde ich dafür geben, wenigstens einen von ihnen vor mir zu sehen«, sagt er heiser. »Mit diesen Händen hier ... Selbst ... Aber ich habe sie natürlich nicht gesehen. Dafür sind sie zu vorsichtig und zu feige. Ja, gewiss hat niemand sie gesehen – bis auf diese elenden Verräter in der Regierung vor vierzig Jahren. Und den Gerüchten zufolge haben sie gar keine Form, sind wie Wasser oder Dampf.«

»Dann verstehe ich nicht«, sage ich, »wozu Wesen, die keine Form haben, mehrere Milliarden Menschen zu sich unter die Erde locken sollten?«

»Ja, verdammt nochmal!« Der Alte hebt die Stimme. »Das sind doch *Nichtmenschen*! Wie kann unsereins beurteilen, was Nichtmenschen brauchen? Vielleicht Sklaven. Vielleicht Nahrung. Oder vielleicht Baumaterial für ihre Dreckskerle. Wo ist da der Unterschied? Sie haben unsere Welt zerstört! Sie lassen uns auch jetzt nicht in Frieden, stellen uns nach wie Ratten.«

Und da plötzlich verzerrt sich sein Gesicht fürchterlich. Mit einer für sein Alter erstaunlichen Wendigkeit springt er zur gegenüberliegenden Wand und stößt dabei krachend den Schemel beiseite. Ehe ich mich's versehe, hält er einen großen vernickelten Revolver in Händen und zielt genau auf mich. Die schläfrigen Posten sind munter geworden und tasten, ohne die Augen von mir abzuwenden, mit ungeordneten Bewegungen nach ihren Gewehren. Auf ihren Gesichtern liegt ein Ausdruck von Misstrauen und Angst, und sie wirken auf einmal ganz kindlich …

»Was ist passiert?«, frage ich, bemüht, jede Bewegung zu vermeiden.

Der vernickelte Lauf schwankt hin und her, und die Wachposten, die endlich ihre Gewehre gefunden haben, lassen im selben Moment die Verschlüsse klicken.

»Dein idiotischer Anzug hat letztlich doch noch funktioniert«, sagt Wepl in seiner schnalzenden Sprache. »Du bist fast unsichtbar. Nur das Gesicht sieht man. Hast keine Form, wie Wasser oder Dampf. Übrigens, der Alte hat schon nicht mehr vor zu schießen. Soll ich ihn trotzdem ausschalten?«

»Nein«, sage ich auf Russisch.

Der Alte hat endlich die Stimme wiedergefunden. Er ist weißer als eine Wand und spricht stockend, aber natürlich nicht vor Angst, sondern vor Hass. Ein mächtiger, kraftvoller Alter …

»Verfluchter unterirdischer Wechselbalg!«, sagt er. »Leg die Hände auf den Tisch! Die linke auf die rechte! So …«

»Das ist ein Missverständnis«, sage ich verärgert. »Ich bin kein Wechselbalg. Ich trage einen Spezialanzug. Er kann mich unsichtbar machen, nur funktioniert er schlecht.«

»Aha, ein Anzug?«, höhnt der Alte. »Auf dem Nördlichen Archipel haben sie gelernt, Tarnkappen zu machen!«

»Auf dem Nördlichen Archipel haben sie eine Menge gelernt«, sage ich. »Stecken Sie bitte Ihre Waffe weg, und lassen Sie uns in Ruhe Klarheit schaffen.«

»Ein Dummkopf bist du«, sagt der Alte. »Hättest wenigstens einen Blick auf unsere Karte werfen können. Es gibt gar keinen Nördlichen Archipel. Ich habe dich gleich durchschaut, habe aber einfach nicht glauben können, dass jemand derart dreist ist.«

»Willst du dir das noch länger gefallen lassen?«, sagt Wepl schnalzend. »Komm, du übernimmst den Alten und ich die beiden Jungen.«

»Erschieß den Hund!«, befiehlt der Alte einem Posten, ohne mich aus den Augen zu lassen.

»Dir zeig ich den ›Hund‹!«, erklärt Wepl in der reinsten Sprache der Hiesigen. »Geschwätziger alter Bock!«

Da gehen den Jungen die Nerven durch, und es beginnt eine Schießerei …

3. JUNI '78

Erneut Maja Glumowa

Ich hatte das Videofon eindeutig zu laut eingestellt, denn der Apparat dröhnte, zwar melodiös, aber direkt neben meinem Ohr los wie der Unbekannte in den kurzen Hosen auf dem Höhepunkt der Werbung um Mrs. Nickleby. Wie eine Rakete schoss ich aus dem Sessel und streifte dabei en passant die Empfangstaste. Der Anrufer war Seine Exzellenz. 7:03 Uhr.

»Genug geschlafen«, sagte er ziemlich gutmütig. »In deinem Alter pflegte ich überhaupt nicht zu schlafen.«

Wie lange wird er mir wohl noch mein Alter vorhalten? Ich bin schon fünfundvierzig. Und außerdem hatte er in meinem Alter durchaus geschlafen. Er hatte auch heute noch etwas fürs Schlafen übrig.

»Ich habe nicht geschlafen«, schwindelte ich.

»Umso besser«, sagte er. »Also kannst du unverzüglich an die Arbeit gehen. Mach diese Glumowa ausfindig. Bringe bei ihr Folgendes in Erfahrung: Ob sie sich seit gestern mit Lew Abalkin getroffen hat. Ob Abalkin mit ihr über ihre Arbeit gesprochen hat. Wenn ja, was genau ihn daran interessiert hat. Ob er nicht den Wunsch geäußert hat, sie im Museum zu besuchen. Das ist alles. Nicht mehr und nicht weniger.«

Ich reagierte prompt: »Bei der Glumowa in Erfahrung bringen, ob sie sich mit ihm noch einmal getroffen hat, ob sie über die Arbeit gesprochen haben, wenn ja, was ihn interessiert hat, ob er nicht das Museum besuchen wollte.«

»Jawohl! Du hast vorgeschlagen, die Legende zu ändern. Ich habe nichts dagegen. Die KomKon fahndet nach dem Progressor Abalkin, um von ihm Angaben über einen Unglücksfall zu erhalten. Die Untersuchung hängt mit einem Persönlichkeitsgeheimnis zusammen und wird deshalb nicht in der Öffentlichkeit geführt. Keine Einwände. Hast du Fragen?«

»Ich möchte gern wissen, was dieses Museum damit zu tun hat …«, murmelte ich leise vor mich hin.

»Hast du etwas gesagt?«, erkundigte sich Seine Exzellenz.

»Angenommen, sie haben nicht von diesem Museum gesprochen. Soll ich dann versuchen herauszubekommen, was sich bei der ersten Begegnung zwischen den beiden ereignet hat?«

»Findest du das wichtig?«

»Sie nicht?«

»Ich nicht.«

»Seltsam«, sagte ich und blickte zur Seite. »Wir wissen, was Abalkin von mir erfahren wollte. Wir wissen, was er von Fedossejew erfahren wollte. Aber wir haben nicht die leiseste Ahnung, was er von Maja Glumowa wollte!«

Seine Exzellenz sagte: »Gut. Finde es heraus. Aber so, dass es die Klärung der Hauptfragen nicht stört. Und vergiss nicht, den Armbandsender anzulegen. Mach es am besten gleich, dass ich es sehe.«

Seufzend nahm ich den Sender aus dem Tischkasten und streifte ihn über das linke Handgelenk. Der Sender drückte.

»Gut«, sagte Seine Exzellenz und legte auf.

Ich ging unter die Dusche. Aus der Küche hörte ich ein Krachen und Scheppern – Aljonna machte sich am Müllschlucker zu schaffen. Es roch nach Kaffee. Ich duschte mich, dann frühstückten wir. Aljonna saß mir in meinem Morgenmantel gegenüber und ähnelte einer kleinen chinesischen Gottheit. Sie erklärte, sie müsse heute einen Vortrag halten, und wollte ihn mir zur Übung vortragen. Ich lehnte ab und berief mich auf die Umstände. »Schon wieder?«, fragte sie mitfühlend und aggressiv zugleich. »Schon wieder«, gestand ich ein wenig provokant. »Verdammt«, sagte sie. »Stimmt«, pflichtete ich ihr bei. »Dauert es lange?«, wollte sie wissen. »Ich habe noch drei Tage Zeit«, sagte ich. »Und wenn du es nicht schaffst?«, fragte sie. »Dann ist alles aus«, antwortete ich. Sie warf mir einen Blick zu, und ich begriff, dass sie sich wieder furchtbare Dinge ausmalte. »Langweilige Sache«, sagte ich, »mir reicht es. Ich bring diesen Fall zu Ende, und dann fahren wir beide irgendwohin, möglichst weit weg.« – »Ich kann nicht«, sagte sie traurig. »Du hast es immer noch nicht satt?«, fragte ich. »Gibst dich doch bloß mit Unsinn ab …« Das war genau das, was ich sagen musste. Augenblicklich wurde sie kratzbürstig und wollte mir beweisen, dass sie sich nicht mit Unsinn abgab, sondern mit sehr interessanten und sehr wichtigen Dingen. Letzten Endes einigten wir uns darauf, in einem

Monat nach Nowaja Semlja zu fahren. Das war gerade in Mode …

Wieder im Arbeitszimmer, wählte ich im Stehen die Nummer der Wohnung Glumowas. Niemand meldete sich. Es war 7:51 Uhr. Ein strahlend sonniger Morgen. Bei diesem Wetter konnte höchstens unser »Turm« bis acht Uhr schlafen. Maja Glumowa war gewiss schon zur Arbeit gegangen und der sommersprossige Toivo in sein Internat zurückgekehrt.

Ich plante in Gedanken mein Tagesprogramm. In Kanada war es jetzt spät am Abend. Soviel ich weiß, haben die Kopfler eine überwiegend nächtliche Lebensweise, so dass es nichts ausmachte, wenn ich in drei, vier Stunden dorthin aufbräche … Übrigens, wie stand es heute um den Null-T? Ich verlangte die Auskunft. Der Null-Transport hatte seit vier Uhr morgens seine normale Funktion wiederaufgenommen. Ich würde heute also sowohl Wepl als auch Kornej Jašmaa aufsuchen können.

Ich ging in die Küche, trank noch eine Tasse Kaffee und begleitete Aljonna auf das Dach zum Gleiter. Wir verabschiedeten uns mit übertriebener Herzlichkeit: Bei ihr fing das Vortragsfieber an. Ich winkte ihr eifrig nach, bis sie außer Sicht war, und kehrte ins Arbeitszimmer zurück.

Was mochte Seine Exzellenz so an diesem Museum interessieren? Es war ein Museum wie jedes andere auch. Eine gewisse Beziehung zur Arbeit der Progressoren, insbesondere auf dem Saraksch, hatte es natürlich schon … Da fielen mir auf einmal wieder die über die ganze Iris geweiteten Pupillen Seiner Exzellenz ein. War er etwa damals wirklich erschrocken? War es mir etwa gelungen, Seiner Exzellenz einen Schrecken einzujagen? Und womit? Mit der ganz alltäglichen und sogar zufälligen Mitteilung, dass die Freundin Abalkins im Museum für Außerirdische Kulturen arbeitet. In der Spezialabteilung für Objekte ungeklärter Bestimmung. Moment!

Die Spezialabteilung hatte er selbst genannt. Ich hatte gesagt, dass die Glumowa im Museum für Außerirdische Kulturen arbeitet, und er hatte mir erklärt: in der Spezialabteilung für Objekte ungeklärter Funktion … Ich erinnerte mich an die Zimmerfluchten, vollgestellt, behängt, verbaut, angefüllt mit sonderbaren Gegenständen, die abstrakten Skulpturen oder topologischen Modellen ähnelten. Und Seine Exzellenz nahm an, ein Stabsoffizier des Imperiums, der hundert Parsek entfernt von hier etwas angestellt hatte, könnte sich für irgendetwas in diesen Räumen interessieren.

Ich wählte die Nummer von Glumowas Arbeitszimmer und war äußerst erstaunt, denn vom Bildschirm lächelte mich das freundliche Gesicht Grischa Serossowins an, genannt Wassermann, aus der vierten Untergruppe meiner Abteilung. Ein paar Sekunden lang beobachtete ich, wie sich der Ausdruck in Grischas rotwangigem Gesicht langsam veränderte. Freundliches Lächeln, Verwirrung, die dienstliche Bereitschaft, eine Anweisung entgegenzunehmen, und schließlich wieder freundliches Lächeln. Jetzt etwas steif. Ich konnte den Jungen verstehen. Wenn ich schon höchst erstaunt war, dann musste er gerade die Fassung verloren haben. Natürlich hatte er alles andere erwartet, als auf dem Bildschirm seinen Abteilungsleiter zu sehen, aber im Großen und Ganzen schlug er sich tapfer.

»Guten Tag«, sagte ich. »Rufen Sie doch bitte Maja Toivowna an den Apparat.«

»Maja Toivowna …« Grischa schaute sich um. »Wissen Sie, sie ist nicht da. Ich glaube, sie ist heute noch nicht gekommen. Soll ich ihr etwas ausrichten?«

»Bestellen Sie ihr, dass Kammerer angerufen hat, der Journalist. Sie müsste sich meiner erinnern. Aber Sie – sind Sie neu in der Abteilung? Irgendwie habe ich Sie …«

»Ja, ich bin erst seit gestern hier. Eigentlich gehöre ich nicht dazu, ich arbeite an den Exponaten …«

»Aha …«, sagte ich. »Nun denn. Danke. Ich rufe wieder an.«

Soso. Seine Exzellenz ergreift Maßnahmen. Sieht so aus, als wäre er absolut sicher, dass Lew Abalkin im Museum auftaucht. Und zwar in der Abteilung für diese Objekte. Versuchen wir zu verstehen, warum er ausgerechnet Grischa ausgewählt hat. Grischa ist bei uns noch ziemlich neu und unerfahren. Aber intelligent, reaktionsschnell. Als Exobiologe ausgebildet. Vielleicht ist es das. Ein junger Exobiologe nimmt die erste selbstständige Forschungsarbeit in Angriff. Etwas wie »Die Abhängigkeit zwischen der Topologie des Artefakts und der Biostruktur eines vernunftbegabten Wesens«. Alles läuft still, friedlich, elegant, anständig. Außerdem ist Grischa Meister in der Disziplin Subaks …

Schön. Das habe ich, wie es scheint, verstanden. Die Glumowa ist wahrscheinlich unterwegs aufgehalten worden. Zum Beispiel könnte sie sich gerade irgendwo mit Lew Abalkin unterhalten. Apropos, wir haben ja für heute um zehn Uhr ein Treffen vereinbart. Hat sicherlich gelogen. Aber wenn ich wirklich zu diesem Treffen fliegen muss, ist es jetzt an der Zeit, ihn anzurufen und mich zu erkundigen, ob seine Pläne unverändert sind. Ohne Zeit zu verlieren, rief ich in »Ossinuschka« an.

Der Bungalow Nummer sechs meldete sich gleich, und ich erblickte auf dem Bildschirm Maja Glumowa.

»Ach, Sie sind es«, sagte sie voller Abneigung.

Ich kann unmöglich beschreiben, welche Kränkung, welche Enttäuschung in ihrem Gesicht lagen. Sie sah merklich schlechter aus als am Tag zuvor. Die Wangen wirkten hohl. Um die Augen lagen Schatten; sie schienen kränklich und allzu groß. Die Lippen waren fiebrig. Und erst eine Sekunde später, als sie sich langsam vom Bildschirm zurücklehnte, bemerkte ich, dass ihr schönes Haar sorgsam und nicht ohne Koketterie frisiert war. Sie trug ein hochgeschlossenes graues Kleid von strenger Eleganz – und darüber die bewusste Bernsteinkette.

»Ja, ich bin es«, sagte der Journalist Kammerer etwas ratlos. »Guten Morgen. Ich wollte eigentlich … Also, ist Lew zu Hause?«

»Nein«, sagte sie.

»Er hat nämlich ein Treffen mit mir vereinbart. Ich wollte …«

»Hier?«, erkundigte sie sich lebhaft und rückte wieder näher an den Bildschirm. »Wann?«

»Um zehn. Ich wollte mich einfach vergewissern, für alle Fälle. Aber nun ist er nicht da …«

»Und er hatte sich sicher mit Ihnen verabredet? Was hat er genau gesagt?«, fragte sie irgendwie fast kindlich und sah mich erwartungsvoll an.

»Was hat er gesagt?«, wiederholte der Journalist Kammerer langsam. Das heißt, nun schon nicht mehr der Journalist Kammerer, sondern ich. »Also, Maja Toivowna. Machen wir uns keine falschen Hoffnungen. Höchstwahrscheinlich wird er nicht kommen.«

Jetzt blickte sie mich an, als traute sie ihren Augen nicht. »Wie das … Woher wissen Sie?«

»Warten Sie auf mich«, sagte ich. »Ich erzähle Ihnen alles. In ein paar Minuten bin ich da.«

»Was ist mit ihm passiert?«, schrie sie durchdringend und voller Angst auf.

»Ihm fehlt nichts. Machen Sie sich keine Sorgen. Warten Sie, ich komme gleich.«

Zwei Minuten fürs Anziehen. Drei Minuten bis zur nächsten Null-T-Kabine. Verdammt, eine Schlange vor der Kabine … Freunde, ich bitte Sie, lassen Sie mich vor, es ist sehr wichtig. Danke, vielen Dank! … So. Eine Minute für die Suche nach dem Index. Was die dort in der Provinz für Indexzahlen haben! Fünf Sekunden, um den Index zu wählen. Und ich trete aus der Kabine hinaus in das leere, mit Holzbalken verkleidete Klubhaus-Vestibül des Kurorts. Stehe noch eine Minute lang auf der breiten Vortreppe und blicke mich um.

Aha, dort muss ich hin. Ich bahne mir einen Weg durch das Gestrüpp von Ebereschen und Brennnesseln. Bloß nicht dem Doktor Goannek über den Weg laufen …

Maja Glumowa erwartete mich im Eingangsbereich – sie saß an dem niedrigen kleinen Tisch mit dem Bärchen und hielt das Videofon auf den Knien. Als ich eintraf, sah ich unwillkürlich zu der angelehnten Wohnzimmertür hin, und sofort beeilte sie sich zu sagen: »Wir werden uns hier unterhalten.«

»Ganz wie Sie möchten«, antwortete ich.

Betont gelassen schaute ich mir Wohnzimmer, Küche und Schlafzimmer an. Überall war sauber aufgeräumt, und natürlich war niemand darin. Aus den Augenwinkeln sah ich, wie sie reglos dasaß, die Hände aufs Videofon gelegt, und vor sich hin starrte.

»Wen haben Sie da gesucht?«, fragte sie kühl.

»Ich weiß nicht«, gestand ich aufrichtig. »Unser Gespräch ist ein wenig heikel, und ich wollte mich vergewissern, dass wir alleine sind.«

»Wer sind Sie?«, wollte sie wissen. »Aber lügen Sie nicht wieder.«

Ich präsentierte ihr die Legende Nummer zwei, gab die Erklärung über das Persönlichkeitsgeheimnis ab und fügte hinzu, dass ich mich für die Lügen nicht zu entschuldigen gedachte – ich hatte einfach versucht, meine Angelegenheit zu erledigen, ohne sie in unnötige Aufregung zu versetzen.

»Und jetzt haben Sie also beschlossen, nicht weiter Rücksicht auf mich zu nehmen?«

»Was sollte ich Ihrer Meinung nach tun?«

Sie gab keine Antwort.

»Jetzt sitzen Sie hier und warten«, sagte ich. »Aber er kommt nicht. Er führt Sie an der Nase herum. Uns alle führt er an der Nase herum; ein Ende ist nicht abzusehen. Aber die Zeit vergeht.«

»Warum glauben Sie, dass er nicht hierher zurückkehren wird?«

»Weil er sich versteckt hält«, erklärte ich. »Und weil er alle belügt, mit denen er zu sprechen hat.«

»Wozu haben Sie dann hier angerufen?«

»Weil ich ihn partout nicht finden kann!«, sagte ich verärgert. »Ich muss jede Gelegenheit ergreifen, selbst die idiotischste.«

»Was hat er getan?«, fragte sie.

»Ich weiß nicht, was er getan hat. Vielleicht nichts. Ich suche ihn nicht, weil er etwas getan hat. Ich suche ihn, weil er der einzige Zeuge eines großen Unglücks ist. Und wenn wir ihn nicht ausfindig machen, werden wir nie erfahren, was sich dort zugetragen hat.«

»Wo – dort?«

»Das spielt keine Rolle«, sagte ich ungeduldig. »Dort, wo er im Einsatz war. Nicht auf der Erde. Auf dem Planeten Saraksch.«

Es war ihr anzusehen, dass sie zum ersten Mal etwas von dem Planeten Saraksch hörte. »Warum verbirgt er sich denn?«, fragte sie leise.

»Das wissen wir nicht. Er befindet sich am Rande eines psychischen Zusammenbruchs. Man kann sagen, dass er krank ist. Vielleicht leidet er unter Wahnvorstellungen, vielleicht unter einer fixen Idee.«

»Krank ...«, sagte sie und schüttelte still den Kopf.

»Vielleicht. Vielleicht aber auch nicht.«

»Was wollen Sie von mir?«

»Haben Sie ihn noch einmal gesehen?«

»Nein«, sagte sie. »Er hat versprochen anzurufen, hat es aber nicht getan.«

»Warum warten Sie dann hier auf ihn?«

»Ja, wo soll ich denn sonst auf ihn warten?«

In ihrer Stimme lag so viel Leid, dass ich den Blick abwandte und eine Weile schwieg. Dann fragte ich: »Und wo wollte er Sie anrufen? Im Büro?«

»Vielleicht. Ich weiß nicht. Beim ersten Mal hat er mich dort angerufen.«

»Er hat Sie im Museum angerufen und gesagt, dass er zu Ihnen kommt?«

»Nein. Er hat mich gleich zu sich bestellt. Hierher. Ich habe einen Gleiter genommen und bin losgeflogen.«

»Maja Toivowna«, sagte ich. »Mich interessieren alle Einzelheiten Ihrer Begegnung. Sie haben ihm von sich erzählt, von Ihrer Arbeit. Er hat Ihnen von seiner berichtet. Versuchen Sie sich zu erinnern, was genau gewesen ist.«

Sie schüttelte den Kopf. »Nein. Wir haben über nichts dergleichen gesprochen. Das mutet sicher seltsam an … Wissen Sie, wir hatten uns so viele Jahre nicht gesehen … Erst später, schon zu Hause, ist mir aufgefallen, dass ich gar nichts über ihn erfahren habe. Ich hatte ihn zwar gefragt: Wo warst du, was hast du gemacht, aber er hat nur abgewinkt und gebrüllt, das sei alles Mist, alles Unsinn …«

»Also hat er Sie ausgefragt?«

»Aber nicht doch! Das hat ihn alles nicht interessiert … Wer ich bin, wie ich lebe – allein oder mit jemandem zusammen. Wofür ich lebe … Er war wie ein kleiner Junge. Ich will nicht darüber sprechen.«

»Maja Toivowna, Sie sollen nicht darüber sprechen, worüber Sie nicht sprechen wollen.«

»Ich will über gar nichts sprechen!«

Ich stand auf, ging in die Küche und brachte ihr Wasser. Schnell trank sie das Glas aus und verschüttete etwas Wasser auf ihrem grauen Kleid.

»Das geht niemanden etwas an«, sagte sie, als sie mir das Glas zurückreichte.

»Sprechen Sie nicht darüber, was niemanden etwas angeht«, sagte ich und setzte mich wieder. »Wonach hat er Sie ausgefragt?«

»Ich sage Ihnen doch: Er hat mich überhaupt nicht ausgefragt! Er hat erzählt, Erinnerungen ausgegraben, gezeichnet, sich mit mir gestritten … wie ein kleiner Junge. Stellen Sie sich vor, er kann sich an alles erinnern! Fast an jeden einzelnen Tag! Wo er stand, wo ich stand, was Rex gesagt hat, wie Wolf dreinblickte. Ich konnte mich an nichts erinnern, er aber schrie mich an und zwang mich, mein Gedächtnis anzustrengen, und dann erinnerte ich mich. Und wie er sich freute, wenn mir etwas einfiel, was er selbst vergessen hatte.«

Sie verstummte.

»Das alles betraf die Kindheit?«, erkundigte ich mich, nachdem ich eine Weile gewartet hatte.

»Ja gewiss! Ich habe Ihnen doch gesagt, dass das niemanden etwas angeht, nur ihn und mich! Aber er war in der Tat wie von Sinnen. Ich hatte schon keine Kraft mehr, schlief ein, er aber weckte mich und schrie mir ins Ohr: Und wer ist damals von der Wippe gefallen! Und wenn ich mich erinnerte, umschlang er mich mit den Armen, lief mit mir durchs Haus und brüllte: Richtig, genauso ist es gewesen, richtig!«

»Und er hat Sie nicht gefragt, was jetzt mit dem Lehrer ist, mit den Schulfreunden?«

»Ich erkläre Ihnen doch in einem fort: Er hat mich nach nichts und nach niemandem etwas gefragt! Sind Sie nicht imstande, das zu begreifen? Er hat erzählt, Erinnerungen hervorgeholt und verlangt, dass auch ich mich erinnerte.«

»Ja, ich verstehe, ich verstehe«, sagte ich. »Und was meinen Sie, was hatte er weiter vor?«

Sie schaute mich an wie den Journalisten Kammerer. »Gar nichts, begreifen Sie doch«, sagte sie.

Und im Allgemeinen hatte sie natürlich Recht. Die Antworten auf die Fragen Seiner Exzellenz hatte ich erhalten: Abalkin interessierte sich *nicht* für die Arbeit der Glumowa, Abalkin beabsichtigte *nicht,* sich ihrer zum Eindringen ins Museum zu bedienen. Aber ich verstand überhaupt nicht, welches Ziel Abalkin verfolgte, als er mit ihr diese Stunden der Erinnerung veranstaltete. Sentimentalität? Ein Tribut an eine kindliche Liebe? Rückkehr in die Kindheit? Daran glaubte ich nicht. Es war irgendein praktisches Ziel gewesen, im Voraus gut durchdacht, und Abalkin hatte es erreicht, ohne bei Maja Glumowa den geringsten Verdacht zu wecken. Mir war klar, dass sie selbst von dieser Absicht nichts wusste. Schließlich hatte auch sie nicht begriffen, was da eigentlich passiert war.

Und noch eine Frage blieb mir zu klären. Gut, sie hatten sich Erinnerungen hingegeben, sich geliebt, getrunken, sich wieder erinnert, waren eingeschlafen, aufgewacht, hatten sich wieder geliebt und waren wieder eingeschlafen. Was aber hatte Maja Glumowa in solche Verzweiflung getrieben, an den Rand der Hysterie?

Hier tat sich natürlich ein weites Feld für unterschiedlichste Mutmaßungen auf. Etwa, was die Gewohnheiten eines Stabsoffiziers des Inselimperiums anging. Aber es konnte auch etwas anderes sein. Und dieses andere konnte sich für mich als durchaus wertvoll erweisen. Einen Moment lang war ich unentschlossen: Entweder ich ließ etwas im Unklaren, was vielleicht sehr wichtig war, oder ich entschloss mich zu einer furchtbaren Taktlosigkeit, auf die Gefahr hin, im Resultat doch nichts Wesentliches herauszufinden …

Ich fasste einen Entschluss.

»Maja Toivowna«, sagte ich, nach Kräften bemüht, die Worte mit fester Stimme auszusprechen. »Sagen Sie, was war die Ursache für Ihre Verzweiflung, deren unfreiwilliger Zeuge ich bei unserer ersten Begegnung geworden bin?«

Während ich diese Frage formulierte, wagte ich nicht, ihr in die Augen zu sehen. Ich hätte mich nicht gewundert, wenn sie mich auf der Stelle zum Teufel gejagt oder mir das Videofon auf den Kopf geschlagen hätte. Doch sie tat weder das eine noch das andere.

»Ich war dumm«, sagte sie ziemlich ruhig. »Eine dumme hysterische Gans. Ich hatte das Gefühl, als hätte er mich ausgequetscht wie eine Zitrone und dann einfach weggeworfen. Aber jetzt ist mir klar: Er hat im Moment andere Sorgen. Für Takt und Feingefühl hat er weder Zeit noch Kraft. Ich habe ständig Erklärungen von ihm verlangt, aber er konnte mir nichts erklären … Er weiß ja sicher, dass Sie nach ihm suchen …«

Ich stand auf.

»Vielen Dank, Maja Toivowna«, sagte ich. »Aber ich habe den Eindruck, Sie haben unsere Absichten missverstanden. Niemand will ihm etwas Böses. Wenn Sie ihm begegnen sollten, versuchen Sie bitte, ihm diesen Gedanken begreiflich zu machen.« Sie gab keine Antwort.

3. JUNI '78

Etliches über die Eindrücke Seiner Exzellenz

Vom Abhang her war zu sehen, dass sich Doktor Goannek aus Mangel an Patienten dem Fischfang widmete. Das traf sich gut, denn zu seiner Blockhütte mit dem Null-T-Abort war es näher als zum Klubhaus. Allerdings stellte sich heraus, dass der Weg dorthin an einer Imkerei vorbeiführte, die ich bei meinem ersten Besuch in der Eile übersehen hatte. Ich versuchte also, mich so schnell wie möglich in Sicherheit zu bringen, sprang über allerlei dekorative Flechtzäune und stieß dabei irdene, nicht minder dekorative Töpfe in den verschiedensten Formen um. Alles verlief glimpflich. Ich lief die Außentreppe mit dem geschnitzten Geländer hinauf, betrat die bekannte gute Stube und rief, ohne mich zu setzen, Seine Exzellenz an.

Ich hatte geglaubt, mit einem kurzen Rapport davonzukommen, aber das Gespräch dauerte ziemlich lange, so dass ich das Videofon auf die Treppe hinaustrug, damit mich der gesprächige und leicht zu kränkende Doktor Goannek nicht überraschte.

»Warum sitzt sie wohl dort?«, fragte Seine Exzellenz nachdenklich.

»Sie wartet.«

»Hat er sich mit ihr verabredet?«

»Soviel ich weiß, nein.«

»Die Ärmste«, murmelte Seine Exzellenz. Dann fragte er: »Kommst du zurück?«

»Nein«, sagte ich. »Ich muss noch zu diesem Jašmaa und zur Residenz der Kopfler.«

»Wozu?«

»In der Residenz«, antwortete ich, »hält sich gegenwärtig ein Kopfler namens Wepl-Itrtsch auf, derselbe, der gemeinsam mit Abalkin an der Operation ›Tote Welt‹ teilgenommen hat.«

»Und?«

»Soweit ich dem Bericht Abalkins entnehmen konnte, ist zwischen den beiden eine ungewöhnliche Beziehung entstanden.«

»In welchem Sinne – ungewöhnlich?«

Ich geriet ein wenig in Verlegenheit und suchte nach Worten. »Ich würde fast wagen, es eine Freundschaft zu nennen. Exzellenz … Erinnern Sie sich an diesen Bericht?«

»Ich erinnere mich. Ich verstehe, was du sagen willst. Aber beantworte mir die eine Frage: Wie hast du herausgefunden, dass sich der Kopfler Wepl auf der Erde befindet?«

»Nun … Das war ziemlich schwierig …«

Ich war nicht sofort daraufgekommen, doch nach einer gewissen Zeit, immerhin. Aber in der Tat … Mir, dem Mitarbeiter der KomKon 2, war es bei all meiner Versiertheit im Umgang mit dem GGI ziemlich schwergefallen, Wepl ausfindig zu machen. Wie aber sollte das einem einfachen Progressor wie Abalkin gelingen, der zudem zwanzig Jahre im Tiefen Raum zugebracht hatte und vom GGI nicht mehr Ahnung hatte als ein zwanzigjähriger Student!

»Ja«, sagte ich. »Sie haben Recht. Und trotzdem müssen Sie zugeben, dass die Aufgabe, Wepl zu finden, für Abalkin durchaus zu lösen ist. Wenn er nur will.«

»Ich stimme dir zu. Aber es geht nicht nur darum. Ist dir noch nicht in den Sinn gekommen, dass er uns Steine ins Gebüsch werfen könnte?«

»Nein«, gestand ich aufrichtig.

Übersetzt man es aus unserem Idiom, bedeutet »Steine ins Gebüsch werfen«: jemanden auf eine falsche Spur lenken, gefälschte Indizien unterschieben, kurzum, die Leute in die Irre führen. Theoretisch war es natürlich schon möglich, dass Lew Abalkin ein ganz bestimmtes, uns unbekanntes Ziel verfolgte und all seine Eskapaden mit Maja Glumowa, dem Lehrer und mir nichts weiter waren als meisterhaft produziertes, falsches Material, über dessen Sinn wir uns endlos den Kopf zerbrachen, auf das wir unsere Zeit verschwendeten und das von der Hauptsache hoffnungslos ablenkte.

»Sieht nicht danach aus«, sagte ich entschieden.

»Aber ich habe den Eindruck, dass es danach aussieht«, sagte Seine Exzellenz.

»Sie haben natürlich den besseren Überblick«, erwiderte ich trocken.

»Zweifellos«, bestätigte er. »Aber leider ist das nur ein Eindruck. Fakten habe ich nicht. Sollte ich mich jedoch *nicht* irren, dann ist es ziemlich unwahrscheinlich, dass sich Abalkin in seiner Situation an Wepl erinnert, endlose Mühe darauf verwendet, ihn ausfindig zu machen, anschließend um die halbe Erde reist, dort eine Komödie abzieht – und das alles nur, um noch einen Stein ins Gebüsch zu werfen. Meinst du nicht auch?«

»Sehen Sie, Exzellenz. Ich kenne seine Situation nicht, und sicher ist genau das der Grund, warum ich Ihren Eindruck nicht teile.«

»Und was ist dein Eindruck?«, erkundigte er sich mit unerwartetem Interesse.

Ich versuchte, meinen Eindruck in Worte zu fassen: »Dass er keine Steine ins Gebüsch wirft. Seine Schritte folgen einer bestimmten Logik. Sie stehen miteinander im Zusammenhang. Mehr noch, er geht immer in derselben Weise vor, und er verschwendet weder Zeit noch Mühe, sich eine neue Vorgehensweise zu überlegen. Er schockiert sein Gegenüber mit einer Behauptung und hört sich dann an, was der Schockierte daraufhin zusammenstottert. Er will irgendetwas herausfinden, etwas über sein Leben, um genauer zu sein – über sein Schicksal. Etwas, was man vor ihm geheim hält.« Ich schwieg einen Moment und sagte dann: »Exzellenz, er hat irgendwie erfahren, dass er von einem Persönlichkeitsgeheimnis betroffen ist.«

Jetzt schwiegen wir beide. Auf dem Bildschirm schwankte die Glatze mit den Sommersprossen hin und her. Ich spürte, dass ich einen historischen Augenblick erlebte. Es war einer der überaus seltenen Fälle, in dem meine Argumente (nicht die von mir beschafften Fakten, sondern tatsächlich Argumente, logische Schlüsse) Seine Exzellenz veranlassten, seine eigene Auffassung zu überprüfen.

Er hob den Kopf und sagte: »Gut. Besuch Wepl. Aber behalte im Auge, dass du hier am meisten gebraucht wirst, bei mir.«

»Zu Befehl«, sagte ich und fragte: »Und was ist mit Jašmaa?«

»Er ist nicht auf der Erde.«

»Wieso?«, sagte ich. »Er ist auf der Erde. In ›Jans Lager‹, in der Gegend von Antonow.«

»Er befindet sich schon seit drei Tagen auf der Giganda.«

»Klar«, sagte ich und gab mir Mühe, ironisch zu sein: »So ein Zufall aber auch! Ist am selben Tage wie Abalkin geboren, auch ein postumes Kind, auch mit einer Nummer versehen ...«

»Gut, gut«, murmelte Seine Exzellenz. »Lass dich nicht ablenken.«

Der Bildschirm erlosch. Ich trug das Videofon an seinen Platz zurück und ging in den Hof hinunter. Dort schlug ich mich vorsichtig durch das hohe Ebereschengebüsch. Dann trat ich, direkt aus dem hölzernen Abort Doktor Goanneks, hinaus in den nächtlichen Regen am Ufer des Flusses Thelon.

3. JUNI '78

Der Wachtposten am Flusse Thelon

Durch das Plätschern des Regens hindurch hörte ich den Fluss rauschen, unsichtbar, aber irgendwo ganz in der Nähe. Unter dem Steilhang, direkt vor mir, glitzerte, nass vom Regen, eine leichte Metallbrücke, über der ein großes Tableau in Lincos leuchtete: *Territorium des Volkes der Kopfler.* Es sah sonderbar aus, wie die Brücke dort mitten im hohen Gras anfing – es gab keine Zufahrt zu ihr, nicht einmal einen Trampelpfad. Zwei Schritte von mir entfernt drang Licht aus dem einsamen kleinen Fenster eines flachen Rundbaus vom Typ Kaserne-Kasematte. Der Geruch, der von diesem Gebäude herüberwehte, erinnerte mich an den unvergessenen Planeten Saraksch: rostiges Eisen, Aas, lauernder Tod. Wirklich, seltsame Flecken findet man bei uns auf der Erde. Da scheint einem, als sei man zu Hause, kenne alles, und alles sei vertraut und nett – aber nein, früher oder später stößt man ganz sicher auf etwas, was in kein Bild passen will und nichts anderem ähnelt ... Aber genug davon. Welche Gedanken weckt das Gebäude in dem Journalisten Kammerer? Aha, wie sich zeigt, hat er sich darüber bereits eine bestimmte Meinung gebildet.

Der Journalist Kammerer hat in der gerundeten Wand eine Tür gefunden, sie entschlossen aufgestoßen und sich in einem Zimmer mit Deckengewölbe wiedergefunden. Es war leer – bis auf einen Tisch, an dem, den Kopf auf die Hände gestützt, ein junger Mann saß, der mit seinen langen Locken und dem sanften schmalen Gesicht Alexander Blok ähnelte. Seinem leuchtend bunten mexikanischen Poncho nach zu urteilen, hatte der Jüngling viel Phantasie. Seine blauen Augen begegneten dem Journalisten Kammerer mit einem Blick, dem jegliches Interesse fehlte und von einer gewissen Müdigkeit zeugte.

»Also, eine Architektur habt ihr hier!«, sagte der Journalist Kammerer und schüttelte die Regentropfen von den Schultern.

»Aber denen gefällt's«, erwiderte Alexander B. gleichgültig, weiterhin den Kopf in die Hände gestützt.

»Nicht möglich!«, sagte der Journalist Kammerer sarkastisch und schaute sich nach einer Sitzgelegenheit um.

Freie Stühle gab es in dem Raum ebenso wenig wie Sessel, Sofas, Liegen oder Bänke. Der Journalist Kammerer blickte wieder zu Alexander B., der ihn noch immer vollkommen gleichgültig ansah und nicht das geringste Bemühen erkennen ließ, freundlich oder zumindest höflich zu sein. Das war seltsam, ungewohnt. Aber es entsprach anscheinend den hiesigen Gepflogenheiten.

Der Journalist Kammerer wollte gerade den Mund aufmachen, um sich persönlich vorzustellen, als Alexander B. plötzlich müde und ergeben seine langen Wimpern auf die bleichen Wangen senkte und begann, mechanisch und penetrant wie ein Transportkyber seinen auswendig gelernten Text aufzusagen: »Lieber Freund! Leider haben Sie den Weg hierher völlig vergeblich zurückgelegt. Sie werden hier absolut nichts finden, was Sie interessieren könnte. Alle Gerüchte, denen Sie gefolgt sind, als Sie sich zu uns aufmachten, sind maßlos übertrieben. Das Territorium des Volkes der Kopfler ist nicht im Entferntesten als Unterhaltungs- oder Bildungskomplex aufzufassen. Die Kopfler – ein bemerkenswertes und eigenständiges Volk – sagen von sich: ›Wir sind für das Wissen, aber nicht für die Neugier.‹

Die Mission der Kopfler repräsentiert ihr Volk als diplomatisches Organ und ist daher kein Ort für inoffizielle Kontakte oder gar eitle Neugier. Verehrter Freund! Das Beste, was Sie jetzt tun können, ist, zurückzukehren und all Ihren Bekannten den wahren Stand der Dinge darzulegen!«

Alexander B. verstummte und hob matt die Wimpern. Der Journalist Kammerer stand noch immer vor ihm, und offensichtlich verwunderte ihn das nicht im Geringsten.

»Bevor wir uns verabschieden, werde ich selbstverständlich Ihre Fragen beantworten.«

»Und aufstehen müssen Sie dabei nicht?«, erkundigte sich der Journalist Kammerer.

Ein Funke von Leben erschien in den blauen Augen. »Offen gestanden, ja«, bekannte Alexander B. »Aber ich habe mich gestern am Knie gestoßen, es tut noch immer höllisch weh, also entschuldigen Sie bitte.«

»Gewiss«, sagte der Journalist Kammerer und setzte sich auf die Tischkante. »Wie ich sehe, haben Sie viel unter den Neugierigen zu leiden.«

»Sie sind die sechste Gruppe während meiner Schicht.«

»Ich bin mutterseelenallein!«, widersprach der Journalist Kammerer.

»Gruppe ist ein Sammelbegriff«, erläuterte Alexander B. und wurde dabei noch etwas lebhafter. »Zum Beispiel wie ein Kasten. Ein Kasten Bier. Ein Ballen Baumwolle. Oder eine Schachtel Pralinen. Es kann vorkommen, dass in der Schachtel nur eine Praline übrig geblieben ist. Mutterseelenallein.«

»Ihre Erklärung hat mich vollauf zufriedengestellt«, sagte der Journalist Kammerer. »Aber ich bin nicht aus Neugier hier. Ich habe zu tun.«

»Dreiundachtzig Prozent aller Gruppen«, antwortete Alexander B. ohne Zögern, »haben hier zu tun. Die letzte Gruppe – bestehend aus fünf Exemplaren einschließlich der minderjährigen Kinder und eines Hundes – wollte mit den Leitern der Mission eine Vereinbarung über Unterricht in der Kopflersprache treffen. Aber die meisten sind Sammler von Xenofolklore. Das ist gerade sehr modern! Alle sammeln Xenofolklore. Ich sammle auch Xenofolklore. Aber die Kopfler kennen gar keine Folklore! Das ist eine Ente! Der Spaßvogel Long Müller hat ein Büchlein in der Manier Ossians herausgebracht, und alle sind ganz verrückt geworden … ›O struppige Bäume, tausendschwänzige, die ihr verbergt eure Gedanken voll Gram in warmen und flaumigen Stämmen! Tausendmal tausend Schwänze habt ihr und nicht einen einzigen Kopf …‹ Dabei kennen die Kopfler den Begriff des Schwanzes überhaupt nicht! Der Schwanz ist bei ihnen ein Orientierungsorgan, und wenn man schon adäquat übersetzen wollte, käme man nicht auf Schwanz, sondern auf Kompass … ›O tausendkompässige Bäume!‹ Aber ich sehe, Sie sind kein Folklorist …«

»Nein«, gestand der Journalist Kammerer aufrichtig. »Ich bin etwas viel Schlimmeres. Ich bin Journalist.«

»Sie schreiben ein Buch über die Kopfler?«

»Ja, in gewissem Sinne. Und?«

»Nichts. Bitte sehr. Sie sind nicht der Erste und nicht der Letzte. Haben Sie die Kopfler jemals zu Gesicht bekommen?«

»Ja, natürlich.«

»Auf dem Bildschirm?«

»Nein. Es ist nämlich so, dass ich seinerzeit die Kopfler auf dem Saraksch entdeckt habe.«

Alexander B. erhob sich. »Dann sind Sie Kammerer?«

»Zu Diensten.«

»Nicht doch, ich bin zu Ihren Diensten, Doktor! Befehlen Sie, fordern Sie, ordnen Sie an.«

Augenblicklich fiel mir das Gespräch mit Abalkin wieder ein, und ich beeilte mich klarzustellen: »Ich habe sie bloß entdeckt, weiter nichts. Ich bin kein Fachmann auf diesem Gebiet. Und im Moment interessieren mich nicht die Kopfler als solche, sondern nur ein einziger – der Missionsdolmetscher. Wenn Sie also nichts dagegen haben … Gehe ich jetzt zu ihnen?«

»Aber Doktor, ich bitte Sie!« Alexander B. schien verwundert. »Glauben Sie etwa, wir sitzen hier auf Wache? Nichts dergleichen! Bitte, gehen Sie nur! Das machen überhaupt viele. Man erklärt ihnen, dass die Gerüchte übertrieben sind, sie nicken, verabschieden sich, und kaum sind sie draußen – husch über die Brücke.«

»Und?«

»Nach einer Weile kommen sie wieder. Sehr enttäuscht. Gesehen haben sie nichts und niemand. Wald, Hügel, Bodenspalten, eine bezaubernde Landschaft – das ist freilich alles zu sehen, nur eben keine Kopfler. Erstens haben die Kopfler eine nächtliche Lebensweise, zweitens leben sie unterirdisch, und die Hauptsache – sie treffen sich nur mit Leuten, die sie tatsächlich treffen möchten. Und für diesen Fall haben wir hier Dienst – sozusagen als Verbindungsleute …«

»Was heißt ›wir‹?«, erkundigte sich der Journalist Kammerer. »Die KomKon?«

»Ja, Praktikanten. Wir haben abwechselnd Dienst. Über uns geht die Verbindung nach beiden Seiten. Welchen von den Dolmetschern wollen Sie?«

»Ich brauche Wepl-Itrtsch.«

»Versuchen wir es. Kennt er Sie?«

»Wohl kaum. Aber sagen Sie ihm, dass ich mit ihm über Lew Abalkin sprechen möchte, den kennt er gewiss.«

»Das möchte ich meinen!«, sagte Alexander B. und zog den Selektor zu sich heran.

Der Journalist Kammerer (und, zugegeben, auch ich selbst) beobachtete mit einem Entzücken, das in andächtiges Staunen überging, wie dieser junge Mann mit dem Gesicht eines romantischen Dichters plötzlich wild die Augen verdrehte und die eleganten Lippen zu einer unglaublichen Röhre formte. Dann begann er zu schnalzen, zu krächzen und zu glucksen wie dreiunddreißig Kopfler auf einmal (in einem nächtlichen toten Wald, an einer aufgerissenen Betonstraße, unter dem trübe phosphoreszierenden Himmel des Saraksch). Und diese Töne schienen sehr gut in den gewölbten, kasemattenleeren Raum mit den rauen, nackten Wänden zu passen. Dann verstummte der junge Mann, neigte den Kopf und lauschte Serien von Antwortschnalzern und -glucksern; dabei bewegten sich seine Lippen mitsamt dem Unterkiefer weiter, als hielte er sich bereit, das Gespräch fortzusetzen. Da dies kein sonderlich schöner Anblick war, wandte der Journalist Kammerer – trotz seines andächtigen Staunens – diskret den Blick ab.

Das Gespräch dauerte nicht allzu lange. Alexander B. lehnte sich auf seinem Stuhl zurück, massierte sich mit den schlanken blassen Fingern zart den Unterkiefer und erklärte ein wenig außer Atem: »Er scheint einverstanden zu sein. Ich will Ihnen freilich nicht zu viel Hoffnung machen. Ich bin nicht sicher, ob ich alles richtig verstanden habe. Zwei Sinnebenen habe ich erfasst, aber ich glaube, da war noch eine dritte. Kurzum, gehen Sie über die Brücke, dort finden Sie einen Pfad. Der Pfad führt in den Wald. Da wird er Sie treffen. Genauer, er wird Sie sich ansehen … Nein. Wie soll ich es sagen … Wissen Sie, es ist nicht so schwer, einen Kopfler zu verstehen. Schwerer ist es, ihn zu übersetzen. Zum Beispiel dieser Reklamespruch: ›Wir sind für das Wissen, aber nicht für die Neugier.‹ – übrigens eine sehr gelungene Übersetzung. ›Wir sind nicht für die Neugier‹ kann heißen ›wir sind nicht ohne Zweck neugierig‹, aber auch: ›Wir sind für euch nicht von Interesse.‹ Verstehen Sie?«

»Ich verstehe«, sagte der Journalist Kammerer und stand auf. »Er wird mich eine Weile ansehen und dann entscheiden, ob ich ein Gespräch wert bin. Vielen Dank für die Mühe.«

»Was denn für Mühe? Es ist mir eine angenehme Pflicht. Warten Sie, nehmen Sie meinen Umhang, draußen regnet es.«

»Danke, nicht nötig«, sagte der Journalist Kammerer und trat in den Regen hinaus.

3. JUNI '78
Der Kopfler Wepl-Itrtsch

Nach Ortszeit war es drei Uhr morgens; der Himmel war verhangen, der Wald undurchdringlich, und die nächtliche Welt schien mir grau, flach und trübe wie eine schlechte alte Fotografie.

Natürlich hatte er mich als Erster entdeckt und mich schon fünf, vielleicht sogar zehn Minuten lang in einiger Entfernung begleitet, verborgen im dichten Unterholz. Als ich ihn endlich bemerkte, erkannte er das augenblicklich und erschien sofort vor mir auf dem Pfad.

»Hier bin ich«, erklärte er.

»Das sehe ich«, sagte ich.

»Wir werden hier sprechen.«

»Gut.«

Er setzte sich sofort hin, ganz wie ein Hund, der mit dem Herrchen spricht – ein großer, dicker Hund mit riesiger Stirn und großem Kopf sowie kleinen dreieckigen und aufgerichteten Ohren. Seine Augen waren groß und rund, die Stimme klang etwas heiser. Aber Wepl sprach ohne den geringsten Akzent; nur die kurzen, abgehackten Wendungen und eine etwas zu exakte Artikulation verrieten den Fremden. Und er roch sonderbar. Nicht nach nassem Hundefell, wie man hätte erwarten können; es war ein eher anorganischer Geruch – ähnlich wie erhitztes Kolophonium. Ein sonderbarer Geruch, der eher zu einem Apparat als zu einem Lebewesen passte. Auf dem Saraksch hatten die Kopfler, wenn ich mich recht erinnerte, nicht so gerochen.

»Was willst du?«, fragte er geradeheraus.

»Hat man dir gesagt, wer ich bin?«

»Ja. Du bist Journalist. Du schreibst ein Buch über mein Volk.«

»Das stimmt nicht ganz. Ich schreibe ein Buch über Lew Abalkin. Du kennst ihn.«

»Mein ganzes Volk kennt Lew Abalkin.«

Das war neu.

»Und was denkt dein Volk über Lew Abalkin?«

»Mein Volk denkt nichts über Lew Abalkin. Es kennt ihn.«

Mir schien, hier begannen bereits die linguistischen Sümpfe ...

»Ich wollte fragen: Wie steht dein Volk zu Lew Abalkin?«

»Es kennt ihn. Jeder Einzelne kennt ihn. Von der Geburt bis zum Tod.«

Ich beriet mich mit dem Journalisten Kammerer, und wir beschlossen, dieses Thema vorerst zu lassen. Wir fragten: »Was kannst du über Lew Abalkin erzählen?«

»Nichts«, gab er kurz zur Antwort.

Gerade das hatte ich am meisten befürchtet. Und zwar in so hohem Maße, dass ich eine solche Situation unbewusst einfach ausgeschlossen hatte und jetzt nicht darauf vorbereitet war. Ich geriet jämmerlich aus dem Konzept, war völlig ratlos; er aber hob einen Vorderfuß bis zur Schnauze und machte sich daran, geräuschvoll zwischen den Krallen zu knabbern. Nicht wie Hunde, sondern wie es mitunter Katzen tun.

Indes, ich hatte genügend Selbstbeherrschung. Mir wurde rechtzeitig klar, dass dieser Köter-Sapiens, hätte er wirklich nichts mit mir zu tun haben wollen, einer Begegnung einfach ausgewichen wäre.

»Ich weiß, dass Lew Abalkin dein Freund ist«, sagte ich. »Ihr habt zusammen gelebt und gearbeitet. Sehr viele Menschen der Erde würden gern wissen, was der Kopfler Wepl, sein Freund und Mitarbeiter, über Lew Abalkin denkt.«

»Wozu?« Auch seine Frage war kurz.

»Eine Erfahrung«, antwortete ich.

»Eine nutzlose Erfahrung.«

»Es gibt keine nutzlosen Erfahrungen.«

Jetzt machte er sich an die andere Pfote, und nach ein paar Sekunden knurrte er undeutlich: »Stell konkrete Fragen.«

Ich überlegte.

»Ich weiß, dass du vor fünfzehn Jahren zum letzten Mal mit Abalkin zusammengearbeitet hast. Hast du danach noch mit anderen Erdenmenschen zusammenarbeiten müssen?«

»Ja. Oft.«

»Hast du einen Unterschied gespürt?«

Ich hatte mir, als ich diese Frage stellte, eigentlich nichts Besonderes dabei gedacht. Doch Wepl erstarrte plötzlich, ließ dann langsam die Pfote sinken und hob den Kopf mit der hohen Stirn. Für einen kurzen Augenblick flammte in seinen Augen ein düsterer roter Schein auf. Aber dann machte er sich sofort wieder an das Benagen seiner Krallen.

»Schwer zu sagen«, knurrte er. »Die Arbeiten sind unterschiedlich, die Menschen auch. Schwierig.«

Er wich aus. Wovor? Meine unschuldige Frage hatte nun ihn ins Stolpern gebracht. Eine Sekunde lang hatte er die Fassung verloren. Oder lag es wieder an der Linguistik? An sich ist die Linguistik eine feine Sache. Gehen wir also zum Angriff über. Frontal.

»Du hast dich mit ihm getroffen«, erklärte ich. »Und er hat dir erneut eine Arbeit angeboten. Bist du einverstanden?«

Das konnte bedeuten: »Würdest du dich mit ihm treffen und er böte dir erneut eine Arbeit an – wärst du einverstanden?« Oder auch: »Du hast dich mit ihm getroffen, und er hat – wie ich weiß – dir eine Arbeit angeboten. Hast du zugesagt?« Linguistik. Zugegeben, es war ein ziemlich armseliges Manöver, doch was blieb mir anders übrig?

Und die Linguistik half mir letztlich weiter.

»Er hat mir keine Arbeit angeboten«, widersprach Wepl.

»Worüber habt ihr denn dann gesprochen?«, wunderte ich mich und baute meinen Erfolg weiter aus.

»Über Vergangenes«, sagte er knapp. »Für niemanden von Belang.«

»Was meinst du«, fragte ich und wischte mir in Gedanken den Schweiß von der Stirn, »hat er sich in diesen fünfzehn Jahren sehr verändert?«

»Das ist ebenso wenig von Belang.«

»Nein, das ist durchaus von Belang. Ich habe ihn vor kurzem gesehen und festgestellt, dass er sich sehr verändert hat. Aber ich bin ein Erdenmensch, und ich müsste deine Meinung wissen.«

»Meine Meinung: ja.«

»Siehst du! Und worin hat er sich deiner Ansicht nach verändert?«

»Er interessiert sich nicht mehr für das Volk der Kopfler.«

»Wirklich?« Ich war sehr erstaunt. »Aber mit mir hat er nur über die Kopfler gesprochen.«

Wieder trat dieser rote Schein in seine Augen. Es schien, dass meine Worte ihn abermals verwirrt hatten.

»Was hat er dir gesagt?«, fragte er.

»Wir haben uns gestritten, wer von den Erdenmenschen mehr für die Kontakte mit den Kopflern getan hat.«

»Und außerdem?«

»Nichts. Nur darüber.«

»Wann war das?«

»Vorgestern. Und warum meinst du, dass er sich nicht mehr für das Volk der Kopfler interessiert?«

Dann sagte er plötzlich: »Wir verlieren Zeit. Stell keine leeren Fragen. Stell richtige Fragen.«

»Gut. Ich stelle eine richtige Frage. Wo ist er jetzt?«

»Ich weiß nicht.«

»Was hatte er vor?«

»Ich weiß nicht.«

»Was hat er dir gesagt? Für mich ist jedes seiner Worte wichtig.«

Und da nahm Wepl eine sonderbare, ja, unnatürliche Haltung ein: Er legte sich auf die angespannten, wie zum Sprung bereiten Beine, reckte den Hals vor und starrte mich von unten her an. Dann wiegte er langsam den schweren Kopf hin und her und begann zu sprechen, wobei er die Worte wieder überaus deutlich artikulierte: »Höre genau zu, verstehe es richtig und merke es dir für lange Zeit. Das Volk der Erde mischt sich nicht in die Angelegenheiten des Volkes der Kopfler. Das Volk der Kopfler mischt sich nicht in die Angelegenheiten des Volkes der Erde. So war es, so ist es und so wird es sein. Die Angelegenheit Lew Abalkins ist eine Angelegenheit des Volkes der Erde. Das ist beschlossene Sache. Und darum: Such nicht, was nicht ist. Das Volk der Kopfler wird Lew Abalkin niemals Asyl gewähren.«

So etwas! Ich platzte heraus: »Er hat um Asyl gebeten? Bei euch?«

»Ich habe nur gesagt, was ich gesagt habe: Das Volk der Kopfler wird Lew Abalkin niemals Asyl gewähren. Weiter nichts. Hast du das verstanden?«

»Ich habe es verstanden. Aber das interessiert mich nicht. Ich wiederhole die Frage: Was hat er zu dir gesagt?«

»Ich werde antworten. Aber erst wiederhole du das Wesentliche von dem, was ich gesagt habe.«

»Gut, ich wiederhole. Das Volk der Kopfler mischt sich nicht in die Angelegenheiten Abalkins und verweigert ihm Asyl? Richtig?«

»Richtig. Und das ist die Hauptsache.«

»Antworte jetzt auf meine Frage.«

»Ich antworte. Er hat mich gefragt, ob es einen Unterschied zwischen ihm und den anderen Menschen gibt, mit denen ich zusammengearbeitet habe. Die gleiche Frage, die du mir gestellt hast.«

Kaum hatte er zu Ende gesprochen, machte er kehrt und verschwand lautlos im Gebüsch. Kein Zweig, kein Blatt regte sich. Er war einfach nicht mehr da. Weg.

Dieser Wepl! »... Ich habe ihm die Sprache beigebracht und gezeigt, wie man die Versorgungslinie benutzt. Ich habe keinen Schritt von ihm getan, als er an diesen sonderbaren Krankheiten litt. Ich habe seine schlechten Manieren erduldet, mich mit seinen unverblümten Äußerungen abgefunden und ihm Dinge verziehen, die ich sonst niemandem auf der Welt verzeihe. Wenn nötig, werde ich für Wepl wie für einen Erdenmenschen kämpfen, wie für mich selbst. Und Wepl? Ich weiß nicht ...« Ach, dieser Wepl-Itrtsch.

3. JUNI '78

Seine Exzellenz ist zufrieden

»Sehr interessant!«, sagte Seine Exzellenz, als ich mit meinem Bericht fertig war. »Du hast doch recht daran getan, Mak, auf dem Besuch in diesem Tiergarten zu bestehen.«

»Ich verstehe es nicht«, erwiderte ich und entfernte ärgerlich stachlige Kletten vom Stoff meiner Hose. »Sehen Sie darin einen Sinn?«

»Ja.«

Ich starrte ihn an. »Glauben Sie allen Ernstes, dass Lew Abalkin um Asyl gebeten haben könnte?«

»Nein. Das glaube ich nicht.«

»Von was für einem Sinn ist dann die Rede? Oder ist das wieder ein Stein, den er ins Gebüsch wirft?«

»Vielleicht. Aber darum geht es nicht. Es ist unwichtig, was Lew Abalkin gemeint hat. Die Reaktion der Kopfler – die ist wichtig. Übrigens, zerbrich dir darüber nicht den Kopf. Du hast mir eine wichtige Information geliefert. Danke. Ich bin zufrieden. Sei du auch zufrieden.«

Ich widmete mich erneut den Kletten. Man mochte sagen, was man wollte, aber er war zweifellos zufrieden. Seine grünen Äuglein leuchteten geradezu; das war sogar im Halbdunkel des Arbeitszimmers zu sehen. Genauso hatte er geschaut, als ich – jung, fröhlich und voller Eifer – ihm gemeldet hatte, dass wir den Stillen Prjoscht endlich auf frischer Tat ertappt hatten und er unten mit einem Knebel im Mund im Wagen saß, bereit und fertig zum Verhör. Ich hatte den Stillen Prjoscht gefasst – ohne jedoch zu ahnen, was dem Wanderer völlig klar war: dass die Sabotage jetzt ein Ende hätte und die Geleitzüge mit dem Getreide bereits am nächsten Tag zur Hauptstadt rollen würden …

Und genauso war ihm offensichtlich auch jetzt etwas klar, wovon ich noch nichts ahnte; daher verspürte ich nicht die geringste Befriedigung. Niemanden hatte ich gefasst, niemand wartete mit einem Knebel im Mund auf sein Verhör. Stattdessen irrlichterte auf der riesigen freundlichen Erde ein rätselhafter Mann mit einem kaputten Schicksal, ohne zu sich zu kommen, jagte hin und her, als habe man ihn vergiftet … So wie auch er alle, mit denen er sich traf, mit Verzweiflung und Kränkung vergiftete, andere verriet und selbst verraten wurde …

»Ich mache dich noch einmal darauf aufmerksam, Mak«, sagte Seine Exzellenz plötzlich leise. »Er ist gefährlich. Und er ist es umso mehr, als er das selbst nicht weiß.«

»Ja, wer ist er denn, zum Teufel?«, fragte ich. »Ein wahnsinniger Android?«

»Ein Android kann kein Persönlichkeitsgeheimnis haben«, sagte Seine Exzellenz. »Lass dich nicht ablenken.«

Ich steckte die Kletten in die Anoraktasche und setzte mich aufrecht hin.

»Du kannst jetzt nach Hause gehen«, sagte Seine Exzellenz. »Bis Punkt neunzehn Uhr bist du frei. Danach bleibe in der Nähe, in der Stadt, und warte auf meinen Ruf. Möglicherweise wird er heute Nacht versuchen, ins Museum zu kommen. Dort werden wir ihn fassen.«

»Gut«, sagte ich ohne eine Spur von Enthusiasmus.

Er taxierte mich unverhohlen. »Ich hoffe, du bist in Form«, fügte er noch hinzu. »Wir werden ihn zu zweit fassen, und ich bin für derlei Übungen eigentlich schon zu alt.«

4. JUNI '78

Das Museum für Außerirdische Kulturen. Nachts

Um 1:08 Uhr piepste der Armbandsender an meinem Handgelenk, und Seine Exzellenz flüsterte hastig: »Mak, Museum, Haupteingang, schnell ...«

Ich klappte die Kabinenhaube zu, um mich vor dem Fahrtwind zu schützen, und schaltete das Triebwerk auf Schnellstart. Der Gleiter zischte in den Himmel. Drei Sekunden bremsen. Zweiundzwanzig Sekunden Gleitflug und Orientierung. Der Platz der Sterne war leer. Vor dem Haupteingang auch niemand. Seltsam ... Aha. Aus der Null-T-Kabine an der Ecke des Museums stieg jetzt eine schwarze hagere Figur. Bewegte sich zum Haupteingang. Seine Exzellenz.

Die Maschine landete lautlos vor dem Haupteingang. Sofort leuchtete im Bedienfeld ein Signallämpchen auf, und die sanfte Stimme des Kontrollkybers sagte vorwurfsvoll: »Die Landung von Gleitern auf dem Platz der Sterne ist nicht erlaubt ...« Ich klappte das Kabinendach zurück und sprang auf das Pflaster. Seine Exzellenz machte sich schon an der Tür zu schaffen und hantierte mit einem Magnetdietrich. »Die Landung von Gleitern auf dem Platz der Sterne ...«, verkündete der Kontrollkyber penetrant.

»Stopf ihm den Mund«, presste Seine Exzellenz zwischen den Zähnen hervor, ohne sich umzuwenden.

Ich schlug das Kabinendach zu. In derselben Sekunde öffnete sich der Haupteingang.

»Mir nach!«, befahl Seine Exzellenz und verschwand in der Dunkelheit.

Ich folgte ihm. Ganz wie in alten Zeiten.

In langen, lautlosen Sätzen eilte er vor mir her – groß und hager, gewandt und völlig schwarz gekleidet glich er dem Schatten eines mittelalterlichen Dämons. Mir schoss plötzlich durch den Kopf, dass wohl noch keiner von unseren Grünschnäbeln Seine Exzellenz so zu Gesicht bekommen hatte. Nur der alte Turm, Pjotr Angelow und ich hatten ihn so erlebt – vor fünfzehn Jahren ...

Er führte mich auf einem komplizierten, verschlungenen Weg von Saal zu Saal, von Korridor zu Korridor, und konnte sich inmitten all der Stände und Vitrinen fehlerlos orientieren; zwischen all den Statuen und Attrappen, die aussahen wie groteske Mechanismen, und all den Apparaten und Mechanismen, die aussahen wie groteske Statuen. Nirgends war Licht – offenbar war die Automatik vorher abgeschaltet worden –, aber er irrte sich kein einziges Mal und kam nicht vom Weg ab, obwohl ich wusste, dass er nachts wesentlich schlechter sah als ich. Seine Exzellenz hatte sich gründlich auf diesen nächtlichen Exkurs vorbereitet, und bisher war ihm alles bestens gelungen, wenn man einmal von der Atmung absah. Er atmete zu laut, aber daran ließ sich eben nichts ändern. Die Jahre. Das verdammte Alter.

Plötzlich hielt er inne, und kaum dass ich neben ihm stand, krallte er die Finger in meine Schulter. Im ersten Moment bekam ich einen Schreck und dachte, sein Herz könnte ihm zu schaffen machen; doch dann begriff ich: Wir waren angekommen, und er wollte warten, bis er wieder zu Atem käme.

Ich schaute mich um. Leere Tische. An den Wänden entlang standen Regale voller exoplanetarer Wunderdinge. Xenografische Projektoren an der entfernteren Schmalseite. Das alles hatte ich schon gesehen. Ich war hier gewesen. Es war das Arbeitszimmer von Maja Toivowna Glumowa. Da stand ihr Tisch, und in diesem Sessel hatte der Journalist Kammerer gesessen …

Seine Exzellenz ließ meine Schulter los, trat zu den Regalen, bückte sich und ging in gebückter Haltung die Reihen entlang – er hielt nach etwas Ausschau. Dann blieb er stehen, hob angestrengt etwas hoch und ging langsam zu dem Tisch, der unmittelbar vor dem Eingang stand. Den Oberkörper leicht zurückgeneigt, hielt er einen langen Gegenstand in den Händen – eine Art flachen Klotz mit abgerundeten Ecken. Vorsichtig, ohne die geringste Erschütterung, legte er den Gegenstand auf den Tisch, verharrte einen Augenblick reglos und lauschte; dann zog er plötzlich wie ein Zauberkünstler ein langes Halstuch mit Fransen aus der Brusttasche. Mit einer geschickten Bewegung faltete er es auseinander und warf es über den Klotz. Dann kehrte er zu mir zurück, beugte sich zu meinem Ohr herab und flüsterte kaum hörbar: »Wenn er dieses Tuch berührt – dann fasse ihn. Wenn er uns vorher bemerkt – fasse ihn. Stell dich hier hin.«

Ich bezog auf der einen Seite der Tür Stellung, Seine Exzellenz auf der anderen.

Anfangs hörte ich nichts. Ich stand da, den Rücken an die Wand gepresst, ging in Gedanken mechanisch die Varianten für den weiteren Verlauf der Ereignisse durch und schaute auf das Tuch, das über den Tisch gebreitet war. Interessant, was Lew Abalkin wohl dazu bewegen mochte, es zu berühren? Wenn er diesen Klotz gar so dringend brauchte, wie sollte er erfahren, dass er unter dem Tuch verborgen war? Und was ist das für ein Klotz? Sieht aus wie ein Futteral für einen tragbaren Intravisor. Oder für irgendein Musikinstrument. Das heißt, dafür wohl kaum. Zu schwer. Ich begreife nichts. Das ist offensichtlich ein Köder, aber wenn es ein Köder ist, dann nicht für einen Menschen …

Da hörte ich Lärm, und zwar ziemlich lauten Lärm: Irgendwo im Innern des Museums war etwas Großes aus Metall umgestürzt und dabei auseinandergebrochen. Sofort fiel mir die riesige Rolle Stacheldraht ein, an der die Mädchen so sorgsam mit ihren Molekularlötkolben gearbeitet hatten. Ich blickte Seine Exzellenz an. Er lauschte und war ebenfalls irritiert.

Das Klingen, Scheppern und Klirren verebbte allmählich, und es wurde wieder still. Sonderbar. Dass ein Progressor, ein Profi, ein Meister in der Kunst, sich unbemerkt zu bewegen, ein Ninja, blindlings in eine derart sperrige Vorrichtung laufen sollte? Sehr unwahrscheinlich. Freilich, er könnte mit dem Ärmel an einem hervorstehenden kleinen Drahtstachel hängen geblieben sein … Nein, könnte er nicht. Einem Progressor passiert so etwas nicht. Oder der Progressor ist hier, auf der gefahrlosen Erde, schon ein bisschen sorglos geworden. Zweifelhaft. Wir werden sehen. Jetzt ist er jedenfalls erstarrt, auf einem Bein stehend, und horcht. Und so wird er ungefähr fünf Minuten lang horchen.

Aber er dachte gar nicht daran, auf einem Bein zu stehen und zu horchen. Er kam näher, und seine Bewegungen wurden von einer ganzen Kakophonie lauter Geräusche begleitet, die vollkommen untypisch für einen Progressor waren. Man hörte ihn latschen und schlurfen. Er stieß an Türbalken und Wände. Einmal lief er gegen ein Möbelstück und stieß eine Reihe unverständlicher Ausrufe voller Zischlaute aus. Und als ein schwacher Widerschein von elektrischem Licht auf die Bildschirme der Projektoren fiel, wurde aus meinen Zweifeln Gewissheit.

»Das ist er nicht«, sagte ich ziemlich laut zu Seiner Exzellenz.

Seine Exzellenz nickte. Er wirkte irritiert, finster. Jetzt stand er seitlich zur Wand, mit dem Gesicht zu mir, breitbeinig und etwas nach vorn geneigt, und man konnte sich leicht vorstellen, wie er in einer Minute den falschen Progressor mit beiden Händen am Kragen packen, ihn durchschütteln und ihm ins Gesicht brüllen würde: »Wer bist du, und was machst du hier, elender Hundesohn?«

Und ich malte mir dieses Bild so deutlich aus, dass ich mich anfangs nicht einmal wunderte, als er mit der linken Hand den schwarzen Anorak zurückschlug und mit der rechten seine geliebte 26er »Herzog« in die Brusttasche schob – als mache er die Hände frei fürs Zupacken und Durchschütteln.

Als mir jedoch klarwurde, dass er die ganze Zeit über mit der achtschüssigen »Herzog« in der Hand dagestanden hatte, erstarrte ich plötzlich vor Schreck. Das konnte nur eins bedeuten: Seine Exzellenz war bereit gewesen, Lew Abalkin zu töten. Ja, zu töten, denn Seine Exzellenz zog die Waffe niemals, um jemanden zu erschrecken, zu bedrohen oder zu beeindrucken – er zog sie nur, um zu töten.

Ich war so schockiert, dass ich alles um mich herum vergaß. Aber da drang ein breiter Strahl hellen Lichts in das Arbeitszimmer, und zum letzten Mal am Türrahmen anstoßend, trat der falsche Abalkin herein.

Im Grunde hatte er sogar eine gewisse Ähnlichkeit mit Lew Abalkin: stämmig, wohlproportioniert, nicht besonders groß, schulterlanges schwarzes Haar. Er trug einen weiten weißen Anzug und hielt vor sich eine Taschenlampe der Marke »Tourist«, und in der anderen Hand hatte er einen kleinen Koffer, beziehungsweise eine große Aktentasche. Als er eintrat, blieb er stehen, ließ den Strahl der Taschenlampe über die Regale wandern und sagte: »Nun, hier scheint es zu sein.«

Er hatte eine kratzige Stimme, und sie klang betont munter. In diesem Ton sprechen für gewöhnlich Menschen mit sich selbst, wenn sie sich ein bisschen fürchten, unsicher sind oder sich schämen – kurzum, wenn ihnen nicht wohl ist in ihrer Haut. »Mit einem Bein im Straßengraben«, wie man in Honti sagt.

Jetzt sah ich, dass es ein alter Mann war. Vielleicht sogar älter als Seine Exzellenz. Er hatte eine lange spitze Nase mit einem kleinen Höcker darauf, ein langes spitzes Kinn, eingefallene Wangen und eine hohe, sehr weiße Stirn. Er ähnelte weniger Lew Abalkin als vielmehr Sherlock Holmes. Vorerst konnte ich nur eines mit absoluter Gewissheit sagen: Diesen Menschen hatte ich nie zuvor im Leben gesehen.

Nachdem er sich flüchtig umgeschaut hatte, trat er an den Tisch, stellte sein Köfferchen auf das geblümte Tuch direkt neben unseren Klotz und fing an, im Schein der Taschenlampe die Regale zu betrachten, ohne Eile und methodisch, Bord für Bord, Sektion für Sektion. Dabei brummte er unablässig etwas in seinen Bart, zu verstehen aber waren nur einzelne Worte: »... Nun, das ist allgemein bekannt ... hmm-hmm-hmm ... Gewöhnliches Illisium ... hmm-hmm-hmm ... Trödel über Trödel ... hmm-hmm ... Haben es versteckt, verkramt, verborgen ... hmm-hmm-hmm ...«

Seine Exzellenz verfolgte das alles sehr aufmerksam, hielt die Hände auf dem Rücken verschränkt, und auf seinem Gesicht erkannte ich einen sehr ungewohnten und ihm gar nicht eigenen Ausdruck hoffnungsloser Müdigkeit. Es schien, als sehe er etwas, dessen er schon jetzt überdrüssig sei, das ihm fürs Leben verleidet und dabei doch unlösbar mit ihm verbunden war. Etwas, dem er sich anscheinend lange gebeugt hatte, nachdem er an den Versuchen verzweifelt war, es loszuwerden. Ich gebe zu, anfangs hatte ich mich noch gewundert, warum Seine Exzellenz sein Vorhaben aufgegeben hatte, den Eindringling mit beiden Händen am Kragen zu packen und durchzurütteln. Doch als ich jetzt sein Gesicht sah, begriff ich: Es wäre sinnlos gewesen. Ob man den da durchschüttelte oder nicht, war ganz egal; nichts würde sich ändern und alles so weitergehen wie eh und je. Er würde immer mit einem Bein im Graben stehen, herumkriechen und herumkramen, etwas in seinen Bart brummen, in Museen Exponate umstürzen und sorgfältig vorbereitete und durchdachte Operationen zunichtemachen.

Als der Greis die letzte Sektion erreicht hatte, atmete Seine Exzellenz tief durch, trat an den Tisch, setzte sich auf die Kante neben das Köfferchen und sagte mürrisch: »Na, was suchen Sie denn da, Bromberg? Die Zünder?«

Der alte Bromberg schrie piepsig auf und schreckte zur Seite, wobei er einen Stuhl umwarf. »Wer ist da?«, kreischte er los und fuchtelte wild mit der Taschenlampe herum. »Wer?«

»Ja, ich bin es doch, ich!«, antwortete Seine Exzellenz noch mürrischer. »Hören Sie schon auf zu zittern!«

»Wer? Sie? Was zum Teufel ...« Der Lichtstrahl traf auf Seine Exzellenz. »Ah, Sikorsky! Habe ich's mir doch gedacht!«

»Nehmen Sie die Lampe weg«, befahl Seine Exzellenz und schirmte das Gesicht mit der Hand ab.

»Habe ich's mir doch gedacht, dass das Ihre faulen Tricks sind!«, schrie der alte Bromberg. »Mir war gleich klar, wer hinter diesem ganzen Theater steckt!«

»Nehmen Sie die Lampe weg, oder ich zerschlage sie in tausend Stücke!«, sagte Seine Exzellenz scharf.

»Schreien Sie mich gefälligst nicht an!«, kreischte Bromberg, lenkte aber den Strahl zur Seite. »Und wagen Sie ja nicht, meine Tasche anzurühren!«

Seine Exzellenz stand auf und ging auf ihn zu.

»Kommen Sie mir nicht zu nahe!«, schrie Bromberg. »Ich bin für Sie kein kleiner Junge! Dass Sie sich nicht schämen! Schließlich sind Sie ein alter Mann!«

Seine Exzellenz trat auf ihn zu, nahm ihm die Taschenlampe aus der Hand und stellte sie auf das nächste Tischchen, mit dem Strahl nach oben.

»Setzen Sie sich, Bromberg«, sagte er. »Wir müssen miteinander sprechen.«

»Diese Gespräche mit Ihnen …«, brummte Bromberg und setzte sich.

Erstaunlich, aber jetzt war er völlig ruhig. Ein munterer, geachteter alter Mann. Ich glaube, er war sogar fröhlich.

4. JUNI '78

Isaac Bromberg. Die Schlacht der eisernen Alten

»Versuchen wir, uns in Ruhe zu unterhalten«, schlug Seine Exzellenz vor.

»Versuchen wir's, versuchen wir's!«, erwiderte Bromberg heiter. »Aber was ist das für ein junger Mann, der die Wand da neben der Türe festhält? Haben Sie sich einen Leibwächter zugelegt?«

Seine Exzellenz antwortete nicht gleich. Vielleicht hatte er die Absicht, mich fortzuschicken. »Maxim, du kannst gehen« – und ich wäre natürlich gegangen. Doch es hätte mich gekränkt, und Seiner Exzellenz war das selbstverständlich klar. Es ist durchaus möglich, dass er noch andere Gründe hatte.

Jedenfalls deutete er lässig in meine Richtung und sagte: »Das ist Maxim Kammerer, Mitarbeiter der KomKon. Maxim, das ist Doktor Isaac Bromberg, Wissenschaftshistoriker.«

Ich verbeugte mich, und Bromberg erklärte: »Habe ich's mir doch gedacht. Klar, Sie hatten Angst, Sie könnten Mann gegen Mann nicht mit mir fertig werden, Sikorsky. Setzen Sie sich, setzen Sie sich, junger Mann, machen Sie's sich bequem. Soweit ich Ihren Chef kenne, wird es ein langes Gespräch.«

»Setz dich, Mak«, sagte Seine Exzellenz.

Ich nahm in dem mir schon bekannten Besuchersessel Platz.

»Also, ich erwarte Ihre Erklärungen, Sikorsky«, ließ sich Bromberg vernehmen. »Was hat dieser Hinterhalt zu bedeuten?«

»Wie ich sehe, haben Sie sich arg erschrocken.«

»Was für ein Unsinn!«, ereiferte sich Bromberg auf der Stelle. »Dummes Zeug! Gott sei Dank gehöre ich nicht zu den Schreckhaften! Und wenn mir schon jemand einen Schrecken einjagen kann, Sikorsky …«

»Aber Sie haben so fürchterlich geschrien und so viele Möbel umgeworfen.«

»Na, wissen Sie, wenn Ihnen jemand nachts in einem absolut leeren Gebäude etwas ins Ohr …«

»Es gibt auch keinen Grund, nachts durch absolut leere Gebäude zu laufen …«

»Erstens geht Sie das gar nichts an, Sikorsky, wo ich wann hingehe! Und zweitens, wann sollte ich es Ihrer Meinung nach denn sonst tun? Am Tage lässt man mich nicht herein. Am Tage veranstaltet man hier irgendwelche verdächtigen Renovierungen oder albernen Ausstellungswechsel. Hören Sie, Sikorsky, geben Sie's zu: Das ist alles Ihr Werk – das Museum zu schließen! Ich habe dringend gewisse Daten im Gedächtnis aufzufrischen. Ich erscheine hier. Man lässt mich nicht hinein. Mich! Ein Mitglied des wissenschaftlichen Rates dieses Museums! Ich rufe den Direktor an: Was ist los? Der

Direktor, der liebe Grant Hotschikjan, in gewissem Sinne mein Schüler ... Der Ärmste windet sich, der Ärmste wird rot vor Scham über sich selbst und vor mir. Aber er kann nichts machen, er hat sein Wort gegeben! Ihn haben ziemlich angesehene Leute darum gebeten, und er hat sein Wort gegeben! Interessant, wer hat ihn wohl gebeten? Vielleicht ein gewisser Rudolf Sikorsky? Nein! Oh nein! Niemand hat hier von einem Rudolf Sikorsky auch nur gehört! Aber mich kann man nicht so leicht täuschen! Mir war sofort klar, wessen Ohren da hinter den Kulissen hervorschauen! Und trotzdem wüsste ich gern, Sikorsky, warum Sie schon eine geschlagene Stunde schweigen und nicht auf meine Fragen antworten? Was wollten Sie damit erreichen, frage ich! Das Museum zu schließen! Der schändliche Versuch, aus dem Museum Exponate zu entwenden, die ihm gehören! Nächtliche Hinterhalte! Und wer, zum Teufel, hat hier den Strom abgeschaltet? Ich weiß nicht, was ich hätte tun sollen, wenn ich nicht eine Taschenlampe im Gleiter gehabt hätte! Ich habe mir sogar eine Beule geholt, ja, ja, zum Teufel mit Ihnen! Und dort drüben hab ich etwas umgeworfen! Ich kann nur hoffen – will hoffen! –, dass es bloß eine Attrappe war. Und beten Sie zu Gott, Sikorsky, dass es bloß eine Attrappe gewesen ist, denn wenn es ein Original war, werden Sie es mir bis zur letzten Schweißnaht wieder zusammensetzen! Bis zur letzten Schweißnaht! Und wenn auch nur eine Schweißnaht fehlt, werden Sie sich brav auf die Tagora begeben ...«

Ihm versagte die Stimme, und er begann krampfhaft zu keuchen, wobei er sich mit beiden Fäusten gegen die Brust schlug.

»Erhalte ich noch Antwort auf meine Fragen?«, japste er wütend und in Atemnot.

Ich saß da wie im Theater. Es machte alles einen eher komischen Eindruck auf mich. Dann aber schaute ich Seine Exzellenz an und erstarrte vor Erstaunen.

Seine Exzellenz Rudolf Sikorsky, dieser Eisklotz, dieses Granitmonument und Vorbild an Selbstbeherrschung und Kaltblütigkeit, dieser unfehlbare Mechanismus im Zutagefördern von Informationen, hatte einen puterroten Kopf bekommen. Er atmete schwer, presste krampfhaft seine knochigen, sommersprossigen Fäuste zusammen, und seine berühmten Ohren glühten und zuckten, dass es unheimlich anzusehen war. Er hatte sich freilich noch in der Gewalt, aber sicherlich wusste nur er allein, was ihn das kostete.

»Ich möchte gern wissen, Bromberg«, sagte er mit erstickter Stimme, »wozu Sie die Zünder brauchen.«

»Ach, das möchten Sie gern wissen!«, zischte Dr. Bromberg giftig. Dann beugte er sich plötzlich vor und blickte Seiner Exzellenz aus so kurzer Distanz ins Gesicht, dass seine lange Nase beinahe zwischen die Zähne meines Chefs geriet. »Und was möchten Sie noch gern über mich wissen? Vielleicht interessiert Sie mein Stuhlgang? Oder zum Beispiel, worüber ich mich unlängst mit Pilguj unterhalten habe?«

Die Erwähnung des Namens Pilguj in diesem Zusammenhang gefiel mir nicht. Pilguj befasste sich mit den Biogeneratoren, und meine Abteilung befasste sich schon den zweiten Monat mit Pilguj. Seine Exzellenz aber schenkte der Erwähnung Pilgujs keine Beachtung. Er beugte sich stattdessen selbst nach vorn, und zwar so plötzlich, dass Bromberg gerade noch zurückfahren konnte.

»Um Ihren Stuhlgang kümmern Sie sich gefälligst selbst!«, fauchte er. »Ich jedoch möchte wissen, warum Sie sich erlauben, nachts in das Museum einzubrechen, und warum Sie Ihre Krallen nach den Zündern ausstrecken, obwohl man Ihnen klipp und klar gesagt hat, dass für die nächsten paar Tage …«

»Sie wollen wohl mein Verhalten kritisieren? Ha! Wer? Sikorsky! Mich! Wegen Einbruchs! Da möchte ich gern wissen, wie Sie selbst in das Museum hineingekommen sind! He? Antworten Sie!«

»Das tut nichts zur Sache, Bromberg!«

»*Sie* sind ein Einbrecher, Sikorsky!«, verkündete Bromberg und zeigte mit seinem langen, knochigen Finger auf Seine Exzellenz. »Bis zum Einbruch sind Sie herabgesunken!«

»Sie sind bis zum Einbruch herabgesunken, Bromberg!«, brüllte Seine Exzellenz los. »Sie! Ihnen ist vollkommen klar und unzweideutig gesagt worden: Das Museum ist gesperrt! Jeder normale Mensch hätte an Ihrer Stelle ...«

»Wenn ein normaler Mensch auf einen neuerlichen Akt geheimer Machenschaften stößt, dann ist es seine Pflicht ...«

»Seine Pflicht ist, ein wenig seine grauen Zellen zu bemühen, Bromberg! Seine Pflicht ist, sich klarzuwerden, dass er nicht im Mittelalter lebt. Und wenn er auf ein Geheimnis stößt, dann ist das nicht jemandes Laune und kein böser Wille ...«

»Ja, keine Laune und kein böser Wille – sondern Ihre verblüffende Selbstsicherheit, Sikorsky, Ihre lachhafte und wahrlich mittelalterliche, idiotisch-fanatische Überzeugung, dass es gerade Ihnen gegeben sei zu entscheiden, was Geheimnis ist und was nicht! Sie sind ein Greis, Sikorsky, und haben noch immer nicht begriffen, dass vor allem das unmoralisch ist!«

»Ich finde es lächerlich, mit einem Mann über Moral zu sprechen, der einen Einbruch begeht, nur um seinen kindischen Wunsch nach Protest zu befriedigen! Sie sind nicht einfach ein Greis, Bromberg, Sie sind ein armseliger, alter Greis, der in die Kindheit zurückgefallen ist!«

»Wunderbar!«, sagte Bromberg und war plötzlich wieder ruhig. Er steckte die Hand in die Tasche seines weißen Anzugs, holte einen glänzenden Gegenstand hervor und legte ihn geräuschvoll vor Seiner Exzellenz auf den Tisch. »Hier ist mein Schlüssel. Wie jedem Mitarbeiter dieses Museums steht mir ein Schlüssel für den Diensteingang zu, und den habe ich benutzt, um hereinzukommen …«

»Mitten in der Nacht und entgegen dem Verbot des Direktors?« Seine Exzellenz hatte keinen Schlüssel, sondern nur einen Magnetdietrich, und ihm blieb nur der Angriff.

»Mitten in der Nacht, aber immerhin mit einem Schlüssel! Und wo ist Ihr Schlüssel, Sikorsky? Zeigen Sie mir bitte Ihren Schlüssel!«

»Ich habe keinen Schlüssel! Ich brauche auch keinen! Ich bin dienstlich hier, und nicht, weil mich der Hafer sticht, Sie alter, hysterischer Narr!«

Und da ging es los! Ich bin sicher, dass in den Wänden dieses bescheidenen Arbeitszimmers noch nie so etwas vor sich gegangen war – Ausbrüche heiseren Brüllens, vermischt mit krächzenden Schreien, Beleidigungen und Bacchanalien von Gefühlen. Absurde Argumente und noch absurdere Gegenargumente. Ja, was heißt die Wände! Im Grunde handelte es sich ja nur um die Wände einer beschaulichen akademischen Institution, fernab von den Leidenschaften des Lebens. Aber ich – ein erwachsener Mann, der geglaubt hatte, schon vieles zu kennen –, selbst ich hatte niemals und nirgends so etwas gehört, jedenfalls nicht von Seiner Exzellenz.

Das Schlachtfeld war längst im Rauch versunken und der Streitgegenstand nicht mehr auszumachen. So wurden nur noch allerlei »verantwortungslose Schwätzer«, »feudale Mantel-und-Degen-Ritter«, »gesellschaftliche Provokateure«, »kahlköpfige Geheimagenten«, »verkalkte Demagogen« und »verkappte Kerkermeister der Ideen« wie glühende Kanonenkugeln hin und her geschossen. Und die weniger exotischen »alten Esel«, »Giftmorcheln« und »Marasmatiker« hagelten drein wie Schrapnells …

Mitunter jedoch verflüchtigte sich der Rauch, und dann eröffneten sich meinem erstaunten und gebannten Blick frappierende Retrospektiven. Dabei wurde mir klar, dass das Gefecht, dessen zufälliger Zeuge ich wurde, nur einer von zahllosen, der Welt verborgen gebliebenen Kämpfen in einem lautlosen Krieg war, der schon zu einer Zeit begonnen hatte, als meine Eltern gerade aus der Schule kamen.

Ziemlich schnell war mir wieder eingefallen, wer dieser Isaac Bromberg war. Ich hatte schon früher von ihm gehört, vielleicht sogar schon, als ich noch als Anfänger in der Gruppe für Freie Suche arbeitete. Eins seiner Bücher – »Wie es wirklich war« – hatte ich gelesen: Es war die Geschichte des »Albtraums von Massachusetts«. Ich erinnerte mich, dass mir das Buch nicht gefallen hatte. Es war als Pamphlet angelegt, und der Autor ereiferte sich gar zu sehr, die romantische Verklärung dieser wirklich schrecklichen Geschichte ein für alle Mal zu zerstören. Zudem widmete er der Diskussion über die politischen Prinzipien des Herangehens an gefährliche Experimente zu viel Raum; auch diese Diskussion hatte mich damals nicht im Geringsten interessiert.

In bestimmten Kreisen war Brombergs Name freilich bekannt und hochgeachtet. Man konnte ihn als »Ultralinken« der Bewegung der Jiyuisten bezeichnen; diese war noch von Lamondois gegründet worden und forderte das Recht der Wissenschaft auf schrankenlose Entwicklung.

Die Extremisten dieser Bewegung vertreten Prinzipien, die sich auf den ersten Blick völlig natürlich ausnehmen. In der Praxis jedoch erweisen sie sich als nicht umsetzbar – unabhängig davon, welcher Entwicklungsstand einer menschlichen Zivilisation gegeben ist. (Ich erinnere mich an den Schock, den ich erlitt, als ich mich mit der Geschichte der Zivilisation auf der Tagora beschäftigte. Dort sind diese Prinzipien seit der grauen Vorzeit ihrer Ersten Industriellen Revolution konsequent befolgt worden.)

Den Prinzipien zufolge wird jede wissenschaftliche Entdeckung, die sich verwirklichen lässt, unbedingt verwirklicht. Gegen dieses Prinzip ist schwer anzukommen, obwohl es eine ganze Reihe von Vorbehalten gibt. Zum Beispiel: Was macht man mit einer Entdeckung, die verwirklicht worden ist? Antwort: Man hält die Folgen unter Kontrolle. Schön. Und wenn wir nicht alle Folgen voraussehen? Was, wenn wir die einen Folgen über- und die anderen unterschätzen? Oder wenn klar ist, dass wir nicht einmal die offensichtlichsten und unangenehmsten Folgen unter Kontrolle halten können? Was, wenn dazu unvorstellbare Mengen an Energie und ein geradezu sittlich-moralischer Kraftakt nötig sind? (Das war übrigens bei der Massachusetts-Maschine der Fall: Vor den Augen der verblüfften Forscher entstand und entwickelte sich auf der Erde eine neue, nichtmenschliche Zivilisation.)

Die Forschungen einstellen!, befiehlt in solchen Fällen der Weltrat.

Auf gar keinen Fall! – skandieren dann, als Antwort, die Extremisten. Die Kontrolle verstärken? Ja. Die dafür nötigen Ressourcen zur Verfügung stellen? Ja. Ein Risiko eingehen? Ja! Schließlich, »wer nicht trinkt und wer nicht raucht, stirbt gesund und unverbraucht« (aus dem Auftritt des Altvaters der Extremisten J. G. Prenson). Alles, nur keine Verbote! Sittlich-moralische Verbote sind für die Wissenschaft schlimmer als jede ethische Katastrophe, die infolge hochriskanter Entwicklungen im wissenschaftlichen Fortschritt ausgelöst wurde oder ausgelöst werden könnte. In seiner Dynamik ist es ein zweifellos beeindruckender Standpunkt, der unter jungen Wissenschaftlern vorbehaltlose Befürworter findet. Aber er ist äußerst gefährlich, wenn er von einem hervorragenden und bedeutenden Spezialisten vertreten wird, der über ein aktives, sehr begabtes Kollektiv und große Energieressourcen verfügt.

Die Extremisten der wissenschaftlichen Praxis machten im Wesentlichen die Klientel der KomKon 2 aus. Der alte Bromberg hingegen war ein theoretischer Extremist, was sicher der Grund dafür war, dass ich noch nie mit ihm in Kontakt gekommen war. Dafür hatte er Seiner Exzellenz, wie ich nun feststellte, unablässig das Leben schwergemacht.

Die KomKon 2 erteilt niemals Verbote. Dafür kennen wir uns nicht gut genug in der modernen Wissenschaft aus. Verbote erlässt der Weltrat. Unsere Aufgabe besteht darin, diese Verbote durchzusetzen und zu verhindern, dass trotzdem Informationen durchsickern. Denn gerade das Durchsickern von Informationen zeitigt in solchen Fällen die furchtbarsten Folgen.

Offensichtlich wollte oder konnte Bromberg das nicht einsehen. Der Kampf für die freie, vollkommen unbeschränkte Verbreitung von wissenschaftlichen Informationen war zu seiner fixen Idee geworden. Er hatte unglaubliches Temperament, eine unerschöpfliche Energie und unzählige Beziehungen in der Welt der Wissenschaft. Erfuhr er, dass irgendwo die Ergebnisse vielversprechender Forschungen auf Eis gelegt worden waren, tobte er und stürzte los, um zu entlarven, bloßzustellen und zu enthüllen. Daran ließ sich nichts ändern. Bromberg akzeptierte keine Kompromisse, deshalb konnte man sich nicht mit ihm einigen. Er erkannte keine Niederlagen an, deshalb war es unmöglich, ihn zu besiegen. Er war unlenkbar wie ein kosmischer Kataklysmus.

Doch offensichtlich braucht selbst die höchste und abstrakteste Idee einen ganz konkreten Angriffspunkt. Und zu diesem Angriffspunkt, zur Verkörperung der Kräfte des Bösen und der Finsternis, gegen die er focht, wurde die KomKon 2 im Allgemeinen und Seine Exzellenz im Besonderen. »KomKon 2!«, zischte er giftig, sprang auf Seine Exzellenz zu und wieder zurück. »Oh, ihr Jesuiten! Nehmt eine Abkürzung, die jeder kennt. Kommission für Kontakte mit anderen Zivilisationen! Edel, groß! Ruhmreich! – und dahinter versteckt ihr euer stinkendes Kontor! Kommission für Kontrolle, sieh einer an! Ein Komplott von Konservativen ist das – keine Kommission für Kontrolle! Eine komplette Konspiration!«

Seine Exzellenz war seiner über die letzten fünfzig Jahre unendlich überdrüssig geworden. Und zwar, wie mir schien, im wörtlichen Sinne: wie man einer Mücke oder einer aufdringlichen Fliege überdrüssig wird. Selbstverständlich konnte Bromberg unserer Sache nicht ernstlich schaden. Das stand nicht in seiner Macht. Aber dafür konnte er unablässig summen und brummen, lärmen und zirpen. Er konnte einen aus der Arbeit reißen, keine Ruhe geben und kleine, giftige Stiche austeilen. Er konnte die strikte Beachtung aller Formalitäten fordern und gleichzeitig die öffentliche Meinung gegen die Zunahme der Formalitäten mobilisieren. Mit einem Wort – er konnte einen in den Wahnsinn treiben. Mich würde nicht wundern, wenn sich herausstellte, dass Seine Exzellenz sich vor zwanzig Jahren in die blutigen Wirren auf dem Saraksch gestürzt hatte, nur um sich ein wenig von Bromberg zu erholen. Es tat mir für ihn auch deswegen leid, weil er ein prinzipientreuer und im höchsten Maße gerechter Mensch war und durchaus verstand, dass Brombergs Tun, abgesehen von seiner Form, eine positive soziale Funktion erfüllte: Es war eine Art gesellschaftliche Kontrolle – eine Kontrolle über der Kontrolle.

Was nun aber den verbohrten alten Bromberg anging, so war er bar jedes Gerechtigkeitssinns. Unsere Arbeit lehnte er grundsätzlich und unbesehen ab, hielt sie für schädlich, hasste sie aufrichtig und abgrundtief. Dabei waren die Formen, die dieser Hass annahm, derart dreist und Brombergs Manieren so unerträglich, dass Seine Exzellenz trotz all seiner Zurückhaltung und Selbstbeherrschung völlig das Gesicht verlor und sich in einen zänkischen, dummen und boshaften Schreihals verwandelte – und das anscheinend jedes Mal, wenn er Auge in Auge mit Bromberg zusammentraf. »Sie sind ein ignoranter Hirnfatzke!«, krächzte er mit überdrehter Stimme. »Sie schmarotzen sogar von den Irrtümern der Großen! Selbst sind Sie ja nicht imstande, auch nur einen Knopf zu erfinden, wollen aber über die Zukunft der Wissenschaft urteilen! Sie bringen die Sache, die Sie um jeden Preis verteidigen wollen, nur in Misskredit, ergötzen sich an billigen Anekdoten …«

Man sah, dass die zwei Alten ziemlich lange nicht aufeinandergestoßen waren und die aufgestaute Menge Gift und Galle jetzt mit umso größerer Wut übereinander ausgossen. Der Anblick war sehr lehrreich, obwohl er in krassem Gegensatz stand zu der bekannten These, der Mensch sei von Natur aus gut, und schon allein das Wort »Mensch« klinge und mache stolz. Sie ähnelten nicht Menschen, sondern zwei alten, zerfledderten Kampfhähnen. Zum ersten Mal wurde mir bewusst, dass Seine Exzellenz ein alter Mann war, ja, ein Greis.

Das Schauspiel war sehr unschön, lieferte mir aber eine Unmenge wertvollster Informationen. Manche Anspielung verstand ich nicht – wenn etwa von längst abgeschlossenen und vergessenen Fällen die Rede war. Einige der erwähnten Geschichten aber waren mir gut bekannt. Etliches hörte und begriff ich zum ersten Mal.

Beispielsweise erfuhr ich, was es mit der Operation »Spiegel« auf sich hatte: So bezeichnete man die globalen, streng geheimen Manöver, die man vor vierzig Jahren zur Abwehr einer möglichen Aggression von außen (vermutlich einer Invasion der *Wanderer*) abgehalten hatte. Von dieser Operation wusste buchstäblich nur eine Handvoll Leute. Die Millionen Menschen dagegen, die an den Manövern beteiligt gewesen waren, hatten davon nicht die leiseste Ahnung gehabt. Trotz aller Vorsichtsmaßnahmen waren, wie das bei Operationen globalen Ausmaßes fast immer der Fall ist, einige Menschen ums Leben gekommen. Einer der Leiter der Operation »Spiegel« und verantwortlich für ihre Geheimhaltung war damals Seine Exzellenz.

Ich erfuhr, wie der Fall »Missgeburt« entstanden war. Bekanntlich hatte Jonathan Pereira seine Arbeit auf dem Gebiet der theoretischen Eugenik aus eigenem Entschluss eingestellt.

Der Weltrat legte daraufhin das gesamte Forschungsgebiet still und folgte dabei im Wesentlichen und vor allem der Empfehlung Pereiras. Wie sich nun herausstellte, hatte Bromberg davon Wind bekommen und sofort begeistert Einzelheiten von Pereiras Theorie herumerzählt – mit dem Resultat, dass fünf äußerst begabte Heißsporne aus dem Schweitzer-Laboratorium in Bamako ihr Experiment mit einer neuen Variante des Homo superior in Angriff nahmen und um ein Haar zu Ende geführt hätten.

Die Geschichte mit den Androiden war mir in groben Zügen schon vorher bekannt, vor allem weil sie als klassisches Beispiel eines unlösbaren ethischen Problems immer wieder angeführt wird. Es war jedoch interessant zu erfahren, dass die Androidenfrage für Dr. Bromberg mitnichten abgeschlossen war. Das Problem »Subjekt oder Objekt?« existiert für ihn im gegebenen Fall nicht. Das Persönlichkeitsgeheimnis der Gelehrten, die sich mit den Androiden befasst haben, ist ihm vollkommen gleichgültig, und das Recht der Androiden auf ein Persönlichkeitsgeheimnis hält er für Nonsens und Katachrese. Alle Details dieser Forschungen müssten, Bromberg zufolge, der Nachwelt zur Lehre veröffentlicht und die Arbeiten mit den Androiden fortgeführt werden ... Und so weiter und so fort.

Unter den Geschichten, von denen ich nie zuvor gehört hatte, verfolgte ich eine besonders aufmerksam. Es ging um einen Gegenstand, den sie mal Sarkophag, mal Brutkasten nannten. Mit diesem Gegenstand brachten sie in ihrem Streit die »Zünder« in Zusammenhang – offensichtlich jene, um derentwillen Bromberg hier aufgetaucht war und die jetzt vor mir auf dem Tisch lagen, bedeckt mit dem geblümten Halstuch. Die Zünder wurden nur beiläufig, wenn auch mehrmals erwähnt; hauptsächlich aber ging es in dem Wortgefecht um den »dichten Nebel widerlicher Geheimhaltung«, mit dem Seine Exzellenz den Sarkophag-Brutkasten umgeben hatte. Ebendiese Geheimhaltung war schuld daran, dass Doktor Soundso, der in der Anthropometrie und Physiologie der Cro-Magnon-Menschen einzigartige Resultate erzielt hatte, diese unter Verschluss halten musste; dadurch aber wurde die Entwicklung der Paläanthropologie verzögert. Wieder ein anderer Doktor Soundso, der herausbekommen hatte, wie der Sarkophag-Brutkasten funktionierte, befand sich nun in der verfänglichen und peinlichen Lage, dass die wissenschaftliche Öffentlichkeit ihm die Erfindung dieses Prinzips zuschrieb; er gab die Wissenschaft daraufhin völlig auf und pinselte jetzt mittelmäßige Landschaften …

Ich horchte auf. Die Zünder standen also im Zusammenhang mit dem geheimnisvollen Sarkophag. Wegen der Zünder war Bromberg hier aufgekreuzt. Die Zünder hatte Seine Exzellenz als Köder für Abalkin ausgelegt. Ich hörte jetzt mit doppelter Aufmerksamkeit zu, in der Hoffnung, dass die Alten im Eifer des Gefechts noch etwas ausplaudern würden und ich endlich über Lew Abalkin erführe, was für mich von Bedeutung war. Aber ich hörte dies Bedeutsame erst, als sie sich wieder beruhigt hatten.

4. JUNI '78
Lew Abalkin bei Dr. Bromberg

Mit einem Mal beruhigten sie sich – gleichzeitig, so als wären bei ihnen beiden im selben Moment die letzten Energiereserven versiegt. Sie verstummten und hörten auf, einander mit hasserfüllten Blicken zu durchbohren. Bromberg atmete tief aus, holte ein altmodisches Taschentuch hervor und begann, sich Gesicht und Hals abzuwischen. Ohne ihn anzusehen, fasste sich Seine Exzellenz in die Brusttasche (ich erschrak – etwa um die Pistole …?), holte eine Kapsel hervor, ließ ein weißes Kügelchen auf seine Handfläche rollen und legte es sich unter die Zunge. Dann reichte er Bromberg die Kapsel.

»Ich denke gar nicht dran!«, erklärte Bromberg und wandte sich demonstrativ ab.

Seine Exzellenz hielt ihm weiter die Kapsel hin. Bromberg schaute sie aus den Augenwinkeln an – wie ein Hahn. Dann sagte er pathetisch: »Das Gift, das dir ein Weiser reicht, nimm an, doch nimm den Balsam nicht aus Narrenhand …«

Er nahm die Kapsel und ließ auch auf seine Handfläche ein weißes Kügelchen rollen.

»Ich brauche das nicht!«, verkündete er und warf sich das Kügelchen in den Mund. »Noch nicht …«

»Isaac«, sagte Seine Exzellenz und schluckte. »Was werden Sie machen, wenn ich tot bin?«

»Cachucha tanzen«, sagte Bromberg düster. »Reden Sie kein dummes Zeug.«

»Isaac«, sagte Seine Exzellenz. »Wozu brauchen Sie denn nun die Zünder? – Aber warten Sie, fangen wir nicht alles wieder von vorne an. Ich habe keineswegs vor, mich in Ihre Angelegenheiten einzumischen. Wenn Sie sich vorige oder nächste Woche für die Zünder interessiert hätten, würde ich Ihnen diese Frage jetzt nicht stellen. Aber Sie brauchen sie ausgerechnet heute. Ausgerechnet in der Nacht, in der jemand anderer wegen der Zünder hätte hierherkommen sollen. Wenn das ein Zufall ist, dann sagen Sie es, und wir verabschieden uns. Ich habe Kopfschmerzen …«

»Und wer sollte wegen der Zünder herkommen?«, fragte Bromberg misstrauisch.

»Lew Abalkin«, sagte Seine Exzellenz müde.

»Wer ist das?«

»Sie kennen Lew Abalkin nicht?«

»Ich höre den Namen zum ersten Mal«, erwiderte Bromberg.

»Das glaube ich«, sagte Seine Exzellenz.

»Das möchte ich meinen!«, entgegnete Bromberg von oben herab.

»Ihnen glaube ich«, sagte Seine Exzellenz. »Aber ich glaube nicht an Zufälle. Hören Sie, Isaac, ist das denn so schwer – einfach und ohne Verrenkungen zu erzählen, warum Sie gerade heute wegen der Zünder gekommen sind.«

»Mir passt das Wort ›Verrenkungen‹ nicht!«, sagte Bromberg zänkisch, aber bereits weniger hitzig als zuvor.

»Ich nehme es zurück«, sagte Seine Exzellenz.

Bromberg begann wieder, sich mit dem Taschentuch abzuwischen. »Ich habe keine Geheimnisse«, erklärte er. »Sie wissen, Rudolf, dass ich Geheimnisse jeder Art zutiefst verabscheue. Sie selbst haben mich in diese Situation gebracht, in der ich Verrenkungen machen und Komödie spielen muss. Dabei ist alles sehr einfach. Heute Morgen hat mich jemand aufgesucht. Brauchen Sie unbedingt den Namen?«

»Nein.«

»Ein junger Mann. Worüber ich mit ihm gesprochen habe, tut nichts zur Sache, nehme ich an. Das Gespräch hatte privaten Charakter. Aber während der Unterhaltung bemerkte ich bei ihm hier« – Bromberg tippte sich mit dem Finger auf die rechte Armbeuge – »einen ziemlich seltsamen Leberfleck. Ich habe ihn sogar gefragt: ›Was ist das – eine Tätowierung?‹ Sie wissen, Rudolf, Tätowierungen sind mein Hobby. ›Nein‹, antwortete er. ›Es ist ein Leberfleck.‹ Am ehesten glich es aber dem Buchstaben ›she‹ in kyrillischer Schrift oder, sagen wir, dem japanischen Zeichen ›sanju‹ – ›dreißig‹. Fällt Ihnen dabei nichts ein, Rudolf?«

»Doch«, sagte Seine Exzellenz.

Mir fiel dabei auch etwas ein, etwas, was ich vor kurzem gesehen hatte, was mir sonderbar, aber unwichtig erschienen war.

»Was denn, Sie sind sofort draufgekommen?«, fragte Bromberg neiderfüllt.

»Ja«, sagte Seine Exzellenz.

»Ich nicht gleich. Der junge Mann war schon längst wieder gegangen, und ich saß immer noch da und versuchte mich zu erinnern, wo ich so ein Zeichen schon einmal gesehen hatte. Und zwar nicht einfach ein ähnliches, sondern haargenau dasselbe. Schließlich fiel es mir ein. Ich musste mich vergewissern, verstehen Sie? Ich hatte keine einzige Abbildung zur Hand. Ich stürze also ins Museum – es ist geschlossen …«

»Mak«, sagte Seine Exzellenz, »sei so gut und gib uns das Ding unter dem Schal.«

Ich folgte seiner Bitte.

Der Klotz war schwer und fühlte sich warm an. Ich stellte ihn vor Seine Exzellenz auf den Tisch. Er zog ihn zu sich heran. Jetzt sah ich, dass es in der Tat ein Futteral war – aus einem glattpolierten, leuchtend bernsteinfarbenen Material; eine sehr feine und ganz gerade Linie trennte den leicht gewölbten Deckel von der massiven unteren Hälfte. Seine Exzellenz versuchte, den Deckel anzuheben, doch seine Finger glitten ab; es gelang nicht.

»Lassen Sie mich mal«, sagte Bromberg ungeduldig. Er schob Seine Exzellenz beiseite, packte den Deckel mit beiden Händen, hob ihn ab und legte ihn daneben.

Diese Teile nannte man also »Zünder«: graue, dicke, runde Scheiben von vielleicht siebzig Millimetern im Durchmesser, die in akkuraten Fassungen nebeneinanderlagen. Insgesamt gab es elf Zünder; zwei weitere Fassungen waren leer. Man konnte sehen, dass die Zünder an ihrer Unterseite von weißlichem Flaum bedeckt waren, der Schimmel ähnelte. Die Härchen dieses Flaums bewegten sich merklich – so, als wären sie lebendig, und das waren sie in gewissem Sinne wohl auch …

Vor allem jedoch sprangen mir die ziemlich komplizierten Hieroglyphen ins Auge, die auf die Oberfläche der Zünder gemalt waren: auf jedem Zünder eine, und alle verschieden; sie waren recht groß, rosabraun und leicht verwischt, als hätte man sie mit farbiger Tinte auf feuchtes Papier gezeichnet. Eine davon erkannte ich sofort: das kyrillische »she« oder, wenn man so will, das japanische Zeichen »sanju«. Es war das kleine Original der vergrößerten Kopie auf der Rückseite von Blatt Nr. 1 in der Mappe Nr. 7. Der Zünder war der dritte von links, von mir aus gesehen, und Seine Exzellenz, den langen Zeigefinger darauf gerichtet, fragte: »Der?«

»Ja, ja«, antwortete Bromberg ungeduldig und schob die Hand Seiner Exzellenz weg. »Stören Sie nicht. Sie verstehen gar nichts ...«

Er krallte die Fingernägel in die Ränder des Zünders und begann ihn mit vorsichtigen Bewegungen aus der Fassung herauszudrehen. Er murmelte: »Hier geht es überhaupt nicht darum ... Denken Sie etwa, ich könnte es verwechseln ... Was für ein Unsinn ...« Und schließlich zog er den Zünder aus der Fassung und hob ihn vorsichtig immer höher über das Futteral. Man sah, wie die dicke, graue, runde Scheibe weißliche Fäden hinter sich herzog, die immer dünner wurden, bis sie einer nach dem anderen durchrissen. Als der letzte Faden gerissen war, drehte Bromberg die Scheibe mit der Unterseite zuoberst, und ich entdeckte zwischen den vibrierenden halbdurchsichtigen Härchen dieselbe Hieroglyphe, nur schwarz, klein und sehr deutlich, als wäre sie in das graue Material eingeprägt.

»Ja!«, rief Bromberg triumphierend. »Genau das Gleiche! Ich wusste doch, dass ich mich nicht geirrt haben kann.«

»Worin genau?«

»Die Größe!«, sagte Bromberg. »Größe, Einzelheiten, Proportionen. Verstehen Sie, sein Leberfleck ähnelt diesem Zeichen nicht einfach nur – er ist mit ihm vollkommen identisch ...« Er blickte Seine Exzellenz durchdringend an. »Hören Sie, Rudolf, eine Hand wäscht die andere. Wie ist das – haben Sie sie damit gezeichnet?«

»Natürlich nicht.«

»Also hatten sie es von Anfang an?«, fragte Bromberg und klopfte sich mit dem Finger auf die rechte Armbeuge.

»Nein. Die Zeichen sind an ihnen erschienen, als sie zehn, zwölf Jahre alt waren.«

Bromberg legte den Zünder vorsichtig zurück in die Fassung und ließ sich befriedigt in den Sessel sinken. »Nun ja«, erklärte er. »So hatte ich das alles auch verstanden ... Alsdann, Herr Polizeipräsident: Was ist jetzt Ihre ganze Geheimhaltung wert? Seine Nummer habe ich, und sobald der goldfingrige Phöbus den Tag anbrechen lässt und die Dächer eurer architektonischen Ungeheuer erhellt, setze ich mich mit ihm in Verbindung, und wir werden uns nach Herzenslust unterhalten ... Und versuchen Sie nicht, es mir auszureden, Sikorsky!«, schrie er und fuchtelte Seiner Exzellenz mit dem Finger vor der Nase herum. »Er ist von selbst zu mir gekommen, und ich habe selbst – verstehen Sie? – selbst mit meinem alten Kopf herausgefunden, wer vor mir steht, und jetzt gehört er mir! Ich bin nicht in Ihre lausigen Geheimnisse eingedrungen! Nur ein bisschen Glück, ein bisschen Findigkeit ...«

»Gut, gut«, sagte Seine Exzellenz. »In Gottes Namen. Keine Einwände. Er gehört Ihnen, treffen Sie sich mit ihm, unterhalten Sie sich. Aber nur mit ihm, bitte. Mit keinem anderen.«

»Naa-a ...«, äußerte Bromberg mit ironischem Zweifeln.

»Überhaupt, tun Sie, was Ihnen beliebt«, sagte Seine Exzellenz plötzlich. »Das ist jetzt alles unwichtig. Aber sagen Sie, Isaac, worüber haben Sie mit ihm gesprochen?«

Bromberg faltete die Hände über dem Bauch und drehte Däumchen. Der Sieg, den er gerade über Seine Exzellenz errungen hatte, war so groß und so offensichtlich, dass er sich nun zweifellos etwas Großzügigkeit leisten konnte.

»Ich muss gestehen, das Gespräch war ziemlich verworren«, sagte er. »Inzwischen wurde mir natürlich klar, dass mich dieser Cro-Magnonide einfach an der Nase herumgeführt hat ...«

Heute oder, genauer gesagt, gestern früh war ein junger Mann von vierzig, fünfundvierzig Jahren bei ihm erschienen und hatte sich als Alexander Dymok vorgestellt, Konfigurator für Landwirtschaftsautomaten. Mittelgroß, sehr blasses Gesicht, lange, schwarze Haare wie ein Indianer. Er klagte, dass er nun schon seit Monaten vergeblich herauszufinden versuche, unter welchen Umständen seine Eltern verschwunden seien. Er erzählte Bromberg eine rätselhafte, und in ihrer Rätselhaftigkeit sehr verführerische Legende, die er angeblich selbst Schritt für Schritt zusammengetragen hatte, und sparte nicht einmal die unglaubwürdigen Gerüchte aus. Bromberg hatte diese Legende in allen Einzelheiten notiert; sie jetzt wiederzugeben, schien ihm allerdings überflüssig. Eigentlich hatte Alexander Dymok bei seinem Besuch nur ein Ziel verfolgt: ob nicht Bromberg, der Welt bedeutendster Kenner verbotener Wissenschaft, wenigstens ein bisschen Licht in diese Geschichte bringen könnte.

Der Welt bedeutendster Kenner Bromberg zog seine Karthotek zurate, fand aber nichts über das Ehepaar Dymok. Der junge Mann war darüber sichtlich betrübt und schon im Begriff zu gehen, als Bromberg einen glücklichen Einfall hatte: Es wäre möglich, sagte er, dass die Eltern gar nicht Dymok geheißen hätten. Es wäre auch möglich, dass seine ganze Legende gar nichts mit der Wirklichkeit zu tun hätte. Er, Dr. Bromberg, werde versuchen sich zu erinnern, ob es in den Jahren um Alexander Dymoks Geburt (Februar '36) eventuell rätselhafte Ereignisse in der Wissenschaft gegeben hatte, die später für die Veröffentlichung ausgeschlossen wurden; denn seine Eltern hätte er im Alter von einem oder zwei Jahren verloren …

Der Kenner Bromberg griff wieder zu seiner Kartothek, diesmal zum chronologischen Teil. Im Zeitabschnitt '33 bis '39 fand er insgesamt acht Vorfälle, darunter auch die Geschichte mit dem Sarkophag-Brutkasten. Gemeinsam mit Alexander Dymok gingen sie jeden dieser Fälle sorgsam durch und kamen zu der Überzeugung, dass keiner davon mit dem Schicksal des Ehepaars Dymok in Zusammenhang stehen konnte.

Und daraus »zog ich alter Dummkopf den Schluss, dass mir das Schicksal damit eine Geschichte geschenkt hätte, die mir seinerzeit entgangen war. Können Sie sich das vorstellen? Nicht eins von Ihren lausigen Verboten, sondern das Verschwinden zweier Biochemiker! Also das, Sikorsky, hätte ich Ihnen niemals verziehen!« Und noch zwei geschlagene Stunden lang fragte Bromberg Alexander Dymok aus, verlangte von ihm, er solle sich an die winzigsten Einzelheiten erinnern, an jedes, selbst das unsinnigste Gerücht, nahm ihm das feierliche Versprechen ab, sich einer Tiefen-Mentoskopie zu unterziehen, so dass der junge Mann die letzte Stunde hindurch offensichtlich nichts sehnlicher wünschte, als sich möglichst schnell davonzumachen …

Und schon ganz am Ende des Gesprächs bemerkte Bromberg rein zufällig diesen »Leberfleck«. Und dieser »Leberfleck«, der doch anscheinend gar nichts mit der Sache zu tun hatte, setzte sich aus unerklärlichen Gründen in seinem Kopf fest. Der junge Mann war längst gegangen. Bromberg hatte schon etliche Anfragen an das GGI gerichtet und mit zwei, drei Fachleuten über das Ehepaar Dymok gesprochen (erfolglos), doch dieser verdammte Fleck spukte ihm immer noch im Kopf herum. Erstens war sich Bromberg ganz sicher, dass er es irgendwo schon einmal gesehen hatte, und zweitens wurde er das Gefühl nicht los, dass irgendwo in dem Gespräch mit

Alexander Dymok von dem Leberfleck und von etwas, was damit zusammenhing, die Rede gewesen war. Erst als er das gesamte Gespräch Satz für Satz aufs Peinlichste im Gedächtnis rekonstruiert hatte, kam er auf den Sarkophag, erinnerte sich an die Zünder und hatte plötzlich eine Ahnung, wer Alexander Dymok in Wirklichkeit gewesen war …

Seine erste Regung war, den Jungen unverzüglich anzurufen und ihm mitzuteilen, dass das Rätsel seiner Herkunft gelöst sei. Aber die ihm, Bromberg, eigene wissenschaftliche Gründlichkeit erforderte zuvor absolute Gewissheit, die keinerlei andere Lesarten zuließ. Er, Bromberg, hatte schon viel unglaublichere Zufälle erlebt. Deshalb rief er zuerst auf dem schnellsten Weg im Museum an.

»Alles klar«, sagte Seine Exzellenz finster. »Besten Dank, Isaac. Jetzt weiß er also von dem Sarkophag.«

»Und warum sollte er nicht davon wissen?«, rief Bromberg.

»In der Tat«, sagte Seine Exzellenz langsam. »Warum eigentlich nicht?«

Das Persönlichkeitsgeheimnis Lew Abalkins

Am 21. Dezember '37 erreichte eine Abteilung der Fährtensucher unter der Leitung von Boris Fokin einen kleinen namenlosen Planeten im System EN 9173. Die Gruppe landete auf einem Felsplateau und hatte den Auftrag, die hier bereits im vorigen Jahrhundert entdeckten Ruinen zu untersuchen, die den *Wanderern* zugeschrieben wurden.

Am 24. Dezember sah man auf den Aufnahmen des Intravisors im Felsgestein unter den Ruinen einen ausgedehnten Raum in mehr als drei Metern Tiefe.

Am 25. Dezember drang Boris Fokin beim ersten Versuch und ohne unvorhergesehene Zwischenfälle in diesen Raum vor. Er war in Form einer Halbkugel angelegt und hatte einen Radius von zehn Metern. Das Innere der Halbkugel war mit Elektrin verkleidet, einem für die Zivilisation der *Wanderer* charakteristischen Material, und beherbergte eine große, sperrige Apparatur, für die einer der Fährtensucher leichthin die Bezeichnung »Sarkophag« prägte.

Am 26. Dezember erbat und erhielt Boris Fokin von der entsprechenden Abteilung der KomKon die Erlaubnis, den Sarkophag vor Ort selbst zu untersuchen.

Fokin ging dabei wie immer äußerst methodisch und vorsichtig vor und war drei Tage lang mit dem Sarkophag beschäftigt. Er konnte das Alter des Fundes bestimmen (vierzig- bis fünfundvierzigtausend Jahre); fand heraus, dass der Sarkophag Energie verbrauchte, und stellte zweifelsfrei fest, dass zwischen dem Sarkophag und den Ruinen darüber ein Zusammenhang bestand. Schon damals gab es die Hypothese, und sie wurde im Nachhinein bestätigt, dass die »Ruinen« auf diesem Planeten gar keine Ruinen sind, sondern Teil eines ausgedehnten, den ganzen Planeten umspannenden Systems zur Aufnahme und Transformation sämtlicher Arten von Energie, planetarer wie kosmischer (seismische Vorgänge, Fluktuationen des Magnetfeldes, meteorologische Erscheinungen, die Strahlung des Zentralgestirns, kosmische Strahlen usw.).

Am 29. Dezember trat Boris Fokin mit Komow in Verbindung und forderte ihn auf, er möge ihm den besten Spezialisten für Embryologie schicken. Komow verlangte natürlich eine Erklärung, doch Fokin reagierte ausweichend und schlug Komow stattdessen vor, selbst zu kommen – aber unbedingt in Begleitung eines Embryologen. Vor langer Zeit, in jungen Jahren aber, hatte Komow einmal mit Fokin zusammengearbeitet und keinen sehr guten Eindruck von ihm behalten; deshalb dachte er gar nicht daran, selbst zu fliegen. Und der Embryologe, den er schließlich zu ihm schickte, war nicht der beste, sondern der Erste gewesen, der sich bereitfand. Es handelte sich um einen gewissen Mark van Bleerkom, und Komow raufte sich später mehr als einmal die Haare, wenn er an diese seine Entscheidung zurückdachte, denn Mark van Bleerkom erwies sich als Busenfreund des nicht unbekannten Isaac P. Bromberg ...

Am 30. Dezember brach Mark van Bleerkom zu Boris Fokin auf, und schon wenige Stunden später schickte er Komow eine sehr erstaunliche Mitteilung in Klartext. In dieser Mitteilung behauptete er, dass der sogenannte Sarkophag nichts anderes sei als eine Art Embryo-Safe – und eine ganz und gar phantastische Konstruktion. Der Safe enthalte dreizehn befruchtete Eizellen der Art Homo sapiens, die alle lebensfähig zu sein schienen, sich aber in latentem Zustand befänden.

Man muss zwei an dieser Geschichte Beteiligte würdigen: Boris Fokin und das Mitglied der KomKon Gennadi Komow. Fokin hatte mit einem sechsten Sinn erraten, dass es unangebracht gewesen wäre, den Fund in alle Welt hinauszuposaunen. Mark van Bleerkoms Funkspruch war die erste und letzte öffentliche Nachricht in dem nun folgenden Funkverkehr der Landeabteilung mit der Erde. Deshalb wurde die Geschichte in den Massenmedien der Erde nur in Form einer knappen Meldung aufgegriffen, die später nicht bestätigt wurde und daher fast keine Aufmerksamkeit erhielt.

Was nun Gennadi Komow anging, so hatte er augenblicklich den Kern des Problems erfasst und es zudem noch fertiggebracht, sich eine ganze Reihe weiterer, denkbarer Folgen dieses Problems vorzustellen. Zunächst verlangte er von Fokin und Bleerkom eine Bestätigung der eingegangenen Daten (per Sondercode über den Blitzkanal). Als er sie erhalten hatte, rief er umgehend eine beratende Sitzung aller Leiter der KomKon ein, die zugleich Mitglieder des Weltrates waren. Darunter befanden sich solche Koryphäen wie Leonid Gorbowski und August Johann Bader; der junge Heißsporn Kyrill Alexandrow; der vorsichtige und ewig zweifelnde Mahiro Shinoda und auch der energische zweiundsechzigjährige Rudolf Sikorsky.

Komow informierte die Teilnehmer und fragte dann: Was tun? Man konnte den Sarkophag wieder schließen, alles lassen wie zuvor und sich in Zukunft mit passiver Beobachtung begnügen. Oder man konnte versuchen, die Entwicklung der Eizellen in Gang zu setzen und zu sehen, was daraus entstand. Schließlich konnte man, um zukünftige Komplikationen zu vermeiden, den Fund vernichten.

Selbstverständlich war sich Gennadi Komow, damals schon ein erfahrener Mann, völlig im Klaren darüber, dass weder diese noch ein Dutzend weiterer Beratungen das Problem lösen würden. Mit seinem bewusst scharfen Auftreten verfolgte er einen einzigen Zweck: die Versammelten zu schockieren und sie zur Diskussion anzuregen.

Und Komow erreichte sein Ziel: Von allen Teilnehmern der beratenden Sitzung bewahrten nur Leonid Gorbowski und Rudolf Sikorsky einen kühlen Kopf. Gorbowski, weil er ein vernünftiger Optimist, und Sikorsky, weil er schon damals Leiter der KomKon 2 war. Es wurden viele Worte gewechselt – ziemlich hitzige ebenso wie betont gelassene, sehr leichtfertige und überaus tiefgründige, mittlerweile längst vergessene und solche, die später ins Lexikon der Vorträge, Legenden, Berichte und Empfehlungen eingingen. Wie zu erwarten, bestand der einzige Beschluss der Sitzung darin, sich am nächsten Tag in größerer Runde erneut zu treffen; es sollten weitere Mitglieder des Weltrates teilnehmen – Fachleute für Sozialpsychologie, Pädagogik und Massenmedien.

Die ganze Sitzung hindurch hatte Rudolf Sikorsky geschwiegen. Er fühlte sich nicht hinreichend kompetent, um sich für die eine oder andere Lösung des Problems auszusprechen. Doch seine langjährige Erfahrung auf dem Gebiet der Experimentalgeschichte, wie auch alle ihm über die Tätigkeit der *Wanderer* bekannten Tatsachen, führten ihn zu dem Schluss: Welche Entscheidung der Weltrat letzten Endes auch fällte – diese Entscheidung wie überhaupt alle Umstände der Angelegenheit mussten auf unbestimmte Zeit in einem Kreis von Personen gehalten werden, die das höchste Niveau sozialer Verantwortlichkeit erkennen ließen. In diesem Sinne äußerte er sich kurz vor Ende der Sitzung. »Die Entscheidung, alles so zu lassen, wie es ist, und sich auf passive Beobachtung zu beschränken, ist in Wahrheit keine Entscheidung. An wirklichen Entscheidungen gibt es nur zwei: vernichten oder die Entwicklung in Gang setzen. Es ist unwichtig, wann eine von diesen Entscheidungen getroffen wird – heute oder in hundert Jahren, doch wird jede unbefriedigend sein. Den Sarkophag zu vernichten heißt, etwas Unumkehrbares zu tun. Wir alle hier wissen, welchen Preis eine unumkehrbare Tat hat. Die Entwicklung in Gang zu setzen aber heißt, den Weg einzuschlagen, den uns die *Wanderer* vorgeben – und deren Absichten sind uns, gelinde gesagt, völlig unklar. Ich will keine Entscheidung vorwegnehmen und glaube auch nicht das Recht zu haben, für welche Entscheidung auch immer zu stimmen. Das Einzige, worum ich bitte und worauf ich bestehe, ist: Erlauben Sie mir, unverzüglich Maßnahmen gegen ein Durchsickern der Informationen zu ergreifen. Und sei es, um zu vermeiden, dass eine Flut von Inkompetenz auf uns zurollt …«

Diese kleine Rede machte einigen Eindruck, und Sikorsky erhielt von allen die Erlaubnis, entsprechende Maßnahmen zu ergreifen – zumal allen klar war: Eile konnte erstens nur schaden, und zweitens mussten unbedingt Voraussetzungen für eine gründliche Arbeit geschaffen werden.

Am 31. Dezember fand die erweiterte Beratung statt. Anwesend waren achtzehn Personen, darunter der von Gorbowski eingeladene Vorsitzende des Weltrates für soziale Fragen. Alle waren sich einig, dass der Sarkophag nur durch Zufall gefunden worden war. Das aber bedeutete auch: vor der Zeit. Zudem musste man, bevor eine Entscheidung gefällt wurde, versuchen, die ursprüngliche Absicht der *Wanderer* zu verstehen, und wenn nicht verstehen – so doch zumindest eine Vorstellung davon gewinnen. Diesbezüglich wurden nun einige mehr oder weniger exotische Hypothesen vorgestellt.

Kyrill Alexandrow, für seine anthropomorphistischen Anschauungen bekannt, äußerte die Vermutung, der Sarkophag sei ein Aufbewahrungsort für den genetischen Fonds der *Wanderer*. Alle ihm bekannten Beweise für die nichthumanoide Natur der *Wanderer*, erklärte er, seien im Grunde indirekt. In Wirklichkeit könnten sich die *Wanderer* durchaus als genetische Doppelgänger des Menschen erweisen. Eine solche Annahme widerspräche auch keineswegs den zugänglichen Fakten. Davon ausgehend schlug Alexandrow vor, alle Untersuchungen abzubrechen, den Fund wieder in seinen ursprünglichen Zustand zu versetzen und das System von EN 9173 zu verlassen.

Nach Ansicht von August Johann Bader war der Sarkophag ebenfalls ein Aufbewahrungsort für einen genetischen Fonds, aber nicht der *Wanderer*, sondern der Erdenmenschen. Vor fünfundvierzigtausend Jahren hätten die *Wanderer* eine Degeneration der damals wenigen Stämme des Homo sapiens theoretisch für möglich gehalten und versucht, auf diese Weise Maßnahmen zu ergreifen, um die irdische Menschheit in der Zukunft wiederherstellen zu können.

Unter derselben Parole »Wir wollen nicht schlecht von den *Wanderern* denken« trat auch der greise Pak Hin auf. Wie Bader war er überzeugt, dass man es mit einem irdischen Genfonds zu tun hätte, nahm jedoch an, er sei von den *Wanderern* eher zu Bildungszwecken angelegt worden. Der Sarkophag sei eine Art »Zeitkapsel«, deren Öffnung es der gegenwärtigen Menschheit ermögliche, sich mit den Besonderheiten ihrer entfernten Vorfahren vertraut zu machen – etwa, was ihre Gestalt, Anatomie und Physiologie anging.

Gennadi Komow stellte die Frage umfassender. Seiner Meinung nach werde jede Zivilisation, die ein bestimmtes Entwicklungsniveau erreicht habe, Kontakt mit einer anderen Intelligenz anstreben. Der Kontakt zwischen humanoiden und nichthumanoiden Zivilisationen jedoch gestalte sich äußerst schwierig, wenn nicht unmöglich. Könnte es sein, dass man es hier vielleicht mit dem Versuch zu tun hätte, eine vollkommen neue Kontaktmethode anzuwenden? Nämlich: ein Mittlerwesen zu schaffen, einen Humanoiden, in dessen Genotyp wesentliche Charakteristiken der nichthumanoiden Psychologie kodiert seien. In diesem Sinne müssten wir den Fund als Beginn einer völlig neuen Etappe sowohl in der Geschichte der Erdenmenschen als auch der nichthumanoiden *Wanderer* betrachten.

Komow vertrat die Ansicht, die Eizellen sollten unverzüglich aktiviert werden. Ihn, Komow, beunruhige es dabei nicht, dass der Fund eventuell verfrüht gewesen sei. Denn als die *Wanderer* das Entwicklungstempo der Menschheit berechneten, könnten sie sich leicht um ein paar Jahrhunderte geirrt haben.

Komows Hypothese führte zu einer lebhaften Diskussion, in deren Verlauf erstmals Zweifel laut wurden, ob die moderne Pädagogik imstande sei, ihre Methoden auch erfolgreich bei der Erziehung von Menschen anzuwenden, deren Psyche sich in erheblichem Maß von der humanoiden unterschied.

Gleichzeitig stellte der überaus vorsichtige Mahiro Shinoda, ein bedeutender Spezialist für die *Wanderer,* die sehr vernünftige Frage, warum der verehrte Gennadi, wie auch einige andere Genossen, so überzeugt seien davon, dass die *Wanderer* gegenüber den Erdenmenschen freundlich gesinnt seien?

Es gebe keinerlei Hinweise dafür, dass diese gegenüber irgendeiner Rasse – ob humanoid oder nichthumanoid – zu einer wohlwollenden Haltung fähig seien. Im Gegenteil, die Fakten (die freilich rar waren) zeugten eher davon, dass die *Wanderer* gegenüber fremder Intelligenz absolut gleichgültig seien und sie höchstens als Mittel zum Erreichen ihrer eigenen Ziele betrachteten, keinesfalls aber als Kontaktpartner. Ob der verehrte Gennadi nicht den Eindruck habe, dass die von ihm vorgebrachte Hypothese ebenso gut in der entgegengesetzten Richtung funktionierte: indem man nämlich annahm, die hypothetischen Mittlerwesen sollten nach dem Willen der *Wanderer* Aufgaben erfüllen, die aus unserer Sicht eher negativ wären. Warum sollte man dieser Logik zufolge nicht auch annehmen können, der Sarkophag sei eine ideologische Zeitzünderbombe und die Mittlerwesen so etwas wie Diversanten – programmiert auf die Unterwanderung unserer Zivilisation. »Diversanten« sei freilich ein anrüchiges Wort, und so habe sich bei uns ein neuer Begriff herausgebildet: Progressor – ein Erdenmensch, dessen Tätigkeit auf die Erhaltung des Friedens unter anderen humanoiden Zivilisationen gerichtet ist. Warum nicht annehmen, die hypothetischen Mittlerwesen seien eine Art Progressoren der *Wanderer?* Was wüssten wir letztlich von den Ansichten der *Wanderer* über Tempo und Formen unseres, des menschlichen Fortschritts?

Sofort spalteten sich die Teilnehmer in zwei Fraktionen auf – die Optimisten und die Pessimisten. Der Standpunkt der Optimisten schien dabei aber sehr viel plausibler zu sein. Was nicht verwundert; denn es war schwer, wenn nicht unmöglich, sich vorzustellen, eine Superzivilisation sei zu solch taktlosen Experimenten mit ihren kleineren Brüdern im Geiste fähig. Nach allem, was man über die naturgemäße Entwicklung der Vernunft wusste, erschien der Standpunkt der Pessimisten künstlich, unbegründet, archaisch. Dennoch blieb die Gefahr einer Fehleinschätzung bestehen, war sie auch noch so gering. Es mochten sich die Interpretatoren irren. Aber genauso gut konnten sich auch die *Wanderer* selbst geirrt haben. Die Folgen eines solchen Irrtums für das Schicksal der Erdenmenschheit entzogen sich der Berechnung ebenso wie der Kontrolle.

Damals schon erschien vor dem inneren Auge Rudolf Sikorskys das apokalyptische Bild eines Wesens, das sich weder anatomisch noch physiologisch vom Menschen unterschied und auch psychisch dem Menschen völlig entsprach – in seiner Logik, seinen Gefühlen und in der Wahrnehmung seiner Umwelt. Ein Wesen, das inmitten anderer Menschen lebt und arbeitet – und in sich die Bedrohung eines gänzlich unbekannten Programms trägt. Das Schrecklichste aber war, dass das Wesen selbst nichts von diesem Programm wusste und nicht einmal dann von ihm erfahren würde, wenn sich das Programm in einem nicht im Voraus bestimmbaren Augenblick einschaltete, in ihm den Erdenmenschen zerstörte und das Wesen dazu brachte … ja, zu was? Mit welchem Ziel? Schon damals führte sich Rudolf Sikorsky ebenso klar wie hoffnungslos vor Augen, dass niemand – und am wenigsten er selbst – das Recht hatte, sich damit zu beruhigen, dass diese Möglichkeit überaus unwahrscheinlich und phantastisch wäre.

Als die Beratung in vollem Gange war, erhielt Gennadi Komow einen weiteren chiffrierten Funkspruch von Fokin. Er las ihn durch – und erbleichte. Dann verkündete er mit brüchiger Stimme: »Es sieht nicht gut aus – Fokin und van Bleerkom teilen mit, dass bei allen dreizehn Eizellen die erste Teilung erfolgt ist.«

Das war ein böses Neujahr für alle, die in die Sache eingeweiht waren. Vom frühen Morgen des 1. bis zum Abend des 3. Januar des neuen Jahres '38 dauerte die praktisch ununterbrochene Sitzung der spontan gebildeten »Kommission für den Brutkasten«. Der Sarkophag wurde jetzt Brutkasten genannt, und zur Debatte stand im Grunde nur eine Frage: Wie unter Berücksichtigung aller Umstände das Schicksal der dreizehn neuen Erdenbürger gestaltet werden könnte.

Die Frage nach der Vernichtung des Brutkastens wurde nicht mehr gestellt, obwohl allen Mitgliedern der Kommission – auch jenen, die sich ursprünglich für die Aktivierung der Eizellen ausgesprochen hatten – dabei nicht wohl in ihrer Haut war. Es war ein unbestimmtes, ungutes Gefühl – eine Unruhe, die sie nicht losließ. Es schien, als hätten sie am 31. Dezember in gewissem Sinne ihre Selbstständigkeit eingebüßt und seien nun genötigt, einem von außen aufgezwungenen Plan zu folgen. Nichtsdestoweniger trug die Erörterung einen sehr konstruktiven Charakter.

Schon in diesen drei Tagen formulierte man in groben Zügen die Leitlinien für die Erziehung der künftigen Neugeborenen. Man bestimmte ihre Ammen, beobachtenden Ärzte, Lehrer und möglichen Ausbilder und legte fest, in welche Richtung sich die anthropologischen, physiologischen und psychologischen Forschungen zu bewegen hätten. Spezialisten für Xenotechnologie im Allgemeinen sowie für die Xenotechnik der *Wanderer* im Besonderen wurden bestimmt und umgehend zur Gruppe Fokins geschickt, um den Sarkophag-Brutkasten auf das Sorgfältigste zu untersuchen und Missgeschicken vorzubeugen. Vor allem aber entsandte man sie in der Hoffnung, es möchte gelingen, Details dieses Apparates zu entdecken, die dazu beitrügen, die bevorstehende Arbeit mit den »Findelkindern« präzisieren und konkretisieren zu können. Es wurden sogar unterschiedliche Varianten zur Steuerung der öffentlichen Meinung erarbeitet – je nachdem, welche der Hypothesen über die Ziele der *Wanderer* sich bewahrheitete.

Rudolf Sikorsky beteiligte sich nicht an der Diskussion. Er hörte nur mit halbem Ohr zu und konzentrierte sich allein darauf, jede Person zu erfassen, die mit der Entwicklung dieser Ereignisse in irgendeiner Weise zu tun haben würde. Die Liste wuchs in deprimierendem Tempo, doch dagegen konnte er vorerst nichts unternehmen. In diese seltsame, ja gefährliche Geschichte würden so oder so viele Leute verwickelt sein.

Auf der Schlussbesprechung am Abend des 3. Januar, wo Bilanz gezogen wurde und sich die spontan gebildeten Kommissionen organisatorisch formierten, bat Sikorsky ums Wort und erklärte etwa Folgendes: Wir haben in den letzten Tagen gute Arbeit geleistet und uns mehr oder weniger auf die mögliche Entwicklung der Ereignisse eingestellt – soweit das überhaupt möglich ist bei unserem jetzigen Informationsstand und der jämmerlichen Lage, in der wir uns nicht nach unserem, sondern nach dem Willen der *Wanderer* befinden. Wir haben vereinbart, nichts zu unternehmen, was unumkehrbar wäre; das ist im Grunde das Wesentliche all unserer Beschlüsse. Aber! Als Leiter der KomKon 2, einer Organisation, die verantwortlich ist für die Sicherheit der irdischen Zivilisation als Ganzes, lege ich Ihnen jetzt eine Reihe von Forderungen vor, die es bei unserer Tätigkeit fortan strikt zu erfüllen gilt.

Erstens. Alle Arbeiten, die in irgendeiner Weise mit dieser Geschichte in Zusammenhang stehen, sind geheim zu halten. Angaben darüber dürfen unter keinen Umständen veröffentlicht werden. Begründung: das jedem bekannte Gesetz zum Persönlichkeitsgeheimnis.

Zweitens. Keines der »Findelkinder« darf in die Umstände eingeweiht werden, unter denen es auf die Welt gekommen ist. Begründung: dasselbe Gesetz.

Drittens. Sobald sie zur Welt gekommen sind, müssen die »Findelkinder« getrennt werden. In der Folge sind Vorkehrungen zu treffen, damit sie nicht nur nichts voneinander wissen, sondern einander auch nie begegnen. Begründung: Erwägungen grundsätzlicher Natur, die ich hier nicht näher ausführen will.

Viertens. Sie alle sollten sich auf außerirdische Fachgebiete spezialisieren; dadurch wird ihnen die Rückkehr zur Erde auf natürliche Weise erschwert – nämlich durch ihre Lebens- und Arbeitsumstände. Begründung: dieselben grundsätzlichen, logischen Erwägungen. Vorerst müssen wir dem von den *Wanderern* vorgezeichneten Weg folgen; gleichzeitig aber sollten wir alles tun, um diesen Weg später wieder zu verlassen, und zwar je früher, desto besser.

Wie zu erwarten, riefen »Die vier Forderungen Sikorskys« großen Unwillen hervor. Denn wie alle übrigen Menschen hassten auch die Teilnehmer der Sitzung jede Art von Geheimnis, geheim gehaltenen Tatsachen und Themen, über die man nicht sprechen durfte – sowie überhaupt die ganze KomKon 2. Aber wie Sikorsky es vorausgesehen hatte, kamen die Psychologen und Soziologen, nachdem sie ihren Gefühlen freien Lauf gelassen hatten, zur Vernunft und standen ihm nun entschieden zur Seite. Mit dem Gesetz über das Persönlichkeitsgeheimnis war nicht zu spaßen: Mühelos konnte man sich eine ganze Reihe äußerst unangenehmer Situationen ausmalen, die im Falle einer Verletzung der beiden ersten Forderungen zukünftig entstehen mochten. Versuchen Sie sich in die Psyche eines Menschen zu versetzen, der erfährt, dass er durch einen Inkubator zur Welt gekommen ist, den unbekannte Monster vor fünfundvierzigtausend Jahren mit unbekanntem Zweck in Gang gesetzt haben, und der dazu noch weiß, dass auch alle anderen in seiner Umgebung das wissen. Und wenn er nur über die geringste Spur von Phantasie verfügt, wird ihm bald klar, dass er, ein Erdenmensch durch und durch, der nichts anderes als die Erde kennt und liebt, vielleicht eine schreckliche Gefahr für die Menschheit in sich trägt. Das kann einen Menschen so traumatisieren, dass ihm nicht einmal mehr die besten Fachleute helfen können …

Die Argumente der Psychologen wurden sodann von einer plötzlichen und ungewohnt scharfen Rede Mahiro Shinodas bekräftigt, der ganz offen die Meinung vertrat, es würde zu viel an dreizehn noch ungeborene Rotznasen gedacht und viel zu wenig an die potenzielle Gefahr, die sie für die alte Erde darstellen konnten. Daraufhin wurden alle »Vier Forderungen« mit Stimmenmehrheit angenommen, und Rudolf Sikorsky erhielt den Auftrag, entsprechende Maßnahmen auszuarbeiten und umzusetzen. Und das gerade noch rechtzeitig.

Am 5. Januar rief, etwas beunruhigt, Leonid Andrejewitsch Gorbowski bei Rudolf Sikorsky an. Wie sich herausstellte, hatte er sich eine halbe Stunde zuvor mit einem alten Freund, einem tagoranischen Xenologen, unterhalten, der seit zwei Jahren bei der Moskauer Universität akkreditiert gewesen war. Im Laufe der Unterhaltung hatte sich der Tagoraner wie beiläufig erkundigt, ob sich denn die vor einigen Tagen aufgetauchte Meldung über den ungewöhnlichen Fund im System von EN 9173 bestätigt hätte. Überrumpelt von der harmlosen Frage, hatte Gorbowski nur etwas Unverständliches gemurmelt: Schon lange sei er kein Fährtensucher mehr, das falle nicht in sein Interessengebiet, er sei gar nicht auf dem Laufenden, und dann erklärte er schließlich aufrichtig und erleichtert, er habe die Meldung gar nicht gelesen. Der Tagoraner brachte das Gespräch sofort auf ein anderes Thema, aber Gorbowski blieb von diesem Teil der Unterhaltung ein äußerst unangenehmer Nachgeschmack.

Rudolf Sikorsky war klar, dass das Gespräch ein Nachspiel haben würde – und er täuschte sich nicht.

Am 7. Januar bekam er unerwartet Besuch von dem hochgeschätzten Dr. As-Su, der soeben von der Tagora eingetroffen war. Von seiner Tätigkeit her war Dr. As-Su gewissermaßen Sikorskys Amtskollege, und das Ziel seines Besuchs bestand darin, eine ganze Reihe wichtiger Details zu besprechen, was die geplante Erweiterung des Aufgabenfeldes für die offiziellen Beobachter der Tagora auf der Erde betraf. Als der dienstliche Teil des Gesprächs beendet war und vor dem kleinen Dr. As-Su sein irdisches Lieblingsgetränk stand (kalter Malzkaffee mit synthetischem Honig), begannen die zwei hochrangigen Herren mit dem Austausch von amüsanten und schauerlichen historischen Anekdoten, wie sie sie einander seit langem mit großem Können und Vergnügen erzählten.

Dr. As-Su berichtete beispielsweise, wie tagoranische Bauarbeiter vor etwa 150 Erdenjahren beim Legen der Fundamente zur Dritten Großen Maschine im Basaltgrund des Subpolarkontinents eine seltsame Vorrichtung fanden. In irdischen Begriffen ließ sich diese am besten als ein intelligent konstruiertes Nest bezeichnen, und darin befanden sich zweihundertdrei Larven von Tagoranern in latentem Zustand. Das Alter des Fundes ließ sich nicht genau bestimmen. Es stand jedoch fest, dass das Nest lange vor der Großen Genetischen Revolution angelegt worden war – also noch zu der Zeit, als jeder Tagoraner in seiner Entwicklung ein Larvenstadium durchlief …

»Erstaunlich«, murmelte Sikorsky. »Sollte Ihr Volk schon zu dieser Zeit über eine derart entwickelte Technologie verfügt haben?«

»Natürlich nicht!«, erwiderte Dr. As-Su. »Kein Zweifel, das war das Werk der *Wanderer.*«

»Aber wozu sollten sie das tun?«

»Diese Frage ist zu schwer zu beantworten. Wir haben es gar nicht erst versucht.«

»Und was ist dann mit diesen zweihundert kleinen Tagoranern geschehen?«

»Hm, da stellen Sie eine sonderbare Frage … Die Larven begannen sich spontan zu entwickeln, und wir haben die Vorrichtung dann mitsamt ihrem Inhalt sofort vernichtet. Können Sie sich ein Volk vorstellen, das in dieser Situation anders verfahren würde?«

»Das kann ich«, sagte Sikorsky.

Am Tag darauf, dem 8. Januar '38, reiste der Hohe Botschafter der Geeinten Tagora aus gesundheitlichen Gründen in seine Heimat ab. Ein paar Tage später befand sich auf der Erde und auf allen anderen Planeten, wo Erdenmenschen arbeiteten, kein einziger Tagoraner mehr. Und nach einem weiteren Monat mussten alle Erdenmenschen, die auf der Tagora beschäftigt waren, ohne Ausnahme auf die Erde zurückkehren. Die Verbindungen zur Tagora rissen für fünfundzwanzig Jahre ab.

Das Persönlichkeitsgeheimnis Lew Abalkins (Fortsetzung)

Sie wurden alle am selben Tag geboren, am 6. Oktober '38. Es waren fünf Mädchen und acht Jungen, kräftige, laute und völlig gesunde menschliche Säuglinge. Als sie zur Welt kamen, war schon alles bereit. Medizinische Koryphäen, Mitglieder des Weltrates und Berater der »Kommission für die Dreizehn« nahmen sie in Empfang, untersuchten sie, wuschen und wickelten sie und schickten sie noch am selben Tag mit einem eigens dafür eingerichteten Schiff zur Erde. Schon gegen Abend befanden sie sich in dreizehn über alle Kontinente verstreuten Kinderheimen, wo sich sorgsame Ammen um die dreizehn Waisen und postumen Kinder kümmerten, die ihre Eltern niemals zu Gesicht bekommen würden und deren aller Mutter fortan die große, gütige Menschheit war. Die Legenden über ihre Herkunft waren von Rudolf Sikorsky selbst vorbereitet und mit einer Sondergenehmigung des Weltrates in das GGI eingegeben worden.

Das Schicksal Lew Wjatscheslawowitsch Abalkins wie auch das seiner zwölf »Geschwister« war von nun an und auf viele

Jahre hinaus vorprogrammiert. Lange Zeit unterschied es sich nicht von den Schicksalen ihrer gewöhnlichen irdischen Altersgefährten. Wie hundert Millionen anderer Säuglinge im Kinderheim lag er zuerst, dann krabbelte, tapste und lief er umher. Um ihn herum waren ebensolche kleinen Kinder, und sorgsame Erwachsene kümmerten sich um ihn – genauso wie in hunderttausend anderen Kinderheimen auf der Erde.

Allerdings hatte er Glück wie nur wenige. Am selben Tag, als man ihn in das Heim brachte, begann dort Jadwiga Michailowna Lekanowa als einfache beobachtende Ärztin zu arbeiten. Sie war eine der bedeutendsten Spezialistinnen für Kinderpsychologie – und hatte sich aus irgendeinem Grund von den Höhen der reinen Wissenschaft herabbegeben, um zu der Tätigkeit zurückzukehren, mit der sie vor Jahrzehnten angefangen hatte … Und als der sechsjährige Lew Abalkin mit seiner gesamten Gruppe in die Internatsschule Nr. 241 in Syktywkar wechselte, kam ebendiese Jadwiga Michailowna zu dem Schluss, es sei nun Zeit für sie, mit Schulkindern zu arbeiten, und ließ sich als beobachtende Ärztin an dieselbe Schule versetzen.

Ljowa Abalkin wuchs heran und entwickelte sich wie ein völlig normaler Junge, vielleicht mit einer leichten Neigung zur Melancholie und Verschlossenheit, aber die Abweichungen seines Psychotypus von der Norm überschritten nie den Mittelwert und blieben weit unter den zulässigen Schwankungen. Mit seiner physischen Entwicklung sah es genauso gut aus. Er unterschied sich von den anderen weder durch übermäßige Zartheit noch zeichnete er sich durch besondere körperliche Fähigkeiten aus. Kurzum, er war ein kräftiger, gesunder und gewöhnlicher Junge, der unter seinen Klassenkameraden, die größtenteils Slawen waren, nur durch seine pechschwarzen glatten Haare auffiel, auf die er sehr stolz war und die er immer schulterlang tragen wollte. So war es bis zum November des Jahres '47.

Am 16. November entdeckte Jadwiga Michailowna bei einer Routineuntersuchung in Ljowas rechter Armbeuge einen kleinen blauen Fleck, der leicht angeschwollen war. Nun ist ein blauer Fleck bei einem Jungen keine Seltenheit, weshalb Jadwiga Michailowna ihm keinerlei Aufmerksamkeit schenkte. Und sie hätte ihn sicherlich vergessen, hätte sich nach einer Woche, am 23. November, nicht herausgestellt, dass dieser Fleck noch immer da war und obendrein eine seltsame Veränderung durchgemacht hatte. Man konnte ihn eigentlich schon nicht mehr als blauen Fleck bezeichnen; eher war es eine Art Tätowierung – ein braungelbes kleines Mal in Form eines kyrillischen »she«. Vorsichtige Fragen ergaben, dass Ljowa Abalkin keine Ahnung hatte, wie und warum er dazu gekommen war. Offensichtlich hatte er es bisher nicht einmal bemerkt.

Nach einigem Zögern hielt es Jadwiga Michailowna für ihre Pflicht, Dr. Sikorsky von ihrer Entdeckung in Kenntnis zu setzen. Dieser nahm die Information zunächst ohne jedes Interesse auf; Ende Dezember aber rief er Jadwiga Michailowna plötzlich per Videofon an und erkundigte sich, was aus dem Muttermal bei Lew Abalkin geworden sei. Es sei unverändert, antwortete Jadwiga Michailowna. Sie war etwas verwundert. Wenn es Ihnen keine Umstände macht, bat Dr. Sikorsky, dann fotografieren Sie diesen Fleck bitte so, dass der Junge es nicht merkt, und schicken mir das Foto.

Lew Abalkin war das erste der »Findelkinder«, bei dem das Zeichen in der rechten Armbeuge aufgetaucht war. Im Laufe der folgenden zwei Monate erschienen Muttermale von mehr oder weniger verschlungener Form bei weiteren acht »Findelkindern«: Anfangs tauchte stets ein leicht geschwollener blauer Fleck auf, ohne äußere Ursachen oder Schmerzempfindungen, und eine Woche später – ein braungelbes Zeichen. Ende '48 trugen alle dreizehn das »Siegel der *Wanderer*«. Und da wurde eine sehr erstaunliche und schreckliche Entdeckung gemacht, die zu dem Begriff »Zünder« führte.

Wer den Begriff prägte, lässt sich nicht mehr feststellen. Nach Rudolf Sikorskys Ansicht brachte er aber sehr genau, ja, fast bedrohlich die Sache auf den Punkt. Noch im Jahre '39, ein Jahr nach der Geburt der »Findelkinder«, hatten Xenotechniker, die mit der Demontage des leeren Inkubators beschäftigt waren, in seinem Innern einen langen Kasten aus Elektrin gefunden, der dreizehn graue runde Scheiben mit Hieroglyphen darauf enthielt. Im Innern des Inkubators waren damals noch weitaus rätselhaftere Dinge entdeckt worden als dieser Futteralkasten, weshalb ihm niemand besondere Beachtung schenkte. Das Futteral wurde ins Museum für Außerirdische Kulturen gebracht und in der sekretierten Ausgabe der »Materialien zum Sarkophag-Brutkasten« als Element des Lebenserhaltungssystems beschrieben. Erfolgreich überstand es den Vorstoß eines Forschers, der herauszufinden versucht hatte, was es war und wozu es diente … Danach überführte man es in die schon überfüllte Spezialabteilung für »Objekte der materiellen Kultur ungeklärter Bestimmung«, wo es wie gewünscht für ein ganzes Jahrzehnt vergessen wurde.

Anfang '49 betrat Rudolf Sikorskys Assistent für die Angelegenheit der »Findelkinder« (nennen wir ihn einmal Iwanow) das Arbeitszimmer seines Chefs und legte einen Projektor vor ihn hin, der auf Seite 211 von Band sechs der »Materialien zum Sarkophag« eingeschaltet war. Seine Exzellenz warf einen Blick darauf und erstarrte. Er sah eine Fotografie des »Lebenserhaltungselements 15/156 A«: dreizehn graue runde Scheiben, die in den Fassungen eines Bernsteinfutterals lagen. Und dreizehn verschlungene Hieroglyphen – eben jene, über die er schon aufgehört hatte, sich den Kopf zu zerbrechen, die er aber von dreizehn Fotos kindlicher Armbeugen gut kannte. Ein Zeichen pro Ellenbogen. Ein Zeichen pro Scheibe. Eine Scheibe pro Ellenbogen.

Das konnte kein Zufall sein; es musste etwas bedeuten. Etwas sehr Wichtiges. Rudolf Sikorskys erster Impuls war, das »Element 15/156 A« sofort aus dem Museum anzufordern und bei sich im Safe zu verstecken. Vor allen, vor sich selbst. Er war erschrocken. Einfach zutiefst erschrocken. Und am schlimmsten war, dass er nicht einmal begriff, wovor er sich fürchtete.

Iwanow war auch erschrocken. Sie sahen einander an und verstanden sich wortlos. Beiden stand ein und dasselbe Bild vor Augen: dreizehn sonnengebräunte Bomben liefen zerkratzt und mit fröhlichem Geschrei über Bächlein dahin und kletterten an verschiedenen Enden der Welt auf Bäumen herum; und hier, zwei Schritte entfernt, warteten dreizehn Zünder zu diesen Bomben in unheilvoller Stille auf ihre Stunde.

Sicher, es war eine schwache Minute. Nichts Schreckliches war geschehen, und es gab keinen zwingenden Grund zu der Annahme, dass die Scheiben mit den Zeichen tatsächlich Zünder zu Bomben waren und ein verborgenes Programm zum Leben erwecken würden. Beide, Sikorsky und Iwanow, waren einfach schon zu sehr daran gewöhnt, das Schlimmste zu vermuten, wenn es um die »Findelkinder« ging. Und selbst wenn ihre panischen Vorstellungen sie nicht getrogen hätten, selbst dann war noch nichts Schreckliches geschehen. Denn man konnte die Zünder in jedem beliebigen Moment vernichten, in jedem beliebigen Moment aus dem Museum nehmen und auf den Mond schicken, an den Rand des bewohnten Alls und, wenn nötig, noch weiter.

Rudolf Sikorsky rief den Direktor des Museums an und bat ihn, das Exponat Nummer soundso dem Weltrat zur Verfügung zu stellen und es zu ihm, Rudolf Sikorsky, in die Dienststelle zu schicken. Es folgte eine leicht verwunderte, tadellos höfliche und doch unzweideutige Ablehnung. Denn wie sich herausstellte (davon hatte Sikorsky bislang keine Ahnung gehabt), wurden die Exponate jedes Museums – nicht nur des Museums für Außerirdische Kulturen, sondern jedes Museums auf der Erde – nicht herausgegeben, weder an Privatpersonen noch an den Weltrat. Sogar wenn der liebe Gott persönlich mit dem Exponat Nummer soundso arbeiten wollte, müsste er sich zu diesem Zweck im Museum einfinden, die entsprechenden Vollmachten vorweisen und die nötigen Untersuchungen dort, im Museum selbst, durchführen. Dazu würde man ihm, dem lieben Gott, übrigens auch alle erforderlichen Voraussetzungen schaffen: Laboratorien, jedwede Ausrüstung, Konsultation und so weiter und so fort.

Der Fall zeigte sich von einer unerwarteten Seite. Aber der erste Schock war schon vorüber – letzten Endes war es gut, dass die Bombe zur Wiedervereinigung mit dem Zünder zumindest »die entsprechenden Vollmachten« brauchte. Und schließlich lag es nur an ihm, Rudolf Sikorsky, dafür zu sorgen, dass sich nun das Museum in einen Safe verwandelte – wenn auch mit etwas größeren Abmessungen. Und überhaupt, was war denn so schlimm? Woher sollten die Bomben wissen, wo sich die Zünder befanden und dass es überhaupt welche gab? Nein, es war eine schwache Minute gewesen. Eine der wenigen Minuten dieser Art in seinem Leben.

Man nahm sich die Zünder gründlich vor. Ausgewählte Leute mit den entsprechenden Vollmachten und Empfehlungen führten in den bestens ausgestatteten Laboratorien des Museums eine Serie sorgsam geplanter Untersuchungen durch. Die Ergebnisse dieser Untersuchungen aber waren gleich null – hätte es da nicht einen sehr seltsamen, ja geradezu tragischen Umstand gegeben.

Mit einem der Zünder wurde das Regenerationsexperiment durchgeführt. Das Experiment lieferte ein negatives Resultat, d. h. im Gegensatz zu vielen anderen Objekten der materiellen Kultur der *Wanderer* stellte sich der Zünder Nummer 12 (mit dem Zeichen »Fraktur-M«), nachdem er zerstört worden war, nicht wieder selbst her. Zwei Tage später geriet eine Gruppe von Schülern aus dem Internat »Tiemplado« – siebenundzwanzig Jungen und Mädchen und ein Lehrer – in den nördlichen Anden in einen Steinschlag. Viele trugen Schrammen und Verletzungen davon, blieben jedoch am Leben – bis auf Enda Lasco, Personalakte Nr. 12, Zeichen: »Fraktur-M«.

Gewiss, das konnte Zufall sein. Aber die Untersuchung der Zünder wurde eingestellt, und durch den Weltrat gelang es, sie generell zu verbieten.

Es gab einen weiteren Vorfall, jedoch viel später, im Jahre '62, als Rudolf Sikorsky unter dem Decknamen »der Wanderer« Resident auf dem Saraksch war.

Aufgrund seiner Abwesenheit gelang es einer Gruppe von Psychologen, die zur Kommission für die Dreizehn gehörte, die Genehmigung zu erhalten, einem der »Findelkinder« sein Persönlichkeitsgeheimnis teilweise zu offenbaren. Für das Experiment wurde Kornej Jašmaa ausgewählt – Nummer 11, Zeichen »Elbrus«. Nach sorgfältiger Vorbereitung erzählte man ihm die ganze Wahrheit über seine Herkunft. Nur soweit es ihn selbst betraf. Keiner der anderen wurde erwähnt.

Kornej Jašmaa schloss damals gerade die Progressoren-Schule ab. Allen Untersuchungen nach zu urteilen, war er ein Mensch mit stabiler psychischer Konstitution, sehr starkem Willen und von seinen Anlagen her ein außergewöhnlicher Mensch. Die Psychologen hatten sich nicht geirrt: Kornej Jašmaa nahm die Information ungerührt auf – anscheinend interessierte ihn die Umwelt mehr als das Geheimnis der eigenen Herkunft. Die vorsichtige Warnung der Psychologen, dass ihm womöglich ein verborgenes Programm eingegeben sei, das seine Aktivitäten jederzeit gegen die Interessen der Menschheit richten konnte, beunruhigte ihn nicht im Geringsten. Er gestand offen, dass er die potenzielle Gefahr, die von ihm ausging, zwar verstand, aber nicht im Geringsten daran glaubte. Er war mit der regelmäßigen Selbstbeobachtung einverstanden, die unter anderem die tägliche Untersuchung mit einem Emotionsindikator einschloss, und schlug sogar selbst Mentoskopien beliebiger Tiefen vor. Mit einem Wort: Die Kommission konnte zufrieden sein. Zumindest eines der »Findelkinder« war nun zu einem bewussten, starken Verbündeten der Erde geworden.

Als Rudolf Sikorsky von dem Experiment erfuhr, wurde er zuerst wütend, kam aber dann zu dem Schluss, dass das Experiment letzten Endes von Nutzen sein könnte. Bemüht um die Sicherheit der Erde, hatte er eigentlich von Anfang an darauf bestanden, das Persönlichkeitsgeheimnis der »Findelkinder« zu wahren. Wenn, beziehungsweise falls das Programm dann in den »Findelkindern« aktiv würde, war es seiner Meinung nach besser, wenn sie neben diesem unterbewussten Programm keine weiteren – bewussten – Informationen über sich selbst hätten und über das, was mit ihnen passiert war. Ihm war lieber, sie irrten wild umher, ohne zu wissen, was sie suchten, und begingen sinnlose, sonderbare Taten. Zur Kontrolle aber war es letzten Endes von Vorteil, ein »Findelkind« (doch nicht mehr!) zu haben, das alle Informationen über sich selbst besaß. Wenn es überhaupt ein Programm gab, dann war es zweifellos so organisiert, dass keinerlei Bewusstsein existierte, das mit ihm fertig würde; andernfalls wäre die Mühe der *Wanderer* umsonst gewesen. Das Verhalten eines Menschen, der von dem Programm wusste, würde sich also ganz sicher stark von dem der anderen unterscheiden.

Die Psychologen indes dachten nicht daran, sich mit dem, was sie erreicht hatten, zu begnügen. Ermutigt vom Erfolg mit Kornej Jašmaa, wiederholten sie drei Jahre später (Rudolf Sikorsky saß noch immer auf dem Saraksch) dasselbe Experiment mit Thomas Nielson (Nummer 2, Zeichen »Schiefer Stern«), dem Aufseher eines Naturparks auf der Gorgona. Die Ergebnisse waren günstig, und ein paar Monate lang setzte Thomas Nielson seine Arbeit wohlbehalten fort, ohne von dem Persönlichkeitsgeheimnis irritiert zu sein. Er war überhaupt ein eher phlegmatischer Mensch und neigte nicht dazu, seine Gefühle zu zeigen.

Nielson führte alle empfohlenen Prozeduren zur Selbstbeobachtung durch und begegnete seiner Situation sogar mit einem gewissen, ihm eigenen schwarzen Humor. Die Mentoskopie allerdings verweigerte er kategorisch, wobei er sich auf rein persönliche Beweggründe berief. Am hundertachtundzwanzigsten Tag nach Beginn des Experiments aber kam Thomas Nielson auf der Gorgona unter Umständen ums Leben, die einen Selbstmord nicht ausschlossen.

Für die Kommission, insbesondere für die Psychologen war das ein schrecklicher Schlag. Der greise Pak Hin erklärte seinen Austritt aus der Kommission, verließ sein Institut, seine Schüler und Verwandten und ging ins selbst gewählte Exil. Am hundertzweiunddreißigsten Tag meldete ein Mitarbeiter der KomKon 2, zu dessen Aufgaben die monatliche Überprüfung des Bernsteinfutterals gehörte, panisch, dass der Zünder Nummer 02, Zeichen »Schiefer Stern«, spurlos verschwunden sei und in seiner Fassung, die mit den zitternden Härchen des Pseudoepithels ausgelegt war, nicht einmal Staub hinterlassen habe.

Nun stand außer Zweifel, dass zwischen jedem der »Findelkinder« und dem entsprechenden Zünder eine bestimmte, beinahe mystische Verbindung bestand. Und jedem Mitglied der Kommission war klar, dass es den Erdenmenschen in absehbarer Zeit wohl kaum gelingen würde, Licht in diese Geschichte zu bringen.

4. JUNI '78
Lagebesprechung

All dies und noch viel mehr erzählte mir Seine Exzellenz, nachdem wir aus dem Museum zurückgekehrt waren. Wir saßen in seinem Arbeitszimmer, und es wurde schon hell, als er seine Erzählung beendete. Er verstummte, erhob sich schwer und ging, ohne mich anzusehen, Kaffee kochen.

»Du kannst Fragen stellen«, knurrte er.

Bis zu diesem Augenblick hatte in mir ein einziges Gefühl vorgeherrscht: ein großes, ja grenzenloses Bedauern, dass ich das alles erfahren hatte und jetzt darin verwickelt war. Jeder normale Mensch, der ein normales Leben führte und einer normalen Arbeit nachging, hätte diese Geschichte als eines der vielen phantastischen und grausigen Märchen aufgefasst, die immer wieder an der Grenze zwischen dem Erschlossenen und dem Unbekannten entstehen. Sie erreichen uns in einer bis zur Unkenntlichkeit verzerrten Form und haben die wunderbare Eigenschaft – so bedrohlich und furchteinflößend sie auch sein mögen –, zu unserer hellen, freundlichen Erde in keiner direkten Beziehung zu stehen und nicht den kleinsten Einfluss auf unser tägliches Leben zu besitzen. Denn alles war schon immer von irgendjemandem irgendwo bereinigt worden, wurde gerade bereinigt oder würde binnen kürzester Zeit bereinigt sein.

Aber ich war ja leider kein normaler Mensch. Ich war just einer von denen, deren Aufgabe es war, die Dinge zu bereinigen. Mir war klar, dass dieses Geheimnis bis zum Ende meiner Tage auf meinen Schultern lasten würde. Und dass ich mit dem Geheimnis eine Verantwortung übernahm, um die ich nicht gebeten hatte, und die ich wirklich nicht brauchte. Mir war klar, dass ich von nun an Entscheidungen zu fällen hatte und deswegen alles wissen und verstehen musste, was in der Angelegenheit schon bekannt war – nach Möglichkeit noch mehr. Und das bedeutete, sich weiter in dieses Geheimnis zu verstricken – in ein Geheimnis, das genauso widerlich war wie all unsere Geheimnisse, ja, noch widerlicher. Gegenüber Seiner Exzellenz empfand ich eine geradezu kindische Dankbarkeit, weil er bis zuletzt versucht hatte, mich vom Abgrund dieses Geheimnisses fernzuhalten. Auf eine noch kindischere Art und Weise aber ärgerte ich mich über ihn und schimpfte, weil er mich schließlich doch nicht hatte davor bewahren können.

»Hast du keine Fragen?«, erkundigte sich Seine Exzellenz.

Ich gab mir einen Ruck. »Sie sind also der Ansicht, dass das Programm in Aktion getreten ist und Lew Abalkin Tristan ermordet hat?«

»Lass uns logisch überlegen.« Seine Exzellenz stellte die Tassen auf den Tisch, goss vorsichtig Kaffee ein und setzte sich. »Tristan war sein beobachtender Arzt. Einmal pro Monat trafen sie sich irgendwo im Dschungel, und Tristan führte eine prophylaktische Untersuchung durch. Angeblich, um routinemäßig den Grad der psychischen Anspannung des Progressors zu überprüfen, in Wahrheit aber, um sich zu vergewissern, dass Abalkin auch weiterhin ein Mensch ist. Auf dem ganzen Planeten Saraksch kannte nur Tristan die Nummer meines Sonderkanals. Am dreißigsten, spätestens am einunddreißigsten Mai hätte er mir dreimal die Sieben durchgeben müssen – ›alles in Ordnung‹. Aber am achtundzwanzigsten, dem Tag, der für die Untersuchung vorgesehen war, kommt Tristan um. Und Abalkin flieht auf die Erde. Flieht auf die Erde und hält sich verborgen. Dann ruft er, Lew Abalkin, mich über den Sonderkanal an, den nur Tristan kannte.« Seine Exzellenz trank den Kaffee mit einem Zug aus, schwieg eine Weile und biss auf seinen Lippen herum. »Ich glaube, du hast die Hauptsache noch nicht begriffen, Mak. Wir haben es nicht mehr mit Lew Abalkin zu tun, sondern mit den *Wan-*

derern. Lew Abalkin gibt es nicht mehr. Vergiss ihn. Was da auf uns zukommt, ist ein Werkzeug der *Wanderer.*« Wieder verstummte er für eine Weile. »Ehrlich gesagt, kann ich mir nur sehr schwer vorstellen, wie man Tristan dazu gebracht hat, meine Nummer zu verraten, erst recht an Lew Abalkin. Und ich fürchte, man hat ihn nicht einfach nur umgebracht.«

»Sie nehmen also an, dass das Programm ihn antreibt, nach den Zündern zu suchen?«

»Ich kann nichts anderes annehmen.«

»Aber Abalkin hat doch keine Ahnung von den Zündern. Oder hat Tristan das etwa auch verraten?«

»Tristan wusste nichts davon. Auch Lew Abalkin weiß nichts davon. Das Programm weiß es!«

»Und wie verhält sich Jašmaa? Die anderen?«

»Alles im Bereich der Norm. Aber die Zeichen sind ja auch nicht bei allen gleichzeitig aufgetaucht. Abalkin war der Erste.«

Seine Exzellenz hatte also bezüglich der anderen Mehrlinge schon die notwendigen Maßnahmen ergriffen. So brauchte ich Gott sei Dank nicht zu erfahren, welche. Es ging mich nichts an. Vorerst.

Ich sagte: »Verstehen Sie mich bitte nicht falsch, Exzellenz. Glauben Sie nicht, ich wollte etwas beschönigen oder abschwächen. Aber Sie haben ihn nicht getroffen. Und Sie haben die Leute nicht gesehen, mit denen er sich getroffen hat. Ich verstehe durchaus: der Tod Tristans, seine Flucht, der Anruf über Ihren Sonderkanal, er hält sich verborgen, kontaktiert Maja Glumowa, bei der die Zünder aufbewahrt werden. Das alles scheint eindeutig zu sein, eine makellos logische Kette. Aber da ist auch noch etwas anderes! Abalkin trifft sich zwar mit Maja Glumowa – aber kein Wort über das Museum, nur über Kindheitserinnerungen und die frühere Liebe. Er trifft sich mit dem Lehrer – und es geht um nichts als die

Kränkung darüber, dass der Lehrer ihm das Leben verpfuscht hätte. Das Gespräch mit mir – nur um die Kränkung, ich hätte ihm seinen Vorrang streitig gemacht. Und warum sollte er sich überhaupt mit dem Lehrer treffen? Bei mir kann man es zur Not erklären – sagen wir, er wollte überprüfen, wer ihm auf der Spur ist. Aber warum der Lehrer? Dann Wepl – die absurde Bitte um Asyl, auf die man sich schon gar keinen Reim machen kann!«

»Man kann, Mak. Auf alles. Das Programm ist eine Sache, das Bewusstsein eine andere. Abalkin begreift ja nicht, was mit ihm geschieht. Das Programm verlangt von ihm etwas Unmenschliches, sein Bewusstsein versucht dagegen krampfhaft, diese Befehle zumindest halbwegs rational zu erklären. Er irrt wild umher, er tut Sonderbares und Sinnloses. Etwas in der Art hatte ich erwartet. Daher war das Persönlichkeitsgeheimnis ja notwendig: Jetzt haben wir wenigstens eine kleine Zeitreserve. Und was Wepl betrifft – da hast du wirklich gar nichts verstanden. Hier hat niemand um Asyl gebeten. Die Kopfler haben gespürt, dass er kein Mensch mehr ist, und uns deshalb ihre Loyalität demonstriert. So war das.«

Aber es gelang Seiner Exzellenz nicht, mich zu überzeugen – obwohl seine Logik geradezu makellos war. Ich aber hatte Abalkin gesehen, hatte mich mit ihm unterhalten. Ich hatte den Lehrer und Maja Toivowna gesehen und mit ihnen gesprochen. Abalkin irrte wild umher – ja. Er machte sonderbare Dinge – ja. Aber diese Dinge waren nicht sinnlos. Hinter ihnen verbarg sich ein Ziel, das ich einfach noch nicht hatte verstehen können. Außerdem wirkte Abalkin mitleiderregend, er konnte nicht gefährlich sein …

Das alles aber war nur meine Intuition, und ich wusste, was sie in unserem Geschäft wert war – wenig. Zudem gehört die Intuition in den Bereich der menschlichen Erfahrung; wir aber hatten es hier mit den *Wanderern* zu tun.

»Kann ich noch einen Kaffee haben?«, bat ich.

Seine Exzellenz stand auf, wandte mir den Rücken zu und kochte neuen Kaffee.

»Ich sehe, du hast Zweifel«, sagte er, »ich hätte auch welche, wenn es doch dazu nur Anlass gäbe. Aber ich bin ein alter Rationalist, Mak, und habe alles Mögliche gesehen. Habe mich stets vom Verstand leiten lassen, und der Verstand hat mich nie getäuscht. Mir sind all diese phantastischen Kunststücke zuwider, all die geheimnisvollen Programme, die vor fünfundvierzigtausend Jahren erstellt wurden und sich dann nach einem unbekannten Prinzip ein- und ausschalten. All die mystischen, außerräumlichen Verbindungen zwischen lebendigen Seelen und dummen Scheiben, die versteckt in einem Futteral liegen. Das alles hängt mir zum Hals heraus!«

Er brachte den Kaffee und schenkte ihn ein.

»Wenn wir gewöhnliche Wissenschaftler wären«, fuhr er fort, »und uns mit der Erforschung von Naturerscheinungen befassten, mit welcher Freude würde ich alles für eine Kette von Zufällen erklären! Tristan ist zufällig ums Leben gekommen – es wäre nicht das erste und nicht das letzte Mal, dass so etwas geschieht. Abalkins Freundin aus der Kindheit hat sich zufällig als diejenige erwiesen, die die Zünder aufbewahrt. Er hat rein zufällig die Nummer meines Sonderkanals gewählt, als er jemand anders anrufen wollte. Ich schwöre dir, dieses sehr unwahrscheinliche Zusammentreffen von unwahrscheinlichen Ereignissen würde mir glaubhafter vorkommen als ein dummes teuflisches Programm, das menschlichen Embryos eingepflanzt worden sein soll. Für einen Wissenschaftler ist alles klar: Erfinde nicht ohne zwingenden Grund neue Wesenheiten. Aber wir sind keine Wissenschaftler. Der Irrtum eines Wissenschaftlers ist letzten Endes seine Privatsache. Wir aber dürfen uns nicht irren. Wir dürfen in den Ruf von Ignoranten, Mystikern, abergläubischen Dummköpfen geraten. Eins aber wird uns nicht verziehen: wenn wir die Gefahr unterschätzt haben … Wenn es bei uns auf einmal nach Schwefel stinkt, sollten wir keine Betrachtungen über Molekülfluktuationen anstellen, sondern haben die Pflicht, davon auszugehen, dass der Leibhaftige aufgetaucht ist. Wir haben die nötigen Maßnahmen zu ergreifen, auch wenn das hieße, die Produktion von Weihwasser in industriellem Maßstab zu organisieren. Und Gott sei gedankt, wenn sich herausstellt, dass es doch nur eine Fluktuation war und uns der ganze Weltrat mitsamt seinen Scholaren auslacht ...« Er schob gereizt die Tasse von sich: »Ich kann diesen Kaffee nicht trinken, und essen kann ich schon den vierten Tag nichts.«

»Exzellenz«, sagte ich. »Was reden Sie denn. Warum der Leibhaftige? Was können wir schließlich Schlechtes von den *Wanderern* sagen? Nehmen Sie nur die Operation ›Tote Welt‹. Dort haben sie die Bevölkerung eines ganzen Planeten gerettet! Einige Milliarden Menschen!«

»Du versuchst zu beschwichtigen«, sagte Seine Exzellenz und lächelte düster. »Sie haben gar nicht die Bevölkerung gerettet. Den Planeten haben sie gerettet – vor der Bevölkerung. Und das mit Erfolg. Wo aber die Bevölkerung geblieben ist – das wissen wir nicht.«

»Wieso den Planeten?«, fragte ich verwirrt.

»Und wieso die Bevölkerung?«

»Also gut«, sagte ich. »Aber darum geht es jetzt auch nicht. Angenommen, Sie haben Recht: ein Programm, Zünder, der Leibhaftige. Was könnte Abalkin uns anhaben? Er ist schließlich allein.«

»Junge«, sagte Seine Exzellenz fast zärtlich. »Du denkst seit nicht mal einer halben Stunde darüber nach, ich aber zerbreche mir darüber schon seit vierzig Jahren den Kopf. Und nicht nur ich. Aber es ist uns bisher nichts eingefallen, das ist das Schlimmste. Und es wird uns auch nichts einfallen, denn die Klügsten und Erfahrensten von uns sind ja doch nur Menschen. Wir wissen nicht, was die *Wanderer* von uns wollen. Wir wissen nicht, was sie zu tun imstande sind. Und wir werden es niemals erfahren. Unsere einzige Hoffnung ist, dass wir bei unseren wilden, ungeplanten Aktionen immer wieder Schritte tun werden, die sie nicht vorhergesehen haben. Sie können nicht alles vorhergesehen haben. Das kann niemand. Und dennoch ertappe ich mich jedes Mal, wenn ich mich zu einer Handlung entscheide, bei dem Gedanken, dass sie genau das erwartet haben und ich es deshalb nicht tun darf. So weit ist es mit mir gekommen, dass ich alter Dummkopf froh bin über die Entscheidung, den verdammten Sarkophag nicht gleich am ersten Tag vernichtet zu haben. Denn die Tagoraner haben es getan – und schau sie dir jetzt an! Diese furchtbare Sackgasse, in der sie stecken. Vielleicht ist es die Folge dieses sehr vernünftigen, rationalen Schritts, den sie vor anderthalb Jahrhunderten unternommen haben. Andererseits empfinden sie selbst das ja keineswegs so. Eine Sackgasse ist es nur aus unserer, der menschlichen Sicht! Von ihrem Standpunkt aus blühen und gedeihen sie und sind zweifellos der Ansicht, dass sie das ihrer rechtzeitigen, radikalen Entscheidung zu verdanken haben. Oder nehmen wir unseren Entschluss, den Amok laufenden Abalkin nicht an die Zünder zu lassen. Aber vielleicht haben sie genau das von uns erwartet?«

Er legte den kahlen Schädel in die Hände und schüttelte den Kopf.

»Wir sind alle müde, Mak«, sagte er. »Wie müde wir alle sind! Wir können schon gar nicht mehr über dieses Thema nachdenken. Vor Müdigkeit werden wir leichtsinnig und sagen uns immer öfter: ›Es wird schon gutgehen!‹ Früher war Gorbowski in der Minderheit, jetzt aber haben siebzig Prozent der Kommission seine Hypothese angenommen. ›Ein Käfer im Ameisenhaufen‹ … Ach, wie schön das wäre! Wie gern man daran glauben möchte! Dass kluge Wesen aus rein wissenschaftlicher Neugier einen Käfer in einen Ameisenhaufen gesetzt haben und jetzt eifrig alle Nuancen der Ameisenpsychologie beobachten, alle Feinheiten ihrer sozialen Organisation. Die Ameisen jedoch sind zu Tode erschrocken; sie laufen aufgeregt hin und her, sorgen sich und sind bereit, ihr Leben für den heimatlichen Haufen hinzugeben – die Ärmsten haben ja keine Ahnung, dass der Käfer am Ende aus dem Haufen kriechen und seiner Wege gehen wird, ohne den Ameisen das Geringste zuleide getan zu haben. Kannst du dir das vorstellen, Mak? Nicht das geringste Leid! Regt euch nicht auf, Ameisen! Alles wird gut.

Wenn es nun aber kein ›Käfer im Ameisenhaufen‹ ist? Sondern ein ›Iltis im Hühnerstall‹? Weißt du, Mak, was das ist – ein Iltis im Hühnerstall?« Und da explodierte er. Er donnerte mit den Fäusten auf den Tisch, starrte mich aus wütenden grünen Augen an und brüllte los: »Diese Schufte! Vierzig Jahre meines Lebens haben sie mir gestohlen! Vierzig Jahre lang machen sie schon eine Ameise aus mir! Ich kann an nichts anderes denken! Sie haben einen Angsthasen aus mir gemacht! Ich erschrecke vor meinem eigenen Schatten, traue meinen eigenen Gedanken nicht mehr. Na, was starrst du mich so an? In vierzig Jahren wirst du genauso sein, vielleicht schon viel früher, denn die Ereignisse folgen immer schneller aufeinander! Sie werden sich so entwickeln, wie wir Alten es uns nicht hätten träumen lassen. Und wir werden allesamt in Pension gehen, weil wir nicht damit fertig werden. Dann wird das alles auf euch zukommen. Aber auch Ihr werdet nicht damit fertig werden. Weil ihr …«

Er brach plötzlich ab, blickte nicht mich an, sondern über meinen Kopf hinweg. Und stand langsam vom Tisch auf. Ich drehte mich um.

Auf der Schwelle, in der offenen Tür, stand Lew Abalkin.

4. JUNI '78

Lew Abalkin in natura

»Ljowa!«, sagte Seine Exzellenz mit Erstaunen und Rührung in der Stimme. »Mein Gott, guter Freund! Was haben wir Sie gesucht!«

Lew Abalkin machte eine Bewegung – und mit einem Mal stand er direkt am Tisch. Kein Zweifel, das war ein Progressor der neuen Schule, ein echter Profi, und noch dazu einer der besten. Ich musste mich ziemlich anstrengen, um seinem Tempo folgen zu können.

»Sie sind Rudolf Sikorsky, der Leiter der KomKon 2«, sagte er mit leiser, unerwartet ausdrucksloser Stimme.

»Ja«, erwiderte Seine Exzellenz, wobei er freundlich lächelte. »Aber warum so förmlich? Setzen Sie sich, Ljowa ...«

»Ich werde im Stehen sprechen«, sagte Lew Abalkin.

»Ich bitte Sie, Ljowa, was soll das? Setzen Sie sich, es steht uns eine lange Unterhaltung bevor.«

»Nein«, sagte Abalkin. Mich würdigte er keines Blickes. »Es wird keine lange Unterhaltung. Ich will mich nicht mit Ihnen unterhalten.«

Seine Exzellenz war entsetzt. »Was heißt – Sie wollen nicht?«, fragte er. »Sie, mein Lieber, sind im Dienst und verpflichtet, Bericht zu erstatten. Wir wissen immer noch nicht, was mit Tristan passiert ist ... Was heißt – Sie wollen nicht?«

»Ich bin einer von ›dreizehn‹?«

»Dieser Bromberg ...«, murmelte Seine Exzellenz verärgert. »Ja, Ljowa. Leider sind Sie einer von den ›dreizehn‹.«

»Es ist mir verboten, mich auf der Erde aufzuhalten? Und ich muss mein Leben lang unter Aufsicht bleiben?«

»Ja, Ljowa. So ist es.«

Abalkin hatte sich großartig unter Kontrolle. Sein Gesicht war völlig reglos, und die Augen hatte er halb geschlossen, als döse er im Stehen vor sich hin. Ich aber spürte, dass wir hier einen Menschen vor uns hatten, der kurz vor einem Wutausbruch stand.

»Also, ich bin hergekommen, um Ihnen zu sagen«, führte Abalkin mit noch immer leiser, ausdrucksloser Stimme fort, »dass Sie uns dumm und gemein behandelt haben. Sie haben mein Leben kaputtgemacht und im Ergebnis nichts erreicht. Ich bin auf der Erde und habe nicht vor, sie jemals wieder zu verlassen. Bitte beachten Sie auch, dass ich Ihre Aufsicht nicht länger dulde und mich ohne Pardon davon befreien werde.«

»Wie von Tristan?«, erkundigte sich Seine Exzellenz beiläufig.

Abalkin schien diesen Einwurf überhört zu haben. »Ich habe Sie gewarnt«, sagte er. »Jetzt haben Sie es sich selbst zuzuschreiben. Ich habe vor, zukünftig so zu leben, wie es mir passt, und fordere Sie auf, sich nicht länger in mein Leben einzumischen.«

»Gut. Wir werden uns nicht einmischen. Aber sagen Sie mir, Ljowa, hat Ihnen Ihre Arbeit nicht gefallen?«

»Jetzt werde ich mir meine Arbeit selbst aussuchen.«

»Sehr gut. Hervorragend. Und in der freien Zeit bemühen Sie bitte Ihre Phantasie und versuchen, sich an unsere Stelle zu versetzen. Was hätten Sie mit den ›Findelkindern‹ gemacht?«

Eine Art Lächeln huschte über Abalkins Gesicht. »Da gibt es nichts zu überlegen«, sagte er. »Das ist offensichtlich. Sie hätten mir alles erzählen, mich zu Ihrem bewussten Verbündeten machen müssen.«

»Und Sie hätten sich dann nach ein paar Monaten das Leben genommen? Immerhin ist es schrecklich, Ljowa, sich als Gefahr für die Menschheit zu fühlen; das hält nicht jeder aus.«

»Unsinn. Das sind alles nur Wahnvorstellungen Ihrer Psychologen. Ich bin ein Erdenmensch! Als ich erfuhr, dass ich mich nicht auf der Erde aufhalten darf, habe ich fast den Verstand verloren. Nur Androiden dürfen nicht auf der Erde leben. Also bin ich wie ein Verrückter hin und her gerannt und habe nach Beweisen gesucht, dass ich kein Androide bin, dass ich eine Kindheit hatte, dass ich mit den Kopflern gearbeitet habe. Sie hatten Angst, mich um den Verstand zu bringen? Nun, das wäre Ihnen fast gelungen!«

»Aber wer hat denn gesagt, dass Sie nicht auf der Erde leben dürfen?«

»Was denn – ist es nicht wahr?«, erkundigte sich Abalkin. »Darf ich etwa auf der Erde leben?«

»Jetzt – ich weiß nicht … Vielleicht, ja. Aber urteilen Sie selbst, Ljowa! Auf dem ganzen Saraksch wusste nur Tristan, dass Sie nicht zur Erde zurückkehren dürfen. Und er kann es Ihnen nicht gesagt haben … Oder doch?«

Abalkin schwieg. Sein Gesicht blieb nach wie vor reglos; doch auf den bleichen Wangen traten jetzt graue Flecken hervor, als wären es Spuren alter Flechten – er ähnelte jetzt einem pandeischen Derwisch.

»Nun gut«, sagte Seine Exzellenz, nachdem er eine Weile gewartet hatte. Er musterte demonstrativ seine Fingernägel. »Mag Tristan es Ihnen dennoch erzählt haben. Ich verstehe nicht, warum er das tat, aber was soll's. Warum hat er Ihnen dann nicht den Rest erzählt? Warum hat er Ihnen nicht erzählt, dass Sie eines der ›Findelkinder‹ sind, warum nicht die Gründe für das Verbot erklärt? Schließlich gab es Gründe, und recht gewichtige, was Sie auch davon halten mögen …«

Ein leichtes Zucken lief jetzt über Abalkins Gesicht, dann verlor es auf einmal an Härte, schien kraftlos geworden, der Mund öffnete sich ein wenig, und die Augen waren weit aufgerissen, als sei er verwundert … Und zum ersten Mal hörte ich ihn atmen.

»Ich will nicht darüber … sprechen«, sagte er laut und heiser.

»Das ist sehr schade«, sagte Seine Exzellenz. »Für uns ist das sehr wichtig.«

»Aber für mich ist nur eins wichtig«, erwiderte Abalkin. »Dass Sie mich in Ruhe lassen.«

Sein Gesicht hatte die frühere Festigkeit wiedergewonnen, die Lider hatten sich gesenkt, von seinen Wangen wichen allmählich die grauen Flecken.

Seine Exzellenz begann nun in einem völlig anderen Ton: »Ljowa. Natürlich lassen wir Sie in Ruhe. Aber ich flehe Sie an: Sollten Sie plötzlich etwas Ungewohntes in sich verspüren, eine ungewohnte Empfindung, sonderbare Gedanken ... oder wenn Sie sich krank fühlen, geben Sie bitte Nachricht. Meinetwegen nicht an mich. An Gorbowski. Komow. Bromberg, wenn es sein muss.«

Da wandte ihm Abalkin den Rücken und ging zur Tür. Seine Exzellenz schrie ihm fast nach, die Hand ausgestreckt: »Aber sofort! Sofort! Solange Sie noch ein Erdenmensch sind! Vielleicht trage ich Ihnen gegenüber Schuld, aber die Erde trifft doch keine Schuld!«

»Ja, ja, ich benachrichtige Sie«, sagte Abalkin über die Schulter hinweg. »Sie persönlich.«

Er ging aus dem Zimmer und schloss die Tür hinter sich.

Ein paar Sekunden lang schwieg Seine Exzellenz, beide Hände in die Armlehnen des Sessels gekrallt, und lauschte angespannt. Dann befahl er halblaut: »Ihm nach. Nur nicht aus den Augen lassen. Verbindung über das Armband. Ich bin im Museum.«

4. JUNI '78
Der Abschluss der Operation

Nachdem er das Gebäude der KomKon 2 verlassen hatte, ging Lew Abalkin ohne Eile und langsamen Schrittes die Rotahornstraße entlang. Dann betrat er die Kabine eines öffentlichen Videofons und führte ein Gespräch von etwas mehr als zwei Minuten. Dann ging er, wiederum langsam und die Hände hinter dem Rücken verschränkt, in Richtung Allee, bog ein und setzte sich auf eine Bank neben dem Basrelief Strogows. Er las anscheinend alles, was in den Sockel gemeißelt war, aufmerksam durch und schaute dann eine Weile ziellos umher. Etwa zwanzig Minuten lang saß er da wie jemand, der von einer schweren Arbeit ausruht: die Arme auf der Rückenlehne der Bank ausgebreitet, den Kopf zurückgelegt und die gekreuzten Beine zur Allee hin ausgestreckt. Um ihn sammelten sich Eichhörnchen, eins sprang ihm auf die Schulter und stupste ihm mit der Schnauze gegen das Ohr. Abalkin lachte laut auf, nahm das Eichhörnchen in die Hand, zog die Beine an und setzte es sich aufs Knie. Dort blieb es sitzen, und mir schien, dass er sich mit dem Eichhörnchen unterhielt. Die Sonne war gerade erst aufgegangen, die Straßen waren leer, und auf der Allee befand sich außer Abalkin keine Menschenseele.

Ich gab mich nicht der Illusion hin zu glauben, ich sei unbemerkt geblieben. Natürlich wusste er, dass ich ihn nicht aus den Augen ließ, und sicher hatte er sich auch schon überlegt, wie er mich, falls nötig, loswerden konnte. Doch nicht das beschäftigte mich. Mich beunruhigte Seine Exzellenz. Ich wusste nicht, was er vorhatte.

Zuerst hatte er mir befohlen, Abalkin ausfindig zu machen, und sich dann mit ihm treffen wollen, um mit ihm unter vier Augen zu sprechen. Zumindest war es anfangs so geplant gewesen, d. h. vor drei Tagen. Dann gewann er die Überzeugung, dass Abalkin unweigerlich auf die Zünder stoßen würde. Und hatte diesen Hinterhalt gelegt. Von Vier-Augen-Gesprächen war da schon keine Rede mehr gewesen, sondern davon, »ihn zu fassen, sobald er dieses Tuch berührt«. Und: die Pistole – offensichtlich für den Fall, dass es nicht gelang, Abalkin zu fassen. Gut. Jetzt kommt Ljowa aber von selbst zu ihm. Und es ist deutlich zu sehen, dass Seine Exzellenz ihm nichts zu sagen hat. Kein Wunder: Denn er ist überzeugt, dass das Programm läuft; daher hat es keinen Sinn, mit Abalkin zu sprechen. (Ob das Programm tatsächlich lief? Darüber hatte ich meine eigene Meinung, aber die spielte jetzt keine Rolle. Vor allem musste ich herausfinden, was Seine Exzellenz im Schilde führte.)

Er lässt Abalkin also laufen, anstatt ihn gleich im Arbeitszimmer, an Ort und Stelle, festzusetzen und ihn den Ärzten und Psychologen zu übergeben. Lässt ihn einfach laufen. Über der Erde schwebt eine Gefahr. Um sie abzuwenden, hätte es genügt, Abalkin zu isolieren, was sich mit den einfachsten Mitteln hätte bewerkstelligen lassen. Damit wäre zumindest unter diesen Fall ein Schlussstrich gezogen. Seine Exzellenz aber lässt ihn laufen und macht sich auf den Weg ins Museum. Das kann nur eins bedeuten: Dass er sich vollkommen sicher ist, dass Abalkin in allernächster Zeit ebenfalls dort erscheinen wird. Wegen der Zünder. Weswegen sonst? (Dabei schien doch nichts einfacher, als dieses Bernsteinfutteral in ein ausrangiertes Raumschiff vom Typ »Gespenst« zu stecken und es bis ans Ende der Zeiten in den Subraum zu jagen. Aber das ging natürlich nicht, denn es wäre ja eine unumkehrbare Tat gewesen …)

Abalkin erscheint im Museum (oder verschafft sich gewaltsam Zutritt, weil ja Grischa Serossowin dort auf ihn wartet). Jedenfalls erscheint er im Museum und sieht dort wieder Seine Exzellenz. Was für ein Bild. Und dann findet das richtige Gespräch statt.

Seine Exzellenz wird ihn umbringen, schoss es mir plötzlich durch den Kopf. Gott im Himmel, dachte ich in Panik, Abalkin sitzt hier und spielt mit den Eichhörnchen, und in einer Stunde bringt Seine Exzellenz ihn um. Das ist ganz klar. Deshalb wartet Seine Exzellenz auch im Museum auf ihn – um sich diesen Film zu Ende anzusehen: um zu begreifen und mit eigenen Augen zu verfolgen, wie sich Abalkin, das Werkzeug der *Wanderer*, seinen Weg sucht, wie er das Bernsteinfutteral findet (mit den Augen? Nach dem Geruch? Mit dem sechsten Sinn?), wie er das Futteral öffnet, dann seinen Zünder wählt, und wie er beginnt, mit dem Zünder etwas zu tun – nicht mehr, denn in derselben Sekunde wird Seine Exzellenz auf den Abzug drücken, um kein weiteres Risiko einzugehen.

Und ich sagte mir: Aber nein, das wird nicht geschehen …

Ich kann nicht behaupten, dass ich alle Konsequenzen meines Tuns im Voraus sorgfältig durchdacht hatte. Ehrlich gesagt, hatte ich sie überhaupt nicht durchdacht. Ich trat einfach auf die Allee hinaus und ging geradewegs auf Abalkin zu.

Als ich an ihn herantrat, blickte er mich von der Seite her an und wandte sich dann wieder ab. Ich setzte mich neben ihn.

»Ljowa«, sagte ich. »Reisen Sie ab. Sofort.«

»Ich hatte darum gebeten, in Ruhe gelassen zu werden«, sagte er mit unverändert leiser und ausdrucksloser Stimme.

»Man wird Sie nicht in Ruhe lassen. Dazu ist es zu spät, es ist zu viel geschehen. Niemand zweifelt an Ihnen persönlich, aber Sie sind für uns nicht länger Ljowa Abalkin. Den gibt es nicht mehr. Für uns sind Sie ein Werkzeug der *Wanderer*.«

»Und ihr seid für mich eine Bande von vor Angst Amok laufender Idioten.«

»Zugegeben«, sagte ich. »Und gerade darum sollten Sie sich möglichst schnell möglichst weit weg von hier begeben. Fliegen Sie auf die Pandora, Ljowa, bleiben Sie ein paar Monate dort und beweisen Sie, dass Sie kein Programm in sich tragen.«

»Wozu?«, fragte er. »Wie komme ich dazu, jemandem etwas beweisen zu müssen? Das ist erniedrigend.«

»Ljowa«, sagte ich. »Wenn Sie verängstigten Kindern begegnen, finden Sie es dann auch erniedrigend, Faxen zu machen und den Clown zu spielen, um sie zu beruhigen?«

Zum ersten Mal schaute er mir in die Augen – lange und ohne zu zwinkern. Mir wurde klar, dass er mir kein Wort glaubte. Vor ihm saß ein vor Angst Amok laufender Idiot und gab sich Mühe zu lügen, um ihn wieder an den Rand des Weltalls zu schicken, diesmal für immer und ohne die geringste Hoffnung auf Rückkehr.

»Es ist zwecklos«, sagte er. »Hören Sie mit dem Geschwätz auf und lassen Sie mich in Ruhe. Es ist Zeit für mich.«

Vorsichtig scheuchte er die Eichhörnchen weg und stand auf. Auch ich erhob mich.

»Ljowa«, sagte ich. »Man wird Sie umbringen.«

»Das ist nicht so einfach«, sagte er lässig und setzte seinen Weg auf der Allee fort.

Ich ging neben ihm und redete die ganze Zeit. Gab Unsinn von mir, das wäre ja wohl nicht der Moment, wo man es sich leisten könnte, beleidigt zu sein, dass es doch wohl dumm sei, aus Stolz sein Leben aufs Spiel zu setzen, dass man die Alten ja wohl auch verstehen müsse – seit vierzig Jahren säßen sie wie auf Kohlen ... Abalkin schwieg oder gab bissige Antworten. Ein paarmal lächelte er sogar – es schien ihn zu amüsieren, wie ich mich benahm. Wir kamen ans Ende der Allee und bogen in die Fliederstraße ein. Dann gingen wir zum Platz der Sterne.

Es befanden sich schon ziemlich viele Menschen auf der Straße. In meinen Plänen war das nicht vorgesehen, aber es würde auch nicht weiter stören. Schließlich kann jemandem ja auf der Straße schlecht werden, und dann bringt man den

Bewusstlosen zum nächsten Arzt … Anschließend schaffe ich ihn auf unser Raketodrom, das ist nicht weit entfernt – er wird in der Zeit nicht einmal zur Besinnung kommen. Dort sind immer zwei, drei »Gespenster« einsatzbereit. Dahin beordere ich dann auch Maja Glumowa, und zu dritt landen wir auf der grünen Růžena, in meinem alten Lager. Unterwegs werde ich ihr alles erklären – zum Teufel mit dem Persönlichkeitsgeheimnis Lew Abalkins … So, dort am Straßenrand steht ein passender Gleiter. Ist frei. Genau das, was ich brauche …

Als ich wieder zur Besinnung kam, ruhte mein Kopf auf den warmen Knien einer mir unbekannten älteren Frau. Ich fühlte mich, als läge ich auf dem Grund eines Brunnens: Von oben blickten unbekannte Gesichter besorgt auf mich herab; jemand verlangte, sie sollten nicht so drängeln und mir mehr Luft lassen; jemand anders hielt mir fürsorglich eine Ampulle unter die Nase, die stechend roch. Und eine besonnene Stimme äußerte sich dahingehend, dass kein Grund zur Beunruhigung bestünde: Schließlich könne ja jemandem auf der Straße schlecht werden …

Mein ganzer Körper kam mir vor wie ein prall gefüllter Luftballon, der mit leisem Klingen dicht über dem Erdboden schaukelt. Schmerz fühlte ich nicht. Anscheinend war ich auf eine ganz gewöhnliche »Wende nach unten« hereingefallen – aber die Position, aus der heraus Abalkin sie ausgeführt hatte, war ungewöhnlich gewesen, das heißt, so führte eigentlich niemand eine Wende aus …

»Nicht so schlimm, er ist schon zu sich gekommen, es wird wieder …«

»Bleiben Sie liegen, bitte, bleiben Sie liegen, Ihnen ist schlecht geworden …«

»Gleich kommt ein Arzt, Ihr Freund ist losgelaufen, einen zu holen …«

Ich setzte mich auf. Man stützte mich an den Schultern. Noch immer hörte ich dieses Klingen, doch der Kopf war völlig klar. Ich musste aufstehen, war aber noch nicht in der Lage dazu. Durch die Lücken zwischen den vielen Menschen und Beinen hindurch konnte ich sehen, dass der Gleiter verschwunden war. Und trotzdem: Abalkin hatte es nicht geschafft, die Sache zu Ende zu bringen. Hätte er mich zwei Zentimeter weiter links erwischt, wäre ich bis zum Abend bewusstlos geblieben. Entweder hatte er daneben getroffen, oder bei mir war im letzten Moment ein Schutzreflex in Aktion getreten …

Mit pfeifendem Ton ging neben mir ein Gleiter nieder. Ein hagerer Mann sprang heraus auf die Straße, bahnte sich seinen Weg durch die Menschenmenge und fragte: »Was ist passiert? Ich bin Arzt! Was ist los?«

Wie war ich so plötzlich wieder auf die Beine gekommen? Ich weiß es nicht, aber ich sprang auf ihn zu, packte ihn am Ärmel und stieß ihn zu der älteren Frau, die meinen Kopf gehalten hatte und nach wie vor auf dem Boden kniete.

»Der Frau geht es schlecht, helfen Sie ihr …«

Die Zunge gehorchte mir kaum. Die Leute waren verblüfft, ja sprachlos, und in der eingetretenen Stille schlug ich mich zum Gleiter durch, ließ mich über die Bordwand direkt auf den Sitz fallen und schaltete das Triebwerk ein. Ich hörte gerade noch einen erstaunten Protest: »Aber, erlauben Sie …!«

Und im nächsten Augenblick sah ich schon den Platz der Sterne unter mir, eingetaucht in das helle Licht der Morgensonne. Alles war genauso wie sechs Stunden zuvor. Wie in einem wiederkehrenden Traum lief ich von Saal zu Saal, von Korridor zu Korridor. Lavierte zwischen Ständen und Vitrinen. Zwischen Statuen und Attrappen, die sinnlosen Mechanismen ähnelten, und zwischen Mechanismen und Apparaten, die hässlichen Statuen ähnelten, nur dass jetzt alles in helles Sonnenlicht getaucht und ich allein war, dass mir die Beine zitterten und ich keine Angst hatte, zu spät zu kommen, weil ich schon wusste, dass ich zu spät käme.

Ich war schon zu spät gekommen.

Es knallte ein Schuss. Nicht besonders laut, es war ein trockener Schuss aus einer »Herzog«. Ich stockte mitten im Laufen. Aus. Vorbei. Mit letzter Kraft lief ich weiter. Vorne rechts huschte zwischen grotesken Formen eine Person in weißem Laborkittel vorbei. Grischa Serossowin, genannt Wassermann. War anscheinend auch zu spät gekommen.

Noch zwei Schüsse knallten, einer nach dem anderen … »Ljowa. Man wird Sie umbringen.« – »Das ist nicht so einfach …« Und dann stürzten Grischa und ich gleichzeitig in Maja Toivowna Glumowas Arbeitszimmer.

Lew Abalkin lag mitten im Zimmer auf dem Rücken. Seine Exzellenz, groß, gebeugt, die Pistole in der gesenkten Hand, näherte sich ihm vorsichtig mit kleinen Schritten. Von der anderen Seite ging, sich mit beiden Händen am Tisch festhaltend, Maja Glumowa auf Abalkin zu.

Ihr Gesicht war starr und vollkommen gleichgültig; ihre Augen aber schielten furchtbar und ganz unnatürlich zur Nasenwurzel hin.

Die Glatze Seiner Exzellenz und die leicht herabhängende, mir zugewandte Wange waren von großen Schweißtropfen bedeckt.

Im Zimmer stank es scharf und säuerlich nach verbranntem Pulver.

Und es war still.

Lew Abalkin lebte noch. Die Finger seiner rechten Hand kratzten schwach, aber unermüdlich auf dem Fußboden, als wollten sie die graue Scheibe des Zünders erreichen, die etwa einen Zentimeter entfernt lag. Es war die mit dem Zeichen in Form eines stilisierten kyrillischen »she«, beziehungsweise des japanischen Zeichens »sanju«.

Ich trat auf Abalkin zu und hockte mich neben ihn auf den Boden. (Seine Exzellenz rief mir irgendeine Warnung zu.) Abalkin blickte aus glasigen Augen zur Decke. Sein Gesicht war wie vorhin mit grauen Flecken überzogen, sein Mund blutig. Ich berührte ihn an der Schulter. Der blutige Mund zuckte, und er sagte vor sich hin: »Ein Mann stand am Tor, die Tiere davor …«

»Ljowa«, rief ich.

»Ein Mann stand am Tor, die Tiere davor«, wiederholte er beharrlich. »Die Tiere …«

Und da begann Maja Toivowna Glumowa zu schreien.

DIE WELLEN ERSTICKEN DEN WIND

»Verstehen bedeutet vereinfachen.«

D. Strogow

Einführung

Ich heiße Maxim Kammerer. Ich bin neunundachtzig Jahre alt.

Vor langer Zeit einmal las ich einen Roman, der auf ebendiese Weise begann. Und ich weiß noch, wie ich damals dachte, dass ich – würde ich später einmal meine Memoiren zu schreiben haben – genau so damit beginnen wollte. Doch handelt es sich hier nicht um Memoiren im eigentlichen Sinne … Und am Anfang sollte ein Brief stehen, den ich vor ungefähr einem Jahr erhielt.

Nowgorod, den 13. Juni "25

Kammerer,
sicher haben Sie die berüchtigten »Fünf Biografien des Jahrhunderts« gelesen. Bitte helfen Sie mir herauszufinden, wer sich hinter den Pseudonymen P. Soroka und E. Braun verbirgt. Ihnen wird das vermutlich leichter fallen als mir.

M. Glumowa

Ich habe diesen Brief nicht beantwortet, weil es mir nicht gelang, die wirklichen Namen der Autoren festzustellen. Ich fand nur heraus, dass P. Soroka und E. Braun – wie zu erwarten – prominente Mitarbeiter der Gruppe »Menten« am Institut für kosmische Geschichtsforschung (IKGF) waren.

Ich konnte ohne Mühe nachfühlen, was Maja Toivowna Glumowa empfunden hatte, als sie die Biografie ihres Sohnes in der Version von P. Soroka und E. Braun las. Und mir wurde klar, dass ich mich in dieser Sache äußern musste.

Also habe ich diese Memoiren geschrieben.

Aus der Sicht eines unbefangenen, vor allem eines jungen Lesers bedeuteten die Ereignisse, von denen hier die Rede sein wird, das Ende einer ganzen Epoche im kosmischen Selbstverständnis der Menschheit. Anfangs schien es sogar, als eröffneten sich damit völlig neue Perspektiven, die zuvor nur theoretisch betrachtet worden waren. Ich war Zeuge, Teilnehmer und in gewisser Weise sogar Initiator dieser Ereignisse. Daher verwundert es nicht, dass sich die Gruppe »Menten« in den letzten Jahren immer wieder mit entsprechenden Anfragen an mich wandte – mit offiziellen und inoffiziellen Bitten, die Patenschaft für ihre Arbeiten zu übernehmen, oder mit Appellen an meine Bürgerpflichten.

Den Aufgaben und Zielen der Gruppe »Menten« brachte ich von Anfang an Verständnis entgegen, habe aber nie ein Hehl aus meiner Skepsis gemacht, was ihre Erfolgschancen angeht. Zudem war ich sicher, dass die Unterlagen und Erkenntnisse, über die ich persönlich verfüge, der Gruppe »Menten« nicht im Geringsten von Nutzen sein würden. Daher bin ich jeglicher Teilnahme an ihrer Arbeit bislang ausgewichen.

Dann aber erhielt ich den Brief Maja Glumowas und hatte nun aus eher privaten Gründen das dringende Bedürfnis, alles, was mir über die ersten Tage der Großen Offenbarung bekannt war, zusammenzutragen und es für die Menschen, die sich dafür interessieren mochten, aufzuschreiben. Als Große Offenbarung bezeichnet man für gewöhnlich diesen Sturm von Diskussionen und Befürchtungen, von Unruhe, Streit, Aufruhr und großem Erstaunen, der auf die Ereignisse, von denen hier die Rede sein wird, folgte.

Ich habe den letzten Absatz noch einmal durchgelesen und muss mich sogleich korrigieren. Erstens werde ich hier natürlich nicht annähernd über alles berichten, was mir bekannt ist. Manche Unterlagen sind zu speziell, um sie hier darlegen zu können; einige Namen möchte ich aus ethischen Gründen nicht preisgeben, und ich werde darauf verzichten, bestimmte Verfahrensweisen zu erwähnen, die mit meiner damaligen Tätigkeit als Leiter der Abteilung für *Besondere Vorkommnisse (BV)* der Kommission für Kontrolle (KomKon 2) zusammenhängen.

Zweitens waren die Ereignisse des Jahres '99 streng genommen gar nicht die ersten Tage der Großen Offenbarung, sondern – im Gegenteil – ihre letzten. Ebendarum ist die Große Offenbarung heute nur noch Gegenstand historischer Forschungen. Die Mitarbeiter der Gruppe »Menten« aber können oder wollen das nicht verstehen – trotz all meiner Bemühungen, es ihnen begreiflich zu machen. Vielleicht war ich aber auch nicht beharrlich genug ... Man wird alt.

Nun zu Maja Glumowas Sohn – Toivo Glumow, dessen Persönlichkeit bei den Mitarbeitern der Gruppe »Menten« ein ganz besonderes Interesse weckt. Das verstehe ich und habe ihn deswegen zur Hauptfigur meiner Memoiren gemacht.

Aber natürlich nicht nur deswegen. Ja, nicht einmal hauptsächlich deswegen. Denn wann immer ich an jene Tage denke und was immer mir dabei einfällt – in meiner Erinnerung taucht sofort Toivo Glumow auf. Ich sehe sein schmales, junges und immerzu ernstes Gesicht vor mir; sehe seine wasserklaren, grauen Augen, die von den langen, hellen Wimpern halb verdeckt werden. Ich höre seine wie mit Absicht langsam dahingesprochenen Worte, fühle das stumme, hilflose und doch unerbittliche Drängen, das von ihm ausging wie ein tonloser Schrei: »Was ist? Warum unternimmst du nichts? Befiehl, befiehl doch endlich!« Oder aber umgekehrt: Kommt mir Toivo Glumow in den Sinn, in welchem Zusammenhang auch immer, sofort erwachen »die bösen Hunde der Erinnerung«: der ganze Schrecken jener Tage, die Ohnmacht und Verzweiflung, die ich damals erlebte – allein, denn es gab niemanden, mit dem ich es hätte teilen können.

Die Grundlage meiner Memoiren bilden Dokumente: In der Regel sind es Routineberichte und -meldungen meiner Inspektoren oder offizielle Schriftwechsel, die ich hier vor allem deshalb anführe, um die Atmosphäre jener Zeit wiederzugeben. Ein gründlicher und sachkundiger Leser wird aber sofort bemerken, dass eine Reihe von Dokumenten, die zur Sache gehören, in den Memoiren fehlen, während man auf andere, die aufgenommen wurden, genauso gut hätte verzichten können. Ich möchte dieser Kritik zuvorkommen und anmerken, dass ich die Materialien nach bestimmten Kriterien zusammengestellt habe. Erläutern möchte ich diese allerdings nicht und halte das auch nicht für notwendig.

Einen erheblichen Teil des Textes machen die sogenannten Rekonstruktionskapitel aus. Sie entstammen meiner Feder und zeichnen Szenen und Ereignisse nach, bei denen ich nicht selbst vor Ort war. Ich habe sie auf der Grundlage von Erzählungen, Tonaufzeichnungen und späteren Erinnerungen von Menschen rekonstruiert, die unmittelbar beteiligt waren – wie etwa Toivo Glumows Frau Assja, seine Kollegen, seine Bekannten usw. Ich weiß, dass diese Kapitel für die Mitarbeiter der Gruppe »Menten« von geringem Wert sind, aber das macht nichts – für mich sind sie wertvoll.

Und schließlich habe ich mir erlaubt, dem Text eigene Reminiszenzen hinzuzufügen, die weniger über die Ereignisse etwas aussagen als über den damals achtundfünfzigjährigen Maxim Kammerer. Das Verhalten dieses Menschen unter den dargestellten Umständen weckt noch heute, einunddreißig Jahre später, einiges Interesse – sogar bei mir selbst …

Als ich mich endgültig entschlossen hatte, die Memoiren zu schreiben, stellte sich mir die Frage: Womit beginnen? Wann und was war der Anfang der Großen Offenbarung?

Genau genommen begann alles vor etwa zweihundert Jahren, als in den Tiefen des Mars eine leere Tunnelstadt aus Elektrin entdeckt wurde: Damals fiel zum ersten Mal das

Wort »*Wanderer*«. Das ist richtig. Aber zu allgemein. Ebenso gut könnte man behaupten, die Große Offenbarung hätte im Augenblick des Großen Urknalls begonnen.

Dann vielleicht vor fünfzig Jahren? Der Fall mit den »Findelkindern«? Damals bekam das *Wanderer*-Problem erstmals einen tragischen Beigeschmack. Der maliziöse, vorwurfsvolle Begriff des »Sikorsky-Syndroms« wurde geboren und breitete sich schnell aus; er verwies auf die unkontrollierbare Angst vor einer möglichen Invasion der *Wanderer*. Auch richtig, und schon näher an der Sache ... Aber damals war ich noch nicht Chef der Abteilung BV, und auch die Abteilung selbst existierte noch nicht. Zudem erforsche und schreibe ich hier ja nicht die Geschichte des *Wanderer*-Problems.

Für mich also begann es im Mai '93. Wie alle anderen BV-Abteilungsleiter von sämtlichen Sektoren der KomKon 2 erhielt ich ein Informat über den Tissa-Vorfall (nicht der Fluss Tisza oder Theiß, der durch Ungarn und Transkarpatien fließt, ist hier gemeint, sondern der Planet Tissa des Sterns EN 63061, den die Jungs von der Gruppe für Freie Suche kurz zuvor entdeckt hatten). Im Informat wurde das Ereignis als ein Fall spontaner, unerklärlicher Geistesverwirrung behandelt, von der alle drei Mitglieder der Forschungsgruppe betroffen waren, die zwei Wochen zuvor auf einem Plateau (den Namen habe ich vergessen) gelandet war. Alle drei glaubten plötzlich, die Verbindung zur Zentralbasis sei abgerissen und sie stünden nun zu niemandem mehr in Verbindung – außer zum Mutterschiff im Orbit, dessen Bordcomputer allerdings in endloser Wiederholung mitteile, dass die Erde infolge eines kosmischen Kataklysmus untergegangen und die Bevölkerung der Äußeren Welten infolge unerklärlicher Epidemien ausgestorben sei.

Ich erinnere mich nicht mehr an alle Einzelheiten. Zwei Mitglieder der Gruppe hatten wohl zunächst versucht, sich umzubringen, und endeten schließlich in der Wüste – verzweifelt und ohne Hoffnung angesichts des totalen Verlusts von allem, was ihrem Leben einen Sinn gegeben hatte. Der Kommandant der Gruppe hingegen erwies sich als ungewöhnlich charakterfest. Eisern riss er sich zusammen und zwang sich zum Weiterleben, so, als wäre die Menschheit gar nicht umgekommen, sondern nur er selbst in eine Notlage geraten und für immer vom Heimatplaneten abgeschnitten. Später erzählte er, am vierzehnten Tag seiner wahnhaften Existenz sei ihm eine weiße Gestalt erschienen und habe ihm verkündet, dass er, der Kommandant, die erste Bewährungsprobe ehrenvoll bestanden hätte und nun als Kandidat für die Gemeinschaft der *Wanderer* akzeptiert sei. Am fünfzehnten Tag traf vom Mutterschiff das Rettungsboot ein, und die Lage entspannte sich. Die beiden Forscher, die es in die Wüste verschlagen hatte, wurden wohlbehalten aufgefunden; alle waren und blieben fortan bei Verstand, und niemand hatte Schaden genommen. Die Aussagen der drei Männer deckten sich bis ins Detail: So gaben sie etwa völlig übereinstimmend den Akzent des Computers wieder, der angeblich die Unglücksnachricht übermittelt hatte. Subjektiv hatten sie die Ereignisse wie eine eindrucksvolle, sehr realistische Theateraufführung empfunden, an der sie unerwartet und wider Willen hatten teilnehmen müssen. Die Tiefenmentoskopie bestätigte den subjektiven Eindruck und bewies, dass im Grunde keiner von ihnen je daran gezweifelt hatte, es handele sich nur um eine Art Theatervorstellung.

Soviel ich weiß, haben meine Kollegen in den anderen Sektoren der KomKon 2 das Informat als ganz gewöhnliches BV aufgefasst – als ungeklärtes Besonderes Vorkommnis, wie es bei den Äußeren Welten auf Schritt und Tritt vorkommt. Es interessierte sich daher auch niemand dafür, das Rätsel zu lösen. Alle Beteiligten waren wohlauf, das Gebiet des BV evakuiert und weitere Arbeiten dort nicht vorgesehen, das BV zur Kenntnis genommen worden. Ab ins Archiv damit.

Ich aber war ein Schüler des alten Sikorsky. Wie oft hatte ich, wenn es um die Bedrohung der Menschheit von außen ging, mit ihm gestritten – in Gedanken und mit Worten. Sikorsky lebte nicht mehr, doch eine seiner Thesen wollte und konnte ich schwerlich bestreiten: »Wir arbeiten in der KomKon 2. Wir dürfen in den Ruf von Ignoranten, Mystikern, abergläubischen Dummköpfen geraten. Eins aber wird uns nicht verziehen: wenn wir die Gefahr unterschätzen. Und wenn es in unserem Haus einmal plötzlich nach Schwefel stinkt, sollten wir davon ausgehen, dass der Leibhaftige erschienen ist. Wir haben die nötigen Maßnahmen zu ergreifen, auch wenn das heißt, die Produktion von Weihwasser in industriellem Maßstab zu organisieren.« Und kaum erfuhr ich, dass eine weiße Gestalt im Namen der *Wanderer* gesprochen hatte, roch ich schon den Schwefel und bäumte mich auf wie ein Schlachtross beim Klang der Trompete.

Ich holte weitere Informationen ein und stellte ohne Verwunderung fest, dass in den Instruktionen, Anweisungen und Perspektivplänen der KomKon 2 das Wort »*Wanderer*« überhaupt nicht vorkam. Besuche bei den höchsten Instanzen der KomKon 2 schlossen sich an, wo ich mich wie erwartet davon überzeugen konnte, dass in den Augen der höchsten Verantwortlichen das Problem der *Wanderer* und ihrer Progressorentätigkeit im System der Menschheit erledigt war – überstanden, wie eine Kinderkrankheit ... Auf unerklärliche Weise hatte die Tragödie von Lew Abalkin und Rudolf Sikorsky die *Wanderer* gleichsam für alle Zeiten von jeglichem Verdacht befreit.

Der Einzige, bei dem meine Besorgnis zumindest auf ein wenig Verständnis stieß, war Athos-Sidorow, der Präsident meines Sektors und mein unmittelbarer Vorgesetzter. Er genehmigte das Projekt »Besuch der alten Dame« kraft seines Amtes und bestätigte es mit seiner Unterschrift. Er erlaubte mir zudem, eine Sondereinheit zusammenzustellen, um mein

Vorhaben durchzuführen. Im Grunde gab er mir in dieser Sache freie Hand.

Am Anfang stand eine Expertenbefragung unter den führenden Spezialisten für Xenosoziologie. Ich wollte ein möglichst wahrheitsgetreues Modell für die Progressorentätigkeit der *Wanderer* im System der Erdenmenschheit entwickeln. Alle dabei gesammelten Informationen und Materialien sandte ich an den renommierten Wissenschaftshistoriker und Gelehrten Isaac Bromberg. Warum ich das tat, weiß ich nicht mehr, denn Bromberg beschäftigte sich zu der Zeit schon lange nicht mehr mit Xenologie. Vielleicht lag es daran, dass die meisten Fachleute, an die ich mich wandte, nicht ernsthaft mit mir über dieses Thema sprechen wollten (das Sikorsky-Syndrom), wohingegen Bromberg, das war bekannt, nie um ein Wort verlegen war, völlig gleich, um was es ging.

Jedenfalls bekam ich von Dr. I. Bromberg eine Antwort – heute in Fachkreisen bekannt als das sogenannte »Bromberg-Memorandum«.

Damit begann alles.

Und auch ich will damit beginnen.

Dokument 1

An die KomKon 2
Sektor »Ural/Norden«
Maxim Kammerer persönlich
Dienstsache
Datum: 3. Juni '94
Autor: I. Bromberg, langjähriger Berater der KomKon 1, Doktor der Geschichtswissenschaften, Herodotpreisträger ('63, '69 und '72), Professor, Träger des Kleinen Jan-Amos-Komenský-

Preises ('57), Doktor der Xenopsychologie, Doktor der Soziotopologie, Ordentliches Mitglied der Akademie für Soziologie (Europa), Mitglied und Korrespondent des *Laboratoriums* (der Akademie der Wissenschaften) der Großen Tagora, Magister der Realisierungen der Perceval-Abstraktionen

Projekt 009: »Besuch der alten Dame«

Betr.: Arbeitsmodell für die Progressorentätigkeit der *Wanderer* im System der Erdenmenschheit

Lieber Kammerer!

Bitte fassen Sie den förmlichen Briefkopf, mit dem ich das Schreiben versehen habe, nicht als das Gespött eines alten Mannes auf. Ich wollte nur darauf hinweisen, dass meine Antwort sowohl persönlicher Natur ist, als sie auch ganz offiziellen Charakter trägt. An den Briefkopf Ihrer Rapporte und Berichte erinnere ich mich noch gut ... seit dem Moment, als der arme Sikorsky sie einmal vor mir auf den Tisch geworfen hat – als ziemlich erbärmliches Argument.

Meine Einstellung zu Ihrer Organisation hat sich seitdem nicht geändert. Sie ist Ihnen zweifellos bekannt, denn ich habe nie ein Hehl daraus gemacht. Aber ich danke Ihnen für das Material, das Sie mir freundlicherweise zusandten und das ich mit großem Interesse studiert habe. Ich möchte Ihnen versichern, dass Sie bei dieser Ausrichtung Ihrer Arbeit (aber nur bei dieser!) in mir einen begeisterten Mitarbeiter und Mitstreiter finden werden.

Ich selbst habe viele Jahre lang Überlegungen zur Natur der *Wanderer* angestellt – wie auch zur Unvermeidlichkeit ihrer Konfrontation mit der Erdzivilisation. Und ich weiß nicht, ob es ein Zufall war, aber ich erhielt Ihre »Modellübersicht« just in dem Moment, als ich mich gerade mit den Ergebnissen und Schlussfolgerungen meiner langjährigen Überlegungen beschäftigen wollte. Da ich jedoch davon überzeugt bin, dass es keine Zufälle gibt, scheint mir, dass die Zeit für diese Frage wohl einfach reif war.

Nun habe ich weder Zeit noch Lust, Ihre Unterlagen einer detaillierten Kritik zu unterziehen, kann aber nicht umhin, hier zumindest Folgendes anzumerken: Die Modelle »Krake« und »Conquistador« waren so primitiv, ja geradezu albern, dass ich einen Lachanfall bekam. Das Modell »Neue Luft« erweckte zwar den Eindruck, als sei es nicht völlig trivial – entbehrte aber dennoch jeglicher seriöser Beweisgründe. Acht Modelle! Achtzehn Mitwirkende. Und darunter Leute wie Karibanow, Yasuda, Mikić! Zum Teufel, da hätte man doch Bedeutenderes erwarten können! Wie Sie meinen, Kammerer. Mir allerdings drängt sich der Verdacht auf, als hätten Sie diesen Großmeistern Ihre »Sorge angesichts des Mangels an Einblick in dieser Frage« nicht wirklich vermitteln können. Denn sie haben sich ihrer Aufgabe mehr schlecht als recht entledigt.

Im Folgenden gebe ich Ihnen eine kurze Zusammenfassung meines künftigen Buches, dessen Titel lauten soll: »Der ›Monokosmos‹ – Gipfel oder erster Schritt? Anmerkungen zur Evolution der Evolution«. Auch hier habe ich weder Zeit noch Lust, meine Annahmen durch eine detaillierte Beweisführung zu begründen. Aber ich kann Ihnen versichern, dass ich für jede meiner Annahmen schon heute ausreichend Argumente liefern kann. Falls Sie also diesbezüglich Fragen haben, werde ich sie gerne beantworten. (Übrigens: Ich kann nicht umhin zu bemerken, dass Ihr Ersuchen um Konsultation wohl die erste und bislang einzige gesellschaftlich nützliche Handlung der KomKon 2 seit ihrer Gründung gewesen ist.)

Also dann: der *Monokosmos*.

Jede planetare Intelligenz – sei sie technologisch, rousseauistisch oder gar heronisch – durchläuft im Evolutionsprozess erster Ordnung den Weg vom Zustand maximaler

Zersplitterung (Wildheit, gegenseitige Aggression, Armut der Emotionen, Misstrauen) bis zum Zustand maximaler Vereinigung bei zugleich gewahrter Individualität (Freundlichkeit, hohes Niveau der Beziehungen, Altruismus, Geringschätzung des Erworbenen). Dieser Prozess wird von biologischen, biosozialen und sozialen Gesetzen gesteuert. Er ist gut erforscht und für uns nur insofern von Belang, als er zu der Frage führt: Was passiert danach? Lassen wir einmal die allzu romantischen Thesen der Theorie vom vertikalen Progress beiseite – dann sehen wir, dass es für die Intelligenz auf dieser Stufe nur zwei reale und dabei sehr verschiedene Möglichkeiten gibt: entweder Stillstand, Selbstgenügsamkeit, Abkapselung und Verlust des Interesses an der physischen Welt. Oder es folgt die Evolution zweiter Ordnung, d. h. eine Evolution, die sowohl plan- als auch steuerbar ist: der Monokosmos.

Die Synthese der Intelligenzen ist unvermeidlich, und sie eröffnet unermesslich viele neue Facetten für die Wahrnehmung der Welt. Das führt zu einem exponentiellen Anwachsen von Quantität und vor allem Qualität der zur Verfügung stehenden Information. Das wiederum führt zur Verringerung des Leidens auf ein Minimum und zur Erhöhung der Freude auf ein Maximum. Der Begriff »Zuhause« dehnt sich auf die Größe des Universums aus. (Sicher ist das auch der Grund, warum man diesen unverantwortlichen und oberflächlichen Begriff der »*Wanderer*« geprägt hat.) Es wird ein neuer Metabolismus entstehen, der bewirkt, dass Gesundheit und Leben im Prinzip ewig andauern. Das Alter eines Individuums wird mit dem Alter kosmischer Objekte vergleichbar sein – und das ohne jegliche psychische Ermüdung. Das Individuum des Monokosmos braucht keine Schöpfer. Es ist selbst zugleich Schöpfer und Nutznießer seiner Kultur. Es kann anhand eines Wassertropfens nicht nur das Bild des Ozeans entstehen lassen, sondern auch die ganze Welt der darin lebenden Wesen, einschließlich der vernunftbegabten. Und all dies wird begleitet sein von einem ständigen, unstillbaren Hunger nach neuen Reizen.

Jedes neue Individuum wird als synkretistisches Kunstwerk erschaffen: An seiner Entstehung wirken sowohl die Physiologen mit als auch die Genetiker, die Ingenieure, die Psychologen, die Ästhetiker, die Pädagogen und die Philosophen des Monokosmos. Dieser Vorgang wird sicher mehrere Erdjahrzehnte in Anspruch nehmen und die interessanteste und angesehenste Art von Beschäftigung für die *Wanderer* sein. Der gegenwärtigen Menschheit ist nichts bekannt, was mit dieser Art von Kunst vergleichbar wäre – ausgenommen vielleicht die in der Geschichte mehr als seltenen Fälle einer Großen Liebe.

»Erschaffen, ohne zu zerstören!« – das ist die Maxime des Monokosmos.

Der Monokosmos kann nicht anders: Er wird seinen eigenen Entwicklungsweg und seinen eigenen Modus vivendi für den einzig richtigen halten. Bilder von zersplitterten Intelligenzen, die noch nicht reif sind für die Eingliederung, bereiten ihm Schmerz und Verzweiflung. Aber er muss abwarten, bis sich die Intelligenz im Verlauf der Evolution erster Ordnung bis zum Zustand eines gesamtplanetaren Soziums entwickelt hat. Erst dann nämlich kann der Eingriff in die Biostruktur einsetzen, der den Träger der Intelligenz darauf vorbereitet, in den monokosmischen Organismus eines *Wanderers* überzugehen. Eine Einmischung der *Wanderer* in die Geschicke von Zivilisationen, die noch in sich zersplittert sind, ergibt hingegen keinen Sinn.

Eine denkwürdige Situation: Die Progressoren der Erde wollen im Grunde bei den vom Unglück getroffenen Zivilisationen den historischen Prozess beschleunigen, der zur Schaffung verbesserter, ja vollkommener sozialer Strukturen führen soll. Indem sie das tun, arbeiten sie gleichsam an der

Bereitstellung neuer Materialreserven für die zukünftige Arbeit des Monokosmos.

Wir kennen derzeit drei Zivilisationen, die sich für wohl entwickelt halten:

Die Leonidaner. Eine sehr, sehr alte Zivilisation (dreihunderttausend Jahre oder älter – was auch immer der verstorbene Pak Hin sonst behauptet haben mag). Sie ist der Prototyp einer »langsamen« Zivilisation, die im Einklang mit der Natur stehen geblieben ist.

Die Tagoraner. Eine Zivilisation des hypertrophierten Sicherheitsdenkens. Dreiviertel all ihrer Kapazitäten konzentrieren sie auf die Erforschung schädlicher Folgen, die aus einer Entdeckung, einer Erfindung, einem neuen technologischen Prozess usw. resultieren könnten. Uns erscheint eine solche Zivilisation seltsam, aber nur deshalb, weil wir nicht begreifen, wie interessant es ist, schädlichen Folgen vorzubeugen, und wie viel intellektuelle und emotionale Befriedigung dies bedeuten kann. Den Fortschritt zu bremsen ist genauso spannend, wie ihn voranzutreiben – alles hängt von der Ausgangssituation und von der Erziehung ab. Als Konsequenz gibt es auf der Tagora nur öffentliche Verkehrsmittel, keinerlei Luftverkehr, dafür aber ein hervorragend entwickeltes Kommunikationsnetz auf Leiterbasis.

Die dritte Zivilisation ist unsere. Und jetzt verstehen wir, warum sich die *Wanderer* ausgerechnet und in erster Linie in unser Leben einmischen. Wir *bewegen* uns. Wir bewegen uns und können uns deshalb bei der Wahl unserer Bewegungsrichtung irren.

Heute erinnert sich niemand mehr an die sogenannten »Anschieber«, die mit fanatischem Enthusiasmus versucht haben, den Fortschritt bei den Tagoranern und Leonidanern zu forcieren. Inzwischen weiß jeder, dass es ebenso sinnlos wie aussichtslos ist, solche in ihrer Art vollkommenen Zivilisationen gewaltsam anzuschieben. Es ist, als wollte man das

Wachstum eines Baums, sagen wir, einer Eiche, beschleunigen, indem man ihn an den Zweigen emporzieht. Die *Wanderer* aber sind keine »Anschieber«; bei ihnen gibt es keine Aufgabe wie »den Fortschritt forcieren« und wird es auch nicht geben. Ihr Ziel ist es, die für die Eingliederung in den Monokosmos herangereiften Individuen zu suchen, zu selektieren, auf die Eingliederung vorzubereiten und sie schließlich mit dem Monokosmos zu vereinen. Ich weiß nicht, nach welchem Prinzip die *Wanderer* ihre Auswahl treffen. Das ist sehr schade, denn ob es uns gefällt oder nicht – wenn wir ehrlich sind und es offen aussprechen, geht es um Folgendes.

Erstens: Begibt sich die Menschheit auf den Weg der Evolution zweiter Ordnung, bedeutet das im Prinzip die Umwandlung des Homo sapiens in einen *Wanderer*.

Zweitens: Höchstwahrscheinlich kommt bei weitem nicht jeder Homo sapiens für eine solche Umwandlung infrage.

Fazit:
Die Menschheit zerfällt in zwei ungleiche Teile;
die Menschheit zerfällt in zwei ungleiche Teile, und zwar nach einem uns unbekannten Parameter;
die Menschheit zerfällt in zwei ungleiche Teile, und zwar nach einem uns unbekannten Parameter, wobei der kleinere Teil voranstrebt und den größeren für immer überholt;
die Menschheit zerfällt in zwei ungleiche Teile, und zwar nach einem uns unbekannten Parameter, ihr kleinerer Teil strebt voran und überholt den größeren für immer, und das geschieht nach dem Willen und durch die Kunst einer Superzivilisation, die der Menschheit absolut fremd ist.

Lieber Kammerer! Machen Sie eine Analyse dieser neuen Sachlage – als soziopsychologische Übung sozusagen.

Die Grundprinzipien der Progressorenstrategie des Monokosmos dürften Ihnen nun klargeworden sein. Jetzt können

Sie sicher besser als ich die verschiedenen Stoßrichtungen für eine Konterstrategie festlegen und eine Taktik finden, wie die Aktivitätsmomente der *Wanderer* aufzudecken sind. Es versteht sich von selbst, dass die Suche nach geeigneten Individuen, ihre Selektion und Vorbereitung auf die Eingliederung von bestimmten Umständen und Ereignissen begleitet wird, die aufmerksamen Beobachtern nicht verborgen bleiben werden. Denkbar sind beispielsweise das Entstehen von Massenphobien; neue Heilslehren; das Auftauchen von Menschen mit ungewöhnlichen Fähigkeiten; unerklärliches Verschwinden von Menschen; plötzlich, wie durch Zauberei entstandene neue Talente usw. Ich möchte Ihnen zudem unbedingt raten, ein waches Auge auf die Tagoraner und Kopfler zu haben, die auf der Erde akkreditiert sind. Sie sind weitaus empfänglicher für das Andersartige und Unbekannte als wir. (Auch das Verhalten der irdischen Tiere sollte man daraufhin beobachten, insbesondere das der Herdentiere sowie von Tieren, die ansatzweise über Intellekt verfügen.)

Ihre Aufmerksamkeit sollte dabei natürlich nicht nur der Erde, sondern auch unserem Sonnensystem als Ganzem gelten, den Äußeren Welten und vor allem den neuen Äußeren Welten.

Ich wünsche Ihnen Erfolg,

Ihr I. Bromberg

Dokument 2

An den Präsidenten
des Sektors »Ural/Norden«
Datum: 13. Juni '94
Autor: M. Kammerer, Leiter der Abteilung BV
Projekt 009: »Besuch der alten Dame«
Betr.: Tod I. Brombergs

Präsident!

Professor Isaac Bromberg ist am Morgen des 11. Juni d. J. im Sanatorium »Beshin Lug« unerwartet verstorben.

In seinem Privatarchiv wurden keinerlei Notizen gefunden, die auf das Modell »Monokosmos« Bezug nehmen, sowie generell keine Notizen zu den *Wanderern*. Wir setzen die Suche fort.

Die medizinische Expertise zur Todesursache liegt bei.

M. Kammerer

Genau in dieser Reihenfolge las sich Toivo Glumow, mein junger Praktikant, diese beiden Dokumente Anfang '95 durch. Und es war klar, dass sie einen ganz bestimmten Eindruck bei ihm erwecken und ihn zu ganz bestimmten Vermutungen führen würden. Dies umso mehr, als sie seine schlimmsten Befürchtungen bestätigten. Die Saat war auf fruchtbaren Boden gefallen. Sofort suchte er die medizinische Expertise heraus. Nachdem er darin aber nicht das geringste Indiz für seinen Verdacht gefunden hatte, der doch so nahe lag, bat er um ein Gespräch mit mir.

Ich erinnere mich gut an diesen Morgen: Er war grau, und vor dem Fenster meines Arbeitszimmers tobte ein heftiger

Schneesturm. Vielleicht erinnere ich mich deswegen so genau, weil ich einen starken Kontrast empfand: Physisch befand ich mich hier, im winterlichen Ural, und mein Blick folgte den Rinnsalen des Tauwassers an den Fensterscheiben. Vor meinem inneren Auge aber sah ich eine tropische Nacht über dem warmen Ozean, und sah in der phosphoreszierenden Gischt, die sich bis zum Sandstrand hin ausbreitete, einen nackten Leichnam treiben – ich hatte vom Zentrum soeben die Information über den dritten Todesfall auf der Insel Matuku erhalten.

In dem Moment tauchte Toivo Glumow vor mir auf. Ich wischte die Vision fort und bat ihn, sich zu setzen und zu sprechen.

Ohne Umschweife fragte er mich, ob die Untersuchung der Umstände, unter denen Dr. Bromberg zu Tode gekommen war, als abgeschlossen gelte.

Ein wenig verwundert antwortete ich, dass es eigentlich gar keine Untersuchung gegeben hätte. Bromberg sei 150 Jahre alt gewesen; daher könne von besonderen Umständen seines Todes keine Rede sein.

Wo denn dann Dr. Brombergs Notizen zum Thema »Monokosmos« seien?

Ich erklärte, dass es solche Notizen wahrscheinlich nie gegeben hatte. Stattdessen war anzunehmen, dass Dr. Bromberg seinen Brief aus dem Stegreif geschrieben hatte, zumindest war er stets ein glänzender Improvisator gewesen.

Ob das so zu verstehen sei, dass Dr. Brombergs Brief und die Mitteilung über seinen Tod, die Maxim Kammerer an den Präsidenten geschickt hatte, rein zufällig beieinandergelegen hätten?

Ich schaute ihn an: seine schmalen Lippen, die er entschlossen zusammenpresste, die finster vorgereckte Stirn, in die eine weißblonde Haarsträhne gefallen war – und mir war völlig klar, was er jetzt gerne von mir gehört hätte: Ja, Toivo, mein Junge, wollte er hören, ich denke genauso wie du. Bromberg hat vieles erraten, und die *Wanderer* haben ihn aus dem Weg geräumt. Die unschätzbar wertvollen Papiere aber haben sie gestohlen. Aber ich dachte natürlich nichts dergleichen und sagte dem jungen Toivo Glumow auch nichts dergleichen. Warum die Dokumente beieinanderlagen, wusste ich selbst nicht. Es war wohl wirklich ein Zufall, was ich ihm auch erklärte.

Dann fragte er mich, ob denn Brombergs Ideen praktisch ausgearbeitet würden?

Ich sagte ihm, das werde erwogen. Die von den Experten vorgelegten acht Modelle waren alle leicht anfechtbar. Und was die Ideen Brombergs betraf, so waren die Umstände eher ungünstig, dass sie ernst genommen würden.

Dann fasste sich Toivo Glumow ein Herz und fragte mich geradeheraus, ob ich, der Abteilungsleiter Maxim Kammerer, vorhätte, mich mit der Ausarbeitung von Brombergs Ideen zu befassen. Und da bot sich mir nun endlich die Gelegenheit, ihm eine Freude zu machen. Er hörte von mir genau das, was er hatte hören wollen.

»Ja, mein Junge«, sagte ich zu ihm. »Eben dafür habe ich dich in meine Abteilung geholt.«

Er verließ mein Büro beglückt. Natürlich ahnten damals weder er noch ich, dass er just in diesem Moment seinen ersten Schritt zur Großen Offenbarung getan hatte.

Ich habe in der Praxis ein recht gutes psychologisches Gespür. Ohne falsche Bescheidenheit: Wenn ich mit jemandem zu tun habe, kann ich seine seelische Verfassung jederzeit sehr genau nachempfinden. Ich sehe, in welche Richtung sich seine Gedanken bewegen, und kann sein Verhalten recht gut vorhersagen. Bäte man mich jedoch zu erklären, wie ich das mache, oder forderte mich gar auf zu zeichnen oder mit Worten darzulegen, welches Bild ich dabei vor mir sehe, befände ich mich in einer schwierigen Lage. Wie jeder Praktiker in der

Psychologie müsste ich auf Analogien aus der Kunstwelt oder der Literatur zurückgreifen. Ich würde mich auf die Helden Shakespeares oder Dostojewskis berufen, auf jene Strogows, Michelangelos oder Johann Surds.

Toivo Glumow also erinnerte mich an den Mexikaner Rivera aus der berühmten Erzählung von Jack London. Zwanzigstes Jahrhundert. Oder sogar neunzehntes, ich entsinne mich nicht genau.

Von Beruf war Toivo Glumow Progressor. Die Spezialisten hatten mir gesagt, aus ihm könne ein Progressor der Spitzenklasse werden, ein Progressoren-Ass. Und dazu hatte er die besten Voraussetzungen: Er verfügte über exzellente Selbstbeherrschung und ein extrem schnelles Reaktionsvermögen, war kühl und unaufgeregt, der geborene Schauspieler und ein Meister der Einfühlung in fremde Rollen. Aber nach gut drei Jahren Progressorentätigkeit nahm Toivo Glumow ohne ersichtlichen Grund seinen Abschied und kehrte auf die Erde zurück. Kaum hatte er die Rekonditionierung durchlaufen, setzte er sich ans GGI und fand heraus, dass die einzige Organisation auf unserem Planeten, die etwas mit seinen neuen Zielen zu tun haben konnte, die KomKon 2 war.

Im Dezember '94 tauchte er bei mir auf – eiskalt und fest entschlossen, wieder und wieder auf dieselben Fragen zu antworten: warum er, derart vielversprechend, vollkommen gesund und in jeder Hinsicht begünstigt, plötzlich seine Arbeit, seine Ausbilder, seine Genossen im Stich ließ, sorgsam ausgearbeitete Pläne zum Scheitern brachte und die in ihn gesetzten Hoffnungen enttäuschte. Aber natürlich fragte ich ihn nichts dergleichen. Mich interessierte gar nicht, warum er nicht länger Progressor sein wollte. Mich interessierte, warum er auf einmal Konterprogressor werden wollte (wenn man das so sagen kann)?

Seine Antwort hat sich mir eingeprägt. Er empfinde heftige Abneigung gegen die ganze Idee des Progressorentums. Wenn es nicht sein müsse, wolle er lieber nicht in Details gehen. Er, als Progressor, habe einfach ein negatives Verhältnis zum Progressorentum gewonnen. Und dort (er wies mit dem Daumen über die Schulter) sei ihm ein sehr trivialer Gedanke gekommen: Während er auf dem Kopfsteinpflaster der Plätze in Arkanar herumlaufe und mit dem Degen umherfuchtele, spaziere hier (er wies mit dem Zeigefinger auf seine Füße) irgendein Gauner, im modischen Regenbogenmäntelchen und eine Metavisierbüchse geschultert, über die Plätze von Swerdlowsk. »Soviel ich weiß«, sagte Toivo Glumow, »kommt dieser simple Gedanke kaum jemandem in den Sinn, und wenn, dann höchstens in einer blöden humoristischen oder albern romantischen Art und Weise.« Ihm, Toivo, aber, lasse dieser Gedanke keine Ruhe: »Keinem Gott«, sagte er, »darf es erlaubt sein, sich in unsere Angelegenheiten einzumischen, die Götter haben bei uns auf der Erde nichts verloren, denn ›der Götter Wohltat ist der Wind, er füllt die Segel, doch er bringt auch Sturm‹.« (Später habe ich das Zitat mit viel Mühe gefunden – wie sich herausstellte, ist es von Werbliban.)

Mit bloßem Auge war zu erkennen, dass ein Fanatiker vor mir saß. Leider neigte er, wie jeder Fanatiker, zu extremen Anschauungen. (Man denke an seine Äußerungen über das Progressorentum, von denen noch die Rede sein wird.) Ein Katholik, der in seinem Katholizismus noch den Papst übertrifft – das heißt: mich. Aber Toivo Glumow war bereit zu handeln. Und ohne weitere Gespräche holte ich ihn in meine Abteilung und setzte ihn an das Projekt »Besuch der alten Dame«.

Und er erwies sich als hervorragender Mitarbeiter! Er war engagiert, zeigte Initiative und kannte keine Müdigkeit. Und – eine seltene Eigenschaft in seinem Alter – er ließ sich von Misserfolgen nicht entmutigen. Negative Ergebnisse existierten für ihn nicht. Mehr noch, die negativen Untersuchungsergebnisse freuten ihn genauso wie die seltenen positiven. Er schien sich von vorneherein darauf eingestellt zu haben, dass man zu seinen Lebzeiten nichts Konkretes entdecken würde. So gelang es ihm, aus der oft langweiligen Prozedur der Analyse an sich Befriedigung zu schöpfen, auch wenn es sich nur um minimal verdächtige BVs handelte. Sogar meine alten Mitarbeiter – Grischa Serossowin, Sandro Mtbewari, Andrjuscha Kikin und andere – schienen sich in seiner Gegenwart mehr anzustrengen; sie hörten auf zu blödeln, waren weniger ironisch, dafür umso sachlicher. Nicht, dass sie sich ein Beispiel an ihm genommen hätten – nein, dafür war er ihnen zu jung und zu unerfahren –, aber er schien sie mit seiner Ernsthaftigkeit und der Konzentration auf eine Sache anzustecken. Was sie, glaube ich, aber am meisten beeindruckte, war sein tiefer Hass auf den Gegenstand seiner Arbeit; das war bei ihm deutlich zu spüren, während es den anderen vollkommen abging. Einmal erwähnte ich Grischa Serossowin gegenüber zufällig den schmächtigen, dunkelhäutigen Jungen Rivera ... Kurz darauf stellte ich fest, dass alle die Geschichte Jack Londons noch einmal hervorgeholt und gelesen hatten.

Wie Rivera hatte auch Toivo keine Freunde. Ihn umgaben aufrichtige und zuverlässige Kollegen, und er selbst war, worum es auch ging, ein aufrichtiger und verlässlicher Partner. Aber Freunde fand er nicht. Ich nehme an, weil es sehr schwierig war, sein Freund zu sein: Er war nie und in keinerlei Hinsicht je mit sich zufrieden, und so kannte er auch seinen Mitmenschen gegenüber kein Pardon. Toivo war so unerbittlich auf ein Ziel konzentriert, wie ich es sonst nur bei bedeutenden Wissenschaftlern und Sportlern erlebt habe. Was blieb da übrig für die Freundschaft ...

Doch – einen Freund hatte er: seine Frau Assja, Anastasia Petrowna Stassowa. Sie war eine reizende junge Frau, klein, lebhaft, scharfzüngig und sehr rasch mit ihrer Meinung oder einem Urteil zur Hand. Bei ihnen zu Hause herrschte daher immer eine Art Kriegszustand, und für Außenstehende war es sehr kurzweilig, ihre ständig aufflammenden Wortgefechte zu beobachten.

Dieses Schauspiel war umso verwunderlicher, als Toivo Glumow in seiner normalen Umgebung, das heißt im Dienst, eher wortkarg und bedächtig wirkte. Es war, als verharre er immerzu bei einer bestimmten, sehr wichtigen Idee, die sorgsames Durchdenken erforderte. Nicht so bei Assja: Dort war er Demosthenes, Cicero, der Apostel Paulus; er orakelte, verkündete Maximen und war, verdammt, sogar ironisch! Man kann sich gar nicht vorstellen, wie verschieden diese beiden Menschen waren: im Dienst der schweigsame, bedächtige Toivo Glumow – und zu Hause der lebendige, gesprächige, philosophierende, sich immerzu verirrende und seine Irrwege vehement verteidigende Toivo Glumow. Zu Hause machte ihm sogar das Essen Spaß. Er war geradezu wählerisch. Assja arbeitete als Feinkost-Degusteuse und kochte immer selbst. So war es im Hause ihrer Mutter und auch im Hause ihrer Großmutter üblich gewesen. Diese von Toivo Glumow sehr geschätzte Tradition reichte bei den Stassows Jahrhunderte zurück, bis hinein in die längst vergangenen Zeiten, als es noch keine molekulare Kochkunst gab und ein gewöhnliches Kotelett in einer sehr komplizierten und nicht gerade appetitlichen Prozedur zubereitet wurde …

Außerdem hatte Toivo seine Mutter. Jeden Tag, was er auch gerade tat, wo er sich auch befand, nahm er sich immer eine Minute Zeit, um sie über Video anzurufen und zumindest ein paar Worte mit ihr zu wechseln. Bei ihnen hieß das »der Kontrollanruf«. Viele Jahre zuvor hatte ich Maja Toivowna Glumowa selbst einmal kennengelernt. Aber die Umstände dieser Bekanntschaft waren so traurig gewesen, dass wir uns später nie wieder getroffen haben. Was nicht meine Schuld war. Und überhaupt niemandes Schuld. Kurzum, sie hatte eine ausgesprochen schlechte Meinung von mir, und Toivo wusste das. Er sprach nie mit mir über seine Mutter. Doch mit ihr sprach er des Öfteren über mich – aber das erfuhr ich erst viel später …

Dieser Zwiespalt bedrückte Toivo bestimmt sehr. Ich glaube nicht, dass Maja Toivowna ihm gegenüber schlecht von mir sprach. Und es ist auch unwahrscheinlich, dass sie ihrem Sohn die schreckliche Geschichte vom Tod Lew Abalkins erzählt hat. Am ehesten hat sie, wenn Toivo auf seinen direkten Vorgesetzten zu sprechen kam, wohl einfach nur kühl das Thema gewechselt. Und das war mehr als genug.

Denn für Toivo war ich nicht nur sein Vorgesetzter. Ich war im Grunde sein einziger Gleichgesinnter – der einzige Mensch in dieser unermesslich großen KomKon 2, der die Frage, die Toivo nicht losließ, vorbehaltlos ernst nahm. Zudem brachte er mir große Ehrfurcht entgegen: Sein Chef war nämlich niemand anderes als der legendäre Mak Sim! Als der auf dem Saraksch Strahlentürme sprengte und gegen Faschisten kämpfte, war Toivo noch nicht einmal geboren. Mak Sim – der unübertroffene Weiße Läufer und Organisator der Operation »Virus«. Danach hatte ihm der Superpräsident persönlich den Spitznamen Big Bug verliehen! Toivo ging noch zur Schule, als Big Bug ins Inselimperium eindrang – als erster Mensch von der Erde und prompt bis zur Hauptstadt, und er war auch der letzte … Natürlich waren das die Heldentaten eines Progressors gewesen, aber es heißt ja: Ein Progressor wird nur durch einen Progressor bezwungen! Und dieser simplen Idee hing Toivo mit Inbrunst an.

Aber vergessen wir eins nicht: Toivo hatte keine Ahnung, was er tun sollte, wenn die Einmischung der *Wanderer* in die irdischen Angelegenheiten mit Gewissheit festgestellt und bewiesen würde. Denn hier war keine der historischen Analogien aus der hundertjährigen Tätigkeit irdischer Progressoren anwendbar. Für den Herzog von Irukan war ein enttarnter irdischer Progressor ein Dämon oder ein praktizierender Zauberer. Für die Spionageabwehr des Inselimperiums war derselbe Progressor ein gerissener Spion vom Kontinent. Was aber war ein enttarnter Progressor der *Wanderer* aus Sicht eines Mitarbeiters der KomKon 2?

Ein entlarvter Zauberer wurde verbrannt; man konnte ihn auch in ein Verlies sperren und zwingen, aus dem eigenen Dreck Gold zu machen. Ein gerissener Spion vom Kontinent wurde abgeworben oder liquidiert. Aber wie sollte man mit einem enttarnten *Wanderer* verfahren?

Toivo wusste keine Antwort auf diese oder ähnliche Fragen. Und auch niemand von seinen Bekannten wusste eine Antwort darauf. Die meisten hielten die Fragen selbst für nicht korrekt. »Was tun, wenn sich um die Schraube deines Motorboots der Bart eines Wassermanns gewickelt hat? Ihn wieder entwirren? Gnadenlos abschneiden? Oder den Wassermann am Barte herausziehen?« Mit mir aber sprach Toivo nicht über solche Themen. Ich glaube, weil er überzeugt war, Big Bug, der legendäre Weiße Läufer, der listige Mak Sim habe das alles längst durchdacht, alle möglichen Varianten systematisch analysiert, detaillierte Maßnahmepläne erstellt und sie schon von der obersten Führung bestätigen lassen.

Ich ersparte ihm die Enttäuschung. Vorläufig. Überhaupt war Toivo Glumow ein Mensch mit sehr vorgefassten Meinungen. (Wie konnte das bei seinem Fanatismus auch anders sein?) Zum Beispiel wollte er um keinen Preis eine Verbindung zwischen seinem Projekt »Besuch der alten Dame« und dem bei uns schon seit längerem laufenden Projekt »Rip van Winkle« anerkennen. Die Fälle um das plötzliche und völlig unerklärliche Verschwinden von Menschen in den siebziger, achtziger Jahren und ihr ebenso plötzliches und unerklärliches Wiederauftauchen waren das einzige Moment im Bromberg-Memorandum, das Toivo partout nicht näher untersuchen oder auch nur zur Kenntnis nehmen wollte. »Hier muss er sich verschrieben haben«, behauptete er. »Oder wir verstehen ihn falsch. Was hätten die *Wanderer* davon, dass plötzlich

Menschen auf unerklärliche Weise verschwinden?« – und das, obwohl das Bromberg-Memorandum sozusagen sein Katechismus geworden war, sein Arbeitsprogramm für die ganze weitere Zukunft … Offensichtlich konnte oder wollte er den *Wanderern* keine Macht zuerkennen, die ins Übernatürliche reichte – das hätte seine Arbeit vollkommen wertlos gemacht. Denn welchen Sinn hatte es, ein Wesen zu suchen, aufzuspüren und zu ergreifen, das sich jeden Augenblick in Luft auflösen und an jedem beliebigen Ort wieder Gestalt annehmen konnte?

Doch bei all seiner Neigung zu vorgefassten Ansichten versuchte er nie, gegen feststehende Tatsachen anzukämpfen. Ich weiß noch, wie er mich damals als unerfahrener Anfänger überzeugte, an der Untersuchung einer Tragödie auf der Insel Matuku teilzunehmen.

Mit dem Fall befasste sich der Sektor »Ozeanien«, wo man über irgendwelche *Wanderer* freilich nichts hören wollte. Aber der Fall war einmalig – noch nie war etwas Vergleichbares geschehen, und so wurden wir, Toivo und ich, ohne Widerspruch aufgenommen.

Auf der Insel Matuku stand seit ewigen Zeiten ein hohes, halbzerfallenes Radioteleskop. Wer es gebaut hatte und wozu, hatte man nicht mehr herausfinden können.

Die Insel galt als unbewohnt. Gelegentlich wurde sie von Delfinforschern besucht oder von Pärchen, die im klaren Wasser der kleinen Buchten an der Nordküste nach Perlen suchten. Wie sich aber dann herausstellte, lebte dort seit einigen Jahren eine Doppelfamilie von Kopflern. (Die junge Generation hat schon fast vergessen, wer die Kopfler sind. Zur Erinnerung: Das ist eine Rasse intelligenter Kynoiden vom Planeten Saraksch, die sich eine Zeit lang in sehr engem Kontakt mit den Erdenmenschen befand. Die großköpfigen sprechenden Hunde hatten uns durch den ganzen Kosmos begleitet und auf unserem Planeten sogar eine Art diplomatische

Vertretung unterhalten. Vor dreißig Jahren aber verließen sie uns und nahmen seitdem keinen Kontakt mehr zu den Menschen auf.)

Im Süden der Insel lag eine runde, vulkanische Bucht, die in höchstem Grade verschmutzt war. Über die Ufer hatte sich ein widerlicher Schaum ausgebreitet, der anscheinend organischen Ursprungs war, denn er zog unermessliche Schwärme von Seevögeln an. Das Wasser der Bucht war ansonsten leblos; nicht einmal Wasserpflanzen gediehen darin.

Und auf dieser Insel waren Morde geschehen. Die Menschen hatten sich gegenseitig umgebracht. Es war so entsetzlich, dass die Massenmedien monatelang nicht wagten, über die Ereignisse zu berichten.

Wie sich ziemlich bald herausstellte, war die Ursache eine riesige silurische Molluske – ein monströser urzeitlicher Kopffüßler, der sich einige Zeit zuvor am Grund der vulkanischen Bucht angesiedelt hatte; ein Taifun hatte ihn wohl dorthin verschlagen. Und nun übte das Biofeld dieses Monsters, das von Zeit zu Zeit an die Oberfläche stieg, eine hochgradig deprimierende Wirkung auf die Psyche höherer Tiere aus. Speziell beim Menschen führte es zu einer katastrophalen Senkung der Motivationsschwelle: Der Mensch wurde asozial. Er konnte einen Freund totschlagen, weil der aus Versehen sein Hemd ins Wasser geworfen hatte – und er schlug ihn tot …

Toivo Glumow hatte sich nun in den Kopf gesetzt, diese Molluske sei das von Bromberg vorhergesagte Individuum des Monokosmos im Prozess seiner Formierung. Ich muss gestehen, dass seine Überlegungen anfangs, als wir noch über keinerlei Fakten verfügten, durchaus plausibel klangen – sofern man überhaupt von der Plausibilität einer Logik sprechen kann, die auf einer phantastischen Voraussetzung beruht. Es war interessant zu beobachten, wie Toivo unter dem Druck immer neuer Daten, die die Spezialisten für Kopffüßler und

Paläontologie gewannen, Schritt für Schritt von seiner These abrückte.

Den Rest versetzte ihm ein Biologiestudent, der in Tokio ein japanisches Manuskript aus dem dreizehnten Jahrhundert ausgegraben hatte, wo sich eine Beschreibung dieses oder eines ebensolchen Ungeheuers fand (ich zitiere nach meinem Tagebuch):

»In den östlichen Meeren sieht man einen Katatsumoridako von purpurner Farbe mit einer Vielzahl langer dünner Arme; er schaut aus einer runden, dreißig Fuß großen Schale mit scharfen Kanten und Zacken hervor; die Augen sind wie verfault; er ist ganz von Polypen bewachsen. Wenn er auftaucht, liegt er flach auf dem Wasser wie eine Insel; er verbreitet Gestank und sondert etwas Weißes ab, um Fische und Vögel anzulocken. Wenn sie näher kommen, greift er wahllos mit den Armen nach ihnen; davon ernährt er sich. In Mondnächten liegt er da, wiegt sich auf den Wellen, die Augen zum Himmel gerichtet, und sinnt nach über die Tiefen des Wassers, daraus er ausgeworfen ist. Diese Gedanken sind so düster, dass sie die Menschen in Schrecken versetzen und sie zu Tigern machen.«

Ich weiß noch, wie Toivo, nachdem er das gelesen hatte, ein paar Minuten schwieg, in tiefes Nachdenken versunken. Dann atmete er, wie mir schien, fast erleichtert auf und sagte: »Ja, das ist etwas anderes. Zum Glück. Denn es ist gar zu widerlich.« Er stellte sich den Monokosmos als ziemlich abscheuliches Wesen vor – aber doch nicht in diesem Maße. Ein Monokosmos in Gestalt eines Silur-Kraken passte nicht in sein Bild. (Übrigens ebenso wenig, wie diese Molluske ins Bild der Fachleute passte – mit ihrem Verderben bringenden Biofeld, ihrem verschiebbaren Panzer und ihrem persönlichen Alter von mehr als vierhundert Millionen Jahren.)

So endete die erste ernste Angelegenheit, mit der sich Toivo Glumow befasste, ergebnislos. Ähnliche Fehlschläge waren ihm in der Folgezeit des Öfteren beschieden, bis er mich Mitte des Jahres '98 um Erlaubnis bat, die Unterlagen zu den Massenphobien bearbeiten zu dürfen. Ich genehmigte es.

Dokument 3

KomKon 2
Ural/Norden
Bericht Nr. 011/99
Datum: 20. März '99
Autor: T. Glumow, Inspektor
Projekt 009: »Besuch der alten Dame«
Betr.: Kosmophobie, »Pinguin-Syndrom«

Bei der Analyse von Fällen aus den letzten einhundert Jahren, bei denen kosmische Phobien auftraten, bin ich zu dem Schluss gelangt, dass die Materialien zum sogenannten »Pinguin-Syndrom« im Rahmen des Projekts 009 für uns von Interesse sein können.

Quellen:
A. Möbius: Vortrag auf der XIV. Konferenz der Kosmopsychologen, Riga '84.
A. Möbius: Das »Pinguin-Syndrom«. PKP (»Probleme der Kosmopsychologie«) Nr. 42, '84.
A. Möbius: Nochmals zur Natur des »Pinguin-Syndroms«. PKP Nr. 44, '85.

Notiz zur Person:
Möbius, Asmodäus Matthäus, Doktor der Medizin, korrespondierendes Mitglied der AdMW Europas, Direktor der Filiale

des Weltinstituts für Kosmische Psychopathologie (Wien). Geb. 26.04.'36 in Innsbruck. Ausbildung: Fakultät für Psychopathologie der Sorbonne; Zweites Institut für Raummedizin, Moskau; Fortgeschrittenenkurse für gerätelose Aquanautik, Honolulu. Wissenschaftliche Interessensgebiete u. a.: produktionsunabhängige Kosmo- und Aquaphobien. Von '81 bis '91 stellvertretender Vorsitzender der Medizinischen Hauptkommission bei der Raumflottenbehörde. Jetzt allgemein anerkannt als Begründer und Vordenker der sog. »polymorphen Kosmopsychopathologie«.

Am 7. Oktober '84 berichtete Dr. Asmodäus Möbius auf der Konferenz der Kosmopsychologen in Riga über eine neue Art der Kosmophobie, die er als »Pinguin-Syndrom« bezeichnete. Es handelt sich dabei um eine ungefährliche psychische Abweichung, die sich in zwanghaft wiederkehrenden Albträumen während des Schlafs manifestiert. Sobald der Kranke in Schlaf oder Halbschlaf fällt, findet er sich im luftleeren Raum wieder – schwebend, vollkommen hilflos, ohnmächtig, einsam und von allen vergessen und dabei seelenlosen und unüberwindlichen Kräften ausgeliefert. Körperlich hat er das Gefühl zu ersticken und spürt, wie tödliche harte Strahlung seinen Körper durchströmt, ihn verbrennt, wie seine Knochen immer dünner werden und abschmelzen, wie sein Hirn zu sieden und zu verdampfen beginnt. Eine ungeheuer intensive, entsetzliche Verzweiflung erfasst ihn, und er wacht auf.

Dr. Möbius hielt diese Krankheit für ungefährlich, weil sie ohne bleibende psychische oder physische Schäden verlief und in der ambulanten Psychotherapie erfolgreich behandelt werden konnte. Das »Pinguin-Syndrom« hatte die Aufmerksamkeit Dr. Möbius' vor allem deshalb erregt, weil das Phänomen neu und nie zuvor beschrieben worden war. Die Experten verwunderte vor allem, dass Menschen ganz unabhängig von ihrem Geschlecht, Alter oder Beruf erkrankten und sich auch keinerlei Zusammenhang mit dem Genindex des Betreffenden erkennen ließ.

Da sich aber Dr. Möbius sehr für die Ursachen des Phänomens interessierte, unterzog er das gesammelte Material (etwa eintausendzweihundert Fälle) einer Mehrfaktorenanalyse mit achtzehn Parametern und stellte zu seiner Befriedigung fest, dass in 78 Prozent aller Fälle das Syndrom bei Menschen auftrat, die kosmische Langstreckenflüge in Schiffen vom Typ »Gespenst 17 Pinguin« unternommen hatten. »Etwas in der Art hatte ich erwartet«, erklärte Dr. Möbius. »Das ist nicht der erste mir bekannte Fall, dass uns die Konstrukteure eine unzureichend erprobte Technik zur Verfügung stellen. Deswegen habe ich das Syndrom, das ich entdeckt habe, nach dem Schiffstyp benannt – dass es ihnen eine Lehre sein möge.«

Aufgrund des Berichts von Dr. Möbius fasste die Konferenz in Riga den Beschluss, die Schiffe vom Typ »Gespenst 17 Pinguin« außer Dienst zu stellen, bis die Konstruktionsmängel, von denen die Phobie hervorgerufen wurde, beseitigt seien.

1. Ich habe festgestellt, dass bei der sorgfältigen Überprüfung des Typs »Gespenst 17 Pinguin« keinerlei nennenswerte Konstruktionsfehler zum Vorschein kamen. Die tatsächliche Ursache für das Auftreten des »Pinguin-Syndroms« bleibt also weiterhin im Dunkeln. (In dem Bestreben, auch zukünftig jedes Risiko auszuschalten, entfernte die Raumflottenbehörde alle »Pinguine« von den Passagierlinien und rüstete sie auf Autopiloten um.) Die Fälle von Erkrankungen am »Pinguin-Syndrom« gingen rapide zurück. Soviel mir bekannt ist, wurde der letzte vor dreizehn Jahren registriert.

Ich gab mich damit jedoch nicht zufrieden. Mich beschäftigten die 22 Prozent der Probanden, deren Verbindung zu Schiffen des Typs »Gespenst 17 Pinguin« ungeklärt war. Von diesen 22 Prozent hatten nach den Daten von Dr. Möbius 7 Prozent nachweislich nie etwas mit den »Pinguinen« zu tun, und die restlichen 15 Prozent konnten zu dieser Frage keine zweckdienlichen Angaben machen: Sie hatten den Typ der Schiffe, mit denen sie in den Kosmos geflogen waren, entweder vergessen oder sich nicht dafür interessiert.

Die statistische Signifikanz der Hypothese vom ursächlichen Zusammenhang der »Pinguine« beim Auftreten der Phobie steht völlig außer Zweifel. Dennoch sind 22 Prozent ziemlich viel. Daher unterzog ich die Materialien von Möbius einer weiteren Mehrfaktorenanalyse mit zwanzig zusätzlichen Parametern. Die Parameter musste ich, offen gestanden, ziemlich zufällig auswählen, weil ich nicht über die geringste Hypothese verfügte. Die Parameter lauteten zum Beispiel: Startdaten (Angabe des Monats), Geburtsort (Angabe der Region), Hobby (Angabe der Kategorie) usw.

Die Sache erwies sich aber als ganz einfach. Nur der althergebrachte Glaube an die Isotropie des Raums hatte Dr. Möbius daran gehindert zu entdecken, was ich nun herausfand: dass das »Pinguin-Syndrom« nur Menschen befiel, die Raumflüge zur Saula, zur Redoute und zur Kassandra unternommen hatten, sprich durch den Subraumsektor des Eingangs 41/02 gereist waren.

Das »Gespenst 17 Pinguin« war also vollkommen unschuldig – nur, dass die überwiegende Mehrheit dieser Schiffe damals von der Werft direkt zum Einsatz auf die Linien Erde–Kassandra–Zephir und Erde–Redoute–EN 2105 geschickt wurde. 80 Prozent aller Schiffe auf diesen Linien waren damals »Pinguine«. So erklären sich Dr. Möbius' 78 Prozent. Was die übrigen 22 Prozent der Erkrankungen betrifft, so hatten 20 Prozent der betroffenen Personen diese Routen in Schiffen anderer Typen bereist. So blieben nur noch 2 Prozent übrig, die nirgendwohin geflogen waren, aber nicht mehr ins Gewicht fielen.

2. Dr. Möbius' Daten sind unvollständig. Unter Verwendung der von ihm gesammelten Anamnesen sowie von Daten aus den Archiven der Raumflottenbehörde stellte ich fest, dass in der Zeit auf den betreffenden Linien in beiden Richtungen insgesamt 4512 Personen befördert worden waren. Davon hatten 183 (hauptsächlich Besatzungsmitglieder) die gesamte Strecke mehrfach zurückgelegt. Über zwei Drittel dieser Gruppe tauchten nicht in den Untersuchungen von Dr. Möbius auf. Es scheint, dass sie entweder gegen das »Pinguin-Syndrom« immun waren oder es aus bestimmten Gründen nicht für nötig hielten, einen Arzt zu konsultieren. In dem Zusammenhang schien mir sehr wichtig festzustellen,

– ob sich in dieser Gruppe Personen befinden, die immun gegen das Syndrom sind;
– falls es solche Fälle von Immunität gibt: ob sich die Gründe dafür ermitteln lassen; zumindest aber die biosoziopsychologischen Parameter, nach denen sich diese Personen von den Erkrankten unterscheiden.

Mit diesen Fragen wandte ich mich direkt an Dr. Möbius. Er antwortete mir, dass ihn das Problem der Immunität nie interessiert habe, er aber intuitiv dazu neige, die Existenz solcher biosoziopsychologischer Parameter für sehr unwahrscheinlich zu halten. Auf meine Bitte hin erklärte er sich bereit, die Untersuchung des Problems einem seiner Laboratorien zu übertragen, wobei aber die Ergebnisse frühestens in zwei, drei Monaten zu erwarten seien.

Um keine Zeit zu verlieren, wandte ich mich ans Archiv des Medizinischen Zentrums der Raumflottenbehörde und versuchte, die Daten über 124 Piloten zu analysieren, die im fraglichen Zeitraum die gesamte Distanz der betreffenden Linien regelmäßig zurückgelegt hatten. Die Analyse zeigte, dass die Wahrscheinlichkeit einer Erkrankung am »Pinguin-Syndrom« für die Piloten etwa bei einem Drittel lag und nicht von der Zahl der Flüge abhing, die sie in dem »Gefahrensektor« absolviert hatten. Es erscheint daher als sehr wahrscheinlich, dass a) zwei Drittel aller Menschen gegen das »Pinguin-Syndrom« immun sind und b) ein Mensch, dem diese Immunität fehlt, mit nahezu hundertprozentiger Wahrscheinlichkeit an dem Syndrom erkrankt. Deshalb ist die Frage, worin sich ein immuner von einem nicht immunen Menschen unterscheidet, von besonderem Interesse.

3. Ich halte es für notwendig, an dieser Stelle eine Anmerkung zu zitieren, die Dr. Möbius in seinem Artikel »Nochmals zur Natur des Pinguin-Syndroms« veröffentlichte. Dr. Möbius schreibt:

»Eine bemerkenswerte Mitteilung erhielt ich vom Kollegen Kriwoklykow (Krimfiliale des Zweiten IRM). Nach der Veröffentlichung meines Vortrags von Riga schrieb er mir, er habe schon seit vielen Monaten Träume, die den Albträumen der am ›Pinguin-Syndrom‹ Erkrankten thematisch sehr ähnlich seien: Er fühlt sich im luftleeren Raum schweben, weitab von Planeten und Sternen, er spürt seinen Körper nicht, sieht ihn aber, wie auch zahlreiche andere kosmische Objekte, reale und phantastische. Doch im Unterschied zu den am ›Pinguin-Syndrom‹ erkrankten Menschen hat er dabei keine negativen Emotionen. Im Gegenteil, der Vorgang erscheint ihm interessant und angenehm. Ihm ist, als sei er ein selbstständiger Himmelskörper, der sich auf einer selbst gewählten Bahn bewegt: Schon die Bewegung bereitet ihm Freude, denn sie führt ihn zu einem Ziel, an dem sehr viel Interessantes auf ihn wartet. Und allein der Anblick der Sternenhaufen, die in den Tiefen des Raums funkeln, ruft in ihm größte Begeisterung hervor usw. Mir kam der Gedanke, dass es sich im Fall des Kollegen Kriwoklykow um eine Art Inversion des ›Pinguin-Syndroms‹ handeln könnte, die bzgl. der in meinem Artikel dargelegten Überlegungen von großem theoretischem Interesse wäre. Ich wurde jedoch enttäuscht: Wie sich herausstellte, ist der Kollege Kriwoklykow nie im Leben mit einem Raumschiff vom Typ ›Gespenst 17 Pinguin‹ geflogen. Im Übrigen gebe ich die Hoffnung nicht auf, dass die Inversion des ›Pinguin-Syndroms‹ als psychisches Phänomen real existiert, und wäre jedem Arzt dankbar, der mir freundlicherweise neue Daten in dieser Sache mitteilt.«

Notiz zur Person:
Kriwoklykow, Iwan Georgijewitsch, Psychiater der ärztlichen Ambulanz in der Basis »Lemboy« (EN 2105), hat im betrachteten Zeitraum in Raumschiffen verschiedener Typen mehrmals die Linie Erde–Redoute–EN 2105 beflogen. Befindet sich nach den Angaben des GGI gegenwärtig in der Basis »Lemboy«.

Im Verlauf eines persönlichen Gesprächs mit Dr. Möbius habe ich herausgefunden, dass er die »positive« Inversion des »Pinguin-Syndroms« im Laufe der letzten Jahre noch bei zwei weiteren Menschen entdeckt hat. Ihre Namen mitzuteilen, weigerte er sich unter Hinweis auf seine ärztliche Schweigepflicht.

Ich möchte das Phänomen einer Inversion des »Pinguin-Syndroms« hier nicht detailliert kommentieren; es scheint mir aber offensichtlich, dass wesentlich mehr Personen als bisher bekannt von einer solchen Inversion betroffen sein müssen.

T. Glumow

Ich habe das Dokument 3 hier nicht allein deshalb angeführt, weil es sich dabei um einen der vielversprechendsten Berichte handelt, die Toivo Glumow vorgelegt hat. Als ich ihn wieder und immer wieder las, beschlich mich das Gefühl, wir seien zum ersten Mal auf eine echte Spur gestoßen. Aber es wäre mir nie in den Sinn gekommen, dass damit jene Kette von Ereignissen ihren Anfang nahm, die bei meiner Beteiligung an der Großen Offenbarung eine entscheidende Rolle spielen sollte.

Am 21. März las ich Toivos Bericht über das »Pinguin-Syndrom«.

Am 25. März hatte Hexenmeister seinen Auftritt im Institut der Sonderlinge (davon erfuhr ich erst ein paar Tage später).

Und am 27. März unterbreitete mir Toivo den Bericht über die Fukaminophobie.

Dokument 4

KomKon 2
Ural/Norden
Bericht Nr. 013/99
Datum: 26. März '99
Autor: T. Glumow, Inspektor
Projekt 009: »Besuch der alten Dame«
Betr.: Fukamiphobie, Geschichte der Novelle zum »Gesetz über die obligatorische Bioblockade«

Bei der Analyse von Fällen aus den letzten einhundert Jahren, in denen Massenphobien auftraten, kam ich zu folgendem Schluss: Im Rahmen des Projekts 009 könnten die Ereignisse von Interesse sein, die der Annahme der bekannten Gesetzesnovelle »Über die Bioblockade« durch den Weltrat am 02.02.'85 vorangingen.

Es ist in Betracht zu ziehen:

1. Die Bioblockade, auch Tokio-Verfahren genannt, wird auf der Erde und den Äußeren Welten seit rund einhundertfünfzig Jahren angewandt. »Bioblockade« ist kein professioneller Terminus und wird hauptsächlich von Journalisten benutzt. Die Mediziner nennen das Verfahren zu Ehren der Schwestern Nathalie und Hoshiko Fukami, die es theoretisch begründet und als Erste in der Praxis eingesetzt haben, »Fukamisation«. Mit der Fukamisation soll eine Erhöhung der natürlichen Anpassungsfähigkeit des menschlichen Organismus an die äußeren Bedingungen erreicht werden (Bioadaption). In ihrer klassischen Form wird das Fukamisationsverfahren ausschließlich bei Kleinkindern angewandt, beginnend mit der letzten Phase der intrauterinären Entwicklung. Soweit ich herausfinden und verstehen konnte, besteht das Verfahren aus zwei Etappen.

Die Injektion des UNBLAF-Serums (einer Kultur von »Lebensbakterien«) erhöht die Widerstandsfähigkeit des Organismus gegenüber sämtlichen bekannten (Viren-, Bakterien- und Sporen-)Infektionen sowie allen organischen Giften um ein Vielfaches (Bioblockade im eigentlichen Sinne).

Ebenso verbessert eine Aktivierung des Hypothalamus durch Mikrowellenstrahlung die Fähigkeit des Organismus enorm, sich an physikalische Umwelteinflüsse anzupassen – harte Strahlung, ungünstige Zusammensetzung des Gases in der Atmosphäre oder hohe Temperaturen. Außerdem erhöht sich die Fähigkeit des Organismus zur Regeneration verletzter innerer Organe; das von der Retina wahrgenommene Spektrum wird breiter; die Fähigkeit zur Psychotherapie nimmt zu usw.

Der vollständige Text zur Durchführung der Fukamisation ist weiter unten angeführt.

2. Bis zum Jahr '85 wurde das Fukamisationsverfahren nach dem »Gesetz über die obligatorische Bioblockade« allgemeinverbindlich angewandt. Im Jahre '82 ging dem Weltrat

ein Novellierungsentwurf zu, der die Abschaffung der Fukamisationspflicht für die auf der Erde geborenen Kinder vorsah. Das Fukamisationsverfahren sollte durch die sogenannte »Reifeimpfung« zu Beginn des sechzehnten Lebensjahres ersetzt werden. '85 nahm der Weltrat (mit einer Mehrheit von nur zwölf Stimmen) die Novelle zum »Gesetz über die obligatorische Bioblockade« an. Die Fukamisationspflicht wurde abgeschafft und die Anwendung des Verfahrens in das Ermessen der Eltern gestellt. Personen, die als Kinder nicht fukamisiert worden waren, erhielten das Recht, später auch die »Reifeimpfung« abzulehnen, verloren in diesem Fall aber die Möglichkeit, in Berufen mit hohen physischen und psychischen Belastungen zu arbeiten. Nach den Angaben des GGI leben auf der Erde gegenwärtig ca. eine Million Jugendliche, die keine Fukamisation erhalten haben, und etwa zwanzigtausend Personen, die sich der »Reifeimpfung« verweigert haben.

Instruktion
zur Durchführung der schrittweisen pränatalen und postnatalen Fukamisation von Neugeborenen

1. Genauen Zeitpunkt für den Beginn des Geburtsvorgangs entsprechend der Methode des Ganzen Vielfachen ermitteln (empfohlene Diagnostiken: Radioimmunanalysator NIMBUS, Sets FDC 4 und FDC 8).
2. Spätestens 18 Stunden vor Beginn der ersten Kontraktionen der Gebärmutter Volumen des Fötus und Volumen des Fruchtwassers *separat* ermitteln.
3. Notwendige Dosis des UNBLAF-Serums feststellen. Eine vollständige, stabile, langfristige Immunisierung gegen Eiweiß-Agentien und organische Verbindungen mit eiweißähnlicher und haptoider Struktur wird bei einer Dosierung von 6,8 Gamma-Mol pro Gramm Lymphgewebe erreicht.

Anmerkung: a) Bei einem Volumenindex von weniger als 3,5 wird die Dosis um 16 % erhöht. b) Bei Mehrlingen wird die Menge des verabreichten Serums um 8 % pro Fötus vermindert (bei Zwillingen 8 %, bei Drillingen 16 % usw.).

4. 6 Stunden vor Beginn der ersten Muskelkontraktion der Gebärmutter die errechnete Menge des UNBLAF-Serums mit dem Nullinjektor durch die vordere Bauchdecke in die Amnionhöhle einführen. Die Injektion ist von der Seite vorzunehmen, die dem Rücken des Fötus gegenüberliegt.
5. 15 Minuten nach der Geburt Szintigrafie des Thymus des Neugeborenen vornehmen. Bei einem Thymusindex von weniger als 3,8 zusätzlich 2,6 Gamma-Mol des UNBLAF-Serums in die Nabelvene injizieren.
6. Bei Anstieg der Körpertemperatur das Neugeborene *unverzüglich* in einer sterilen Box unterbringen. Die erste normale Fütterung darf frühestens 12 Stunden nach Erreichen der Normaltemperatur erfolgen.
7. 72 Stunden nach der Geburt wird die Mikrowellen-Aktivierung der Adaptogenese-Zonen des Hypothalamus durchgeführt. Die topografische Lage der Zonen wird mit dem Programm BINAR-1 berechnet. Die Volumina der Hypothalamus-Zonen müssen entsprechen:
   Zone 1: 36–42 Neuronen
   Zone 2: 178–194 Neuronen
   Zone 3: 125–139 Neuronen
   Zone 5: 460–510 Neuronen
   Anmerkung: Bei der Messung sicherstellen, dass das Geburtshämatom vollständig absorbiert ist. Die erhaltenen Daten werden in den BIOFAK-IMPULS eingegeben. *Die Korrektur des IMPULSES von Hand ist strikt untersagt!*
8. Das Neugeborene in die Operationskammer des BIOFAK-IMPULSES legen. Bei Ausrichtung des Kopfes *be-*

sonders darauf achten, dass die Abweichung auf der Skala »Sterotaxie« nicht mehr als 0,014 beträgt.

9. Die Mikrowellen-Aktivierung der Adaptogenese-Zonen des Hypothalamus erfolgt bei Erreichen des zweiten Tiefschlaf-Niveaus, was 1,8–2,1 mV Alpharhythmus des Enzephalogramms entspricht.
10. Alle Berechnungen sind *unbedingt* in die persönliche Karte des Neugeborenen einzutragen.

Was die Ereignisse angeht, die im Februar '85 zur Annahme der Novelle des »Gesetzes über die obligatorische Bioblockade« führten, habe ich Folgendes herausgefunden:

1. In den 150 Jahren, in denen die Fukamisation global praktiziert wird, wurde kein einziger Fall bekannt, in dem das Verfahren einem Behandelten geschadet hätte. Deswegen waren Fälle, in denen Mütter die Fukamisation verweigerten, bis zum Frühjahr '81 auch außerordentlich selten. Die überwiegende Mehrheit der Ärzte, die ich konsultierte, hatte davon bis zum angegebenen Zeitpunkt nicht einmal gehört. Bekenntnisse gegen die Fukamisation – theoretischer oder propagandistischer Natur – hatte es hingegen bereits mehrfach gegeben. Hier die einschlägigen Publikationen dazu aus unserem Jahrhundert:

C. Debouquet: *Den Menschen bauen?* Lyon '32.
Eine postume Ausgabe des letzten Buchs Dubouquets, eines bedeutenden (heute vergessenen) Anti-Eugenikers. Der zweite Teil des Buchs befasst sich ausschließlich mit der Kritik der Fukamisation als eines »skrupellosen, subversiven Eindringens in den menschlichen Organismus im Naturzustand«. Dubouquet unterstreicht den irreversiblen Charakter der von der Fukamisation bewirkten Veränderungen (»... niemandem ist es jemals gelungen, einen aktivierten Hypothalamus wie-

der zu deaktivieren …«), aber sein Hauptkritikpunkt gilt dem Umstand, dass dieses eugenische Verfahren, das durch ein Weltgesetz geadelt wurde, seit Jahren als schlimmer, verführerischer Präzedenzfall für weitere eugenische Experimente diene.

K. Pumivur: *Der Reader – Rechte und Pflichten.* Bangkok '15.
Der Autor, Vizepräsident der Weltassoziation der Reader, befürwortet und propagiert die maximale aktive Beteiligung der Reader an allem Tun der Menschheit. Seine Aktionen gegen die Fukamisation begründet er mit Daten aus einer privaten Statistik. Diesen zufolge wirke sich die Fukamisation ungünstig auf die Ausbildung des Reader-Potenzials beim Menschen aus: In der Epoche der Fukamisation sei der relative Anteil der Reader in der Bevölkerung zwar nicht zurückgegangen, doch sei in diesem Zeitraum kein einziger Reader aufgetaucht, der den Readern an der Wende vom 21. zum 22. Jahrhundert an Kraft gleichkomme. Der Autor ruft dazu auf, die Fukamisationspflicht abzuschaffen – fürs Erste wenigstens für die Kinder und Enkel von Readern. (Die Materialien des Buches sind hoffnungslos veraltet: In den dreißiger Jahren tauchte eine ganze Reihe von Readern mit sehr großer Kraft auf – Alexander Solemba, Peter Dzomny und andere.)

August Xesis: *Der Stein des Anstoßes.* Athen '37.
Die Broschüre des bekannten Theoretikers und Predigers des Noophilismus beinhaltet eine scharfe Kritik an der Fukamisation, wobei diese Kritik eher poetischer als rationaler Natur ist. Nach den Vorstellungen des Noophilismus dient das Weltall als Gefäß für den Nookosmos, in den nach dem Tod der mental-emotionale Code der menschlichen Persönlichkeit einfließt. Insofern stellt der Noophilismus eine Art Vulgarisierung der Theorie von Jakovitz dar. Anscheinend aber kennt sich Xesis mit der Fukamisation gar nicht aus: Er stellt sie sich

wie eine Blinddarmoperation vor und ruft leidenschaftlich dazu auf, auf eine so grobe Prozedur, die den mental-emotionalen Code beschädigt und verfälscht, in Zukunft zu verzichten. (Nach den Angaben des GGI hat seit Annahme der Gesetzesnovelle kein Kongregationsmitglied der Noophilisten mehr in die Fukamisation seiner Kinder eingewilligt.)

J. Toceyville: *Homo audax.* Birmingham '51.
Die Monografie ist ein typisches Beispiel für eine ganze Reihe von Büchern und Broschüren, die für eine Drosselung des technologischen Fortschritts eintreten. Charakteristisch für alle Bücher dieser Art ist die Apologetik erstarrter Zivilisationen, wie man sie etwa auf der Tagora oder bei der Biozivilisation der Leonida findet. Darin heißt es, die Zeit des technologischen Fortschritts auf der Erde sei vorbei, und die Expansion der Menschheit in den Kosmos stelle eine Art soziale Verschwendung dar, die in der Perspektive zu bitterer Enttäuschung führen werde. Der Vernunftbegabte Mensch werde zum Tollkühnen Menschen, dem bei der Jagd nach der Quantität rationaler und emotionaler Information deren Qualität abhandenkomme. (Dabei wird vorausgesetzt, dass die Information über den Psychokosmos von sehr viel höherer Qualität ist als jene über den Äußeren Kosmos (im weitesten Sinne des Wortes).) Die Fukamisation leiste der Menschheit einen Bärendienst, weil gerade sie die Mutation des Homo sapiens zum Homo audax begünstige, indem sie seine expansionistischen Potenzen erweitere und so de facto stimuliere. Es wird vorgeschlagen, in der ersten Phase zumindest auf die Aktivierung des Hypothalamus zu verzichten.

C. Oxoview: *Bewegung auf der Vertikalen.* Kalkutta '61.
»C. Oxoview« ist das Pseudonym eines Wissenschaftlers oder einer Gruppe von Wissenschaftlern, die die Idee vom sogenannten vertikalen Progress des Menschen formuliert und in

Umlauf gebracht haben. Wer sich hinter dem Pseudonym verbirgt, konnte ich nicht herausfinden. Ich habe aber Grund zu der Annahme, dass es sich entweder um den Vorsitzenden der KomKon 1, G. Komow, handelt oder um einen seiner Mitstreiter in der Akademie für Sozialprognose. Die vorliegende Ausgabe ist die erste Monografie der »Vertikalisten«. Im sechsten Kapitel werden alle Aspekte der Fukamisation eingehend betrachtet: die biologischen, sozialen und ethischen – jeweils im Hinblick auf den vertikalen Progress. Die Hauptgefahr bei der Fukamisation wird in der Möglichkeit ihres unkontrollierten Einflusses auf den Genotyp gesehen. Im Buch wird diese Idee nun (soweit ich feststellen konnte) erstmals durch Daten untermauert: mit Angaben zu zahlreichen Fällen, wo die Eigenschaften eines fukamisierten Organismus vererbt worden sind. Über hundert Fälle dokumentieren, dass der Abwehrmechanismus der Frucht schon im Mutterleib mit der Produktion von Antikörpern begann – charakteristisch für die Einwirkung des UNBLAF-Serums. In über zweihundert Fällen verfügten Neugeborene über einen von Geburt an aktivierten Hypothalamus. Außerdem sind über dreißig Fälle verzeichnet, in denen solche Eigenschaften bereits in die dritte Generation vererbt wurden.

Der Verfasser betont, derlei Effekte stellten zwar für die überwiegende Mehrheit der Menschen keine unmittelbare Gefahr dar, illustrierten aber auf eindrucksvolle Weise, dass die Fukamisation längst nicht so gut erforscht sei, wie ihre Anhänger behaupteten. Es ist nicht zu leugnen, dass das Material sorgfältig ausgesucht und effektvoll präsentiert ist. Mehrere, sehr beeindruckende Absätze sind beispielsweise den sogenannten G-Allergien gewidmet, bei denen eine Aktivierung des Hypothalamus kontraindiziert ist. Die G-Allergie tritt sehr selten auf und kann bereits im Mutterleib problemlos diagnostiziert werden. Sie stellt keine Gefahr dar, weil die Säuglinge dem zweiten Fukamisationsschritt einfach nicht mehr unterzogen werden. Wird aber ein aktivierter Hypothalamus an einen G-Allergiker vererbt, ist die Medizin machtlos – zur Welt kommt ein unheilbar kranker Mensch. C. Oxoview ist es gelungen, einen solchen Fall zu recherchieren, und er schildert diesen eindrücklich und ohne Beschönigung. Ein noch apokalyptischeres Bild entwirft er von der Welt der Zukunft, in der sich die Menschheit unter der Einwirkung der Fukamisation in zwei Genotypen aufspalte.

Die Monografie wurde mehrfach aufgelegt, und es scheint, als habe sie bei der Erörterung der Gesetzesnovelle keine geringe Rolle gespielt. Die letzte Auflage des Buches (Los Angeles '99) enthält interessanterweise kein einziges Wort über die Fukamisation: Es scheint, als sei der Autor durch die Gesetzesnovelle voll und ganz zufriedengestellt und am Schicksal der verbliebenen 99,9... Prozent der Menschheit, die ihre Kinder weiterhin der Fukamisation unterziehen, nicht mehr interessiert.

Anmerkung: Ich möchte am Ende dieses Abschnitts ausdrücklich darauf hinweisen, dass ich die hier verwendeten Materialien unter dem Aspekt ihrer Relevanz, und zwar aus meiner persönlichen Sicht heraus, ausgesucht und kommentiert habe. Ich bitte um Verzeihung, falls mein nicht allzu hoher Bildungsstand Anlass zur Unzufriedenheit geben sollte.

2. Die erste Verweigerung der Fukamisation, die eine ganze Epidemie von Verweigerungen nach sich zog, wurde offenbar im Kreißsaal der Siedlung K'sawa (Äquatorialafrika) registriert. Am 17.04.'81 verboten alle drei werdenden Mütter, die sich im Laufe des Tages im Kreißsaal aufhielten, dem Personal, die Fukamisationsprozedur an ihnen vorzunehmen – unabhängig voneinander und in unterschiedlicher Weise, aber sehr entschieden.

Die Kreißende A (erste Geburt) begründete ihre Verweigerung mit einem entsprechenden Wunsch ihres Mannes, der kurz zuvor tödlich verunglückt war. Die Kreißende B (zweite Geburt) versuchte nicht einmal, ihre Weigerung zu erklären; schon der geringste Versuch, sie von ihrer Meinung abzubringen, versetzte sie in einen hysterischen Zustand. »Ich will einfach nicht!«, wiederholte sie. Die Kreißende C (dritte Geburt) war sehr verständig, ruhig und begründete ihre Weigerung mit dem Wunsch, über das Schicksal des Kindes nicht ohne sein Wissen und Einverständnis zu entscheiden. »Wenn es größer ist, soll es selbst entscheiden«, sagte sie.

Ich führe diese Argumente hier an, weil sie sehr typisch sind. Sie wurden in 95 Prozent der Fälle, und nur mit leichten Abwandlungen, von den »Verweigerinnen« angegeben. In der Literatur findet man dazu die folgende Klassifikation: Weigerung vom Typ A: eine rationale, aber im Grunde nicht verifizierbare Begründung – 20 Prozent. Weigerung vom Typ B: Phobie im engeren Sinn, hysterisches, irrationales Verhalten – 65 Prozent. Weigerung vom Typ C: ethische Erwägungen – 10 Prozent. Selten ist die Weigerung vom Typ R: sehr unterschiedlich in Form und Inhalt, bezieht sich auf religiöse Beweggründe oder besondere philosophische Lehren usw. – 5 Prozent.

Am 18. April kam es im selben Krankenhaus zu zwei weiteren Verweigerungen; auch in den Kreißsälen der Region wurden solche registriert. Zum Monatsende zählten die Fälle von Verweigerung schon viele Hundert und waren in allen Regionen des Erde zu verzeichnen. Und am 5. Mai traf die erste Meldung von einer Verweigerung außerhalb der Erde ein (Mars, Große Syrte). Die Epidemie von Weigerungen dauerte – mal aufflammend, mal abflauend – bis '85 an, so dass zu dem Zeitpunkt, als die Gesetzesnovelle angenommen wurde, die Gesamtzahl der »Verweigerinnen« bei rund 50 000 lag (1 Promille aller Gebärenden).

Die Gesetzmäßigkeiten der Epidemie sind phänomenologisch sehr gut erforscht und dokumentiert, fanden aber dennoch keine auch nur halbwegs überzeugende Erklärung.

Es gab beispielsweise zwei geografische Zentren für die Ausbreitung der Epidemie – eines in Äquatorialafrika, das andere in Nordostsibirien. Es liegt nahe, hier eine Analogie zu den wahrscheinlichen Entstehungs- und Ausbreitungszentren der Menschheit zu entdecken, doch erklärt diese freilich nichts.

Ein zweites Beispiel. Die Verweigerungen erfolgten immer individuell, aber die erste Weigerung in einem Kreißsaal zog immer weitere nach sich. So entstand der Terminus einer »Kette von Verweigerungen aus *n* Gliedern«, wobei *n* ziemlich groß sein kann. Eine »Kette« im Kreißsaal der Frauenklinik von Gowekai begann am 11.09.'83, dauerte bis 21.09.'83 und umfasste alle werdenden Mütter, die nacheinander in den Kreißsaal kamen, so dass die Kette aus insgesamt 19 Gliedern bestand.

In einigen Krankenhäusern kam es immer wieder zu Verweigerungsepidemien, so im Berner Säuglingspalast, wo sie zwölfmal hintereinander auftrat.

Dennoch: In den allermeisten Kreißsälen auf der Erde hatte man von den Verweigerungsepidemien nicht einmal etwas gehört, ebenso wenig in den meisten außerirdischen Siedlungen. An den Orten jedoch, wo Epidemien auftraten (Große Syrte, Saula-Basis, Kurort), entwickelten sie sich nach den für die Erde typischen Gesetzmäßigkeiten.

3. Den Ursachen für die Entstehung der Fukamiphobie ist eine umfangreiche Literatur gewidmet. Ich habe mir die fundiertesten Arbeiten, die mir Prof. Deruyod vom Psychologischen Zentrum in Lhasa empfohlen hat, genauer angesehen. Um eine sachkundige Zusammenfassung dieser Arbeiten zu liefern, fehlt mir die nötige Ausbildung. Aber ich habe den Eindruck gewonnen, dass es bislang keine anerkannte Theorie der Fukamiphobie gibt. Stattdessen beschränke ich mich an

dieser Stelle darauf, ein Fragment meiner Unterredung mit Prof. Deruyod wörtlich zu zitieren:

FRAGE: Halten Sie es für möglich, dass bei einem gesunden, glücklichen Menschen eine Phobie auftritt?

ANTWORT: Eigentlich ist das unmöglich. Eine Phobie entsteht beim gesunden Menschen immer infolge übermäßiger physischer und psychischer Belastung. Und dann wird man ihn nicht mehr glücklich nennen oder sagen können, bei ihm sei alles in Ordnung. Allerdings ist sich der Mensch in unserer heutigen, turbulenten Zeit nicht immer darüber im Klaren, dass er überanstrengt ist … Subjektiv kann er sich durchaus für erfolgreich oder gar zufrieden halten; eine bei ihm auftretende Phobie kann daher aus der Sicht eines Laien unerklärlich sein.

FRAGE: Und was die Fukamiphobie betrifft?

ANTWORT: Sie wissen, in bestimmter Hinsicht ist die Schwangerschaft noch heute ein Geheimnis. Erst vor sehr kurzer Zeit haben wir herausgefunden, dass die Psyche einer schwangeren Frau eine binäre Psyche ist – das Ergebnis einer unglaublich komplizierten Wechselwirkung zwischen der wohlausgeformten Psyche eines erwachsenen Menschen und der pränatalen Psyche eines Kindes, und über diese Wechselwirkung wissen wir bis heute praktisch nichts. Hinzu kommen die unvermeidlichen physischen Belastungen und neurotischen Störungen, so dass hier ein günstiger Nährboden für Phobien entsteht. Aus dem Gesagten jedoch zu schließen, wir hätten irgendetwas von dieser wunderlichen Geschichte erklärt – das wäre unseriös und sehr voreilig.

FRAGE: Gibt es irgendwelche Besonderheiten der »Verweigerinnen« im Vergleich zu den anderen werdenden Müttern, physiologische oder psychologische zum Beispiel? Sind solche Untersuchungen durchgeführt worden?

ANTWORT: Vielfach. Und es konnte nichts Konkretes dabei festgestellt werden. Persönlich war ich immer der Ansicht und bin es noch heute, dass die Fukamiphobie eine Universalphobie ist, wie zum Beispiel die Phobie gegen den Null-Transport. Nur dass die Null-T-Phobie sehr verbreitet ist; Furcht vor dem ersten Null-T-Übergang empfindet praktisch jeder – unabhängig von Geschlecht und Beruf. Später verliert sich diese Angst spurlos. Die Fukamiphobie hingegen ist zum Glück eine sehr seltene Erscheinung. Ich sage »zum Glück«, denn Wege zur Heilung der Fukamiphobie sind nicht gefunden worden.

FRAGE: Habe ich Sie richtig verstanden, Professor, dass keine einzige konkrete Ursache bekannt ist, die Fukamiphobie hervorruft?

ANTWORT: Keine, die gesichert wäre. Es gibt allerdings verschiedenste Hypothesen dazu, Dutzende.

FRAGE: Zum Beispiel?

ANTWORT: Die Propaganda der Fukamisationsgegner zum Beispiel. Auf ein leicht zu beeindruckendes Gemüt, noch dazu in der Schwangerschaft, könnte die Propaganda durchaus Eindruck machen. Oder, zweites Beispiel, die Hypertrophie des Mutterinstinkts – das instinktive Bedürfnis, sein Kind von allen äußeren Einwirkungen abzuschirmen, auch von den nützlichen. Sie möchten widersprechen? Nicht nötig. Ich stimme völlig mit Ihnen überein. All diese Hypothesen erklären – im günstigsten Fall – eine sehr kleine Menge der Fakten. Weder die »Weigerungsketten« noch die geografischen Besonderheiten der Epidemie konnte man bisher erklären. Erst recht unbegreiflich ist die Tatsache, warum sie ausgerechnet im Frühjahr '81 einsetzte, und zwar nicht nur auf der Erde, sondern auch weit entfernt.

FRAGE: Und warum es im Jahre '85 aufhörte – kann man das erklären?

Antwort: Stellen Sie sich vor, ja. Die Tatsache, dass die Novelle angenommen wurde, hat entscheidend dazu beigetragen, dass die Epidemie verebbte. Natürlich blieb auch dabei vieles unklar, aber das sind schon Details.

Frage: Was meinen Sie, könnte die Epidemie auch aufgrund unvorsichtiger Experimente ausgebrochen sein?

Antwort: Theoretisch ist das möglich. Aber wir haben diese Hypothese seinerzeit überprüft. Auf der Erde werden keinerlei Experimente durchgeführt, die in der Lage wären, Massenphobien hervorzurufen. Außerdem dürfen Sie nicht vergessen, dass die Fukamiphobie gleichzeitig auch außerhalb der Erde auftrat.

Frage: Welche Arten von Experimenten könnten denn Phobien hervorrufen?

Antwort: Wahrscheinlich habe ich mich nicht exakt ausgedrückt. Ich kann Ihnen eine ganze Reihe technischer Methoden nennen, mit denen sich bei Ihnen, einem gesunden Menschen, eine Phobie erzeugen ließe. Beachten Sie: *irgendeine.* Wenn ich Sie beispielsweise in einem bestimmten Rhythmus mit einem Neutrinokonzentrat bestrahle, bekommen Sie eine Phobie. Aber was für eine Phobie wäre das? Platzangst? Höhenangst? Angst vor der Angst? Das kann ich vorher nicht sagen. Um bei einem Menschen jedoch eine bestimmte Phobie wie z. B. die Fukamiphobie auszulösen, die Angst vor der Fukamisation – nein, davon kann keine Rede sein. Höchstens in Verbindung mit Hypnose. Aber wie sollte man so etwas praktisch realisieren? Nein, das ist sicher nicht realistisch.

4. Trotz ihrer geografischen (und kosmografischen) Streuung blieben die Fälle von Fukamiphobie eine in der medizinischen Praxis sehr seltene Erscheinung, und sie allein hätten schwerlich zu Veränderungen in der Gesetzgebung geführt. Die Epidemie der Fukamiphobie verwandelte sich jedoch sehr rasch

von einem medizinischen Problem zu einem Ereignis sozialen Charakters.

August '81: die ersten registrierten Proteste von Vätern, vorerst noch privater Natur (Beschwerden an lokale und regionale medizinische Verwaltungen, vereinzelte Eingaben an die lokalen Räte).

Oktober '81: die erste kollektive Petition von 129 Vätern und zwei Geburtshelfern an die Kommission zum Schutz von Mutter und Kind beim Weltrat.

Dezember '81: Auf dem XVII. Weltkongress der Geburtshelfer-Assoziation spricht sich erstmals eine Gruppe von Ärzten und Psychologen gegen die Fukamisationspflicht aus.

Januar '82: Bildung der Initiativgruppe VEPI (benannt nach den Initialen der Gründer), einer Vereinigung von Ärzten, Psychologen, Soziologen, Philosophen und Juristen. Es war die Gruppe VEPI, die den Kampf um die Annahme der Novelle begonnen und zu Ende geführt hat.

Februar '82: erste Versammlung und Kundgebung der Fukamisationsgegner vor dem Gebäude des Weltrates.

Juni '82: formale Bildung einer Opposition gegen das »Gesetz« innerhalb der Kommission zum Schutz von Mutter und Kind.

Die weitere Chronologie der Ereignisse ist meiner Meinung nach nicht von besonderem Interesse. Die dreieinhalb Jahre, die der Weltrat zur Prüfung und Annahme der Gesetzesnovelle benötigte, sind durchaus typisch. Für untypisch halte ich indes das Verhältnis zwischen der Anzahl der Personen in der Anhängerschaft der Novelle und der Anzahl der Personen, die zum professionellen Stab gehörten. Für gewöhnlich liegt die Massenanhängerschaft eines neuen Gesetzes bei mindestens zehn Millionen Menschen, während zum professionellen Stab, der ihre Interessen in qualifizierter Weise vertritt (Juristen, Soziologen, Spezialisten für das Problem), nur ein paar Dutzend Leute gehören. In unserem Fall aber bildeten die Laien unter den Verfechtern der Gesetzesänderung (die »Verweigerinnen«, ihre Ehemänner und Verwandten, Freunde, Sympathisanten, Personen, die sich der Bewegung aus religiösen oder philosophischen Erwägungen anschlossen) keine echte Massenbasis. Insgesamt zählte die Bewegung nicht mehr als eine halbe Million Befürworter. Was jedoch den professionellen Stab betrifft, so gehörten allein zur Gruppe VEPI zum Zeitpunkt der Gesetzesänderung 536 Fachleute.

5. Nach der Annahme der Novelle hörten die Verweigerungen zwar nicht auf, aber ihre Zahl ging merklich zurück. Das Wichtigste aber war, dass sich im Laufe des Jahres '85 die Epidemie veränderte, bzw. konnte man sie eigentlich nicht mehr als Epidemie bezeichnen. Jegliche Gesetzmäßigkeiten (die »Weigerungsketten«, die geografischen Konzentrationen) verschwanden. Die Weigerungen waren nun völlig zufällig und sporadisch, wobei die Motivierungen vom Typ A und B überhaupt nicht mehr vorkamen und stattdessen Verweise auf die Gesetzesnovelle überwogen. Wahrscheinlich ist das der Grund, warum Ärzte heutzutage die Verweigerung der Fukamisation überhaupt nicht mehr einer Fukamiphobie zuschreiben. Interessant ist zudem, dass viele Frauen, die die Fukamisation zur Zeit der Epidemie kategorisch ablehnten und aktiv an der Bewegung für die Gesetzesänderung teilnahmen, heute jegliches Interesse an dieser Frage verloren haben. Bei einer Geburt machen sie nicht einmal von ihrem Recht Gebrauch, sich auf die Novelle zu berufen. Von den Frauen, die sich im Zeitraum '81–'85 der Fukamisation verweigerten, lehnten diese bei der nächsten Geburt nur noch zu 12 Prozent ab. Dass die Fukamisation ein drittes Mal verweigert wird, kommt ganz selten vor: Im Laufe von 15 Jahren wurden nur einige Fälle verzeichnet.

6. Zwei Umstände möchte ich besonders hervorheben:

a) Das nahezu völlige Verschwinden der Fukamiphobie nach der Annahme der Gesetzesnovelle wird für gewöhnlich mit den bekannten psychosozialen Faktoren erklärt. Der Mensch unserer Zeit akzeptiert nur die Beschränkungen und Pflichten, die sich aus den moralisch-ethischen Prinzipien der Gesellschaft ergeben. Jede andere Einschränkung oder Verpflichtung ruft bei ihm ein Gefühl von (unbewusster) Abneigung und (instinktivem) inneren Protest hervor. Sobald also die Freiwilligkeit bei der Fukamisation gegeben war, verloren die Menschen ihre Abneigung und begannen eine neutrale Einstellung zur Fukamisation zu gewinnen – wie zu jedem anderen medizinischen Verfahren.

b) Die Fukamiphobie-Epidemie stimmt zeitlich mit dem Auftauchen des »Pinguin-Syndroms« überein (siehe meinen Bericht Nr. 011/99).

Sapienti sat. T. Glumow

Heute weiß ich, dass es genau dieser Bericht gewesen ist, der in meinem Bewusstsein etwas auslöste: einen kleinen Impuls, einen Schub – etwas, das mich schließlich zur Großen Offenbarung führen sollte. Dabei begann, so lächerlich das klingen mag, dieser Impuls damit, dass ich mich über Toivos grobe, sehr direkte Andeutungen ärgerte, die er zur angeblich verhängnisvollen Rolle der »Vertikalisten« bei der Gesetzesänderung gemacht hatte. Im Original des Berichts ist dieser Absatz dick von mir angestrichen. Ich weiß noch genau, dass ich damals vorhatte, Toivo wegen seiner übertriebenen Phantasie zur Rede zu stellen. Aber dann erfuhr ich von Hexenmeisters Besuch im Institut der Sonderlinge. Und in dem Moment – endlich – kam mir die Erleuchtung … Jetzt hatte ich anderes im Kopf, als jemanden zur Rede zu stellen.

Ich befand mich auf einmal in der fürchterlichen Lage, dass es niemanden gab, mit dem ich offen hätte sprechen können.

Erstens hatte ich keinerlei Vermutungen. Zweitens wusste ich nicht, mit wem ich jetzt noch offen sprechen durfte – und mit wem nicht. Viele Jahre später habe ich meine Jungs gefragt, ob ihnen seinerzeit, in den (für mich) furchtbaren Apriltagen des Jahres '99, an meinem Verhalten etwas seltsam vorgekommen sei. Sandro steckte damals mitten im Projekt »Rip van Winkle« und war selbst ziemlich verwirrt; deshalb hatte er nichts bemerkt. Grischa Serossowin behauptete, ich sei damals sehr schweigsam gewesen und hätte auf jede seiner Initiativen mit einem rätselhaften Lächeln geantwortet. Und Kikin? Blieb sich selbst treu: Ihm sei schon damals »alles klar« gewesen. Was nun Toivo Glumow angeht, so hat ihn mein Verhalten in diesen Tagen sicher furchtbar geärgert – aber ich habe damals wirklich nicht gewusst, was ich tun sollte! Einen nach dem anderen schickte ich meine Mitarbeiter ins Institut der Sonderlinge und wartete jedes Mal ab, was sich daraus ergäbe. Aber es ergab sich nichts, und so schickte ich den Nächsten – und wartete wieder.

Zu dieser Zeit lag Gorbowski in seinem Haus in Krāslava im Sterben.

Zu dieser Zeit bereitete sich Athos-Sidorow auf einen weiteren Aufenthalt im Krankenhaus vor, und es war nicht sicher, ob er je zurückkehren würde.

Zu dieser Zeit lud sich Danil Logowenko erstmals nach langer Zeit wieder auf eine Tasse Tee zu mir ein, schwelgte den ganzen Abend in Erinnerungen und erzählte dabei nichts als Belanglosigkeiten.

Zu dieser Zeit hatte ich noch nichts entschieden.

Und dann brachen die Ereignisse in Malaja Pescha über uns herein.

In der Nacht vom 5. auf den 6. Mai holte mich der Katastrophendienst aus dem Bett. In Malaja Pescha, gelegen am Fluss Pescha, der in die Tschescha-Bucht der Barentssee mündet, waren Monstren aufgetaucht und hatten unter den Bewohnern der Siedlung Panik ausgelöst. Die Einsatztruppe war losgeschickt, die Untersuchung in die Wege geleitet worden.

Den geltenden Richtlinien entsprechend musste ich nun einen meiner Inspektoren an den Ort des Geschehens schicken. Ich schickte Toivo.

Leider ist Inspektor Glumows Bericht über die Ereignisse und seine Maßnahmen in Malaja Pescha verlorengegangen – ich habe ihn zumindest nicht mehr finden können. Da ich aber an dieser Stelle so genau wie möglich schildern will, wie Toivo Glumow die Untersuchung führte, muss ich die Ereignisse rekonstruieren und mich dabei auf mein Gedächtnis und auf Gespräche mit Augenzeugen stützen.

Man sieht gleich, dass die vorliegende Rekonstruktion (wie alle folgenden) neben den gesicherten Fakten auch Schilderungen, Metaphern, Epitheta, Dialoge und ähnliche belletristische Elemente enthält. Mir ist wichtig, dass der Leser Toivo genauso lebendig vor sich sieht, wie er mir in Erinnerung geblieben ist. Und da reichen Dokumente allein nicht aus. Wer möchte, kann meine Rekonstruktionen auch als eine besondere Art der Zeugenaussage betrachten.

Malaja Pescha. 6. Mai '99. Früher Morgen

Aus der Vogelperspektive sah Malaja Pescha genauso aus, wie es in der vierten Morgenstunde auszusehen hatte. Verschlafen. Friedlich. Leer. Ein Dutzend bunter Dächer im Halbkreis, ein von Gras überwucherter Platz, ein paar verstreut umherstehende Gleiter, der gelbe Klubpavillon am Abhang über dem Fluss. Der Fluss wirkte reglos, eiskalt und unwirtlich, weiße Nebelschwaden hingen über dem Schilf am anderen Ufer.

Auf der Außentreppe des Klubs stand ein Mann. Er hatte den Kopf in den Nacken gelegt und beobachtete den Gleiter. Sein Gesicht kam Toivo bekannt vor, was nicht verwunderlich war, denn er kannte viele aus den Einsatztrupps, wahrscheinlich jeden Zweiten.

Er landete neben der Treppe und sprang auf das feuchte Gras. Der Morgen hier war kalt. Der Mann trug einen großen, warmen Anorak mit vielen Taschen und Schlaufen für all die Phiolen, Regulatoren, Löschgeräte, Brandsätze und sonstigen Apparate, die zur ordnungsgemäßen Ausübung des Katastrophendienstes benötigt werden.

»Guten Morgen«, sagte Toivo. »Basil, nicht wahr?«

»Guten Morgen, Glumow«, antwortete er und gab ihm die Hand. »Richtig, Basil. Warum kommen Sie so spät?«

Toivo erklärte, dass der Null-T in Malaja Pescha wohl gerade keine Passagiere annehme und er in Nishnaja Pescha herausgekommen sei. Dort habe er einen Gleiter nehmen und noch vierzig Minuten den Fluss entlang nach Malaja Pesha fliegen müssen.

»Verstehe«, sagte Basil und blickte sich um zum Pavillon. »Das habe ich mir schon gedacht. Wissen Sie, die haben in ihrer Panik die Null-Kabine derart demoliert …«

»Es ist also bisher niemand zurückgekehrt?«

»Nein, niemand.«

»Und weiter ist nichts vorgefallen?«

»Nein. Unsere Leute haben die Durchsuchung vor anderthalb Stunden abgeschlossen, dabei nichts Wesentliches gefunden und sind dann nach Hause geflogen, um die Analysen zu machen. Mich haben sie gebeten, hier zu bleiben und niemanden auf das Gelände zu lassen. Die ganze Zeit über habe ich versucht, die Null-Kabine zu reparieren.«

»Haben Sie es geschafft?«

»Ich glaube, ja.«

Die Cottages in Malaja Pescha waren recht altmodisch, im vorigen Jahrhundert erbaut, Gebrauchsarchitektur, auf Natur getrimmte Organik; die Farben waren über die Jahre giftig grell geworden. Jedes Cottage stand inmitten eines undurchdringlichen Gestrüpps aus Johannisbeersträuchern, Flieder und Polarerdbeeren. Gleich hinter dem Halbkreis von Häusern befand sich Wald – gelbe Stämme riesiger Föhren, vom Nebel graugrüne Nadelkronen – und darüber, schon ziemlich hoch, die glutrote Scheibe der Sonne im Nordosten.

»Was für Analysen?«, fragte Toivo.

»Nun, es sind ziemlich viele Spuren zurückgeblieben. Das Mistzeug ist anscheinend aus dem Cottage dort herausgekrochen und hat sich dann nach allen Seiten hin verteilt.« Basil wies in die verschiedenen Richtungen. »An den Sträuchern, im Gras oder auf den Veranden ist leicht angetrockneter Schleim zurückgeblieben, Schuppen, Büschel von so etwas …«

»Was haben Sie selbst gesehen?«

»Nichts. Als wir eintrafen, war hier alles so wie jetzt, nur dass Nebel über dem Fluss lag.«

»Zeugen waren also nicht mehr da?«

»Zuerst dachten wir, alle hätten Hals über Kopf das Weite gesucht. Aber dann stellte sich heraus, dass in dem Häuschen dort, am Rande, direkt am Ufer, eine steinalte, aber noch sehr rüstige Frau lebt, die gar nicht daran dachte zu fliehen.«

»Warum?«, erkundigte sich Toivo.

»Keine Ahnung!«, erwiderte Basil achselzuckend. »Können Sie sich das vorstellen? Ringsum Angst und Schrecken, alles rennt in Panik durcheinander, die Tür zur Null-Kabine ist aus den Angeln gerissen, doch sie lässt das völlig kalt. Und als wir landen, aufmarschieren, mit blankgezogenen Säbeln, die Bajonette aufgepflanzt, tritt sie plötzlich auf die Vortreppe hinaus und bittet uns in strengem Ton, leiser zu sein, denn, sehen Sie, unser Lärm stört sie beim Schlafen!«

»Gab es überhaupt eine Panik?«

»Also wirklich!«, sagte Basil und hob warnend die Hand. »Als es losging, befanden sich hier achtzehn Menschen. Neun sind in Gleitern geflohen, fünf durch die Kabine, und drei sind kopflos in den Wald gerannt, haben sich verirrt, so dass wir sie nur mit Mühe finden konnten. Sie brauchen also nicht daran zu zweifeln, dass es eine Panik gab – es gab sie. Hier waren Ungeheuer, die Spuren sind noch da. Aber warum die Alte keine Angst bekommen hat – das wissen wir nicht. Sie ist überhaupt recht seltsam. Ich habe mit eigenen Ohren gehört, wie sie dem Kommandeur sagte: ›Ihr seid viel zu spät gekommen. Jetzt könnt ihr ihnen nicht mehr helfen. Sie sind alle tot.‹«

Toivo fragte: »Was meinte sie damit?«

»Ich weiß es nicht«, antwortete Basil unwillig. »Ich sagte Ihnen ja: Die Alte ist merkwürdig.«

Toivo schaute auf das grell rosafarbene Cottage, in dem die Frau wohnte. Das Gärtchen sah merklich gepflegter aus als die anderen. Neben dem Cottage stand ein Gleiter.

»Ich rate Ihnen, sie nicht zu beunruhigen«, sagte Basil. »Es ist besser, wenn sie von selbst aufwacht, und dann …«

In diesem Moment meinte Toivo, eine Bewegung hinter sich zu spüren, und wandte sich abrupt um. Aus der Tür des Klubs schaute ein bleiches Gesicht hervor, die Augen vor Schreck weit aufgerissen. Ein paar Sekunden lang schwieg der Unbekannte, dann bewegten sich seine blassen Lippen, und er bemerkte mit belegter Stimme: »Eine haarsträubende Geschichte, nicht wahr?«

»Stopp, stopp, stopp!«, sagte Basil in freundlichem Ton und ging ihm mit vorgestreckten Handflächen entgegen, »entschuldigen Sie, aber Sie dürfen nicht hier durch. Katastrophenschutz.«

Der Unbekannte trat über die Schwelle und blieb gleich wieder stehen. »Ich möchte ja gar nicht …«, sagte er und räusperte sich. »Aber die Umstände … Sagen Sie, sind Grigori und Elja schon zurückgekehrt?«

Der Mann sah sehr merkwürdig aus. Er trug einen dicken Pelzmantel und kunstvoll bestickte Fellstiefel. Sein Mantel stand offen, und darunter sah man ein bunt gemustertes Sommerhemd aus Mikronetz, wie es damals vor allem Bewohner des Steppengürtels trugen. Er war zwischen vierzig und fünfundvierzig Jahre alt und hatte ein einfaches, sympathisches Gesicht – nur sehr blass. Vielleicht vor Schreck. Oder aus Verlegenheit.

»Nein, nein«, erwiderte Basil und trat näher auf ihn zu. »Noch ist niemand zurückgekehrt. Hier laufen noch Untersuchungen; wir lassen niemanden durch.«

»Einen Moment, Basil«, sagte Toivo und wandte sich an den Unbekannten. »Wer sind Grigori und Elja?«

»Anscheinend bin ich wieder falsch«, murmelte der Unbekannte fast verzweifelt und blickte hinter sich; dort, im Innern des Pavillons, glänzte die polierte Oberfläche der Null-T-Kabine. »Verzeihen Sie, ist das ... Nein, ich habe es wieder vergessen ... Malaja Pescha – oder nicht?«

»Das ist Malaja Pescha«, erklärte Toivo.

»Dann müssen Sie ihn kennen: Grigori Alexandrowitsch Jarygin. Soviel ich weiß, wohnt er jeden Sommer hier.« Plötzlich zeigte er mit der Hand in eine Richtung und rief freudig aus: »Da ist es ja, dort, das Cottage! Dort auf der Veranda hängt mein Regenumhang!«

Und dann klärte sich alles auf. Der Unbekannte erwies sich als Zeuge. Er hieß Anatoli Sergejewitsch Krylenko, war Viehzuchttechniker und arbeitete tatsächlich im Steppengürtel, im Asgirer Agrarkomplex. Am Vortag war er auf der Jahresausstellung in Archangelsk zufällig auf seinen Schulfreund Grigori Jarygin gestoßen, den er seit zehn Jahren nicht gesehen hatte. Natürlich nahm ihn Jarygin mit zu sich nach Hause, hierher, nach ... nach ... ja richtig, nach Malaja Pescha. Sie hatten zu dritt einen wunderschönen Abend verbracht – er, Jarygin und dessen Frau Elja. Sie waren Boot gefahren, im Wald spazieren gegangen und gegen zehn Uhr zurückgekehrt, in dieses Cottage dort. Dann hatten sie zu Abend gegessen und sich auf die Terrasse gesetzt, um Tee zu trinken. Es war sehr hell und warm gewesen, vom Flüsschen hatten Kinderstimmen herübergeklungen, und sie hatten den Duft der Polarerdbeeren genossen. Und dann – plötzlich – hatte Anatoli Sergejewitsch Krylenko diese Augen gesehen …

Diesen für die Untersuchung besonders wichtigen Teil seiner Erzählung gab Anatoli Sergejewitsch, gelinde gesagt, sehr unverständlich wieder. Es war, als bemühe er sich vergeblich, einen unheimlichen, verworrenen Traum zu erzählen.

Die Augen blickten aus dem Garten. Sie kamen näher, blieben aber die ganze Zeit im Garten. Zwei riesige Augen, dass einem vom Ansehen übel wurde. Immerzu sickerte etwas über diese Augen. Und links an der Seite war noch ein drittes … oder drei? Und irgendetwas wälzte, wälzte und wälzte sich über das Geländer der Veranda und sickerte schon heran bis zu den Füßen. Es war unmöglich sich zu bewegen. Grigori war irgendwo verschwunden und nicht mehr zu sehen. Elja war in der Nähe, aber auch nicht mehr zu sehen. Man konnte nur hören, wie sie hysterisch kreischte – oder lachte? Da öffnete sich die Tür zum Zimmer. Darin wimmelte es hüfthoch von zappelnden, gallertartigen Leibern, aber die Augen dieser Leiber waren da draußen, hinter den Sträuchern …

Da begriff Anatoli Sergejewitsch, dass hier etwas ganz Furchtbares vor sich ging und noch Schlimmeres bevorstand. Er riss die Füße aus den am Boden festgeklebten Sandalen, sprang über den Tisch, stürzte in den Wald, und als er um die Ecke des Hauses bog … Nein, er war nicht um die Ecke gebogen … Hm, das war merkwürdig, er war in den Wald gestürmt, fand sich aber plötzlich auf dem Platz wieder … Dann rannte er darauflos und sah auf einmal den Klubpavillon, und durch die offenen Türen den fliederfarbenen Lichtblitz des Null-T … Er wusste, er war gerettet … und stürmte in die Kabine, hämmerte mit den Fingern auf die Tasten, und dann, endlich, startete die Automatik.

Damit hatte die Tragödie ein Ende. Was nun begann, glich eher einer Komödie: Der Null-Transporter spuckte Anatoli Sergejewitsch in der Ortschaft Roosevelt aus, gelegen auf der Peter-I.-Insel. Diese liegt in der Bellingshausener See, das Thermometer zeigt 49 Grad unter null, die Windgeschwindigkeit beträgt achtzehn Meter pro Sekunde. Der Ort steht den Winter über leer.

Aber im Klub der Polararbeiter ist die Automatik eingeschaltet, es ist warm dort, gemütlich, und in der Bar glitzern in Regenbogenfarben Flaschen mit allerlei Flüssigkeiten, wohl, um die Finsternis der Polarnächte aufzuhellen. Anatoli Sergejewitsch – im bunt gemusterten Hemd und Shorts, noch immer tropfnass vom Tee oder von der durchlebten Angst, erhält die notwendige Atempause und kommt langsam wieder zu sich. Und da erfasst ihn, wie zu erwarten, eine unerträgliche Scham. In Panik ist er davongelaufen wie der letzte Feigling – von solchen Feiglingen hatte er bisher nur in historischen Romanen gelesen. Er hat Elja und noch eine Frau, die er flüchtig im Nachbarcottage gesehen hatte, im Stich gelassen. Er erinnert sich an die Kinderstimmen am Fluss und weiß, dass er auch diese Kinder im Stich gelassen hat. Ein verzweifelter Impuls zu handeln ergreift von ihm Besitz, doch seltsam – er stellt sich nicht sofort ein. Und auch als er sich einstellt, hält er sich gerade die Waage mit dem ungeheuren Entsetzen, das er bei dem Gedanken empfindet, dass er, Anatoli Sergejewitsch, dorthin zurückkehren soll – auf die Veranda, zu den grausigen, triefenden Augen, zu den ekelhaft wabernden Gallertleibern …

In diesem Moment stürzte eine lärmende Gruppe von Glaziologen in den Klub und fand dort Anatoli Sergejewitsch, der händeringend vor Gram noch immer keinen Entschluss fassen konnte. Die Glaziologen hörten sich seine Geschichte mit großem Mitgefühl an und beschlossen begeistert, ihn bei der Rückkehr auf die schreckliche Veranda zu begleiten. Doch nun stellte sich heraus, dass Anatoli Sergejewitsch nicht nur der Null-Index dieser Ortschaft unbekannt war, sondern er auch ihren Namen vergessen hatte. Er vermochte nur zu sagen, dass sie unweit der Barentssee am Ufer eines kleinen Flusses lag, in der Zone der Polarkiefernwälder. Da kleideten die Glaziologen Anatoli Sergejewitsch dem örtlichen Klima entsprechend ein und schleppten ihn durch den heulenden Sturm in die Dienststelle der Ortschaft, quer durch ungeheure Schneewehen und begleitet von gigantischen Hunden, die wilden Tieren ähnelten. Und dort, in der Dienststelle, vor dem Terminal des GGI, kam einer von den Polarforschern auf den klugen Gedanken, dass dies eine ernste Angelegenheit sei. Denn zweifellos waren die Monster entweder aus einer Viehzucht ausgebrochen oder – welch schrecklicher Gedanke! – aus irgendeinem Labor, wo man Biomechanismen konstruierte. Wie dem auch sei, Jungs – Eigenmächtigkeit ist hier nicht angebracht, wir müssen den Katastrophendienst benachrichtigen.

Sie riefen also bei der Notrufzentrale an, welche sich bedankte und mitteilte, man nehme die Meldung zur Kenntnis. Eine halbe Stunde später rief der Diensthabende der Notrufzentrale persönlich in der Dienststelle an und sagte, die Mitteilung sei bestätigt worden; dann bat er Anatoli Sergejewitsch an den Apparat. Anatoli Sergejewitsch schilderte in groben Zügen, was ihm widerfahren und wie er an den Rand der Antarktis geraten war. Der Diensthabende konnte ihn dahingehend beruhigen, dass niemand zu Schaden gekommen war und das Ehepaar Jarygin wohlauf sei, so dass alle voraussichtlich am nächsten Tag nach Malaja Pescha zurückkehren könnten. Er, Anatoli Sergejewitsch, solle aber jetzt besser ein Beruhigungsmittel nehmen und sich eine Weile ausruhen.

So nahm Anatoli Sergejewitsch ein Beruhigungsmittel und legte sich auf dem Sofa in der Dienststelle hin. Doch er hatte keine Stunde geschlafen, als er wieder diese triefenden Augen über dem Verandageländer sah, Eljas hysterisches Lachen hörte und dann vor unerträglicher Scham erwachte.

»Nein«, sagte Anatoli Sergejewitsch zu Toivo, »sie haben nicht versucht mich zurückzuhalten. Sie haben offensichtlich verstanden, wie ich mich fühlte. Nie hätte ich geglaubt, dass mir so etwas passieren könnte. Freilich, ich bin kein Fährtensucher oder Progressor, aber auch ich habe gefährliche Situationen erlebt und mich immer anständig verhalten. Ich kann wirklich nicht verstehen, was mit mir los war. Ich versuche es mir zu erklären, aber es gelingt mir nicht. Als wäre etwas über mich gekommen ...« Plötzlich wurde sein Blick unruhig. »Und nun rede ich zwar mit Ihnen, aber in mir ist alles wie aus Eis. Vielleicht haben wir uns alle mit etwas vergiftet?«

»Halten Sie es für möglich, dass es eine Halluzination gewesen ist?«, erkundigte sich Toivo.

Anatoli Sergejewitsch zog die Schultern hoch, als fröstele ihn, und blickte zum Cottage der Jarygins hinüber. »Ich weiß nicht«, sagte er zögernd. »Nein, ich kann nichts dazu sagen.«

»Gut, gehen wir nachsehen«, schlug Toivo vor.

»Soll ich mitkommen?«, fragte Basil.

»Nicht nötig«, antwortete Toivo. »Ich werde dort länger zu tun haben. Halten Sie inzwischen die Stellung.«

»Soll ich wen gefangen nehmen?«, fragte Basil eifrig.

»Unbedingt«, sagte Toivo. »Ich brauche Gefangene. Alle, die auch nur das Geringste mit eigenen Augen gesehen haben.«

Und dann ging er mit Anatoli Sergejewitsch über den Platz. Dieser sah entschlossen und tatkräftig aus, doch je näher er dem Haus kam, umso angespannter wurde sein Gesicht, seine Kiefermuskeln traten hervor, und er biss sich auf die Unterlippe, als müsse er starke Schmerzen ertragen. Toivo hielt es für angebracht, ihm eine kleine Pause zu gönnen. Fünfzig Schritt vor der Hecke blieb er stehen – als wolle er sich nochmals genau die Umgebung ansehen – und begann Fragen zu stellen. Ob jemand in dem Cottage dort rechts gewesen sei? Ach, dort war es dunkel? Und links? Eine Frau … Ja, ich weiß, Sie sagten es. Nur eine Frau und weiter niemand? Und ein Gleiter stand nicht in der Nähe?

Toivo stellte Fragen, Anatoli Sergejewitsch antwortete. Toivo nickte mit wichtiger Miene und ließ sich anmerken, wie wichtig das, was er zu hören bekam, für die Untersuchung sei. Allmählich fasste Anatoli Sergejewitsch wieder Mut, seine Anspannung löste sich, und sie betraten die Veranda nun schon fast als Kollegen.

Auf der Veranda herrschte Unordnung. Der Tisch stand schief, einer der Stühle war umgestürzt, die Zuckerdose war in eine Ecke gerollt und hatte eine Spur von Zuckerkristallen hinterlassen. Toivo fasste den Teekocher an – er war noch heiß. Aus den Augenwinkeln warf er einen Blick auf Anatoli Sergejewitsch. Der war wieder bleich geworden, und seine Kiefermuskeln arbeiteten. Er schaute auf ein Paar Sandalen, die sich verwaist und eng beieinanderstehend unter einem entfernten Stuhl befanden. Offensichtlich waren es seine. Sie waren geschlossen, und man konnte sich kaum vorstellen, wie es Anatoli Sergejewitsch gelungen war, seine Beine dort herauszuziehen. Aber weder auf- noch unter ihnen, noch daneben sah Toivo irgendwelche Spuren einer Flüssigkeit.

»Haushaltskyber mögen sie hier anscheinend nicht«, bemerkte Toivo nüchtern, um Anatoli Sergejewitsch aus dem durchlebten Schrecken in den Alltag zurückzuholen.

»Ja«, murmelte der. »Das heißt … Ja, wer mag die schon heutzutage. Sehen Sie da – meine Sandalen …«

»Ich sehe sie«, erwiderte Toivo gleichmütig. »Standen die Fenster eigentlich alle so offen?«

»Ich weiß nicht mehr. Das dort war offen, da bin ich rausgesprungen.«

»Verstehe«, sagte Toivo und schaute hinaus in den kleinen Garten.

Ja, es gab Spuren hier. Viele, viele Spuren: eingedrückte Sträucher, abgebrochene Zweige, das verwüstete Blumenbeet. Und das Gras unterhalb des Geländers sah aus, als hätten sich Pferde darin gewälzt. Wenn sich hier Tiere aufgehalten hatten, dann waren es ungeschlachte große Tiere gewesen, und sie hatten sich nicht an das Haus herangeschlichen, sondern waren geradewegs darauf zugestürmt – vom Platz herüber, quer durch die Hecke und dann durch die offenen Fenster direkt in die Zimmer.

Toivo ging quer über die Veranda und öffnete die Tür zum Haus. Dort war keinerlei Unordnung zu erkennen. Jedenfalls keine, wie sie schwere plumpe Leiber hätten hervorrufen müssen.

Da standen ein Sofa und drei Sessel. Ein Tischchen war nicht zu sehen, anscheinend war es versenkbar. Es gab nur ein Steuerpult, das sich in der Armlehne des großen Sessels befand, und Serviceterminals vom System »Polykristall« in den übrigen Sesseln und im Sofa. An der vorderen Wand hing eine Landschaft von Lewitan und eine altertümliche Chromophotonal-Kopie mit dem rührenden kleinen Dreieck links unten, damit sie nur ja kein Kenner für das Original hielte. Und an der Wand links eine Federzeichnung in einem selbst gebauten Holzrahmen, ein zorniges Frauengesicht. Ein schönes übrigens …

Bei genauerer Betrachtung entdeckte Toivo Abdrücke von Schuhsohlen auf dem Fußboden: Anscheinend war jemand vom Einsatztrupp vorsichtig durch das Wohn- ins Schlafzimmer gegangen. Zurück führten keine Spuren, der Mann war durch das Schlafzimmerfenster ausgestiegen. Der Fußboden im Wohnzimmer war also von einer ziemlich dicken Schicht aus feinem braunem Staub bedeckt. Und nicht nur der Fußboden. Die Sitzflächen der Sessel. Die Armlehnen. Das Sofa. An den Wänden aber war nichts zu sehen.

Toivo kehrte auf die Veranda zurück. Anatoli Sergejewitsch saß auf der Vortreppe. Den Polarmantel hatte er abgelegt, die Fellstiefel auszuziehen aber hatte er anscheinend vergessen, so dass er einen ziemlich albernen Anblick bot. Seine Sandalen hatte er nicht angefasst, sie standen noch immer unter dem Stuhl. Spuren von Nässe waren nirgendwo zu erkennen – aber die Sandalen ebenso wie der Boden rundum waren mit demselben braunen Staub überzogen.

»Und, wie geht es Ihnen?«, fragte Toivo noch von der Schwelle aus.

Anatoli Sergejewitsch zuckte zusammen und drehte sich abrupt um. »Na ja, langsam komme ich wieder zu mir.«

»Wunderbar. Nehmen Sie Ihren Regenumhang und machen Sie sich auf den Heimweg. Oder wollen Sie auf die Jarygins warten?«

»Ich weiß nicht recht«, antwortete Anatoli Sergejewitsch unschlüssig.

»Wie Sie möchten«, sagte Toivo. »Hier gibt es auf jeden Fall keinerlei Gefahr, und es wird auch keine mehr geben.«

»Haben Sie etwas herausfinden können?«, fragte Anatoli Sergejewitsch und stand auf.

»So einiges. Es waren tatsächlich Ungeheuer hier, aber in Wirklichkeit sind sie nicht gefährlich. Sie können einen erschrecken, aber nicht mehr.«

»Sie wollen sagen, es kam aus dem Labor?«

»Es sieht so aus.«

»Aber wozu? Wer?«

»Dem werden wir nachgehen«, sagte Toivo.

»Während Sie dem nachgehen, werden sie andere in Schrecken versetzen.« Anatoli Sergejewitsch nahm den Mantel vom Geländer, blieb aber noch eine Weile stehen und starrte auf seine Fellstiefel. Fast sah es aus, als werde er sich gleich wieder hinsetzen und die Stiefel wütend von seinen Füßen reißen, aber er sah sie wohl gar nicht ... »Sie sagen – erschrecken können sie einen«, presste er hervor, ohne aufzusehen. »Wenn es nur das wäre! Wissen Sie ... die können einen zerbrechen!«

Er sah Toivo noch einmal kurz an, wandte sich dann ab und ging, ohne sich umzudrehen, die Stufen hinunter, schritt über das zerdrückte Gras, den demolierten Zaun, quer über den Platz – geduckt, und immer noch ziemlich albern in den hohen Fellstiefeln der Polarforscher und dem bunt gemusterten Hemd der Viehzüchter, ging immer schnelleren Schrittes zu dem gelben Klubpavillon. Auf halbem Weg aber wandte er sich scharf nach links, sprang in den Gleiter, der vor dem Nachbarcottage stand, und stieg damit steil in den blassblauen Himmel auf.

Es ging auf fünf Uhr morgens.

Das ist mein erster Rekonstruktionsversuch, und ich habe mir große Mühe gegeben. Er wurde allerdings dadurch erschwert, dass ich damals nicht in Malaja Pescha gewesen bin. Aber es standen mir viele Videos zur Verfügung, die Toivo Glumow, der Katastrophenschutz und die Mannschaft Flemings aufgezeichnet hatten. Insofern kann ich mich zumindest für die topografische Exaktheit verbürgen. Und was die Dialoge angeht, so kann ich mich, wie ich denke, auch für deren Genauigkeit verbürgen.

Mit der Rekonstruktion habe ich unter anderem zeigen wollen, wie damals der typische Anfang einer typischen Untersuchung aussah. Der Vorfall. Die Einsatztruppe des Katastrophenschutzes. Die Entsendung eines Inspektors der Abteilung BV. Der erste Eindruck, der in den meisten Fällen stimmte: Jemand hat sich eine Schlamperei oder einen dummen Scherz erlaubt. Und die wachsende Enttäuschung: wieder nichts, wieder eine Niete ... Wie schön es wäre, jetzt einfach Schluss zu machen und nach Hause zu gehen, um weiterzuschlafen. Davon ist zwar in meiner Rekonstruktion nicht die Rede, aber man kann es sich dazudenken.

Jetzt ein paar Worte über Fleming.

Sein Name wird in meinen Memoiren des Öfteren auftauchen – mit der Großen Offenbarung allerdings hatte er nichts zu tun. In der KomKon 2 war der Name Alexander Jonathan Fleming damals in aller Munde. Er war einer der wichtigsten Spezialisten für die Konstruktion künstlicher Organismen. In seinem Zentralinstitut in Sidney wie auch in den zahlreichen Filialen züchtete Fleming mit größtem Fleiß und größter Kühnheit eine ungeheure Zahl absonderlicher Wesen, für deren Erschaffung Mutter Natur nicht genügend Phantasie besessen hatte. Seine Mitarbeiter verletzten in ihrem Eifer ununterbrochen die bestehenden Gesetze und Beschränkungen des Weltrates auf dem Gebiet von Grenzexperimenten. Bei all unserer unwillkürlichen, menschlichen Begeisterung für Flemings Genie verabscheuten wir seine Kompromisslosigkeit, Hartnäckigkeit und Skrupellosigkeit, die auf seltsame Art und Weise mit der Fähigkeit verbunden waren, sich immer und überall herauszuwinden. Heute kennt jeder Schüler die Fleming'schen Biokomplexe oder seine lebenden Brunnen. Damals aber war er der breiten Öffentlichkeit eher durch Skandale bekannt.

Für meine Darlegungen ist wichtig, dass eine der Subfilialen von Flemings Sidney-Institut just an der Mündung der Pescha lag, in der Wissenschaftlersiedlung Nishnaja Pescha, nur vierzig Kilometer von Malaja Pescha entfernt. Als er davon erfuhr, horchte Toivo zwangsläufig auf und nahm an: Aha, die stecken also dahinter!

Apropos. Eine der nützlichsten Schöpfungen Flemings sind die Krabbenkrebse, die weiter unten erwähnt werden. Sie kamen zur Welt, als Fleming noch ein junger Mitarbeiter in einer Fischfarm am Onegasee war. Die Krabbenkrebse erwiesen sich als Geschöpfe mit phänomenalen Geschmackseigenschaften, wurden aber im Hohen Norden nur in den kleinen Bächen heimisch, die in die Pescha münden. Warum, ist nicht bekannt.

Malaja Pescha. 6. Mai '99. 6 Uhr morgens

Am 5. Mai gegen 23 Uhr brach in der Datschensiedlung Malaja Pescha (dreizehn Cottages, achtzehn Bewohner) Panik aus. Ursache dafür war das Auftauchen einer (unbekannten) Anzahl quasibiologischer Wesen von außergewöhnlich abstoßendem, ja furchterregendem Aussehen. Die Wesen bewegten sich vom Cottage Nr. 7 ausgehend in neun exakt bestimmbare Richtungen. Diese lassen sich anhand von niedergedrücktem Gras, beschädigten Hecken, Flecken eingetrockneten Schleims am Laub, an der Fundamentverkleidung, den Außenwänden der Häuser und auf den Fenstersimsen verfolgen. Alle neun Spuren enden im Innern von Wohnräumen, und zwar in den Cottages Nr. 1, 4, 10 (jeweils auf der Veranda), Nr. 2, 3, 9, 12 (in den Wohnzimmern), Nr. 6 und 13 (in den Schlafzimmern). Die Cottages Nr. 4 und 9 sind dem Anschein nach unbewohnt.

Nun hatte in Cottage Nr. 7, wo die Invasion ihren Anfang nahm, aber ganz offensichtlich jemand gewohnt – und jetzt galt es nur noch festzustellen, wer. War es ein dummer Witzbold oder ein verantwortungsloser Leichtfuß? Hatte er die Embryophoren absichtlich gestartet oder nur den Moment verschwitzt, als sie sich selbst in Gang setzten? Wenn er es verschwitzt hatte, geschah es aus Unwissenheit oder grober Fahrlässigkeit?

Zwei Dinge aber stimmten nachdenklich. Erstens fand Toivo keine Spuren von den Embryophoren-Hüllen. Und zweitens konnte er anfangs keine persönlichen Daten über den Bewohner von Cottage Nr. 7 herausbekommen. Oder über die Bewohner.

Zum Glück ist unsere Welt im Großen und Ganzen sehr gerecht eingerichtet. Denn plötzlich erschallten auf dem Platz laute, ungehaltene Stimmen, und nach einer Minute stellte sich heraus, dass im Zentrum dieser Aufregung der bereits gesuchte Bewohner stand – zudem war er nicht allein, sondern mit einem Gast gekommen.

Der Bewohner war ein stämmiger Mann, fast wie aus Eisen gegossen. Er trug einen Marschanzug und einen Sack aus Segeltuch, aus dem seltsam summende und knirschende Töne zu hören waren. Was den Gast betraf, so erinnerte er Toivo lebhaft an den guten alten Duremar, wie er tropfnass aus dem Teich Tante Tortillas kam – groß und hager, mit langen Haaren, einer langen Nase und einem langen undefinierbaren Gewand, an dem allmählich trocknender Algenschlamm klebte. Es stellte sich heraus, dass der Bewohner Ernst Jürgen hieß, als Orthomaster-Operator auf dem Titan arbeitete und gerade Urlaub auf der Erde machte. Jedes Jahr verbringe er seinen Urlaub auf der Erde, einen Monat im Winter und einen im Sommer, und sommers immer hier an der Pescha, in dem Cottage da ... Was denn für Ungeheuer? Wovon reden Sie eigentlich, junger Mann? Was kann es in Malaja Pescha für Ungeheuer geben, denken Sie doch mal nach, und so was gehört zum Katastrophenschutz, Sie haben wohl nichts zu tun, oder ...?

Duremar der Gast hingegen erwies sich als echter Erdenmensch. Mehr noch: Er stammte fast aus dem Ort. Sein Familienname war Tolstow, und genannt wurde er Lew Nikolajewitsch. Doch bemerkenswert war etwas anderes: Es zeigte sich nämlich, dass er ganze vierzig Kilometer von hier entfernt wohnte und arbeitete, und zwar in Nishnaja Pescha, wo schon seit ein paar Jahren eine kleine Filiale in Betrieb war – eingerichtet von der Firma des schon erwähnten und nicht ganz unbekannten Fleming!

Außerdem handelte es sich bei Ernst Jürgen und seinem alten Freund Ljowa Tolstow um leidenschaftliche Feinschmecker: Jedes Jahr, so Ernst Jürgen, träfen sie sich in Malaja Pescha, denn fünf Kilometer flussaufwärts mündete ein kleiner Nebenfluss in die Pescha, und in diesem Nebenfluss gebe es Krabbenkrebse. Ebendarum verbringe er seinen Urlaub in Malaja Pescha, und ebendarum seien er und sein Freund Ljowa Tolstow gestern am frühen Abend mit dem Boot zum Fang der Krabbenkrebse aufgebrochen, und ebendarum wären sie beide dem Katastrophenschutz sehr verbunden, wenn man sie jetzt in Ruhe ließe, denn (Ernst Jürgen schüttelte den schweren Sack, aus dem die seltsamen Töne kamen) bei Krabbenkrebsen gebe es nur einen Frischegrad, und zwar den ersten …

Diesem lauten, kuriosen Menschen schien es absolut unmöglich, dass sich auf der Erde – nicht bei ihm auf dem Titan, nicht irgendwo auf der Pandora und auch nicht auf der Jaila, nein, auf der Erde, in Malaja Pescha! – Dinge ereignet haben sollten, die zu Angst und Panik geführt hatten. Was für ein interessantes Exemplar eines professionellen Raumfahrers! Da sieht er, dass die Siedlung leer steht, sieht einen Mann vom Katastrophenschutz vor sich, sieht einen Vertreter der KomKon 2 und bestreitet auch gar nicht deren Autorität – aber jede Erklärung dafür ist ihm lieber als die, dass auf seiner beschaulichen, heimatlichen Erde etwas nicht in Ordnung sein könnte. Dann aber, als man ihn überzeugt hatte, dass es sich tatsächlich um ein BV handelte, verlor er die Fassung wie ein kleines Kind, schmollte, presste die Lippen zusammen und ging beiseite. Seinen Sack mit den wertvollen Krabbenkrebsen schleifte er dabei über den Boden hinter sich her und setzte sich auf die Vortreppe seines Cottages, von allen abgewandt, wollte niemanden sehen, von nichts mehr etwas hören. Von Zeit zu Zeit zuckte er mit den Schultern und seufzte laut: »So was nennt sich nun Urlaub … Da kommt man einmal im Jahr hierher, und dann so was … unmöglich, gar nicht auszudenken …«

Toivo allerdings interessierte sich mehr für die Reaktion seines Freundes Lew Nikolajewitsch Tolstows, der ein Mitarbeiter Flemings war und Spezialist für die Entwicklung und Aktivierung künstlicher Organismen. Der Spezialist reagierte so: anfangs völliges Unverständnis, dann unstete, weit aufgerissene Augen und das unsichere Lächeln eines Menschen, der annimmt, dass man ihm einen ziemlich albernen Streich spielt. Dann Betroffenheit, die Augenbrauen fest zusammengezogen, der Blick geht ins Leere beziehungsweise ist nach innen gerichtet, der Unterkiefer bewegt sich, er denkt nach. Und dann, am Ende, ein Ausbruch gekränkten Berufsstolzes. Wissen Sie eigentlich, wovon Sie da reden? Haben Sie überhaupt eine Ahnung, eine Vorstellung von der Thematik? Haben Sie jemals ein künstliches Wesen gesehen? Ach, nur in den Nachrichten? Also: Es gibt keine künstlichen Lebewesen, und es kann auch keine geben, die imstande wären, durch das Fenster zu Leuten ins Schlafzimmer zu kriechen. Zuerst einmal sind künstliche Lebewesen sehr langsam und schwerfällig, und wenn sie sich bewegen – dann nicht auf die Menschen zu, sondern von ihnen weg. Sie vertragen nämlich kein natürliches Biofeld, nicht einmal das einer Katze. Außerdem, was heißt »ungefähr so groß wie eine Kuh«? Haben Sie eine Vorstellung davon, wie viel Energie der Embryophor braucht, um sich zu so einer Masse zu entwickeln, selbst wenn er eine Stunde Zeit dazu hätte? Hier wäre nichts übrig geblieben, nichts, nicht einmal eine Kuh. Es hätte ausgesehen wie nach einer Explosion!

Ob er es für möglich halte, dass hier Embryophoren eines ihm unbekannten Typs in Gang gesetzt wurden?

Ausgeschlossen. Solche Embryophoren sind in der Natur nicht möglich.

Was denn seiner Meinung nach dann vorgefallen sei?

Lew Tolstow wusste es nicht. Er verstand nicht, was geschehen war. Er müsse sich umsehen, um zu einem Schluss zu kommen. Toivo ließ ihn sich umsehen.

Er und Basil machten sich auf den Weg zum Klub, um etwas zu essen. Jeder von ihnen nahm ein belegtes Brot mit kaltem Fleisch, und als Toivo ging, um Kaffee zu kochen, hörte er, wie Basil mit vollem Mund protestierte: »W-w-w!«

Dann schluckte er einen gewaltigen Brocken hinunter und rief, an Toivo vorbeisehend, laut und deutlich: »Maschine stopp! Wo willst du denn hin, Kleiner?«

Toivo wandte sich um und sah einen Jungen von etwa zwölf Jahren, mit abstehenden Ohren, braungebrannt, bekleidet mit Shorts und einem leichtem Anorak. Der schallende Ruf Basils ließ ihn unmittelbar am Ausgang des Pavillons stehen bleiben.

»Nach Hause«, sagte er herausfordernd.

»Komm doch bitte mal her!«, sagte Basil.

Der Junge kam näher und blieb stehen, die Hände auf dem Rücken verschränkt.

»Wohnst du hier?«, fragte Basil freundlich.

»Wir haben hier gewohnt«, antwortete der Junge. »In der Sechs. Jetzt werden wir nicht mehr hier wohnen.«

»Wer sind ›wir‹?«, wollte Toivo wissen.

»Ich, Mama und Vater. Das heißt, wir sind immer hierher ins Grüne gefahren, aber wir wohnen in Petrosawodsk.«

»Und wo sind Mama und Vater?«

»Sie schlafen. Zu Hause.«

»Sie schlafen«, wiederholte Toivo. »Wie heißt du?«

»Kir.«

»Deine Eltern wissen, dass du hier bist?«

Kir druckste herum, trat von einem Fuß auf den anderen und sagte dann: »Ich bin nur kurz zurückgekommen, um die Galeere zu holen. Ich habe einen ganzen Monat daran gebaut.«

»Die Galeere …«, wiederholte Toivo und musterte den Jungen. Sein Gesicht ließ eigentlich nur Langeweile erkennen. Und es schien ihn nur eines zu beunruhigen: dass er möglichst schnell seine Galeere holen und nach Hause zurückkehren konnte, bevor seine Eltern erwacht waren.

»Wann seid ihr von hier abgereist?«

»Heute Nacht. Alle sind abgereist, wir auch. Aber die Galeere haben wir vergessen.«

»Warum seid ihr denn abgereist?«

»Es gab eine Panik. Wissen Sie das denn nicht? Hier war der Teufel los! Mama ist so erschrocken, und da sagte Vater: ›Wisst ihr was, wir reisen ab und fahren nach Hause.‹ Da haben wir uns in den Gleiter gesetzt und sind geflogen … Kann ich jetzt gehen?«

»Warte noch einen Moment. Warum hat es denn deiner Meinung nach die Panik gegeben?«

»Weil diese Tiere aufgetaucht sind. Sie sind aus dem Wald gekommen, oder vom Fluss. Alle sind vor ihnen erschrocken und weggelaufen. Ich habe geschlafen, Mama hat mich geweckt.«

»Und du bist nicht erschrocken?«

Er zuckte mit den Achseln. »Na ja, am Anfang habe ich mich auch erschrocken … Ich werde geweckt, alle schreien, brüllen, alle rennen herum, und ich weiß nicht, warum.«

»Und dann?«

»Ich sage doch: Wir haben uns in den Gleiter gesetzt und sind geflogen.«

»Hast du die Tiere gesehen?«

Plötzlich lächelte er. »Ja, habe ich. Eins ist direkt durch das Fenster hereingekrochen, so eins mit Hörnern, nur dass die Hörner nicht hart waren, sondern weich wie bei einer Schnecke, sehr ulkig …«

»Das heißt, du selbst bist nicht erschrocken?«

»Nein, ich sagte Ihnen doch: Ich habe mich erschrocken. Als Mama hereingerannt kam, ganz weiß, und ich dachte – irgendein Unglück, ich dachte, es ist etwas mit Papa, natürlich war ich erschrocken, warum sollte ich Sie beschwindeln?«

»Verstehe. Aber vor den Tieren hattest du keine Angst?«

Kir sagte ärgerlich: »Warum sollte ich mich denn vor ihnen fürchten? Sie sind doch völlig harmlos, lustig. Sie sind weich und seidig, wie Mungos, nur ohne Fellchen. Ja, sie sind groß, na und? Ein Tiger ist auch groß, soll ich mich etwa deshalb vor ihm fürchten? Ein Elefant ist groß, ein Wal ist groß. Manche Delfine auch. Diese Tiere waren jedenfalls nicht größer als Delfine und genauso lieb.«

Toivo schaute zu Basil. Der hörte dem sonderbaren Jungen verblüfft zu und hielt dabei sein angebissenes Brot in der Hand.

»Und sie riechen auch gut!«, fuhr Kir begeistert fort. »Nach Beeren riechen sie! Ich denke, sie fressen auch Beeren. Man müsste sie zähmen, aber vor ihnen davonlaufen – warum?« Er seufzte. »Jetzt sind sie wahrscheinlich weg, irgendwo in der Taiga. Wen wundert's? So, wie alle sie angeschrien, getrampelt, mit den Armen gefuchtelt haben! Natürlich sind sie erschrocken! Wie soll man sie jetzt wieder hierherlocken?« Er senkte den Kopf und hing seinen betrübten Gedanken nach.

Toivo sagte: »Verstehe. Deine Eltern sind aber anderer Meinung, oder?«

Kir winkte ab. »Ach die. Mit meinem Vater geht es ja noch, aber Mama sagt kategorisch: Keinen Fuß setze ich mehr dorthin, niemals, um keinen Preis! Jetzt fliegen wir auf die Pandora, zum Kurort. Aber dort gibt es ja keine … Oder doch? Wie heißen sie eigentlich, wissen Sie das?«

»Ich weiß es nicht, Kir«, sagte Toivo.

»Und hier ist kein Einziges geblieben?«

»Kein Einziges.«

»Das habe ich mir gedacht.« Kir seufzte und fragte: »Kann ich jetzt meine Galeere holen?«

Basil war endlich zu sich gekommen. Er stand geräuschvoll auf und antwortete: »Gehen wir, ich komme mit. Ja?«, vergewisserte er sich bei Toivo.

»Natürlich«, erwiderte Toivo.

»Weshalb wollen Sie denn mitkommen?«, fragte Kir befremdet, doch Basil hatte ihm schon die Hand auf die Schulter gelegt.

»Gehen wir, gehen wir«, sagte er. »Ich wollte schon immer einmal eine richtige Galeere sehen.«

»Es ist ja keine richtige, nur ein Modell.«

»Dann erst recht. Ich wollte schon immer einmal ein Modell von einer richtigen Galeere sehen.«

Sie gingen. Toivo trank die Tasse Kaffee aus und verließ dann ebenfalls den Pavillon.

Die Sonne schien schon recht warm, am Himmel war kein Wölkchen. Blaue Libellen schwirrten über das üppige Gras des Platzes. Und durch dieses Schwirren hindurch sah Toivo eine Gestalt, die sich federleicht, fast schwebend auf den Pavillon zubewegte. Es war die alte Frau, die wie ein wunderliches Taggespenst, majestätisch und mit dem Ausdruck absoluter Unnahbarkeit, so leichtfüßig auf ihn zukam, als berühre sie mit ihren Füßen nicht einmal das Gras. Ihr hochgeschlossenes, schneeweißes Kleid hatte sie mit ihrer braunen Hand, die Toivo an eine Vogelkralle erinnerte, sehr elegant hochgerafft. Sie blieb vor ihm stehen. Ihr Gesicht war braun und schmal, und sie überragte Toivo um eine Kopflänge. Toivo verbeugte sich respektvoll, und sie erwiderte seinen Gruß mit einem wohlwollenden Kopfnicken.

»Sie dürfen mich Albina nennen«, sagte sie huldvoll und in angenehmem Bariton.

Toivo stellte sich ebenfalls vor.

Sie runzelte die braune Stirn unter dem dichten Schopf weißer Haare. »Die KomKon? Nun gut, meinetwegen die KomKon. Seien Sie so freundlich, Toivo, und sagen Sie mir bitte, welche Erklärung die KomKon hat für das, was hier passiert ist?«

»Was meinen Sie genau?«, fragte Toivo.

Diese Frage schien ihr zu missfallen. »Konkret, mein Lieber, meine ich Folgendes: Wie konnte es geschehen, dass heute, auf unserer Erde, am Ende unseres Jahrhunderts, Lebewesen, die den Menschen um Hilfe und Barmherzigkeit angerufen haben, weder Barmherzigkeit noch Hilfe zuteilwurde – und sie, im Gegenteil, verfolgt, eingeschüchtert und körperlich auf die grausamste Art und Weise traktiert wurden? Ich will keine Namen nennen, aber sie haben mit Harken auf sie eingeschlagen, sie haben sie wild angeschrien, sie haben sogar versucht, sie mit Gleitern zu zerquetschen. Ich hätte es nie geglaubt, wenn ich es nicht mit eigenen Augen gesehen hätte. Wissen Sie, was das ist: Barbarei? Das war Barbarei! Ich schäme mich.«

Sie verstummte, ohne den durchdringenden Blick ihrer zornigen schwarzen und sehr jung wirkenden Augen von Toivo zu wenden. Sie erwartete eine Antwort, und Toivo murmelte: »Darf ich Ihnen einen Sessel herauszubringen?«

»Nein, dürfen Sie nicht«, sagte sie. »Ich habe nicht vor, mich hier mit Ihnen niederzulassen. Ich möchte Ihre Meinung darüber hören, was mit den Menschen dieser Siedlung passiert ist. Ihre Meinung als Fachmann. Was sind Sie? Soziologe, Pädagoge, Psychologe? Also, ich bitte um eine Erklärung. Verstehen Sie, es geht nicht um Sanktionen. Wir müssen verstehen, wie es geschehen konnte, dass Menschen, die gestern noch wohlerzogen und zivilisiert – ich würde sogar sagen, reizende Menschen! – waren, heute plötzlich ihre Menschlichkeit verlieren! Wissen Sie, wodurch sich der Mensch von allen anderen Wesen auf der Welt unterscheidet?«

»Äh … durch die Vernunft?«, meinte Toivo.

»Nein, mein Lieber! Durch die Barmherzigkeit! Die Barmher-zig-keit!«

»Ja, gewiss«, sagte Toivo. »Aber woraus folgt denn, dass diese Wesen gerade Barmherzigkeit brauchten?«

Sie blickte ihn voller Abscheu an. »Haben Sie sie gesehen?«, fragte sie.

»Nein.«

»Wie kommen Sie dann dazu, darüber zu urteilen?«

»Ich urteile nicht darüber«, entgegnete Toivo. »Ich will ja gerade herausfinden, was sie wollten …«

»Ich glaube, Ihnen ziemlich deutlich gesagt zu haben, dass diese Lebewesen, diese armen Tiere bei uns Hilfe suchten! Sie waren dem Tode nahe, konnten jeden Moment sterben! Und sie sind gestorben, wissen Sie das etwa nicht? Vor meinen Augen sind sie gestorben und zu Nichts geworden, zu Staub, und ich konnte nichts tun – ich bin Tänzerin und kein Biologe, kein Arzt. Ich habe gerufen, aber es konnte mich niemand hören in diesem Tohuwabohu, in dieser Orgie von Grausamkeit und Barbarei. Und dann, als endlich Hilfe eintraf, war es zu spät, sie waren nicht mehr am Leben. Keines von ihnen! Und diese Wilden … Ich weiß nicht, wie ich ihr Verhalten erklären soll. Vielleicht war es eine Massenpsychose, eine Vergiftung? Ich war immer dagegen, Pilze zu essen. Sicher sind sie, als sie wieder zu sich kamen, vor Scham davongelaufen! Haben Sie sie gefunden?«

»Ja«, sagte Toivo.

»Haben Sie mit ihnen gesprochen?«

»Ja. Mit einigen. Nicht mit allen.«

»Dann sagen Sie mir bitte: Was war mit ihnen geschehen? Welche Erkenntnisse haben Sie gewonnen, wenigstens vorläufig?«

»Sehen Sie … meine Dame …«

»Sie können mich Albina nennen.«

»Danke. Sehen Sie, es ist so … Soweit uns bekannt ist, hat die Mehrheit Ihrer Nachbarn diese Invas… dieses Ereignis anders aufgefasst als Sie.«

»Natürlich!«, erwiderte Albina von oben herab. »Das habe ich mit eigenen Augen gesehen!«

»Nein, nein. Ich will sagen: Sie sind erschrocken. Sie sind zu Tode erschrocken. Sie haben vor Grauen fast den Verstand verloren. Sie haben sogar Angst, hierher zurückzukehren. Einige wollen nach dem, was sie durchgemacht haben, die Erde verlassen. Und soweit ich sehe, sind Sie der einzige Mensch, der einen Hilferuf vernommen hat ...«

Sie hörte majestätisch, doch sehr aufmerksam zu.

»Nun«, bemerkte sie, »offensichtlich schämen sie sich so sehr, dass sie sich auf die Angst berufen müssen. Glauben Sie ihnen nicht, mein Lieber, glauben Sie es nicht! Es war eine ganz primitive, schändliche Xenophobie, ähnlich den Rassenvorurteilen. Ich weiß noch, als Kind hatte ich hysterische Angst vor Spinnen und Schlangen. Und hier ist es dasselbe.«

»Das mag durchaus sein. Aber etwas möchte ich doch gern genauer wissen. Diese Wesen haben um Hilfe gebeten; sie brauchten Barmherzigkeit. Doch wie kam das zum Ausdruck? Denn wenn ich Sie richtig verstehe, haben sie nicht gesprochen, nicht einmal gestöhnt ...«

»Mein Lieber! Sie waren krank, sie lagen im Sterben! Was hat es schon zu sagen, dass sie schweigend starben? Ein auf den Strand geworfener Delfin gibt schließlich auch keinen Laut von sich. Jedenfalls hören wir ihn nicht, und trotzdem ist uns klar, dass wir ihm helfen müssen und eilen ihm zu Hilfe. Dort kommt ein Junge, Sie können hier nicht hören, was er sagt, aber Sie sehen, dass er munter ist, fröhlich, glücklich.«

Aus dem Cottage Nr. 6 näherte sich Kir, und er war in der Tat munter, fröhlich und glücklich. Basil, der neben ihm ging, trug ehrfurchtsvoll das große schwarze Modell einer antiken Galeere in Händen. Er stellte anscheinend Fragen, und Kir antwortete ihm, beschrieb mit seinen Händen Abmessungen, Formen, komplizierte Wechselwirkungen. Anscheinend war auch Basil ein großer Modellbauer von antiken Galeeren.

Albina schaute genauer hin: »Aber das ist ja Kir!«

»Ja«, sagte Toivo. »Er ist zurückgekommen, um sein Modell zu holen.«

»Kir ist ein guter Junge«, erklärte Albina. »Aber sein Vater hat sich widerwärtig aufgeführt. Guten Morgen, Kir!«

Kir war so ins Gespräch vertieft, dass er sie erst jetzt bemerkte. Er blieb stehen und sagte schüchtern: »Guten Morgen.« Die Begeisterung war von seinem Gesicht gewichen, wie übrigens auch von dem Basils.

»Wie geht es deiner Mama?«, erkundigte sich Albina.

»Danke. Sie schläft.«

»Und der Papa? Wo ist dein Vater, Kir? Ist er irgendwo hier?«

Kir schüttelte schweigend den Kopf und machte ein finsteres Gesicht.

»Und du bist die ganze Zeit über hiergeblieben?«, rief Albina anerkennend und warf Toivo einen triumphierenden Blick zu.

»Er ist wegen seines Modells zurückgekommen«, erinnerte Toivo sie.

»Egal. Du hattest doch keine Angst, hierher zurückzukehren, Kir?«

»Aber warum sollte ich denn Angst vor ihnen haben, Oma Albina?«, murmelte Kir gekränkt und wollte seitwärts an ihr vorbeigehen.

»Ich weiß nicht, ich weiß nicht«, sagte Albina giftig. »Dein Vater zum Beispiel …«

»Vater hatte überhaupt keine Angst. Das heißt, er hatte welche, aber nur um mich und Mama. Er hat in dem Durcheinander einfach nicht begriffen, wie lieb sie sind …«

»Nicht lieb, sondern unglücklich!«, berichtigte ihn Albina.

»Aber nein, warum denn unglücklich, Oma Albina?«, widersprach ihr Kir entrüstet, wobei er seine Arme ausbreitete, wie ein ungeschickter Tragöde. »Sie sind doch lustig, sie wollten spielen! Sie haben richtig versucht, sich anzuschmiegen!«

Oma Albina lächelte herablassend.

An dieser Stelle muss ich nun unbedingt einen Aspekt hervorheben, der für den Mitarbeiter Toivo Glumow charakteristisch war. Hätte sich an seiner Stelle ein unerfahrener Praktikant befunden, wäre dieser nach der Unterredung mit Duremar zu dem Schluss gekommen, dass der versuchte, ihn in die Irre zu führen. Er hätte gedacht, dass die Sache im Großen und Ganzen auf der Hand liege: dass Fleming einen Embryophor neuen Typs geschaffen habe, seine Ungeheuer ausgebrochen seien, und man sich jetzt wieder beruhigt schlafen legen könne, um am Vormittag der Obrigkeit Bericht zu erstatten.

Ein erfahrener Mitarbeiter dagegen, wie beispielsweise Sandro Mtbewari, hätte nicht mit Basil Kaffee getrunken: Ein Embryophor neuen Typs ist kein Spaß, Sandro hätte unverzüglich fünfundzwanzig Anfragen an alle nur denkbaren Instanzen geschickt und wäre sofort nach Nishnaja Pescha gestürzt, um Flemings Stümpern und Halunken an die Gurgel zu gehen, bevor sie sich vorbereiten konnten, ihm die gekränkte Unschuld vorzuspielen.

Toivo Glumow aber rührte sich nicht vom Fleck. Warum? Er hatte den Gestank von Schwefel gerochen. Nein, nicht den Gestank – nur einen Hauch. Ein sensationeller Embryophor? Gewiss, das ist ernst. Aber es riecht nicht nach Schwefel. Eine hysterische Panik? Schon eher. Doch die Hauptsache war diese seltsame alte Frau aus dem Cottage Nr. 1. Das ist es! Panik, Hysterie, Flucht, der Katastrophenschutz, und sie bittet, man möge keinen Lärm machen und sie nicht beim Schlafen stören. Dafür gab es keine herkömmliche Erklärung. Und Toivo versuchte auch nicht, eine zu finden. Er blieb einfach vor Ort und wartete ab; er wartete, bis die Alte aufstand, um ihr ein paar Fragen zu stellen. Er blieb und wurde belohnt. »Wenn mir nicht eingefallen wäre, mit Basil zu frühstücken«, erzählte er später, »wenn ich gleich nach dem Interview mit Tolstow zum Rapport zu Ihnen gekommen wäre, hätte ich den Eindruck behalten, in Malaja Pescha wäre nichts weiter vorgefallen als eine wilde Panik, hervorgerufen durch eine Invasion künstlicher Lebewesen. Aber da erschienen der Junge Kir und Oma Albina und brachten in dieses wohlgefügte, aber primitive Schema eine entscheidende Dissonanz ...«

Ihm war »eingefallen, mit Basil zu frühstücken« – so drückte er sich aus. Wohl, um keine Zeit darauf zu verschwenden, Worte zu finden für die vagen, beunruhigenden Empfindungen, die ihn zum Bleiben veranlasst hatten.

Malaja Pescha. Am selben Tag. 8 Uhr morgens

Kir zwängte sich mit seiner Galeere in Händen in die Null-T-Kabine und verschwand nach Petrosawodsk. Basil zog seinen dicken Spezialanorak aus, warf sich ins Gras und nickte, wie es schien, auf dem schattigen Fleckchen ein. Oma Albina schwebte zurück ins Cottage Nr. 1.

Toivo machte sich nicht die Mühe, zum Pavillon zu gehen; er setzte sich einfach mit überkreuzten Beinen ins Gras – und wartete.

Aber es ereignete sich nichts Besonderes in Malaja Pescha. Aus dem Cottage Nr. 7 hörte man von Zeit zu Zeit einen gekränkten Aufschrei Ernst Jürgens – mal über das Wetter, mal über den Fluss, mal über den Urlaub. Albina, noch immer ganz in Weiß, erschien auf ihrer Veranda und setzte sich unter die Markise. Ihre Stimme klang herüber, melodisch, leise – anscheinend sprach sie mit jemandem per Videofon. Mehrmals tauchte Duremar-Tolstow in Toivos Blickfeld auf; er strich zwischen den Cottages umher, hockte sich hin, um den

Erdboden zu betrachten, kroch in die Büsche, mitunter auf allen vieren.

Um halb acht stand Toivo auf, ging in den Klub und rief seine Mutter per Videofon an. Der übliche Kontrollanruf. Er fürchtete, den Tag über sehr beschäftigt zu sein und keine Zeit zum Anrufen mehr zu finden. Sie sprachen über dies und das ... Toivo erzählte, dass er eine alte Ballerina namens Albina getroffen habe. Ob das nicht Albina die Große sei, von der man ihm als Kind so vorgeschwärmt hatte? Sie überlegten kurz und kamen zu dem Schluss, dass das durchaus möglich war. Doch es hatte noch eine berühmte Ballerina Albina gegeben, die etwa fünfzig Jahre älter war als Albina die Große. Dann verabschiedeten sie sich bis zum nächsten Tag.

Von draußen hörte Toivo nun ein jammervolles Geschrei: »Und die Krebse? Ljowa, die Krebse!«

Ljowa Tolstow näherte sich schnellen Schrittes dem Klub. Mit der linken Hand winkte er verärgert ab, mit der rechten presste er sich ein großes Paket an die Brust. Am Eingang zum Pavillon blieb er stehen und schrie mit hoher, schriller Stimme zum Cottage Nr. 7 hinüber: »Ich komme ja wieder! Bald!« Da bemerkte er, dass Toivo ihn ansah, und erklärte wie zur Entschuldigung: »Eine sehr merkwürdige Geschichte. Jetzt muss ich der Sache doch nachgehen. Mir Klarheit verschaffen.« Damit verschwand er in der Null-T-Kabine.

Daraufhin geschah längere Zeit wieder nichts. Toivo beschloss, bis acht Uhr zu warten.

Um fünf Minuten vor acht tauchte ein Gleiter aus dem Wald auf, flog ein paar Runden über Malaja Pescha, ging dabei allmählich tiefer und landete sanft vor dem Cottage Nr. 10. Dort hatte, der Einrichtung nach zu urteilen, die Familie eines Künstlers gewohnt. Aus dem Gleiter sprang ein hochgewachsener Mann, der leichtfüßig die Stufen zur Veranda hinauflief und dann nach hinten gewandt rief: »Alles in Ordnung! Es ist nichts und niemand zu sehen!« Während

Toivo über den Platz zu ihm ging, stieg eine junge Frau aus dem Gleiter. Sie hatte kurzes Haar und trug ein nicht ganz knielanges, violettes Hemdkleid. Anstatt jedoch die Außentreppe hochzugehen, blieb sie neben dem Gleiter stehen und hielt sich mit einer Hand an der Tür fest.

Wie sich herausstellte, war sie Künstlerin, hieß Sossja Ljadowa, und es war ihr Selbstporträt gewesen, das Toivo im Cottage der Jarygins gesehen hatte. Sie war etwa fünfundzwanzig Jahre alt und studierte an der Akademie, im Atelier Komowskij-Korsakows. Etwas Bedeutendes hatte sie noch nicht geschaffen. Sie war schön, wesentlich schöner als ihr Selbstporträt. Etwas an ihr erinnerte Toivo an seine Assja; doch hatte er Assja nie im Leben so verängstigt gesehen.

Der Mann hieß Oleg Olegowitsch Pankratow und war Lektor des Syktywkarer Lehrkreises. Zuvor war er fast dreißig Jahre lang Astroarchäologe gewesen, hatte in Fokins Gruppe gearbeitet, an der Expedition zum Kala-i-Mug (auch bekannt als »Morohashis paradoxer Planet«) teilgenommen, die ganze Welt kennengelernt und alles gesehen. Er war ein sehr ruhiger, fast ein wenig phlegmatischer Mann mit Händen so groß wie Schaufeln – verlässlich, solide, gründlich und mit nichts aus der Ruhe zu bringen; sein Gesicht war weiß und rosig, er hatte blaue Augen, eine Kartoffelnase und einen mächtigen, rotblonden Bart wie Ilja Muromez.

So war es kein Wunder, dass die Eheleute sich während der nächtlichen Ereignisse völlig unterschiedlich verhalten hatten. Oleg Olegowitsch war beim Anblick der lebenden »Säcke«, die durchs Fenster ins Schlafzimmer gekrochen kamen, natürlich sehr erstaunt gewesen, hatte sich aber nicht erschrocken. Vielleicht, weil ihm gleich die kleine Filiale in Nishnaja Pescha eingefallen war, die er seinerzeit mehrere Male besucht hatte, und auch der Anblick der »Monstren« selbst rief bei ihm kein Gefühl von Gefahr hervor. Er hatte vor allem Ekel empfunden, Ekel und Abscheu, doch keinerlei

Furcht. Er hatte sich mit den Händen gegen die Säcke gestemmt, sie nicht ins Schlafzimmer gelassen und zurück in den Garten gedrängt. Es war widerlich gewesen, schlüpfrig, klebrig. Die Säcke hatten sich unter den Handflächen unangenehm schwabbelig angefühlt; am ehesten hatten sie ihn an die Innereien eines riesigen Tieres erinnert. Er war im Schlafzimmer umhergelaufen und hatte fieberhaft überlegt, womit er die Hände abwischen könnte, doch da begann Sossja auf der Veranda zu schreien, und er hatte keine Zeit mehr für Ekelgefühle …

»Ja, wir alle haben uns nicht gerade vorbildlich benommen, aber trotzdem darf man sich nicht so gehen lassen, wie das einige getan haben. Mancher ist ja noch immer nicht zu sich gekommen. Frolow haben wir gleich ins Krankenhaus nach Sula gebracht, wo man ihn förmlich vom Gleiter wegreißen musste, er war völlig außer sich. Und die Grigorjans wollten sich mit ihren Kindern nicht einmal mehr in Sula aufhalten, sie sind alle vier in die Null-Kabine gestürzt und nach Mirza-Charle aufgebrochen. Grigorjan hat uns zum Abschied zugerufen: ›Irgendwohin, bloß recht weit weg und für immer!‹«

Sossja aber konnte die Grigorjans gut verstehen; sie selbst hatte noch niemals solches Grauen empfunden. Dabei ging es gar nicht darum, ob diese Tiere nun gefährlich waren oder nicht. »Uns alle trieb die Angst … Misch dich nicht ein, Oleg, ich rede von uns normalen, unvorbereiteten Leuten, nicht von solchen Teufelskerlen wie dir … Uns trieb die Angst, aber nicht, weil wir uns davor gefürchtet hätten, aufgefressen, erdrosselt, bei lebendigem Leibe verschlungen zu werden oder so etwas. Nein, es war ein ganz anderes Gefühl!« Sossja hatte Mühe, eine halbwegs zutreffende Beschreibung dafür zu finden. Die beste und verständlichste schien ihr folgende: »Es war keine Angst. Es war das Gefühl, es unmöglich ertragen zu können, sich mit diesen Biestern im selben Raum, in derselben Umgebung aufzuhalten.« Das Interessanteste an ihrer Erzählung aber war etwas anderes.

Nämlich: Diese Ungeheuer waren schön! Sie waren in einem solchen Maße schrecklich und widerwärtig, dass sie auf ihre Weise ganz und gar vollkommen waren – die vollkommene Hässlichkeit. Die ästhetische Nahtstelle des ideal Hässlichen und des ideal Schönen. Jemand hat einmal gesagt, dass ideale Hässlichkeit wohl dieselben ästhetischen Empfindungen in uns hervorrufen müsse wie ideale Schönheit. Bis vorige Nacht war ihr das immer paradox vorgekommen. Aber es war nicht paradox! Oder sei sie jetzt schon so durcheinander … ihre Gedanken völlig unangebracht?

Sie zeigte Toivo einige Skizzen, die sie zwei Stunden nach der Panik aus dem Gedächtnis heraus angefertigt hatte. In einem leerstehenden Häuschen hatten Oleg und sie sich einquartiert. Anfangs hatte ihr Oleg Tonic zu trinken gegeben und versucht, sie mit Psychomassage wieder zu sich zu bringen. Doch als das alles nichts half, griff sie sich ein Blatt Papier, irgendeinen schrecklichen Stift, hart und klobig, und begann hastig, Linie für Linie, Schatten für Schatten, auf Papier zu übertragen, was ihr als Albtraum noch vor Augen stand und die wirkliche Welt verdeckte.

Auf den Zeichnungen war nichts Besonderes zu sehen. Ein Netz von Linien, bekannte Dinge ließen sich erahnen: das Verandageländer, der Tisch, die Sträucher, und über allem – verschwommene Schatten undefinierbarer Formen. Sicher, die Zeichnungen vermittelten ein Gefühl von Beunruhigung, Unbehagen … Oleg Olegowitsch fand, dass die Skizzen durchaus etwas hatten. Obwohl, seiner Meinung nach sei alles viel einfacher und scheußlicher gewesen. Aber er stehe der Kunst auch ziemlich fern, sei nur ein unqualifizierter Kunstliebhaber, nicht mehr …

Er fragte Toivo, was man herausgefunden hätte. Toivo erzählte ihm von seinen Vermutungen: Fleming, Nishnaja

Pescha, ein Embryophor neuen Typs und so weiter. Pankratow nickte zustimmend und merkte dann traurig an, was ihn an der Geschichte am meisten betrübe, sei … Wie soll man sagen? Nun, die übermäßige Nervosität der Erdenbewohner heutzutage. Sie hätten alle das Weite gesucht, alle! Wenn wenigstens einer Interesse gezeigt hätte, neugierig gewesen wäre. Um die Ehre der heutigen Erdenbewohner zu verteidigen, erzählte Toivo von Oma Albina und dem Jungen Kir.

Nun lebte Oleg Olegowitsch ungemein auf, schlug mit den schaufelgroßen Händen auf die Armlehnen des Sessels und auf den Tisch, warf bald Toivo, bald Sossja triumphierende Blicke zu und rief unter lautem Lachen: »Sieh an, der kleine Kir! So ein Prachtkerl! Ich habe ja immer gesagt, dass aus ihm noch was wird. Und dann unsere gute Albina! Von wegen zierlich-manierlich.« Worauf Sossja recht heftig wurde und erklärte, daran sei wohl nichts Verwunderliches, Kinder und Alte seien schon immer vom selben Schlag gewesen. »Und die Raumflieger!«, rief Oleg Olegowitsch. »Vergiss die Raumflieger nicht, Liebste!« Dann lieferten sie sich – halb im Ernst und halb im Scherz – ein Wortgefecht, bis es zu einem kleinen Zwischenfall kam.

Oleg Olegowitsch, der seiner Liebsten bisher mit einem Lächeln von einem bis zum anderen Ohr gelauscht hatte, hörte plötzlich auf zu lächeln. Die Fröhlichkeit auf seinem Gesicht wich einem Ausdruck von Bestürzung, so, als hätte ihn etwas bis ins Mark erschüttert. Toivo folgte seinem Blick und sah Folgendes: Der untröstliche, enttäuschte Ernst Jürgen stand in der Tür seines Cottages Nr. 7. Er trug jetzt nicht mehr seine Krabbenkrebsfang-Montur, sondern einen weiten beigefarbenen Anzug. Er hatte sich an einen Pfosten angelehnt, hielt in einer Hand eine flache Bierdose und in der anderen ein riesiges Butterbrot, das mit etwas Rotweißem belegt war. Mal führte er die eine Hand zum Mund und mal die andere, er kaute, schluckte, und dabei blickte er unablässig über den Platz zum Eingang des Klubs.

»Da ist ja auch Ernst!«, rief Sossja aus. »Und du sagst ...«

»Ich werd verrückt!«, sagte Oleg Olegowitsch langsam und sah noch genauso bestürzt aus wie zuvor.

»Wie du siehst, ist Ernst auch nicht erschrocken«, bemerkte Sossja giftig.

»Das sehe ich«, gab Oleg Olegowitsch zu.

Er wusste etwas über diesen Ernst Jürgen und hatte auf gar keinen Fall erwartet, ihn nach den nächtlichen Ereignissen hier zu sehen. Ernst Jürgen hatte hier nichts zu schaffen. Er hatte nicht auf seiner Veranda in Malaja Pescha zu stehen, Bier zu trinken und gekochte Krabbenkrebse zu essen. Ernst Jürgen hatte sofort und ohne sich noch einmal umzusehen das Weite zu suchen – auf seinen Titan oder noch weiter.

Eilends klärte Toivo das Missverständnis auf und erzählte, dass Ernst Jürgen gestern Nacht nicht in der Siedlung, sondern mehrere Kilometer flussabwärts auf Krabbenkrebsfang gewesen war. Nun schien Sossja sehr betrübt. Oleg Olegowitsch jedoch, so kam es Toivo vor, atmete geradezu erleichtert auf. »Das ist ja ganz was anderes!«, sagte er. »Warum haben Sie das nicht gleich gesagt?« Und obwohl ihn niemand gefragt hatte, was der Grund für seine Bestürzung gewesen war, begann er nun plötzlich mit Erklärungen: In der Nacht, als die Panik herrschte, habe es ihn nämlich sehr irritiert mit anzusehen, wie Ernst Jürgen sich auf die schändlichste Weise, mit den Ellenbogen an allen vorbei in die Null-Kabine gedrängt hatte. Jetzt aber sei ihm klar, dass er sich getäuscht hatte, dass es nicht so gewesen sei und, wie man sieht, auch nicht so gewesen sein konnte. Doch im ersten Moment, als er Ernst Jürgen mit der Bierdose erblickt hatte ...

Niemand weiß, ob Sossja ihm glaubte, Toivo jedoch glaubte ihm kein Wort. Es war nichts dergleichen vorgefallen. Oleg

Olegowitsch hatte Ernst Jürgen während der nächtlichen Panik keineswegs zu sehen geglaubt, sondern er, Oleg Olegowitsch, wusste von diesem Jürgen etwas ganz anderes und viel Interessanteres. Aber es war anscheinend etwas Schlechtes, weil er sich doch genierte, davon zu erzählen …

Und dann fiel ein Schatten auf Malaja Pescha, und ringsum hörte man ein sanftes Summen. Der aufgeschreckte Basil schoss hinter dem Pavillon hervor und warf im Laufen seinen Anorak über. Aber gleich strahlte wieder die Sonne über Malaja Pescha, und auf das Gras senkte sich majestätisch, goldschimmernd und glänzend wie ein riesiger Brotlaib, ohne einen einzigen Grashalm zu krümmen, ein Pseudograv der »Puma«-Klasse, einer der ganz neuen, supermodernen … Sofort öffneten sich die vielen ovalen Luken, und daraus sprangen zahllose geschäftige, laute Menschen, braungebrannt und langbeinig. Sie schleppten Kästen mit Trichteröffnungen herbei, zogen Schläuche mit wunderlichen Endstücken hinter sich her, ließen Blitz-Kontaktoren aufflammen, liefen aufgeregt durcheinander und gestikulierten. Und derjenige von ihnen, der am aufgeregtesten hin und her lief, am meisten gestikulierte, Kisten herbeischleppte und Schläuche hinter sich herzog, war Lew Duremar-Tolstow – immer noch in denselben Sachen, an denen die eingetrocknete, grüne Algenmasse klebte …

Das Arbeitszimmer des Leiters der Abteilung BV.
6. Mai '99. Gegen 13 Uhr

»Und was haben sie mit all ihrer Technik herausgefunden?«, fragte ich.

Toivo schaute gelangweilt aus dem Fenster. Sein Blick folgte den dichten Wolken, die langsam über den südlichen Stadtrand von Swerdlowsk dahinschwebten.

»Nichts wirklich Neues«, antwortete er. »Sie haben die Tierart rekonstruiert, die am wahrscheinlichsten ist, und ihre Analysen ergaben dasselbe wie die des Katastrophenschutzes. Sie haben sich gewundert, dass keine Hüllen von Embryophoren übrig geblieben sind, haben über die Energetik gestaunt und steif und fest behauptet, so etwas sei unmöglich.«

»Hast du Anfragen gestellt, Erkundigungen eingezogen?«, zwang ich mich zu fragen.

Ich möchte noch einmal betonen, dass ich zu dem Zeitpunkt bereits alles durchschaute, alles wusste und alles verstand, aber noch keine Ahnung hatte, was ich mit diesem Wissen anfangen sollte. Mir wollte nichts einfallen, und meine Mitarbeiter und Kollegen störten mich nur. Besonders Toivo Glumow.

Nichts hätte ich lieber getan, als ihn sofort in Urlaub zu schicken, sie alle in Urlaub zu schicken, bis zum letzten Praktikanten. Und dann alle Nachrichtenkanäle abzuschalten, mich abzuschirmen, die Augen zu schließen und zumindest einen Tag lang völlig allein zu sein. Und mein Gesicht nicht mehr unter Kontrolle halten zu müssen. Nicht daran denken zu müssen, welche von meinen Worten natürlich klangen und welche nicht. Um an nichts denken zu müssen; damit im Kopf gähnende Leere entstünde und sich in dieser Leere die gesuchte Lösung von selbst einstellte. Das war eine Art Halluzination, wie man sie bekommt, wenn man einen lästigen Schmerz allzu lange ertragen muss. Ich ertrug ihn nun schon über fünf Wochen, meine Kräfte gingen zur Neige, aber noch gelang es mir, mein Gesicht zu beherrschen, mein Verhalten zu steuern und angebrachte Fragen zu stellen.

»Hast du Erkundigungen eingezogen?«, fragte ich Toivo Glumow.

»Erkundigungen habe ich eingezogen«, antwortete er monoton. »Bei Bürgermeyer in der PV ›Embryomechanik‹. Bei

Gorbazkoi. Persönlich. Und bei Fleming. Für alle Fälle. Alles in Ihrem Namen.«

»Gut«, sagte ich. »Warten wir.«

Jetzt musste ich ihm Gelegenheit geben sich auszusprechen. Es war ihm anzusehen, dass er sich vergewissern wollte, dass mir nicht die Hauptsache entgangen war. Im Idealfall war es natürlich Aufgabe des Chefs, diese Hauptsache zu extrahieren und hervorzuheben, aber dazu fehlte mir schon die Kraft.

»Du willst noch etwas hinzufügen?«, fragte ich.

»Ja. Das will ich.« Er schnippte ein unsichtbares Stäubchen von der Tischplatte. »Die ungewöhnliche Technologie ist nicht die Hauptsache. Die Hauptsache ist die Streubreite der Reaktionen.«

»Das heißt?« (Ich musste ihn auch noch anstoßen!)

»Ihnen ist vielleicht aufgefallen, dass die Ereignisse die Augenzeugen in zwei ungleiche Gruppen teilten. Streng genommen sogar in drei. Die Mehrheit der Betroffenen verfiel in kopflose Panik. Der Teufel im mittelalterlichen Dorf. Totaler Verlust der Selbstbeherrschung. Die Leute sind nicht einfach aus Malaja Pescha geflohen; sie sind von der Erde geflohen. Die zweite Gruppe: Der Viehzuchttechniker Anatoli Sergejewitsch und die Malererin Sossja Ljadowa bekamen zunächst zwar einen gehörigen Schreck, fanden aber dann den Mut zurückzukehren, wobei die Malerin in diesen Tieren sogar eine gewisse Faszination sah. Und schließlich die alte Ballerina, der junge Kir und wohl auch Pankratow, der Mann Sossja Ljadowas. Sie hatten überhaupt keine Angst. Im Gegenteil. Es ist die Streubreite der Reaktionen«, wiederholte er.

Ich wusste, was er jetzt von mir erwartete. Die Schlussfolgerungen lagen auf der Hand: In Malaja Pescha war ein Experiment zur künstlichen Auslese durchgeführt worden; es hatte die Menschen ihren Reaktionen entsprechend aufgeteilt – ob sie geeignet waren zu etwas Bestimmtem oder nicht. Genauso, wie vor fünfzehn Jahren die Auslese im Subraumsektor des Eingangs 41/02 durchgeführt worden war. Und es stand außer Frage, von wem die Experimente ausgingen: wer über eine uns unbekannte Technologie verfügte, und wer sich aus gewissen Gründen der Fukamisation in den Weg gestellt hatte. Toivo hätte das alles selbst aussprechen können, doch aus seiner Sicht wäre das eine Verletzung der Dienstethik und des »Shiao«-Prinzips gewesen. Solche Schlüsse zu ziehen war das Vorrecht des Leiters und Gruppenältesten.

Doch ich machte keinen Gebrauch von meinem Vorrecht. Dazu reichte meine Kraft nicht mehr.

»Die Streubreite«, wiederholte ich. »Überzeugend.«

Mir unterlief wohl doch ein falscher Ton, denn Toivo zog plötzlich die weißen Brauen hoch und starrte mich an.

»War das alles?«, fragte ich schleunigst.

»Ja«, antwortete er. »Alles.«

»Gut. Warten wir auf die Expertise. Was hast du jetzt vor? Schlafen gehen?«

Er holte Luft. Kaum merklich. »Der Vorgesetzte hat es nicht für angebracht gehalten.« … Jemand mit weniger Selbstbeherrschung hätte an seiner Stelle etwas Herausforderndes oder gar Unverschämtes gesagt. Toivo aber sagte: »Ich weiß nicht. Ich werde wohl noch etwas arbeiten. Die Zählung muss noch fertig werden.«

»Die Walzählung?«

»Ja.«

»Gut«, sagte ich. »Wenn du willst. Und morgen reist du bitte nach Charkow.«

Toivo hob wieder seine weißblonden Augenbrauen, erwiderte aber nichts.

»Was das Institut der Sonderlinge ist, weißt du?«, fragte ich.

»Ja. Kikin hat es mir erzählt.«

Nun war ich es, der die Brauen hochzog. In Gedanken natürlich. Hol sie doch alle der Teufel. Lassen sich völlig gehen. Muss ich denn jedes Mal und jeden Einzelnen von ihnen ermahnen, den Mund zu halten? Das ist nicht die KomKon 2, sondern ein Kaffeekränzchen.

»Und was hat dir Kikin erzählt?«

»Es ist eine Filiale des Instituts für Metaphysische Forschungen, wo die extremalen und transextremalen Eigenschaften der menschlichen Psyche untersucht werden. Es gibt dort reichlich viele sonderbare Menschen.«

»Richtig«, sagte ich. »Morgen fährst du dorthin. Das ist dein Auftrag.«

Den Auftrag formulierte ich so: Am 25. März beehrte der berühmte Hexenmeister vom Planeten Saraksch das Institut der Sonderlinge in Charkow mit seinem Besuch. Wer ist dieser Hexenmeister? Zweifellos ein Mutant. Außerdem ist er Herr und Gebieter aller Mutanten in den radioaktiven Dschungeln jenseits der Blauen Schlange. Er verfügt über viele erstaunliche, außergewöhnliche Fähigkeiten, unter anderem ist er ein Psychokrat. Was ist ein Psychokrat? »Psychokrat« ist die Sammelbezeichnung für Wesen, die sich eine fremde Psyche unterwerfen können. Außerdem ist Hexenmeister ein Wesen von ungewöhnlicher intellektueller Potenz, einer von jenen Sapientes, denen ein Tropfen Wasser genügt, um auf die Existenz von Ozeanen zu schließen. Hexenmeister war zu einem privaten Besuch auf die Erde gekommen. Aus irgendeinem Grund interessierte er sich vor allem für ebendieses Institut der Sonderlinge. Vielleicht wollte er seinesgleichen finden; wir wissen es nicht. Sein Besuch sollte vier Tage dauern, doch nach einer Stunde reiste er ab. Er kehrte auf den Saraksch zurück und verschwand in seinen radioaktiven Dschungeln.

Bis zu diesem Punkt enthielt meine Instruktion für Toivo Glumow die Wahrheit und nichts als die Wahrheit. Nun aber folgten die Pseudo- und Quasiwahrheiten.

Auf meine Bitte hin versuchen unsere Progressoren auf dem Saraksch seit einem Monat, mit Hexenmeister in Verbindung zu treten. Aber es gelingt ihnen nicht. Entweder haben wir, ohne es zu wissen, Hexenmeister bei seinem Aufenthalt auf der Erde gekränkt. Oder eine Stunde hat ihm genügt, um alle Informationen zu bekommen, die er über uns brauchte. Oder aber es geschah etwas, was spezifisch »hexenmeisterhaft« und für uns daher unvorstellbar war. Kurzum, Toivo sollte sich in das Institut begeben, alle Materialien über die Untersuchung Hexenmeisters (falls solche existierten) durchsehen, sich mit allen Mitarbeitern unterhalten, die mit ihm zu tun gehabt hatten, klären, ob sich in der Zeit, als sich Hexenmeister im Institut aufhielt, vielleicht etwas Seltsames ereignet hatte, ob sich jemand vielleicht an Äußerungen Hexenmeisters über die Erde oder über uns Menschen erinnerte, ob er etwas getan hatte, was damals vielleicht unbeachtet blieb, jetzt aber in einem neuem Licht erscheine.

»Alles klar?«, fragte ich.

Toivo warf mir einen kurzen Blick zu. »Sie haben nicht gesagt, welchem Projekt die Dienstreise zugeordnet wird.«

Nein, das war kein Funke von Inspiration. Und er hatte mich wohl auch kaum bei den Pseudo- und Quasiwahrheiten ertappt. Er konnte nur einfach nicht begreifen, dass sich sein Chef im Besitz so folgenschwerer Informationen über das Eindringen der verhassten *Wanderer* mit Nebensächlichkeiten abgab. Und ich sagte: »Dasselbe Projekt. ›Besuch der alten Dame‹.« (Eigentlich traf das sogar zu. Im weitesten Sinne des Wortes. Im allerweitesten.)

Eine Zeit lang schwieg er und trommelte mit seinen Fingern lautlos auf den Tisch. Dann sagte er in einem Ton, als bitte er um Entschuldigung: »Ich sehe keinen Zusammenhang …«

»Du wirst ihn sehen«, versprach ich.

Er schwieg.

»Und wenn es keinen gibt, umso besser«, erklärte ich. »Er ist Hexenmeister, verstehst du? Ich kenne ihn. Ein richtiger Hexenmeister. Wie aus dem Märchen, mit einem sprechenden Vogel auf der Schulter und allen anderen Utensilien. Noch dazu ein Hexenmeister von einem anderen Planeten. Ich brauche ihn unbedingt!«

»Ein möglicher Verbündeter«, sagte Toivo mit einem leicht fragenden Ton in der Stimme.

Na also, er hatte es sich selbst erklärt. Jetzt würde er arbeiten wie besessen. Vielleicht würde er Hexenmeister sogar finden. Das allerdings war zu bezweifeln.

»Vergiss nicht«, sagte ich, »dass du in Charkow als Mitarbeiter der Großen KomKon auftreten wirst. Das ist keine Tarnung, denn die Große KomKon ist tatsächlich mit der Suche nach Hexenmeister befasst.«

»Gut«, sagte er.

»Ist alles klar? Dann geh. Geh nur. Grüß Assja.«

Er ging, und endlich blieb ich allein. Für ein paar selige Minuten. Bis zum nächsten Videoanruf. Und in ebendiesen seligen Minuten beschloss ich nun, zu Athos zu gehen. Sofort, denn wenn er sich erst einmal zur Operation ins Krankenhaus begeben hatte, blieb kein einziger Mensch in der Nähe, zu dem ich noch gehen konnte.

Dokument 5

An die KomKon 2
Swerdlowsk
z. Hd. Kammerer
Absender: Direktor des Biozentrums des TPV, Gorbazkoi
In Beantwortung Ihrer Anfrage vom 6. Mai d. J.

Man führt Sie an der Nase herum. Das darf nicht sein! Ignorieren Sie es.

Gorbazkoi

Dokument 6

An die KomKon 2, Kammerer.
Von Fleming.

Maxim!
Über den Vorfall in Malaja Pescha weiß ich alles. Meiner Meinung nach eine phantastische Sache, die Neid aufkommen lässt. Deine Jungs haben genau die Fragen gestellt, auf die wir alle antworten müssen. Damit befasse ich mich jetzt, alles andere lasse ich liegen. Wenn sich etwas aufklärt, gebe ich euch auf jeden Fall Bescheid.

Fleming
Nishnaja Pescha, 15:30 Uhr

PS: Aber vielleicht hast Du über Deine Kanäle schon etwas herausbekommen? Wenn ja, dann gib sofort Nachricht. Die nächsten drei Tage bin ich durchgehend in N. Pescha.

PPS: Etwa doch die *Wanderer*? Verdammt, das wäre phantastisch!

Dokument 7

Produktionsvereinigung »Embryomechanik«, Direktorat
Erde, Antarktische Region, Erebus
A 18/0362
O-T-Index: KC 946239
Terminal: SKC-76
Adolf A. Bürgermeyer, Generaldirektor
S-283 vom 7. Mai '99

An die KomKon 2, Ural/Norden, BV
Terminal: SRJ-23
An den Leiter der Abteilung BV, Kammerer
Betr.: Ihre Anfrage vom 6. Mai '99

Lieber Kammerer!

Zu den Sie interessierenden Eigenschaften moderner Embryophoren kann ich Ihnen Folgendes mitteilen:

1. Die Gesamtmasse der erzeugten Biomechanismen beträgt maximal 200 kg. Anzahl: bis zu 8 Stück. Die maximalen Ausmaße eines einzelnen Exemplars können Sie nach dem Programm 102.ASTA (m, ρ, ρ∅, k) bestimmen, dabei ist m die Masse des Ausgangsmaterials, ρ die Dichte des Ausgangsmaterials, ρ∅ die Dichte der Umgebung und k die Anzahl der hervorgebrachten Mechanismen. Die Relation gilt mit hoher Genauigkeit im Temperaturbereich von 200 bis 400 K und in einem Druckbereich von 0 bis 200 SE.

2. Die Zeit, die der Embryophor für die Erzeugung von Biomechanismen braucht, ist keine feste Größe. Sie hängt von zahlreichen Parametern ab, die ausnahmslos vom Initiator selbst kontrolliert werden. Bei den schnellsten Embryophoren liegt die minimale Entwicklungszeit bei etwa 1 Minute.
3. Die Existenzdauer der heute bekannten Biomechanismen hängt von ihrer individuellen Masse ab. Die kritische Masse eines Biomechanismus beträgt $M_0 = 12$ kg. Biomechanismen, deren Masse M unterhalb von M_0 liegt, verfügen theoretisch über eine unbegrenzte Lebensdauer. Die Existenzdauer von Biomechanismen mit größerer Masse nimmt mit wachsendem Massenüberschuss exponentiell ab, so dass die Existenzdauer der massivsten Exemplare (um 100 kg) einige Sekunden nicht überschreiten kann.
4. An der Aufgabe, einen völlig absorbierbaren Embryophoren zu entwickeln, wird schon lange gearbeitet; eine Lösung ist aber leider noch nicht in Sicht. Nicht einmal die beste Technologie kann bislang eine Hülle erzeugen, die sich im Entwicklungszyklus restlos verwerten ließe.
5. Mikroskopische Biomechanismen verfügen im Allgemeinen über eine hohe Beweglichkeit (pro Minute bis zum Tausendfachen ihrer eigenen Abmessung). Was die im praktischen Einsatz befindlichen Exemplare angeht, so gilt das Modell KS-3 »Hüpfer« vorläufig als Spitzenreiter; es kann gerichtete und stimulierte Geschwindigkeiten von bis zu 5 m/s entwickeln.
6. Jeder der gegenwärtig realisierbaren Biomechanismen reagiert mit 100%-iger Sicherheit heftig und eindeutig (negativ) auf ein natürliches Biofeld. Im genetischen Apparat aller Biomechanismen ist dies so verankert – und zwar nicht, wie viele annehmen, aus ethischen Gründen, sondern weil jedes natürliche Biofeld mit einer Intensität von

mehr als 0,63 GD (das Biofeld eines Kätzchens) inkompensable Störungen im Signalsystem des Biomechanismus verursacht.

7. Zur Energiebilanz: Brächte ein Embryophor Biomechanismen mit den in Ihrer Anlage beschriebenen Parametern hervor, so würde dies zweifellos zu einer ungehemmten Freisetzung von Energie (Explosion) führen – falls die von Ihnen geschilderte Situation überhaupt möglich ist.

Aus sämtlichen o. a. Erläuterungen folgt, dass ein solcher Sachverhalt nach dem gegenwärtigen Stand der wissenschaftlichen und technischen Möglichkeiten völlig unrealistisch ist.

Hochachtungsvoll,

Bürgermeyer, Generaldirektor

Dokument 8

KomKon 2
Ural/Norden
Bericht Nr. 016/99
Datum: 8. Mai '99
Autor: T. Glumow, Inspektor
Projekt 009: »Besuch der alten Dame«
Betr.: Aufenthalt Hexenmeisters (Saraksch) in der Charkower Filiale des Instituts für Metaphysische Forschungen (Institut der Sonderlinge)

Gemäß Ihrer Anordnung von gestern Morgen habe ich mich in die Charkower Filiale des Instituts der Sonderlinge begeben. Der stellvertretende Direktor Logowenko hatte sich bereiterklärt, mich um 10 Uhr zu empfangen.

Allerdings wurde ich nicht gleich zu ihm vorgelassen, sondern einer Untersuchung in der Gleitfrequenzkammer WFK 8 unterzogen, die auch »Sonderlingsfang« heißt. Wie sich zeigte, wird mit jedem neuen Besucher der Filiale so verfahren. Das Ziel: Bei den auf diese Weise zufällig ausgesuchten Menschen »latente metaphysische Fähigkeiten« zu entdecken beziehungsweise eine »verdeckte Sonderlichkeit«.

Um 10:25 Uhr wurde ich dem stellvertretenden Direktor für die Beziehungen zu gesellschaftlichen Organisationen vorgestellt.

Notiz zur Person:
Logowenko, Daniil Alexandrowitsch, Doktor der Psychologie, korrespondierendes Mitglied der AdMW Europas. Geboren am 17.09.'30 in Borispol. Ausbildung: Institut für Psychologie, Kiew; Fakultät für Verwaltung der Kiewer Universität; Fachkurse in höherer und anomaler Ethologie in Split. Arbeitsschwerpunkt: Metapsychologie; hat den sog. »Logowenko-Impuls« entdeckt (auch »Mentogrammspitze T« genannt). Einer der Begründer der Charkower Filiale des Instituts für Metapsychische Forschungen.

D. Logowenko erzählte mir, er selbst habe Hexenmeister am Morgen des 25. März dieses Jahres auf dem Kosmodrom Mirza-Charle empfangen und ihn auf direktem Weg zur Filiale gebracht. Dabei waren anwesend: der Abteilungsleiter der Filiale, Bohdan Haidai, und Hexenmeisters Begleiter von der KomKon 1, der uns bekannte Borja Laptew.

Nach seiner Ankunft in der Filiale verzichtete Hexenmeister auf das traditionelle Einführungsgespräch mit Bewirtung und äußerte den Wunsch, die Tätigkeit der Mitarbeiter und ihre Probanden so schnell wie möglich kennenzulernen. Daraufhin übergab ihn D. Logowenko der Obhut von B. Haidai. Weiteren Kontakt hatte es nicht gegeben.

Ich: Welches Ziel verfolgte Hexenmeister Ihrer Meinung nach im Institut?

Logowenko: Darüber hat er mit mir nicht gesprochen. Die KomKon hat uns informiert, Hexenmeister habe den Wunsch geäußert, unsere Arbeit kennenzulernen, und wir haben ihm gerne die Möglichkeit dazu gegeben. Nicht völlig uneigennützig übrigens: Wir rechneten damit, ihn selbst untersuchen zu können. Noch nie war ein Psychokrat von ähnlicher Kraft zu uns gekommen – noch dazu ein Außerirdischer.

Ich: Was hat die Untersuchung ergeben?

Logowenko: Es hat keine Untersuchung stattgefunden. Hexenmeister brach seinen Besuch völlig unerwartet für uns alle ab.

Ich: Was halten Sie für den Grund?

Logowenko: Wir können nur Mutmaßungen anstellen. Ich persönlich neige zu folgender: Man stellte ihm Michel Desmonde vor, einen Polymentalen. Womöglich hat Hexenmeister bei ihm etwas wahrgenommen, was uns entgangen ist und was ihn entweder erschreckt oder gekränkt, jedenfalls aber schockiert hat, so dass er nichts mehr mit uns zu tun haben wollte. Vergessen Sie nicht, er ist zwar ein Psychokrat, ein Intellektueller, aber seiner Herkunft, d. h. seiner Erziehung und seiner Weltanschauung nach ist er, wenn Sie so wollen, ein typischer Wilder.

Ich: Ich verstehe nicht ganz. Was ist ein Polymentaler?

Logowenko: Polymentalismus ist eine sehr seltene metapsychische Erscheinung und bedeutet, dass zwei oder mehr unabhängige Bewusstseinseinheiten in demselben menschlichen Organismus koexistieren. Nicht zu verwechseln mit Schizophrenie, denn es handelt sich nicht um etwas Pathologisches. Michel Desmonde, zum Beispiel. Ein vollkommen gesunder, sehr angenehmer junger Mann, bei dem keinerlei Abweichungen von der Norm vorliegen. Aber vor ungefähr zehn Jahren wurde zufällig entdeckt, dass er zwei Mentogramme hat. Ein gewöhnliches, menschliches, das eindeutig mit seiner Vergangenheit und Gegenwart verbunden ist. Und ein anderes, das nur bei einer bestimmten, genau vorgegebenen Tiefe der Mentoskopie zum Vorschein kommt. Es ist das Mentogramm eines Wesens, das nichts mit Michel gemein hat und in einer Welt lebt, die wir trotz aller Bemühungen noch nicht identifizieren konnten. Offensichtlich handelt es sich um eine Welt, in der ungewöhnlich hohe Drücke und Temperaturen herrschen … Doch das ist nicht wichtig. Wichtig ist, dass Michel weder von dieser anderen Welt noch von diesem anderen Bewusstsein etwas weiß und jenes Wesen weder von Michel noch von unserer Welt etwas ahnt. Ich glaube, wir haben bei Michel ein Nachbarbewusstsein entdecken können. Aber vielleicht koexistieren in ihm noch weitere, die sich unseren Untersuchungsmethoden entziehen. Und diese haben Hexenmeister womöglich so schockiert.

ICH: Für Sie ist die zweite Welt von Michel Desmonde nicht schockierend?

LOGOWENKO: Nein. Definitiv nicht. Erwähnen muss ich allerdings, dass der Mentoskopist, der als Erster einen Blick in diese Welt geworfen und sie erkannt hat, schwer erschüttert war. Vor allem, weil er dachte, Michel sei ein getarnter Agent irgendwelcher *Wanderer* – ein Progressor aus einer fremden Welt.

ICH: Wie hat man festgestellt, dass das nicht der Fall ist?

LOGOWENKO: Da können Sie beruhigt sein. Zwischen dem Verhalten Michels und den Aktivitäten des zweiten Bewusstseins besteht keine Korrelation. Die benachbarten Bewusstseinseinheiten des Polymentalen stehen in keinerlei Wechselwirkung. Sie können grundsätzlich nicht interagieren, da sie in verschiedenen Räumen aktiv sind. Eine grobe Analogie: Stellen Sie sich ein Schattenspiel vor. Die auf die Leinwand projizierten Schatten können nicht interagieren. Blieben da noch allerlei phantastische Erwägungen, aber die sind und bleiben eben phantastisch.

Damit endete mein Gespräch mit D. Logowenko, und ich wurde B. A. Haidai vorgestellt.

Notiz zur Person:
Haidai, Bohdan Archypowytsch, Magister der Psychologie. Geboren am 10.06.'55 in Seredina-Buda. Ausbildung: Institut für Psychologie, Kiew; Fachkurse in höherer und anomaler Ethologie in Split. Arbeitsschwerpunkt: Metapsychologie. Seit '89 Mitarbeiter der Abteilung Psychoprognostik, seit '93 Leiter des Labors für Apparatetechnik, seit '94 Leiter der Abteilung Intrapsychische Technik.

Ein Auszug aus unserer Unterhaltung:

Ich: Wofür hat sich Hexenmeister Ihrer Meinung nach im Institut am meisten interessiert?

Haidai: Wissen Sie, ich habe den Eindruck, dass dieser Hexenmeister einfach falsch informiert war. Das ist auch kein Wunder, denn sogar auf der Erde haben viele eine völlig falsche Vorstellung von unserer Arbeit. Was soll man da von den Progressoren auf dem Saraksch erwarten, mit denen Hexenmeister zu tun hatte? Ich weiß noch, dass ich mich gleich gewundert habe, warum Hexenmeister, ein Außerirdischer, auf der ganzen Erde einzig und allein unser Institut sehen wollte. Ich glaube, es verhält sich so: Bei sich auf dem Saraksch ist Hexenmeister quasi der König der Mutanten, und das bereitet ihm sicher eine Menge Probleme. Sie degenerieren, sind krank, brauchen Behandlung, Unterstützung. Unsere »Sonderlinge« sind vielleicht – auf ihre Art – auch Mutanten, und da dachte sich Hexenmeister, er könnte im Institut an nützliche Informationen kommen. Gewiss hat er geglaubt, das sei hier so etwas wie eine Klinik.

Ich: Und als er seinen Irrtum erkannte, hat er sich umgedreht und ist abgereist?

Haidai: Genau. Er hat sich zwar ein bisschen abrupt umgedreht und ist ein wenig übereilt gegangen, aber es kann ja durchaus sein, dass das den dortigen Umgangsformen entspricht.

Ich: Worüber hat er mit Ihnen gesprochen?

Haidai: Über nichts. Ich habe seine Stimme nur ein einziges Mal gehört. Ich fragte ihn, was er bei uns besichtigen wolle, und er antwortete: »Alles, was Sie mir zeigen.« Seine Stimme war übrigens ziemlich widerlich, wie die einer zänkischen Hexe.

Ich: Apropos, in welcher Sprache haben Sie mit ihm gesprochen?

Haidai: Stellen Sie sich vor – auf ukrainisch!

Gemäß Haidais Aussage traf sich Hexenmeister im Institut nur mit drei Probanden. Mit zwei von ihnen konnte ich bisher sprechen.

Rawitsch, Marina Sergejewna, 27 Jahre alt, ausgebildete Tierärztin; zurzeit Beraterin des Leningrader Werks für Embryosysteme, der Lausanner Werkstatt zur Realisation der P-Abstraktionen, des Belgrader Instituts für Laminarpositronik und des Hauptarchitekten der Jakutsker Region. Eine bescheidene, sehr schüchterne und traurig wirkende Frau. Sie besitzt eine einzigartige und bis dato unerklärte Fähigkeit (für die es nicht einmal eine wissenschaftliche Bezeichnung gibt): Stellt man sie vor ein exakt formuliertes, nachvollziehbares Problem, macht sie sich mit großem Eifer und Enthusiasmus an seine Lösung. Im Ergebnis, aber und ohne es zu wollen, erhält sie die Lösung zu einem ganz anderen Problem – einem, das mit der gestellten Aufgabe gar nichts zu tun hat und in der Regel auch außerhalb ihrer beruflichen Sphäre liegt. Die Aufgabe wirkt in ihrem Bewusstsein wie ein Katalysator zur Lösung eines Problems, von dem sie vielleicht einmal flüchtig in einer populärwissenschaftlichen Zeitschrift gelesen oder zufällig in einer Unterhaltung von Fachleuten gehört hat. Im Voraus zu bestimmen, welches Problem sie im konkreten Fall lösen wird, ist anscheinend ausgeschlossen, da so etwas wie eine klassische Unschärferelation vorliegt.

Hexenmeister erschien in ihrem Zimmer, als sie gerade arbeitete. Sie erinnert sich dunkel an eine hässliche, großköpfige Gestalt in grüner Kleidung, aber weiter hat Hexenmeister keine Eindrücke bei ihr hinterlassen. Nein, gesagt habe er nichts. Die üblichen Gemeinplätze über ihre »Gabe« habe Bohdan von sich gegeben, anderer Stimmen entsinnt sie sich nicht. Nach Haidais Worten hat sich Hexenmeister ganze zwei Minuten bei ihr aufgehalten und, wie es scheint, ebenso wenig Interesse für sie aufgebracht wie sie für ihn.

Michel Desmonde, 41 Jahre alt, ausgebildeter Granulationsingenieur, Berufssportler, Europameister des Jahres ’88 im Tunnelhockey. Ein fröhlicher Mann, sehr zufrieden mit sich und der Welt. Seinem Polymentalismus begegnet er gleichmütig und mit Humor. Er wollte gerade zum Stadion aufbrechen, als man Hexenmeister zu ihm brachte. Michel zufolge sah Hexenmeister elend aus und schwieg die ganze Zeit. Scherze nahm er gar nicht wahr. Er verstand wohl nicht ganz, wo er sich befand und worüber man mit ihm sprach. Allerdings gab es einen Moment – und ihn würde Michel sein Leben lang nicht vergessen –, als Hexenmeister plötzlich seine großen bleichen Lider hob und Michel geradewegs in die Seele schaute. Vielleicht sogar noch tiefer, ins Innerste jener Welt, in der das Geschöpf lebt, mit dem Michel seinen mentalen Raum teilen muss. Der Moment war unangenehm, aber auch beeindruckend. Kurz darauf verschwand Hexenmeister, ohne auch nur ein Wort gesprochen zu haben. Und ohne sich zu verabschieden.

Susumu Hirota alias »Senrigan« – was so viel bedeutet wie »Der, der tausend Meilen weit sieht« –, 83 Jahre alt, Religionshistoriker, Professor am Lehrstuhl für Religionsgeschichte an der Universität Bangkok. Ein Gespräch mit ihm fand nicht statt, weil er erst morgen oder übermorgen wieder im Institut sein wird. Nach Haidais Meinung hat dieser Hellseher Hexenmeister auf das Äußerste missfallen. Es trifft aber zu, dass er während dieses Treffens abrupt aufbrach.

Nach den Worten aller Augenzeugen ereignete sich Folgendes: Gerade noch hatte Hexenmeister inmitten des mentoskopischen Kabinetts gestanden und dem Vortrag Haidais zugehört, der über die ungewöhnlichen Fähigkeiten »Senrigans« sprach. »Senrigan« unterbrach den Vortragenden von Zeit zu Zeit, um einmal mehr neue Einzelheiten aus dessen Privatleben preiszugeben. Und dann, plötzlich, wandte sich Hexenmeister ohne jede Vorwarnung und ohne ein Wort der Erklärung um, stieß dabei Borja Laptew mit dem Ellenbogen an und ging schnellen Schritts, ohne auch nur eine Sekunde lang innezuhalten, durch die Korridore zum Ausgang der Filiale. Ende.

Es gibt noch weitere Personen, die Hexenmeister in der Filiale gesehen haben: wissenschaftliche Mitarbeiter, Laboranten, Verwaltungspersonal. Von ihnen wusste niemand, wen er vor sich hatte. Nur zwei Neue im Institut schenkten Hexenmeister größere Aufmerksamkeit, weil sein Äußeres sie beeindruckte; etwas Wesentliches war von ihnen aber nicht zu erfahren.

Des Weiteren habe ich mich mit Boris Laptew getroffen. Hier der wichtigste Teil unseres Gesprächs:

Ich: Du bist der einzige Mensch, der die ganze Zeit über mit Hexenmeister zusammen gewesen ist, vom Abflug bis zur

Rückkehr auf den Saraksch. Ist dir nicht irgendetwas Merkwürdiges an ihm aufgefallen?

Boris: Was für eine Frage! Das ist wie in der Geschichte, wo sie das Kamel fragen, warum es einen krummen Hals hat, und es antwortet: »Ja, ist denn irgendetwas an mir gerade?«

Ich: Versuch trotzdem, dir sein Verhalten in dieser Zeit genau in Erinnerung zu rufen. Irgendetwas muss doch passiert sein, dass er derart außer Fassung geriet!

Boris: Hör zu, ich kenne Hexenmeister nun seit zwei Jahren. Er ist unergründlich. Ich habe längst aufgegeben und versuche es auch nicht mehr, ihn zu verstehen. Was also soll ich dir antworten? Er hatte an dem Tag einen Anfall von Depression, wie ich es nenne. Das überfällt ihn von Zeit zu Zeit ohne erkennbare Ursache. Dann wird er schweigsam, und wenn er den Mund aufmacht, dann nur, um irgendeine Gemeinheit, irgendetwas Boshaftes zu sagen. So war es auch an dem Tag. Während des Flugs stand noch alles zum Besten, er ließ Aphorismen hören, machte Witze über mich, sang sogar ein bisschen. Doch schon in Mirza-Charle wurde er finster; mit Logowenko hat er kaum gesprochen. Als wir mit Haidai durchs Institut gingen, wurde er noch finsterer. Ich fürchtete schon, gleich täte er jemandem etwas zuleide. Aber da spürte er wohl selbst, dass es so nicht weiterging, und verschwand sicherheitshalber, bevor etwas passierte. Während des ganzen Flugs zum Saraksch schwieg er; nur in Mirza-Charle hat er sich wie zum Abschied einmal umgedreht und mit einem fiesen dünnen Stimmchen gezischt: »Sieht die Berge und den Wald, sieht bis in den Himmel bald, nur die Mücke sieht er nicht, die ihn in die Nase sticht.«

Ich: Was bedeutet das?

Boris: Kinderverse. Von früher.

Ich: Und wie hast du ihn verstanden?

BORIS: Gar nicht. Ich habe nur verstanden, dass er der ganzen Welt gram war. Es fehlte nicht viel, und er hätte gebissen. Ich habe verstanden, dass ich besser den Mund halte. Und so haben wir beide bis zum Saraksch geschwiegen.

ICH: Und das war alles?

BORIS: Ja, das war alles. Kurz vor der Landung hat er noch einmal so etwas Zusammenhangloses vor sich hin gemurmelt: Wir würden warten, bis die Blinden den Sehenden erblickten.

Als wir zur Blauen Schlange kamen, winkte er nur kurz und verschwand augenblicklich im Dschungel. Wohlgemerkt, er hat sich weder bedankt noch zu sich eingeladen.

ICH: Weiter kannst du nichts sagen?

BORIS: Was soll ich dir sagen? Ja, irgendetwas hat ihm auf der Erde ganz und gar missfallen. Aber was es war, hatte er mitzuteilen nicht die Güte. Ich sage dir doch: Er ist ein unerklärliches, unberechenbares Wesen. Vielleicht hat die Erde auch gar nichts damit zu tun. Vielleicht bekam er an dem Tag zufällig Bauchschmerzen – im weitesten Sinne des Wortes natürlich. Im allerweitesten, im kosmischen Sinne.

ICH: Hältst du das für einen Zufall – in den Kinderversen sieht jemand etwas auf der eigenen Nase nicht, und dann das über die Blinden und Sehenden?

BORIS: Weißt du, über die Blinden und Sehenden – da gibt es auf dem Saraksch, in Pandea, eine Redensart: »Wenn der Blinde den Sehenden erblickt.« Das bedeutet so viel wie: Es ist ganz und gar unwahrscheinlich, ja, unmöglich. Offenbar wollte Hexenmeister ausdrücken, dass etwas Bestimmtes niemals eintreffen wird. Die Verse aber hat er sicher nur so aufgesagt, aus reiner Bosheit – und mit offensichtlichem Spott dazu. Ich weiß nur nicht, wem dieser Spott galt? Aber gut möglich, dass er diesen anstrengenden japanischen Angeber gemeint hat.

Vorläufige Schlussfolgerungen:

1. Es ist mir nicht gelungen, an Daten und Informationen zu kommen, die der Suche nach Hexenmeister auf dem Saraksch dienlich sein könnten.
2. Ich kann keine Empfehlungen zum weiteren Fortgang der Suche machen.

T. Glumow

Am Abend des 6. Mai empfing mich Athos-Sidorow, unser Präsident. Ich hatte die wichtigsten Unterlagen zwar mitgenommen, trug ihm aber das Wesentliche wie auch meine Vorschläge mündlich vor. Athos-Sidorow war bereits furchtbar krank; sein Gesicht war fahl, und er litt unter Atemnot. Ich hatte zu lange mit meinem Besuch gewartet: Er brachte nicht einmal mehr die Kraft auf, sich richtig zu wundern. Er sagte, er wolle sich die Unterlagen ansehen, nachdenken und sich am nächsten Tag mit mir in Verbindung setzen.

Am 7. Mai saß ich den ganzen Tag in meinem Arbeitszimmer und wartete auf seinen Anruf, doch er kam nicht. Abends wurde mir mitgeteilt, dass Athos-Sidorow einen schweren Anfall gehabt hatte und man ihn gerade noch rechtzeitig hatte versorgen können. Jetzt lag er im Krankenhaus. Und so lastete wieder alles auf mir, allein auf meinen Schultern – und schwer auf meiner Seele.

Am 8. Mai erhielt ich – neben vielem anderen – auch Toivos Bericht über seinen Besuch im Institut der Sonderlinge. Ich hakte seinen Namen auf der Liste ab, gab seinen Bericht in den Registrator ein und dachte mir dann einen Auftrag für Petja Silezki aus. Er und Soja Morosowa waren bis zu dem Tag nämlich die einzigen von meinen Leuten, die ich noch nicht zum Institut geschickt hatte.

Etwa zur selben Zeit unterhielt sich Toivo Glumow in seinem Arbeitszimmer mit Grischa Serossowin. Ich rekonstruiere ihr Gespräch im Folgenden, vor allem deshalb, um die Stimmung nachzuzeichnen, die damals unter meinen Mitarbeitern herrschte. Nur qualitativ. Denn das quantitative Verhältnis war unverändert: auf der einen Seite Toivo, auf der anderen alle Übrigen.

Abteilung BV, Arbeitszimmer D. 8. Mai '99. Abends

Grischa Serossowin kam wie gewohnt ohne Anklopfen herein, blieb dann auf der Schwelle stehen und fragte: »Darf ich?«

Toivo legte die »Bewegung auf der Vertikalen« (das Werk C. Oxoviews) beiseite, neigte den Kopf und musterte Grischa. »Du darfst. Aber ich gehe bald nach Hause.«

»Ist Sandro wieder nicht da?«

Toivo schaute zu Sandros Tisch. Er war leer und makellos sauber. »Nein, schon seit drei Tagen.«

Grischa setzte sich an Sandros Tisch und schlug die Beine übereinander. »Und wo hast du dich gestern herumgetrieben?«, fragte er.

»In Charkow.«

»Ach, du bist auch in Charkow gewesen?«

»Wer noch?«

»Fast alle. Im letzten Monat war fast die ganze Abteilung in Charkow. Hör mal, Toivo, weswegen ich gekommen bin. Du hast dich doch mit den ›plötzlichen Genies‹ befasst?«

»Ja. Aber es ist lange her – das war vorletztes Jahr.«

»Erinnerst du dich an Soddy?«

»Ja. Bartholomew Soddy. Der Mathematiker, der dann Beichtvater wurde.«

»Genau der«, sagte Grischa. »Im Bericht gibt es da einen Satz, ich zitiere: ›Den uns vorliegenden Informationen zufolge hat B. Soddy kurz vor seiner Metamorphose eine private Tragödie erlebt.‹ Wenn du den Bericht erstellt hast, dann habe ich zwei Fragen. Was war das für eine Tragödie, und woher hattest du die Informationen?«

Toivo streckte die Hand aus und rief das Programm auf. Als das Einlesen der Daten beendet war, begann das Programm zu rechnen. Ohne Eile machte sich Toivo nun daran, seinen Tisch aufzuräumen. Grischa wartete geduldig. Er kannte das schon.

»Wenn dort steht: ›Den vorliegenden Informationen zufolge‹«, sagte Toivo, »dann heißt das, dass ich diese Informationen von Big Bug erhalten habe.«

Er verstummte. Grischa wartete eine Weile, schlug seine Beine andersherum übereinander und erwiderte: »Mit solchen Kleinigkeiten möchte ich nicht zu Big Bug gehen. Na gut, dann muss ich es so versuchen. Hör mal, Toivo, findest du nicht, dass unser Big Bug in letzter Zeit irgendwie nervös ist?«

Toivo zuckte mit den Schultern. »Ja, vielleicht«, sagte er. »Dem Präsidenten geht es sehr schlecht. Es heißt, Gorbowski liege im Sterben. Und Big Bug kennt sie ja alle, und das sehr gut.«

Grischa meinte nachdenklich: »Übrigens, ich kenne Gorbowski auch persönlich, stell dir vor. Du erinnerst dich – obwohl, nein, damals warst du noch nicht hier. Kamillo hatte Selbstmord begangen – er war der Letzte aus dem Teufelsdutzend. Aber der Fall der Teufelsbrüder ist für dich sicher auch nur, na ja, leerer Schall. Ich zum Beispiel hatte davon gar nichts mitbekommen. Der Selbstmord, oder genauer gesagt, die Selbstzerstörung des armen Kamillo wurde als Tatsache nie in Zweifel gezogen. Unverständlich aber war: warum? Das heißt, man wusste schon, dass das Leben für ihn kein

Spaß war und dass er die letzten einhundert Jahre vollkommen allein zugebracht hatte. Du und ich können uns eine solche Einsamkeit gar nicht vorstellen. Aber das nur am Rande. Big Bug schickte mich damals zu Gorbowski. Denn der hatte, wie sich herausstellte, diesem Kamillo seinerzeit nahegestanden und sogar versucht, sein Freund zu werden. Hörst du mir überhaupt zu?«

Toivo nickte mehrmals mit dem Kopf. »Ja«, sagte er.

»Weißt du, wie du wirkst?«

»Ja«, sagte Toivo. »Wie einer, der sehr intensiv seinen eigenen Gedanken nachhängt. Das hast du mir schon gesagt, mehrere Male. Ein Klischee, einverstanden?«

Anstatt zu antworten, nahm Grischa einen Stift aus seiner Brusttasche und warf damit nach Toivos Kopf – wie mit einem Speer, quer durchs ganze Zimmer. Ein paar Zentimeter vor seinem Gesicht griff sich Toivo mit zwei Fingern den Stift aus der Luft und sagte: »Schlapp.«

Dann schrieb er mit dem Stift »Schlapp« auf den Zettel, der vor ihm lag.

»Mein Herr – Sie schonen mich!«, ließ er sich vernehmen. »Aber ich brauche keine Schonung. Sie bekommt mir nämlich nicht.«

»Verstehst du, Toivo«, sagte Grischa eindringlich, »ich weiß, dass du eine gute Reaktion hast. Zwar keine glänzende, aber doch die gute, solide Reaktion eines Profis. Du machst aber den Eindruck … Bitte versteh, als dein Subaks-Trainer halte ich es einfach für meine Pflicht, von Zeit zu Zeit zu überprüfen, ob du noch in der Lage bist, auf deine Umgebung zu reagieren, oder ob du dich schon im Zustand der Katalepsie befindest …«

»Ich bin heute also doch müde geworden«, sagte Toivo. »Gleich ist das Programm durchgelaufen, dann gehe ich nach Hause.«

»Und was hast du da, in deinem Programm?«, fragte Grischa.

»Ich habe da«, schrieb Toivo auf den Zettel und sagte: »Ich habe da Wale. Ich habe da Vögel. Ich habe da Lemminge, Ratten und Wühlmäuse. Ich habe da dieser Kleinen viele.«

»Und was machen sie bei dir?«

»Bei mir kommen sie um. Oder laufen weg. Sie sterben, weil sie sich auf den Strand werfen, sich ertränken oder von den Orten wegfliegen, wo sie seit Jahrhunderten gelebt haben.«

»Warum?«

»Das weiß niemand. Vor zwei-, dreihundert Jahren trat dieses Phänomen regelmäßig auf, obwohl man auch damals nicht wusste, warum. Dann kam es lange Zeit nicht vor. Und jetzt ist es wieder da.«

»Verzeih«, wandte Grischa ein, »das ist natürlich alles sehr interessant, aber was hat es mit uns zu tun?«

Toivo schwieg. Und ohne seine Antwort abzuwarten, fragte Grischa: »Du meinst, es könnte etwas mit den *Wanderern* zu tun haben?«

Toivo indes betrachtete den Stift von allen Seiten, drehte ihn zwischen seinen Fingern hin und her, fasste ihn dann an der Spitze und sah ihn – warum auch immer – gegen das Licht an. »Alles, was wir zu erklären nicht in der Lage sind, kann mit den *Wanderern* zu tun haben …«

»Geschliffene Formulierung«, meinte Grischa anerkennend.

»… oder auch nichts mit ihnen zu tun haben«, fügte Toivo hinzu. »Sag, wo bekommst du so schöne Sachen her? Sieht aus wie ein Stift – was könnte banaler sein? Aber dein Stift ist schön anzusehen, sehr schön. Weißt du was«, sagte er, »schenk ihn mir. Und ich schenke ihn Assja. Ich möchte ihr eine Freude machen, wenn auch nur mit einer Kleinigkeit.«

»Dann mache ich dir, wenigstens mit einer Kleinigkeit, eine Freude«, sagte Grischa.

»Ja, und du machst mir, wenigstens mit einer Kleinigkeit, eine Freude.«

»Da, nimm«, meinte Grischa. »Behalt ihn. Verschenk ihn. Präsentier ihn. Schwindel irgendwas vor, du hättest ihn extra für deine Liebste entworfen, nächtelang daran gearbeitet.«

»Danke«, erwiderte Toivo und steckte den Stift in die Tasche.

»Aber vergiss nicht!«, Grischa hob den Finger, »hier um die Ecke, in der Rotahornstraße, steht ein Automat, der zur Werkstatt eines gewissen F. Moran gehört. Und dieser Automat fabriziert genau solche Stifte, und zwar auf Knopfdruck.«

Toivo nahm den Stift wieder heraus und begann ihn zu mustern. »Ist egal«, sagte er traurig. »Du hast den Automaten in der Rotahornstraße zwar bemerkt, aber mir wäre er nie aufgefallen.«

»Dafür hast du die Unordnung in der Welt der Wale bemerkt!«

»Der Wale«, schrieb Toivo auf den Zettel. »Ach ja, apropos«, sagte er langsam. »Du bist jemand, der frisch und unvoreingenommen ist – was meinst du? Was muss passiert sein, damit eine Herde Wale, zahm, mit Liebe gehegt und gepflegt, sich plötzlich ins flache Küstenwasser wirft, um zu sterben? So, wie Jahrhunderte zuvor, in der bösen alten Zeit. Sie sterben schweigend, ohne auch nur um Hilfe zu rufen, zusammen mit ihren Jungen. Kannst du dir irgendeinen Grund für diese Selbstmorde vorstellen?«

»Und warum haben sie sich früher auf den Strand geworfen?«

»Warum sie es früher getan haben, ist auch unbekannt. Aber damals hatte man zumindest Vermutungen: Die Wale litten unter Parasiten, wurden von Schwertwalen oder Kalmaren angegriffen, auch von Menschen. Man vermutete sogar, sie brächten sich aus Protest um, beziehungsweise um ein Zeichen des Protests zu setzen. Aber heute!«

»Und was sagen die Fachleute?«

»Die Fachleute haben eine Anfrage an die KomKon 2 geschickt: Stellt die Ursache für die neuerlichen Selbstmorde der Walartigen fest.«

»Hm ... verstehe. Und was sagen die Walhirten?«

»Mit denen hat alles angefangen. Sie behaupten, dass es der blanke Horror ist, der die Wale in den Tod treibt. Und die Hirten können nicht verstehen, sich nicht vorstellen, wovor sich die heutigen Wale fürchten könnten.«

»Tja«, meinte Grischa. »Es sieht so aus, als kämen wir hier ohne die *Wanderer* tatsächlich nicht weiter.«

»Nicht weiter«, schrieb Toivo auf, zog einen Rahmen um die Worte, dann noch einen und begann, den Raum zwischen den Linien auszumalen.

»Obwohl«, fuhr Grischa fort, »alles das gab es schon einmal, wieder und wieder gab es das. Erst verlieren wir uns in Mutmaßungen, schieben alles auf die *Wanderer*, zermartern uns die Gehirne, und dann schauen wir hin – hoppla, und wer zeigt sich da am Ereignishorizont? Wer ist da so elegant, mit dem selbstgefälligen Lächeln des Herrgotts am Abend des sechsten Schöpfungstages? Wessen wohlbekannter schneeweißer Spitzbart ist das? Mister Fleming, Sir! Wie kommen Sie hierher, Sir? Wollen Sie die Güte haben, vor die Schranken zu treten? Im Weltrat, vors Außerordentliche Tribunal!«

»Gib zu, das wäre nicht die schlimmste Variante«, bemerkte Toivo.

»Sicher, sicher! Obwohl ich manchmal den Eindruck habe, dass ich lieber mit einem Dutzend *Wanderern* zu tun hätte als mit einem Fleming. Aber das mag daran liegen, dass die *Wanderer* nahezu hypothetische Wesen sind, während Fleming mit seinem Spitzbart ein ziemlich reales Ungeheuer ist.

Deprimierend real mit seinem schneeweißen Spitzbart, seinem Nishnaja Pescha, seinen Banditen der Wissenschaft und seinem hundertmal verfluchten Weltruhm!«

»Ich sehe, sein Spitzbart macht dir besonders zu schaffen?«

»Sein Spitzbart macht mir eben gerade nicht zu schaffen«, entgegnete Grischa spitz. »Genau an seinem Spitzbart kriegen wir ihn nämlich zu packen. Woran aber packen wir die *Wanderer,* wenn sich herausstellen sollte, dass doch sie dahinterstecken?«

Toivo schob den Stift akkurat in seine Tasche, stand auf und trat ans Fenster. Aus den Augenwinkeln heraus konnte er sehen, dass Grischa ihn aufmerksam beobachtete, dass er das übergeschlagene Bein auf den Boden gestellt und sich sogar ein wenig vorgebeugt hatte. Es war still, nur das Terminal piepte leise im Takt der einander abwechselnden Zwischentabellen auf dem Bildschirm.

»Oder hoffst du, dass sie es doch nicht sind?«, fragte Grischa.

Eine Zeit lang gab Toivo keine Antwort, sagte aber dann plötzlich, ohne sich umzudrehen: »Jetzt hoffe ich das schon nicht mehr.«

»Das heißt?«

»Sie sind es.«

Grischa kniff die Augen zusammen. »Das heißt?«

»Ich bin überzeugt, dass die *Wanderer* auf der Erde sind, und dass sie aktiv sind.«

(Grischa erzählte später, dass er diesen Moment als Schock erlebte. Er hatte auf einmal das Gefühl, als sei das, was vor sich ging, ganz und gar unwirklich. Und das lag einzig und allein an der Person Toivo Glumows: Seine Worte waren sehr schwer mit seiner Persönlichkeit in Einklang zu bringen. Seine Worte konnten kein Scherz sein, denn Toivo machte nie Scherze über die *Wanderer*. Seine Worte konnten auch kein vorschneller Schluss sein, denn Toivo äußerte nie vorschnelle Schlüsse. Aber wahr konnten seine Worte auf gar keinen Fall sein – weil sie auf gar keinen Fall wahr sein konnten. Im Übrigen konnte sich Toivo doch irren.)

Grischa fragte angespannt: »Weiß Big Bug Bescheid?«

»Ich habe ihm alle Fakten vorgetragen.«

»Und?«

»Vorläufig, wie du siehst, nichts«, sagte Toivo.

Grischa entspannte sich und lehnte sich wieder in den Sessel zurück. »Du hast dich einfach geirrt«, sagte er erleichtert.

Toivo schwieg.

»Hol dich der Teufel!«, rief Grischa plötzlich. »Du mit deinen finsteren Phantasien! Das war eben wie eine eiskalte Dusche für mich!«

Toivo schwieg. Er hatte sich wieder zum Fenster gewandt. Grischa begann zu krächzen, fasste sich an die Nasenspitze, zog das Gesicht in Runzeln zusammen und wackelte an seiner Nase. »Nein«, sagte er. »Ich kann nicht so sein wie du, das ist es. Ich kann nicht. Es ist zu ernst. Alles in mir wird davon abgestoßen. Das ist schließlich keine Privatangelegenheit: Ich für mich glaube es, und ihr anderen – wie es euch beliebt. Wenn ich so weit gekommen bin, daran zu glauben, dann muss ich alles andere hinwerfen, alles opfern, was ich habe, auf alles Übrige verzichten – wie einer, der ins Kloster geht, verdammt nochmal! Aber unser Leben bietet ja doch mehrere Varianten! Wie soll man es da in eine einzige Form hineinpressen? Klar, manchmal schäme ich mich auch, oder fürchte mich, und dann schaue ich ganz fasziniert, ja bewundernd auf dich. Aber manchmal – wie zum Beispiel jetzt – könnte ich aus der Haut fahren, wenn ich dich sehe – bei deiner Selbstkasteiung, deiner Besessenheit bis zur Selbstaufgabe. Und dann möchte ich ironisch sein, mich über dich lustig machen, alles mit einem Scherz beiseiteschieben, was du da vor uns auftürmst.«

»Grischa«, sagte Toivo, »was willst du von mir?«

Grischa verstummte. »In der Tat«, antwortete er nachdenklich. »Was will ich eigentlich von dir? Ich weiß es nicht.«

»Aber ich weiß es. Du willst, dass alles gut ist und mit jedem Tag besser wird.«

»Oh!« Grischa hob den Finger.

Er hatte noch etwas sagen wollen, etwas Leichtes, Beschwingtes, um das Gefühl der peinlichen Intimität zu verwischen, das in den letzten Minuten zwischen ihnen aufgekommen war. Aber da ertönte das Signal – das Programm war durchgelaufen, und das Papierband mit den Ergebnissen schob sich in kurzen Stößen auf den Tisch.

Toivo sah es ganz durch, Zeile für Zeile, legte es an den Faltstellen akkurat zusammen und steckte es in den Schlitz des Kollektors.

»Nichts von Interesse?«, erkundigte sich Grischa.

»Wie soll ich sagen …«, murmelte Toivo. Jetzt dachte er wirklich angestrengt über etwas anderes nach. »Wieder das Frühjahr '81.«

»Was – wieder?«

Toivo ließ seine Fingerspitzen über die Terminalsensoren gleiten und startete den nächsten Programmdurchlauf.

»Im März '81«, sagte er, »wurde zum ersten Mal nach zweihundert Jahren Pause wieder ein Fall registriert, wo Grauwale Massenselbstmord begingen.«

»Ja«, sagte Grischa ungeduldig. »Aber in welchem Sinne ›wieder‹?«

Toivo stand auf. »Das ist eine lange Geschichte«, erklärte er. »Du kannst später die Zusammenfassung lesen. Lass uns jetzt nach Hause gehen.«

Toivo Glumow zu Hause. 8. Mai '99. Am späten Abend

Sie aßen zu Abend. Das Zimmer war purpurn vom Sonnenuntergang.

Assja plagte schlechte Laune. Das Delikatesskombinat hatte direkt von der Pandora eine Lieferung des wertvollen Paschkowski-Gärungsmittels erhalten, transportiert per Biocontainer, frisch abgepackt zu je sechs Kilogramm in Säcken, die mit bräunlichem Raufrost bedeckt waren und aus denen die Hornhäkchen der Verdampfer wie kleine Stacheln herausragten. Und dieses Gärungsmittel spielte wieder einmal verrückt: Sein Geschmacksaroma war spontan in die Klasse Sigma abgefallen, und seine Bitterkeit hatte den letzten, gerade noch zulässigen Grad erreicht. Die Experten vertraten völlig unterschiedliche Meinungen: Der Meister verlangte, die Produktion der »Alapaitschiki«, die auf dem ganzen Planeten berühmt waren, einzustellen, bis die Sache geklärt sei. Bruno aber – ein ziemlich frecher Junge mit einer großen Klappe – widersprach: Warum das? Er, der es noch nie gewagt hatte, sich gegen den Meister zu stellen, führte heute plötzlich das Wort. Die normalen Kunden würden eine so feine Veränderung im Geschmack gar nicht bemerken. Und was die Kenner angehe, so sei er sicher, nein, ließe sich den Kopf abschlagen, wenn nicht mindestens jeder fünfte von dieser Geschmacksvariation begeistert wäre. Fragt sich zwar, wer seinen abgeschlagenen Kopf gebrauchen konnte, aber seine Meinung fand Zustimmung. Und jetzt war unklar, was werden sollte.

Assja machte das Fenster weit auf und setzte sich aufs Fensterbrett. Sie blickte hinab in den zwei Kilometer tiefen blaugrünen Abgrund.

»Ich fürchte, ich werde auf die Pandora fliegen müssen«, sagte sie.

»Für lange?«, fragte Toivo.

»Ich weiß nicht. Aber ja, vielleicht für lange.«

»Und wozu?«, erkundigte sich Toivo vorsichtig.

»Verstehst du, die Sache ist die … Der Meister meint, wir hätten hier auf der Erde schon alles, was infrage kommt, überprüft. Das heißt aber, dass etwas auf der Plantage nicht in Ordnung ist. Vielleicht hat sich dort ein neuer Stamm von Fermentkulturen entwickelt, oder beim Transport passiert etwas. Wir wissen es nicht.«

»Du bist schon einmal auf die Pandora geflogen«, meinte Toivo missmutig. »Bist für eine Woche geflogen und drei Monate geblieben.«

»Was soll ich denn tun?«

Toivo kratzte sich an der Wange und räusperte sich. »Ich weiß nicht, was du tun sollst. Ich weiß nur, dass drei Monate ohne dich schrecklich sind.«

»Und die zwei Jahre ohne mich? Als du dort auf diesem Planeten, wie heißt er doch gleich … gesessen hast.«

»Das musste ja kommen! Wie lange das her ist! Ich war jung und noch ein Dummkopf. Ich war damals Progressor! Ein Mann wie aus Eisen – Muskeln, Maske, Kinn! Hör mal, warum lässt du nicht deine Sonja fliegen. Sie ist jung, hübsch, vielleicht heiratet sie dort?«

»Sonja fliegt natürlich auch. Hast du sonst noch Vorschläge?«

»Habe ich. Soll doch der Meister fliegen. Er hat euch diese Suppe eingebrockt, dann soll er nun auch fliegen.«

Assja blickte ihn nur an.

»Ich nehme das zurück«, sagte Toivo rasch. »Ein Irrtum. Denkfehler.«

»Er darf nicht einmal Swerdlowsk verlassen! Er hat doch eine Allergie der Geschmacksnerven! Seit 25 Jahren ist er nicht mehr aus seinem Viertel herausgekommen!«

»Ich werde es mir merken«, versprach Toivo. »Für immer. Kommt nicht wieder vor. Habe dummes Zeug geredet. Blödsinn von mir gegeben. Soll Bruno fliegen.«

Assja sah ihn ein paar Sekunden lang voller Empörung an, wandte sich dann ab und schaute wieder aus dem Fenster. »Bruno wird nicht fliegen«, sagte sie ärgerlich. »Bruno wird sich jetzt mit diesem neuen Aroma beschäftigen. Er will es fixieren, standardisieren, aber das werden wir erst noch sehen …« Sie schielte zu Toivo hinüber und begann zu lachen. »Aha! Die Trübsal hat dich! ›Drei Monate … ohne dich …‹«

Toivo stand auf und ging durchs Zimmer. Dann setzte er sich zu Assjas Füßen auf den Boden und lehnte seinen Kopf an ihre Knie.

»Du brauchst sowieso Urlaub«, sagte Assja. »Du könntest dort auf die Jagd gehen, ist schließlich die Pandora! Du könntest in die Dünen fahren, dir unsere Plantage ansehen. Du kannst dir gar nicht vorstellen, was das ist – die Paschkowski-Plantage!«

Toivo schwieg und drückte seine Wange noch stärker an ihre Knie. Da wurde auch sie still. Eine Zeit lang sprach niemand. Dann fragte Assja: »Ist bei dir etwas im Gange?«

»Wie kommst du darauf?«

»Weiß nicht. Ich seh's.«

Toivo seufzte, stand vom Boden auf und setzte sich neben Assja auf das Fensterbrett.

»Du siehst richtig«, erklärte er mürrisch. »Es ist was im Gange. Bei mir.«

»Was denn?«

Toivo kniff die Augen zusammen und betrachtete die schwarzen Wolkenbänder, die das kupferfarbene und purpurne Abendrot durchzogen. Die üppigen Wälder, die sich schwarzblau am Horizont abzeichneten. Die schmalen schwarzen Vertikalen der tausendgeschossigen Wolkenkratzer, die sich zu Trauben ballenden Wohnblocks. Die kupfern schimmernde riesige Kuppel des »Forums« zur Linken und die unwahrscheinlich glatte Oberfläche des runden »Meeres« zur Rechten. Sah die schwarzen Mauerschwalben, wie sie kreischend und wie Speere aus dem hängenden Garten des oberen Wohnblocks herabschossen, um im Laub des hängenden Gartens einen Wohnblock darunter wieder zu verschwinden.

»Was ist im Gange?«, fragte Assja.

»Du bist so schön«, sagte Toivo. »Du hast Zobelbrauen. Auch wenn ich nicht genau weiß, was das bedeutet: Ich meine damit etwas sehr Schönes. Dich. Du bist nicht nur schön, du bist wunderschön. Zauberhaft. Und deine Sorgen sind lieb. Und deine Welt ist lieb. Sogar dein Bruno ist lieb, wenn man es recht betrachtet. Und überhaupt ist die Welt schön, weißt du. ›Die Welt ist wie ein Blümlein fein, denn wir sind versorgt vom Glück, mit Herzen fünf und Lebern drei'n, und von Nieren gar neun Stück.‹ Ich weiß nicht, was das für Verse sind. Sie sind mir plötzlich in den Sinn gekommen, und ich hatte Lust, sie aufzusagen. Und eins will ich dir noch verraten, vergiss es nicht! Es kann durchaus passieren, dass ich sehr bald zu dir auf die Pandora fliege. Weil nicht viel fehlt, und er schickt mich in Urlaub. Oder überhaupt zum Teufel. Das sehe ich in seinen Augen. Deutlich wie auf einem Display. Aber jetzt lass uns Tee trinken.«

Assja blickte ihn durchdringend an. »Klappt es nicht?«, fragte sie.

Toivo wich ihrem Blick aus und zog die Schultern hoch.

»Weil du von Anfang an falsch an die Sache herangegangen bist«, sagte Assja entschieden. »Und weil die Aufgabe von Anfang an falsch gestellt war! Man darf eine Aufgabe nicht so stellen, dass man mit keinem Ergebnis zufrieden sein wird. Schon deine Hypothese war falsch – weißt du noch, was ich dir gesagt habe? Wenn jetzt die *Wanderer* tatsächlich zum Vorschein kämen, wärst du dann etwa froh? Aber nun beginnst du zu begreifen, dass sie nicht da sind, und wieder passt es dir nicht – du hast dich geirrt, hast eine falsche Hypothese geäußert, und jetzt sieht es so aus, als hättest du eine

Niederlage erlitten, obwohl du in Wirklichkeit gar nichts verloren hast.«

»Ich habe noch nie mit dir gestritten«, erwiderte Toivo ergeben. »Die Schuld liegt allein bei mir, das ist nun mal mein Schicksal …«

»Schau, auch er ist jetzt ernüchtert, weil aus eurer Idee nichts geworden ist. Aber er wird dich natürlich nicht hinauswerfen, was redest du für einen Unsinn. Er mag dich und schätzt dich, das wissen doch alle. Aber im Ernst: Man kann doch nicht Jahre verschwenden – und wofür eigentlich? Im Grunde habt ihr ja nichts als eine bloße Idee. Niemand bestreitet, dass diese Idee sehr interessant ist, ein Nervenkitzel für jeden von uns, aber doch nicht mehr! Im Grunde ist es ja nur eine Inversion der längst bekannten menschlichen Praxis, der Progressorentätigkeit, eben nur umgekehrt, sonst nichts. Wenn wir versuchen, die Geschichte von anderen geradezubiegen, warum sollten das andere nicht auch mit unserer tun? Warte, hör zu! Erstens vergesst ihr, dass nicht jede Inversion eine Entsprechung in der Realität hat. Die Grammatik ist eins, die Realität etwas anderes. Deshalb war eure Idee anfangs auch interessant, aber jetzt ist es nur noch, na ja, es gehört sich eben nicht. Weißt du, was mir gestern ein Kollege sagte? Er hat gesagt: ›Sehen Sie, wir sind nicht bei der KomKon, aber die kann man wirklich nur beneiden. Wenn die mal auf ein echtes Rätsel stoßen, schreiben sie es einfach den *Wanderern* zu und fertig!‹«

»Und wer hat das gesagt?«, fragte Toivo finster.

»Was macht das für einen Unterschied? Nimm an: Bei uns spielt das Gärungsmittel verrückt, und wir sagten einfach: ›Wozu nach den Ursachen suchen? Es waren die *Wanderer*!‹ Die blutige Hand der Superzivilisation! Sei nicht böse, bitte. Sei nicht böse! Dir gefallen solche Witze nicht, aber du bekommst sie ja auch fast nie zu hören. Ich dagegen höre sie andauernd. Was mich allein das ›Sikorsky-Syndrom‹ kostet.

Und das ist schon kein Witz mehr. Das ist eine Verurteilung, mein Lieber! Das ist eine Diagnose!«

Toivo hatte sich schon wieder im Griff. »Und«, sagte er, »das mit dem Gärungsmittel ist eine gute Idee. Das ist ein BV! Ein BV! Warum habt ihr das nicht gemeldet?«, fragte er streng. »Kennt ihr keine Ordnung? Da werden wir euren Meister gleich – vor die Schranken!«

»Für dich ist das alles Spaß«, sagte Assja ärgerlich. »Wohin man blickt – lauter Spaßvögel!«

»Gut so!«, fiel Toivo ein. »Jetzt muss man sich freuen! Denn wenn es richtig losgeht – du wirst sehen, dann ist keinem mehr nach Scherzen zumute.«

Assja schlug sich aufgebracht mit der geballten Hand aufs Knie. »Meine Güte, Toivo! Warum verstellst du dich denn vor mir? Du magst ja keine Witze reißen, dir ist nicht danach – und das kann einen an euch besonders aufbringen! Ihr habt um euch herum eine verbiesterte düstere Welt aufgebaut, eine Welt der Bedrohungen, eine Welt der Angst und Verdächtigungen. Warum? Woher? Woher nehmt ihr diese kosmische Misanthropie?«

Toivo schwieg.

»Vielleicht, weil all eure ungeklärten BVs Tragödien sind? Aber ein BV ist nun mal eine Tragödie! Rätselhaft oder verständlich – aber ebendarum ein BV! Stimmt's?«

»Nein«, sagte Toivo.

»Wie – gibt es andere BVs, glückliche?«

»Mitunter.«

»Zum Beispiel?«, fragte Assja spitz.

»Lass uns lieber Tee trinken«, schlug Toivo vor.

»Nein, bitte nenn mir ein Beispiel für ein glückliches, freudiges, lebensbejahendes Besonderes Vorkommnis.«

»Gut«, versprach Toivo. »Aber danach trinken wir Tee. Abgemacht?«

»Ach du«, sagte Assja.

Sie schwiegen.

Durch das dichte Laub der Gärten, durch die graublaue Dämmerung hindurch sah man unten verschiedenfarbige Feuerchen aufleuchten. Und die Funken, die sie versprühten, tanzten vor den schwarzen Säulen der Tausendgeschosser.

»Ist dir der Name Goujon bekannt?«, fragte Toivo.

»Ja, sicher.«

»Und Soddy?«

»Natürlich!«

»Was meinst du: Was zeichnet diese Leute aus?«

»Was ich meine! Nicht ich meine, sondern jeder weiß, dass Goujon ein hervorragender Komponist und Soddy ein großer Beichtvater ist. Und was denkst du?«

»Ich denke, dass an ihnen etwas ganz anderes bemerkenswert ist«, sagte Toivo. »Albert Goujon war bis zu seinem fünfzigsten Lebensjahr ein passabler Agrophysiker, aber auch nicht mehr. Er hatte keinerlei musikalisches Talent. Und Bartholomew Soddy befasste sich vierzig Jahre lang mit Schattenfunktionen und war ein trockener, pedantischer und menschenscheuer Mann. Das ist es, was diese Leute so bemerkenswert macht, *meiner* Meinung nach.«

»Was willst du damit sagen? Was findest du daran bemerkenswert? Es sind Menschen mit verborgenen Talenten, die lange und hartnäckig daran gearbeitet haben – und dann wurde aus Quantität Qualität.«

»Da war keine Quantität, Assja, das ist es ja eben. Nur die Qualität änderte sich plötzlich. Radikal. Binnen einer Stunde. Explosionsartig.«

Assja schwieg eine Weile, wobei sich ihre Lippen bewegten. Dann fragte sie etwas unsicher, aber nicht ohne Ironie: »Soll das etwa heißen, die *Wanderer* haben sie inspiriert, ja?«

»Das habe ich nicht gesagt. Du wolltest Beispiele hören für glückliche, lebensbejahende BVs. Bitte sehr. Ich kann noch ein Dutzend Namen nennen, wenn auch weniger bekannte.«

»Gut. Und warum befasst ihr euch damit? Was geht euch das eigentlich an?«

»Wir befassen uns mit allen Besonderen Vorkommnissen.«

»Deswegen frage ich ja: Was ist an diesen Vorkommnissen Besonderes?«

»Im Rahmen der bestehenden Vorstellungswelt sind sie unerklärlich.«

»Was ist auf der Welt nicht alles unerklärlich!«, rief Assja. »Das Readertum ist auch unerklärlich, wir haben uns nur daran gewöhnt.«

»Das, woran wir uns gewöhnt haben, halten wir ja auch nicht für unerklärlich. Wir befassen uns nicht mit Erscheinungen, Assja. Wir befassen uns mit Vorkommnissen, Ereignissen. Etwas ist nie dagewesen, tausend Jahre lang nicht, und dann geschieht es plötzlich. Warum ist es geschehen? Unverständlich. Wie ist es zu erklären? Die Fachleute wissen es nicht. Da horchen wir auf. Verstehst du, Assja, du gruppierst die BVs falsch. Wir unterteilen sie nicht in glückliche und tragische, sondern in geklärte und ungeklärte.«

»Glaubst du vielleicht, jedes ungeklärte BV berge eine Gefahr in sich?«

»Ja. Auch die glücklichen.«

»Was kann denn bedrohlich sein an der ungeklärten Verwandlung eines durchschnittlichen Agrophysikers in einen genialen Musiker?«

»Ich habe mich nicht exakt ausgedrückt. Nicht das BV ist bedrohlich. Selbst die geheimnisvollen BVs sind in der Regel völlig harmlos. Manchmal sogar komisch. Bedrohlich aber kann die Ursache des BV sein. Der Mechanismus, der dieses BV auslöste. Man kann die Frage auch so stellen: Warum hatte jemand ein Interesse daran, einen Agrophysiker in einen Musiker zu verwandeln?«

»Vielleicht ist es aber einfach eine statistische Fluktuation!«

»Vielleicht. Das ist es ja gerade – dass wir es nicht wissen. Aber schau, wohin es dich verschlagen hat. Und jetzt sag mir doch bitte: Was ist an deiner Erklärung besser als an unserer? Eine statistische Fluktuation, per definitionem unvorhersagbar und unlenkbar. Oder die *Wanderer*, die natürlich auch nicht ohne sind, bei denen man aber – zumindest im Prinzip – hoffen kann, dass man sie einmal zu fassen bekommt. Ich verstehe, ›statistische Fluktuation‹ klingt weitaus seriöser, wissenschaftlicher, neutraler – nicht wie diese gemeinen, jedem schon zum Halse heraushängenden, billig-romantischen und banal-legendären …«

»Warte, mach dich nicht lustig, bitte«, sagte Assja. »Niemand leugnet deine *Wanderer*. Davon rede ich doch gar nicht. Du hast mich ganz aus dem Konzept gebracht. Das machst du immer! Mich genauso wie deinen Maxim, und dann läufst du geknickt herum und willst, dass man dich tröstet. Was ich sagen wollte: Gut, mögen sich also die *Wanderer* in unser Leben einmischen. Doch darum geht es nicht. Wieso aber ist das schlecht? Das ist es, was ich dich frage! Warum macht ihr aus ihnen Schreckgespenster? Das ist, was ich nicht verstehen kann! Niemand versteht das. Warum es zum Beispiel positiv ist, wenn *du* die Geschichte anderer Welten begradigst; wenn aber andere sich anschicken, *deine* Geschichte zu begradigen … Schließlich weiß heute jedes Kind, dass eine Superintelligenz prinzipiell gut ist!«

»Die Superintelligenz ist supergut«, sagte Toivo.

»Und? Dann erst recht!«

»Nein«, sagte Toivo. »Kein ›dann erst recht‹. Wir wissen, was ›gut‹ ist, obwohl auch das nicht ganz sicher ist. Was aber supergut ist …«

Assja schlug sich wieder aufs Knie. »Ich verstehe es nicht! Unbegreiflich! Woher nimmst du die Annahme einer Bedrohung? Erklär es mir, bring es mir bei!«

»Ihr alle versteht unseren Standpunkt völlig falsch«, sagte Toivo schon recht ärgerlich. »Niemand glaubt, dass die *Wanderer* uns Menschen Böses wollen. Das ist in der Tat sehr unwahrscheinlich. Wir fürchten etwas anderes, etwas ganz anderes! Wir fürchten, dass sie hier Gutes tun werden – und zwar, wie *sie* es verstehen!«

»Das Gute ist immer gut!«, erklärte Assja nachdrücklich.

»Du weißt genau, dass das nicht stimmt. Oder weißt du es etwa wirklich nicht? Aber ich habe es dir doch erklärt. Ich war ganze drei Jahre Progressor, ich habe Gutes getan, nur Gutes, nichts als Gutes. Aber bei Gott, wie haben sie mich gehasst, diese Leute! Und auf ihre Weise hatten sie Recht. Denn da waren Götter gekommen, ohne um Erlaubnis zu fragen. Niemand hatte sie gerufen, aber sie haben sich hereingedrängt und angefangen, Gutes zu tun. Eben jenes Gute, das immer gut ist. Und sie haben es heimlich getan, weil sie von vorneherein wussten, dass die Sterblichen ihre Ziele nicht begreifen würden. Und wenn sie sie begriffen, würden sie sie nicht akzeptieren. Das sind die ethischen und moralischen Gegebenheiten in dieser verfluchten Situation! Der hörige Feudalbauer in Arkanar versteht nicht, was Kommunismus ist. Der kluge Bourgeois dreihundert Jahre später versteht es und schreckt entsetzt davor zurück. Das sind Binsenweisheiten, aber wir sind nicht imstande, sie auf uns selbst anzuwenden. Warum? Weil wir keine Vorstellung davon haben, was uns die *Wanderer* anbieten werden. Die Analogie funktioniert nicht! Doch zwei Dinge weiß ich. Erstens: Sie kamen ungebeten. Zweitens: Sie kamen heimlich. Und das heißt, sie gehen zum einen davon aus, dass sie besser wissen als wir, was gut für uns ist. Und zum anderen sind sie von vorneherein davon überzeugt, dass wir ihre Ziele entweder nicht begreifen oder nicht akzeptieren werden. Ich weiß nicht, wie du dazu stehst, aber ich will das nicht. Ich will-es-nicht! Und basta!«, sagte er entschieden.

»Genug davon. Ich bin ein müder, unfreundlicher, besorgter Mensch, der sich die Last großer Verantwortung aufgeladen hat. Ich habe das Sikorsky-Syndrom, bin ein Psychopath und verdächtige alles und jeden. Ich liebe niemanden, bin geplagt, unnormal, ein Monomane, man muss mich schonen, Mitleid mit mir haben, auf Zehenspitzen um mich herumgehen, mich auf die Schulter küssen, mit Scherzen erfreuen. Und mit Tee. Mein Gott, bekomme ich denn heute wirklich keinen Tee?«

Ohne ein Wort zu sagen, sprang Assja vom Fensterbrett und ging Tee kochen. Toivo legte sich aufs Sofa. Durch das Fenster drang sehr leise das Summen eines exotischen Musikinstruments. Ein riesiger Schmetterling kam auf einmal hereingeflogen, beschrieb einen Kreis über dem Tisch, setzte sich auf den Bildschirm des Visors und entfaltete seine flauschigen schwarz-gemusterten Flügel. Toivo streckte ohne aufzustehen die Hand zum Servicepult aus, bekam es jedoch nicht zu fassen und ließ den Arm sinken.

Assja kam mit einem Tablett herein, füllte die Gläser mit Tee und setzte sich neben ihn.

»Schau«, flüsterte Toivo und wies mit den Augen auf den Schmetterling.

»Ist der schön«, erwiderte Assja ebenfalls flüsternd.

»Ob er vielleicht eine Weile bei uns wohnen will?«

»Nein, das wird er nicht wollen«, sagte Assja.

»Aber wieso! Weißt du noch, die Kasarjanows hatten eine Libelle ...«

»Die hat aber nicht bei ihnen gewohnt. Sie war nur zu Besuch.«

»Dann kann der Schmetterling ja auch hier zu Besuch bleiben. Wir werden ihn Bummler nennen.«

»Warum Bummler?«

»Wie sonst?«

»Onyx«, sagte Assja.

»Nein«, entschied Toivo. »Was denn für ein Onyx? Bummler soll er heißen – der Bummler, der einkehrt. Und der Bildschirm wird ab sofort die Einkehr.«

Ich will natürlich nicht behaupten, dass das Gespräch zwischen Toivo und Assja am späten Abend des 8. Mai wörtlich so verlief. Doch ich weiß, dass sie im Allgemeinen viel über diese Themen sprachen, sich stritten und verschiedener Meinung waren. Und dass keiner von ihnen je den anderen zu überzeugen vermochte, das weiß ich ebenso.

Assja war es nicht möglich, ihrem Mann den ihr eigenen, grenzenlosen Optimismus zu vermitteln. Ihr Optimismus speiste sich aus der Atmosphäre um sie herum, aus den Menschen, mit denen sie zusammenarbeitete, aus ihrer Arbeit selbst, die viel mit Geschmack und Güte zu tun hatte. Toivo indes befand sich jenseits dieser optimistischen Welt, in einer Sphäre ständiger Sorge und Wachsamkeit. Hier ließ sich Optimismus nur schwer von einem Menschen auf den anderen übertragen, höchstens unter günstigen Umständen und nicht für lange.

Doch auch Toivo schaffte es nicht, aus seiner Frau eine Gleichgesinnte zu machen, sie mit seinem Gefühl einer sich nähernden Gefahr anzustecken. Seinen Überlegungen fehlte es an Konkretheit. Sie waren abstrakt, konstruiert, eine Weltanschauung, für die Assja keinerlei Bestätigung fand; sie waren eine Art Berufskrankheit. Toivo konnte sie weder mit seiner Angst, noch mit seinem Abscheu, seinem Zorn oder seinem Hass anstecken.

Deshalb wurden sie vom Sturm so unvorbereitet getroffen, wie zwei isolierte Wesen, als hätte es diese Diskussionen, die Streitgespräche und erbitterten Versuche, einander zu überzeugen, nie gegeben.

Am Morgen des 9. Mai begab sich Toivo noch einmal nach Charkow, um sich mit dem Hellseher Hirota zu treffen und die Akte »Besuch des Hexenmeisters« endgültig schließen zu können.

Dokument 9

KomKon 2
Ural/Norden
Bericht Nr. 017/99
Datum: 9. Mai '99
Autor: T. Glumow, Inspektor
Projekt 009: »Besuch der alten Dame«
Betr.: Ergänzung zu Bericht Nr. 016/99

Susumu Hirota alias Senrigan empfing mich um 10:45 Uhr in seinem Arbeitszimmer. Er ist ein kleiner, rüstiger Greis und sieht sehr viel älter aus, als er ist. Von seiner »Gabe« ist er ziemlich eingenommen und nutzt jede Gelegenheit, um sie vorzuführen: Ihre Frau hat Ärger bei der Arbeit. Auf die Pandora wird sie ganz sicher fliegen, machen Sie sich keine Hoffnung, das ließe sich vermeiden. Den Stift hier hat Ihnen ein Freund geschenkt, aber Sie haben vergessen, ihn Ihrer Frau zu geben. Und so weiter. Ziemlich unangenehm, finde ich. Der »Exodus« Hexenmeisters lief nach Hirotas Worten so ab: »Er bekam offenbar Angst, ich würde ihm gleich ein Geheimnis entreißen, und da ist er davongelaufen. Er ahnte ja nicht, dass er mir als leerer, weiß schimmernder Bildschirm erschien, ohne einen einzigen Kontrast; er ist ja ein Wesen aus einer anderen Welt.«

T. Glumow

Dokument 10

WICHTIG!
KomKon 2
Ural/Norden
Bericht Nr. 018/99
Datum: 9. Mai '99
Autor: T. Glumow, Inspektor
Projekt 009: »Besuch der alten Dame«
Betr.: Im Institut der Sonderlinge interessiert man sich für die Zeugen des Vorfalls in Malaja Pescha

Im Laufe meiner Unterredung mit dem diensthabenden Dispatcher des Instituts der Sonderlinge geschah am 9. Mai um 11:50 Uhr Folgendes:

Während er sich mit mir unterhielt, zog der diensthabende Dispatcher Temirkanow schnell und routiniert die Daten vom Registrator und las sie in das Terminal des Rechners ein. Dann erschienen sie sukzessive und in folgender Reihenfolge auf dem Kontrolldisplay: Familienname, Vorname, Vatersname, Alter (anscheinend); Name eines Ortes (Geburtsort? Wohnort? Arbeitsort); Beruf; dazu ein sechsstelliger Index. Ich beachtete das Display nicht, bis plötzlich darauf auftauchte:

KUBOTIJEWA, ALBINA MILANOWNA
96 BALLERINA ARCHANGELSK 001507

Es folgten zwei Namen, die mir nichts sagten, und dann:

KOSTENEZKI, KIR
12 SCHÜLER PETROSAWODSK 001507

Zur Erinnerung: Diese beiden sind als Zeugen der Vorgänge in Malaja Pescha erfasst, vgl. meinen Bericht Nr. 015/99 vom 7.5. d. J.

Anscheinend verlor ich für ein paar Sekunden die Beherrschung, denn Temirkanow erkundigte sich, was mich derart in Erstaunen versetze? Ich besann mich und erklärte, ich habe mich über den Namen Albina Kubotijewas gewundert, der Ballerina, von der mir meine Eltern, begeisterte Ballettfans, viel erzählt hätten. Es komme mir seltsam vor, hier ihren Namen zu lesen; habe etwa Albina die Große auch ein metapsychisches Talent? Temirkanow lächelte und gab zur Antwort, das sei nicht ausgeschlossen. Seinen Worten zufolge laufen auf den Registratoren sämtlicher Institutsfilialen pausenlos Informationen über Personen ein, die für die Metapsychologen von Interesse sein könnten. Der Großteil der Informationen stammt von den Terminals der Kliniken, Krankenhäuser und Medpunkte sowie sonstiger medizinischer Einrichtungen, die mit Standard-Psychoanalysatoren ausgerüstet sind. Allein in der Charkower Filiale kommen so täglich Hunderte von Namen möglicher »Sonderlinge« zusammen, wobei sich aber nur jeder Hunderttausendste von ihnen auch tatsächlich als solcher erweist.

In dieser Situation hielt ich es für richtig, das Gesprächsthema zu wechseln.

T. Glumow

Dokument 11

Arbeitsfonogramm
Datum: 10. Mai '99
Gesprächsteilnehmer: M. Kammerer, Leiter der Abteilung BV; T. Glumow, Inspektor
Projekt 009: »Besuch der alten Dame«
Betr.: Das Institut der Sonderlinge als möglicher Gegenstand des Projekts 009

KAMMERER: Interessant. Du hast wirklich ein wachsames Auge, mein Junge. Und eine Version hast du sicher auch parat? Lass mich hören.

GLUMOW: Die Schlussfolgerung oder die Logik?

KAMMERER: Die Logik, bitte.

GLUMOW: Am einfachsten wäre es anzunehmen, dass ein begeisterter Anhänger der Metapsychologie die Namen von Albina und Kir nach Charkow gemeldet hat. Wenn er Zeuge der Ereignisse in Malaja Pescha war, mag ihn die Anomalität ihrer Reaktionen überrascht haben, so dass er seine Beobachtung an Fachleute weitergeben wollte. Es kommen meiner Meinung nach mindestens drei Personen infrage, die das hätten tun können. Basil Newerow, der Mann vom Katastrophenschutz. Oleg Pankratow, der Lektor und ehemalige Astroarchäologe. Und seine Frau Sossja Ljadowa, die Malerin. Freilich, sie waren keine Zeugen im eigentlichen Sinn, aber das ist in diesem Fall nicht wichtig. Ohne Ihre Erlaubnis allerdings wollte ich sie nicht befragen, obwohl ich glaube, dass es möglich ist, direkt von ihnen zu erfahren, ob sie die Information ans Institut weitergegeben haben oder nicht …

KAMMERER: Es gibt einen einfacheren Weg.

GLUMOW: Den Dienstweg, ich weiß. Ich könnte eine Anfrage ans Institut richten. Aber das führt hier zu nichts, und zwar aus folgendem Grund: Wenn es ein wohlmeinender Enthusiast war, dann klärt sich alles auf, und es ist nichts weiter zu bereden. Ich würde aber eher folgende Variante in Betracht ziehen: Es gab dort keinen wohlmeinenden Enthusiasten, sondern einen eigens dafür angereisten Beobachter vom Institut der Sonderlinge.

Pause.

GLUMOW: Wenn wir annehmen, dass sich in Malaja Pescha ein Beobachter vom Institut der Sonderlinge befand, bedeutet das, dass man dort ein psychologisches Experiment durchgeführt hat mit dem Ziel, Menschen in – sagen wir – normale und ungewöhnliche zu sortieren. Zum Beispiel, um später bei den ungewöhnlichen diese »Sonderlichkeit« zu suchen. In dem Fall gibt es zwei Möglichkeiten. Entweder ist das Institut der Sonderlinge ein gewöhnliches Forschungszentrum, wo gewöhnliche Wissenschaftler arbeiten. Diese führen gewöhnliche Experimente durch, die zwar in ethischer Hinsicht fraglich sind, letzten Endes aber der Wissenschaft dienen sollen. Dann aber ist unverständlich, wie sie über eine Technologie verfügen können, die sogar die perspektivischen Möglichkeiten unserer Embryomechanik und unserer Biokonstruktion bei weitem übertrifft?

Pause.

GLUMOW: Oder das Experiment in Malaja Pescha ist nicht von Menschen durchgeführt worden, wie wir anfangs glaubten. Aber in welchem Licht erscheint dann das Institut der Sonderlinge?

Pause.

GLUMOW: Dann wäre das Institut in Wirklichkeit gar keins, und die »Sonderlinge« dort wären keine »Sonderlinge«, und die Mitarbeiter befassten sich in Wahrheit mit etwas ganz anderem als mit Metapsychologie.

KAMMERER: Und womit? Womit befassen sie sich dort? Und was sind das für Leute?

GLUMOW: Sie halten meine Überlegungen also wieder nicht für überzeugend?

KAMMERER: Im Gegenteil, Toivo. Im Gegenteil! Sie sind sogar allzu überzeugend. Aber ich möchte, dass du deine Ideen direkt, nüchtern und unzweideutig formulierst. Wie im Bericht.

GLUMOW: Bitte sehr. Das sogenannte »Institut der Sonderlinge« ist in Wirklichkeit ein Werkzeug der *Wanderer*, um Menschen nach einem mir noch unbekannten Merkmal zu selektieren. Ende.

KAMMERER: Und deshalb ist Danja Logowenko, der Stellvertreter des Direktors und ein alter Freund von mir …

GLUMOW *(unterbricht ihn)*: Nein! Das wäre zu phantastisch. Aber vielleicht wurde Ihr Danja Logowenko schon längst selektiert? Seine langjährige Bekanntschaft mit Ihnen ist keine Garantie dagegen. Er wurde selektiert und arbeitet für die *Wanderer*. Wie auch das gesamte Personal des Instituts, ganz zu schweigen von den »Sonderlingen« …

Pause.

GLUMOW: Seit mindestens zwanzig Jahren befassen sie sich mit der Selektion. Und als genügend Selektierte gefunden waren, organisierten sie das Institut, installierten dort ihre Gleitfrequenzkammern und lassen seitdem unter dem Vorwand, nach »Sonderlingen« zu suchen, jährlich bis zu zehntausend Menschen durchlaufen. Und wir wissen ja noch gar nicht, wie viele solcher Einrichtungen es unter den verschiedensten Bezeichnungen auf der Erde gibt.

Pause.

GLUMOW: Und Hexenmeister ist keineswegs aus dem Institut geflohen und zurück auf den Saraksch gereist, weil man ihn gekränkt oder er Bauchschmerzen bekommen hätte. Er hat die *Wanderer* gewittert! Wie unsere Wale, wie die

Lemminge. »Wenn die Blinden den Sehenden erblicken« – damit sind Sie und ich gemeint. »Sieht die Berge und den Wald, nur das Nächstliegende nicht« – auch damit sind wir gemeint, Big Bug!

Pause.

GLUMOW: Kurzum, wir können, wie es scheint, zum ersten Mal in der Geschichte die *Wanderer* zu fassen kriegen.

KAMMERER: Ja. Und alles begann mit zwei Namen, die du zufällig auf dem Display bemerkt hast. Bist du übrigens sicher, dass das ein Zufall war? *(Hastig:)* Gut, gut, lassen wir das. Was schlägst du vor?

GLUMOW: Ich?

KAMMERER: Ja. Du.

GLUMOW: Also, wenn Sie mich fragen … Die ersten Schritte liegen meiner Meinung nach auf der Hand. Zunächst müssen die *Wanderer* im Institut überführt und die Ausgewählten enttarnt werden. Dann müssen wir eine geheime mentoskopische Beobachtung organisieren. Wenn nötig, kann jede Person auch zu einer Mentoskopie mit maximaler Tiefe gezwungen werden. Ich nehme an, sie sind darauf vorbereitet und blockieren ihr Gedächtnis. Das macht nichts. Gerade das wird ein Indiz sein. Schlimmer ist es, wenn sie ein falsches Gedächtnis vortäuschen können …

KAMMERER: In Ordnung. Das reicht. Ausgezeichnet, bravo, du hast gute Arbeit geleistet. Und jetzt nimm meine Anweisung entgegen. Stell für mich Listen der folgenden Personen zusammen: erstens, Personen mit einer Inversion des »Pinguin-Syndroms« – alle, die die Mediziner bis heute registriert haben. Zweitens, Personen, bei denen keine Fukamisation durchgeführt wurde …

GLUMOW *(unterbricht ihn)*: Das sind mehr als eine Million Menschen!

KAMMERER: Nein, ich meine die Personen, die den Empfang dieser »Reifeimpfung« verweigert haben, das sind zwanzigtausend. Du wirst zu tun haben, aber wir müssen für alles gewappnet sein. Drittens: Sammle alle Daten, die wir über Verschollene zur Verfügung haben und stell sie auf einer Liste zusammen.

GLUMOW: Darunter auch die, die später wieder aufgetaucht sind?

Kammerer: Besonders die. Damit befasst sich Sandro, ich werde ihn dir zuarbeiten lassen. Das ist alles.

GLUMOW: Eine Liste der Inversanten, eine Liste der Verweigerer, eine Liste der Wiederaufgetauchten. Klar. Und trotzdem, Big Bug …

KAMMERER: Sprich.

GLUMOW: Und trotzdem hätte ich gerne Ihre Erlaubnis, mich mit Basil Newerow und dem Ehepaar aus Malaja Pescha zu unterhalten.

KAMMERER: Um ein reines Gewissen zu haben?

GLUMOW: Ja. Womöglich war es doch ein wohlmeinender Enthusiast.

KAMMERER: Genehmigt. *(Nach einer kleinen Pause)* Interessant, was wirst du wohl tun, wenn sich herausstellt, dass es wirklich ein gewöhnlicher, wohlmeinender Enthusiast war …

Jetzt habe ich dieses Fonogramm noch einmal abgehört. Meine Stimme war damals jung, gewichtig, selbstsicher – die Stimme eines Menschen, der Schicksale lenkt, für den es weder in der Vergangenheit noch in Gegenwart und Zukunft Geheimnisse gibt, eines Menschen, der weiß, was er tut und dass er Recht hat. Ich kann jetzt kaum fassen, was ich damals für ein großartiger Komödiant und Heuchler war. Denn in Wahrheit waren meine Nerven hauchdünn und kurz vorm Zerreißen. Ich besaß einen fertigen Aktionsplan und wartete auf die Zustimmung des Präsidenten, doch sie kam und kam nicht. Ich nahm mir immer wieder vor und konnte mich dann doch nicht dazu durchringen, ohne seine Zustimmung zu Komow zu gehen.

Und dennoch erinnere ich mich deutlich, welch große Befriedigung ich an jenem Morgen empfand, als ich Toivo Glumow anhörte und ihn dabei beobachtete. Denn es war seine Sternstunde. Fünf Jahre lang hatte er sie gesucht, die Nichtmenschen, die heimlich auf seine Erde gekommen waren. Er hatte sie trotz allen Misserfolgen weitergesucht, fast im Alleingang, durch nichts und niemanden ermuntert. Geplagt von der herablassenden Haltung seiner geliebten Frau, hatte er sie gesucht – und am Ende gefunden. Er hatte Recht behalten. Er war, wie sich nun zeigte, scharfsinniger gewesen als alle, geduldiger als alle, ernsthafter als all die geistreichen Köpfe, die leichtgewichtigen Philosophen, die intellektuellen Strauße.

Freilich, ich bin es, der ihm dieses Triumphgefühl zuschreibt. In jenem Moment, nehme ich an, empfand Toivo wahrscheinlich nur eins: brennende Ungeduld, den Feind so bald wie möglich an der Gurgel zu packen. Denn obwohl es ihm gelungen war, unumstößlich zu beweisen, dass sich sein Gegner auf der Erde befand und aktiv war, ahnte er damals noch nicht, was er da eigentlich bewiesen hatte.

Ich aber wusste es. Und trotzdem – als ich ihn an jenem Morgen ansah, war ich begeistert und stolz auf ihn. Es war wunderbar, ihn zu beobachten; er hätte mein Sohn sein können, und ich wäre froh gewesen, einen solchen Sohn zu haben.

Und wenn ich ihn gerade mit Arbeit überhäuft hatte, geschah das deshalb, damit er nicht mehr aus dem Arbeitszimmer herauskam und an seinen Schreibtisch gefesselt blieb. Denn die Antwort aus dem Institut stand noch immer aus, und die Arbeit an den Listen musste ohnehin getan werden.

Dokument 12

KomKon 2
Ural/Norden
Bericht Nr. 019/99
Datum: 10. Mai '99
Autor: T. Glumow, Inspektor
Projekt 009: »Besuch der alten Dame«
Betr.: Die Information über die Ereignisse in Malaja Pescha wurde von O. O. Pankratow ans Institut der Sonderlinge gegeben

Gemäß Ihrer Anordnung habe ich mit B. Newerow, O. Pankratow und S. Ljadowa Gespräche geführt. Ich sollte herausfinden, ob einer von ihnen das Institut der Sonderlinge über das anomale Verhalten einiger Personen während der Vorgänge in Malaja Pescha in der Nacht zum 6. Mai d. J. informiert hat.

1. Das Gespräch mit dem Mitarbeiter des Katastrophenschutzes Basil Newerow fand gestern gegen Mittag über Video statt. Es war nicht von operativem Interesse. B. Newerow hat zweifellos erst durch mich von der Existenz des Instituts der Sonderlinge erfahren.
2. Oleg Olegowitsch Pankratow und seine Frau Sossja Ljadowa traf ich am Rande der Regionalkonferenz der Hobby-Astroarchäologen in Syktywkar. Im Verlauf einer zwanglosen Unterhaltung bei einer Tasse Kaffee ging Oleg Olegowitsch gerne und aktiv auf das von mir begonnene Gespräch über die Wunder im Institut der Sonderlinge ein. Er teilte mir aus eigenem Antrieb, ohne von mir im Geringsten darauf gelenkt worden zu sein, folgende Fakten mit:
   - er ist seit vielen Jahren Aktivist des Instituts der Sonderlinge und verfügt über einen eigenen Index als selbst-

ständiger und permanenter Lieferant von Informationen;

- gerade seinen Bemühungen ist es zu verdanken, dass solch bemerkenswerte Phänomene wie Rita Gluskaja (das »Schwarze Auge«), Lebey Malang (ein Psychoparamorpher) und Konstantin Mowson (der »Fünfte Herr der Fliegen«) ins Blickfeld der Metapsychologen geraten sind;
- er ist mir sehr dankbar für die Information über die beiden erstaunlichen Menschen Albina und Kir, welche ich ihm freundlicherweise und zur rechten Zeit gegeben habe und die er sogleich an das Institut weitergeleitet hat;
- er ist bisher dreimal im Institut gewesen, und zwar auf den alljährlichen Aktivistenkonferenzen; mit Daniil Alexandrowitsch Logowenko ist er nicht persönlich bekannt, doch schätzt er ihn als einen hervorragenden Gelehrten.

3. Im Zusammenhang mit dem oben Dargelegten bin ich der Ansicht, dass mein Bericht Nr. 018/99 für das Projekt 009 nicht von Belang ist.

T. Glumow

Dokument 13

An den Leiter der Abteilung BV, M. Kammerer
Antrag von Inspektor T. Glumow

Da ich meine Frau während einer längeren Dienstreise auf die Pandora begleiten muss, bitte ich um die Gewährung eines Urlaubs von sechs Monaten.

10. Mai '99 T. Glumow

Entscheidung: Nicht genehmigt. Führen Sie weiterhin Ihren Auftrag aus.

10. Mai '99 M. Kammerer

Abteilung BV, Arbeitszimmer D. 11. Mai '99

Am Morgen des 11. Mai erschien Toivo in düsterer Stimmung bei der Arbeit und las meine Entscheidung. Anscheinend hatte er sich über Nacht ein wenig beruhigt, denn ohne zu protestieren oder auf seinem Wunsch zu beharren, setzte er sich in sein Arbeitszimmer »D« und fing an, die Liste der Inversanten zusammenzustellen. Schon bald hatte er sieben Personen gefunden, doch nur zwei mit vollständigem Namen; die Übrigen waren als »Patient S., Servomechaniker«, »Theodor P., Ethnolinguist« oder dergleichen registriert.

Gegen Mittag erschien Sandro Mtbewari im Zimmer »D« – abgekämpft, aschfahl und zerzaust. Er setzte sich an seinen Tisch und erklärte Toivo – ohne jede Vorrede oder die Witze, die er normalerweise machte, wenn er von einem längeren Einsatz zurückkehrte –, er stelle sich ihm laut Befehl von Big Bug zur Verfügung, würde aber gerne vorher den Bericht über seine Dienstreise zu Ende schreiben. »Was ist denn passiert?«, fragte Toivo beunruhigt und überrascht von seinem Anblick. Es sei ihm eine Geschichte passiert, antwortete Sandro gereizt, von der er nicht wisse, ob er sie in seinen Bericht aufnehmen solle, und wenn ja, unter welchem Vorzeichen.

Und sogleich machte er sich ans Erzählen, hatte aber Mühe, die richtigen Worte zu finden, verlor sich in Einzelheiten und machte sich immer wieder, fast krampfhaft, über sich selbst lustig.

Am Morgen war er aus der Null-Kabine des kleinen Kurorts Rosalinda unweit von Biarritz getreten, hatte etwa fünf

Kilometer auf einem verlassenen steinigen Pfad zwischen Weinbergen zurückgelegt und war gegen zehn Uhr am Ziel: Unter ihm lag das Val des Roses. Der Pfad führte hinab zum Gehöft »Bon Vent«, dessen Spitzdach aus dem üppigen Grün herausragte. Sandro registrierte automatisch die Uhrzeit – es war wie geplant eine Minute vor zehn. Vor dem Abstieg zum Gehöft setzte er sich auf einen schwarzen runden Feldstein, um die Kiesel aus seinen Sandalen zu schütteln. Es war schon sehr heiß, und der glühende Stein brannte durch seine Shorts. Sandro hätte für sein Leben gern etwas getrunken.

Offenbar war das der Moment, als ihm schlecht wurde. In seinen Ohren begann es zu klingen, und ihm schien, als verlösche das helle Sonnenlicht. Er hatte den Eindruck, als folge er dem Pfad abwärts. Als gehe er, ohne die Beine unter sich zu spüren, an einer lustig anzusehenden Laube vorüber, die er von oben gar nicht bemerkt hatte; vorbei an einem Gleiter mit aufgeklappter Schutzhaube und zerlegtem Motor, so, als hätte jemand ganze Blöcke daraus entfernt; und an einem riesigen zottigen Hund, der mit heraushängender roter Zunge im Schatten lag und Sandro gleichgültig musterte. Dann sei er die Stufen zu einer von Rosen dicht umrankten Veranda hinaufgestiegen. Dabei konnte er deutlich hören, wie die Stufen knarrten, spürte aber seine Beine noch immer nicht. Weiter hinten auf der Veranda stand ein Tisch, auf dem sich viele rätselhafte Gegenstände türmten, und dort entdeckte Sandro auch den Mann, den er gesucht hatte: Er stand über den Tisch gebeugt da, die Arme weit ausgestreckt, um sich auf den Rändern der Tischplatte abzustützen.

Der Mann hatte kleine, unter grauen Brauen versteckte Augen und blickte Sandro ein wenig ärgerlich an. Der stellte sich vor und fing sogleich an, seine Legende aufzutischen, obwohl er kaum seine eigene Stimme hörte. Er hatte aber noch keine zehn Sätze gesprochen, als der Mann seine Stirn in tiefe Falten zog und etwas sagte wie: »Muss das jetzt sein, du kommst mir sehr ungelegen«. In dem Moment kam Sandro wieder zu sich, tauchte aus seiner tiefen Bewusstlosigkeit auf und fand sich schweißüberströmt auf dem Stein sitzend, die rechte Sandale in der Hand. Der heiße Granit brannte durch die Shorts, und es war noch immer eine Minute vor zehn. Vielleicht mochten fünfzehn Sekunden vergangen sein, mehr nicht.

Er zog die Schuhe wieder an, wischte sich den Schweiß vom Gesicht, doch da kam es anscheinend wieder über ihn: Abermals folgte er dem Pfad abwärts, ohne die Beine unter sich spüren zu können. Die Welt sah aus, als schaue er durch einen Neutralfilter, und im Kopf hatte er nur einen einzigen Gedanken: Jetzt komme ich wieder ganz und gar ungelegen … Abermals kam links die lustige Laube vorbei; auf dem Fußboden lag eine Puppe, der beide Arme und ein Bein fehlten. Auch der Gleiter kam wieder vorbei; an die Bordwand war ein freches Teufelchen gemalt, und etwas weiter weg stand ein zweiter Gleiter, ebenfalls mit offener Motorhaube. Der Hund allerdings hatte seine Zunge zurückgezogen und döste vor sich hin, den schweren Kopf auf seine Pfoten gelegt. (Irgendwie sonderbar, dieser Hund, ja, war das überhaupt ein Hund?) Die knarrenden Stufen. Die Kühle der Veranda. Und wieder blickte der Mann unter den grauen Augenbrauen hervor, runzelte die Stirn und sagte in einem gespielt drohenden Ton, so, wie man mit einem übermütigen Kind spricht: »Was hab ich dir gesagt? Ganz und gar ungelegen! Kusch!« Und wieder kam Sandro zu sich, doch diesmal saß er nicht auf dem Stein, sondern daneben im trockenen, stachligen Gras. Ihm war übel.

Was ist denn heute mit mir los? – dachte Sandro voller Angst und Missmut und versuchte sich zusammenzureißen. Die Welt schien noch immer farblos, und in den Ohren klang es ihm; doch hatte er sich jetzt wieder völlig im Griff. Es war fast punkt zehn. Er hätte sehr gerne etwas getrunken, doch

Schwäche fühlte er nicht mehr; er musste zu Ende führen, weswegen er hierhergekommen war. Er stand auf, und im selben Moment sah er, wie unten aus dem dichten Grün ebenjener Mann auf den Pfad trat und stehen blieb, den Blick auf Sandro gerichtet, und gleich hinter ihm kam der zottige Hund aus dem Dickicht, verharrte zu Füßen des Mannes und blickte ebenfalls zu Sandro herauf. Er nahm wie beiläufig wahr, dass der Hund kein Hund, sondern ein junger Kopfler war, hob dann die eine Hand, ohne zu wissen, warum – vielleicht zum Gruß, vielleicht auch, um sich bemerkbar zu machen –, doch jener Mann wandte sich ab, und die Welt vor Sandros Augen wurde schwarz und stürzte schräg nach unten links.

Als er erneut zu sich kam, fand er sich auf einer Bank wieder. Ringsum lag das Kurstädtchen Rosalinda, und neben ihm stand dieselbe Null-Kabine, mit der er hierhergekommen war. Noch immer war ihm übel, und er hatte großen Durst – doch die Welt war licht und freundlich. Seine Uhr zeigte 42 Minuten nach zehn. Unbeschwerte, schön gekleidete Menschen gingen an ihm vorüber, musterten ihn besorgt und verlangsamten den Schritt. Da aber rollte plötzlich ein Kellnerkyber heran und servierte ihm ein eisgekühltes Getränk in einem hohen Glas.

Nachdem er Sandro zu Ende angehört hatte, schwieg Toivo eine Weile. Dann, die Wörter sorgfältig wählend, riet er ihm: »Das musst du unbedingt in den Bericht aufnehmen.«

»In Ordnung«, sagte Sandro. »Aber mit welchem Akzent?«

»Wie du es mir erzählt hast, so schreibst du es auf.«

»Ich habe es dir so erzählt, als wäre mir vor Hitze schlecht geworden und das alles eine Halluzination gewesen.«

»Also bist du nicht sicher, dass es eine war?«

»Woher soll ich das wissen? Ich könnte dasselbe auch so erzählen, als sei ich unter Hypnose geraten und die Halluzination gezielt hervorgerufen worden.«

»Meinst du, es war der Kopfler?«

»Ich weiß nicht. Vielleicht. Ich glaube aber, eher nicht. Er war zu weit von mir entfernt, siebzig Meter mindestens. Und er war auch zu jung für so etwas. Außerdem, warum sollte er?«

Sie schwiegen. Dann fragte Toivo: »Was hat Big Bug gesagt?«

»Der hat mich gar nicht zu Wort kommen lassen und mich keines Blickes gewürdigt. ›Ich habe zu tun, geh und hilf Glumow.‹«

»Sag mal«, erkundigte sich Toivo, »bist du eigentlich sicher, dass du nicht bis zu dem Haus gekommen bist?«

»Es gibt nichts, was ich sicher weiß. Nur, dass etwas mit diesen ›van Winkles‹ nicht stimmt. Seit Anfang des Jahres beschäftige ich mich mit ihnen, und es ist nach wie vor nichts klar. Im Gegenteil, mit jedem Vorfall wird es undurchsichtiger. So etwas wie heute ist mir aber noch nie passiert, das war etwas Besonderes.«

Toivo sagte gepresst: »Aber du verstehst, wonach es aussieht, falls das tatsächlich mit dir geschehen ist?« Er stutzte. »Warte! Und der Registrator? Was hast du auf dem Registrator?«

Sandro erwiderte schicksalsergeben: »Auf dem Registrator ist nichts. Wie sich herausstellte, war er ausgeschaltet.«

»Also, weißt du!«

»Ich weiß. Bloß, dass ich mich genau erinnere, ihn, bevor ich aufgebrochen bin, aufgeladen und eingeschaltet zu haben.«

Dokument 14

KomKon 2
Ural/Norden
Bericht Nr. 047/99
Datum: 4.–11. Mai '99
Autor: S. Mtbewari, Inspektor
Projekt 101: »Rip van Winkle«
Betr.: Ergebnisse der Inspektion zu »Gruppe der Achtziger«

Ich erhielt Ihre Anweisung zur Inspektion am Morgen des 4. Mai. Mit der Ausführung habe ich unverzüglich begonnen.

4. Mai, gegen 22:40 Uhr:
Astangow, Juri Nikolajewitsch. War unter der eingetragenen Adresse nicht anzutreffen. Hat keine neue Adresse im GGI hinterlassen. Die Befragung von Verwandten, Freunden und Bekannten, die dienstlich mit ihm zu tun hatten, blieb ergebnislos. Übliche Antworten: Wir können nichts sagen; wir hatten in den letzten Jahren keinen Kontakt, weil er seit seiner Rückkehr im Jahr '95 noch menschenscheuer geworden ist als vor seinem Verschwinden. Die Überprüfung des Kosmodromnetzes, des erdnahen Null-T sowie von BeG-Systemen (Betrieben mit erhöhter Gefährdung) erbrachte ebenfalls kein Resultat. Vermutung: J. Astangow hat sich, wie schon voriges Mal, »zur Vollendung seines neuen philosophischen Systems in den Urwald des Amazonasbeckens zurückgezogen«. (Es wäre interessant, mit jemandem zu sprechen, der seine früheren philosophischen Systeme kennt. Die Ärzte bestreiten es zwar, aber ich halte ihn für verrückt.)

6. Mai, gegen 23:30 Uhr:
Leyère, Fernand. Ich wurde um 11:05 Uhr unter der eingetragenen Adresse von ihm empfangen. Ich legte ihm meine Legende dar, worauf wir uns bis 12:50 Uhr unterhielten. F. Leyère erklärte, er fühle sich hervorragend, leide unter keinerlei Krankheitssymptomen, verspüre keine Folgen seiner Amnesie der Jahre '89 bis '91 und sehe daher auch keinen Grund, sich einer Mentoskopie zu unterziehen. Seinen Angaben aus dem Jahre '91 könne er nichts hinzufügen, da er sich nach wie vor an nichts erinnere. Die Transmantialtechnik interessiere ihn seit langem nicht mehr, und er befasse sich seit mehreren Jahren mit der Erfindung und Erforschung mehrdimensionaler Spiele. Bis zu diesem Punkt des Gesprächs war Leyère entgegenkommend, aber auch zerstreut gewesen. Nun wurde er lebhaft: Er war auf die Idee gekommen, mir das Spiel »Schnipp-schnapp-schnurr« beizubringen. Es kam allerdings nicht dazu, da wir uns kurz darauf verabschiedeten. (Ich habe seine Angaben überprüft: F. Leyère ist heute ein bedeutender Spezialist auf dem Gebiet mehrdimensionaler Spiele; er wird auch der »Spielmeister für Professoren« genannt.)

Tuul, Albert Oskarowitsch. Unter der eingetragenen Adresse nicht anzutreffen. Neue Adresse im GGI: Venusborg (Venus). Unter dieser Adresse ebenfalls nicht anzutreffen. Angaben der Venusregistratur: A. Tuul ist nie auf der Venus eingetroffen. Im Jahr '97 teilte er seiner Mutter mit, er wolle bei den Fährtensuchern im Lager »Chius« (Planet Kala-i-Mug) arbeiten. Seitdem erhält sie regelmäßig Nachrichten von ihm, zuletzt im März d. J. – lange Briefe, in denen er ausführlich und sehr poetisch von der Spurensuche nach der »Wechselbalg«-Zivilisation erzählt. Information des Lagers »Chius«: A. Tuul ist nie dort gewesen, ruft über Null-Verbindung aber regelmäßig einen Ausgräber der Gruppe, J. Kapustin, an, der fest davon überzeugt ist, dass sein lieber Freund A. Tuul unter der eingetragenen Adresse auf der Erde wohnt. Am 1. Januar d. J.

hat Kapustin zum letzten Mal mit Tuul gesprochen. Die Überprüfung des Kosmodromnetzes ergab: Tuul war seit '96, d. h. seit dem Jahr seines Wiederauftauchens, mehrfach im Fernen Raum und ist zuletzt im Oktober '98 vom Kurort (Pandora) zurückgekehrt. Die Überprüfung des erdnahen Null-T: Er hat seit '96 mehrmals den Mond, die »Orangerie« und die GOS besucht. Überprüfung anhand der BeG-Systeme: Er hat von Dezember '96 bis Oktober '97 im Abyssal-Laboratorium »Tuscarora 16« als Gastronom gearbeitet. Vermutung: A. Tuul ist ein ausgesprochen leichtfertiger Mensch mit wenig sozialem Verantwortungsbewusstsein. Aus dem Zwischenfall im Jahr '89 hat er keinerlei Lehren gezogen und ist nach wie vor nicht bereit, Kleinigkeiten, wie z. B. einer zutreffenden Privatadresse, auch nur die geringste Bedeutung beizumessen.

8. Mai, gegen 22:10 Uhr:
Bagrationi, Mauricius Amasaspowitsch. Unter der eingetragenen Adresse nicht anzutreffen. Im GGI keine neue Adresse. Nahe Verwandte, mit denen er regelmäßig Kontakt hätte, fehlen aufgrund seines fortgeschrittenen Alters. Die beruflichen Kontakte sind vor etwa 25 Jahren abgerissen. Auch die zwei alten Freunde Bagrationis, die wir seit der Untersuchung seines Verschwindens im Jahre '81 kennen, sind unter den eingetragenen Adressen nicht anzutreffen. Ihr Aufenthaltsort konnte bisher nicht ermittelt werden. Die Überprüfung des Kosmodromnetzes, des erdnahen Null-T und der BeG-Systeme erbrachte kein Ergebnis. Information des Gerontologischen Zentrums: Man sucht Bagrationi seit vielen Jahren, um ihn zu untersuchen, jedoch vergeblich. Vermutung: ein bisher nicht registrierter Unglücksfall. Ich hielte es für richtig, seine Freunde ausfindig zu machen, um sie darüber in Kenntnis zu setzen.

Tschang, Martin. Unter der eingetragenen Adresse nicht anzutreffen. Neue Adresse im GGI: Basis »Matrix« (Secunda,

EN 7113). Im Januar '83 vom Institut für Biokonfigurationen (London) als Interpretator dienstlich zur »Matrix« entsandt. Befindet sich gegenwärtig (seit Dezember '98) in einem längeren Urlaub, Aufenthaltsort unbekannt. Die Überprüfung des Kosmodromnetzes, des erdnahen Null-T und der BeG-Systeme seit Dezember '98 ergab nichts. Es ist daher merkwürdig, dass S. Van, M. Tschangs Nachbar unter der eingetragenen Adresse, behauptet, ihn im März dieses Jahres gesehen zu haben. Mit eigenen Augen habe er beobachtet, wie M. Tschang mit dem Gleiter in seinem Garten gelandet sei und, ohne ins Haus gegangen zu sein, mit der Demontage des Gleiters begonnen habe. S. Vans Gruß habe er nur flüchtig erwidert, einem Gespräch sei er ausgewichen. S. Van sei anschließend weggefahren, um etwas zu erledigen, nach einigen Stunden zurückgekehrt und habe weder M. Tschang noch den Gleiter vorgefunden. Seitdem sei er nicht wieder aufgetaucht. Diese Geschichte ist insofern interessant, als auch das erste Verschwinden M. Tschangs noch immer ein Geheimnis ist, weil die Registratoren des Kosmodromnetzes weder seine Abreise noch seine Ankunft verzeichnet haben. Frage: Gibt es Organismen, deren genetischer Code von den bestehenden Registrationssystemen nicht wahrgenommen oder nicht identifiziert wird? Vorschlag: M. Tschang ist im Krakauer Regenerationsinstitut wegen einer Wiederherstellung beider Beine als Patient registriert. In all den Jahren seit seiner Behandlung ist Tschang dort kein einziges Mal zur Prophylaxe erschienen. Insofern sollte die Leitung der Basis »Matrix« davon in Kenntnis gesetzt werden, dass ein weiteres Fernbleiben von der Behandlung für M. Tschang zu ernsten Komplikationen führen kann. Die Mitteilung des Krakauer Instituts liegt mir vor; dort ist man wegen M. Tschangs verantwortungslosem Verhalten beunruhigt.

9. Mai, gegen 21:30 Uhr:
Okigbo, Cyprian. Er empfing mich um 10:15 Uhr unter der eingetragenen Adresse, begrüßte mich freundlich und war sehr aufgeschlossen – obwohl es aussah, als sei er mit den Gedanken ganz woanders. Er ließ mich im Wohnzimmer Platz nehmen, gab mir ein Glas Kokosmilch, hörte sich meine Legende an und sagte: »Ach herrje, das ist wirklich nicht komisch!« Dann zog er sich mit besorgtem Gesichtsausdruck irgendwohin zurück. Ich wartete eine Stunde lang auf ihn, dann inspizierte ich das Haus, konnte aber niemanden entdecken. Im Arbeitszimmer, in beiden Schlafräumen und in der Mansarde standen die Fenster offen, doch waren draußen auf der Erde keine Spuren zu sehen. In der Werkstatt (?) hingegen waren die Fenster fest verschlossen, die Metalljalousien heruntergelassen, und es war unerträglich kalt, minus fünf Grad oder kälter. Das Wasser im Aquarium war von einer Eisdecke überzogen, aber es fehlte jede Spur einer Kühlanlage. Der Kittel, in dem mich C. Okigbo empfangen hatte, lag im Arbeitszimmer auf dem Fußboden. Ich wartete noch zwei Stunden auf ihn; dann befragte ich die Nachbarn. Nichts von Bedeutung: C. Okigbo ist ein verschlossener Mensch, Gäste empfängt er nicht, sitzt fast die ganze Zeit zu Hause, den Garten hat er verwildern lassen, aber sonst ist er freundlich. Er mag kleine Kinder sehr, besonders im Krabbelalter, und kann gut mit ihnen umgehen. Vermutung: Vielleicht ist es mir nur so vorgekommen, als habe C. Okigbo mich empfangen? (Vgl. meine Nr. 048/99.)

11. Mai, gegen 10:45 Uhr:
Beim Versuch festzustellen, ob sich Emile Far Ale unter der eingetragenen Adresse aufhält, erlitt ich einen Anfall von Übelkeit mit Halluzinationen. Da ich nicht beurteilen kann, ob das nur mich persönlich etwas angeht oder auch für den

Fall von Interesse ist, berichte ich in Nr. 048/99 gesondert über diesen Vorfall.

Sandro Mtbewari

Ich habe bis heute nicht erfahren, was die Inspektionsergebnisse Sandro Mtbewaris bei Toivo Glumow auslösten. Ich glaube, er war erschüttert. Und es waren sicher weniger die Ergebnisse an sich, die ihn erschütterten, als der Gedanke, dass er die ungeheure, ja, unvorstellbare Macht des Feindes in diesem Maße unterschätzt hatte.

Ich bekam Toivo weder am 11. noch am 12. oder 13. Mai zu Gesicht. Es müssen schwere Tage für ihn gewesen sein, in denen er sich an seine neue Rolle gewöhnte – die Rolle des Aljoscha Popowitsch aus der russischen Folklore. Vor diesem erscheint anstelle des angekündigten Götzenbildes plötzlich der boshafte Gott Loki selbst.

Doch all diese Tage dachte ich an Toivo, dachte über ihn nach – denn am Morgen des 11. Mai hatten mich zwei Dokumente erreicht ...

Dokument 15

Der Präsident
an den Leiter der Abteilung BV
11.05.'99

Lieber Big Bug!
Es ist nichts zu machen, ich muss mich jetzt operieren lassen. Aber es wird ja auch sein Gutes haben. Meine Aufgaben über-

nimmt zusätzlich zu seinen eigenen G. Komow (ich glaube, von heute an). Ihre Unterlagen habe ich ihm übergeben, will aber nicht verschweigen, dass er ihnen skeptisch gegenübersteht. Komow kennt mich und er kennt Sie. Jetzt ist er vorbereitet, so dass Sie gute Chancen haben, ihn zu überzeugen, vor allem, wenn Sie die neuen Informationen haben, die Sie sich verschaffen wollten. Von jetzt an werden Sie es nicht nur mit einem Sektorenpräsidenten der KK-2 zu tun haben, sondern mit einem einflussreichen Mitglied des Weltrates dazu. Ich wünsche Ihnen Glück, und bitte wünschen Sie mir auch welches.

Athos

Dokument 16

Mak!

1. Glumow, Toivo Alexandrowitsch, wurde heute unter Kontrolle genommen. (Registriert 8.05 Uhr).
2. Ebenfalls seit heute sind unter Kontrolle:
   Kaskazi, Artek, 18, Schüler. Teheran. 7.05.
   Mauki, Charles, 63, Seetechniker. Odessa. 8.25.

11. Mai '99

Laborant

Es mag seltsam sein, aber ich habe fast keine Erinnerung mehr daran, was diese völlig unerwartete Mitteilung des Laboranten bei mir auslöste. Ich entsinne mich nur noch einer Empfindung: Als hätte man mir einen heimtückischen Schlag ins Gesicht versetzt, ohne Grund und ohne Zweck, ohne Vorwarnung, zu einem Zeitpunkt, wo ich etwas ganz anderes erwartet hatte. Ich erinnere mich nur noch, dass ich zutiefst gekränkt war, gekränkt wie ein weinendes Kind. Und nur das ist geblieben von dieser Stunde, in der ich fassungslos dasaß und vor mich hinstarrte.

Sicher gingen mir wirre Gedanken durch den Kopf von Untreue und Verrat. Und ich empfand gewiss auch Wut und furchtbare Enttäuschung: Mein Aktionsplan, in dem jeder seinen festen Platz hatte, war fertig ausgearbeitet; jetzt aber klaffte darin eine Lücke, die sich nicht schließen ließ. Und ich empfand natürlich auch Kummer – tiefen Kummer über den Verlust eines Freundes, eines Gleichgesinnten, eines Sohnes.

Aber es war wohl eher eine vorübergehende Geistestrübung, ein Chaos – weniger von Gefühlen, als vielmehr von Gefühlssplittern.

Dann kam ich langsam wieder zu mir und begann, die Situation zu analysieren, kühl und methodisch, so wie es für meine Position angemessen war.

Der Wind der Götter bringt den Sturm, doch er füllt uns auch die Segel.

So fand ich an diesem bewölkten Morgen für Toivo Glumow doch noch einen Platz in meinem Plan. Und dieser neue Platz für den neuen Toivo Glumow erschien mir nicht weniger wichtig, sondern sogar noch viel wichtiger als der Platz zuvor. Mein Plan gewann an Perspektive; jetzt hieß es nicht mehr sich verteidigen, jetzt hieß es angreifen.

Am selben Tag setzte ich mich mit Komow in Verbindung, und er bestellte mich für den Tag darauf, den 12. Mai, zu sich.

Er empfing mich frühmorgens im Arbeitszimmer des Präsidenten. Ich legte ihm alle Materialien vor, die ich bis dahin zusammengetragen hatte; unsere Unterredung dauerte fünf Stunden. Mein Plan wurde mit geringfügigen Korrekturen genehmigt. (Ich will nicht behaupten, dass es mir voll und ganz gelungen war, Komows Skepsis zu zerstreuen, aber sein Interesse hatte ich zweifellos geweckt.)

Als ich in mein Zimmer zurückgekehrt war, legte ich die Spitzen meiner Zeigefinger an die Schläfen und blieb nach dem Brauch der hontianischen Infiltratoren ein paar Minuten lang so sitzen, gab mich erhabenen Gedanken hin. Dann rief ich Grischa Serossowin zu mir und erteilte ihm einen Auftrag. Um 18:05 Uhr teilte er mir mit, der Auftrag sei ausgeführt. Jetzt brauchte ich nur noch abzuwarten.

Am Morgen des 13. Mai rief Danja Logowenko an.

Dokument 17

Arbeitsfonogramm
Datum: 13. Mai '99
Gesprächsteilnehmer: M. Kammerer, Leiter der Abteilung BV; D. Logowenko, Stellvertretender Direktor der Charkower Filiale des IMF
Projekt: –
Betr.: –

LOGOWENKO: Guten Morgen, Maxim, ich bin's.
KAMMERER: Ich grüße dich. Was sagst du dazu?
LOGOWENKO: Ich sage, dass es geschickt gemacht war.
KAMMERER: Freut mich, dass es dir gefallen hat.
LOGOWENKO: Ich kann nicht sagen, dass es mir besonders gefallen hätte, aber ich muss einem alten Freund doch meine Anerkennung aussprechen.
Pause.
LOGOWENKO: Ich habe das Ganze so verstanden, dass du dich mit mir treffen und offen sprechen willst.

KAMMERER: Ja, aber nicht ich. Und vielleicht auch nicht mit dir.

LOGOWENKO: Das Gespräch wird mit mir stattfinden müssen. Aber wenn du es nicht führst, wer dann?

KAMMERER: Komow.

LOGOWENKO: Oho! Also hast du dich doch entschlossen …

KAMMERER: Komow ist zurzeit mein unmittelbarer Vorgesetzter.

LOGOWENKO: Ach so. Gut. Wo und wann?

KAMMERER: Komow will, dass auch Gorbowski an dem Gespräch teilnimmt.

LOGOWENKO: Leonid Andrejewitsch? Aber der liegt doch im Sterben.

KAMMERER: Eben. Er soll ruhig alles hören. Von dir persönlich.

Pause.

LOGOWENKO: Ja. Anscheinend ist es wirklich an der Zeit, sich auszusprechen.

KAMMERER: Morgen um 15:00 Uhr bei Gorbowski. Du kennst sein Haus? Bei Krāslava, an der Daugava.

LOGOWENKO: Ja, ich kenne es. Bis morgen. Hast du noch was?

KAMMERER: Nein. Bis morgen.

(Das Gespräch dauerte von 9:02 Uhr bis 9:04 Uhr.)

Es ist erstaunlich, dass mich die Gruppe »Menten«, so gründlich und beharrlich sie auch arbeitete, nie auf Daniil Alexandrowitsch Logowenko angesprochen hat. Dabei kannten sich Danja und ich seit ewigen Zeiten, seit den glorreichen Sechzigern, als ich, damals ein junger und sehr energischer KomKon-Mann, einen Fachkurs in Psychologie an der Kiewer Universität absolvierte, wo Danja, damals ein junger und sehr energischer Metapsychologe, mich bei den praktischen Übungen anleitete. Und an den Abenden umwarben wir – ebenfalls sehr energisch – zu zweit die bezaubernden und sehr launischen Kiewer Mädchen. Er machte einen klaren Unterschied zwischen mir und den übrigen Kursteilnehmern; wir wurden Freunde und sahen uns in den ersten Jahren ziemlich regelmäßig. Dann aber brachten uns die verschiedenen Berufe auseinander. Wir trafen uns immer seltener, und seit Beginn der achtziger Jahre überhaupt nicht mehr (bis zu der Teestunde am Vorabend der Ereignisse). Sein Familienleben war sehr unglücklich verlaufen, und jetzt war klar, warum. Überhaupt war Daniil Logowenko ein unglücklicher Mensch – was ich von mir keineswegs sagen kann.

Im Allgemeinen ist jeder, der sich ernsthaft mit der Epoche der Großen Offenbarung beschäftigt, zu der Annahme geneigt, er wisse ganz genau, wer Daniil Logowenko war. Was für ein Irrtum! Was weiß ein Mensch über Newton, selbst wenn er seine gesammelten Werke gelesen hat? Ja, Logowenko hat eine sehr wichtige Rolle bei der Großen Offenbarung gespielt. Der »Logowenko-Impuls«, das »Logowenko'sche T-Programm«, die »Logowenko-Deklaration«, das »Logowenko-Komitee« usw.

Aber wie sah das Leben von Logowenkos Frau aus, wissen Sie das?

Oder wie es dazu kam, dass er die Kurse in höherer und anomaler Ethologie in Split besuchte?

Oder warum er '66 aus der Masse der Kursteilnehmer M. Kammerer heraushob, den energischen, vielversprechenden KomKon-Mann?

Und was D. Logowenko über die Große Offenbarung dachte – nicht, was er gelegentlich äußerte, deklarierte oder kundtat, sondern was er in der Tiefe seiner nichtmenschlichen Seele dachte und empfand?

Es gibt viele solcher Fragen. Einige von ihnen könnte ich, wie ich meine, sicherlich beantworten. Über andere kann ich nur Vermutungen anstellen. Auf die Übrigen aber gibt es keine Antwort, und es wird nie eine geben.

Dokument 18

KomKon 2
Ural/Norden
Bericht Nr. 020/99
Datum: 13. Mai '99
Autor: T. Glumow, Inspektor
Projekt 009: »Besuch der alten Dame«
Betr.: Vergleich der Liste von Personen mit Inversion des »Pinguin-Syndroms« mit der Liste »Projekt«

Gemäß Ihrer Anordnung und auf der Basis aller mir zur Verfügung stehenden Quellen habe ich eine Liste zusammengestellt, in der sämtliche Fälle von Inversion des »Pinguin-Syndroms« aufgeführt sind. Insgesamt konnte ich 12 Fälle ermitteln; bei zehn von ihnen gelang eine Identifizierung. Der Vergleich der Liste von identifizierten Inversanten mit der Liste »P« ergab eine Überschneidung bei folgenden Personen:

1. Kriwoklykow, Iwan Georgijewitsch, 65 Jahre alt, Psychiater, Basis »Lemboy« (EN 2105).
2. Pakkala, Alf-Christian, 31 Jahre alt, Bauoperator, BK Alaska, Anchorage.
3. Io, Nike, 48 Jahre alt, Stoffdesignerin, Kombinat »Irrawaddy«, Pyapon.
4. Tuul, Albert Oskarowitsch, 59 Jahre alt, Gastronom, Aufenthaltsort unbekannt (s. Nr. 047/99 von S. Mtbewari).

Der Anteil von Überschneidungen in den beiden Listen erscheint mir erstaunlich hoch. Die Tatsache, dass A. O. Tuul aber in drei Listen auftaucht, ist noch erstaunlicher.

Ich möchte Ihre Aufmerksamkeit auf die vollständige Liste der Personen mit Inversion des »Pinguin-Syndroms« lenken. Sie liegt bei.

T. Glumow

»Leonidsheim« (Krāslava, Lettland).
14. Mai '99, 15:00 Uhr

Bei Krāslava war die Daugava nicht sehr breit, dafür floss sie schnell und sah sehr klar aus. Der Strand, ein schmaler Streifen trockenen Sands, schimmerte gelb; dann stieg der Sandhang steil zu den Kiefern hin an. Auf der ovalen, grau-weiß karierten Landeplattform, die über das Wasser hinausragte, standen drei verschiedenfarbige, ungeordnet abgestellte Flieger und brüteten in der Sonne. Es waren altmodische, schwere Maschinen, die heute kaum noch geflogen werden – höchstens von alten Leuten, die noch im vorigen Jahrhundert geboren sind.

Toivo streckte die Hand aus, um die Tür des Gleiters zu öffnen. Doch ich bat: »Nein, warte.«

Ich schaute den Hang hinauf: Zwischen den Kiefern schimmerten cremefarben die Wände des Häuschens hindurch. Von dort führte eine Treppe, die verwittertes, mit der Zeit grau gewordenes Holz imitierte, im Zickzack den Hang hinab. Auf der Treppe war eine weiß gekleidete Person zu sehen, die langsam die Stufen hinunterstieg – ein schwerfälliger und anscheinend sehr alter Mann, der sich mit der rechten Hand ans Geländer klammerte und auf jeder Stufe einen Fuß neben den anderen stellte, ehe er den nächsten Schritt tat. Auf seinem großen, blanken Schädel zitterte ein Sonnenreflex. Ich hatte ihn erkannt. Es war August Johann Bader, Planetenerkunder und Fährtensucher. Die Ruine eines heroischen Zeitalters.

»Wir warten, bis er unten ist«, sagte ich. »Ich möchte ihm nicht begegnen.«

Ich wandte mich um und blickte in die entgegengesetzte Richtung, über den Fluss ans andere Ufer, und auch Toivo wandte sich taktvoll ab. So blieben wir sitzen, bis wir das schwere Knarzen der Stufen hörten, das pfeifende, angestrengte Atmen und weitere, merkwürdige Geräusche, die wie abgehacktes Schluchzen klangen. Dann ging der Greis am Gleiter vorüber, schlurfte mit den Sohlen über die Plasten und tauchte in meinem Blickfeld auf. Ich sah ihm unwillkürlich ins Gesicht.

Aus der Nähe erschien mir dieses Gesicht völlig unbekannt. Es war vom Leid gezeichnet; die Wangen hingen herab und zitterten, der Mund stand unwillkürlich offen, und aus den verquollenen Augen rannen Tränen.

Gebeugt näherte sich Bader einem altertümlichen gelbgrünen Flieger – es war sicher der älteste von den dreien, mit den hässlichen Visierschlitzen eines altmodischen Autopiloten; er hatte zudem alberne Beulen am Heck, ramponierte Seitenwände und stumpf gewordene, vernickelte Haltegriffe. Bader trat heran, klappte die Tür auf und stieg – keuchend oder schluchzend – in die Kabine.

Dann geschah lange Zeit nichts. Der Flieger stand mit offener Tür da. Der alte Mann, der darin saß, sammelte sich wohl vor dem Start oder hatte den kahlen Kopf auf den abgegriffenen ovalen Steuerknüppel gelegt und weinte. Doch dann endlich erschien eine braune Hand in einer weißen Manschette und schlug die Türe zu. Die alte Maschine hob überraschend leicht und völlig lautlos ab und verschwand zwischen den abschüssigen Ufern über dem Fluss.

»Das war Bader«, sagte ich. »Er hat Abschied genommen. Gehen wir.«

Wir stiegen aus dem Gleiter und gingen die Treppe hinauf.

Ohne mich zu Toivo umzudrehen, sagte ich: »Lass die Gefühle beiseite. Du gehst zum Rapport. Es wird eine sehr wichtige dienstliche Besprechung. Nimm dich zusammen.«

»Eine dienstliche Besprechung wäre wunderbar«, antwortete Toivo hinter mir. »Ich habe aber den Eindruck, dass jetzt nicht die Zeit für dienstliche Besprechungen ist.«

»Du irrst dich. Gerade jetzt ist die Zeit dazu. Und was Bader betrifft ... Denk jetzt nicht daran. Denk an die Sache.«

»In Ordnung«, erwiderte Toivo gehorsam.

Gorbowskis Häuschen »Leonidsheim« war ein ganz gewöhnlicher Standardbau mit einer Architektur vom Beginn des Jahrhunderts: die Lieblingsbehausung von Raumfahrern, Tiefseearbeitern oder Erdmanteldurchquerern, die große Sehnsucht nach ländlicher Idylle hatten – ohne Werkstatt, Stall oder Küche, dafür aber mit einem eigenen Nebenbau für die Energieversorgung der persönlichen Null-Anlage, die Gorbowski als Mitglied des Weltrats zustand. Und darum herum standen Kiefern und ein Dickicht aus Heidekraut; es roch stark nach Nadelzweigen, und in der windstillen Luft summten schläfrig die Bienen.

Wir betraten die Veranda und gingen durch die offen stehende Türe ins Haus. Im Wohnzimmer, wo die Vorhänge dicht zugezogen waren und nur eine Stehlampe neben dem Sofa brannte, saß ein Mann, die Beine übereinandergeschlagen, und betrachtete im Schein der Lampe eine Karte oder ein Mentoschema. Es war Komow.

»Guten Tag«, sagte ich. Toivo verbeugte sich schweigend.

»Guten Tag, guten Tag«, erwiderte Komow, als sei er ungeduldig. »Kommen Sie herein, setzen Sie sich. Er schläft. Ist eingeschlafen. Dieser verfluchte Bader hat ihn mit seinem Gerede völlig geschafft. Sie sind Glumow?«

»Ja«, sagte Toivo.

Komow musterte ihn voller Neugier. Ich hustete, und Komow besann sich augenblicklich. »Ihre Mutter ist nicht zufällig Maja Toivowna Glumowa?«, fragte er.

»Doch«, antwortete Toivo.

»Ich hatte die Ehre, mit ihr zusammenzuarbeiten«, sagte Komow.

»Wirklich?«, fragte Toivo.

»Ja. Hat Sie es Ihnen nicht erzählt? Die Operation ›Arche‹ …«

»Ja, ich kenne die Geschichte«, sagte Toivo.

»Womit befasst sich Maja Toivowna jetzt?«

»Mit Xenotechnologie.«

»Wo? Bei wem?«

»An der Sorbonne. Ich glaube, bei Saligny.«

Komow nickte und sah immer wieder Toivo an. Seine Augen glänzten. Der Anblick von Maja Glumowas erwachsenem Sohn rief anscheinend lebhafte Erinnerungen in ihm wach. Ich hustete noch einmal, und sofort wandte sich Komow mir zu. »Wir müssen ein wenig warten. Ich möchte ihn nicht wecken. Er lächelt im Schlaf. Träumt von etwas Schönem. Zum Teufel mit Bader und seinem Geflenne!«

»Was sagen die Ärzte?«, erkundigte ich mich.

»Immer dasselbe. Lebensüberdruss. Dagegen gibt es keine Medikamente. Das heißt, es gibt welche, aber er will sie nicht nehmen. Er hat das Interesse am Leben verloren, das ist es. Wir können das nicht verstehen. Immerhin ist er über 150 Jahre alt. Aber sagen Sie, Glumow, was macht Ihr Vater beruflich?«

»Ich sehe ihn kaum«, sagte Toivo. »Ich glaube, er ist jetzt Hybridisator, auf der Jaila.«

»Und Sie selbst …«, setzte Komow an, verstummte aber, weil aus dem Innern des Hauses eine schwache, etwas heisere Stimme drang: »Gennadi! Wer ist da bei Ihnen? Sie können hereinkommen.«

»Gehen wir«, sagte Komow und war schon aufgesprungen.

Im Schlafzimmer standen die Fenster weit offen. Gorbowski lag auf dem Sofa, bis ans Kinn in eine karierte Decke gehüllt. Er wirkte unglaublich lang, hager und zum Weinen erbärmlich. Seine berühmte schuhförmige Nase schien verknöchert; die Wangen waren eingefallen, die tief eingesunkenen Augen traurig und matt, als wollten sie nichts mehr sehen. Aber sie mussten, und so sahen sie.

»Ah, Mäxchen«, murmelte Gorbowski, als er mich erblickte. »Du siehst immer noch so … blendend aus. Ich freue mich, dich zu sehen, ich freue mich.«

Das war nicht wahr. Er freute sich nicht, Mäxchen zu sehen. Und es gab nichts, worüber er sich freute. Sicherlich glaubte er, freundlich zu lächeln, aber in Wirklichkeit lag auf seinem Gesicht eine Grimasse gequälter Liebenswürdigkeit. Man spürte eine unendliche und nachsichtige Geduld in ihm, als denke Leonid Andrejewitsch gerade: Da ist also noch jemand gekommen, na ja, es wird ja nicht ewig dauern, dann gehen sie wieder, wie alle vor ihnen gegangen sind, und lassen mich endlich in Ruhe.

»Und wer ist das?«, erkundigte sich Gorbowski, wobei es ihm offensichtlich schwerfiel, seine Apathie zu überwinden.

»Das ist Toivo Glumow«, sagte Komow. »Von der KomKon, Inspektor. Ich habe Ihnen erzählt …«

»Ja-ja-ja …«, sagte Gorbowski träge. »Ich erinnere mich, Sie haben es mir erzählt. ›Besuch der alten Dame‹. Setzen Sie sich, Toivo, setzen Sie sich, mein Junge. Ich höre Ihnen zu.«

Toivo setzte sich und schaute mich fragend an.

»Leg deinen Standpunkt dar«, sagte ich. »Und begründe ihn.«

Toivo begann: »Ich werde jetzt ein Theorem formulieren; die Formulierung stammt allerdings nicht von mir. Doktor Bromberg hat sie vor fünf Jahren aufgestellt:

Zu Beginn der achtziger Jahre hat eine Superzivilisation, die wir der Kürze halber die *Wanderer* nennen, mit aktiver Progressorentätigkeit auf der Erde begonnen. Ein Ziel dieser Tätigkeit ist die Selektion. Mit unterschiedlichsten Methoden wählen die *Wanderer* aus der Masse der Menschen jene Individuen aus, die sich nach gewissen, den *Wanderern* bekannten Kriterien für etwas Bestimmtes eignen, etwa für den Kontakt, für die weitere Vervollkommnung der Art oder gar für die Umwandlung in *Wanderer*. Sie haben sicher noch andere Ziele, von denen wir nichts wissen, aber dass sie auf der Erde mit Selektion befasst sind und Menschen aussortieren – das liegt für mich auf der Hand, und das versuche ich nun zu beweisen.«

Toivo verstummte. Komow schaute ihn eindringlich an. Gorbowski dagegen schien zu schlafen, aber seine über der Brust gefalteten Hände gerieten immer wieder in Bewegung und zeichneten verwickelte Muster in die Luft.

»Fahren Sie fort, mein Junge«, sagte Gorbowski.

Toivo fuhr fort und begann, vom »Pinguin-Syndrom« zu erzählen: Mit Hilfe eines gewissen »Siebes«, das die *Wanderer* im Sektor 41/02 installiert hatten, sortierten sie die Menschen aus, die an einer versteckten Kosmophobie litten, und selektierten gleichzeitig die versteckten Kosmophilen. Er schilderte die Ereignisse in Malaja Pescha: Dort hatten die *Wanderer* mit Hilfe einer außerirdischen Biotechnik ein Experiment zur Auslese der Xenophilen durchgeführt; die Xenophoben wurden ausgesondert. Er erzählte vom Kampf um die »Novelle«: Entweder hatte die Fukamisation die Selektionsarbeiten der *Wanderer* behindert, oder sie gefährdete einige von den *Wanderern* benötigte Eigenschaften in künftigen Menschengenerationen. So hatten sie eine Kampagne zur Abschaffung der Fukamisationspflicht organisiert und mit Erfolg durchgeführt. Jahrelang war die Zahl der »Auserwählten« (wir wollen sie so nennen) angewachsen, was jedoch irgendwann auffiel – wir mussten die »Auserwählten« einmal bemerken, und wir haben sie bemerkt: Das Verschwinden von Menschen in den achtziger Jahren, die plötzliche Verwandlung gewöhnlicher Leute in Genies, die unlängst von Sandro Mtbewari entdeckten Menschen mit phantastischen Fähigkeiten. Und schließlich das sogenannte Institut der Sonderlinge in Charkow, das zweifellos ein Zentrum für das Auffinden von Personen ist, die für die »Selektion« infrage kommen.

»Sie geben sich nicht einmal die Mühe, sich zu tarnen«, sagte Toivo. »Anscheinend fühlen sie sich schon so stark, dass sie keine Entdeckung mehr fürchten. Oder sie meinen, wir wären schon nicht mehr in der Lage, etwas zu ändern. Ich weiß es nicht. Das ist eigentlich alles. Ich möchte noch hinzufügen, dass das, was wir entdeckt haben, sicher nur ein kleiner Bruchteil des ganzen Spektrums ihrer Aktivität ist. Das muss man berücksichtigen. Und ich halte es für meine Pflicht, zum Abschluss meinen Respekt und meine Anerkennung gegenüber Doktor Bromberg auszusprechen, denn er hat vor fünf Jahren, ohne dass er über positive Information verfügt hätte, all die Erscheinungen *deduziert*, die wir jetzt beobachten – sowohl die Entstehung von Massenphobien als auch das plötzliche Auftreten von Talenten bei Menschen, und sogar die Unregelmäßigkeiten im Verhalten von Tieren, zum Beispiel Walen.«

Toivo wandte sich mir zu. »Ich bin fertig.«

Ich nickte. Alle schwiegen.

»Die *Wanderer*, die *Wanderer*«, Gorbowski sang es beinahe. Er lag da und hatte sich die Decke bis an die Nase gezogen. »Ausgerechnet die *Wanderer*. So lange ich mich entsinnen kann, seit meiner Kindheit, so lange sind diese *Wanderer* schon im Gespräch. Toivo, mein Junge, Sie können die *Wanderer* aus irgendeinem Grund nicht ausstehen. Warum?«

»Ich mag Progressoren nicht«, antwortete Toivo beherrscht und fügte hinzu: »Leonid Andrejewitsch, ich war ja selbst Progressor.«

»Niemand mag Progressoren«, murmelte Gorbowski. »Nicht einmal sie selbst.« Er atmete tief aus und schloss wieder die Augen. »Ehrlich gesagt, ich sehe hier kein Problem. Das sind scharfsinnige Interpretationen, sonst nichts. Geben Sie Ihre Unterlagen, zum Beispiel, den Pädagogen, und die werden ihre eigenen, nicht weniger scharfsinnigen Interpretationen entwickeln. Die Tiefseearbeiter haben ihre eigenen – ihre eigenen Mythen, ihre eigenen *Wanderer*. Seien Sie nicht gekränkt, Toivo, aber allein die Erwähnung Brombergs hat mich stutzig gemacht.«

»Übrigens, es sind alle Arbeiten Brombergs über den Monokosmos verschwunden«, warf Komow leise ein.

»Aber es hat doch nie welche gegeben!« Gorbowski kicherte schwach. »Sie haben Bromberg nicht gekannt. Das war ein giftiger alter Mann mit einer unglaublichen Phantasie. So war das: Maxik hat ihm seine beunruhigte Anfrage geschickt, und Bromberg, der bis dahin nie auch nur einen Gedanken an diese Themen verschwendet hatte, setzte sich in einen bequemen Sessel und saugte sich im Handumdrehen die Hypothese vom Monokosmos aus den Fingern. Das kostete ihn einen Abend. Und am nächsten Morgen hatte er sie schon wieder vergessen. Er besaß ja nicht nur eine großartige Phantasie, sondern war dazu noch ein Kenner der verbotenen Wissenschaft. In seinem Schädel steckte eine unvorstellbare Menge unglaublicher Analogien.«

Kaum war Gorbowski verstummt, sagte Komow: »Habe ich Sie recht verstanden, Glumow – Sie behaupten, auf der Erde seien jetzt *Wanderer* anwesend? Als Lebewesen, meine ich, als Personen.«

»Nein«, gabt Toivo zur Antwort. »Das behaupte ich nicht.«

»Habe ich Sie recht verstanden, Glumow, dass Sie behaupten, auf der Erde lebten und wirkten bewusste Agenten der *Wanderer*? ›Auserwählte‹, wie Sie sie nennen.«

»Ja.«

»Können Sie Namen nennen?«

»Ja. Mit einem bestimmten Wahrscheinlichkeitsgrad.«

»Nennen Sie welche.«

»Albert Oskarowitsch Tuul. Das ist fast sicher. Cyprian Okigbo. Martin Tschang. Emile Far Ale. Ebenfalls fast sicher. Ich kann noch ein Dutzend Namen nennen, die aber mit etwas weniger Gewissheit.«

»Hatten Sie Umgang mit einem von ihnen?«

»Ich denke, ja. Im Institut der Sonderlinge. Ich glaube, dass es dort viele von ihnen gibt. Aber wer es im Einzelnen ist, kann ich noch nicht genau sagen.«

»Sie meinen also, ihre Erkennungsmerkmale sind Ihnen nicht bekannt?«

»Doch, natürlich. Äußerlich unterscheiden sie sich nicht von uns. Aber man kann sie deduzieren, zumindest mit ziemlich hoher Wahrscheinlichkeit. Im Institut der Sonderlinge, davon bin ich überzeugt, gibt es eine Apparatur, mit deren Hilfe sie ihresgleichen unfehlbar und mit Sicherheit feststellen können.«

Komow warf mir einen raschen Blick zu. Toivo bemerkte es und sagte herausfordernd: »Jawohl! Ich meine, dass wir jetzt nicht mehr warten oder Rücksicht nehmen sollten! Es wäre besser, gewisse Errungenschaften des höheren Humanismus zurückstellen, denn wir haben es mit Progressoren zu tun und müssen uns folglich wie Progressoren verhalten!«

»Nämlich?«, erkundigte sich Komow und beugte sich vor.

»Wir müssen das gesamte Arsenal unserer operativen Methodik einsetzen! Von der Entsendung von Agenten bis hin zur zwangsweisen Mentoskopie, von …«

In dem Moment gab Gorbowski ein langes Stöhnen von sich, und wir alle wandten uns erschrocken zu ihm um. Komow sprang sogar auf. Doch es war nichts Schlimmes mit Leonid Andrejewitsch geschehen. Er lag in unveränderter Haltung da; nur die Grimasse geheuchelter Liebenswürdigkeit auf seinem hageren Gesicht war einem Ausdruck von Abscheu und Ärger gewichen.

»Womit habt ihr mich hier nur überfallen?«, beschwerte er sich. »Ihr seid doch erwachsene Menschen, keine Schulkinder oder Studenten. Schämt ihr euch wirklich nicht? Genau das ist es, warum ich all diese Gespräche über die *Wanderer* nicht mag … und nie gemocht habe! Sie enden alle mit solch verschreckten Räuberpistolen! Wann werdet ihr denn begreifen, dass diese Dinge sich gegenseitig ausschließen – entweder sind die *Wanderer* eine Superzivilisation, und dann haben sie mit uns nichts zu schaffen, sind Wesen mit einer anderen Geschichte, anderen Interessen, die sich nicht mit Progressorentätigkeit befassen. Und überhaupt befasst sich im ganzen Weltall allein und nur unsere Menschheit damit, weil wir eben so eine Geschichte haben, weil uns unsere Vergangenheit leidtut. Wir können sie nicht mehr verändern, und so versuchen wir wenigstens, anderen zu helfen, weil wir uns ja seinerzeit nicht selbst helfen konnten. Da kommt unser ganzes Progressorentum her! Die *Wanderer* aber, selbst wenn ihre Vergangenheit der unseren ähnlich war, haben sie so weit hinter sich gelassen, dass sie sich nicht einmal mehr daran erinnern. So wie wir uns nicht mehr an die Qualen des ersten Hominiden erinnern, der sich abmühte, aus einem Gesteinsbrocken eine Steinaxt zu machen.« Er schwieg eine Weile. »Für eine Superzivilisation ist es ebenso absurd, sich mit Progressorentätigkeit zu befassen, wie für uns heutzutage, Seminare zur Ausbildung von Dorfküstern einzurichten.«

Abermals verstummte er und schwieg lange, wobei sein Blick von einem Gesicht zum anderen wanderte. Ich schielte zu Toivo hinüber. Toivo hatte die Augen abgewandt und zuckte einige Male mit der rechten Schulter, als wollte er zu verstehen geben, dass er einige Gegenargumente hatte, es jedoch nicht für angebracht hielt, sie jetzt anzuführen. Komow wiederum blickte, die dichten schwarzen Brauen hochgezogen, zur Seite.

»Äch-chä-chä-chä …«, krächzte Gorbowski. »Ich habe es nicht geschafft, euch zu überzeugen. Gut, dann werde ich euch jetzt beleidigen müssen. Wenn sogar so ein unerfahrener Junge wie unser lieber Toivo es fertiggebracht hat, diese Progressoren … äh … ans Licht zu ziehen, ja was zum Teufel sind das denn für *Wanderer*? Denkt doch nur selbst! Sollte eine Superzivilisation ihre Arbeit etwa nicht so organisieren können, dass ihr nichts bemerkt? Und wenn ihr etwas bemerkt, was zum Teufel ist das für eine Superzivilisation? Die Wale sind ihnen durchgedreht, also müssen die *Wanderer* schuld sein! – Geht mir aus den Augen, lasst mich in Ruhe sterben!«

Wir standen alle auf. Komow forderte mich halblaut auf: »Warten Sie im Wohnzimmer.«

Ich nickte.

Toivo verbeugte sich verwirrt vor Gorbowski. Der alte Mann beachtete ihn nicht. Er schaute verärgert zur Decke, und seine grauen Lippen bewegten sich lautlos.

Ich ging mit Toivo hinaus. Hinter mir schloss ich fest die Türe und hörte, wie sich das System der akustischen Abschirmung mit schwachem Schnalzen einschaltete.

Im Wohnzimmer setzte sich Toivo augenblicklich auf das Sofa unter die Stehlampe, legte die Hände auf seine Knie und erstarrte. Er schaute mich nicht an. Ihm war sicher nicht nach mir zumute.

(Früh am Morgen hatte ich zu ihm gesagt: »Du kommst mit mir und wirst vor Komow und Gorbowski sprechen.« – »Wozu?«, hatte er verdutzt gefragt. – »Glaubst du etwa, dass wir um den Weltrat herumkommen?« – »Aber warum ich?« – »Weil ich schon gesprochen habe. Jetzt bist du an der Reihe.« – »In Ordnung«, hatte er gesagt und die Lippen zusammengepresst. Toivo Glumow war ein Kämpfer. Er wich nie zurück. Man konnte ihn höchstens um ein paar Schritte zurückwerfen.)

Und nun hatte man ihn zurückgeworfen. Ich saß in der Ecke und betrachtete ihn von dort.

Eine Zeit lang saß er starr da. Dann blätterte er gedankenverloren in den Mentoschemata, die ausgebreitet auf dem niedrigen Tischchen lagen und von den bunten Markierungen der Ärzte übersät waren. Danach stand er auf und begann, von einer Ecke zur anderen durch das dunkle Zimmer zu gehen. Die Hände hatte er auf dem Rücken verschränkt.

Im Haus herrschte undurchdringliche Stille. Weder waren Stimmen aus dem Schlafzimmer zu hören noch das Rauschen des Waldes hinter den dicht geschlossenen Fenstern. Toivo hörte nicht einmal die eigenen Schritte.

Leonid Andrejewitschs Wohnzimmer war spartanisch eingerichtet. Die Stehlampe (mit einem offensichtlich selbst gemachten Schirm), das große Sofa darunter, und das niedrige Tischchen. In der Ecke ein paar Sitzmöbel aus nicht irdischer Produktion und für nicht irdische Hinterteile bestimmt. In der anderen Ecke etwas, was sowohl eine exotische Pflanze als auch ein altertümlicher Hutständer sein konnte. Mehr Mobiliar gab es nicht. Nur noch eine Hausbar, durch deren halb geöffnete Tür man sehen konnte, dass sie gut gefüllt war und für jeden Geschmack etwas bereithielt. Darüber hingen kleine Bilder in durchsichtigen Rahmen, das größte davon etwa so groß wie ein Albumblatt.

Toivo trat näher und begann, die Bilder anzusehen. Es waren Kinderzeichnungen. Wasserfarben, Gouache. Zeichenstift. Kleine Häuschen und daneben große Mädchen, denen die Kiefern bis zum Knie reichten. Hunde (oder Kopfler?). Ein

Elefant. Ein Tachorg. Irgendeine kosmische Konstruktion – vielleicht ein phantastisches Raumschiff, vielleicht ein Hangar … Toivo atmete laut aus und ging zum Sofa zurück. Ich beobachtete ihn genau.

Ihm standen die Tränen in den Augen. Er dachte schon nicht mehr an den verlorenen Kampf. Dort hinter der Tür lag Gorbowski im Sterben – dort starb eine ganze Epoche, eine lebende Legende. Der Sternenfahrer. Der Planetenerkunder. Der Entdecker von Zivilisationen. Der Begründer der Großen KomKon und Mitglied des Weltrates. Großväterchen Gorbowski. Ja, das war er, vor allem und gerade das: Großväterchen Gorbowski. Wie aus einem Märchen – immer gut und deswegen immer im Recht. So war seine Epoche gewesen; es siegte immer das Gute. »Von allen möglichen Lösungen wähle immer die gütigste.« Nicht die vielversprechendste, nicht die vernünftigste, nicht die progressivste und natürlich nicht die effektivste – nein, wähle die gütigste! Er hatte diese Worte niemals ausgesprochen und äußerte sich boshaft und gallig zu den Biografen, von denen sie ihm zugeschrieben wurden. Gewiss hatte er sie auch nie gedacht – und doch lag gerade in ihnen das Wesentliche, ja, der Kern seines ganzen Lebens. Die Worte waren natürlich auch kein Rezept. Nicht jedem ist es vergönnt, gütig zu sein; es ist ein ebensolches Talent wie Musikalität oder Hellsehen, nur seltener. Und es war zum Weinen, denn der gütigste von allen Menschen lag im Sterben. Und auf dem Stein würde stehen: »Er war der Gütigste.«

Ich glaube, das war genau, was Toivo dachte. Und alles, worauf ich baute, womit ich zukünftig rechnete, beruhte auf der Annahme, dass Toivo genau so dachte.

Es vergingen dreiundvierzig Minuten.

Dann wurde die Tür unvermittelt aufgerissen. Alles war wie im Märchen. Oder wie im Kino. Gorbowski, unglaublich lang in seinem gestreiften Schlafanzug, hager, fröhlich, trat mit unsicheren kleinen Schritten ins Wohnzimmer und zog die karierte Decke hinter sich her, die mit einer Franse an einem seiner Knöpfe hängen geblieben war.

»Aha, du bist noch hier!«, wandte er sich hocherfreut und zufrieden an den sprachlosen Toivo. »Es kommt alles noch, mein Junge! Es kommt noch! Du hast Recht!«

Und nachdem er diese rätselhaften Worte ausgesprochen hatte, ging er mit leichtem Schwanken zum nächsten Fenster und zog den Vorhang beiseite. Es wurde gleißend hell, wir blinzelten, Gorbowski aber drehte sich um und sah Toivo an, der nahe der Wandleuchte in der Haltung »Stillgestanden« erstarrt war. Ich schaute zu Komow. Der strahlte so unverhohlen, dass seine zuckerweißen Zähne blitzten. Er wirkte zufrieden wie ein Kater, der einen Goldfisch gefangen hat. Oder wie ein Bursche, der gerade in fröhlicher Runde einen guten Witz gemacht hat. Und so war es tatsächlich.

»Gut, sehr gut!«, rief Gorbowski. »Sogar ausgezeichnet!«

Den Kopf zur Seite geneigt, kam er auf Toivo zu, musterte ihn von Kopf bis Fuß, trat an ihn heran und legte ihm die Hand auf die Schulter.

»Ich hoffe, du wirst mir verzeihen, dass ich so schroff war, mein Junge«, sagte er. »Aber ich hatte ja auch Recht. Und dass ich so schroff bin – das kommt von der Reizbarkeit. Sterben, sag ich dir, ist eine abscheuliche Sache. Bitte achte nicht darauf.«

Toivo schwieg. Er verstand natürlich nichts. Komow hatte sich das ausgedacht und arrangiert. Gorbowski wusste genau so viel, wie Komow ihm hatte mitteilen wollen. Ich konnte mir das Gespräch, das bei ihnen im Schlafzimmer stattgefunden hatte, lebhaft vorstellen. Aber Toivo Glumow begriff nichts.

Ich fasste Toivo am Arm und sagte zu Gorbowski: »Leonid Andrejewitsch, wir gehen jetzt.«

Gorbowski nickte. »Natürlich, gehen Sie. Danke, Sie haben mir sehr geholfen. Wir sehen uns noch, öfter als einmal.«

Als wir auf die Vortreppe hinaustraten, sagte Toivo: »Vielleicht erklären Sie mir, was das alles bedeutet?«

»Du siehst doch: Er hat es sich mit dem Sterben anders überlegt.«

»Warum?«

»Dumme Frage, Toivo, entschuldige bitte ...«

Toivo schwieg eine Weile und sagte dann: »Ja, ich bin wirklich ein Dummkopf. Das heißt, ich habe mich noch nie im Leben so dumm gefühlt. Vielen Dank für Ihre Hilfe, Big Bug.«

Ich brummte nur »hm«. Schweigend stiegen wir die Treppe zum Landeplatz hinunter. Jemand kam uns ohne Eile entgegen.

»Gut«, sagte Toivo. »Aber die Arbeit am Projekt soll ich fortsetzen?«

»Natürlich.«

»Aber man hat mich ausgelacht!«

»Im Gegenteil. Du hast einen sehr guten Eindruck gemacht.«

Toivo murmelte etwas vor sich hin. Den ersten Treppenabsatz erreichten wir zeitgleich mit dem Mann, der uns entgegenkam. Es war der stellvertretende Direktor der Charkower Filiale des IMF, Daniil Alexandrowitsch Logowenko; er war rotwangig und sehr besorgt.

»Ich grüße dich«, sagte er zu mir. »Habe ich mich sehr verspätet?«

»Nein«, antwortete ich. »Er erwartet dich.«

Und da zwinkerte D. A. Logowenko auf recht verschwörerische Weise Toivo zu, um dann sogleich die Treppe weiter hinaufzusteigen, nun aber sichtlich in Eile. Toivo, die Augen unfreundlich zusammengekniffen, blickte ihm nach.

Dokument 19

VERTRAULICH!
NUR FÜR MITGLIEDER DES PRÄSIDIUMS DES WELTRATS!
Ex. Nr. 115
Aufzeichnung einer Unterredung im »Leonidsheim« (Krāslava, Lettland) am 14. Mai '99
Teilnehmer: L. A. Gorbowski, Mitglied des Weltrates; G. J. Komow, Mitglied des Weltrates, amtierender Präsident des Sektors Ural/Norden der KK 2; D. A. Logowenko, Stellvertreter des Direktors der Charkower Filiale des IMF

KOMOW: Das heißt, Sie unterscheiden sich faktisch in nichts von einem gewöhnlichen Menschen?

LOGOWENKO: Nein. Der Unterschied ist sehr groß, aber jetzt, da ich hier sitze und mich mit Ihnen unterhalte, unterscheide ich mich von Ihnen nur durch das Bewusstsein, dass ich anders bin als Sie. Das ist eines meiner Niveaus, ein ziemlich anstrengendes, übrigens. Es kostet Mühe, aber ich bin es ja gewöhnt. Die meisten von uns sind allerdings schon für immer davon entwöhnt. Auf diesem Niveau kann man den Unterschied nur mit Hilfe einer Spezialapparatur feststellen.

KOMOW: Sie wollen sagen, dass auf den anderen Niveaus …

LOGOWENKO: Ja. Auf den anderen Niveaus ist alles anders. Ein anderes Bewusstsein, eine andere Physiologie, sogar eine andere Gestalt.

KOMOW: Also sind Sie auf den anderen Niveaus schon keine Menschen mehr?

LOGOWENKO: Nein, wir sind überhaupt keine Menschen. Lassen Sie sich nicht davon verwirren, dass wir von Menschen gezeugt und geboren wurden.

GORBOWSKI: Entschuldigen Sie bitte, Daniil Alexandrowitsch. Könnten Sie uns so etwas vielleicht einmal zeigen? Verstehen Sie mich richtig, ich möchte Sie nicht kränken, aber vorläufig sind das alles nur Worte … Ja? Irgendein anderes Niveau, wenn es Ihnen keine Umstände macht.

LOGOWENKO *(belustigt)*: Bitte sehr …

Es ertönen leise Geräusche, die an ein Pfeifen mit ineinander übergehenden Trillern erinnern, ein unverständlicher Ausruf, das Klingen zerbrechenden Glases.

LOGOWENKO: Entschuldigen Sie, ich dachte, sie sei nicht zerbrechlich.

Etwa zehn Sekunden Pause.

LOGOWENKO: Ist sie das?

GORBOWSKI: N-nein. Ich glaube … Nein, nein, das ist nicht die Richtige. Die Richtige steht dort auf dem Fensterbrett.

LOGOWENKO: Einen Moment …

GORBOWSKI: Nicht nötig, bemühen Sie sich nicht, Sie haben mich überzeugt. Danke.

KOMOW: Ich habe nicht verstanden, was geschehen ist. Ist das ein Trick? Ich würde …

Im Fonogramm folgt eine Lücke von 12 Minuten und 23 Sekunden Dauer.

LOGOWENKO: … ganz anderer.

KOMOW: Und was hat die Fukamisation damit zu tun?

LOGOWENKO: Die Enthemmung des Hypothalamus führt zur Zerstörung des dritten Impulssystems. Das konnten wir nicht zulassen, solange wir nicht wussten, wie es wiederherzustellen war.

KOMOW: Und dann haben Sie die Kampagne zur Einführung der Gesetzesnovelle durchgeführt.

LOGOWENKO: Eigentlich haben Sie die Kampagne veranstaltet, aber auf unsere Initiative hin natürlich.

KOMOW: Und das »Pinguin-Syndrom«?

LOGOWENKO: Ich verstehe nicht.

KOMOW: Na ja, die Phobien, die Sie mit Ihren Experimenten hervorgerufen haben: Kosmophobie, Xenophobie etc.

LOGOWENKO: Ah, ich verstehe, ich verstehe. Sehen Sie, es gibt mehrere Wege und Methoden, bei einem Menschen das dritte Impulssystem aufzuspüren. Ich selbst bin für die apparativen Verfahren, aber meine Kollegen …

KOMOW: Das heißt, das ist Ihr Werk?

LOGOWENKO: Selbstverständlich! Es gibt ja erst sehr wenige von uns. Wir erschaffen unsere Rasse eigenhändig, im Moment und aus dem Stegreif. Ich verstehe, dass Sie einige unserer Methoden für amoralisch halten, sogar für grausam. Aber Sie müssen zugeben, dass es nie zu Aktionen mit irreversiblen Folgen gekommen ist.

KOMOW: Es sieht so aus. Wenn wir die Wale außer Betracht lassen.

LOGOWENKO: Verzeihen Sie. Nicht »es sieht so aus«, sondern wir haben es tatsächlich nicht dazu kommen lassen. Was die Walartigen angeht …

Im Fonogramm folgt eine Lücke von 2 Minuten und 12 Sekunden Dauer.

KOMOW: … anderes von Interesse. Sehen Sie, Leonid Andrejewitsch, unsere Jungs sind einer falschen Fährte gefolgt, aber in allem, außer in der Interpretation, hatten sie Recht.

LOGOWENKO: Wieso »außer«? Ich weiß nicht, wer Ihre »Jungs« sind, aber Maxim Kammerer hat uns absolut genau deduziert. Ich weiß immer noch nicht, wie er an diese Liste mit allen Menten gekommen ist, die in den letzten drei Jahren initiiert wurden.

GORBOWSKI: Entschuldigen Sie, sagten Sie »Menten«?

LOGOWENKO: Wir haben noch keine allgemein anerkannte Bezeichnung für uns selbst. Die meisten benutzen den Terminus »Metanthropus«, also »Meta-Mensch«. Manche nennen sich »Mysiten«. Ich ziehe die Bezeichnung »Menten« vor. Erstens klingt darin das Wort »Mensch« an, zweitens war einer der ersten Menten Pawel Mentow, sozusagen unser Adam. Zudem gibt es das lateinische »Mens«, »mental« …

Komow: »Geist«, »geistig« …

Logowenko: Ja. Durch den Geist wirkend – in unserem Fall zudem auch: den Geist spielen lassend. Und dann ist da auch der Name Mentor; aber das passt schon weniger … Also, Maxim hat sich eine Liste der Menten verschafft und sie sehr geschickt präsentiert, um mir zu verstehen zu geben, dass wir kein Geheimnis mehr für euch sind. Offen gesagt, ich war erleichtert. Denn es schien mir ein direkter Anlass zu sein, um endlich Verhandlungen aufzunehmen. Ich hatte ja schon seit einem Monat jemandes Hand an meinem Puls gefühlt und versucht, ihn – Maxim – zu identifizieren.

Komow: Gedanken lesen können Sie also nicht? Denn die Reader …

Im Fonogramm folgt eine Lücke von 9 Minuten und 44 Sekunden Dauer.

Logowenko: … stören. Und nicht nur deshalb. Wir gingen davon aus, dass man das Geheimnis vor allem in eurem Interesse bewahren sollte, im Interesse der Menschheit. Und ich möchte, dass in dieser Frage wirklich Klarheit besteht. Wir sind keine Menschen. Wir sind Menten. Verfallen Sie keinem Irrtum. Wir sind nicht das Ergebnis einer biologischen Revolution. Es gibt uns nur, weil die Menschheit eine bestimmte Stufe der gesellschaftlichen und technologischen Organisation erreicht hat. Das dritte Impulssystem im menschlichen Organismus hätte man schon vor hundert Jahren entdecken können, aber es zu initiieren ist erst seit Anfang des Jahrhunderts möglich. Und einen Menten auf der Spirale der psychophysiologischen Entwicklung zu halten, ihn von Niveau zu Niveau bis ans Ende zu führen – in Ihren Begriffen hieße das, einen Menten zu erziehen –, das konnte erst vor kurzem erreicht werden.

Gorbowski: Moment, Moment! Dieses dritte Impulssystem ist also doch in jedem menschlichen Organismus vorhanden?

LOGOWENKO: Leider nicht, Leonid Andrejewitsch. Darin besteht ja die Tragik. Das dritte Impulssystem tritt mit einer Wahrscheinlichkeit von höchstens eins zu einhunderttausend auf, und wir wissen bisher nicht, wie und warum es sich entwickelte. Am ehesten ist es wohl die Folge einer lange zurückliegenden Mutation.

KOMOW: Ein Hunderttausendstel ist gar nicht so wenig, wenn man es auf unsere Milliarden umrechnet … Aber das hieße wohl: Spaltung?

LOGOWENKO: Ja, daher die Geheimhaltung. Verstehen Sie mich recht: Neunzig Prozent der Menten interessieren sich weder für die Geschicke der Menschheit noch für die Menschheit überhaupt. Aber es gibt auch solche wie mich – wir wollen nicht vergessen, dass wir aus menschlichem Fleisch und Blut sind und dieselbe Heimat haben wie ihr. Wir zerbrechen uns schon seit vielen Jahren den Kopf, wie man die Folgen dieser unvermeidlichen Spaltung mildern kann; denn faktisch sieht es so aus, als zerfalle die Menschheit in eine höhere und eine niedrigere Rasse. Was kann schrecklicher sein? Natürlich ist diese Analogie oberflächlich und im Grunde genommen sogar falsch, aber dennoch wird es für euch immer erniedrigend sein zu denken, dass einer von euch weit über die Grenze hinausgegangen ist, die hunderttausend nicht überwinden können. Und dieser Eine wird sein Schuldgefühl deswegen niemals loswerden. Und was das Schlimmste ist: Der Riss geht mitten durch Familien, durch Freundschaften …

KOMOW: Also verliert der Metanthropus seine früheren emotionalen Bindungen?

LOGOWENKO: Das ist individuell sehr unterschiedlich. Und nicht so einfach, wie Sie denken. Das beste Beispiel für das Verhältnis eines Menten zu einem Menschen ist das eines lebenserfahrenen, vielbeschäftigten Erwachsenen zu einem sympathischen, aber über die Maßen aufdringlichen Kleinkind. Und nun stellen Sie sich die Beziehungen vor: ein Ment und sein Vater, ein Ment und sein bester Freund, ein Ment und sein Lehrer …

GORBOWSKI: Ein Ment und seine Freundin …

LOGOWENKO: Das sind Tragödien, Leonid Andrejewitsch. Echte Tragödien.

KOMOW: Ich sehe, dass Ihnen das Problem nahegeht. Wäre es dann nicht einfacher, mit allem aufzuhören? Letzten Endes liegt es ja in Ihrer Hand …

LOGOWENKO: Meinen Sie nicht, dass das unmoralisch wäre?

KOMOW: Und meinen Sie nicht, dass es unmoralisch ist, die Menschheit in einen Schockzustand zu versetzen? In der Psyche der Menschheit einen Minderwertigkeitskomplex hervorzurufen? Die Jugend vor die Tatsache zu stellen, dass sie schon am Ende ihrer Möglichkeiten ist!

LOGOWENKO: Deshalb bin ich ja zu Ihnen gekommen – um einen Ausweg zu finden.

KOMOW: Da gibt es nur einen Ausweg. Ihr müsst die Erde verlassen.

LOGOWENKO: Verzeihung. Wer ist »wir«?

KOMOW: Ihr, die Metanthropen.

LOGOWENKO: Gennadi Jurjewitsch, ich wiederhole: Die überwiegende Mehrheit der Menten lebt nicht auf der Erde; all ihre Interessen und ihr ganzes Leben stehen gar nicht mit der Erde in Verbindung. Zum Teufel, Sie leben ja auch nicht im Bett! Nur die Geburtshelfer wie ich und die Anthropopsychologen haben ständig mit der Erde zu tun, und noch ein paar Dutzend der Unglücklichsten von uns: die, die sich nicht von ihren Verwandten und Lieben losreißen können!

GORBOWSKI: Ah!

LOGOWENKO: Was haben Sie gesagt?

GORBOWSKI: Nichts, nichts, ich höre aufmerksam zu.

Komow: Sie behaupten also, dass sich die Interessen der Metanthropen und die der Erdenmenschen im Grunde nicht überschneiden?

Logowenko: So ist es.

Komow: Ist eine Zusammenarbeit möglich?

Logowenko: Auf welchem Gebiet?

Komow: Das wissen Sie besser.

Logowenko: Ich fürchte, ihr könnt uns nicht wirklich von Nutzen sein. Und was uns betrifft ... Wissen Sie, es gibt einen alten Witz. Unter den gegebenen Umständen klingt er vielleicht grausam, aber ich will ihn trotzdem wiedergeben: »Man kann einem Bären das Radfahren beibringen, aber bringt das dem Bären Nutzen und Vergnügen?« Verzeihen Sie, um Himmels willen. Aber Sie haben es selbst gesagt: Unsere Interessen überschneiden sich einfach nicht. *Pause.*

Logowenko: Aber gesetzt den Fall, der Erde und der Menschheit drohte irgendwann Gefahr, dann werden wir natürlich sofort und mit allem, was in unserer Macht steht, zu Hilfe kommen.

Komow: Wenigstens dafür vielen Dank.

Lange Pause, man hört eine Flüssigkeit gluckern, Glas an Glas klirren, dumpfe Schluckgeräusche, ein Krächzen.

Gorbowski: Hm-ja, das ist eine große Herausforderung für unseren Optimismus. Wenn ich es aber recht bedenke, so hat sich die Menschheit schon schlimmeren Herausforderungen gestellt. Und überhaupt, Gennadi, begreife ich Sie nicht. Sie haben doch so leidenschaftlich für den vertikalen Progress geworben. Da haben Sie ihn – das ist der vertikale Progress! In reiner Form! Nachdem sich die Menschheit unter dem klaren Himmel und über die blühende Ebene hin ausgebreitet hat, ist sie auf einmal emporgeschossen. Natürlich nicht in ihrer ganzen Masse, aber warum bekümmert Sie das so? Das ist immer so gewesen. Und es wird gewiss immer so sein. Die Menschheit ist stets in Gestalt ihrer besten Exemplare in die Zukunft aufgebrochen. Wir waren stets stolz auf die Genies und niemals traurig, dass wir nicht dazugehörten. Auch wenn uns Daniil Alexandrowitsch immer wieder sagt, er sei kein Mensch, sondern ein Ment, so bleibt es letztlich doch eine Frage der Bezeichnung. Trotz allem seid ihr Menschen, mehr noch: Erdenmenschen, und das könnt ihr nicht ändern. Ihr seid einfach sehr unerfahren.

KOMOW: Und Sie, Leonid Andrejewitsch, verblüffen mich mitunter mit Ihrem Leichtsinn. Wir haben hier eine Spaltung! Verstehen Sie? Eine Spaltung! Und Sie, verzeihen Sie, faseln da irgendetwas Wohlmeinendes!

GORBOWSKI: Was sind Sie, mein Bester, doch für ein … Hitzkopf. Natürlich ist das eine Spaltung. Ja, haben Sie denn je Fortschritt ohne Spaltung gesehen? So ist der Fortschritt. Das ist sein wahres Gesicht. Wo haben Sie jemals einen Fortschritt ohne Schock, ohne Erniedrigung, ohne Bitterkeit gesehen? Ohne solche, die weit vorauseilen, und solche, die zurückbleiben?

KOMOW: Das fehlte noch! »Und sie, die dereinst mich vernichten, empfängt noch mein Hymnus als Gruß …«

GORBOWSKI: Hier passt wohl eher etwas in der Art wie … ähm … »Und sie, die voraus mir enteilen, begleitet mein Hymnus als Gruß.«

LOGOWENKO: Gennadi Jurjewitsch, wenn Sie erlauben, kann ich Sie vielleicht trösten: Wir haben allen Grund zu der Annahme, dass die jetzige Spaltung nicht die letzte sein wird. Außer dem dritten Impulssystem haben wir im Organismus des Homo sapiens nämlich noch ein viertes, niederfrequentes System entdeckt sowie ein fünftes, das bisher noch keinen Namen hat. Was sich aus der Initiation dieser Systeme ergeben wird, können wir – sogar wir! –

nicht einmal vermuten. Und ebenso wenig, wie viele von diesen Systemen es überhaupt im Menschen gibt. Und noch etwas, Gennadi Jurjewitsch: Auch unter uns bahnt sich bereits eine Spaltung an! Das ist unvermeidlich. Künstliche Evolution ist ein lawinenartiger Prozess.

Pause.

LOGOWENKO: Was soll man machen! Wir haben sechs wissenschaftlich-technische Revolutionen erlebt, zwei technologische Konterrevolutionen, zwei erkenntnistheoretische Krisen. Da fängt man nolens volens irgendwann an sich weiterzuentwickeln.

GORBOWSKI: Eben. Würden wir still dasitzen wie die Tagoraner oder die Leonidaner – hätten wir keinen Kummer. Wir hatten die Wahl, ob wir auf die Technik setzen wollten oder nicht!

KOMOW: Gut, gut. Und trotzdem, was ist das eigentlich – ein Metanthropus? Welche Ziele hat er, Daniil Alexandrowitsch? Welche Stimuli, Interessen? Oder ist das ein Geheimnis?

LOGOWENKO: Es gibt keine Geheimnisse.

Damit bricht das Fonogramm ab. Der gesamte Rest – 34 Minuten und 11 Sekunden – ist irreversibel gelöscht.

15.05.'99 Ausführender: M. Kammerer

Ich schäme mich, wenn ich daran denke, aber all die Tage zuvor hatte ich in einem fast euphorischen Zustand verbracht. Mir war, als hätte eine schier unerträgliche körperliche Belastung auf einmal ein Ende gefunden. Gewiss hat Sisyphus Ähnliches empfunden, wenn sich der Felsbrocken aus seinen Händen losriss und er, Sisyphus, Gelegenheit hatte, sich eine

Weile beglückt auf dem Gipfel auszuruhen – ehe alles wieder von vorne begann.

Jeder Erdenmensch hat die Große Offenbarung auf seine Weise erlebt. Und doch scheint mir, dass es mich schlimmer traf als alle anderen.

Ich habe gerade noch einmal alles durchgelesen, was ich bis jetzt geschrieben habe. Dabei kam mir die Befürchtung, das, was ich bei der Großen Offenbarung durchlebt habe, könnte eventuell falsch verstanden werden. Vielleicht entsteht der Eindruck, als hätte ich damals Angst um das Schicksal der Menschheit empfunden. Sicher, ich hatte Angst; ich wusste zum Beispiel gar nichts über die Menten – außer, dass sie existierten. Da war also Angst. Und in Gedanken hin und wieder auch ein kurzer, panischer Aufschrei: »Das war's, jetzt haben wir ausgespielt!« Oder die Empfindung, als sei da eine furchtbar enge Kurve, und jeden Moment könne sich das Steuer aus der Hand reißen, man würde sehr weit weg geschleudert und sei hilflos wie ein Wilder während eines Erdbebens. Doch waren all diese Ängste nichts gegen das erniedrigende Gefühl der totalen beruflichen Unzulänglichkeit. Wir hatten es verschlafen, verschwitzt und verschlampt, wir armseligen, erbärmlichen Dilettanten.

Aber dann wich all das von mir – übrigens nicht deshalb, weil Logowenko mich von irgendetwas überzeugt oder mich dazu gebracht hätte, ihm zu glauben. Nein. Es war ganz etwas anderes.

Mit dem Gefühl meiner beruflichen Niederlage hatte ich in den letzten sechs Wochen zu leben gelernt. (»Gewissensqualen lassen sich aushalten« – das ist eine der kleinen unangenehmen Entdeckungen, die man macht, wenn man älter wird.)

Das Steuer drohte nicht mehr, mir zu entgleiten – ich hatte es anderen übergeben. Und jetzt, ein wenig auf Distanz gerückt, fand ich, dass Komow alles ein bisschen zu drastisch sah, während Leonid Andrejewitsch wie gewohnt allzu sehr vom glücklichen Ende jedes Kataklysmus überzeugt war.

Ich war wieder an meinem Platz, und mich beherrschten die vertrauten, alltäglichen Sorgen – zum Beispiel, wieder einen beständigen, umfänglichen Informationsstrom für all jene in Gang zu bringen, die Entscheidungen zu treffen hatten.

Am Abend des 15. erhielt ich von Komow den Befehl, nach eigenem Ermessen zu handeln.

Am Morgen des 16. rief ich Toivo Glumow zu mir. Ohne einführende Erklärung ließ ich ihn den Mitschnitt der Unterredung im »Leonidsheim« abspielen. Erstaunlich, dass ich mir des Erfolges praktisch sicher war.

Warum auch hätte ich zweifeln sollen?

Dokument 20

Arbeitsfonogramm
Datum: 16. Mai '99
Gesprächsteilnehmer: M. Kammerer, Leiter der Abteilung BV; T. Glumow, Inspektor
Projekt: –
Betr.: –

GLUMOW: Was passierte in diesen Lücken?

KAMMERER: Bravo. Du hast Nerven, Junge. Als ich begriff, was los war, bin ich eine halbe Stunde lang die Wände hochgegangen.

GLUMOW: Also, was passierte in den Lücken?

KAMMERER: Unbekannt.

GLUMOW: Was heißt: unbekannt?

KAMMERER: Das heißt: Komow und Gorbowski können sich nicht erinnern, was in den Lücken passierte. Sie haben keinerlei Lücken bemerkt. Und das Fonogramm zu rekonstruieren ist unmöglich. Es ist nicht gelöscht, es ist einfach vernichtet. In den Bereichen mit den Leerstellen ist die Molekularstruktur zerstört.

GLUMOW: Eine seltsame Art, Verhandlungen zu führen.

KAMMERER: Wir werden uns daran gewöhnen müssen.

Pause.

GLUMOW: Und was soll jetzt werden?

KAMMERER: Vorläufig wissen wir zu wenig. Und überhaupt gibt es nur zwei Möglichkeiten: Entweder wir lernen, neben ihnen zu koexistieren. Oder wir lernen es *nicht*.

GLUMOW: Es gibt eine dritte Möglichkeit.

KAMMERER: Bleib ruhig. Es gibt keine dritte Möglichkeit.

GLUMOW: Doch, es gibt eine! Sie werden nicht lange mit uns fackeln!

KAMMERER: Das ist kein Argument.

GLUMOW: Es ist ein Argument! Sie haben den Weltrat nicht um Erlaubnis gefragt! Sie befassen sich seit vielen Jahren insgeheim mit der Verwandlung von Menschen in Nichtmenschen! Sie führen Experimente an Menschen durch! Und sogar jetzt, nachdem sie entlarvt wurden, kommen sie zu Verhandlungen und erlauben sich …

KAMMERER *(unterbricht ihn)*: Das, was du vorschlagen willst, kann man entweder offen tun – dann wird die Menschheit Zeuge ganz abscheulicher Gewalttaten – oder insgeheim, niederträchtig und hinter dem Rücken der Öffentlichkeit.

GLUMOW *(unterbricht ihn)*: Worte, nichts als Worte! Es geht aber darum, dass die Menschheit keine Brutstätte für Nichtmenschen sein darf. Und erst recht kein Versuchsobjekt für ihre verdammten Experimente! Verzeihen Sie, Big Bug, aber Sie haben einen Fehler gemacht. Sie hätten weder Komow noch Gorbowski in diese Sache einweihen sollen.

Sie haben sie in eine dumme Situation gebracht. Es handelt sich um eine Angelegenheit der KomKon 2 und fällt in unsere Zuständigkeit. Ich glaube, auch jetzt ist es noch nicht zu spät. Nehmen wir es auf unsere Kappe.

KAMMERER: Toivo, woher hast du diese Xenophobie? Das sind doch keine *Wanderer* oder Progressoren.

GLUMOW: Ich habe das Gefühl, dass sie noch schlimmer als Progressoren sind. Sie sind Verräter, Parasiten. Wie die Wespen, die ihre Eier in Raupen ablegen.

Pause.

KAMMERER: Rede nur. Sprich dich aus.

GLUMOW: Ich werde nichts weiter sagen. Es hat keinen Sinn. Seit fünf Jahren bin ich unter Ihrer Leitung mit dieser Angelegenheit befasst, und seit fünf Jahren irre ich wie blind umher. Sagen Sie mir doch wenigstens jetzt: Wann haben Sie die Wahrheit erkannt? Wann haben Sie begriffen, dass es nicht die *Wanderer* sind? Vor sechs Monaten? Vor acht?

KAMMERER: Vor weniger als zwei.

GLUMOW: Trotzdem: vor ein paar Wochen. Ich verstehe, Sie hatten Ihre Gründe, wollten mich nicht in alle Einzelheiten einweihen. Aber wie konnten Sie mir verheimlichen, dass sich das Objekt selbst geändert hatte? Wie konnten Sie sich erlauben, mich dazu zu bringen, dass ich mich zum Narren machte? Dass ich mich vor Gorbowski und Komow zum Narren machte. Ich möchte vor Scham in den Boden versinken, wenn ich nur daran denke!

KAMMERER: Kannst du dir nicht vorstellen, dass es auch dafür einen Grund gab?

GLUMOW: Kann ich. Aber das hilft mir nicht. Ich kenne den Grund nicht und kann ihn mir nicht einmal vorstellen. Und Sie, Big Bug, sehen nicht so aus, als wollten Sie ihn mir mitteilen! Nein, ich habe genug. Ich bin für die Arbeit mit Ihnen nicht geeignet. Lassen Sie mich gehen; ich gehe sowieso.

Pause.

KAMMERER: Ich konnte dir nicht die Wahrheit sagen – zuerst, weil ich nicht wusste, was wir mit dieser Wahrheit anfangen sollten. In Klammern: Ich weiß es zwar auch jetzt noch nicht, aber die Last der Entscheidungen liegt jetzt bei anderen.

GLUMOW: Sie brauchen sich nicht zu rechtfertigen, Big Bug.

KAMMERER: Schweig. Du schaffst es doch nicht, mich in Wut zu bringen. Du liebst die Wahrheit sehr? Jetzt bekommst du sie. Die ganze Wahrheit.

Pause.

KAMMERER: Dann schickte ich dich ins Institut der Sonderlinge. Und wieder musste ich warten.

GLUMOW *(unterbricht ihn)*: Was hat hier …

KAMMERER *(unterbricht ihn)*: Ich habe gesagt – schweig! Die Wahrheit zu sagen ist nicht leicht, Toivo. Ich meine damit nicht, sie jemandem schonungslos und geradeheraus ins Gesicht zu sagen, wie man das gern tut, wenn man jung ist. Nein, ich meine, sie jemandem wie dir beizubringen, einem zwar unerfahrenen, aber selbstsicheren jungen Mann, einem, der alles weiß und alles versteht. Schweig und hör zu.

Pause.

KAMMERER: Dann erhielt ich die Antwort aus dem Institut. Sie war wie ein Schlag ins Gesicht. Ich hatte geglaubt, nur eine routinemäßige Vorsichtsmaßnahme durchzuführen, aber dann stellte sich heraus … Hör mal, du hast doch eben die Aufzeichnung gehört. Ist dir dabei nichts seltsam vorgekommen?

GLUMOW: Daran ist alles seltsam.

KAMMERER: Na los, schalt ein. Hör es dir noch einmal an, aber aufmerksam, von Anfang an, mitsamt dem Titelkopf. Na?

GLUMOW: »Nur für Mitglieder des Präsidiums …« Wie ist das zu verstehen?

KAMMERER: Na? Na?

Glumow: Sie haben ein Dokument mit der höchsten Vertraulichkeitsstufe an mich weitergereicht. Warum?

Kammerer *(langsam und beinahe einschmeichelnd)*: Wie du bemerkt hast, enthält das Dokument Lücken. Aber ich hege die Hoffnung, dass du, wenn deine Zeit gekommen ist, aus alter Freundschaft und eingedenk der alten Zeiten die Lücken für mich auffüllen wirst.

Lange Pause.

Kammerer: So sieht nämlich die ganze Wahrheit aus, beziehungsweise der Teil der Wahrheit, der dich betrifft. Als ich erfuhr, dass man sich im Institut der Sonderlinge mit der Selektion befasst, habe ich euch alle, einen nach dem anderen, dorthingeschickt, unter den verschiedensten, idiotischsten Vorwänden. Einfach eine grundlegende Vorsichtsmaßnahme, verstehst du? Um dem Gegner keine Chance zu lassen, um sicher zu sein. Nein, sicher war ich mir ohnehin, aber um ganz genau zu wissen: Unter meinen Mitarbeitern sind nur Menschen.

Pause.

Kammerer: Sie haben dort eine Apparatur … angeblich, um »Sonderlinge« ausfindig zu machen. Durch diese schleusen sie alle Besucher. In Wirklichkeit aber sucht dieses Gerät im Mentogramm nach der sogenannten T-Spitze, auch »Logowenko-Impuls« genannt. Wenn ein Mensch über ein drittes Impulssystem verfügt und somit für die Initiierung geeignet ist, taucht in seinem Mentogramm die T-Spitze auf. Also dann: Du hast diese Spitze.

Lange Pause.

Glumow: Das ist doch Unsinn, Big Bug.

Pause.

Glumow: Die führen Sie an der Nase herum!

Pause.

Glumow: Das ist eine Provokation! Sie wollen mich außer Gefecht setzen! Anscheinend habe ich etwas Wichtiges herausgefunden und nur selbst noch nicht erkannt, was es ist. Daher wollen sie mich aus dem Weg räumen; das ist doch offensichtlich!

Pause.

GLUMOW: Sie kennen mich von Kindheit an! Ich habe Tausende von Medkommissionen durchlaufen; ich bin ein ganz gewöhnlicher Mensch! Glauben Sie ihnen nicht, Big Bug! Wer liefert Ihnen die Informationen? – Nein, ich frage nicht nach dem Namen. Bedenken Sie aber, woher kann er das alles wissen? Er ist doch mit Sicherheit selbst einer von diesen ... Wie können Sie ihm glauben? *(Er schreit:)* Es geht doch nicht um mich! Ich höre sowieso auf! Aber genauso können sie ohne einen einzigen Schuss die ganze KomKon erledigen! Haben Sie daran schon gedacht?

Pause.

GLUMOW *(mit bedrückter Stimme)*: Was soll ich denn machen? Sie haben sich doch sicher etwas ausgedacht, was ich jetzt tun soll.

KAMMERER: Hör zu. Du solltest dich nicht so aufregen. Noch ist nichts Schlimmes passiert. Warum hast du so aufgeschrien, als schwängen sie »schon ihre Messer wonnegrunzelnd«? Letzten Endes hast du es selbst in der Hand! Und wenn du nicht willst, bleibt alles, wie es ist!

GLUMOW: Woher wissen Sie das?

KAMMERER: Aber ich weiß ja gar nichts. Ich weiß genauso viel wie du, und du hast es eben selbst gehört: Das dritte Impulssystem ist nur potenziell angelegt. Es muss initiiert werden. Dann erst beginnt der Aufstieg von Niveau zu Niveau. Und ich möchte sehen, wie sie das ohne deinen Willen mit dir machen wollen!

Pause.

GLUMOW: Natürlich. *(Er lacht hysterisch.)* Sie haben mir vielleicht Angst eingejagt, Chef!

KAMMERER: Du hast es nur nicht sofort verstanden.

GLUMOW: Ich verschwinde einfach von hier! Sollen sie doch nach mir suchen! Aber wenn sie mich finden, werden sie mich nicht in Ruhe lassen, mich überreden wollen … Sagen Sie ihnen, dass sie das besser bleiben lassen!

KAMMERER: Sie werden sich kaum mit mir unterhalten wollen.

GLUMOW: Warum?

KAMMERER: Wir sind nicht maßgebend für sie. Wir müssen uns jetzt an eine völlig neue Situation gewöhnen. Nicht wir legen den Zeitpunkt von Gesprächen fest, nicht wir bestimmen das Thema. Überhaupt haben wir die Kontrolle über die Ereignisse verloren. Diese Situation hat nicht ihresgleichen: Bei uns auf der Erde, mitten unter uns, wirkt eine Kraft – und was für eine! Wir wissen nichts über sie. Um genau zu sein, wissen wir nur, was uns zu wissen erlaubt wird, und das ist fast schlimmer, als wenn wir gar nichts wüssten. Ein ungutes Gefühl, nicht wahr? Nein, ich kann nichts Schlechtes über diese Menten sagen. Aber es ist auch noch nichts Gutes über sie bekannt!

Pause.

KAMMERER: Sie wissen alles über uns, wir über sie aber nichts. Das ist demütigend. Jeder von uns, der mit dieser Situation in Berührung kommt, wird ein Gefühl der Demütigung empfinden. Jetzt steht uns bevor, zwei Mitglieder des Weltrates einer Tiefenmentoskopie zu unterziehen – und das nur, um zu rekonstruieren, wovon während der historischen Besprechung im »Leonidsheim« die Rede war. Und beachte, weder die Mitglieder des Weltrats noch wir wollen diese Mentoskopie. Sie ist eine Demütigung für uns alle, aber es bleibt uns keine Wahl – obwohl die Erfolgschancen, wie dir klar ist, mehr als fraglich sind.

GLUMOW: Aber Sie haben doch Agenten unter ihnen!

KAMMERER: Nicht »unter ihnen«, sondern nur in der Nähe. »Unter ihnen« – davon können wir nur träumen. Und dabei, fürchte ich, wird es auch bleiben. Wer von ihnen würde uns helfen wollen? Und warum sollte er? Was kümmern wir sie? Hm? Toivo!

Lange Pause.

GLUMOW: Nein, Maxim. Ich will nicht. Ich verstehe alles, aber ich *will nicht*!

KAMMERER: Hast du Angst davor?

GLUMOW: Ich weiß nicht. Nein, ich will einfach nicht. Ich bin ein Mensch, und ich will nichts anderes sein. Ich will nicht auf euch herabsehen. Ich will nicht, dass mir die Menschen, die ich achte und liebe, wie Kinder erscheinen. Ich verstehe Sie, Maxim: Sie hoffen, dass das Menschliche in mir erhalten bleibt. Vielleicht haben Sie sogar Grund zu dieser Hoffnung. Aber ich will es nicht riskieren. Ich will nicht!

Pause.

KAMMERER: Na ja. Letzten Endes ist das sogar lobenswert.

Ich war mir des Erfolges sicher gewesen. Aber ich hatte mich getäuscht.

Ich habe dich nicht so gut gekannt, wie ich dachte, Toivo Glumow, mein Junge. Du warst mir härter erschienen und besser gewappnet, vielleicht auch fanatischer.

Nun aber, endlich, ein paar Worte über das wahre Ziel meiner Memoiren.

Jene meiner Leser, die das Buch »Die fünf Biografien des Jahrhunderts« kennen, haben sicher erraten, dass es mir darum ging, die sensationelle Hypothese von P. Soroka und E. Braun zu widerlegen, dass Toivo Glumow schon als Progressor in Arkanar ins Blickfeld der Menten geraten und von ihnen als einer der Ihren erkannt worden sei. Dass er gleich damals von ihnen umgewandelt, auf das entsprechende Niveau gehoben und zu mir in die KomKon 2 geschickt worden sei, nicht so sehr als Spion, sondern als Desinformator und Fehlinterpretator. Dass er sich fünf Jahre lang mit nichts anderem befasst habe, als in der KomKon die Jagd auf die *Wanderer* anzuheizen, indem er jeden falschen Schritt und jede Unachtsamkeit der Menten als Manifestation des Wirkens der verhassten Superzivilisation auslegte. Fünf Jahre lang habe er die gesamte Leitung der KomKon 2 an der Nase herumgeführt, und vor allem natürlich seinen Chef und Mentor Maxim Kammerer. Als es schließlich trotzdem gelungen sei, die Menten zu entlarven, habe er vor dem arglosen Big Bug seine letzte herzbewegende Komödie gespielt und sei dann aus dem Spiel ausgestiegen.

Ich nehme an, dass jeder Leser, dem die Thesen von Soroka und Braun bisher nicht vertraut waren, an dieser Stelle überrascht einwendet: »Was für ein Unsinn, was haben Soroka und Braun für sonderbare Ideen? Was sie schreiben, widerspricht doch allem, was ich soeben gelesen habe.« Dem Leser hingegen, der Toivo Glumow schon vorher, d. h. aus den »Fünf Biografien« kannte, möchte ich raten: Versuchen Sie, das Ihnen hier vorgelegte Material neutral zu betrachten; es wäre nicht gut, die Diskussion um das Menten-Problem erneut anzuheizen, nachdem sie sich derzeit beruhigt hat.

Zugegeben, die Geschichte der Großen Offenbarung enthält viele »weiße Flecken«, aber ich kann versichern, und bin mir meiner Verantwortung dabei bewusst, dass diese weißen Flecken mit Toivo Glumow nichts zu tun haben. Und ich bin mir auch meiner Verantwortung bewusst, wenn ich erkläre, dass die spitzfindigen Thesen von P. Soroka und E. Braun nichts weiter sind als leichtfertige Phrasen und großer Unfug.

Was nun »die letzte herzbewegende Komödie« angeht, so bedaure ich nur eins und mache mir deswegen bis heute Vorwürfe: Ich altes, dickfelliges Nashorn habe damals nicht begriffen, habe nicht vorausgeahnt, dass ich Toivo Glumow zum letzten Mal sah.

Dokument 21

An M. Kammerer
»Pappel« 11, Wohnung 9716
Swerdlowsk
18. Mai '99

Big Bug!
Heute hat mich Logowenko besucht. Das Gespräch dauerte von 12:15 Uhr bis 14:05 Uhr. Logowenko war sehr überzeugend. Es ging ihm um Folgendes: Es sei nicht alles so einfach, wie wir es uns vorstellten. Es werde zum Beispiel behauptet, die relativ stabile Entwicklungsphase der Menschheit gehe zu Ende, und es stünde eine Epoche biosozialer und psychosozialer Erschütterungen bevor. Die Hauptaufgabe der Menten gegenüber der Menschheit sei es nun, auf Wache zu stehen (als »Fänger im Roggen« sozusagen). Gegenwärtig leben 432 Menten auf der Erde oder im Kosmos. Man schlägt mir vor, der vierhundertdreiunddreißigste zu werden. Zu diesem Zweck soll ich übermorgen, am 20. Mai, 10 Uhr, im Institut der Sonderlinge in Charkow erscheinen.

Und der Feind des Menschengeschlechts flüstert mir ein, nur ein Idiot könne die Chance ausschlagen, höchstes Wissen und Macht über das Universum zu erlangen. Diese Einflüsterungen kann ich allerdings mühelos ignorieren. Zum einen, weil ich ein Mensch ohne jegliches Prestigedenken bin, wie Ihnen bestens bekannt ist. Zum anderen, weil ich Eliten, in welchem Gewande sie auch stecken mögen, rundherum ablehne.

Ich will nicht verschweigen, dass sich der Eindruck unseres letzten Gesprächs tiefer in mir festgesetzt hat, als mir lieb ist. Es ist sehr unangenehm, sich als Deserteur zu fühlen. Ich hätte auch keine Sekunde mit meiner Zustimmung gezögert, aber ich bin mir absolut sicher: Sobald man mich in einen Menten verwandelt hätte, wäre nichts *(nichts!)* Menschliches mehr in mir verblieben. Geben Sie zu, im Grunde denken Sie genauso.

In den letzten Tagen habe ich alles gründlich überdacht, und ich werde nicht nach Charkow fahren. Erstens, weil es Verrat an Assja wäre. Zweitens, weil ich meine Mutter liebe und sehr schätze. Drittens, weil mir meine Weggefährten und meine Vergangenheit viel bedeuten. Die Umwandlung in einen Menten wäre mein Tod. Nein, sie wäre schlimmer als der Tod, denn für die, die mich lieben, bleibe ich am Leben, allerdings bis zur Unkenntlichkeit entstellt: Eine hochnäsige, selbstzufriedene, anmaßende Person. Und wahrscheinlich unsterblich dazu.

Morgen werde ich Assja auf die Pandora folgen.

Leben Sie wohl. Ich wünsche Ihnen Erfolg.

Ihr Toivo Glumow

Dokument 22

KomKon 2
Ural/Norden
Bericht Nr. 086/99
Datum: 14. November '99
Autor: S. Mtbewari, Inspektor
Projekt 081: »Die Wellen ersticken den Wind«
Betr.: Gespräch mit T. Glumow

Gemäß Ihrer Anweisung gebe ich meine Unterhaltung mit dem ehemaligen Inspektor T. Glumow von Mitte Juli dieses Jahres dem Gedächtnis nach wieder. Gegen 17:00 Uhr, als ich mich in meinem Arbeitszimmer befand, ertönte der Videofonruf, und auf dem Bildschirm erschien das Gesicht T. Glumows. Er war fröhlich, lebhaft und grüßte mich überschwänglich. Seit ich ihn zuletzt gesehen hatte, schien er etwas zugenommen zu haben. Wir führten in etwa folgendes Gespräch:

GLUMOW: Wo ist denn der Chef? Ich versuche schon den ganzen Tag vergeblich, ihn zu erreichen.
ICH: Der Chef ist auf Dienstreise, er bleibt länger weg.
GLUMOW: Das ist sehr schade. Ich brauche ihn dringend. Ich würde sehr gern mit ihm sprechen.
ICH: Schreib einen Brief. Er wird ihm nachgeschickt.
GLUMOW *(nach kurzer Überlegung)*: Es ist eine lange Geschichte.
(An diesen Satz erinnere ich mich genau.)
ICH: Dann sag, was ich ihm übermitteln soll. Oder wie er sich mit dir in Verbindung setzen kann. Ich notiere es.
GLUMOW: Nein. Ich muss unbedingt persönlich mit ihm sprechen.

Ansonsten wurde nichts Wesentliches gesagt, beziehungsweise erinnere ich mich an nichts Weiteres. Ich möchte betonen, dass ich damals über T. Glumow nur wusste, dass er aus privaten Gründen gekündigt hatte und seiner Frau auf die Pandora gefolgt war. Deshalb kam ich nicht auf die Idee, die üblichen, grundlegenden Maßnahmen zu ergreifen, nämlich: das Gespräch aufzuzeichnen, den Kommunikationskanal festzustellen, den Präsidenten in Kenntnis zu setzen usw. Ich kann nur hinzufügen, dass ich den Eindruck hatte, T. Glumow halte sich in einem Raum auf, der von natürlichem Sonnenlicht erhellt war. Anscheinend befand er sich zu dem Zeitpunkt auf der Erde, östliche Hemisphäre.

Sandro Mtbewari

Dokument 23

An den Präsidenten des Sektors »Ural/Norden« der KK 2
Datum: 23. Januar ″01
Autor: M. Kammerer, Leiter der Abteilung BV
Projekt 060: T. Glumow, Metanthropus

Präsident!

Ich kann Ihnen nichts mitteilen. Das Treffen hat nicht stattgefunden. Ich habe bis zum Einbruch der Dunkelheit am Roten Strand gewartet. Er ist nicht gekommen.

Natürlich hätte ich ohne Mühe zu ihm nach Hause fahren und dort auf ihn warten können, doch ich glaube, das wäre ein taktischer Fehler gewesen. Er will uns ja nicht täuschen oder hinhalten. Er vergisst es nur einfach immer wieder. Warten wir noch ab.

M. Kammerer

Dokument 24

KomKon 1
Dem Vorsitzenden der Kommission »Metanthropus«, G.J. Komow
13.11.″02

Mein Kapitän!
Anbei schicke ich dir zwei sehr interessante Texte, die in direkter Beziehung zu dem Projekt stehen, mit dem du gerade befasst bist.

Text 1 (eine Notiz T. Glumows, gerichtet an M. Kammerer):

Lieber Big Bug!
Ich habe allen Grund, mich zu entschuldigen. Aber ich will mich bessern. Übermorgen, den 2., werde ich um 22 Uhr *ganz sicher* zu Hause sein. Ich erwarte Sie. Ich garantiere Imbiss und Leckerbissen und verspreche, alles zu erklären. Obwohl das, soweit ich verstehe, vorerst gar nicht notwendig ist.

Text 2 (ein Brief von A. Glumowa, zusammen mit T. Glumows Notiz an M. Kammerer gerichtet):

Verehrter Maxim!
Er hat mich gebeten, Ihnen diese Notiz zu übersenden. Warum hat er sie Ihnen nicht selbst geschickt? Warum hat er Sie nicht einfach angerufen, um ein Treffen zu vereinbaren? Ich verstehe das alles nicht. In letzter Zeit verstehe ich ihn überhaupt sehr selten, sogar, wenn es anscheinend um ganz simple Dinge geht. Aber ich weiß, dass er unglücklich ist. Wie sie alle. Wenn er bei mir ist, quält ihn Langeweile. Wenn er dort bei sich ist, sehnt er sich nach mir, sonst würde er nicht

zurückkehren. Leben kann er so natürlich nicht. Er wird sich für eines entscheiden müssen. Ich weiß wofür, denn in letzter Zeit kehrt er immer seltener zurück. Ich kenne seinesgleichen, die gar nicht mehr zurückkommen. Sie haben auf der Erde nichts mehr zu schaffen.

Was seine Einladung betrifft, so freue ich mich, Sie zu sehen, aber rechnen Sie nicht damit, dass er da sein wird. Ich jedenfalls glaube nicht daran.

Ihre A. Glumowa

Selbstverständlich ging Kammerer zu dem Treffen, und T. Glumow ist nicht erschienen.

Sie gehen. Sie verschwinden. Eigentlich sind sie schon verschwunden. Endgültig. Sie sind unglücklich und lassen andere unglücklich zurück.

Das Menschsein, die Humanität. Mein Kapitän, es ist ernst.

Aber wie wenig ähnelt es den apokalyptischen Bildern, die wir uns noch vor vier Jahren ausgemalt haben! Erinnerst du dich, wie der alte Gorbowski mit listigem Lächeln krächzte: »Die Wellen ersticken den Wind«? Wir alle nickten, und ich weiß noch, wie du das Zitat mit einem geradezu lächerlich vielsagenden Gesichtsausdruck fortgesetzt hast. Aber haben wir Gorbowski damals verstanden? Nein, niemand von uns. Und jetzt, mein Kapitän, da sie alle fortgegangen sind und nie mehr zurückkehren, haben wir erleichtert aufgeatmet. Oder mit Bedauern? Ich weiß es nicht. Und du?

Dein Athos

Und das letzte Dokument

Narva-Jõesuu, 30. Juni ″26

Maxim!

Ich kann nichts machen. Man entschuldigt sich zutiefst bei mir, versichert mich vollkommener Hochachtung und großen Mitgefühls, doch es ändert sich nichts. Man hat Toivo bereits zur »historischen Tatsache« gemacht.

Ich verstehe, warum Toivo schweigt – ihm ist das alles gleichgültig, und wo ist er überhaupt, in welchen Welten?

Ich ahne, warum Assja schweigt – so schrecklich es klingt, aber anscheinend haben sie sie überzeugt.

Aber warum schweigen Sie? Sie haben ihn geliebt, ich weiß es, und er hat Sie geliebt!

M. Glumowa

Sie sehen, Maja Toivowna, ich schweige nicht länger. Ich habe es gesagt. Alles, was ich zu sagen hatte, und alles, was ich zu sagen vermochte.

ANHANG

BORIS STRUGATZKI

Die Maxim-Kammerer-Trilogie

Die Maxim-Kammerer-Trilogie (bestehend aus »Die bewohnte Insel«, »Ein Käfer im Ameisenhaufen« und »Die Wellen ersticken den Wind«) ist von den Autoren nicht als zusammenhängender Text konzipiert worden. Jeder der drei Romane entstand als eigenständiges Werk, und verbunden waren sie nur durch den Helden – und natürlich durch ihren gemeinsamen Hintergrund: die Welt des 22. Jahrhunderts.

Die bewohnte Insel

Es ist genau dokumentiert, wann dieser Roman erdacht wurde. Am 12. Juni 1967 taucht im Arbeitsjournal der Eintrag auf: »Man sollte für den Verlag eine Kurzbeschreibung für einen optimistischen Roman über die Kontaktaufnahme verfassen.« Interessanterweise steht diese betont muntere Notiz zwischen zwei ausgesprochen düsteren vom 12. und 13. Juni 1967, in denen es um die Ablehnung unserer langen Erzählung »Das Märchen von der Troika« durch den Kinderbuchverlag und den Verlag Molodaja gwardija geht.* Ich er-

* Das waren damals die beiden wichtigsten Verlage für die Brüder Strugatzki und überhaupt für die sowjetische Phantastik. Der Kinderbuchverlag druckte (offiziell für das »obere Lesealter«) auch viel Science Fiction, die eigentlich für erwachsene Leser bestimmt war. Molodaja gwardija (dt. »Junge Garde«) war der Verlag des Komsomol, des Kommunistischen Jugendverbandes. – *Anm. d. Übers.*

innere mich noch gut, wie wir beide, entmutigt und wütend, zueinander sagten: »Ach, ihr wollt keine Satire? Gegenwärtige Probleme kümmern euch nicht? Sehr gut! Ihr kriegt einen geistlosen, hirnlosen, absolut harmlosen und von keinerlei Idee infizierten Unterhaltungsroman über die Abenteuer eines Komsomolzen im 22. Jahrhundert ...« Es war, als hätten wir die Machthaber dafür bestrafen wollen, dass sie unsere Ernsthaftigkeit und die Probleme, die wir thematisierten, zurückgewiesen hatten. Komisch. Aber damals, im Sommer und Herbst 1967, als alle Redaktionen in Verlagen und Zeitschriften – eine nach der anderen, darunter sogar die uns besonders wohlgesonnenen – »Das Märchen von der Troika« und »Die hässlichen Schwäne« ablehnten, fanden wir das ganz und gar nicht komisch.

Wir machten uns ohne Begeisterung an den Roman, doch bald fesselte uns die Arbeit. Es erwies sich als äußerst spannende Angelegenheit, einen harmlosen, geistlosen, rein der Unterhaltung dienenden Roman zu schreiben! Zumal er uns schon bald nicht mehr so harmlos vorkam. Die Strahlentürme, die Entarteten, die Kämpfende Garde – alles rastete an seinem Platz ein wie die Patronen in einem Magazin; alles fand sein Vorbild in der Wirklichkeit; hinter allem zeigte sich eine verborgene Bedeutung. Und das unabhängig von unserem Willen, wie von selbst, wie die bunten Glassplitter in einem magischen Kaleidoskop, das aus Chaos und Zufall ein elegantes, geordnetes und durchaus symmetrisches Bild hervorbringt.

Das war schön – eine neue, nie dagewesene Welt zu erfinden. Und noch schöner war es, diese Welt mit wohlbekannten Attributen und Realien auszustatten. Ich sehe jetzt unser Arbeitsjournal durch:

November 1967, das Schriftstellerheim in Komarowo. Wir arbeiten nur tagsüber, aber *wie* wir arbeiten – sieben, zehn, elf (!) Seiten pro Tag. Und dabei handelt es sich nicht um die Reinschrift eines schon vorhandenen Textes, sondern um einen Entwurf, erschaffen und extrahiert aus dem Nichts … In diesem Tempo schlossen wir die Rohfassung in nur zwei Arbeitstreffen ab, 296 Seiten in 32 Arbeitstagen. Und die Reinschrift ging sogar noch schneller: zwölf bis sechzehn Seiten pro Tag, so dass wir schon im Mai das fertige Manuskript in die Moskauer Filiale des Kinderbuchverlags brachten und fast gleichzeitig zu der Leningrader Zeitschrift *Newa*.

So wurde »Die bewohnte Insel«, der im Vergleich zu unseren anderen Romanen sehr umfangreich war, im Laufe eines halben Jahres geschrieben. Und die ganze weitere Geschichte handelt allein davon, wie wir ihn mühevoll polierten, glätteten und ausstaffierten. Wie wir die ideologischen Stolpersteine entfernten, den Text anpassten, ihn in Übereinstimmung mit den unterschiedlichen, oft völlig unvorhersehbaren Forderungen der großmächtigen Zensurmaschine brachten.

»Was ist ein Telegrafenmast? – Eine gründlich bearbeitete Kiefer.« In den Zustand eines Telegrafenmasts konnten sie »Die bewohnte Insel« nicht bringen: Die Kiefer blieb immerhin eine Kiefer, ungeachtet aller Anstrengungen der Ausäster in Zivil. Aber Späne fielen trotzdem mehr als genug – und noch mehr litten die Nerven und die Stimmung der Autoren. Dieser zermürbende Kampf um die endgültige und restlose Desinfizierung dauerte fast zwei Jahre.

Es würde den Rahmen sprengen, in allen Einzelheiten vom Kampf um die Bewahrung des ursprünglichen Textes zu erzählen. Nur so viel:

Bei der *Newa* verlangte man, alles zu kürzen; Wörter wie »Heimat«, »Patriot« und »Vaterland« zu streichen; Mak durfte nicht vergessen haben, wie Hitler hieß; wir sollten die Rolle des Wanderers genauer umreißen; das Vorhandensein sozialer Ungleichheit im Land der Unbekannten Väter betonen; die Kommission für Galaktische Sicherheit durch einen anderen Begriff mit einer anderen Abkürzung ersetzen …*

Im Kinderbuchverlag verlangte man (zunächst): unbedingt kürzen; den Naturalismus bei der Schilderung des Krieges entfernen; die Gesellschaftsordnung im Land der Unbekannten Väter undeutlicher machen; den Begriff »Garde« konsequent entfernen (und ihn beispielsweise durch »Legion« ersetzen); Wörter wie »Sozialdemokraten«, »Kommunisten« usw. streichen.

Und wie in jenen Jahren Wladimir Wyssozki in seiner Ballade »Das Milizprotokoll« sang: Das alles war erst »ein zarter Anfang« – das dicke Ende kam noch.

Anfang 1969 erschien in der *Newa* die Zeitschriftenfassung des Romans, und sogleich geriet sie unter Beschuss. Ungeachtet der allgemeinen Verhärtung des ideologischen Klimas im Zusammenhang mit der tschechoslowakischen »Schande«; ungeachtet des Entsetzens, das die vor Gehorsam zitternden ideologischen Vorgesetzten erfasst hatte; ungeachtet der Tatsache, dass just damals gleich mehrere Artikel vorbereitet und veröffentlicht wurden, in denen die Phantastik der Strugatzkis gegeißelt wurde – ungeachtet all dieser Umstände war es gelungen, den Roman zu veröffentlichen. Und das um den Preis von im Grunde nur geringen Einbußen. Das war ein Erfolg. Mehr noch – man kann es einen Sieg nennen, der unwahrscheinlich erschien und mit dem niemand mehr gerechnet hatte.

Doch noch war es nicht zu Ende. Die Buchausgabe von »Die bewohnte Insel« hing im Kinderbuchverlag fest. Anscheinend hatten jene Leute Recht, die meinten, die Quantität der Skandale um die Strugatzkis (sechs Verrisse in der zentralen Presse

* Für »Kommission für Galaktische Sicherheit« ergibt sich dieselbe russische Abkürzung wie für das bekannte »Komitee für Staatssicherheit«: KGB. – *Anm. d. Übers.*

im Laufe eines halben Jahres) sei endlich in Qualität umgeschlagen: Jemand irgendwo da oben habe wohl beschlossen, sich die unfügsamen Burschen vorzunehmen und ein Exempel an ihnen zu statuieren. Doch selbst diese Hypothese, die Eröffnung und Mittelspiel der Partie recht gut erklärt, bietet keinerlei Erklärung für das verhältnismäßig gut abgelaufene Endspiel.

Nachdem sich das Manuskript sechs Monate lang nicht von der Stelle bewegt hatte, tauchte es plötzlich wieder auf – geradewegs aus der »Hauptverwaltung für Literatur«*, gesprenkelt mit zahlreichen Anmerkungen und versehen mit Anweisungen, die uns sogleich ordnungsgemäß vom Lektor übermittelt wurden. Es war schon damals schwer festzustellen (und heute erst recht nicht mehr nachzuvollziehen), welche davon auf dem Mist des Zensur-Komitees gewachsen waren und welche die Verlagsleitung formuliert hatte; diesbezüglich bestanden und bestehen unterschiedliche Ansichten, aber das Geheimnis wird sich wohl nie mehr lüften lassen. Die Anweisungen jedenfalls, die den Autoren zur Ausführung übergeben wurden, sahen vor, möglichst viele Realien des Lebens in der Sowjetunion aus dem Roman zu entfernen (am besten alle, ohne Ausnahme) und die russischen Namen der Helden zu streichen.

Im Januar 1970 trafen sich die Strugatzkis bei ihrer Mutter in Leningrad und unternahmen binnen vier Tagen eine gigantische Säuberungsaktion an dem Manuskript, wobei man freilich weniger von Säuberung als von »Verschmutzung« sprechen sollte, im buchstäblichen Sinne des Wortes.

Als Erstes fiel der stilistischen Selbstverstümmelung der russische Mensch Maxim Rostislawski zum Opfer, der zum Deutschen Maxim Kammerer wurde (und es bleiben wird,

* Die offizielle Zensurstelle im Staatlichen Komitee für Verlagswesen (neben der es noch allerlei inoffizielle gab). – *Anm. d. Übers.*

von nun an bis in Ewigkeit, amen). Pawel Grigorjewitsch (alias der Wanderer) wurde zu Sikorsky, und überhaupt bekam der Roman einen leichten, aber deutlichen deutschen Akzent: aus den Panzern wurden Panzerwagen, aus den Strafsoldaten Blitzträger, »Dummkopf« und »Rotznase« erschienen als deutsche Wörter.* Aus dem Roman verschwanden: »Fußlappen«, »Häftlinge«, »Salat mit Seepilzen«, »Tabak und Kölnischwasser«, »Orden«, »Spionageabwehr«, »Fruchtbonbons«, dazu etliche Sprichwörter und Redensarten. Komplett und spurlos verschwand auch das Zwischenkapitel »Irgendetwas stinkt hier«, und aus den Unbekannten Vätern »Papa«, »Schwiegervater« und »Vetter« wurden die Feuertragenden Schöpfer »Kanzler«, »Graf« und »Baron«.

Es ist nicht möglich, hier alle Änderungen und Säuberungen aufzuzählen, nicht einmal die wesentlichen – eine Gruppe von Leuten, die das Œuvre der Strugatzkis erforscht, hat das Romanmanuskript mit der Ausgabe im Kinderbuchverlag verglichen und 896 Abweichungen gefunden: Korrekturen, Streichungen, Einfügungen, Ersetzungen … Achthundertsechsundneunzig!

Das war der Kulminationspunkt der Geschichte, die Anfang 1971 mit dem Erscheinen des Buches endete – diese lehrreiche Geschichte von der Veröffentlichung eines lustigen, ideologisch absolut abstinenten und rein der Unterhaltung dienenden kleinen Romans über einen Komsomolzen des

* »Dummkopf« und »Rotznase« standen gegen Ende des Romans direkt deutsch im Text, »Panzerwagen« und »Blitzträger« weiter vorn als deutsche Wörter, in kyrillischer Schrift lautgerecht wiedergegeben. Die »Blitzträger« habe ich in sowjetischer Literatur mehrfach gefunden, einmal auch eine Erklärung: Es soll eine für Himmelfahrtskommandos eingesetzte Strafeinheit im Krieg gewesen sein, in der von der SS selbst verurteilte SS-Angehörige nur noch eine der beiden Blitzrunen tragen durften. In deutschen Quellen habe ich dafür keinen Beleg gefunden, möglicherweise war es ein nur in der UdSSR kursierender Mythos. – *Anm. d. Übers.*

22. Jahrhunderts, den die Autoren hauptsächlich um des Geldes willen erdacht und geschrieben hatten.

Eine interessante Frage: Wer hat nun in diesem Kampf der Schriftsteller mit der Staatsmaschinerie gesiegt? Den Autoren ist es immerhin gelungen, ihr Kind zur Welt zu bringen, und sei es in stark veränderter Form. Aber ist es der Zensur und der Obrigkeit gelungen, ihr Ziel zu erreichen – aus dem Roman den Freigeist auszumerzen, die Anspielungen, die »ungelenkten Assoziationen« und die Bedeutungen zwischen den Zeilen? In gewissem Maße sicherlich. Der verstümmelte Text hatte zweifellos viel von seiner Schärfe und satirischen Zielrichtung verloren, doch ich glaube, es ist der Obrigkeit am Ende doch nicht gelungen, ihn völlig zu kastrieren. Schließlich fanden sich noch verschiedene wohlmeinende Leute, die bereitwillig auf dem Roman herumtrampelten. Obwohl ihr kritisches Pathos selten über Anschuldigungen hinausging, die Autoren zeigten »Missachtung für die sowjetische Raumfahrt« (gemeint war die abfällige Haltung Maxims gegenüber seiner Arbeit in der Gruppe für Freie Suche), war eine ängstlich-ablehnende Haltung der Obrigkeit der »Bewohnten Insel« gegenüber, sogar in der »berichtigten« Fassung, deutlich zu spüren.

In der Ihnen vorliegenden Ausgabe ist der ursprüngliche Text größtenteils wiederhergestellt worden. Natürlich war es nicht möglich, Maxim Kammerer, dem geborenen Rostislawski, seinen »Mädchennamen« zurückzugeben – er war inzwischen (wie übrigens auch Pawel Grigorjewitsch als Rudolf Sikorsky) zum Helden mehrerer Romane geworden, wo er just als Kammerer auftritt. Das konnte man nur überall oder nirgends ändern; ich habe es lieber nirgends geändert. Andere Änderungen, die die Autoren vornehmen mussten, haben sich letztlich als so glücklich erwiesen, dass ich beschlossen habe, sie im restaurierten Text beizubehalten – zum Beispiel die seltsam klingenden »Zöglinge« anstelle banaler »Häftlinge« oder den »Rittmeister Tschatschu« statt des »Hauptmanns Tschatschu«. Der Großteil der knapp neunhundert Entstellungen jedoch wurde korrigiert und damit der Text in eine »kanonische Fassung« gebracht.

Mir kommt in den Sinn, was der bekannte russische Schriftsteller Swjatoslaw Loginow erzählte: Unlängst trat er vor Schülern auf und versuchte, ihnen ein Bild von den unglaublichen und absurden Schwierigkeiten zu vermitteln, denen sich ein Schriftsteller Mitte der 1970er Jahre gegenübersah. Daraufhin fragte jemand aus der Klasse verwundert: »Wenn es so schwer war, gedruckt zu werden, warum haben Sie dann nicht Ihren eigenen Verlage gegründet?« Man merkt an solchen Fragen, dass der heutige Leser sich einfach nicht vorstellen kann, wie es in den 1960er und 1970er Jahren zuging, wie gnadenlos und ohne jedes Verständnis die Literatur (die Kultur überhaupt) von der allmächtigen Partei- und Staatsmaschinerie niedergedrückt wurde, auf welch einer schmalen und schwankenden Brücke sich jeder Schriftsteller mit Selbstachtung voranarbeiten musste. Einen Schritt nach rechts: Dort erwartete einen der Paragraph 70 des Strafgesetzbuches* – Prozess, Lager, Irrenhaus, im günstigsten Fall der Eintrag in die schwarze Liste, womit man an die zehn Jahre aus dem Literaturbetrieb ausgesperrt war. Einen Schritt nach links: Man fand sich in den Armen der Banditen und Nichtskönner wieder – als Verräter an der eigenen Sache, mit einem Gummigewissen, ein Judas, der die verfluchten Silberlinge zählte … Der heutige Leser kann dieses Dilemma wohl nicht mehr verstehen, der psychologische Abgrund zwischen ihm und den Angehörigen meiner Generation hat sich schon aufgetan, und es ist kaum damit zu rechnen, dass er von Texten

* Strafgesetzbuch der RSFSR vom 27. Oktober 1960, Abschnitt »Besonders gefährliche Staatsverbrechen«, § 70 »Antisowjetische Agitation und Propaganda«. – *Anm. d. Übers.*

wie diesem Kommentar geschlossen werden kann. Die Freiheit ist wie die Luft oder die Gesundheit – solange man sie hat, bemerkt man sie nicht, man begreift nicht einmal, was es heißt, ohne sie oder außerhalb von ihr zu sein.

Es gibt allerdings auch die Ansicht, dass gar niemand Freiheit brauche – Hauptsache, man sei frei von der Notwendigkeit, Entscheidungen zu treffen. Diese Ansicht ist derzeit recht populär. Es heißt: »Die beste Art von Freiheit ist es, frei von Sorgen zu sein.« Mag sein, mag sein ... Aber das ist ein ganz anderes Thema.

Als Kuriosum bleibt anzumerken, dass der 2008 von Fjodor Bondartschuk gedrehte Film *Die bewohnte Insel* – ein recht guter antitotalitärer Thriller, der der Handlung des Romans genau folgt – vom Publikum wohlwollend aufgenommen wurde und dass die Einzigen, die scharfe Kritik daran äußerten, unsere derzeitigen Kommunisten waren, die den Film (»im Gegensatz zum Buch«!) für nicht kommunistisch genug hielten.

Ein Käfer im Ameisenhaufen

Alles begann damit, dass vor langer, langer Zeit mein kleiner Sohn völlig unerwartet für sich selbst und für seine Umgebung ein Liedchen in der Art eines Abzählreims verfasste:

> Ein Mann stand am Tor,
> die Tiere davor.
> Er nahm sein Gewehr,
> und sie lebten nicht mehr.*

* Nachdichtung mit den in solchen Fällen von Reim und Rhythmus erzwungenen inhaltlichen Freiheiten. Wörtlich übersetzt hieße es: »Es standen die Tiere bei der Tür, man schoss auf sie, sie starben.« Darauf bezieht sich der im Folgenden erwähnte Arbeitstitel des Romans. – *Anm. d. Übers.*

Er schrie diese sonderbaren, wilden und irgendwie unkindlichen Verse auf unterschiedliche Arten heraus und rannte dabei in der Wohnung herum. Ich aber betrachtete ihn und dachte: Was für bemerkenswerte Worte! Das hat er sich doch geschickt ausgedacht, der Lausebengel. Das könnte ein prima Motto zu etwas sein ... Und meine Phantasie malte mir trübe Bilder, schreckliche und unglückliche Ungeheuer, tragisch einsam und von keinem gewollt, hässlich, leidend, auf der Suche nach menschlicher Nähe und Hilfe, doch statt Hilfe bekommen sie von den verschreckten, verständnislosen Menschen eine Kugel verpasst ...*

Diese Empfindungen konnte ich auch Arkadi vermitteln; es kam zu einem recht zusammenhanglosen, aber dennoch fruchtbaren Austausch von Emotionen und Bildern, und es entstand eine Idee, die zunächst noch vage und keineswegs ausformuliert war. Fest stand nur, dass der Roman »Es standen die Tiere bei der Tür« heißen und als Motto die »Verse eines kleinen Jungen« haben sollte – zum ersten und zum letzten Mal bei den Strugatzkis entstand die Idee eines neuen Werks aus dem künftigen Motto (oder aus dem Titel, was in diesem Fall ein und dasselbe war).

Im September 1975 machen wir uns die ersten Notizen zu dem künftigen Roman. Ein Sujet gibt es freilich noch nicht, und es ist völlig unklar, wie sich die Handlung entwickeln soll. Doch dann ändern sich die Pläne abrupt: Wir beginnen, am Drehbuch für Andrej Tarkowskis *Stalker* zu schreiben (nach Motiven unseres Romans »Picknick am Wegesrand«), und bei der Arbeit an dem neuen Roman tritt eine lange Pause ein.

Im Laufe des Jahres 1976 wenden wir uns dann wieder mehrmals dem Roman zu, erfinden weitere Details und Epi-

* Dieses Motiv haben die Strugatzkis später in »Die Wellen ersticken den Wind« aufgegriffen: als eine mögliche Wahrnehmung der Ereignisse in Malaja Pescha. – *Anm. d. Übers.*

soden, neue Helden, einzelne Sätze, aber nicht mehr. Und im November beginnen wir plötzlich, ein neues Sujet auszuarbeiten, zu dem vorher nicht einmal eine Idee vorhanden war: die Geschichte unseres alten Bekannten Maxim, der mit seinem Freund, dem Kopfler Wepl, durch eine tote Stadt auf dem unglücklichen Planeten Esperanza geht; die armen »Tiere« scheinen ein für alle Mal aufgegeben und vergessen zu sein. Im Februar 1977 beginnen wir mit der Rohfassung und führen sie in einem einzigen Anlauf (bei einem Arbeitstreffen) zu Ende. Und wir bemerken, dass etwas Seltsames dabei herausgekommen ist – etwas ohne Anfang und Ende und sogar ohne Titel. Irritiert und unzufrieden mit uns selbst legen wir das Manuskript beiseite, das wir so weder erwartet noch angestrebt hatten.

Erst im November 1978 wenden wir uns wieder dem Text zu, und es ist bezeichnend, dass wir sofort beginnen, eine erste Fassung zu schreiben – offensichtlich ist die Quantität bei uns endlich in Qualität umgeschlagen. Es ist jetzt klar, wie das Sujet aufgebaut ist (die Jagd nach dem nicht zu fassenden Lew Abalkin) und wo wir unser bereits geschriebenes Stück mit Wepl auf dem Planeten Esperanza unterbringen können. Diese erste Fassung haben wir am 7. März 1979 abgeschlossen.

Es ist merkwürdig, dass dabei etwas in der Art eines Kriminalromans herausgekommen ist – die Geschichte einer Untersuchung, Fahndung und Ergreifung. Der Kriminalroman freilich hat seine eigenen Gesetze: Insbesondere darf nichts unerklärt bleiben, und es geht nicht an, dass Handlungsstränge einfach abreißen. Bei uns jedoch gab es jede Menge solcher abgerissener Stränge; wir hätten sie eigens zusammenführen müssen, doch dazu hatten wir entschieden keine Lust. Die alte Abneigung der Strugatzkis gegenüber jeglichen Erklärungen und Erläuterungen flammte, nachdem wir den Roman abgeschlossen hatten, besonders heftig auf:

1. Was ist auf dem Saraksch zwischen Tristan und Abalkin vorgefallen?
2. Wie (und wozu) geriet Abalkin nach Ossinuschka?
3. Wozu musste er mit Doktor Goannek reden?
4. Wozu musste er mit Maja reden?
5. Was wollte er von dem Lehrer?
6. Wozu hat er den Journalisten Kammerer angerufen?
7. Was wollte er von Wepl?
8. Wie kam er auf Dr. Bromberg?
9. Wozu geht er gegen Ende des Romans ins Museum für Außerirdische Kulturen?
10. Was ist dort im Museum eigentlich geschehen?

Und schließlich die grundlegende Frage:

11. Warum ist er, Abalkin (wenn er nicht tatsächlich ein Werkzeug der *Wanderer* ist, und im Sinne der Autoren ist er das natürlich nicht, sondern ein unglücklicher Mensch mit einem tragischen Schicksal), warum also ist er nicht gleich zu Beginn zu seinen klugen und durchaus wohlwollenden Vorgesetzten gegangen und hat alle Umstände seines Falls im Guten geklärt? Warum musste er auf dem Planeten hin und her jagen, unerwartet auftauchen, plötzlich verschwinden und abermals unverhofft an Orten und vor Menschen erscheinen, wo man ihn am wenigsten erwartete?

In jedem ordentlichem Kriminalroman hätte man all diese Fragen fein säuberlich ausbreiten und en détail beantworten müssen. Aber wir schrieben keinen Kriminalroman. Wir schrieben eine Geschichte darüber, wie sogar in der hellsten, besten und gerechtesten Welt das Auftauchen einer Geheimpolizei unweigerlich dazu führt, dass völlig unschuldige Menschen leiden und sterben; und zwar unabhängig davon, welche Form oder Ausrichtung diese Geheimpolizei besitzt, welche Ziele sie verfolgt und aus was für ehrlichen, anständigen und edlen Mitarbeitern sie auch besteht. Und im Rahmen einer solcherart gestellten literarischen Aufgabe empfanden es die Autoren sowohl als beengend wie auch als langweilig, sich mit der Klärung von offenen, zweitrangigen Details der Handlung zu befassen.

In unserer Geschichte werden alle Ereignisse aus der Perspektive des Helden – Maxim Kammerer – dargestellt, so dass der Leser zu jedem Zeitpunkt immer genau so viel weiß wie der Held und seine Beurteilungen zusammen mit dem Helden und auf Grundlage der ihm zugänglichen (keineswegs vollständigen) Informationen treffen muss. Ein alles erklärender Epilog war bei solch einer literarischen Konstruktion überflüssig – zumal sich gezeigt hat, dass die Leser die abgerissenen Stränge entweder überhaupt nicht bemerkten oder sie selbst zusammenfügten, jeder auf seine Weise und nicht ohne Erfolg.

Tatsächlich sind die Antworten auf die meisten Fragen in verborgener Form über den ganzen Text verstreut, und ein aufmerksamer Leser wird sie ohne große Mühe allein entdecken. Zum Beispiel sollte man erraten können, dass Lew Abalkin rein zufällig nach Ossinuschka gekommen ist (als er vor den Fahndern floh, von denen er sich auf Schritt und Tritt verfolgt glaubte), und an Doktor Goannek wandte er sich in der Hoffnung, dass der erfahrene Arzt bestimmt einen Menschen von einem Roboter oder Androiden unterscheiden könnte.

Anders verhält es sich jedoch mit der ersten Frage. Um sie zu beantworten, genügt es nicht, den Text aufmerksam zu lesen, der Leser muss sich eine Situation *ausdenken*, die den Autoren natürlich in allen Einzelheiten bekannt war, im Roman aber nur als ein Geflecht von Folgen einer bestimmten Tatsache erscheint: Abalkin hat von irgendwoher (klar:

von Tristan) und irgendwie (eben das ist das Rätsel) in Erfahrung gebracht, dass es ihm aus irgendeinem Grund verboten ist, sich auf der Erde aufzuhalten, und dass dieses Verbot mit der KomKon 2 zusammenhängt (daher die Flucht Abalkins vom Saraksch, der unerwartete und eigentlich unmögliche Anruf bei Seiner Exzellenz, überhaupt alle Absonderlichkeiten seines Verhaltens). Natürlich könnte ich diese sujetbildende Ausgangssituation hier darlegen, möchte das aber nicht. Denn weder Maxim noch Seine Exzellenz wissen, was zwischen Tristan und Abalkin auf dem Saraksch vorgefallen ist. Sie sind gezwungen, Hypothesen aufzustellen – mehr oder weniger glaubhafte –, und aufgrund ihrer Hypothesen zu handeln. Dieser Prozess der Hypothesenbildung und des Treffens von Entscheidungen macht das Wesen des Romans aus, und ich möchte, dass der Leser parallel zu den Helden seine eigenen Hypothesen aufstellt und seine eigenen Entscheidungen trifft – und zwar aufgrund der Information, die ihm zur Verfügung steht. Denn hätte Seine Exzellenz gewusst, was wirklich mit Tristan auf dem Saraksch geschehen war, hätte er das Verhalten Abalkins ganz anders aufgefasst, und unser Roman hätte einen anderen Verlauf genommen und ein ganz anderes, viel weniger tragisches Ende gehabt.

Die Reinschrift schlossen wir Ende April 1979 ab, und erst dann – keinen Tag früher! – entschieden wir uns für den Titel »Ein Käfer im Ameisenhaufen« anstelle von »Es standen die Tiere bei der Tür«. Von der ursprünglichen Idee war nur das Motto geblieben. Aber um dieses Motto mussten wir buchstäblich auf Leben und Tod mit einem verblödeten Lektor im Leningrader Verlag Lenisdat kämpfen, der sich in den Kopf gesetzt hatte, die Autoren hätten dieses Verschen nachträglich in den Roman eingefügt und dazu (wozu?!) ein längst vergessenes Marschlied der Hitlerjugend (!) abgewandelt. Dieser – wahre – Beweggrund des Lektors wurde uns insgeheim von »unserem Mann bei Lenisdat« mitgeteilt, offiziell war lediglich von unerwünschten Anspielungen, Akzenten und Assoziationen die Rede gewesen, die auf geheimnisvolle Weise mit den unglückseligen »Versen eines kleinen Jungen« verknüpft sein sollten.

Das war zum Glück der einzige Zusammenstoß, den wir wegen dieses Romans mit dem Lektorats-Zensur-Monster hatten.

Die Wellen ersticken den Wind

Dieser Roman ist das zehnte und letzte Werk aus dem Zyklus um die Welt des »Mittags«.

Die Geschichte der Entstehung (und Veröffentlichung) dieses Romans hat nichts Außergewöhnliches oder gar Sensationelles an sich. Wir begannen die Rohfassung am 27. März 1983 in Moskau und beendeten die Reinschrift am 27. Mai 1984 ebenfalls in Moskau. Die ganze Zeit über wurde unser Schöpferdrang dadurch inspiriert und angeregt, dass wir uns vorgenommen hatten, einen Roman zu schreiben, der im Idealfall ausschließlich aus Dokumenten bestehen sollte, höchstens noch aus »dokumentierten« Überlegungen und Ereignissen. Das war eine neue Form für uns, und voller Begeisterung dachten wir uns die Formularköpfe für die Berichte aus und auch die Berichte selbst mit den absichtlich trockenen Formulierungen in Behördensprache und den sorgsam durchdachten Ziffern. Die zahlreichen Namen von Zeugen, Analytikern und Beteiligten der Ereignisse erzeugte ein kleines Computerprogramm für uns, das wir eigens für unseren Hewlett-Packard-Rechner geschrieben hatten (einen PC besaßen wir damals nicht). Die erste Version der »Instruktion zur Durchführung der Fukamisation von Neugeborenen« entwarf ganz professionell ein Freund Arkadis: der Arzt Juri Jossifowitsch Tschernjakow.

Als unerwartet schwierig erwies es sich, einen Titel zu finden. Anfangs (in Briefen und im Tagebuch) nannten wir das Manuskript einfach den Toivo-Roman. Dann tauchte vorübergehend die – aus irgendeinem Grund französische – Variante »Fait accompli« auf, und erst ganz am Ende erscheint über der Rohfassung der Titel »Die Wellen ersticken den Wind«, und zwar zunächst nur als Projekt im Bericht Nr. 086/99. Diesen Titel – ruhig und vieldeutig, wie es sich für einen Titel gehört – hielten wir für gelungen und beschlossen, ihn für den ganzen Roman zu verwenden.

»Die Wellen ersticken den Wind« kann als Fazit betrachtet werden: Alle unsere Helden sind hoffnungslos gealtert; alle einstmals aufgeworfenen Probleme haben ihre Lösung gefunden (oder sich als unlösbar erwiesen); ja, wir haben dem (mitdenkenden) Leser sogar erklärt, was die *Wanderer* sind und woher sie kommen – denn unsere Menten sind die *Wanderer*, genauer gesagt jene Rasse, die von der irdischen Zivilisation selbst hervorgebracht wurde: von der Zivilisation des Homo sapiens sapiens (so heißt in der Wissenschaft die Art, der anzugehören wir alle die Ehre haben). Eine weitere Geschichte, die wir für den »Mittags«-Zyklus geplant hatten, haben wir nicht mehr geschrieben – die Geschichte, wie Maxim Kammerer ins geheimnisvolle Innere des schrecklichen Inselimperiums vordringt. Aber wer weiß, vielleicht wird diese Geschichte eines Tages jemand anders schreiben ...

ERIK SIMON
Eine Zukunft mit zwei Enden

Arkadi und Boris Strugatzki waren und bleiben die bedeutendsten Science-Fiction-Autoren der dahingegangenen Sowjetunion; ja, lange Zeit waren sie die am häufigsten im Ausland publizierten russischen Schriftsteller *sämtlicher* belletristischen Genres. Sie haben einen unnachahmlichen Beitrag zur Science Fiction des 20. Jahrhunderts und mit einigen Werken zur Weltliteratur überhaupt geleistet. Ihre einmalige Kombination von Talenten hat 1991 mit dem Tod von Arkadi ein Ende gefunden – dennoch sind sie in Russland noch immer die unumstrittene Nummer eins auf dem Gebiet der Science Fiction. Einige Autoren der nächsten – und bald schon der übernächsten – Generation haben aktuell größere Verkaufserfolge zu verzeichnen, aber es ist kein Zufall, dass der erfolgreichste von ihnen, Sergej Lukianenko, sich in seinen Texten immer wieder auf die Strugatzkis bezieht – sei es, dass er sie oder ihre Werke beiläufig erwähnt, sei es, dass er in seinem Roman »Sternenspiel« mit der utopischen Erziehungskonzeption der Strugatzkis polemisiert oder sich in »Spektrum« die Idee der »Zünder« aus »Ein Käfer im Ameisenhaufen« ausborgt. Er ist nicht der einzige moderne russische Schriftsteller, der voraussetzt, dass seine Leser die wichtigsten Werke der Strugatzkis kennen. Außerhalb Russlands (und der anderen ehemaligen Sowjetrepubliken) ist das natürlich nicht ganz so selbstverständlich, aber kennen *kann* man sie in vielen Ländern – Bücher von ihnen sind in gut zwei Dutzend

Sprachen übersetzt worden, fast alle ins Deutsche, Englische, Französische, Japanische sowie in Sprachen Ostmitteleuropas.

Der Form nach sind viele Arbeiten der Strugatzkis eine »Powest«, eine Zwischenform zwischen Roman, Novelle und langer Erzählung. Wenn man der Praxis der deutschen Verlage folgt und als »Roman« alles bezeichnet, was in einem eigenständigen, nicht allzu dünnen Band verlegt werden kann, dann haben die Strugatzkis zweiundzwanzig Romane verfasst, dazu lange Erzählungen, Kurzgeschichten, ein Theaterstück, viele Filmszenarien, Essays und Artikel. Hinzu kommen drei Texte (ein Science-Fiction-Roman für Kinder, eine lange und eine kürzere Erzählung), die sie gemeinsam konzipiert haben, die aber Arkadi allein zu Papier gebracht und unter dem Pseudonym »S. Jaroslawzew« veröffentlicht hat. Analog dazu hat Boris Strugatzki die beiden Romane, die er nach dem Tode des Bruders allein geschrieben hat, in Russland unter dem Pseudonym »S. Witizki« publiziert. Über die Identität von »S. Jaroslawzew« ist seinerzeit ein wenig gerätselt worden, die von »S. Witizki« war von Anfang an bekannt – beide Pseudonyme sind ein Tribut an den schon zu Lebzeiten Arkadis immer wieder geäußerten Grundsatz, dass »die Strugatzkis« eine unteilbare Einheit sind, im Grunde *ein* Autor. (So sind sie auch von den Lesern wahrgenommen worden, und es gibt mehrere bezeugte Fälle, in denen etwa die Tochter Arkadis als »die Tochter der Brüder Strugatzki« bezeichnet wurde.)

Ungefähr die Hälfte aller Werke der Strugatzkis – zwölf Romane, zwei lange Erzählungen und etliche kurze – bildet einen lose gefügten Zyklus, der in einem einheitlich konzipierten Entwurf einer Zukunftswelt spielt und gelegentlich Figuren und Ereignisse aus einem Werk ins andere weiterführt. Der Zyklus ist in zwei Zeitebenen angesiedelt: Die erste liegt um die Jahrtausendwende, die zweite umfasst im Wesentlichen das 22. Jahrhundert. Diese zweite Ebene, nach einem der Romane die »Welt des Mittags« genannt, hat die erste etwas in den Schatten gestellt – in der Wahrnehmung der Leser wie im Schaffen der Strugatzkis selbst: Nach 1965 haben sie nur noch die »Welt des Mittags« ausgebaut, und dort spielen die bekannteren Geschichten des Zyklus.

Die – nach der Zeit der Handlung wie nach der Entstehung – frühere Zeitebene besteht aus der sogenannten Bykow-Trilogie mit dem Roman »Atomvulkan Golkonda« (1959), der längeren Erzählung »Der Weg zur Amalthea« (1960) und dem Episodenroman »Praktikanten« (1962), aus der nur lose mit diesen drei Bänden verknüpften Antiutopie »Die gierigen Dinge des Jahrhunderts« (1965) und aus einigen Kurzgeschichten. »Atomvulkan Golkonda«, das erste gemeinsame Buch der Brüder Strugatzki, handelt von der Erkundung der Venus, deren unwirtliche Natur einigen Kosmonauten das Leben kostet und die von den übrigen nur unter äußerstem Einsatz und Heroismus bezwungen wird. Auch die beiden Fortsetzungen spielen größtenteils in Raumschiffen zwischen den Planeten des Sonnensystems, gelegentlich auch auf den Planeten – was den regen interplanetaren Flugverkehr betrifft, den die Strugatzkis (wie viele ihrer Kollegen damals) für die 1990er Jahre erwarteten, hinkt die Wirklichkeit also noch ein bisschen hinterher. »Die gierigen Dinge des Jahrhunderts« dagegen spielt in einem fiktiven Land auf der Erde, in dem materieller Überfluss zu allgemeiner Ziel- und Verantwortungslosigkeit geführt hat, und kommt der heutigen Realität schon näher.

Der Einstieg in die zweite Zeitebene des Zukunftszyklus war der Episodenroman »Mittag, 22. Jahrhundert« (1962, erweitert 1967). Darin überspringen zwei Raumfahrer aus unserer näheren Zukunft bei einem Sternenflug einen großen Zeitraum und kehren mitten im 22. Jahrhundert auf die Erde zurück. Bei der Eingewöhnung hilft ihnen ein anderer »Rückkehrer«, Leonid Gorbowski, der später zu einer zentralen

Figur in der Welt des »Mittags« werden sollte; die vier anderen Hauptthelden des Buches sind in diese Welt hineingeboren, und der Lebensweg dieser von Kindheit an befreundeten jungen Leute wird in Episoden gezeigt: Poul Gnedych wird interstellarer Jäger, Alexander Kostylin Zoologe und Präparator; dem Anführer der vier, Gennadi Komow mit dem Spitznamen »Kapitän«, und dem vom Pech verfolgten Sidorow alias »Athos« begegnet man später in »Die dritte Zivilisation«, »Ein Käfer im Ameisenhaufen« und »Die Wellen ersticken den Wind« wieder. Der letztgenannte Roman bietet eine reiche Auswahl verschiedener Science-Fiction-Ideen und -Motive, vor allem aber das breit angelegte Panorama einer glücklichen, friedlichen, moralisch und technisch hoch stehenden, endlich von Ausbeutung und Armut, Unterdrückung und Krieg befreiten Menschheit, die weit in den Weltraum vorgedrungen ist und Kontakt zu verschiedenen fremden Zivilisationen aufgenommen hat.

Die übrigen Werke des Zyklus, die in der Welt des »Mittags« angesiedelt sind, erschienen ziemlich genau in derselben Reihenfolge, in der auch die Handlung spielt: »Fluchtversuch« (1962), »Der ferne Regenbogen« (1963), »Es ist schwer, ein Gott zu sein« (1964), »Die bewohnte Insel« (1969/71), »Die dritte Zivilisation« (1971), »Der Junge aus der Hölle« (1974), »Ein Käfer im Ameisenhaufen« (1979–80) und »Die Wellen ersticken den Wind« (1985–86). Es gibt allerdings Überschneidungen, weil die Episoden von »Mittag, 22. Jahrhundert« fast den gesamten Zeitraum des Strugatzkischen Zukunftsentwurfs umfassen und vor allem »Ein Käfer im Ameisenhaufen« und »Die Wellen ersticken den Wind« weit zurückreichende Vorgeschichten haben. Eine Sonderstellung hat auch die lange Erzählung »Unruhe«, schon 1965 geschrieben, aber erst 1990 veröffentlicht und in der Chronologie der Handlung ungefähr nach »Der Junge aus der Hölle« einzuordnen. Diese Geschichte spielt auf der Pandora, einem im Zukunftszyklus mehrfach erwähnten Planeten, ihr Held ist Leonid Gorbowski, und sie war ursprünglich einer der beiden Handlungsstränge des Romans »Die Schnecke am Hang«; die Strugatzkis haben diesen Strang jedoch später zugunsten einer völlig anderen Handlung verworfen, die nicht in der Welt des »Mittags« spielt (weshalb der ganze Roman nicht zu diesem Zyklus gezählt wird).

Mit wenigen Ausnahmen (insbesondere »Der ferne Regenbogen«) kommen in den im 22. Jahrhundert angesiedelten Texten mehr oder weniger menschenähnliche Außerirdische vor, und ein wiederkehrendes Thema ist das heimliche Wirken von Menschen in einer rückständigen fremdplanetaren Gesellschaft mit dem Ziel, dort relativ behutsam – eben nicht mit direktem Eingreifen, sondern eher durch geheimdienstliches Agieren hinter den Kulissen – Krisen zu mildern und dem Fortschritt voranzuhelfen, weshalb diese irdischen Agenten daheim »Progressoren« genannt werden. Die Strugatzkis zeigten von Anfang an ein gespaltenes Verhältnis zu derlei Einmischung, was schon Mitte der 1960er Jahre politisch heikel war und es 1968 mit der sowjetischen Invasion in die Tschechoslowakei erst recht wurde – die eine Obrigkeit verlangte ein vorbehaltloses Bekenntnis zur Einmischung, die andere wollte lieber standhaft leugnen, dass Kommunisten an derlei »Revolutionsexport« überhaupt denken könnten, und die dritte wollte einfach nur, dass Ruhe herrschte und das Thema lichtjahreweit umschifft würde. Ging es bei den Strugatzkis anfangs vor allem um das Verhältnis von Ziel und Mittel und um die Frage, ob solche Eingriffe überhaupt erfolgreich sein könnten, verschob sich die Perspektive nach und nach immer weiter von den irdischen Progressoren hin zu den Einheimischen, denen da jemand ungebeten und heimlich »die Geschichte begradigte« – in den letzten beiden Werken des Zyklus, »Ein Käfer im Ameisenhaufen« und »Die Wellen ersticken den Wind«, sind schon nicht mehr die Außerirdischen, sondern die Menschen selbst Objekte von (tatsächlichen oder vermeintlichen) Eingriffen von Wesen, die ihnen haushoch überlegen sind.

Nun sollte man nicht glauben, die Strugatzkis, die den sowjetischen Einmarsch in Prag zweifellos als Schande empfanden, hätten einen dissidentischen Protest dagegen als Science Fiction verkappt. Denn was man von der Roten Armee sicherlich nicht uneingeschränkt sagen konnte, setzten sie bei ihren irdischen Progressoren voraus – dass diese wirklich helfen wollen, weil sie das Leid der Einheimischen nicht gleichgültig mitansehen können: das finstere Mittelalter in Arkanar (»Es ist schwer, ein Gott zu sein«), die an den Zweiten Weltkrieg erinnernden mörderischen, nicht enden wollenden Kämpfe auf der Giganda (»Der Junge aus der Hölle«), das Elend auf dem Saraksch, wo ein Atomkrieg gewütet hat (»Die bewohnte Insel«). Sie selbst kommen schließlich von einer glücklichen, wohlgeordneten Erde der Zukunft. Diese Zukunftswelt war als kommunistisch gedacht, und das aus drei guten Gründen: Erstens hätten sich die Strugatzkis, aufgewachsen mit Ideologie und Propaganda der Stalinzeit und inspiriert von der Aufbruchstimmung unter Chruschtschow, in den frühen 1960er Jahren anderes gar nicht vorstellen können; zweitens hätten sie anderes in der Sowjetunion natürlich auch nicht schreiben und veröffentlichen dürfen; drittens schließlich (und vor allem) war der Kommunismus, obwohl er unablässig dialektischen Materialismus predigte, de facto die *idealistischere* Gesellschaftsordnung: Obwohl die Marxsche Theorie darüber so gut wie nichts sagt, haben in der Praxis alle sozialistischen/kommunistischen Staaten versucht, einen »Neuen Menschen« zu erziehen – teils ernsthaft, teils (in den späteren Stadien) nur vorgeblich. Während man bei Marx den deutlichen Eindruck gewinnt, mit der Machtergreifung der Arbeiterklasse werde sich alles andere von selbst finden, ist die Welt des »Mittags« vor allem eine Erziehungsutopie, in der die wichtigste, verantwortungsvollste Rolle den Lehrern und Ausbildern zukommt (einen Widerschein davon sieht man in »Ein Käfer im Ameisenhaufen«).

Am detailliertesten ausgemalt ist das Bild dieser Zukunft in »Mittag, 22. Jahrhundert«; doch auch in den Romanen, die auf fremden Planeten spielen, ist es als Hintergrund der dort agierenden Erdenmenschen immer gegenwärtig, so etwa, wenn Maxim Kammerer die Verhältnisse auf dem Saraksch anfangs völlig falsch interpretiert, weil er sich etwas anders als seine wohlgeordnete Erde (und die ebenso gut eingerichteten Planeten der Leonidaner und Tagoraner, mit denen man Kontakt von gleich zu gleich hat) gar nicht oder doch nur abstrakttheoretisch aus dem Geschichtsunterricht vorstellen kann. (Ein wenig machen sich die Strugatzkis hier wohl auch über die Naivität und Weltfremdheit des jungen Mannes lustig, die etwas sehr Sowjetisches hat.) Als der Schwerpunkt der Handlung dann jedoch in den späten Romanen des Zyklus – »Der Junge aus der Hölle«, »Ein Käfer im Ameisenhaufen« und »Die Wellen ersticken den Wind« – auf die Erde zurückkehrt, wird der Leser gewahr, dass der Eindruck, den diese Welt vermittelt, sich mittlerweile gravierend gewandelt hat. Ihre Konstitution und die grundlegenden Lebensmaximen sind unverändert, die materiellen Möglichkeiten sogar noch gewachsen und weniger denn je Anlass zu Konflikten. Doch die Zukunft wird, je weiter sie (in der Regel parallel zum Entstehungsdatum der Werke) fortschreitet, immer diffiziler, problematischer, in ihren Institutionen wie auch in der Mentalität ihrer Bewohner der Gegenwart immer ähnlicher: So tauchen auf einmal mitten im weltweiten Kommunismus Religionen auf und werden als etwas völlig Normales wahrgenommen (wozu sich die Sowjetunion erst kurz vor ihrem Zerfall halbwegs durchringen konnte), außerdem so erfreuliche Dinge wie Bürgerbewegungen (freilich ohne dieses westliche Wort) und so unerfreuliche wie ein nach innen wirkender Geheimdienst.

Kein Wunder – nicht nur in der Romanwelt ist Zeit vergangen, auch die Welt, in der die Strugatzkis lebten, hatte sich in einem Vierteljahrhundert verändert, und mehr noch die Haltung der Autoren zu dieser Welt, zu ihrer Gegenwart und zu ihren möglichen Zukünften. Im Mai 2199, anderthalb Jahre vor dem Ende des 22. Jahrhunderts, stürzt die »Große Offenbarung« die Welt des »Mittags« schließlich in eine Sinnkrise. Das Hauptproblem ist dabei jedoch nicht das Auftauchen der Übermenschen oder die Frage, wie man die Beziehungen zu ihnen gestalten soll – es geht vielmehr um einen krassen Wechsel in der Perspektive, die sich der Menschheit bietet. Eben noch wusste man sich auf einem zwar schwierigen, doch geradlinigen und praktisch endlosen Weg in eine Zukunft, in der der Mensch immer mächtiger und zugleich menschlicher wird; nun erscheinen diese beiden Eigenschaften entkoppelt, der Homo sapiens findet sich auf einem von der Hauptstraße abzweigenden Seitenpfad wieder. Und was am quälendsten ist: Er hat keine Ahnung, was auf jener Hauptstraße wirklich vorgeht, und wird es, solange er Mensch bleibt, auch nie erfahren.

Die Utopie des »Mittags« war von Anfang an als eine sich entwickelnde, fortschreitende Welt angelegt. Dies entsprach dem Lebensgefühl der sowjetischen Intelligenz in den frühen 1960er Jahren. Die folgenden achtzehn Jahre der Breschnew-Ära jedoch wurden schon recht bald als bleierne Zeit der Stagnation empfunden. Als die Strugatzkis 1983/84 »Die Wellen ersticken den Wind« schrieben, war Breschnew gerade gestorben, aber sein Nachfolger Andropow hatte begonnen, die Schrauben eher noch fester anzuziehen, und niemand, wirklich niemand rechnete mit Glasnost und Perestroika. Und ausgerechnet in diesem Moment bringen die Brüder Strugatzki einen Roman heraus, der stärker als jedes ihrer anderen Bücher erfüllt ist vom Vorgefühl radikaler Veränderungen und Umwertungen. Weitergehen wird es nach der Krise, man weiß nur nicht, wie – aber man weiß, dass es ganz anders sein wird. Zu den bemerkenswerten Details der neueren sowjetisch-russischen Geschichte, die die Strugatzkis vorausgeahnt haben – wenn es denn eine Vorahnung war –, gehören die komplette Desorientierung, der recht bald einsetzende Wunsch, möglichst doch so weiterzumachen wie bisher, und der erbitterte Streit um die Deutung, wie es zu der Krise kam und wer darin welche Rolle spielte (der im Westen so beliebte Michail Gorbatschow beispielsweise ist den meisten Russen heute verhasst). Doch während alle anderen die Ereignisse als Schock und Bedrohung empfinden, gewinnt Leonid Gorbowski, der Lieblingsheld der Strugatzkis in der Welt des »Mittags«, der sich lebensmüde zum Sterben niedergelegt hatte, auf einmal wieder Interesse am Dasein …

Die Strugatzkis, bekannt für ihre Vorliebe für offene Schlüsse, haben so der ganzen Welt des »Mittags« ein offenes Ende zugedacht. Es gibt jedoch noch ein anderes Ende, das einen Strich unter diese Welt zieht, nein: gezogen hätte. Kurz vor dem Tod Arkadis hatten die Autoren mit der Arbeit an einem vierten Maxim-Kammerer-Roman begonnen. Im Vorwort zu einer dreibändigen Anthologie, in der andere russische Autoren Motive aus Werken der Strugatzkis aufgegriffen und fortgeführt haben, schrieb Boris Strugatzki 1997:

> *Im letzten Roman der Strugatzkis, den sie zu einem erheblichen Teil konzipiert, aber nicht mehr geschrieben haben, einem Roman, der nicht einmal einen Titel hat (nicht einmal das, was man dem Verlag früher als »Arbeitstitel« avisierte), einem Roman, der nun nicht mehr geschrieben werden wird, weil es die Brüder Strugatzki nicht mehr gibt und S. Witizki ihn allein nicht schreiben will – an diesem Roman also waren für die Autoren vor allem zwei Einfälle verlockend.*
>
> *Erstens gefiel ihnen (erschien ihnen originell und nichttrivial) die Welt des Inselimperiums, die mit der erbarmungs-*

losen Rationalität eines Demiurgen erbaut war, der verzweifelt jeden Versuch aufgegeben hat, das Böse auszurotten. Diese Welt war, grob gesagt, in drei Kreisen angelegt: Der äußere Kreis war die Kloake, die Senkgrube, die Hölle jener Welt – dort sammelte sich der Abschaum der Gesellschaft, alle Säufer, Schläger und Lumpen, alle Sadisten und geborenen Mörder, Vergewaltiger, aggressiven Grobiane, Perversen, moralisch Entarteten – die Fäulnis, der Auswurf, die Fäkalien des Soziums. Dort war ihr Reich, dort kannten sie keine Strafe, dort lebten sie nach den Gesetzen von Stärke, Gemeinheit und Hass. Mit diesem Kreis schirmte sich das Imperium gegen die ganze übrige Ökumene ab, verteidigte sich und schlug zu. Der mittlere Kreis wurde von gewöhnlichen Menschen bevölkert, die in keine Extreme fielen, Menschen wie wir, ein bisschen schlechter, ein bisschen besser, noch längst keine Engel, aber auch schon keine Teufel mehr. Im Zentrum jedoch herrschte die Welt der Gerechtigkeit. »Mittag, 22. Jahrhundert«. Eine warme, gastliche, gefahrlose Welt des Geistes, des Schöpfertums und der Freiheit, bewohnt durchweg von begabten, prächtigen, freundlichen Menschen, die alle Gebote ihrer hohen Ethik strikt befolgten. Jeder im Imperium Geborene fand sich unweigerlich in »seinem« Kreis wieder, die Gesellschaft drängte ihn mit sanfter (und notfalls auch mit grober) Gewalt dorthin, wo sein Platz war – gemäß seinen Talenten, seinem Temperament und seiner moralischen Potenz. Dieses Abdrängen erfolgte sowohl automatisch als auch vermittels eines sozialen Mechanismus (einer Art Sittenpolizei). Das war eine Welt, wo das Prinzip »Jedem das Seine« in seiner allgemeinsten Bedeutung herrschte. Hölle, Fegefeuer und Paradies. Die klassische Dreiheit.

Und zweitens gefiel den Autoren der Schluss, den sie sich ausgedacht hatten. Da hat Maxim Kammerer alle Kreise durchlaufen und ist ins Zentrum gelangt, er be-

trachtet verblüfft dieses paradiesische Leben, das in nichts hinter dem auf der Erde zurücksteht, und wie er so mit einem hochgestellten und hochgeistigen Einheimischen spricht, von ihm alle Einzelheiten über den Aufbau des Imperiums erfährt und versucht, das Unvereinbare zu vereinen, das Unbegreifliche zu begreifen, das nicht Zusammenpassende zusammenzufügen, hört er plötzlich die höfliche Frage: »Was denn, ist bei Ihnen die Welt etwa anders eingerichtet?« Und er beginnt zu reden, zu erklären, die hohe Theorie der Erziehung darzulegen, von den Lehrern zu sprechen, von der sorgsamen, mühevollen Arbeit an jeder einzelnen Kinderseele … Der Einheimische hört zu, lächelt, nickt, und dann bemerkt er wie beiläufig: »Elegant. Eine sehr schöne Theorie. Aber leider in der Praxis absolut nicht zu verwirklichen.« Und während ihn Maxim, dem es die Sprache verschlagen hat, anstarrt, sagt der Einheimische den Satz, um dessentwillen die Strugatzkis bis zuletzt diesen Roman schreiben wollten: »Die Welt kann nicht so eingerichtet sein, wie Sie es mir gerade erzählt haben. Solch eine Welt kann nur erdacht werden. Ich fürchte, mein Freund, ihr lebt in einer Welt, die jemand erdacht hat – ohne euch und vor euch –, ohne dass ihr es ahnt …«

Nach der Idee der Autoren sollte dieser Satz den Schlusspunkt unter die Lebensbeschreibung Maxim Kammerers setzen. Er sollte den ganzen Zyklus von der Welt des Mittags abschließen. Eine Art Fazit einer ganzen Weltanschauung. Ihr Nachruf. Oder ihre Verurteilung?

Wie Boris Strugatzki an anderer Stelle mitgeteilt hat, gab es für diesen Romanentwurf die Arbeitstitel »Operation Virus« und »Der weiße Läufer« (beides in »Die Wellen ersticken den Wind« beiläufig erwähnt), und das (wenige) vorhandene Material dazu hat er vor Jahren einem anderen Petersburger

Schriftsteller übergeben und ihm erlaubt, es für ein eigenes Werk zu benutzen; seither hat man davon nichts mehr gehört.

Hätte Maxim Kammerer nach allem, was er im Inselimperium gesehen und gehört hatte, nicht zur Zeit der »Großen Offenbarung« seine Welt des »Mittags« schon mit etwas anderen Augen sehen müssen? Vielleicht. Aber auch die von ihm entdeckten Übermenschen, die Menten, sind ja für seine Welt nur so lange ein brennendes Problem, wie sie in sie eingreifen – in dem Maße, wie sie sich in von Menschen unerreichbare Sphären zurückziehen, werden sie einfach ein weiteres von zahllosen Phänomenen des Universums, und die Bewohner der Welt des »Mittags« widmen sich wieder dem, wozu die Brüder Strugatzki mehr als viele andere beigetragen haben und woran wir alle mehr oder weniger bewusst, mit mehr oder weniger Erfolg arbeiten: dem Erdenken der eigenen Welt.

Anmerkungen

An dieser Stelle sind Hinweise gesammelt, die für das Verständnis der Romane nicht unbedingt notwendig, aber doch interessant sind. Solche Details fallen in den Werken der Brüder Strugatzki mit unterschiedlicher Häufigkeit an – in späteren mehr als in frühen, in solchen, deren Handlung in der Sowjetunion spielt, mehr als in den auf fernen Planeten angesiedelten. Im vorliegenden Band bedarf daher »Die bewohnte Insel« überhaupt keiner Erläuterungen, und bei den Hinweisen zu »Ein Käfer im Ameisenhaufen« und »Die Wellen ersticken den Wind« handelt es sich fast durchweg um solche auf Werke anderer Autoren, aus denen die Strugatzkis zitieren oder auf die sie anspielen. Ein Teil dieser Anspielungen war schon für den sowjetischen Leser nicht ohne weiteres offensichtlich; andere, wie etwa der ironische Bezug auf ein Maxim-Gorki-Zitat in »Ein Käfer im Ameisenhaufen« oder auf Figuren aus Alexej Tolstois »Das goldene Schlüsselchen« in »Die Wellen ersticken den Wind«, erkannte er ganz selbstverständlich.

Einen Großteil der Hinweise auf Zitate verdanke ich den Recherchen, die Viktor Kurilski unter Mitarbeit mehrerer Strugatzki-Experten durchgeführt und im Internet (www.rusf.ru/abs/ludeni/kur00) veröffentlicht hat. Jene Liste ist mit großer Akribie zusammengestellt und strebt Vollständigkeit an, weshalb sie unter anderem auch erklärt, wer Sherlock Holmes oder Kapitän Nemo waren. Ich verwende hier nur rund die Hälfte der dort zusammengetragenen Hinweise, habe aber ein paar speziell für den deutschen Leser hinzugefügt und einige Stellen erklärt, an denen die Kenntnis anderer Strugatzki-Romane vorausgesetzt wird.

Eine Bemerkung noch zu einer speziellen russischen Anredeform, die deutsche Leser manchmal verwirrt: Außer der Anrede mit dem Vornamen und mit dem Familiennamen, die weitgehend dem deutschen Gebrauch entsprechen, gibt es im Russischen zudem die Möglichkeit, eine Respektsperson, mit der man aber auf vertrautem Fuß steht (zum Beispiel einen älteren Bekannten), mit Vor- und Vatersnamen anzusprechen. So war beispielsweise Juri Alexejewitsch Gagarin für seine engsten Freunde und Verwandten Juri oder Jura, für seine Bewunderer Juri Alexejewitsch und streng offiziell Genosse (heute wieder Herr) Gagarin.

Erik Simon

SEITE 439:
Wenn jemand wissen wollte, wer Lew Abalkin ist, könnte er das Informatorium anrufen (ich rief das GGI an) …
Das GGI ist das auch in anderen Romanen, die in der »Welt des Mittags« spielen, vorkommende Große Gesamtplanetare Informatorium, eine riesige öffentliche Datenbank.

SEITE 494:
›Starrender Fels mein Aufenthalt‹
»Rauschender Strom, / Brausender Wald, / Starrender Fels / Mein Aufenthalt« ist der Anfang von Franz Schuberts Lied »Aufenthalt« (Text von Ludwig Rellstab).

SEITE 503:
Es war das zusammengeknüllte, zerfetzte Taschentuch einer Frau. Mir fiel sofort die Erzählung von Akutagawa ein …
Ryunosuke Akutagawa (1892–1927) ist durch seine Erzählung »Rashomon« bekannt geworden, die von Akira Kurosawa

verfilmt wurde. In »Das Taschentuch« wird ein Professor von der Mutter eines jüngst verstorbenen Studenten besucht, die ihre Gefühle so perfekt zu verbergen weiß, dass sich sogar der vom japanischen Bushido begeisterte Professor wundert – bis er zufällig einen Blick auf das unter dem Tisch zerknüllte, halb zerrissene Taschentuch der Frau erhascht.

Seite 567:
… der Apparat dröhnte … los wie der Unbekannte in den kurzen Hosen auf dem Höhepunkt der Werbung um Mrs. Nickleby.
Dies bezieht sich auf den Roman »Nicholas Nickleby« von Charles Dickens.

Seite 586:
Der Spaßvogel Long Müller hat ein Büchlein in der Manier Ossians herausgebracht …
In der zweiten Hälfte des 18. Jahrhunderts veröffentlichte James Macpherson eine Reihe von eigenen Gedichten, die angeblich von dem legendären mittelalterlichen irischen Sänger Ossian stammen sollten. Diese Fälschung, die erst viel später entdeckt wurde, löste europaweit eine Welle von Ossian-Begeisterung und Gedichten »in Ossians Art« aus.

Seite 613:
… der Mensch sei von Natur aus gut, und schon allein das Wort »Mensch« klinge und mache stolz.
»Ein Mensch! … Das klingt stolz!« war eine in den sozialistischen Ländern oft zitierte Stelle aus Maxim Gorkis »Nachtasyl« (auch dies übrigens verfilmt von Akira Kurosawa). Satin, der das dort sagt, ist allerdings ein arbeitsscheuer Krimineller.

Seite 616:
»Das Gift, das dir ein Weiser reicht …«

Das Zitat stammt aus einem dem persischen Dichter und Gelehrten Omar Chajjam (ca. 1045–1130) zugeschriebenen Vierzeiler:

Zu Narren sich geselln, bringt nichts als Schand,
Drum hör den Rat, den dir Chajjam gesandt:
Das Gift, das dir ein Weiser reicht, nimm an,
Doch nimm den Balsam nicht aus Narrenhand …

Seite 650:
Erfinde nicht ohne zwingenden Grund neue Wesenheiten.
Dies ist der von dem Spätscholastiker William von Ockham (Occam) formulierte Grundsatz, der als »Occams Rasiermesser« zum fundamentalen Ökonomieprinzip der modernen Wissenschaft wurde: »Es ist eitel [nutzlos], etwas mit mehr zu erreichen, was mit weniger erreicht werden kann.«

Seite 669:
Ich heiße Maxim Kammerer. Ich bin neunundachtzig Jahre alt. Vor langer Zeit einmal las ich einen Roman, der auf ebendiese Weise begann.
Auf ähnliche Weise beginnt der Roman »Verdunkelung in Gretley« (1942) von John Boynton Priestley.

Seite 675:
Projekt »Besuch der alten Dame«
»Der Besuch der alten Dame« (1956) ist ein berühmtes Theaterstück von Friedrich Dürrenmatt.

Seite 679:
Es kann anhand eines Wassertropfens nicht nur das Bild des Ozeans entstehen lassen …
In Conan Doyles Sherlock-Holmes-Geschichte »Eine Studie in Scharlachrot« heißt es: »Aus einem Wassertropfen … könnte ein Logiker auf die Möglichkeit eines Atlantik oder

eines Niagara schließen, ohne von diesen gehört oder sie gesehen zu haben.« Dasselbe Bild taucht in »Die Wellen ersticken den Wind« nochmals im Abschnitt »Das Arbeitszimmer des Leiters der Abteilung BV. 6. Mai '99. Gegen 13 Uhr« auf, bei der Beschreibung Hexenmeisters.

Seite 687:
Toivo Glumow also erinnerte mich an den Mexikaner Rivera …
Deutsch heißt Jack Londons Erzählung »Der Mexikaner Felipe Rivera«.

Seite 692:
Projekt »Rip van Winkle«
»Rip van Winkle« ist eine Erzählung von Washington Irving, deren Held durch Zauberei zwanzig Jahre (und damit die amerikanische Revolution) verschläft.

Seite 696:
Möbius, Asmodäus Matthäus, Doktor der Medizin, korrespondierendes Mitglied der AdMW Europas …
AdMW steht für »Akademie der Medizinischen Wissenschaften«.

Seite 708:
K. Pumivur: Der Reader – Rechte und Pflichten.
»Reader« sind in der Zukunftswelt der Strugatzkis einige wenige Menschen, die von Natur aus Gedanken lesen können.

Seite 736:
Was den Gast betraf, so erinnerte er Toivo lebhaft an den guten alten Duremar, wie er tropfnass aus dem Teich Tante Tortillas …
Duremar ist der Blutegelverkäufer aus Alexej Tolstois Märchenerzählung »Das goldene Schlüsselchen«, einer Neufas-

sung von Collodis »Pinocchio«. Tante Tortilla ist eine Schildkröte.

SEITE 737:
... bei Krabbenkrebsen gebe es nur einen Frischegrad, und zwar den ersten ...
Das ist eine Anspielung auf eine (seinerzeit in der Sowjetunion und übrigens auch in der DDR ziemlich bekannte) Stelle in Michail Bulgakows Roman »Der Meister und Margarita«, wo sich ein Kantinenwirt mit dem Hinweis rechtfertigt, Fisch sei »im zweiten Frischegrad geliefert« worden, worauf ihm ein ausländischer Schwarzer Magier (der in Wahrheit der Teufel ist) entgegnet: »Es gibt nur einen Frischegrad, den ersten, und der ist zugleich der letzte. Wenn der Stör von zweitem Frischegrad war, heißt das, er war verfault.«

SEITE 773:
»Sieht die Berge und den Wald, sieht bis in den Himmel bald, nur die Mücke sieht er nicht, die ihn in die Nase sticht.«
Hexenmeister, der Mutant vom Planeten Saraksch, zitiert hier keinen anderen als Wilhelm Busch. Allerdings in der sehr freien russischen Nachdichtung von Daniel Charms, die möglichst genau wiedergegeben wird, weil der Originaltext Buschs nicht in den Kontext des Romans passt. Bei Busch ist es die Szene aus dem Schlusskapitel von »Plisch und Plum«, wo Mr. Pief mit dem Fernrohr am Auge spazieren geht, stolpert und in den Teich fällt.

SEITE 807:
Konstantin Mowson (der »Fünfte Herr der Fliegen«)
Beelzebub, »der Herr der Fliegen«, war der Gott der Philisterstadt Ekron, im Neuen Testament wird daraus ein Dämon oder Teufel. Der Name taucht oft in der Literatur auf, etwa als Titel eines Romans von William Golding. Hier ist aber wohl

eher ein Mensch gemeint, der eine wunderbare Macht über Insekten hat; solch einer tritt jedenfalls – mit diesem Spitznamen – in Boris Strugatzkis Roman »Die Ohnmächtigen« auf.

Seite 847:
»Und sie, die dereinst mich vernichten, empfängt noch mein Hymnus als Gruß …«
Das ist ein leicht abgewandeltes Zitat aus dem Gedicht »Die künftigen Hunnen« von Valeri Brjussow (1873–1924).

Seite 855:
… als schwängen sie »schon ihre Messer wonnegrunzelnd«?
Die Anspielung gilt der Ballade »Die Disputation« von Heinrich Heine, wo jüdische und christliche Geistliche im Mittelalter einen Disput führen und der Verlierer sich taufen bzw. beschneiden lassen muss: »Und die Juden schwangen schon / ihre Messer wonnegrunzelnd …«

Seite 859:
Die Hauptaufgabe der Menten gegenüber der Menschheit sei es nun, auf Wache zu stehen (als »Fänger im Roggen« sozusagen).
Gemeint ist der Roman »Der Fänger im Roggen« von Jerome D. Salinger.

Die wichtigsten Werke der Brüder Strugatzki

DER ZUKUNFTSZYKLUS

(sortiert nach der Chronologie der Handlung)

Atomvulkan Golkonda (1959)
Der Weg zur Amalthea (1960)
Praktikanten (1962)
Die gierigen Dinge des Jahrhunderts (1965)
Mittag, 22. Jahrhundert (1962, erweitert 1967)
Fluchtversuch (1962)
Der ferne Regenbogen (1963)
Es ist schwer, ein Gott zu sein (1964)
Die bewohnte Insel (1969, 1971)
Die dritte Zivilisation (1971)
Der Junge aus der Hölle (1974)
Unruhe (1990; Manuskript 1965)
Ein Käfer im Ameisenhaufen (1979–80)
Die Wellen ersticken den Wind (1985–86)

DIE SCIENCE-FICTION-EINZELROMANE

Die Schnecke am Hang (1966, 1968)
Die zweite Invasion der Marsianer (1968)
Das Hotel »Zum Verunglückten Bergsteiger« (1970)
Die hässlichen Schwäne (1972 im Ausland erschienen; später Teil von »Das lahme Schicksal«)

Picknick am Wegesrand (1972)
Eine Milliarde Jahre vor dem Weltuntergang (1976)
Das lahme Schicksal (1986, komplett 1989)
Das Experiment (1989; Manuskript 1968–72)
Die Last des Bösen (1989)
Ein Teufel unter den Menschen (gemeinsam konzipiert, von Arkadi Strugatzki geschrieben; 1993)

FANTASY UND MÄRCHEN

Der Montag fängt am Samstag an (1965)
Das Märchen von der Troika (Fortsetzung zu »Der Montag fängt am Samstag an«; erste Fassung 1987, stark abweichende zweite Fassung 1968)
Expedition in die Hölle (gemeinsam konzipiert, von Arkadi Strugatzki geschrieben; Teile 1 und 2: 1974, Teil 3: 1984)

DIE ROMANE BORIS STRUGATZKIS

Die Suche nach der Vorherbestimmung (1995)
Die Ohnmächtigen (2003)

FRANK HERBERT
DUNE
DER WÜSTENPLANET
HEYNE
DAS BUCH ZUM GROSSEN FILM VON DENIS VILLENEUVE
FRANK HERBERT
DUNE
DER WÜSTENPLANET
ROMAN
978-3-453-32122-9
Der erfolgreichste Science-Fiction-Roman
aller Zeiten – jetzt verfilmt von
Starregisseur Denis Villeneuve
HEYNE